北京外国语大学王佐良外国文学高等研究院
外国文学研究精选

主编：
赵一凡
张中载
李德恩

编辑：
李 铁

西方文论
关键词

第一卷

外语教学与研究出版社
北京

图书在版编目（CIP）数据

西方文论关键词. 第一卷 / 赵一凡，张中载，李德恩主编. -- 北京：外语教学与研究出版社，2017.11（2024.1 重印）
ISBN 978-7-5135-9602-2

Ⅰ. ①西… Ⅱ. ①赵… ②张… ③李… Ⅲ. ①文艺理论－西方国家－文集 Ⅳ. ①I0-53

中国版本图书馆 CIP 数据核字（2017）第 270051 号

出版人　王　芳
责任编辑　徐　宁　李　鑫　李旭洁
封面设计　蔡　曼
版式设计　彭　山
出版发行　外语教学与研究出版社
社　　址　北京市西三环北路 19 号（100089）
网　　址　https://www.fltrp.com
印　　刷　北京盛通印刷股份有限公司
开　　本　787×1092　1/16
印　　张　58.5
版　　次　2017 年 11 月第 1 版 2024 年 1 月第 5 次印刷
书　　号　ISBN 978-7-5135-9602-2
定　　价　99.00 元

如有图书采购需求，图书内容或印刷装订等问题，侵权、盗版书籍等线索，请打以下电话或关注官方服务号：
客服电话：400 898 7008
官方服务号：微信搜索并关注公众号"外研社官方服务号"
外研社购书网址：https://fltrp.tmall.com

物料号：296020001

编者序

《西方文论关键词》，首先是一部大型工具性理论辞书。但不同于一般意义上的辞书，它实际上是以经过深入研究的独立论文形式汇聚成书的。它顺应国内人文学科的发展需求，梳理并讲解20世纪西方文论的关键术语和时新概念。说明一下：这里所谓"文论"，特指20世纪发展起来的西方批评理论和文化理论；同时，它也指涉资本主义变革态势下，不断求变求新的各种欧美新学潮流。

自1900年尼采死后，西方创新思想和理论便在人文领域多头萌发。譬如在文学、美学和艺术等领域内，我们目睹了一波接一波的现代主义、后现代主义等思想潮流接踵而至。而在毗邻的哲学、历史、心理学、社会学等领域，文论则改头换面，先后以哲学改造（现象学）、语言学革命（结构/后结构主义）、文化批判（西方马克思主义）等面目出现，给我们留下了数量可观、内容庞杂的跨学科理论资源。

作为新学，西方文论图变心切，倡导革新。从尼采到福柯，以至当今各家各派，批判思潮起伏跌宕，不断突破人文传统，引领西方学术改造。依照欧美学界目前的共识，各路新学难以分类，只能笼统称作 critical theories，意即"混杂型批评理论"。针对上述时髦理论，中国学界可谓摸石头过河，继而约定俗成，径呼为"文论"。

《西方文论关键词》亦可说是当代中国学者的一大集体攻关项目，而且，在这一专题下同时发动了方面如此广泛的专家学人，共同协作而终于汇成专书，迄今还不曾有过。自20世纪80年代起，以外语教师与海外留学生为主，中国学界开始分头译介、评论各路西方文论，影响波及文学、哲学、语言学、文艺学与文化研究等众多学科领域。

目前，国内已有大批高校正式将西方文论列为研究生课程，而在一些重点高校的博士培养计划中，西方文论则成为学科创新与发展的主要动力。美中不足的是，我们此前尚无一本自主编写的综合教材，更缺少普及适用的专门辞书。

编写困难，主要来自西方文论自身的三个特征：一、多语种复杂来源；二、跨学科交叉性质；三、全球化传播方式及其造成的广泛误读。受这些条件限制，国内针对西方文论的专家治理长期处于分散凌乱、互不衔接的探索阶段。

2001年8月，由北京外国语大学《外国文学》杂志牵头，在吉林省延边大学召开了一次"全国外国文学现状研讨会"。会上有代表提出，希望在《外国文学》

杂志开设专栏，集中讲解西方文论的关键术语与概念。这一创意当即得到时任《外国文学》执行副主编李德恩教授的响应。自2002年元月起，至2005年12月止，《外国文学》杂志连续四年，锲而不舍，相继推出专栏文章共54篇。

专栏开办后，杂志推举中国社会科学院外国文学研究所研究员赵一凡和北京外国语大学英语系教授张中载为主持人，实际负责总体筹划、审阅稿件、指导编辑。清华大学陈永国教授为专栏编制了预写词条目录，但在实行过程中，计划多有变更。主要原因是：为了顺应国情，我们转而注重"因人成事"，发挥作者的专长，以避免为"计划"所累而产生急就章。专栏开办之初，赵一凡研究员和中国社会科学出版社的汪民安博士等，应邀撰写了第一批示范词条。

众所周知，西方文论内容繁杂、译介口径不一，加之术语生僻、概念新奇、技术难度大、方法观念远远超出文学范围之外，这就使得我国学者在传播与应用过程中，屡屡碰到术语与概念不统一、不明确，甚至不可解的障碍。有鉴于此，杂志专栏大胆采取了开放与试验并举的方式，力求在讨论基础上获得思想共识，而不于一题、一见强求整齐。

与此同时，为了保证讨论效果，主持人也对专栏作者提出了大致统一的体例与内容要求：一、每一词条均提供简明扼要的术语解说、背景介绍；二、对每一概念的发展衍变过程，进行仔细的梳理辨析；三、力求在外国理论与评论基础上，提出我国学者的自家见解；四、在文末提供相应的中外文参考书目，以利读者进一步查阅或跟踪研究。

为专栏供稿的六十位作者，分别来自海内外三十余所高校和科研机构。其主力阵容，是一批常年研究西方文论或讲授相关课程的资深专家：如北大刘意青、申丹、周小仪、张沛，北外张中载、何其莘、金莉、张剑，社科院章国锋、王逢振、周启超，清华大学陈永国，浙大殷企平，南大朱刚，洛外姚乃强、李公昭、王岚，川外蓝仁哲、廖七一，川大王晓路，北师大赵勇、王丽亚，华南师大于奇智，深圳大学蒋道超，海南大学孙绍先等诸位教授。其中亦不乏旅居香港及海外的华人学者，如香港城市大学张隆溪教授、美国加州大学童明教授、日本东京大学林少阳博士等。

另有一批思想活跃、学有专长的年轻学者和博士，构成了几乎一半以上的作者队伍。如郭军、马海良、陶家俊、赵国新、许德金、黄汉平、胡继华、陈世丹、杨向荣、林元富、程党根、周兴杰、程巍、程虹、李砾、陈榕、张意、徐敏、战菊、支宇、赵文、王泉、陈丽、崔竞生、魏天真、孟登迎、罗婷，等等。他们出色的文章和新颖的见解，使我们有理由乐观展望西方文论在中国的发展前景。

在此我要遗憾地提到，不久前辞世的四川大学外国语学院文楚安教授也曾应邀撰稿，可惜疾病没能使他有机会了此心愿。

专栏开办一年，受到读者普遍欢迎，尤以中外文系教师、研究生最为关注。他们殷切希望扩大稿源，加快发表，早日成书，以满足当下迫切的教研需求。针对实际要求，《外国文学》杂志两次增发专栏词条：2003年每期两篇，2004至2005年增至每期三篇。另外由杂志编辑部与专栏主持人共同决定：筹备专栏文章的结集出版工作，仍由赵一凡总领其事。

2004年10月，经与外语教学与研究出版社协商，明确《西方文论关键词》的出版原则如下：一、为我国高校师生与相关专业人士，量身制作一部研习西方文论的大型工具书与辅助教材；二、广泛借鉴国外同类辞书、相关论文与专著的长处，力求使本书具有鲜明独特的中国特色；三、在全书八十余条关键词的庞大基础上，除尽量统一关键词译名外，还要凸显中外学者及其观念之间彼此交流对话的学术效应，明确所选术语与概念的源流、内容、特点和演变，并且最重要的是，反映西方文论在中国的接受、发展、变异及其独立品格。

西方文论仍在发展，而我国学者对于创新理论的需求也在迅速增长、日趋成熟。鉴于西方文论的引进是个长期复杂的本土化过程，我们无意把自己的推介工作定称为"唯一"或"正确"。开办专栏的初衷，是吸引那些对西方文论感兴趣的各方学人和院校师生，共同参与讨论和探索。至于为其答疑解惑，倒在其次。如今出版《西方文论关键词》一书，也是为了搭建一个批评西方新学的交流平台，以便与大家携手，共同面对我国人文学术发展的艰巨任务。

作为一项肇始工程，本书达不到完满标准，更不能自诩成功。相反，因研究对象历史复杂、范围广泛、内容艰涩，此书从词条选择到行文规范等方面，皆难免有失当和参差。对于书中的诸多缺憾，我在此提醒读者：暂时我们只能做到如此。下一步当以此为起点，群策群力，向纵深拓展，以便在三五年后，我们能见到一部更加完备周到的《西方文论关键词》修订本，以及以此为契机而产生的大批新鲜活泼、卓有创见的中国学者的著述。

作为一项持续四年的合作项目，《西方文论关键词》得到了国内各方学人和高校师生的广泛支持和帮助。我在此感谢《外国文学》编辑部的李铁：他从头至尾，不厌繁难，完成了从专栏到成书的联络、策划与编校工作。我要向后期来稿的十多位作者致歉，因为此书提前出版，他们的文章未能赶上在《外国文学》杂志的专栏发表。直到此书截稿之前，仍不断有师生来信询问，希望提供新的词条。

最后，我还要感谢外研社领导及学术与辞书部主任姚虹、责任编辑徐宁：他们为此书的出版精心筹划，尽职尽力，终于为这项浩大工程画上了一个漂亮的句号。

赵一凡
2005年10月于苏州

目　录

阐释/诠释	李　砾	(1)
重　复	殷企平	(13)
大众文化	赵　勇	(23)
代　码	陈世丹	(35)
多元系统	廖七一	(53)
俄国形式主义	杨向荣	(61)
法兰克福学派	赵　勇	(71)
反　讽	林少阳	(90)
反英雄	王　岚	(103)
飞　散	童　明	(113)
讽　寓	张隆溪	(126)
符号学	罗　婷	(135)
复　调	周启超	(145)
含　混	殷企平	(156)
后结构主义	马海良	(167)
后现代女性主义和后女性主义	魏天真	(176)
后现代诗学	林元富	(188)
后殖民	陶家俊	(201)
互文性	陈永国	(211)
话　语	陈永国	(222)
荒诞派戏剧	何其莘	(232)
交往理性	章国锋	(238)
结构主义	赵一凡	(248)
解构主义	王　泉　朱岩岩	(259)
解　释	王丽亚	(269)
经　典	刘意青	(280)

经典修正	金莉（294）
快感	徐敏（306）
类像	支宇（318）
迷惘的一代	陈丽（330）
陌生化	杨向荣（339）
凝视	陈榕（349）
女权主义	孙绍先（362）
女性话语	王泉 朱岩岩（376）
启蒙	童明（385）
启蒙辩证法	郭军（405）
启蒙现代性	汪民安（414）
情感结构	赵国新（433）
权力	汪民安（442）
全球化	王逢振（457）
身份认同	陶家俊（465）
生态女权主义	金莉（475）
生态批评	程虹（487）
时尚	徐敏（498）
视角	申丹（511）
书写	林少阳（528）
文化霸权	周兴杰（540）
文化唯物论	赵国新（550）
文化研究	赵国新（558）
文化资本	张意（568）
文学场	张意（579）
文学性	周小仪（592）
乌托邦	崔竞生 王岚（613）
误读	张中载（621）
细读	张剑（630）
现代性	赵一凡（641）

现代主义	姚乃强	(651)
消费社会	蒋道超	(659)
新历史主义	陈 榕	(670)
新批评	蓝仁哲	(682)
新左派	赵国新	(688)
星座表征	郭 军	(696)
性别研究	朱 刚	(708)
性属/社会性别	王晓路	(720)
叙事学	申 丹	(726)
叙 述	申 丹	(736)
学术制度	程 巍	(745)
延 异	胡继华	(755)
意识形态国家机器	孟登迎	(767)
隐 喻	张 沛	(775)
游 牧	程党根	(785)
语 言	战 菊	(796)
欲 望	程党根	(806)
欲望机器	于奇智	(817)
原型批评	张中载	(827)
战争文学	李公昭	(837)
症状阅读	赵 文	(849)
种族/族性	王晓路	(860)
主 体	黄汉平	(867)
转 义	许德金 朱锦平	(881)
传 记	许德金 崔 莉	(891)
自然文学	程 虹	(901)
总 体	郭 军	(911)
关键词英文索引		(923)

阐释/诠释 李 砾

略 说

在西方文论的概念术语中，"阐释"（Interpretation）是对文本的理解和说明，是一种人类通过文本达到理解、进行对话的行为。"诠释"（Hermeneutics）则是关于阐释行为的理论和科学，探究为何、如何阐释。阐释是诠释学探究的基本对象。

综 述

宗教神学诠释学

英文中的 interpretation 和 hermeneutics 在汉语中分别用"阐释"和"诠释学"来表达。《说文》："阐，开也从门单声易曰阐幽。""诠，具也从言全声。""释，解也从采采取其分别物也。"（许慎：248，53，28）依其定义，阐释，即解开疑问，让人明白。以具释诠则是取具的具备之意，具（昇）的上半部分是贝，下半部分是两只手，古人以贝为币，两手举币，意当为共置；诠从言全声之义乃言说周全。显然，从语义学的角度看，"阐释"的意义就是答疑，而"诠释"的内涵则更丰富些。

在英语传统里，hermeneutics 是关于阐释的理论或科学。作为概念术语，hermeneutics 要追溯到古希腊语 hermeneuei。在希腊神话中，信使 Hermes 往来于奥林匹亚山与人世之间，负责传递和解释诸神给人类的旨意及信息，于是，把神含义模糊的语言转换成人类惯用的语言便被称为 hermeneuei。再后来，hermeneuei 渐渐成为宗教神学中探究如何阐释上帝旨意及《圣经》经文的独立理论系统，而且颇近于语言文献学。

16 世纪西欧出现了旨在改革罗马天主教教义并最终导致新教建立的宗教改革运动。改革者们在与罗马大教堂的争论中，坚持《圣经》经文具有独自的完整性解释。后来新教徒又确认《圣经》经文意义自足，其自身已经展示了基督教教义基本的可理解性。这些关于宗教经文、思想乃至其真理性理解的观念和方法，形成了早期宗教阐释理论和实践的主体部分，导致了宗教神学诠释学基本原则的确立。（Makaryk：90）

哲学诠释理论

18世纪末19世纪初，宗教神学阐释方法论和实践材料及其基本原则逐渐丰富和系统化，于19世纪中后期广泛渗透到文学、历史学和法学等领域，成为这些人文学科文本阐释的方法论，并且发展为更宽泛的哲学诠释理论。哲学诠释理论强调，尽管阐释不能涵盖全部人类的文化及追求，但在大多数人类活动中具有非常重要的价值。在从宗教神学诠释学演变成为哲学诠释学的漫长过程中，有几个关键人物的名字及其理论与诠释学的发展密不可分。

弗里德里希·施莱尔马赫

18世纪末19世纪初的德国神学家、哲学家施莱尔马赫（Friedrich Schleiermacher, 1768—1834）是探索阐释理论的第一位学者，他最重要的诠释学著作是《1805年和1809/1810年诠释学箴言》和《1819年诠释学讲演提纲》。在施莱尔马赫这里，诠释学的领地超越了宗教神学，涵盖了所有人文科学文本和精神作品。于是，阐释不再仅仅是接近上帝和真理的途径，而成为人与人对话、沟通的方式。施莱尔马赫理论中蕴含许多创造性因素：系统地论述了阐释的技巧方法，提出了诠释循环说，涉及了先在理解及理解的相对主义问题，指出理解具有心理过程特点，将阐释与思维及思维的个体联系了起来，等等。

诠释循环说是施莱尔马赫对诠释学最重要的贡献。诠释循环的基本含义是：某事物的部分总是在这一事物的全体中被理解，反之亦然。例如，一个词的含义是被这个词处于其中的那个句子的含义所决定的；然而，句子又只能通过构成句子的那些词来理解。理解就产生于这二者的循环调节之中，这种循环在理解过程中不可避免。施莱尔马赫强调，诠释循环不仅仅涉及一个文本中整体与部分的关系，还要求理解必须穿透文本，达到作者的精神世界及其全部生活过程。他指出，我们了解一位过去的作者有可能甚于这位作者对自己的了解，因为我们能够在一个比他们自己先前可利用的更广阔的历史视域中去认识他们。诠释循环的观点一直延续至20世纪的诠释学中。

另一方面，从认识诠释学与修辞学的关系上，施莱尔马赫意识到阐释与思维具有无法分割的联系。在他看来，阐释是一门理解的艺术；由于理解是对话语的理解，而话语是思维共同性的中介，因此"诠释学与修辞学具有互相隶属的关系，并且与辩证法有共同的关系"。由于语言是实际思想的方式，话语与思想具有统一性，因此"诠释学应当导致对思维内容的理解，但思维内容实际上只是通过语言而存在，所以诠释学依据于作为语言知识的语法"。（洪汉鼎：48—49）实际上，施莱尔马赫是在探究如何通过一个文本的语词、语法、话语来把握其语言的整体风貌，进而理解一个人的精神世界。他认为语法解释是客观的，心理学解释是主观的，它们都不能独立地证明作者绝对正确地使用了语言，以及解释者完全了解语言；诠释学的艺术就是知道两者如何互补。正是由于他认为解释的重要前提是阐释者必须自觉脱离自己的意识，而进入作者的意识，他的诠释理论指向了文本背后的个体，个体的灵魂、思想和创造精神。亦因此西方哲学史家称他将阐释"置于作者和文本的精神之域"。（希尔贝克等：398）显然，施莱尔马赫所探索的诠释理论已不仅仅适用于宗教神学文本了，它既描绘了一种与文本的语言语义相关联的语法诠释，又描绘了一种超越了语言而深入作者主观世界的精神诠释。他将宗教神学诠释学带到了哲学诠释学的门口。

按照施莱尔马赫指出的原则，理解在诠释学中变得丰富多彩。在这里，首先存在一种作者和读者双方能分享的理解；第二，存在一种作者所特有的理解，而读者只是重构它；第三，存在一种读者所特有的理解，而这种理解即使作者也能作为一种特殊的外加的意义加以重视。施莱尔马赫之后，诠释学成为新型人文学科具有核心意义的方法论。人们看到，诠释学领域存在着包括神学、文学研究、法理学和历史编撰学等所有人文学科的共同基础。在某种意义上，人文学科相对于自然科学的独特性也是这种共同基础的结果。因为从施莱尔马赫诠释理论的视角来看，"人文学科的目标是理解，而自然科学的目标则是说明"。（希尔贝克等：399）

威廉·狄尔泰

真正将诠释学引进哲学之门、使之走入更广阔的人文学科领域的是另一位德国哲学家威廉·狄尔泰（Wilhelm Dilthey，1833—1911）。狄尔泰是一位科学哲学家，人文科学在狄尔泰那里经历了一个"头脑冷静"的过程。对狄尔泰来说，人文科学的探索不同于自然界的科学探索，人文科学研究无法将人类自身从中排除出去，而且基本上都涉及理解人类表达的阐释问题。狄尔泰认为，理解人的存在，就是要理解他们的文化表达——不仅仅有文本，也包括各种各样的艺术形式和属于一般历史文化范畴的人类活动。因此，人文学科是诠释性的学科，它们的重心就在对语言表达的阐释上，而对这些表达的探索必须追问到原初的经验：生命经验。

狄尔泰的诠释理论中出现了两个新的重要原则。其一，假定在表达主体和设法理解该表达主体的理解者之间有着某种相似性，这些相似性是共同人性的基础。于是，理解与阐释就是个体生命对个体生命的理解，个体精神对个体精神的阐释。狄尔泰说："我们是根据个人间的相似性和共同性理解个人的。这一过程以全人类的共性和个体化之间的关系为前提。"（洪汉鼎：102）

其二，诠释学中的理解犹如美学中的情感移入，即一个人把自己所接受的外部的文化信息——狄尔泰称之为"对象的精神"（objective mind），移入到自己的精神世界使之成为文本创造者的一部分。狄尔泰指出的这一移入过程，实际上是将作者的精神表达移入阐释者自身来探索作者生命体验及体验表达的过程。这个过程不仅探求文本的意义，而且寻找文本作者的天赋，"所包含的东西比诗人和艺术家意识中存在的东西更多，从而也会呼唤出更多的东西"。（洪汉鼎：103）事实上，这种移入过程蕴含着个人在其他个人那里认出了自己的自我理解。

诠释学因狄尔泰的这些新原则而与心理学的推测和直觉形式发生了更密切的关系，亦因此与存在、生命及精神的价值紧密地联系在一起。

通过施莱尔马赫、狄尔泰，至19世纪末，诠释学在德国乃至欧洲获得了相当的地位。作为一门哲学学科，它已不仅仅适用于古代文本阐释，也适用于所有的人文科学研究。但由于狄尔泰理论特别地求助于意图、心灵和移情作用，他被非难为"体验主义"，他探索作者灵魂的方法也被部分学者认为过于浪漫。于是，他的一些继承者在文本自身与作者及作者意图之中，选择了更关注文本自身。其实，这恰是狄尔泰的理论的最精彩处——他认为：一个文本，甚至于我们并不完全了解其作者所生活时代及环境的文本，都是能够阅读和被理解的；而且，任何人都不需要完全以作者式的阅读来理解文本；因为，理解的关键因素是生命的主观体验性，它也属于读者而非仅仅属于作者。（Makaryk：298）

马丁·海德格尔

真正独特的20世纪的阐释理论起于马丁·海德格尔。狄尔泰去世后20年，海德格尔在其开创性的著作《存在与时间》一书中从现象学哲学上使诠释学的哲学思考获得了突破性进展。海德格尔赋予理解与阐释以更深广的意义。由于他的理论，诠释学获得了哲学的或形而上学的含义，并且与现象学、存在等问题联系起来。

《存在与时间》既追问存在问题，又在此基础上着手建构现代本体论诠释学，因此，弄清其理论，首先必明白海德格尔对存在问题的独创性见解。在海德格尔的概念里，"存在"与"存在者"（"在场"与"在场者"）是不同的。话可以这样说："存在者存在，存在者不存在。"这表明"存在"既不是指任何现成的生存者或实体，也不是指任何定性的概念或某物的命名，它既非精神也非物质。"存在"是现象，是一个总是在展开的状态，是一个一直在发生的过程，它与原生状态的时间、空间、现象和声音（语言）处于同一层面，密不可分。正是在此前提下，海德格尔指出，理解是一种"生存着的在世存在"（das existerende In-der-Welt-sein）的展开状态（Erschlossenheit），是一种"此在之为能在（Sein-Koennen）的存在方式"。（海德格尔，1999：166—172）

由于这种观念，在海德格尔的诠释学中，理解问题彻底地从学者进入另一个人的精神世界质询这种方式中分离了出来，代之以探究我们生存的现世、或称之为"存在者的存在"所蕴含的意义。这些意义是现场的、纯知觉的、素朴的，是为我们默许的。依照海德格尔的描述，理解向来涉及此在作为"在世存在"的整个展开状况。所以，理解是置身于一种生存论上的整体"筹划"之中的。没有这种"筹划"，我们无法理解世界。而这种"筹划"里包含着可以表达的真知灼见，也隐藏着无法说明的默会神悟。这同时意味着有一种与"在世存在"同在，并且先于我们又为我们默许的前理解，理解和阐释的目的就是要弄清楚那些前理解。海德格尔后期将这种对前理解的理解称之为对"无"的理解。他说，世界关联的目标就是存在者本身——此外无什么；一切科学研究借以发生、从中辨析的那个东西就是存在者本身——此外无什么；唯有存在者——此外无什么。他说，我们的生存乃是一种由科学规定了的生存，沉思我们的生存，将陷于一种冲突中间，追问这种冲突，便会有一个特别的问题显现出来：无之情形如何？（海德格尔，2001：121—122）

他追问的就是这个"无"。他说，此在别具一格的形式"畏"启示我们认识了"无"：畏之所畏者就是现世本身，现世中有无。它既不是一个对象，也根本不是一个存在者；既不自为地出现，也不出现在它仿佛与之亦步亦趋的那个存在者之旁。它是"源始的可敞开状态"，是一种可能性，并且源始性属于本质本身。存在者之中发生着无之不化。简言之：无与存在同一。（海德格尔，2001：133）

海德格尔这些关于存在、无、前理解等的表述，隐隐地显现着我们所熟悉的老庄道家的知识论：认知万象归一的大化，洞见"无"的真谛，意识倾听语言的重要……应该说，海德格尔的理解和阐释绝不仅仅是探究文本意义的方法，而是一种更深入的人类认知的模式。和老庄一样，或者就是从老庄那儿获得了启示，海德格尔看到了泰初有道、言中无言。

从诠释学作为方法论的发展过程看，海德格尔揭示了理解基于人（此在）的历史（时间性）、人（存在者）的存在（空间性）的一般结构，或者说，海德格尔提供了一种反主观的诠释形式。这种诠释形式强调将理解与阐释定位于文本自身的时间与现象、历史与语言上，而非文本创作者的精神世界里。在海德格尔学派的模式里，文学作品很少表达个体的思想和意图，因为他们认为，在文本里，一个人体验到的是被作者所描绘的整个世界，而不是异质的精神状况或意图。海德格尔的诠释理论极富创建精神，特别是他后期的著述包含着众多形而上的反省和对各式各样诗作及语言的洞见。但是，在他带着更多诗性的沉思冥想而非方法论意义上的理论中，虚无的浓雾也越来越重。

汉斯–格奥格·加达默尔

海德格尔之后，汉斯–格奥格·加达默尔（Hans-Georg Gadamer，1900—2002）发展了哲学诠释学的传统。加达默尔是海德格尔的学生，也是哲学诠释学最杰出的代表人物之一。他的诠释理论一方面继承了海德格尔对存在问题的关注，并深入到了理解和语言、此在和语言的关系之中，另一方面又吸收了施莱尔马赫及狄尔泰的诠释循环理论，而且在两个方面都有着自己独到的扬弃。他继承了海德格尔富有创见性的见解，即文本阐释的目标不是著述者的意图，而是作为此在存在方式对历史文本的理解过程。在其最具影响力的《真理与方法》一书的第二版序言中，加达默尔借回答当时学术界对哲学诠释学的非难清晰地阐述了其基本观点："海德格尔对于人类此在的时间性分析已经令人信服地表明：理解不属于主体的行为方式，而是此在本身的存在方式。""问题不是我们做什么，也不是我们应当做什么，而是什么东西超越我们的愿望和行动与我们一起发生。""借用康德的话来说，我们是在探究：理解怎样得以可能？这是一个先于主体性的一切理解行为的问题，也是一个先于理解科学的方法论及其规范和规则的问题。"（洪汉鼎：170—174）

但是，相对于海德格尔，加达默尔没有锲而不舍地在前理解问题或曰"无"的领域里冥想，他把关注焦点放到了文本意义的具体探索上。他的探索承接了施莱尔马赫及狄尔泰诠释循环说的精华。依照诠释循环说，一个文本的基础是由多方面的心理和历史事实构成的，加达默尔认可这一点。但是，加达默尔认为要寻找文本的真理性主张；他强调，一个文本应该主张或陈述了某些东西。在加达默尔看来，理解一个文本的意义与理解一个文本的真理性主张是一致的；深入文本中去，并不是深入到文本作者或另一个人的精神生活中去，而是要深入到文本的意义中去；但是文本的意义只有在文本的真理性主张中才能寻找到，所以要理解文本的意义，还必须设法确定它的真理性主张是否合理。在《真理与方法》第二版序言中加达默尔说："人们所需求的东西并不只是锲而不舍地追求终极的问题，而是还要知道：此时此地什么是行得通的，什么是可能的以及什么是正确的。"（洪汉鼎：182）这是他的诠释循环说与施莱尔马赫、狄尔泰之说最根本的不同。在这一层面，加达默尔与中国的孔孟儒学相通。

加达默尔理论还指出，诠释的难题之一是如何克服文本与读者距离的疏远，即一个从它的原始文化和历史环境中分离出的文本如何与当代读者沟通，被当代读者理解。他认为，这一难题始终伴随着对所有历史艺术作品的阐释，也伴随着所有试图理解另一种文化和另一类人的努力。他因此坚持，诠释的目的不是理解及阐释那个作品对于它的原始读者与作者意味着什么，而是理解及阐释那个作品对于现在的我们能意味着什么。依照他的观点，诠释带来了一种过去与现在的对话、他者与我们的对话，这种对话发生在二者之间视域融合的瞬间。从根本上说，我们永远是从我们自己的意义视域出发来看待文本的，诠释理解实际是个自我理解的行为：理解我们自身历史的真实以及它和过去连绵不断的联系。

必须特别说明的是，加达默尔强调的"视域融合"中包含了他对语言的认识：他认为语言不仅是一种传达的工具，更是一种认识媒介。人类对世界的一切认识都是以语言为媒介的。语言占据诠释学领域的中心位置，它是我们通过语言社会化，并借以理解我们自己和世界的意义视域；而人和人的对话、沟通所依赖的就是这一

意义视域的融合。(Makaryk: 326—328)

由此还可以发现,加达默尔诠释理论中另一有特别意义的部分是对阐释对话价值的重视,即对诠释学实践意义的重视。他的理论显示,由于受限于历史与文化条件,我们只能设法去理解对象。于是,对一个文本来说,它就可以没有最终且确定的意义。例如,一个经典文本,当它在不同的世纪被不同地理解,成为不同的体验时,它呈现出的是一个意义历史发展的过程。这种文本没有终极意义和确定意义而存在于每一种理解中的情形,就是传统自身在艺术文本、习俗,尤其是语言里本质的表达。假如一个文本为我们所理解,伴随其所表现的传统而来的那些遗传下来的偏见没有被我们接受,那么,我们就会随着对文本真正的理解看见我们和文本间存在的差异——文化的、历史的差异。加达默尔认为,这是阐释带给我们的最重要的收获。在他的阐释理论中,理解预示着我们从那些环绕着我们的传统与文化、以及那些更遥远的被我们自己尽力解释的历史中有所收获,有所归属,或更直接地说:理解意味着皈依相同和承认差异。加达默尔告诉人们:各种距离(差异)令我们与文本的意义疏远了,诠释就是要穿越距离形成对话和沟通。

保罗·利科

20世纪哲学诠释理论的另一个重要角色是法国哲学家保罗·利科(Paul Ricoeur,1913—2005)。在诠释学的发展过程中,利科的诠释学通常被称为现象诠释学。利科在广义上同意海德格尔和加达默尔关于诠释目的的见解,但是他致力于通过"现象学诠释学"这种学科定位,使诠释学从存在论层面返回到方法论层面。他的诠释理论更多地融入了20世纪的学术风尚,特别是结构主义、符号学、语言哲学等因素。对于利科来说,诠释的目的不仅包括理解冲突、阐释意义,也包括获得自我理解。这种自我理解,不是通过笛卡尔式我思故我在的形式来实现的,而是通过对文本、特别是对艺术作品的理解与阐释来间接实现的。《诠释学与人文科学》较为集中地表述了利科的现象学诠释理论。

从技术上看,利科的诠释学主要是一种文本阐释理论,其中,文本阐释过程分为三个基本阶段。一、尽量客观地分析文本自身:这是一种对文本的内容与形式进行结构及语言分析的定位,即对文本语言替代谈话话语之后,话语语境、声音、气氛等现场因素失却后的文本的认识。二、阅读的进程在文本世界中实现:由于语言替代了话语,文本语言获得了某种固定的形式意义,因而也就为理解提供了获得无限意义的可能性。三、是对理解个体自身来说的:此时,文本意义化为属于阅读理解者自己的存在与沉思。其实,第二个阶段已经预备好了第三阶段;第三阶段对文本世界的具体理解依赖于读者自身世界和个人学识以及性格等个体性特征。(Makaryk: 453)

利科说:文本理解和阐释就是这样把我们与我们自己间隔开来,牵引着我们进入文本之中。他将这一过程称为"通过自我剥离进入文本世界所反映出的各个方面以及诸种可能性来理解我们自身";他说,若非这样,对于我们自己来说,文本所反映的那些现象我们可能永远也遭遇不到。利科将这种自我剥离比喻为"抛弃"。在他看来,理解与阐释要抛弃了自身方能获得文本真意,进而理解我们自己。抛弃是占有的基本环节。利科的理论还涉及到另一个诠释难题:我们如何通过叙述和自述来定义以及理解我们自己。在这一层面,他扩展了海德格尔对人类此在的分析。他指出,当时间达到显现为一种叙述形式的程度,就成为人类此在的时间;因此,叙事性的文学贡献了这一最重要的人类理解自身的时间设置。(洪汉鼎:421—428)

对哲学诠释学的批判

加达默尔之后,与利科基本继承哲学诠释学原则相对的,是对哲学诠释学的批判。批判主要来自两个方面:意大利法学家和哲学家埃米利奥·贝蒂(Emilio Betti, 1890—1968)和美国文学理论家 E. D. 赫希(E. D. Hirsch)从方法论角度的切入;以哈贝马斯为代表的社会批评家从意识形态批判理论角度的切入。

贝蒂的批判显示在两个层面:力图恢复被海德格尔和加达默尔的哲学诠释学消解了的作为方法论的诠释学;指出哲学诠释学有使阐释离开客观性而陷入困境的危险。贝蒂致力于将理解和阐释的方式细化。在他看来阐释是一种"富有意义的形式"。理解现象是一个"能思的精神者的解释者"、"精神客观化物"以及联系两者的"富有意义的形式"之三位一体的过程。他提出了阐释的四项方法论原则:诠释学对象的自主性、诠释学评价的整体性和融贯性、理解的现实性和理解意义的正确性。前两条属于阐释对象,后两条属于阐释主体。他归纳了诠释学的四个理论要素:语文学、考证、心理学以及技术–形态学描述要素。他还指出三种阐释类型:重新认识的、重新创作的、规范应用的。(洪汉鼎:124—168)贝蒂的努力甚至获得了他所批判的加达默尔的欣赏。

贝蒂的继承者美国文学批评家赫希在他具有影响的著作《阐释的有效性》中描绘了文本意义和阐释的目的性之间的区别。赫希指出,他关注的不是一种阐释是否有用或者是否能自圆其说,而是阐释能否正确地传达文本的意义。他希望有一个有效阐释的具体标准。在他看来,能否有效阐释既求助于文本的意义,又取决于能否揭示文本作者的创作意图。他认为,至少从原则上说,阐释的目的是要重构文本创作的情景。(Baldick:157)在《阐释的目标》里他更清晰地说明了这一观点:阐释要有一个基本的伦理规则,如果没有追求事实的标准和基本的伦理规则,阐释上就仅仅剩下怀疑论和相对主义了;那样,所有阐释都可以成立,但将导致无是无非。(Makaryk:360)

哈贝马斯则从社会意识形态批判理论方面对哲学诠释理论提出质疑,这在诠释学的发展过程中发挥了独特的作用。哈贝马斯作为法兰克福学派第二代的主要代表，尽管没有标榜自己是一个诠释学者，但是他既非常关注诠释学的范例，又在最重要的方面提出了独到见解——意识形态的作用会导致说话者与读者之间的信息变形、扭曲。他使诠释理论获得了另一次转机：转向被称之为"怀疑阐释"的方面，转向更注重实用主义的实践性因素。譬如：

哲学在海德格尔、加达默尔的诠释理论中是探讨存在、人知问题的形而上学，是涵盖方法论、认识论的第一学科。但是，在哈贝马斯这里，转向了实用主义的意识形态范式。

语言在哲学诠释理论中特别是海德格尔后期理论中，占据中心的位置，语言创造意义的潜力被抬举到绝对的高度。但是，在哈贝马斯这里，中心位置让位于语境——语言理解过程中发生的各种关系。哈贝马斯说："言语者与他者就某事达成理解，所使用的任何一种语言行为都把语言表达固定在了三层世界关系当中：与言语者的关系，与听众的关系，以及与世界的关系。"（哈贝马斯：81）

传统在哲学诠释理论中是一个万史和人类文化的概念，而在哈贝马斯这里，则变得政治化和问题化了：传统既可以达成交流，也可能系统地排斥真正的交流。

哈贝马斯的路径导致诠释理论进入了更广阔的社会政治舞台。在这一舞台上，诠释理论及渗透其中的批评理论与众多的其他理论一样更切实地成为了意识形态的工具。

对中国古典阐释理论的现代性思考

相对于西方诠释学，中华文明也有自己独特的传统阐释理论和方法。自公元前600年至前200年间不约而同地发生"哲学突破"以后，一些文明历史悠久、文化传统丰富的民族，如印度、希腊、中国和以色列等，都在不断地根据变革现实的需要，阐释自己的原创性文化经典。与其他文化不同的是，我们的古典阐释传统起于中华先民在文化经典中探求圣贤思想的愿望，而古典阐释理论主要是方法论。由于中华民族具有注重现实、经世致用的精神，方法论始终是思想变革、文化发展最重要的因素。两汉经学、魏晋玄学、宋明理学、清代朴学，几乎每一种文化思潮的兴起都是以阐释方法论的变革为前提的。

在20世纪中国思想文化领域开辟了一个深刻而独特的阐释话语空间的，是学人钱锺书。钱锺书的阐释理论和方法将中国古典阐释理论和方法与西方哲学诠释学融会贯通，显示了至少两方面的超越。

首先是根据汉字诗有三训、易之三名、一字多义的符号运意特征，提出了兼顾词章义理的阐释方法原则：求心而通词、会意而知言，趋乎象外而求词章之义理，考究文本始终以窥全书之旨。钱锺书称此法为："积小以明大，而又举大以贯小；推末以至本，而又探本以穷末；交互往复，庶几乎义解圆足而免于偏枯，所谓

'阐释之循环'者是矣。"（钱锺书，1979：171）显然，此乃借鉴西方哲学诠释学方法论原理，对中国古典阐释理论与方法之集大成者乾嘉朴学的超越。

但是，相对于西方诠释学"阐释循环"之说，钱锺书还有其中国传统的周道、圆觉、备善之论。这一层又是借中国传统的知识论，对西方哲学诠释学认知理解观的超越了。周道、圆觉、备善之论是涵盖更深广的循环认知方法原则："周道"出自《荀子》："由用谓之，道尽利矣；由天谓之，道尽因矣。此数具者，皆道之一隅也，而万物为道之一偏，一物为万物之一偏，故周道方可不拘于一隅一偏。""圆觉"出自《佛经·圆觉经》："进入菩萨境界，既要断理障，又要除事障，若诸众生永贪欲，先除事障，未断理障，但能悟入声闻缘觉，未能显住菩萨境界；因曰：执著于悟，亦可成迷，胶牵于理或转复作障。""备善"出自《典论·论文》："夫人善于自见，而文非一体，鲜能备善，是以所长，相轻所短。"这就是说，善于自见中含着暗于自见或不自见之患。实际上周道、圆觉、备善皆言理解与阐释不可拘守一隅一偏一边一体之弊，方可去蔽去障。（钱锺书，1979：1050—1053）钱锺书以认知的周、圆、善，远离绝对论的偏见，又回避相对主义的怪圈，其中智慧非数言能道尽。

其次是深悟中国古代哲人对心物之"每相失左"、心手之"难以相应"的睿智之见，重申文本作者的心内初衷并非能见于笔端，显于文本，即"作者之宗旨非即作品之成效"。（钱锺书，1979：508，509，1220）这就是说，一个文本本来就无确切的本真意义，文本之旨作者本人亦无权定夺；因为当文本作者下笔那一瞬间，存于作者心中的真意就已经与文本拉开了距离。与这一观点相关联的是钱锺书对古人阐释妙法的一系列令人击掌的现代言说：

阐释非作者意图之解，而是文本意义之解。在阐释过程中，义不显露而亦可游移，诂不通、达而亦无定准，如舍利珠之随人见色，如庐山之横看成岭侧成峰。故曰陶潜"读书不求甚解"是因"所谓'甚'者，以穿凿附会失其本旨耳"；（钱锺书，1979：1229）而周济所曰"初学词求有寄托，有寄托则表里相宜，斐然成章。既成格调，求无寄托，无寄托则指事类情，仁者见仁，知者见知。"自有道理。（钱锺书，1984：610）

文本中作者本没有或者未曾想表现的，读者未必读不出来。钱锺书说此正如清人谭献《复堂词录序》所言："测出其言，旁通其情，触类以感，充类以尽。甚至作者之用心未必然，而读者之用心未必不然。"（钱锺书，1984：610）

文本本无正解，文本所表现者会因阐释者的不同而不同。《管锥编》用了唐人白居易《秦中吟·议婚》所谓"人见无正色，悦目即为姝"，以及伏尔泰之言："何为美？询之雄虾蟆，必答曰：雌虾蟆是！"（钱锺书，1979：552—553）来说明，妙极。

对文本的"误解"也可能是阐释者的创造性误读，因为"误解或具有创见而引人入胜",(钱锺书,1979:1073)如"程颐语'善学者要不为文字所梏,故文义虽解错而道理可通行,不害也'亦谓义理中有误解而不害为圣解也。"(钱锺书,1979,第五册:84)

这些见解与加达默尔关于文本阐释的目标不是著述者的意图而是历史文本自身、是存在自身的证明等等一系列见解不仅相合,而且道出了所以然。钱锺书的超越涵盖了西方诠释学所涉及的心理学、黑格尔辩证法、现象学、语言学等方面。我们对中国古典阐释理论的现代性思考开始于此。

结　语

诠释学是西方当今覆盖人文科学领域的重要的哲学学科。它经历了从研究文本阐释技巧到探索一般阐释方法论,从在方法论上思考到进行本体论思考、进而于两方面结合并且扩展到更大的社会批评空间的发展过程。尽管诠释学理论在历史发展的过程中有着诸多变化,而且一些更敏锐的批评家还在不断指出阐释的弊端,例如苏珊·桑塔格著名的论文《反对阐释》;然而,阐释作为人类对话、沟通和理解的基本行为模式,始终清晰地呈现着,无法消解。

在文学理论的概念中,阐释既是一种文本阅读、理解的活动,又是一种文学批评的模式,同时还涉及通过文学艺术文本的阅读理解而进行的更广义的认知活动。无论是就一个文本的具体阐释而言,还是就阐释基本的行为模式而言,阐释自身都是一个认识过程的循环,无始无终。只要人类此在存在,对认知对象(包括此在自身)的阐释就永无终结。

至20世纪末,无论是加达默尔还是利科的哲学诠释理论都可以被视为寻求一种中间路径的诠释理论。加达默尔的理论不主张文本或者读者自成阐释,而强调二者相互共有阐释的丰富性;利科的理论则凸显阐释在方法论及本体论两个方面的融合,而且还表现出一种在诠释学与社会意识形态批判理论之间寻求对话的趋向。

在寻求中间路径的加达默尔及利科诠释理论那里,诠释学主体理论的发展始终基于这样一种信念:我们的本体是一种理解和阐释的本体;理解和阐释的媒介包括语言和我们的历史境遇。虽然有学者坚持诠释学仅仅是一种涉及文本理解和阐释本质的方法论,但诠释学的研究结果确实不仅在文学研究、宗教研究领域,而且在相关的人类学、历史学以及众多其他的社会科学领域影响深远。

参考书目

1. Chris Baldick, *Criticism and Literary Theory*, Longman, 1996.
2. Irena R. Makaryk, *Encyclopedia of Contemporary Literary Theory*, U of Toronto P, 1993.
3. Louise M. Rosenblatt, *Literature as Exploration*, Modern Language Association, 1995.
4. Richard E. Palmer, *Hermeneutics*, Northwestern UP, 1979.

5. 哈贝马斯：《后形而上学思想》，曹卫东等译，译林出版社，2001。
6. 海德格尔：《存在与时间》，陈嘉映等译，三联书店，1999。
7. 海德格尔：《路标》，孙周兴等译，商务印书馆，2001。
8. 洪汉鼎主编：《理解与解释·诠释学经典文选》，东方出版社，2001。
9. 伽达默尔：《哲学生涯》，陈春文译，商务印书馆，2003。
10. 钱锺书：《管锥编》，中华书局，1979。
11. 钱锺书：《谈艺录》，中华书局，1984。
12. 希尔贝克等：《西方哲学史》，董世俊等译，上海译文出版社，2004。
13. 许慎：《说文解字》，中华书局，1963。

重复 殷企平

略 说

"重复"（Repetition）是西方文论中的关键词之一；经弗洛伊德、本雅明、德鲁兹、米勒和鲍德里亚等人之手，它逐渐跟"怪异"（uncanny）、"互文"（intertext）和"类像"（simulacra）等概念结下了不解之缘，发展成精神分析批评、解构主义批评和文化研究中必不可少的策略之一。

综 述

西方有关重复的思想可以追溯到前苏格拉底时期和《圣经》问世的前后。例如，在神学中，《新约全书》往往被阐释为《旧约全书》的一种重复。

近现代西方思想史中涉及重复的论述就更多，其中包括维柯、黑格尔、马克思、德国浪漫主义学派、克尔恺郭尔、尼采和弗洛伊德等人的论著。到了当代，以各种面目出现的重复理论几乎呈爆炸趋势——这些理论的集大成者米勒曾经承认，在不同程度和不同侧面对他自己的重复理论产生影响的当代学者就多达40来人，其中最负盛名的有德里达、詹明信、萨义德、德鲁兹、克莫德、卡勒和格拉夫等。

弗洛伊德的有关学说可以被看作重复理论史上的一个重要转折点。霍尔曼和哈蒙曾经这样说过："自打弗洛伊德的论文《超越唯乐原则》（1920）问世，'重复'已经被承认为叙事作品中的一个要素。"（Holman, et al.：402）其实，弗洛伊德的重复理论的意义远远超出了叙事学的范畴，它关系到了反映论和认识论等重大哲学问题。《超越唯乐原则》一文首次提出了"强迫重复"原则（意指人的本能要求重复以前的状态，要求回复到过去），进而为精神分析家追寻歇斯底里病症或"创伤性神经症"等重复现象背后的意义提供了理论依据。在此之前，弗洛伊德曾经对如何通过回忆来建构真实这一问题进行过探讨，而这种回忆和建构在本质上就是一种重复。在《幼儿期诱发性精神病史一例》（*Aus der Geschichte einer infantilen Neurose*, 1919）中，弗氏提出了"初始场景"（the primal scene）这一概念，用以表示精神分析家根据病人的回忆而建构的、有助于说明患者病因的场景或事件。在更早些时候的《癔病研究》一书中，弗氏流露出了他对回忆的真实性的疑虑：

> 在病人们接受了他们曾经有过某某想法的事实之后，他们常常加上一句："但是我记不得曾经有过这样的念头。"……或许我们应该假设我们

其实在对付当时根本没有出现过的一些念头——这些思想只不过有存在的可能罢了？如果真是如此，我们在治疗过程中描述的只是一种当时并没有发生的心理行为。（Freud, et al.：346）

以上论述表明，弗洛伊德此时已经注意到了主体回忆和客体之间的差异，他意识到人们"回忆起来的东西"很可能与历史事实毫不相干。换言之，人们重新复制的事物很可能跟它的原型风马牛不相及。

弗洛伊德的贡献在于，他使人们对重复的形式及其含义的复杂性有了新的认识。在弗氏之前，人们对重复的认识和描述大都建筑在同一逻辑（the logic of identity）的基础上，而在弗氏之后，人们逐渐增加了对建立在差异逻辑（the logic of difference）基础上的重复形式的关注。这两大类重复形式之间的区别和相互之间的关系在米勒那儿得到了最为精彩的论述，而后者又离不开德鲁兹和本雅明的有关理论强有力的铺垫。本文下一小节将以此为中心展开讨论。

米勒的假说

米勒的重复理论主要见于《小说与重复》一书。作者开宗明义地指出："一部像小说那样的长篇作品，不管它的读者属于哪一种类型，它的解读多半要通过对重复以及由重复所产生的意义的鉴定来完成。"（Miller：1）可见，虽然该书主要讨论小说中的重复现象，但是其重复理论适用于小说领域以外的任何类似的长篇文本——事实上，米勒在第一章中曾经强调，他所提倡的工作原则既适用于文学文本，又适用于哲学文本。

开篇后不久，米勒便提出了至关全书命脉的"异质性假说"（the hypothesis of heterogeneity），即任何小说中都存在着两种互相矛盾的重复类型，而且它们总是以这样或那样的交织状态出现在一起；这种"异质性形式"（heterogeneity of form）还可能出现在其他文学体裁之中。

米勒所说的是哪两类基本的重复形式呢？这还要从法国学者德鲁兹的理论贡献说起。

德鲁兹在《意义逻辑》（*Logique du sens*, 1969）中把重复划分成了意思迥异的两种类型：一类被称为"柏拉图式"重复，另一类被称为"尼采式"重复。

按照德鲁兹的解释，"柏拉图式"重复"邀请我们考虑以预设的相似原则或相同原则为基础的差异"。（Deleuze：302）言下之意是，这类重复所产生的复制品虽然在严格意义上不同于它所模仿的原型，但是它的前提是尽可能地与后者接近乃至同化。我们知道，柏拉图认为世间万物皆是对理念世界的"摹仿"或"复制"，虽然柏氏曾把"诗"或艺术视为"拷贝的拷贝"，因而有"双倍地远离真实"的危险，但是究其本源，我们总能找到一个坚实的、恒定的、不受重复的影响的原型模子。长期以来，从亚里士多德一直到詹明信，西方文艺批评家们大都恪守了柏拉图的基本原则（尽管他们对"真实"或"理念"的理解不尽相同），即复制品的有效性取决于它所模仿的对象的真实性。

"尼采式"重复则要求我们"把相似甚至相同的事物视为本质差异的产物"，其前提是把人类现实"界定为类像的世界"，或者说"把世界本身作为幻影来呈现"。（Deleuze：302）跟第一类重复不同的是，这第二类重复"缺乏某种范式或原型作基础"，因而它总"带有鬼魂般的效果"。（Miller：6）米勒曾经以哈代的小说《卡斯特桥市长》为例来说明这种模式的重复：该书以亨察德卖妻的场景开局；在亨察德结束自己的生命之前，他又回到了当初卖妻的地点，然而实际上他是认错了地方。也就是说，在这类模式中，乙看似对甲的重复，但实际上并非如此。

米勒基本上沿用了德鲁兹的二分法，并在此基础上糅入了本雅明的观点。后者在《普鲁斯特的意象》（"The Image of Proust"）一文中区分了两类记忆："自觉记忆"（willed memory）和"非自觉记忆"（involuntary form of memory）。前者的工作方式是符合逻辑的，即每一次记忆/重复都有一个坚实的基础，而后者却缺乏任何坚实的基础，其特点就像梦幻——我们常常在梦中发现，本质上大相径庭的事物会以这样或那样的奇特方式呈现出一种模模糊糊的相似性。米勒认为，本雅明所说的"自觉记忆"正好相应于"柏拉图式"重复，而"非自觉记忆"则跟"尼采式"重复相对应。

米勒在阐释第二类重复时，进一步借用了本雅明的观点。后者在解读普鲁斯特时曾经关注过下列对应关系：记忆/遗忘；觉醒/梦幻；里面/外面；满/空；同/异；容器/容纳物。本雅明认为，这一组对应关系可以由"袜子"这一形象得到很好的说明：一只袜子可以被看作空袋子，同时又可以被看作一件礼物，当它被翻卷起来之后尤其如此——此时的"空"与"满"、"容器"与"容纳物"、"里面"与"外面"等概念不仅界线模糊，而且可以互相置换。本雅明认为，"觉醒"与"梦幻"、"记忆"与"遗忘"之间的关系也是如此。

受本雅明的启发，米勒发现袜子同样可以被用来贴切地比喻他所说的第二类重复形式，即"尼采式"重复。换言之，他发现这第二类重复的一个基本特点是能够产生"第三者"：空袋子和袋子里的礼物本来是两种不同的事物，可是它们之间的差别却由袜子这一形象——即第三者——而得到了弥补；同理，在第二类重复模式中，两种不同事物之间的呼应所产生的意义也带有第三者的特点。米勒用弗洛伊德关于歇斯底里病症的发现解释了上述关系：在幼年遭受过性攻击的歇斯底里病症患者往往对自己的病因及其性质缺乏理解，但是患者可能在很久以后的一个不起眼的事件中重复早先性攻击事件中的某个细节，这时医生就可以推断出疾病的真实原因。米勒强调，这两次事件有着上文所说的那种"模糊的相似性"，而作为第三者的歇斯底里病症既不存在于第一次事件中，又不存在于第二次事件中，而是存在于两者之间的关系之中。

米勒花大力气阐述第二类重复,并非要强调它比第一类重复更为重要,而是要强调这两类重复之间你中有我、我中有你的关系,进而确立他的"异质性假说"。在《小说与重复》中,米勒通过对七部英国小说的仔细解读,论证了以下观点:

> 每一种形式的重复以一种不可避免的强制力使人想起另一种形式的重复。第二种并非是第一种的否定或者对立面,而是它的"对应物"。在这种奇怪的关系中,第二种是第一种的颠覆性幽灵,总是作为挖空它的可能性已经存在于它之中。

这种犬牙交错的重复形式决定了有关文本的异质特性。

本小节开头处提到,米勒认为长篇文本的解读往往要借助于重复及其意义的鉴定。事实上,英美新批评学派——米勒早先深受该学派的影响——已经在鉴定文本中重复出现的细节方面作出了杰出的贡献。不过,米勒后来发现新批评学派有一个致命的弱点:它往往忽略那些与它所信奉的"有机整体"不相配的细节。也就是说,新批评学派关注的是重复的同一性,但是却忽视了它的差异性。从这一意义上说,米勒的"异质性假说"是对新批评学派的挑战。

重复与怪异

"异质性假说"很容易让人联想到文学批评中的另一个术语,即"怪异"。①"异质性假说"离不开怪异,也离不开重复,因为"怪异的首要形式是让人感到奇怪的重复"。(Bennett, et al.: 37)当然,重复本身并不构成怪异,真正构成怪异的是重复的方式。

英语 the uncanny 一词有多重含义,其中包括"陌生感"、"神秘感"以及"神秘而恐怖的感觉"。作为文学批评术语,它首先意味着一种双重的感觉,即"在熟悉的事物中心产生陌生感,或者在陌生事物的中心产生熟悉的感觉"。(Bennett, et al.: 36)也就是说,怪异并非仅仅意味着奇异乃至恐怖,而是更具体地表示对人们所熟悉的事物、思想和情感的震撼。

贝内特和罗伊尔曾经举过两个有关怪异的典型例子。

例一:你走进一个从未去过的房间,突然感到自己似乎曾经到过这里,甚至还预感到随后会发生些什么事情。

例二:你身处某个公共场所,突然有一个人闯入了你的眼帘,而且此人有一种让人不安的陌生感;定睛一看,你发现眼前站着的只是你自己——原来晃入你眼帘的是你在一面镜子或玻璃窗上的投影。

以上两个例子代表了两个极端:一是突如其来的似曾相识之感,二是突如其来的陌生感;两者都能产生强大的震撼力。一部好的文学作品也往往能产生类似的震撼力。正是出于这方面的考虑，一些学者干脆提出，"文学本身可以被界定为怪异的话语"。(Bennett, et al.: 37) 确实，文学家们总是最不遗余力地揭示人类的经历、思想和情感中的怪异层面，因而也最能起到振聋发聩的作用。俄国形式主义者维克多·什克洛夫斯基曾于20世纪20年代提出著名的"陌生化"原则，即文学作品必须变熟悉为陌生，必须向常人自以为是的信念和假设挑战。从这一意义上说，视文学为"怪异的话语"的观点跟形式主义理论是一脉相传的。

当然，怪异理论首先还要归功于弗洛伊德。1919年，弗氏发表了一篇常被后人称道的文章，其题目就是《怪异》。批评家们在该文中发现了"两个弗洛伊德"：一个弗洛伊德相信文学和精神分析泾渭分明，而且精神分析有助于对文学作品作出客观而科学的解释；另一个弗洛伊德则时时流露出跟以上观点相悖的思想，即文学比精神分析家、科学家或信奉理性主义的人们通常所想象的要怪异得多，复杂得多。有意思的是，弗洛伊德自觉或不自觉地为怪异理论作了一场"现身说法"——我们熟知的那个把人类行为的一切动因都归之于里比多的弗洛伊德突然变得陌生起来。这种"双重人"现象可以被看作一种与同一逻辑相违背的重复，也就是米勒等人所说的"尼采式"重复。

总之，重复是怪异的形式，也是怪异的关键。由于有了重复或双重性，文学的怪异功能——其实也是一种教育功能——才得以发生效力：它能使人于平常中发现不平常，更能使人从误以为"熟"或自以为是的状态中醒悟。

重复与互文

国内有学者曾经在评论米勒的《小说与重复》时指出，"在某种程度上，他的重复理论就是互文性理论的翻版"。(程锡麟等：152) 这一评论是切中肯綮的。

我们知道，"互文性"概念首先是由法国学者克里斯蒂娃提出来的。她给该术语下了这样一个定义：

> 互文性意味着任何单独文本都是许多其他文本的重新组合；在一个特定的文本空间里，来自其他文本的许多声音互相交叉，互相中和。(Kristeva: 145)

这里所说的"重新组合"、"互相交叉"和"互相中和"其实都是一种重复。当然，这种重复的痕迹有时候——尤其是在被"中和"以后——会变得难以辨认。这一点曾被巴特说得更为明白：

> 互文性是任何文本都无法摆脱的一种状况。当然，我们不能把互文性问题简单地还原成起源和影响的问题；互文是一片综合性的领域，它包容了各种几乎已经无法追溯其起源的无名程式，包容了各种不加引号的、在无意识状态或自动化状态中被引用的话语。(Barthes: 41)

"被引用的话语"和"程式"当然也是一种重复。尤其值得我们注意的是,巴特此处提到了"几乎无法追溯其起源"以及"无意识状态"中的互文/重复,这就使我们又想到了弗洛伊德及其"初始场景"一说。

上文已经暗示:对真实或起源的追寻构成了弗洛伊德所谓"初始场景"的中心思想。弗氏一方面承认回忆不等于真实,承认事物的本源或真相往往会随着时间的推移而被遮掩,另一方面又试图通过回忆来重构初始场景,从而接近真实。弗氏的这一思想先后经拉康和卢卡舍之手得到了进一步发展。

拉康把弗洛伊德重构初始场景的努力与海德格尔寻找"存在之家"的努力联系到了一起。拉康认为,弗洛伊德和海德格尔都为遗忘所困:弗氏发现自己的病人忘记了病因,而海氏则发现哲学史忘记了本真的源泉。拉康对海氏下面这段话表现出了浓厚的兴趣:

> 西方思想史并非以思考最引人深思的问题开始,而是以忘记这类问题开始。因此,西方思想的开端是一次遗漏,甚至是一次失败……西方思想的开端不同于它的起源。它的开端实际上是遮蔽起源的面纱……
> (Heidergger:152)

海德格尔此处所说的"起源"——即终极真理——已经超出了主体回忆的范围。拉康恰好从中看到了海德格尔与弗洛伊德的共同之处:"弗洛伊德把'真理'置于主体回忆所及范围之外,因而从根本上改变了传统的真理观,这一思想跟海德格尔的看法极其相似。"(Lacan:46)事实上,拉康建立了弗洛伊德和海德格尔之间的互文关系,也就是建立了精神分析和哲学之间的互文关系,或者说建立了一种跨学科的重复关系。

卢卡舍在拉康所做工作的基础上,进一步扩展并丰富了"初始场景"的含义。他接过拉康的话头,强调弗洛伊德和海德格尔之间最具有意义的共同点是对起源问题的关注。跟拉康一样,卢卡舍认为:

> 弗洛伊德和海德格尔都要求我们以新的角度理解遗忘和回忆之间的关系。病人已经忘记了初始场景,而形而上学的历史则忘记了存在的历史。
> (Lukacher:42—43)

跟拉康不同的是,卢氏就"回忆是什么"这一问题提出了更明确、更简洁的说法。他对拉康下面这段话表示不满:

> 回忆不是柏拉图的回想——它不是理念的回归,不是天生烙印的回归,不是九霄云外真善美的理念向我们的回归。它是一种出于结构的必要性而向我们回归的东西,一种卑微的东西。

卢氏指出,上述言论表明拉康跟弗洛伊德和海德格尔一样,能够毫不含糊地说出"回忆不是什么",但是在"回忆是什么"这一问题上却含糊其辞,故弄玄虚。回忆究竟是什么呢?卢氏明确地回答:"它是一种阐释,一种构建,一种阅读。"(Lukacher:43)既然回忆是一种阐释,那么它就有一个阐释时机和阐释角度的问题。卢氏提出阐释"首先要解决重复出现的东西",进而"拖曳出病人言论和哲学史当中的存留之物"。有意思的是,卢氏强调阐释要从重复入手,这跟米勒的观点何其相似!

当然,在卢卡舍那里,从重复入手的阐释更明确地体现为连接文学、哲学和精神分析学的互文关系,而且是一种无法从本体论角度来确定的互文关系,这在他给"初始场景"所下的新定义中得到了清楚的说明:

> 由于文学、哲学和精神分析学的紧密联系,以及它们共同拥有的起源的揭示/遮蔽问题,我提议把初始场景的概念作为一种关于阅读和理解的比喻。为此目的,我不把"初始场景"限制在传统精神分析学对该术语的理解水平上……初始场景表示一种从本体论角度无法确定的互文性事件,一种介于史实性记忆和想象性建构之间的事件……(Lukacher:24)

尽管卢卡舍和米勒都对"无法确定的互文性事件",亦即重复,表现出了穷追不舍的劲头,然而我们还是要问:米勒是否会对卢卡舍的观点提出质疑?如前文所示,米勒的兴奋点集中于追寻纵横交错的重复关系中的异质性,并加以解释,而卢卡舍的热情却倾向于靠近真实,接近起源。对于这一本质上的区别,我们不可不察。

重复与类像

重复不仅是现当代文学批评的基本策略之一,而且在文化理论中占有不可替代的地位。弗莱在谈论文化研究时,曾经对克尔恺郭尔的一本小册子颇为赞赏,这本小册子的题目就是《重复》。克尔恺郭尔用"重复"一语取代了传统的柏拉图的术语"回想"(anamnesis)或"回忆"(recollection),其用意是强调记忆——在某种意义上,文化是人类的记忆——不是一种经验的简单重复,而是对它的重新创造。弗莱接过克氏的话题,强调重复意识有助于研究人类的总体文化形态:

> 过去的文化并不仅仅是人类的记忆,而是我们自己已经埋葬了的生活。对它的研究导致一种认识,一种发现。通过它我们不但看到已往的生活,而且还看到当今生活的总体文化形态。(Frye:346)

随着后现代主义文化理论的兴起,对弗莱所说的"总体文化形态"的研究越来越依赖于重复的一种特殊形式,即"类像"。上文中已经提到,米勒和德鲁兹都认为"尼采式"重复有一个前提,即把人类现实界定为"类像的世界"。那么,"类像"

究竟是什么意思呢？这还要从首先提出该术语的法国学者让·鲍德里亚说起。

鲍德里亚认为人类在后现代陷入了"表征危机"（crisis of representation），因为此时人类现实的表征可以被系统地、无止尽地同类复制。当某个表征生产出新的仿真复制品时，后者已经和原先的现实完全脱离，而这种仿真品还可以继续产生新的复制品，这样的循环往复当然离现实会越来越远。下面是一段鲍氏关于仿真（simulation）和类像的原话：

> 表征始于这样一个原则，即符号与现实是对等的（即便这种对等关系只是乌托邦精神的体现，它也仍然是一项基本准则）。相反，仿真始于上述对等原则的乌托邦形式，始于对符号价值的激烈的否定，始于符号的逆转以及对任何指涉物都宣判死刑。表征视仿真为伪表征，并借此吸纳仿真，而仿真却视表征本身为类像，进而吞没了整幢表征大厦。下面是形象的几个发展阶段：
> 1. 它反映了基本现实。
> 2. 它遮蔽并扭曲了基本现实。
> 3. 它遮蔽了基本现实的缺席。
> 4. 它断绝跟任何现实的关系；它只是自己的纯类像而已。
>
> （Baudrillard：170）

值得注意的是，鲍德里亚在上面这段话中提到了"形象"一词，并把类像界定成了形象发展诸阶段中的最后一个阶段。我们知道，"形象"（the image）一词不仅有着哲学上的背景，而且是20世纪以来备受系统分析的对象。萨特和詹明信就都认为形象是很危险的东西，甚至认为它是"很隐密地感染毒化现实的方法"。（杰姆逊：217）言下之意是，形象之所以危险，是因为它有失去客观性或"他性"的倾向。詹明信对此作过这样的说明：电视机问世之前，媒介形象所表征的现实——如电影或报纸上的照片——或多或少地还保留着"他性"，即跟接受信息者仍然保留着一定的距离。然而，由于电视机完全地融入了我们的家庭生活，它所传递的形象也似乎完全属于我们自己，因此它便失去了"他性"，也就是失去了詹明信所说的"距离感"：

> 在电视这一媒介中，所有其他媒介中所含有的与另一现实的距离感完全消失了，这是个很奇特的过程，但这一过程可以说正是后现代主义的全部精粹。后现代主义的全部特征就是距离感的消失。（杰姆逊：211）

距离感的消失意味着现实感的消失，这也就是类像引起后现代文化理论家们高度重视的原因。我们不妨再引用一段詹明信的原话：

> 形象、照片、摄影的复制、机械性的复制以及商品的复制和大规模生

产，所有这一切都是类像。所以，我们的世界，起码从文化上来说是没有任何现实感的，因为我们无法确定现实从哪里开始，在哪里结束。正是在这里，有着后现代主义理论中最核心的道德、心理和政治的批判力量。……这一理论必须讨论类像的巨大作用力。（杰姆逊：219—220）

既然类像在后现代社会中有着"巨大作用力"，那么对社会的批判也必须从类像入手。事实上，许多后现代批评家在这方面已经做了许多工作。例如，萨达曾经指出了这样一种现象：西方跨国公司常常在非西方国家开辟新的市场，但是它们在那里推销的并不是用自己的生产线直接制造的产品，而是由当地某个承包公司制造的产品——这些子公司被允许使用跟母公司相同的品牌，同时又被默许使用不同的原料和配方。此举不但给母公司带来了低成本高利润的好处，而且还常被用来往西方国家脸上贴金，因为表面上它们是在帮助那些非西方国家的经济。萨达对这一现象作了如下批判：

在非西方国家出售的大多数西方产品只是类像而已：它们看上去货真价实，而且确实由真正的西方公司营销，但实际上却是伪劣的复制品。（Sardar：56）

总之，当今世界可谓"类像环生"，其趋势一直有增无减，因而重复这一概念的内涵也必然会随之发生更多更微妙的变化。我们禁不住要问："重复"含义的膨胀是否也可以算作一种后现代现象？

结　语

正因为"重复"概念的含义仍然在不断增殖，所以对其中的复杂原因及其变数的研究仍然有待于进一步的深入。关于这一研究工作的诸多意义，本文各小节其实都已有所暗示。我们没有必要在此逐一回顾这些意义，但是却有必要再次回到米勒的"异质性假说"上来：警惕异质性或各种奇异的"重复"，这不仅有助于我们比较清醒地阅读文学作品，而且还有助于我们比较清醒地面对更加广阔的学术领域乃至整个生活现实。米勒曾经从学术大背景的角度为"异质性假说"的意义作过说明，我们不妨以此作为本文的结束语，并以此作为今后探索"重复"的一个理由：

20世纪思想史——无论是在语言学、心理学、生物学、人种学和社会学领域，还是在原子物理学和天体物理学领域——有这样一个特点，即人们认识到人类和自然领域比我们所想象的更奇异，因此人们正在作不懈的努力，以寻找这种奇异现象的规律，进而化陌生为熟悉。

应该加上一句：米勒所说的仍然适用于21世纪。

参考书目

1. Andrew Bennett, et al., *An Introduction to Literature, Criticism and Theory*, Prentice Hall Europe, 1999.
2. C. Hugh Holman, et al., *A Handbook to Literature*, Macmillan Publishing Company, 1992.
3. Gilles Deleuze, *Logique du sense*, Les Editions de Minuit, 1969.
4. J. H. Miller, *Fiction and Repetition*, Basil Blackwell, 1982.
5. Jacques Lacan, *The Function and Field of Speech and Language in Psychoanalysis*, trans., Alan Sheridan, Norton, 1981.
6. Jean Baudrillard, "Simulacra and Simulation," in *Selected Writings*, ed., Mark Poster, Polity Press, 1988.
7. Julia Kristeva, *Desire in Language*, Blackwell, 1980.
8. Martin Heidergger, *What Is Called Thinking?* trans., J. Glenn Gray, Harper and Row, 1968.
9. Ned Lukacher, *Primal Scenes*, Cornell UP, 1986.
10. Northrop Frye, *Anatomy of Criticism*, Penguin Books, 1990.
11. Roland Barthes, *Untying the Text*, Methuen, 1981.
12. Sigmund Freud, et al., *Studies on Hysteria*, trans., Stratchey, Avon Books, 1966.
13. Ziauddin Sardar, *Postmodernism and the Other*, Pluto Press, 1998.
14. 程锡麟等:《当代美国小说理论》,外语教学与研究出版社,2001。
15. 弗洛伊德:《超越唯乐原则》,载《弗洛伊德后期著作选》,林尘等译,上海译文出版社,1986。
16. 杰姆逊:《后现代主义与文化理论》,唐小兵译,北京大学出版社,1997。
17. 殷企平:《走出批评话语的困境》,载《外国文学评论》1996年第二期。

① 一些学者在翻译"queer theories"时也用了"怪异"一词,其意思不同于本文中所说的"怪异",应该特别指出。

大众文化 赵 勇

略 说

"大众文化"是一个人言言殊的东西。由于理论、方法、视角不同,斯托里(John Storey)曾概括出大众文化的六种定义。从辞源学角度考虑,以下两种界说更值得注意:一说 Mass Culture。它带有贬义,让我们对大众文化产生一种否定性的判断,即大众文化是伴随着工业革命的进程、借助于大众传播媒介、被文化工业生产出来的标准化的文化产品,其中渗透着"宰制的意识形态"(dominant ideology),也是政治与商业联手对大众进行欺骗的工具。另一说为 Popular Culture。在此层面上思考,大众文化则成了一个中性词,甚至有了某种褒义色彩,即大众文化来自于民间,与民众存在着千丝万缕的联系。它甚至是"为普通民众所拥有,为普通民众所享用,为普通民众所钟爱的文化"。为叙述方便,我们在此把 Popular Culture 叫做通俗文化,而把 Mass Culture 称为大众文化;其余部分则一般通称大众文化。

综 述

尽管洛温塔尔(Leo Lowenthal)认为通俗文化已经有了许多个世纪的历史,它大概与人类的文明一样古老,但是,把通俗文化当作一个特殊的现象加以对待,一般是从16世纪的欧洲开始的。伯克(Peter Burke)认为,在近代欧洲(1500—1800),通俗文化最初被叫做"非官方文化"或"非精英文化",它与手艺人和农夫所构成的社会群体关系密切。因此,谈论通俗文化不可能不涉及"普通民众"(ordinary people)。作为一个与"习得文化"(learned culture)相对应的专门概念,通俗文化出现于18世纪晚期,是由德国作家赫尔德(Johann Gottfried Herder)明确表达出来的。而实际上,通俗文化是被知识分子"发现"的产物。出于对古典主义的厌恶(美学原因),也为了配合民族解放运动的进程(政治原因),知识分子发现了民众和他们的文化。(Burke,1981:216—217)

由此看来,通俗文化是和民众发生关系的一种文化。那么,这是不是就意味着通俗文化来自于民众,或者说它是被民众创造出来的呢?回答是否定的。威廉斯(Raymond Williams)指出:"通俗文化不是靠民众识别而被他人鉴定的。"(Williams:237)伯克认为,早在工业革命之前,那些到了民众手中的通俗文化就是来自于外部,而不是他们自制的。(Burke,1981:218)洛温塔尔在考察了18世纪的英国文学之后发现,当时的通俗文化已经成了一种商品。由于阅读大众的出现和印刷出版业的兴盛,通俗小说成为文学的主要形式;通俗文学作家受雇于书商和出版商,成为雇佣劳动者;文学市场主要被书商和出版商运作,他们在很大程度上决定着写作的题材,也引导着消费大众的阅读趣味。因此,以通俗文学形式出现的通俗文化实际上是"具有市场导向的商品"。(Lowenthal:xii)

不过,尽管近代欧洲的通俗文化已经拥有了现代大众文化的诸多特征,但是它依然更多地与普通民众(也就是伯克所谓的手艺人和农夫)相依相偎。而普通民众的身份、他们所赖以生存的地理空间(乡村世界)、他们与文化传统的天然联系等,都对通俗文化构成了某种制衡,这时的通俗文化还不至于过分嚣张,甚至还有着一些没有完全被商业主义渗透的自然和素朴。

19世纪末20世纪初,一种新型的文化形式——大众文化出现了。这种大众文化已经与原来的通俗文化完全脱钩,或者说,当通俗文化完全变成商业文化(即被商人掌控和利用,变成他们获取利润的工具)时,大众文化应运而生了。为了对这种大众文化进行形象的描述和说明,德国人特意发明了一个词——忌屎(kitsch)。①根据格林伯格(Clement Greenberg)的鉴定,所谓忌屎,是一种流行的、商业性的文学艺术形式,它由杂志封面、插图、广告、落套的和庸俗的小说、连环画、流行歌曲、踢踏舞、好莱坞电影等构成。

> 忌屎是机械的或通过配方制作的。忌屎是一种替代性的经验和伪造的感觉。忌屎随时尚而变,但万变不离其宗。忌屎是我们这个时代生活中所有伪造物的缩影。除了消费者的钱,忌屎假装对它的消费者一无所求——甚至不图求他们的时间。(Greenberg:102)

而卡林内斯库(Matei Calinescu)则从美学的角度对忌屎作过如下解释:可以很方便地把忌屎

> 定义为说谎的特定美学形式。……它出现于这样一个历史阶段,其时各种形式的美像服从供应与需求这一基本市场规律的任何其他商品一样,可以被社会性地传播。一旦它不再能精英主义地宣称自己具有独一无二性,一旦它的传播取决于金钱标准(或者在集权社会中是政治标准),"美"就显得相当容易制造。(卡林内斯库:246)

由此可见,当现代大众文化被定位成忌屎时,那里面已经蕴含了一种强烈的否定意味和贬义色彩。而更让我们值得关注的是,现代大众文化的形成实际上是与中产阶级的生活方式、欣赏趣味密切相关的。如前所述,近代通俗文化更多与普通民众发生关系,这意味着普通民众是通俗文化的主要消费者。然而,当通俗文化演变成忌屎之后,它也就从乡村完全进入了城市,其消费群体则由普通民众变成了城市里的中产阶级。中产阶级放弃了清教教义和新教伦理之后,以"娱乐道德观"

（fun morality）代替了"行善道德观"（goodness morality），于是享乐主义成为中产阶级的生活信条。"文化不再与如何工作，如何取得成就有关，它关心的是如何花钱、如何享乐。"（贝尔：118）忌屎迎合了中产阶级的生活方式，它的浮浅与便宜的基本特征意味着这样一个事实：这是一种适合于中产阶级生活节奏的、不需要花费太多时间和金钱却能够从中获取娱乐的艺术样式，而这种艺术样式又培育了中产阶级的欣赏趣味。正是在这一意义上，格罗斯（David Gross）在评论洛温塔尔的大众文化观时才指出："大众文化已变成中产阶级文化，反之亦然。"（Gross：127）

同时，我们也必须注意到这样一个事实：20世纪以来，尽管大众文化已在欧洲各国出现，而且它最终成为一种全球性的文化现象，但是大众文化最发达的生产地却是美国。所以如此，原因如下：第一，工业化都市化的进程使美国较早步入了一个大众社会，而大众社会则是现代大众文化产生的温床。阿伦特（Hannah Arendt）指出，大众社会不需要文化，只需要娱乐，而娱乐行业提供的好处正如其他消费品一样，目的是为了让社会享用。第二，美国是科学技术高度发达的国度之一，而技术革命的成果也运用到了传播媒介当中。传播媒介，尤其是比印刷媒介更先进的电子媒介和数字媒介对于大众文化的塑造与传播起着不可低估的作用。第三，与欧洲相比，美国缺少深厚的人文传统和文化底蕴。因此，以资本的运作为手段、以赢利为目的的大众文化更容易在美国得到推广与普及，而不会获得有效的抵抗，这也正是处于欧洲文化传统中的阿多诺慨叹美国文化缺少"精神（Geist）关联物"并批判大众文化的原因之一。第四，进入"后工业社会"或"后现代社会"之后，美国把自己的大众文化产品推销到世界各地，这是在残酷的竞争中赢得市场份额的一种策略或手段，同时也隐含了"文化帝国主义"的渗透逻辑。这种战略计划和目标客观上也刺激了大众文化的生产。

美国的大众文化，首先在20世纪三四十年代遭到了法兰克福学派的批判。随后，50年代，美国本土学者也起而附和，但是却得到晚近一些本土学者甚至政治家的肯定。比如，大众文化研究专家托马斯·英奇（M. Thomas Inge）指出，美国人不必再为我们只有爵士乐和滑稽剧这些土生土长的艺术形式而抬不起头来，不必再为我们主要通过电影产生国际文化影响而挺不起胸来。事实上，我们可以开始为这些特殊的成就扬眉吐气。而前国家安全顾问布热津斯基（Zbigniew Brzezinski）则认为："如果说，罗马献给世界的是法律，英国献给世界的是议会民主政体，法国献给世界的是共和制的民族主义，那么，现代美国献给世界的是科学技术进步和大众文化。"这种现象值得人们深思。

20世纪60年代以来，自从伯明翰学派（the Birmingham School）介入到大众文化研究之后，人们对大众文化的作用、功能等等逐渐有了新的认识，于是通俗文化重新取代了大众文化，成为一种通常性的表述。显然，当众多学者用通俗文化来指称那种特殊的文化现象时，他们想淡化的是大众文化的贬义色彩，而把它还原成一个中性词。然而，在这种语词变换的游戏中，大众文化的特殊性质也遭到了某种遮蔽。于是我们有必要重温美国学者麦克唐纳（Dwight Macdonald）在1953年的一个说法："大众文化有时候被叫做'通俗文化'（Popular Culture），但是我认为'大众文化'（Mass Culture）是一个更准确的概念，因为像口香糖一样，它的特殊标志只不过是为大众消费而生产的一种商品。"（Macdonald：59）

关于大众文化的四种学说

由于对大众文化存在着不同的理解，也就形成了关于大众文化的不同理论，概而言之，以下四种学说值得关注。

整合说

整合说的主要代表人物是阿多诺与霍克海默，还有写作《单维人》（1964）时的马尔库塞。整合说的基本思路如下：由于资本主义社会已变成了一个"全面管理的社会"或"单维社会"，由于技术合理性就是统治本身的合理性，所以，大众文化并不是在大众那里自发地形成的文化，而是统治阶级通过文化工业强加在大众身上的一种伪文化。这种文化以商品拜物教为其意识形态，以标准化、模式化、伪个性化、守旧性与欺骗性为其基本特征，以制造人们的虚假需要为其主要的欺骗手段，最终达到的是自上而下整合大众的目的。为了使整合说的理论表述得更加严密，阿多诺与霍克海默特意用"文化工业"（culture industry）取代了"大众文化"的表述，以和那种大众文化"自发地产生于大众本身"、"是通俗艺术的当代形式"等模糊认识严加区分。（Adorno：85）作为一种理论假设，整合说虽然更多地来自于阿多诺等人在纳粹德国的经验，并遭到了英美一些学者的批判，但由于它表面上指向了大众文化，实际上批判的却是大众文化背后的极权主义体制，所以现在看来，这种思考依然是非常深刻精湛的。作为一种最早对大众文化进行系统研究的理论，整合说为我们开启了认识大众文化的稳固思路。

颠覆说

颠覆说的主要代表人物是本雅明，也包括20世纪60年代文化革命中的马尔库塞。颠覆说的基本假定如下：在资本主义社会中，大众不是被文化工业整合的对象，而是需要被大众文化武装起来的革命主体。通过新型的大众文化形式（电影、摇滚乐等），通过大众文化所执行的新型功能（心神涣散、语言暴动、身体狂欢与爱欲解放等）对大众革命意识与批判态度的培养，最终可以达到颠覆资本主义制度的目的。必须指出，当颠覆说如此思考着大众文化时，它已在很大程度上改写了大众文化的通常含义（如商业性、浮浅性和忌屎色彩），而是为大众文化涂抹上了特殊历史语境中的"左翼"油彩。于是，通过对大众的关注，它强调的是革命主体的力量与能动作用;通过对大众文化的肯定性思考,它否定的是高雅文化的懦弱与保守,强化的是大众文化的政治实践功能。而革命理论对大众文化的重新书写,也在一定程度上消解了整合说所传达出的自律个体与顺从大众、现代艺术与大众文化紧张对峙的状态,淡化了批判者对大众文化所采取的精英主义姿态,从而使大众文化呈现出一种民间性(尽管它已不可能是真正意义上的民间文化),使大众文化的肯定者拥有了一种平民主义的立场。然而,公正地看,颠覆说的乌托邦色彩也是不言而喻的。这也就是为什么本雅明最终会回归富有灵光(aura)的传统艺术、马尔库塞最后会皈依美学的主要原因。

抵抗说

抵抗说的发明者是美国学者菲斯克(John Fiske)。菲斯克更多地借用霍尔(Stuart Hall)的编码与解码理论、罗兰·巴特和米歇尔·德塞图(M. de Certeau)的符号学理论与巴赫金的狂欢化理论,最终形成了这样一种观点:"大众文化是从内部和底层创造出来的,而不是像大众文化理论家所认为的那样是从外部和上层强加的。在社会控制之外始终存在着大众文化的某种因素,它避开了或对抗着某种霸权力量。"因此,"并不存在一种统治型的大众文化,因为大众文化的形成总是对统治力量的反应,却从来不会成为统治力量的一部分"。在他看来,大众(主要是由年轻人组成的亚文化群体)穿牛仔裤,看娱乐片,在商店里顺手牵羊或者仅仅消费一下商品的形象就构成了对统治意识形态的抵抗。同时,由于大众的"恶作剧和诡计是弱者的艺术",所以它"永远也不会成为一种激进的颠覆行为;它永远也改变不了资本主义-消费主义经济体系"。但是这种"规避性的符号抵制可以维持一种大众意识",可以改善"日常生活中的微观政治环境"。(菲斯克)这样,从"抵抗"(resistance)或规避的角度来重新考察和鉴定大众文化就成了菲斯克的惯常思路。不过,虽然菲斯克能把大众文化解读得风情万种,但骨子里却透露出了某种无可奈何。在坚硬的资本主义体制面前,这种"弱者的艺术"更容易让人联想到中国学者朱学勤的说法——"在文化的脂肪上搔痒"。

斗争场所说

斗争场所说的主要代表人物是英国"当代文化研究中心"(Centre for Contemporary Cultural Studies)第二届主任霍尔(某种程度上看,菲斯克的论述中也隐含着相似的思考),但霍尔的思想资源主要来自于葛兰西。葛兰西认为,意识形态领域是一个谈判、协商、对话、斗争的场所。而为了夺取文化领导权(cultural hegemony),占领"常识"(common sense)与"大众文化"领域便显得至关重要。巴克(Chris Barker)指出:

> 在葛兰西看来,所有的人都是通过大众文化中的"常识"来思考这个世界,并组织他们的生活和形成他们的经验的,因此,常识成为一个意

识形态冲突的至关重要的场所。铸造"优良识见"（good sense）的斗争，葛兰西认为尤为认识资本主义阶级特征的重要方面。常识之所以是意识形态斗争的最重要的场所，是因为这是一个"被认为理所当然的"的地带，是一种引导日常世界之行为的实践意识。更多的哲学观念的粘连物，都在常识领域里角逐并转化到这一领域。因此，葛兰西非常关心流行思想与大众文化的特性。（Barker：60）

由于英国的文化研究（cultural studies）发生了所谓的"葛兰西转向"，以及霍尔认为"葛兰西的论述最能表达我们想要做的事情"，（Hall，1992：280）所以霍尔便把葛兰西关于大众文化的理论抢救出来，又借助于沃洛希诺夫（V. N. Volosinov）"符号变成阶级斗争的舞台"之观点，进而固定成了大众文化的"斗争场所说"。在他看来，"大众文化是争夺权力文化或与权力文化作斗争的场所之一，也是斗争中或赢或输的赌注。它是赞同和抵抗的舞台，在那里或者部分地出现了霸权，或者它被获得。……这就是'大众文化'为什么重要的原因。另外，说实话，我不会谴责大众文化"。（Hall，1981：239）显然，霍尔这种对进步的通俗文化和反动的大众文化不加区分的做法，代表了知识分子在新的历史语境（撒切尔和里根政府统治时期）中一种比较理性的思考和选择。这种思考比较超脱，也自有其魅力，但是在这场斗争中，知识分子究竟能在多大程度上赢得大众文化的领导权，也依然需要打上一个大大的问号。

研究大众文化的三种视角

以上四说相去甚远，究其原因，主要是因为他们进入大众文化的视角各不相同。因此，我们需要对研究大众文化的视角略作分析。进一步加以归类，可以形成如下三种视角：批判理论的视角、符号学的视角和文化研究的视角。

批判理论的视角

整合说和颠覆说实际上都是法兰克福学派批判理论（critical theory）的遗产。根据霍克海默与马尔库塞的相关论述，我们似可把批判理论归纳如下：批判理论是借用马克思《资本论》的研究方法并在马克思主义的传统中运作、尊重科学的发展但是却与种种科学化的社会研究与哲学方法（尤其是实证主义）划清界线、批判权力统治及各种社会文化现象同时也批判自身、旨在拯救个体并致力于人类解放的理论。而自由、幸福、理性、幻想、乌托邦、人类解放等等既是批判理论的核心概念，同时也构成了批判理论特殊的叙述方式。正是在批判理论的引领下，法兰克福学派的成员开始了对大众文化的思考、分析与批判。但是在阿多诺和马尔库塞等人的眼里，马克思所谓的那个充满了革命冲动的无产阶级已经变成了不革命甚至反革命的大众，所以在他们对大众文化的批判中，显然隐含了对大众的失望情绪；而本雅明等人则乐观地假定，依然存在着一个大众革命主体（如果不是一个共同体，至少也是一个政治集体），这种想法让他们对大众文化寄予了厚望，因为通过特定的技术手段的加工再造，大众文化可以把革命主体进一步武装起来。于是，大众文化也就变成了颠覆的工具。

表面上看，整合说与颠覆说似乎截然对立，但我们必须意识到，这其实是法兰克福学派内部与西方马克思主义语境中左翼激进的一面与右倾保守的一面的对立，甚至是同一个人思想中两种不同的思想资源的较量交锋（本雅明与马尔库塞身上恰恰存在着来自激进知识分子与来自浪漫怀旧文人的两股拉力）。这种对立起因于思考问题的逻辑起点（自上而下还是自下而上），分野于对大众意识水平的不同理解（被动顺从还是能动反叛），胶着于对大众文化功能与作用的不同解释（是统治者整合的帮凶还是被统治者颠覆的武器），然而它们又统一于"批判理论"的基本宗旨之下。也就是说，由于它们革命的目标（资本主义制度）与批判的对象（极权主义社会）是一致的，由于对大众文化无论是否定还是肯定，其实都是被救赎、人类解放、乌托邦主义的宏大叙事书写出来的话语，所以它们并不是势不两立水火不容的，在对共同的目标的追寻中，它们可以握手言和，从而走向新的融合。

符号学的视角

自从索绪尔发明了符号学的理论之后，人们有了认识事物的全新角度，但真正把索绪尔的语言符号学改变成社会符号学，并以此对大众文化进行分析的学者是罗兰·巴特。在《神话学》（1957）一书中，巴特通过对摔跤、玩具、洗衣粉广告、脱衣舞、占星术等符号学体系的分析，把符号学的方法运用到了炉火纯青的地步。在他看来，神话是大众文化的形式，而现代神话已经成为一套符号学体系。通过能指与所指之间的关系，神话生成了某种意义。比如，一本杂志的封面上，一个穿着法国军服的年轻黑人正在敬礼，他注视着一面法国国旗，这是它的能指。但它还有其所指："法国是一个伟大的帝国，她所有的子民，没有肤色歧视，忠实地在她的旗帜下服务，对所谓殖民主义的诽谤者，没什么比这个黑人效忠所谓的压迫者时所展示的狂热有更好的答案。"（巴特：175）其后，巴特又用外延与内涵之间的差别，重新推敲了能指、所指和神话之间的关系。他认为，从外延上看，各种大众文化符号的意义总是自明的，但符号学的任务却是要超越这些外延，进入符号的内涵。于是，表面上看，那只是一束玫瑰花，但它表示的却是激情；从外延上看，那不过是一幅黑人士兵向法国国旗敬礼的照片，但其内涵却是要表示法帝国主义的伟大和公正。符号学的方法揭示的是包含在文化神话中的种种意识形态。

以符号学的视角解读大众文化，确实开启了大众文化研究的新领域。由于现代资产阶级社会充斥着各种文化符号，资产阶级的意识形态又通过文化符号的现代神话把自己掩盖得看不见摸不着，仿佛自然天成，所以，符号学的解读实际上就是祛魅（disenchant），即把大众文化的所指或内涵揭示出来，让资产阶级的意识形态现出原形。从这个意义上说，这种研究的价值不言而喻。但是另一方面，由于巴特对于大众文化终止了价值判断而只动用了说明和阐释，由于他用戏耍的、魅人的、充满享乐的（jouissance）写作方式来接近大众文化，他的方法也就有了严重的缺陷：把大众文化放到非时间矩阵（atemporal matrix）中进行考察，其结果是取消了历史辩证法（historical dialectics）的维度；不使用"物化"之类的概念，又使他因此丧失了批判性分析的宝贵工具。(Gross：135，139) 实际上，后来的霍尔和菲斯克都不同程度地受到了符号学方法的影响，他们的理论也就具有了符号学方法共有的优势和相同的缺陷。

文化研究的视角

自从霍加特（Richard Hoggart）在伯明翰大学创办了"当代文化研究中心"并首任主任之后，英国的文化研究便成为大众文化研究中的一支重要力量。20世纪50年代后期至60年代初期，面对大众文化的冲击，利维斯（F. R. Leavis）等人的应对方式是阅读"伟大的传统"，以此来建立坚实而和谐的"生命感"，从而抵制大众文化的快感机制。而霍加特与威廉斯则一方面肯定了工人阶级通俗文化的自然与纯朴，一方面又描述了美国那种娱乐大众文化对工人阶级文化的冲击。在他们的研究中，"理解"而不是一味地"谴责"大众文化成为其共同思路，这既是他们与"利维斯主义"（Leavisism）的重要区别，也是后来的伯明翰学派所奉行的基本立场。另一方面，文化研究能够浮出历史地表，实际上是"新左派"面对二战后的英国社会进行全面反思的结果。于是，从文化政治的层面介入社会便成为文化研究的重要特征。因此，文化研究从它的诞生之日起，就在倡导"穿越学科边界"的"跨学科方法"（transdisciplinary approach），也在积极地把文化研究打磨成一种进行社会斗争、从事社会批判的武器。其后，由于阿尔都塞的理论的引进，文化研究进入了结构主义阶段；由于发现了葛兰西，文化研究又发生了"葛兰西转向"。但文化研究进入美国、澳大利亚等地之后（20世纪80年代），由于受解构主义、后现代主义思潮的影响，文化研究已有了很大的变异。

霍尔、菲斯克的大众文化学说实际上都是文化研究思路运作之下的一种理论话语。由于文化研究者动用的理论资源不尽相同，他们在分析大众文化时也存在着一些区别。但是，大体而言，他们都分享了以下的观念：以平民主义的立场而不是精英主义的姿态对待大众文化；抛弃了"大众文化"的概念，推翻了高雅文化和低俗文化的等级秩序；更多地主张所有的社会实践都是"意指实践"（signifying practice），并关注文化产品的"表征"（representation）问题；更多地把大众文化看作是一个场所，并解读其权力如何运作、斗争如何展开、意义如何生成的过程。以此种视角来解读大众文化，其好处是可以把大众文化打量得更复杂、思考得更精细、分析得更透彻，但其缺陷似乎也暴露无遗。斯特里纳蒂（Dominic Strinati）认为，平民主义代表的是精英统治论的镜像；如果说精英统治论把受众看作愚蠢之徒而对他们以恩人自居是错误的，那么平民主义把受众看作颠覆者并把他们当成恩人同样是错误的。"二者都按没有事实根据的漫画手法行事，没有对受众的社会和文化性质作出经验的和历史的适当鉴别。"（斯特里纳蒂：281）莫蕾斯基（T. Modleski）则指出：当今的大众文化研究者"一头浸淫于（大众）文化当中，半遮半掩地与他们的研究主体发生了爱恋，有些时候，他们也就因而不再能够与受其检视的文化体保持贴切的距离。结果，他们或许就在不经意间，一手为大众文化写下满纸的欷语，一手却又紧抱大众文化的意识形态"。（莫利：60—61）这样的声音对于那些沉浸在文化研究视角中的学者来说，应该是一种重要的提醒。

中国学界对大众文化的认识

虽然"大众"一词早在20世纪20年代后期就被引进到中国，并且从一开始就反用了the masses/the classes中的价值判断，但是根据笔者目前掌握的资料，"大众文化"作为一个概念是在1981年被介绍进中国的。在这一年第8期的《国外社会科学》杂志上，出现了一个"大众文化"的名词解释。这一名词译自苏联《科学共产主义词典》1980年第3版，解释中说：大众文化"是资产阶级麻痹群众意识的一种资产阶级文化类型"，"'大众文化'的目的是要建立一种模型来培养'大众人'，即政治上消极、怠惰，依附上层人物并为他们所左右，丧失独立判断和独立思考能力，对所发生的社会过程不会作任何批判性理解，盲目接受资产阶级社会的'精神准则'，以及失去个性、人道及和谐等特征的人"。"'大众文化'最初是一种'基契'（来自德文Kitsch，意为粗制滥造、低级趣味的作品），即刑事侦破和色情的报刊、书籍、电影及其他拙劣作品的大杂烩，后来又加进了标准的海淫海盗的连环画册、'色情艺术'作品，以及诸如此类的'消遣工业'。'基契'把超人和轰动一时的'明星'在意识中加以神化，从而使人脱离现实。"最后，该解释把大众文化的实质定位于"反人道主义"，并认为与之相对峙的是真正进步的群众文化，是社会主义文化。

除去那种特有的意识形态化的修辞策略，这一解释基本上还是接近于西方学者对大众文化的理解的。但由于中国的大众文化在20世纪80年代并不具有合法性，所以文学理论界依然不需要"大众文化"的观念和概念。80年代中后期，虽然在一些译著中已有对"大众文化"更准确的解释（如豪泽尔《艺术社会学》第261页），也翻译了西方学者谈论大众文化的著作（如托马斯·英奇编的《美国通俗文化简史》，1988），但此时学界的兴趣和讨论实际上是集中在"纯文学和通俗文学"方面，大众文化也被限定在"通俗文学"的思考框架中。种种迹象表明，大众文化和学界对大众文化的认识在80年代还没有浮出水面。

90年代初期，学界开始意识到大众文化的冲击，于是有了对大众文化的讨论，但一开始对大众文化的定位并不清晰。比如，1991年的《上海文论》新设一个"当代视野中的大众文艺"专栏，一些批评家加盟进行讨论。虽然其讨论的对象实际上就是大众文化，但是却以"大众文艺"命名。这一期间，虽然已有学者在文章中直接使用到了"大众文化"的概念（如高小康《当代美学与大众趣味》，载《上海艺术家》1990年第四期），一些学者也加大了对西方大众文化/通俗文化介绍的力度（如周建军《西方通俗文化研究概观》，载《百科知识》1990年第二期、威尔逊《商业社会中的高雅文化和通俗文化》，周宪译，载《国外社会科学》1990年第八期），但总体而言，"能指"与"所指"还存在着一些错位。

真正对大众文化进行讨论是在1992年之后，黄力之在《"文化工业"的乌托邦忧思录》（《文艺报》1993年5月8日）一文中对法兰克福学派所使用的大众文化的概念进行了清理与思考，陶东风在《欲望与沉沦：当代大众文化批判》（《文艺争鸣》1993年第六期）中使用法兰克福学派的大众文化理论对中国的大众文化进行了批判。1994年，谈论大众文化的文章剧增，其中如下的文章成为后来学界关注的目标：《从"西方的没落"到批判学派》（李彬，《北京广播学院学报》1994年第一期）、《政治·经济·文化——一种关于批判学派之理论探究的辨析》（李彬，《北京广播学院学报》1994年第二期）、《试论当代的"文化工业"》（金元浦，《文艺理论研究》1994年第二期）、《大众文化的时代与想象力的衰落》（周宪，《文艺理论研究》1994年第二期）、《大众时代的大众文化》（杨扬，《文艺理论研究》1994年第五期）、《论大众文化》（张汝伦，《复旦学报》1994年第三期）等。与此同时，1994年第五期的《东方》发表了李泽厚与王德胜的对谈，李泽厚认为：我们应"正视大众文化在当前的积极性、正面性功能"，"当前知识分子要与大众文化相联系，……它们的联盟有两个作用：一是消解正统意识形态，二是引导大众文化走向一个健康的方向"。他还指出："大众文化不考虑文化批判，唱卡拉OK的人根本不去考虑要改变什么东西，但这种态度却反而能改变一些东西，这就是……对正统体制、对政教合一的中心体制的有效的侵蚀和解构。"在对大众文化一片批判的声音中，这样的认识代表了一种思路。

大体而言，中国学界对大众文化的认识经历了如下三个阶段：20世纪90年代初期至中期，主要是借助于法兰克福学派的理论资源对大众文化进行批判。此时，中国学界对大众文化的理解基本上圈定在阿多诺、马尔库塞的思路里，但是由于种种原因，却反而丧失了他们理解的丰富性。90年代中期至后期，由于李泽厚的提醒，也由于海外学者徐贲呼吁"走出阿多诺模式"，于是有了对大众文化的反思和重新认识，因此，法兰克福学派的大众文化批判理论与中国的现实状况存在着某种错位。世纪之交以来，由于菲斯克的著作的译介，特别是由于文化研究理论的引进，学界对大众文化的认识趋于复杂，但也进入了一个众声喧哗的时期，其中既有对法兰克福学派批判立场的坚守，也有对知识分子精英立场的清算，还有人认为，大众文化改变着中国当代的意识形态，在建立公共文化空间和文化场域上发挥了积极的作用。时至今日，中国学界对大众文化的认识依然没有达成共识。

中国学界对大众文化的认识隐含着知识分子内部分化的种种征候，却也是对某种理论资源选择和倚重的结果。由于中国缺少有关大众文化的原创理论，所以一开始主要是借用法兰克福学派批判理论的思想，其后又发生了从批判理论到文化研究的位移。值得注意的是，20世纪90年代中后期以来，虽然国内加大了对罗兰·巴特的译介力度，但单纯的符号学视角并没有对中国学界的大众文化研究构成多大影响；相反，鲍德里亚、布迪厄等使用了符号学资源、但更偏重于批判性分析的法国理论家，似乎在国内学界更有市场。

结　语

孤立地看待某种事物，往往难以得出一个可靠的结论，大众文化亦是如此。实际上，我们也必须借助于民间文化、高雅文化、精英文化或先锋艺术、近代通俗文化等等，才能对现代大众文化有一个准确的定位。法兰克福学派批判大众文化，其中隐含着高雅文化或先锋艺术与大众文化的二元对立关系；伯明翰学派肯定大众文化，其中又渗透着推翻高雅文化与大众文化等级秩序的思路。然而，在后现代文化的语境中，当大众社会和消费主义成为全球一体化进程中的一个重要内容时，高雅文化与大众文化的界线已经模糊，所有的文化都成了大众文化。这不但意味着所有的人都成了大众文化的享用者，而且也意味着我们已逐渐丧失了厘定、判断大众文化的诸多前提。在这种情况下，我们有必要回到西方学者一开始面对大众文化的震惊体验和最初判断中。他们的体验和判断因其存在着更加丰富的维度而显得更加鲜活可靠。

至于如何面对大众文化并更好地研究大众文化，西方学者已开出了药方。格罗斯在比较了阿多诺、洛温塔尔和罗兰·巴特的大众文化研究方法之后曾经指出，三位学者的研究方法均有可取之处又都有不足之点。研究大众文化最有希望的趋势也许存在于符号学与批判理论的融合之中，而这种融合的迹象已经在列斐伏尔（Henri Lefebvre）、艾柯（Umberto Eco）与鲍德里亚等人的研究中体现了出来。（Gross：140）凯尔纳则在文化研究的背景下比较了法兰克福学派的思路和伯明翰学派的方案，认为两派拥有共同的观点又都有不足之处，所以它们亟需要在新的文化语境中对话，通过对话可以相互为对方提供一种有效的视角。（Kellner：31—58）

这些方案均可圈可点，但从目前的情况看，所谓的融合、对话与超越还没有显示出更大的成效。也许，还需要假以时日，才能把这件事情真正落到实处。

参考书目

1. Chris Barker, *Cultural Studies*, Sage Press, 2000.
2. Clement Greenberg, "Avant-Garde and Kitsch," in *Mass Culture*, eds., Rosenberg, et al., Free Press, 1957.
3. David Gross, "Lowenthal, Adorno, Barthes," in *Telos* 45 (1980).
4. Douglas Kellner, "The Frankfurt School and British Cultural Studies," in *Rethinking the Frankfurt School*, eds., Nealon, et al., U of New York P, 2002.
5. Dwight Macdonald, "A Theory of Mass Culture," in *Mass Culture*, eds., Rosenberg, et al., Free Press, 1957.
6. Leo Lowenthal, *Literature, Popular Culture, and Society*, Prentice-Hall, 1961.
7. Max Horkheimer, *Critical Theory*, trans., O'Connell, et al., The Continuum Press, 1982.
8. Peter Burke, "The 'Discovery' of Popular Culture," in *People's History and Socialist Theory*, ed., Raphael Samuel, Routledge & Kegan Paul, 1981.
9. —, *Popular Culture in Early Modern Europe*, Maurice Temple Smith Ltd., 1978.
10. Raymond Williams, *Keywords*, Fontana Paperbacks, 1983.
11. Stuart Hall, "Cultural Studies and Its Theoretical Legacies," in *Cultural Studies*, eds., Grossberg, et al., Routledge, 1992.
12. —, "Notes on Deconstructing 'the Popular'," in *People's History and Socialist Theory*, 1981.
13. Theodor W. Adorno, *The Culture Industry*, Routledge, 1991.
14. 巴特:《神话——大众文化诠释》,许蔷蔷等译,上海人民出版社,1999。
15. 贝尔:《资本主义文化矛盾》,赵一凡等译,三联书店,1989。
16. 菲斯克:《解读大众文化》,杨全强译,南京大学出版社,2001。
17. 卡林内斯库:《现代性的五副面孔》,顾爱彬等译,商务印书馆,2002。
18. 莫利:《电视、观众与文化研究》,冯建三译,远流出版事业股份有限公司,1995。
19. 斯特里纳蒂:《通俗文化理论导论》,阎嘉译,商务印书馆,2001。
20. 赵勇:《大众文化的颠覆模式》,载《文学评论》2004年第三期。

① 大陆学界一般把 kitsch 译作"媚俗"或"媚俗艺术",此译法最早可能是在韩少功、韩刚翻译的米兰·昆德拉的《生命中不能承受之轻》中出现的,笔者此处采用的是港台译法。

代码 陈世丹

略 说

"代码"（Code），又译符码，可用来表示种种意义：（1）法规汇集；（2）规章体系；（3）信号系统；（4）密码；（5）通讯传输中为保密和简约的目的而编制的文字、字母或符号系统；（6）（计算中）为一种数据形式向另一种数据形式转换而使用的一套规则和书写符号及数据作为结果而产生的形式；（7）社会语言学中公众的语言体系或一种语言中的特殊变化等，（Cuddon：154）因此被广泛用作符号学、信息论、交流理论的术语。

俄国形式主义批评家雅各布森说："特定的话语即信息，是从所有的组成因素即代码的库存中选择出来的各种组成因素，如句子、词、音位等等的组合。"这表明结构主义者将信息看作具体的言语行为，将代码看作语言结构。意大利符号学家艾柯明确指出：

> 如果说存在着一种确实的符号学研究的方向的话，这就是把每一种通信现象都归结为代码和信息之间的一种辩证关系。我强调使用"代码"这个词，从此以后我将始终用这个词来取代"语言系统"这个词，因为它将引进无穷无尽的含混，即它会使人们按照那种特殊的代码模式，特别是被系统化的、具有双层分节结构的自然语言的模式来描述各种各样的通信代码。

可见代码涵义又超出了语言学范畴，成为信息发出和接受者必须遵循的被社会惯例化了的规则系统。在信息交流过程中，代码承担着不同的功能。法国批评家巴特将文本中的所有能指归纳为五种代码：解释代码、语义代码、象征代码、布局代码和文化代码。（王先霈等：361）而荷兰文论家佛克马指出，文学潮流的代码，只是规定文本创作的若干代码中的一个。作家所依赖的其他代码具有复杂的相互制约和阐发功能。

综 述

代码与符号系统

从符号系统意义上讲，代码这一术语起源于符号学从索绪尔的普通语言学理论向能指系统理论的发展。（Nöth：210—214）索绪尔只是在描述语言系统时简单地运用了"社会代码"这一术语。雅各布森受信息理论的影响，采纳了代码与信息（code and message）二分法，从而取代了索绪尔的语言系统与语言运用（langue and parole）。马蒂内将代码概括为"允许语言构成的组织。信息的每一因素只有求助于这一代码才能产生意义。"（Martinet：34）在雅各布森之后，列维-斯特劳斯在他的符号人类学中采纳了代码作为关键词的概念，用以描述文化与社会行为的基本原则。

艾柯的代码定义

艾柯的关于代码的符号学理论的发展经历了几个阶段，文化惯例是他定义代码的基本标准，虽然这一理论被当作研究代码的现象学而被特别扩大化了，但艾柯还是将现象系统排除在代码定义之外。作为第一次对代码的探讨，艾柯接受了米勒的定义：代码是"任何一种被用来通过来源与目的地之间事先达成的一致性描述和转达信息的符号系统"。（Miller：7）艾柯更具体地把代码定义为"一种具有结合和变化规则的意义系统。总之，一个代码是一种文化所提出的规则系统。"（Eco, *Einführung in die Semiotik*：134）

艾柯概要地阐释了符号学领域，他认为符号的功能是由各种代码相互作用的结果："代码提供了形成符号功能之间复杂的相互作用的条件。"这一符号学领域包含了具有不同等级的惯例和复杂的代码，表现了一种极为宽泛的代码概念。它包括动物符号学代码、触觉交流代码、医学符号学代码、运动学代码、音乐代码、语言代码、视觉交流（包括建筑与绘画）代码、物体系统代码、叙事与其他文本符号分支代码、文化（如礼仪与原始宗教系统、美学、大众交流和修辞学）代码，等等。与较狭窄的代码定义形成对照，艾柯的代码定义包括模糊的代码、脆弱的（快速变化的）代码、不完整的（没有与内容巨大复杂性相关联的能指的）代码、初步（很快被替代的）代码，甚至包括矛盾的代码。他认为时尚代码就是模糊的、脆弱的、不完整的和初步的代码。

艾柯指出，每一个代码都包含两个互相关联的结构系统，一个是表现内容结构系统，另一个是表现形式结构系统，从而将代码与系统区分开来。例如，交通管理红绿灯的代码由视觉表现形式成分构成，"红色"与"绿色"相对，"琥珀色"与"红色加琥珀色"相对。它们任意地与表现内容成分"停"、"前进"、"准备停"和"准备前进"互相关联。所以，一个代码就是一条把表现形式成分系统与表现内容成分系统结合起来的规则。由于代码与系统之间的这一区分在符号术语学中未被普遍接受，艾柯后来又提出了相同意义的术语：专有代码和系统代码（或"作为系统的代码"）。在语言学中，音位学代码就是一个系统代码的例子，因为它没有表现内容成分系统（音素没有意义），而纯粹是一个表现形式成分系统（带有结合规则的区别性特征)。

根据艾柯的观点,"语义空间的变动性使代码变化无常但有序",因此,对于信息的这一解释需要连续的外加编码(extra-coding),这是对现存代码所作的表示异议和假设的修改。艾柯在文本释义中区分了外加编码的两种模式:超量编码(overcoding)和不足编码(undercoding)。所谓超量编码,即让多种代码汇合于一个特定的成分上,通过这一处理过程,便产生了附加的意义。例如,修辞性代码(或称形象性代码)与日常的语言代码的交汇或互相干涉就属于这种情况。超量编码是修改一个先前确定的代码的释义过程,它是通过提出一个新规则而废弃先前规则的办法进行的。文体学和意识形态惯例即是运用超量编码规则的例子。艾柯认为,超量编码是在双重方向上进行的:

> 一种可能是,假设有一个浮意义分配给某些最小表达方式的代码,那么超量编码就会将附加的意义分配给这些更为宏观的一串串最小表达方式,修辞性的或形象性的规则就属于这一种。另一种可能是,假设有一些经过编码的单位,超量编码将会把这些单位分解为更加分解的实体,就像超语言学(paralinguistics)给一个单词确定符合不同意义的不同发音方式一样。

不足编码是一种粗糙的、不精确的和假设性的编码,一种"从未知文本向代码的运动",在学习一种外国语言或外国文化时,对意义的发现就是一个例子:

> 不足编码可以被解释为一种操作方式,在事先确定的规则缺席的情况下,即使更基本的、控制表达方式的结合规则与相应的内容单位一起依然是未知的,某些文体的某些宏观部分仍可依靠这种操作方式被暂时性地假定为构成某一代码的恰当的单位。(Eco, 1979: 135—136)

所以,超量编码从现存代码变为更加分解的次代码,而不足编码则从非存在代码变为可能代码。

代码与符号学领域

符号学领域中的代码

艾柯把符号学这一术语用作对代码多元性的隐喻,代码是符号学研究可能的主题。在艾柯自己的符号学研究中,符号学领域内的代码表是非常不系统的。法布利等人的研究是符号学代码分类最大的尝试之一,他们根据巴特、雅各布森、列维-斯特劳斯、洛特曼和伯恩斯坦的著述,将代码分为100个类型。对符号学领域劲头不十分足的细分类是吉罗提出的,后来又作了修改:(Guiraud, 1973: 478—483)

a. 逻辑代码

1）基于语言的（可以替代的）代码，包括语言代用语和与语言运用有关的非语言交流。

2）实用代码：依靠命令、指示、通知和警告与行为协调的信号和计划。

3）认识论代码：包括科学代码（分类学、规则系统、化学符号等）和占卜代码（星占学等）。

b. 社会代码

这些代码用符号来确定社会地位或关系，包括：

1）认别符号：社会身份的符号，如旗帜、徽章、制服、奖章、文身、名字、商店招牌、商标等。

2）礼仪与礼节：包括各种礼貌代码。

3）仪式、流行式样、比赛会——还要加上吉罗的法律代码表。

c. 语言和美学代码

艾柯的符号学入门

艾柯通过建立一个较低和一个较高门槛来界定符号学领域，跨越这个较高门槛的研究题目便落入科学领域而不是符号学领域。他从文化符号学立场出发，认为只有基于代码和惯例的交流才能在符号学领域内得以研究。粗略地讲，符号学的较低门槛"将人工事物与自然事物区分开来"。生理学刺激物、大多数自然标志、物理信息、神经生理学和遗传学代码都在他的符号学门槛以下，因为它们都不是基于社会惯例的。但这一门槛并不是一个明显的边界。例如，动物符号学被包括进了符号学领域，因为它提供了证明："甚至在动物层次上也存在着意义模式，这种意义模式在某种程度上可被解释为文化的和社会的。"（Eco, *Einführung in die Semiotik*: 9）

艾柯符号学的较高门槛界于符号学和各种非符号学观点之间。尽管女人（在人类学关于婚姻规则的研究中）、工具和商品可能被作为次符号来研究，但它们并非主要起符号作用。当这些现象被作为符号来研究时，它们则超越了符号学的较高门槛。

自然符号的解码

尽管自然符号现象低于艾柯符号学较低门槛，但艾柯仍然认为对医学症状的解释是基于一种代码，因此属于符号学领域。艾柯认为，非符号学现象的符号学变化是这样发生的：

> 第一位发现患者脸上一系列红点和一种假定疾病（麻疹）之间关系的医生作出（非符号学的）推断，但这种关系已被认为是惯例并在医学论文中得到讨论，于是符号学惯例便得以确定。每当某一人群决定使用某物并将其视为其他事物的工具时，就有了一种符号。（Eco, 1979: 17）

艾柯所描述的不仅是自然中的文化，而且是从自然符号向其文化释义的转变，这是一种符号两个层次之间的转变。虽然自然符号的事件不受文化惯例的影响，但它们的释义随时间和文化的变化而变化。甚至最接近于自然符号各方面现实（即科学解释）的释义模式仍然受到文化的影响，恰如世界物质模式的变化所表现的那样。例如，在古代，闪电曾被理解为神的手势，现代气象学则把它解释为一种电的现象。这两种释义方式例证了从神秘代码向科学代码的转变，科学代码是自然符号释义的根据。

巴特的五种代码

结构主义是20世纪人文科学和社会科学中的一种动向，它不大看重因果说明，而强调指出为了理解一种现象，人们不仅要描述其内在结构——其各部分之间的关系，同时必须描述它与其他现象之间的联系，正是由于这种联系，它又形成了更大的结构。结构主义一词通常限于指现代语言学、人类学和文学批评中的一些思想流派，在这三个领域中，结构主义试图重建现实现象下面的深层结构体系。（王先霈等：339）在结构主义中，代码这一术语获得了非常特殊的意义，它表示一种文化的意义系统，现实就是通过这一系统得以表现的。结构主义理论认为，所有的文化现象都是诸多代码或一个代码的产物；代码是一种系统诸成分之间的关系，正是这种关系而不是现实诸成分之间的关系将意义赋予代码。

法国结构主义批评家罗兰·巴特在他的《S/Z》一书中，对巴尔扎克的短篇小说《萨拉辛》作了著名的"毁灭性的"分析，提出了五种代码：解释代码、语义或能指代码、象征代码、布局代码和文化代码。文本通过这些代码得以构成，读者与作者分享这些代码。根据巴特的观点，每一个代码都是"一种声音，织入文本之内"。巴特认为，文本本身提供代码，这些代码使他能将这一短篇小说的各种成分在语法上和语义上相互关联起来。他并未将等级（hierarchy）强加给这些代码，因为在他看来这些代码都是平等的。巴特分析《萨拉辛》的目的是要证明文本完全具有能指作用的性质。他"将导引之文的能指切割为一连串短而紧接的碎片，我们称之为区别性阅读单位"，即将小说分成561个词汇单位（长短不一的阅读单位），然后用五种代码来分析这些文本的能指。（巴尔特，2000：74）

解释代码（the hermeneutic code）

这种代码包括这样的单位，它们"以不同方法表述问题、回答问题，以及形成或能酝酿问题、或能延迟解答的种种机遇事件……其功能乃至可构成一个谜并使之解开"。（巴尔特，2000：79）这是一种讲故事代码，它提出问题，运用叙事造成悬念和神秘，然后随着故事的发展再来解决悬念和神秘带来的问题。巴特认为小说题目《萨拉辛》就是一个阐释代码：

> 此题目唤起一个问题：萨拉辛何所指？一个普通名称？一个专有名称？一件事物？一位男人？一位女人？这一问题至极后处，依据名叫萨拉辛的雕塑家的传记，方得解答。（巴尔特，2000：85）

这是文本提出的第一个谜。这种阐释代码还可以在词汇单位的活动中找到。例如第十六个阅读单位："谁也不知道朗蒂家族来自哪个国家"，这一解释代码提出了一个新的谜：该谜被主题化（朗蒂是个家族）、被提出（有一个谜）、被正式表述（原籍是哪儿）。此处以简洁的语句将三个语素连接起来，也表明了读者自然想要得到解答的一个秘密的"编码程序"，小说同时明显地向读者作了许诺。这种代码通常包括句法的安排、词汇的排列等等，我们可以根据它的"形状"加以识别："这个过程一方面产生秘密，另一方面又暗暗许诺以后会真相大白，即产生悬念后接着又解开悬念。"（霍克斯：119）因此，阐释代码的清单在于辨别出不同的（形态）项目，随着种种项目得以辨认，某个谜被引出、阐明，继而拖延，最终豁然解开。

布局代码（the proairetic code）

希腊语 proairesis 意为"选择的行为"，根据巴特的解释，用亚里士多德的术语来说，praxis 意为情节技艺，proairesis 指布局活动，即深思熟虑地确定情节结局的能力，所以我们把情节代码和行为代码称为布局代码。然而叙事中确定情节者，乃是话语，而非人物。（巴尔特，2000：81）这种代码为读者描述了行为代码建构的方式，即行为举止的序列逻辑。这种布局序列"隐含了人类行为的某种逻辑"，这不过是阅读技巧的结果。例如，这种代码出现在第二个阅读单位"我沉陷在酣浓的白日梦中"这一序列中。其中表现的专注状态业已隐含某一可使其终止的事件，即暗示会出现顺应故事发展的承上启下的事件，会发生另一些事，改变那种状态。布局代码可组成诸多序列，读者在阅读时会在情节的某一名目下积聚叙述所提供的各种信息，给每一个序列赋予一个名目，如漫步、谋杀、约会等。序列随着寻觅或确定命名这一进度（rythme）而展开，序列的基础与其说是逻辑，还不如说是经验。序列的唯一逻辑是已做过或已读过，由此而有种种序列、种种项目。所以，布局代码控制着读者对情节的建构。

象征代码（the symbolic code）

这种代码将文本中的对照形式聚集起来表现为一种互为对立的对照关系，这些"集团"在文本中被各种方式和手段重复。巴特说：

> 我们避免构筑象征区；此区乃是多元复合性与可逆性的专有领地；首要任务总是表明此区可自任何一处进入，以此，其内深幽莫测度和隐秘性遂成问题。（巴尔特，2000：83）

小说中的第二个阅读单位"我沉陷在酣浓的白日梦中"，以"白日／梦"这样对照的连续关系将相反的事物，女花园和沙龙、生命和死亡、寒冷和暖热、室外和室内等，强有力地结合起来，它作为"开场白"提供了第一个庞大的象征结构的范例。这一象征结构覆盖了诸多置换与变体的全部空间，引领读者自花园至阉歌手、自沙龙至叙述者恋上的年轻女子。再如第五个阅读单位和巴特对这一阅读单位所作的分析：

> "我坐在窗凹处，"对照的展开通常包括其每一部分（A，B）的展示。第三项可能存在：某种接合的引进。此项可以是纯修辞学面目，倘若旨在**引入**或**总结**对照；然亦能具有字面意义，倘若意在直陈对照位置的实际结合：在此赋予**窗凹处**的功能，乃是花园和沙龙、死亡和生命的中间分界线。（巴尔特，2000：86）

在象征域内，凸现了辽阔的范围，即对照的范围。小说不断地产生这种对照结构，直到进入最高潮，即关于对照的性别概念（男/女）进入文本的总的意义之中。

语义或能指代码（the semic code）

这是一种语义素（semes）的和能指（signifiers）的代码，因此是文本中经常出现的含蓄意义或主题。这种代码利用的是由某些能指所产生的暗示或"意义的明灭不定"。语义素仅仅指明阐释代码所表示的种种重复出现的项目，

> 既不欲系之于某个人物（或某类处境，或某个对象），也不想在种种语义素间作出安排，好让它们形成为纯一的主题区；我们听任其不稳定性、离散性，这使得它们成为尘屑的微粒，意义的明灭不定的微粒。（巴尔特，2000：83）

如小说题目《萨拉辛》（Sarrasine）一词，词尾字母 e 通过一个词汇暗示或闪现，表示了女性质素的内涵。在法语中词尾 e 表示阴性，sarrasine 所蕴含的女性质素是个所指，预先固定在文本的好几个地方。这是个迁变的因素，可融合其他相类的因素，以创造性格、环境、转义、象征。巴特指出，虽然比久谈到的每一单位皆为所指，但它属于类型所指：它构成了最卓越的所指，因为可用含蓄意指（connotation）一词的常义来界定它。此类因素，我们称之为所指，或进一步界定为语义素（seme，从语义学来说，语义素属于所指单位），如第四个阅读单位"爱丽舍波旁宫钟声响起，午夜来临"。巴特解释说，在这种代码中，一个换喻逻辑将爱丽舍、波旁宫引向财富这一语义素，因为圣奥雷诺郊区是富人聚居处。财富本身是蕴含着的，因为这里是暴发户聚居处，是圣奥雷诺区，以此举隅法特指波旁王朝复辟后的巴黎，一方突然发迹的神秘宝地，财路来历说不清道不明。金子无因无由冒将出来，犹若施了魔法（投机钻营的象征性定义）。再如第五十七个阅读单位"他仿佛受舞台机关的控制，突然自地底下冒出"，其语义素为机器、机械性，小老头被比

作机器，喻示了无生气的非人特征。"从一定意义上讲，这种代码处理的是英美批评中习惯于称为'主题'或'主题性结构'的东西。"（霍克斯：120）

文化或引用代码（the cultural or referential code）

这种代码把文本中所有的引用分类为文化的、社会的背景和巴尔扎克时期的知识，因此，它与巴尔扎克所作的设想有关。巴特指出：

> 文化代码是对科学或智慧代码的引用；我们指出这些代码，仅仅点明其所引及的知识类型而已（如物理学、生理学、医学、心理学、文学、历史等等），并未越俎代庖，去构造或重新构造其所列举的文化。（巴尔特，2000：83—84）

"这种代码表现为格言的、集合的、无人称的和命令的语态，它是为公认的知识或智慧这一目的服务的。"（霍克斯：121）对第三个阅读单位"在热闹非凡的晚会上，这般白日梦侵袭一切人，甚至浮浅的人也觉着彻骨的震撼"中的"热闹非凡的晚会"，以及第二个阅读单位中的"酣浓的白日梦"，巴特解释说，这两个句子多半是实际谚语的转换，是发自人类传统经验的集体而无个性特征的声音作出了这种表述。这两个阅读单位因而源自格言代码，这类代码是文本经常引及的诸多知识或智慧代码之一。我们以极其宽泛的方式称之为文化代码，虽则一切代码实在说来都是文化代码，或因为它们使话语能依靠科学或道德的威望，我们可进一步称之为引用代码（格言代码）。"酣浓的白日梦"特指作者当作常识的那个公认的体系；"热闹非凡的晚会"则强调人人皆知作者的意思这一假定。"代码功能在于：通过瞥见或'知晓'所指的东西，来证实公认的和权威的文化形式。"（霍克斯：121）如第十九个阅读单位：

> "即使是恶魔，又有何妨！"一些青年政客说道，"他们拿绝顶奇妙的晚会接待名人。""哪怕朗蒂伯爵洗掠过什么卡佐巴宫，我也随时愿和他女儿结婚。"一位哲学家激动地说。

巴特把这些文字归于一种道德心理的文化代码，指涉玩世不恭的巴黎。又如第一百一十个阅读单位"画面是阿多尼斯躺在狮皮上"，这张阿多尼斯的"狮皮"利用了无数古希腊牧羊人题材的传统绘画作品，因此这句话是一种指向神话和绘画的文化代码。

巴特运用这些分析性代码，将文本细分为词汇单位，即不同长度的阅读单位。这种分析从本质上说，已把"读者的"文本变为"作者的"文本。这五种代码部署得非常集中，作为分解文本的力量并不彼此排斥，它们常常同时作用于同一个词汇单位。如第四百六十九个阅读单位"罗马舞台上何曾出现过女人？教皇领地用哪种人扮女角难道您不晓得吗？"它是一个阐释代码，先提出一个谜，然后婉转破译了悬念；赞比内拉是个阉歌手；它又是一个文化代码，指涉了教皇领地的音乐历史。五个代码的总的效果是把文本从其"背景"和语境、从历史研究和批评的传统强加给它的种种束缚中解放出来。（霍克斯：122）

编码与解码

编码

在信息论中发报机或发报一方把要传递的信息变为信号即为编码。法国结构主义人类学家列维-斯特劳斯认为，人一直在将他对这世界的全部经验进行编码，从而可以积累、表达和体验这些经验；未经编码而处于原始状态的经验极少存在。意指过程也就是编码过程。斯特劳斯创建的人类学非常深刻地探讨了人类思维的"编码"或创造结构的能力。结构主义语义学家 A.J.格雷马斯说："指示过程不过是这种从语言的一个层次到另一个层次的变换过程。意义不过是这种可能出现的编码变换。"（霍克斯：125）

艾柯认为，"符号并非符号学里的固定实体，而毋宁说是几种独立成分的集合处（来自'表现形式'和'表现内容'这两个不同层次的不同系统，在编码关系上集合）"。（Eco，1979：49）由约定俗成的语言符号所构成的文学，在运用其特有的组织法则时，可以再现复杂的、尚未客体化的现象（即尚未成为主体已经认识的对象）；那些现象原本就允许接受者作出灵活的反应。因此，用艾柯的代码概念，特别是他的"编码联结体系"来研究文学作品，是十分适宜的。

巴特也认为，全部人类的事务（例如食物、服饰等）都渗透着编码行为，它的作用在人类活动中是独一无二的。这是一个符号的世界，而不是经验的世界：

> 意义从符号的相互影响中产生，我们生活于其中的这个世界不是一种"事实"，而是关于事实的符号，我们从一个系统到另一个系统不停地给这些符号编码和解码。（霍克斯：125）

解码

收报机或收报一方将信号重新安排为有意义的序列，以便理解信号的信息内涵，这一过程即解码。在结构主义者看来，在文学批评中，如果将作者写作视为编码，那么读者阅读便是将代码还原为信息的解码活动。巴特认为，"确定意义，即是对某一艺术品进行'解码'，这不是将此艺术品'当作某种原因的结果，而是当作被表示的事物的记号'"。（佛克马等：62）苏联结构主义符号学家洛特曼认为，文学系统是超语言的，语言信息的接受者必须懂得语言代码，以便解释信息。据此，文学文本的读者除了懂得文本赖以写成的语言以外，还必须懂得文学代码。如果接受者不懂发送者所使用的文学代码，他一般不能理解文本，甚至认为那文本不是文学。

语言和文学系统在同一文本中互相作用，为那个文本提供最大量的信息。各种成分至少属于两类代码，且可以是不止一个意义的载体。如果文本被编码好几次，那么熟悉某一类代码的读者就会遇到根据那类代码无法解码的其他成分，读者的期待就会成为泡影。根据这种文学概念，解释文学文本，即把文学的信息翻译成科学代码的信息的解码就不是一件容易的事。接受者借助于特殊代码的帮助译解信息有两种情况：第一种情况是接受者和发送者使用同一代码，这是属于"认同美学"的艺术系统的特点，其间主题及文本外的其他要素均向读者暗示特定文本中唯一可能存在的艺术语言。第二种情况是读者试图用不同于作者使用的代码去译解文本，这又会出现两种类型：首先，接受者将自己所拥有的艺术语言强加给文本，致使文本被再次编码，艺术文本被当作非艺术文本看待；其次，读者企图根据他所熟知的标准来理解文本，经过尝试和失误，认识到创造一种新的尚未为自己所知的代码的必要，于是同作者的语言发生混合和冲突。佛克马认为，根据洛特曼文学文本解释的定义，我们一开始解释时，几乎就不可能保持意义的完整无缺，加之由于我们对于文学文本中所使用的代码的知识不够，又由于可以合法地希望在有限的历史背景或更广的"神话的"渊源中对文学文本进行解码，因此就可能出现各种解释并存的局面，而不能决定哪种解释是正确的。（佛马克等：48—49）法国批评家马舍雷也认为作品分析是一种对文学文本的解码活动：

> 作品没有绝对的独立的价值，顶多是个媒介物，通过它来引向秘密。在信息和信息所产生的代码之间，有个小小的混合物，文学分析就是要把它彻底分析出来。这代码本身就是传达信息的素材，它同作品中的信息互相关联，从而使文学作品成为可能。它隐藏在作品的深处，支撑着作品，但它要求被翻译出来，这样，代码才使得作家和评论家的作品成为可能。（王先霈等：364）

后现代主义文学代码

英国文论家戴维·洛奇在讨论后现代主义时，注意到不确定性写作原则的几个方面：悖论式的矛盾、并置、非连续性、随意性和比喻的过度引申和虚构与事实的短路。（Lodge：229—245）美国文论家伊哈布·哈桑列举了一长串现代主义与后现代主义之间的对立范畴：目的/消遣、设计/偶然、间距/参与、形合连结/意合连结、选择/结合、确定性/不确定性等，然后又在一次报告中提到了后现代主义的解构性特征：不确定性、零散性、非原则性、无我性与无深度性、卑琐性、不可表现性和重构性特征：反讽、种类混杂、狂欢、行动与参与、构成主义、内在性，等等。而这些术语，有些主要反映后现代主义的世界观，也有些是指句法学和构成层次，还有些是指语用学的层次。佛克马则从一个发送者的观点，集中论述了后现代主义文学代码的语义学和句法学的各方面特征，把洛奇、哈桑等文论家提出的各种显著特点与语义和（文本）句法（包括叙事学的）分析所提供的经验符号学的事实联系起来。佛克马认为：

> 文学潮流——如后现代主义——的代码，只是规定文本创作的若干代码中的一个。作家所依赖的其他代码是语言代码（英语、法语等），预先安排读者阅读文本，仿佛文本内部有高度的紧凑性似的文学代码，引导读者去激活某些与所选文类有关的期待性文类代码。作者的个人习语在其经常出现的基础上是可以辨别出来的，亦可算作一个代码。每一个后来的代码都进一步限制了基于较普遍的代码的原本可行的选择。在文学交流中，每一个后来的代码都对其他代码构成挑战和危害，因为它创造出一些新的选择并为之辩护，而这些选择则在更普遍的代码之下受到禁止。如果我们暂时将主要兴趣放在英语语言中的后现代主义叙事散文上，那么，后现代主义代码就会在标准英语的语义学和句法学的制约下限制，但同时又会在某种程度上扩大这些选择，因而它就会进一步限制并延伸文学内聚性中的流行观念，它还会从相关的文类代码（即叙述代码）的规则中进行选择，说不定还会加上两条规则。后现代主义作家们五花八门的个人习语最后将对后现代主义的社会习语部分地加以确证，同时部分地提出挑战。（佛克马等：100—101）

根据这种观点，后现代主义代码便可描述为一个优先选择的系统，一部分比一般的代码具体些，一部分则忽视了它们的规则。要全面彻底地描述后现代主义的代码，一方面要以优先的语义构成部分的对比分析和后现代主义文本优先的（文本）句法结构为基础，另一方面还要以语义构成部分和标准英语的（文本）句法结构为基础。

为了文学史的目的，佛马克在描述后现代主义的代码时，把后现代主义和现代主义之间的语义构成部分以及两者之间的（文本）句法惯例区别开来。首先，他探讨在后现代主义研究中出现的后现代主义语义学特征，然后再探讨后现代主义（文本）句法学的明显特点。

后现代主义文学代码的语义学特征

讨论文学文本的语义学，不能不把孤立的词汇单位的语义价值与更大的单位，如片断、段落、诗节、章回甚或文本的语义解释区分开来。因此，佛克马首先进行个别词汇单位的语义学探讨。受洛奇、哈桑等人的暗示，佛克马提出以下假设：后现代主义文本中非常明显地运用了若干特殊的词汇单位，与现代主义文本相比可能更为频繁。那些典型的后现代主义文本中重点但不频繁地使用的词汇单位属于后现代主义作品中渲染过多的语义场。语义场包括语义上相关联的词汇单位,即至少具有一个共同的语义特征的词汇单位。特殊语义场在后现代主义和现代主义作品中的分布在很大程度上取决于对它们如何解释。

1. 突出的或常用的词汇单位

与现代主义文本相比,在后现代主义作家的作品中得到使用、而且相对来说出现的频率很高的一类词汇有:镜子、迷宫、地图、无目的地旅行、百科全书、广告、电视、摄影、报纸,或者许多其他语言中的对应词,等等。

2. 突出的语义场

1)同化 所有具备这个语义特征[＋泛]的词汇都被认为是属于同化这个语义场的,这些词汇表示各种差别的消失,或者"各种形式的融化,各个领域的混淆"。(Hassan,1975:58)哈桑与斯特维克都曾讲到过后现代主义中的**同化能量**,这个观念与**不确定性**相关联。此外,**同化**还体现了**阴阳合体**生物或者**雌雄合体**生物。属于同化这个语义场的词汇单位是:迷宫、无目的地旅行、百科全书等。

2)加倍与排列 数学方法如排列、加倍、乘法、列举,用更地道的语言术语来说,即所有具备这个语言特征[＋多]的词汇,都被认为属于这个语义场。一个词汇单位通常属于一个以上的语义场,而且后现代主义者偏爱的某些术语也可以归类于一个以上的在后现代主义语义世界中突出的语义场。属于这个语义场的词汇单位是:镜子、迷宫、无目的地旅行、百科全书、广告、报纸、财产目录、偏执狂等。

3)感觉 感觉语义场包括描述或暗示感官功能的所有词汇单位。它体现了**具体性**这一语义场,包括关于发现物的观念。洛奇对可观察到的细节和斯特维克对表面的强调与马扎罗的观点不谋而合,马扎罗也认为:"尽管后现代主义表面上神秘得很,但实质却是世俗的和社会的,这是无法改变的。"(Mazzaro:VIII)霍夫曼认为后现代主义小说中的人物"可以还原到……没有本质的单纯的感觉"。后现代主义文本中突出的词汇单位是下列指代感觉的词:听见、倾听、嗅味、看见、阅读、镜子、旅行、电视等。

4)运动 这个语义场包括所有代表动作或运动的、不管是体力的还是脑力活动的词汇单位:迷宫、旅行、电视、谈话、暴力等,它体现了消遣和色情描写的语义场。

5)机械化 这个语义场包括所有描写工业化、机械化、自动化了的世界各个方面的词汇:旅行、广告、电视、摄影、计算机等,它体现了科幻小说这个语义场。

佛马克认为,处在后现代主义语义世界中心的语义场,主要是用来对抗现代主义文本的语义结构。同化与现代主义对差异和限定条件的倾向完全对立,也与对差异的认识和对分离的尝试对立。加倍与排列是机械的几何手法,与其他更为合格的结构和以限制性判别为基础的个别性观念形成了对立。感觉和运动是对各种印象的理智的处理和现代主义者的分离尝试的论辩性答复。最后，机械化则要求个人意识屈从于技术，成为"意识的技术性延伸"。(Hassan，1980：123)

后现代主义文学代码的句法学特征

佛马克认为，研究后现代主义代码的句法学特征，必须将句子的句法和更大语言单位的句法（文本句法或者构成，包括论说性、叙述性和描写性结构）区分开来。后现代主义对于等级模式的怀疑影响了后现代主义文本的句法。后现代主义者对现代主义者的假定结构的厌恶，业已转化成对各不相同的句法单位的同等或然率和同等正统性的偏好。如哈桑所言，这导致了对意合连结的偏好，而不是对现代主义者喜爱的形合连结的偏好，这既是在微观的句子结构的层次上，又是在宏观结构的层次上的偏好。(Hassan，1980：123)哈桑还注意到，"后现代主义转向了公开的、玩笑的、祈愿的、分离的、移位的、或不确定的形式"。而且这种倾向可能与以下的假设发生冲突，即后现代主义者是否真的有任何偏好，或许后现代主义者总想运用意合连接和形合连接的结构。佛克马认为，后现代主义者用通常温和反讽的形式来表达他们的怀疑观点。但是，后现代主义者又向前迈进了颇有意义的一步：他们对解释的论述——无论是对心理活动、情节的解释，还是什么别的解释——往往取决于戏谑。佛克马所说的差别是通过反讽而进行的分离式批评与通过戏谑而进行的全面颠覆之间的差别。

1. 句子结构

现代主义保持了有机联接的句子的规范性，而与现代主义截然不同的是，在后现代主义的文本中，由于句法的不规范、语义的不一致、印刷上的有意安排，或者由于这三种方法的结合使用，句子是可以打断的，成为支离破碎的话语。后现代主义作家允许这些支离破碎的形式存在，其具体手法和表现形态为：

1）句法不规范。不规范的句子具体表现为：一些单词发音错误、拼写不对，在表达上措词不当；语法上或缺少主语或缺少联系动词的不完整的句子，表现为碎片式的语言。

2）语义前后矛盾，造成可解与无解之间的不确定性。反对文本意义、反对解释是后现代主义的重要倾向。"因为它不想落入某种易于辨认的模式或节奏，于是便在阅读程序上效法了世界对于解释的抵制。"(Lodge：224)后现代主义文本创作和接受的唯一原则是不确定性，不确定性决定一篇文本如何被人阅读。文本的意义取决于解释这一作品的方式，而不是取决于一系列固定不变的规则。去寻找意义是既无可能又无必要的，阅读行为和写作行为的"不确定性"本身即"意义"。语言的自相矛盾表现出一切都在不定之中，造成可解和无解的不确定性，你把它理解成什么，它就是什么。

3）句子常常被任意打断，造成结构和意义上的不完整，其中缺少的词汇需读者在阅读理解中去自觉补充。

4）印刷上进行形式创新，无标点，无大写，任意分行，用文字组成图案形式等。

在后现代主义文本中，句子结构彻底颠覆了秩序。这些形式在现代主义那里是很罕见的。佛克马认为，后现代主义者之所以偏好这样的句子结构是因为这些句子效法了数学方法，如加倍、排列和列举等在文学句法学中起了很大的作用。

2. 文本结构

后现代主义作家在抛弃了等级模式之后，后现代主义文本的片段性规则支配了句子与论说性、叙述性和描写性结构之间的关系。无选择性和机遇性的观念使后现代主义文本在句法规则上摒弃连续性，而出现以下几种手法：**间断、累赘、加倍（含重复）、增殖、排比**。其中"间断"这一手法否认连续性的存在，而"累赘"则是一种给予过多的连续性以致造成混乱的手法。这两种手法彼此关联，因为它们都对现代主义文本中标准的连续性概念提出了挑战。"增殖"、"加倍（含重复）"、"排比"被认为是数学方法，这些数学方法的应用具有很大的任意性，即不以人的意志为转移。这些数学概念应该与文本中的句法（包括叙述）次序的某些表现形式相联系。

1）间断（disconnection）

后现代主义作家怀疑任何一种连续性，认为现代主义的那种意义的连贯、人物行动的连贯、情节的连贯是一种"封闭体"写作，必须打破，以形成一种充满错位式的"开放体"写作，即竭力打破它的连续性，使现实时间与历史时间随意颠倒，使现实空间不断被分割。因此，后现代主义小说和戏剧经常将互不衔接的章节与片断编排在一起，并在编排形式上强调各个片断的独立性。（王岳川：329）间断是对连续性的反动，它所造成的非连续性给人一种荒诞不经感，而且给人以世界本就是如此构成的启示。这种因间断而在句法中所形成的一种偶然性和任意性，暗示命运或事物是不以人的意志为转移的。

2）累赘（encumbrance）

累赘是对简洁、中心的反动。这就是巴特所推崇的"可写性"文本，它是在"边缘"向位于"中心"的权威话语挑战。这种挥洒自如的具有新的符号逻辑的写作风格说明作者已经从意义的暴政下解放出来，"不可卒读"才体现了文学的最终目的，因为它打破了读者的期待世界，使其注意文本符号本身，而不去寻求额外的意义。这种"可写性"文本使读者或批评家不可能以任何相同的方式阅读，只能靠机遇和想象去再创作。作品并不意味任何一种东西，这种"可写性"文本作为一种后现代的形式，没有明确的意义，没有固定的指示词，相反，它是多元的和蔓延扩张的，是一大堆不可穷尽的能指词的聚合，是由各种代码或代码的碎片罗织起来的东西。这里既没有开始，也没有终结，不存在所谓不可颠倒的结果，也不存在等级森严的文本"层次"，因而也无所谓有意义或无意义。文本只是联系所有意义网络上的一个扭结，它是一本无互涉关系的"斑驳杂糅的辞典"，无一定方向。（王岳川：301—302）

3）增殖（increase）

增殖即符号系统的乘法，它表现为**语言与其他符号的混合、结尾的增殖、开始的增殖、无结局的情节的增殖（迷宫情节）、列举（或存货清单）**等。增殖手法和后面的加倍手法、排比手法都与后现代主义世界观相关联。后现代主义世界观宣布任何建构世界模式所作的尝试都毫无意义，要在生活中建立某种等级秩序、某种秩序系统既不可能又无必要。如果它承认一个世界模式，那将是以最大熵为基础的模式，也就是以所有构成成分的同等或然率和同等合法性为基础的模式。后现代主义世界观一方面可以被认为是现代主义的变幻无常论和怀疑论的激进形式，另一方面又可以被认为是对现代主义那种企图的反拨：现代主义尽管不相信任何单一的原则或等级制度，却仍然试图勉强提出一种主观臆想的制度；而后现代主义者与现代主义者不同，他们似乎接受一个由随意性、偶然性和破碎性支配着的世界。他们坚持一条与对世界的这种看法相一致的基本构成原则，即"离开中心"原则。因此，后现代主义小说主张有许多情节（有时是不连贯的情节），有许多同等的意识中心、有许多叙述场合，而不只有一个主要情节、一个主要的意识中心、一种主要的聚焦手段和一个主要的叙述者。（缪萨拉：165）

4）加倍（含重复）[double（containing repetition）]

加倍（含重复）包括文本的加倍、一个文本中两个毫不相干的故事相互交叉而形成的一种荒诞冷漠的话语、情节的加倍、语词的加倍、写作的加倍等。

文本的加倍　这一手法主要表现为两种形式：一种形式是在题材、主题、结构和风格上参照早期的文本，用一个明显虚构的文本来揭示真真切切发生过的历史与现实的虚构性；另一种形式是引用该文本以外的其他文本的内容，导致文本内部的互文性。两个次文本彼此反映，相互影响，二者之间存在着彼此相似的关系。

情节的加倍　情节的加倍是指文本提出许多情节，有时是不连贯的情节，有许多叙述场合，有许多同等的意识中心，表现了一个由随意性、偶然性和破碎性支配着的世界。

语词的加倍　后现代主义强调阅读的过程，于是作者运用语词加倍的手法，也就是运用堆积许多读者兼主人公以及实际读者一个接一个地阅读的、被打断因而不连贯的语词的方法，一而再、再而三地纠正他对小说的看法，并且不得不一而再、再而三地用新的看法来代替原先的看法。这项有待于读者（不仅是实际读者，而且是读者兼主人公)来完成的任务,可以被认为是一个重建、摧毁、再重建、再摧毁的连续不断的过程:重建一个某些事情有可能在其中发生的虚构世界,接着把那同一个世界摧毁,然后再用另一个可能的虚构来代替它。(缪萨拉:160)语词的加倍这一手法表明,如果说现代主义"强调创作的敏感性与艺术作品的关系,强调信息发出者与信息的关系,而后现代主义则强调信息与信息接收者的关系"。(巴尔特,1988:103)

5) 排比(或并置)(parallelism or juxtaposition)

排比(或并置)是另一种"离开中心"的后现代主义表现手法。它包括文本各部分的互换性、文本与社会环境的排比、语义单位的排比、故事结尾的多重排比等。

文本各部分的互换性 文本的互换性实际上指的是一种拼贴手法——将其他文本,如文学作品中的片断、日常生活中的俗语、报刊文摘、新闻等,组合在一起,使这些似乎毫不相干的片断构成相互关联的统一体,从而打破传统小说凝固的形式结构,给读者的审美习惯造成强烈的震撼,产生常规叙述方式无法达到的效果。在后现代主义小说中,零散、片断的材料就是一切,它永远不会给出某种意义组合或最终"解决",它只能在永久的现在的阅读经验中给人一种移动组合的感觉。这些片断来自不同文本,没有内在的逻辑联系,前后位置可以颠倒互换。

文本与社会语境的排比 文本与社会语境的排比意在揭示虚构与事实无区别。

语义单位的排比 这种排比表现为主题和思想的排比,导致同样的主观主义和客观主义产生,从外界退回并与之统一;或者:可能与否、有关与否、真与假、现实与戏谑、比喻与原意的排比。

故事结尾的排比 这一手法的目的在于确立这样一种观念,即任何东西都是可能的,每一个故事都可以有无数并列的结尾,每一种结尾都不是完美的,在可能与不可能、真与不真、现实与游戏之间的选择是没有意义的,因为,一切皆可能,则一切皆没有意义。

后现代主义的"排比"手法对早期的一些程式很可能破坏性最大,它足以推翻后现代主义体系中仍可能出现的等级秩序。因此可以说,后现代主义是个极其复杂的代码,正因为运用排比法,它才有了更新自我的巨大潜力。后现代主义作家在语义结构和句法结构领域进行了"革新的冒险",其目的是要摧毁现代主义建造世界模式的各种努力,彻底复原人的断片处境。这一切都是通过语言颠覆而达到的。

结　语

艾柯的符号学理论认为,符号不是符号系统中固定不变的实体,它的同一表现形式,如一个语词,可以有不同的表现内容,即有多种意义,因此应该以符号的功能作为实质上的符号概念；而符号的功能则是由几种成分（分别呈现为表现形式和表现内容）通过编码连接的关系而形成的，因此等于是各种代码相互作用的结果。文学语言的特点在于各种代码汇合于一个特定成分上（所谓"超量编码"的关系）。其次，"代码与符号也没有天然的联系，只存在一般的规则和标准。代码控制着信息（意义）的输出，而新的信息又能够重建代码。一段模棱两可、未经编码的上下文，经过为社会所接受的一致的诠释过程，就会产生一种惯例，从而又形成代码联系。因此，符号学研究的主要内容是作为社会力量的符号，就文学符号而言，那就是把文学文本和意识形态的表述都作为符号纳入研究对象中来，不使文学文本与非文学文本割裂开来。客观存在（符号的指涉物）不在符号学研究范围之内，符号只体现对物体的感知情况，不说明物体本身，这种感知情况随着文化习俗的变迁而有所不同。真理性只是逻辑学家所关心的问题，与符号学家无关。"（王岳川：340）

巴特在《S/Z》一书中对巴尔扎克的小说《萨拉辛》的研究表明，在结构主义那里，文学作品不再被当作一个稳定的客体或者界限分明的结构来对待，批评家的语言也已放弃了任何科学客观性的要求。文学不是批评必须与之一致的对象，却是批评可以在里面游戏的自由空间。可写的（可改编的）作品通常是后现代主义的文本，它没有确定性的意义，没有固定的所指，它是多重的和离散的，是不可穷尽的能指串成的能指群，是代码与代码片断的无缝编织，批评家可以从它们中间开辟自己的迷离小径。批评家视文学作品为不可还原的复合物和一个永远不能被最终固定到单一的中心、本质或意义上去的无限的能指游戏。巴特用五种代码来译解短篇小说《萨拉辛》的语义单位多少带有任意性，五种代码是从无数种可能的代码中随便挑选出来的，它们的排列毫无高下层次之分，可被复合运用。有时三种代码被用于译解同一语义单位，而且它们禁止自己把作品最终"综合"成为一种统一的意义。相反，它们证明了作品的分散和残破。巴特论证说，与其说文本是一个结构，不如说它是一个开放的"结构"过程，而进行这种结构工作的正是批评。（伊格尔顿：151—153）

佛马克认为，后现代主义文学代码只是规定文本创作的若干代码中的一个。后现代主义代码将不局限于一种固定的意义上，而是进一步限制并延伸文学内聚性中的流行观念，它还会从相关的文类代码（即叙述代码）的规则中进行选择和增补，这将导致后现代作家各式各样的个人习语将对当代的社会习语加以确证或挑战。因此，后现代主义文学代码是一个优先选择的系统，一部分较为一般的代码具体些，一部分则忽视了它们的规则。后现代主义作家在语义结构和句法结构领域进行的革新的冒险，是要摧毁现代主义建造世界模式的各种努力，彻底复原人的断片处境。这一切都是通过语言颠覆而达到的。在这个意义上说，后现代主义者创造了一种特殊的语言，人们必须懂得这一语言代码，才能理解他们的文本。

参考书目

1. André Martinet, *Elements of General Linguistics*, U of Chicago P, 1967.
2. Claude Levi-Strauss, *The Savage Mind*, U of Chicago P, 1966.
3. David Lodge, *The Modes of Modern Writing*, Arnold, 1977.
4. George A. Miller, *Language and Communication*, McGraw-Hill, 1963.
5. Ihab Hassan, *Paracriticism*, U of Illinois P, 1975.
6. —, "The Question of Postmodernism," in *Bucknell Review*, ed., Harry R. Garvin, Bucknell UP, 1980.
7. —, "What Is Postmodernism?" lecture at University of Utrecht, May 16 (1984).
8. J. A. Cuddon, *A Dictionary of Literary Terms and Literary Theory*, Blackwell, 1991.
9. Jerome Mazzaro, *Postmodern American Poetry*, U of Illinois P, 1980.
10. Pierre Guiraud, "La semiologie," in *Le language*, ed., Pottier Bernard, CEPL, 1973.
11. —, *Semiology*, Routledge, 1975.
12. Roman Jakobson, *Selected Writings II*, Mouton, 1971.
13. Umberto Eco, "A componential analysis of the architectural sign /column/," in *Semiotica* 5 (1972).
14. —, *Einführung in die Semiotik*, Fink, 1972.
15. —, *Einführung in einen Begriff und seine Geschichte*, Suhrkamp, 1977.
16. —, *Semiotics and the Philosophy of Language*, Indiana UP, 1984.
17. —, *A Theory of Semiotics*, Indiana UP, 1979.
18. Winfried Nöth, *Handbook of Semiotics*, Indiana UP, 1990.
19. 巴尔特:《符号学原理》,李幼蒸译,三联书店,1988。
20. 巴尔特:《S/Z》,屠友祥译,上海人民出版社,2000。
21. 佛克马等:《二十世纪文学理论》,林书武等译,三联书店,1988。
22. 佛克马:《后现代主义文本的语义结构和句法结构》,载《走向后现代主义》。
23. 霍克斯:《结构主义和符号学》,瞿铁鹏译,上海译文出版社,1997。
24. 缪萨拉:《重复与增殖》,载佛克马等编,王宁等译《走向后现代主义》,北京大学出版社,1991。
25. 王先霈等:《文学批评术语词典》,上海文艺出版社,1999。
26. 王岳川:《后现代主义文化研究》,北京大学出版社,1996。
27. 伊格尔顿:《二十世纪西方文学理论》,伍晓明译,陕西师范大学出版社,1987。

多元系统 廖七一

略 说

"多元系统"（Polysystem）由 poly- 与 system 合成。它是以色列学者伊塔玛·埃文-佐哈尔（Itama Even-Zohar）20 世纪 70 年代初提出的一个概念。佐哈尔吸取俄国形式主义、结构主义、一般系统理论与文化符号学的积极因素，将翻译文学视为文学多元系统中的子系统，客观描述翻译文学在主体文化中的接受与影响，以期有效揭示制约文学翻译的规范与规律。

综 述

多元系统的主要理论来源是俄国的形式主义，特别是特尼扬诺夫（Yury Tynyanov）有关系统的理论。出于对印象主义和实证主义批评的不满，俄国形式主义者认为文学作品并不只是文学技法的简单堆积，而是"有秩序、分层次的结构"。文学作品或文学类型是一个结构整体；文学本身同样是"有层次组织、自我更新的整体"。（Hermans, 1999: 104）从共时研究的角度观察，文学似乎是一个和谐、平衡和静态的系统；但从历时的角度来看，文学内部充满了冲突和变异。文学的演进和发展在于系统内部持续不断的、陌生取代熟悉、创新取代传统的运动。

1924 年，特尼扬诺夫在论文《文学事实》中提出，文学事实是一个"关系实体"（relational entity）；所谓的文学作品、文学类型、文学时代、文学或文学本身，实际上是若干特征的聚合，这些特征的价值取决于它们与网络系统中其他因素的相互关系。因此，文学是一个变动不居的系统，文学研究必须置于共时和历时两个维度之下来进行。1927 年，特尼扬诺夫在《论文学进化》一文中又提出，文学的进化在于"系统的变异"（mutation of system），即处于文学系统中心位置的高雅文学被处于边缘的、更富活力的新文学所取代。

既然文学是一个系统，反过来文学史也可被视为系统，相应的其他文化和社会现象也都可以视作系统。在俄国形式主义之后，布拉格结构主义者穆卡若夫斯基（Jan Mukarovsky）开始研究文学与周边环境的互动关系，认为文学变化产生于内部演进与外部干涉的共同作用。洛特曼（Yuri Lotman）从文化符号学的角度提出，文化作为一个整体可视作"巨大的、多层次的系统"，是一个"符号球状体"。

长期以来，文学翻译一直被认为是派生的、模仿性的、第二位的文学形式，处于文学研究的边缘，极少受到文学研究者和文学史家应有的重视。评论文学翻译的标准大多是先验性的，重原文文本轻译文文本。20世纪70年代以后，人们开始对先验性的"等值"标准提出质疑；描述性的、动态的翻译研究应运而生。人们不再用"等值"、"正误"、"好坏"、"对错"等标准来评判翻译文本，而是将翻译文本中出现的"差异、谬误、模棱两可、多元指涉，以及'异质'的混乱"视作"文化意识形态直接影响特定文学抉择的宝贵资源"。（Gentzler：4）

佐哈尔：多元系统

佐哈尔在阐述多元系统的设想之前，对科学的研究范式进行了界定，认为传统的研究侧重于实证主义，"即搜集资料，然后以经验主义理由将之接受，并分析其物质内容"。而现行的研究方法则应该是功能主义的，

> 以分析现象之间的关系为基础。把符号现象视为系统，就有可能对各种符号集成体的运作方式提出假说，从而迈向现代科学产生以来一直为之奋斗的最终目标：找出支配着各种现象的多样性和复杂性的规律，而不是对这些现象进行登记和分类。（佐哈尔：20）

与此同时，佐哈尔批评索绪尔及其学派将"系统构想为一个静态（共时）的关系网"，使"历时层面在实质上被排除到语言的领域之外"。可以看出，佐哈尔首先是要对复杂多样的关系进行客观描述，然后从历时和共时两个方面去发现规律，对未来的文学现象进行预测。

对于多元系统，佐哈尔定义如下：

> 可以把符号系统视为一个异质的，开放的结构。因此，它通常并非单一的系统，而必然是多元系统，也就是由若干个不同的系统组成的系统，这些系统互相交叉，部分重叠，在同一时间内各有不同的项目可供选择，却又互相依存，并作为一个有组织的整体而运作。（佐哈尔：20）

随后，佐哈尔强调，他"创造'多元系统'这个术语，其实是有用意的，就是要明确表达动态的、异质的系统观念，和共时主义划清界限"。所谓"动态"就是引入时间因素，考虑历时的演变与发展；而文学的"异质"则"体现在一个社会拥有两个（或者更多）的文学系统"。佐哈尔声称，多元系统的一个重要原则便是"绝不以价值判断为准则来预先选择研究对象，不仅应该研究文学系统中的"名著"和高雅文学，同时也要研究儿童文学、翻译文学、大众文学等等。一个文本在系统内的地位是高雅还是俚俗并非取决于该文本的"内在特征"，而是取决于文本之外的"社会文化因素"。高雅与俚俗、经典化与非经典化之间的张力，是系统得以有效维持的关键：

> 系统中的经典化形式库，如果没有非经典化的挑战者与之竞争并常常

威胁着要取而代之，过一段时间就很可能停滞不前。在后者的压力下，经典化形式库不可能维持不变；这就保证了系统的演进，而只有演进才能生存下去。在另一方面，如果不容许压力存在……一个系统要么逐渐被遗弃并被另一个系统取代……要么因为爆发革命而全面崩溃。（佐哈尔：22）

实际上，维持系统运作的挑战、竞争和威胁就是矛盾和对立。佐哈尔列举了三对相互对立的概念：第一，经典化与非经典化（canonized and non-canonized）产品或模式（作品、形式、文类、习俗及规范）的对立，大致与"高雅"与"俚俗"文学相当。（Hermans，1999：107）所谓经典化，即文化中主流阶层认可和接受的"合法"（legitimate）文学，而非经典化则意味着主流阶层排斥或不认可的"不合法"（illegitimate）文学。但是，文化中的主流阶层是一个历时的、动态的规定，常常会随时间的推移而变化。经典性又有静态与动态之分。静态经典是指"一个文本被接受为制成品并且被加插进文学（文化）希望保存的认可文本群中"；动态经典则指"一个文学模式得以进入系统的形式库，从而被确立为该系统的一个能产（productive）的原则"。就系统的演进而言，动态经典"才是最关键的"，是"经典库的真正制造者"。第二，中心与边缘（centre and periphery）位置的对立。佐哈尔认为，整个多元系统的中心等同于最权威的经典形式库；他于1997年将形式库重新界定为"制约任何产品的生产与处置或生产与消费的规则与材料"。（Hermans，1999：107—108）系统的中心是系统的核心或权力所在。第三，主要与次要（primary and secondary）活动的对立，即创新与保守的对立。主要活动带来形式库的扩展与重构，而次要活动的作用在起初是巩固形式库，但最终却导致形式库僵化和失效。

这三对二元对立之间的冲突、演变与转化构成了文学的发展史。在文学系统的诸多因素（系统）中，佐哈尔特别强调应该将翻译文学纳入文学多元系统，认为翻译文学"在特定文学的共时与历时的演进中都具有重要影响和作用"。（Gentzler：116）特定的翻译或翻译模式在一个文化的文学系统中是发挥主要的或次要的作用，完全取决于系统的状态。就一般而言，绝大多数的翻译属于次要活动，其作用是保守的，是维护或强化现有文学（文化）传统；但在下列三种情况下，翻译文学可能成为主要的活动，可能促进形式库的充实与完善：

第一，当文学还处于"幼稚期"或处于建立过程中；第二，当文学处于"边缘"或处于"弱小"状态，或兼而有之时；第三，当文学正经历某种"危机"或转折点，或出现文学真空时。（Ever.-Zohar：194）

佐哈尔进而沿两条线索研究翻译作品与文学多元系统的关系：第一，主体文化是如何选择翻译对象的；第二，翻译文学是如何与目的语言中其他系统产生联系，从而"采取特定的规范、行为和政策"，发挥特定的功能。佐哈尔认为，如果翻译文学在文学多元系统中处于中心位置,这就意味着它是创新力量的重要组成部分,而且翻译文学常常与文学史上的重大事件联系在一起。在这样的历史时期,"原创"作品与"翻译"作品不再泾渭分明;"翻译作品的类型扩展到'次'(semi-)翻译和'准'(quasi-)翻译";翻译规范"可能过于异化或带有过于强烈的革命性";翻译的忠实性与充分性(adequacy,多少类似我们所说的硬译)趋于同一。在这个时期,"硬译的文本不是引入,而是强加于目标语言的文学多元系统",(Shuttleworth, et al.: 6)最知名或最受欢迎的翻译作品均由主要作家翻译。在文学新模式的构建过程中,翻译不仅引进新思想,而且引进新的(诗学)语言、写作模式和技巧。五四前后中国翻译文学的历史正好印证了佐哈尔的理论。反之,翻译的作用则趋于保守,翻译方式也多采用现行的、毫无创新的归化手法,忠实性与充分性逐渐分离。

多元系统的假设将文学与历史发展中"社会、经济力量结合起来",使文学研究自身得到扩展。佐哈尔用以描述文学内部系统的规则也同样适用于描述文学与超文学系统之间的互动关系。其后,某些学者指出了多元系统的某些局限。苏珊·巴斯尼特认为佐哈尔对文学系统状态的描述"有些粗糙"(somewhat crude);赫尔曼斯认为佐哈尔对"弱小"、"边缘"的评价性的陈述"并不明晰",对系统演进的描述不仅非常抽象,而且给人决定论的感觉,似乎系统的演进是自主和周期性的。最后,佐哈尔将系统内部的变异完全局限于二元对立的因素,忽略了"所有那些模棱两可、混杂、不稳定、流动易变和交叉……的因素"。(Hermans, 1999: 119)正是从佐哈尔并不完善的假设出发,一些学者对系统概念进行了重要补充。图里(Gideon Toury)、切斯特曼(Andrew Chesterman)的翻译规范、赫曼斯的操控理论和列费维尔的重写概念,进一步推动了多元系统的发展与完善。

图里与翻译规范

早在上个世纪六七十年代,已有一些学者提出了"规范"(norms)的概念。莱维(Jiri Levy)认为,翻译是一个决策过程(decision making process),译者从文本的选择到句子结构、措辞、标点,甚至拼写,都面临着众多抉择的可能性,而每一个既定的抉择又会影响其后的取舍。从理论上看,所有的抉择均处于"完全可以预测"与"完全无法预测"这两极之间,这种张力正好体现出"译者的权力与责任"。在此之后,波波维奇(Anton Popovic)指出,既然抉择既非完全前定的,又非绝对任意的,那么促使译者作出某一决定的原因何在?除了纯粹的主观意愿之外,译者必须面临原语文本和译语文本两套规范或习俗(norms and conventions)的制约,翻译实际上是在规范制约下的抉择活动。

图里借鉴了莱维和波波维奇的观点,从行为主义的角度来探讨规范。他认为,规范是明辨社会行为是否得体的标准,是一种社会文化习得。在翻译中,排除语言的结构规则之外，我们应该着重研究"非强制性"（non-obligatory）的选择。图里称，规范是翻译能力（competence）和翻译实践行为（performance）之间的中介，翻译能力指译者拥有的所有可能性，而翻译行为则是译者在种种制约因素的左右下作出的实际抉择。（Hermans，1999：74—75）

在《翻译中规范的性质与作用》一文中，图里分析了规则（rules）、规范和特异倾向（idiosyncrasies）的区别，称规则是（更）客观的规范，而特异倾向是（更）主观的规范。在实际翻译过程中，译者通常受到三类规范的制约：首先，伊始规范（preliminary norms）决定待译文本的选择，即翻译政策。在特定历史时期，翻译、模仿、改写有何区别？目标文化偏爱哪些作家、哪个时代、何种文类或流派的作品？是用直接翻译或是间接翻译？即是否允许或接受经过第三国语言的转译？其次，起始规范（initial norms）决定译者对翻译的总体倾向，即倾向于原文本还是倾向于译文文化的读者习惯。图里将这两极称为"充分性"（adequacy）和"可接受性"（acceptability）。再次，操作规范（operational norms）制约实际翻译活动中的抉择。下面又细分为：一、母体规范（matricial norms），即在宏观结构上制约翻译的原则，例如，是全文翻译还是部分翻译，以及决定章节、场幕、诗节和段落的划分。二、篇章语言学规范（textual-linguistic norms）影响文本的微观层次，如句子结构、遣词造句、是否用斜体或大写以示强调等等。（Hermans，1999：75—76）

图里提出，伊始规范是其他具体规范的统领，在"逻辑上和时序上均较其他规范享有更大的优先权"。（Toury：59）图里的翻译规范产生于对同一原文在不同历史时期由不同译者翻译的文本所进行的比较研究，而翻译规范在很大程度上取决于翻译活动和翻译产品在目标文化中的地位，这就意味着不同的历史时期对翻译有不同的界定，反映出译者优先考虑的因素以及影响翻译过程的潜意识因素。由于规范决定了译者的抉择，因而也就决定了翻译文本与原文文本的关系；而这种关系又决定了某一阶段翻译活动的总体观念，即"特定文本库"的总体观念。如此一来，也就为探索翻译行为的基本规律创造了条件。正如图里所言："描述研究积累起来的发现应该可能形成一系列连贯的规律；这些规律可以确定与翻译有关的种种变体之间的内在联系。"（Hermans，1999：91）这即是说，发现翻译规范只是一个阶段性的目标，描述翻译研究的最终目标是要探索翻译的规律（translational laws）。赫尔曼斯将翻译研究的逻辑关系表述如下：一、从理论上思考可能涉及的因素；二、将理论上可能涉及的因素与实际翻译明显涉及的因素进行比较；三、推断出特定条件下翻译将可能涉及的因素。"第一和第二步分别属于翻译理论和描述翻译研究的范围；而第三步则表现为更复杂的理论形式。"（Hermans，1999：92）

在图里之后，切斯特曼又提出了略有区别的翻译规范：社会规范（social norms）、道德规范（ethical norms）和技术规范（technical norms）。社会规范协调人与人之间的关系；道德规范指译者应该坚持"晓畅、真实、信任和理解"的价值标准；而技术规范之下又分产品规范和生产规范。产品规范（product norms）又称期待规范，即译作应满足读者对何为翻译的期待，这在很大程度上取决于目标文化主流的翻译传统和相应文本的形式。（Chesterman：64）遵循这样标准的译文才可能被"接受为（真正的、恰当的和合法的）翻译"。（Hermans，1999：78）生产规范（process or production norms）制约翻译活动的实践操作，亦称专业规范；就译者而言，生产规范从属于并受制于期待规范。专业规范又可再细分为"责任规范"，这就是道德规范，即满足译文"完整"、"精确"的专业标准；"交际规范"，这是交际标准，即发挥协调翻译所涉及各方之间的沟通作用；以及"关系规范"，这是语言标准，即译者根据具体实际决定原文与译文之间"恰当"的相互关系，"等值"或"相似"只是种种关系之一。切斯特曼在图里的规范理论上又有所扩展，前两种规范涉及到人类所有的交际活动，而第三种规范则涉及到文学翻译的核心问题。

操控与重写

在佐哈尔和图里早期著作的影响下，国际比较文学协会在比利时的安特卫普、以色列的特拉维夫和荷兰的勒芬就翻译文学举办了几次研讨会。1985年赫尔曼斯将一些学者的论文结集出版，取名《文学的操控——文学翻译研究》，"操控学派"（School of Manipulation）因此而得名。赫尔斯曼为该论文集撰写的前言《翻译研究与新的范式》概括了操控学派在翻译文学问题上的一致认识：

> 文学是复杂动态的系统；理论模式与实际的个案研究应持续地相互作用。文学翻译研究应该是描写性的、侧重目标组织的、功能性的和系统性的，并对制约翻译生产和接受的规范和限制、翻译与其他文本处理方式之间的关系、翻译在特定文学中的地位和作用，以及文学之间的互动关系表示兴趣。（Hermans，1985：10—11）

若泽·朗贝尔（Jose Lambert）和亨德里克·范·戈普（Hendrik van Gorp）为个案研究，即原文文学系统与译文文学系统的比较，制定出方法论上的蓝图，认为必须对各个系统的作者、文本和读者进行描述。其研究方法分为如下几个部分：第一，初始数据：即有关标题页、元文本（metatext）和总体策略（全文翻译或部分翻译）的信息，其结果应引导出有关第二和第三层次的假设。第二，宏观层次：文本的切分、标题和章节的表述、内容叙事结构以及明显的作者评论，这应该引导出有关微观层次的假设。第三，微观层次：发现不同语言层面上的迁移（shift），包括词汇层面、语法模式、叙述、视角和程式，其结果应该与宏观层次互相作用，并在更广阔的系统语境下进行思考。第四，系统语境：将微观、宏观、文本和理论相互比较，发现规范，并描述与其他文本（包括翻译）的关系，探索系统与其他文类和准则的关系。(Munday:120)朗贝尔和戈普称,这一研究方案并不可能概括与翻译有关的所有联系,但是,这种"系统方案"能"避免肤浅和直觉评论,避免先入为主的判断和信念"。

与多元系统有密切联系的另一个发展是勒菲弗尔(Andre Lefevere)提出的重写(re-write)概念。他后期有关翻译与文化的著作"标志着[文学翻译研究]向文化转向的连接点"。(Munday:127)在《翻译、重写与文学声誉的操控》一书中,勒菲弗尔将研究集中于"系统制约文学文本接受、认可和拒斥的非常具体的因素",即诸如"权力、意识形态、体制和操控的问题",认为重写包括翻译、历史撰写、选集的编撰、批评和修改编辑。而重写的动机往往是出于意识形态的需要(巩固或反抗主流意识形态),或诗学上的需要(巩固或反抗主流/偏爱的诗学)。翻译是"最明显的重写形式";翻译能"投射出作家和/或(一系列)作品在另一个文化中的形象,使作家和作品超越本文化的边界",因此,"重写就是操控"。

在《翻译、历史、文化》一书的前言中,巴斯内特和勒菲弗尔指出:"翻译当然是对原文的重写;所有的重写,不论其动机如何,均反映了一定的意识形态和诗学,因而操控文学在一定的社会以一定的方式发挥功能。"(Bassnett, et al., 1990:ix)勒菲弗尔认为,翻译在文学系统中的运作(生产与消费)受到三种因素的制约:第一,文学系统中的专业人员,即批评家和评论家(影响作品的接受)、教师(决定用什么作教材)以及翻译家(决定翻译文本的诗学观念和意识形态)。第二,文学系统之外的赞助系统,即促进或阻碍文学的阅读、创作和重写的力量。其中包括有影响或有权力的个人、团体(出版商、媒体、政党或政治阶层),以及规范文学和文艺思想流通的机构(国家学术机构、学术期刊,特别是教育机构)。赞助系统可通过意识形态、经济利益和社会地位三个方面发挥作用。第三,主流诗学。主流诗学包括两个部分:一是文学手法,即文学类型、象征、母题、原型场景及人物。二是文学的功能观,即文学与社会系统之间的关系。

就意识形态、诗学和翻译的关系而言,勒菲弗尔认为:"翻译过程中的每一层面都表现出,如果语言上的考虑与意识形态和/或诗学上的考虑发生冲突,后者总是会占上风。"(Lefevere:39)在上述几个因素中,意识形态至关紧要。所谓的意识形态通常是指译者或赞助人强加给译者的意识形态,意识形态和目标文化的主流诗学共同决定了翻译策略和解决问题的方法。

结　语

翻译的性质和范围是一个历史的概念,因而并非一成不变;翻译活动取决于它在一定文化系统中的相互关系。(Shuttleworth:178)传统规约性(prescriptive)的翻译标准始终认为存在绝对、完美的或理想的翻译文本,而译文中出现的所谓迁移、变异常常被指责为"不忠实"、歪曲或谬误。多元系统采用描述性（descriptive）的研究方法，不斤斤计较于一字一句的忠实与得失，而是将翻译文本视作目标系统中的存在实体，从目标系统的意识形态、诗学、规范，甚至赞助系统等角度描述翻译活动的性质，解释翻译文本的生成、消费，以及在目标文化系统中的功能与运作。虽然多元系统还存在某些局限性，"还有待于修正和精化"（refinement），但它开辟了一条"翻译最终超越规约美学的道路"，为翻译，特别是外国文学的译介开拓了更为广阔的研究领域。

参考书目

1. Andre Lefevere, *Translation, Rewriting, and the Manipulation of Literary Fame*, Routledge, 1992.
2. Andrew Chesterman, *Memes of Translation*, John Benjamins Publishing Company, 1997.
3. Edwin Gentzler, *Contemporary Translation Theories*, Routledge, 1993.
4. Gideon Toury, *Descriptive Translation Studies and Beyond*, John Benjamins Publishing Company, 1995.
5. Itama Even-Zohar, "The Position of Translated Literature within the Literary Polysystem," in *The Translation Studies Reader*, ed., Lawrence Venuti, Routledge, 2000.
6. Jeremy Munday, *Introducing Translation Studies*, Routledge, 2001.
7. Mark Shuttleworth, et al., *Dictionary of Tanslation Studies*, St. Jerome Publishing, 1977.
8. ——, "Polysystem Theory," in *Routledge Encyclopedia of Translation Studies*, ed., Mona Baker, Routledge, 1998.
9. Susan Bassnett, et al., *Constructing Culture*, Multilingual Matters Ltd., 1998.
10. ——, et al., *Translation, History, Culture*, Cassell, 1990.
11. Theo Hermans, ed., *The Manipulation of Literature*, Croom Helm Ltd., 1985.
12. ——, *Translation in System*, St. Jerome Publishing, 1999.
13. 埃文-佐哈尔：《多元系统论》，张南峰译，载《中国翻译》2002年第四期。

俄国形式主义 杨向荣

略 说

"俄国形式主义"（Russian formalism）是20世纪初在俄国文坛盛行的一个文学批评流派，"形式主义"是它的反对者加诸其上的诬蔑性称呼。"'形式主义'这个说法造成一种不变的、完美的教条的错觉，这个含糊不清和令人不解的标签，是那些对分析语言的诗歌功能进行诋毁的人提出来的。"（托多洛夫：5）作为20世纪初的第一个文学批评流派，俄国形式主义是在对传统文学观的反叛中成长起来的，他们不满传统的文艺社会学、文艺心理学等文学批评模式，把焦点主要投注在文学自身的语言与结构方面。在形式主义者看来，文学是一种自我指涉的人类活动，文学存在的合法性只能依据文学内在的自身标准加以说明，用什克洛夫斯基的话说就是，艺术的形式可以由艺术自身的规律解释清楚，而文学作品只能通过充分艺术化的技巧被创造出来。

综 述

1915年，一群青年大学生，以雅各布森为首，在莫斯科成立了一个语言学小组，世称"莫斯科语言研究会"。次年，又有一群青年学生在什克洛夫斯基的领导下成立了诗歌语言研究会，世称"奥波亚兹"。在他们的周围，是一些激情四溢的年轻学者：艾亨鲍姆、托马舍夫斯基、特尼扬诺夫、勃里克、维诺库尔等。这两个组织都采用索绪尔的现代语言学模式研究语言与文学，因此俄国形式主义也可以说是语言学转向在文学研究中的反映。

语言学转向是20世纪初语言学界的重大革命，促成这一转向的语言学家索绪尔认为，传统语言学的主要目的在于揭示不同语言的差异及其形成差异的社会根源，但是这种研究视角并没有抓住语言的本质和揭示语言学的内在规律，因此应致力于创立一门属于语言学的独立学科。他在《普通语言学教程》中认为，语言学唯一而真正的对象，是就语言并为语言而研究的语言，而现代语言学是一种共时语言学，研究对象是"同一集体意识感觉到的各项同时存在并构成系统的要素间的逻辑关系和心理关系"。（索绪尔：143）语言学的研究对象由言语转向语言，研究方法由历时转向共时，不仅实现了现代语言学由外部研究转向内部研究的革命性转型，而且也使文学艺术在19世纪末20世纪初呈现出内转趋势。而俄国形式主义也正是将现代语言学的研究方法应用于文学研究当中，在与传统文论研究方法的背离中，实现了文艺学向科学地研究文学的转向。

语言学的转向为形式主义的形成打下了坚实的方法论基础，而与各种传统文艺观的斗争则使形式主义迅速发展，最终成为一个影响广泛的文学批评运动。为了能建立独立自主的文学学科，强调文学文本的自我指涉性，并彻底实现研究方法的内转，形式主义对当时文坛的其他文艺学派展开了猛烈批判。19世纪末20世纪初，传统的文艺思潮在俄国文坛上异常活跃，如象征主义诗学、心理主义诗学及历史主义诗学等。在象征主义眼中，诗歌语言是一种"不可言说性的神秘代码"，"在它的音响中，回荡着来自本真及隐秘源泉的伦音"，是"表达内外体验的象形文字"。（张冰：38—39）象征主义凭借其神秘的艺术创作论，使诗语所展现的意义成为一种虚无缥缈的主观命意。形式主义者对象征主义从主观命意去解释文学极其不满，他们与象征主义的交锋是希望能实现文学研究的科学化，他们"与象征派之间发生的冲突，目的是要从他们手中夺回诗学，使诗学摆脱他们的美学与哲学主观主义理论，使诗学重新回到科学地研究事实的道路上来"。（托多洛夫：23）象征主义强调对形而上的彼岸的神秘符码进行主观上的阐释，而历史主义诗学与心理主义诗学则强调文学外在因素对文学研究的决定性作用，主张应从文学的外在事实来研究文学，注重对经典作家创作心理、作品中人物精神内涵等的分析与研究，而这与形式主义的科学研究思路也形成了巨大反差。

面对俄国文坛的传统学派，形式主义可以说是一个新生的反叛者，他们不承认宗教哲学派文学的"彼岸性"与学院派文学的"他性"，认为文艺学之所以长期沦为其他学科的婢女，原因就在于没有自己明确的研究对象。他们与各种传统文艺学派发生冲突，其目的就在于要从传统的卫道士手中夺回文学，使文学重新回到科学的道路上来。因此，形式主义认为文学科学的对象应是区别于其他一切非文学材料的文学的特殊性。正因如此，他们将研究重点转向文学内部，将文学研究对象确定为文学作品与非文学作品的区别，这种区别就是他们称之为"文学性"的东西，即文学的非外在性和非实用性特征。正如霍克斯所言：

> 形式主义学派感到他们最关心的是文学的结构：对文学的特有本质的辨认、分离和客观描述以及在文学作品中使用那些"音位的"技法，而不是关注作品的"语音"内容、作品的"信息"、"来源"、"历史"，或者作品的社会学、传记学、心理学的方面。（霍克斯：60）

俄国形式主义对传统的反叛并不是一蹴而就，在其发展过程中，他们与当时俄国文坛的先锋派——未来主义，有着不可忽视的姻缘关系。形式主义在发展之初，是和当时艺术中的先锋派代表未来主义合流的。未来主义不仅包括诗歌，而是也是一个融音乐、绘画、雕塑在内的艺术革新运动。他们强烈抵制包括语言在内的一切传统，公开宣称要以一种不谐和的偏激的声音作为自己的独特性，并要与当时文坛中的象征主义进行公开对抗。在对待诗歌本质及诗歌意义上，未来主义更是与象征主义大唱反调，认为诗歌语言并不是显示"彼岸"微言大义的神秘代码，它本身就是最高实体，是一个自我指涉的独立自足体。未来主义推崇诗歌语言的自由创造，提出"无意义语"这个概念，即诗中的词仅仅只是一个词，而不是代表一个所指对象，它并不具有任何意义。应该说，未来主义对诗歌语言本身自足性的重视、对象征主义的反对，正好迎合了形式主义的口味，而这也构成了形式主义的主要诗学文化背景。正是借着未来主义这股东风，形式主义终于走到了俄国文坛的最前面。

文学性：文学的本质观革命

何谓"文学性"？雅各布森在论文学研究的对象时说："文学研究的对象不是文学，而是文学性，即那个使特定的作品成为文学作品的东西。"（Victor：172）也就是说，文学研究的对象是文学本身的特性，是文学与一切非文学比较所具有的差异性，是文学之所以为文学的那种东西。

在形式主义者看来，文学性只能在纯粹的文学世界中去寻找，其立足点不是对形象思维的运用，也不受艺术家创作激情的支配，而在于文学作品的技巧的运用和选择，即对文学作品结构的处理。他们认为，"艺术是自主的：一项永恒的，自我决定的，持续不断的文学活动，它确保的只是在自身范围内，根据自身标准检验自身"。（霍克斯：60）这样，文学就成了一种超然独立的自足体，一种与世界万物相分离的自在之物。对于这一点，什克洛夫斯基说得更明白："我的文学理论是研究文学的内部规律。如果用工厂的情况作比喻，那么，我感兴趣的不是世界棉纱市场的行情，不是托拉斯的政策，而只是棉纱的支数及其纺织方法。"（什克洛夫斯斯：6）由此可见，文学的本质特性只能在文本自身，而不能在其他地方找到。

文学性是诗学研究的主要对象，也是文学研究的主人公。作为文学与非文学所具有的差异性，文学性是一个自我指涉的概念，或者说是一个自足性的概念，它关系到文学研究的本体论方面。但这个自我指涉的本体论概念并不是一个静态的概念，而是一个动态的概念。文学性是在文学内部要素的动态演变中显现出来的。艾亨鲍姆认为，文学性是在诗歌语言与日常语言的相互对照中体现出来的，在他看来，艺术的内在本质并不在构成作品的要素中体现出来，而在人们具体利用这些要素时表现出来。因此，文学性具有动态的意义。一旦构成文学性的手法、形式和技巧变为常规和自动化时，就会丧失文学性的功能。雅各布森也认为，对于形式主义者来说，文学性是由两种话语之间的差异性关系所产生的一种功能，文学性并不是一种永远给定的特性，而是指语言的某些特殊用法。可见，文学与其他事物的差异性一方面在文学与其他事物，尤其是日常生活中的事物的显著不同中体现出来，另一方面也在文学的演变过程中体现出来：旧的文学作品失去了可感性，新的文学作品却给人以震颤的感觉,从而令接受主体的感知系统焕然一新。同时,雅各布森还认为,既然文学性是文学的一个本质特性,那么就应当使之在作品中突现出来,让其表现出独立性质。它固然是一个复杂结构中的一种成分,但它必然会使其他结构成分发生变化,同时和它们一起决定整体的性质和结构成分。为了说明这一点,雅各布森举了一个例子。他说,文学性就好像烹调时用的食用油,人不能单纯地去食用它。但是把它当成调料,与食物一起加工处理后,它就改变了食物的味道,使菜肴与未加工的原料显得截然不同,如新鲜的沙丁鱼与经加油烹调处理后的沙丁鱼大不相同,不但色泽变了,而且味道也变了。

文学性的提出使形式主义者找到了文学研究的主人公,使文学作品成为文学作品本身,使诗成为诗本身。形式主义者从一开始便采取一个原则,即将作品的内在自足性作为研究的中心。他们拒绝接受当时支配俄国文学批评的心理学、哲学或社会学的方法,认为不能依据作家生平、也不能根据对当时社会生活的分析来解释一部作品。在他们眼中,文学文本自身就是一个实体,就是一个自我指涉体,它完全有充分的权利成为文学研究的主人公,成为文学的本质存在。这样一来,形式主义以异于把艺术本质归于"现实"、"理式"、"情感"的传统诗学观,强调文本的自我指涉性与自足性,从而得以在一个具有自我意识的理论基点上建立其文学批评,并最终在对传统的反叛中开创了一个文学研究的新方向,实现了对传统文学本质观的革命。

陌生化:文本的可感性前置

文学性是一个动态的功能性概念,文学的文学性如何得以展现,如何才能让读者强烈地感受到文学性?形式主义者认为,文学的文学性是与"陌生化-可感觉性"紧密相联的,是陌生化的作用才使文学性得以展现出来。

何谓陌生化?什克洛夫斯基在《作为艺术的手法》中谈到,对于熟悉的事物,我们的感觉趋于麻木,仅仅是机械地应付它们。他说:

> 如果我们对感觉的一般规律作一分析,那么,我们就可以看到,动作一旦成为习惯性的就变得带有自动化的。这样,我们所熟悉的动作都进入了无意识的、自动的领域。如果有谁回忆起第一次拿钢笔或第一次讲外语时的感觉,并把这种感觉同他经过上千次重复后所体验的感觉作比较,他便会赞成我们的意思。我们的散文式语言,散文式语言所特有的建构不完整的句子,话说一半即止的规则,其原因就在于自动化的过程。

(Rivkin: 17)

什克洛夫斯基认为,艺术就是要克服这种知觉的自动化,艺术的存在是为了唤醒人对生活的感受:

> 为了恢复对生活的感觉，为了感觉到事物，为了使石头成为石头，存在着一种名为艺术的东西。艺术的目的是提供作为视觉而不是作为识别的事物的感觉；艺术的手法是事物的"陌生化"手法，是使形式变得模糊、增加感觉的困难与时间的手法，既然艺术中的领悟过程是以自身为目的的，它就理应延长；艺术是一种体验事物之创造的方式，而创造成功的东西在艺术中已无足轻重。(Rivkin：18)

陌生化是相对于自动化的习惯、经验和无意识而言的，它产生于变形和扭曲，产生于差异和独特。而且，陌生化要我们对受日常生活的感觉方式支持的习惯化过程起反作用，要很自然地对我们生活于其中的世界不再看到或视而不见，要"创造性地损坏习以为常的、标准的东西，以便把一种新的、童稚的、生气盎然的前景灌输给我们"。作者在创作中也应"瓦解'常备的反应'，创造一种升华了的意识"，使我们"最终设计出一种新的现实以代替我们已经继承的而且习惯了的（并非是虚构）的现实"。（霍克斯：61—62）对套版的陈词滥调，我们往往以一种不经意的、机械的方式去把握，以至感觉的麻木。相反，陌生化会不断破坏人们的"常备反应"，使人们从迟钝麻木中惊醒过来，重新调整心理定势，以一种新奇的眼光，去感受对象的生动性和丰富性。

为了说明陌生化，什克洛夫斯基阅读了托尔斯泰的大量作品，并从中找到了不少例证：在《量布人》这篇小说中，以马作为叙述者，用马的眼光来看私有制和人类社会。《战争与和平》在撰写战争的画面时，出其不意地将笔墨转到细节的描绘上，从而改变了平常的比例，打破读者日常的观察定势，创造出独特的动态；称"点缀"为"一小块绘彩纸板"，称"圣餐"为"一小块白面包"；通过小姑娘的眼睛描写参加军事会议者的谈吐举止，如此等等。什克洛夫斯基认为，托尔斯泰故意不说出熟悉事物的名称，使熟悉的事物变得似乎陌生化了，而且，他描绘物品就好像第一次看见它，描绘事件就好像它第一次发生那样。这样一来，就使接受主体对已熟悉的事物产生陌生感，从而延长关注的时间和感受的难度，增加审美快感。

从什克洛夫斯基的论述中，我们可以归纳出陌生化的命意所指：陌生化是指对日常话语以及前在的文学语言的违背，从而创造出一种与前在经验不同的特殊的符号经验。这种对日常语言的偏离和传统文学语言的反拨，体现了陌生化质的规定性：取消语言及文本经验的"前在性"。

"前在性"是相对于"当下性"而言的。取消前在性，意味着在平常的创作中要不落俗套，要将普通的、习以为常的、陈旧的语言和生活经验通过变形处理，使之成为独特的、陌生的文本经验和符号体验。"前在性"的取消，就是要打破我们接受文本的自动化的常规反应，将文本的可感性前置。陌生化要取消语言及文本经验的前在性，就势必要对前在的文本符号进行创造性的歪曲与变形，使之以异于常态方式呈现于我们面前。这样，陌生化的最突出效果，就是能打破人们的接受定势，还人们以对艺术表现方式及内容的新鲜感。艺术既然是以被感受为其存在的第一要义，作者与艺术家首先应当关心的，就是在创作中如何提高文本的可感性，如何把读者的审美注意调动起来，最大限度地获得美的享受。

可感性的前置是陌生化效果得以产生的潜在前提。文学作品生命力的源泉是感受，一部作品如果不为读者所欣赏，则它的生命力等于零。因此，作品是否具有艺术性，首先取决于它是否可感，作品艺术性的大小，无非是由感觉方式所产生的一种效果。作品所以要由特殊的手法写成、所以要对形式与内容加以变形处理，目的就在于要使其尽可能地被接受者深切感受到。什克洛夫斯基说："作家或艺术家全部工作的意义，就在于使作品成为具有丰富可感性内容的物质实体，使所描写的事物以迥异于通常我们接受它们的形态出现于作品中，借以吸引读者的注意力，延长和增强感受的时值和难度。"又说："感觉之外无艺术，感受过程本身就是艺术的目的。"（张冰：178）这也正如中国古人韩愈在《答刘正夫书》中所言："夫百物朝夕所见者，人皆不注视也，及睹其异者，则共观而言之。"朝夕所见的事物，做得多了，便"熟能生巧"。一个人在做他每日重复多次的事务时总是感觉不到自己在做，只是在无意识或下意识中机械地、自动地重复。如果突然有一天，惯有的程序发生了变化，习见的事物以迥然不同于以往的方式呈现于我们面前，这势必会使我们钝化的感觉方式活跃起来，重新以一种不同的眼光去认识和感知事物。

可见，陌生化正是一种重新唤起人们对周围世界的兴趣、不断更新人们对世界的感受的方式。作者在创作过程中要力求将文本的可感性前置，而接受主体也必须摆脱感受性的惯常化，突破事物的实用目的，超越个人的种种利害关系和偏见的限制，带着惊奇的目光和诗意的感觉去看事物。由此，原本司空见惯、习以为常、毫无新鲜感可言的事物，就会焕然一新，变得异乎寻常，鲜明可感，从而引起人们的关心和专注，重新回到原初感知的震颤瞬间。

诗歌语言能指的突显

论述了陌生化概念之后，什克洛夫斯基又对诗歌语言与日常语言进行了区分。他认为在日常生活的交际语言中，说话的意义和内容是最重要的东西，其他的一切均作为手段为它服务；而在诗歌中，语言的内容却没有它的语言外壳那么重要，有些人使用一些词语时并没考虑这些词语的意义。因此，在诗歌语言中，言语的发音方面是最重要的，诗歌带来的大部分快感就在于发音方面，而意义要么被排除，要么只是作为手段而存在。与什克洛夫斯基的论述相呼应，另一位形式主义者雅库宾斯基从语音的角度对诗歌语言进行了阐发，他认为，我们应该根据具体情况下说话人使用语言表现的不同目的来对不同的语言现象进行归类。如果人们使用语言是出于交流的纯实用目的，那么就涉及到实用语言体系，但是，如果在交流中实用的目的退居次要地位，语言表现获得一种独立价值，那么就涉及到诗歌语言体系。因此，他强调在诗的语言中，是语言的能指而非语言的所指成为引人注目的对象。

非文学的日常语言与文学语言不同。日常语言服从于交际功能，重在指陈事物，传递信息。在日常生活中，我们所遇、所说的都是一些干枯而陈旧的符号。然而，这是生活所必需的，因为生活所注重的只是这些语言的意义和内容，而不是其外在形式。在语言的日常使用中，所指与能指的关系是被规定了的，使用语言也是在约定俗成中进行习惯性的重复。如有哪一个人在生活中故意使用一些陌生的语言来表达一些常见的东西，那么这个人只会被认为莫名其妙，甚至是疯子。当然，日常语言也有它的变化，但这种变化与文学语言的变化不同：文学语言的变化是瞬间性和随机性的，而日常语言的变化则是长时性和官方性的，重复使用的频率非常高，而且，它只是随着生活情形的改变而变化，只要外部现实不发生变化，日常语言就会一直沿用下去。

从形式主义者的论述中可以看出，诗歌语言是以其自身为目的的，也就是说，诗歌语言并不关注其所指内容，其功能也不是用来为交际服务；它尽可能地突出能指，对诗歌的欣赏也是要让主体最大可能地感受到诗语能指的无穷魅力。正因如此，什克洛夫斯基认为，可以将"诗歌语言确定为受阻碍的、扭曲的语言"。（Rivkin：21）对此，伊格尔顿也写道："文学语言不同于其它表述形式的地方就在于，它以各种方式使普通语言变形。在文学技巧的压力下，普通语言被强化、浓缩、扭曲、套叠、拖长、颠倒。语言'变得疏远'，由于这种疏远作用，使日常生活突然变得陌生了。"（伊格尔顿：5）

文学（诗歌）语言并不像日常语言那样指事称物，传达有关客观事物的信息。相反，诗歌语言是自我指称、独立自足的；它运用变形、扭曲等手法，使自己从常规模式中解放出来，以出乎预期之外的表现手法，导致一种对世界和人生的新的意识。这就要求文学创作者不能一味屈从于现有语言的暴力，应自觉地向既定的语言符号秩序提出挑战。通过不断地创造与革新，通过对诗歌语言进行偏离与变形处理，通过疏离语言符号的常规秩序与用法，诗歌语言得以摆脱日常的自动化模式，从而使主体在感受诗歌语言的能指中受到阻碍，并最终建立起一种生机勃勃的、异乎寻常的能指体验。

材料与手法：对形式与内容的置换

传统的文艺观将内容视为作品表达的东西，而将形式视为对内容的表达。俄国形式主义不满传统的内容与形式的二分法：一方面，他们认为传统的形式与内容的划分带来的是概念的含混不清。形式是"含混不清的词"，且"通常与'内容'这个词联系在一起所束缚；而'内容'的概念更为混乱、更不科学"。（托多洛夫：32）另一方面，他们力求凸显形式在文学研究中的地位，并希冀以"形式决定一切"来代替"内容决定一切"。因此,他们提出以材料与手法对形式与内容进行置换,认为材料与手法的区分能指明对诗歌的形式因素进行理论研究的新途径。

所谓材料,在形式主义那里主要包括两方面的因素:一是包括思想、观念、主题在内的思想材料,二是语言材料,它包括语音、语词等。对形式主义者来说,材料并不具有自身独立的意义,仅仅是一些原始的素材,它必须经过手法的加工与变形才得以进入文学作品当中。"文学作品是纯形式,它不是物,不是材料,而是材料之比","作品的规模、作品的分子与分母的算术意义并不重要,重要的是它们的比"。(方珊:369)材料必须经过手法的加工才能进入文学作品,因此,手法在形式主义那里就是对材料的设计、加工与处理。雅各布森认为,要想使文学研究成为科学的话,就必须承认"手法"是文学研究唯一的主人公。而什克洛夫斯基则强调,"手法的目的就是要使作品尽可能被感受为艺术作品"。(方珊:3)

与对陌生化与自动化的论述相同,形式主义认为,材料与手法也处于一个动态的演变过程中。一方面,旧的材料经过长时间的使用会失去其可感性,成为自动化的东西。在这个时候,就必须采用新的手法对材料进行新的加工处理,使其形象鲜明地呈现在接受主体面前。另一方面,手法经常性地重复使用而不更新,也会逐渐地失去其可感性和审美吸引力。正如托马舍夫斯基所说:

> 手法经历产生、存在、衰老和死亡的过程。随着手法的运用,它们变成机械式的,失去了自己的功能,不再是活跃的有生命的东西了。为了反对手法的机械化,便借助于新的功能,或是借助新的意义使手法得到更新,手法的更新与在新的环境下以新的意义引用古代作者的话是相类似的。(托多洛夫:269)

俄国形式主义用材料与手法来置换传统的内容与形式,而材料与手法在叙事作品中的延伸就演变成为另一对概念:本事与情节。所谓本事,就是一部作品里彼此相互联系的全部事件,而情节就是作品中事件的艺术性分布;本事可以是发生的真实事件,但情节则完全是一种艺术上的建构。"本事表现为在年代的连续中、从原因到结果的动机的整体;情节也表现为同样动机的整体,不过是按照它们在作品中所遵循的连续表现出来的。"(托多洛夫:240)简单地说,本事就是叙事作品中的原材料,而情节就是对这些原材料的艺术加工。可见,在俄国形式主义者看来,本事和情节是材料和手法、或内容和形式在叙事理论中的具体化和延伸。

自动性消解中的文学史观

在文学史问题上,俄国形式主义引入"陌生化-自动化"理论,以此作为文学发展的动力,说明文学风格与文学流派更迭的原因。

在什克洛夫斯基眼中,文学史不应当成为思想史或社会文化史。文学史的形成应当来自于文学内部形式的不断变迁。也就是说,当一种文学形式广泛流传开来,这种形式就会得到广泛的模仿而变得千篇一律,从而变成了一些自动化的模式。在这个时候,就需要有另一种新的、可感性的形式来取代它。因此,为了打破自动化感受的习惯化定势,冲破审美关注的惯性,使接受主体获得新颖奇异之感,并使这种感受长久地留在接受主体的审美屏幕上,艺术家必须通过创造"复杂化"、"难化"的模式来替代业已陈旧的文学模式;不仅要打破原有模式的规范和格局,而且要独辟蹊径,趋奇走怪地营造异于前在性的艺术迷宫,从而达到以艺术更新人类意识的目的。

从"陌生化-自动化"角度来看,文学史的发展便不再如传统所言的那样是直线式的,而是沿着断断续续的、不断发生模式转换的路线前进的,文学的历史也就成为一部"自动化"不断消解的发展史。这种发展史表现为一种螺旋上升的辩证发展过程。当前在的文学模式不再对我们的感觉产生影响时,必须对其进行陌生或变形处理,使其以一种新的面目呈现于我们面前,使我们的感知得以复活。而新的文学模式经常性地重复使用,不断地刺激我们的感知,久而久之又会逐渐变成干枯的、自动化的感知经验,不能再引起我们的注意。这时我们就要在更高一级的层面上再一次对其进行陌生与变形处理,使其再次成为能调动我们感知积极性的新鲜模式,使我们永远处于感知的不断变异中,获得持续的美感享受。不难看出,在形式主义者眼里,一部文学史就是一部自动化与陌生化不断交替的文学史。

与文学史的发展相类似,文学风格与文学流派也呈现出同样的发展规律。形式主义者认为,在一个时代,总是会有多种文学风格与流派同时并存,其中有作为主流的文学风格与流派,也有处于默默无闻或边缘状态的文学风格与流派。但是在文学的历史发展中,一些陈旧的、曾经是主流的文学风格模式在接受主体的审美感知中会逐渐变得自动化,失去了其可感性,以致被另外一种非主流的边缘文化风格所取代。在什克洛夫斯基看来,这种主流成为非主流、或非主流成为主流的文学形式和文学风格的变异历史,其发展并不是沿袭"父子相传"的模式,而是呈现出"叔侄相传"的模式。一种文学风格或流派往往只是各领风骚十数年,甚至可能在更短的时间内就被抛弃。

结　语

俄国形式主义视文学为自我指涉体,认为文学的本质在于形式,而形式的关键在语言。文学性体现在单纯的语言能指的滑动所产生的陌生化效果之中。文学史也就是一部"自动化-陌生化"不断更替的发展史。这种文学研究的方法,打个形象的比喻,就如同棋局中的"走马":它们都是自我指涉的自足体,象棋中的马应当如何移动,这与棋盘外的现实毫无关涉。因此,"走马"也就可以成为俄国形式主义的象征性前提：文学研究的规则与现实无关，只是与具体的"棋赛"有关。

作为20世纪文艺学的前驱，作为一个以突出文本形式与审美接受为主旨的诗学流派，俄国形式主义对后起的文艺流派的影响是彰明显著的，如结构主义、接受美学和解构主义等都从俄国形式主义那里吸收了不少养分。虽然如此，我们也应当看到，仅仅依靠文学的纯形式来处理复杂的文学问题，也使得形式主义的研究方法过于简单化和绝对化，这也招致了来自其他文学流派的非难。毕竟文学不是纯语言或者纯形式，而是一种意识，一种文化，一种人类的精神。全然不顾作者的意图，否认语言的特定指涉性，拒绝一切判断阐释正确与否的标准，势必导致文学读解沦为一种纯形式的游戏，也势必会使文学研究成为现代版的"盲人摸象"。

参考书目

1. Erlich Victor, *Russian Formalism,* Mouton, 1955.
2. Julie Rivkin, ed., *Literary Theory*, Blackwell Publisher Inc., 1998.
3. 方珊编：《俄国形式主义文论选》，三联书店，1989。
4. 霍克斯：《结构主义与符号学》，瞿铁鹏译，上海译文出版社，1997。
5. 什克洛夫斯基：《散文理论》，刘宗次译，百花文艺出版社，1994。
6. 索绪尔：《普通语言学教程》，高名凯译，商务印书馆，1980。
7. 托多洛夫编：《俄苏形式主义文论选》，蔡鸿滨译，中国社会科学出版社，1989。
8. 伊格尔顿：《文学原理引论》，刘峰等译，文化艺术出版社，1987。
9. 张冰：《陌生化诗学》，北京师范大学出版社，2000。

法兰克福学派 赵 勇

略 说

"法兰克福学派"(the Frankfurt School/Frankfurter Schule)这一称谓诞生于20世纪60年代,它原本是由法兰克福"社会研究所"(Institute for Social Research/Institut für Sozialforschung)的第一代成员所组成的一个学者、思想者集团,是以对现代社会,特别是对当代资本主义社会进行跨学科综合性研究与批判为主要任务的哲学、社会学、美学学派,同时也是"西方马克思主义"(Western Marxism)阵营中集中人数最多、绵延时间最长、跨学科力度最大、理论体系最系统完备的一个学派。

综 述

法兰克福社会研究所诞生于一个特殊的历史语境之中。1917年,俄国十月革命的胜利对国际共产主义运动和整个欧洲的革命形势产生了巨大影响。1918年,德国爆发11月革命,1919年3月爆发了匈牙利革命并成立了匈牙利苏维埃共和国,同年3月第三国际成立。这些革命事件不仅在政治上引起了社会主义运动的进一步分化,而且在理论上开始了一个新旧理论激烈冲突、重新探索的时期。后来,除十月革命之外的其他一系列革命均以失败告终,这就促使人们进一步去思考第二国际理论(以伯恩斯坦、考茨基为代表)的有效性,从而也促使人们对马克思主义的根本问题进行更深入的理论反思。1923年,卢卡奇的《历史与阶级意识》出版,这部后来被称为"西方马克思主义"之圣经的著作便是当时理论反思的重要成果。

正是在这一背景下,社会研究所开始了它的草创时期。1923年2月3日,该所正式成立于德国的法兰克福市,并与法兰克福大学保持着密切的联系。它的创始人是魏尔(Felix Weil, 1898—1975)、格拉赫(Kurt Albert Gerlach, 1886—1922),第一任所长是格林贝格(Carl Grünberg, 1861—1940)。但通常所谈及的"法兰克福学派"指的是霍克海默(Max Horkheimer, 1895—1973)继任所长之后的"社会研究所"。1931年1月,霍克海默正式上任后,马上改变了格林贝格时代的研究方向,他把研究重心从原来那种经验的、具体的政治经济学、工人运动史研究转到了哲学与社会科学研究上来,并把"批判理论"(critical theory)作为研究所的指导思想。纳粹掌权(1933)后,研究所及其成员因其马克思主义倾向和犹太人身份,遂开始了流亡生涯。研究所先去日内瓦,后在巴黎等地设立了办事处,最终在美国

(1934年,起初在纽约,后来在哥伦比亚大学)安家落户,除个别成员外,其他成员也先后到了美国。1950年,研究所结束了流亡生涯返回联邦德国,但部分成员却永远留在了美国。返回德国后,霍克海默继续担任所长并开始重建研究所的工作。1959年,霍克海默退休,阿多诺(Theodor W. Adorno, 1903—1969)继任所长。阿多诺去世后哈贝马斯(Jürgen Habermas, 1929—)开始担任所长,但不久便因内部矛盾而离开研究所,所长由霍克海默的学生施密特(Alfred Schmidt, 1931—2012)接任。1975年,弗里德堡(Ludwig von Friedeburg, 1924—2010)成为研究所的掌门人。2000年,哈贝马斯的亲炙弟子霍耐特(Axel Honneth, 1949—)被集体推选为弗里德堡的接班人,出任研究所所长,研究所的发展从此进入到一个新的历史时期。

法兰克福学派开创至今,一般认为已历三代,成员多达数十人。其中著名的成员第一代有:哲学家、社会学家霍克海默,经济学家和国民经济计划专家波洛克(Friedrich Pollock, 1894—1970),哲学家、社会学家、音乐理论家、美学家阿多诺,哲学家、社会学家、美学家马尔库塞(Herbert Marcuse, 1898—1979),精神分析学家、社会心理学家弗罗姆(Erich Fromm, 1900—1980),政治学家、法学家诺伊曼(Franz Neumann, 1900—1954),政治学家、法学家基希海默(Otto Kirchheimer, 1905—1965),政治经济学家、历史学家格罗斯曼(Henryk Grossmann, 1881—1950),经济学家、社会学家古尔兰(Arkadij R. L. Gurland, 1904—1979),社会学家、文学评论家洛温塔尔(Leo Lowenthal, 1900—1993),哲学家、散文作家、文艺批评家本雅明(Walter Benjamin, 1892—1940),社会学家、汉学家、美学家魏复光(Karl August Wittfogel, 1896—1988),政治学家博克瑙(Franz Borkenau, 1900—1957),等等。第二代有:哲学家、社会学家哈贝马斯,哲学家、社会学家施密特,哲学家、社会学家内格特(Oskar Negt, 1934—),等等。第三代有:哲学家、社会学家韦尔默(Albrecht Wellmer, 1933—),政治学家、社会学家奥费(Claus Offe, 1940—),哲学家、政治学家霍耐特,等等。

法兰克福学派虽已历三代,但毫无疑问,霍克海默执掌时期,尤其是流亡时期,应该是法兰克福学派最有建树的时期。在霍克海默的领导下,社会研究所一个时期有一个时期的中心工作。流亡美国后,研究所成员当时面临的最紧迫的问题是法西斯主义在欧洲的兴起,于是极权主义、权威主义人格、法西斯主义、反犹主义、斯大林主义等成为研究所成员集体攻关的重大课题。到20世纪40年代,大众文化(mass culture)和文化工业(culture industry)又成为研究所的主要研究对象。50—60年代,霍克海默、阿多诺、哈贝马斯等在德国致力于晚期资本主义国家及其合法性的研究,马尔库塞则在美国开始了对发达的工业社会的批判。而在其晚年,第一代成员中的一些人又开始了对美学和艺术问题的思考。如阿多诺最后留下来的未完成著作是《美学理论》,马尔库塞最后的著作是《审美之维》,洛温塔尔也对文学问题作出了深入思考。佩里·安德森（Perry Anderson）认为，西方马克思主义自始至终关注的问题是文化和意识形态问题，"自从启蒙时代以来，美学便是哲学通往具体世界的最便捷的桥梁，它对西方马克思主义理论家始终具有一种经久不衰的特殊吸引力"。（安德森：100）这种论断显然也适用于法兰克福学派。

从20世纪30年代开始，法兰克福学派便卓有成就，但流亡美国期间和返回德国相当长的时间里，社会研究所却基本上处于默默无闻的状态。究其原因，一方面是因为远在异乡和战时特殊的政治气候，让霍克海默等人不得不格外谨慎，一方面也因为研究所大部分成员坚持用德语写作，其专门刊物《社会研究杂志》（*Zeitschrift für Sozialforschung*）也以德语出版，学派的思想无法走进德语以外的世界之中。真正使学派名声大噪的是1968年以"五月风暴"为标志的、席卷整个西方世界的文化革命运动。在此运动期间，霍克海默与阿多诺的《启蒙辩证法》、马尔库塞的《单面人》等书成为造反学生手中重要的思想武器，法兰克福学派也终于浮出水面，迎来了它最辉煌的时期。学生运动失败后，随着它的几员大将的相继谢世和一些成员的陆续退休，法兰克福学派盛极而衰。一般认为，那个旗帜鲜明、队伍庞大的法兰克福学派已在这个时期走向终结——凯尔纳（Douglas Kellner）甚至认为，20世纪40年代之后，在系统的理论或哲学意义上，法兰克福学派已无"学派"可言。其后，虽有第二代、第三代之说，但第二代只有一个哈贝马斯独立寒秋，第三代能否修成正果还是一个未知数。但不可否认的是，从70年代开始，法兰克福学派的思想已向西方世界的社会科学和人文科学领域广泛渗透，其影响也越来越大。70年代后期至今，法兰克福学派的思想也成为影响汉语界哲学、社会学、美学、文艺学等领域的重要理论资源。

批判理论

法兰克福学派的成员虽观点各异，并非铁板一块，但是这些观点却都受着一个指导思想的统领。因为这一指导思想，法兰克福学派有了动力和活力，也有了某种向心力和凝聚力。这个指导思想就是"批判理论"。

批判理论又称"社会批判理论"，霍克海默在1932年6月为研究所自己创办的刊物《社会研究杂志》撰写的短序中指出：批判理论的目的是试图"按照每一种可能的理解水平来把握社会生活的进程"。（贡尼等：25—26）当然，更系统地阐述批判理论旨意的还是他在1937年所写的那篇长文《传统理论与批判理论》。此文不光进一步明确了批判理论的目的、方向、研究范围与方法，而且还为批判理论树立了一个对立面：传统理论。那么，什么是传统理论呢？霍克海默认为，传统理论更多以实证主义和实用主义作为其哲学基础和主要方法，更多以科学的活动作为其基本依据。如此一来，传统理论虽貌似客观、中立，佞是，它也因此而自然科学化了："这种传统的理论概念表现出一种倾向，它正朝着纯数学的符号系统发展。

作为理论的要素，作为命题和结论的组成部分，实验对象的名称越来越少，而数学符号则越来越多。"（Horkheimer：190）这种自然科学化了的理论显然已变得死板僵硬，变成了一种"物化的意识形态范畴"，而无法对变动着的社会问题作出有效的阐释。另一方面，传统理论虽然在资产阶级上升时期起过进步作用，但是当它变得越来越成熟、精致，也越来越依赖于政府的指导和经费支持时，它也就与既存的社会秩序构成了一种同谋关系，即它再也无力对既存的秩序说三道四，而是成了它的维护者。"理论以其传统的形式行使着一种肯定社会的功能"，（Horkheimer：205）这种判断，很大程度上指明了传统理论所存在的重大缺陷。

与传统理论相反，批判理论则建立在这样一种构想之上：由于人类历史已走入启蒙辩证法的困境之中，人类便不得不进入到"一种新的野蛮状态"。于是在晚期资本主义时代，人的生存与活动、人与自然的关系、现存的社会秩序等都出现了极为严重的问题。在这种特殊的历史语境中，只有批判理论才能承担拯救的重任。因为：

> 在批判思想影响下出现的概念是对现存秩序的批判。马克思主义的阶级、剥削、剩余价值、利润、贫困化、崩溃等范畴都是这一概念整体的基本要素，而所有这些概念的意义并不是对当代社会的维护，而是要将它改造成一个合理社会。（Horkheimer：218）

那么，如何才能实现批判理论的这一宗旨呢？霍克海默认为，关键在于批判思想的确立，而批判思想的确立又依赖于批判思想的主体。这个主体不是其他，正是克服了普通大众身上那种盲目性与软弱性、具有批判态度和批判能力、形成了批判思维的知识分子个体。霍克海默说："理论家的职业就是斗争，他的思想则是这一斗争的组成部分，而不是自给自足、脱离斗争的东西。"（Horkheimer：216）这可以看作他对知识分子个体所寄予的期望，而只有知识分子自身的问题能够得到妥善解决，真正的批判理论才能诞生。其后，在他为这篇长文所写的"跋"中，批判理论又被进一步概括为如下思考：

> 批判理论不仅是德国唯心主义的后代，而且也是哲学本身的传人。它不光是人类当下事业中显示其价值的一种研究假说，而且是在历史性的努力中创造出一个满足人类需求和力量之世界的根本成分。无论批判理论与具体科学之间的相互作用多么广泛……，这一理论的目的绝非仅仅是增长知识本身，它的目标是要把人从奴役中解放出来。（Horkheimer：45—46）

与此同时，马尔库塞也在《社会研究杂志》发表《哲学与批判理论》的文章，与霍克海默相呼相应。马尔库塞除进一步强调了批判理论所蕴含的"人类解放的旨趣"外，还着重论述了批判理论对个人的自由与幸福的捍卫，对人的理性潜能的开掘，同时，批判理论对于现实还应该具有一种超越性质，甚至具有一种乌托邦气质。马尔库塞指出："没有幻想，所有的哲学知识都只能抓住现在或过去，却切断了与未来的联系，而未来才是哲学与人类真正历史之间的唯一纽带。"（Marcuse, *Negations*: 155）在马尔库塞的思考中，我们看到他已为批判理论增加了一个新的维度。相比之下，洛温塔尔对批判理论的定位比较低调。20世纪80年代，在法兰克福学派第一代成员大都过世之后，洛温塔尔曾对批判理论作过如下反思。他认为，批判理论"是一种视角（perspective），一种面对所有文化现象所采取的共同的、批判的、基本的姿态。它从来没有声称为一种体系"。（Lowenthal, 1987: 60）在洛温塔尔的反思中，他没有使用霍克海默与马尔库塞曾经使用过的自由、幸福、理性、幻想、乌托邦、人类解放等"大词"来对批判理论进行限定，这应该是一个很有意思的症候。不过，值得注意的是，洛温塔尔特别强调了批判理论的"实践"功能，他认为批评者指责批判理论远离现实、脱离实践是毫无道理的。面对那些指责，他气鼓鼓地甩出了一句名言："我们并没有抛弃实践，恰恰相反，是实践抛弃了我们。"（Lowenthal, 1987: 61）

通过霍克海默、马尔库塞和洛温塔尔的相关论述，我们至少可以对批判理论形成如下几个方面的印象：首先，批判理论是面对现实问题的理论。当资本主义进入到一个新的历史阶段后，新的问题也随之出现，这就需要一种新的理论结构去把握它和探究它，于是批判理论应运而生。其次，批判理论企图建构一种批判理性，与愈演愈烈的工具理性相抗衡。霍克海默之所以激烈地批判传统理论，就是因为传统理论本身也成了工具理性的俘虏。第三，尽管霍克海默等人对马克思主义颇有微词，但是批判理论中依然游荡着马克思的幽灵，它接通了马克思反复论述的人类解放的思想。正是在这一意义上，凯尔纳才指出，作为一种跨学科研究，批判理论试图建构一种系统的、综合的社会理论来面对当时关键的社会与政治问题。"至少，批判理论的一些形式是对相关的政治理论进行关注和对受压迫、被统治的人们的解放予以关心的产物。因此，批判理论可以被看成是对统治的批判，是一种解放的理论。"（Kellner, 1989: 1）第四，从某种程度上看，批判理论体现了霍克海默这一代知识分子介入社会实践的努力。虽然这种介入更多是一种理论层面的介入，但是从他们的思考中我们依然可以感受到鲍曼（Zygmunt Bauman）所谓的现代型知识分子的责任感和使命感。

现在看来，批判理论主要应该是法兰克福学派第一代成员所追寻和遵循的东西；到法兰克福学派第二代哈贝马斯那里，批判理论已变形走样，或者也可以说，他对批判理论进行了很大程度上的修正和发展。在他看来，批判理论贡献不小，但它毕竟是特殊历史语境之下的产物，所以也就带着与生俱来的诸多缺陷。概而言之，其弱点有三：第一，批判理论靠"理性"起家，但是它并没有极力去挖掘资产阶级社会的理性潜力。与此相反，霍克海默与阿多诺"居然已经看到政治机构、一切社会机构和日常实践都没有丝毫理性的痕迹。对他们来说,理性已成了一个乌托邦字眼,丧失了任何立足之地;这暴露出否定辩证法的全部弊病。"第二,批判理论坚持一种哲学的、从黑格尔那里接受来的真理概念,但这种概念与科学工作的证伪主义完全是两码事。第三,在政治理论层面,批判理论从来没有公正地认真对待过资产阶级民主,这是批判理论最重大的失误。(哈贝马斯:72—73)正是意识到批判理论的这些弱点,哈贝马斯才极力营构一种交往理性,以此来弥补批判理性的不足。他的弟子韦尔默曾如此总结哈贝马斯对批判理论的贡献:

> 一方面他继承了早期霍克海默及其同伴的社会理论纲领;另一方面,他又接受了语言分析哲学、功能主义社会学以及韦伯的合理化理论,因而在范畴上和早期批判理论以及整个马克思主义传统有所区别。有了他的理论,批判理论才找到了一条走出辩证法否定主义死胡同的出路。(曹卫东:17)

交往理性肯定是对当代资本主义社会种种危机和矛盾的积极应对,但是不是有了交往理性批判理论就走上了阳关道,似乎还值得商榷,因为从某种意义上看,交往理性其实也是对当代资本主义社会的一种妥协。有了交往理性,批判理论固然有了某种弹性或张力,但是其风格也从刚健硬朗走向柔和多情。而且,更重要的是,那种批判精神和批判的锋芒也大大地淡化了。

理论资源

法兰克福学派接受的理论资源很多,康德、席勒、尼采、叔本华、韦伯、波德莱尔、卢卡奇、胡塞尔、海德格尔、德国浪漫派、犹太神秘主义、包括达达主义和超现实主义在内的现代主义运动等等,都曾不同程度地影响到法兰克福学派一些成员的思想。但总体而言,法兰克福学派吸收得最多的理论资源应该是马克思主义、黑格尔主义和弗洛伊德主义。

马克思主义

马克思主义无疑是法兰克福学派总体思想中的一个最重要的维度。十月革命的胜利对当时欧洲的知识分子产生了强烈的吸引力,这一事件促使他们去思考和探究马克思主义。在这一总体氛围中,马克思作为圣人被请到了社会研究所里。研究所建立之初,创始人魏尔便与科尔施(Karl Korsch, 1886—1961)建立了密切联系,并对他的立场深表赞同,而科尔施其实又是马克思主义最早的传播者之一,他的《马克思主义与哲学》和《历史唯物主义观念》成了研究所早期成员的启蒙读物。与此同时,霍克海默、阿多诺与本雅明等人又通过卢卡奇的《历史与阶级意识》开始接近和接受马克思主义,卢卡奇遂成为霍克海默等人的马克思主义导师。格林贝格时代,研究所虽更注重经验调查和具体的历史研究,但其大目标则是马克思主义研究计划中的工人运动，这就意味着研究所从一开始即已打上马克思主义的烙印。霍克海默担任所长的第二年（1932），马克思的《1844 年经济学哲学手稿》以德文全文发表，马克思的思想再一次引起研究所成员们的震动。马尔库塞随即撰写长文《历史唯物主义的基础》，对《手稿》进行详细解读。迟至 1961 年，弗罗姆依然出版论著《马克思关于人的观念》，极力释放《手稿》中的人道主义思想。于是，马克思主义与法兰克福学派结下了不解之缘。在以后相当长的一段时间里，"青年马克思"的人道主义思想、异化理论、社会主义/共产主义学说、人类解放的蓝图、《资本论》中的商品拜物教理论、剩余价值学说、经过卢卡奇翻译和改写的物化理论和阶级意识学说等，成为法兰克福学派重要的思想武器。而在霍克海默时代，研究所成员之所以极力打造"批判理论"，很大程度上也是受到了马克思的启发。

法兰克福学派虽然致力于接受和研究马克思主义，但是与正统的马克思主义却存在着明显区别。经济决定论、阶级斗争、通过武装革命夺取政权，这是正统马克思主义者所奉行的基本原则。但是法兰克福学派崛起于无产阶级革命的低潮时期，种种血的教训使他们不得不谨慎对待"老年马克思"的学说，转而去青睐"青年马克思"的思想。"青年马克思"的思想中一方面有一种浪漫主义的维度，一方面又打上了某种黑格尔主义的烙印，加上法兰克福学派所推崇的《历史与阶级意识》致力开掘的也是马克思主义的黑格尔之维，于是，法兰克福学派的马克思主义便也涂上了黑格尔主义的底色。巴克-莫尔斯（Susan Buck-Morss）指出："霍克海默 1931 年成为所长之后，正是他把黑格尔化的、具有卢卡奇倾向的马克思主义带到了法兰克福研究所里。"（Buck-Morss：21）马丁·杰伊（Martin Jay）也认为："试图概括批判理论的特征，没有比黑格尔化的马克思主义（Hegelianized Marxism）更好的说法了。"（Jay, 1996：46）安德森则说得更干脆："法兰克福学派从它形成一开始，就比欧洲的任何其他学派更加充满着黑格尔的影响。"（安德森：93）由此看来，把马克思主义黑格尔化是西方一些学者对法兰克福学派的一致看法。

既然马克思主义已经黑格尔化，那么，法兰克福学派远离政治实践、远离马克思关于费尔巴哈的第 11 条提纲（"哲学家们只是用不同的方式解释世界，问题在于改变世界"）、更多关注上层建筑或意识形态领域、更多思考文化问题等，也就变得容易理解了。不过，根据凯尔纳的分析，法兰克福学派的这种变化并非一步到位，而是有一个过程。20 世纪 30 年代，霍克海默等人是马克思主义立场的追随者与捍卫者，批判理论因此植根于马克思的《政治经济学批判》之中而呈现出一种激进主义的姿态。这时候，批判理论蕴含着"解放的旨趣"（emancipatory interest），变成了"实践的哲学"（philosophy of praxis），同时也是一种"革命的理论"（revolutionary theory）。40 年代之后，随着对斯大林主义的认识更加清醒，随着对无产阶级革命主体的极度失望，法兰克福学派开始放弃马克思主义的激进立场：

他们的理论变得越来越远离任何实践，仿佛暗含着消极被动和顺从而不是革命希望和激进实践。叔本华取代马克思成为霍克海默的哲学圣人，阿多诺的否定辩证法也变得更具有否定性而远离了改变世界的目标。马克思关于费尔巴哈的第11条提纲遭到遗忘，有关实践可能性的悲观主义看法开始盛行。(Kellner, 1994: 55)

凯尔纳的分析应该是符合实际情况的。从30年代霍克海默等人的著述中我们可以看到他们改变社会、致力于人类解放的宏伟构想，这时候他们所信奉的马克思主义显得刚健硬朗。《启蒙辩证法》(1940) 之后，霍克海默等人便开始了悲观主义之旅，甚至连"最忠实于研究所原初革命目标"的马尔库塞 (Kellner, 1994: 55) 也不得不承认这样一个事实：

> 在大多数工人阶级身上，我们看到的是不革命的，甚至反革命的意识占着主导地位。当然，只有在革命的形势下，革命的意识才会显示出来；然而与以前相反，工人阶级在当今社会中的状况与革命意识的发展是相对立的。工人阶级中的绝大部分被资本主义社会所整合，这并不是一种表面现象，而是植根于基础本身，植根于垄断资本主义的政治经济之中的：宗主国的工人阶级从超额利润、从新殖民主义的剥削、从军火预算与政府的巨额津贴中分得好处。说工人阶级可以失去比锁链更多的东西也许听起来粗俗，但却是一种正确的表述。(Marcuse, *Counterrevolution and Revolt*: 5—6)

在《共产党宣言》的结尾，马克思曾写过如下著名的句子："让统治阶级在共产主义革命面前发抖吧。无产者在这个革命中失去的只是锁链。他们获得的将是整个世界。"这种表白隐含着如下事实：一无所有的工人阶级能够成为革命主体，他们在推翻资本主义制度的过程中承担着历史的重任。然而，法兰克福学派所面对的现实处境却已与此大不相同。这时候，他们认为自己除了修正马克思主义之外，也许已没有更好的选择了。

黑格尔主义

法兰克福学派被称为"黑格尔化的马克思主义"或"黑格尔主义的马克思主义"意味着这样一个事实：黑格尔的思想一直是批判理论中一条隐秘的线索。事实上，霍克海默、阿多诺、马尔库塞等人在接受马克思之前或之中已经接受了黑格尔，其后，黑格尔的幽灵便在他们的思想中游荡。当他们激进着的时候，马克思的声音便淹没了黑格尔，当他们由激进转为保守时，黑格尔则开始在他们的思想中显山露水。那么，他们从黑格尔那里继承了些什么呢？

首先是理性。强调理性是法兰克福学派著作中的一个显著特征，霍克海默在其一生中反复强调,理性是任何一个进步的社会的理论基础;马尔库塞专门撰写《理性与革命》一书,同样强调的是理性的重要性。而他们所谓的理性恰恰来源于黑格尔,因为在黑格尔看来,知性只是心灵世界中较低的能力,它赋予世界以结构。就知性而言,世界是由只与自身同一的、与其他事物全然对立的有限实体构成的,所以它无法透过现象看本质,也不能把握事物深层的辩证关系。而理性指的却是一种超越单纯的现象从而把握深层现实的能力,因此,理性高于知性。(Jay,1996:61)法兰克福学派的思想家正是继承了黑格尔的这种理性观,以和当时最大的非理性主义——法西斯主义相抗衡。这在马尔库塞的论述中可以看得很清楚:他指出,理性是哲学思想的基本范畴,是哲学与人类命运联系到一起的唯一方式。现存的一切并非是自然而然或合情合理的,相反,现存的一切必须带到理性的面前接受审判。"所有与理性相悖的东西或非理性的东西可以被设定为某种必须铲除的东西。理性被确定为一个批判的法庭。"同时,他还直接引述黑格尔的论说,把自由看作是理性的一个核心要素。(Marcuse, *Negations*:135—136)由此看来,法兰克福学派之所以强调理性,一方面是要批判非理性主义,一方面是要为他们所设计的理想社会寻找到一种最牢固的基石。

其次是辩证法。黑格尔哲学的最大成果是在唯心主义基础上阐述了辩证法的思想。马克思指出:"辩证法在黑格尔手中神秘化了,但这决没有妨碍他第一个全面地有意识地叙述了辩证法的一般运动形式。"马克思正是批判地改造了黑格尔的哲学,从而使他的辩证法成为马克思主义的理论来源之一。法兰克福学派同样对黑格尔的辩证法情有独钟,但是在继承之中却有创新。比如,阿多诺的哲学企图建立一种"否定辩证法"(negative dialectics);在他看来,古往今来的哲学,其基本精神是追求一种"同一性",即寻求某种秩序和不变性,但这种同一性实际上是一种神话。为了打碎这种神话,建立起一种他所谓的"非同一性"(non-identity)哲学,他认为唯一可行的方式是连续不断地否定。这样一来,他就在前人的基础上进一步发展了辩证法。因为在黑格尔、马克思那里,辩证法虽然讲求否定,但这种否定是与肯定相伴相生的,所以才有了"否定之否定"的辩证法法则。但阿多诺所谓的否定则是绝对的否定,是不含任何肯定的否定。"否定之否定"不会导致肯定,只是证明了第一次的否定不彻底。而本雅明则希望建立一种"静止状态的辩证法"(dialectics at a standstill),这种辩证法不是动态的,而是可以"定格"的。让凝固化的"单子"(monad)、让结晶化的意象直接说话实际上构成了"静止状态的辩证法"的主要内容。总体上看,法兰克福学派对辩证法的继承与发展是对主客体关系重新阐释的产物,是他们在建构其历史哲学时所形成的一种哲学方法。

第三是否定性。否定或否定性是法兰克福学派热衷于使用的一个概念,这一概念显然来自黑格尔,而在法兰克福学派中对黑格尔的否定性开掘力度最大者应该是马尔库塞。《理性与革命》一书就是对黑格尔的专门研究,通过这种研究,马尔库塞想在书中解决两个基本问题：第一，他想论证的是黑格尔的哲学并非法西斯主义的哲学基础；第二，他想拯救出掩埋在黑格尔哲学内部的否定性思想。谈到这本书的写作动机时马尔库塞指出："写作此书是希望为复兴作点贡献；不是复兴黑格尔，而是复兴濒临绝迹的精神能力：否定性思想的力量。"在他看来，"否定"是辩证法的核心范畴，"自由"是存在的最内在动力。而由于自由能够克服存在的异化状态，所以自由在本质上又是否定的。而否定、自由、对立、矛盾则是构成黑格尔所谓的"理性"的基本元素。然而，"随着经济、政治和文化控制的不断集中与生效，所有领域中的反抗已被平息、协调或消灭"。（Marcuse，1983：434）于是，当技术文明的进程使人们在自己的言论与行动中只剩下承认甚至肯定现实或现状的能力时，呼唤、拯救并镀亮黑格尔辩证法中的否定性思想便显得尤其重要。因为否定性思想的作用是要打破常识的自信与自满，破坏对事实的力量和语言的盲目信任，说明事物的核心极不自由，以致它们的内在矛盾的发展必然导致质变：既定事态的爆炸或灾变。马尔库塞如此强调"否定性力量"（power of negativity）的功能，显然与法兰克福学派批判理论的总体旨趣是一致的，因为有无否定性，应该是区分批判理性与技术理性的主要标志。正是在这一意义上，法兰克福学派的批判理论接通了黑格尔的思想。

法兰克福学派对黑格尔的思想既有继承与发展，也有批判和扬弃，这意味着两者的关系错综复杂，远非三言两语可以说清楚。而且，法兰克福学派在与黑格尔主义的交往中，一方面对黑格尔的精神革命（从主观意识的革命去摆脱异化现实的束缚，希望用艺术等意识活动粉碎日常生活对人的意识的扭曲）青睐有加，一方面也在此基础上拿来了青年黑格尔学派的东西，这就使得学派与黑格尔主义的关系变得更加扑朔迷离了。青年黑格尔学派把思辨哲学推到极端，把自我意识绝对化，把它看成是普遍的、无限的自我意识。与黑格尔相比，他们更彻底地把历史变成在纯思维领域内并借助于纯思维而实现的精神发展。法兰克福学派把理论批判本身看作是变革社会的力量，如此一来，他们就犯了和青年黑格尔学派同样的错误，这种错误就是马克思所指出的："改造社会的事业被归结为批判的批判的大脑活动。"从这一意义上看，法兰克福学派无论从黑格尔那里拿来了多少有用的东西，但是它身上那种根深蒂固的黑格尔主义却又帮助其成员完成了某种退缩和逃避，而且，有了黑格尔主义的理论包装，这种退缩和逃避还具有了冠冕堂皇的借口和理由。

弗洛伊德主义

弗洛伊德的学说成形于19—20世纪之交，其核心是里比多理论和无意识假说。生命本能与死亡本能，本我、自我与超我构成了其理论的主要支柱。《精神分析引论》之后，弗洛伊德的立足点越来越高，探讨的问题也越来越普遍化，研究的对象从精神病患者扩大到整个人类。他把精神分析的基本原理广泛运用到人类社会生活和文化历史发展的各个领域，从而把精神分析学变成了一种哲学学说，一种社会文化理论。正是在这种情况下，精神分析学才升格为"弗洛伊德主义"。

可以说，弗洛伊德的学说深刻地影响到了法兰克福学派的思想。霍克海默、阿多诺、马尔库塞、弗罗姆等人除了是马克思、黑格尔的信徒之外，还应该是弗洛伊德的信徒，这从他们的相关表述中可以见出。1942 年 10 月，心理学家克里斯（Ernst Kris）曾询问社会研究所对弗洛伊德的态度，霍克海默明确答复如下："我们确实深深地受惠于弗洛伊德及其首批合作者。他的思想是我们的基石之一，没有它，我们的哲学就不会是这种样子。"（Jay, 1996：102）50 年代，当哈贝马斯到了研究所之后，阿多诺对他的忠告是：真正的研究首先是要吃透经典作家的原著，而二手著作总是无足轻重的，马克思和弗洛伊德就是这样的经典作家。（哈贝马斯：71）60 年代，弗罗姆在其著作中也依然承认：

> 马克思、弗洛伊德和爱因斯坦都是现时代的设计师。……他们各人以自己独特的方式进行了研究，他们的著作不仅具有科学性，而且具有最高的艺术性，最高地体现了渴求理解、渴求知识的需要。（弗洛姆：10）

由此可见，弗洛伊德在法兰克福学派成员心中的位置。而当弗罗姆放弃里比多理论和俄狄浦斯情结、试图对弗洛伊德的理论进行修正时，他的这种举动甚至遭到了霍克海默和阿多诺等人的批判，这一事件成为弗罗姆 40 年代初离开社会研究所的重要原因之一。

那么，为什么法兰克福学派会重视弗洛伊德的学说呢？概而言之，原因有三。第一，弗洛伊德的学说为法兰克福学派的理论研究提供了一种有效的观察视角和方法。如前所述，在 20 世纪 30—40 年代，极权主义、权威主义人格、大众文化等成为社会研究所的主要研究对象，当研究所成员深入到这些研究对象的内部之后，也就深入到了个体与群体的心理学层面，这时候，他们发现精神分析学说中的基本观念和思维方式可以为其研究提供一种有效的解释。比如，弗罗姆通过研究发现，施虐-受虐狂性格其实就是极权主义性格的主要特征，而极权主义性格又是产生法西斯主义的温床。这种结论实际上就是运用弗洛伊德理论视角分析之下的产物。"阿多诺对弗洛伊德最感兴趣的是他的《群体心理学与自我的分析》一书。"（Jay, 1996：197）借助弗洛伊德的里比多能量、自居作用、催眠术等关键概念，阿多诺认为，法西斯主义的宣传之所以能够取得成功，关键在于其煽动者能"把原始的里比多能量保持在一个无意识的水平上，以便使它以适合政治目的的方式表现出来"。（Adorno, *The Culture Industry*：118—119）这种分析之所以能让人耳目一新，依然是运用精神分析方法的结果。第二，弗洛伊德一方面致力于挖掘人性中邪恶的一面，一方面对人类文明持一种悲观主义的看法，他的这种思想倾向暗合了法兰克福学派 20 世纪 40 年代的思想基调。马丁·杰伊指出，法兰克福学派

>对革命可能性不断增长的悲观主义，很自然地伴随着对弗洛伊德强烈的欣赏。在一个社会矛盾看起来不仅无法解决、反而变得越来越晦暗不明的社会里，弗洛伊德思想中的自相矛盾是反对修正主义者和谐幻觉的必需堡垒，不仅弗洛伊德的思想，而且其思想中最极端、最骇人听闻的方面都是最有用的。（Jay, 1996：105）

第三，法兰克福学派靠马克思主义起家，但其成员却越来越发现马克思主义总是在经济基础和上层建筑领域中打转转，它是一种哲学、政治学或社会学，却无法成为一种心理学；它从宏观上对阶级关系、革命方案、人类社会的走向作出了描述，却无法深入到人的微观世界之中；它关心的是作为集体的人，却把个体的人放逐到了它的视野之外。因此，马克思主义必须加以补充或修正，其修正方案就是把弗洛伊德的心理学拿过来，让它和马克思主义取长补短，携手共行。阿多诺说：

>我们所采用的心理分析方法让我们意识到，越是深入到社会意识的深处，它也就越是能避免任何明显的和理性的社会经济因素作为其参考。正是在心理学范畴的底部，我们能重新发现那些社会要素。（Jay, 1985：36）

马尔库塞则说得更加明确：

>最令人吃惊的是统治的权力结构对个人的意识、潜意识甚至无意识领域进行操纵、引导和控制的程度。因此，我在法兰克福学派的一些朋友认为，心理学是必须融入马克思主义理论的一个主要知识部门，这不是为了取代马克思主义，而是为了充实马克思主义。（麦基：62）

在用弗洛伊德主义修正或充实马克思主义的过程中，法兰克福学派中的两个人物用力最大，不可不提。其一是马尔库塞，其二是弗罗姆。1955年，《爱欲与文明》一书的出版标志着马尔库塞思想的重要转变。在这本专门阐释弗洛伊德思想的著作中，马尔库塞对弗洛伊德边打边揉，然后提出了爱欲解放的理论。弗洛伊德认为，文明的历史就是人的本能欲望遭到压抑的历史，因此，文明与本能满足是一对不可解决的矛盾——要么毁灭文明，要么接受压抑，非压抑性文明是不存在的。然而，在马尔库塞看来，本能力量的解放与文明的发展并不矛盾，如果人们能够合理地使用自己的本能力量，那么非压抑性文明社会的出现是可能的。"在非压抑性生存环境中，工作时间（即苦役）被降低到了最低限度，而自由时间也摆脱了统治利益强加于它的所有闲暇活动和被动状态。"这是马尔库塞描绘出来的文明社会的理想状态，也是爱欲解放之后的理想图景。经过马尔库塞的这番解释之后，弗洛伊德便与马克思胜利会师了，因为他们两人都认为只有受"压迫"和遭"压抑"的人才有解放的要求和冲动，而解放就是解除"压迫"和"压抑"，使人获得身心的自由。于是，两人的理论基础虽然很不一样，但最终的目标却是相同的，即都是为了人类解放。而在马尔库塞看来，他的爱欲解放说实际上就是调和了马克思与弗洛伊德的思想，是对人类解放构想的一种新设计。

弗罗姆虽然与马尔库塞有过争论，但是在调和弗洛伊德主义和马克思主义的问题上，两人的看法却是基本一致的。20世纪40年代，弗罗姆虽然因为修正弗洛伊德的理论而不得不离开社会研究所，但是他从未放弃过精神分析，也从未放弃对马克思的思考。1962年，《在幻想锁链的彼岸》一书出版，标志着他打通马克思与弗洛伊德的帷幕已经拉开。在他看来，人道主义和人性的思想是马克思和弗洛伊德的思想赖以产生的共同土壤，两人思想的共同点可以概括为三句话："1. 我们必须怀疑一切；2. 人所具有的我都具有；3. 真理会使你获得自由。"（弗洛姆：12）第一句话意味着两人身上都有一种批判精神，第二句话指的是两人思想中都蕴含着对完整人性的追求，第三句话说的是两人思想中都潜藏着对真理的解放力量的信念。"真理既是改造社会的基本手段，又是改造个人的基本手段"；"他俩都希望人类从他的幻想的锁链中解放，其目的正是为了把他唤醒，使他能像一个自由人那样行动"。（弗洛姆：16）正是通过种比照，弗罗姆把马克思主义和弗洛伊德主义糅到了一起。

现在看来，法兰克福学派对弗洛伊德主义的欣赏、对弗洛伊德主义与马克思主义的调和，其实反映的是他们面对新的历史语境所出现的一种阐释焦虑，其理论价值远远大于实践意义。因此，我们不应该像正统马克思主义者那样，仅仅停留在对他们的指责上，而是应该看到他们直面现实、调整视角的良苦用心。当然，我们也应该记住，由于他们对弗洛伊德学说的欣赏、呵护和不断开掘，法兰克福学派除了被称为"黑格尔主义的马克思主义"外，还被称为"弗洛伊德主义的马克思主义"。

美学思想

安德森指出，西方马克思主义在美学方面所写的全部著作，"其内容之广博、种类之繁多，同历史唯物主义的经典遗产中所有其他著作相比，都要丰富得多，也深刻得多。也许最终可以证明，这些作品是西方马克思主义最永恒的集体成果。"（安德森：100）他的这种论述包括法兰克福学派。而事实上，经过历史长河的淘洗，法兰克福学派的美学思想也确实依然在今天熠熠生辉，可见安德森的断言并不离谱。

那么，法兰克福学派的美学思想涉及怎样的内容又具有怎样的特点呢？应该说，这是一个很大的问题。在以下几方面的归纳中，我们只是提供了一些接近和理解法兰克福学派美学思想的入口。从每一个入口进去，我们都会发现那里面有一片广阔的天地。

捍卫真正的艺术

仔细思考法兰克福学派的美学思想，我们发现其成员有着大致相同的逻辑起点，这个起点便是对真正的艺术（genuine art）的痴迷、钟情与捍卫。当然，细究起来，那个真正的艺术的内涵又有细微的区别。比如，对于阿多诺来说，他更为关注的是包括勋伯格（Arnold Schönberg, 1874—1951）在内的现代艺术，而本雅明则对包括达达主义和超现实主义在内的先锋艺术情有独钟，因此，他们二人虽大体上可以称为审美现代主义者，但这个现代主义的内涵却并不相同。于桑（Andreas Huyssen）指出，阿多诺对包括波德莱尔、福楼拜、马拉梅、霍夫曼斯塔尔（Hugo von Hofmannsthal）、瓦莱里（Paul Valéry）、普鲁斯特、卡夫卡、乔伊斯、策兰（Paul Celan）和贝克特等作家在内的现代主义文学给予了特别关照，而历史上的先锋派运动，如意大利未来主义、达达主义、俄国构成主义和生产主义、超现实主义等却在他所指认的经典之作中一再缺席。正是因为这一原因，"阿多诺不是一个先锋派理论家，而是一个现代主义理论家。而且，他还是打造'现代主义'的理论家，这个'现代主义'已经领悟了历史上先锋派的失败"。（Huyssen：31）而由于本雅明更多地去维护先锋艺术并释放其潜力，他其实是先锋派美学的始作俑者。与阿多诺和本雅明相反，洛温塔尔更青睐于一些具有"古典"意味的作家作品，塞万提斯、莎士比亚、高乃依、拉辛、莫里哀、歌德、易卜生等是洛温塔尔心目中伟大的作家，他们的作品构成了他所谓的真正的艺术。马尔库塞早年做的博士论文是《论德国艺术家小说》，在其晚年，从操作方案上看，他虽然更强调作为形式的艺术，但19世纪以前的高雅文学显然构成了他心灵世界的重要支柱。他说："文学和艺术所要传达的信息是：现实世界就是从古至今所有恋人们体验过的世界；就是李尔王、安东尼和克娄巴特立体验过的世界。"（麦基：72）正是在这样的艺术作品中，他看到了艺术对既定的现实原则的超越。

法兰克福学派理论家尽管对真正的艺术的理解不尽相同，但毫无疑问，这些艺术曾滋养过他们的心灵世界，并成为他们生命体验中的一个重要支点。同时，与批判理论结合后，真正的艺术也开始塑造他们的思维方式，打造他们观察世界的方式。他们后来批判大众文化当然有其更为复杂的原因，但从既成的思维方式和观察方式出发去打量和思考大众文化，并进而去保护他们心目中真正的艺术，也应该是其中的一个重要原因。

强调艺术自律

"自律"（autonomy）原本是康德伦理学中的范畴，意谓人的道德精神通过主体意志为自己立法，而不屈从于外部权威设立的规范。自律与他律相对，服从于外在于主体意志本身的力量就是他律。康德在《判断力批判》中确立审美的特殊性时也引入了自律观念，认为艺术和审美是无目的的合目的性，与功利的、实用的外在目的无关。后来，德国音乐美学家汉斯利克（Eduard Hanslick, 1825—1904）在《论音乐的美》中正式将自律概念引入音乐美学，提出音乐是自律的艺术、纯粹的艺术。在康德美学思想的影响下，汉斯利克的"艺术自律"概念成了现代西方美学的核心命题。

受康德美学的影响，法兰克福学派同样强调艺术自律的问题。阿多诺指出，艺术自律意味着艺术日益独立于社会的特性。（Adorno, 1997：225）他认为，从艺术发展之初一直延续到现代极权国家，始终存在着大量的对艺术的直接控制，其结果是艺术沦落风尘，失去了自己的清白之身。虽然阿多诺始终是在自律与他律这个艺术的悖论中来展开自己对艺术问题的思考的，但是可以看出，他对自律艺术演变成他律艺术流露出深深的焦虑。在《审美之维》的开头，马尔库塞便开宗明义："我认为，艺术因其审美形式主要是自律的，它对应于既定的社会关系。在艺术的自律王国中，艺术既抗拒着这些关系，同时又超越它们。"（Marcuse, 1978：ix）马尔库塞似乎并不关心阿多诺所谓的艺术的双重本质问题，他关心的是艺术如何才能走向自律，从而获得审美的形式，成为超越现实的维度。霍克海默则在美是自由的思维框架中进一步确认了艺术自律的价值。他认为真正的艺术能够唤起人们对自由的回忆，自由使得流行的标准显得偏狭和粗俗。"自从艺术变得自律以后，它就一直保留着从宗教中升华出来的乌托邦因素。"（Horkheimer：275）

可以把法兰克福学派理论家对艺术自律的重视看作是批判理论的合理延伸，因为在一个工具理性愈演愈烈的时代里，只有批判理性才能成为一种制衡的力量。但是，如果批判理性只是一种哲学上宣谕，它也就变成了一种空洞的说教或标语口号式的东西，这样，它就需要从审美理性中汲取营养，使自己不断获得元气并获得一种感性形式。那么，审美理性又是来自何处呢？显然无法来自他律艺术，因为在阿多诺等人看来，他律艺术是商品而不是艺术品，那里面无法生长出审美理性；同时，按照阿多诺的观点，传统艺术也不可能养育出健全的审美理性，因为传统艺术遵循着"美是和谐"的审美法则，这是一种对历史苦难美化和遗忘的肯定性艺术，它所营造的那种和谐也只是一种幻觉和假象。如此看来，生长审美理性的丰壤沃土只能是自律艺术，因为自律艺术中蕴藏着自由的元素和阿多诺所谓的"真理内容"（truth content），保留着否定性、异在性、精神性、超越性的维度，肩负着批判现存秩序的使命，寄予着人们对解放的期望。只有在自律艺术中，批判理性才能获得一种美学合法性。正是因为上述原因，自律艺术才成为法兰克福学派理论家最后依托的对象，强调艺术自律也成了批判理论最重要的美学内容。

艺术与大众文化的二元对立

20世纪30年代末40年代初，分析大众文化曾是社会研究所的主要研究课题之一，在此基础上，霍克海默与阿多诺提出了"文化工业"的著名论断。其后，阿多诺就没有中断过对大众文化的批判，洛温塔尔也不断沉入历史的语境之中，去梳理和分析18世纪以来欧洲所出现的通俗文化现象。而马尔库塞在60年代则承接研究所的流风遗韵，对美国的大众文化进行了强烈的抨击。在对待大众文化的问题上，法兰克福学派理论家虽存在着一些分歧，甚至有截然相反的看法，但批判大众文化一直是法兰克福学派的主流声音。而对于法兰克福学派来说，批判大众文化虽然有许多更为隆重的理由，但是毫无疑问，它也应该是一个美学事件。

为什么可以把它说成美学事件呢？因为阿多诺等人在分析大众文化时有一个共同的立场——他们常常是从维护艺术的角度去反思和批判大众文化的，所以，大众文化实际上是艺术、真正的艺术、自律艺术等的对立面。比如，霍克海默曾写过《艺术与大众文化》的文章；在《启蒙辩证法》中，轻松艺术（light art，其实就是大众文化）和严肃艺术或自律艺术成了对举的概念；在马尔库塞的后期著作中，艺术与大众文化相对立的思路也非常明显。而对于这一问题，洛温塔尔的表述则更加明确。在《文学、通俗文化与社会》一书中，洛温塔尔一方面采用了"艺术与大众文化"两分法的分析方案，另一方面同时指出："文学是由两种强大的文化合成物构成的：其一是艺术，其二是具有市场导向的商品。"（Lowenthal，1961：xi—xii）"与通俗文化相对应的概念是艺术。"（Lowenthal，1961：4）上述事实表明，法兰克福学派批判大众文化显然存在着一个美学的维度。

对于他们来说，建立起这样一个维度应该是顺理成章的。因为自律艺术的对立面是他律艺术，而大众文化或文化工业正是当代他律艺术的集中表现形式。这种形式一经出现，除了会成为控制大众、传播宰制的意识形态的工具外，还会对自律艺术构成威胁。霍克海默指出，大众文化产品是资本运作的结果，

> 这种经济需要阻止了对每件艺术作品的内在逻辑的追求——即对艺术作品本身自律需要的追求。今天所谓的大众娱乐实际上是被文化工业唤起、操纵和暗暗败坏的需要。它与艺术无关，在它假装与艺术相关的地方就更是如此。（Horkheimer：288）

而对于阿多诺来说，他之所以坚持自律艺术与他律艺术，也就是艺术与大众文化的清晰边界，是因为在他看来，只有自律艺术才能成为抵制文化工业，乃至抗议社会的有效武器。阿多诺说：

> 全能的文化工业盗用了启蒙原则，为了保持其隐晦的优势而损害了它与人类的关系。艺术强烈反对这一趋向；针对虚假的清明，它提供的是一种更加强烈的对比，并将被废黜之隐晦的种种形态高高举起，以对抗时代那种流行的霓虹灯风格。（Adorno，1987：15）

从这种表述，一方面可以看出文化工业对人类的危害，一方面也可以看出阿多诺通过艺术向文化工业宣战的意图。

大众文化是否对自律艺术构成某种威胁，自律艺术能否成为对抗文化工业的有

效武器，显然这是一个更大的问题，这里暂不讨论。我们想要说明的是，一旦法兰克福学派理论家靠在艺术与大众文化的层面上思考问题，他们也就形成了一种二元对立的思维方式：为了维护艺术，必须批判大众文化；而批判大众文化的目的又是为了更有效地维护艺术。艺术与大众文化的关系因此可以描述为势不两立，你死我活。动用后现代主义美学的眼光加以审视，这种思维方式太死板且过于冬烘，完全不符合"怎么都行"的游戏规则。但是在大众文化甚嚣尘上的今天，当许多问题被遮蔽因而引起价值判断的混乱时，回到法兰克福学派的立场、视角和思维方式，也许不失为一种明智之举。

美学作为救赎

"救赎"（redemption）原是神学术语，意思是通过耶稣的牺牲使人从罪恶中得到拯救。西方学者谈到法兰克福学派一些成员的美学思想时，喜欢用"救赎"一词。比如，茨维德瓦特（Lambert Zuidervaart）分析阿多诺美学思想的书名是《阿多诺的美学理论：幻想的救赎》(Adorno's Aesthetic Theory: The Redemption of Illusion)，沃林（Richard Wolin）研究本雅明美学思想的专著是《本雅明：救赎的美学》(Walter Benjamin: An Aesthetic of Redemption)。同时，"救赎"也成了国内一些学者对阿多诺美学思想的基本定位，可见，"救赎"应该是法兰克福学派美学的一个基本特色。

把艺术或美学看作是救赎之途意味着法兰克福学派的美学有一种神学背景，那么，这种神学背景来自何处呢？我们应该注意如下事实：法兰克福学派的第一代成员大都出身在一个被同化的犹太人家庭，这意味着在他们的思想中或多或少地存在着一种犹太情感。霍克海默在其晚年承认："犹太教是我的宗教信仰，德意志帝国是我的祖国"，并相信"没有一种我表示赞赏的哲学会不具有神学因素"。（贡尼等：105，111）在给霍克海默的一封信（1935年2月25日）中，阿多诺也曾坦率地承认过自己的"神学倾向"，以至于马丁·杰伊认为微弱却很明显的犹太情感是阿多诺思想中的重要维度之一。受施勒姆（Gerhard Scholem, 1897—1982）影响，本雅明的犹太神秘主义思想非常浓郁。在《历史哲学论纲》中，他以犹太神学思想整合马克思主义/历史唯物主义的意图体现得更是淋漓尽致。马尔库塞身上的神学思想虽然相对较弱，但是当他晚年开始认同布洛赫（Ernst Bloch, 1885—1977）的"具体的乌托邦"（concrete utopia）时，其神学思想最终还是呈现了出来。洛温塔尔在其晚年也承认了这个事实，他说："深深植根于犹太形而上学与神秘主义中的乌托邦-弥赛亚主题（Jewish-messianic motif），对于本雅明起着重要的作用，当然，对于恩斯特·布洛赫、赫伯特·马尔库塞以及我本人同样也是如此。"（Lowenthal, 1987：232）法兰克福学派成员的神学思想如此根深蒂固，以至于一些西方学者干脆把批判理论界定为"一种隐蔽的神学"。（贡尼等：72）

法兰克福学派的美学思想就是这种神学背景之下的产物，这意味着当他们面对这个充满了痛苦、灾难和工具理性之阴霾的世界而找不出好的解决办法时，只好把希望寄托在艺术上。通过艺术所营造的那个审美乌托邦王国，去实现救赎的愿望。在《最低限度的道德》一书的结尾，阿多诺指出：

> 在绝望面前，唯一可以尽责履行的哲学是，通过救赎的立场，按照所有事物自我呈现的那种样子去沉思它们。只有通过救赎知识才有照亮世界的光芒，其他任何东西都是重构的东西和纯粹的技能。必须塑造出这样的视角：置换或疏远这个世界，揭示出它的裂缝、它的扭曲和贫乏，就像它有朝一日将在弥赛亚的祥光中所呈现出的那样。（Adorno, *Minima Moralia*: 247）

这种思考很大程度上代表了法兰克福学派理论家的共同想法。

法兰克福学派的美学因其神学背景而成为救赎的美学，但我们更应该把它看成一种失败者的美学，因为只有在失败者那里才会把宗教神学作为自己最后的皈依。然而，这样一种美学思想却被一些学者指责为"救世主心态"、"强式乌托邦主义"、"陈腐的理论范式"。法兰克福学派的美学正像其批判理论一样，同样是特殊历史语境下的产物，这就意味着它也带着历史的诸多局限。但是，我们也应该看到，他们的美学因其神学背景而变得更富有张力了，这是在其他一些西方马克思主义美学（比如布莱希特、萨特的美学）那里无法看到景象。

结　语

有必要再次强调，法兰克福学派的哲学、社会学、美学、大众文化理论等，都是特殊历史语境下的产物，它的魅力和缺陷，也必须还原到相关的历史语境之下才能获得充分的理解。这意味着在马克思主义发展的链条上，把法兰克福学派抬得过高不太合适，把它贬得过低也毫无道理。我们真正需要的是一种历史主义的眼光，以同情的理解来对待它留给我们的这份丰厚而驳杂的遗产。

由于法兰克福学派在哲学、美学、文化等意识形态领域里沉浸最久、思考最深，所以，其遗产也会在这些方面呈现出更大的价值。事实上，当代西方的哲学美学研究，许多维度都是建立在阿多诺、本雅明等人的思想起点上的，或者说，法兰克福学派的理论已在很大程度上参与了当代西方的文化理论建设。我们现在谈论现代主义与后现代主义、现代性、大众文化、媒介文化、文化研究等，没办法绕过法兰克福学派，因为阿多诺、本雅明等人在这方面已经作出过卓有成效的思考，他们是这些问题的先知先觉者。只有正视他们的遗产，我们才可能有所作为。

对于中国的理论界来说，法兰克福学派的思想也应该能够成为其重要参照。20世纪70年代后期至90年代初期，法兰克福学派的思想曾参与了国内哲学、美学、文艺学的理论建设,然而,90年代中后期至今,在对更新潮的西方理论(比如后现代主义)的译介中,研究界对法兰克福学派的兴趣渐淡,有些人甚至把法兰克福学派的理论看成一种过时或落伍的东西而加以抛弃。而事实上,由于中国开始了新一轮的市场化进程,对于中国的知识分子来说,我们就更应该正视法兰克福学派的批判理论。

参考书目

1. Andreas Huyssen, *After the Great Divide*, The Macmillan Press Ltd., 1986.
2. Douglas Kellner, *Critical Theory, Marxism, and Modernity*, Polity Press, 1989.
3. —, "The Frankfurt School Revisited: A Critique of Martin Jay's *The Dialectical Imagination*," in *The Frankfurt School Critical Assessments*, Vol. I, ed., Jay Bernstein, Routledge, 1994.
4. Herbert Marcuse, *The Aesthetic Dimension*, Beacon Press, 1978.
5. —, *Counterrevolution and Revolt*, Beacon Press, 1972.
6. —, *Negations*, trans., Jeremy J. Shapiro, Penguin Books, 1972.
7. —, *Reason and Revolution*, Humanities Press, 1983.
8. Leo Lowenthal, *Literature, Popular Culture, and Society*, Prentice Hall, 1961.
9. —, *An Unmastered Past*, ed., Martin Jay, U of California P, 1987.
10. Martin Jay, *The Dialectical Imagination*, U of California P, 1996.
11. —, *Permanent Exiles*, Columbia UP, 1985.
12. Max Horkheimer, *Critical Theory*, trans., Matthew J. O'Connell, et al., The Continuum Publishing Corporation, 1982
13. Susan Buck-Morss, *The Origin of Negative Dialectics*, The Free Press, 1977.
14. Theodor W. Adorno, *Aesthetic Theory*, trans., Robert Hullot-Kentor, The Athlone Press, 1997.
15. —, *The Culture Industry*, Routledge, 1991.
16. —, *Minima Moralia*, trans., E. F. N. Jephcott, Verso, 1991.
17. —, *Philosophy of Modern Music*, trans., Anne G. Mitchell, et al., Sheed & Ward, 1987.
18. 安德森:《西方马克思主义探讨》,高铦等译,人民出版社,1981。
19. 曹卫东:《权力的他者》,上海教育出版社,2004。
20. 弗洛姆:《在幻想锁链的彼岸》,张燕译,湖南人民出版社,1986。
21. 贡尼等:《霍克海默传》,任立译,商务印书馆,1999。
22. 哈贝马斯:《我和法兰克福学派》,张继武摘译,载《哲学译丛》1984年第一期。
23. 麦基编:《思想家——当代哲学的创造者们》,周穗明等译,三联书店,1987。
24. 欧力同等:《法兰克福学派研究》,重庆出版社,1990。
25. 赵勇:《整合与颠覆:大众文化的辩证法——法兰克福学派的大众文化理论》,北京大学出版社,2005。

反讽 林少阳

略　说

英文的 irony、德法文的 ironie，时下似乎已统译为"反讽"。日文自 19 世纪末的明治初年起则曾有过多种译法出现，如"讽讥"、"讥诮"、"冷语法"、"反言法"、"反语"等。（佐藤信夫：221）至今日偶见的，则只有"反语"。真正获得定译地位的，则是借德文发音音译的日语外来语，这严格说是有意识回避了翻译问题。贺麟、王太庆的汉译则将反讽译为"讽刺"，（黑格尔，《哲学史讲演录》：54）而朱光潜则译为"滑稽"。（黑格尔，《美学》：79）上述中日译法之多，足见这一概念定义之复杂。该词可远溯至苏格拉底，近年反讽成为后结构主义等欧美现当代思想的关键词。

综　述

作为背景，有必要就反讽概念出现以来的历史作一概述。首先，"将反讽导入世界，并给这个婴儿命名的"，是苏格拉底。（Haufniensis 日文本：237）但是，众所周知，苏格拉底并未直接留下任何著作，他间接遗留的，只是门人对其"对话"的解释，因此便有了后世之思想家不同的"苏格拉底的反讽"。其次，思想史、文学史上比较令人关注的是浪漫主义反讽，其代表人物是施莱格尔与提克（Ludwig Tieck, 1773—1853）。反讽的含义变得难以把握始于此时，故浪漫派反讽被称为"混乱之母"。（Booth：ix）之后的反讽则更多围绕着对施莱格尔反讽的赞同与否而展开，但无论是褒是贬，解释者的理论关心和视角都大相径庭。其中黑格尔对施莱格尔反讽的否定尤其引人瞩目，其后克尔恺郭尔的反讽解释似乎在这一点上与黑格尔一脉相承，但其动机与内容实则迥然有异。而褒扬施莱格尔反讽者则有本雅明，他于 1920 年出版的博士学位论文《德国浪漫派的艺术批评概念》为其反讽解释的代表作。与本雅明同时代的还有卡尔·施密特（Karl Schmitt, 1888—1985）的反讽解释，他的反讽解释主要见于为纳粹政治提供理论基础的《政治的浪漫派》（1919）。此外，还可以列举出 20 世纪 60 年代以来欧美现当代思想中的反讽，即被俗称为"后现代"的反讽解释。这一类的反讽解释中有德鲁兹等后结构主义者的反讽解释。被誉为"二十世纪最富独创性的最重要的批评家"的肯尼思·伯克（Kenneth Burke, 1897—1993），以及美国解构主义代表人物保罗·德曼的反讽解释，可以说是范式转换语境中英语圈反讽解释的代表。最后，还有狭义的语言学角度的反讽，如达恩·施佩贝尔（Dan Sperber）与迪尔德丽·威尔逊（Deirdre Wilson）基于 mention theory 的反讽解释。这一派反讽解释的理论基础，主要是吸收了牛津分析哲学的奥斯汀（J. L. Austin, 1911—1960）语言行为理论，和被视为这一理论的继承者的瑟尔（J. R. Searle, 1932—　）的语言学理论。

近年来德鲁兹和利奥塔将反讽与"幽默"（humor）等同为一物，坎达丝·D. 兰将此"反讽＝幽默"称为"后现代的、他者性的反讽"。（Lang：4）以幽默取传统的反讽而代之，其意图无非是为了避免反讽的辩证法化，亦即为了与西方思想史上"现象／本质"、"表达／意义"等二元论框架中的反讽划清界线。（Lang：35）事实上兰的幽默或反讽，是指面对文本时的方法或态度，它时刻"质疑能指对所指的从属，质疑语言对现实的臣服"。（Lang：17）兰认为欧美有着两种不同的反讽解释：现代英美批评与现代欧洲大陆批评。现代英美批评常常倾向于捍卫笛卡尔式的"我思"（cogito），是某种趋向于揭示作者意图的解释学，因此反讽常被视为"言此意反"之类的"比喻"（trope）。与此相反，现代欧洲大陆的批评家，与其对西方形而上学传统的批判相呼应，则将反讽视为一个哲学立场。比喻性反讽维护目的论的辩证法式思考，而其立足的二元论传统正为现当代欧洲大陆批评理论所力诋。（Lang：37）

其实英语圈也并不是没有兰称之为"后现代反讽"的解释者，但她的矛头所指并非常识意义上的英语圈反讽论者。她的目的在于批判美国现当代批评理论在导入法国现当代思想时剥离了后者原本所有的政治使命，"忽视、无视、甚至是误解了大陆理论的基本前提"。（Lang：194—195）后者对西方形而上学传统的批判，与其批判以笛卡尔理论为代表的近代以来的"主体"概念，并进而试图重构主体的政治目的密切相关。在兰看来，后结构主义类似"游击批评"。（Lang：66）

黑格尔的反讽

黑格尔的反讽解释固然与其对哲学史上苏格拉底等先哲思想的关注有关，但并不停留于此。黑格尔渐露头角之时，恰恰是施莱格尔名声鹊起之际。黑格尔对施莱格尔的反讽解释，目的是要"纠其谬误"。（Kierkegaard：265）此外，西方反讽解释史对黑格尔主义的批判构成了后世反讽解释史的一大主流，因此，黑格尔在反讽解释史上不可忽视。

首先，关于苏格拉底的反讽，黑格尔视其为"人对人的特殊往来方式"，是"主观形式的辩证法"。（黑格尔，《哲学史讲演录》：79）具体说来，是以某一个特定命题去表述相反的归结（相矛盾的原则），以令对方怀疑他们自己的前提，亦即以自己的故作无知去引导对方认识自己的无知。黑格尔将苏格拉底的反讽视为理性、信仰等抽象性观念的具体化，是"把概念提到意识里来的"关键。这是因为苏格拉底的反讽概念，一方面是"一定意义的反讽，是一种谈话方式"，另一方面则是"悲剧性的反讽","是他的主观思维对现存的伦理的反抗。……一个朴素的目的,引导人们走向真正的善,走向普遍的观念"。对黑格尔来说,苏格拉底方法的目的所在,是"分析淹没在素材中的普遍性"(在苏格拉底那里,这一普遍性则是"善"、"正义"),"从一个熟知的表象中发展出普遍概念来",而苏格拉底的反讽根本上意味着"自我意识的培养,理性的发展",亦即"对普遍概念的认识"。(黑格尔,《哲学史讲演录》:55—59)

其次,再看看黑格尔对浪漫派反讽的态度。黑格尔抱怨提克等回避对反讽作明确的定义,(黑格尔,《美学》:86)但黑格尔本人也未必对反讽下过明确的定义。(de Man, 1996:166)对浪漫派反讽,尤其是对其代表者施莱格尔本人,黑格尔时有微词,几近厌恶。其实,黑格尔对施莱格尔的敌意有其更深层的原因。黑格尔如是道来:

> 他们在性格上本来并不接近哲学而主要地近于批评,所以就按照他们性格所能接受的程度,接受了当时的一些哲学概念。……他们接近了理念观点,并且以直率的语言和革新的勇气,纵然以很贫乏的哲学装备,向传统的看法发起了尖锐的进攻。(黑格尔,《美学》:79)

显然,黑格尔对施莱格尔的情绪与所谓的"哲学"与"诗"的对立不无关系。所谓"哲学"与"诗"的对立,指的是滥觞于柏拉图在其《理想国》中对"诗"的否定;今天它尤指传统形而上学,与融合了古典修辞主义人文传统之尼采、海德格尔以来的解释学、后结构主义哲学之间的紧张关系。

但是,即使在狭义的"诗"(文学)层面上,黑格尔也是否定施莱格尔的。他说:

> 如果把反讽态度作为艺术表现的基调,那就是把最不艺术的东西看作艺术作品的真正原则。结果不外三种,第一是平滑呆板,其次是内容意义空洞,因为它们的实体性被证明是虚幻的;第三就是……精神上的饥渴病和心情上的未经解决的矛盾。
>
> ……
>
> 近代反讽说也可以说是属于这种不顾人物性格统一性和坚定性的荒谬的表现方法。这个错误的理论使诗人走上迷途,使他们在一个人物性格里摆上许多不能融会成为统一体的差异面,因而使性格失其为性格。(黑格尔,《美学》:84,310)

黑格尔的反讽根本上植根于其自身的理论体系。在黑格尔看来,宇宙是世界精神或绝对理念起作用,并得以实现的结果,人的存在丝毫不例外。对施莱格尔将反讽"扩大成普遍的原则","视为精神行为的最高方式",(黑格尔,《哲学史讲演录》：55）黑格尔批判它"同一切东西开玩笑，这种主观性不再严肃地对待任何事物，……把一切变成幻影"。如暂且扼要地指出两者反讽区别的话，其区别在于黑格尔视反讽为"普遍"亦即其"绝对理念"的具体显现，而施莱格尔则视反讽为"普遍的原则"本身。

克尔恺郭尔的反讽：黑格尔反讽的主体性逆转

一

克尔恺郭尔的《"反讽"的概念》（1841）在继承黑格尔谱系的同时，又试图超越黑格尔。某种意义上甚至可以说，这部著作显然是在强烈地意识到黑格尔之下写就的。（Kierkegaard：453；海德格尔：319）尽管如此，该书在结合生存、个体存在方面对黑格尔式绝对理念发动了一场主体性挑战，因此，两者的差别也是显而易见的。

克尔恺郭尔特别强调苏格拉底反讽观中的"否定"色彩，以及因之而来的"反讽的自由之上那超然而处的自己"。（Kierkegaard：218）按照黑格尔的解释，所谓反讽只不过是绝对理念的显现手段——根据黑格尔辩证法这一重要的方法或契机，亦即通过以提升至肯定性认识为目的的否定性理性，反讽这一手段被纳入其对作为理念之自我发展的世界的认识过程中。相反，克尔恺郭尔反讽定义中的"绝对无限的否定性"，并不是黑格尔辩证法"正-反-合"命题中之"反（否定）"这一环节，更非黑格尔辩证法"正-反-合"这一矛盾过程中自我扬弃之扬弃中的一个契机（a moment）。在克尔恺郭尔看来，反讽本身便是存在的本质，须于无处不在的反讽之下认识事物。克尔恺郭尔强调了苏格拉底反讽中无处不在的"否定性"，以及这一"否定性"之绝对性。针对黑格尔曾多次将苏格拉底的思想归结为善的理念，克尔恺郭尔批判黑格尔视苏格拉底反讽为"理念"之从属的解释，因为克尔恺郭尔反讽观是将整个存在置于反讽之下的反讽观。

黑格尔在其《哲学史讲演录》中说："苏格拉底的反讽的伟大之处，就在于它能使观念具体化，使抽象观念得到发展。……问题就在于要把概念提到意识来——亦即要把仅仅是观念的东西因而也就是抽象的东西加以发展。"（黑格尔，《哲学史讲演录》：55）他从"抽象"至"具体"、"概念"至"意识"的顺序解读苏格拉底的反讽，这一方法论顺序也可以置换成"由普遍至个别"，也就是说，这是一个黑格尔式的观念论原理。在此原理中最初有一个先于所有实在的普遍理念，然后作为其发展才有个别事物。准此，个别事物的存在只是绝对者自我发展内部的一系列契机而已。也就是说，除理念以外还是理念，别无他物。（Schwegler 日文本：275）

对黑格尔的反讽观，克尔恺郭尔以两方面去反驳。第一，他批判黑格尔以"柏拉图式反讽"等同苏格拉底的反讽；第二，"我们可以发现一个苏格拉底毕生的运动法则,即并非从抽象达至具体,而是由具体达至抽象,而且他一如既往地以此法则为其路线"。(Kierkegaard:267)准克尔恺郭尔之说,苏格拉底并不同意视事物为理念由抽象至具体的运动,相反,事物的运动过程是由个别化的差异性运动而至普遍(抽象)真理的过程。因此克尔恺郭尔强调,反讽的运动过程是从具体至抽象,而不是"相反"。克尔恺郭尔如是批判黑格尔这一"相反"的运动:"因为每个历史现实一直是理念(idea)现实化的一个要素,因此,任何一个单独的历史现实本身都在其自身隐藏着自我灭亡的契机。"(Kierkegaard:262—263)在克尔恺郭尔看来,黑格尔否定辩证法中的"每个历史现实"不过是理念的现实性时机而已,而非其本身的存在。而黑格尔的"运动"无非是理念的运动,因此也是虚拟运动。(Deleuze:8,10)

二

克尔恺郭尔如是将黑格尔观念论色彩的否定往主体性方向作了扭转,其意图是要在哲学和神学的层面上复归感性和情感。涅尔斯·图尔斯特尔普(N. Thulstrup)就黑格尔与克尔恺郭尔的对立曾表示:

> 于黑格尔而言,现实中单独的个人已没有任何自己选择个人立场的自由(这一立场是反讽的立场),或多或少,他仅仅只是某一时候内在理念展开的担当者。另一方面,克尔恺郭尔的个人是可能犯错并因此受责的拥有选择的可能和自由的人——正如浪漫主义者们那样。(Thulstrup 日文本:251)

克尔恺郭尔与黑格尔对"个人"的不同理解,植根于两者理论体系的差别。黑格尔将苏格拉底反讽视作辩证法的主体性形态,充其量这只是将苏格拉底的"主体性"、"主观性"视作黑格尔体系中的"客观精神",亦即超越个人精神、理性的理念内在地辩证展开的结果,或者甚至视这一"主体性"为"附属物"。在那里,个人不过是"必然性"的产物或理念的现实性时机。而且,黑格尔在《法哲学》中认为,道德是个人的内在原理及外部的人为性规范的总体,是往人伦性移动之前的阶段,而人伦则是客观化的理性意志。他认为人伦性超越道德性之上,因为前者充其量是个人层面的,后者则在"客观化的理性"层面上。黑格尔认为,苏格拉底虽然是道德的,却未必是人伦的,因为他只是立足于一己之良心与信念,将一己之见置于社会普遍见解之对立面。(Thulstrup 日文本:249)按照这种理解,既然黑格尔视历史中所出现的一切只有"相对意义",那么"个人"也只是理念的承担者,或理念的构筑物而已。

那么,究竟克尔恺郭尔的"主体性"与施莱格尔式的"主体性"之间有何区别呢?克尔恺郭尔叩问费希特巨大的"自我"观念:在克尔恺郭尔看来,反讽除去了现实要素它便不复存在主体性,因为主体性已经被赋予世界之中。费希特的

"自我"是一个"被夸大的主观性",在克尔恺郭尔看来,施莱格尔式反讽与将自我无限化的"初期费希特式反讽"毫无二致,在这一类反讽中,"主体性"无非是一个诗意地构筑的"主体性"。(Kierkegaard:273—275)

其次,克尔恺郭尔与浪漫派反讽之间的上述差别,在于对"历史"的不同看法。克尔恺郭尔指出,施莱格尔、提克式的反讽将"永恒的自我"(eternal I)与"时间性自我"(temporal I)混为一谈,认为既然"永恒的自我"没有过去,"时间性自我"也不会有过去。他接着说:

> 与此相反,本来的历史——也就是说,因为真正的个人在其中享有自己的几个前提,而因此真正的个人享有自己的肯定性自由的本来的历史——却不得不被置之不理。……一瞬间所有的历史成了神话、诗歌、虚构的故事。(Kierkegaard:277)

浪漫派反讽没有将历史现实性视为理念具体显现的结果,假如这正是激怒黑格尔的原因的话,那么,浪漫派反讽缺乏"真正的个人"——也就是被克尔恺郭尔表述为主体性地与"上帝"这一他者相向的"真正的个人"——的"真正的历史",这也许又是激怒克尔恺郭尔的原因。克尔恺郭尔所要表述的是如下的意思:与浪漫派反讽相对的(他自己所解释的)苏格拉底的反讽,才是可以与具体的历史性现实(actuality)相对的反讽,因此,这才是真正的主体性本身。换言之,反讽是面对历史性现实时的主体性,所以,克尔恺郭尔如是明确地解释反讽:

> 反讽是主体性的规定。在反讽中主体是否定性的自由,因为准备赋予主体以内容的现实(actuality)并不在那里。他自由于所赋予的现实持有(hold)主体这一限制之外。但因为了无一物持有他,他是否定性自由的,并因此是悬浮的。(Kierkegaard:262)

肯尼思·伯克的反讽:辩证法的语言学回归

一

肯尼思·伯克的业绩之一,在于从语言角度向黑格尔辩证法发起了挑战。他将dialectics(辩证法)"翻译"成反讽(irony),(Burke, 1969:503)试图借此赋予辩证法以新的意义。现代以来,黑格尔的观念论辩证法及由此出发的马克思主义唯物辩证法一直被视作历史理论、社会发展理论,而其原本作为语言理论的事实却被忘却,(中村雄二郎:31)而伯克却将辩证法理解为语言使用手段(verbal resources),(Burke, 1974:256)在事实上完成了辩证法的语言学回归。早在1931年出版的《反陈述》中,伯克便没有视修辞为语言的一个作用(a function of language),而是视之为整个语言如何作用(how all language functions)的本质问题。(Crusius: 72) 在伯克看来，任何"意义"（意思）背后必然有"动机"，因此也必然附有"说服"的成分，而"说服"正具有修辞性质。（Burke, 1974: 172—173) 所以，语言构成了本质的基础。语言与行为的关系构成了伯克理论的焦点，因此他关心的并非是"精神"、"物质"之类传统哲学所关注的对象，而是人的行为背后的动机。换言之，他的理论也意味着从修辞的角度去观察广义上的人的意识形态性。

比较黑格尔辩证法与伯克的"反讽辩证法"，可以说有如下异同。首先，伯克辩证法中的"正/反"是立足于语言之间否定性关系（即差异性关系）的运动，他视对话本身的结构为"超越性"（transcendence）结构。在此，"超越性"指的是对话者的对话及其连续所依据的否定性（即差异性），有对立方有"对话"。(Burke, 1969: 420—421) 与此相反，黑格尔的"正-反-合"过程与其说是事物的运动过程，毋宁说是理念（观念）本身的运动过程。假如黑格尔辩证法中的"扬弃"（Aufheben）为"废弃"、"提高"之意，即黑格尔辩证法指的是事物由低至高的运动的话，伯克的"超越性"却毫无此乐观的设定，因此，伯克此处的"超越性"与黑格尔的"扬弃"形成了一个对比。其次，伯克的理论所关注的，与其说是运动（motion），不如说是行为（act, action），因此"动机"问题才成为其批评理论的重中之重，而黑格尔辩证法不仅直接与行为无关，更着重于观念的运动。

伯克的"反讽辩证法"有其干预现实社会的政治意图，在揭露语言的意识形态性这一点上与尼采或受尼采影响的福柯有相通之处，但更接近马克思主义色彩的意识形态批判。他认为借助辩证法令论敌无法还言的方式，可以获得一种"集团性的启示"，从而可以发挥辩证法的社会性效能。这一"集团性的启示"是"意义（意思）的社会结构，个人借此形成自我（himself）"。(Burke, 1961: 92) 伯克在此将"社会"置换成语言的"意义（意思）"，将人的存在视为这一类"意义（意思）"——亦即是意识形态的价值——所统治的产物，因此，如何从"意义（意思）"的统治中解放出来，成为重要的课题。

二

伯克修辞批评的其中一个特点，是通过提示隐喻、换喻、反讽、提喻这四个比喻，尤以反讽为中心，去消解二元论。伯克的四大比喻法与文艺复兴时代的思想家维柯的《新科学》一脉相承，并将后者借此分析人的意识的传统发挥得淋漓尽致。(White: 260) 具体如下：

第一，强调多元性。伯克将 metaphor（隐喻）"翻译"成 perspective，也就是说，以不同的"视点"、"视角"去看待某物。准此，在伯克看来，反讽产生于"一个又一个的用语之间相互作用，进而产生了整个用语使用的发展"，反讽相当于"有着多元视角之视角"（perspective of perspectives）的"总形式"。从这一观点来看，无一下属视角（sub-perspective）可说是对是错，因为它们是互相影响的喧哗的众声。（Burke，1969：512）他的多元性强调可从两个层面去理解：

首先，使用某一词语，意味着从"视点"、"视角"去看世界；而反讽具备一种力量，这种力量可以颠倒某一"视点"、"视角"所建构的关系，也就是说它具备颠覆隐喻、转用隐喻的力量。这样的"颠倒"、"转用"可理解为反讽特有的将隐喻复数化、多元化的特点。从这个意义上说，反讽的褒扬改变了隐喻中心主义的传统浪漫主义观点，因为反讽在原理上具有多元性地统合隐喻性视点的机能。其次，隐喻在原理上是以某物与另一物的类似性去观察事物，它基于二元关系，但是如果将之复数化扩大化的话，则可从二元关系中脱逸出来。这也是一种强调关系性的方式，意味着单一的对应关系无法令事物成立。相反，事物的成立往往需要复数的视角、视点的介入、展开，亦即是说它可以通过被隐蔽、排斥的第三者去观察。反讽展示了一种多元主义可能性，它通过多元性的强调批判了线性进步主义历史观。如果说二元对立思维总是与线性思维相关，多样性、多元性所强调的则是空间性。在伯克看来，所谓历史无非是多元的声音（立场）对话的戏剧，这些声音总是作为历史性要素而存在（而非被消亡），它们只是处于时高时低的变化中而已。（Burke，1969：513）伯克常将"戏剧"与"辩证法"视为一物，将历史视为包含了辩证的对立面的戏剧性过程，并作为"没有终结的会话"过程去把握。（Burke，1961：93—94）

第二，伯克通过将对立两项中的一项视为"语境（情状，文脉，情景，context）"的方式，使这两项成为一种非对称性关系，这自然与其对二元论的解体意图相连，也与他所谓的文脉参照或情景指涉作用（contextual reference）的观点有关。（Burke，1969：24）对立双方中有一项起着语境的作用，它赋予另一方意义。这也包含了进一步赋予语境以某种历史性的用意，充分展示了语言存在于多元多层关系性中的事实。赋予语境以关系性这一观点充分显示了伯克消解二元对立思维的意图：对立双方在表面上看虽是南辕北辙，但其实却共同构成了某种关系性。这里可以看出伯克的辩证法涵盖式地把握事物的特质，这一种关系性中的考察方式、这一关系性是"相反概念"的显现。他认为所谓事物的"定义"总是以"否定性地言及"事物为前提，（Burke，1969：24）并作为语境存在于前提中。正是这种悖论（paradox）赋予事物以关系性，成为意义（意思）的重要要素。在伯克看来，所谓语言，皆是否定性前提本身的产物，如果词语是显在层面的话，那么其对立方的词语则是超越性（transcendence）层面、潜在层面。（Burke，1969：35）

这绝非二元对立思维中的非此即彼。如同伯克曾指出的那样：一、yes 与 no 这一对概念各自互相包含了对方；二、对立概念的作用中对立双方的词语相互限制；三、而"限制"本身是"否定可分割性总量的一部分"（negation of part of a divisible quantum）。（Burke，1968：12）可以这样解读伯克在此指出的三点：首先，yes

与no这一对概念并非如其表面可了然二分，而是两者有共有的中间部分，这一中间部分即是被排斥的第三项，亦即思维的盲点。其次，两个对立词语之间的相互"限制"也是相互的差异化；既是相互否定，又是相互赋予意义（意思）；对立的双方共同拥有中间部分的"限制"。伯克用"组织性"一词去表现这一对立的"相互关系性"，(Burke, 1969: 33) 因而"组织性地"意味着视对立双方为一过程或者整体，观察事物便是恢复这一整体的关系性。这也意味着将观察点置于时空意义上对立性结构之间运动不已的中间地带，这是肯尼思·伯克的辩证法或其反讽原理的重要特征。

德曼的反讽：同一性的切断概念

保罗·德曼视施莱格尔为反讽解释史上远较黑格尔、克尔恺郭尔为上的存在。(de Man, 1996: 167—168) 德曼尤其强调施莱格尔的论文《论不可理解》中"不可理解"这一概念，它指的是原理意义上的理解的不可能性，施莱格尔借此质疑人们对理解力与语言的关系过于乐观的看法。施莱格尔根据其评论《断想集》的结论，认为所谓的文本语言是逸脱于意图的：既然文本是自律的，所以"误解"（亦即"误读"）将是没有终结的，因为"误解"或其比喻性表述的"倾向"与反讽有着必然的关系。（施勒格尔：222—223）假如理解力之不可理解的语言便是蕴含着反讽的语言的话，施莱格尔的理解的不可能性便是其反讽的另一种表述。德曼如此推崇施莱格尔，正因为他在语言与理解的不可能性关系上发现了施莱格尔。

就德曼与浪漫派反讽观的关联，克里斯托弗·诺里斯认为，德曼的《盲目与洞察》中的方法归功于浪漫派对文学语言分离的、非自我同一的、无限内省性质（divided, non-self-identical, infinitely reflexive quality）的强调。德曼质疑，批评家们误认为可以复制或"感性重现"作家灵感闪现的瞬间状态，是因为他们并没有意识到"存在于文本与评论之间"以及"时间形式的批评家理解行为内"的某种"存在论距离和间隙"。(Norris, 1988: 163) 诺里斯指出，德曼的反讽是"无限的绝对性否定"的力量，"是对实体化自我、意义、起源或者作为终极的阐释性真理等概念的拒绝"，"是文本自我省察 (textual mise-en-abyme) 之令人眩目的过程"。德曼认为，所谓阅读无非是比喻性语言的解释过程，既然语言中的修辞性无所不在，那么不仅文学，还有哲学、史学等，根本上甚至连知觉本身，也难于逃脱修辞性。所以，他借"阅读"这一关键词想要表述的，是对知觉的挑战。（McQuillan日文本：44）诺里斯在此指出的浪漫派对文学语言分离的、非自我同一的、无限内省的性质的强调，与德曼下述的处理反讽的三个方法是相关的。

首先，反讽能够"还原为美学实践、艺术技巧，亦即 Kunstmittel（艺术手法）、美的实践、艺术的技巧"。"反讽容许作惊人之语，因为即使与被言说之物发生关联，它也保持距离，一个嬉戏的距离，以美学技巧为手段去言说。反讽在这种场合是艺术手法，一种美学。"（de Man，1996：169）这一"距离"基于如下的前提：对象或语言与意识并非是同一性的关系，它们以自身的自律性为归依。德曼将这样的"分离性"归于语言中无处不在的修辞性结构。

其次，德曼处理反讽的第二个方法是，"将反讽视作可还原为作为反省性结构的自我辩证法"。关于这一点德曼说：

> 反讽明显是自我内部的等距离，自我的复制，一种自我内部的镜状结构。自我以一定距离在自己内部观察自己。这催生了一个反省性结构，反讽可以描述为自我的辩证法中一个刹那性时机。（de Man，1996：169—170）

德曼的这一反省，是意识的反省性形式的施莱格尔的"反省"，亦即与浪漫派反讽的"无限的反省性质"相关的"反省"。（de Man，1995：170）也就是说，在作为对象的自我与认识自我的意识之间，在现在的自己与过去的自己，甚至将来的自己之间，不可能存在着单纯的同一性，它必然存在着隔阂。反讽正是切断单纯的自我同一连续性的一个重要契机。

德曼处理反讽的第三个方法是：

> 将反讽的契机或反讽的结构插入历史的辩证法之中。在某种意义上黑格尔与克尔恺郭尔都关注历史的辩证法模式。以略显对称的方式，两者都与某种可以将反讽吸收（absorb）于自我的辩证法的方法相关联。在这一方法中，反讽被解释并兼并（absorb）于历史的辩证法模式中，亦即一个历史的辩证法中。（de Man，1996：170）

德曼上述"历史的辩证法"，指的是黑格尔式辩证法把握历史的方法，而德曼对历史的看法是一反黑格尔式的历史哲学——作为否定辩证法或有机过程的历史哲学的。相反，德曼不将历史视为有机的过程，他将反讽看成是捣乱井然有序的"历史"——目的论色彩发展过程的秩序或上帝的理性显现的有序的"历史"——的"装置"。例如在其著作《理论的抵抗》中，德曼曾如是谈及本雅明的翻译理论：

> 历史不应该与任何自然过程相类比。在此意义上本雅明宣称翻译酷似历史。我们不能视历史为成熟、有机的成长，甚至不可以看成是辩证法。我们不能将其与任何自然的成长和运动过程相提并论。（de Man，1986：83）

德曼借用本雅明的翻译理论，认为应从"翻译"视点去理解原作，在与此观点非常相似的意义上，德曼以"历史＝翻译、原作＝自然过程"的类比性进行叙述。他这一类观点明显指向黑格尔植根于辩证法的目的论色彩的历史哲学。反讽可插入作为思维模式的辩证法线性过程，并打乱其秩序。在他看来，施莱格尔反讽色彩的批评，作为新的规范性决定力量，与破坏原有文本稳定性的翻译行为相类：摧毁原有秩序，摆脱既有的规范，使文本流动起来。（de Man, 1986：83）原作与翻译之间的断裂性、语言与意义之间的断裂性、象征与被象征物之间的断裂性，都与德曼或他在此援引的本雅明的反讽解释密切相关。

尼采对哲学语言的修辞性的洞察给了包括德曼在内的现代批评家莫大的启示，而德曼在认识论怀疑主义以及语言论视点方面，则将尼采的观点推向了极致。德曼解构阅读，也是解构知觉；他分隔意义与实施性意图，或者说分隔内容、形式、目的这三者，借此从语言或者修辞的角度向传统的认识论发动了一场进攻。他的反讽是"分隔"或"切断"的"工具"。它"分隔"或"切断"虚拟性连续：黑格尔式辩证法矛盾扬弃的同一性过程，对象与再现、自我与意识的同一性关系，传统语言观中语言与意识的同一性关系，意识与自然的同一性关系，等等。

比较克尔恺郭尔与德曼的反讽，可以发现两者在怀疑语言、真理、主观性规范关系等方面有相同之处，在反黑格尔主义方面亦不无相类之处（当然前提有异）。然而，克尔恺郭尔与德曼之间的区别也是明显的，首先表现于在上述怀疑过程中有无语言论的视角。比如，施莱格尔对德曼的影响之一，是德曼从施莱格尔中发现了语言论视角可以阐明知觉的限度。假如说这是克尔恺郭尔与德曼对浪漫派态度有别的理由之一，另外一个理由则是，克尔恺郭尔将被其批判为"对意义与价值无终止相对化"的浪漫派反讽视为"极度危险的，甚至会导致伦理上无能的极端化的'美学的'态度"。（Norris, 1983：86）而德曼则通过将施莱格尔的反讽视作语言的"不可决定性"，并进一步凸显目的（动机）、语言形式、内容之间的隔阂，借此图谋消解传统的认识论。对德曼的"理解是先于伦理美学价值的认识论事件"这句话，诺里斯指出，所谓的"认识论"可表述为具有涵盖意义的修辞转喻（trope）的产物。（Norris, 1988：167）换言之，德曼的反讽是从语言的修辞性角度去思考的，而克尔恺郭尔的反讽则是从伦理的角度去叩问。

结　语

日本近现代文学史上重要的诗学理论家和诗人西胁顺三郎（1894—1982）早年受施莱格尔和波德莱尔影响，自20世纪20年代起便一直宣称"诗就是反讽"、"反讽就是最大的诗学"。同时，他不仅认为老庄与受老庄影响很深的日本诗人松尾芭蕉（1644—1694）是"优秀的超现实主义者"，而且还认为老庄的理论就是最优秀的诗学。（西胁顺三郎：701, 688）也就是说，他将施莱格尔和波德莱尔的反讽（严格说后者使用的是"绝对滑稽"［comic absolute］的说法，参见 de Man, 1983：213）视作老庄的"反"——老子所云"与物反矣，乃至大顺"之"反"。

无独有偶，中国20世纪最有成就的诗学理论家钱锺书先生也曾指出，老子有"大成若缺"、"大直如屈"、"上德不德"之类的"反"的修辞结构，他称之为"反案语"（paradox）或"冤亲语"（oxymoron）。（钱锺书：463—464）西胁与钱先生修辞批评视野中的老庄解读，是一反近代以来西方中心色彩浓郁的中国思想解读主流的，但钱先生不小心将"反"等同为黑格尔哲学意义上的"矛盾"（contradiction），这是钱先生大瑜中的小疵，亦足见黑格尔主义于近现代中国之盛行。"反"并不是二元论意义上的对立两项，而是由处于循环性运动关系中的差异性双方构成的整体关系性。这一点钱先生已充分论述。更为重要的是，这一关系性不可能像黑格尔辩证法中的"矛盾"一样会乐观地螺旋式地发展至更高的阶段。西胁与钱先生可以说通过汉字圈的"反"，进行了一场与西方反讽的对话。

参考书目

1. Candace D. Lang, *Irony/Humor*, The Johns Hopkins UP, 1988.
2. Christopher Norris, *Deconstruction and the Interests of Theory*, Pinter Publisher, 1988.
3. Hayden White, *The Trope of Discourse*, The Johns Hopkins UP, 1985.
4. Paul de Man, *Aesthetic Ideology*, ed., Andrzej Warminski, U of Minnesota P, 1996.
5. —, *Blindness and Insight*, U of Minnesota P, 1983.
6. Timothy W. Crusius, *Kenneth Burke and the Conversation After Philosophy*, Southern Illinois UP, 1999.
7. Wayne C. Booth, *A Rhetoric of Irony*, U of Chicago P, 1975.
8. Albert Schwegler, *Geschichte der Philosophie im Umriss*, 1848；日文本上卷：谷川彻三等译，岩波书店，2001。
9. Christopher Norris, *The Deconstructive Turn*, Methuen, 1983；日文本：野家启一等译，国文社，1995。
10. Gilles Deleuze, *Difference and Repetition*, trans., Paul Patton, The Athlone Press, 1994；日文本：财津理译，河出书房新社，2000。
11. Kenneth Burke, *A Grammar of Motives*, U of California P, 1969；日文本：森常治译，晶文社，1982。
12. —, *Language As Symbolic Action*, U of California P, 1968；同时参见收集该书部分日译的『象徵と社会』。
13. —, *The Philosophy of Literary Form*, Vintage Book, 1961；日文本：森常治译，国文社，1974。
14. —, *A Rhetoric of Motives*, U of California P, 1974；同时参见收集该书部分日译的伯克论文集『象徵と社会』：森常治译，法政大学出版局，1994。
15. Martin McQuillan, *Paul de Man*, Routledge, 2001；日文本：土田知则译，新曜社，2002。
16. Niels Thulstrup, *Kierkegaards Forhold Til Hegel*, Gyldendal, 1967；日文本：大谷长等译，东方出版，1980。
17. Paul de Man, *The Resistance to Theory*, U of Minnesota P, 1986；日文本：大河内昌等译，国文社，1996。

18. S. Kierkegaard, *The Concept of Irony*, ed. and trans., Howard V. Hong, et al., Princeton UP, 1989；日文本：饭岛宗等译，白水社，1967。
19. Vigilius Haufniensis, *The Concept of Dread*；日文本：斋藤信治译，岩波书店，1961。
20. 西胁顺三郎：《西胁顺三郎全集》第五卷，筑摩书房，1983。
21. 中村雄二郎：「記号？倫理？メタファー——縦横的考察の試み」、『新岩波講座哲学？記号？倫理？メタファー』所収，岩波书店，1986。
22. 佐藤信夫：『レリック認識』，讲谈社，2000。
23. 海德格尔：《存在与时间》，王庆节等译，久大·桂冠联合出版，1994。
24. 黑格尔：《美学》第一卷，朱光潜译，商务印书馆，1997。
25. 黑格尔：《哲学史讲演录》第二卷，贺麟等译，商务印书馆，1997。
26. 曼：《结构之图》，李自修等译，中国社会科学出版社，1998。
27. 钱锺书：《管锥篇》第二卷，中华书局，1986。
28. 施勒格尔：《浪漫派风格》，李伯杰译，华夏出版社，2005。

反英雄 王 岚

略 说

"反英雄"（Anti-hero）是与"英雄"相对立的一个概念，是电影、戏剧或小说中的一种角色类型。作者通过这类人物的命运变化对传统价值观念进行"证伪"，标志着个人主义思想的张扬、传统道德价值体系的衰微和人们对理想信念的质疑。

综 述

反英雄不是"反面人物"或"反面角色"的同义词，而是对文学作品中某类人物的统称。从表面上看，他们可能卑微琐碎，对社会政治和道德往往采取冷漠、愤怒和不在乎的态度，甚至会粗暴残忍，但他们的动机并不邪恶，体现了作者对"英雄"概念的分解和拆卸。

一提到"英雄"，人们就会联想到"伟人"或"超人"。他们献身于高尚的事业，往往具有高贵的血统、强烈的感情、坚定的意志、执着的追求、非凡的能力等优秀品质，如希腊的神话英雄、基督教中的宗教英雄、中世纪的骑士、民族解放的领袖，甚至杀富济贫的草莽英雄，等等。他们是人类信心、力量和道德的化身，集中体现了人类的共同理想。反英雄则走向了"英雄"的反面，它的出现是对传统理想中"英雄"人物的解构，或者说是这些理想概念的破碎和丧失。

可以说，反英雄是伴随着"英雄"的产生而产生的。"英雄"所代表的理想，从其本源讲，是完美的，具有"自足的无限的绝对的"性质。但是，这种性质只有在文学作品中转化为外在的有限存在，即不那么完美的非理想状态后，通过在差异面上的对立和斗争才能得到体现。（黑格尔：223）照此看来，文学就是在分解普遍理想，不断进行具体分析来表达普遍理想。换句话说，就是在不理想的状态中希望能尽量地表现理想。从这个意义上来说，"英雄"和"反英雄"是同一目的的两种不同的表现方式，因此，在荷马史诗、古希腊戏剧等早期的经典文学作品中，英雄与反英雄的形象就几乎同时出现了。

从宏观上看，反英雄不仅出现于书面文学，在雕塑、绘画、音乐、影视等各种艺术体裁中都可能出现，如《毕业生》（1967）中的达斯汀·霍夫曼和《安妮·霍尔》（1977）中的伍迪·艾伦等就是现代电影喜剧中的"反英雄"典型。

这里考察的反英雄，主要针对西方叙事文学，尤其是小说。小说这一文类可以说是资本主义文明的产物。随着资本主义在政治、经济、科学、哲学等领域中的发展,个人的自由和利益日益得到提高,尤其是在文艺复兴时期,随着以神权为中心的旧的权威的瓦解,最终建立了尊重和肯定个人利益的根本制度,确立了自由主义的新文化。人们对传统的道德价值体系或"真理"提出质疑,人在处理和他人、和传统的关系中表现出了特有的独立性、主体性。这种自由主义文化是世俗文化,小说这种文学体裁就是这种世俗文化的新生儿,它的出现标志着文学发展进入了一个新的阶段,具有重要的历史意义——现世的、普通民众的生活成为它关注的对象。在这之前,有影响的文学作品,尤其是诗歌和戏剧,往往取材于历史上的"伟人"或"英雄"们的故事,像荷马史诗中的英雄都是神的后裔,莎士比亚戏剧中的核心角色常常是国王、王子、公爵、大将等显赫人物,普通人只是配角或丑角,是作为剧情发展的陪衬出现的。

这些早期的经典作品主要关注社会核心人物的生活,统治阶级的活动在其中占据最显著的位置。如果说普通群众能够接受文化教育是个巨大的历史进步,那么他们能够接受平民文化教育则又意味着一个质的跃进。在小说这种大众文学体裁中,普通的乡绅、农民、补锅匠、理发师、流浪汉、侍女、孤儿、小偷、强盗等都会成为书中的主角,整个故事的发展会以他们的观察、感受和行动为核心进行组织。这样,普通人就能够在小说中看到自己或者身边人物的生活和命运,就会感到真实而亲切。平民生活一旦进入艺术核心、成为"主角",就意味着"英雄"的衰退,"宏伟"、"远大"、"崇高"的集体理想的瓦解,以及"高大全"形象或概念的消失。信心、追求都是在张扬个性,在小说中,平民获得了独立而鲜明的人格地位,这标志着普通人的解放:他们已脱离了"英雄"的母体,开始了平凡的生命。这就是实质意义上反英雄主题的开端。"反英雄"在文学作品中的表现大致可以归纳为下述四类。

积极向上的普通人

早期的反/非英雄人物实际上就是一些有进取心、心理健康的普通人,这类人物至今仍被许多作家讴歌。以英国文学为例,早期的这类"反英雄"的典型作品有三部:一部是17世纪末约翰·班扬的《天路历程》(1678,1684),一部是18世纪初丹尼尔·笛福的《鲁滨逊漂流记》(1719),还有一部是19世纪中叶夏洛蒂·勃朗特的《简·爱》(1847)。在这三部小说中,主人公们除了拥有自己的信念外,不再是任何价值体系的附属品或直接表征。

班扬本人是个平民布道者。《天路历程》的主人公是个普通的基督徒,他体现的是宗教精神范畴内的个人主义,再现了人的道德和精神成长的历程。在班扬生活的17世纪,宗教改革、教会内部的纷争使宗教的许多信条变成了讨论的焦点,也大大撼动了基督教的绝对权威。同时,清教,尤其是加尔文教主张教徒内省,强调人可以不通过教会而由自己确定精神方向,这就肯定了在精神信仰中个人的作用和地位。在《天路历程》中，人的精神困惑以寓言的形式通过拟人的手法被予以形象化，出现了如"柔顺"、"胆怯"、"绝望"、"名利场"等人物和场所。班扬笔下的基督徒排除以上种种障碍，最终进入了向往的天国———一个金光闪耀的极乐境界。小说显示了普通人具有证明真理和实现理想的能力。

《鲁滨逊漂流记》中的主人公鲁滨逊讨厌无所事事的安逸生活，不听父母的劝告，毅然去航海冒险，表现了资本主义开拓者的积极心态。他在荒岛上的故事可谓妇孺皆知。生存环境虽然艰苦恶劣，但是他凭借自己的智慧、勇气和实干的精神，历经磨难，打猎、造船、生火、种庄稼、养家畜，最后终于建立起殖民地，并在经济上获得了巨大的成功。他勤劳务实的精神展示了在经济领域中个人主义具有化"野荒"为"丰饶"的神奇力量。

《简·爱》中的简同样表现出积极向上的奋发精神。简是个孤儿，其成长经历是曲折而艰苦的。但是她始终怀着淳朴的宗教信念，真诚积极地对待他人和自己的生活，坚决抵制维多利亚时代的不良习俗。她主张不管人的出身、背景如何，都应把人作为一个有尊严的个体看待。简的观察和行为体现了她对人性的理解、关爱和尊重，如她对孤儿的关心教育和对伤残病人的态度，对婚姻、财产的处理等，都体现了以人为本的人文主义精神。小说最后以简的满足与幸福结束，证明了人在社会生活中按照自己的观察、判断而确定生活方向所具有的积极意义。

这三部小说都以圆满的结局从正面证明人的信心、追求的可靠性。它们一般不宜被列入反英雄作品范畴，因为其结局往往是人的胜出和理想的实现。不过，历史地去看反英雄的发展轨迹，还是可以从它们这类早期作品中找到反英雄形象的端倪。人类摆脱英雄文化之后，换来的是自己当家作主，信心十足，积极向上，自我超越。可以看出，"信仰是一个人的心灵的健康的活动"。（卡莱尔：195）

在20世纪现代派小说中，我们也可以看到这种对普通人的生活和信念的积极肯定，詹姆斯·乔伊斯的《尤利西斯》（1918，1922）就是极好的例证。以荷马史诗中的主角命名的这部现代经典小说不仅在结构上有意对应史诗，也有意将小人物布鲁姆、其妻莫莉等与荷马史诗中的人物作对比。但作者并没有简单地否定现代生活，而是在人物看似漫无目的和无意义的生活中使我们领悟到平凡人之间人情或亲情的可贵，或者说普通人心灵的健康活动，虽然小人物布鲁姆和都柏林这个现代都市的生活与古希腊英雄和他们波澜壮阔的生活相比显得很卑微琐碎。

从虚幻中惊醒的人们

不过，普通人"心灵的健康活动"在特定的历史时代常常受到意识形态的左右，他们会追求一些看似崇高的英雄理想或信念，而这些理想信念被"证伪"后，人物就会变得冷静平淡，甚至扭曲变形。人与信念的有机统一在遭到破坏后往往伴有深刻的道德反思，这是典型的反英雄程式，可以为作者提供充分的展示空间和回旋余地来表现意识形态和传统价值信念如何毒害普通人的心理健康。

首先我们需要把反英雄人物的悲剧性命运与其他作品中人物的命运区分开来。在一般的文学作品中，反面人物的悲惨下场往往代表着道德的压倒性力量，使读者感受到"恶有恶报"的道德正义。正面人物的悲剧性命运虽能明显地烘托出道德的巨大感染力，但并不代表价值观念的破坏或丧失。有时候主人公本来是个正面人物，但由于偏离了道德标准而遇到了挫折或不幸，于是才有了"浪子回头"的一幕。这种作品带有道德不容破坏的意味。反英雄人物的悲剧却大为不同：主人公是意识形态或价值观念的形象代表，他的命运与它们紧密相联，一毁俱毁，可以说是小说批判现实最深刻的方式。反英雄暴露的问题往往带有普遍性，它反映的是社会范围内人的生存矛盾和价值观念危机，体现的是作者对整个现实的痛切关注。

这类反英雄形象可从以下三部创作于不同时期、不同国别的作品中看出：一部是西班牙小说家塞万提斯的《堂吉诃德》（1605），一部是美国小说家斯蒂芬·克莱恩的《红色英勇勋章》（1895），还有一部是英籍日裔小说家石黑一雄的《上海孤儿》（2000）。这几部小说从不同的侧面对人类的生存矛盾、虚幻的理想及其行动的盲目性作了深刻的披露。

堂吉诃德已成为世界经典文库中的不朽形象，而其名字本身已经有了特定的意义，成为"奇思异想"的代名词。堂吉诃德看骑士小说看得着了迷，决定效仿古代的游侠骑士行走天下，惩恶除暴，救苦救难，建立"伟业"。所谓的"骑士"形象完全是堂吉诃德自编自导的。他的"骑士"身份、装束、坐骑等让人觉得荒唐可笑，更让人忍俊不禁的是他那位"高贵"的恋人，那位粗朴不羁的村姑。这位"救世骑士"不但给他人制造了不少的麻烦，有时甚至成为别人的笑料。最终在好心人的"帮助"下，他才幡然醒悟，改掉了冥顽不化的偏执个性。他认识到自己过去的荒唐之举，开始大骂骑士小说害人。为了表示与骑士小说彻底决裂，他立下遗嘱，把财产几乎全部都留给了外甥女，前提是她不能嫁给曾看过骑士小说的人。堂吉诃德的理想和现实的矛盾留给我们很多思考和感叹。他的善良心愿赢得了我们的尊敬，但他对现实的隔膜让我们觉得又可气又可笑。作品背后蕴涵着的是作者深切的社会责任意识和人的存在危机。

与其他体裁的文学作品相比，战争文学中反英雄的描写可能更普遍些，如海明威的一些作品、约瑟夫·海勒的《第二十二条军规》（1961）等。发表于19世纪末的《红色英勇勋章》是这方面早期的经典之一，它生动地揭露了战争的惨无人道，及政府舆论导向的作用和意识形态对普通人思维方式的影响。小说的主人公名叫亨利，不过小说中几乎全用"年轻人"来指代他，这其中就不乏"无知"与"涉世未深"的意思。他不听母亲劝告，执意要上战场。当他穿上军装，看到同学羡慕的样子时，很有一种美滋滋的优越感，渴望能真正成为众人拥戴的"英雄"。根据他所受到的教育，战场总是与勇敢、正义、荣耀等光辉概念紧密联系在一起的。但是，当看到战场上的恐怖、血腥后，他开始胆怯了。他见到的是无辜生命在相互残杀——人必须杀人，因为不杀死别人就会被别人杀死，战场上的逻辑就这么简单。最后这位年轻人像一头被逼上绝路的野兽，开始疯狂地扑向来犯者，消灭了敌人。他的"英勇"之举为他赢得了一枚"勋章"。回到家后，他似乎才感悟到了平凡生活的丰富内涵。这部小说，从战争和英雄与人性的对立出发，解构了某些在人们心目中似乎已根深蒂固的概念，是对传统战争英雄观的证伪。

《上海孤儿》可以看作是 20 世纪末的作家对"英雄"概念的解构，它视野开阔，风格冷峻，可以说是斯威夫特式的夸张、讽刺和黑色幽默在当代语境下的含蓄翻版。在宏大的国际环境下，作者利用传统的英雄历险、浪漫爱情、侦探、历史回忆等题材特点，表现了西方殖民主义教育所造成的人性扭曲、个人的弱小无助，以及当代社会的麻木、冷酷和精神堕落。与传统浪漫式的结局完全相反，读者在读了意外的低格调处理的结局后会以一种全新的眼光重新审视前面的叙述以及殖民主义思想和意识形态。主人公叙述的不可靠性一方面表现了一个人在精神和感情上遭受巨大创伤后的特殊状态，另一方面也提醒读者，记忆、历史等具有深刻的模糊性。班克斯有英雄的抱负却没有英雄的战斗，更没有英雄式的业绩或悲壮，唯有永远抹不去的痛楚与无奈。

故事发生在 20 世纪 30 年代风云动荡的上海，围绕着主人公班克斯"拯救"世界、寻找父母的"英雄"事迹而展开。孤儿班克斯是伦敦有名的大侦探。他认为父母是因为过去在上海反对鸦片贸易才被人暗算的。多年来父母的"高大"形象一直在鼓舞着他，使他有种使命感。他来到上海一方面"丞救"就要陷入灾难中的东方世界，再就是寻找父母的下落，找到邪恶的根源。"谜底"被层层揭开。原来他的父亲是个安分守己的普通人，只希望家庭和谐幸福。他明白制止鸦片贸易根本就行不通，但是在道义上，在坚决反对鸦片贸易的妻子面前又自惭形秽，抬不起头来。妻子戴安娜过激的言行更使家庭失去了安宁。多年的痛苦和压抑最后逼迫他与人私奔，客死他乡。戴安娜则被一个怀恨在心的同胞利用卑鄙的手段出卖，成为一名中国军阀的小老婆。她忍受了军阀非人的摧残，唯一的精神支柱就是希望通过自己的委曲求全使军阀能给班克斯提供资助，接受良好的教育。班克斯最终在香港一家疯人院见到了精神恍惚的母亲，他终于认识到了自己崇高抱负的虚幻和可笑。

在这三部小说中，主人公都曾怀有崇高的理想和无知的勇敢。信念被现实粉碎后，主人公往往有种被欺骗的感觉，并由此而变得意志消沉，开始冷静思索。像这类具有深刻反思内容的作品，是"反英雄"最典型的表现形式，揭示出来的是一个完整的由"真"及"伪"的推导程序。在这个"证伪"模式的基础上，反英雄形象得到了继承发展，不断产生出新的模式，并且越来越深刻。

失去信念的现代人

不过，20世纪的多数作品，已不再是对某些价值观念的完整的"证伪"。作品的时代背景和人物刻画往往暗示"证伪"活动已然完成，我们看到的只是在价值观念丧失之后人们的表现。

现代社会不像英雄时代那样具有振奋人心的精神力量。黑格尔把这种愿望窒息的特征称为"散文气味"，即"枯燥"的意思，（黑格尔：246）它表明了现代社会普遍的信仰危机。在19世纪，文史学家卡莱尔和哲学家尼采都高声赞美英雄，呼唤英雄的出现，以至于贬低，甚至否定了普通人的价值和力量。卡莱尔在1841年出版的《论英雄与英雄崇拜》一书中，把人类文明中那些抱有崇高信仰做出不朽业绩的人都列入了英雄人物的范畴。他认为人类历史就是一部英雄的史诗，英雄为凡人制定律例，普通人只是英雄人物的附庸。实际上卡莱尔在呼唤伟大信仰。哲学怪才尼采则希望具有钢铁意志的"超人"来统治社会，他的主张甚至鄙视普通人，无视他们的痛苦和要求。无论他们以何种方式表达，有一点是明确的，他们都希望人类能够有统一而伟大的精神支柱，这样的文明才是有意义、有希望的。再次呼唤英雄的出现实际上意味着以个人主义为主要特征的资本主义社会正朝着衰落的方向发展。

随着资本主义世俗文化的发展，对人的理性、潜力充满希望的个人主义已渐趋衰微，人超越自我的抱负成为幻想。譬如，叔本华的唯意志论反对理性，以悲观的态度来看待人类文明和人生；而尼采则蔑视一切文明道德传统，提出"上帝死了"，要求重估一切价值。西方知识界对传统信念的质疑其实并非始于19世纪：哥白尼在16世纪提出的"日心说"初步动摇了以"地心说"为核心的传统宗教信仰；达尔文在《物种起源》（1859）一书中提出了物种进化理论，实际上是否认了人是神创造的这一在西方根深蒂固的观点，使人类充分意识到了自己与动物之间而不是与上帝或神之间的不可分割的联系，从而使人类的崇高理想或英雄情怀大打折扣；心理学家弗洛伊德的精神分析学说更是强调人的动物本能，迫使人们不得不面对人性中阴暗的、丑陋的原始欲望，提出以人的非理性的无意识为基础来解释人的行为。这些都极大地动摇了自文艺复兴以来西方思想界对宗教、理性和秩序的尊崇，动摇了人对自己精神归属的自信。这些发现和理论对现代文学产生了不可低估的影响，可以说古希腊文学中高大的英雄形象到19世纪末几乎已蜕变成人们嘲笑的对象或者感伤文学中赚人眼泪的浪漫人物。当时主要的文学思潮之一"为艺术而艺术"在一定程度上体现了所谓世纪末的颓废情绪和对传统价值观的挑战，如王尔德的《道林·格雷的肖像》（1890）等。

同时，近代科学的迅速发展，尤其是从英国首先开始的工业革命，使人逐步成为机器的奴隶。"科学技术需要有在单一的指导下组织起来的大量个人进行协作，所以它的趋向是反无政府主义，甚至是反个人主义的，因为它要求有一个组织坚强的社会结构。"（罗素，下卷：6）在这样的"自由"社会中，大部分人的工作和生活都像某个大机器的一个组成部分一样机械而无生气，也就是说人被大工业社会无可奈何地异化了，失去了原有的活力和道德信念。

所有这些造成了以理性为中心的人类价值体系的崩溃，促使人类加深了对其自身基本存在的思索和非理性主义在哲学、文学等领域的抬头，造成了文学的"非理性"转向。发生于20世纪上半叶的史无前例的动荡，如两次世界大战、1929—1939年间西方经济大萧条等，更使人们满怀忧虑地思索人类存在的状况和意义。第一次世界大战这场空前的文明浩劫，不但造成巨大的财产破坏和无辜生命的死亡，而且把几千年来的文明积累的核心价值摧毁了，造成以海明威等旅居巴黎的作家为代表的"迷惘的一代"、"失落的一代"。这种迷惘情绪在20世纪初的一些人本主义哲学家，如哲学人类学开创者马克斯·舍勒、现象学创始人胡塞尔等的理论中，都有深刻的反映。他们认为："人从来没有像现在这样成为问题的；他不再知道他是什么并且知道自己不知道。由于不能确定自己的道路，由于自己有疑问，他以无比的忧虑研究自己的意义和世界，研究自己来自何方，走向何方。"第二次世界大战，尤其是德国法西斯的残暴行为，同样给西方思想界带来了巨大的震动。

在《堂吉诃德》、《红色英勇勋章》和《上海孤儿》中，主人公从"英雄"的生活跌落到普通人的生活这个水平线之后，都趋于肯定平静、充实的普通生活，但20世纪的大多数反英雄，由于缺乏明确的生活目标和健康向上的价值观念，在生活中往往变得玩世不恭、麻木不仁，无法理解平静、充实的普通生活，给读者带来的是滑稽、痛心或者无可奈何的感觉。

《幸运的吉姆》（1954）里的主人公吉姆·狄克森与奥斯本在《愤怒的回顾》（1956）中塑造的吉米·波特一样，都被视作英国二战后出现的"愤怒的青年"的代表。1944年的"教育法案"使得来自中下阶层家庭的孩子也可以享受中学教育，从出发点来说是件好事。二战后教育改革的实施也的确使许多来自社会中下层的青年有机会受到较好的教育，包括大学教育。吉姆是该法案的受益者，他出身下层，接受了大学教育后在一所档次较低的大学里任讲师。但英国社会根深蒂固的等级观念使吉姆这样的年轻人无法获得相应的社会地位和政治权利，因而造成了这些青年强烈的挫折感和"愤怒"感，冷战和核军备竞赛带来的经济压力和精神压力更加重了人们的压抑和悲观情绪。吉姆没钱也没有过硬的社会关系，却又指望能保住工作，常为此提心吊胆。他陷入复杂的男女关系中，玩世不恭中透露着单纯滑稽。他深深地感到与周围环境不合拍，既愤慨，又无奈。从吉姆的反应来看，生活琐碎、荒唐，充满了欺骗和虚伪，让人不知该以什么样的心态去应对。生活似乎在捉弄人，出尽了"丑态"。小说亦庄亦谐，化烦恼为苦笑。与许多"愤怒的青年"一样，吉姆的空虚、迷惘、压抑、孤独和悲观需要用粗俗的语言、猛烈的动作来发泄。

艾伯特·加缪的《局外人》（1942）再现的则是一种毫无信念的生活。主人公莫尔索对生活中的任何事情和变故都无动于衷，他的意识似乎和这个世界没有建立过任何联系。为去世的母亲守灵时他竟然打瞌睡，抽烟；与女友相处，也不关心对方爱不爱自己；公司让他去巴黎并给予优厚的待遇，他也没有多大的兴致；最后，他打死了人，面对审判和死亡他似乎也没有什么不平和留恋。从主人公的生活态度来看，生活中的一件事情不会比另一件事情更好或更差，一切都不能触动他，让他严肃起来。环境是异己的，主人公从精神深处根本就没有也不愿意认真地参与生活。他是现实世界的"局外人"。

卡夫卡的《变形记》（1915）在西方现代文学史上占有举足轻重的位置。主人公格雷戈·萨姆沙醒来后发现自己变成了甲虫。他有着正常人的思维和心理，但是他"虫变"以后，不但自己很苦恼，还成了家里的负担。他不能去上班，公司人以为他贪污了钱，到家里来威胁他。家中生活每况愈下，连最初很爱他的妹妹也希望把他清除掉。他最后痛苦不堪，不能进食，留下个干瘪的尸体。如果说《幸运的吉姆》里的主人公对待生活表现为无奈的苟且，《局外人》中的主人公对生活的表现是总体上的麻木，那么《变形记》中主人公的表现则是深切的痛苦。卡夫卡通过人的"虫化"，形象地显示了人的内心愿望与现实生活的巨大差异和尖锐矛盾。善良的普通人已成为生活的弃儿、命运的玩偶。

荒原人

无论如何，上述作品中还有一定的情节和逻辑可言。传统价值观念的解体和非理性主义在20世纪中后期的西方文学中更多地是表现为荒诞和意义的缺失等。一些批评家或许是从艾略特的《荒原》（1922）中受到启发，称现代人为"荒原人"，其实不外乎指现代人精神上的贫瘠和迷惘无望，在文学作品中较直接的体现是荒诞派文学中那些没有理想、生活在不可理喻的世界上的卑微可笑的现代反英雄。

现代"荒诞派"文学描写了人的存在价值和意义被"证伪"后的生命惨相。在我们前面分析的作品中，人的命运无论多么悲惨和令人惋惜，总感到有以人的理性为核心展开的观察和评价，荒诞派文学则将人的无理性存在推向了极点。在这类文学中，人似乎被完全剥夺了自主性，好像中枢神经和脊椎已断裂，既没有行动的要求，也没有行动的能力，最后只剩下苟延残喘的生命本身而已。"人"作为生命体的概念开始模糊、空虚起来。这类作品由于通常缺乏连贯的情节和社会背景，几乎没有传统的人物刻画，因此对读者的理解和欣赏构成了相当的挑战。

亲身经历了第二次世界大战并积极参与法国抵抗运动的法国存在主义哲学家萨特，通过存在主义哲学阐述了世界的荒诞、人生的空幻等思想，著名戏剧家欧仁·尤内斯库、加缪、贝克特等都对人的荒诞处境作了深刻的阐述并试图通过文学方式表现出来。"荒诞派"戏剧这一名词由著名戏剧评论家马丁·埃斯林在1961

年出版的《荒诞派戏剧》一书中首先提出，它描述的是20世纪40至50年代间巴黎戏剧界出现的一些新动向。当时生活在法国的几位敢于创新的剧作家将一些看上去很荒唐、与传统戏剧完全不同的戏剧搬上了舞台。它们大部分都没有传统意义上的情节，也很少有逼真的现实场景和人物，而往往通过浓缩的、高度象征性的或者夸张的戏剧场景和貌似无意义的对白来揭示人类生存状况中的某些共同的生存困境。

对于荒诞的理解，尤内斯库1957年在评论卡夫卡的一篇文章中作了如下解释："荒诞指的是丧失了目标，被割断了宗教、抽象的和超自然的根基，人垮了，人的所有行为都变得没有意义，毫无用处，不协调。"这一看似抽象的解释实际上有着深刻的哲学背景和社会背景。由于关注的是人的生存状况这一深层主题，而不是探讨某些特定的性格或事件，荒诞派戏剧经常采用象征性的或者夸张的戏剧场景和貌似无意义的对白，并常常以喜剧的形式表现现代人的无奈和绝望。贝克特的《等待戈多》便是通过这些独特的场景和对白，体现存在主义所宣扬的世界的荒诞与冷酷、人生的毫无意义和人的自我的丧失。一棵光秃秃的树和荒郊野外的一条小路构成了一幅荒凉的图景，两个无家可归的流浪汉戈戈和狄狄日复一日在路上等待着永远不会到来的戈多。他们语无伦次，行为琐碎无聊，既不了解戈多是什么人，也不知道他能不能来。通过他们荒唐可笑的言行，戏剧展示了人的内心世界的极度空虚和荒凉，以及人如何面对荒诞并在荒诞中生存的真相。戈多会不会来并不重要，重要的是等待。这一行为本身体现了人的忍耐和对生存的渴求，两位流浪汉之间笨拙而真诚的互相关心则由于其与绝望处境的反差而更令人感动，发人深思，并使很多现代人从痛苦和绝望的境遇中得到振奋。可以说这部戏剧用一种高度抽象的方式概括了当代西方普通人的生活。

荒诞文学从形式到内容对传统价值观念的解构，使反英雄式的人物发展到了极致。如在这样的荒诞后面还有余意的话，那只能是"拯救"，由此相伴而来的则是"价值"的重现和"英雄"的再生。

20世纪末，在西方的年轻人中传统的价值观几乎完全崩溃，宗教信仰自不必说，历史观念、家庭意识等均受到巨大冲击和怀疑。但人们尚未找到能有效地取而代之的价值体系，媒体上随处可见关于同性恋、暴力、吸毒、道德沦丧和缺乏信仰等社会现象的报道。这种"世纪末"情绪在很大程度上继承了19世纪末、20世纪初现代主义对人性和生活的许多看法。不同的是，如果说19世纪末的英国年轻人还会像作家吉卜林描绘的那样满怀豪情地去为帝国建功立业的话，那么20世纪末的西方年轻人则早已失去任何对英雄主义的兴趣。他们感慨社会的堕落，但他们的作品缺乏100年前文学作品中的忧郁和丰富的象征，更多的是寓意明显的象征或直白得令人不敢正视的绝望的呐喊。

结　语

"反英雄"的发展是人类崇高理想逐渐衰微的渐变过程。人失去英雄形象和魄力之后,他的伸缩能力和空间越来越小,满足程度也逐级下降。人的生存状态随着价值观念的整体变化而改变。作家总是能够敏锐地觉察到时代变迁后的价值差异,他们没有描写英雄事迹,或从正面指出理想和希望,而是通过反英雄的命运,暗示价值观念的贬值或丧失。对反英雄的描写并不意味着人类希望的消失、人类最终会走向毁灭。因为,指出问题就是改进的前提。作家们通过反英雄这种不理想的方式来表达对理想的渴望,揭示人类永远不会停止对自身前途和利益的思考,从这个意义上说,"反英雄"与"英雄"一样是永远不会在作品中消失的。

参考书目

1. David Galloway, *The Absurd Hero in American Fiction*, U of Texas P, 1981.
2. Ian Watt, *The Rise of the Novel*, U of California P, 1957.
3. 黑格尔：《美学》，朱光潜译，商务印书馆，1997。
4. 卡莱尔：《英雄与英雄崇拜》，何欣译，辽宁教育出版社，1983。
5. 罗素：《西方哲学史》，马元德译，商务印书馆，2003。

飞散 童 明

略 说

"飞散"（Diaspora）是个获得丰富新意的古词。按其希腊文词源，diaspora 原指种子或花粉"散播开来"（to sow/scatter across），植物得以繁衍；自《旧约》以来，这个词长期与犹太民族散布世界各地的经历联系在一起，增添了在家园以外生活而又割不断与家园文化种种联系这层涵义。但是，近几十年来，犹太民族的经历不再是界定飞散内涵的主要参照，飞散也远超出研究人类移居的范畴。在当代的文学创作和文化实践中，飞散成为一种新概念、新视角，含有文化跨民族性、文化翻译、文化旅行、文化混合等涵义，也颇有德鲁兹（G. Deleuze）所说的游牧式思想（nomadic thinking）的现代哲学意味。由于其政治和文化特征，飞散也是后殖民研究的重要概念。简言之，当代意义上的飞散少了些离乡背井的悲凉，多了些生命繁衍的喜悦，更贴近飞散词源的本意。新意义上的飞散，已经引起美学判断和文化研究上的许多变化。

综 述

飞散，古词新用。20 世纪 70 年代之前，英美主要英语词典中的 Diaspora 是大写的，之后出现小写的 diaspora。拼写上这一看似细微的改变，实际上标志着飞散的概念已经重构，其传统意义和新意虽有关联，但差别也很大。在较传统的意义上，这个词指一些与移民、移位（displacement）相关的状况，以及对"家园"的种种情感。社会学者、人口学者、历史学者多是在这个意义上使用飞散的概念。概念重构之后的飞散，保留了移位、家园等内涵，又添了不少新意，成为后殖民和全球化种种文化实践和语境中的一个新视角。

从飞散的新视角来看，民族、族裔、身份、文化都不是孤立存在的概念，其语义存在于跨民族关联（transnational networks）的动态之中。

由于一批有影响的文学家的创作以及许多文化研究和后殖民理论学者的理论，今天所指的飞散包括了跨民族性的文化、文化翻译、文化旅行、文化混合（transnationalism、cultural translation、traveling culture、hybridity）等内涵，是后结构、后现代、后殖民时代（以下简称"后"时代）复杂表意过程中一个灵活的能指（a dynamic signifier）。从飞散新视角来看，"家园"既是实际的地缘所在，也可以是想象的空间；"家园"不一定是落叶归根的地方，也可以是生命旅程的一站。但是，飞散之所以为飞散,一定包含两个和多个地点,一定将此时此地与彼时彼地联系起来;飞散思维一定是跨民族的、翻译的、混合的。因此,许多超出移民或移位社会现象之外的实践,如具有翻译性、混合性的文体、音乐风格等,都具有"飞散性"(diasporic)。英文形容词"飞散性"适用范围更加广泛。由于后殖民文化实践必然有将此与彼关联的跨民族特征,此种文化实践也就具有了飞散性。飞散的视角常立足于某个民族的文化历史,在此意义上有其"当地"(local)特征,但"当地性"只有在跨民族的时候才是飞散的。詹姆斯·克利福德(James Clifford)在《飞散》一文中说,"是当地的,但是具有可译性(local, but translatable)"。(Clifford, 1994: 302)换言之,飞散是在跨民族实践之中得以丰富的民族性。此外,飞散视角常用以挑战某些以同化意识为目的的国家文化界限。比如,美国的"族裔"文学(ethnic literature)的定义,以往常以族裔群体的所谓"美国"经历为界定,而从飞散视角看,这种"族裔"概念隐含着"同化"的国家意识,排斥了美国各群体的国际性历史。这些群体(如华裔)的文化和历史,必须与其跨民族历史关联,才切合其实际。

因为新意或小写的飞散远远超出社会人类学飞散概念而产生出种种新意,观点保守的社会学者、人口学者、历史学者有些坐立不安。科恩(Robin Cohen)在《全球飞散:概论》中说,在这些传统的学者眼里,使用飞散新意的作家、学者、理论家无异是"space invaders"。这是一语双关,指新派飞散理论者闯入了传统领域,威胁犹如外星人入侵。其实,当代的飞散概念虽然增加了许多新的语义,却包容了传统的涵义。它的威胁在于语义处于动态,体现着现代哲学的游牧思想。游牧思想不事体系,自然对传统概念、学科构成威胁。

作为超出单一民族的范畴产生的文化现象,飞散在美学和文化的判断上,有别于长期以来以单一民族为基础的文学文化思维。我们可以从当代一批优秀文学作品中体会到这种跨民族美学和文化判断的力量。其中一些作家包括阿契贝(Chinua Achebe)、纳博科夫、莫里森(Toni Morrison)、奈保尔、戈迪默(Nadine Gordimer)、库切、拉什迪(Salman Rushdie)、翁达杰(Michael Ondaatje)、苏莱利(Sara Suleri)等人。有趣的是,这些作家虽然都是飞散型的,但飞散特性不尽相同。纳博科夫的飞散是在放逐中对俄罗斯和欧洲的再造;莫里森具有非洲飞散的文化和政治想象;戈迪默、库切的后殖民飞散性产生于他们的"帝国飞散"经历;阿契贝、拉什迪、翁达杰、苏莱利等在西方国家重写他们经历的殖民历史,形成很不一样的文体风格。奈保尔的飞散不仅在于他本人的多文化自传,而更重要的是,他笔下的混合型加勒比文化本身具有丰富的飞散性。飞散的多意,由此可见。

顺便提一下 diaspora 一词的中文翻译。较早时,中国大陆以外的一些中文学术性文字中已经见到"离散"这个译法,现在,这个译法也开始在国内学界使用了。但是,"离散"有离乡背井的凄凉感,而"飞散"更符合 diaspora 充满创新生命力的当代涵义。"离散"是被动的，而当代意义上的"飞散"是主动的。"离散"的译法将diaspora语义凝固在30年前的用法上，有温故的好处。而"飞散"的译法既贴切diaspora希腊词源的本意，又准确道出希腊词源在当代文化实践中复兴的事实。此外，将Chinese diaspora译为"华散"或"散华"，也恰如其分，正好是diaspora生命繁衍的原意。

飞散概念的演变

从词源说起，希腊词diaspeirein，前缀dia-指"散开来"（apart or across），speirein指播种、散布（to sow, scatter）。可见，这个词最初指植物借花粉的飞散和种子的传播繁衍生长，其寓意丰富，诗意盎然。令人惊奇的是，事过几千年，飞散经过当代的概念重构之后，才在新意中回归到词源的诗意。飞散归返家园之路，竟也如此艰辛。

飞散的早期涵义

古希腊的人用飞散指当时的人口流动和殖民状况。飞散在《旧约》（Deut. 18：45）出现时，指上帝有意让犹太人散到世界各地。直到二三十年前，Diaspora一词主要是和犹太人散布在全世界的历史联系在一起。由于这种联系，飞散获得了这样几层涵义：第一，某个民族的人离开了自己的故土家园到异乡生活，却始终保持着故土文化的特征。第二，"历史受害"心态。公元前6世纪，耶路撒冷被毁灭，犹太人被奴役，走上流放之路；之后，巴比伦国王又对犹太人的反抗进行残酷镇压；飞散因此和"受害"（victimhood）心态联系在一起，从此也就有了受害飞散群体一说。第三，巴比伦虽然是犹太人蒙辱之地，也是他们文化再创之处。例如，犹太人在采用巴比伦日历、阿拉伯语的同时，还将自己的神话、传说、历史、法律记载等汇集成雏形的《圣经》。移居地于是也有文化再创之地的涵义。

犹太飞散和当代飞散的关系

当代的飞散理论家承认犹太历史产生的这些涵义对飞散理论的贡献，但也强调我们所处时代的飞散具有以往不曾有过的特征。克利福德说："（飞散）话语正在新的全球状况下旅行，对于这种话语，犹太（希腊、亚美尼亚）的飞散可作为出发点，却不可作为规范。"（Clifford, 1994：303）

英文小写的飞散，今天可指任何在自己传统家园之外生活的人或人群。飞散者不仅在家园以外生活，而且，他和家园的联系是在跨民族的关联（transnational network）中实现的，或者说他能对民族文化和历史采取跨民族的视角审视。此外，由于我们这个时代的跨民族关联离不开信息高科技的使用，飞散已被赋予"未来主义"涵义（futuristic sense）。当今时代，飞散者可以较频繁地出入"家园"；由于不断在精神上、文化上、实际上穿越国界，以往因离开"家园"的凄凉无助也就没有那么浓烈了。

当代飞散话语是跨学科的探索

形成飞散话语的各学科可分成两大派。一派不妨称为社会人类学派，其主要方法是通过个案研究，对飞散群体的多样性分类，再归纳飞散的各种特征。另一派不妨称为文学文化研究派，理论性很强，着重研究当代文化生产中形成的飞散意识和形式，例如，与跨民族的文化和历史相关的视角、风格文体、情感结构，等等。对于西方文论的研究，自然后者对我们更直接，但是应注意两派理论也是相互渗透的。

科恩的《全球飞散：概论》一书采取的就是社会人类学方法。科恩在书中提出以下几类飞散群体：受害飞散群（如亚美尼亚人）、劳工飞散群（因劳务到国外的人）、帝国飞散群（因帝国主义扩张而到第三世界的欧洲人）、商贸飞散群（因商贸到国外的人）、文化飞散（如加勒比地区的混合形文化）。对这些分类，一些社会人类学派认为，犹太飞散史的特点是最典型的飞散特点。而前面我们提到的克利福德，更倾向新派的意见，即犹太飞散可以是飞散研究的出发点，而不应是"规范"。

文学文化研究对飞散提出的问题

社会人类学派的划分虽然看来清晰，却无法进一步回答与飞散相关的一些文化、政治、意识形态问题。下面，我们用文学文化研究派的方式，提出更细致的理论问题。

从文学文化研究的角度看，首先注意到民族主义和跨民族主义的二律背反是飞散的主要特征，即任何形式的飞散都是跨民族的民族主义，甚至是反民族主义的民族主义（克利福德语）。飞散是界限的穿越，尤其是国家民族界限的穿越。因此，飞散者并非纯正地保持他家园的文化传统，而是将家园的历史文化在跨民族的语境中加以翻译，形成本雅明所说的那种"更丰富的语言"（greater language）。（Benjamin：69—82）飞散者的经历表明，文化翻译是不可避免的。飞散者离开家园，带根旅行也好，带种子花粉传播也好，都在新环境中繁衍出新的文化。准确地说，飞散经历的真正价值，是飞散者在世界中发现家园，或在家园中发现世界。的确，家园本身的文化在历史发展中也获得跨民族特征。

从文学文化研究的角度，可以根据飞散群体、飞散者的不同历史政治背景以及不同的情感结构，得出与社会人类学派（如科恩）不尽相同却有关联的飞散分类。

飞散者的家园

家园不一定是自己离开的那个地方，也可以是在跨民族关联中为自己定位，为政治反抗、文化身份的需要而依属的地方。例如，非洲飞散者应该是指来自非洲的新移民，但是，在美国许多土生土长的美国黑人不愿意被称为非裔美国人，而宁愿被称为非洲飞散者。一者以此认同非洲是自己的文化家园，二者为牢记黑人反抗贩奴蓄奴的历史，三者为抗议美国国家主义中时隐时显的种族主义。美国黑人许多作家如休斯、赖特和莫里森等，常以这样的非洲飞散意识表述美国黑人的政治文化差异。因此，用飞散的视角研究美国黑人文化和历史，可以接触深一层的精神活动。

再以纳博科夫为例。因俄国革命的发生，纳博科夫从青年时期离开俄罗斯旅居各国，他的短篇小说横跨20世纪20年代初至50年代末的30多年，分别写于德国、法国、美国等地，以俄国侨民生活为主要题材。小说中的人物原有的生活被切断，故国的往日已疏离，现实和梦境交织或冲突，自我错位的思绪逐渐深化为富有哲学思考的情感主题。诗人对人类的残酷、专制的残酷和命运的残酷极为蔑视，因而时时为生命中无所不在的仁慈所感动，他的艺术形成了强大的生命力。纳博科夫是以这样的生命力，综合19世纪以来的俄国和欧洲文学诸家的美学，再造了（re-invented）俄国和欧洲。他的家园是广阔的，他的情感结构不只属于他本人。

家园的时间层面

飞散者的家园不仅有空间性，而且有时间性。文学文化研究理论提出，诸如渴望、错位、身份的模糊或丧失等飞散性情感的形式（diasporic forms），都有其历史根源。飞散者的根是文化的根，也是历史的根。

许多飞散群体以其民族经历的历史灾难为力量的凝聚。比如来自亚美尼亚的飞散群体，移民的原因各不相同，但是，20世纪初亚美尼亚人遭受的大屠杀却是唤起这些群体的民族情绪、凝聚力量的主要因素。在这一点上，犹太飞散的悲情经历具有普遍性。不过，当代飞散的话语多认为形成飞散意识时，只有负面的经历远远不够。飞散的精神，更在于其强壮的再生能力。

后殖民意义上的文化和政治性飞散

思考"飞散"离不开后殖民研究的视角。纵观现代世界史，西方帝国主义的扩张无所不及，不仅造成前殖民地国家的人口移居西方世界，也导致许多欧美人流向第三世界，后者被称为"帝国飞散者"（imperial diasporas）。从后殖民研究的视角审视，这两大飞散群体都值得注意。来自发展中国家的各飞散群体保存着各自特殊的文化特征和历史创痛的记忆（memories of traumatic pasts），用后殖民理论家霍米·巴巴（Homi Bhabha）的话来说，他们是"文化和政治性飞散者"（cultural and political diasporas），意思是说，他们的飞散经历转化成文化实践，可使西方的政治和文化发生蜕变。由此产生的飞散叙述对后殖民研究的重要性自不待言。但是，后殖民研究关注"帝国飞散者"的叙述也至关重要，这是因为"欧洲飞散"同被压迫民族的飞散互为映照，两者之间的对应、对抗或对话可以改变，而且已经改变了当代文化的视野及其产生的方式。

说这是两大类飞散群体，部分是为了叙述上的方便。事实上，每一类飞散群体内千差万别。以欧洲飞散作家为例，其中不少人确实有西方萨义德所谓"地位优越感"(positional superiority),他们的游记、历史著作、传记等叙述重复这种优越感,为殖民秩序服务;但也有许多欧洲飞散作者对西方帝国主义意识形态深恶痛绝,对被压迫民族充满同情。南非白人作家戈迪默和库切,都是在揭露帝国主义的伪善和破除殖民主义神话的过程中建造其美学价值的。

在《文化的翻译》一文中,詹姆斯·克利福德研究了法国传教士莫里斯·林哈特(Maurice Leenhadt)的事例。20世纪初,林哈特曾在非洲某地传教10余年。在传播基督教教义时,他体会到有必要将基督教的概念翻译得更接近当地文化,结果打破了基督教的正统概念(orthodoxies)。我们所熟悉的意大利在华传教士利玛窦,他的经验与林哈特颇为相似。克利福德从对林哈特的事例研究中得出两点结论:一、文化翻译的结果不是正统概念的延续,而是混合概念(heterodoxies)的产生;二、在后殖民研究的范畴内,两种文化之间的翻译向哪一方面倾斜不是纯艺术问题,而是含有政治、历史思考的艺术问题。

欧洲飞散作家的叙述,常常将几种相互矛盾的历史和文化力量同时呈现。东方主义式的偏见和通过认真文化翻译获得的灼见,有时在同一个文本中出现。玛格丽特·杜拉斯的传记小说《中国北方的情人》即为一例。杜拉斯从小成长在印度支那一个破落的法国殖民者家庭,家境贫寒,促使她与殖民地人民认同,对法国殖民政权产生叛逆心。然而,她又是法国殖民社会的一员,对非西方人(包括中国人)的恐惧和藐视已成为她无意识的一部分。小说叙述杜拉斯和一个较她年长的中国男子的爱情史,将这些冲突和矛盾暴露无遗。小说还告诉我们,中国情人来自东北一个富商家庭。他的父亲,一个"商贸飞散者",是个封建大家长,代表着另一种形式的殖民压迫。这个中国人生活在自己社会关系的矛盾中,使他们的爱情又蒙上一层阴影。阅读这部小说,在一定意义上是体验内外殖民势力相互交叉、相互矛盾的一段历史。

警惕全球主义

飞散的复兴,全球化使然。但是,经济意义上的全球化虽然是促成跨民族文化的因素之一,它的基本价值取向却是以资本和商品同化一切。此外,强势资本形成的"普世价值"(全球主义)更排斥了当代文化的"差异表述"(articulation of difference)趋势。警惕全球主义这一笔,许多飞散理论家都不肯省略。

飞散视角和飞散状况

简述飞散概念的演变,希望能得到这样一个启示:飞散的状况和飞散的视角密不可分,但是两者并非完全是同义词。一个人可以生活在飞散状态中,但他如果在文化上完全被同化,则无法形成跨民族思维,也就放弃了飞散视角。同样的道理,一个人即便不是身处飞散的生活状态,也可以学会采用飞散的视角,在精神领域里跨越民族、族裔界限作旅行式思考。精神领域的飞散者,和擅长用各种视点讲故事的小说艺术家一样，都属美学范畴。当代西方文论中提倡"跨界"（border-crossing）的思维，是飞散视角的又一种说法。

飞散视角和飞散生存状态之间不完全等同的现象，可以从当代许多文学作品中观察。采取飞散视角的作家，反对固化身份（calcified identities），提倡混合身份（hybrid identities）的跨文化、跨民族特征。他们观察生活在文化移位状态中的人群采取客观的态度，既有同情，又有反讽，并不把身处飞散生活状态中的人浪漫化，更不把这些人物描写成完美的化身，这样反而坚持和深化了飞散视角。抵制文化上的同化，同时又以跨民族的眼光和文化翻译的艺术进行新的文化实验，这是飞散视角的双重特征。

飞散和延异

飞散和德里达描绘的"延异"（differance，即"差异"加"延迟"）的表意现象异曲同工。飞散视角也坚持差异的必要性，认为差异的表述在对话或对抗中产生。差异的孤立存在毫无价值。表述差异在哲学和政治上的涵义是：边缘在挑战中心时获得自己的力量，使体系不能在其绝对真理的主张下施虐。飞散和差异表述在这一点上是自然而然的盟友。

后殖民理论家巴巴讨论"文化和政治性飞散"时遵循同样的逻辑。巴巴认为，飞散不仅指当下存在的群体和身份，也指先经过想象再转化为叙述的混合性群体和身份。我们应该补充一点：固化的身份多半不是跨民族的，也不具翻译性，与飞散视角相违背。巴巴指出，殖民主义文化机器的策略之一，是鼓吹固化身份，以此维系殖民统治。根据解构主义理论，巴巴将西方当代国家描绘成这样一个空间，在这里新兴的文化力量不是在中心而是在边缘出现，而边缘由文化和政治性飞散群体组成。

"后"时代和超越逻辑

以上的综述，提供了研究当代飞散话语的一张蓝图，但是其中的深层逻辑还要作进一步理论阐述。

飞散话语复兴于"后"时代，先谈谈"后"时代的一个主要特征，那就是各民族各文化日益紧密地相互关联在一起。不过这种相互关联（interconnectedness）并非没有冲突和张力。旧殖民时代已告结束，但殖民主义话语和价值观仍以别的形式延续和渗透，帝国主义全球扩张造成的后果仍在继续。冷战结束，民族主义情绪在世界各地高涨，民族主义利弊两方面的问题凸现。与此同时，跨民族的思维也日益成为我们日常生活的一部分。信息革命使不同地域的人们之间的联系变得快捷、方便、可行，资本主义随着信息技术的普及更加全球化。20世纪60年代以后，西方国家出于政治经济的原因为新的移民群体把国门开得更大了一些，非西方世界的飞散群体到达了西方世界。

在相互关联的全球化空间里，差异的表述已是文化和政治的需要。全球和本土的密不可分，使得"全球兼本土"（glocalism）这样的二律背反逻辑看法（paradoxical view）进一步为人们接受。我们对自我和世界的看法发生了深刻的变化，更习惯以多种视角而不是一种视角观察问题。由单一的民族主义视角产生的文化叙述显得狭窄，民族性在跨民族和文化翻译的交叉视角之下被重新设想。

以怎样的隐喻来表述这些时代变化呢？在诸多能指符号之中，英语前缀 post-（后）用得最多。"后"并非只是"之后"的意思。参照后结构理论和结构主义之间的张力关系，"后"可以指一种与词根代表的概念处于有批评张力的关系。比如"后殖民"意味着对"殖民主义"的批评张力，而"后现代性"是对以启蒙运动为特征的现代性产生的一些质疑。

巴巴对"后"的解释很有见解，也最适合飞散。他认为，"后"是一种超越的文化逻辑（a cultural logic of beyond）。他在《文化的出发点》一文中开宗明义地说道："我们这个时代的喻说，将文化问题放在超越的范畴内。"超越什么呢？巴巴说：我们正在告别（超越）单一性的身份和单一性的视角（singularities of identities and of perspectives）。文化研究和文化生产的出发点不是一个，而应该是多个，更准确地说，是多个出发点的混合。当代文化讨论中这样的例子俯拾皆是。例如，女性主义和后殖民理论的结合；用跨民族的视角健全民族概念的方法；主体是由若干主体立场（subject positions）组成的观点；"互立体性"、"对话"逻辑取代殖民话语中对"他者"否定的逻辑，等等。

超越并不是把过去抛在脑后，恰恰相反，当代以差异表述为特征的文化实践活动不可避免地要演示（perform）曾被压抑的那些创痛历史。换言之，超越逻辑指导下的文化实践十分看重以历史为动力的差异表述。本雅明在《历史哲学论纲》中曾经说，历史"不是单一性的、空洞的时间，而是充满了当代之显现（the presence of now）的时间"。（Benjamin：261）也就是说，当代，或"现在"（present）的文化和政治需要是历史叙述的动因，因此过去是根据现在的需要而显现的。巴巴借用本雅明的"显现"概念，提出后殖民状态下的西方国家的"现在"也可以看作是本雅明式的"显现"时刻，即被压迫族群的种种历史（或复数的时间 times）以演示的（performative）方式"显现"。"显现"这个概念性的隐喻表明，当代文化实践在时间和空间上都是多元的、混合的，因而是延异的。

"显现"时刻的各种差异表述的互动和翻译性质，又可借若干隐喻得以扩展。跨界旅行（border-crossing）为其中之一。还有一种隐喻是"衔接空间"（liminal space）。非裔美国艺术家格林（Renee Green）将现代建筑物之间的通道和楼梯称为"衔接空间"。巴巴借这个词指的是取代二元对立的对话、协商和跨民族思维和实践。（Bhabha：1333）

飞散是超越逻辑的具体表现。从飞散视角来看，当代文化实践根据"差异"和"显现"演示而产生的叙述，必然是跨民族和翻译性的。飞散视角也因此带有"后"时代的哲学和政治特征，即解构思维、后殖民策略、全球兼本地的二律背反、衔接空间，等等。

家园的跨民族译本

"翻译性"（translational）和"跨民族性"（transnational）在英文中有一个字母之差。翻译是跨民族的，这一点显而易见。在宽泛的意义上，跨民族的行为也是翻译性的，这一点人们反而鲜有思考。文化翻译自然离不开两种语言的互动，不过文化翻译者的"原文"不同于通常意义上的"原文"，而是文化翻译者所理解的家园的文化和历史，他的"译文"可以是一部文学作品或一件艺术品。

本雅明在《翻译者的任务》一文中提出的翻译理论，对当今的文化翻译讨论很有启示。传统的看法是把"忠实"原文作为翻译的主要目的，但"忠实"有语义不清楚的地方。本雅明认为，"忠实"的提法很容易同逐字的机械式翻译（literalness）混为一谈，或者鼓励了只为交流目的所做的功能性翻译，从而忽略了翻译的本质是艺术创造。本雅明提出翻译的任务是展现原文的可译性，他对"忠实"的这一修正，并不是轻蔑原文，反而是以强调有创造性的译文来体现原文的重要，以译文和原文的互动体现翻译艺术。把本雅明的话看作认真的俏皮话，就会理解他在暗示一个逆论：只有充分了解翻译中存在的不可译才能掌握展现原文可译性的艺术。本雅明说，原文（尤其是文学作品）往往不是专为读者而写，更不是专为译本的读者而作，所以原文的实质内容常存在于交流的目的之外。若要展现这种实质内容的可译性，不是机械按字面转换就可以做到的。

深知翻译过程甘苦的译者都会有这样的体会：两种文化语言之间在声音、节奏、隐喻、概念、词法、句法、语意、意象等方面的差异如此之多，如此之鲜明，以至不可译或部分不可译的情形处处可见。译者如果将寻找等值为唯一目的，就无法真正完成翻译的任务。那么"可译性"又怎样理解？"可译性"应该是指人类不同的文化、不同的精神现象可以沟通，民族性只有在跨民族的过程中才得以展现。本雅明还提出了很重要的一点，即原文的可译性只为"胜任的译者"存在。胜任的译者懂得，翻译是原文的再创造，翻译是原文生命的延续（after life）。

本雅明的翻译观又可以解释为：翻译是原文的飞散状态，飞散可以看作是一种和翻译有亲缘关系的形式。飞散至少涉及两种文化或文化语言，以此创造一种"更丰富的语言"。为了展现"文化的可译性"，飞散者既要坚持自己家园文化的差异，又要将这些差异用另一种文化语言再创造，形成跨民族的特征。在社会和文化实践中，飞散者不能向同化的压力屈服，不能因为别人认为他的文化太"异域"就放弃自己的文化差异。另一方面，他的家园文化如不参与跨民族活动也无法体现出自身的差异。他只有参与跨民族实践，才能实现他的故国文化的可译性，使其在飞散中繁衍。一旦他进入翻译状况，他实际上不是从一个文化出发点而是从几种文化混合的出发点重新创造"家园"。

本雅明所说的"更丰富的语言"，巴巴指出的混合文化出发点，克利福德提到的"混合概念"（heterodoxies），都是在描述文化翻译或跨民族文化实践的共性。

文化翻译在飞散视角中的重要作用，说明民族主义和跨民族主义的关系：它们相互依存，相辅相成。要形成跨民族的文化，前提是承认不同民族文化自身的价值，而健康的民族文化又需要有跨民族的视野。

在美国跨民族文化性质的讨论中，伦道夫·伯恩（Randolph Bourne）1916年写的《跨民族的美国》一文很有说服力。伯恩的观点简单明了：美国历史形成的文化具有跨民族精神，要维护这种精神，必须反对"同化"（assimilation）。伯恩说，欧洲移民到美洲来不是接受同化，因为他们并没有采取印第安人的生活方式，但是白人主流社会却常常用自己的价值衡量其他族裔，这就是美国带有种族偏见的民族主义根源所在，正是这种狭隘民族主义经常损害美国的跨民族文化。狭隘民族主义的主要特征是惧怕"异域"文化，在同化的压力之下，西方国家中的许多移民尽量将自己的"异域"特征掩藏起来。心中的家园一旦枯萎，飞散也就终止。另一方面，拒绝同化并不是说在新的居住地不发展，不在适应中繁衍自己的文化。自我孤立也使"家园"枯萎。

当代文化民族主义（区别于国家民族主义）的讨论，常涉及18世纪德国哲学家赫尔德（Johann G. von Herder）的著作《人类历史哲学的思考》。赫尔德提出Volk的概念，用来指一个民族在精神和情感方面一些具体的倾向性。赫尔德将Volk界定为一个独特的文化组合，其特征由两类因素交互影响而形成：一是特定的自然地理环境，二是一个民族在历史进程中不懈的创造。两者相互渗透，形成特定的语言、文学、宇宙观、神话等。Volk就是我们通常所说的"家园"。不过，赫尔德所论的Volk是把双刃剑，它在鼓舞民族精神时过于强调它的"纯粹"，而忽略了民族文化的发展和吸引外来文化是分不开的。

翻译的过程是这样的：译者为了返回原文，先要离开原文到另一种语言旅行。飞散者和家园文化的关系亦同此理，他离开"家园"，为的是带着更丰富的语言返回"家园"。他的Volk情感与其他的人文地理融会，"家园"在异域经历中逐渐展示可译性。

家园、"非家"幻觉和多元历史主义

前面在讨论超越逻辑时，曾谈到后殖民状态下演示历史差异的问题。阿里夫·迪尔利克（Arif Dirlik）在《后殖民的氛围》中出于相似的考虑提议：当代的文化空间不仅是多元文化性的，更是多元历史主义的（multi-historicism）。这种提法旨在提醒,"多元文化"这个词可能把跨民族范畴内的各文化的特征误解为非时间性的、固化的。

对文化和政治性飞散而言,文化翻译是有时间因素的。"家园"若用弗洛伊德的"暗恐心理"(uncanny 的音译)理论解析,较易理解这些时间因素。"暗恐心理"指包括恐惧、陌生等的一类情绪。弗洛伊德从心理分析的角度对"暗恐心理"重新界定,提出看起来令人恐惧感到陌生的现象,其实来源于某些我们很熟悉的经历:"暗恐心理指恐惧之类的情绪,但寻根溯源,却是早就知道早就熟悉的事引起的。"(Freud:930)

弗洛伊德通过词源研究和霍夫曼(E. T. A. Hoffman)提供的案例支持他的见解,他指出,虽然"暗恐心理"的德语词是 unheimlich,也可译为"非家幻觉"(unhomely),但是它的反义词 heimlich(直译"家园的"、舒适美好的)有时也指"暗恐心理"。弗洛伊德的解释可用一个模式表示:"暗恐心理"现象实际上有着"家园"的根源。这个理论,也是弗洛伊德"压抑复现"论(recurrence of the repressed)的另一个版本。受压抑的情绪起源于熟悉的环境,它复现的片刻是个移置(transference)的片刻,伴随着惊恐情绪。由于每个移置片刻都是受压抑情绪的一个新的表现形式,受压抑情绪的复现过程实际上颇有创造性,虽然其形式令人不安。

在后殖民的世界里,殖民历史的种种创痛回忆幽灵似的随飞散者旅行;飞散者在西方国家的生活经历有时提供条件,促成受压抑情绪复现,以"暗恐心理"形式出现。巴巴说:"'非家幻觉'的片刻像你的影子似的偷偷袭来。"(Bhabha:1337)依据弗洛伊德的理论,巴巴这样解释:"非家幻觉",是"家和世界位置对调时的陌生感",或者说是"在跨越地域、跨越文化开始时期的一种状态"。从后殖民文化批评出发,巴巴还对"家"(home)这个字认真游戏了一番,令人回味无穷。他说,飞散者是离家者(unhomed),但是因为有"非家幻觉"(the unhomely)的伴随,离家者事实上并非无家可归(homeless)。

"非家幻觉"(暗恐心理)在后殖民文学作品中的使用具有特殊的艺术价值,这一点可举托尼·莫里森的《爱女》为例。小说兼历史回忆、心理分析、哥特式叙述为一体,展开了"爱女"和塞丝(Sethe)之间的故事。19 世纪末,奴隶主以"逃奴法"为依据,追捕塞丝和她的孩子;由于恐惧重新做奴隶,塞丝在奴隶主逼近时杀死了当时还是女婴的"爱女";许多年后,"爱女"的鬼魂从另一个世界归来寻母;鬼魂复现,小说也把爱的伤痛、奴隶制的罪恶、集体潜意识的负疚感带到读者面前,请读者思考这样的鬼魂怎样才能驱除?

"非家幻觉"的主题也在韩裔美国作家李长瑞(Chang-rae Lee)1995 年的小说《本土语言使用者》中出现。小说从飞散视角出发,讲述朴亨利(Henry Park)从虚伪的人生转变到真实的人生的故事。韩裔移民朴亨利的父亲追寻美国梦,拥抱同化的思想。亨利受父亲和美国文化的某些影响，逐渐疏远所谓"非法外国人"（illegal aliens），即包括韩国人在内的新移民，结果变成"感情上的外国人"（an emotional alien），人格异化。亨利的逐渐转变，受到"非法外国人"的声音和事例的启示。其中对他影响最大的是韩裔政治家邝约翰（John Kwang）。邝是个有不少缺点的复杂人物，但是他能为亨利和其他的韩国移民唤醒历史的回忆，让他们记起现代史上韩国经常遭受的压迫和屈辱。依凭这些记忆，邝提醒韩裔移民，他们同黑人和其他族裔有相似的遭遇，应该同舟共济。

"非家幻觉"在库切的多部小说里弥漫。库切是个对殖民主义的伪善深恶痛绝的"欧洲飞散"小说家，他的《敌手》一书是对笛福《鲁滨逊漂流记》的重写。这本书里，最具有"暗恐心理"效应的是被割去舌头的礼拜五。无声的礼拜五迫使我们回忆一个熟知的历史事实：殖民制度的残忍还表现在它剥夺被压迫人民的表述权上。

居住在美国的克什米尔飞散诗人阿迦·沙希德·阿里（Agha Shahid Ali）在一首诗中说，那些被压抑的记忆像"一卷巨大的胶卷负片，黑白两色，尚未冲洗"。因为飞散的形式是跨民族的、翻译的形式，"冲洗负片"就是采用负面的创作素材，发掘暗恐心理的潜力，不是自然主义式的重复，而是以显现的艺术将历史差异演示。

结　语

飞散在当代的语意非常丰富：作为新的视角，飞散体现着超越的逻辑；它以跨民族的气度看待民族文化，以翻译的艺术繁衍家园；它携带历史负面的阴影，却是以肯定生命的繁衍形成性格。我们在论述中，还发现一个简单而深刻的道理，那就是无论"异域"和外来文化带来怎样的问题和挑战，飞散归根结底是肯定"异域"价值的。恐惧"外国人"或"异域人"（foreigner），意味着我们头脑中各种边界的存在。接受"外国人"或"异域人"，我们学会了跨越边界，进而发现我们每个人自身的差异都是异域的。

法国理论家克里斯蒂娃（Julia Kristeva）曾写过一本从西方历史和哲学角度论述"异域人"的书，其实是为"异域"辩护的书。克里斯蒂娃不无反讽地问："普世价值，会不会就是……我们是自身的异域性？"（Kristeva：169—192）人类的共同点在于人类各自的差异。生命因差异而多彩，因关联而丰富。归根结底，飞散是生命繁衍的形式。

参考书目

1. Arif Dirlik, *The Postcolonial Aura*, Westview Press, 1997.
2. Homi K. Bhabha, "Locations of Culture," in *The Critical Tradition*, ed., David H. Richter, Bedford/St. Martin, 1998.
3. James Clifford, "Diasporas," in *Cultural Anthropology* 9 (1994)
4. —, "The Translation of Cultures," in *Contemporary Literary Criticism*, eds., Robert Con Davis, et al., Longman, 1998.
5. Johann Gottfried von Herder, *Reflections on the Philosophy of the History of Mankind*, U of Chicago P, 1968.
6. Julian Kristeva, "Chapter 8: Might Not Universality Be... Our Own Foreignness," in *Strangers to Ourselves*, trans., Leon S. Roudiez, Columbia UP, 1991.
7. Randolph Bourne, "Trans-National America," in *The Atlantic Monthly*, Vol. 118 (1916).
8. Robin Cohen, *Global Diasporas*, UCL Press, 1997.
9. Sigmund Freud, "The Uncanny," in *The Norton Anthology of Theory and Criticism*, Norton, 2001.
10. Walter Benjamin, "The Task of the Translator," in *Illuminations*, trans., Harry Zohn, Schocken, 1969.

讽寓 张隆溪

略 说

"讽寓"（Allegory）按其希腊文词源意义，意为另一种（allos）说话（agoreuein），所以其基本含义是指在表面意义之外，还有另一层寓意的作品。从古代希腊到当代西方，讽寓都是极为常见的文艺形式，而由于这种形式涉及语言结构和多层意义的问题，有关讽寓及其解释的讨论往往和语言性质、阐释学、经典与阅读等众多理论问题密切相关，而讽寓也就不同于一般文艺形式，成为文艺作品中极具理论意义、极有代表性的类型。

综 述

人类用语言来指事、表情、达意，然而语言和事物有差异，语言和使用语言者所要表达的意念也可能有差异，于是语言的字面和语言要表达的内容之间，或者用语言学和文论常用的术语来说，在能指（signifier）和所指（signified）之间，就可能产生差距。讽寓就是在能指和所指之间有明显差异的作品，包括文学作品和造型艺术作品，这类作品在其直接和表面的意义之外还有另一层比喻的意义。当然，比喻这种修辞手法也在字面之外还有另一层意义，但一般说来，比喻是局部的，往往限于一个意象，以一句或几句话为范围，而讽寓却往往以全部作品为范围，所以讽寓的另一个定义是范围扩大的、持久的比喻。但局部和全部、多与少的分别不是那么绝对，而且除比喻之外，还有其他一些修辞手法和文学体裁，例如寓言、童话等等，也都明显有字面之外的含意。这些不同修辞手法或文学体裁难以严格区分，但大致说来，童话基本上是为儿童讲的故事或民间传说，其中往往包括超现实的神怪成分，但以人，尤其是年轻人为主角；寓言则往往以动物为主角，托动物之口传达某种智慧或哲理。然而童话和寓言虽然都有寓意，但形式比较简短，寓意也比较明确，相对说来，讽寓就更复杂一些。在习惯上，各类作品都有一定的称呼，如古希腊伊索以动物为主角讲的故事称为 fable，新约《圣经》里基督布道讲的故事称为 parable，这类故事都是在字面之外另有一层含意，但习惯上却都不叫 allegory，即讽寓。在历史发展中，讽寓往往和文化传统中被奉为经典的作品有较深的联系，要深入理解讽寓，就有必要约略知道这一观念发展的历史。

讽寓的观念史

从历史发展的情形说来,讽寓观念的产生可以追溯到公元前6世纪,起源于哲学家们对荷马史诗的解释。荷马史诗凝聚了希腊远古的神话、历史和宗教信仰,在古希腊是众人皆知的经典。但随着哲学的兴起,出现了所谓哲学与诗之争,有些哲学家质疑荷马史诗中神人交杂的描写,尤其认为荷马把诸神描绘得像人一样有各种弱点,如互相欺诈、嫉妒、有极强的虚荣心和报复心等,这实在是亵渎神圣,不能教给人宗教虔诚,也不能为人们提供道德的典范。柏拉图就说过,虽然他尊重像荷马这样的诗人,但他设计的理想国却不容许这样的诗人存在,而必须把他逐出门外。这最能代表哲学兴起之后,思辨理性对传统史诗的挑战。然而哲学总是追求在事物的表面现象之下探索其本质和深层的原因,对荷马的哲学解释也不例外。于是有一些哲学家,尤其是斯多葛派哲学家,便提出不那么直观却带哲理的解释。他们认为荷马史诗复杂精深,在神话故事的字面意义之外,还深藏着关于宇宙和人生的重要意义,讽寓和讽寓解释(allegoresis)的观念便由此产生。前者着眼于作品本身的意义结构,后者着眼于作品的解读,但二者实在紧密关联,很难分开来讨论。

斯多葛派给神话以自然的解释,认为众神之王宙斯代表万物的本源,其他诸神都是他的延伸。他们认为宇宙自然和人互相关联,这一观念对后来中世纪所谓自然大宇宙(macrocosm)和人的小宇宙(microcosm)对照感应的讽寓关系有十分重要的影响。按照这一观念,观测天象可以有助于了解人事,所以星相学在中世纪有重要发展。在一定程度上,这种想法颇类似中国古代所谓"天人合一"的观念。

据现代学者们的研究结果,荷马史诗源于古代的口头吟唱文学,不是自觉的讽寓作品。但罗马诗人维吉尔(Virgil)有意识模仿经过讽寓解释的荷马史诗,创作出罗马文学中最重要的史诗《埃涅阿斯纪》(Aeneid),就成为自觉的讽寓作品。于是在希腊罗马古典传统中,讽寓成为重要的文学形式。

公元1世纪初,北非名城亚历山大里亚是希腊化时期一个文明中心,生活在这里的一位犹太人斐洛(Philo)熟知希腊古典,深受希腊哲学和文艺影响。斐洛最早把荷马史诗的讽寓解释法引入希伯来《圣经》的解释,对讽寓和讽寓解释的发展起了十分重要的作用。他认为《圣经》的字面意义并不重要,经文的解读必须以追寻精神意义为目的,而精神意义总是"喜欢藏而不露",所以"只有本性聪慧、有优良品德而又受过基本训练的人,才有条件接受经文讽寓解释法的教导"。斐洛总在字面之外追寻精神意义,却忽略经文文字本身,这对后来基督教的《圣经》阐释有很大影响。在早期基督教教父长老中,生活在2至3世纪的奥里根(Origen, ca. 185—254)就把讽寓解释更进一步发展,提到理论化高度。他所著《论第一原理》的第四部专论《圣经》的解读,是第一部基督教阐释理论著作。奥里根说:"正如人有肉体、灵魂和精神,上帝为拯救人类所设的经文亦如是。"(II.4)

这一看法在中世纪得到进一步发展，成为《圣经》有四层意义的理论。奥里根又说："就全部《圣经》而言，我们的看法是全部经文都必有精神意义，但并非全部经文都有实体意义。事实上，有很多地方全然不可能有实体的意义。"（Ⅲ. 5）旧约《圣经》中有一篇《雅歌》，在形式上可能是古希伯来婚礼颂歌，文字极为优雅动人，抒写"耶路撒冷的女儿"春心荡漾、思念情人的心态，真可谓淋漓尽致。《雅歌》中有许多新奇鲜明的意象描绘少女的美丽，从头到脚写女性身体的各个部分，具体入微，色彩浓郁而艳丽，带有强烈的性爱的意味。《雅歌》和《圣经》中其他篇章很不相同，通篇无一字道及上帝及其律法，却充满情与色，很像一首世俗情歌。但这样的作品居然又是《圣经》之一篇，成为犹太教和基督教都接受的宗教经典，在《圣经》阐释上就成为历来需要解决的一个问题。犹太拉比们早把《雅歌》解释为歌颂上帝与以色列之爱，基督教教父们则把它解释为歌颂上帝与新以色列即基督教教会之爱。他们都把《雅歌》那些具体的描绘和带性爱色彩的意象统统说成是讽寓，是以世俗肉体的爱象征圣洁的精神之爱。奥里根最有名的著作就是对《雅歌》的阐释，他完全否定经文字面意义，甚至认为没有摆脱肉欲冲动的人不可读《雅歌》，因为不懂如何从精神意义去理解经文，而仅从字面意义去读《雅歌》就有误解经文的危险。奥里根对《雅歌》的评论可以说代表基督教《圣经》阐释中最极端的讽寓解释，但讽寓解释又绝不仅只对《雅歌》一篇，也不仅限于西方传统，因为在字面意义之外去追求精神意义，可以说是所有经典评注传统共同的特点之一。在中国古典传统中，以美刺、讽谏来解释《诗经》所有的作品，尤其是十五国风中许多民歌类情诗，如以《关雎》为美"后妃之德"，《静女》为刺"卫君无道，夫人无德"等，就是一种超出字面意义的讽寓解释。

　　无论中国或西方，讽寓都和经典密切相关。荷马史诗、《圣经》或儒家经典都不是简单的文学作品，一旦人们将其奉为经典，就期待这些作品含意深远，包含宗教、哲学或道德的真理，而绝不仅止于字面直解的意义。由此可见，讽寓解释往往有宗教、哲学、伦理或政治的出发点，带有很强的意识形态色彩。当某一意识形态占居主导时，以此意识形态为基础的讽寓解释也成为主导，被人们普遍接受。由于同样的原因，当某一意识形态丧失主导地位时，建立在此基础上的讽寓解释也就相应失去权威和说服力，被人们批判甚至抛弃。在近代西方，随着教会的力量在启蒙时代以后逐渐衰落，欧洲社会越来越世俗化，基督教讽寓解释也慢慢失去了在中世纪那种无庸质疑的权威性。到18世纪末，讽寓的重要性越来越低落，似乎它本身是没有意义的外壳，只指向自身之外的某种意义。与此同时，象征则被视为与讽寓完全相反的另一个范畴，它自身既是具体的形象，又有形象以外的象征意义，但其具体形象本身又是实在的，而并非仅仅是寄托意义的外壳。康德《判断力批判》第59节论美为道德上善的象征，就充分肯定了象征在美学上的重要性，对后来象征概念的发展很有影响。经过歌德、席勒，尤其是哲学家谢林的进一步探讨，象征与讽寓的分别越来越成为19世纪美学和文艺理论中一个重要议题。谢林在《艺术哲学》中说："绝对艺术再现的要求是：全无分别的再现，即普遍完全就是特殊，特殊也同时完全是普遍，而不是又仅代表普遍的意义。"总之，象征既是具体形象，又具普遍性，成为文学艺术的本质特征，而讽寓则被贬低为寄寓教义的简单宣传品，在美学上似乎没有什么价值。

20世纪60年代之后，各种后现代主义理论逐渐兴起，对语言和现实事物之间的关系，对意义的明确性和稳定性，对能指和所指的对应关系，对客观、真理等基本观念，都提出质疑，同时又强调各种差异，大谈语言达意的困难，突出意义的断裂。如拉康（Jacques Lacan）把精神分裂定义为"表意链条的断裂"，詹明信（Fredric Jameson）就认为那是对后现代状况最准确的描述，是从语言学和精神分析学的角度，对后现代社会普遍的文化断裂所作的最佳解释。由于后现代理论家们强调文化断裂、强调能指和所指之间的错位，他们就把讽寓重新扶上理论的前台，认为讽寓恰好可以代表后现代所突出的断裂和差异。讽寓在18世纪末和19世纪的浪漫时代受到贬斥，浪漫主义、象征主义和现代主义都重视象征而忽略讽寓，在20世纪后现代理论中，就恰好可以解构这一历史，把讽寓作为被边缘化的概念翻身解放，重新回到理论探讨的中心来。讽寓曾被认为本身没有意义而纯粹指向外在的意义，后现代理论认为语言和意义之间本来就呈断裂状态，所以本身没有意义的讽寓恰好最能配合后现代主义对当代文化和社会状况的看法，成为解构的表征。本雅明曾对讽寓作过探讨，并几乎把它等同于语言本身，保罗·德曼等后结构主义者认为语言是自我解构的，阅读和理解是不可能的，而讽寓就恰好最能代表这种"不可读性"（unreadability）。这些看法对后现代主义理论恢复讽寓的地位，都相当有影响。

然而就其在形象之外另有寓意这一点来说，象征和讽寓并没有本质的区别。浪漫主义美学贬低讽寓，把象征视为唯一可以表现艺术和审美价值的概念，固然过于片面，后现代主义理论抛弃象征，强调只有讽寓能真正代表语言的解构性以及历史和文化的断裂，又何尝不是言过其实，走向另一个极端？从历史的角度看，后现代主义理论重新肯定讽寓，其实是为了区别于浪漫主义和现代主义而独树一帜，所以前者所肯定的，后者就概然否定，这与象征和讽寓本身的性质并没有逻辑和理论上的必然联系。

讽寓、经典、阐释学

让我们再回到讽寓的基本定义，即讽寓是在表面意义之外，还有另一层寓意的文学艺术作品。一般说来，文艺作品都不仅仅是简单表述，而有言外之意，有特别的内涵和意蕴，所以讽寓和象征可以说都是文艺的本质特征。在西方艺术传统中，有很多讽寓绘画作品把善恶智愚之类的抽象概念用具体形象表现出来，或用少年、成年和老年人的不同形象表现时间和人生盛衰的道理。这类讽寓艺术作品在表现一般世俗抽象概念之外，也常常表现宗教题材，含有宗教的寓意，甚至风景和静物也在表现自然风物之外可以有讽寓意义。例如17世纪著名的荷兰静物画，画面往往是绚烂的花卉、丰盛的食品、昂贵的餐具、华丽的摆设，看似表现商人的富裕和世俗生活的享乐。但如果你仔细观察，在艳丽的花草中往往会发现有一些枯枝和散落的花瓣，有苍蝇、蜥蜴、蛇蝎之类的虫豸，而在让人馋涎欲滴、已经熟透的瓜果中，突然有一两个已经发霉腐烂。这就是以绘画艺术的方式表现物盛而衰，人必有一死（memento mori）的观念，这也正是中世纪以来基督教宗教艺术的一个重要主题。还有一种题目叫"虚空"（Vanitas）的静物画，这题目本身就取自旧约《传道书》第一章第二节："传道者说，虚空的虚空、虚空的虚空，凡事都是虚空。"这类静物画的布局往往在花卉果实之外，还有书籍或乐谱，有摆在桌上的琴瑟或其他乐器，还有计时的沙漏、燃过大半的残烛，而最令人瞩目的是赫然一个空髑髅，那空空的眼窝正对着看画人的眼睛。这类作品提醒人们，世俗的享乐和富贵荣华到头来都是空无虚幻，其讽寓含义显而易见。

不过总体而言，讽寓，尤其是讽寓解释，在历史上都往往和文字的经典密切相关，因此我们可以说，讽寓不是一般作品的特征，而尤其是经典作品及其解释的特征。讽寓最初产生就与荷马在古希腊的经典地位有关，而在西方文化史上，讽寓也是由荷马的解释发展到《圣经》的解释，而这两种解释对近代阐释学的发展都相当重要。

我们在前面已经提到基督教教父、哲学家奥里根以讽寓来解释旧约《雅歌》，现在可以再简单谈谈在整个《圣经》阐释传统中，尤其在处理旧约和新约之间的关系时讽寓所起的作用。从历史上看，基督教乃从犹太教发展而来，基督教《圣经》继承了犹太教经典，称为旧约，而记载耶稣生平和教义的各书，就形成新约。如何从基督教的观点来解释旧约，就成为基督教神学很重要的阐释问题。基督教神学家利用讽寓解释的办法，认为旧约中所载的人和事，都在字面意义之外有更深或更高的精神意义，那就是符合基督教教义的精神意义。在讽寓之外，他们往往还同时应用另一种阐释手法，就是类型论（typology），即把旧约与新约连贯起来，在旧约所记载的人物和事件中，寻找预示耶稣基督的成分。上面我们讨论《雅歌》的讽寓解释时，已经提到犹太拉比们认为那是讲上帝与以色列之间的爱，而基督教教父们则说那是讲基督与新以色列即基督教教会之间的爱，那就已经是讽寓和类型论结合的解释。此外，旧约《出埃及记》载摩西带领以色列人穿过红海，逃出埃及，基督教类型论和讽寓解释就认为，那预示了基督和所有基督徒的受洗礼。再例如旧约《创世记》第22章载上帝为考验亚伯拉罕的忠诚，要他把自己唯一的儿子以撒带到摩利亚地山上，杀来给神献为燔祭。以撒背负木柴走到山上，搭好祭台，但亚伯拉罕正准备挥刀杀以撒时，上帝却派天使阻止了他，赞扬他愿意牺牲自己唯一的儿子,献给神为燔祭,证明了他的虔诚,所以不要伤害他的儿子。在犹太教的解释里,这段戏剧性故事的主角是亚伯拉罕,主要意义是讲亚伯拉罕如何忠于上帝。但在基督教神学的解释里,这段经文在这一层表面意义之外,还另有讽寓的意义,而在这讽寓中,故事的主角不再是亚伯拉罕,而是以撒,因为以撒是预示基督的一个类型。就像耶稣基督是上帝唯一的儿子,却为了拯救人类而牺牲一样,以撒也是亚伯拉罕唯一的儿子,却完全无辜而要被献为燔祭牺牲。以撒自己背负木柴,走到山上的祭台去,就好像基督背负木头的十字架,走向他被钉十字架的髑髅地去。如此等等,都是类型论在新旧约之间找出可以类比之处,而以撒就在类型讽寓中变成主角,成为在耶稣基督之前与之相类似并预示基督来临的人物。

讽寓和类型论走到极端,的确会把带有浓厚意识形态色彩的意义强加在原文之上。但另一方面,经典之为经典,就是在不同时代不同状况下,都能对当时人们面临的问题作出回应,具有指导意义。由此可见,经典的意义不能完全局限于历史和字面直解的所谓本义,而总在字面之外有更深或更高的含意。如何在字面意义和讽寓意义之间达到合理的平衡,正是阐释学上一个重要问题。西方阐释学(hermeneutics,或译诠释学)发展的源头,就一方面是自荷马的讽寓解释以来研究希腊罗马古典语言的阐释传统,另一方面是解读《圣经》的宗教神学的阐释传统。由于讽寓和这两个传统都密切相关,其对阐释学发展的意义,也就不言而喻了。其实在任何文化传统中,经典、讽寓和阐释都密切相关。在中国传统中,儒家有四书五经,道家和佛家也都有各自的经典,这些经典在历代有各种注疏,而中国文化的许多基本价值观念就在这些经典和评注的传承之中得以形成,并广为流布。在传统中出现有关理解和解释的各种问题,就成为阐释学形成的基础。如果说研究希腊罗马古典语言的阐释学关注的是具体作品的解释问题,研究《圣经》的阐释学关注的是如何理解经文的问题,那么在这些具体阐释问题之上,探讨有关理解和解释的普遍性理论问题,就是现代阐释学所研究的范围。

如果一个文本的意义在字面本身已经完全明确,毫无误解的可能,解释就没有必要;如果其意义完全不能从字面本身去寻索,无处着手去理解,解释也就没有可能,而阐释现象之产生正在这两个极端之间。其实人总是追求意义的明确,希望通过正确理解,把握周围的环境和事物,所以人生的各方面,都随时有理解和解释的需要,在人类生存的基本境况中,阐释也就成为一普遍现象。换言之,我们所面对的事物和情境,在大多数情形下不是简单清楚、一目了然的,其意义都往往在表面之外,需要理解和阐释。这就是讽寓和象征之所以普遍存在的基础,只不过作为明确意识到的创作手法和阐释策略,讽寓和象征更是文学艺术的特色,和传统的经典和评注密切相关。

诠释和过度诠释

既然意义的理解是普遍的阐释现象，理解的准确与否就十分重要。对基督教神学很有影响的圣奥古斯丁在《基督教教义》一书中，讨论如何正确解读《圣经》，就特别强调分辨需要直解的自然符号和需要理解其寓意的比喻性符号，指出二者绝不可混淆。他认为总体说来，《圣经》有寓意部分经文的含意，都已经在可以直解的部分明确讲出。另一位重要的神学家、生活在13世纪的圣托马斯·阿奎那更明确说，对《圣经》的任何讽寓解释都必须以经文本身的字面意义为基础。到16世纪，发动欧洲宗教改革的马丁·路德则强调，《圣经》本身意义明确，是一部人人可以读懂的书。所以在西方基督教阐释学中，由奥古斯丁到阿奎那再到路德，有一个注重文本的传统，尽管讽寓解释一直存在并发生影响，但对《圣经》的诠释不可能过分脱离经文的字面意义，不着边际地凭空臆度。当代著名意大利学者和作家艾柯（Umberto Eco）提出"过度诠释"的概念，认为文本自身对其解读有一定的限制，在理解和阐释中，如果超过文本意义及其灵活理解的合理范围，把显然与文本字面很不相同的意义强加于其上，那就是过度诠释。

由于经典在宗教、政治、社会和整个文化生活中占有重要地位，经典的阐释也非常重要，而阐释权往往和宗教、政治和社会的权力相关。在中世纪欧洲，教会权威也就是《圣经》阐释的最高权威，而且教会使用经过认可的拉丁文译本，只有教士才有权讲解经文。一般人不懂拉丁文，也不可能解释《圣经》，但即便懂拉丁文，如果对经文作出不同于教会的解释，也会被视为异端，受宗教裁判的迫害，甚至被处死。欧洲宗教改革以来，《圣经》被翻译成欧洲各种现代语言，每个基督徒可以自己阅读《圣经》，这既使基督教信仰摆脱教会的控制，同时也使欧洲各民族语言达到成熟，标志着现代民族国家的形成。随着宗教改革以后欧洲的世俗化，启蒙和理性逐渐取代了宗教在政治、社会和精神生活各方面的权威地位。尽管在现代西方社会和各派教会里对《圣经》仍然有各种不同的解释，但完全脱离文本的过度诠释毕竟没有多大说服力。在中国文化里，以儒家政治伦理的观念来阐释经典文本是传统经学的主流，许多方面和西方《圣经》阐释中的讽寓解释相当接近。中世纪欧洲曾有宗教裁判所，用严酷的手段控制不同于教会正统的异端思想，梵蒂冈还有一个长长的禁书目录，力求杜绝异端思想的传播。中国历史上也同样有控制异端思想的各种手段，清代康、雍、乾三朝的文字狱更深文周纳，造成万马齐喑的惨淡局面。在思想控制方面，歪曲文本字面意义的"过度诠释"往往起很大作用，所以无论是经典还是其他文本的解释，都既不能死板地拘泥于字面，也不能脱离文本字面意义，或断章取义，或指鹿为马，使阐释失去合理可信的说服力。如何取得合理的诠释而避免不合理的过度诠释，这是我们在政治、文化和社会生活中随时面对的问题。

结　语

　　最基本意义上的讽寓概念，即在表面之外隐含另一层意义，的确是带普遍性的语言现象，包括艺术和其他形式的语言。在历史上很长时期，无论中国或西方，讽寓都与经典的阐释有关，往往代表正统的意识形态。

　　但现代世界是世俗化的世界，无论宗教、政治或伦理观念都没有中世纪那种强制的权威性，经典概念也由无庸质疑的神圣典籍扩大为有重要影响和代表重要文化价值的作品。以中国文化而论，传统上经、史、子、集的分类，就很明确规定只有《诗》、《书》、《易》、《礼》、《春秋》才算经，其他浩如烟海的著述都不能称为经。后来经的概念逐渐扩大，到清代有十三经，就包括了其他一些典籍，而现代所谓经典，更是一个广义的概念，包括文艺创作中有影响的重要作品。与此相应，讽寓的概念也逐渐扩大，由过去与传统经典及其阐释相关，逐渐成为广义的讽寓，即任何在表面意义之外，还包含另一层意义的作品。在这个广泛的意义上，讽寓是普遍的，但后现代理论强调讽寓代表了表意链条的断裂，代表了当代社会文化本身的断裂，则又言过其实。

　　事实上，我们无论是在日常生活中使用一般语言交流，或是在文艺作品中通过艺术的语言来表达思想感情，都既有相对稳定的可能表情达意，也有可能因为词不达意而烦恼，由意义的含混而感困惑，或者受制于自身表达能力的局限。表达可能成功，也可能遭遇困难而发生误解，因此，仅执一端而不顾其余，以为语言和现实完全一一对应，毫无差距，或者完全相反，以为语言根本无法明确表达意义，任何表达都注定有所谓"失语"的困难，甚至否认有顺利表达、真实再现的可能，进而否认有真实本身，都终究是自欺欺人、站不住脚的片面看法。从积极的方面看来，表达的多样和可能，意义的含蓄和丰富，使经典性的作品不可穷尽，而这就是讽寓总会存在，也总值得我们进一步去探讨的原因。

参考书目

1. Angus Fletcher, *Allegory*, Cornell UP, 1964.
2. C. S. Lewis, *The Allegory of Love*, Oxford UP, 1958.
3. David Stern, *Parables in Midrash*, Harvard UP, 1991.
4. Erika Langmuir, *Pocket Guides: Allegory*, National Gallery Publications, 1997.
5. Helmut Gollwitzer, *Das hohe Lied der Liebe*, Chr. Kaiser, 1978.
6. J. Tate, "On the History of Allegorism," in *The Classical Quarterly*, 28 April (1934).
7. Jean Daniélou, *From Shadow to Reality*, trans., Wulstan Hibberd, Newman, 1960.
8. John B. Henderson, *Scripture, Canon, and Commentary*, Princeton UP, 1991.
9. Jon Whitman, *Allegory*, Harvard UP, 1987.
10. Karlfried Froehlich, ed. and trans., *Biblical Interpretation in the Early Church*, Fortress

Press, 1984.
11. Maureen Quilligan, *The Language of Allegory,* Cornell UP, 1979.
12. Michael Murrin, *The Allegorical Epic,* U of Chicago P, 1980.
13. Morton W. Bloomfield, "Allegory as Interpretation," in *New Literary History,* 1 Winter (1972).
14. Paul de Man, *Allegories of Reading,* Yale UP, 1979.
15. Regina Schwartz, ed., *The Book and the Text,* Basil Blackwell, 1990.
16. Robert Lamberton, *Homer the Theologian,* U of California P, 1986.
17. Saint Augustine, *On Christian Doctrine,* trans., D. W. Robertson, Jr., Bobbs-Merrill, 1958.
18. Umberto Eco, et al., *Interpretation and Overinterpretation*, Cambridge UP, 1992.
19. Zhang Longxi, "Historicizing the Postmodern Allegory," in *Texas Studies in Literature and Language,* Vol. 36, No. 2, Summer (1994).
20. 艾柯等：《诠释与过度诠释》，王宇根译，香港：牛津大学出版社，1995。

符号学 罗 婷

略 说

"符号学"（Semiotics），顾名思义，是有关符号或符号系统的科学，它研究符号的本质、符号的发展规律、符号的意指作用以及符号与人类各种活动的关系等。作为一门新兴学科，符号学最先由瑞士语言学家索绪尔和美国哲学家皮尔士（Charles Sanders Pierce）分别从语言学和逻辑学的角度创立，继而以各种结构语言学为主要理论依据，并且得益于二战后兴起的信息论、现象学、阐释学、分析哲学、西方马克思主义等多种学派，发展成为一门跨学科的热门知识。

综 述

近100年来，在西方语言学、分析哲学、现代自然科学的影响下符号概念变得越来越重要，符号研究也日益受到人们的重视。20世纪初，索绪尔和皮尔士合力创建了符号学。随后美国逻辑学家莫里斯（C. W. Morris）等人进一步发展了这一理论。符号学之所以在英语中有两个同名称谓semiology和semiotics，是因为前者乃索绪尔首创，而后者出于人们对皮尔士的尊敬。

作为一门独立学科，符号学存在尚不足100年时间，但符号现象和符号问题的探讨却几乎与人类文明史一样悠久。在西方符号思想可追溯到古希腊罗马时期，亚里士多德在《解释篇》谈到语言的符号性质："口语是心灵的经验的符号，而文字则是口语的符号。"斯多葛派哲学家则开始讨论符号与意义的纠葛，他们认为自然符号与语言之间确有某种联系，而作为物质的符号载体，与其所意指者及其相关外界对象共同构成了"语义三角形"。这一认识，在西方语义思想史上堪称一次重要突破。

古罗马哲学家奥古斯丁也曾给符号下过一个简明定义："符号是这样一种东西，它使我们想到在这个东西加诸感觉的印象之外的某种东西。"尽管亚里士多德等人谈论的语言符号性质，与现代人观点相去甚远，可他们对符号问题的关注无疑对后来的西方哲学家造成了深远的影响。

在中世纪，围绕符号、概念、对象三者关系，形成了唯实论与唯名论之争。唯实论认为，概念不依赖于对象而存在，它是唯一可以称为真实的精神实体，它与符号之间有一种约定俗成的关系。与此相反，唯名论认为真实存在的不是普遍概念，而是物和名。名是观念的现实，词是观念的符号。

到了近代，英国哲学家洛克从唯名论立场出发，提出"概念论"，并率先使用"符号学"（semeotik）这个词，成为欧美分析哲学家研究符号意义的先导。洛克在《人类理解论》中论述语言符号的类型及其不同类型的观念关系，并且把符号学与哲学、伦理学并列，作为科学的第三大门类。他认为，"这门学问的职责，在于考察人心为了理解事物、传达知识于他人时所使用的符号本性"。

作为数理逻辑创始人，莱布尼茨试图用现代数理逻辑构建一种理想而精确的语言，促使语言符号与现实——对应，进而实现一切科学的思维合理化。莱布尼茨在《组合艺术》和《单子论》两本书中先后提出如何将人的理解力加以数学公式化的一般概念。他强调，这种公式化是与意义的不同表现（即一些意指系统）直接相关联的。由此，他指出组合与微积分可以成为意指范畴内的逻辑学。他还提出，由于社会实践的范围很广，符号即意指单位，在社会实践的多层次、多功能的网络中只有具备多义性，才有它们存在的价值。莱布尼茨设想的这种"普遍的语言符号"理想，不仅对所谓理想语言学派产生了深远影响，而且被德国哲学家卡西勒（Ernest Cassirer）直接继承，进而将符号学广泛应用于人类文化领域，建立起独特的符号形式哲学和人类文化哲学体系。

在中国，对于符号现象的研究同样由来已久。我国古代圣贤一向习惯把意义问题看作他们的中心论题之一，类似"名实之争"和"言意之辩"的符号学主题贯穿了整个中国思想史，至若先秦诸子的言意观、易卦符号演算、汉语文字符号学以及战国时期诡辩派哲人公孙龙在符号理论领域中的建树，不一而足。由此可见，符号学思想传统，无论在西方还是在中国都有悠久的历史，只不过中西双方的经典论述通常总是依附于哲学、神话、语言学或者其他学科。直到20世纪初，符号学才摆脱它的从属地位，发展成为专门研究符号及其意指活动规律的独立学科。随着结构语言学、分析哲学的发展，符号学吸收了更多更新的研究方法。它与众多学科交叉，其研究对象也扩变为诸多文化领域里的意指活动，即从语言符号系统扩大到一切非语言文化符号系统。与此同时，符号学的研究方法也渗入当代人文学科和社会学科领域，从而使符号学成为一门具有跨学科特征的显学。正如英国符号学家霍克斯（Terence Hawkes）所说：

> 在人类社会里，语言明显地起主要作用，并被普遍认为是占支配地位的交流手段。但同样明显的是，人们也借助非词语手段进行交流，所使用的方式因而可以说是非语言的，或者是能够"扩展"我们关于语言的概念，直到这一概念包括非语言的领域为止。事实上，这种"扩展"恰好是符号学的伟大成就。（霍克斯：128）

在《符号学理论》中，意大利符号学家艾柯（U. Eco）按照他提出的符号性质原则，详尽描绘了一幅符号学诸学科的分界图。在他看来，符号学包容广大，从针对动物的交流行为研究（动物符号学），到针对人类形体交流（运动符号学），直到有关嗅觉和味觉的符号、医学符号、文化代码、音乐符号、美学理论、修辞学等意指系统，都可纳入它的范围。

当代法国符号学家巴特（Roland Barthes）则通过对各种生活符号的破译向人们表明，人类生存的这个世界并非一个由纯粹事实构成的经验世界，而是一个由各种符号形成的意义世界。总而言之，当代符号学具有涵盖一切学科、无所不包、纷繁复杂的特性，并形成多种不同的理论派别。

为简明起见，本文拟从三个方面，即符号学与语言哲学、符号学与文艺学以及后结构主义语境下的符号学分头加以解说。

符号学与语言哲学

符号学与语言学的关系比任何学科都更加密切。这首先是因为，现代符号学的创始人之一索绪尔本人就是语言学家。其次，是因为符号学长期附身于结构语言学。更重要的是因为，语言乃人类社会用于表达意义的各种符号体系中最大的符号体系。为此，人们研究符号学就不可能不对语言学加以特别的重视。正如索绪尔指出，虽然语言学只是符号学总体科学的一个部分，但它应当，而且可以成为"所有符号学分支的模式基型"。罗兰·巴特则强调语言的基本作用，认为其他意指系统都是在语言基础上模塑而成。他还声称"符号学乃是语言学的一部分，是其中具体负责话语中大的意义单位的那个部分"。（巴尔特：3）

围绕语言与符号学的关系，索绪尔曾在《普通语言学教程》中有过精彩论述："语言的问题主要是符号学问题。我们的全部论证都从这一重要事实中获得意义。要发现语言的本质，首先必须知道它与其他一切同类的符号系统有什么共同点。"在索绪尔看来，语言比任何东西都更适宜了解符号问题的性质。基于这一认识，他考虑过多种符号系统（文字、象征仪式、军用信号等）的研究可行性，进而试图建构符号学这门科学：

> 我们可以设想有一门研究社会生活中符号生命的科学。它将构成社会心理学的一部分，因而也是普通心理学的一部分。我们管它叫符号学。符号学将表明，符号是由什么构成，符号受什么规律支配。因为这门科学不存在，谁也说不出它将是什么样子。但是它有存在的权利。它的地位预先已经确定。语言学只不过是符号学这门总的科学的一部分。

索绪尔还强调说："语言学家的任务，是要确定究竟是什么使得语言在全部符号事实中成为一个特殊系统……。如果我们能够在各门科学中第一次为语言学指定一个地位，那是因为我们把它归属于符号学。"索绪尔不仅把语言学置于符号学之下，而且把语言定位在符号上，从符号学的角度阐述了语言的基本特征，从而掀开了语言学史上的崭新一页。

索绪尔首次把人类的语言行为划分为"语言"（langue）和"言语"（parole）两大部分，并把语言视为一个完整符号系统。在他看来，这一系统应该受到"共时"（synchronic）研究（即探讨语言在一个特定时间内如何运作），而不是"历时"（diachronic）研究（即在其历史发展中去研究）。他进一步阐明，语言系统中的每个符号，都由一个代表音响或书写符号的"能指"（signifier），以及代表其意义或概念的"所指"（signified）共同组成，而它们两者之间的关系，是任意的或约定俗成的。

索绪尔坚称，语言符号联结的不是事物与名称，而是概念与声音形象。此外，他在语言发展的历时态和共时态的背景下，提出有关语言差异原则、类比和演化、黏合、语言波浪传播等一系列重要概念，对西方结构主义语言学造成巨大影响。索绪尔的这一学术方向，经由苏联符号学家雅各布森、叶尔姆斯列夫（Louis Hjelmslev）等人的发展，有力地促进了20世纪中叶以巴黎为中心的符号学运动。在这场运动中，邦弗尼斯特（Emile Benveniste）有关言语和语言历时面的研究和马蒂内（Andre Martinet）的功能主义理论，均对法国语言学发挥了重要影响，使之成为一种兼重语言结构、功能、主题、演变的综合理论体系。法国新语言学的发展，反过来又对欧美当代文论产生了深远而复杂的影响。

话说回来，促使语言学在符号学研究中扮演决定性角色的，显然也有现代哲学的一份功劳；现代分析哲学的贡献导致语言分析一举成为当代哲学研究的普遍方法，此乃"语言学转向"的一个重要后果。从此，语言学与语言分析在西方哲学和人文社会科学中的地位越发重要，某些现代哲学流派甚至认为，哲学的基础就在于语义学，例如逻辑语义学、语义哲学、普通语义学等。而西方现代哲学倚重语言学的总趋势，也大大促进符号学向语言学靠拢。让我们先看皮尔士的例子。

皮尔士接受洛克的符号学定义，试从逻辑判断三个范畴出发对符号进行分类和描述。他认为，逻辑学在一般意义上只是符号学的别名，它是符号的带有必然性的形式学说。在此基础上他进而提出，人类一切思想和经验都是符号活动，因而符号理论也是关于意识和经验的理论。对皮尔士而言，符号或象征，就是物体及其声音形式之间的一种约定俗成或契约关系。符号是对象、象征和诠释体的三位一体。诠释体则是对象与符号关系建立的基础，它与柏拉图的"理念"相符合。符号并不代表整个对象，仅仅是其理念或对象的概念。这样，语言符号便成为所有象征的来源。

不仅如此，皮尔士还具体区别了三种基本符号：（1）"图像"（icon）符号，它与其所代表者相似（例如一个人的照片）；（2）"标志"（index）符号，它与代表物有某种联系（如烟与火相联系）；（3）"象征"（symbol）符号，它仅仅任意或约定俗成地与其所指物相联系。皮尔士强调，符号学必须从事类似以上各种形式的分类工作，譬如它区别"外延"（denotation，即符号所代表者）与"内涵"（connotation，即联系于这一符号的其他符号）；它区别信码与它们传递的信息；它区别"聚合"（paradigmatic，即一整类可以互相代替的符号）与"组合"（syntagmatic，即符号被互相搭配在一条"链条"中），等等。从皮尔士关于符号的基本观点，不难看出他对符号学的开创性贡献。因此后人评价说，"他的思想不仅成为现代符号学两大根源之一，而且成为后现代主义思想的重要渊源之一"。（李幼蒸：20）

再看美国哲学家和语义学家莫里斯的努力。莫里斯在逻辑实证主义和实用主义的基础上，继承并发展皮尔士的符号理论，明确地提出了符号学的三大分野，即语义（semantic）关系、句法（syntactic）关系、语用（pragmatic）关系。其中，语义关系是指符号与其所指称或描写的外在事物的关系，句法关系是指符号与符号之间的关系，而语用关系是指符号与其使用者之间的关系。对应于这三种关系的，则是三类不同的符号学意义：指称意义、言内意义和语用意义。这三类意义构成一体，分别代表语言内容、形式和功能。莫里斯依照符号及其分类观点，重新描述世界的方法，已对当代一般符号学理论产生了较大影响。

一句话，前结构主义、结构主义阶段的符号学家，大多重视并强调符号学与语言学、哲学的关系。然而，当代符号学越来越趋向于摆脱过分倚重语言学的局面，转而关注文学、艺术以及各个文化领域的意指系统。这就引发并催化了当代文艺符号学、文化符号学的形成与发展。

符号学与文艺学

艺术，原本是对自然和社会的再现。再现的原理就是艺术利用媒介以及相应的编码，根据人的意指，进一步创造出不同形式的所指。文学也是如此。它既是语言的艺术，又是创造能指的语言对象。不妨说，文学艺术都属于一种特殊的符号体系。

将符号学原理大规模应用于文艺领域的最早代表，是德国哲学家卡西勒以及他的美国女弟子苏珊·朗格（Susanne Langer），他们两人的理论，因而被后人合称为"卡西勒/朗格符号学"。卡西勒把人定义为"符号动物"，并把人类文化看成符号行为的结果。诸如神话、语言、宗教、艺术、科学、史学等，它们都是整个符号化行为的组成部分。关于艺术，卡西勒认为"它不是对实在的摹仿，而是对实在的发现"。（卡西尔：182）他还认为，艺术和科学都可称为知识，但科学是诉诸一般，艺术则专注于具体事物的丰富性与多样性。因此在功能上，艺术也不同于科学："艺术教会我们将事物形象化，而不是仅仅将它概念化或功利化。"（卡西尔：216）

如果说，卡西勒将艺术和神话看作是人类生活的符号世界的一些"扇面"，那么苏珊·朗格则具体剖析了各种艺术符号的具体特性。她认为艺术是情感的符号，是一种特殊符号形式，即表象（现）符号。它将内在生活、情感或生命赋予形式。创造这种表现符号的过程，就是将主观领域客观化、对象化的过程。通过这种对象化，文艺使内在的情感系统以符号形式呈现出来。苏珊·朗格倡导的这种符号论美学，集中体现出强调艺术自律的唯美主义倾向。

随着形式主义与结构主义的发展，西方兴起了一股探讨符号学与文艺批评的热潮。在这方面，俄国形式主义者率先把文学评论看作是对于内容结构的一种研究。他们强调文学研究的"自主性"，要求"结构地"观察文学文本，并要求悬置对于所指物的注意，转而考察符号自身。这一流派的杰出代表雅各布森最先用符号学来定义文学的特异性，他表示：

> 诗的功能在于指出符号与指称不能合一。……除了把符号与指称合一的看法（A即A1）之外，我们还须意识到这种合一之不足（A非A1）。而这种对立是关键性的。没有这种对立，符号与客体的联系就变得自动化了，对现实的感知就消失了。（赵毅衡：106）

以上论述表明雅各布森从俄国形式主义文论的"陌生化"主题，开始向符号学过渡。

在雅各布森看来，语言的诗性功能无疑能"提高符号的可感性"，吸引人注意符号的物质性，使得人们不把它仅仅作为交际筹码来使用。他进而认为，在"诗性"语言中符号与它的对象是脱节的，这就是说，符号及其所指者的正常关系已被打乱。这样，符号作为为自身价值的对象获得了某种独立性。雅各布森又把整个交际关系概括为六大要素，它们分别是：发送者、接受者、信息、编码、媒介以及信息所涉及的语境。他还提出文学符号学最为关键的一个概念，即"诗性即符号的自指性（self-reflexity）"。

雅各布森的符号理论对于当代欧美文学符号学具有突出的影响。法国文学批评家托多洛夫（Tzvetan Todorov）进一步明确提出，文学性就是"符号指向自身，而不指向它物的能力"。（赵毅衡：106）在他们两位的促动下，人们对于文学主题及其被视为结构的符号系统的象征性意指作用的研究迅速发展起来。在苏联，出现了注重文本结构和文化代码研究的塔尔图-莫斯科学派（The Tartu-Moscow School）；在美国，也出现了注重解释文学作品词语的新批评（New Criticism）；在德国，我们目睹了注重研究文学作品内在联系的文艺学（Literaturwissenschaft）；而法国则兴起了以结构主义为主流的新评论（Nouvelle Critique）。可以说，文学符号学运动全面展开，在短短10年中获得了很大发展。

作为塔尔图学派的代表，尤里·洛特曼（Juri Lotman）一方面继承俄国形式主义和布拉格学派精细分析文学文本的传统，另一方面又把符号自主性与符号意识形态的研究结合起来。他还利用当代系统科学成果，从整体上对文艺现象进行多角度的探讨，从而形成了一种恢宏的结构符号学，即"结构诗学"。洛特曼从符号学立场出发，把整个人类文化看作统一整体，而文学艺术则是社会信息代码系统的组成部分。据此，他便可以利用符号手段，进行多层次分析处理。在《艺术的文本结构》、《诗的文本结构》中，他开始把诗的文本看作一个多层系统，认为它由字词、图形、格律、音韵等因素组成，而文本就是通过这些因素之间的撞击和张力，不断产生新的含义。当然，文本意义不仅是内在的，它同时也存在于文本与更广泛的意义系统——例如与其他文本、与文学规则和标准以及整体社会——的联系之中。洛特曼的诗学观点从此对结构与后结构理论产生了重要影响。

当代法国不仅符号学运动发达，它同时也是文学批评理论最活跃的国家。众所周知，法国符号学具有极强的"文学性"色彩，而那里的符号学家，大多从事与文学密切相关的研究。反过来说，法国的一般符号学理论，主要也是按照文学符号学的策略加以拟定的，譬如巴特的符号学原理和文本写作理论、以格雷马斯（A. J. Greimas）为代表的一般叙事学理论，莫不如此。在他们手中，文学分析模型逐渐成为一般符号学分析的基础，而这种文学符号学策略又体现在他们所从事的不同学科研究特点上。其中颇具特色的有列维-斯特劳斯人类学中的文学式神话分析、热奈特与托多洛夫的文学修辞学研究、梅斯（C. Metz）以文学符号学为原型的电影符号学分析，以及克里斯蒂娃（Julia Kristeva）等人有关文化意识形态论中的文学式符号学分析。

概括地说，无论法国的一般符号学，还是文学、电影、人类学、哲学、史学等学科中的专门符号学，都在当代西方理论界引发了重要的认识论、方法论上的观念变化。事实上，当代法国符号学理论本身早已带有强烈鲜明的后结构主义色彩。它全力以赴，四面出击，无非是为了突破传统的静态符号学研究模式，转而突出并诠释人类文化符号系统的意义生成过程及其丰富多变的各种表意手段。

后结构主义语境下的符号学

自20世纪60年代以降，以索绪尔二元符号模式为基础的结构主义语言学思潮不断遭到德里达、巴特、克里斯蒂娃等法国批评家的强悍攻讦与尖锐挑战。后者屡屡强调语言符号的不确定性、文本意义的开放性以及符号系统自身的生产性。在此背景下，欧美学界逐渐流行起一种后结构主义符号学的研究趋势。

1966年，德里达在美国约翰·霍普金斯大学发表讲演，题为《人文科学话语中的结构、符号和游戏》，这个报告被后人视为后结构主义诞生的时代标记。嗣后，德里达又在《书写与差异》、《论文字学》等著作中申明并发挥了他的批评主张。在他看来，索绪尔的语言学原本是由一系列二元对立概念（语言与言语、内部与外部、声音与文字、能指与所指、共时与历时等）构成的，这证明，它是建立在言语系统研究基础之上的一种语音中心论，而此种中心论又与西方形而上学传统有着深刻的内在关系。德里达由此提出，这种语音中心论限制了文字学，更一般地说，它也限制了人文科学的发展。

毫无疑问，德里达的"文字学"，主要是针对索绪尔的符号学提出的。德里达把"文字"视为一种产生差别性的活动力量，它不仅包括我们通常所说的文字，还包括诸如绘画、雕塑、作曲、舞蹈设计等各类文化形式。德里达还试图用"字迹"（trace）概念，来代替索绪尔的符号。他声称，符号作为能指与所指的统一体，总是意味着一个确定所指，而字迹只是一道痕迹，它是可以被抹消或擦去的。字迹作为符号活动产物没有确定的所指和固定不移的意义，如此一来，它就能打破自然与制度、符号与象征、语言与言语、言语与文字之间的僵硬对立。为此，德里达强烈主张用文字学来代替符号学。他还认为，文字理论可以将符号学从语言学的统治下解放出来，从而也可以把我们的语言和符号研究从逻各斯中心论的形而上学统治下彻底解放出来。

同样，巴特也从消解索绪尔的符号理论入手。他指出，文本语言中的能指与所指并不构成索绪尔所谓完整而固定的符号，文本中的语词符号也不是明确固定的意义实体，而是一片"闪烁的能指星群"，它们可以相互指涉、交织、重叠。文本中出现的虽然只是有限的能指符号，它们却像水珠般折射出无边无际的能指大海。所以巴特说"文本无所谓构造"，"文本是能指的天地"。

巴特还把文本分为"可阅读文本"与"可写作文本"。他认为，前者中的能指与所指有着清晰的对应关系，其意义是确定的，具有以反映现实这样一种假定为先决条件；而后者要求关注文本语言本身的性质，它让能指自由发挥作用。对于这样的文本，读者不再是被动的消费者，而是主动的生产者。他们通过能指的自由活动透视文本中来自其他作品的影响（互文性），聆听不同信码的声音，从而参与写作，领略这种自由写作的乐趣。因此，巴特的文本与阅读理论，构成了对结构主义文论的否定与消解。

克里斯蒂娃在吸收巴特、德里达、阿尔都塞等人思想的基础上，提出"分析符号学"（sem-analysis）这一后结构主义批评方法。据她在《20世纪法国小说诗学》中所言，这不仅是一种语言学理论，而且是一种"批评科学"，或一种颠覆传统秩序的政治批评实践。这种批评的目的就在于分析"自斯多葛派以来、那种以主体与符号为内容的符号学运作基础，并且重新确定符号学研究方案。这种分析符号学，绝不满足于笛卡尔或知性行为对封闭体的描述，……它视表意实践为一种多元实践"。克里斯蒂娃坚决反对把文本作为一种静态符号系统来研究。她视文本为一种超语言（transliguistic）程序，一种动态生产过程。她反复指出，文本并非句子的静态结合物，也不是单纯的语言现象，而是一种在语言中被激发产生的"历史记忆"，是一种复杂的社会实践活动。另外，文本的构造也不是一个封闭的文学客体或美学客体。文学文本与社会历史并不构成部分与整体、再现与背景的二元对立关系。相反，它是由一个能指和所指的对立差异构成，并具有不确定指义关系的符号系统。

　　这样，文学便不再是一个需要用主体理性来穷尽的意义本体，而是一个意义不断产生且充满各种联系的动态过程。一切时空中的文本相互之间都有联系，它们彼此组成一个语言网络，即处于一种"互文性"（intertextuality）关系中。在《诗歌语言的革命》中，克里斯蒂娃针对诗歌文本作出更深入的研究。她认为，文学文本并不是一般文本的子系统，或偏离正常规范的文本群，而是具有"无穷代码"的文本。因此，符号学应研究意义的转换性生产。在她看来，文学文本是依赖能指的无限运动；在此无尽运动的含义上，她与德里达的解构理论保持一致，合力开放了文本隐含意义的无限可能。

　　由此可见，后结构主义符号学理论确是针对结构主义符号学的一种明显超越。首先，它突破了结构主义的静态研究模式，转而把文本看成一种生产力、一种意义生成过程。进而它把文学纳入与各种非文学话语以及文化符号的相互关联、彼此影响的综合研究之中。这一研究方向，一方面突出了文本意义生成中的生命活力，另一方面也大大拓展了文学研究的范围。同时必须提醒大家，这种后结构符号学理论，自身也难免浓厚的虚无和游戏色彩。

结　语

　　综上所述，在整个20世纪人文社会科学的发展进程中，符号学的地位举足轻重。作为典型的跨学科研究，符号学既是一门学问，又是一种方法论。它的内容遍及各个学科，其方法也来自各个学科。作为一门独立学科，符号学在其产生和发展过程中广泛吸收哲学、逻辑学、语言学、心理学、文化学、文学理论等的研究成果，并把这些杂乱学科知识集合在同一方法论框架中，把它们视为意义产生、传达与释义的不同表现。正因为如此，符号学的理论在各领域得到广泛应用，并促进了许多学科的发展。反过来看，各学科的进展又大大丰富了符号学内涵。以文学为例，现代形式主义文论、新康德主义象征美学、现象学与读者反映理论、精神分析理论等，无不扩大了符号学视野，并导致了某些符号学原理的提出或成形。

　　在现代文学理论范围内，符号学与结构主义往往被视为一对孪生兄弟。这是因为，它们都是索绪尔语言符号学的延伸应用。事实上，符号学是将结构主义思想方法运用于文本研究，而结构主义则是符号学世界的重要组成部分。在后结构主义语境中，具有解构色彩的符号学理论终于突破索绪尔的传统研究模式，转而关注符号系统的意义生成过程，并强调语言能指的不确定性以及文本的多元表意手段。在德里达、巴特、克里斯蒂娃等人的努力下，欧美学者按照各自的不同兴趣，进行彼此有异的思想解剖，进而展现出当代符号学不同的理论系统，表现了这一新兴领域的内容多样性。我们可以肯定地说，符号学作为一门学科，其理论派别复杂繁多。作为一种方法论，它对当今人文社会科学影响深远。

参考书目

1. Jacques Derrida, *Of Grammatology,* trans., Gayatri Spivake, Johns Hopkins UP, 1976.
2. Julia Kristeva, *Desire in Language,* trans., T. Gora, et al., Columbia UP, 1980.
3. —, *Language,* trans., Anne M. Menke, Columbia UP, 1989.
4. 艾柯：《符号学理论》，卢德平译，中国人民大学出版社，1990。
5. 巴尔特：《符号学原理》，王东亮等译，三联书店，1999。
6. 霍克斯：《结构主义和符号学》，瞿铁鹏译，上海译文出版社，1987。
7. 吉罗：《符号学概论》，怀宇译，四川人民出版社，1988。
8. 卡西尔：《人论》，甘阳译，上海译文出版社，1985。
9. 李幼蒸：《理论符号学导论》，社会科学文献出版社，1999。
10. 司格勒斯：《符号学与文学》，谭大立等译，春风文艺出版社，1988。
11. 索绪尔：《普通语言学教程》，高名凯译，商务印书馆，1985。
12. 赵毅衡：《文学符号学》，中国文联出版社，1990。

复调 周启超

略 说

"复调"（Polyphony）是巴赫金文论中最为核心的"关键词"之一。在巴赫金笔下，它们由隐喻增生为概念，由术语提升为范畴，其涵义在多重变奏中不断绵延而日益丰厚。它们既是指文学体裁，也是指艺术思维；既是指哲学理念，也是指人文精神。在巴赫金的话语中，"复调说"具有极大的思想容量与极强的理论辐射力。那么，"复调说"的思想原点在哪里？它们又是在什么样的历史语境中生成的呢？

综 述

巴赫金文论在语言学、符号学、美学、伦理学、社会学、哲学等诸多人文学科穿行，可谓博大精深。其博大，在于它的核心命题具有丰厚的内涵。其精深，在于它的基本术语具有多重意义。面对这样的博大与精深，我们不妨就从一些关涉核心命题的基本术语即所谓"关键词"切入。巴赫金著作中的"复调"与"对话"（dialogism），便是这样的关键词。它们深为巴赫金所钟爱，凝聚着巴赫金的学术理念，饱含着巴赫金的思想激情。

先看巴赫金的"复调"。在巴赫金笔下，这一术语具有多重涵义。在不同的界面它有不同的所指。在文学理论中，"复调"指的是小说结构上的一种特征，因此而有"复调型长篇小说"；在美学理论中，"复调"指的是艺术观照上的一种视界，因此而有"复调型艺术思维"；在哲学理论中，"复调"指的是拥有独立个性的不同主体之间"既不相融合也不相分割"而共同建构真理的一种状态，因此而有"复调性关系"；在文化学理论中，"复调"指的是拥有主体权利的不同个性以各自独立的声音平等对话，在互证互识互动互补之中共存共生的一种境界，或者说"和而不同"的一种理念，因此而有"复调性意识"。当然，在巴赫金笔下，"复调"首先是一个隐喻，是巴赫金从音乐理论中移植到文学理论中的一个术语。可见"复调"这一术语的意义涵纳，实际上是经历了从音乐形式到文学理论再到艺术思维直至文化理念这样一种垂向变奏，一种滚雪球式的扩展与绵延。在"复调"的诸多所指构成的一环套一环的意义链上，"小说体裁"这一环，显然是巴赫金"复调说"的思想原点。巴赫金首先用"复调"来建构他的小说体裁理论，用它来指称长篇小说的一种类型，具体说，就是指陀思妥耶夫斯基的长篇小说。巴赫金是在将陀思妥耶夫斯基首先看成一位语言艺术家，而对其叙事艺术形式加以深入解读的过程中，发现陀思妥耶夫斯基是"复调型长篇小说"的首创者，进而提出其新人耳目的"复调小说理论"的。那么，"复调小说理论"的基本要点是什么呢？让我们先听听巴赫金对他钟爱的这位大作家的解读，为此就要打开巴赫金的成名作。

从《陀思妥耶夫斯基诗学问题》谈起

巴赫金在论述陀思妥耶夫斯基的艺术个性时，几乎总是忘不了要使用"复调"这一隐喻，来阐述"复调性"这一概念。评论家注意到，这在他的两本专著，或者说，一本书的两个版本，即1929年问世的《陀思妥耶夫斯基创作问题》与1963年出版的《陀思妥耶夫斯基诗学问题》里使用过，阐述过；在他的一篇提纲，即《关于陀思妥耶夫斯基一书的修订》（1961）与两篇札记，即《语言学、语文学和其他人文学科中的文本问题》（1959—1961）和《1970—1971年笔记摘录》里使用过，阐述过。甚至在晚年接受波兰学者兹·波德古热茨的访谈时，巴赫金还专门发表了自己对陀思妥耶夫斯基小说的"复调性"的解读。而考虑到《陀思妥耶夫斯基创作问题》一书成稿于1922年、其写作当起始于陀思妥耶夫斯基百年诞辰之前这一史实，可以毫不夸张地指出，对陀思妥耶夫斯基的艺术个性的解读，对"复调性"的解说，贯穿了巴赫金长达半个世纪的整个学术生涯。"复调性"问题，可谓这位大学者的毕生至爱。巴赫金后来在不同场合下对"复调性"的解说，几乎是在重复他第一次界说"复调小说"这一概念时所指出的所有重要因素。在《陀思妥耶夫斯基诗学问题》里，巴赫金指出：

> 各自独立而不相融合的声音之众多，确实是陀思妥耶夫斯基长篇小说的基本特性。
>
> 恰恰是将那些拥有各自世界、彼此平等的众多意识，在这里组合成某种事件的整一，而相互间并不发生融合。
>
> 有着众多的各自独立而不相融合的声音和意识，由具有充分价值的不同声音组成的真正复调——这确实是陀思妥耶夫斯基长篇小说的基本特性。
>
> 复调的实质正在于，不同声音在这里仍保持各自的独立，作为独立的声音组合在一个统一体中，这已是比（同度齐唱的）主调音乐高出一层的统一体。如果非说个人意志不可，那么在复调中发生的正是好几种个人意志的组合，实现着对某一种个人意志之极限的根本性超越。或许也可以这么说：复调的艺术意志就在于将众多意志组合起来，在于形成事件。

不难看出，对陀思妥耶夫斯基小说艺术的解读，在巴赫金笔下简直转化成了一种音乐评论。巴赫金甚至将陀思妥耶夫斯基小说艺术与巴赫的赋格曲相类比：每一情节性旋律与其他旋律的关系都是相对自由而独立地展开着自己。巴赫金还引入

"对位"这一术语，经常作为"复调"的同义词，论述"小说上的对位"。巴赫金何以这样热衷于用音乐理论术语来隐喻其小说理论见解呢？巴赫金对此有过解释：找不到更为合适的表述，而小说艺术的建构超越通常的"独白型"所出现的那些新课题，正类似于在音乐中一旦走出单一声部的界面就会出现的那些新课题。"复调"与"对位"这样的形象正可以隐喻那些新课题。可见，巴赫金有意打通音乐与文学这两个不同艺术门类的发育机制。的确，巴赫金界说陀思妥耶夫斯基长篇小说的基本特性时所用的基本语汇，与音乐理论界说"复调"这一音乐形式时所用的基本语汇，构成了惊人的对应。在《音乐形式》（莫斯科，1967）这本教科书中，可以读到：

> 称之为复调或对位的，乃是这样的一种多声部，在那里诸声部是各自独立的并以其自身意义而具有同等价值，诸声部在旋律上保持各自独立地展开之同时，组合成一体。

然而，更为重要的还不是这些界说在术语上的对应，而是被界说的对象——这两个艺术门类之间在形式与结构上的对应。那么，陀思妥耶夫斯基小说艺术本身与复调音乐艺术本身是否真有这些对应？巴赫金的回答是肯定的：

> 陀思妥耶夫斯基恰似歌德的普罗米修斯，他创造出来的不是无声的奴隶（如宙斯的创造），而是自由的人；这自由的人能够同自己的创造者比肩而立，能够不同意创造者的意见，甚至能反抗他的意见。

换言之，陀思妥耶夫斯基小说中的人物是具有独立意识的主体，或具有主体意识的个性，是独立自主而有自己声音的活生生的人。

巴赫金认为，陀思妥耶夫斯基善于在同时共存、相互作用的关系中观照世界：

> 在别人只看到一种或千篇一律事物的地方，他却能看到众多而且丰富多彩的事物。别人只看到一种思想的地方，他却能发现、能感触到两种思想——一分为二。别人只看到一种品格的地方，他却从中揭示出另一种相反品格的存在。一切看来平常的东西，在他的世界里变得复杂了，有了多种成分。在每一种声音里，他能听出两个相互争论的声音；在每一个表情里，他能看出消沉的神情，并立刻准备变为另一种相反的表情。在每一个手势里，他同时能觉察到十足的信心和疑虑不决；在每个现象上，他能感知存在着深刻的双重性和多种含义。

这就是说，陀思妥耶夫斯基小说中，人物的主体意识世界丰富多彩，充满着矛盾两重性与内在对话性，其结构也似一种多声部。

巴赫金看到，陀思妥耶夫斯基小说中多种形态的对话，无论是发生于人物的主体意识之间的公开对话，还是展开于人物的主体意识内部的内心对话，抑或是作者与人物之间的对话，最终都体现于小说话语的结构，落实于人物言语的"双声语"结构。巴赫金指出，在陀思妥耶夫斯基的人物言语中，

> 明显占着优势的，是不同指向的双声语，尤其是形成内心对话关系的折射出来的他人言语，即暗辩体、带辩论色彩的自白体、隐蔽的对话语体。

双声语，既针对一般话语的言语对象，又针对别人的话语即他人言语而发。具有双重指向的双声语，使陀思妥耶夫斯基小说的对话对位艺术植根于小说话语这一微观层面。

可见，巴赫金由人物的主体性谈其独立性，由意识的流动性谈其多重性，由话语的双向性谈其对话性，这么一层一层地论证了陀思妥耶夫斯基小说艺术在结构上与复调音乐的对应。

后来，在《关于陀思妥耶夫斯基一书的修订》这篇提纲中，巴赫金以更为明晰的语言重申陀思妥耶夫斯基小说是复调小说这一定论。巴赫金强调，作为杰出的语言艺术家，陀思妥耶夫斯基有三大发现或三方面的艺术创新。其一是"创作出（确切地说是再造出）独立于自身之外的有生命的东西，他与这些再造的东西处于平等的地位。作者无力完成它们"；其二是发现了"如何描绘（确切地说是再现）自我发展的思想（与个人不可分割的思想）。思想成为艺术描绘的对象。思想不是从体系方面（哲学体系、科学体系），而是从人间事件方面揭示出来"；其三是发现了"在地位平等、价值相当的不同意识之间，对话性是它们相互作用的一种特殊形式"。这三种创新，是复调这一现象的不同侧面。这三大发现，均可以"复调性"来概括。

巴赫金的这种解读又有多少真理性呢？解读陀思妥耶夫斯基的著述可谓汗牛充栋，巴赫金的解读只是其中的一种。学界同行对巴赫金的"复调小说理论"是如何评价的呢？让我们听听。

对"复调小说理论"的反对与赞成

在《陀思妥耶夫斯基创作问题》问世后不久，卢纳察尔斯基就在《新世界》（1929年第10期）上发表了长篇书评《论陀思妥耶夫斯基的"多声部性"》。他对巴赫金将陀思妥耶夫斯基奉为复调小说的"鼻祖"持有异议，但对巴赫金的解读的成功之处却加以首肯。卢纳察尔斯基指出，巴赫金这本书中陈述的一个事实是有充分根据的，即"陀思妥耶夫斯基的小说实质上是创作出来的出色的众多对话"。卢纳察尔斯基认为：

> 巴赫金的成功之处，不仅在于他比迄今以前的任何人都要更加明晰地确立了陀思妥耶夫斯基小说中多声部性的重大意义，以及这一多声部性的

作用，多声部性是他的小说的一个最为重要的特点，而且还确定了每一种"声音"特别的自主性和充分价值，这在其他绝大多数作家那里是完全不可思议的，在陀思妥耶夫斯基那里这种特点可是完备得令人震惊。

1963年，《陀思妥耶夫斯基创作问题》的修订版《陀思妥耶夫斯基诗学问题》面世，轰动了苏联学术界与文学界，引起了广泛的讨论。很快，弗里德连杰尔在《俄罗斯文学》（1964年第2期）上发表述评文章《研究陀思妥耶夫斯基的若干新版书》，不同意将"复调"小说与"独白"小说截然对立起来的弗里德连杰尔也认为：

> 我们在阅读陀思妥耶夫斯基的小说时，耳畔响彻的不是一个人的声音，而是众多的形形色色的"声音"。在进行陈述的并非作者一个人的观点，而是整整一系列反抗性的现实观。

弗里德连杰尔看中的，是巴赫金将这种"多声部性"与陀思妥耶夫斯基小说的内部形式、与这些小说的审美本质本身联系在一起了，而强调这正是该书中最有价值的东西。

巴赫金的理论在法国的传播者与解说者，茨维坦·托多洛夫在其《批评的批评》（1985）一书中认为作者与人物"平等的观点在原则上就无法成立"，强调"陀思妥耶夫斯基是这些众多声音的唯一的创造者"。但托多洛夫也肯定了巴赫金对陀思妥耶夫斯基小说的"多声部性"特征的把握是一大发现。这位法国文论家也指出，陀思妥耶夫斯基笔下的人物"并没有化为唯一的意识（他本人的意识）"。托多洛夫写道，"的确，巴赫金发现了陀思妥耶夫斯基作品中的一个特点，但他的表达方法有误。陀思妥耶夫斯基的伟大之处在于同时在同一水平线上表现众多的意识，而且个个都栩栩如生"。巴赫金"那丰富且具特色的著作，是苏联人文科学方面任何成果所无法媲美的"。

我国著名文学理论家钱中文在《陀思妥耶夫斯基诗学问题》中译本（1988）前言中对巴赫金的"复调小说理论"作了生动而深刻的解说。钱中文指出：

> 主人公的自我意识的强调，横截面式的艺术描写，即我称做的共时艺术，以及复调性的对话的纷繁形式，形成了复调小说的真正的独特性，同时也是巴赫金的复调小说理论最精彩、最有价值之处。

多年潜心于陀思妥耶夫斯基艺术世界以及巴赫金文论的著名学者、北京大学资深教授彭克巽在《巴赫金的文艺美学》（1999）一文中对巴赫金的复调小说理论的要点作了十分精辟的评述。彭克巽指出："就文学创作的实际来说，纯然复调思维的小说并不多见，常见的倒是复调思维和独白主义思维的程度不同的混合。"但他也认为，"巴赫金提出独白主义和复调艺术思维是有创造性的，它有助于从一个新角度分析小说的结构特征"。

可见，学者们虽然对巴赫金的复调小说理论有着种种保留或争议，但对这一理论的核心，即复调式小说世界的"多声部性"、复调式叙事结构的"对话性"、复调式艺术思维的反"独白主义"精神，几乎予以一致的首肯。巴赫金用"复调"来隐喻陀思妥耶夫斯基的小说艺术（结构原则或结构特征），基本上是准确的。然而，"复调"在巴赫金笔下，不仅是对一个小说家艺术个性的隐喻，更是一种用来指称新的小说体裁的概念，一种用来指称新的思维类型的范畴。这新的小说体裁与新的思维类型，都是针对（同度齐唱的）主调音乐的"独白主义"而提出的。因而，要全面理解巴赫金的"复调"之所指，有必要先关注其对立面"独白"，关注这样一对相反相成的范畴。

"复调性"与"独白性"

巴赫金的"复调"究竟指的是什么？或者说，巴赫金的"复调性"基本内涵是什么？在回答这个问题之前，我们不妨先面对另一个问题：巴赫金的"复调性"的对立面，即"独白性"的所指是什么？

在巴赫金笔下，与"复调性"构成反义词的乃是"独白性"。在《陀思妥耶夫斯基创作问题》与《陀思妥耶夫斯基诗学问题》这两本书中，"独白性"的同义词为"（同度齐唱的）主调音乐"。巴赫金对"独白性"的阐述，立足于他对长篇小说体裁发育的历史检阅，立足于他对"独白型"长篇小说的局限性的分析。巴赫金将陀思妥耶夫斯基之前所有语言艺术创作，尤其是欧洲与俄国的长篇小说归结为"独白型"。在这种类型的小说中，占主导地位的是作者一人的意识，小说的艺术世界完全由作者一人的意志所主宰。在这种类型的小说中，可以清晰地听出主导性旋律，与之伴随的均是对这主调的附和与唱和。作者在这里以"包罗万象和全知全能的视野"描写人物，人物完全受制于作者，体现着作者的意图，作者的声音淹没人物的声音。作品中即便有人物的对话，但这种对话关系也完全被小说作者本人终结性的声音所取代。这类小说只有作者声音是独立的、具有充足价值的，而其他人物声音则没有这样的地位，只是屈从于作者声音的，以巴赫金之见，它们便是（同度齐唱的）主调音乐式的"独白主义"小说，或"独白型"小说。

小说体裁这种类型的发育，是与艺术思维方式上"独白性"的盛行密切相关的。巴赫金认为，小说家的审美视界长期受制于单一调的思维模式。欧洲小说的盛行，起始于理性主义、启蒙主义成为时代精神的17、18世纪，起始于单一调思维占统治地位的时期：

> 独白主义原则的巩固以及它对一切意识形态生活的渗透，是由崇拜单

一和唯一的理智的欧洲理性主义所促进的，特别是由启蒙主义时代所促进的，那时形成了欧洲艺术散文的几种主要的体裁形式。

一旦那种对单一和唯一的理智之绝对的信任成为小说家们的世界观，小说中出现的多种声音便都要受到作者独白主义声音的制约，都要聚拢于那由作者独断独裁的"话语中心"。于是，作者在这里犹如《旧约》中的耶和华；人物在这里简直成了可任意塑造的沉默的材料；作品在这里是以单个观念为轴心以单个主题为基础的统一体；读者在这里看到的是那种"在作者统一的意识支配下层层展开"，由"众多性格和命运构成的""统一的客观世界"。这样的小说，就是巴赫金所说的"独白型"小说。其"独白性"，体现在作者与人物之间不平等的关系上，体现于作者之造物主般的塑造性格终结形象的艺术立场上，体现于人物完全成为作者意识中的客体这一艺术功能上。换言之，作者声音的高度权威化、作者意志的高度绝对化，与人物主体性的失落、人物向无生命之物的降格，可谓"独白型"小说的基本表征。

"复调性"要突破的，正是作者与人物之间的关系上这种不平等的格局；"复调性"要颠覆的，正是这种由作者意志独断独裁的"独白主义"取向。

巴赫金对"复调性"的阐述，是建立在与"独白型"小说相对的"复调型"小说特征上的。这种小说中的人物不仅是作者意识中的客体，同时也是"直抒己见的主体"：

> 人物的意识，在这里被当作另一个人的意识；可同时它却并没有对象化，并不囿于自身，并未变成作者意识的单纯客体。

也就是说，作者将人物本有的主体性还给人物，人物与作者一样具有独立自主的主体地位。相对于"独白型"小说，人物的艺术功能在"复调型"小说中得到了"提升"，而作者在"独白型"小说中独断独裁的意志，在这里则受到"节制"：

> 作者不把人物的任何本质裁定，不把任何特征，任何一个特点留给自己，即只放在自己的视野中；相反，他把这一切放进人物自身的视野中，抛进他的自我意识的坩锅中。

也就是说，在"复调型"小说中，人物及其生活、周围世界不再只是处于作者唯一的视点上，而是同时也成为"人物自身进行反射的客体"。经过这样对人物功能的"提升"与作者意志的"节制"，"复调型"小说中人物的意识便具有与作者意识并列的权利和平等地位。

人物的意识与作者意识相并列的格局，正是突破"独白性"形成"复调性"的条件。"复调型"小说的主旨不在于展开故事情节、性格命运，而在于展现那些拥有各自世界、有着同等价值、具有平等地位的各种不同的独立意识。"复调型"小说所追求的是把人和人（作者和人物）、意识和意识放在同一个平面上，展示世界是许多具有活生生的思想感情的人在观察和活动的舞台，是众多个性鲜明的独立自主的声音在交流和争鸣的舞台。那么，在这种人物与作者平起平坐的新格局中，在人物的意识与作者的意识一样都自成权威，因而作者的统一意识便无从谈起的新状态中，各具独立性的意识之间又如何交流？各具主体性的声音之间又如何争鸣？依巴赫金之见，这就是意识之间的"对位"，声音之间的"对话"。人物的意识与作者意识在同一个平面相并列，实际上就为意识之间的"对位"提供了保障。"复调型"小说，也就是不再由作者的统一意识所管制、各具独立性的意识相并列、各具主体性的声音相争鸣的"对位"小说，"对话"小说。

在这种小说中，作者与人物之间、人物与人物之间是"严格实行和贯彻始终的对话性"关系。对作者来说，人物不是第三者的"他"，更不是"我"，而是作为对话伙伴的"你"。人物不再是由作者的艺术观照给予完形的客体，不再是宙斯所创造的无声的奴隶，而是具有独立性、主体性，因而也有创造性，有自己的意识和自己的声音的自由人，是有意志有能力与其创作者比肩而立互动共存的活生生的人。对人物而言，作者的干预降至最低限度。作者的位置在哪里？作者不是在笔下人物之上，像福楼拜在《包法利夫人》中那样；不是在笔下人物之下，像果戈理在《死魂灵》中那样；不是在笔下人物的身旁，像萨克雷在《名利场》中那样。作者应放弃他那种君临万物之上的、《旧约》中耶和华似的特权，而降身于他的被创造者之中，就像《卡拉马佐夫兄弟》中的基督那样，以自己的沉默促使他人去行使其自由。作者应当如同陀思妥耶夫斯基那样，占据那种巴赫金称为"超位"的位置。正是这一位置，保障作者对人物的对话性艺术立场、对话性审美姿态。作者意志的这种"节制"，并不意味着作者由积极变成消极甚至放弃自己的意志，不去表现自己的意识。"作者并非仅仅汇集他人的观点，而完全否弃自己的观点"，而是"在特定的方向上""不同寻常地扩大、深化和重建"自己的意识，"好让它能涵纳具有同等权利的诸多他人意识"。作者不仅从内部，即从"自己眼中之我"，同时也从外部，即从他人的角度之"他人眼中之我"，进行双向的艺术思考，使人物不被物化。作者意识与人物意识一样都处在运动之中，处于不断建构之中，处于开放的对话之中，一样是未完结而不断丰富的，未确定而有待充实的形象。而"复调型"小说正是内在于若干各自独立但彼此对立的意识或声音之对话关系中互动共生的统一体。"复调型"小说的艺术世界就是"多样性的精神之间以艺术手法加以组织的共存共在和交流互动"，复调世界就是多种声音平等对话的世界。

可见，巴赫金的"复调性"的核心语义乃是"对话性"。巴赫金所谓的"复调"，可以说就是与"独白性"针锋相对的"对话性"的艺术思维的别称。"对话性"作为一种新的艺术思维方式，全面地革新作者的艺术立场、人物的艺术功能与作品的结构范式。这种确认笔下人物也具有主体性而恪守"超位"的作者立场，这种获得内在自由具有独立意识因而能与他人（作者与其他人物）平等"对话"

的人物功能，这种以作者与人物、人物与人物这些不同主体之间不同声音的并列"对位"而建构的作品范式，充分地体现了"复调性"对"独白性"艺术思维方式的突破与超越。巴赫金很推重这一突破与超越，甚至把艺术思维的这一变革比喻为"小规模的哥白尼式的转折"。

"小规模的哥白尼式的转折"

当巴赫金将"复调性"艺术思维对"独白性"艺术思维的突破，与哥白尼的"日心说"宇宙观对"地心说"宇宙观的突破相提并论时，"复调性"这个概念的所指便升级了："复调性"不仅指称一种艺术思维方式，更是指称一种哲学理念乃至一种人文精神。"日心说"使地球移出其宇宙中心的"定位"，天文学家由此而得以进入宇宙复杂的交流互动实况的重新观察；"复调性"使作者迁出其作品世界话语中心的"定位"，文学家由此而得以进入对生活本相，对"内在于若干各自独立但彼此对立的意识或声音之对话关系中互动共生的统一体"作生动而真实的艺术描写；"复调性"更可以引导思想家由此而得以进入对自我意识如何运作于文学世界以外的人际交往活动的重新理解，对主体间的交往机制乃至真理的建构机制、意义的生成机制等一系列关涉哲学、社会学、美学、伦理学、语言学、符号学、人类学、文化学等重大命题的重新思考。"复调性"作为一种哲学理念乃至一种人文精神，在现代人文学科诸领域引发的变革，用"小规模的哥白尼式的转折"来比喻，实不为过。尊重他人的主体性，确认交流中的多声部性，倡导彼此平等的对位对话与共存共生，这些"复调性"的基本元素的思想原子能量，确实难以估量。

"复调性"作为哲学理念，其精髓乃是"不同主体间意识互动互识的对话性"，其根源乃是"人类生活本身的对话性"。巴赫金从"复调性"与"对话性"出发，考察作为主体的人相互依存的方式，考察两个个体的相互交往关系，进入他那独具一格的哲学人类学建构。他谈的是文艺学问题，实际上阐发的却是哲学思想。巴赫金的文学理论已然溢出其传统的界面。譬如说，"复调性"艺术思维要求不同的意识保持对位状态，巴赫金便以此为思想原点，论述人的存在问题。当人物与作者平起平坐，人物的意识与作者的意识并列对位，就构成存在的事件，就形成一种交往。"存在就意味着进行对话性的交往"，"两个声音才是生命的最低条件，生存的最低条件……"巴赫金的文论也不仅仅向美学延伸，譬如说，他论述两个不同主体各自独立的意识"既不相融合也不相分割"，才构成审美事件；两种意识一旦重合，就会成为伦理事件；一个主体意识面对一个客体时，只能构成认识事件；而当另一个意识是包容一切的上帝意识的时候，便出现了宗教事件。在这个意义上，就可以理解巴赫金本人用来描述他一生的活动时所用的术语并不是"文学理论"，而是"哲学人类学"。在这个意义上，就可以理解虽然一生以文学教学与研究为日常的职业，巴赫金却要人家注意到他"不是文艺学家"，而是"哲学家"。

巴赫金的文艺学研究，的确是以深厚的哲学思想为底蕴为支点。艺术思维方式层面的"复调性"与"对话性"，是建立于巴赫金关于真理的建构机制、意义的生成机制等伦理哲学与语言哲学之上的。巴赫金文论中的"对话性"，植根于他那伦理哲学的本体论。巴赫金认为，真理并不存在于那外在于主体的客体，也不存在于那失落了个性的思想之中。真理不在我手中，不在你手中，也不在我们之外。真理在我们之间，它是作为我们对话性的接触而释放的火花而诞生的。巴赫金甚至坚持，创作过程即主体间对话过程，意义只能在对话中产生。在这个意义上，可以说小说结构与艺术思维中的"复调性"，乃源生于巴赫金的"大对话哲学"。对于"大对话哲学"，"复调说"只不过是一种局部的、应用性的变体。

结　语

巴赫金的"复调说"本身也是"大对话"的产物，它孕生于20世纪20年代巴赫金向苏联文艺学界两大显学——偏执于文学的意识形态内涵之"解译"的社会学文艺学与偏执于文学的语言艺术形态之"解析"的形式论文艺学——的双向挑战，或曰"左右开弓"。巴赫金看出了弗里契、彼列韦尔泽夫及其弟子们"一律以文学之外的要素来解释文学现象"的"可悲倾向"，看出了将拉斯科尔尼科夫或伊凡·卡拉马佐夫与陀思妥耶夫斯基本人完全等同的荒唐，看出了什克洛夫斯基及其同道们执迷于艺术创作技巧的局限，也看出了将诗学束缚在语言学之中而陷入"材料美学"的危险。

巴赫金批判地吸纳了社会学文艺学与形式论文艺学的积极成果，主张"从文学内部去阐述文学的社会特性"，从话语内在的对话本质、从话语创作总体上的对话品格切入文艺学研究，这一路径，对于20世纪20年代苏联文艺学两大研究范式的偏颇，无疑是一有力的校正。然而，巴赫金的"复调说"所挑战的对象，远非在文艺学这一界面。"复调说"的核心语义，即"多声部性"，诸种声音"既不相融合也不可分割"，各自独立而又彼此相关，在对位对话中并存共生，等等，都是一些意蕴丰厚的隐喻，可以指涉人文学科的诸多领域。在不同界面，"复调说"的思想能量是不一样的。如果说，在小说体裁上，学界对"复调小说理论"仍有争议（譬如说，陀思妥耶夫斯基是否就是"复调型"小说的首创者，或者，"复调型"小说是否一定优于"独白型"小说而最终将它取代），那么，在艺术思维上、哲学理念上，甚或人文精神上的"复调性"，显然已在学界对巴赫金的一次又一次的"发现"中得到了普遍肯定。历史的曲折表明，多讲一点"复调性"，少来一点"独白性"，对于保障文论建设乃至整个人文学科探索在健康的氛围中进行，乃是十分必要的。真正富有成效的学术"对话"的前提之一，就是具备了"复调性"

气质，或者说具有"复调性"意识，而追求"复调性"境界的不同主体。可见，巴赫金的"复调"作为一个术语其涵纳甚丰，我们要悉心听取它在不同语境中的不同含义。巴赫金本人也一再提醒人们，"不要忘记这一术语的隐喻性出身"。也正是这一隐喻性，滋生了"复调说"所指的丰富性。

参考书目

1. C. Emerson, ed., *Critical Essays on Mikhail Bakhtin*, GK Hall & Co., 1999.
2. Caryl Emerson, *The First Hundred Years of Mikhail Bakhtin*, Princeton UP, 1997.
3. 巴赫金：《陀思妥耶夫斯基诗学问题》，白春仁等译，三联书店，1988。
4. 克拉克等：《米哈伊尔·巴赫金》，语冰译，裴济校，中国人民大学出版社，1992。
5. 孔金等：《巴赫金传》，张杰等译，东方出版中心，2000。
6. 彭克巽主编：《苏联文艺学学派》，北京大学出版社，1999。
7. 钱中文主编：《巴赫金著作系列》六卷本，白春仁等译，河北教育出版社，1998。
8. 钱中文：《文学理论：走向交往对话的时代》，北京大学出版社，1999。
9. 托多洛夫：《巴赫金、对话理论及其他》，蒋子华等译，百花文艺出版社，2001。
10. 托多洛夫：《批评的批评》，王东亮等译，三联书店，1988。

含混 殷企平

略 说

"含混"（Ambiguity）一词源于拉丁文 ambiguitas，其原意为"双管齐下"（acting both ways）或"更易"（shifting）。自从英国批评家威廉·燕卜荪（William Empson, 1906—1984）的名著《七种类型的含混》问世以来，含混成了西方文论的重要术语之一。它既被用来表示一种文学创作的策略，又被用来指涉一种复杂的文学现象；既可以表示作者故意或无意造成的歧义，又可以表示读者心中的困惑（主要是语义、语法和逻辑等方面的困惑）。含混不仅是新批评派手中不可或缺的法宝，而且跟后现代主义文论中的"不确定性"这一理论概念有着千丝万缕的联系。

综 述

"含混"一词的普通用法往往带有贬义，它多指风格上的一种瑕疵，即在本该简洁明了的地方显得晦涩艰深，甚至含糊不清。经燕卜荪之手，它从遭人嫌的灰姑娘一跃而为备受青睐的王妃，一时间成了文学批评家们所簇拥的对象。作为一般的文学批评术语，含混通常带有褒义：它显示了一个诗人或其他文学体裁作者高超的技艺，即巧妙地运用单个词语或措辞来指涉两个或两个以上有差异的物体，或者表示两种或两种以上不同的态度、立场、思想或情感。当然，燕卜荪所说的含混远远超出了上述含义，他所做的工作的意义也远远超出了对含混类型的划分。假如没有燕卜荪及其对含混的研究，20世纪上半叶蔚为壮观的新批评运动本来会大为逊色。虽然人们通常把理查兹和艾略特称作新批评的首要代表人物，但是燕卜荪和他的含混实际上在新批评运动中有着举足轻重的地位，这一点曾经被周珏良先生道破："燕卜荪的分析方法……对于新批评派之注重对文本的细读和对语言特别是诗的语言的分析，可以说起了启蒙的作用。"（王佐良等：303）

以燕卜荪为代表人物之一的新批评是在对传统文学批评的挑战中崛起的。20世纪初之前的文学批评大都以实证主义理论或浪漫主义的表现论为基石，前者把文学作为历史文献来研究，而后者则把研究的重心放在了作者的生平和心理上面。新批评针对传统批评忽视文学作品本身独特的审美价值这一缺陷，"在理论上把作品文本视为批评的出发点和归宿，认为文学研究的对象只应当是诗的'本体即诗的存在的现实'。这种把作品看成独立存在的实体的文学本体论，可以说就是新批评最根本的特点"。（张隆溪：39—40）至于新批评的一般原则，特伦斯·霍克斯曾经作过如下简要的归纳：

> 它［新批评］提出，艺术作品，特别是文学的艺术作品应被看作是自主的，因而不应当参照作品的外在的标准或考虑来评判它。它只保证对自己细致入微的检查。与其说诗歌是由一系列关于外在"现实"世界的可供参考和可以证实的陈述组成，不如说它是以词语形式表现或精心组织一系列复杂的经验。批评家的目标就是追求那种复杂性。它服从封闭式的分析性阅读，不参照任何公认的"方法"或"体系"，不汲取作品之外的任何信息，不论它是传记的、社会的、心理的抑或历史的。（霍克斯：157）

对复杂性的追求最终要落实到对文字的推敲，正是在这方面燕卜荪以他的含混研究开出了一条新路。下面就让我们以燕卜荪的具体工作为出发点，沿着含混的轨迹作一次旅行。

"含混"的含混

如果说世上的许多概念都是含混的，那么含混这一概念就更加含混了。燕卜荪当年挑选含混作为自己的研究课题，这本身就显示了不小的学术勇气。

一些中外学者在评点《七种类型的含混》一书时，往往把其中的某一段话拣出来，说是燕卜荪给含混所下的定义。事实上，燕卜荪并没有明确地给出关于含混整体概念的定义，而是在给含混分门别类时才使用了"定义"（definition）一词。确实，燕卜荪在开篇处提议把含混一词的意义扩大引申，并强调字面意义的任何细微差异都跟他的主题有关，前提是这种差异"为同样的言语提供了意义变通的余地"。（Empson：1）然而，这样的表述似乎还不足以作为含混的定义。书中的另一段话倒更像是一个定义：

> "含混"本身既可以指我们在追究意义时举棋不定的状态，又可以指同时表示多个事物的意图，也可以指两种意思要么二者必居其一，要么两者皆可的可能性，还可以指某种表述有多种意思的事实。（Empson：5—6）

燕卜荪这里列举了含混意义的多种可能性，但是他远未穷尽含混意义的可能性。不无趣味的是，这段话中的"可以指"一词可以被视为作者本人"含混心态"的绝妙写照。

《七种类型的含混》1947年再版中的第一个注释颇耐人寻味："什么是'含混'的最佳定义（手头上的例子是否应该被称为含混）？这一问题在全书的所有环节都会冒出来，让人始料不及。"也就是说，燕卜荪承认他自始至终都没有圆满地解决含混的定义问题。更令人回味的是，燕卜荪还在开篇不久后坦言自己"将经常利用'含混'的含混",以"避免引起与交流不相干的问题"。言外之意:假如要一味地追求含混的精确定义,反而会适得其反;不如还含混以本真状态,反倒能够顺藤摸瓜,逐个体悟其中的奥妙。

事实上,燕卜荪对个案研究的重视超过了他对理论概括的重视。他认为文学批评首先应该给人带来满足感,而这种满足感的第一要素与其说是作品印证了某某理论,不如说是找到了一种对作品的感觉。当然,就含混理论而言,燕卜荪居功至伟,但是他十分忌讳在理论领域里高驰而不顾,始终保持着对抽象理论的警惕性。他一方面不失时机地对含混现象进行理论梳理,一方面又时时提醒我们过于宽泛的理论免不了会捉襟见肘,这也是他一直在含混的总体定义问题上慎之又慎的原因。

虽然下定义十分困难,但是这并不意味着燕卜荪在总体思路上缺乏任何基本准则。他对含混的所有探索都基于两个鲜明的观点:其一,含混存在与否取决于读者是否产生了困惑。以双关语为例,假如一个作者用了双关语,但是他的实际用意一看/听便知,那么这双关语还不属于含混的范畴;只有当读者不明白(至少是一时不明白)作者究竟取双关语中的哪一层意思时,这双关语才进入了含混的范畴。其二,语言文字的意义往往比乍一看去要复杂得多;一个词语的外延至少跟它的内涵同样丰富,而且在内涵与外延之间经常存在着逻辑上的冲突。了解了这两条基本准则,即使含混再含混,我们也算摸到了它的脉搏。

含混的类型

根据词语内涵与外延在逻辑上混乱的程度轻重,燕卜荪把含混分成了以下七大类型:

1. 参照系的含混(ambiguity of reference)

这一类含混表示某一个细节同时在好几个方面发挥效力,亦即在好几个参照系里产生作用。燕卜荪所给的众多例子中要数关于莎剧《李尔王》中的那一段最能够说明问题:

Kent　This is nothing, fool.

Fool　Then 'tis like the breath of an unfee'd lawyer, you gave me nothing for't. Can you make no use of nothing, nuncle?

Lear　Why no, Boy. Nothing can be made out of nothing.

Fool　(to Kent) Prithee, tell him so much the rent of his land comes to. He will not believe a Fool.

肯特　傻瓜,这些话一点意思也没有。

弄人　那么正像拿不到讼费的律师一样,我的话都白说了。老伯伯,你不能从没有意思的中间,探求出一点意思来吗?

> 李尔　啊，不，孩子；垃圾里是淘不出金子来的。
> 弄人　（向肯特）请你告诉他，他有那么多的土地，也就成为一堆垃圾了；他不肯相信一个傻瓜嘴里的话。（朱生豪译）

燕卜荪指出，如果孤立地看，以上细节仅仅传达了李尔王那痛苦的失落感，以及弄人的唠叨；但是上引细节应该跟当初李尔王对女儿科迪利娅的苛刻放在一起考察。科迪利娅拒绝用甜言蜜语来换取父亲的恩赐，而是直言自己"没有话说"，这引出了李尔王下面的一句话：

> *Lear*　Nothing will come of nothing, speak again.
> 李尔　没有只能换到没有；重新说过。

由于多了后面这一参照系，nothing（没有）一词的意义陡然增殖：李尔王对弄人的一席话其实是百感交集的产物，其意思除了前面提到的之外还至少有四。其一，李尔王终于意识到科迪利娅当初"没有话说"是对的。其二，当初李尔王指望科迪利娅乞讨爱怜，然而真正需要乞讨爱怜的是他自己。其三，李尔王此时已经丧失了一切。其四，从本质上讲，李尔王是一无所有，因而任何从他那里得到什么的企图犹如从垃圾里淘金，最终将一无所得——他的另外两个女儿戈纳瑞和里甘虽然曾一时得逞，但是最终却赔上了性命。这一例子还体现了贯穿于《七种类型的含混》全书的一个观点：对含混的充分理解有赖于对上下文或语境（context）的全面把握。

2. 所指含混（ambiguity of referent）

用燕卜荪的原话说："当两个或两个以上的意义合而为一的时候，词义或句法上的含混就产生了。"（Empson：48）下面是莎剧《麦克白》中的一个经典例子：

> If it were done, when 'tis done, then 'twere well
> It were done quickly; If the' Assassination
> Could trammel up the Consequence, and catch
> With his surcease, Success; that but...
>
> 麦克白要是干完了以后就完了，那么还是快一点干；要是凭着暗杀的手段，可以攫取美满的结果，又可以排除了一切后患；要是……

这一段独白表现麦克白在谋杀国王邓肯之前的矛盾心态，其复杂含义照常理会占用更多的句子和词语，但是此处却被浓缩在了一起。就句法而论，引文采用了"双重句法"（double syntax）形式——本来在 If it were done, when 'tis done, then 'twere well/It were done quickly 后面应当画上句号，并另起一句。就词法而论，许多意思被糅进了单个词语。例如，consequence 一词既包含译文中的"结果"的意思，又暗含"登上王位"的意思——英语中有 a person of consequence（要人）的用法，而国王则是要人中的要人。trammel 同时有"用网捕鸟"、"用绳拴马腿"、

"用钩子钩锅"以及"用杠杆推动轨道上的台车"等多层含义，用它来跟 consequence 搭配能够引发关于麦克白僭位手段方面的丰富联想。surcease 有"干完"的意思，也有"终止诉讼"或"推翻判决"的意思，这就暗喻了麦克白正在接受道德法庭的审判这一事实。燕卜荪还敏锐地指出，surcease 一词可以被看作 surfeit（过度；过量）和 decease（死亡）这两个词的浓缩形式，(Empson：50)因而包含了麦克白贪心过度、邓肯将被杀死以及麦克白自己最终将走向灭亡等多层意思。引文中的另一些词语，如 assassination、success、catch 和 his 等，也都凝聚着多种含义。阅读以这类含混为特征的文本，即便读上几十遍，也不可能同时记住短短几行的蕴涵，这恰恰构成了一种独特的魅力。

3. 意味含混（ambiguity of sense）

"当所说的内容有效地指涉好几种不同的话题、好几种话语体系、好几种判断模式或情感模式时，第三类含混就产生了。"（Empson：111）这类含混跟前两类的最主要的区别在于它有一个后者所没有的前提，即同时出现的几种意义明显地不相关联，甚至互相抵触。属于这类含混的有双关语（puns）、暗喻（allusions）和讽寓（allegories），其中双关语和暗喻大多着眼于局部范围，而讽寓则大多以全部作品为范围。限于篇幅，让我们只选择一个简单明了的例子。燕卜荪对弥尔顿的如下诗行赞不绝口：

That specious monster, my accomplished snare.
那美丽而奸佞的妖怪，给我设下了高明的圈套。（笔者译）

这一行诗描写的是出卖参孙（Samson）的迪莉拉（Delilah）。燕卜荪指出，specious 一词既有"美丽的"意思，又有"奸佞的"意思；同样，accomplished 一词也有两层意思：它既指迪莉拉极尽了阿谀奉承之能事，又指她陷害丈夫的阴谋得逞。在燕卜荪看来，specious 和 accomplished 是把两种大相径庭的意思巧妙地纳入一个单词的典范。它们分别提供了两种信息，分别属于叙述的两个部分。换言之，在原本需要两个单词的地方，弥尔顿只用了一个单词，并且不但没有使意义受损，而且还增添了无穷的趣味。这样的含混，堪称鬼斧神工之笔。

4. 意图含混（ambiguity of intent）

燕卜荪为第四类含混下了这样的定义："当某一表述中的两个或更多的意义之间发生龃龉，但是其合力却昭示了作者的矛盾心态时，第四类含混就产生了。"（Empson：133）这类含混的产生有三个前提：一是作者自己举棋不定；二是所表述的多层意义彼此不合；三是虽然这些不同的意义永远无法达到水乳交融的境界，但是它们那含混的并存却有一个不含混的功能，即明白无误地揭示了作者意图所处的模糊状态。英国玄学派诗人约翰·多恩（John Donne, 1573—1631）的名诗《告别辞：关于哭泣》（"A Valediction, of Weeping"）中 Weep me not dead 一语可以被看作这方面的一个典型例子。它至少有以下四种解读：（1）不要让我哭死过去；（2）不要用你的眼泪使我悲痛得身亡；（3）不要哭得好像我已经死了那样，其实我还好好地躺在你的怀抱里（英语原文后面紧跟着短语 in thine arms）；（4）不要对大海施展你的魔力，以致它用泪水般海浪把我淹死。需要特别指出的是，燕卜荪在分析这类含混时，与其说是抱着褒奖有关作家的目的，不如说是探索能够用来证明有关作家创作意图混乱的方法。从这一意义上说，第四类含混说的是作者的意图，但是燕卜荪真正关心的对象是读者——为他们提供解读作者意图的钥匙。

5. 过渡式含混（ambiguity of transition）

燕卜荪把这一类含混称作"吉利的困惑"。之所以吉利，是因为它的产生标志着新的发现："当作者在写作过程中发现了新的想法，或者说作者没有把这种想法封闭起来时，第五类含混就产生了。"跟第四类含混相似的是，文本中的某个比喻也有模棱两可的特征；不同的是，第五类含混指作者一开始并没有发现所用比喻同时还可以形容文本中的第二种事物。燕卜荪举了莎剧《一报还一报》中的一例：

> Our Natures do pursue
> Like Rats that ravyn downe their proper Bane
> A thirsty evil, and when we drinke we die.
> 正像饥不择食的饿鼠吞咽毒饵一样，人为了满足他的天性中的欲念，也会
> 饮鸩止渴，送了自己的性命。

按照燕卜荪的理解，莎士比亚最初选用 proper 一词时只是取其"对老鼠颇为合适"一义，但是在行文过程中发现该词的另外一个意思——"正确而自然的"（这一意义原本跟诗句无关）——跟人的贪欲正好吻合：欲念来自天性，因而是自然的；老天惩罚纵欲过度的人则是正确的。proper 还跟人类因亚当和夏娃偷吃禁果而遭天谴这一典故十分贴切。总之，用 proper 跟 Bane 搭配可谓一箭双雕：proper Bane 既形容杀鼠的毒饵，又比喻害人的毒鸩。这后一种寓意的获得是从前一种寓意过渡而来的，所以燕卜荪把整个情形称为过渡式含混。这种意外的双重效果其实有一个先决条件，即所用比喻本身本来跟两个被形容的事物之间都没有明显的联系（proper Bane 的原义分别跟毒饵和毒鸩都有一定的距离）。也正是有了距离，才使得从一个寓意到另一个寓意的过渡成为可能。

6. 矛盾式含混（ambiguity of contradiction）

第六类含混跟第五类最大的区别是它不像后者那样"吉利"。也就是说，第六类中的作者未能像第五类中的作者那样幸运地迎来令人欣喜的发现，而是自始至终解决不了因同义反复或牛头不对马嘴而引起的矛盾。事实上，最倒霉的要数读者：

此时的他/她不得不捏造出一些理由，以解释文本中的矛盾。不难看出，第六类含混跟第四类（意图含混）有相当大的重合之处，不过第四类的标准主要侧重于心理（作者的意图），而第六类的标准则更注重文字本身。就第四类而言，读者可以通过含混的合力来解释作者意图的混沌状态，因而至少可以在总体上得到一个较为圆满的解释。相形之下，读者在处理第六类含混时就不那么走运，他/她必须依靠"含糊其词的表述模式"。换言之，读者此时只能仰仗含混来解释含混。《奥瑟罗》中一段独白就是一个典型的例子：

> It is the Cause, it is the Cause (my Soule),
> Let me not name it to you, you chaste Starres,
> It is the Cause. Yet Ile not shed her blood,
> Nor scarre that whiter skin of hers, then Snow,
> And smooth as Monumentall Alabaster:
> 只是为了这一个原因，只是为了这一个原因，我的灵魂！纯洁的星星啊，
> 不要让我向你们说出它的名字！只是为了这一个原因……可是我不愿溅她
> 的血，也不愿毁伤她那比白雪更皎洁、比石膏更腻滑的肤肌。

这是奥瑟罗对苔丝狄蒙娜动了杀机之后的一段独白。它的首句（也是第五幕第二场的首句）中"只是为了这一个原因"一语令人困惑不解："这一个"是什么东西的"原因"？究竟是什么引起了奥瑟罗脑海中的轩然大波？人们可以拿出种种具有可能性的解释，燕卜荪在书中也作了许多不同的推测，同时表明他自己最倾向于把"血"（溅苔丝狄蒙娜的血这一决定）视为奥瑟罗情感波动的原因，但是他又坦言这毕竟是猜测而已。在这一类含混面前，读者（包括燕卜荪这样的批评家）最多的感受恐怕是无奈。

7. 意义含混（ambiguity of meaning）

这类含混的先决条件是所选单词本身就含有两个截然相反的语义，如 let 一词既可以表示 allow（允许），又可以表示 hinder（阻碍），二者在意义上完全对立。又如，cleave 既有 split asunder（劈开）的意思，又有 stick fast to（黏合）或 embrace（拥抱）的意思。这种词义上潜在的对立往往会把文本意义上的矛盾推向极致。《一报还一报》中克劳狄奥关于他姐姐依莎贝拉的评论可以作为一例：

> In her youth
> There is a prone and speechless dialect
> Such as move men.
> 在她的青春的魅力里，有一种无言的辩才可以使男子为之心动。

引文中 prone 和 speechless 二词都孕育着互相对峙的内涵。prone 一方面有"积极

的"、"倾向于"等含义,另一方面有"消极的"和"平躺着"等含义。speechless既可作"害羞"解,又可作"狡猾"解。当然,孤立地看,克劳狄奥是在赞扬他姐姐,因而这两个形容词不应该发生歧义——读者应该分别取其"积极的"和"害羞"之义。然而,一旦我们把它们放在更大的语境中加以审视,就会产生这样的疑问:克劳狄奥只是在由衷地赞扬依莎贝拉吗?从下文中我们知道,克劳狄奥要求依莎贝拉用出卖贞操的方式向安哲鲁求情,以换取自己的赦免。由此我们发现,克劳狄奥在评论依莎贝拉时实际上受着一套肮脏的价值观的支配。在他看来,只要能换取自己的性命,让姐姐跟别人上床并算不了什么。从这一角度看,prone 还暗含"平躺着"(上床)的意思,因而也就折射出了克劳狄奥那阴暗的心理。同理,由于克劳狄奥是以小人之心度淑女之腹,他很可能会把依莎贝拉的 speechlessness(无言)看作狡猾的表现,而不会把它跟害羞的心理挂钩。不难看出,第七类含混不仅以完全矛盾的词语内涵为前提,而且还有赖于语境的巧妙设置。

  细心人很快就会发现,燕卜荪在界定以上七种类型的含混时并未能把它们截然分开,事实上它们之间也不可能泾渭分明。界线的含混,这恐怕是含混的必然特征。对大部分读者来说,燕卜荪的最大魅力并不在于他划分出了七种类型的含混,而在于他凭借类型的划分,一而再、再而三地让我们品尝到了文字不同内涵之间以及内涵与外延之间的微妙差别。

含混与不确定性

  含混与"不确定性"同为 20 世纪西方文论中的关键性术语。从某种意义上说,不确定性是含混的延续和发展。贝内特(Andrew Bennett)和罗伊尔(Nicholas Royle)在探讨后现代文论术语时就曾说过:"在 20 世纪中叶新批评家们称作含混或悖论的东西,如今的批评家们总是从不确定性的角度加以考虑。"(Bennett, et al.: 232)至少有一点不容置疑:在过去人们特别关注含混的地方,如今人们特别关注不确定性。不过,尽管含混和不确定性在意义上有许多重合之处,但是两者之间存在着根本性的差别。这些差别主要表现在如下三个方面:

  首先,含混纵然歧义丛生,却万变不离其宗——所有的变化都发生在有机统一的文本框架之内;而不确定性却倾向于打破框架。新批评派虽然注重文本的多义性和多价性,但是更着力于稳定文本的多义性和多价性,更关心怎样在保留多元性的同时保证统一性。不确定性则把对多义性的追求推向了极致:后现代批评家们似乎个个能上演撕裂文本的拿手好戏,而对文本的弥合却不那么感兴趣,或者干脆声称文本的裂缝永远不可能完全弥合。

  其次,含混的基点在文本,而不确定性的基点在读者。虽然燕卜荪对读者的重视程度超过了其他新批评家,但是他并没有完成从文本向读者的重心转移。不确定性则把重心完全移向了读者。最早运用不确定性原则的批评家之一伊泽尔曾大力主张读者建构文本的观点,并且强调每个读者都会"用自己的方法破译文本"。(Iser, 1978: 93)菲什更直截了当地提出了"读者决定一切"的观点,(张汝伦: 306)他认为文本的意义取决于读者的"批评观"、"阐释策略"或批评家所属的"解释界";"意义不是采集出来的,而是制造出来的——并不是由编码形式制造而成,而是由阐释策略生成形式,然后制作而成……与其说意义产生阐释行为,不如说阐释行为产生意义"。(Fish: 465)

再次,不确定性不仅消解作者的权威和文本意义的稳定性,而且消解任何阐释立场的稳定性,甚至还威胁到读者的身份和资格本身(这其实是"读者决定一切论"走到极端的必然效应)。换言之,不确定性意味着任何读者迟早都会面临这样的问题:我是谁?我的解读能够成立吗?我有资格进行文本解读吗?对这些问题的回答最终也是无法确定的。用克尔恺郭尔的话说:"一旦确定了,疯狂也就开始了。"(Bennett, et al.: 195)对以阐释含混为主要目标的新批评家们来说,以上问题是用不着考虑的,甚至压根儿不会出现。

富有辩证意味的是,含混与不确定性之间的上述差异又在时刻提醒我们注意它们之间的联系。事实上,"不确定性"这一理论概念的开花结果离不开燕卜荪在含混土地上的开垦和耕耘。前文提到,对新批评派来说,文本的多元性不可能溢出其结构的严格限阈,然而燕卜荪的一只脚却跨出了这一限阈。塞尔登(Raman Selden)曾经颇具慧眼地指出,在新批评派中,"只有威廉·燕卜荪预示了后结构主义'多元'文本的观点"。(塞尔登: 307)对于燕卜荪在含混问题上所做的开拓性工作,塞尔登予以了恰如其分的评价:

> 他比任何其他新批评派都更理解语言总是"丰富和杂乱的"性质,必须依靠心智来赋予它以统一性,只有这样,才能将其限定在一定的范围内。他认为,把各不相关的意义聚拢在一起的"力"显然是读者的本能而非文本中的结构因素。读者在阅读过程中的阐释能力无疑动摇了稳定意义的观点,除非这种稳定的意义是读者强加其上的。

由此可见,燕卜荪其实是一位过渡性人物:他既用含混为新批评派在文本细读方面作出了表率,又为含混向不确定性的过渡起了推波助澜的作用。

当然,除了燕卜荪、伊泽尔、菲什和克尔恺郭尔,还有许多学者为丰富含混和不确定性的理论内涵而作出了杰出的贡献。大家所熟悉的、由德里达(Jacques Derrida)提出的"延异"(différance)概念其实就是"不确定性"概念的变体。非提不可的还有海德格尔、哈桑(Ihab Hassan)和德曼。海德格尔曾经把"多义含混"视为诗歌语言的特征,并肯定"语言的生命在于庞杂多义"。(赵一凡: 56)哈桑为了说明后现代文化内在的不确定性和不可把握性,索性把"不确定性"(indeterminacy)和"内向性"(immanence)这两个词合二为一,生造出一个新词"不确定的

内向性"(indetermanence)。(盛宁:5—7)德曼从修辞学的角度切入,对意义的不确定性作了别开生面的探讨:

> 当我们一方面研究字面意义,另一方面又研究比喻意义时,我们的研究模式仍然停留在语法层面;但是当我们无法用语法或其他语言学手段来确定两种意义(可能是完全不兼容的两种意义)中的哪一种占主导地位时,我们的研究模式就进入了修辞学层面。(de Man:10)

德曼的这段话其实是他给意义不确定性所下的一个独特的定义。

有一个现象值得一提:不少推崇含混和不确定性的学者在具体的批评实践中往往有意无意地追求清晰而确定的意义,甚至在理论表述上也前后矛盾。例如,燕卜荪的同道人理查兹虽然强调"含混……是语言行为不可避免的结果,是我们最重要的话语所必不可少的手段",(Richards,1936:40)但是他又把追求"不含混"(unambiguous)的意义视为读者的任务:"事实上,就其直接效果而言,最好的诗歌的许多部分都是含混的。即便是最细心、最具感受力的读者也必须反复阅读,狠下功夫,直至全诗清晰地、毫不含混地从脑海里浮现出来。"(Richards,1967:232)甚至连最早倡导不确定性原则的的伊泽尔也曾自相矛盾地主张寻求确定的意义:"因此,阅读行为是这样一个过程,即致力于驯服摇摆不定的文本结构,从中找出某个具体的意义来。"(Iser,1989:8)"审美对象作为文本的对应物而产生于接受者的脑海中,因而它受到理解行为的检验。也正因为如此,阐释的任务是把审美对象转换成具体的意义。"

要解释这样的矛盾现象,恐怕得借用一下德里达的解构思想。按照德里达的观点,世上"没有什么纯粹的在场,一个在场总是伴随着'印迹'或某些别的东西,某些别的东西总是印在一个在场当中"。(德里达:156)意义当然也是一种在场。既然没有什么纯粹的在场,也就没有什么纯粹的意义,而不纯粹的意义总是带有含混,总是带有不确定性。反之,纯粹的含混和不确定性也是不存在的。含混与不含混,确定性与不确定性,就像一对连体孪生姐妹。当其中的一个在向你眨眼睛的时候,另一个也在向你眨眼示意。在这种情况下,任何人陷入矛盾都在情理之中。

结　语

不管人们情愿与否,"含混"和"不确定性"这两个概念已经在学术界扎根。离开了它们,20世纪以来的文艺批评几乎是不可想象的。不可否认,含混研究极大地提高了人们的文学素养,增强了人们的敏感性,扩展了人们的学术视野,开拓了文学批评的疆域。然而,对含混——尤其是不确定性——的过度推崇很容易导致相对主义和虚无主义。事实上,在过去的几十年中,这一倾向始终存在。前文提到的菲什等人的"读者决定论"就是一例。夸大意义含混或不确定性的人都忽视了一个简单的事实：大多数人对于大多数文本的感受和理解的趋同性实际上要大于其差异性。这一点已经由布思说得非常清楚：

> 就多数故事的阅读而言，我们大多数人共享的经历比我们在公开的争论中所承认的要多。当我们谈及任何故事时——如《堂吉诃德》、《卡斯特桥市长》、《傲慢与偏见》、《奥列佛·特维斯特》——我们必然触及许多共同经历的核心部分："我们大家"（或者说我们大部分人）都会觉得桑丘·潘沙好笑，尽管我们对堂吉诃德的反应各自不同；我们都痛惜迈克尔·亨察得的悲惨命运，庆贺伊丽莎白和达西的婚姻，同情孤立无援的小男孩儿奥列佛。（Booth：421）

当然，这些共同的反应中仍然有含混部分，仍然有细微的差别，但是后者不应该妨碍我们在从事阅读或阐释意义时遵循一定的标准和规则。

总之，含混就在我们的阅读当中，就在我们的生活当中。它将继续带给我们形形色色的困惑，同时又不断敦促我们寻求人类共同的意义。含混是一种悖论。

参考书目

1. Andrew Bennett, et al., *Introduction to Literature, Criticism and Theory,* Prentice Hall Europe, 1999.
2. I. A. Richards, *The Philosophy of Rhetoric,* Oxford UP, 1936.
3. ——, *Principles of Literary Criticism,* Oxford UP, 1967.
4. M. H. Abrams, *A Glossary of Literary Terms,* Harcourt Brace College Publishers, 1999.
5. Paul de Man, *Allegories of Reading,* Yale UP, 1979.
6. Stanley Fish, "Is There a Text in This Class?" in *The Authority of Interpretive Communities,* Harvard UP, 1980.
7. Tom McArthur, ed., *The Oxford Companion to English Language,* Oxford UP, 1992.
8. Wayne Booth, *The Rhetoric of Fiction,* U of Chicago P, 1983.
9. William Empson, *Seven Types of Ambiguity,* A New Directions Book, 1947.
10. Wolfgang Iser, *The Act of Reading,* Johns Hopkins UP, 1978.
11. ——, *Prospecting,* Johns Hopkins UP, 1989.
12. 德里达：《德里达中国讲演录》，杜小真等编，中央编译出版社，2003。
13. 霍克斯：《结构主义和符号学》，瞿铁鹏译，上海译文出版社，1987。
14. 塞尔登：《文学批评理论》，刘象愚等译，北京大学出版社，2000。
15. 盛宁：《人文困惑与反思》，三联书店，1997。
16. 王佐良等：《英国二十世纪文学史》，外语教学与研究出版社，1994。
17. 张隆溪：《二十世纪西方文论述评》，三联书店，1986。
18. 张汝伦：《意义的探究》，辽宁人民出版社，1987。
19. 赵一凡：《欧美新学赏析》，中央编译出版社，1996。

后结构主义 马海良

略 说

"后结构主义"（Poststructuralism）利用结构主义提供的基本命题继续推导，对符号、知识、主体性等范畴作了新的阐释，形成对整个西方思想传统的质疑，从而成为后现代主义的基础理论部分，同时也是许多反后现代主义理论的话语资源之一。

综 述

后结构主义是20世纪60年代在结构主义根基上逆生出来、70年代开始广泛进入整个人文学科、迄今已经深刻影响和改变了西方学术和思想面貌的一种理论思潮或思维方式。这样的表述显然不是一个理想的定义，甚至不符合定义规范，充其量只是关于对象的某些外延特征的描述。

造成这种状况的根本原因是：所谓的后结构主义跨越了仍然在进行中的很长一段历史，涉及到众多批评理论家及其作品，包含着一系列复杂而多样、对立和冲突不亚于一致或相通的概念和观点；如此的丰富性和多样性使得任何定义尝试只能演变成一种关于对象的若干主要命题的描述和基本精神的把握，而且难免刻写上个人的印记，乃至视角性的偏见，使对象的客观真实性打一些折扣。

"后结构主义"这个名称本身表明，它与结构主义有直接的时间关系和因果关系，"后"是一个历史时间标记，也是一个理论逻辑标记：后结构主义产生于结构主义之后，是对结构主义的调整、改造和反拨，或对结构主义某一方面的发展、扩充和超越；由于二者之间的这种密切关系，有人愿意将后结构主义称为"新结构主义"或"超结构主义"。

后结构主义的历史似乎就是这样进行的，譬如著名的霍普金斯大会。1966年10月，美国霍普金斯大学召开结构主义研讨会，会议目的是将欧洲大陆早已开花结果的结构主义介绍给当时仍然忙于现象学和存在主义的美国前卫学术界，使美国批评界尽快与欧陆接轨。就是在这次结构主义主题会议上，雅克·德里达亮出了那篇后结构主义宣言式的论文《人文科学中的结构、符号和游戏》。德里达的论文开门见山地对结构主义提出挑战，指出结构主义将"结构"放在括号之内，使其成为逸出结构性的超验之物，这种不彻底的结构主义与传统形上学并没有实质区别；论文进而对西方的整个思维传统提出质疑。

德里达的解构理论无疑在后结构主义中占很大比重，但是在霍普金斯会议前后，米歇尔·福柯、罗兰·巴特、朱莉娅·克里斯蒂娃、雅克·拉康、德鲁兹和瓜塔里等一批法国批评理论家也在许多地方表达了后结构主义思想，例如福柯的《疯癫与文明》(1961)、巴特的《符号学要素》(1967) 等。因此也有人认为，后结构主义是指1962年至1972年间出现的一批用法语写作的批评著作，(Easthope)或者在后结构主义一词前加上"法国"限定词，用"法国后结构主义"特指正宗的后结构主义。

中心议题

什么是后结构主义的中心议题或首要议题呢？恰恰是消解中心。什么是"中心"并不难理解，这个中心就是那个早已溶入我们的血液里、落实在我们行动中的"中心意识"；没有它，迷路失重，撞车翻船，便是日常生活中可能遇到的难堪；于是有了城市的市中心，而城市本身则是广大乡下向往的中心；于是画家在确定画面中心后才可以开始按照透视原理涂抹，作家则围绕着中心思想、中心情节、中心人物等中心开始创作。天下一切都围绕着中心有条不紊地运转着，整个宇宙如果不是以地球为中心，那一定是以太阳为中心。

这中心几乎不是一个理论思辨的问题，而是一个经验实践甚至直觉本能的问题。世间万物，只要感觉到离不开中心，就会像葵花向太阳一样接受中心的支配，承认中心的权威的唯一性。中心意识已经如此深入我们的生命构成，它成了真正的无意识——中心无意识。

然而"中心"并不满足于其形而下的世俗地位，它还要进入而且早已进入形而上的境界，从凡体肉身转化为万古不劫的超验"物自体"，从而幻化为起源、本原、本质、实质、实在、真实、真理、意义、所指……

于是在我们的意识中，整个世界分成两个层次，一是看得见的表面世界，有时也说成"现象"；一是看不见的精神或意义或实质性的深层世界，有时也说成"本质"。看得见的世界只是暂时的存在，甚至是危险的狐迷人的假象，而那个看不见的才是真真实实的本体的永恒存在；这个看得见的世界是那个看不见的世界的反映，那个看不见的世界是这个看得见的世界的真身本源。这是为什么？为什么必须让"中心"获得形而上的存在地位？

因为本体中心从不现身，也不能实际现身，否则就成了同样难逃死劫的有限的肉体凡身。但是同时，必须把它理解成真正真实的存在，否则看得见的世界就成了无本之木、无源之水。更严重和可怕的后果可能是，看得见的世界将因为失去其存在的基石而不复存在。中心本体的这种奇怪的不存在的存在方式——而且是永恒的存在方式，或德里达所称的"缺场"的"在场"，不论它看上去多么矛盾，却成了几千年西方思想的灵感源泉，关于"理式"、"本体"、"终极目的"、"绝对精神"、

"主体"、"第一推动力"、"第一性"等的所有思想体系，无一不是这个"中心"叙事的展开。

结构主义引入关系、系统、差异等概念，但是仍抱定一个中心——结构：一切都是结构调节、组织的结果，一切都可以用结构来解释，只有"结构"本身是例外。保留"结构"的超然地位，就是保留"中心"的绝对中心地位，正是这个中心，使结构具有结构的功能。德里达指出："结构的'结构性'……总是被中性化或简约为一种中心，或归结为一个在场点，一个固定的本源。这种中心的功能……首先是保证结构的组织能力……"

但是从后结构主义观点看，不管中心概念如何牢固，如何深入人的无意识之中，其历史如何悠久，它毕竟只是一种虚拟的存在，关系的产物，无限结构之网中的一项。如果说结构对中心的需要说明了结构本身的结构性或自由游戏性，那么中心的那种永远缺场的"在场性"恰恰说明：对于自由游戏活动，中心只能是一种零限制，或"中心"本身就置身于自由游戏当中。

"中心"的操作原理在传统符号理论中得到了集中的表现，因此对传统符号理论的剖析便成了德里达消解中心的着力之处：

> 当我们不能把握或出示事物，也就是说不能将存在、在场展示出来，或者说存在并不直接现身时，我们就用符号来表示，于是进入符号的弯路……于是符号成了一种被推延了的在场……古典决定论的设想是，（推延在场的）符号是以所推延的在场为基础，而且人们打算重新占有那个被推延了的在场，否则符号是无法理解的。（Derrida：138）

这就意味着，符号是辅助性的，是"在场"缺场时的临时代用品，是终极意义的某些折射或一定程度的反映。既然如此，符号存在的唯一意义便是等待"意义"的降临，或者说人们通过符号去挖掘和确定那个隐身的在场——意义，一旦"意义"这个本体被确定，符号便像一件穿破的衬衣，无论你是否愿意扔掉，它都失去了存在的价值，所谓"得意忘言"。在有些时候，传统符号观甚至认为符号是"意义"的产物，特定的意义产生和决定了特定音形的符号，上帝只能庄严地写成"上帝"，就像象形字的义形关系，因此符号能够透明地显示后面的意义。

从索绪尔到德里达

索绪尔的符号理论对传统符号观作出很大修改，他指出，语言符号与实在世界的所指物之间不存在自然的决定关系，"树"这个符号形态——这个样子，并不是由长在外面世界的那种植物的什么属性决定的，否则世界上应该只有一种语言符号，实际上它们之间是一种"任意"关系，那种植物还可以写成 arbe、Baum 等多种样子；每一个声音（或书写）符号当然是有意义的，符号由能指-音形和所指-

意义或概念构成，但是二者之间也不存在自然的对应决定关系。

它们的状态，是由各自系统之内的关系项之间的否定性差异决定的。譬如，"树"的这种能指和所指状态，是由它与特定语言中的所有其他符号状态的不同或差异来决定的，是由它"不是花、草、石头、土块……"这样一种"否定性差异关系"决定的，所以语言中只有差异。然而，能指与所指的任意组合一旦完成，一旦约定，就成了一张纸的两面，二者之间建立起不容分割的确定的对应关系，某某能指必定指向某某所指，反之亦然。

可以说，索绪尔的符号观与传统符号观的出发点不同，归结点却十分相似。德里达认为，根据语言中只有差异的原理，任何符号的任何一面的确定过程都依赖于其他符号，那么对符号意义进行阐释的结果就不是呈现一个确定不移的意义，而是引向一连串新的符号，就像词典对词义的解释，要说明任何一个词的词义，总是借助更多的其他词，而其中任何一个解释词本身的词义也只能通过另外许多词才能"显现"出来。

如此推演，形成不断交织延伸的符号链，导致那个终极意义被永远地推延，永远不能兑现；因此语言中的"差异"同时也是"推延"，索绪尔"语言中只有差异"的命题应改成：语言中只有"异延"。"异"是空间性的间隔、分离、区分、辨别，似乎承诺着符号的某种同一性或确定性；"延"是时间性的延伸、推宕、压抑，倾向于将所有关于意义同一性和确定性的兑现永远向后推延。正是这种"推延"，让传统的符号观一直（无望地）等待着"意义"的降临，并且把这种永远不会到来、仅仅是一种符号差异关系值的"意义"想象成语言外的一种本体实在的东西。

现在，德里达通过"延异"概念表明，语言之外并不存在某种决定语言的意义本体，"意义"只是语言之内符号异延活动的效果或结果，并不是像岩石一样独立于语言之外的某种客观实在；符号活动是由一个能指链滑向另一个能指链的异延运动：移置、增补、擦抹、播撒……，根本上是一种无穷尽的自由游戏过程。

拉康与巴特

精神分析学家出身的拉康，从"无意识"角度论述了符号所指意义的滑动性和不确定性。由于"欲望"无意识的永无止境的推动，由于欲望总是采用比喻和转喻等替代性的表达方式，以躲过意识的监视，所以我们所能看到的永远只能是一条不断延伸的能指链，而所指则是一种永远飘浮、不断滑落的东西。

拉康还以爱伦·坡的短篇小说《失窃的信》为例，说明能指对所指的永久性压制。王后正在读一封密信时，国王突然闯进，慌乱中王后将信随手搁在桌子上，所幸国王没有注意到那封信；但是部长D瞅见桌子上打开的信，他认识信的笔迹，感觉到其中的秘密，于是仿造了看上去相似的一封信，在与国王和王后谈话时悄悄替换了桌上王后的那封信;王后虽然看在眼里,但是怕国王发现而不敢声张,事后则秘密求助巴黎警察局长G;警察们翻遍部长住处,毫无所获;局长求助侦探杜潘,终于找回那封失窃的信。原来,杜潘在部长住处注意到壁炉架中间的一个卡片盒里有几张似乎不经意地折叠的纸,在与部长的几次谈话周旋中,他找机会确证那就是王后失窃的信,并且也用一封伪造的信予以替换。

拉康认为,故事始终没有吐露信的内容,推动故事发展的不是人物性格,也不是信的内容,而是信在相关人物之间的位置。信作为能指,其主要功能不是展示内容所指,而是分配和调节相关人物的关系位置。

能指不断链接,所指永远滑落,这就是后结构主义描述的语言符号的运动情况。语言的重要性在于人们对世界的认识离不开语言,离不开各种各样的语言文本,然而德里达著名的"一切尽在文本之内"的命题,却不是在这种常识意义上说明语言的重要性,而是表明:首先,任何文本都不是对某种文本之外客观实在本体的再现或真理意义的表达,文本不是一种用以再现的工具,文本的意义就产生于文本内语言的符号表意活动。其次,这同时意味着文本的意义不是牢牢地包裹在文本内的某种稳定明确的实体,或者说文本并不是一个意义清晰的统一有机体,而是多重意义的混合体,甚至可能是对自身的颠覆,包含着相反的意义。再次,任何文本都不是封闭自足的,而是与其他文本相互嫁接、寄生、杂交;文本之间没有本质性的类别疆界,因此任何文本性(textuality)必然同时也是文本间性(intertextuality)。这种文本性或文本间性是真正无边的,它不仅将各种文学作品互文化,而且取消了文学与其他学科之间的界限;的确,只有无边的文本性,才能表达德里达"一切尽在文本之内"的真正意思。

在《符号学要素》一书中,巴特用自己的语言提出了"文本性"问题。他指出,所有结构既可以用来解释对象,同时也可以成为被解释的对象,因此不存在最后的源语言,因为任何源语言都能被另一种语言解说,亦即任何源语言背后都有另一种源语言,如此不断后延,不断摧毁源语言的始源性权威,实际上就等于不再存在源语言。

文本的情况亦复如此,每一个文本里都写进了其他文本的词语,充满了无限的引用、重复、参照。文本没有中心,甚至没有作者,或者说作者只是符号网上的一个结点、文本中的一个十字路口,通过它,读者走向四面八方,设计、实现和控制作品的传统意义上的作者已经死亡,主体开始消解。

主体的消解,是后结构主义消解中心工程的一个必然结果,因为"中心"实际上是自我的一种需要的产物,如果没有一个中心,我们就无所适从,甚至不知道我是谁,失去自我,因此"中心"的中心是"主体"。按照西方传统思想中的主体观,主体应该是统一、完整、自足的实体,你可以将一切物质世界放在括号内,不去计较它们的真实存在与否,但是只要你在思考,你就知道自己确实存在着,世界上至少这一点是确定的,也许最终只有这一点是确定的:"我思故我在"。

因此,人、主体、意识,这个三位一体的存在成为最终的绝对的"在场"。在这个意义上可以说,后结构主义对西方思想传统的颠覆实验在"主体"问题上进入了最后一个环节。德里达将"意义"从文本之外移入文本之内,等于拆除了主体的"在场",或者说即使主体概念仍然存在,但是已经不复从前,再也不是那个稳定从容、清晰条理的实体了,而是符号链上的一个不断变动的概念、一个不断增补和擦抹的踪迹。

不过在这个问题上,拉康的陈述显得更加具体。他从心理学角度寻找"主体"意识的形成过程。他指出,人之初是没有什么主体客体之分的,然后经历一个前语言的"想象阶段",婴儿开始产生出某种关于自我的统一连贯的意象,就像在镜子里看到一个"我"的形象,这时的"我"与"他者"之间的区别并不特别清晰。接着,人类主体就开始真正进入世界,在身边各色人物的帮助和推动下,一路不回头地扎进一个早已存在的语言能指系统,在这个系统中找到各自的位置:我、你、他、男他、女她、父亲、母亲、工人、农民、老师、学生,等等。

然而无论"镜像主体",还是"言说主体",都不可能是完整充足的主体,因为人的无意识深渊决定了主体只能是一种分裂的自我,语言中的我总是全力逃避意识监视下的我,因此意识之我非我,笛卡尔的"我思故我在"可以修改为:我思故我不在。

不过,后结构主义的"我不在"应该理解为"我不在语言(或话语)之外",亦即"我在话语之内"。"我"不是独立自足、为事物命名、使名称获得意义的最后根源,不再是传统形上学树立的那个观照客体的"主体",而是整个符号链或文本中的一个结点。用埃米尔·邦弗尼斯特的话来说,是句子结构上的一个功能项、一个代词。主体的稳定性消失了,它的唯一属性是被构成性和被嵌入性,它被不断地改写、擦抹、重写,不断建构、重构,只有如此,才能匹配各种不同的话语组织,才能回应社会文化的各种表意实践的要求。因此在巴特看来,作者只是"超越了个人活动的制度性活动的参与者",(Barthes:162)而聚集在《荧屏》周围的一批英国后结构主义理论家则认为主体性是知识话语和社会权力不断相互作用的文化过程。

后结构主义的理论起点是对结构主义符号观的改写,但是引伸方向却颇多差异,譬如美国解构主义似乎特别强调语言符号的不确定性和阐释的无限性,将注意力放在文本之内;而福柯和巴特(在其一部分著作中)却显示了后结构主义在历史问题上的作为,描述了语言文本与历史的关系。

巴特认为我们的话语方式既不是上帝决定的,也不是某种自然属性决定的,而是受到社会历史中某种背后的"决策集团"的控制,这个集团无处不在,却莫名其状,正是它决定了语言的结构、边界和用法,限定了我们的思维和行为方式,决定了我们的价值规范。

福柯的介入

在福柯的话语理论里，这个无处不在而又无法命名的"决策集团"，就是无处不在的"话语权力"。福柯的理论建立在两个基本假设之上：第一，不存在话语之外的所谓真理、正义、进步、原则、时代要求、世界观等超验本体，因此话语不可能以这些不存在之物为基础或中心。第二，相反，知识是话语活动中权力或真理意志作用的结果，权力控制能指，从而适时地创造出真理和价值，并且把它们表达为普遍的永恒的超验存在。福柯根据这两个基本假设，对西方的知识史和认识论历史作了令人震惊的考古挖掘。他指出，一套知识概念是通过分离、净化、排除等权力程序来占据文化支配地位的，它们将符合自身规范的话语类型说成符合自然规律的存在，把规范之外的一切差异贬为十恶不赦的异类，并且在必要时毫不犹豫地通过学校、教会、监狱等权力设施进行压制和剿灭。

在福柯的《疯癫与文明》里，17世纪的巴黎总医院就是这样的一种话语控制机器：它将"疯人"视为健康人和文明的对立面而加以强制性隔离。与此相类似，一个医生要获得行医资格，必须首先在指定的地点学过指定的课程，通过指定的特殊部门或人员的指定考核。同样，如果要获得文学博士学位，你就必须先获得文学硕士学位，最好是一所名牌学校的学位，再经过一系列严格的规定程序之后，你才能拥有一定的话语权力；即使如此，你也必须在一定的时候一定的场合去说些一定如此这般的话。福柯把权力控制甚至创造知识的这一机制程序称为"话语构型"（discursive formation）——有时也称为"认识观"或"历史先验律"或"档案"。

不同的话语系统（譬如医学、心理学、法学、政治学、经济学、文学、文学理论）按照各自的"话语构型"进行话语生产，确定各自的话语纪律：谁能说什么、不能说什么，以及怎样说什么、何时何地才能或只能说什么，等等。

由此看来，决定话语形态的真正因素并不是话语是否表达了对象本身的某种客观本质，而是话语的出现是否合乎时宜，是否符合当时的话语纪律和惯例，即使人们一贯认为以探求事物真相为唯一使命的科学话语，也经常因为不合时宜而被痛斥为妖言。

历史上一直不乏这样的例子，近在19世纪中期，生物学家孟德尔发现遗传特征会构成一种全新的生物体，但是由于孟德尔所使用的一套理论和方法在当时的生物学界看来显得过于陌生，他的结论只能等待半个多世纪之后才被生物学界承认，孟德尔本人也只能等到尸骨已寒之后才得到平反，由科学的魔鬼变成科学的先知。

因此福柯说，关键不是说出真理，而是占据真理、"进驻真理"。而要"进驻真理，只须遵守话语'契约'的某些规则即可，每次言说，都须启动这些规则"。（Foucault：224）否则，你就不可能用规范的语言合法地表达"自己的"思想或真理。

福柯的知识考古表明，历史并不是连续不断地递进的统一过程，而是在权力的暴力作用下产生的无数断裂组成的网状体，或者说历史的前进是这些断裂面不断衔接的结果，而以编写历史有机进化史为己任的传统历史学几乎做了完全相反的工作：抹平断裂，剔除异质，寻找规律，统一口径。几千年梳理贯通的结果是，使后结构主义的清理工程倍加浩大。消解中心，游戏意义，颠覆主体，这意味着对我们习以为常的一系列传统观念的改写。

于是，总体性概念受到质疑。总体性概念将一切现象归结为某种深层的实质或本质，用现象反映本质，或者说认为某个起源性的本体存在可以包容解释所有现象，譬如上帝、真理、美、时代精神、物质、水或火，等等。与此相联系，再现论引起争议。按照总体性原则，语言以及一切符号都是对某种"真实"的再现，但是如果不存在超验的"真实"，自然也就不存在"再现"问题；语言不再是透明得可以反映真理的载体，而是一条不断扭曲和变形的无头链条，这自然会引起"表征危机"。

人本主义的启蒙思想和价值观不再显得毫无疑义，人的价值和属性并非普遍的和超历史的，而是交往互动的文化和话语实践的产物。主体性主要由文化局部性构成，主体性就是人的社会性和文化性的综合过程，主体的意义、价值和自我形象都来自社会文化实践。人的身体本身受到前所未有的注视和重视，因为主体是物质的存在，具体地存在于一个实在世界，当后面和下面的超然之物被抽掉之后，这个世界的一切就都直接摆在你面前：零碎的、多样的、感性具体的。

结　语

是的，"本质"成了一个古旧的已经被淘汰的词语；不，正确的说法应该是："本质"这个词可能用得更多了，只是不再用它的传统意义。因此，后结构主义是反本质主义，是反基础主义，是无中心论，是历史虚无主义……这样的判断并不完全正确，后结构主义要说的是，"基础"是一个无底的深渊，历史的连续性前面应该加上"断裂"二字，而"中心"的虚构性并不意味着我们可以不需要中心，可以离开中心，正如人们完全知道小说是虚构的，但是也愿意为那些催人泪下的故事而落泪。

然而，为真实的苦难落泪与为虚构的悲剧落泪毕竟不是一回事。后结构主义虽然不会擦去传统的语汇，甚至如不少人正确指出的，它本身的书写就离不开传统语汇，但它毕竟另写了一些文本，而且衍生出一系列新的理论系统，例如文化研究、新历史主义、后殖民主义、女性主义、怪异理论、后马克思主义，等等。后结构主义的确是震撼和改变了西方的学术面貌，它在中国会遇到什么样的情况呢？

参考书目

1. Antony Easthope, *British Post-structuralism,* Routlege, 1981.
2. Christopher Norris, *Deconstruction,* Meuthen, 1982.
3. Ferdinand de Saussure, *Course in General Linguistics,* McGraw, 1966.
4. Jacques Derrida, *Speech and Phenomena and Other Essays on Husserl's Theory of Signs,* trans., David B. Asslison, Northwestern UP, 1973.
5. Michel Foucault, *The Archaeology of Knowledge,* trans., A. M. Sheridan Smith, Pantheon, 1972.
6. Richard Macksey, et al., eds., *Structuralist Controversy,* Johns Hopkins UP, 1972.
7. Roland Barthes, *Mythologies,* trans., Annette Lavers, Hill & Wang, 1972.
8. 德里达：《文学行动》，赵兴国等译，中国社会科学出版社，1998。
9. 福柯：《规训与惩罚》，刘北成等译，三联书店，1999。

后现代女性主义和后女性主义

魏天真

略　说

"后现代女性主义"（Postmodern feminism）和"后女性主义"（Postfeminism）是两个有很深联系又非常不同的概念。如果说前者指秉承了后现代主义的理论原则、思维方式的女性主义，后者则是在对女性主义进行反思、批判时产生的各种理论话语。按照已有的共识，"后现代"之"后"，也即"后女性主义"之"后"，表示的是既有的一切被冲击和搅乱，新的秩序尚未形成的一种过渡、震荡状态或曰间歇、转型时期。以此观照这两个范畴，后现代女性主义是将后现代话语方式——其特征是不定型、非同一、去中心，总之是不具基础性——作为自己的理论基础；后女性主义则以彻底动摇女性主义的固有基础为起点，它包括所有解构、颠覆女性主义的行为及其结果。换句话说，后现代女性主义是指一种具有后现代特征的女性主义，后女性主义指女性主义处于动荡、变异的后现代语境中的诸种不同表现。

综　述

上面的概说显示出女性主义与"后现代"的深切关系。事实上，无论是后现代女性主义还是后女性主义，都可以说是整个社会文化的后现代转向在女性主义领域的反映，一般论者在讨论它们的缘起时，都会追溯到上世纪60年代的法国。

一般认为，后女性主义的出现并不说明女性主义的完结，而是意味着它产生了裂变和转向。后女性主义的确肇始于对传统女性主义的否定，其标志性事件是1968年3月8日，作为妇女解放运动的文化和知识核心的"政治与精神分析组织"的成员在巴黎游行，打出的标语是"打倒女性主义"。同时，被视为后女性主义和后现代女性主义的代表人物如西苏、克里斯蒂娃等人，也都曾宣称自己不是女性（权）主义者或不认同女性（权）主义的既有涵义。但是，她们并没有否定任何形式的女性运动或女性解放的实践，而是批判传统女性主义及其理论主体自身的问题，即要在现存秩序中谋求女性的权利和地位，就存在着被男权话语俘获或被现存体制同化的危险和趋势。

此后，世界范围内对女性主义的质疑和重述在各个方面、各个领域展开，各种新的女性主义话语不断生成。比如，在黑人民权运动后出现黑人女性主义，由此激发出有色人种和第三世界女性主义、全球和多元文化女性主义等；在反抗异性恋模式对同性恋妇女的压抑中产生了同性恋女性主义和女性同性恋分离主义（lesbian separationism），又经由对这种同性恋主体的"解放运动宏大叙事"的扬弃而产生了"酷儿理论"（queer theory）；此外，还有生态女性主义、精神分析女性主义、社会性别女性主义，等等，后现代女性主义也是其中之一。从对传统女性主义进行解构和颠覆的程度来看，后现代女性主义应当属于后女性主义的一个典型形态，这不仅因为它对包括女性主义在内的所有宏大理论持彻底怀疑和拒斥的姿态，还因为它对一切话语权威及其本质主义、普遍主义进行清算的方式，为其他后女性主义形态提供了思想和方法的先例。后现代女性主义的产生以及其他后女性主义形态的出现，是因为人们意识到了既有的女性主义的问题。那么，这些问题是如何被发现的？在后现代处境或者在后女性主义话语中这些问题是否仍然存在，又作何表现？它对女性主义或社会现实的意义是什么？这是下文阐述的重点。讨论集中于后现代女性主义，是基于它对其他后女性主义话语所具有的启示性或借鉴作用。

问题一：如何处理平等与差异

对 feminism 这个术语，汉语里一直有"女性主义"和"女权主义"两种称谓，前一种译法得自字面意义，后一种注重的是其意义的历史涵蕴。（张京媛：4）也许，它们还意味着称名者对两性之间的内在差异或权利对等各有侧重。可以肯定的是，女性主义源起于女性要求作为人的一切权利，尤其是和男性平等的权利的运动。当欧美各国思想家互相影响、彼此呼应，挑战君权神授观念和封建政体，宣扬天赋人权时，许多人文主义者也开始了两性平等的思想启蒙。就女性而言，英国人玛丽·沃斯通克拉夫特于 1792 年发表了《女权辩护》，她在政治历史和意识形态领域内揭露社会对女性的控制，并热情宣扬和激励女人独立为人。同一时期的法国，女性先锋们则投身到大革命的洪流中，展开了女性参与社会、改造世界的实践和斗争。到 19 世纪初的美国，女权运动更是猛烈冲击着社会的每一个层面。反抗奴隶制、反对家庭暴政、争取女性受教育和工作、参政权利等一系列运动，把中下层资产阶级妇女、无产阶级和黑人妇女联合在一起，成为真正的妇女解放运动（women's liberation）。

今天看来，女权运动在 19 世纪的欧美蓬勃发展，很大程度上是因为资本主义的兴盛使女性的不平等处境得到空前凸显：男性控制了所有的公共领域，女性只是家庭的免费劳力和家长的附庸；即便得到了似乎同等的机会，得以跻身社会，却面临着更多、更大的不公。可以说，从女权运动之初，女性主义主体就体验到了自身处境的悖论，即与男性机会均等是女性的合理欲求，与男性身心有别则是与生俱来的实情：这两者间的矛盾构成了女性建立社会身份的障碍。

为什么要求平等？对于自由主义的女性主义者而言，是由于女性经济上的依赖性使她不能像男性那样受到正常健康的教育，因而没有机会培养理性和创造力。在马克思主义和社会主义女性主义看来，是阶级和社会压迫导致她经济自主权的丧失及社会地位的低下。而存在主义的女性主义则认为，女人的全部处境，包括家庭、学校、宗教及各种社会习俗等，养成了女人的被动性，使她丧失了选择、行动的愿望和能力，等等。无论出于哪种动因，"平等"的指向都是改良社会，革新女性的生存环境。

但是，标举"差异"的女性主义者对此并不苟同，她们承认，的确存在与男性特征完全不同的女性特征。比如，19世纪以富勒、斯坦顿为代表的文化女性主义者，将直觉、包容、仁慈等视为优于男性气质——理性、暴力、控制等——的女性特征，并主张女性应该大力张扬这种特征，以使社会实现更加彻底的改变。她们坚持认为，女性要获得真正的解放和独立，必须在意识和精神上与男性社会割裂，建立理想的"雌雄同体"的社会组织。富勒甚至试图在宗教领域实行改革，她号召信徒们和普通女性向圣母祈祷，目的是恢复自然界造物主的女性特质。（多诺万：50—55）在这里，我们看到了一种与不合理男权社会相分离，并以女权取代男权的意愿。出现在20世纪的女性同性恋分离主义，即使不能说是由此发展演变而来，至少是受到了它的激发和影响。这种极端的女性主义固然是对现存社会某些邪恶现象的反应，同时也证明了性别——无论是社会性别（gender）还是生理性别（sex）——之间的关联只能通过异性恋来实现这一成见的偏差。可是，正如平等论者追求女性完全和男性相同，因而是一种片面的追求一样，过分强调两性差异，直至把男人当作必须排除的异己，这也同样危险。当女性同性恋分离主义者指斥普通异性恋女人"睡在敌人的阵营内"，并质问其他女性主义者是否属于"变节者"时，人们不免忧心又起：这种分离恐怕只是形式上、组织上的分离。在这个新的群体中，其统治模式、思维方式，特别是对待与己不同的人和事的态度，可能与她所要颠覆的男性中心的社会组织并无二致。

撇开这种偏颇已极的特例，就女性主义的基本理论和实践状况而言，平等与差异的矛盾也同样尖锐。罗莎林·卢森堡（Rosalind Rosenberg）在批评早期女权运动时说：

> 如果妇女作为一个群体被允许拥有特殊优惠，你就会让这个群体遭受它是低等群体的指责，但是，如果你否认所有的差异，正如妇女运动经常所做的那样，你就使注意力偏离了那些困扰妇女的不利条件。（童：38）

原则上，人们都懂得平等并不代表同一，差异也不等于优劣之别。但这仍然构成了一个悖论，以致女性主义与非女性主义、女性主义各派别之间，甚至某一派别内部纷争不断。直到20世纪80年代，具备后现代意识和视野的女性主义者才觉悟到平等与差异是一个人为的二元对立模式，并对此进行解析：

> 女权主义者之间关于"平等与差异的对立"的争论就是在政治上弄巧成拙的方式表达出的意义的一个恰当的实例。这里，一个二元对立体被创造出来以供女权主义者作出选择，她们要么支持"平等"，要么支持它的假设对立面"差异"。事实上，这个对立面本身遮蔽了这两个概念的相互依赖性，因为平等并不是把差异消灭干净，而差异也不排斥平等。（塞德曼：386）

琼·W. 斯科特分析了这一悖论的形成过程，指出：

> 将平等与差异置于对立关系中具有一种双重的效果。它否认了长期以来"平等"的政治观看待差异的那种方式，提出同一性是赖以获得平等的唯一基础。这就陷女权主义者于一种尴尬境地，因为我们一旦把论争局限于一个由这个二元对立体所建立起来的话语（discourse）的范畴之中，就等于赞成了目前流行的那种守旧的假说，即因为女人不可能在所有的方面都与男人相同，所以女人不能指望与男人平等。在我看来，唯一可取的办法似乎就是拒绝将平等与差异对立起来，并继续主张差异，即作为个体和集体同一性的条件的差异，作为不断挑战这些同一性的僵化凝固的差异，作为在历史上其作用得以反复再现的差异以及作为平等本身的意义的差异。（塞德曼：398）

她的结论或主张听起来就很深奥，而实际情况恐怕更为复杂。斯科特批评女性主义者把自己拘囿于不是问题的问题争论，而这种争论除了为男性中心主义提供口实，别无益处。她也气愤于许多额外的重负在以平等为由强加给女人，许多的福惠却以差异为借口仍然为男性所独享。斯科特所主张的以差异为前提条件，换一种更简单的说法是：如果一定有什么根本性的东西"男女都一样"，那就是在"各不相同"这一点上。因此，必须在承认每一个人都与众不同的前提下，讨论、进而实现平等。至此，一个假问题被揭穿，或者说一个旧问题被解决了。不过新的问题也随之出现：倘若只承认差异是先决条件，两性的区分暨男性/女性的概念是否仍然有效？当我们用差异来"不断挑战这些同一性的僵化凝固"的话语和范畴时，如何理解"女性主义"及其主体"女性"——这些事实上的凝固的范畴及其所指？这是后现代女性主义试图解决的问题，也标志着女性主义的自我矛盾和反思的进一步深化。

问题二：如何界定女性

女性（feminine）在社会文化传统和经典女性主义话语中，无论是作为一个语词还是一个理论范畴,每一个人都明白它所指为何:视觉可见的"人类的一半"。但是在主张"差异"的后现代女性主义视野中,这"一半"成了一个大可置疑的对象,因为"作为'女性'并不含有任何可以天然约束女人的东西。甚至不存在'作为'女性的状态;女性本身就是一个十分复杂的范畴,它是在竞争的性科学和话语中和其他社会实践中建构的。"(塞德曼:122)后现代女性主义者觉得,如果赋予这个语词以某种普遍或特定的内容,只能产生一种恶果,即导致它所代表的群体内产生派系分裂。朱迪思·巴特勒说:

> 同一性范畴永远不会只是描述性的,而总是规范性的,并且因此是排斥性的。这并不是说"女性"这一术语不该使用,也不是说我们必须宣布该范畴的死亡。相反,如果女权主义预设了"女性"一词指的是一个无法称呼的差异领域,一个不可能被描述性的同一性范畴归总或概括的领域,那么这个术语就变成了一个永恒的开放性和可重新表意的活动场所。我认为女性之中关于这个术语内容的分歧应该得到维护和重视。而且实际上,这一持续的分歧应该作为女权主义理论的不具基础的基础加以确认。解构女权主义的主体并不是要指责它的用法,而是相反要将它解放到一个存在多种表意的未来中去,将它从曾经限制它的母性或种族主义的本体论中解救出来,并且赋予它作为可能出现不被预见意义的场所的活动自由。(塞德曼:223—224)

因为"女性"所代表的内容一直以来都没有受到怀疑,附着于这一范畴的许多意义也被固定和规范化了,这样,就有许多并不属于女性或者并不专属女性的东西被认定为女性的天性。这样的"判决"使女性存在的其他许多不同的可能性被终止了。因此,在巴特勒看来,解构或重构"女性"的价值在于,促使人们把这个名称想象为一个涌动的意义之源,以不断生发出新的机遇,拓展女性存在的空间。

这里我们可以看到,"差异"原则的提出是为了应对现实问题。当满怀后现代精神的女性主义者以"差异"的眼光打量一切时,她发现,对既有理论、观念的解构果真是永无止境!结果,无限开放的可能性最终停留在言说或语义的层面上。这就是说,后现代女性主义把"女性"由现实问题变成纯粹的话题,女性主体固然可以实现自己绵延不绝的创造性,可是她的思想越是独到,能动性越是显赫,就越是与那实际存在着的"人类的一半"无关。一个代表性的例子,是唐娜·哈拉威关于"赛伯"女性的表述。她为了说明(也是为了适应)"女性"是个无法称呼的差异领域,构想出这样的女性形象:一个血肉之躯与一个计算机调控系统相结合的"生控体"(cyborg,也译作"受控体",多音译为"赛伯"、"赛伯格")。哈拉威以"生控体"隐喻后现代社会的女性存在状态:"生控体是一种受控有机体,一种机器与有机体的混合体，它既是社会现实的动物又是虚构的动物。"

现代的科学充满了（是动物又是机器）生控体，它们居住在各种介于自然和人工的模棱两可的世界上。现代医学也同样充满了生控体，即机器与有机体的结合体；每一个生控体都被看成是编码的装置，它们之间的亲密程度及其所具有的能力是性历史上未曾产生过的。

女性主义为什么需要这样一个形象呢？哈拉威解释道，生控体的价值在于她所激发的理想超越了曾经有过的任何女性乌托邦想象：

她与两性、前恋母情结的共生性、非异化劳动没有任何联系，与通过最后使用各部分的能力进入高级同一体从而进入有机整体的其他各种魔力也毫无关系。从某种角度上说，生控体没有西方意义上的起源故事……它是个终于从所有依赖中解放出来的终极自我，一个太空人。（塞德曼：111—113）

总之，在女性同一性神话破灭后，可以随时调节性能、随意转换性别的"生控体"就是女性那非同一的同一性理想的体现者。

哈拉威塑造这么一个形象有她的现实依据：一是"大部分的美国社会主义者和女权主义者在社会习俗、象征表达以及与高技术和科学文化有关的物理人工制品中看到越来越强烈的关于心智与身体、动物与机器、唯心主义与唯物主义的二元论"；二是"人们团结起来以反抗世界范围内越来越激烈的控制的必要性从来没有像现在这样紧迫过"。她在描述生控体神话之前还申明，她要建构的是一个同时"忠于女权主义、社会主义和唯物主义的政治神话"，而这种忠诚又是以"亵渎"的方式出现的"反语式忠诚"，因为她既想维护女性主义关于生理性别和社会性别的一般原则，又深知任何同一性话语都包含着排斥和压制的胚芽。另外，既然现实——二元论模式及以此为基础的社会控制——无法改变、不可逆转，那么，女性所能采取的积极行为就是转换自己的视角和态度来对待这一现实，以便更好地"在以技术为媒介的社会里争取到意义以及其他形式的权力和乐趣"，"并全力建构起能够真正把巫婆、工程师、年长者、性变态者、基督徒、母亲和列宁主义者足够长久地团结在一起的政治形式，以便解除国家的武装"。（塞德曼：121）这一切足以见出，她把放任、追求、执着、叛逆、颓靡、激进、嬉戏、斗争等主体性状（总归属于"亵渎"或"忠诚"）杂糅并置，组装成生控体时，动机是很严肃的，而且有着相当的雄心壮志。

波伏娃也曾论及女性的非同一性。她认为，女性有阶级和阶层的差异，又被不同的宗教、民族、家庭所隔绝，因此，女性是散居在社会的各个单元中的；在每一个社会单元里，都是男性主导，女性是受支配者，是附庸。因此，除了"绝对的他

者",再无其他特性可以界定女性。波伏娃说:

> 每一个分离的有意识的人,都渴望将自己单独树为主权的主体,每一个人都想把他者贬为奴隶,以实现他自己。而奴隶,尽管劳动和恐惧,却在某种程度上认为他自己是主要者;而且由于辩证的颠倒,主人反而成为次要者。若每个人都能够坦率地承认他者,将自己和他者相互看成既是客体又是主体,那么超越这种冲突便成为可能。

可是在父权社会中,女人"承认男人有主权,而男人未感到有造反的威胁,未感到可能反过来将他也变成一个客体。于是女人仿佛是一个根本不想成为主要者的次要者,是一个绝对的他者,对女人来说无相互性可言"。(波伏娃:164—165)

波伏娃一方面以女性的散居性来揭示其非同一性,另一方面,和哈拉威一样,她也描画了女性的非同一的同一性——用"绝对的他者"而不是用"生控体"。与哈拉威不同之处还在于,波伏娃如此定义女性是在揭露社会文化传统的痼疾,提醒女人坚持自己的主体性,逐渐去掉那"他者"的"不可思议"特性。而作为后现代女性主义者的哈拉威等人则认可了女性的"他者"位置,她们对男性中心秩序的批判和颠覆行为是:继续留在被派定的边缘位置上,不断积累"不可思议"的"他者"性质,像调节机器性能一样调节自身性别,以"亵渎"的方式表达"忠诚",把电脑虚拟的特性注入真实的自我,等等。总之,采取一切手段,让自己越来越边缘化。显然这一切只能在想象中实现。编织生控体神话的后现代女性主义者正是陶醉在这些想象中,在"他者"位置上尽情嬉戏和享受。并且,这种种方式又显示出这些女性主义者正在行使着作为主体的能动性、创造性,于是,对"他者"的认可又构成了对它的颠覆,可谓一举多得。唯一的缺憾就是,这一切只存在于虚构之中,而最大的好处则是能够刺激并满足后现代女性主义者的理论狂想。

如此看来,彻底革命且完全解放的女性,是在"他者"的位置上尽情、任意地言说的人。不幸的是,她们的理想抱负和表达方式都与无处不在的谋生和劳作中的女人毫不相干。这最为广大的一群人,本来是女性主义的原动力和归属地,现在却被这些激进的女性主义理论主体忘却了。这是否意味着女性正面临被男性中心社会和女性主义阵营双重地"他者"化的境地?所以我们不得不承认,女性主义在理论上最自如、最精到地表达自己的时候,是她背离自己的原旨最远的时候。

问题三:如何对待身体

到20世纪中期,"身体"逐渐在女性主义和女性文学中凸显出来。无论是所谓英美派——从自由主义的女性主义到激进的黑人女性主义,还是法国派——从存在主义的女性主义到后结构主义或后现代女性主义,都把身体视为性别政治的载体或场所。当然,它的意义不是单一和固定的,我们能够从不同派别的女性主义那里看到身体的不同含义或意旨，如不避简略，可概括为如下几种情况：一、独立自主的女性个体，此身体强调女人和男人一样是主体性的自我；二、颠覆了灵魂/肉体二元结构中"灵魂"的优先性的身体，此身体是灵肉一体且无优劣之别，有个性差异而无等级之分；三、也是颠覆了灵/肉二元对立的身体，不过，这个身体是取代了灵魂特权地位的肉体，将性欲体验视为女性存在体验的中心，甚至全部内容。

第一种情况针对历来的男性中心的社会将女性物化或"他者"化的实际，在发现女性、重写女性历史的同时，使女性成为与男性对等的人。这是从经典（从时间上说是20世纪60年代以前的）女性主义发展而来的女性身体政治观。这一身体的政治意义不在实体性的身体上，而在于它所指涉的"人"及其人性。第二、三种情况则存在于上世纪60年代以来英美的"以妇女为中心的小说"和法国的女性写作中，其中，"以妇女为中心"的写作不是一个文学阵营，也没有明确的主张，并且曾被指为"色情文学"。而法国的女性写作理论则因为提出了"描写身体"的主张而广受瞩目，以至于人们将"女性写作"等同于"身体写作"，或者用"描写身体"指代女性写作理论。就本土现时的"身体写作"而言，事实上是有意无意地误用或滥用了女性写作的身体理论，在文本特征上更趋同于罗瑟琳·科渥德所说的"妇女小说"。（张京媛：69—86）

概括地说，英美派女性主义致力于发现在文学和历史中被湮没和扭曲的女性，法国派女性主义则积极地在意识和无意识领域恢复女性自我并创造真正的女性。前者认识到，在既往的历史及其言说中，即便能够占有一定位置的女性也只是一个被表现的对象，从来不是一个主体性的自我，而且总是按照男性中心价值观的意愿和臆想被表现的。英美女性文学批评的这种方式或许是受到了波伏娃的启发和影响。波伏娃在《第二性》中挖掘和重新描述了五位男性经典作家笔下的女人形象，进而对他们的女性观念进行深刻批判：蒙泰朗把女人当作"厌恶的面包"，它意味着纯粹肉体性动物性的存在；劳伦斯描述女人是要显示"阳具的骄傲"，"他几乎从未表现过一个被女人激动的男人"，"毫无保留地让自己被限定为他者，这就是劳伦斯向我们提供的所谓'真正的女人'的理想"；在克洛弋尔的诗歌中，女人被表现为"主的婢女"，"男人在上帝面前敬重女人，在尘世上却把她当奴婢对待，他们认为越是要求女人绝对服从，越是使她走向了得救的道路"；勃勒东笔下的女人是"诗"，这是直接对男人而言的，但无人指出她对她自己而言是否也是诗；对于司汤达来说，女人意味着现实中的浪漫主义寄托。这些不同时期不同风格的作家所编织的女人神话"全都表明，他们都期待着女人的利他主义"，女人始终只是"发挥着他者的作用"。（波伏娃：232—290）20世纪60年代末，凯特·米利特对劳伦斯、米勒、梅勒、让·热奈特四人进行了与波伏娃类似却更详尽也更意气用事的批判，这里不待详述。

这就是说，在深远庞大的文学传统面前，女性文学批评必须保持高度警觉和批判精神，女性要时刻自觉地"作为妇女"而阅读，做"抗拒的读者"，"抵制男权主义的思想连同他们的评价结果，并且创造出专门以妇女为中心的阐释和评价模式"。（科恩：184）有了这些原则和追求，女性主义的批评主体自是毫不容情、毫不妥协地对男性文本里的女性形象、塑造方式及其动因，深挖穷追、痛加挞伐；对那些已然位居经典之列的女性文本，则重新进行审视和衡量。于是，一些"载入史册"的女性作家，如乔治·艾略特、简·奥斯丁、艾米莉·狄更生等人的作品，就被新的"女性经典"所剔除，因为她们笔下的女性可能是符合"男性观看"习惯的被动的客体，或者她们的表达方式顺应了男权社会传统对女性的接受成规。另一方面，在一些不被传统所看重或者仅被视为次等的女性文本中，批评家们找到了重建价值标准、重构女性形象的用武之地。

对夏洛蒂·勃朗特的《简·爱》的评判就是一个典型例子：由于主人公简·爱是一个足以在精神上与男性抗衡，甚至更为优越的有理性、有尊严的女人，她被尊为"正面角色典范"；一个次要人物（即"阁楼上的疯女人"）也由于她的特异性，有时被看作女性的激情和力量的黑暗化身，有时被用来揭示男性中心如何将女性逐步他者化，有时还作为帝国主义殖民者进行资源和文化、物质和精神、种族和性别的多重盘剥的罪证。这部小说就在这样的多重解读中成为某种范例。其他诸如此类的女性文本，也因为具有类似的诠释和重新诠释的质素而备受重视。当然，所有这些诠释都有一个重要目的：为被男性言说变成刻板印象的女性形象（身体）灌注生气，恢复她的意识、良知、灵性、声音，使之复活为"真实的女性"。不过，在20世纪60年代末期以来的法国后现代女性主义者看来，如此抗拒仍然是对现存秩序的俯就，而她们的使命就是要跳出这种"一拳一脚的相互交锋"。

埃莱娜·西苏的"女性写作"理论，倡导以女性身体为基础的体验式、直觉式写作。她发现，无论性别，人的意识中都有一种描绘女性的冲动，因而"女性写作"并不是女性的专利，但是身为女性于此道更加便利、切近，其写作也更为真实。她很看重女性所描写的自我及躯体中的另类激情，热切地宣扬反成规、反理论的诗意表达方式。她相信这种体验式、直觉式写作具有一种强大的潜能，除了颠覆"菲-逻各斯中心主义"（phallogocentrism）的男性优势，更重要的是使得女性超越即时的两性冲突，摆脱文学和历史对女性言说的限制，便于女性自由地探索自己的身体和无意识，并在这个完全敞开的文本建构过程中体验一种自我表达的快感，或曰"狂喜"（jouissance）。由此可见，身体写作的"技术"也有"政治"的意味，身体即政治。这在其他女性写作理论家那里同样如此。

如果说西苏的"女性写作"理论着重于女性如何实现这种愉悦，另一位身体写作的倡导者露丝·依莉格瑞则试图揭示它是如何失去的——被逻各斯和菲-逻各斯中心主义话语所剥夺和禁绝。她认为，"内在性（immanence）和超验性（transcendence）的观念都必须重新铸造"，这个观点可以说是对波伏娃的批判的继承。

当年波伏娃力图证明，这些观念是男权社会所编织的女人神话中的女性本质，是用来证实女性低劣、神秘、邪恶等他者性的虚构之物。波伏娃说，在"女性神话"中，女性的"身体不是被看作主观人格的放射，而是被看作是深陷于内在性的一个物：这样一个身体是不会和世界的其余部分有关系的，不必对有别于自身的事物怀有希望；它应当结束它所唤起的欲望"。她还指出，世界上许多民族艺术形式对女性的乳房和臀部的喜好，是因为它们是没有含义的纯粹的存在，它的风韵是多余的、不必要的，"习俗和时尚常致力于割断女性身体与任何可能的超越的联系"。（波伏娃：184—185）

但依莉格瑞此时却反其道而行，承认女性的此种特性确有其实，而且正是它构成了两性的差异，只不过它一直受到压抑、贬损和扭曲。因此女性写作应该彰显女性的"内在性"、"超验性"，以还原女性的真实本性，不再继续听任男性中心价值观的扭曲。因此，她一面剥除了加在女性器官上原有的隐喻，同时又给它加上许多新的象征意义。（张京媛：184）依莉格瑞和西苏的女性写作理论中对女性身体的倚重，其目的可以归结为两点：一是作为打进男性话语内部、夺取说话机会、"依照自己的意志做一个获取者和开创者"的起点。二是使女性身体彻底解放，使女性身体所涵盖的一切都得到足够的重视和正确的评价，恢复女性或母性的原有和特有的意义。

可是，她们对女性身体及其感（器）官的过分强调也引起了许多人的质疑。她们的美国同行如此批评道：

> 尽管女妖批评家们的一些著作具有令人愉快的肉感并且是跨越界限的，但是它也有其操行上的缺陷。这位女妖富于魔力，她是流动剧团中的演员，但是在她对父权制结构的攻击中，她演出的那出诱惑和背叛的戏可能到头来对妇女同样是一种诱惑性的背叛，如同对于男子一样。毫无疑问（尽管不无矛盾），法国人的女性文体和妇女言语的概念同美国人的"正面角色典范"的概念一样都是规范性的。因为，如果并非每一位女性的想象都会被有关文学快感、用白墨水写作、语言上的编织和解开、火山般爆发和合唱式向前推进等梦想所俘虏，那又有什么关系呢？同样，如果由所谓从"生物因素所确定的女性"写出的文本不具备上述特征，那么为什么应该把它们当成非女性的文本而抛弃呢？同时，如果由生物因素确定的男性确实具有上述特征，那么为什么还应该把它们当作"女性特征的印记"而加以赞扬呢？（科恩：192）

这就是说，身体写作既没有像它所宣扬的那样跳出规范或控制的窠臼，还可能制造出新的压抑或排他的同一性来。这还是局限在女性文学的语境中讨论，如果把它置于两性关系或整个文化，乃至全部社会情景中考察，矛盾会更为突出。因为无论初衷如何，她们所倡导的描写身体，客观上还是在提供观看的对象；而且恰恰由于她们现在是以"完全不同"的方式表现的，表现的又依然是身体，所以尽管她们打破了陈规，也会因"更真实、更奇怪"而更富刺激性、更具吸引力，其最终效果很可能是助长社会对女性的窥视欲。这样，女性写作重构身体的努力，似乎使女性主义再次陷入了"政治上弄巧反拙"的境地。更不要说在全球化的商业主义和消费主义的共同作用下，无论在英美、在法国还是在世界的其他地方，畅销着许多以女性主义名义进行的"以女性为中心的写作"，实则是写作者为个人名利而与市场合谋，继续贩卖着女性身体，这种情形只能侵蚀女性主义的生机。（张京媛：69—86）

又一个女性主义的悖论就这样形成了：如果不致力于探索和发现自己的身体，在男性主导的现实中建构真实的自我、发出自己的声音、获得主体身份的工程就无从起始；而一旦注重身体时，却又使她的身体、连同她"注重身体"的行为一起成为被观看的对象。

结　语

如何对待身体、如何界定女性、如何处理两性关系，这些问题都是互相关联的，并且一直伴随着女性主义的发展历程。在后现代语境中，这些问题空前地凸显出来，是女性主义理论主体的认知不断自觉和深化的结果，也是女性主义自反特性的显现。上述分析说明，后现代女性主义是女性主义自反性的集中演练。为什么女性主义并没有因其自反性而衰微，却对社会生活产生了越来越巨大和深刻的影响？也许那不停歇的怀疑、批判、抗拒，无保留的吸纳、发现、尝试，才是它无限的力量和生机所在。后现代女性主义及其他后女性主义理论教给我们一个重要的观念是，除了生而为人这一大同前提，任何人的存在方式及体验都是独一无二、不可替代的，个体间的差异才是存在的意义之所系。另一方面，"这些差异是肉体与社会、地点与历史所孕育的，而且往往是从内部产生的"，（科恩：175）因此从整体上思考女性和两性不仅是可能的，而且当话语与现实、理论主体与关注对象、言说与倾听互相脱节和背离时，对某种能够真正维系人的关系、发展女性力量的同一性的谋求就再次成为必需。

参考书目

1. 波伏娃：《第二性》，陶铁柱译，中国书籍出版社，1998。
2. 多诺万：《女权主义的知识分子传统》，赵育春译，江苏人民出版社，2003。
3. 孚卡等：《后女权主义》，王丽译，文化艺术出版社，2003。
4. 福柯：《性史》，张廷琛等译，上海科学技术文献出版社，1989。
5. 凯尔纳等：《后现代理论》，张志斌译，中央编译出版社，2001。

6. 科恩主编：《文学理论的未来》，程锡麟等译，中国社会科学出版社，1993。
7. 克里斯蒂瓦：《恐怖的权力 论卑贱》，张新木译，三联书店，2001。
8. 罗宾等：《酷儿理论》，李银河译，时事出版社，2000。
9. 米利特：《性的政治》，钟良明译，社会科学文献出版社，1999。
10. 塞德曼编：《后现代转向》，吴世雄等译，辽宁教育出版社，2001。
11. 童：《女性主义思潮导论》，艾晓明等译，华中师范大学出版社，2002。
12. 威克斯：《20世纪的性理论和性观念》，宋文伟等译，江苏人民出版社，2001。
13. 伊格尔顿：《后现代主义的幻象》，华明译，商务印书馆，2000。
14. 张京媛编：《当代女性主义文学批评》，北京大学出版社，1992。

后现代诗学 林元富

略　说

琳达·哈琴（Linda Hutcheon）的"后现代诗学"（Poetics of postmodernism）的核心是悖谬说。她认为，把握和界定后现代主义总体特征的依据是悖谬或自相矛盾。哈琴对后现代小说理论的重大贡献在于：第一，她提出了"编史元小说"（historiographic metafiction）的概念，对纯粹"自恋式"的元小说和以一种悖谬的方式关注历史和社会的后现代小说进行了区分。第二，她对戏仿和互文的"双重赋码的政治性"提出了独到的见解。尽管人们对哈琴诗学本身尚有不少争议，但此两者纠正了不少论者对后现代小说纯属"文字游戏"、"没有意义"和"价值中立"等的片面看法，对于全面认识后现代艺术，特别是后现代小说，仍有重大的意义。

综　述

自 20 世纪 80 年代以来，随着围绕后现代主义思潮的"后现代论战"的展开，一些西方学者也开始了对后现代艺术的理论探索，并取得了令人瞩目的成就。在后现代小说理论方面，布赖恩·麦克黑尔和哈琴的思路最为新颖独特。麦克黑尔主张以本体论"主导"阐释后现代小说，而哈琴则试图用"悖谬"说把握后现代诗学。哈琴之所以引人注目，倒不是她的加拿大女性学者的身份，而在于她对欧美的后现代论战的"大师"们的理论提出了质疑和挑战。"问题化"正是哈琴《后现代主义诗学》和姊妹篇《后现代政治学》的主要思路（以下分别简称《诗学》和《政治》）。

哈琴著作颇丰，在此之前对戏仿和互文有过深入的研究，撰写过《自恋的叙事》和《论戏仿：二十世纪艺术形式的训导》（A Theory of Parody, 1985）等专著。《诗学》与哈琴同年版的专著《加拿大后现代主义》中关于后现代的论述有很多共通之处，不同的是，《诗学》研究的视野跨越了加拿大，投向了整个西方后现代文化现象。哈琴的后现代悖谬说，她的"戏仿"和"编史元小说"理论，都在如何认识纷繁复杂的后现代文化，尤其是在如何理解后现代小说方面，提出了独到的见解，值得进行梳理。

哈琴悖谬说的提出，很大程度上是基于对当时后现代论战的质疑。哈琴认为，任何理论的构建都源于其研究对象，因此后现代理论和美学实践的重大"交迭点"

（overlap）就为后现代研究提供了契机，借此可以提出一套后现代的诗学。这种诗学应该是"一种灵活的概念性结构，它既能构筑、涵盖后现代文化，也能包含我们关于或接近这一文化描述的话语"。（Hutcheon，1988：IX）哈琴对当时"大师级"的后现代辩手极不以为然，指出在后现代理论的构建和后现代文化实践之间存在着严重的脱节。

因此《诗学》一开始就把矛头指向詹明信、伊格尔顿和查尔斯·纽曼等理论家，认为他们因过分关注纯粹理论构建而对后现代文化产生片面性概括，其结果是，人们除了解他们对后现代所持的否定性批判外，对后现代的概念仍然是一头雾水。哈琴认为，不管是哈桑《后现代主义概念初探》里那个描述性的表格，还是不同论者进行的时间界定（1945，或1968，或1980年之后），甚至詹明信的经济标志（晚期资本主义），都无法充分说明西方后现代社会复杂碎裂的文化。

那么，什么是后现代的理论和艺术实践的"交迭点"呢？或者说，什么是把握和界定后现代主义总体特征的依据呢？哈琴的回答是：悖谬或自相矛盾。

> 对于我来说，后现代主义是一个矛盾的现象，它对自己所要挑战的诸种观念既使用又滥用、先确立而后又推翻——这些观念涵盖了建筑、文学、绘画、雕塑、电影、录像、舞蹈、电视、音乐、哲学、美学理论、精神分析、语言学或编年史等领域。（Hutcheon，1988：3）

后现代理论和美学实践的双重悖谬

哈琴认为，说后现代主义是一种悖论，是因为它的理论和美学实践都无法摆脱它所试图颠覆的体系。换言之，后现代主义是一种从自由人文主义内部发起的攻击，跳不出它的樊篱。尽管它"严肃地挑战了自由人文主义，但它并没有替代它"，没有产生库恩式的范式的转变。哈琴指出，现代主义者，如乔伊斯和艾略特等，一直都被视为人文主义的坚定的捍卫者，他们的悖谬之处在于：尽管他们深知人文主义所描绘的那种世界不可能存在，但他们还是渴望一种固定的美学和道德价值，一种充当安慰剂的体系。后现代主义不同于现代主义之处，并不在于它摆脱了人文主义自身的悖论，而在于它对诸种悖论作出的是暂时性的反应。人文主义体系、结构，或者利奥塔所说的元叙事"可能的确很有吸引力，甚至是必要的，但这并没有减少其虚幻性"，这是后现代主义的清醒之处。哈琴认为，那些把利奥塔所描述的对元叙事的怀疑等同于世界或艺术领域的"意义的丧失"的人是错误的：他们所悲叹的是宏大叙事或元叙事的丧失，意义或知识本身并没有消逝，只不过人们对它们的认识已经发生变化罢了。因此，后现代主义和它的挑战目标之间的关系是"共谋和挑战"，只能用矛盾共存（both/and）而非非此即彼（either/or）的逻辑加以界定。

哈琴把后现代主义视为一种肇始于上个世纪60年代的"正在进行中的文化过程或活动",(Hutcheon, 1988: 4, 14) 认为它是资产阶级霸权的解体和大众文化发展的产物;但它并不是一种纯粹消极的现象,它的存在恰恰是对大众文化愈演愈烈的趋同化倾向的反拨;后现代孕育于它的社会,却对这个社会的种种整体化势力,包括大众文化,发起挑战。哈琴强调"挑战,但不否认",不过这种折中的政治性还是有其拆除中心、坚持差异、提倡多元的价值,对处于边缘的少数群体文化,如女权主义和黑人文化等,从高度整体化的"中心"的压制下解放出来有着潜在的意义。

在理论上,后现代的矛盾体现在理论家对西方形而上学传统的"解中心"的过程中,特别是对实证主义和人文主义的怀疑和围攻堵截上。哈琴认为,一大批理论家——福柯、德里达、哈贝马斯、瓦蒂莫、鲍德里亚等——步尼采、海德格尔、马克思的后尘,试图挑战西方文化体系中的经验主义、理性主义和人文主义,包括科学的设想。然而,不管是福柯早期为了摆脱人文主义中整体化设想而对思想史"知识考古"式的重新思考,还是德里达更为激进的对笛卡尔和柏拉图式的将精神作为一种封闭的意义体系的攻击,都是在一种悖论中进行的:他们都"深知谁声称认识论的权威,谁就会陷入其所试图替代的体系之中"。(Hutcheon, 1988: 7) 哈贝马斯对现代性的捍卫也是基于对启蒙理性的压迫性和破坏性的批评和修正之上的,然而他批判性的、总体化的社会理论却遭到利奥塔的猛烈抨击,被视为另一种总体化叙事;而利奥塔对元叙事合法性的挑战,也难逃陷入另一种元叙事的悖谬怪圈,他那个"向所有的统一性开战"的口号就足以说明这点;詹明信批评哈贝马斯和利奥塔的论点,是基于"一种不同但一样强烈的使合法化的'叙事原型'之上的",但哈琴认为詹明信的马克思主义批评也不见得没有总体化的冲动。总之,后现代的论战都是在这种无休止的"胜人一筹的元叙事的游戏中进行的",体现了典型的悖谬,都是"对专横的专横否定,对整体性的整体攻击,对本质主义的本质化的挑战"。(Hutcheon, 1988: 20)

后现代的悖谬在艺术方面体现的更为明显,几乎渗透所有的艺术领域,但哈琴认为最为显著的是后现代的建筑和文学,而文学中最能体现这种悖谬的则是戏仿的运用和她所谓的"编史元小说"。

按照哈琴宽泛的界定,戏仿指人们常说的"反讽式的引用、拼凑(pastiche)、借用(appropriation)或互文性"等。哈琴对自己在过去研究中把戏仿定义为"相似性的核心表现反讽性的差异、经过授权的对惯例的逾越"并不满意,因为这种囿于形式主义和单纯符号(语用)学的研究并不能说明后现代艺术批判的一面。因此,她把戏仿重新定义为"带有批判距离的重复,它能从相似性的核心表现反讽性的差异"。(Hutcheon, 1988: 26) 这里,距离与重复、相似与差异凸现了后现代艺术再现形式与过去形式间的悖谬张力,而"批评"和"反讽"等字眼更指向了戏仿"双重赋码的政治性"（double coded politics）。

"编史元小说"指的是"那些广为人知的通俗小说，它们既有强烈的自我指涉性却又悖谬地关注历史事件和历史人物"，如福尔斯的《法国中尉的女人》、翁贝托·艾柯的《玫瑰之名》、拉什迪的《午夜之子》、马尔克斯的《百年孤独》、品钦的《万有引力之虹》、E. L. 多克托罗的《拉格泰姆时代》、库弗的《公众的怒火》、伊斯梅尔·里德的《可怕的两个》、汤亭亭的《女勇士》，等等。哈琴认为，在大部分关于后现代的理论中，往往是叙事（文学的、历史的或理论的）最为引人注目，而编史元小说则涵盖了这三个领域，即"它把对历史和小说是人为的构建这一理论上的自我意识，变为它对传统形式和内容进行反思和重构的根据"。（Hutcheon，1988：5）换言之，编史元小说至少包含了以下三层相互矛盾的要素：第一，它具有元小说的自我指涉性，如文字嬉戏、邀请读者参与、作者直接闯入小说文本、强调现实和历史都是语言的建构物等元小说的特点。其次，它又不是单纯的元小说，因为凭借戏仿和反讽，它对历史和历史人物的频繁调用能起到借古喻今的作用，促使读者重新思考历史、传统、宗教和意识形态等问题，尽管这种美学效果是以元小说的方式，或者说是以一种近乎布莱希特式的"间离效果"来显现的。再次，和后现代理论家一样，它们的作者对主导的人文主义文化既挑战，又没有全然弃绝。哈琴举例说，即便像伊斯梅尔·里德这种肆无忌惮地颠覆西方主导文化的激进黑人作家，还是对某些人文主义自由观笃信不疑，如相信黑人艺术家能赢得"终极的、自由的、个性主义的作家"的地位，用艺术去拒斥种族歧视和压迫等。

尽管哈琴并没有对后现代主义小说妄下定义，但她显然在后现代主义小说和编史元小说之间划上了等号，并将人们经常谈论的后现代小说，如以雷蒙德·费德曼和罗纳德·苏肯尼克为代表的美国"超小说"（surfiction）、和罗伯-格里耶、克洛德·西蒙、娜塔丽·萨洛特和米歇尔·布托等倡导的法国"新小说"或"新新小说"（new new fiction），排除在后现代主义小说的范畴之外。哈琴在早期的研究中已经提出了不能把"后现代主义小说"等同于"元小说"的观点。（Hutcheon，1980：2—3）她认为，后现代小说脱胎于现代主义小说的母体，保留了其自我指涉、形式革新、反讽和含混等特点；在颠覆和抵制经典现实主义"艺术模仿生活"的表现观方面两者也有着共通的一面。然而，后现代主义小说又挑战了现代主义小说的诸多信条，如强调审美自律、割断艺术和生活的脐带（艺术为艺术）、张扬创作主体、培植精英文化以拒斥通俗文化和资产阶级的庸俗、否认历史事实的文学价值，等等。（Hutcheon，1988：43）元小说显然不符合这种悖谬的特征。

首先，戏仿、互文和自我意识元小说的传统由来已久，从荷马到塞万提斯的《堂吉诃德》、18 世纪英国的劳伦斯·斯特恩的《项狄传》，都有向内观照、自我指涉的影子。"自我衍生的小说"（self-begetting novel）以及"盯着自己的肚脐眼"（navel-gazing）等辞令描述的既是现代主义，也是后现代小说的自我指涉性。其次，这类元小说的作家曾经公开宣布，他们的小说不再试图反映生活或者揭示任何道理，和王尔德的唯美主义思想甚至浪漫主义思想相比，可谓有过之而无不及。费德曼说过，小说"凭其自身的特性就是一门自律的艺术"，他们的小说不断唤醒的是那种"我们对想象力的信念而非对现实的扭曲的看法"。被誉为"元小说的缪斯"的威廉·加斯（William Gass）就公开声称，他的小说"和现实世界无关"，"文学中没有描述、只有遣词造句"。(杨仁敬等：110) 最后，从文学接受的角度看，纯粹的元小说多半针对的是"局限于学院内的、那些喜欢复杂文本的读者"，并没有菲德勒（Leslie Fiedler）所描绘的"跨越界限、填平鸿沟"的特性，与平民百姓仍有很长一段的距离；而大部分具有编史元小说特征的后现代小说不但堂而皇之地进入大学课堂，而且屡屡列于欧洲和北美的畅销书的榜首，真正体现了高雅文化和通俗文化的交融。哈琴多次强调，许多美国批评家所谓的后现代主义，如"超小说"所表现的极端抽象的文本变化和自我指涉，实际上只是（后期）现代主义的另一种形式，是现代主义审美以及唯美主义信条及其对想象的浪漫主义信念的逻辑上的极端表现。(哈琴：15) 所谓小说的死亡或枯竭就是指这类元小说，因此小说上的"后现代主义"这个术语应该有所限制，专门指编史元小说这一"更为悖谬、历史指涉更为复杂的形式"。(Hutcheon, 1988：40)

显然，这种限定有很多值得商榷之处，但这是哈琴以悖谬说界定后现代诗学的必然结果。我们上文说过，哈琴认为，后现代主义和现代主义的关系既不是简单、彻底的断裂，也不是一脉相承的延续；这是一种"都有和都没有"（both and neither）的悖谬关系。它拒绝任何"非此即彼"的二元论，如伊哈布·哈桑那个著名的表格。在哈琴看来，哈桑两栏中现代主义和后现代主义的每一个对立项都可以用悖谬关系来理解。比如，哈桑列出的对立项，包括目的与游戏、艺术客体/完成的作品与过程/行为/即兴表演、此在与缺席、大师法则（master code）与个人习语（ideolect）、超越性与内在性等，只不过是为了说明自己的观点而设立的"莫须有的论点"。实际上，

> 后现代主义是带有目的的游戏……；它是产生艺术客体的过程；它是置身于此在的缺席；它是必须围绕中心的扩散；它是那种想成为，但又深知自己不可能成为大师法则的个人习语；它具有那种拒斥但又渴望超越性的内在性。(Hutcheon, 1988：40)

哈琴认为，哈桑的对立项并不是个案，论者在对后现代主义与现代主义关系的把握上往往就是这样充满矛盾。哈琴把他们归纳成两大派别：一派认为两者间的关系是断裂的，而另一派则主张后现代主义是现代主义的延续。以断裂说的论者为例，他们认为，后现代主义小说在美学形式、哲学和意识形态倾向层面都有与现代主义小说断裂的标志。比如在形式方面，后现代的表面和无序相对于现代主义的深

度和秩序；它的基调是戏弄、调侃的，而后者则是严肃、一本正经的。在哲学向度方面，以麦克黑尔和怀尔德（Alan Wilde）为代表的学者认为，现代主义小说是以"认识论"为"主导"（dominant）的，它关心的是认知（knowing）以及知的极限，探索的目标是：我们如何认识或感知世界？艺术如何创作并改变我们对生活的感悟？现实的本质是什么？而后现代主义小说强调的则是本体论，它关注的是"存在"（being）问题，如本体是由什么东西构筑的？自我（self）如何在文化中而且通过文化得以构建等。因此，后现代主义小说关注这类问题：

> 我看到的这个世界是什么？这个世界会发生什么……世界是什么？有多少类型的世界？如何组成？不同点在哪里？不同的世界遭遇时，或者它们间的界线遭受侵犯时又会发生什么？……等。

有趣的是，就是在同样持断裂说的论者中，大家也是各执一词、莫衷一是。比如，克里辛基（Wladimir Krysinki）、麦卡费里（Larry McCaffery）、拉塞尔（Charles Russell）和伊布思（Elrud Ibsch）等学者的观点和麦克黑尔恰恰相反，他们认为，后现代主义小说是以认识论为"主导"的。据此，哈琴又为自己的诗学找到了根据，因为编史元小说既问本体论问题，又问认识论问题："我们如何知道过去（或现在）？过去（历史）的本体论地位是什么？它的档案以及我们的叙事的本体论地位又是什么？"

诗学的"入世"之道

哈琴对戏仿的重新定义以及她对后现代小说的限定性界定，标志着她的批评视觉从结构主义到后结构主义的彻底转变，是一种明显的把后结构主义理论和话语理论熔为一炉、进而分析后现代主义复杂文化，并揭示两者间共性的尝试。因此，她的论证涉及到纷繁庞杂的理论体系，包括巴赫金的对话理论、克里斯蒂娃和巴特等的互文性理论、福柯的权力/话语理论、怀特的后现代历史叙事学、萨义德的后殖民主义以及西方新马克思主义对意识形态的不同界说等。归纳起来，哈琴主要围绕后结构主义的语言再现（representation）观、编年史观、当代艺术与艺术传统、当代文化与历史的复杂关系等对后现代文化进行"解常论"（de-doxify）式的剖析。应该指出的是，哈琴的分析一方面充满了后结构主义的"语言"观，另一方面又利用了新历史主义的"话语"的概念。也就是说，虽然"互文"、"戏仿"、"借用"等充斥着哈琴的分析，但她并没有走进文本的死胡同；相反，她从话语理论中为后现代主义小说找到了"入世"（worldly）的出路，这是因为：

> 虽然"话语"同"文本"一样，不能再现形而上的真理，但其背后却隐藏着一种看不见的权力结构。任何"话语"都是"权力的话语"。"话语"理论旨在全面摆脱以语言定位为导向的理论探讨，转向历史、文

化、社会、政治、制度、阶级和性别的交叉研究。(王治河：303)

哈琴正是结合话语理论来分析后现代小说的。她说编史元小说虽然有向内观照和戏仿的特点，但它并没有回避历史的指涉："与其说它否认，还不如说它质疑了现实和小说中的各种'真实'——各种我们赖以生存于世的人为构建物。""小说没有像镜子般反映现实，它也没有再现现实……小说只是提供了另一种话语，让我们建构我们自己版本的现实。后现代小说正是把这种建构的过程和必要性进行凸现而已。"(Hutcheon，1988：40)哈琴最常引用的是互文性理论，这一理论的一大贡献就是破除了以作品和作者为中心的文学研究传统，实现了强调读者/批评家作用的批评视觉的转移。巴特的《作者之死》(1970)和福柯的《什么是作者?》(1969)双双宣判了作者的"死亡"，使作者身份、作者权威、原创性概念、意义的本源等受到了空前绝后的挑战。哈琴的诗学看似在后结构主义互文理论中跳跃，但她的分析总是有着强烈"话语"理论的色彩。她指出：

> 后现代小说并不是简单地把关注的焦点从文本的生产者转移到文本的接受者身上……它实际上把文本的生产和接受过程以及文本本身重新置于整个信息传达的情景之中，置于影响这类互动过程和文本生产的社会、意识形态、历史和美学的背景之中。现代主义对异化的艺术家的视野的强调，已经让位于后现代主义者个体对他的社会，尤其是社会行为、价值和话语的各种符码(semiotic codes)的重新评价。(Hutcheon，1988：40—41)

如此，后现代小说，特别是编史元小说就不可能没有"入世"特性和历史指涉。当然，小说进入的是一个由文本和互文本构筑的话语的"世界"，这个世界与经验世界有直接的联系，却不是经验世界本身；小说中的历史指涉也不是对所谓"真正历史"的天真回归。在后现代小说中，历史是以含混、暂时和不确定的面目出现的，或者用哈琴常用的说法，历史知识的本质以及我们对历史的认识都被"问题化"了。但哈琴认为，"问题化"不等于否认过去和历史的存在，它只是意味着传统意义上历史再现的客观性、中立性、非个人性和透明性已经被打了折扣。传统编史、历史小说和现实主义小说中的目的论、因果律和连续性也受到了质疑。按照传统的文史观，文学是对某种想象性现实的主观、虚构性的创造，历史(和新闻)则是对真实事件的客观、事实性的记录，所谓"历史的问题是查证(verification)；文学的问题则是逼真(veracity)"。(Hutcheon，1988：112)哈琴认为，后现代小说刻意混淆的正是这种文史两分的做法：历史不再是绝对的真实、小说也不见得纯属虚构，因为历史和小说都是"话语、人为建构和表意系统"。换言之，"编史元小说"不否认过去的存在，但它强调我们对过去和历史的认识都来自被阐释和编织过的"文本化的残余"(textualized remains)，即文献、档案证物和目击证据等。这些"残余"不但支离破碎，缺乏完整性，它们本身也不乏极为主观的产物，如目击证据、日记、书信、回忆录等。倘若是官方记录，那就更难逃各种机构、制度和利益集团的操纵、歪曲或压制了。因此，编史元小说极为关注的问题之一，就是历史原始事件（events）和历史事实（facts）的区别：历史事件是构建历史事实的前提；历史事实则是经过阐释和情节编排的、"被赋予意义的事件"，因此它是受话语限定的，而前者则不然。哈琴指出，由于"不同的历史视觉可以从同一个历史事件中找到不同的事实"，在历史事件被构建为历史事实的过程中，就难以排除权力和意识形态的因素。如果说传统历史小说（或现实主义小说）通过历史人物的调用和历史事件的情节编排，力图把虚构与历史间的裂痕修补得天衣无缝，而现代主义小说干脆以艺术自律的名义将文本外的过去纳入编史领域，那么编史元小说则以元小说故意暴露的方式，将"过去作为现实和过去对我们而言只能是一种文本化的可及性（textualized accessibility）"的悖谬摆在了读者面前。

总之，编史元小说把编史和小说交互作用的一系列问题"问题化"了。身份和主体性的本质、指涉和再现的问题、过去和历史的互文特性、历史书写的意识形态内涵等，都成了编史元小说关注的主题。

观点的碰撞：后现代戏仿

按照上述观点，后现代艺术，特别是编史元小说中常见的戏仿和互文的运用，就不像詹明信所贬抑的那样，是一种"没有隐秘的动机"、"绝不多作价值增删"的中性手法；或者说是东拼西凑、失去历史意识的"大杂烩"（pastiche）了。（Jameson：17）是戏仿还是剽窃，这看似修辞学上的一个小问题，实则涉及到哈琴（后结构主义）和詹明信（西方新马克思主义）对后现代艺术总体看法的重大分歧。按照哈琴的悖谬说，后现代主义艺术并非像詹明信所说的那样，作为后现代的征候——晚期资本主义的文化逻辑，因为完全被资本主义的商品经济统摄而丧失了其对抗或批评的力量。相反，它具有暧昧的政治性（politics of ambivalence），即它对西方世界的两大基石——经济上的资本主义和文化上的人文主义——既共谋又批判，而詹明信却只看到这种共谋性的批判（complicitous critique）中"共谋"的一面。（Hutcheon，1988：207；1989：13）哈琴认为，产生这种偏见的原因就在于詹明信把"后现代主义"这一文化概念和"后现代性"这一社会和哲学分期或"状况"的指称混为一谈：

> 詹明信的作品中从后现代性到后现代主义的概念的滑移是坚决而又刻意的；对他来说，后现代主义就是"晚期资本主义的文化逻辑"。它复制、巩固、强化了后现代性社会经济作用下"可悲的和可责难的"一切。……在他新近的作品中，他更是固执地把后现代主义定义为既是"一系

列美学和文化的特征与程序",又是"我们社会中通常称为晚期资本主义的社会经济组织"。(Hutcheon, 1989: 25)

哈琴暗示,詹明信的理论是通过"假定"而非在"争论"的基础上确立的,无非是用简单的因果逻辑混淆了两个不同的概念。哈琴认为,后现代性是文化后现代主义的基础,把文化和它的基础等同起来,而排除两者间任何互动的可能性,就等于忘却并割裂后现代主义和现代主义间错综复杂的联系。哈琴指出,"在文化的后现代主义对后现代性的哲学和社会经济现实的反应上,批判性和共谋性一样重要"。同样,后现代艺术家所青睐的戏仿手法看似向内观照、属于纯艺术领域自恋式的作业,但作为一种反讽式的再现形式,它又不可避免地指向文本以外的美学和社会的过去,指向和社会相关的意义体系构筑的话语世界,因而也不可能没有其政治性。当然,戏仿就其政治性而言也具有两面性,它是"双重赋码"的:戏仿对其戏拟的对象既合法化又进行颠覆,然而这种暧昧立场并不抹杀其批评潜能;后现代戏仿"可能的确与它先设置而后推翻的各种价值有同流合污之处,但是它的颠覆性依然存在"。(Hutcheon, 1989: 101, 106)

这里重要的是反讽作用的不同理解。戏仿曾因模仿、套用旧的文本、风格、流派和体裁等而被称为一门"寄生的艺术";戏仿也因其戏谑、反讽的特性常常与18世纪那种卖弄巧智(wit)、游戏笔墨的作风联系在一起。哈琴认为,如果像伊格尔顿一样把后现代戏仿之作贬为轻浮通俗的粗劣品(kitsch),则无疑是在用观察18世纪艺术品的思维来审视后现代艺术。哈琴的观点是:在一个天真丧失的时代,后现代艺术家已经黔驴技穷,除了用反讽表现严肃性之外,已经别无选择。正是由于反讽,后现代戏仿和文本间的相互指涉才没有走向"纯粹的学术游戏或文本间性的无限倒退"。

哈琴对詹明信在评价多克托罗《拉格泰姆时代》时称这部小说"历史指涉的消逝"极不以为然。她认为,这实际上代表了相当一部分论者对戏仿的片面看法:在一个过度为影像所渗透的文化里,对过去形式的挪用只能是价值中立、装饰性和解历史化的拼凑。它不过是把过去的艺术从其历史联系中生生扯下来,再装配到某种颓废的、抹杀具有历史意义的过去的"现在主义的景观世界里"。这种游戏文本的态度,即便牵扯到历史,充其量也是怀旧感伤的,根本谈不上什么历史指涉。(Hutcheon, 1989: 93—94)哈琴指出,这种看法有失偏颇。《拉格泰姆时代》的确展现了某种历史性的危机,但小说的历史指涉是明确无误地存在着的:小说不但准确地展现了20世纪初期美国资本主义那个特定的历史时期,让哈莱姆地区的贫困黑人、犹太新移民和生活安逸的白人三个家庭构成这一时期不同的社会阶层,而且还把历史人物引入文本,以虚实结合的手法揭示了那个时代平和纯真的表面下的各种社会矛盾。哈琴的分析说明:与其说《拉格泰姆时代》缺乏历史指涉,还不如说历史指涉被问题化了。哈琴将《拉格泰姆时代》和它的戏仿范本多斯·帕索斯的《美国》三部曲作了比较。前者在主题、结构和意识形态批评方面都是对后者的戏仿，但多克托罗和帕索斯在对历史再现和历史性的认识上存在着明显的不同。如果帕索斯相信可以用"摄影机眼"、"新闻短片"等手法客观再现历史，用稳定的情节结构暗示历史现实是"可以认识的、连贯的、意义重大，且按其固有的规律活动"，那么多克托罗则采用虚构、史实相融和刻意的时代错位对这种再现观和历史连续性进行了质疑。哈琴说：

> 在戏仿多斯·帕索斯的历史性本身时，多克托罗对它既使用又滥用。他利用我们知道历史上确实有过像弗洛伊德或荣格或戈德曼这样一些人物的知识，质疑了我们或许未经审视的历史观——质疑关于可以构成历史之真的一切。（Hutcheon, 1988：136—137；1989：94—95）

在历史和历史再现方面，哈琴对詹明信的反驳（主要通过对编史元小说的文本细读）似乎较有说服力，也得到了新历史主义"文本的历史性和历史的文本性"理论的有力支持。詹明信在讨论《拉格泰姆时代》历史再现内容的苍白时认为，即便这类小说看似有写实的成分，也不再直接凝视"某种公认的真实世界"。如果说这类小说有什么"写实主义"的话，这只能使读者对历史的感受更为虚幻和眩晕，使"我们只能各自通过历史作为大众形象和类像给我们留下的感受而掌握历史，而那历史本身如今却是始终是遥不可及的"。（Jameson：25）哈琴反对这种鲍德里亚式的夸大现实（和历史指涉）被"类像化"的过程。后现代作品所彰显的，并不是像鲍德里亚描绘的那样，现实或指涉已经不复存在，而是它们不再是没有争议的问题了；我们所看到的，不是一种堕落为没有本源的超现实的真实，而是一种对"真实"为何物、我们如何才能接近它的质疑。（Hutcheon, 1988：223；1989：34）

这种观点对詹明信"历史本身如今却是始终是遥不可及的"的感叹似乎击中了要害。诚如杜瓦尔所言：

> 对于詹明信这样一位如此熟谙后结构主义的理论家来说，[詹明信上述]这段话读来实在令人费解。难道他在暗示曾经有过那么一个历史是唾手可得的时期（某种神话了的原始共产主义时刻）？一个人们可以不经媒介就可以直接把握历史的时刻？即便沃尔特·司各特（Sir Walter Scott）相信他是在再现历史上的过去，新历史主义的研究也已经揭示了这种信念的虚幻本质，因为它逃脱不了这么一个逻辑：过去总是以文本为媒介的而文本又总是具有历史性的。（Duvall：383）

结语：问题与争论

哈琴通过大量的文本分析，以悖谬说把握后现代理论和艺术实践，的确使她的"诗学"具有灵活、多元、拒斥元叙事的理论特征。就后现代小说而言，她对编史元小说的论述以及戏仿的评价也基本符合一大批后现代作家的作品特征。然而，她的诗学本身也是存在着悖谬的。

首先，哈琴多次指出后现代理论都是在"胜人一筹的元叙事的游戏中进行的"，都有总体化的冲动。那么她的诗学是不是也有类似的倾向呢？答案似乎是肯定的：按照哈琴的界定，所有的后现代小说都是编史元小说，编史元小说就是后现代小说；所有编史元小说里的戏仿都应具备"政治上的两面性"，只能既共谋又批判，不存在全然同谋或对抗的可能性。这种界定多少和她所坚持的欢迎异质性和多元性初衷背道而驰。虽然元小说是"所有小说一种固有的倾向或功能"，（Waugh：5）但上个世纪60年代末和70年代初，元小说风行一时，几乎成了后现代的"标志"（trademark）。（Fokkema：100）将其排除于后现代小说的范畴之外，或者判定元小说的创作者威廉·加斯不是后现代小说家，多少过于武断。哈琴后来显然改变了自己的看法。在一次与中国学者的笔谈中，她承认："自从80年代中期我首次撰文探讨后现代的问题后，后现代显然已经改变了形式。历史叙述式的元小说［即编史元小说］是欧洲和北美的后现代小说的一种主要形式。"（袁洪庚：124）

此外，按照哈琴"共谋性批评"说，少数群体（妇女、黑人、亚裔、土著和同性恋等）对平等权利的争取和对压迫的抗争（美学的和政治的）注定是前途黯淡。哈琴显然注意到了这个问题，因此她在《诗学》中特别提醒读者：女权主义因为思想形态不一（从自由人文主义者到激进的后结构主义者）且"有重要的政治议程"，而不该与后现代主义相提并论。虽然她也注意到少数群体的"对抗性的视觉"，但她似乎还是把女权主义作为唯一的例外，这在《政治》中表现得更为突出。哈琴说：

> 女权主义者会继续拒斥被纳入后现代主义，主要由于她们是有着革命力量的政治运动，致力于带来真正的社会变革。……女权主义艺术家可能会使用后现代戏仿式的刻写与颠覆的策略，以迈开解构的第一步，但并不就此驻足不前。（Hutcheon，1989：168）

如果女权主义会一直抗争，那么其他的少数裔艺术家就一定是和白人后现代作家一样，在共谋和批判的怪圈里挣扎了？哈琴在《诗学》里通过对伊斯梅尔·里德的评论得出了肯定的答案：

> 这是一种后现代典型的自我嵌入却又挑战的对人文主义的批判。美国

黑人的处境使他们对艺术的诸种政治和社会功能具有不同一般的自我意识，但他们还是美国社会的一部分。（Hutcheon，1988：197—198）

我们的问题是：难道女权主义因为有了哈琴认定的清晰明确的政治议程就不是"美国社会的一部分"了？看来，虽然哈琴理想中的诗学是"一个可以用来建构我们当前文化知识的开放、弹性的描述性结构"，但上述分析表明，她的诗学不可能是纯描述性的，这里有价值评判成分，而这种价值评判和她的女权主义学者的身份或许有些关系。

其次，关于艺术的接受问题。后现代小说的意识形态和政治性是哈琴诗学的重要内容。哈琴认为，在编史元小说里，意识形态不是马舍雷（Pierre Macherey）所谓"沉默"的文本里"没有说出的东西"，即不是它所留下的"空白"和"缺无"（lapses or omissions），"这里的模式是更像布莱希特式的，它的意识形态批评和文本本身的'漏洞'（aporia）一样，都被暴露（和前景化）了"。（Hutcheon，1988：211）在哈琴看来，后现代艺术、特别是"编史元小说"与布莱希特的艺术主张有很多共通之处，如采用形式主义的故意"暴露手法"、不受人为时空限制、没有"精心安排"的情节结构、不相信有"永恒的美学法则"、提倡新旧形式技巧兼收并用等。虽然哈琴试图审视艺术生产和接受的全过程，但她显然强调艺术家的主观意图，进而对艺术受众给予过高的期许。

比如，她认为，"后现代艺术试图把受众变成一个布莱希特式的自觉参与者，成为意义生成过程自觉的一部分"；"后现代小说——像布莱希特的诗史剧，往往把政治允诺和这类疏离化的反讽和形式革新相结合，以达到将自己的训导演示、具体化的目的"。问题是，在鲍德里亚和詹明信所描绘的大众文化的冲击下，后现代的艺术消费者会不会成为布莱希特式的自觉的、积极参与的受众呢？詹明信对此深表怀疑。他同意《拉格泰姆时代》有明显的政治含义，而且哈琴也作了"内行透彻的"分析，但他认为很少读者能够体会到哈琴所分析的那种"令人赞叹的主题连贯性"。这是因为，其一，多克托罗小说的主题蕴含着一个普通读者不易察觉的20世纪左派"遭受挫败的经验"。其二，这部小说再现的对象，即各种人物，有虚构的，有历史的，更有取自互文本的，"如清水和石油"毁不相容，很难作出阐释性比较。如此，当读者像哈琴一样"瞪大眼睛对着一个语言对象刨根问底、逐行剖析"时，有几个能获得像哈琴那样的洞察力呢？（Jameson：22—23）

哈琴编史元小说的提出对后现代小说研究而言的确功不可没，至少它纠正了不少论者对后现代小说纯属"文字游戏"、"没有意义"和"价值中立"等的片面看法。但这种问题化诗学也受到不少诘难。持"本体论主导"说的麦克黑尔对哈琴一直颇有微辞，他认为哈琴的诗学"铁板一块（monolithic），不从理论上说，单从实践来看是这样的"。他怀疑是否所有的编史元小说"都不可避免将指涉、主体性、性属和权力等问题'问题化',……而且它们都表现出利奥塔式的对元叙事的怀疑"。(McHale,2003:153—154)麦克黑尔的怀疑在哈琴的后继者伊莱亚斯(Amy J. Elias)的研究中得到了证实。根据伊莱亚斯《崇高的欲望》(*Sublime Desire*,2001)中的分析,后现代小说并非清一色地体现出"共谋性批判",而且同一部作品也有批判和共谋成分孰多孰少的差异,用"共谋性批判"概而论之显然有失偏颇。

尽管如此,伊莱亚斯的研究很大程度上是哈琴诗学的延续和扩展,而且她还得益于20世纪90年代以来不断出现的新的小说文本。这足以从一个侧面说明:虽然哈琴的诗学有其自身的缺陷,但哈琴诗学在提出至今已逾十来年的今天,仍然具有其生命力。

参考书目

1. Aleid Fokkema, *Postmodern Characters*, Rodopi B. V., 1991.
2. Brian McHale, "History Itself, or The Romance of Postmodernism," in *Contemporary Literature*, XLIV, 1 (2003).
3. —, *Postmodernist Fiction,* Menthuen & Co. Ltd., 1987.
4. Fredric Jameson, *Postmodernism, or The Cultural Logic of Late Capitalism*, Duke UP, 1991.
5. Ihab Hassan, *The Postmodern Turn,* Ohio State UP, 1987.
6. John N. Duvall, "Troping History: Modernist Residue in Fredric Jameson's Pastiche and Linda Hutcheon's Parody," in *Style*, Vol. 33, No. 3, Fall (1999).
7. Linda Hutcheon, *Narcissistic Narrative*, Menthuen, 1980.
8. —, *A Poetics of Postmodernism,* Routledge, 1988.
9. —, *The Politics of Postmodernism,* Routledge, 1989.
10. Patricia Waugh, *Metafiction,* Menthuen, 1984.
11. 哈琴:《加拿大后现代主义》,赵伐等译,重庆出版社,1994。
12. 王治河主编:《后现代主义词典》,中央编译出版社,2003。
13. 杨仁敬等:《美国后现代小说论》,青岛出版社,2004。
14. 袁洪庚:《后现代主义文学:琳妲·哈琴笔谈录》,载《当代外国文学》2000年第三期。

后殖民 陶家俊

略 说

1978年爱德华·萨义德的《东方主义》问世，开创了"后殖民"（Postcolonial/Postcolonialism）研究，使之成为继后结构主义又一波批评浪潮。后殖民理论形成于20世纪80年代，90年代—后期趋于成熟，影响波及西方人文社会科学研究各领域。其理论蕴含丰富，批判意识强烈，这使得它成为欧美学术变革标志和比较时新的批评方法。

西方学界对于后殖民的表述各异，诸如后殖民批评、后殖民研究、后殖民话语、后殖民理论等。后殖民研究跨越哲学、人类学、地理学、历史学、政治学、文学、文化研究等不同学科。它以阶级、性别、种族为参照系，反思并拓展西方各派文化批判思潮，关注白种人/非白种人、宗主国/殖民地的对立互动。后殖民理论脱胎于马克思主义、后结构主义和后现代主义。它一方面扎根第三世界，另一方面立足西方思想舞台，与女权、文化研究、全球化研究同气相求，彼此呼应，共同走向一种宏大多元的文化反思与批判。

另有一种复杂解释，它将后殖民分作四个层面：一、作为一个历史分期概念，它指示西方殖民之后的历史时期；二、作为殖民话语的反话语，它代表一种针对殖民主义的抵抗与颠覆；三、作为一种独特文化再现形式，它指谓文学研究与文化批评领域的后殖民现象；四、在全球化理论体系中，后殖民即后殖民状况，它指向后殖民民族国家所面临的文化经济矛盾。

综 述

所谓后殖民，它既是广大殖民地人民在过去200年中英勇反抗的政治实践，也是西方左翼知识界针对资本主义迅猛发展展开的长久批评实践。两者或先或后、或直接或间接，都接受了启蒙哲学、马克思主义、后结构主义的思想滋养。其基本目标，仍然是批判资本主义现代性与全球化。

然而，西方学界对后殖民思想起源持论不一。如穆尔-吉尔伯特的《后殖民理论》（1997）和蔡尔兹《后殖民理论介绍》（1997），均在疏理后殖民理论渊源时肯定萨义德、斯皮瓦克、霍米·巴巴的理论创始性。而英国学者罗伯特·扬的《后殖民主义》（2001）则以宽泛历史叙述，分头讨论三大理论来源，即19世纪以来西方世界内部的反殖民主义；亚、非、拉丁美洲的反殖民话语；当代西方后殖民理论的兴起。

以萨义德为分界点，20世纪后殖民历史可以分为三个阶段，并据此形成三代后殖民理论家：一，20世纪初至70年代，产生了推动殖民地独立运动的一批早期革命理论家；二，70年代末至90年代，萨义德、斯皮瓦克、霍米·巴巴相继成为后殖民理论的重要发言人；三，90年代初至今，我们面对又一代深入反思、积极拓展后殖民研究的新进学者。

第一代后殖民理论家，包括杜波依斯、桑戈尔、甘地、法侬。众所周知，美国黑人学者杜波依斯最早成为泛非主义运动的杰出领袖。他强调非洲文化认同的重要性，并提出一种双重意识理论。桑戈尔作为黑人喉舌，于20世纪30年代引发有关"黑人品质"的争论。他的思想抗争，后来成为法属殖民地黑人民众抵制白人种族主义和帝国主义的理论基础。

甘地和法侬，双双被誉为后殖民民族国家理念的历史代言人。法侬认为，殖民主义的本质是暴力，因此唯有后殖民暴力才能颠覆殖民统治。甘地一方面反诘西方暴力政治理论，另一方面挑战后殖民抵抗政治，大肆宣扬他著名的"非暴力"抵抗理念。他认为，暴力乃西方政治话语产物，为此有必要将暴力的反话语，即非暴力，努力引入反殖民主义。

第三代后殖民学者肤色各异，血统混杂。突出者有艾哈迈德、德里克、桑桓。其中艾哈迈德在《理论之中》（1997）里称，后殖民理论是西方学者将第三世界理想化的产物。而后殖民文学批评大多否认历史，夸大殖民与被殖民的文化差异。德里克在《后殖民氛围》（1997）中反思道：后殖民理论先天不足，主要原因是：一、它反对总体性，忽略批评对象的历史语境；二、它崇拜符号差异，因此将论争从政治经济转入了文化领域；三、它重复启蒙理性与人文主义老话题；四、它片面强调民族、种族差异，从而忽略了后殖民语境中的阶级关系。

在《超越后殖民理论》（1998）中，美国康涅狄格大学的桑桓教授提倡唯物主义历史编纂学，关注资本主义演变不平衡的历史结构。他发现，在早期商业资本主义阶段，城镇压迫并榨取乡村。金融资本主义时代，宗主国压制并掠夺殖民地。到了二战后的晚期资本主义时代，边缘与中心的传统界限消失，差异化和同质化重叠共存。因此，后殖民亦反映了晚期现代性的文化逻辑。

后殖民历史研究的一大特点，即后殖民理论旅行。它就像风中飞舞的种子，播撒全球，并在传播过程中不断发生裂变与重组。与此同时，后殖民理论旅行又像植物杂交那样，导致不同理论的嫁接融合，或引发一种异质共存现象，此即福柯所说的"异托邦"。纵览全局，三代后殖民理论思潮具有异质共存的思想亲缘：它们分别受到马克思主义、后结构主义思潮的交互影响，其批判与反思传统一脉相承。

马克思主义与后殖民

马克思生前大量涉及殖民化问题。其中最具代表性的论述,当推 1844 年发表的《论犹太人问题》、写于 1852 年的《路易·波拿巴的雾月十八日》,以及他晚年完成的《政治经济学批判"导言"》。

桑桓在论文《后殖民主义与不平衡发展疑难》中指出,马克思自 1853 年起就密切关注第三世界。然而他对当下的影响,更多表现在后殖民各派理论对于马克思批判传统的不同理解与继承方式上。(Bartolovich, et al.: 224—229)

法侬与萨特 作为非洲黑人民族独立运动的思想武器,马克思主义在二战后鼓舞并启发了一批非洲民族主义领袖人物,诸如恩克鲁玛、桑戈尔、艾梅·塞泽尔等。他们普遍受到欧洲思想变革的冲击,并由此转向马克思主义。但这一批判传统的核心人物,无疑是深受萨特影响的法侬。

1960 年萨特发表《辩证理性批判》,法侬为之激动不已,他邀请萨特为其《地球上苦难的人们》作序。该书序言与正文促成一轮思想对话,主题则是萨特的新人本主义。在《辩证理性批判》中,萨特基于马克思历史辩证法,提倡一种新哲学。与欧洲旧人本主义不同,他强调个人在历史变革中赖以自省与存在的辩证逻辑。在他看来,历史就是一个大舞台,它为个人提供表演场所,个人总是以扭曲的异化形象出现在这一历史舞台上。忧伤的挽歌将永远伴随着个人悲苦的生命之旅。

法侬则认为,第三世界将开启人类的新历史,因为"当我在欧洲的技术和风格中寻找人时,只看见对人的不断否定和血淋林的谋杀"。(Fanon: 312)法侬试图"为欧洲,为我们自己,为人性"翻开新的一页。从殖民者和被殖民者的异化,到后殖民新人本乌托邦,法侬一举埋葬了屈辱的历史,呼唤代之而起的新人类,以及"新的语言和新的人性"。

古哈与葛兰西 "属下阶层"一词,是意共理论家葛兰西在《意大利历史札记》中使用的重要术语,它泛指霸权压制下生活在社会底层的农民、工人等被压迫民众。葛兰西认为,与中上层社会相反,属下阶层四分五裂,残缺不全。他们被排斥在社会文化主流之外,无法真实地再现自我。他的这一理论概念,后来成为后殖民"属下阶层研究"的理论资源。

1982 年至 1988 年,英国印度裔历史学家拉纳吉特·古哈带领一批印度现代史研究人员,以系列论文集《属下阶层研究:论印度历史和社会》的形式展示其研究成果。1988 年他主持的《属下阶层研究选编》在纽约出版。自此,属下阶层研究引人瞩目。

早在 20 世纪六七十年代,有关属下阶层研究的论战即已爆发。一方是以西尔为代表的英国剑桥史学派,另一方是印度贾瓦哈拉尔-尼赫鲁大学的历史教授钱德拉所代表的民族主义学派。古哈认为,这两种精英立场都忘记殖民史是一种双重压迫历史，即贫苦农民同时反抗外国殖民者与本土统治者。据此，古哈从反精英立场出发重新书写印度殖民史，在他笔下，印度人民的反抗政治远远超出欧洲学者圈定的范围。印度殖民史也是属下阶层的反抗历史。这一反抗政治，由血缘关系、种姓制度、宗教信仰交织出一套反抗话语，并拥有自身逻辑与独特反抗手段。譬如独特的服饰、语言和行为，纷纷构成颠覆性的符号体系。从萨特到法侬，从葛兰西到古哈，马克思主义对后殖民理论的历史影响，根基之深厚，辗转之复杂，当引起我们的高度注意。有专家称：

> *从目前被驯化体制的形式来看，后殖民无疑附和了那种时髦的、对于马克思主义的摒弃，因为它自是一种西方或现代起源的话语。但作为一种理论，或仅仅是阅读策略，它不难以一种迂回方式，将后殖民回溯至马克思主义。*（Bartolovich, et al.：204）

后结构主义与后殖民

在法国后结构主义高潮阶段，福柯发表《乔治·康吉扬：一位有过错的哲学家》。他在该文中将欧洲的哲学话语，同殖民主义经济压迫和政治霸权等量齐观。德里达在《白色神话：哲学文本中的隐喻》中宣称：西方理性实为种族主义的产物，帝国主义的帮凶，所以后结构主义并非仅仅是一种脱离现实政治的"高雅理论"。它对于西方哲学的批判，及其对西方历史文化的解构，促使它自然成为后殖民理论的天然温床。这方面比较突出的影响案例如下：

萨义德与福柯　萨义德不但积极引进当代法国批评理论，还将后结构批评与英美学院传统成功嫁接在一起。具体地说，福柯的权力与话语理论是萨义德思想的源头活水。后者主要从《知识考古学》和《规训与惩罚》中领悟并阐发福柯思想，进而形成《东方主义》中鲜明的考古学风格及一套反殖民权力话语的批评方法。萨义德后殖民批评的特征是：第一，将欧洲文学、文化视为一种意识形态生产与殖民权力的共谋关系（此即福柯所论的权力与知识关系）；第二，借用对位阅读法，来解构殖民文学与文化文本中隐含的政治霸权，重构一种反话语、反叙事。

紧随福柯，萨义德批判殖民权力，瓦解殖民话语，弘扬后殖民语境下的启蒙、自由和解放。他的新人文主义既强调学院知识分子针对现实的干预，也看重批评意识在特定历史条件下与文化体制的互动关系，为艰涩的福柯理论注入了新鲜活力。

斯皮瓦克与德里达　身为后殖民理论的重要代表，斯皮瓦克是"一位融合了女权、马克思主义和解构理论的批评家"。（Spivak, 1987：9）她在自己的治学道路上受到了美国解构主义大家保罗·德曼的指教和赞扬。德里达将世界文本化，斯皮瓦克也摆出一副反总体论的战斗姿态，以此强调社会文化的文本化。在她心目中，所谓事实、生活与实践，无不是按照某种文本方式加以世界化的结果；而我们作为个人，难免要在身体、知识、意识形态层面屈从于这一世界化。在此过程中，时时处处交织着压制与反抗。这也是一个缄默化过程，它将某些弱势阶层的主体性无情排斥在历史叙事之外。斯皮瓦克称此为"话语与暴力的合谋"。为此她要求解构文本，解构殖民过程中隐藏的话语暴力，揭示作为被殖民属下阶层，尤其是妇女被缄默化的历史真相。

巴巴与拉康 巴巴早年在英国萨塞克斯大学任教。来到美国执教芝加哥大学后，他与萨义德、斯皮瓦克比肩齐名。此人著述不多，但他的《民族与叙事》与《文化定位》均为后殖民研究必读书。

巴巴提出一系列后殖民概念，诸如时间差、模式化形象、模仿和模仿人、文化差异、文化认同与混合，等等。他批评法侬和萨义德的二元化倾向，又从巴特、德里达、福柯、克里斯蒂娃、巴赫金、拉康等处大量借用后结构理论概念。所以专家称其著述艰涩诡秘，表现出多种思想狂欢的怪诞风格。

拉康的心理分析以及法侬的《白皮肤，黑面具》直接或间接地影响了巴巴，使他形成颇具特色的后殖民文化心理分析。其要点在于殖民和后殖民的认同形成与心理症候，殖民者与被殖民者的互主性。例如，巴巴援引拉康，将殖民话语作用下的模式化形象分解为两类模式：偶像与镜像。前者的认同机制是隐喻和转喻，后者的认同机制是进攻与自恋。

模仿人，即深受宗主国文化教化的被殖民者。他与殖民者越相似，就越容易对殖民权威构成进攻型威胁。殖民话语中模仿人的在场，就是针对殖民权力表征结构的解构。这种独特的认同机制导致混合文化认同心理："白人的，但并非完全是白人！相同，但并非完全相同！"

后现代主义与后殖民

后现代主义思潮纷纭驳杂，其共同特征是从不同层面批驳西方现代性。在文艺领域，美国的伊哈布·哈桑教授较早比较了现代/后现代文艺的不同再现方式，引发人们对于现代性与后现代性文化差异的关注。法国哲学家利奥塔则强调西方知识游戏规则的骤变：自启蒙以降的两套宏大叙事，科学与民主，双双失去知识合法性。现代知识的传统特征，即技术性、伦理性和审美性，已在后现代状况下，被不规则语言游戏的含混、延异、破碎与分裂所替代。

让·鲍德里亚的"表征危机"说则鼓吹商品社会、消费文化对于传统再现功能的扭曲与破坏。在他看来，使用价值与交换价值分别主宰了前资本主义、工业资本主义文明。到了后工业消费社会，文化再现逻辑出现历史性紊乱，类像与仿真顶替了真实，人们的生活被一种符号政治经济学所主宰。

概括而言，上述后现代学者提倡各种与现代精神（即启蒙精神或黑格尔的绝对理念）相抵牾的后现代文化批判。他们摒弃宏大叙事，反对秩序、等级与系统，又在反霸权、去中心、提倡多元对话的基础上强调差异与偶然，突出小型叙事和本土知识。在文学艺术上，他们发扬针对传统作品的反讽与戏仿。在哲学思想上，他们深入挖掘启蒙哲学、人文主义的谬误与局限。而在社会、文化、政治和经济领域，他们不知疲倦地揭露现代文化的种种弊端。

后殖民和后现代，虽代表看待资本主义现代性的两种视角，但它们之间除了矛盾张力，也充满相互影响、彼此重叠。在此问题上，德里克直呼后殖民为"后现代主义的产儿"。(Loomba, et al.: 15) 加拿大文化批评家琳达·哈琴则于1989年发表《反观帝国：后殖民与后现代》一文，历数后殖民与后现代的不尽相同之处。哈琴认为：后现代主义虽然批判西方文化，可它与批判对象之间藕断丝连，保留一种共谋关系。后殖民批判的锋芒直指帝国主义霸权，它坚持肯定被异化的后殖民主体，要求翻挖历史，清算冤案，纠正谬误。然而与后现代相比，它们双方在形式、主题、策略等方面，仍有众多的交叉重叠现象。

以拉美魔幻现实主义为例。它刻意强调本土化、政治化与历史化，提倡殖民与被殖民双方的对话意识。哈琴说，这一艺术手法既挑战西方传统文学类型，又抵制帝国中心与启蒙理性。加拿大作家玛格丽特·阿特伍德、印度籍作家萨尔曼·拉什迪、拉美作家加西亚·马尔克斯等人，纷纷运用魔幻现实主义形式进行大胆新颖的批判重建，他们的成就，既是后现代，也是后殖民。又如在主题和结构方面，后现代与后殖民都肯定边缘与他者的价值，齐心合力颠覆西方文化霸权。但是后现代所强调的差异和边缘观，也可能被第一世界批评家用来分析第三世界文学，重复殖民压制策略。

在此争端问题上，霍米·巴巴贡献卓著。以1988年为界，他的学术研究分作两个阶段。此前，他致力于研究英国在印度的殖民统治史，及其文化交往中的殖民话语。此后，他转向当代新殖民主义文化研究，尤其是后殖民与后现代的关系。巴巴的研究成果主要体现在收入《文化定位》的三篇论文中，它们分别是：《后殖民与后现代：论中介问题》、《转变的世界：后现代空间，后殖民时间与文化传释的考验》和《"种族"，时间和现代性修正》。

与哈琴不同，巴巴完全从后殖民视角审视后现代状况，澄清并修正了后现代与后殖民的矛盾之处。他的重要修正包括：一、大胆质疑现代性的终结观，认为后现代在很大程度上仅仅是复制或延续现代性的某些消极方面。它的自身问题，在于它并未认识到非西方世界在现代性建构中的积极作用。二、竭力提倡针对现代性的后殖民考古研究与差异批评，以重现历史上被压制的少数种族历史与社会经历。他一再挑战西方自由主义及其多元文化观，强调历史上被边缘化的土著、移民、族裔散居群体的文化差异。其目的是要强调主流群体与非主流群体之间的平等对话，而不是空洞地奢谈平等理念。

后殖民文学和文学批评

后殖民文学批评作为后殖民文化批判的组成部分,实现了文学批评与抵抗政治的成功结盟。这方面影响广泛的代表作,当推阿什克罗夫特等人编写的《帝国反写:后殖民文学理论和实践》(1989)。此书三位作者一致认为:后殖民文学是一种独特的文本政治,它在创作语言、文学表现形式和内容等方面有效突破了英国文学和文学批评的制度禁锢,形成了特色鲜明的后殖民文学话语。

批判传统英文研究

所谓英国文学研究始于19世纪中叶、20世纪初,英国文学的正典书目与批评规范正式进入牛津剑桥教学大纲。其指导思想是:资产阶级赢得政权后,亟需利用文学经典教化民众,传播福音,维护秩序。在此背景下,英国文学中的正典作品,被精心编制成一套"完美与和谐"的世俗教义,用来支撑并实现阿诺德所鼓吹的"光明与甜蜜"事业。

在宗主国,英文研究推行人文教育理念。到了殖民地,这种人文教育的理念、方法、教研制度则与血腥蛮横的殖民体制相结合,形成压制本土文化的霸权统治。针对上述历史,《帝国反写》致力于发掘并揭露英文研究中暗藏的殖民心态与霸权话语,它坚称:英文研究既是殖民文学与殖民权力的共谋结果,也是殖民话语的重要组成部分。《帝国描述》愤然指出,帝国关系的建立需要依靠武力、狡诈和传播疾病等手段,而帝国关系的维持,需要大力仰仗文学文本。(Lawson, et al.: 3)

另一本后殖民批评名著细致梳理并确认英文研究与英国印度殖民统治之间相辅相成的密切关系:"英国文学文本成了经济剥削的面具,……它成功地掩盖了殖民者的物质活动。"(Viswanathan: 20)一句话,殖民时期的文学,包括高雅或通俗的各式文本,都成了帝国文化事业的支柱,它们是殖民意识形态的产物、载体、催化剂。

上述后殖民文学批评,不但披露英文研究中的殖民话语,道破殖民压制的真相,而且要建构一套独立的后殖民文学批评理论,其中的关键,是决定批评模式的方法论。后殖民文学批评模式大致可分三种:其一是强调区域文化特色的本土模式,其二是强调种族特征的种族模式,其三是强调语言、历史、文化特征及其混杂现象的比较模式。(Ashcroft, et al.: 15—37)应当承认,比较模式是后殖民文学批评的主流,它尤其擅长从语言、身份、文学主题、主奴关系等视角出发,进行生动犀利的批评分析。上述努力,无不凸现后殖民文学与西方传统文学的各种区别,并以此实现它们对于后殖民状况的再现,及其针对正统英国文学的抵制与颠覆。

建构系统的后殖民文学理论

后殖民文学理论赖以成立的关键,在于它与西方文学理论的复杂关系。20世纪初，一批学贯中西的中国学者曾提出"中体西用"方略。印度独立后，类似问题也困扰了印度学者。我们知道，印度文学源远流长，仅梵语文学理论即可追溯到公元前200多年。该传统的两项审美模式，一为暗示或情感模式（dhvani/rasa），二为道与大地模式（marga/desi）：前者对应于西方文论中的含混、象征、意象，后者阐发古印度语言与现代印度语言之间的挪用转换。西方现代文学和后殖民文学中也有类似现象，譬如拉丁语对英语、英语对土语的影响。传统文学理论不仅维护印度文学鲜明的本土特色，它也能诠释后殖民文学中英语与本土语言的混杂借用现象。因此，关键不在于是否使用英语或是本土语言，而在于怎样表现一种独特的后殖民语言风格，并贯彻抵抗策略。

这一折中取向，体现在罗伯特·弗雷泽的后殖民小说诗论中。与卢卡奇、伊恩·瓦特对西方小说的阐述不同，弗雷泽相信，后殖民小说一方面植根于本土传统叙事，例如口头故事、民间传说、歌谣等；另一方面，作为后殖民经验产物，它亦表现出混杂交融又不乏矛盾冲突的美学内涵。

近年来，从阿什克罗夫特的《帝国反写》，到杜里克斯的《后殖民小说》，逐渐出现了一种新诗学，或新小说美学。杜里克斯将它称作后殖民小说美学。与结构叙事学相似，他以人称、时态、声音、语气、时间为参数，细细分析后殖民小说的叙事特征。同时，他又从语言、戏仿、象征等方面，挖掘后殖民叙事的政治涵义。然而，杜里克斯所说的后殖民小说美学并非欧洲叙事学的简单翻版，它也无意将文学与政治等同一致，而是从形式与内容、内在特征与社会历史的辩证关系中，努力把握后殖民文学的规律与特征。

后殖民文本的政治实践

后殖民文本理论提倡以文本为中介，勇敢介入现实政治。它要么强调语言差异与文化差异的转喻关系，要么突出批评阅读对于社会政治的干预或颠覆。其理论根据是：语言差异既是不同风格言语的杂烩，更是政治与文化认同的具体表征。阿什克罗夫特等人提出，后殖民英语变体就是后殖民写作中的一种政治话语，而各种不同风格的地域性英语，则可视为本土文化与宗主国文化差异的丰富转喻。（Ashcroft, et al.：53）

所谓批评阅读，是指立足于后殖民视角，展开针对英国文学正典的重读，以及对其所反映的殖民历史的重构。萨义德的对位阅读、斯皮瓦克的解构阅读、巴巴的"模仿"论，都是后殖民批评行之有效的文本政治策略。

举例说明：笛福的《鲁滨逊漂流记》一向是英语小说的典范之作，其中鲁滨逊与星期五的关系，堪称是英文经典中最具象征含义的典型人物。由此开始，我们面对一系列主子/奴仆、白人/黑人、驯化/顺从的文学故事。与此同时，鲁滨逊与星期五典型，也为我们重读经典提供了批评视角，它能让隐匿于各类文本中的殖民意识昭然若揭。从英国维多利亚时期巴兰坦的《珊瑚岛》、二战后威廉·戈尔丁的《蝇王》，乃至马克·吐温的《哈克贝里·费恩历险记》，无不深受《鲁滨逊漂流记》的主奴范式影响。它们只不过是在不同历史语境中一再模仿这一叙事模式，将白人殖民者的征服欲望与被殖民对象的无知顺从，反复再现为永恒不变、世代相传的主奴神话。莎士比亚的《暴风雨》则是另一类后殖民重读典范。乔治·拉明在《流放的快感》中，琼·柯克北在其论文《美国的普洛斯帕罗》中，均对莎翁笔下的抵抗英雄卡列班表示出强烈理论关注。在卡列班与征服者普洛斯帕罗之间，他们发现了经典的反抗主题，据此建构起一种后殖民阅读范式，即卡列班范式。斯蒂芬·格林布拉特也认为，该剧集中表现了强势文化对于没有文字的弱势文化的悲剧性影响：当普洛斯帕罗要将他的主子语言"恩赐"给卡列班时，后者严正地加以拒绝，并阐明自己拒绝的正当理由。

借助上述卡列班范式，斯反瓦克重读英国女作家玛丽·雪莱的《弗兰肯斯坦》。她认为，该小说表面上是关于人类起源与理性进步的神话，但小说中那个科学怪物的原型竟来自卡列班其人，而他反抗的对象恰是维克多隐喻的启蒙理性。小说中，维克多、亨利、伊丽莎白分别代表了科技理性、实践理性、人文理性。由怪物引起的三人关系错乱，形象地言说了理性自身的分裂。同时，殖民话语和男性中心话语对于女作家的影响，又形成文本中的种族与性别鸿沟：唯有白人主子才拥有历史，唯有白人男性与非白人男性才占据叙事中心。

当下西方社会，抵抗政治难以奏效，后殖民文本的政治阅读便应运而生，成为弥补缺憾、批判现实的重要手段。文学文本越来越被赋予政治理想与批判功效。在此发展过程中，我们必须承认，后殖民文本与现实的关系很大程度上是被颠倒了。难怪穆罕默德等批评家对此感叹说：后殖民文本政治严重忽视殖民统治的物质条件；它的话语意义仅限于文本，甚至仅限于英语文学文本。

结　语

现代西方自殖民以来，利用其文化霸权和殖民话语，针对非西方世界施加政治、经济、社会、历史、文化影响。后殖民概念正是指向这一复杂互动的历史过程。同时，它也相应反映并激励第三世界人民在其文化思想领域不断发动的抵抗与批判。为此，后殖民理论具有庞杂、混合、不确定和寄生等诸多特征。它从众多理论潮流中吸取营养，既引领民族独立的革命洪流，又依赖西方学术传统和学院体制。往好里讲，后殖民研究具有突出的跨学科特征：它善于吸收不同学科的研究成果，又反过来影响其他学科的发展，甚至在一些传统学科交叉点上不断形成新的研究领域与研究范式。后殖民仍在不断变化之中。它内在的批判精神，即不懈抵制资本主义全球化，无论发生何种形式变化，依然值得我们关注，并对其实行跟踪研究。

参考书目

1. Alan Lawson, et al., eds., *Describing Empire*, Routledge, 1994.
2. Ania Loomba, et al., *Post-colonial Shakespeare*, Routledge, 1998.
3. Bart Moore-Gilbert, *Postcolonial Theory*, Verso, 1997.
4. Benita Parry, "Problems in Current Theories of Colonial Discourse," in *Oxford Literary Review* 9, Nos. 1 & 2 (1987).
5. Bill Ashcroft, et al., *The Empire Writes Back*, Routledge, 1989.
6. Crystal Bartolovich, et al., eds., *Marxism, Modernity and Postcolonial Studies*, Cambridge UP, 2002.
7. Frantz Fanon, *The Wretched of the Earth*, Grove Press, Inc., 1968.
8. G. Viswanathan, *Masks of Conquest*, Faber & Faber, 1989.
9. Gayatri Chakravorty Spivak, *A Critique of Postcolonial Reason*, Harvard UP, 1999.
10. —, *In Other Worlds*, Methuen, 1987.
11. Henry Schwarz, et al., *A Companion to Postcolonial Studies*, Blackwell, 2000.
12. Joan Kirkby, "The American Prospero," in *Southern Review* 18, March 1 (1985).
13. Leela Gandhi, *Postcolonial Theory*, Columbia UP, 1998.
14. Peter Childs, et al., *An Introduction to Post-colonial Theory*, Prentice Hall, 1997.
15. Robert J. C. Young, *Postcolonialism*, Blackwell, 2001.

互文性 陈永国

略 说

"互文性"（Intertexuality）也有人译作"文本间性"。作为一个重要批评概念，互文性出现于20世纪60年代，随即成为后现代、后结构批评的标志性术语。互文性通常被用来指示两个或两个以上文本间发生的互文关系。它包括：一、两个具体或特殊文本之间的关系（一般称为transtexuality）；二、某一文本通过记忆、重复、修正，向其他文本产生的扩散性影响（一般称作intertexuality）。所谓互文性批评，就是放弃那种只关注作者与作品关系的传统批评方法，转向一种宽泛语境下的跨文本文化研究。这种研究强调多学科话语分析，偏重以符号系统的共时结构去取代文学史的进化模式，从而把文学文本从心理、社会或历史决定论中解放出来，投入到一种与各类文本自由对话的批评语境中。

综 述

作为对历史主义和新批评的一次反拨，互文性与前者一样，也是一种价值自由的批评实践。这种批评实践并不隶属于某个特定的批评团体，而与20世纪欧洲好几场重要的知识运动相关，例如俄国形式主义、结构主义语言学、精神分析学、马克思主义和解构主义。围绕它的阐释与讨论意见，大多出自法国思想家，主要有罗兰·巴特、朱莉娅·克里斯蒂娃、德里达、热奈特、迈克尔·瑞法特尔。

先驱者：渊源与影响

说到互文性，法国批评家克里斯蒂娃首先回顾了20世纪60年代后期的文学批评。她说，当时法国文学批评深受俄国形式主义影响，尤其是巴赫金的对话概念与狂欢理论。令她最感兴趣的，则是巴赫金针对拉伯雷和陀思妥耶夫斯基的研究。我们知道，巴赫金提倡一种文本的互动理解。他把文本中的每一种表达，都看作是众多声音交叉、渗透与对话的结果。所以克里斯蒂娃说：互文性概念虽不由巴赫金直接提出，却可在他的著作中推导出来。

巴赫金在《陀思妥耶夫斯基诗学问题》中指出，独白式历史主义批评和文体学研究，仅仅把小说看成是作者思想感情的直接流露，或小说对于现实的同质性再现。这种独白批评因而无法解释人物语言的异质性与多样性。它不能说明小说中各种外文学文本（extra-literary texts）的存在，也不能充分展现小说语言的审美功能，即同一部小说中不同语言方式的共存交互作用，以及使用这种多元语言评价现实的不同方法的共存互动。巴赫金把这两种共存互动称之为小说的"多声部"或"复调"现象，并用"文学狂欢化"来支持他的对话理论。

狂欢是一种复杂的文化形式。它原指那种包括了庆典、仪式和游艺的民间狂欢节。欧洲中世纪的狂欢节，既是民众对人生的诙谐体验，对世界的嘻笑理解，也生动表现出百姓对于宗教黑暗统治的嘲讽态度。在此背景下，文学狂欢化专指那种产生于文化危机时期的复调作品或多声部小说，巴赫金认定其主要手法是戏仿（parody）。

这类小说实乃一种互文体。它倾向于把世界和人生看作一种共时结构，偏爱把文学置于文学之外的象征性语境中。此外，它还习惯用喧闹的方言俗语，进行各种形式的插科打诨，以便表现不同人群的意识形态差异，由此造就一个拥挤杂乱的互话语（interdiscursivity）空间，创造一个众声喧哗、却又内在和谐的弹性环境，从而赋予语言或意义一种不确定性。巴赫金提出上述理论时，并未预见到文学符号学的发展趋势。可他的狂欢化概念至少暗示了在文学批评、人类学、社会学等领域间建立一种互文性理论的可能性。

从批评理论的角度看，对于文学文本的互动理解，其实在英美传统中久已有之。18世纪初，亚历山大·蒲柏曾在维吉尔作品中发现了荷马。蒲柏确信，诗人如能善于模仿古典作品，他便能更好地模仿自然。用今天的话说，一首诗在模仿自然方面的优劣，取决于它的互文性，或者说取决于它对前文本（pre-text）的模仿。艾略特在《传统与个人才能》中提倡一种著名的"催化"作用。他认为，诗人精神是一种催化剂，它能改造经验与文学，使之变成一种新化合物。他又说，这种催化剂能消解作者和作品，促成互文性的多元化合反应，最终导致文学创作的非个性化。因此，就个人与传统关系而言，传统是一个同时共存的秩序。在这秩序中，先前的经典文本一律为今人共享。每一件新作品的诞生，无疑都受到以前全部经典的影响。也就是说，任何艺术作品都会融入过去与现在的系统，必然对过去和现在的互文本发生作用。在此前提下，它的意义也须依据它与整个现存秩序的关系加以评价。

创作实践方面，我们也可举出不少例证。譬如菲尔丁的《约瑟夫·安德鲁斯》中，人们一眼就能看出理查逊的《帕美勒》、塞万提斯的《堂吉诃德》乃至《圣经》等前文本的痕迹。现代主义小说中，这种例子最明显莫过于乔伊斯的《尤利西斯》。后现代派作品里，首先让人联想到的当然是约翰·巴思。由此推开去，我们还能举出阿多尼斯神话之于弥尔顿《利西达斯》、荷马《奥德赛》之于乔伊斯的《尤利西斯》、美国南方分离运动之于惠特曼1855年版的《自我之歌》、德国唯心主义哲学之于华兹华斯的《序曲》、相对论之于托马斯·品钦的小说、热动力学之于左拉小说的影响，等等。如此奢谈互文性，是否有宣扬传统影响论之嫌？我们是否会在无意中抬高前文本价值，抹煞前后文本的多声部渗透呢？

《尤利西斯》中，乔伊斯利用荷马史诗的情节敷设他的篇章，并在两个文本间确立一种肯定的（positive）互文关系。但这部小说不乏作者的自我指涉（autoreferentiality），例如《青年艺术家的肖像》和《英雄史蒂芬》的影响，它因此形成了一种内文本关系（intratexuality）。在尤利西斯的塑造上，人们也不难看到乔伊斯对荷马人物的改造，以及他在改造这个人物时显露出来的天才灵感，于是又出现一种否定的（negative）互文关系。同样，巴思的作品不仅充斥着别人的前文本，如《堂吉诃德》，而且弥漫着自我引用和自我指涉，即大量引用自己以前的作品，从而把小说当作再现自身的世界，由此构成一种深藏的互文性，或称作"内文本性"，而这正是他的后现代主义元小说（meta-fiction）的主要特征。

以上分析不像传统影响论那样，仅仅把文本甲与文本乙简单联系起来。与之相反，它把多种文本当作一个互联网。它们也不像传统渊源研究那样，只把文本乙看作是文本甲直接影响的结果，而是把互文性当作文本得以产生的话语空间。但是我们看到，在这个空间里，无论是吸收还是破坏，无论是肯定还是否定，无论是自我引用还是自我指涉，文本总是与某个或某些前文本纠缠在一起。同时，读者或批评家总能在作品中识别出文本与其特定先驱文本的交织关系。而诗人与特定先驱诗人的关系，同样也脱离不了所谓的渊源或影响的干系。按照哈罗德·布卢姆的说法，先驱的影响，无疑造就了后来者几乎无法克服的焦虑。

布卢姆：影响的焦虑

布卢姆在20世纪70年代集中研究"影响的焦虑"。在他看来，诗人有"强与弱"、"重要和不重要"之分。他的主要研究对象，主要是强力诗人或重要诗人。他认为，所谓强力诗人在开始创作时，必然和俄狄浦斯一样，身处先弑父后娶母的境遇。就是说，诗人之于前辈的关系，或诗歌文本之于前文本的关系，也是一种爱恨交织的俄狄浦斯情结。诗人总有一种迟到感觉：重要事物已经被人命名，重要话语早已有了表达。因此，当强力诗人面对前辈伟大传统时，他必须通过进入这个传统来解除它的武装，通过对前文本进行修正、位移和重构，来为自己的创造想象力开辟空间。布卢姆把这些修正功夫称作"关系性事件"，它们可以用来衡量"两个或更多文本间关系的修正比"。总之，这些事件构成强力诗人创作时必然经历的六个心理阶段。布卢姆从卢克莱修哲学中借用术语，分别指称这六个阶段：

第一阶段是Clinamen（曲解或误读），诗人通过反讽，对前文本进行"反动—构成"和"故意误读"，即揭露其相对幼稚的幻想局限性，来逃避前文本"令人难以忍受的出现"。

第二阶段是Tessera（完成和对立），诗人通过提喻和"对抗自我"的心理防御机制，超越由于过分理想化而"被截短了的"幻想，就是说，诗人通过第一阶段的"曲解或误读"，揭示前文本的不足，并通过"恢复运动"复活前文本的超验含义，从而使前文本的幻想成为自己作品的"一部分"。反之，他的作品也成了前文本的整体表达或"迟到的完成"。

第三阶段是 Kenosis（突破和断裂），诗人通过换喻使用"破坏或倒退"的心理防御机制，把前文本的幻想消解到非幻想程度，造成前文本根本不存在的假象，从而产生一种创作幻觉，仿佛处于前俄狄浦斯或无竞争阶段，从而使诗歌体验成为一种纯粹快感。

第四阶段是 Daemonization（魔鬼附身），诗人运用夸张手法，压抑前文本的崇高幻想，将前文本高级的超验内涵变成"低级"的人类欲望，这样就能创造自己的"反崇高"幻想，并把想象力表现为独立、唯我、非人或恶魔的力量。实际操作中，诗人把自己的诗歌文本与某一先驱文本关联起来，但这个文本却不属于这个先驱，而属于超越这个先驱的另一个存在范畴，从而抹杀这个先驱文本的独特性。

第五阶段是 Askesis（自我净化），诗人（及其所利用的前文本）此时发现：通过幻想无法改造我们生存的世界，因此要运用隐喻"从内部攻克外部"。就是说，诗人献身于诗歌创作的快乐原则，以对抗现实世界的现实原则。他通过转换、替代、位移前文本的影响，从而与前文本彻底脱离，最终达到自身的净化。

第六阶段是 Apophrades（死者回归）。在这个极端完美阶段，诗人通过僭越（metalepsis）或超前提（transumption）容纳或吸收前文本，造成"哺育前辈"的幻觉，以此表达前文本渴望表达、却未能表达的幻想，使人感到前文本出自后来者之手，进而完成与前辈诗歌的认同。

布卢姆的影响研究，实为弗洛伊德心理学、转义修辞理论、犹太教神秘哲学的混合产物。其中还渗透着尼采的权力意志、德曼的误读理论。不妨说，这本书就是影响焦虑的典型体现，它也是互文性理论的见证。在布卢姆看来，诗歌文本不是众多符号在纸上的集合，而是诗人与其先辈进行心理战的场所。所有崇高诗人，都在这里与同样崇高的诗人反复进行殊死较量。布卢姆的理论蕴涵了一种与罗兰·巴特文本理论截然相反的思想倾向：它从巴特那个由无数匿名引文组成的文本空间，转向由弗洛伊德家族档案组成的诗歌传统。可以说，互文性正是一个庞大的家族档案。诗歌文本原本是一种互文建构。在探讨特定文本时，你必须置身经典诗人的传统，必须了解该文本延伸、改造和升华了的其他文本。当你追问其他文本的来源时，你会发现它们大多来自同一个伟大先驱。

在布卢姆这里，互文性不过是两个个体诗人之间的影响关系。其中一个是先驱、是渊源、是权威。可他同时也是后来诗人奋力抗争的先驱，是后者努力摆脱的渊源，是他要修正、位移和重构的权威。从狭义上说，这种互文性就是一首特定的诗与诗人努力要征服的一首先驱诗之间的关系。说到底，诗歌不过是一些指向其他词语的词语，而那些词语又指向另外一些词语。所有这些词语，共同构成一个稠密的文学语言世界。一首诗只能是互文诗（inter-poem），而对一首诗的阅读，也只能是一种"互读"（inter-reading）。因此布卢姆认为，不存在独立的文本，而只有文本之间的关系，这就是说只有互文本。

互文性革命

所谓的"互文性革命"，指的是结构主义批评家在放弃历史主义和进化论模式之后，主动应用互文性理论，来看待和定位人文、社会乃至自然科学各学科之间关系的批评实践。这种批评的惊人之处在于它的双向作用：一方面，结构主义者可以用互文性概念支持符号科学，用它说明各种文本的结构功能，说明整体内的互文关系，进而揭示其中的交互性文化内涵，并在方法上替代线性影响和渊源研究；另一方面，后结构主义或解构主义者利用互文性概念攻击符号科学，颠覆结构主义的中心关系网络，破解其二元对立系统，揭示众多文本中能指的自由嬉戏现象，进而突出意义的不确定性。

结构与解构：互文性的双向作用

结构主义阵营中，列维-斯特劳斯和罗兰·巴特在其人类学和神话研究中，都采用了互文性建构方法。他们依据符号学的任意性理论，从神话、艺术和社会发展中，看到了原始思维的异质性、多元性、封闭系统性。

在《野性的思维》（1962）中，斯特劳斯提出一个"修补术"概念，用它来区别现代人和原始人的不同思维。在他看来，现代人是工程师，他有设计好的方案，会使用专门的工具材料。原始人则是修补匠，他一无设计，只会使用手边参差不齐的家什。这些家什是"零件"，它们没有专门性能，却总归会有用处。这就是说，神话思想是由零件配置而成的。它们不是一个个完整事件，而是事件的残余碎片。神话思想就是由这些残余碎片拼凑起来的结构。修补匠的诗意创造，并不在于他完成了某项事业，而在于他永远完不成设计，在于他总把自身和与自身有关的东西置于设计之中，就是说，置于互文过程之中。

如果说斯特劳斯"修补术"为互文性理论谱写了前奏，那么他的《神话学》（1964—1971）就是这部前奏的演奏。该书以跨学科方式研究北美和南美印第安人的神话系统，进而利用社会、经济、政治、宗教、性等文化范畴，建构起一个多元的互文本、互文化空间，其中囊括了视觉、语言、运动、听觉等异质符号材料，并使它们在几个不同层面上相互关联，决定相互的意义。在此含义上，斯特劳斯本人就是一个卓越的修补匠。

然而，斯特劳斯的互文本建构还是有懈可击的。德里达以其敏锐的解构眼光看出：他的互文化建构暗藏了一个矛盾。在《生食与熟食》中，他认为土著神话是在一系列变化组合的压力下，象"星云"一样从中央扩散开来，构成一个多维集体。另一方面，神话系统又仿佛一个晶化过程，它构成一个稳定严密的结构。前者是开放多元的符号系统，后者则是一个复杂的静止系统。二者间的矛盾必然破解互文系统中心，从而使土著神话和《神话学》的意义变得不确定。德里达还看到：在西方哲学的认识论悖论中，关于再现、语言和现实的理论，总是通过提出矛盾前提来解构自身。斯特劳斯在对神话进行跨文化的共时比较时，曾断言神话是一个结构，一个互文空间，其中没有个体创造者，没有开头和结尾，只有无限分化的主题。这显然是一种互文的自由嬉戏。但斯特劳斯偏偏设置了一个封闭价值系统，设置了自然与文化、生食与熟食之间的对抗，进而在能指与所指、语言与真理之间，设置了一道不可逾越的鸿沟，最终消解了那种互文的自由嬉戏。

德里达对于互文性理论的贡献，并不在于他对斯特劳斯的批判，而在于他提出的"延异"说。延异乃是差异和延宕的综合，是一种针对逻各斯中心的取代。按照这一说法，意义永远屈从于差异，永远被符号本身的差异所推延。所以，能指和所指绝不可能同时发生。意义永远不是孤立自在的东西。它也不是一种自我构成。它永远处于纷纭关系中。每一个文本，每一个句子或段落，都是众多能指的交织，并且由许许多多其他的话语所决定。因此，一切话语必然都具有互文性。此外，人们对于文本的所有批评、欣赏与阐释，都不过是对于前文本的尝试性增补。每一次增补，又必然受到前文本和其他相关文本的污染，必然携带前文本和其他文本的踪迹。因此，对于单个文本的形式分析，永远不足以描写文本的实际意指过程。用德里达的话说，每一特定语境的突破，都以绝对不可限制的方式，繁衍出无数新的语境。

结构与解构主义所展示的互文性双向作用，生动表明互文性对于一切话语与思维的重要性。它的广泛文化含义也引起不同学科学者的关注，只不过围绕意指性质、文本地位、文本间符号关系以及互文性利用等问题上，他们仍有分歧。真正推动互文性革命，并从理论上系统建构起文本与互文性观念的，当推巴黎的两位著名批评家，巴特和克里斯蒂娃。

巴特与克里斯蒂娃：文本生产与语言革命

1973年，巴特在发表《文本的快感》的同时，发表著名论文《文本的理论》。文中他试图回答"文本是什么？"在他看来，文本不是作品，也不是客体，甚至不是一个概念。文本产生于读者与文字间的关系空间，它是一个生产场所。文本又是一种意指实践，其核心是以矛盾形式出现的多元性。文本作为生产活动，它生产出来的不是产品，而是作者与读者相遇、上演戏剧、进行语言游戏的场所。因此这不是生产的结束，而是生产的过程。它的生产资料是语言，一种人们赖以交流、再现、表达的语言。文本解构这些语言，重新构成另一种语言，如此循环往复。

巴特又说，文本是意指，而意指是一个过程。在这过程中，文本的主体摆脱"我思故我在"的逻辑，转而服从能指的逻辑、矛盾的逻辑、解构的逻辑。意指不是意义，不是交流，不是再现，也不是表达。能指是在特定语言场所展开的无休止运作。它把写作和阅读的主体置于文本中，使之与享乐相认同，从而产生写作快感、阅读快感、文本快感。最后，文本也是互文本。任何文本都是互文本。前文本、文化文本、可见与不可见的文本、无意识或自动的引文，都在互文本中出现，在互文本中再分配。因此，互文性在这里并不是有源可溯的影响或渊源。互文本具有社会性、整体性与生产性。它是一种播撒。

巴特的《S/Z》（1970）是他对于互文性理论的一次精彩展示。巴特在书中注重的不是文本，而是读者；不是文本结构，而是读者参与的意指实践；不是读者被动消费的"可读"经典文本，而是读者主动参与的"可写"文本生产。与斯特劳斯和德里达不同，巴特在这种重写中发现了制造文本"互联"的主体，即作者、读者和批评家。他们的写作、阅读、理解、分析和阐释的能力，取决于他们对于不同互文本的累积、将其置于特定文本中加以重组的能力。这种累积与重组的结果，必然是作者、读者、批评家本人的文本性，也是他们对于互文性的一种自恋式满足。最终，作者成为他自己累积与重组的另一组文本。

克里斯蒂娃也注意到进入互文空间的主体。她认为，一个文本断片、句子或段落，不单是直接或间接话语中两个声音的交叉，它是无数声音交叉、无数文本介入的结果。这些交叉介入不仅发生在语义层面上，而且发生在句法与语音层面上。所以文本的多元性质，涉及到语音、语义和句法的同时参与。而不同文本在不同层面的参与，则揭示一种特殊的精神活动。为此，分析的任务不是简单识别出参与最后文本的其他特定文本。分析者应该明白，他所分析的是一个特定话语的主体，而这个主体恰恰由于互文性而超越了他自己的身份，超越了词源学意义上的个人。克里斯蒂娃在形式层面上发现互文性，这是一个心理或精神分析学发现，它关系到"创造者"的地位问题。这个创造者通过不同层面上多元文本的交叉，才生产出新的文本。这一创造性主体，就是巴赫金所说的"多声部"。克里斯蒂娃称之为"过程中的主体"：即在意指过程中，一个作者要接受对峙、分层、被简化为零的挑战，然后他被重新赋予一个新的多元身份（注意：他在后现代文本中往往是人物的碎片）。

一个创造性主体的分解，一个新的多元主体的产生，这便是克里斯蒂娃的互文性动力学。它不仅适于互文性作者，也适于互文性读者。依据这一理论，读者阅读的过程，就是把自己的身份置于意指过程之中。他不仅与特定文本中的不同互文本相认同，而且还必须被化简为零，被置于一种哑然失语的危机时刻。这是审美快感到来之前的准备阶段。然后，读者便可进入自由联想的过程、重构多元意义的过程、定义几乎无法定义的内涵的过程。总之，这也是诗歌文本的再创造过程。

对克里斯蒂娃来说，文本是一种行为，是批评和元语言行为。在这过程中，主体审查前文本和现在的文本，肯定一些文本并否定另一些文本。这就是主体所具有的解构所有话语的互文性功能。如此看来，互文性本是一个复杂的否定过程：它繁殖语言和主体位置，为创造新文本而破坏旧文本，并使意义在文本与文本无休止的交流中变得不确定。这个过程无疑是在酝酿一场互文性革命。在《诗歌语言的革命》中，克里斯蒂娃强调：这场互文性革命发生于 génotexte 与 phénotexte 之间的"零时刻"。此时，主体的无意识冲动爆发成语言，企图打破他人，尤其是父亲的互文本话语，从而把言语从这种压抑性话语中解放出来。

所谓 phénotexte 是在具体陈述的结构中自行呈现的言语现象。按照巴特的解释，无限的意义都是通过一种偶然性发生的，phénotexte 就是与这种偶然性相对应的一个层面。它是陈述（statement）而非表述（enunciation）的层面，是适于语音、语义、句法等结构分析的层面，因此属于符号和交流理论的范畴。而 génotexte 则是构成表述主体的逻辑运作的基础，是构成 phénotexte 的场所，是意义发生的场所，因此是一个异质性领域。总而言之，phénotexte 是语法和语义的表层结构，而 génotexte 是能指和言说主体的深层范式。意指过程包含着这两种文本，二者缺一不可，但每一种意指实践又不可能包含这个过程的全部，因为每一种意指实践都不可避免地受到社会政治的制约，遭到这些制约的踪迹的涂抹，phénotexte 就是这些涂抹的载体。克里斯蒂娃旨在说明，互文引语从来不是纯洁的、清白的、直接的，它总是被改变的、被曲解的、被位移的、被凝缩的，总是为了适应言说主体的价值体系而经过编辑的。也可以说，互文引语具有明确的意识形态倾向。

作为后现代文本策略的互文性

从上述例证与理论阐述看，无论互文性给语言学和文学批评带来了多么深刻的革命，它不过是古今文学的一种正常运作模式。它要么作为一种本能的文化实践，把读者无意识地引向自身的互文本（迈克尔·瑞法特尔），要么作为一个形式分类系统，让人们依据其阅读类型，对文学进行高度复杂的分类（杰拉尔德·热奈特）。就互文性自身的强烈反悖与戏仿特性看，它无疑能与后现代文本策略画等号。正因如此，人们往往会把互文性与后现代主义混为一谈。由此可见互文性对于理解后现代文学的重要性。

作为一种本能的文化实践，互文性大致在两个层面上运作：一是语言内层面，二是文本生产层面。第一层面要求"语言能力"。就是说，读者必须熟悉文本的语言指涉"意义"。问题是，诗歌的意义并不存在于句法和词汇之中，而在于互文本的重新组合。因此在第二层面，即文本生产层面，要求读者具有"文学能力"。就是读者对于特定文化及其文本描写系统的相应了解，譬如引语和典故。作为转译文本、解释文本"意义"的符号，它们要求读者在破译文学文本意义时，至少熟悉一个以上的互文本。基于这种文化实践，热奈特把互文性分为三个亚范畴：第一是引语（citation），即明显或有清楚标记的互文性；第二是典故（allusion），即隐蔽或无清楚标记的互文性；第三是剽窃（plagiat），就是无标记、却完整照搬的部分。这种分类显然过于形式化，其中第三种或许不成立。

说到互文性与后现代文学的关系，不妨说，它主要是作为一种文本策略，而与后现代文学的其他特征密切关联的。乌尔里希·布罗伊希把这些特征总结为如下几项：

作者之死：一部文学作品不再是原创，而是许多其他文本的混合，因此传统意义上的作者不复存在了。作家不再进行原创造，他只是重组和回收前文本的材料。

读者的解放：既然一部作品是互文的混合，那么读者就要在文本中读入或读出自己的意义，即从众声喧哗中选择一些声音而抛弃另一些声音，同时加入自己的声音。

模仿的终结和自我指涉的开始：文学不再是给自然提供的镜子，而是给其他文本和自己的文本提供的镜子。

剽窃的文学：文学不过是对其他文本的重写或回收，它是寄生的。这一发现致使传统的原创与剽窃之间的界限消失了。

碎片与混合：文本不再是封闭、同质、统一的；它是开放、异质、破碎、多声部的、犹如马赛克一样的拼贴。这种混合建构的效果不在于和谐，而在于冲突。

无限的回归：使用暗示制造无限回归的悖论，取得了"套盒"（Chinese boxes）效应：它能在一部虚构作品中无限制地嵌入现实的不同层面。

顺便提及，互文性作为后现代文学的一个文本策略，渗透于多种后现代文类。它包括元小说、元诗歌、反叙事、纯小说、戏仿、拼贴等。这些应该另当别论。

结语：作为文学解读策略的互文性

综上所述，互文性就是写作与阅读共享的一个领域。按照乔纳森·卡勒的说法，互文性实指一个话语空间，它具有重要的理论与实践意义。首先，互文性关系到一个文本与其他文本的对话，同时它也是一种吸收、戏仿和批评活动。其次，互文性表明文学所依赖的特殊手法与阐释运作，都具有一定的人为性或欺骗性。它揭示出文学作品的特殊指涉性：当一部作品表面上指涉一个世界时，它实际上是在评论其他文本，并把实际指涉推迟到另一时刻或另一层面，因而造成了一个无休止的意指过程。如此看来，它要比布卢姆在分析"强力"诗人时所揭示的影响模式复杂得多。譬如它会涉及特定文类的专用手法，涉及有关已知与未知事物的特殊假设，涉及比较普遍的期待与阐释运作，乃至有关特定话语的先入之见及其目的的思考。我们应该如何面对这样一个难以定义、描述和使用的概念呢？卡勒提议使用语言学研究中的预设方法，这包括逻辑预设、修辞预设、语用预设。

逻辑预设（logical presupposition）是对一个句子的预设。比如：约翰娶了保罗的妹妹。这个陈述句预设保罗有个妹妹。预设能把一个句子与另一组句子关联起来。其重要性在于：一个句子的全部预设，就是能从句子中推导出来的全部命题，它也是这个句子所暗示的全部意识形态主张。在文学中，一个句子有无逻辑预设，对于读者和分析者来说非常重要。这是因为：作品在表层结构上直接提出的命题，迥然有别于通过预设而在互文空间中提出的命题。前一种是直截陈述，是无需逻辑推断的直接交流。后一种则是含蓄的，它暗示互文本的存在，暗示某一诗歌传统的存在，因而也暗示某一话语环境的存在。这样，语言学上的逻辑预设就成了文学中的互文运作。

修辞或文学性预设（rhetorical or literary presupposition）是文学阅读的关键。卡勒举出两个例句，以示逻辑预设和文学性预设之间的鲜明对比。（1）那孩子站在怪东西跟前，装作若无其事的样子。（2）从前有一个国王，他生了个女儿。第一句暗示许多先在的句子，即前文本的存在。譬如那孩子是谁？那个怪东西是什么？究竟发生了什么事？第二句几乎没有逻辑预设，但却有丰富的文学预设。它从语用角度把将要讲的故事与一系列其他故事联系起来，与一种文类的写作手法联系起来，因此也要求读者对它采取某种态度（期待或理解）。这样，无逻辑预设的句子便成为一个有力的互文运作，而它打开的互文空间，也不同于逻辑预设打开的互文空间。

与修辞预设相关的是语用预设（pragmatic presupposition）。后者分析的不是句子间的关系，而是言谈与语境的关系。即是说，一个句子的说出，假定它必须适于特殊的语境。从语用学角度说，"打开门"这句话必须假定说话场合有一扇关闭的门，有一个能听懂这句话的人，而他和说话者正处于某种关系中，依据这种关系，他才可能把这句话理解为请求或命令。在类比意义上，我们可以把一种文学表达看作是一种特殊的言语行为（speech act），并使它脱离特定语境，进入一个特定文类的话语环境。譬如悲剧中的句子只适用于悲剧表达方式，而有别于喜剧表达方式。这样，读者便可以根据表达手法，把一部作品与运用相同手法的其他作品联系起来，不是将它作为影响渊源，而是作为一个文类的组成部分。同样的分析也可用于人物、情节结构、主题综合，以及象征性凝缩与位移的生产和阐释。

如卡勒所说，不管从哪种预设入手，对文学的解读终将是一种互文性解读，而对互文性的阐释，终将有利于一种阅读诗学的建设。

参考书目

1. Harold Bloom, *The Anxiety of Influence*, Oxford UP, 1973.
2. Jacques Derrida, *Writing and Difference*, trans., Alan Bass, Routledge and Kegan Paul, 1978.
3. Jonathan Culler, "Presupposition and Intertextuality," in *Postmodernism*, Vol. II, *Critical Texts*, eds., Victor E. Taylor, et al., Routledge, 1998.

4. Julia Kristeva, "The Revolution in Poetic Language," in *The Kristeva Reader*, Blackwell, 1986.
5. Louis A. Renza, "Influence," in *Critical Terms for Literary Study*, eds., Lentricchia, et al., U of Chicago P, 1990.
6. M. H. Abrams, *A Glossary of Literary Terms*, Holt, Rinehart & Winston, 1988.
7. Roland Barthes, *S/Z*, trans., Richard Miller, Hill & Wang, 1974.
8. —, "Theory of the Text," in *Image Music Text*, trans., Stephen Heath, Fontana, 1977.
9. Ulrich Broich, "Intertextuality," in *International Postmodernism*, eds., Hans Bertens, et al., John Benjamins Publishing Company, 1992—1996.
10. 巴赫金:《巴赫金文论选》,冬景韩译,中国社会科学出版社,1996。
11. 列维-斯特劳斯:《野性的思维》,李幼蒸译,商务印书馆,1987。

话语 陈永国

略 说

"话语"(Discourse)是现代批评理论中历史相对较短、用法变化最大、使用范围最广、定义繁复多样、意义至关重要的一个术语。它始于新批评派的文学批评,20世纪50年代后作为语言研究的一个重要概念流行于语言学界,成为现代语言学的一个分支——话语语言学(也称篇章语言学)的主要研究对象,经过结构主义和后结构主义思想家和理论家的精细加工和深度发展,将其用于对制度、学科和知识分子的研究,而成为现代和后现代社会中建构人类主体的最重要工具。

综 述

20世纪后半叶至今的西方文坛,特别是继结构主义语言学之后兴起的结构主义/后结构主义的文学理论和文化研究,都把研究重点放在了阅读和书写的性质和功能上。传统批评的基本前提——受到挑战,诸如女权主义、解构主义、马克思主义、精神分析学、符号学和读者接受理论等批评视角日新月异,而把所有这些批评视角聚拢到一起的一个恒定因素则是语言。自索绪尔发表《普通语言学教程》,把语言视作与时装、体育、习俗等一样由规则控制的符号系统之后,语言便成了各个批评派别的一个共同对象。在文学/文化批评领域,批评的任务是理解语言和其他符号系统何以决定了我们的阅读和阐释,何以使我们理解经验、建构身份和生产意义。

换言之,自身被当作符号系统的语言已经成为研究和分析其他符号系统的范式。在文学批评领域,结构主义批评家利用这个范式在文学的"系统"内部寻找"语言"(langue)和"言语"(parole)的对应物。杰·热奈特认为文学"生产"就是索绪尔所说的"言语":

> 是一系列不完全独立的不可预测的个体行为,而社会对这种文学的"消费"则是"语言",即是说,它作为一个整体的各个部分,不管其数量和性质如何,都可以编排成一个连贯的系统。

如索绪尔应用"句法"和"范式"、"语言"和"言语"、"能指"和"所指"等概念一样,热奈特也把语法中的一些术语用于叙事学研究,如用"时态"(tense)指叙事与故事之间的时间关系、用"情态"(mood)指叙事性再现的形式和程度、用"语态"（voice）指叙事环境或事例。

乔纳森·卡勒也把语言与其他符号系统加以类比。他试图把普遍的**文学性**（相当于普遍语法）与特定的文学**阅读行为**（相当于个别言语）区别开来，但他并不总是以索绪尔为参照，有时也提及乔姆斯基的"语言能力"和"语言行为"。他认为，对有限的句子进行描写并不足以构成语言学的研究焦点；语言学必须描写操本国语者说话的能力，即他们对自己所懂的一种语言的了解。类比之下，文学研究必须成为一门诗学，应放弃对全部作品的分析，而研究意义产生的条件："正如序列声音只有与一种语言的语法相关时才具有意义，不了解文学话语的特定规则，不了解作为制度的文学，就不可能理解文学作品。"

卡勒的言外之意在于，文学之所以被"消费"，是因为在读者或作者的观点背后有一套约定俗成的规则。文学已经成为一种**制度**。

茨维坦·托多洛夫则更进一步，明确把诗学研究定义为类似于对"语言"的研究。他认为诗学研究的对象并不是文学作品本身：诗学所质疑的是那种特定话语即**文学话语**的属性，因此，每一部作品都仅仅被视作一个抽象和普遍结构的显示，都不过是这个结构的许多可能性的实现之一。所以，诗学这门"科学"已不再关注实际的文学，而关注可能以其他语言形式表达的文学，其抽象的属性构成了那种文学现象的独特性：文学性。这无疑把批评的重心转向了读者和阅读过程，批评家和理论家必须考虑构成文学制度的阅读或阐释规则，把注意力从对个别文本的阐释转向对文学阐释的普遍原理的探讨，因此不可避免地涉及文学阅读和阐释中的文化和意识形态因素。

实际上，这种应用不仅仅是类比的用法或范式的借用。索绪尔之后的语言学家通过对语言的特殊用法（parole）和支配语言的总体规则（langue）进行研究，试图为语言提供一个结构模式。邦弗尼斯特、布卢姆菲尔德和乔姆斯基都试图建构各自的结构模式，来描写一种**普遍语法**，即超越任何特殊语言的、表现人的语言能力的语法。在精神分析学领域，无论是雅各·拉康还是布鲁诺·贝特尔海姆，都基于结构主义语言理论认为语言是人性的基础。在拉康那里，无意识与意识的关系实际上就是语言与言语的关系。在结构主义人类学家列维-斯特劳斯那里，这种二元划分变成了人类特有的普遍能力（即他所说的"人类精神"）和这些能力在结构关系或恒定关系中的经验表现（制度、态度、视觉形式、技术、叙事、表征等）。难怪卡勒在《结构主义诗学》中特意提及列维-斯特劳斯和罗兰·巴特分别对神话和时装的结构分析，作为对索绪尔语言/言语范式加以类比运用的两个典型例子。

与上述思想家不同的是，列维-斯特劳斯不仅仅限于索绪尔的语言/言语两个层面，而大胆提出走向结构的第三个层面，即超越语言/言语的话语层面。正如拉康认为无意识具有语言的结构一样，在列维-斯特劳斯看来，神话也具有语言的结构。神话总是发生在过去，因此在叙述的顺序上具有"言语"的特点；然而，神话根植于特定民族的集体信仰之中，所以，它不完全属于过去，也可以在现在或未来重复发生，即是说，神话具有超时间性，因此又具有"语言"的特点。在这个意义上，神话和语言一样，也是结构，也有与音素、词素、义素相同的构成单位。但是，神话作为一种**话语结构**，它的最小单位不是音素、词素和义素，而是句子，即列维-斯特劳斯所说的"神话素"。罗兰·巴特进一步解释了这种"话语"的构成单位："话语有自己的单位，自己的'语法'；它超越句子，然而又特别由句子所构成；话语就本质而言将成为第二种形式的语言学的研究客体。"

这第二种语言学实际上就是"话语语言学"。"话语"作为派生于索绪尔对语言的二元划分、同时又超越这个二元划分的一个范畴，便在语言学、文学和其他人文科学的研究中广泛使用开来了。

关于话语的"定义"

"话语"源自拉丁文 discursus，其动词 discurrere 的意思是"夸夸其谈"。OED（《牛津英语辞典》）将其定义为"通过言语进行的思想交流"；其古语的意思是"讲话"或"谈话"。曼弗雷德·弗兰克在《论福柯的话语概念》一文中是这样界定话语的：一种话语是一种言说，或具有（不确定的）一定长度的一次谈话，其展开或自发的展开并不受到过分严格的意图的阻碍。展开一个话语与召开一次会议并不是一回事。在法语的语境中，话语非常接近于"聊天"、"闲聊"、"自由交谈"、"即席谈话"、"陈述"、"叙述"、"高谈阔论"、"语言"或"言语"。（汪民安等：84）这可以与语言学界给"语篇"（text）下的定义构成比较：

> 语篇通常指一系列连续的话段或句子构成的语言整体。它可以是独白、对话（dialogue），也可以是众人交谈（multi-person interchanges）；可以是文字标志（如交通标志），也可以是诗歌、小说。它可以是讲话，也可以是文章；短者一二句可成篇，长者可洋洋万言以上。所以，可以说，无论是一句问候（greeting）、一次谈话、一场论文答辩、一次记者招待会的问答，还是一张便条、一封书信、一份科研报告、一本文稿，都可以是语篇。（黄国文：7）

国内语言学界通常把 text 译成"语篇"或"篇章"，把 discourse 译成"话语"，然而也有与此相反者。国外语言学家试图区别"语篇"与"话语"，基本上有三种意见：有的认为前者既指书面语，又指口头语；有的认为后者既指书面语，又指口头语；有的认为前者只指书面语，而后者则只指口头语。上引黄文认为，就语篇分析和话语分析而言，二者有不同，但不易加以区别，因为"我们讨论的范围包括书面语言和口头语言"。

一般认为，篇章语言学作为现代语言学的一个分支要大于话语分析。迈克尔·斯塔布斯（Michael Stubbs）认为语篇和话语基本上是同义的，但还是在二者之间划定了一些界限：语篇可以是书面的，话语则是口语的；语篇是非口头交流的，话语则是口头交流的；语篇可长可短，话语则有固定长度；语篇必须具有表层的衔接（cohesion），话语必须具有深层的连贯（coherence）。有些语言理论家还举出抽象的理论建构与语言的实际用途之间的区别，但却很难说清哪个是语篇，哪个是话语。

　　因此，斯塔布斯提出从结构的、语义的和功能的方面来界定单个话语。杰弗里·利奇（Geoffrey Leech）和迈克尔·肖特（Michael Short）也试图区别语篇和话语：话语是语言性的交流、说话者与听者之间的交流、一种人际间的活动，其形式由其社会目的所决定；语篇也是语言性的交流（无论是书面语还是口头语），但仅仅是以听觉或视觉媒介编码的一个信息。"话语"是说话者与听者之间的交流，而"语篇"仅仅是由听觉或视觉传达的一个信息，二者间的唯一区别在于，语篇强调交流所用的媒介，而话语则侧重交流的语境。但问题是：语篇所传达的信息难道就不需要语境了吗？最后，德·伯格兰德和德莱瑟提出了语篇必须具备的七个条件：衔接性、连贯性、意图性、可接受性、语境性、信息性和互文性。实际上，这也是每一个话语所必需的。

　　另一个易与 discourse 相混的术语是 utterance，国内语言学界有时译作"话语"（《语言与语言学词典》，1980），有时译作"语段"或"话段"。在米哈伊尔·巴赫金的《陀思妥耶夫斯基诗学问题》的英译本中，就把显然指话语的 slovo 译成了 utterance。在该书中，巴赫金曾把"话语"与"句子"（sentence）区别开来：一个句子是一个语言单位；而一个话语（utterance）则是一个交流单位。句子表达相对完整的思想，存在于单个说话者的言语之内，句子之间的停顿是语法要求的，是标点符号的问题。另一方面，话语是不能如此规范地转述出来的冲动，它们的界限只能用言说主体的变化来标志。（Bakhtin：xxxiv）

　　在巴赫金的对话理论中，作为言语实质的话语进入了一种对话关系，与其他层面的语言关系不能并存。话语是一个言语交际实体，它与发话人有关，与对象有关，与前面的话语发生对话关系。话语是三重奏，涉及三个角色：发话人、受话人和"由发话人所发现的词语中的人"，因此，话语就好像悲剧，它的表演与作者无关。此外，他还把"陈述"与"句子"区别开来：一、作为口头交际单位的每一个具体陈述的界限是由主题的改变而决定的，也就是说由发话人决定；二、每一个陈述都有一个特定的内部完结；三、陈述不满足于仅指出对象，如同句子所做的那样，而是表达它的主题，然而，语言的组成却不是表述性的，在口头语中，一种特有的语调表示话语的一个方面；四、陈述与有同一对象的先前陈述之间有关系，而且与它已知答案的未来话语也有关系；五、最后，陈述是针对某个人的。（托多罗

夫：248）

在《对话的想象》（1981）中，巴赫金所说的"话语"也是俄文的 slovo。slovo 的意思是一个单个词的用法，或权威的总体的用词方法。他据此区别了三种话语：权威话语、内部说服话语和崇高话语。"权威话语"是外来的一种特权语言，与我们保持着距离，是禁忌，全然不顾语境；"内部说服话语"不代表外来权力，不把自身呈现给他者，只使用自己的语言；"崇高话语"更具文学性，是一种高贵的、难以接近的话语。托多洛夫进一步说明巴赫金的话语概念："话语是具体的活的总体语言"；"话语就是作为具体的总体现象的语言"；"话语就是语段"；因此，在巴赫金这里，话语不是作为语言学之特定客体的语言，不是从具体生活中抽象出来的完全必要和合法的东西。话语也是"复调的"，总是在对话交流的条件下产生。于是，话语是"言语"，而非"语言"；是"语段"，而非"句子"。

与话语最相近的语言学术语是"语域"（register）。"语域"原本属于音乐术语，指乐器或人的发声所及的范围，语音学和普通语言学中的用法就是由此派生出来的：在语音学中泛指言语发声的高度，称为音值；在普通语言学中泛指从属于特定环境的语言特点，称为语域，包括口语和书面语，以及根据语境的适当性选择的词汇、句法、语法、音调、音高等。具体说来，广告语言、教堂布道、学术报告、政治讲演、爱的宣言、中学生用语以及大学生、大学教师、律师，甚至白领和蓝领等不同阶层的人中流行的语言，都属于不同的语域。托多洛夫在《诗学导论》（1981）中举出话语的一些语域范畴：包括话语的具体或抽象性质、修辞比喻的在场或缺场、对先前话语的指涉的在场或缺场，以及所用语言是否具有"主观性"或"客观性"。"语域"的后一种用法比较接近福柯的"话语"或"话语构型"：由规则支配的、由"策略可能性"限定的语言领域。因此，历史上任何一个特定时刻都有特定的"医学话语"，支配和谈论疾病及治疗方法（包括时间、地点、人）的一套规则、习惯、制度、中介和传播方式的系统。

在与意识形态的关系上，福柯所用的"话语"接近巴赫金所用的"话语"：从所体现的信仰、价值和范畴看，话语就是言语或书写，它们构成了看待世界的一种方式，构成了对经验的组织或再现，构成了用以再现经验及其交际语境的语码。毋宁说，话语构成了一种意识形态，把这些信仰、价值和范畴或看待世界的特定方式强加给话语的参与者，而不给他们留有其他选择。这也是文化唯物主义者所持的观点，即话语是意义、符号和修辞的一个网络，与意识形态一样，话语致力于使现状合法化。这说明了福柯为什么把"话语"置于"机制"（**dispositif** 即英文的 **apparatus**）的名目之下，与"制度"、"建筑形式"、"管制决策"、"法律"、"行政管理措施"、"科学陈述"以及哲学、道德和慈善事业的命题起着相同的作用。

福柯的话语理论

米歇尔·福柯卷帙浩繁的著作推进了话语概念的广泛传播和使用。虽然他在大多数重要著述中都使用这个术语,但对话语的系统理论阐述主要还是《话语的秩序》(1970年在法兰西学院所作的就职演说)和《知识考古学》。

在这两部重要文献中,"话语"的定义是以"**陈述**"(énoncé,即英文的statement)或"已言说的事物"为参照系的。福柯把这些陈述看作一种非常特殊的**事件**:即维系于某一特定的历史语境,同时又具有重复的能力。陈述与陈述之间、陈述与其他非话语程序之间的**规则**,共同限定了特殊的**话语构型**,如临床医学或关于财富的商业话语。这些规则包括由特定话语类型事先假定的**主体位置**、规则本身所指的**理论客体**,以及与陈述的构成相关的**经验**或制度领域。由此而产生的"构成规则"限定特定的**话语构型**,为福柯提供了大量的理论机制,从而使他对这些构型所经历的变化进行了相当细致的谱系分析。

在福柯看来,决定一个思想体系的规则并不是那个思想的意识部分,甚至不是那个思想所能表达的内容。思想体系有一个表层;表层不是意思、意图,甚或思想,而是实际所说的一切,是所说出的话;是许多谈话的人、写作的人、辩论的人所说的话,其中包括赞成和反对,包括大量各不相容的认识。这个表层就是话语。

话语究竟是什么意思呢?话语的功能何在呢?试图阐释和说明话语的一篇文章恰恰不能就这两个问题给予本质主义的回答。提出这样的问题,试图回答这样的问题,都不可避免地以先入之见理解话语的功能,尤其是在后结构主义语境下的功能,甚至是作为以规范语言生产知识的制度化系统的功能。因此,对这类问题给予本质主义的回答恰好产生于阐释性的思想模式,而这正是话语作为物质实践所要探讨、检验和追溯的那种思想模式。

这涉及权力问题。"自明的"和"常识的"知识拥有隐蔽权力的特权,而这种权力所生产的恰恰是控制性工具,即通过积极生产权力来实行控制。的确,从福柯的观点来看,人文科学的所有知识分子,包括教师和学生,在某种程度上都参与了这个控制体系,都利用知识和真理的生产模式来行使话语权力,以此决定我们所生活的社会世界。任何人都无法置身其外。

但无论如何,要想理解话语,还是存在着一个给话语定位的问题。福柯承认自己至少是以三种不同的方式使用话语这个概念的:"有时用它指所有陈述的一般领域,有时用作可以个体化的一组陈述,有时则作为一种有序的、包括一定数量的陈述的实践。"(汪民安)话语包括所有这些陈述。"陈述"是句子,却又不仅仅是句子,还包括表格、地图、树图、题词、雕刻,甚至窗饰。这些"句子"不是原子式地相互隔离的,不是由孤立的个体加在一起的整体,而是可视、可听、可触、可读的实体,必须把它们置于一个框架之内,必须把它们当作相互关联的话语碎片联系起来，必须依据科学的"凝聚性"、思想的"邻近性"和语言的"语族相似性"，才能充分理解它们。

然而，即使是在同一部《知识考古学》中，福柯对"陈述"的解释也不是前后一致的。一方面，他以结构主义细密的切分法把话语分解成最小的构成因素，称之为句子或陈述（与巴特和列维-斯特劳斯相同）。另一方面，他又认为陈述不是句子，不是命题，甚至不是言语行为，因为这三者都是约定俗成的，都可以从语法或逻辑等普遍原则中演绎出来。陈述不是语言性事件，而是话语性事件。语言性事件是据语言规则、惯例（语用学）和思维逻辑所表达的东西，它与实际所说的话之间保持着一定的距离，陈述作为话语性事件就是用来表明这段距离的。

这也许就是语言学界所说的"表面的衔接"和"深层的连贯"吧。但这涉及到后结构主义对真理的认识问题，一切真理都是相对于包含着真理的参照框架而言的。对后结构主义来说，一切存在都是相互分离的历史事件，关于这些事件的真实命题或概念只能存在于促使这些事件发生的系统逻辑内部。这意味着话语作为生产有关人类及其社会的知识的系统，它的真理是相对于学科结构而言的，也就是使话语得以制度化了的逻辑框架，进而通过制度化了的话语获得或给予权力，对我们施加影响。因此，"权力和知识是直接相互连带的；不相应地建构一种知识领域就不可能有权力关系，不同时预设和建构权力关系就不会有任何知识"。（福柯，1999：29）

对话语的历史（谱系）分析表明，话语和学科具有构成性权力。任何话语和学科内部的"客体"和"陈述"之间都有一种构成性的相互关系：一方面，话语构成可供学科研究的客体和客体种类；另一方面，话语又构成对客体加以陈述的主体，并据权威话语的逻辑、句法和语义判断这些陈述主体的真伪。一个陈述只要是关于某一客体的，并能据其真实性加以判断，就能进入话语；而一旦进入了话语，它就促进了那个话语的传播，扩大了话语和陈述的领域，生产出合法的或非法的知识。

这当中有一种权力在运作，正是这种权力使问题得以提出，使陈述成为可能，又使话语拥有权力。正是这种权力建构生产"真理"的知识系统，用命题、概念和表征赋予研究客体即各个学科以价值和意义，并根据系统内的真理和价值标准进行真伪判断。简言之，就话语的物质性而言，它使学科和制度成为可能，反过来，学科和制度又保留和分配话语。福柯所分析的监狱和诊所就表明了这种相互构成的关系。

话语及其相关学科和机构具有行使权力的功能。在现代社会中，它们是传递权力的驿站，是分配权力效果的工具，也是控制身体和行动的政治武器。福柯说，决定权力关系的东西并不直截了当地作用于他人的行为模式。相反，它作用于他人的行动：行动作用于行动，作用于现行的行动或现在或将来可能发生的行动。一种准确无误的权力关系只能依据两个基本因素来表述，而且，这两个因素都是不可或缺的：彻底地认识和维护始终作为行动的人的"他者"（权力行使的对象），以及在权力关系面前可能展开的整个回应、反应、结果和可能的介入领域。

权力不仅仅是否定性的，不仅仅是压制、统治、禁止、阻碍，它同时也有其积极的一面。权力是行动，是生产，在传播的同时开拓新的领域，在塑造机构和学科的同时建构行动、知识和社会存在的各个领域，因此，权力是"使……成为可能"。权力不仅规训我们的存在，而且调整我们作为个体的自身的形成。权力给我们提供一个空间，一个话语或非话语的领域，在这个领域里，我们受到语言、性、经济学、心理学和文化等支配范畴的规训和调整。在这个意义上，权力及其话语既把我们变成"主体"（作为名词的 subjects），又使我们"屈服于"（subject to）主导学科的规训，因此，也"征服"（作为动词的 subject）了我们。这就是福柯以及后结构主义者们所界定的权力及其话语的主要用法。也正是在这个意义上，我们才说"话语"（以及"权力"）是现代和后现代社会中把人类建构成主体同时又消解人的主体性的利器。

对话语进行谱系研究的结果将是一部历史，其话语的权威性取决于它是否是"真实的陈述"，即关于"现实"或关于构成现实的话语"客体"的陈述的真与伪。权力构成了规训社会和个体生活的制度、学科，乃至知识分子，而话语研究必然导致对这些制度、学科和知识分子的研究。

结语：话语与文学批评

20 世纪 40 至 50 年代，新批评派最先启用话语概念时，将其作为区别体裁（文类）的一个方法，因此有了"诗歌话语"和"小说话语"。这种区别不是平等的二元对立，而是具有深刻政治内涵的等级划分：诗歌优越于散文。这也许是由于新批评派的先驱"逃亡者派"的缘故，该派的成立及其政治性宣言《我将采取立场》（1930）就把南方的重农主义与北方的工业主义、把传统的和有机的与异化的和机械的对立起来，当然，这无疑也是政治性的等级对立。

话语标示差异；话语确定共性。每一种话语都能找出划定体裁的界限；每一种话语都制定了限定体裁共性的格式。新批评派的不幸在于他们采取了本质主义的视角，在于他们把划定的文类或体裁看作是固定的、永恒的，相信这些文类的再造能帮助重建失去了的（南方）文化价值，而那些文化价值恰恰属于这些文类得以产生的那个社会。然而，自结构主义/后结构主义，尤其是自福柯之后，我们可以认为，新批评派的"话语"帮助建构和组织了关于语言的整个知识领域，以实例证明了文学批评中关键术语的功能和知识实践的地位比它们的"抽象意义"要重要得多。

新批评派的影响是不可估量的，但最大的功绩莫过于对文学课的"规训"，包括对学生和教师的判断力和反应能力的规训。教学是一种权力形式，是影响他人行为的权力运作，是作用于他人行动的行动，是对一种特殊的知识语言和职业纪律的培养，而一旦与其他话语——如哲学、心理学、语言学、政治、社会、文化等——联起手来，它就进入了话语制度化的过程，从而有效地生产出专业的文学批评语言，把文学批评与文学生产和文学消费以及涉及知识运动、语言形式和身心培养等整个领域协调整合起来，职业的学术文学批评出现了。

一个重要的问题是，自福柯之后的当代"话语分析"已不是新批评那种本质主义的分析了。"意义"被残酷地抛弃了，"方法"也被"功能"所取代了。亟待探讨的是主体及其相关问题：在社会话语和制度内部主体如何产生？在批评话语和文学制度内部"作者"的命运如何？主体何以变成了主体-功能？主体性话语在后现代社会的作用是什么？颇为有趣的是，自尼采宣布"上帝已死"半个多世纪以来，作者已死、历史乃至人类之终结等消息频频传来。然而，必须阐明的是，巴特、德里达、福柯等人没有否定作者作为文学生产者的存在，或作为书面话语形式的原因的存在。

"已死"或"终结"实际上是制度化了的方法，因此需要重新组织关于写作的话语原则。这首先要重新认识社会的话语系统，它是如何通过规训语言和文化来保证秩序的。后结构主义的任务（和价值所在）就是要通过话语的谱系分析发现权力是如何在话语中运作的，话语是如何发挥规训功能的，从而"把文学批评变成一种完整的批评，一种怀疑性的、批判性的、对抗性的——用得得当的话——也可以是支持性的"。（鲍威：64）

参考书目

1. Frank Lentricchia, et al., eds., *Critical Terms for Literary Study*, U of Chicago P, 1990.
2. Geoffrey N. Leech, et al., *Style in Fiction*, Longman, 1981.
3. Gérald Genette, *Narrative Discourse*, trans., J. E. Lewin, Blackwell, 1980.
4. —, et al., *Structuralism and Literary Criticism*, trans., H. S. Gill, Bahri Publications, 1979.
5. Jonathan Culler, *Structuralist Poetics*, Routledge, 1975.
6. M. H. Abrams, *A Glossary of Literary Terms*, Holt, Rinehart & Winston, 1988.
7. M. M. Bakhtin, *Problems of Dostoevsky's Poetics*, Manchester UP, 1984.
8. Michael Stubbs, *Discourse Analysis*, Blackwell, 1983.
9. Michel Foucault, *The Archaeology of Knowledge*, trans., Sheridan Smith, Tavistock, 1972.
10. Roland Barthes, *Image-Music-Text*, Fontana, 1977.
11. Susan Sontag, ed., *A Barthes Reader*, J. Cape, 1982.
12. Tzvetan Todorov, *Introduction to Poetics*, trans., Richard Howard, Harvester Press, 1981.
13. 鲍威：《话语》，1990。
14. 陈永国：《结构，解构，话语》，载《清华大学学报·外国语言文学专辑》，2002。

15. 福柯:《规训与惩罚》,刘北成等译,三联书店,1999。
16. 黄国文:《语篇分析概要》,湖南教育出版社,1988。
17. 托多罗夫:《巴赫金、对话理论及其他》,蒋子华等译,百花文艺出版社,2001。
18. 汪民安等:《福柯的面孔》,文化艺术出版社,2001。

荒诞派戏剧 何其莘

略　说

"荒诞派戏剧"（Theatre of the absurd）是指第二次世界大战后旅居法国巴黎的一批剧作家开创的一种戏剧流派。这个名词最早出现于马丁·埃斯林的《荒诞派戏剧》（1961）一书，书中将塞缪尔·贝克特、欧仁·尤内斯库、阿图尔·阿达莫夫和哈罗德·品特等称为这一戏剧流派的领军人物。用传统戏剧的标准来衡量，荒诞派戏剧几乎没有情节可言，故事往往发生在一种超现实的梦境之中；剧中没有合乎逻辑推理的对白，剧中的人物也有着一种不可名状的神秘感。荒诞派戏剧始于20世纪40年代末、50年代初，到了60年代这一流派就已淡出了欧洲的戏剧舞台。

综　述

汉语中的"荒诞"是"荒唐，虚妄不可信"的意思，如李白的《大猎赋》中"哂穆王之荒诞，歌白云之西母"的诗句所示（《辞海》）。在英语中，absurd作为形容词最初是指音乐中的"不和谐"、"不协调"（《牛津英语词典》），但在"荒诞派戏剧"这个名词中，埃斯林并没有使用absurd这个词的一般词义。法国著名的荒诞派剧作家尤内斯库在1957年对"荒诞"这个词作了解释："荒诞指的是丧失了目标，被割断了宗教、抽象的和超自然的根基；人垮了，人的所有行为都变得没有了意义，毫无用处，不协调。"其实，早在1942年法国剧作家兼评论家阿尔贝·加缪就在他的随笔《西叙福斯的神话》中对后来荒诞派剧作家心目中的世界进行过生动的描述：

> 当一个世界可以用一般的理论方式来解释时，即使这种解释有其失误的一面，这个世界归根结底还是我们所熟悉的。但是，当一个世界突然失去了幻想和光明，人们就会把它当成一个怪物。对于人们来说，这个世界就成了一个无可挽回的流放地，因为就像人们已经丧失了对未来的天堂所抱的任何希望一样，他们又被剥夺了对已经失去的家园的任何美好的回忆，这种人和生活、演员和剧中世界的分离就产生了一种不协调的感觉。

尤内斯库和加缪的论述精辟地概括了这一戏剧流派的主要特点，而这一特点是中文译文"荒诞"这两个字所无法涵盖的。

荒诞派戏剧的代表作有贝克特的《等待戈多》（1953）、《结局》（1956）和

《喘息》(1969),尤内斯库的《秃头歌女》(1950)和《椅子》(1952),阿达莫夫的《塔拉纳教授》(1953)和《乒乓》(1955)等。埃斯林将英国剧作家品特的早期剧作《房间》(1957)、《生日晚会》(1958)和《升降机》(1959)等也列为荒诞派戏剧的作品。

荒诞派戏剧的代表作是贝克特的成名作《等待戈多》,这个剧不仅奠定了荒诞派戏剧的基础,而且还影响了20世纪中叶以来世界各国的几代剧作家。从传统戏剧的角度来看,《等待戈多》确实没有什么情节可言。这出两幕剧中登场的人物只有五个:两个流浪汉——埃斯特拉贡和弗拉季米尔,波卓和他的奴隶幸运儿,还有一个送信的男孩子。整个剧是一幅近似静态的画面:黄昏,一条乡间小路旁,一棵光秃秃的树下,两个流浪汉在等待一个名为戈多的神秘人物。他们既不知道戈多是什么人,也不知道他什么时候会出现。两个流浪汉无所事事,只好摘帽子,脱靴子,漫无目的地闲扯起来,甚至提议要试着上吊。过了一会儿来了一个名叫波卓的人,他用皮鞭抽打他的奴隶幸运儿。他们走后,一个自称戈多使者的男孩子过来告诉他们,戈多今晚来不了了,但明晚肯定过来。埃斯特拉贡问道:"嗯,咱们走不走?"弗拉季米尔回答说:"好,咱们走吧。"但是他们仍坐在那里,谁也没有动,第一幕就这样结束了。在第二幕的结尾,戈多仍然没有出现,两个流浪汉站在那棵树下,还是同样的两句话,只不过是互换了一下台词。

剧中的大部分对白缺乏逻辑推理,甚至没有连续性,比较接近英美的杂耍或轻松喜剧中滑稽演员之间的对白。剧中的人物似乎也都患有健忘症,如送信的男孩子第二幕上场时就否认在前一天见过这两个流浪汉。而剧中的另一对人物——那一仆一主——在第二天出场时已随着时间的推移双双残废了:一聋一哑。这时该轮到这两个流浪汉认不出他们了。类似的对话和相应的情节在剧中反复出现似乎都是为了强调一点:在剧作家创造的这个世界中生活是如何单调、枯燥、毫无意义。

这个剧中的主要人物戈多始终没有在舞台上出现。评论家往往对这个从未露面的人物的身份和性格特点有不同的猜测,但是这个剧的主题并不是戈多,而是等待。等待似乎是每个人一生中必不可少的生活经历,人们经常在期望着什么,而戈多则代表着期待中的一个人、一个事件、一件物品,甚至死亡,而在等待的过程中人们才明显地意识到了时间的流逝。剧中的两个流浪汉就是在期望中挣扎,"戈多明天就要来了"是他们唯一的精神寄托。对于他们来说,戈多代表的是温暖,因为等到了戈多,他们就不再无家可归,也不必再流浪,戈多是他们唯一的归宿。

《等待戈多》于1953年1月5日在巴黎首场演出之后一跃成为当时巴黎上座率最高的剧目,贝克特也似乎在一夜之间成为全法国瞩目的人物。很快,这个剧本被译成二十多种文字,并在欧洲、美洲和亚洲的许多国家被搬上了舞台。仅在巴黎,这个剧诞生的最初五年中就吸引了一百多万观众。

在谈到自己的创作生涯时,贝克特曾讲起他对哲学的兴趣:他读过法国17世纪哲学家勒内·笛卡尔和德国19世纪哲学家阿图尔·叔本华的大部分著作，比利时哲学家阿诺尔德·赫林克斯的理论对他的文学创作也有比较深远的影响。然而，他的剧作，特别是他的成名作《等待戈多》，则更多的是他生活的那个时代，即二次大战后笼罩着欧洲的那种悲观和失落情绪的真实、自然的反应。

如果说在《等待戈多》中两个流浪汉把无聊地消磨时光看成是一场毫无止境的、单调枯燥的游戏的话，那么贝克特的第二部剧作《结局》就可以被看作是这场游戏中的最后一局。独幕剧《结局》发生在一间空荡荡的房子里，一个双目失明的老人坐在一张轮椅上，由于长期瘫痪，他无法站立起来。他的身边站着一个无法坐下的仆人。靠墙的垫子上坐着那位瞎子的双亲，他们在一场灾难中失去了双腿。房间外面是死一般的寂静：世界已被毁灭，而他们四个则是这场浩劫的幸存者。和《等待戈多》相同，《结局》着意描写的也是人类在一个荒唐的世界上的尴尬处境。贝克特的《喘息》所展示的则完全是一幅静止的画面：没有人物也没有对话；有的只是舞台灯光由弱变强，然后再由强变弱；全剧只有30秒左右，开始是新生婴儿的一声啼哭，然后以临终老人的喘息声而告结束。用传统戏剧的标准来衡量，《喘息》根本无法被看作是一部剧作，只有靠观众的想象力才能推测剧作家可能传达的意向。

尤内斯库的戏剧生涯是从学习英语开始的。从一个初级课本上他读到两个人物——史密斯先生和他的太太——的一段对话，而这一简单的对话成了他第一个用法语写的独幕剧《秃头歌女》的背景。剧中的主要人物是史密斯先生和他的太太，他们的客人是马丁夫妇，故事发生在伦敦市郊英国中产阶级的家里：夜晚，英国绅士史密斯先生坐在英国式的起居室里，靠着英国式的壁炉，坐在英国式的扶手椅上，抽着英国式的烟斗，读着一份英国报纸。旁边的史密斯太太在编织着一双英国式的袜子，墙上的钟按英国方式敲了17下。史密斯太太不停地叨唠着，后来史密斯先生也插话了。墙上的挂钟也像谈话一样胡乱地响了起来。客人马丁夫妇走了进来，但似乎与主人互不相识。他们之间的谈话语无伦次，毫无表情，滑稽可笑。用剧作家自己的话来讲：

> 史密斯夫妇和马丁夫妇谈着谈着就谈不下去了，这是因为他们已经无法思维，而他们无法思维是因为他们已经不能为任何事情所打动，他们已经没有了感情。……他们可以变成任何人，因为他们已经丧失了自己的身份。

尤内斯库的另一部剧作《椅子》的场景与贝克特的《结局》有些相近：一对90多岁的老人住在一座孤岛上，他们在期待着一批重要人物的来访，因为老人要对客人讲讲他们一生的经历。由于不善言辞，老人请了一位演说家。客人们并没有在舞台上出现，但老人摆上了越来越多的椅子供客人们就座。最后，演说家到了，老人看到有人来完成自己的宿愿，就跳进海里了结了自己的生命，他的夫人也紧随其后跳入海中。这时，留在岸上的演说家面对着一排排的椅子，突然失聪失语，张开的口中发出的只是无法辨认的声音。

尤内斯库在写给该剧导演的信中解释了他在剧中的意图：

> 这部剧作的主题不是它的寓意，也不是生活中的失败或这两位老人的道德悲剧，而是这些椅子本身；也就是说，不在场的民众、没有出现的皇帝、缺席的上帝、缺乏实质内容、不真实的世界、精神上的空白。这部剧的主题是虚无。

与贝克特笔下的流浪汉不同，尤内斯库剧中的角色均属于某一个特定的社会团体，他们所感觉到的孤独和无助更多的是精神上的，而这恰恰使他们的孤独显得更加无助，更加荒唐。

阿达莫夫从20世纪40年代口开始从事戏剧创作。在创作初期，他受到了瑞典剧作家斯特林堡的影响，特别是他用幻想的方式来表达他的悲愤和绝望的剧作《一出梦的戏剧》。阿达莫夫注意从大街上的一些场景、过路人的只言片语中来搜集他的创作素材，因为在他看来，这些千变万化的表达方式恰恰组成了描绘当今这个支离破碎的世界的一幅图画。阿达莫夫曾记录下这样一幅街景：两个年轻漂亮的姑娘从一个双目失明的乞丐面前走过，她们边走边唱着"我把眼睛闭上了，真美啊"。面对着这样一个场景，阿达莫夫突然想到要用戏剧来表达他的感情，"要用最原始、最明显的形式在舞台上表现出人的孤独感，人与人之间缺乏思想上的交流"。

阿达莫夫的代表作《塔拉纳教授》全剧就像是一场噩梦：塔拉纳被带到警察局，因为他被指控在海滩上脱光衣服，招摇过市。当然，塔拉纳竭力否认自己有罪，他声称自己是一位有名望的教授，受到比利时一所大学的邀请即将出国讲学。但是，他越申辩他的话里矛盾就越多。警察局里的一位妇女认出了他，说他的名字是麦纳得。塔拉纳又出面否认，说自己与麦纳得教授长得有些像。接着，在他投宿的酒店里，塔拉纳又被指控在海滩的更衣室里乱扔脏东西，堵塞了浴盆的下水道。塔拉纳马上说他根本没有在更衣室里换衣服，这个辩词间接地证实了对他的第一个指控——他是在海滩上脱的衣服。这时，有人送来一卷纸，那是远洋轮上餐厅的座位表，塔拉纳被排在船长的旁边，这似乎证实了塔拉纳教授的声望。紧接着，来自比利时大学的一封信被送了上来，但这不是封邀请信，而是收回了对他的邀请，因为他的讲座是对麦纳得教授专著的剽窃。最后，舞台上仅留下塔拉纳一个人，他开始一件一件地脱衣服，就像他在此剧开头时被指控的一样：当他的伪装被戳穿后，他就把自己彻底地暴露了出来。

与他的前期剧作相同，阿达莫夫在《塔拉纳教授》中表现的仍是人的孤独感，在社会上人与人之间的隔绝。但是，在这个剧中，人类两种对立的态度——正面的、积极的和反面的、带破坏性的——融合到了主人公一个人的身上。剧中主人公塔拉纳教授既是一位思想活跃的教授，又是一个剽窃他人研究成果的伪君子；既是一个受人尊敬的公民，又是一个无耻的暴露狂；既是一个乐观、勤奋的楷模，又是一个自暴自弃、懒惰的悲观主义者。

阿达莫夫的《乒乓》描述的是两个年轻人的一生：医学院学生维克托和艺术学院学生阿瑟。维克托和阿瑟迷上了咖啡馆里的弹球机，并把改进弹球机看作是一种商业计划来进行。慢慢地，弹球机控制了他们的生活，成了他们生活中唯一的兴趣。全剧的结尾是老年的维克托和阿瑟在进行乒乓球比赛，就像他们因为沉溺于一种玩具而荒废了整个人生一样，这场比赛显得那么幼稚可笑。比赛中维克托跌倒在地，只剩下阿瑟一个人面对观众呆立着。

《乒乓》所表现的是人生的一种悲剧。两位年轻人期待弹球机可以为他们带来金钱、权力，而将他们毕生的心血完全消耗在一件玩物之上，最后是一事无成。这种"玩物丧志"的现象在现代社会中并不是一种个案，虽然人们追求的"玩物"可能千差万别。

埃斯林在他的《荒诞派戏剧》一书中把品特也称作是荒诞派剧作家。在1971年的一次采访中，品特承认贝克特对他的戏剧创作有很大的影响，声称在读贝克特作品时能感受到一种共鸣。然而，品特否认他与贝克特之间存在任何关系，更反对为他自己的剧作贴上任何流派的标签。与荒诞派剧作那种超现实的梦境不同，品特的作品所塑造的是一种实实在在的现实生活：二次大战后英国下层社会人的生活，剧中的主题往往是生活对于人的威胁。这不是一种存在于幻觉之中，而是真实的、发生在普通人日常生活中的一种威胁。但是，品特并不是一个现实主义剧作家。在他的剧中，人物和对话都与现实生活非常接近，然而全剧却有一种神秘感，给人以一种不可捉摸、模棱两可的感觉。这种似乎自相矛盾的现象则是品特剧作的最大特点。

品特在多次采访中阐述了他戏剧创作中的指导思想：现代戏剧的主要任务不是塑造人物，剧作家也没有权力深入剧中人物的心灵深处，诱导观众通过剧作家塑造的人物的眼睛去观察外界的事物，从而使人成为整个戏剧世界的中心，给客观事实涂上一层人的主观感情色彩。品特认为，既然剧作家并不是无所不知、无所不在的"上帝"，那么他在剧中能够给予观众的则只是他自己对某一特定场景的外观和模式、对随着剧情的深入和不断变化着的事物的一种印象，以及他本人对这个奇妙的戏剧世界的一种神秘的感觉。在这方面品特的戏剧理论与20世纪50至60年代法国新小说派作家的观点有许多相似之处。与罗伯-格里耶、纳塔莉·萨洛特、米歇尔·布陶和克洛德·西蒙等新小说派作家一样，品特也公开宣称与现实主义的文学传统决裂，力图探索新的表现手法，描写出事物的真实面貌，刻画出一个前人从未发现过的、客观存在的世界。

结　语

　　荒诞派戏剧是20世纪最重要、影响最为深远的戏剧流派之一。40年代末始于法国的巴黎，很快就影响到欧洲诸国和美洲大陆。作为一种在20世纪50年代风靡欧洲的先锋派艺术形式，荒诞派戏剧在艺术形式上与传统戏剧和其他文学形式有着千丝万缕的联系：在形式上，很接近早期含有深刻寓意、表示梦幻的文学作品；在语言上，摈弃了自文艺复兴时期以来剧作中一直强调的逻辑推理性；在情节上，占主导地位的是搞笑的场面，有如早期喜剧中丑角的表演；在场景布置上，更接近早期剧场中抽象、虚无的图像。因此，也有评论家将荒诞派戏剧称作一种回归，即回归到传统、古典，甚至原始的舞台艺术形式。这种"反传统"的意图和"回归传统"的结局可能是荒诞派剧作家没有预料到的。

　　荒诞派戏剧虽然仅仅风行了一二十年，但它对于东西方戏剧，对于其他文学形式都有着深刻、持久的影响。

参考书目

1. Bob Mayberry, *Theatre of Discord*, Fairleigh Dickinson UP, 1989.
2. Christopher Innes, *Modern British Drama: 1890—1990*, Cambridge UP, 1992.
3. D. Keith Peacock, *Harold Pinter and the New British Theatre*, Greenwood Press, 1997.
4. Dominic Shellard, *British Theatre Since the War*, Yale UP, 1999.
5. Lee A. Jacobus, *The Bedford Introduction to Drama*, Bedford/St. Martin's, 2000.
6. Martin Esslin, *The Theatre of the Absurd*, Penguin, 1980.
7. Mel Gussow, *Conversations with Pinter*, Grove Press, 1994.
8. Peter Raby, *The Cambridge Companion to Harold Pinter*, Cambridge UP, 2001.
9. 何其莘：《英国戏剧史》，译林出版社，1999。

交往理性 章国锋

略 说

"交往理性"（Communicative reason/kommunikative Vernunft）是德国哲学家、社会学家哈贝马斯（Jürgen Habermas）提出的交往行为理论（Theorie des kommunikativen Handelns）的核心概念。这一理论，通过对生活世界和以语言为媒介的人际交往活动的语用学分析，发现了交往行为的理性内涵，并从交往的三大有效性要求，即真实性（Wahrheit）、正确性（Richtigkeit）和真诚性（Wahrhaftigkeit）之中，归纳出生活世界的理性结构与基本规范。不仅如此，哈贝马斯还把交往有效性要求提升到社会伦理原则的高度，在此基础上设计了话语伦理学（Diskursethik），将其作为医治当代资本主义社会弊病、克服其合法性危机的方案。

综 述

资本主义自其产生起，就蕴含了诸多弊病与深重的结构性矛盾。这些与生俱来的毛病，从此也成为西方众多思想家跟踪研究、尖锐批判的目标。

譬如马克思，他一面密切关注自由资本主义时代西方社会的政治、经济、文化的历史与现实，一面针对资本主义的发生、发展和危机，展开英明而深刻的理论分析，进而提出资本主义条件下人的异化理论、剩余价值论以及阶级斗争理论，等等。20世纪30年代兴起的西方马克思主义在继承马克思批判精神的同时，亦对它作出了一系列改造修正。在德国，以阿多诺和霍克海默为代表的法兰克福学派，便确信资本主义危机已由经济领域转移至社会文化领域。为此，他们主张一种"否定辩证法"，即否定资本主义社会一切既存、现实的观念秩序，强烈批判人的全面物化与自我意识丧失。他们声称，在发达资本主义制度下进行的革命是一场意识革命和文化革命，其目的在于克服人的异化，恢复人性的完整。

作为法兰克福学派第二代领袖，哈贝马斯在马克思主义和早期批判理论的直接影响下走上了哲学与社会学研究道路，但他围绕马克思的社会理论也相继提出了一些不同意见。他认为仅通过对工具性行为，即劳动生产的分析来解释人的种群和人类社会的再生产过程，意味着将人的行为等同于一种仅与资本主义物质生产相关的理性行为，这不免会混淆两个不同的认识与实践领域，即生产活动和人际交往活动。哈贝马斯又表示，传统的马克思主义社会分析，因其过分注重物质生产分配，完全将人视为客体化对象，这便导致一些左派理论家把人的社会关系简单定义为在劳动生产中形成的、建筑在生产资料占有和产品分配之上的生产关系，进而把这种关系解释成一种物化的阶级关系，从而忽略了文化伦理道德在人与人关系形成过程中所起的决定性作用，及其对这种关系的调节功能。在哈贝马斯看来，这是苏联理论界和部分欧美左翼学者落入"物质决定论"陷阱的潜在原因。

与此同时，哈贝马斯与他的老师辈，即法兰克福学派早期批判理论家，也在一些重要问题上存在分歧。他不赞同阿多诺的否定辩证法，认为该理论蔑视一切变革实践，将它们统统斥之为"行动主义"，声称它们必将被资本主义意识形态所吞噬，或被这一整体邪恶所污染，最终只能产生一种"与现存制度认同"的欺骗性效果。在哈贝马斯看来，这种绝对否定立场"只能导出无政府主义的结论"。

哈贝马斯虽然看到资本主义的固有弊病，指出它已陷入严重的合法性危机，可他并不否认"西方民主制度"的历史成就及其现实的合理性基础。他反复指出，这一制度仍蕴含着自我改善的可能性。

为此，哈贝马斯提出一个宏伟构想，拟解决当今西方社会矛盾，克服其诸多缺陷。从20世纪50年代起，他开始把哲学思辨与社会批判相结合，对当代资本主义一系列重大问题深入分析，逐步发展起一套具有强烈批判精神的新式社会理论。哈贝马斯的交往行为理论便是这一著名理论的总结性成果。

"生活世界"及其理性结构

哈贝马斯认为，一个社会共同体乃是通过人际间语言交往得以形成和维系的。社会交往结构作为人类长期历史进化的结果，是人与人关系的理性沉淀与结晶。人的交往行为始终在"生活世界"的背景下发生，而生活世界，如果施以结构先验法则，进行语言分析，则可被理解为交往活动的规则与规范。

所谓生活世界，据哈贝马斯解释，乃是一种象征性结构：它以语言为内在核心，构成一张包容人际交往与行为规范的动态网络。生活世界代表了一个社会共同体的集体行为期待，以及民众公认的道德常识。在其涵盖下，不但个体经验与行为准则，就连整个社会的文化传统也都是这种常识的产物。哈贝马斯对此专门解释说："由日常交往实践编织而成的互动网络，乃是生活世界——即文化、社会和个性——得以自我再生产的媒介。这一再生产过程，进而又扩展为生活世界的象征性结构。"

我们说，人际交往最基本、最核心的形式是语言。唯有通过语言交往，单独的人才能组合为社会。语言交往原初地蕴含着"有效性要求"，即合乎理性的要求。这便是哈贝马斯称之为"交往理性"的基本内涵。具体说来："交往的陈述、陈述对象及其直接语境之间，存在一种结构性联系。而生活世界的结构，同语言世界图像的结构，呈现出内在的对称性。"

在哈贝马斯那里，语言交往所指涉的对象即是"世界"，它作为"所有事实即现象构成的总体",并不仅仅指由物所构成的实体世界,还进一步包括由人与人组成的社会关系网络以及人的内心自我。哈贝马斯将这三种构成分别称为客观世界、社会世界、主观世界,通过语言言说的三种不同方式,语言行为者即可分别与不同世界建立起不同的关系:

1. 通过对客观世界(外在实体的综合)中事物的言说,与作为外部世界的自然发生关系;

2. 通过对社会世界(合理调节的人际关系)中事态的言说,与别的行为者发生关系;

3. 通过对主观世界,即个人内心情感或体验的言说,与自我发生关系。

提醒大家:以上三种言说方式中的每一种,都蕴含着独特的有效性要求。

语言交往的有效性要求

为了揭示内在于语言交往的"生活世界的规范系统",哈贝马斯对日常语言作出了精细的语用学分析。他指出,语言行为的基本要素是"话语",而话语是由"以言行事"(illokutionar)和"以言表义"(propositional)两部分组成。前者,即以言行事部分,限定了以言表义部分的使用意义与语境。而后者,即以言表义部分,则是对一个事实或一种事态的陈述。

每一个以言行事的祈使句都包含一个以言表义部分,其陈述隐含着一种真实性要求。而以言行事部分(尽管它常常被省略)则使说者和听者进入一种话语主体间的互动关系。哈贝马斯认为,不论交往行为是否以外在语言形式进行,它都必须在某种行为规范与价值的语境中发生,一切交往行为都会满足、或违背规范所确认的社会期待与常规。

人们通过语言进行的交往活动,其本身便隐含了某种内在的理性要求,它是交往行为得以成功进行的前提条件。首先,当行为主体所说话语涉及客观世界时,它必须是真实的。其次,当所说话语涉及与听者的关系时,其规范必须被视为正确而被别人接受。最后,当话语涉及说话者的内心世界时,说者的态度必须是真诚的。总而言之,

> 每一位交往活动的参与者,只有满足以下条件,才能进入相互理解的过程:即运用可理解的句子,以一种能被他人接受的方式,实现3种有效性要求。它们分别是:在一种以言表义的内容、或对存在事实的陈述中体现出来的真实性;在特定的语境中通过以言行事的句子建立人际关系时,所运用规范的正确性;及其在表达自己内心情感时,所表现出来的真诚性。

据此,哈贝马斯将语言交往划分为三大类型:第一,包含了"真实性"要求

的断言式(konstativa)，它是对一个事实、一种事态的陈述，使听者获得对该事实或事态的了解与认识。第二，体现了"正确性"要求的调节式(regulativa)，其作用是表达人际关系的规范意义，涉及说者与听者的关系定位及其角色的承担。第三，蕴含了"真诚性"要求的表达式（repräsentativa），它是向他人表达自我内心情感与体验的话语方式。概括起来说，语言交往包含了上述三种有效性要求，即真实性、正确性与真诚性。它们都是交往理性得以贯彻的决定性前提。只有实现这些要求，一个社会或语言共同体的成员才能达到对客观事物的共同理解与认识，协调彼此的行动，借此在以自然为对象的生产活动中取得成功，同时建立起大家认同一致的伦理道德规范，以保持和谐的人际关系，维持社会生活的正常运转。

哈贝马斯指出，虽然在每一类型的语言行为中仅仅突出了一种有效性要求，但任何成功的语言交往活动都须同时实现三种有效性要求。这是因为，即使是一种关于客观世界的陈述，如果是向一个以上的听者作出的，它除了满足真实性要求，还应遵循正确的人际关系规范，体现真诚的主观愿望和态度。相反，任何一种有效性要求的破坏违反，都将导致交往活动失败，或人际关系的损害。

在生活世界与语言交往行为之间，无形中存在着某种重要的结构性联系。这就是说，语言互动行为的参与者，通过彼此间达成对客观世界的共同理解而处于一种"物质性关系"。譬如，他们通过主体间承认的规范，调节彼此间的关系，协调他们的行为，进而组成一个社会共同体。而处于成长的少年或年轻人，通过参与有行为能力者的互动关系，接受他们所从属社会集团的价值取向，从而逐渐形成自我人格的同一性，并获得全面的行为能力。一个社会正是在这种结构性联系的保持与嬗变中，暗中延续着它的自我调节、自我更新、自我再生产。

生活世界的"内在殖民化"

对于现代社会，马克斯·韦伯有一著名预言。他将资本主义产生与发展，形象地解释为传统宗教世界的"祛魅化"过程。他警告资本主义在现代化进程中必将促成两大普遍趋势：一、现代社会的价值领域，将会出现持续不断的剧烈分化；二、社会分工制度，也将促成目的理性行为子系统的自主化趋势。

哈贝马斯显然接受并论证了韦伯的上述经典预言。首先，他把现代社会明确划分为"生活世界"与"制度"两大部分。所谓制度，是指经济体制、政治体制、行政管理体制、法律体制等。这些制度，正是一批从生活世界结构中产生、分化出来的行为子系统。它们的基本功能便是调节人与人之间的交往关系，规范人的行为，协调集体行动，消除生活世界中产生的矛盾危机，维护并完善生活世界的理性内涵与合理结构。然而，在资本主义200年发展演变过程中，制度与生活世界的象征性结构逐渐分裂离异，变得越来越独立、自主、蛮横无理。到了后工业社会，它们反过来侵蚀、干预生活世界象征性结构的再生产，进而大规模破坏，甚至摧毁后者的合理结构,特别是哈贝马斯所说的理性交往结构。

如今,这种针对理性交往结构的破坏,在欧美已经达到非常严重的程度。在高度发达的资本主义社会中,理性越来越被等同于效益、盈利、控制、榨取与枯竭。一句话,它已演变成一种目的-手段关系,或垄断一切的"技术理性"。这种技术理性不但被当作人类驾驭自然的工具手段,而且日新月异地发展为一种高效、高科技、高度严密的精神统治。

众所周知,现代社会中的经济、金融、行政、司法、教育等活动,早已与其原本宗旨发生了离异,各自形成每一子系统所特有的繁杂规则。这些子系统,或称网络制度,虽然寄生于生活世界,却并不与之保持和谐一致。相反,它们遵循自己理性至上的技术原则,并把对权力金钱的追求当成最高的生活、工作与交往价值。这样一来,我们便看到不断扩张的官僚主义权力机构越来越频繁地强行干预公共事务;无孔不入的法律化倾向造成对于个人自由空间的持续侵蚀;而竞争机制的普遍强化、日益沉重的效率压力以及人际关系的交易式操作等,无不导致传统生活价值的丧失,以及社会道德的不断恶化。

从理论上讲,工具理性的真正要害在于,它能把问题本身的合理性——偷换成为解决问题的程序、方法和手段合理性;把一件事在内容上是否正确的判断,变成对一种解决方法是否正确的判断;最后,它扩张成为一种思想行为的普遍逻辑,即把世上一切复杂多变的现象,统统简化为可以用工具理性规则加以科学/效益化管理的具体案例。

工具理性乃是一种异化的理性,迷路的理性。它的异化与迷失,从根本上来自资本主义与生俱来的贪婪本性及其内在的唯功利原则。它仅仅着眼于利益关系,因此必定与道德相分离。正因如此,资本主义的理性化注定一步步走向它自己的反面,并且不可逆转地导致现代社会日趋严重的非理性化。工具理性的泛滥及其对人的生活世界不断扩张的统治,加速了人在新历史条件下的物化趋势。而这一物化趋势到了某一阶段,又会反过来从根本上极大地动摇资本主义现存制度的"合法性基础"。

上述现象,哈贝马斯称之为"交往结构的非语言化",或"生活世界的殖民化",这种倾向严重破坏和谐的社会生活的总体,并有可能摧毁建筑在人与人相互理解之上的语言交往的合理生活基础:

> 自主化工具理性行为的子系统(经济和行政管理)的绝对命令,愈来愈深入地侵入生活世界和个人生活空间。日益明显的法律化和官僚化倾向,强制地将人置于目的理性行为规则的统治之下,从而使以相互理解为宗旨的语言调节机制失去任何作用。

生活世界的内在殖民化趋势,不仅混淆善恶、真假、美丑等的意义,模糊人们判断事物的标准,而且腐蚀人与人的正常关系,瓦解生活世界中的各种合理结构。其中最关键的问题是,原先建筑在人与人相互理解协调基础之上的生存价值,在各种作为"制度"的工具行为子系统的干预控制之下,纷纷丧失它们原有的意义、标准及社会调节功能。此乃现代资本主义社会最严重、最深刻的弊病。

交往理性的重建

在哈贝马斯看来,交往实践的理性要求,实乃思维着、行动着、言说着的主体在日常生活和科学活动中的根本态度与最终立足点。他确信只有按照交往理性要求,一个社会或语言共同体的成员才能达到对客观事物的共同理解,进而协调他们的行动,在以客观世界为对象的生产活动中取得成功。也只有这样,才能建立起大家认同一致的伦理道德规范,保持和谐的人际关系,维护生活世界的合理结构。衡量交往行为是否理性,必须参照如下标准:第一,交往的有效性要求是否得到充分实现,即交往主体对于某一事实的陈述是否真实;第二,与行为相关的人际互动关系的规范是否正确,并得到普遍认同;第三,在交往话语中,人们是否真诚地表达了自己的意向。哈贝马斯认为,行为边界是由语言边界所规定的。如要恢复理性生活秩序,克服由于目的-工具理性泛滥而导致的生活世界殖民化,就必须重建交往理性,并且将交往有效性要求与话语规范的恪守提升到社会伦理原则的高度,以此来规范人的交往行为,并将其贯彻到"制度"的建立与改善之中,从而整合当代西方社会业已遭到严重侵蚀的生活世界,改善社会现状,实现社会公正。

哈贝马斯声称:"交往理性的声音,就是在广泛共识中发出的一致的声音。而这一共识的可能场所,便是所有存在差异的话语中的普遍共同话语。"在他看来,差异与同一、我性与他性的关系既不可抹杀,又不可绝对化,因为二者之间存在着结构上的联系。无论绝对的差异还是绝对的同一,都是不可想象的,也是违反辩证法的。

他又说,共识的建立与达成,并不意味着抹杀差异与个性,或取消话语的多元性。相反,它建筑在对个性和多元性的承认之上。但承认多元性和个性,绝不意味着异质多元的话语,可以不遵守任何规则,可以超越语言交往的有效性要求。问题的实质在于,人们将通过何种途径来达到差异中的同一。哈贝马斯坚持说,要达成真正共识,就必须在多元价值领域内,对话语论证的形式规则形成主体间认识的合理一致,并将这一前提引入语言交往。在这里,理性化的关键是隐蔽进入交往结构的权力关系的彻底消除,正是这种隐蔽权力关系,造成了人际交往的壁垒与隔膜。理性化还意味着此种被制度扭曲的交往障碍的克服,这是因为,在被扭曲的交往结构中,规范行为的共识违反了三体间提出的有效性要求,所以它是虚假的,即事实上是通过强制而被维护的。

据此,重建交往理性便是在公共生活中真正实现符合交往理性"话语意志"

的平等自由：无论话语活动参与者的社会政治经济地位如何，在摈弃权力和暴力的前提下，每一个人都应享有平等话语权利。那些符合交往理性要求的、在平等主体间达成的共识，无不强调一种程序与规则的合理性。就是说，它们所反对的，都是社会压抑。它们所追求的，都是这种压抑的否定和摈弃。而它们努力寻找的，恰是一条将人从社会压制下解放出来的道路。

话语伦理学

上世纪90年代初，哈贝马斯把交往行为理论的基本原则正式扩展为"话语伦理学"。他主张以此规范人的认识和行为，特别是以语言为媒介的交往行为，实现符合交往理性的话语意志的民主、自由与平等，最终建立一个摈弃权力滥用和暴力威胁的"无统治"的社会秩序。在1991出版的《话语伦理学解释》（*Erläuterungen zur Diskursethik*）一书中，哈贝马斯提出，话语伦理学的最终目标是建立一种"理想的话语环境"，每一个进入话语论证的行为者都应该严格遵守四项条件：

一、话语的所有潜在参与者，均享有同等参与话语论证的权利，任何人都可以随时发表任何意见，或对任何意见表示反对，提出置疑或反对置疑。

二、所有话语参与者均享有同等权利，作出解释、主张、建议和论证，并对话语的有效性规范提出疑问、提供理由或表示反对，任何方式的论证或批评都不应该遭到压制。

三、话语活动的参与者，不论其种族、宗教信仰、出身、文化背景如何，必须享有同等权利，以表达自己的好恶、情感和愿望。

四、实现话语的民主、平等和自由的决定性前提，是在话语论证中彻底排除权力因素的干扰，每一个话语行为者，不论其社会政治经济地位如何，都必须作为绝对平等的共同体成员，参与话语论证。

说到底，要实现自由、平等、民主的话语环境，途径只有一条，那就是通过公正合理的话语规则和程序的建立，保证每一个话语主体都享有同等权利。正因为如此，哈贝马斯将话语伦理学的核心归结为"程序理性"（Verfahrensrationalität），即在规范的制订中，通过反复论证，达成一种公正的话语规则和程序，使合理交往前提得以"体制化"，使交往共同体的所有人都获得平等话语权利，使每一个人的话语都得到同等程度的重视。这里的关键是，在话语实践中，防止权力滥用和暴力强制，杜绝话语霸权。

建筑在公正合理基础上的话语程序和规则，一旦通过广泛论证而达成共识，它就应被视为一种真正的共识，并被所有人遵守。其后果，亦须为所有人自愿承担。这是因为，"个人在与他人共同生活中的自由，取决于所有社会化个体自由的实现"。

哈贝马斯确信，公正、民主、合理的话语程序和规则，将确保个人话语的自由与平等。这样的程序理性，不但必须在一个语言共同体的内部得到全面贯彻，而且

应该扩展到持另类话语方式的"他者":

> 这是一种对差异高度敏感的普适主义,即对每一个人的同等尊重……应当扩展到作为"他者"或异类的人。这个开放的、话语伦理的共同体,只有将其具有弹性的边界不断向外扩展,通过实现所有人话语的自由权利,铲除一切歧视和苦难,曾被边缘化的人纳入相互关爱中才有可能建立。纳入,在这里绝不意味着党同伐异,相反,它要求话语共同体的大门向所有人开放——首先而且恰恰是向那些彼此陌生、并仍将是陌生者的人开放。

话语伦理与文明冲突

20 世纪 80 年代,苏联解体,冷战结束,意识形态和社会制度的对立不再是世界的主要矛盾。相反,东西方在文明模式、文化传统、生活方式、信仰和价值观方面的碰撞冲突,却日益凸显出来,上升为当今世界的主要问题。目前,在全球化浪潮推动下,有人热衷于推行西方文化普世主义,试图巩固其霸权地位。所谓霸权,不仅是一整套霸道的政治、经济、军事和文化行为方式,也是一套傲慢的思维方式和话语方式。它广泛表现为一种知识、文化、科技领域内的自大狂或精神优越感。有些西方大国,不仅喜欢向全球推广自己的思维、行为和生活方式,还在一些弱势国家强行移植自己的价值观与世界观,为此不惜动用武力,发动战争。

另有一些人,则从狭隘宗教观念和民族利益出发,顽固坚持原教旨主义立场,他们逆现代化潮流而动,固守古老过时的传统,盲目仇视另类文化,特别是西方理性主义文化。这些人拒绝任何进步与革新,奉行自我价值至上主义。当下恐怖主义的恶性蔓延,便是这种保守思潮的直接后果。

哈贝马斯认为,以上两种思维和行为方式都是极其有害的。它们引发并加剧东西方之间在宗教信仰、世界观与价值观方面的对抗冲突,结果是危害全人类的安全。在他看来,"每一种在其生活史中形成了自我同一性的种族、信仰和文化传统,都享有要求平等尊重的权利,这种权利与它过去的成就,与它在当今世界的状况和地位毫无关系"。他主张不同文明类型和文化价值观,应当在不放弃自我有效性的前提下,相互尊重,平等对话,而不该用对抗来处理彼此间的冲突。

即使在发生了第一次海湾战争、波黑战争、"9·11"恐怖袭击、阿富汗战争、科索沃战争,以及针对南斯拉夫的军事打击以后,哈贝马斯仍然相信,必须将他的交往行为理论和话语伦理学运用于处理不同文明和文化传统的相互关系:

> 我仍然坚持应用相互理解、宽容、和解的立场,处理不同价值观和道德观,乃至不同文化传统之间的差异与冲突。我认为,我提出的交往行为理论和话语伦理学,同样适用于处理国际关系和不同文化类型之间的冲

突，即是说，不同信仰、价值观、生活方式和文化传统之间，必须实现符合交往理性的话语平等和民主，反对任何用军事的、政治的和经济的强制手段干涉别人、通过武力贯彻自己意志的做法。

分歧和争论

哈贝马斯改善当今世界现状的构想，连同他的整套理论，遭到不少西方哲学家和社会学家的批驳挑战。对于福柯、利奥塔、布迪厄、德里达等一批后现代思想家来说，哈贝马斯提出的绝对"交往理性"和"话语伦理"，无论在人类社会的过去、现在和将来，都不可能实现。归根结底，这方案只是一个"善良愿望"，表达了一种"善良意志"而已。非但如此，这种善良意志带有康德"绝对命令"的先验色彩，它永远只能停留在"应该的范畴"（Soll-Kategorie），而不可能转化为"存在的范畴"（Ist-Kategorie）。原因是，这一善良愿望和善良意志，一旦接触到"社会权力结构"的坚硬礁石，便会立刻撞得粉碎。福柯将哈贝马斯交往行为理论斥为"交往乌托邦"，一个"被'应该'的乐观主义召唤出来的幻影"。布迪厄称：

> 促使哈贝马斯将一切现实交往的尺度和规范作为一种理想来表述的前提……使他无视作为潜在因素内在于一切交往形式的权力结构和统治形式，而这种统治形式……恰恰是通过交往活动并在交往中确立的。

哈贝马斯同福柯、布迪厄等人的分歧，可以归结为如何看待和评价权力。哈贝马斯认为，从发生学角度看，权力作为一种社会-历史现象，产生于生活世界的理性交往结构。它不但具有某种事实上的必然性，而且原初地包含一个社会公正平等的合理内核。权力概念在本来意义上是"一个社会共同体对生活于其中的个体，在思维、行为、话语以及相互关系中，进行公正规范调节的机制"，这种机制对于维系社会共同体的理性秩序来说是必不可少的。作为这一机制的体制化和实体化形式，行政管理系统和法律保障系统必须确保社会共同体的所有成员，在不损害他人利益的前提下平等、自由地生活。

哈贝马斯反对福柯等人把权力看作彻底的负面而笼统地加以否定。依他之见，福柯将人的社会关系视为纯粹的压抑与被压抑、统治与被统治的关系，并把这种关系所造成的不自由看作是社会化的人永远无法逃脱的厄运，他实际上陷入了一个"权力即压迫"的怪圈。对于权力的不同理解，导致了双方截然对立的对世界现状的判断和前景的预测。在福柯等人那里，不但迄今为止的人类社会存在史被解释为一部绵延不断、混乱无序的权力争夺史和社会压迫史，而且人类的未来亦将陷入权力更替的恶循环，永远不得超脱。与之相反，哈贝马斯将权力视为一个中性概念，一种必不可少的社会组织调节机制。同时他认为，必须在正当权力行使与非法权力滥用之间作出明确区分，并在维护合法权力行使的同时坚决反对权力滥用。他承认,当今世界仍存在许多弊病,社会的民主和公正、人的自由和基本权利尚未全面实现,但他并未丧失希望和信心。他确信,理性力量和社会进步逻辑是不可阻挡的,通过人们不断努力,特别是理论的批判和启示,一个平等、自由、公正的世界秩序最终将会建立。

结　语

为了整合遭到严重破坏的"生活世界"的合理结构,使"西方民主制度"重新获得稳固的基础,哈贝马斯提出了交往行为理论和话语伦理学,主张以此为基础来重建"交往理性",以消除生活世界的殖民化。不仅如此,他还试图将他的理论运用于国际交往,特别是不同文明间的交往,通过贯彻"话语伦理"的基本原则,即实现话语权利的平等和自由,倡导相互理解、宽容与和解,以改善当今世界的现状。尽管他的主张遭到一些重要理论家,尤其是后现代派的批评,但无论如何,在理性、真理、主体性、意义被解构、被颠覆,价值怀疑主义和虚无主义甚嚣尘上的今天,他所设计的方案仍然具有现实意义,至少为我们提供了一种正面参照和可供选择的可能性。

参考书目

1. Detlef Horst, *Jürgen Habermas*. Gütersloh 1991.
2. Hauke Brunkhorst, Kommunikative Vernunft und rächende Gewalt. In: *Sozialwissenschaftliche Literatur Rundschau*. Jg. 6 (1982), H. 4.
3. Jürgen Habermas, *Der philosophische Diskurs der Moderne*. Frankfurt/M. 1985.
4. —, *Die Einbeziehung des Anderen*. Frankfurt/M. 1996.
5. —, *Erläuterungen zur Diskursethik*. Frankfurt/M. 1991.
6. —, *Faktität und Geltung. Beiträge zur Diskurstheorie des Rechts und des demokratischen Rechtsstaates*. Frankfurt/M. 1992.
7. —, *Theorie des kommunikativen Handelns*. Frankfurt/M. 1981. Band I u. II.
8. Karl Bauer, *Der Denkweg von Jürgen Habermas zur Theorie des kommunikativen Handelns. Grundlagen einer neuen Fundamentaltheologie?* Regensburg 1987.
9. Klaus Christoph, Am Anfang war das Wort. Zur Gesellschaftstheorie von Jürgen Habermas. In: *Leviathan*. Jg. 13 (1985). H. 4.
10. 章国锋:《关于一个公正世界的"乌托邦"构想——解读哈贝马斯〈交往行为理论〉》,山东人民出版社,2000。

结构主义 赵一凡

概 说

"结构主义"(Structuralism)是20世纪影响重大的人文变革思潮之一,其原创思想来自于瑞士语言学家索绪尔。索氏归纳的结构语言学四项法则,不仅触发了60年代的巴黎结构主义革命,还在西方人文学术领域造成广泛的语言学转向(the linguistic turn)。由于自身局限,结构主义发起的人文科学革命未能成功,其革命余兴和创新能量,70年代后多转向后结构主义(post-structuralism)。

综 述

20世纪是一个充满变革的时代。对于文学专业师生而言,挑战并非来自常年的教学、翻译和研究,而来自一种我们不得不面对,并感到烦乱的理论影响。这种近乎外来威胁的影响,不仅引起学科界线的混淆,还强加给我们一系列方法、观念、价值上的新问题。

简单说,在外国文学领域,我们经历了现代主义和后现代主义浪潮的冲击。在西方人文学界,则相继出现三股强大理论变革潮流,它们分别是现象学、西方马克思主义、结构/后结构主义。有趣的是,这些思潮都萌发于20世纪初,蔓延扩散,至今不衰。如今反观上述思潮,我以为值得首先加以回顾的,还是结构/后结构主义。

何以如此?首先,对于传统学者,结构主义挑战性强,理论难度大,而且它在方法论、认识论上大破大立,具有科学革命的明显特征。其次,从学科分布看,结构主义辐射广泛。我们知道,现象学本是一场哲学改造,而西马擅长于政治文化批判,唯有结构主义横跨人文学科方方面面。最后,结构主义造成的困惑也最多。它以科学革命为己任,偏偏半途流产,形成一种尾大不掉的局面。这种以激变开局、进而引发混乱的逻辑,实不属常规变革,而是一种罕见的"变乱"。

自打索绪尔发明结构语言学原理,结构主义思潮跌宕起伏,迄今已达百年。历年有学者发表专论,从不同角度展开批评,积累了丰富研究成果,著名者如詹明信的《语言的囚笼》(1972)、罗比的《结构主义导论》(1973)、默克瓦的《从布拉格到巴黎》(1986)、迪尤斯的《瓦解的逻辑》(1987)、考斯的《结构主义》(1988)、弗兰克的《什么是新结构主义?》(1989)、杰克逊的《结构主义的贫困》(1991)等。

以上著作各有倾向,但大多集目光于两个问题:一、结构主义的思想起源及科学性质;二、它向后结构主义转变的内在逻辑。下面我将围绕这两个问题,结合专家意见,给出一个导引,同时针对索绪尔的历史功绩小作回顾,以方便大家从宏观上把握这场大变革。

索绪尔的故事

对于多数欧美学者，索绪尔（Ferdinand de Saussure, 1857—1913）原是一位陌生的隔世老人。他死于第一次世界大战之前，身世几乎不为人知。仅仅出于一群师生的怀念，他在日内瓦大学讲课的内容才被整理成书，于1916年出版。

这本题名《普通语言学教程》的法文书，历经两次世界大战，像宗教秘笈般流传下来。至1955年，该书已再版五次，影响却未超出讲法语的欧洲语言学界。60年代，《教程》摇身一变，被奉为结构主义圣经。麻烦的是，这本圣经的合法性反复遭到质疑，释译工作一拖再拖，直到1983年，才有了牛津大学哈里斯教授的英译本。

在讨论《教程》之前，我们须考虑两个问题：首先，作为结构主义的核心文本，《教程》多大程度上反映了索绪尔本人的思想？其次，假如我们承认索绪尔思想的革命性，那它为何如此难产？

先说第一个问题。如今专家公认，《教程》并非出自索绪尔之手，而是由他生前的同事代办编写的。这两位先生证明：1906到1911年，索绪尔在日内瓦大学三次讲授语言学课程，可他既无讲义，也不用提纲。后人翻检他的遗留，找不到多少相关内容。无奈，编写者只好依据学生听课笔记，整理出一部索绪尔名下的《教程》来。这种作法显然缺陷多多。两位编者承认，他们以第三讲为改写基础，为此舍弃了前两讲的不少内容，特别是涉及语义学和言语语义学的内容。由于学生笔记杂乱不合，也在书中埋下一些断头线索。为了正本清源，60年代末又出版一套恩格勒校订本，书中开列学生笔记中的疑难点，一一挑剔批评。这无疑给《教程》编者造成难堪。有鉴于此，哈里斯教授在《教程》英译本中自嘲说：此书唯一不争的事实是，专家对书中一系列问题"均持犹豫态度"。但他又表示，作为影响深远的结构主义经典，索绪尔《教程》"有权"让人接受它的重要性，同时也承认其中错误的不可避免。

再看第二个问题，即索氏思想何以这般难产。这方面最好的解释来自他的再传弟子、瑞士语言学家邦弗尼斯特。1963年2月，在日内瓦大学一次纪念仪式上，邦氏代表欧洲语言学界隆重发表讲演：《索绪尔辞世半个世纪之后》。他在演说中追记索氏功绩，说他在两方面造成重大影响：其一，索绪尔在语言学内部扫荡传统观念，扭转历史比较法的颓势，为现代语言研究建立起了新的科学基础；其二，他发现了作为语言基本特征的"符号"概念，并将其成功植入现代西方哲学思想。这一发现极大丰富了文化研究的可能性，并为孕育中的西方人文科学提供了重要参照模式。

学术史上常见这种例子：一个杰出学者，越是具有思想上的独创性和革命性，他可能遭遇的阻力与压迫就越大。在邦弗尼斯特看来，索绪尔的革新念头曲高和寡，委实不凡。但在传统重压之下，他一直辗转犹豫，无法表述自己离经叛道的思想。

19世纪末，欧洲语言学界流行历史比较方法。当时的语言学家受达尔文进化论影响，习惯视文字为生物，认语言为物种。他们像博物学家那样，孜孜搜集各类语言标本，以便辨析古字，考查词源，比较各种语言的沿革变异。作为学生，索绪尔受过这种繁琐的文字学训练。21岁时他发表了一篇论文：《论印欧语言中的原始元音系统》，该论文让他轻松获得学位，以及参与研究的资格。可他在写作中遭遇的问题，令他终生烦恼，欲说还休。索绪尔发现，他所研究的印欧语言，同其他语言一样，不但多义，而且善变。他每研究一个元音，都须将它与整个元音系统相连，否则他将一无进展。此处关键是：传统语言学动员全部人力和手段，开展大规模历史调查，但在各种语言变化的背后，我们最终能发现什么？换言之，倘若一切都在变，什么才是不变之理？变与不变之间，又是何种逻辑联系？

由此出发，索绪尔认识到，必须寻找某种"潜在的基本论据"，没有这些论据，一切语言文字都只能是任意变化、无从限定的。这一想法从此支配了他的终生。可悲的是，他这些奇思异想既不被世人理解，也难以寻求支持。

顾及到自家生计，索绪尔只能压抑自然，将其危险阴谋深埋心底。他的寡言和谦虚，为他赢得官方礼遇（中年的他，一度出任法国语言学会助理秘书）。与此同时，他的写作却越来越少。1906年当他回日内瓦执教时，竟完全停止了学术写作。

据邦弗尼斯特解释，如此怪状实出于不得已。首先，索绪尔在学术上与世隔绝，是为了在孤独中不受干扰地发展他自己的理论。其次，这种理论越发展，他就"越加抵制并反感流行的语言学观念"。令人欣慰的是，他宝贵而孤独的思想，总算在身后得以面世。

《教程》究竟揭示了什么？其中有无索绪尔的"潜在论据"？

后人确认，《教程》归纳并提出了结构语言学的四项法则，它们分别是：一、历时与共时方法；二、语言与言语；三、能指与所指；四、系统差异决定语义。上述法则，如今通称"四个两项对立"。它们看上去简陋莫名，实际上内容精致，构造严密。依专家言，它们不仅形成了一套完美自恰的逻辑系统，而且具备推广之效，可以在许多学科加以调试运用。以上便是结构语言学的"纯正起源"。按照邦弗尼斯特的说法，索绪尔的变革思想太新奇，也太离谱，所以它需要整整一代人的时间，缓慢地加以传播。尽管如此，他那"包藏在几条原则中的思想火种"，如今已像火炬那样，"照亮了一大片学术领地"。

什么是结构主义

了解索绪尔及其结构语言的起源，只是认识结构主义的第一步。下面我们仍须花费一些口舌，说明索氏思想曲折的传播过程，以及它所引起的"科学革命"效应。

如前所述，索绪尔《教程》在欧洲语言学界影响有限。出人意料的是，他的思想向东迁徙，先后影响了20世纪30年代前后的俄国形式主义和布拉格学派。当时率先开拓俄国文论和诗学研究的两位重要学者巴赫金和雅各布森，不约而同地对索绪尔《教程》作出了热烈回应。其中巴赫金著名的对话原则和超语言学观念堪称是对索绪尔理论可贵的批评与补充。而雅各布森深受索绪尔的启发，在音位学领域屡有突破，贡献卓著。

20世纪30年代末，雅各布森教授移居美国，执教于哈佛大学。此间，他在纽约巧遇人类学家列维-斯特劳斯，顺手将火种传给了这个当时名不见经传的法国年轻人。1962年，列维-斯特劳斯在巴黎发表《野性的思维》，此书作为结构人类学开山之作，一时间哄动舆论，对法国学界产生了革命性影响。紧随其后，一批巴黎知识精英，诸如拉康、巴特和阿尔都塞，好比一组冉冉升起的明星，合力将结构主义革命推向高潮。索绪尔英灵在上，对此番戏剧性变故沉默不语。

索绪尔思想的天路历程，前后跨越半个世纪，且由东向西兜了一大圈。可悲亦可笑的是，他用法文讲解的理论，偏偏引不起国人注意，反倒在遥远的俄罗斯备受青睐，进而升级为向美国出口的理论经典。非但如此，索绪尔梦幻般的荣归故里，竟然得益于两个原本互不相干的流亡学者——雅各布森和列维-斯特劳斯双双沦落他乡，却能一见如故，眨眼完成了现代学术史上最感人的薪火传递。

再看索绪尔《教程》离奇的跨学科传播方式：它原本是一种抽象的语言学理论，经由俄国形式主义文论的改造和雅各布森在音位学领域的借用，又被列维-斯特劳斯悍然移植到人类学领域。当巴黎结构主义崛起后，这一万能理论的应用范围更是从文本、符号研究一路蔓延，囊括了神话仪式、社会心理、商品广告、意识形态，乃至马克思主义自身的结构研究。结构主义这种奇迹般的思想传播，这种爆炸式的理论扩张，无疑给后人留下一道难题。无论从学术史角度，或从理论研究角度，我们都有必要回答：结构主义是什么？"结构"概念从何而来？与传统学术变革相比，这场科学革命又有哪些不寻常的特征？下面让我从两个方面试作解释。

结构主义思想特征与结构概念

针对结构主义思潮来势凶猛、震撼全局的特点，早期批评家多视其为一种激进变革势力。在他们眼中，结构主义既非单一的学术流派，亦非现象学式的哲学改造运动。严格地讲，它是指20世纪60年代初以法国巴黎为中心、继而在欧美知识界形成的一种"时髦思想方式"，或一股企图大举改造传统人文学术的革新思潮。

对此，比利时专家布洛克曼分析道，结构主义一手标榜科学精神，提倡系统分析、共时方法和深层阐释，另一手则对传统哲学持强烈批判态度，并具有"否定主体、否定历史、否定人文主义"这三项显著特征。这无非说明，它指望用一种

"全新科学模式",来推翻并取代以往那种"以人为本、注重主观思辨、意识形态色彩浓厚的人文主义",及其习以为常的历史阐释方式。

接下来的问题是,结构主义的核心,即"结构"概念,到底从何而来?它何以迅速膨胀为一种变革思想方式?据美国专家考斯调查,结构概念自古有之。拉丁文里,这个词原先写作 structum,意思是指"经过聚拢和整理,构成某种有组织的稳定统一体"。当然,这一概念的适用范围很宽,它几乎可以是任何东西,"从一粒分子到一幢摩天大厦,从一个单词到一本小说、一套游戏、一种传统或一部宪法"。考斯又说,作为抽象名词,结构主义与结构密切相关,它代表一种新式哲学眼光,或称观察事物的优越角度。像现象学和存在主义那样,结构主义也针对世界提出自己的研究战略。可它关注的焦点,并非人的意识或存在状态,而是人类社会和文化现象中"普遍存在的系统与结构关系"。考斯在此提醒大家:系统与结构意思相近,但不完全是一回事。系统(system)指一套相互关联的实体结合而成的体系,譬如一个家庭或一盘棋。而结构稍有不同,它更侧重"系统内部的整套关系"。这套关系既可用抽象逻辑形式予以概括,也能在系统运作中得到"象征性的体现"。考斯为何要特意比较"结构和系统"这一对相近概念呢?这中间夹杂着一个科学史的背景故事。

众所周知,19世纪末自然科学经历了一次伟大革命,此即"从原子论到系统论"的飞跃。原子论(atomism)是指传统分类研究。它强调事物的个性与差异,以便实行比较归纳。与之不同,系统论则是在相对论、量子力学影响下发展起来的观念,它将事物看作有机体系,力求把握整体与局部间的组合机制。毋容置疑,系统论在促发自然科学革命时,也激励人文学者和社会科学家奋起追赶,去克服自身的落后与被动。在此背景下,世纪初的欧美学界接连出现有关系统或结构的试验研究。除去索绪尔,知名者还有德国哲学家卡西勒、美国符号学家皮尔士、瑞士心理学家皮阿热等。这些人并未形成统一理论,但都表现出对于结构研究的兴趣,或称其为人文学术的变革希望。

由于系统论的科学感召,早期结构研究者一度交替使用系统与结构概念,并给后人造成迷惑。譬如索绪尔本人就从不使用"结构"一词,而是以"系统"作为其理论标志。又如文化哲学家卡西勒,他起初称其学说为系统哲学,后来则把结构主义说成是"时下的普遍趋势"。而在心理学家皮阿热那里,构造主义、格式塔、结构发生学依次出现,最后他才在《结构主义》中确认:结构是一种关系组合,它具有"整体性、自调性和转换性"。

结构主义作为一场科学革命

以上的概念史话,表明结构主义对于科学方法的认同与模仿,但它仍不足以证实自身的科学革命性质。

让我们换一个角度，来看看科学史家的意见。1962年，美国学者托马斯·库恩发表名著《科学革命的结构》，详尽论证了科学革命的产生原因、酝酿条件及演变规律。

库恩指出，科学革命产生的根本原因，在于研究范式（paradigm）的变更或替换。所谓范式，是指在一个科学领域内，由科学家集体承诺并遵循的一整套标准理论、常规观念，以及相应的研究方法。这种范式潜移默化，根深蒂固，是暗中支配研究活动的不成文法。每当传统范式受到挑战，那将是科学革命的先兆。而新旧范式的更迭，则是判定科学革命的关键指标。

库恩强调，引发革命的科学家往往是极少数人，如哥白尼和爱因斯坦。这些人共有的特征是思想敏锐，不落俗套，敢于向传统范式发难。他们一旦陷入学术危机，便开始怀疑与创新思考，积极寻求新的替代范式。然而，新范式的创立，并不意味科学革命一定成功。它需要在科研中持续改进，调整反常，逐步建立权威，直至被科学团体充分接受。在此过程中，科学家一般会积极推广，提高精度，以使新范式不断完善，最终达致成熟。

参照库恩标准，我们可以粗略认定：索绪尔在其学术生涯中，确实经历了一场有关研究方法的个人危机。他虽没有公开发难，毕竟开始了怀疑思索，并在暗中寻求一种可以替代的范式。不仅如此，他在《教程》中提出的结构语言学原理，已初步具备了方法革新的示范意义，所以它能以一种"准科学范式"的感召力，鼓舞众多学科的学者，不断发动类似的反叛或创新。

关于索绪尔创建新范式的意义，列维-斯特劳斯曾在《结构人类学》中给予热情的肯定。在他看来，结构研究绝对大有希望，因为"先进科学可以为我们提供解释问题的模式和方法"。他还高度赞赏结构语言学和音位学的精确性，说它"像原子物理学对于整个精密科学那样"，将会对社会科学起到一种广泛而深刻的"革新作用"。

结构主义何以变成后结构主义？

列维-斯特劳斯的预言鼓舞了许多西方学者，诱导他们去实现一场破旧立新的人文科学革命。在他们看来，结构主义的好处，首先在于它高度重视事物的整体性及其内在组合关系；其次，它对数学逻辑方法的借用，也方便人们对世界的宏观认识与微观分析。他们殷切希望，通过对现实世界的"逼真摹写"，结构研究应能解释各类复杂对象，并会有助于挖掘人类文化现象的深层结构，发现其后隐藏的"符号阵列和音乐总谱"。列维-斯特劳斯针对语言学的痴迷，还昭示了结构主义革命的发展趋向，即所谓"语言学转向"。20世纪60年代中后期，这场革命以结构语言学为契机，迅速攻入人类学、心理学、文学和史学领域，进而暴露出全面征服人文学术与社会科学的野心。应当说明，索绪尔本人并未设想过"语言学转向"这类巨变。可他在《教程》中留下一段名言，又偏偏印证了这场革命的可笑命运：

> 语言学问题吸引着所有的人，包括历史学家、文字学家，以及那些必须对付文本的人。更明显的是语言学对于文化的普遍意义。在个人和社会生活中，语言要比其他任何因素都更加重要。……然而，这种普遍意义却会导致一种逆反后果：即没有一个研究课题，能像语言学这样滋生出如此多的荒唐观念、固执偏见和奇思异想。

索绪尔洞见深刻。虽说结构主义革命如火如荼，结构却是昙花一现。1968年"五月风暴"后，革命攻势顿受挫折，它激起的革命冲动，也迅速转化成一种后结构主义式的瓦解欲望与游戏风尚。在福柯和德里达带动下，利奥塔、鲍德里雅、德鲁兹与瓜塔里等一批法国学者相继登台，不断推出各式各样的拆解性时髦理论。伴随这些"局部知识"的蔓延，后结构主义绵延至今，余威不减。无须套用库恩标准，我们已能判明：巴黎结构主义算不上一场真正的科学革命。尽管饱含科学冲动，它却以流产革命的形式迅速蜕变，否定了自我。与此同时，它释放出来的强烈破坏力和虚无主义情绪又着实令人叹为观止。不妨说，结构主义革命的失败，败在它的内在矛盾，前后冲突。但这种内在冲突关系，远未达到结构主义与后结构主义彻底断裂的地步。客观而论，两者间自有一种彼此牵连、互为因果的微妙关系。

正因为如此，有人称后者是"对前者的反叛性延续"；有人称两者间贯穿了一条"自我瓦解"的逻辑；还有人慨然表示，从结构到后结构的演变，不过是西方思维结构的又一次形式转换：它先冷后热，因纯而杂，从封闭到开放，由严整统一走向多元分散。围绕结构主义向后结构主义转变的真正原因，各家说法不一。我将其归纳为两种意见，大致说明如下：

注定不成功的人文科学革命

从表面看，结构主义失败的原因，是由于它本身不够科学，或不尽纯粹严密，因而无法实现预期目标。

依据库恩的见解，一场革命成功与否，首先要看科学团体对于创新范式的选择与认同。其次，一种新范式若要获得众人认可，并成为常规研究的通用基准，它自身必须达到精确、简明、自恰这三项标准，同时具备理论上的广泛性与成效性。与此类似，列维-斯特劳斯也曾就人文学术的科学化提出三项评判标准：（1）其总体目标适用于所有人类社会；（2）其方法严整统一，在各学科通用无碍；（3）其基本观念能得到这一领域专家们的一致认同。参照上述标准，我们发现，作为一种"模仿性的"科学范式，结构主义依旧缺憾多多，局限明显。与传统人文主义相比，它自然更多一些合理性和精确性。实际运用中，它也确实推进了一些学科的发展，诸如音位学、叙事学、文体学和一些特殊类别的文本分析（成功者如普洛普的神话研究)。问题是,面对千差万别的研究对象,结构主义迟迟不能形成统一的方法体系。而它的先天局限,也与日俱增地暴露出来,最终形成两个集中的批评目标。

第一个批评目标首先对准索绪尔理论的内在局限,即专家所谓"语言与话语"之间的分水岭问题。我们知道,索绪尔的最大成功,就在于他把语言当成一个封闭静止的符号系统。该系统独立自在,不受外界干扰和历史影响,只受制于系统内部的整体规律。唯有如此,他才能建立起一门反映"语言内在真实"的科学。为了确保其理论具有高度抽象的形式概念和强有力的分析逻辑,他在操作中也采用两种精密科学方法,即切分法(segmentation)与替换法(substitution)。根据切分法,他先把语言分割成音素、形素、词素、意素等基本单位,然后再利用替换法,进行封闭式的同类置换或变更,从中找出语言构成的潜在规律。

滑稽的是,严格遵循这套方法的邦弗尼斯特却在实际操作时发现:索绪尔的封闭式分析也有不同的层次,而超出一定层次,他的结构语言学原则就不起作用,或者说,就不再具有科学范式的严密性和普适性。在《语言分析的层次》一文中,邦弗尼斯特将索绪尔的语言分析范围细分为三层,它们分别是语音层、单词层、句子层。经他证实,索氏四大法则,恰恰终止于句子层面。也就是说,他的精密理论只适用于语言的封闭系统之内,适用于它的基础层面,即语音层和单词层。一旦我们将封闭式的结构研究上升到句子层面,或进入人类现实生活的对话情景,情况就会发生巨大而无法控制的变化。对此,邦弗尼斯特作出了他著名的"分水岭解释":我们在句子层面离开索绪尔的语言系统,进入话语世界。这里是我们的分析所能抵达的最后阶段。"而到达句子层面,就等于跨越一条边界。"这是因为,句子作为无限变化的不限定创造,恰是人类应用语言的生命所在。

> 我们由此进入一个新的领域,这就是语言作为交流工具的天地,在此天地里,语言的表达方式是话语。句子属于话语。只有依靠话语分析,句子才能得到限定和说明。句子就是话语的构成部分。

邦氏的分水岭解释,确认了结构语言学的法则局限。该局限随后成为后结构主义重要的反叛理由,以及诸多新理论的派生点。

第二个批评目标,进而否认结构主义的宏观应用。依据英国学者罗比的意见,结构主义可粗分为自然科学和人文社科两类。第一类包括宇宙间所有自然现象的物质结构,第二类则对付人类社会各种"由人脑产生的特殊结构",诸如语言结构、文化结构、社会结构。后者的麻烦在于,与物质结构相比,人为结构大多缺乏稳定性。换言之,它们往往不受自然法则和因果律支配,而取决于人的复杂意向。另外,这些结构通常具有文化象征意义,其表面特征"倾向于互不重复,而且每时每刻都在创造新的形式"。当法国结构主义革命家一哄而起,竭力朝各个方向拓展时，他们未曾预料到的一个戏剧性结果，就是"成功反而导致失败"。在交往行为、文学艺术、意识形态等研究领域，他们不得不面对结构研究的重重困难，譬如层次繁多、易于变化、反复增生等。于是乎，这场革命就像一轮恶作剧，被人发现的结构形式越多越复杂，结构主义体系就愈加分裂瓦解，最终只能用"后结构主义"来勉强予以概括。可以说，后结构主义自己并不想放弃结构研究——是过度膨胀的野心，撑破了它赖以维系一统的科学范式。

在《结构主义的贫困》中，英国学者杰克逊将这一路批评推至极致。他承认，索绪尔和雅各布森开创了早期结构研究的成功范例，其结构语言学方法，不失为一种"理性的科学战略"。糟糕的是法国佬弄巧成拙，企图将它推广到一切文化领域。这些人相信语言具有神话般的魔力，希望从中发展出"某种无所不包的语言/话语决定论"。这样一来，他们在发现结构主义的同时，也就此葬送了它的生命。杰克逊还说，由于后结构主义充满理想和浪漫情调，所以它算不上是严肃理论，充其量是一场"抗议资本主义的文化活动"。

科学意志的逆反结果

另有一些人争辩说，结构主义的失败原因，不尽在于范式缺陷，而在于它过分追求科学化。他们的理由是，作为科学革命，结构主义反映了人类寻求知识根源的习惯性冲动，即尼采所说的权力意志。纵观历史，西方人的信仰中心不断变化，从古代的水火、诸神、上帝，到现代的理性、主体和科学技术，每次努力都反映出他们渴望一劳永逸地把握绝对真理的天真愿望。结构主义虽然受到现代科学的启发，可它的动机依然古老如初。它错将结构当成一种万能灵药，企图发现某种宇宙式的终极结构，这岂不是犯下了海德格尔一直嘲笑的那种"现代迷误"？

在《什么是新结构主义?》中，德国专家弗兰克嘲讽道：结构主义表面上反对主体观念，可它孜孜不倦，刻意寻觅人类知识的普遍秩序。这说明，它仍旧是知识意志的产物。弗兰克声称，形而上学有三项明显特征：（1）相信超验真理的存在；（2）依据原则进行思想；（3）把知识当作征服世界的工具。正是由于结构主义暗中继承了这些顽固特征，弗兰克说它反映了形而上学的"最后一次努力"。结构主义的科学偏执，也是美国教授考斯的挖苦对象。在他看来，它首先提出一个过大的问题，以至于人们无法回答——宇宙是可以理解的吗？人生的全部意义何在？要解答这类问题，就好比古人寻找"智慧宝石"，终将证明是一场徒劳。然而，人类天性如此，喜欢耗费精力，去苦苦寻求所谓的终极意义。考斯感叹道：这种欲望不仅有害，而且不可救药。其次，即便结构主义研究能发现一系列深层结构，可是这些结构本身并无明确的意义：它们只是一些"令意义成为可能"的条件。恰恰由于结构自身并不等于意义，结构主义对于终极意义的狂热追求，就容易遭受挫折，容易翻转成一种厌弃意义、玩弄字词的虚无主义。对此，考斯不无忧虑地指出：人类针对各种普遍意义系统的信仰,往往集革命性和破坏性于一身。其中隐含的危险是:每当探索失败,意义系统及其价值观念被证明无效时,日常生活的意义基础也随之遭到破坏,这便导致新一轮深重的意义危机和价值危机。

结　语

我讲这么一个回顾性的题目,目的并不是要系统讲解结构主义理论。它可以讲一个学期。回顾的目的,是想利用这一典型案例,向大家展示:我们作为中国学者,特别是从事文学理论和比较文学研究的师生,应如何对付当下的西方学术变革,如何去迎接新的挑战。关于现代社会的特征,马克思早就指出:

> 生产中持续的变革,一切社会关系接连不断的震荡,恒久的动乱与变更——这就是资产阶级时代不同于以往所有时代的地方:一切陈旧的关系以及与之相应的崇高理论和观念顷刻之间已被瓦解;一切新产生的关系尚未形成制度就已过时;一切森严的秩序、固定的等级与界线也随之迅速消蚀。一切神圣事物全都惨遭亵渎。

在发达资本主义和高科技驱动下,20 世纪西方人文学术也发生了剧烈变革。眼下变革仍在继续,并将其影响带入 21 世纪。我们大概无法回避上述变革影响。既然是躲不了、也挡不住的事,那只能像马克思那样,取一种务实态度,认真去研究它,批评它。还要立足中国的长远利益,找到一个比较好的研究立场,一套有效方法。

对此,我有三点体会:第一是要重视传统,包括重视传统的学术建树,重视马克思主义的整体观;第二要扩展学术视野,强调跨学科综合研究,强调东西方文化和文学的比较;第三要建立起主动应变意识,培养批判精神,还要有长期跟踪研究的耐性和足够的思想准备。

参考书目

1. Emile Benveniste, *Problems in General Linguistics*, trans., M. E. Meek, U of Miami P, 1971.
2. Ferdinand de Saussure, *Course in General Linguistics*, ed., C. Bally, et al., trans., Roy Harris, Open Court, 1983.
3. Leonard Jackson, *The Poverty of Structuralism*, Longman, 1991.
4. Manfred Frank, *What is Neostructuralism*? trans., S. Wilke, et al., U of Minnesota P, 1989.
5. Peter Caws, *Structuralism*, Humanities Press, 1988.
6. Thomas Kuhn, *The Structure of Scientific Revolution*, U of Chicago P, 1970.
7. **布洛克曼:《结构主义》**,李幼蒸译,商务印书馆,1980。

8. 列维-斯特劳斯:《结构人类学》,陆晓禾等译,文化艺术出版社,1989。
9. 斯特罗克编:《结构主义以来》,渠东等译,辽宁教育出版社,1998。
10. 詹姆逊:《语言的囚笼》,李自修译,百花洲文艺出版社,1995。

解构主义 王泉 朱岩岩

略 说

什么是"解构主义"（Deconstruction）？这个问题不好回答。对此德里达会挑剔说"什么是……？"这种句法本身就有毛病，它暗示世上存有某种事物，而这事物不但能被人理解，还能被贴上不同的名称或标签。解构主义拒绝这种僵硬的定义，它称自己是一种针对形而上学的批判、一套消解语言及其意义确定性的策略。这些批判理论与策略包括：反逻各斯中心主义（anti-logocentrism）、延异（différance）、替补（supplementarity）、互文性（intertextuality）。

综 述

19世纪末，尼采宣称"上帝死了"，并要求"重估一切价值"。他的叛逆思想从此对西方产生了深远影响。作为一股质疑理性、颠覆传统的思潮，尼采哲学成为解构主义的思想渊源之一。另外两股启迪和滋养了解构主义的重要思想运动，分别是海德格尔的现象学以及欧洲左派批判理论。

1968年，一场激进学生运动席卷整个欧美资本主义世界。在法国，抗议运动被称作"五月风暴"。可悲的是，这场轰轰烈烈的革命昙花一现，转眼即逝。在随之而来的郁闷年代里，激进学者难以压抑的革命激情被迫转向学术思想深层的拆解工作。不妨说，他们明知资本主义根深蒂固、难以摇撼，却偏要去破坏瓦解它所依赖的强大发达的各种基础，从它的语言、信仰、机构、制度，直到学术规范与权力网络。

解构主义在此背景下应运而生。为了反对形而上学、逻各斯中心，乃至一切封闭僵硬的体系，解构运动大力宣扬主体消散、意义延异、能指自由。换言之，它强调语言和思想的自由嬉戏，哪怕这种自由仅仅是一曲"带着镣铐的舞蹈"。除了它天生的叛逆品格，解构主义又是一种自相矛盾的理论。用德里达的话说，解构主义并非一种在场，而是一种踪迹。它难以限定，无形无踪，却又无时无处不在。换言之，解构主义一旦被定义，或被确定为是什么，它本身随之就会被解构掉。解构的两大基本特征分别是开放性和无终止性。解构一句话、一个命题或一种传统信念，就是通过对其中修辞方法的分析，来破坏它所声称的哲学基础和它所依赖的等级对立。

与此同时，我们必须看到，解构主义所运用的逻辑、方法与理论，大多是从形而上学传统中借用的。如此看来，解构主义不过是一种典型的权宜之计，或是一种以己之矛攻己之盾的对抗策略。

海德格尔探查逻各斯

德里达的解构思想起先是受到德国哲学家海德格尔的启发。作为现象学运动的领袖之一，海德格尔率先在《形而上学导论》中探查西方哲学史上的存在问题与逻各斯问题。在海德格尔看来，逻各斯问题十分要紧，它不仅涉及西方思想和语言的起源，还从根本上影响着现代西方人与当下存在的关系。海德格尔就此发出一个著名诘问：古代的逻各斯是怎样变成了近代的逻辑，进而与存在相分离？它又如何以理性的名义，达到一种西方思想上的统治地位？

通过分析古希腊哲人巴门尼德的残篇，海德格尔声称他发现了"逻各斯与存在"的原始意义相通。在古人遗稿里，logos 并不代表逻辑（logic）或理念（idee），它原表示一种连续运作中的聚集状态。有趣的是，这种发生过程中的聚集，恰好印合古希腊人有关存在（physis）的古朴看法。在他们心目中，存在本是一种不断涌现、聚合与消散的活动。也可以说，它意味着存在者的持续到场与离去。海德格尔据此认定，physis 与 logos 的原始意义同一，但它们的血肉联系却在柏拉图那里发生了重大分离。

自从柏拉图创立形而上学，logos 便被西方人强行解释成一种"逻辑陈述"。对此，海德格尔尖锐地批评说，这一历史性的曲解不仅造成存在与思想的离异，而且导致西方思想中绵延千年的主客体对立。有一个具体例子关系到巴门尼德名言"存在与思想同一"的翻译：句中"思想"一词原先写作 noein，现代西方人将其理解为主体思想，这无疑严重偏离了巴门尼德的本意。海德格尔说 noein 是觉悟，或是一种不断察觉、醒悟，并依据外界变化而调整自身的认识过程。巴门尼德所谓"存在与觉悟同一"，意思就是说"觉悟属于存在"。在古希腊人那里，觉悟并不是一种自觉能力，它仍处于主客不分的混沌境地。海德格尔表示，正因为古希腊人受到存在的统摄，他们才能不断有所觉悟，并且真正成其为人。

提醒大家，在探讨人与存在的关系时，海德格尔显然和巴门尼德一样，拒绝将人置于思想的首位。他摒弃主体，反对逻辑，质疑主客体对立的思想方式。与此同时，他又反复强调人的思想必须与存在保持和谐，而不是分离冲突。海德格尔坚信，希腊人的存在意味着接受逻各斯，即聚集过程中自然生成的觉悟。换句话说，大凡存在发生处，自然就伴有觉悟发生，而人的思想从一开始就只能依赖存在而在，顺应存在之变而变。

然而，这一美好开端未能一直延续下去。柏拉图之后，西方人开始与存在发生对峙。他们越来越自信自己拥有支配存在的主体性与知识能力，这与当初质朴天然的古希腊思想大相径庭。海德格尔尝试用两个公式来表示这种首尾迥异的变化：在开端处，存在之聚集过程建立了人的存在；在终结处，人已成为一种理性动物。关键的转折在于，柏拉图亲手把 physis 译作了理念（idee），这就一举抛弃了它原先的"涌现发生"之意。就此海德格尔叹道："真理成为正确性，logos 成为陈述，成为真理或正确性的所在，理念和范畴从此统辖了西方思想和行为。"

德里达的解构策略

身为海德格尔在法国的思想传人，德里达一方面深受海德格尔反形而上学、反逻各斯主义的理论影响，另一方面，他又广纳新学，另辟蹊径，大胆从语言学、符号学的角度出发，提出了针对逻各斯中心论的一整套消蚀瓦解的策略。这就有了他20世纪60年代中期名扬天下的解构主义。德里达的解构理论内容冗杂，前后矛盾，至今难有明确公认的统一解释。然而，其中最为关键的一些概念与方法，诸如反逻各斯中心论、延异、替补等，需要一一细加说明。

批判逻各斯中心

根据上述海德格尔的逻各斯批判，我们已经大概了解，西方形而上学思想传统发端于柏拉图对于古希腊逻各斯问题的强行曲解。在柏拉图及其弟子看来，真理源于逻各斯（logos），即真理的声音，或上帝之言。这种逻各斯主义认为，世上万物的存在都与它的在场紧密相联。为此，最理想的方式应当是直接思考"思想"，而尽量避免语言的媒介。但这偏偏又是不可能的。所以他们要求语言应该尽量透明，以便人类能够通过自身的言语（speech），自然而然地成为真理的代言人。换言之，逻各斯主义认为，言语与意义（即真理，上帝的话）之间有一种自然、内在的直接关系。言语是讲话人思想"自然的流露"，是其"此刻所思"的透明符号。据此，逻各斯主义也被后人称为"语音中心论"（phonocentrism）。与此同时，书面文字（writing）则传统地被认为是第二位的，是一种对于声音的代替，是媒介的媒介。即便是索绪尔的能指，也首先是一种"声音的意象"。书面文字作为能指，则是由声音转化而来的。

言语优于文字的另一体现，是讲话人的"在场"。讲话人在现场，可以准确地解释其"意图"，避免歧义。与之相对，文字只是一系列的符号，由于讲话人的不在场，它们很容易引起误解。

德里达的重要性，就在于他在海德格尔批判基础上，针对上述逻各斯中心论的种种戒律提出了积极有效的颠覆解构方法。他声称书写文字并不见得天生就低劣于语言发音，为了打破传统的"语音中心"偏见，他力图建立一种"文字学"，以便突出并确认书写文字的优越性。这种文字优越性，首先表现在它在符号学意义上的"可重复性"（iterability）。

德里达认为，可重复性乃是符号存在的前提条件。只有当一个符号能够在不同情况下都被认作为"相同"时,符号才能够成其为符号。符号的另一必备条件是:当听话人对最初讲话人的意图一无所获时,同样也能借助于符号系统了解其意图。换言之,符号应该在不考虑讲话人的意图的情况下,依然能被人们正常地加以理解和接受。

符号上述的两个必备特征,即"可重复性"和"不考虑讲话人之意图性",验证了德里达所说的文字优越。在更大的范围说,总体文字包括了整个语言学的符号系统,因而它也是狭义上的言语和文字赖以存在的基本条件。这便是德里达所谓的"元书写"(arch-writing)。元书写概念一经确立,必然扛破逻各斯主义的语音中心说。

瓦解两项对立

我们知道,整个西方的形而上学思想传统,从柏拉图的理念,到笛卡尔的"我思故我在",再到黑格尔的"绝对理念",无一不是以西方人的理性与自我意识为基准、为中心。在现代西方人看来,他们的主体意识随着西方文明的发达强盛,更被赋予至高无上的崇高地位和领导作用。德里达敢于冒天下之大不韪,向这一强大思想传统的根基发起顽强不懈的攻击,此举无疑具有一种积极批判意义。

众所周知,传统的逻各斯中心主义,集中体现于等级森严的二元对立中。对此,德里达在《立场》中严厉谴责说:"在传统二元对立中,两个对立项并非和平共处,而是处于一个鲜明的等级秩序中。其中一项在逻辑、价值方面占据了强制性位置,它统治着另一项。"

请看下面这些人人熟悉的两项对立:言语/文字,自然/文化,男人/女人,灵魂/肉体,意识/无意识,理性/疯狂,真理/谬误,先进/落后,开明/蒙昧,西方/东方,主体/他者,主人/奴隶,等等。在每一对立项中,前者往往优越于后者,是更高层次上的存在。就是说,它们代表或属于逻各斯,因而也是确立两者关系的中心、基准,或所谓的"第一原则"。而后者则以前者为依据,它们显然是一些从属的、负面的、消极的、第二位的东西。

瞄准二元对立及其等级制,德里达发出了瓦解动员令:"要解构二元对立,在特定的时刻,首先就是要颠倒这种等级秩序。"他不仅言语激烈,而且身体力行,带头发起多项解构努力。其中最成功的语言学解构范例就是针对"言语/文字"对立项的无情破坏。一如德里达所言,文字不仅不劣于言语,作为"元书写"的文字,反过来还宽宏大量地包括了言语。

应当说明,德里达的解构努力并非开天辟地头一回。早在他之前,我们已经看到弗洛伊德在心理学领域的类似贡献。德里达解构的目标是"言语/文字",而弗洛伊德瓦解的是"意识/无意识"。与德里达的努力近似,弗氏心理学业已证明,无意识才是更加广阔的思维领域,它包括意识在内,而意识仅仅是无意识的一部分。或者说，无意识才是我们真正的心理现实。这其中的显著差别是，弗洛伊德颠倒对立二元的做法并非德里达严格意义上的解构主义，因它"既没有中立、也没有改革传统的旧秩序"。

在德里达看来，解构并非只是简单颠倒二者原有的对立位置。根本的问题在于：解构主义认定，对立两项之间仅有一些差异，而无孰优孰劣的等级秩序。不仅如此，对立两项之间，还存在着大量相互渗透、相互包容的关系。在解构主义者眼中，任何意识到的东西都已经过最初无意识的阶段，无意识则是一种压抑或延缓的意识。意识与无意识彼此渗透，它们之间没有截然可分的明确界限。甚至可以说，两者之间还存在一个前意识模糊地段。

发明"延异"概念

索绪尔语言学认为，符号是由概念和声音两部分构成的。现实中的客观事物（referent）在人的头脑中得到反映和体现（concept/signified），然后由具体的语言符号（signifier，即能指）加以表现。这就产生了结构语言学的一个重要两项对立：能指/所指。不难看出，在这个两项对立中，能指起的是主动与支配作用。

传统语言学也认为，所指（signified）与现实中的客观事物有着一一对应的关系。它们在语言中的表达则是言语（speech）。能指不仅包括言语，还包括文字。但是，文字作为能指存在的唯一理由，就是为了表达言语。这体现了传统哲学重言语、轻文字的观念。对此，美国批评家利奇（Vincent B. Leitch）在《解构主义批评》中作出准确解释：

> 符号的能指对应指向概念的所指。也就是说，声音代表着一个完整概念。它们都被人们所意识。举例来说，[tʃeə] 这个发音所指的就是"椅子"这个反映人们头脑中的概念。而现实中的椅子实物，并没有在场。

所以说，符号代表了一种缺席的在场（an absent presence）。我们无需呈现椅子实物，只需使用声音或 chair 文字即可，这样就推迟或延后了实物的在场。"当我们使用符号时，实物和所指的在场仅仅是一种假象、错觉，真正在场的只是代替它们的语言符号。"这种通过一系列符号链条，来推迟延缓意义或实物在场的现象，就是德里达所说的"延迟"（to defer）。对此，德里达解释说：

> 符号作为实物的替代，具有从属性和临时性。从属性是因为符号从原始的在场派生而来，并且作为一种不在场的替补而存在。在指向最终的、缺少在场的运动过程中，符号仅仅是一个中途调解驿站。

由此推演下去，德里达得出一个著名结论：语言符号无非是一系列不断推延的差异游戏。

除了延迟，延异的另一重要含义是差异（to differ）。索绪尔认为，能指和所指间的关系没有任何理据,纯属任意。不仅如此,无论能指还是所指,都是"一系列由声音差异和概念差异构成的语言符号系统"。关于这一问题,英国批评家伊格尔顿在《文学理论介绍》中解释说,"语言中的意义仅仅是一种差异。例如 cat 是 cat,因为它是由不同于 cap 和 bat 的差异而构成的。语言中的所指和能指并没有内在的——对立关系"。

不仅如此,在能指和所指之间也没有固定的明显区别。如果我们想知道一个词的意义,"字典会告诉我们更多的词语来解释它,而这更多的词语的意义又使我们继续不断地查阅下去。所以意义实际是一系列无终止的象征符号的差异"。换一种方式来表达:

> 意义并不存在于某一个符号之内,它零星散布于一系列的无终止符号链条内,不会轻易被捕捉、定位于某一个具体符号上。意义总是被暂缓地、不断被延迟下去:一个符号指向另一个符号,另一个符号又指向其他符号,层出不穷,无终无止。

索绪尔提出的符号的任意性观念,有力地支持了德里达的论点。符号的任意性打破了语言符号是外在"真理"体现的神话。换句话说,真理的起源不过是一系列语言符号的象征游戏。所以德里达在《文字学》中得出结论说:任意性让我们有足够理由去排除象征符号间的等级秩序和天然隶属关系,"随着符号的出现,我们再也没有机会遇上纯粹的现实了"。

德里达说,延异既非一个概念,亦非一个单词,它本身就是一个杜撰之词。在法语中,difference 和 différance 两者的发音相同。若要区分它们,我们必得借助文字拼写上的差异,这本身就是对言语优于文字逻各斯主义论点的一个极好讽刺。关于延异,德里达有一个生动比喻,说它就像一把扎束的花(sheaf),其中有着"复杂的组织结构,不同的花枝和不同的词意,各自朝不同的方向散漫开去。与此同时,每一枝花又与其他的花枝或意义紧密联系,形成一种交错结构"。需要说明,作为延异特征之一的散漫,除了时间上的延迟、空间上的差异这两层含义之外,还含有一种"播撒"(拉丁文 differe)之意。也就是说,没有人能够完全控制流动的象征符号游戏,没有人能够约束文字的差异区别。在德里达这里,语言被看成延迟与差异永无止境的游戏,而意义也只能从无数可供选择的意义差异中产生。

由于作为意义归宿的"在场"已经不复存在,符号的确定意义被层层地延异下来,又向四面八方指涉开去,犹如种子一样到处播撒,因而它根本没有中心可言。德里达认为,播撒是一切文字固有的能力,它永远无休止地瓦解文本,揭露文本的零乱与重复。

关于"替补"

德里达一旦完成他对于传统二元对立的解构之后,自然而然就走上一条后结构主义语言学的"替补"之路。他所谓的替补,主要来源于卢梭有关"补充"的说法。在这方面,卢梭在其《忏悔录》里曾有过一系列著名论述。譬如他说过:"语言是讲述的,文字仅是言语的补充。"他又说,教育是对自然的补充,手淫则是对正常性行为的补充。如果说,手淫能替代正常性活动,这两者肯定在本质上有着某些相通之处。就是说,手淫的本质,是将欲望集中于一个自己不能占有的想象物之上,进行自娱。反过来看,正常的性活动也可被视为一种手淫。

在《文字学》中,德里达援引卢梭有关补充的说法,对它实施深入的批判改造,这便有了他自己的替补说。他提出,言语需要文字的补充,这说明言语的本身并不完整。而他所说的替补,实质上就是一连串无休止的语言代替。在他看来,卢梭的补充除了说明文字是言语的补充,也证实言语本身也是一种替代,这是因为在日常生活中,"孩子们很快学会了'使用言语'来替补他们的不足……因为他们很快意识到通过使用语言就可以使别人为己做事,无需自己动手……"

德里达进一步剖析卢梭《忏悔录》中的替补现象:卢梭求助于吻床、吻窗帘、吻家具这些补充行为,来替补华伦夫人的在场。即便华伦夫人在场,面对面地坐在他面前,他仍感不足,要求补充。"有一天吃饭时,她刚把一块肉送进嘴里,我大喊一声说上面有头发,她把肉吐到了盘子里,我热切地抓住它,一口吞了下去。"德里达就此发表高见说,实际上华伦夫人本身也是一种替补,她是卢梭潜意识中母亲的形象的替代。一句话,替补实际是一种漫无际涯的延伸系列,它使在场持续不断地被延异。

关于互文性

解构主义认为,文字不是外在实物的反映,而是一系列符号的推迟和差异的永无止境的游戏。文本也不再是外在世界的再现,与之相反,在德里达的解构主义中,客观世界也被文本化了。或者说,整个世界都被归纳为一个文本。德里达还认为,阅读与写作无孔不入地渗入我们的知识和经验世界,而我们的世界除了解释,别无他者。阐释者无法超越解释,因为他被囚禁于语言牢笼之中,必须面对修辞和差异构成的无休止的符号游戏,所以他的解释也是永无止境的。

在此前提下,德里达提出了他的互文性观念:一篇作品既不属于某一个作家,也不属于某个时代,它的文本贯穿了各个时代,带有不同作家的文本痕迹。所以,针对一个文本的解释和阅读也只能是开放型的,而且千差万别。任何一个新文本,都与以前的文本、语言、代码互为文本,而过去文本的痕迹,则通过作者的扬弃而渗入他的作品。不仅如此,西方形而上学的哲学思想更是无声地潜伏于语言体系中。互文性,不仅是语言互文,它更是一种文化思想的互文。

关于互文性,美国批评家利奇发挥说,文本并非一个完整的自然体系,它与其他文本有着千丝万缕的关系。"文本和语言、语法、词汇与历史的零星碎片相互交融,而历史就像一个聚集数不清的形形色色、互不兼容、难以调和的思想信仰的大杂烩,而文本则是这个'文化拯救军'的出口……"显而易见,传统实为一团无头绪的麻线,任何一个文本都是其他文本的互文。另一位美国学者鲍威(Paul Bové)认为,文学作品本身也是一种解释,而所谓文学史,就是一系列文本破坏性地解构另一些文本。文学史中的诗歌,实际是对另一些诗歌的解释。这种互文性发生于文学史编纂之前。换言之,原先的历史文本变成了后来文学批评的对象,所以文学评论史应该致力于这种不断积累的互文性,以其开放性来洞察诗歌传统的价值。通过这样一个过程,文本就能作为解释的话语,呈现于话语解释的系统中。

拉康的解构主义观:无意识与语言

在讨论德里达解构主义时,有必要简单提及与他同时代的法国心理学家雅克·拉康(Jacques Lacan)。德里达在语言学上的解构努力直接呼应了拉康的心理/主体解构理论,可以说,他俩是一对绝妙的互文关系,或互为解释的例证。拉康的解构观主要体现在他对于语言与心理学关系的经典分析,其中关键处在于,拉康认为无意识就是整个语言的结构,他因此修正了索绪尔的公式:

$$\frac{S}{s} \quad :: \quad \frac{\text{意识}}{\text{无意识}} \quad \frac{(\text{能指})}{(\text{所指})}$$

在拉康看来,整个语言文化系统早在我们出生之前即已存在,当我们学习语言时,这个潜在的语言文化系统逐渐将其整个结构与秩序强加给我们。或者说,我们无意识中进入一套事先存在的复杂网络之中。是这个网络教会我们说话、思考、行动,并相应每个人的社会地位与职守,形成所谓的自我意识。何谓自我和主体?在拉康那里,这变成了一种被动、互动的过程。

传统西方语言学声称,能指与所指之间一直存在着天然的、一一对应的关系。经过拉康的解构,我们发现这种对应关系早已不复存在。在原先的能指与所指之间,横跨着一个高踞于我们之上的庞大复杂的文化语言体系。它无情地取消了对应,代之以无法消除的隔阂,能指在其中变成了不断滑动的符号。不仅如此,拉康还进一步阐发了弗洛伊德的释梦理论。在他那里,心理扭曲变成了滑动的能指,而弗洛伊德梦的形成,变成了拉康的语言修辞格,无意识则变成了潜在的文字系统。

耶鲁解构学派

如果说法国解构主义理论高深玄奥,那么,美国的解构主义则更加注重它在实际文本中的操作运用。自20世纪60年代末到90年代初,在美国耶鲁大学形成了一个著名的"耶鲁学派"。它通常是指热衷于解构批评的四位教授,他们分别是德曼（Paul de Man）、米勒（J. Hillis Miller）、布卢姆（Harold Bloom）和哈特曼（Geoffrey Hartman）。

德曼最富创造性的见解，是他继承并发扬了尼采的修辞理论，使之成为重要的解构策略。德曼在《阅读的寓言》中指出，修辞并不是雄辩和劝说的点缀，它也不是文本中可有可无的成分。实际上，修辞是语言本身特有的、必不可少的本质。它的特性，就在于怀疑、拒绝并否认外在真理的存在。所以说，文学批评家的任务不是寻找明白确定的意义，他将永远面对无中心、无定义的文本，而修辞反复在其中造成"多重模糊不确定意义的交汇"。

米勒的解构思想，主要体现在他对具体小说的阅读分析中。他认为"所有的语词都是隐语。它们不断延迟、差异并区别于其他词语。每一个词语都指向相互替换的词语链条中另一个词语，无源无根"。而词语的修辞本质又使得词语多意多变，当其中一个意义被选中时，其他的潜在意义也同时闪烁其间，致使选定意义不能稳定，总是滑向其他意义。而我们对于文本的阅读，就是要追根溯源，找到词源，观察其迷宫般的语意分歧和置换。在米勒看来，这种语义扩散的结果揭示了文本层出不穷的解释可能。米勒的解构主义策略，就是仔细挑选某些重复出现的关键修辞、概念或文章主旨，分析它们在不同情况下重复时所释放出来的破坏性力量，从而瓦解文本所依赖的等级秩序与权威经典，暴露它对边缘思想和"非法"传统的压抑。他在《作为寄生的批评家》中揭示：每一部作品都寄生在前人作品之上，它既是对以前作品的引用、模仿、吸收与借鉴，同时也让前人作品寄生于新作品之中。以前的文本既是新文本的基础，又被不断地改编，以适应新文本的精神。而新作品的语境，又使前人作品获得了新的阐释。

布卢姆从俄狄浦斯情结的角度大胆提出对前人作品的"误读"概念。面对前人的历史文本，当代作家只有通过误读才能产生对历史的叛逆和超越，树立起自己"强者"的诗人形象。

哈特曼的独到之处，在于他继德里达之后，彻底消除了文学与哲学的界限，进而把文学批评与文学文本同样看待。在他看来，文学批评并不是一种被动工作，它与文学创作一样，具有鲜明的思考性和创造性。正是这种创造性，使得文学与批评相互沟通，融为一体。文学批评同样也具有打动人类情感的性质与功能。作为两者和谐融合的典型代表就是随笔，随笔既是一种文学评论，又是一种文学作品。

结　语

20世纪西方批评史上，解构主义理论有着它独特的贡献。其一，它消除了长期占据人们思想头脑的逻各斯中心论，打破了等级森严的二元对立，并提出概念之间"并无等级和中心，仅有差异"的观点。其二，它发现了能指之间的互指、多义和无限延异的关系，充分认识到文本的开放性和互文性，为此它也强调了读者和批评家的重要作用。

　　解构主义自是一种漏洞百出、强词夺理的理论。它以无中心论反对中心论，这就好比要锯断与自己一脉相连的历史主干。形而上学的悖反逻辑并未导致解构思想的成功，反而使它陷入另一种历史困境，这便是真理虚妄、意义不定以及漫无边际的任意解释。永远处于删除号威胁之下的语言文字到底还有多少原意可供读者思考？这连解构主义者自己都很难说清楚。过分强调语言游戏，无限夸大修辞和隐喻的作用，置客观事实而不顾，这些都是解构主义多受指责的原因。所以，对待解构主义，我们理应取一种独立的批判态度，取其精华，去其糟粕。

参考书目

1. David H. Richter, ed., *The Critical Tradition*, Bedford Books, 1998.
2. Harold Bloom, *The Anxiety of Influence*, Oxford UP, 1973.
3. Hazard Adams, et al., eds., *Critical Theory Since 1965*, UP of Florida, 1986.
4. Jacques Derrida, *Of Grammatology*, trans., Gayatri Chakravorty Spivak, Johns Hopkins UP, 1974.
5. ——, *Writing and Difference*, trans., Alan Bass, Routledge & Kegan Paul, 1978.
6. Jacques Lacan, *The Four Fundamental Concepts of Psycho-Analysis*, trans., Alan Sheridan, Norton, 1978.
7. Jonathan Culler, *On Deconstruction*, Routledge & Kegan Paul, 1983.
8. Paul de Man, *Allegories of Reading*, Yale UP, 1979.
9. Terry Eagleton, *Literary Theory*, U of Minnesota P, 1983.
10. Vincent B. Leitch, *Deconstructive Criticism*, Columbia UP, 1983.

解释 王丽亚

略 说

对"解释"(Interpretation)进行解释,这一行为本身就包含了尼采在《论道德的谱系》中力图辩明的一个观点:没有事实,只有阐释。我们也许可以把它视为对"解释"进行的最宽泛定义。作为人类行为的一个"基本冲动",为了理解做出的任何努力,包括误解,实际上就是阐释。阐释行为的普遍性使人们觉得阐释是再自然不过的事,似乎无需对其进行探讨。(Iser,2000:1)人们通常简单地认为,"阐释就是对现象进行重新陈述,实际上就是为现象寻找一个对等物"。解释行为具有的这种翻译性质决定了关于解释的任何理论必然是与解释对象密切相关。就文学领域的"解释"而言,一般指对文学作品(文本)、文学传统进行理解或提出批评。依照艾布拉姆斯的看法,文学解释"就是通过分析、释义、评论确定作品的意义,通常侧重于对晦涩模糊或者具有比喻意义的段落进行阐明"。(Abrams:127)当然,除了关注语言层面的结构成分及其艺术效果以外,文学解释同样关心作品在价值判断、信仰体系等意识形态方面的倾向。因此,赫希(E. D. Hirsch)认为,解释应该探究"什么使得文本具有生命,揭示作品在不同时代的不同读者心中产生共鸣的原因"。(Abrams:129)艾布拉姆斯和赫希的观点实际上代表了文学解释的共同关注点,即,对文学作品意义及其发生过程的探究。

综 述

从理论渊源上说,文学解释与古老的释义学(hermeneutics)有着深厚的渊源关系。大约在12世纪时,以《圣经》解释"预示"(typological meaning)和"寓意"的传统解释学认为,《圣经》的很多章节表达了四层意义:一、字面或历史概念上的意思,即,记述史实并以此作为其他意义层的基础;二、寓意本身,即《新约》的真理或《旧约》的基督教教义;三、道德寓意,即故事的道德真理与教义;四、神秘的含义,或称作基督教末世学(eschatology)的引证,也指耶稣进行最后审判的日子里和来世将出现的事件。以《圣经》解释预兆的传统解释学在中世纪后褪去了神学色彩,逐渐成为人文科学研究的一种方法论。

现代意义上的阐释学的兴起在很大程度上归功于德国解释学鼻祖施莱尔马赫(Friedrich Schleiermacher,1768—1834)。从一开始,施莱尔马赫就把解释《圣经》看作阐释的主要任务,但他同时指出,"错误的理解是必然的,因此,解释者必须用意志控制每一环节的理解"。(Schleiermacher: 110) 很显然, 斯莱尔马赫已经看到了文本与读者（接受者）之间的差异；此外, 承认误解的必然性, 这也表明阐释学研究对理解过程的关注。

现代阐释学在20世纪沿着两条主线发展。以赫希为主要代表的哲学阐释学家认为, 一个文本的意义"只能是作者的意义", 并且"总是取决于说话者的意图"。以此为前提, 赫希进一步提出, 文学阐释"应该强调对作者意图和态度进行重构, 并由此推导文本意义, 重建文本、制定规约"。虽然这些规约不能保证阅读的准确性, 但它们可能构成"基本完好"并且"客观"的解释方法。

现代解释学发展的第二条主线以海德格尔为主要代表。在《存在与时间》一书中, 海德格尔把解释纳入"存在哲学"。海德格尔的弟子加达默尔在《真理与方法》(1960) 中把他的哲学思想运用到自己的释义理论中。这一理论的哲学前提是：暂存性和历史性（temporality and historicity, 即一种从现在的角度回顾过去和展望未来的立场）是任何理解的必然属性, 对任何事物的理解必然引起释义行为, 这不仅限于阅读作品而且还包括个人的一切生活经历。加达默尔提出, 读者阅读时必然会带着特定的"前理解"（pre-understanding）并以此作为自己的解释框架, 但是, 读者的主体性决定了读者必然像"你""我"对话那样向作品发问, 同时还要求阐释者善于聆听作品的内容。因此, 解释一定是读者和作品各自视野交流融合的产物。(Gadamer: 184—187) 这一观点表明, 哲学阐释已摆脱对原始意图的追求, 反对主客观截然对立的传统, 主张从阐释角度（阅读）了解意义的生成过程, 从本体论角度关注阐释者和阐释行为。换言之, 意义不是先于阅读、读者理解的自在之物, 而是在阅读过程中的生成物。必须看到, 对解释者"前理解"的关注这一认识揭示了一个十分重要的道理：每个解释者的解释, 都发生在一定的理解语境中。没有一种理解或解释能够超越特定的阐释必然依赖的某个参照系, 只不过解释者本人在很多时候并没有意识到这一点。这一认识使得解释以及各种解释理论得到极大的解放。20世纪60年代以后, 各种阅读理论一方面宣称自己的合理性, 同时也不排斥其他解释的可能性。这种现象被保罗·利科形容为由各种阐释理论引发的"解释的冲突"。对此, 德里达有过十分恰当的描述, "各种理论将互相对立的理论吸收进来, 然后再吸收其他的理论", 形成了各种差异的共生现象。

哲学层面对解释的探讨以及相应的理论与文学领域的作品分析和批评理解有着密切的关系。

首先, 与哲学阐释一样, 文学同样关注意义、作品、读者以及它们之间的关系。作品意义是先于理解而本由？还是在理解中生成？艾布拉姆斯在概括了模仿说、实用说、表现说、客观说四种解释文学作品意义的方法后, 提出应该把文学作品放入一个由作家、作品、世界和读者四要素构成的坐标里进行解释。(艾布拉姆斯: 5) 虽然此后各种关于文学阐释的理论范式不断翻新, 但是, 其中涉及的问题实际上都不外乎这样四个基本要素。其次，与哲学阐释一样，文学阐释同样关注阐释与理解的本质。当哲学阐释抛弃传统的表征模式，提出任何解释不可能指涉"客观真实"世界时，文学解释也开始意识到，构成文学作品的语言以及相关的载体并非一个"透明体"，（Salusinszky：166）用德里达的话说，阅读不可能依照传统的理解方法，"穿过文本表面找到本有的所指"。（Derrida，1981：63）加达默尔提出的"前理解"也是文学解释的一个关注点。美国学者罗杰斯（William Elford Rogers）曾经想象一种解释外的立场，并希望对"解释"提出一种"客观"解释。他坚持认为，"从解释外部理解某种解释体系……是唯一的理解途径"。（Rogers：93）然而，当他试图对解释过程作出描述时，便立即陷入了一个不得不回到解释内的立场："解释者必须尽可能完全沉浸在文本符号中，从纯粹的个人体验及从那个'思考之我'中的'我'的意识中得到净化。"（Rogers：135）罗杰斯的观点在一定程度上体现了传统符号学对解释的理解。依照乔纳森·卡勒的看法，符号学深受索绪尔语言学的影响，因此，这种阅读方法的目的在于"对不同符号进行区分，分辨符号与符号之间的差异，研究符号如何在各自的语境中产生功能，如何与其他符号发生关系……分析家们并不探究意义，而是对符号的功能作出描述"。（Culler：vii—viii）总之，忽略社会文化因素，被认为是符号学研究的特点。（Lotman）破除这样一种思维框架的唯一途径就是将解释置于历史文化语境中。

20世纪60年代以后，尤其是80年代以后，随着文化研究的兴起，哲学阐释学以及文学阐释学都比较注重解释与历史、解释与机构和权力话语之间的关系。詹明信认为，"要使关于解释的讨论变得真正卓有成效，就应该首先从探讨为什么需要解释开始，而不是讨论解释的本质。换言之，首先需要作出解释的是，我们为什么必须解释，而不是如何对文本进行合适的解释"。（Jameson：113）

文学解释与批评理论

从最初对原意及解释准确性的追求，到随后展开的对意义多样性和不确定性的探讨，阐释学经历的认识变化与文学解释学研究模式有着十分相似之处。就20世纪文学批评的发展而言，文学解释主要经历了以作者原意为理解依据的作者中心论、以作品本身（文本）为理解依据的文本中心论、以读者创造性理解为意义根源的读者中心论。所不同的是，文学批评以文学作品（文本）作为主要批评对象，而阐释学不仅针对书写文字，同时也关注人际间的口头表述方法和人际交流模式。此外，文学批评对文本的文学性提出评估，而阐释学则未必关心文学价值，也不注重研究具体作家的技巧。从这个角度讲，文学解释也可以被认为是现代阐释学的一个分支。

正如哲学阐释学所揭示，每一位阐释者的感知总是发生在解释主体的理解语境中，因而，理解总是有条件的，也是有限的。文学解释给予了对解释者产生重要影响的批评理论以同样的关注。对于批评理论，文学理论界虽然没有统一的说法，不过，一般将它视为文学研究中的一个重要组成部分，即，"批评家借助于一些关于解释的普遍认识，希望能够对具体文本提出的种种解释有所控制"。（Knapp, et al.：11）依照这种观点，文学批评的一项重要任务就是对文学作品提出解释。这种观点虽然强调了批评理论的重要性，但同时也产生了一定的副作用。有关解释的理论不是被认为是文学作品的寄生物就是被看作控制解释/意义的实用指南。显然，这是片面的。不过，文学理论与文学解释之间的密切关系却是一个不争的事实。对此，我们必须在两个层面上进行思考。首先，我们必须承认，对文学作品所作的任何一种阐释总是或多或少地依赖某种阐释框架。其次，对各种解释范式、阅读理论的解释、认识，如同我们对具体作品的解释一样，实际上也必然依赖一定的社会、历史框架。这一点十分类似于解释学循环：为了理解整体，我们必须理解部分，而在理解部分的同时，又必须理解整体。

19世纪至20世纪初，文学解释主要集中于作家创作及其社会关系的研究。通过确定作者的生平、经历、创作心态、背景、创作过程，尤其是作者对作品主旨的说明，解释者对作者原意、作品意义作出"客观"的判断。这种做法基于这样一种观点：作者就是作品，作品的语言就是作者的话语。作为一个必然结果，作品在这样的解释框架中没有独立的存在。作家传记批评，特别是精神分析学，将创作主体视为文学的本体进行研究，作品则是代表作者第二自我的隐含声音。在这种观念影响下，文学作品通常被认为代表作者价值判断、信仰体系乃至人格特征的个人文献。因此，作品与读者的关系也往往成为作者向读者传达、或者读者从作品中直接获得作者的声音。这种观点在很大程度上代表了19世纪传统的文学观。

19世纪早期，人们通常认为文学是一种认识世界的方式，作品的意义就是作者寄托在作品中的思想，而作者思想就是作品产生时代的产物。因此，作为一种判断作品思想的佐证，读者在解释文学作品之前，必须首先考虑作品产生的时代背景、作家个人生活脉络。作为一种反拨，自20世纪30至40年代起，文本中心主义批评范式（新批评、俄国形式主义、法国结构主义）逐渐兴起。这一方法论在理论上充分突出作品的独立地位，强调读者应该在作品语言、语义、技巧等内在结构方面寻找作品的意义。在这一点上，新批评极具代表性。针对传统文学解释对作者意图的重视，新批评理论家们认为不应在作品意义与作者意图之间画等号。新批评主将威姆萨特和门罗·比尔兹利（Monroe Beardsley）提出，意图是"作者头脑里的某种设计或计划"，这种"设计智力"也许是一篇诗歌的成因，但是我们不应该把它视为用于判断作品价值的标准"，（Wimsatt：4）因为"构成文学批评领域的是语言客体以及对此进行的分析"。（Wimsatt：232）

很显然，批判传统批评强调的作者"意图"，是新批评范式为确立自己"科学"解释方法采取的重要步骤，（Ransom：235）其最终目的在于将文学解释看作一门独立于历史、社会文化的科学。提倡新批评方式的理论家们为此做了不懈的努力。例如，这一运动的主将之一艾伦·退特坚决反对从作家个人角度和社会经济角度阐释文学作品，在他看来，"批评的焦点应该是诗的形式特点，因为它们构成了从形式中抽象出的素材所不具备的客观性"。（Tate：57）韦勒克和奥斯汀·沃伦同样认为文学研究的对象就是"具体的艺术作品本身"。（Wellek, et al.：147）当新批评理论在美国文坛盛行的时候，类似的情况也在英国发生。F. R. 利维斯提出，应该"把诗歌当成诗歌"而不是别的来研究。不过在方法上，他认为应该将"解释"（elucidation）和"批评"（criticism）进行区分：解释主要指对作品的意象、结构以及含混作出描述，而批评则主要指将作品代表的价值判断予以明确。利维斯这种界定自然是模糊的，不过，他的真正用意在于强调文学批评的"科学性"，最终使得文学解释的方法论具有社会文化批评的普适性。

把文学研究移到文本"内部"，关注文本的形式结构、技巧、语言、语义以及符号本身的意义，这也是俄国形式主义和法国结构主义的解释观。20世纪三四十年代，在提倡科学主义方法论的影响下，俄国形式主义率先将语言问题引入文艺学，其间，"莫斯科语言小组"和彼得堡"诗歌语言研究会"打出语言研究旗号，希望把作品语言及其结构成分作为文学研究的本体进行研究。在这一过程中，一个重要的任务就是解释文学作品如何成为艺术品。俄国形式主义认为，文学作品之所以不同于日常语言，主要因为文学语言具有某种特殊的"文学性"，而"文学性"则必须通过对人们熟悉的表达方式进行"陌生化"处理才能体现。就作品的整体研究而言，俄国形式主义理论家们努力发现某些可以普遍适用于分析作品的结构或体系。例如，俄国民俗学家普洛普在《民间故事形态学》一书中通过对100个民间故事的分析，认为故事虽然各不相同，但其中的人物承担的"功能"却可以归纳为31种。（Propp）罗兰·巴特把这种结构主义"功能"运用到他提出的阅读理论中，归纳出五种阅读符码（reading codes）。按照他们的观点，文学解释不应该关注作者的创作意图，也不应该考虑读者从作品中得到的感受，因为"作为判别文学作品成功与否标准的作者构想或意图，既无法获得，也没有必要获得"；"诗既不属于批评家，也不属于作者"，前者属于"意图谬误"，后者属于"感受谬误"。（Wimsatt：21）。总之对文学作品的理解在很大程度上依赖于读者对于文学成规和文本内语言的"文学性"的熟悉程度。究其根本原因，提倡这一认识的理论家们把语言看作一个封闭系统，将文学解释的目标限定在语言研究范围内。不能否认，这种观点使文学解释走出了作者意图的阴影，但是，强调文学解释独立于社会历史，这就切断了作品与作者、作品与读者之间的互即互入关系，这就将文学解释推入了唯文本的封闭巢臼。当然，我们也应该看到新批评与形式主义之间存在的差异。虽然两者都强调"科学"、"客观"，但是，新批评认为人文学科的研究方法应该不同于自然学科。提倡新批评方法论的理论家们大多认为，通过对文学特殊性的研究，人们能够揭示人类本性中某些永恒、基本的东西。从认识论层面看，新批评方法论是对传统实证主义的一种温和的批判，而形式主义则采取了新实证主义态度，认为只有科学方法才能解决文学作为一门独立学科的特殊性问题。

从注重挖掘作者"原意"的解释方法到强调从文本语言中探索意义，有关解释的理论范式似乎已经将象征西方逻各斯中心的"原始意图"打入了牢笼。20世纪60年代兴起的以读者为中心的各种阅读理论从根本上背弃了注重作者意图的释义传统。虽然各有侧重点，但它们几乎无一例外地把作品与作者意图割裂开来，否认作品既定意义的存在，也否定存在只有一种正确释义的可能性，提倡把作品的含义和每个读者的阅读行为相联系。强调读者创造性理解的读者中心论首发轫于二战以后的德国。姚斯（Robert Jauss）倡导的接受美学和伊泽尔提倡的读者反应理论率先提出，读者审美经验才是意义产生的根本源头。同样，作品的创作以及对作品的理解都受制于特定的历史以及审美经验。这一认识的理论基础源于海德格尔和加达默尔的阐释理论。姚斯认为，在阐释行为中，根本不存在超越历史的纯粹客观理解。换言之，"一部文学作品，即便它最初显得新颖，实际上不可能在一个信息真空状态中使自己显得完全是新颖的"。（Jauss：262）究其原因，主要因为读者对作品的理解总是"与该文类有关的前理解有关，[读者]已经熟悉的作品为他提供了形式、主题，此外，还有诗歌语言与实际生活语言的不同"。姚斯对历史意义的强调，正如他本人宣称的那样，主要为了"在文学与历史、历史方法与审美方法之间建构一座桥梁"，或者说，在强调社会历史意义的传统马克思主义文学方法论和侧重文本形式结构的形式主义解释理论之间作些调和。（Jauss：257）

与姚斯一样，斯坦利·菲什同样注重读者阐释行为在意义生成过程中的重要作用。菲什认为，意义，不外乎读者在阅读文本时发生在他身上的一切，而不是他接触文本之前已经存在的先有之物；传统阐释理论习惯于把文本看作一个自足体，这种观念完全忽视了语言在阅读、写作、解释过程中使文本产生意义的特定语境。即便阅读个体在解释活动中充分发挥了主体的能动性，他们也不是意义的作者或原意的起源，因为解释者必然处于特定的解释传统中，而这就决定了他们所作的任何一种解释，不管是肯定的还是否定的，都是语境化的理解。因此，菲什得出结论：文学研究的真正对象并非这样或那样的"文学"属性，而是属性本身形成的过程，所以，"了解这些规则才是该专业的目的"。（Fish：343）不过，菲什同时指出："这并不意味着由此产生的这些规则和实践是单一的，或固定的。在文学群体中存在着许多亚群体……在任何一个群体中，对可以被接受的东西作出的圈定总是不断地被重新划定。"这些论述充分表明了这样一个核心思想：对文学作品的理解过程，不存在纯粹的文本，也不存在纯粹和单个的读者；文本的意义虽然来自文本与读者的互相作用，但是，由于一系列机构化的规约和信条对解释群体有着决定作用，因此，意义不仅与同一时期的文学构成共时性，而且也在不同的阅读行为中形成差异。

意义的多元化与解释的限定性

当文学解释不再关心作者原意,也不再局限于文本内部结构,而是将中心移到阅读主体和阅读行为的时候,文学解释势必面临一些更加复杂的问题。首先,是对文本的本体研究;其次,是对解释者的认识论探讨。

无论是以姚斯和伊泽尔为代表的接受美学,还是以菲什为代表的激进的读者反应论,二者都认为文学作品的意义不是先于读者理解的自在之物,而是在阅读过程中由读者经验与文本相互作用建构而成。这一认识取消了文学作品本身的本体地位,将本体赋予了阅读行为。从很大程度上讲,阅读进入文学本体,实际上就是文学作品的接受者(读者)进入文学本体。需要指出的是,这种看似本体论的探讨常常隐含着对于阅读者的认识论思考。读者中心论提出以前,大部分阐释理论都力图想象这样一种情形:读者在不受自己价值判断影响的前提下对文本进行"客观"、"科学"的解释。对这种想象提出批判实际上构成了读者中心论的核心内容,也是这一认识的重要理论贡献。不过,问题也随之而至:既然不可能存在纯粹中立、客观的认识立场,那么,任何关于阅读的理论或范式实际上也依然是"解释",而不是关于文本的解释。于是,围绕着解释及其方法的本质性问题,理论家们展开了进一步的讨论。

伊泽尔认为,文学阅读的多样性主要源自作品总是具有令人意想不到的"转弯抹角"、"省略"、"空白",(Iser, 1986: 380)不过,对此,读者总是能够"运用自己的思维能力建立联系——真补文本遗留的空白"。借用现象学分析模式,伊泽尔提出,"考虑文学作品时,我们不仅应该考虑实际存在的文本,而且还应该以同样的努力对文本作出反应",因为作品的意义总是呈现为两个方向的连接:一是由作者创作的"艺术",二是由读者在阅读过程中完成的"审美"。(Iser, 1974: 274)伊泽尔的这些观点肯定了创作主体和文本作为本体重要构成部分为前提,将阅读主体作为同一本体的构成部分。依照这样的观点,对作品的不同解释,主要源于作品意义的不确定性;而作品结构的某些开放点(空白)以及读者对文学成规的熟悉程度、阅读过程采用的不同方法决定了解释的多样性。几乎出于同样原因,弗兰克·克莫德(Frank Kermode)认为,不同读者用自己的方式阅读同一文学文本,并且对意义作出自己的判断,因此,不同读者对《呼啸山庄》的不同阅读,正好说明了阐释的创造力和生产力;"在这里,多样性不是一种规约,而是一个事实"。(Kermode: 129)十分有趣的是,米勒在《虚构与重复》一书中通过对《呼啸山庄》解构分析以后,认为作品本身的结构包含了提供有效解释的各种成分但同时又予以取消的解构成分,因此,文本看似可以解释的表面结构最终展示了解释的不可能。(Miller: 63)

米勒对《呼啸山庄》的解构阅读代表了解构主义者德曼对阅读的认识。德曼认为，任何阅读或关于提出的理论解释都是"一个无法逾越的障碍"，（de Man：131）其根本症结在于语言的行事功能（performative）与表述系统（constative）之间的一个两难境地（aporia）：当我们把修辞看作劝说〔persuasion〕，修辞就是行事；但是，当我们把修辞视为一种转义系统，那么，它就解构了原本的行事行为。因此，德曼认为，"修辞是一个文本，它允许两种互不相容、自我解构的观点同时存在，这就在任何阅读或理解过程设置了无法逾越的障碍"。由此，德曼提出，假如我们认为形而上学批判也是语言的行事功能与表述系统之间的一个两难境地，这就等于承认批判一样具有同样的结构特征。这种观点对20世纪不断翻新的文学解释范式无疑是一个不小的打击。批评家们不得不承认：不存在终极的解释。对此，保罗·阿姆斯特朗作如下说明：

> 每一种解释方法在显现一些东西的同时也掩盖了另外一些东西，至于那些被掩盖的东西，就由具有竞争力的其他方法以及提出的不同假设来揭示。每一种解释立场都具有自身的盲点与洞见构成的辩证逻辑——掩饰与显现之间的比率因解释提出的假设而定。接受一种解释方法就像参加一场赌博——即，赖于某种假设的洞见抵消了它们固有的盲点带来的风险。（Armstrong：7）

不难看出，阿姆斯特朗对解释的理解虽然深受德曼的影响，但他把解释比作赌博，显然把德曼提出的"无法逾越的障碍"归结为阅读主体问题。据此，卡勒对这种为解构主义者普遍接受的观点作了如下总结：无论是语言固有的障碍，还是解释者运用某一解释方法带来的风险，解释"必然是错误的"。（Culler：14）布卢姆的归纳更为简单：阅读"终究是误读"。（Bloom：3）那么，如何对这种"误读"进行合理的解释呢？伊泽尔认为，"每一种解释都把一些东西与别的东西进行了换位"，因此，解释行为必然带来意义的差异，任何阅读从本质上讲都是"翻译"。为了说明解释主体对差异的主要责任，伊泽尔把一切行为都界定为话语行为（performative），认为这种话语行为具有"标准"的自我生产特点。不同文类的文本具有固有的解释规约，而解释主体在"翻译"过程中依照不同的参照系（register）对文本提出解释，两者之间必然存在的空缺导致了理解的差异，但同时也生产了具体的意义以及对这种意义作出解释的标准。除了试图对"差异"提出解释，伊泽尔显然希望在文本内部（包括文学传统、规约）和解释者之间寻求一种内外结合的方法论，以求得对解释的多样性进行合理、必要的框定，这也是当今不少理论家的共同目标。

在上面的讨论中，我们已经看到，赫希希望通过强调"意图"与"意义"之间的等式关系取消"差异"，菲什则认为阅读"群体"本身就是一种对差异产生制约作用的框架，所谓"差异"仅仅发生在不同的群体中；米勒认为应该把阅读理解放入解构思维中进行。这些各不相同的观点和立场形成了一个十分有趣的悖论：一方面，理论家们在不同程度上承认意义是一个发生过程，因此，解释以及意义的多元和差异是必然；另一方面，他们又在差异中寻求共性。从一定程度上讲，20世纪阅读理论层出不穷的繁荣局面就包含了这样一个悖论。依照塞缪尔·韦伯（Samuel Weber）的看法，"'多元化'的功能恰恰是为了否定冲突的必然性，它以差异可以和平共处的名义实现这样的目的"。（Jauss：262）针对菲什反复阐述的观点，即，文本与读者"总是处于语境中，总是处于由机构决定的行为中"，韦伯认为，菲什用"总是"来描述，实际上就在宣称一种普遍使用的解释理论，而这种希望用同一标准对解释进行解释的做法正是我们需要破除的观念。韦伯对菲什的批评揭示了20世纪60年代以来理论界在反复强调差异的同时对历史的忽视。

结　语

在哲学阐释领域里，继阐释学鼻祖施莱尔马赫之后，德罗申（Johann Gustav Droysen，1808—1884）提出，我们不应该把文本作为理解阐释的唯一对象，而是要把理解的视野拓展到对历史的理解，即，对过去事件留下的凌乱痕迹作出理解，使得过去的"痕迹和受到压抑的光束"重新显现。（Droysen：11）将历史视为解释的产物，从解释的角度理解历史，这不仅是哲学阐释的重要内容，也是当代文学批评、文化研究的重要方法论和认识论。将历史视为一系列的解释，这并不意味着忽视历史事件的真实存在，而是强调各种阐释行为、阐释话语本身包含的差异以及各种差异蕴含的权力、机构关系。"历史"不仅仅是由某个具体的人撰写的文本，而是显现社会历史关系的话语场所或者各种关系的综合体，其中"每一种力量关系都隐含了每一个时刻的权力关系……而每一种权力关系都指向自己也包含在内的一个政治场所，既是结果，同时也是形成可能性的条件"。（Foucault，1980：189）这个意义上的"解释"实际上就有了双重的意义："解释必须在解释中形成内容，同时又必须对已经形成的内容作出解释。"总之，对历史的理解"不可能发生在解释之前"。（Iser，2000：59）

福柯曾经指出："假如解释是对一些规则进行激烈或隐秘的挪用，……那么，人类历史就是一系列的解释。"这一历史观同样适用于文学阐释行为。当我们把文学文本的产生、阅读、批评放入不同的社会历史文化语境，重新审视文学批评话语的形成及其嬗变，我们不难发现各种阐释理论、文学经典看似自我生产的表象下面蕴含的社会、历史力量。与哲学、历史阐释一样，文学阐释不可能发生在阐释之前；不存在先前之物，这也许是理解"阐释"过程中"阐释"给予我们的重要启示之一。

参考书目

1. Allen Tate, *Collected Essays*, Alan Swallow, 1959.
2. E. D. Hirsch, *Validity in Interpretation*, New Haven, 1967.
3. F. R. Leavis, *The Common Pursuit*, Chatto and Windus, 1972.
4. ——, *Education and the University*, Chatto and Windus, 1972.
5. Frank Kermode, *The Classic*, Harvard UP, 1983.
6. Fredric Jameson, "Metacommentary," in *Contemporary Literary Criticism*, ed., Robert Con Davis, Longman, 1986.
7. Friedrich Schleiermacher, *Hermeneutics*, trans. and eds., James Duke, et al., Scholars, 1977.
8. Hans-Georg Gadamer, *Truth and Method*, trans., Joel Weinsheimer, et. al., Crossroad, 1989.
9. Harold Bloom, *A Map of Misreading*, Oxford UP, 1980.
10. Imre Salusinszky, *Criticism in Society*, Methuen, 1987.
11. J. H. Miller, "The Critic as Host," in *Deconstruction and Criticism*, Seabury, 1979.
12. ——, *Fiction and Repetition*, Harvard UP, 1982.
13. Jacques Derrida, *Positions*, trans., Allan Bass, Athlone, 1981.
14. ——, "Some Statements and Truisms about Neologisms, Newisms, Postisms, Parasitisms, and Other Small Seismisms," in *History, Art, and Critical Discourse*, ed., David Carroll, Stanford UP, 1994.
15. Jerome J. McGann, ed., *Historical Studies and Literary Criticism*, U of Wisconsin P, 1985.
16. Johann Gustav Droysen, *Outline of the Principles of History*, trans., E. Benjamin Andrews, Howard Fertig, 1967.
17. John Crowe Ransom, "Criticism, Inc.," in *The World's Body*, Louisiana State UP, 1968.
18. Jonathan Culler, *The Pursuit of Signs*, Routledge, 1981.
19. M. H. Abrams, *A Glossary of Literary Terms*, Harcourt Brace, 1999.
20. Michael Riffaterre, *Semiotics of Poetry*, Methuen, 1978.
21. Michel Foucault, "Nietzsche, Genealogy, History," in *Language, Counter-Memory, Practice*, ed. and trans., Donald F. Bouchard, et al., Cornell UP, 1977.
22. ——, *Power/Knowledge*, ed., Colin Gordon, Pantheon Books, 1980.
23. ——, "What is an author?" in *Textual Strategies*, ed., J. V. Harari, Methuen, 1980.
24. Paul Armstrong, *Conflicting Readings*, U of North Carolina P, 1990.
25. Paul de Man, *Allegories of Reading*, New Haven, 1979.
26. Paul Ricoeur, *The Conflict of Interpretation*, ed., Don Ihde, Northwestern UP, 1974.
27. René Wellek, et al., *Theory of Literature*, Harcourt, Brace, and World, 1950.
28. Richard Rorty, *Consequences of Pragmatism*, Harvester, 1982.
29. Roland Barthes, "The Death of the Author," in *Image-Music-Text*, ed. and trans., Stephen Heath, Fontana, 1977.
30. ——, *S/Z*, trans., Richard Miller, Blackwell, 1990.
31. ——, "Theory of the Text," in *Untying the Text*, ed., Robert Young, Routledge, 1981.
32. Samuel Weber, *Institution and Interpretation*, UP of Minnesota, 1987.
33. Stanley Fish, *Is There a Text in This Class?* Harvard UP, 1980.
34. Steven Knapp, et al., "Against Theory," in *Against Theory*, ed., W. J. T. Mitchell, U of

Chicago P, 1985.
35. Vladimir Propp, *Morphology of Folktale,* U of Texas P, 1968.
36. W. K. Wimsatt, *The Verbal Icon,* Methuen, 1970.
37. Wayne C. Booth, *The Rhetoric of Fiction,* U of Chicago P, 1961.
38. William Elford Rogers, *Interpreting Interpretation,* Pennsylvania State UP, 1994.
39. Wolfgang Iser, *The Implied Reader,* John Hopkins UP, 1974.
40. —, *The Range of Interpretation,* Columbia UP, 2000.
41. —, "The Reading Process," in *Contemporary Literary Criticism,* ed., Robert Con Davis, Longman, 1986.
42. Yuri Lotman, *Analysis of the Poetic Text,* ed., D. Barton John, trans., Ann Arbor, Ardis, 1976.
43. Hans Robert Jauss, "Literary History as a Challenge to Literary Theory," 载张中载等编《二十世纪西方文论选读》，外语教学与研究出版社，2002。
44. 艾布拉姆斯：《镜与灯》，李赋宁译，北京大学出版社，1992。

经典 刘意青

略 说

"经典"（Canon）乃经文之典，但常被人视为精品，即把"经"当作"精"字解。经典一词最初来自希腊文 kanon，指用于度量的一根芦苇或棍子。后来它的意义延伸，用来表示尺度。公元1世纪基督教出现后，经典逐渐成为宗教术语。公元4世纪，它开始代表合法的经书、律法和典籍，特别与《圣经》新、旧约以及教会规章制度有关。

欧洲大学和文艺批评制度的诞生与经典密不可分。它从此进入文学、绘画、音乐等范畴。所有重要的专业著作，以及那些被大学纳入课程的精品教材都被称作经典。当然，它也可表示某个伟大作家的作品，如 the Chaucer Canon、the Shakespeare Canon，等等。20世纪后半期，文学经典的入选与保留成为西方文学批评的一个重要议题。

假如经典只限于基督教认定的《圣经》入典卷书及其相关宗教内容，那么它就是个死话题，没有讨论的必要。它之所以有现实意义，主要在于它被引申运用于西方文学范畴，并在多元化的今天引起争议，成为文学界热衷讨论的话题。所以我们谈及经典，先要追根溯源，从它的宗教背景说起，然后围绕有关文学经典的不同看法，看看它们各自的理论根据和影响。

综 述

经典的宗教意义

经典最早的词义是尺度，进入基督教范畴后产生了好几层含义。首先，它代表选取经书文本和作者的原则。以《希伯来圣经》（即《旧约》）为例，早期基督教必须按照自己的教义和传教宗旨，对原犹太经文进行筛选。《新约》同样也有许多当时自认与马太或保罗比肩的作者作品，比如公元1世纪的基督教诺斯替教派作品，都未纳入今天的《新约》。

由教会权威认证、进入正典的过程，牵涉到《新约》及《旧约》各自包含的卷书，以及它们与次经、伪经的界定标准。比如，以斯帖补篇、但以理补遗三篇等，被各教派一致确定为次经，因此没有收入《圣经》。然而，在区别正经、次经和伪经时，各教派看法也不统一。宗教改革之后的新教，便对天主教已经认证的正经重新修正。他们比天主教更严格,把罗马天主教列为正经的11卷经文都定成伪经。众所周知,马丁·路德不承认天主教认定的《新约》希伯来书和启示录等卷的经典地位。总的来讲,决定《圣经》入典内容的权威,大多是从基督教宗旨来考虑文本价值,以便严格区别什么是正统教义,什么是异端邪说。为此他们很少考虑文本流行程度和文字质量等因素。

其次,经典还指教会的文件、律法和教令。基督教历史上,自罗马天主教会召开著名的特伦腾大公会议(The Council of Trent,1545—1547)之后,经典一词也开始代表大公会议制定的文件。譬如,英王亨利八世脱离罗马教会控制,迫使天主教会多次召集大主教会议商量对策。又譬如,面对路德教派的挑战,天主教内部形成一支反改革力量,斗争越演越烈。教皇保罗三世1534年登基后多次召开特伦腾大公会议,认真讨论天主教面临的危机,并对《圣经》入典目录、文本认证、《圣经》阐释等问题一一作出严格规定。会议法定内容中,有一大部分是关于"经典法"(Canon Law)的立法原则。因此,在罗马天主教廷,经典还指经典法,即全基督教大公会议制定的教会律法条款。经典法最终在1917年定稿的《经典法准则》(Codex juris canonici)里固定下来,它包括2414条,显示出几个世纪以来天主教的演变及立法过程。

除去上述含义,教会官方在追认圣徒名单时,常用经典的动词canonize或由此派生的名词canonization,意为"列入圣品"。此外,经典也可以指人,即那些没有隐居在修道院里、而在社会群体中生活的教士,如奥古斯丁教团教士。这些隶属某个教堂或教会的神职人员,常被编成团组,负责教区事务,因而称为canons secular。

需要指出的是,《圣经》虽然经过上述教会权威会议的官方认定,但它的前身,即公元前的犹太教经文《希伯来圣经》并未经过类似基督教大会的权威处理。实际情况是,《希伯来圣经》的成典过程漫长复杂:它来自民间,世代传说,迭经修改。

当代圣经研究专家奥尔特教授在《经典与创新》一书中指出,《希伯来圣经》收编卷书的过程与基督教恰恰相反:它不仅没有宗教意识形态的森严壁垒,反而宽容大度,活泼变通,愿意接纳各种不同的内容与形式。奥尔特列举《希伯来圣经》中不拘一格的例子:《以斯帖记》根本不提上帝的历史故事;《约伯记》埋怨上帝任性、不公正;《雅歌》充满了歌颂年轻人恋情(包括婚外恋)的文字;《旧约·传道书》充满对人类追求和欲望的哲理思考。这些例子证明,《希伯来圣经》的经典化过程,掺杂有大量非宗教因素。奥尔特认为,这些卷书之所以被纳入正典,很大程度上是由于它们的优秀文学品质,以及它们在民众中广为流传的历史因素。(Alter:21—30)奥尔特教授可能过分强调《旧约》的文学性倾向,但他毕竟提出了一个十分有趣的问题,即《圣经·旧约》与文学经典这两者的成典过程确有一定相似之处:首先,经书典籍也有文学性;其次,入典经书的选取,与世俗文学一样，也有文学标准。

奥尔特是 20 世纪下半叶把《圣经》作为文学经典进行研究的重要人物。他所提出的《旧约》的经典形成特征实际已接触到《圣经》与世俗文学的关联，以及它对世俗文学的历史性影响。对于该新领域的丰硕成果，我们只能简略提及，无法在此展开讨论了。①

文学经典的形成及争议

文学经典的形成

文学经典的形成（canon formation/canonization）始于柏拉图和亚里士多德提出的文学原理及对史诗和悲剧的界定。对于经典的置疑，却是 20 世纪后期的事情。所谓文学经典，一般指欧洲文学中获得批评家、学者和教师公认的重要作家作品，它们被称做"经典作品"。经典作家和作品往往在某个时期因需求而不断刊印，被文学批评家和史学家充分研讨，收编在选读本中，并作为文学名著列入学校的课程和教材，从而得以保留，代代相传。

总体上来看，基督教宗教经典的形成和定论有别于文学经典形成的过程。前者主要由教会的权威意见来决定（奥尔特提出的《圣经·旧约》情况有些例外），而且是封闭的，即一旦被确定，就没有很大的变动，基本上也不存在更新和添加内容的问题；而文学经典却要通过一个非官方的、反反复复的接受过程来逐渐达到共识，并且随着时代发展会不断有新的优秀作家和作品纳入其中。此外，文学经典从来就没有、也不可能有一个清楚的范围，它与非经典不但没有明确的界限，而且已经被选入经典的作家和作品永远要受到时代发展的挑战，有些会逐渐销声匿迹（如 18 世纪名噪一时的戏剧作家科利·西伯②和 19 世纪的桂冠诗人骚塞），而另一些会忽然被重新发现并正名为经典。这样一个作家或作品被社会认定为经典的过程叫做"经典的形成"。虽然选定经典的过程相当复杂，但一般都同意有以下因素介入：首先，它得到了持不同观点和情感的批评家、学者和作家的广泛参与和推动，比如经典作家和作品往往不断被其他作家引用和喻指，经常或较多地得到评论和介绍；其次，经常出现在文化群体的话语中，成为该国家文化生活的一个组成部分，知名度高；再次，长期被纳入学校课程和课本，通过教学和知识传授得到普及和延续，等等。当然这些因素也彼此影响和促进，而且一部作品或一个作家能否真正成为经典需要经历起码一个世纪的时间考验。③文学经典不仅从来边缘不定，而且在不同的时代里中心和边缘作家的位置会有一些变动，约翰·多恩就是在 20 世纪 30 年代新批评兴起之后通过 T. S. 艾略特等人的重新评估才被推举到英国文学经典的高位上；而浪漫主义诗人雪莱在 20 世纪却遭到 F. R. 利维斯为代表的评论家贬损。然而，不论是褒还是贬，这种批评和争论都是好事，被讨论的作家不会被遗忘，并因此得到更充分的关注。所以从长远来看，成为讨论或争议对象会有利于一个作家在经典中的地位。

然而，在20世纪的多元氛围下，许多理论家和批评家却强调了文学精品的"经典化"过程与基督教认定经文入典过程的类似之处及可比性，即文学"经典形成"的过程里权威意见实际上起了决定性作用。他们发现在表面上看起来似乎很公正的选择原则之下实际存在着政治因素的干扰，由于作出选择的机构和成员本身的偏见和局限，某些群体和个人的作品没有被收入经典。通观西方近千年的文学史，我们似乎无法否认，虽然有一些例外，但文学"经典化"的过程在总体上的确受到了种族、阶级和性别歧视的影响。目前西方文学经典作家和作品在整体上的确体现了男性，尤其是男性白种人的优势，来自下层的作家也相对稀少。假设这个结论成立，那么我们就会自然提出下列问题：在这么长的历史时期内人类是否因不公正的"经典化"原则和做法已经丢失了许多本来应该入典的优秀作家和作品？我们应该如何看待历来由权势驾驭的文学"入典"或"成典"历史？于是出现了反经典的一派，他们的看法引起了20世纪后半叶围绕历代文学经典的选取和界定标准及做法的激烈争论。争论双方的看法可归纳如下：第一，伟大的文学作品是十分明显的，有超阶级、性别和种族的美学标准，也就是说作家和作品优秀与否是个不争的事实，人们一看便知，自然会获得公认；第二，任何作品入典和成为经典的过程都难免有偏见，它受到决策集团的成员的社会地位及意识形态等因素的影响，并带有某些群体的功利目的。下面我们就分头来评介一下这两种对立意见。

拓宽经典

自从20世纪70年代经典的形成成为文学界的焦点议题以来，各种观点的评论家，特别是女性主义、马克思主义、后殖民主义和新历史主义的学者，对经典展开了激烈的讨论，拓宽经典（the opening-up of the canon）的呼声形成了对西方传统文学经典的挑战。争论主要集中在某个作家或某部作品是否该纳入学校课程和课本，是否具有文学核心地位，以及作出选择的原则到底是艺术的还是政治的这几个方面。反对传统经典的评论家指责说，在过去选择文学经典的过程里意识形态的偏见起了主导作用，因此入选的大多是欧洲的、白人的和男性的作家及作品。他们认为现有的西方文学经典带有种族歧视、男权霸道和帝国主义色彩，并对少数族、妇女、劳动阶级边缘化的过程起到了推波助澜的不良作用。基于这一认识和结论，这些评论家和学者提出了"打开经典"（to open the canon，或称"拓宽现有经典"）的要求，以使经典代表多元文化，而不是欧洲中心，并且包括更多的女作家和少数族群作家的作品。他们还进一步提出了改变经典标准的要求，要除掉过去经典选取中的精英和等级意识，来包容像好莱坞电影、电视连续剧、通俗歌曲和畅销小说等通俗文学。这后一种要求比"打开经典"更为激进，因为它实质上是取消了经典。

修正文学经典的潮流不是孤立的文学现象，它是 20 世纪后期多元思想、文化和政治运动的一个分支。在修正经典的过程中最有代表性的是与女权运动相关的对传统文学经典的冲击，为非洲裔和亚裔美国作家正名和入典的呼声仅次于女性作家。我在这里举女权主义对经典的意见和举措为例，来介绍 20 世纪末修正传统经典的运动。众所周知，自从 1963 年贝蒂·弗里丹发表《女性的奥秘》一书以来，女权运动在西方逐步发展成为一个不容忽视的政治、社会和文化的力量。除涌现出许多女权运动组织、发表了不少火药味十足的宣言之外，④女作家和文人们还撰写了类似《妇女问题思考》、《姊妹团结就是力量：妇女解放运动文集》等一批战斗性很强的著作。⑤（Leitch：307—308）进入 70 年代后，西方女权运动更加深入。在文学范畴内，女权主义批评一方面从社会学、符号学、心理学、马克思主义、存在主义、解构主义、语篇分析、后殖民主义等理论入手重新阐释和评价文学经典，另一方面则支持和宣扬少数族和异端群体的文学，比如黑人文学和同性恋文学，为它们呐喊，争取它们与传统经典的平等地位。女权主义评论家凯特·米利特可以说是重新评价西方经典的带头人，她在《性政治》一书里率先对四位男性作家 D. H. 劳伦斯、亨利·米勒、诺曼·梅勒和让·热内进行了再评估，重点批判了他们的作品中所表现的男性优势和性暴力等问题。她的这部著作不仅为后来的女权主义文学批评提供了模式，而且领先从女性视角和立场对传统上以男性为主的西方文学经典提出了置疑和挑战。

在米利特之后，女性主义修正和重建经典的努力主要表现为挖掘历史上被埋没的女作家并为之正名。1975 年著名的文学教授和评论家斯拜克司（P. M. Spacks）发表了《女性的想象：对女作家作品的文学和心理学探究》（*The Female Imagination: A Literary and Psychological Investigation of Women's Writings*），接着埃伦·默尔斯（Ellen Moers）出版了《文学妇女》（*Literary Women*，1976），舒沃尔特（E. Showalter）撰写了《她们自己的文学：从勃朗特到莱辛的不列颠女性文学》，贝姆（N. Baym）也编写了《女人的小说：1820—1870 年美国女作家和关于女性的小说导读》（*Women's Fiction: A Guide to Novels by and about Women in America from 1820—1870*，1978）。由此，一个发掘和颂扬长期被忽略的女性文学的潮流益发壮大，选读本和评论专著层出不穷，其中广为流传并获得普遍认可的有：桑德拉·吉尔伯特（Sandra Gilbert）和苏珊·古芭（Susan Gubar）合著的《阁楼上的疯女人：女性小说家和19 世纪的文学想象》（*The Madwoman in the Attic: The Woman Writer and the 19th-Century Literary Imagination*，1979）和她们主编的《诺顿女性文学选读》（*Norton Anthology of Literature by Women*，1985），以及玛格丽特·霍曼（Margaret Homan）编写的《女作家和文学身份：多萝西·华兹华斯、爱米丽·勃朗特和艾米莉·狄更生》（*Women Writers and Poetic Identity: Dorothy Wordsworth, Emily Brontë, and Emily Dickinson*，1980）等。值得注意的是，默尔斯的书后面附有一个

50页的"文学妇女词典目录",其中列举了从萨福到安娜·阿赫马托娃等250名女作家和她们的作品。默尔斯反对男性占绝对优势的传统文学经典的姿态十分鲜明,推崇女作家们的"(女)英雄主义"(heroinism),但是她不同意强调女作家们集体上具备自成体系的、可以识别的、一致的女性意识,或有自己独特的文体风格和传统。无独有偶,舒沃尔特在《她们自己的文学》后面也加上了一个30页的"传记附录",里面包括数十位过去不见经传的女作家。在书中,她为不列颠文学编织了一个由女性作家构成的亚文化,并划分了她们发展的三个阶段。(Showalter:312—313)虽然舒沃尔特采用了性别批评视角,但她对"女性的美学"和"女性意识"等提法却十分谨慎。吉尔伯特和古芭的名著《阁楼上的疯女人》是她们从1974年起始一起教授19世纪英美女作家课程的结晶。在书里她们支持默尔斯、舒沃尔特和斯拜克司的努力,并赞成存在一个女性文学的提法。虽然她们在关于女性文学的许多具体问题上很难完全达成统一,但是这些女学者、教授和批评家一致挑战男性垄断的传统经典。她们明确地要求打开经典,来包容更多的、被忽略和遗忘的女作家及作品。从她们的呐喊中,我们也可以推论黑人作家、亚裔和西、葡裔作家等少数族群对现存经典的看法和打开经典的要求,并认识到打开经典的文学运动实为整个20世纪争取性别、阶级和种族平等的多元政治和文化潮流的一个组成部分。

就在女权主义主张重建经典的同时,女学者中也出现了反对把文学经典问题政治化的声音,比如杰伦(Myra Jehlen)在她的文章《阿基米德和女权主义批评的悖论》("Archimedes and the Paradox of Feminist Criticism")中就指责了女权主义要分割经典的极端倾向,并指出任何想否认女性文学依附于男性文化的做法都是愚蠢的和不符合历史事实的。(Jehlen)她进一步强调说,一切文学评论的主要任务都是进行美学和艺术赏析及评估,而不是纠缠在意识形态探究和政治地位估价上。综合看来,在理论多元化的背景下对待长期形成的传统经典和建立女性文学经典的态度上存在着三个派别:激进的女权主义主张女性有分离开的独立意识形态和自己的经典;保守主义则坚决反对把政治和意识形态带进文学批评;而温和的改良派,像埃尔曼和斯拜克司,既认为女性有自己独特的思想意识和传统,却又尽量避免自己的评论政治化。但不论激进还是温和,以女权主义为代表的打开经典的运动呼吁在作决策时应该让各个不同的社会阶层、种族和性别参与意见,以保证所选定的经典公正而没有偏见。这是基于民主和平等思想的一种主张,它要声张少数族群在文学中的声音,要保护他们的利益。

这个争取"打开经典"的民主的文学主张目前已经在西方带来了很多新气象,它促使许多高等院校开设出女性研究和非裔、亚裔美国作家研究的学科和项目,并迫使一些现有课程内容得以修正和改造。不仅学生们对什么样的人能够创造和决定"经典"有了与过去不同的看法,而且对"经典"的重新认识也使教师们面对着文学教学中从来没有过的复杂局面。然而,由于这种主张仅仅意在拓宽"经典"的代表性，它并没有真正解决判断好作品的客观尺度问题，因此它不能解决根本的分歧，许多疑问也没有答案，比如，在同一个社会阶层或性别、种族群体内为什么也会产生不同的看法？归根结底，主张打开经典之门的一派人，还是必须从他们倡导的作品是否具备同其他经典作品一样的文学价值方面来证明它们应该被列入"经典"，而不是只强调它们的代表性。否则，我们就会面临不得不从解决代表性问题入手而为某些社会群体单独列出"经典"的局面，比如"女作家的经典"、"美籍非裔作家经典"，等等。但是，分开列出经典的做法实际上等于不承认这些"经典"与原有的"经典"之间的平等地位。也就是说，如果没有客观而统一的认证经典的标准，矛盾就依然存在。

捍卫传统经典的代表哈罗德·布卢姆

与挑战经典的多种派别一样，在捍卫经典的队伍里也有温和与极端的区别。比较保守的学者坚持过去的经典选取基本是公正的，没有受到什么政治因素影响，而目前那些冲击经典的潮流反而是由政治和意识形态目的来支配的。许多温和的经典支持者则认为，不论现有的经典在形成过程中曾如何受到种族、阶级和性别因素的影响，经典毕竟经过了长期的历史考验，它的确代表了西方高度的文化、艺术和智识成果，并受到广泛的欢迎。温和派同意拓宽现有的经典，在学校里试用一些有各种代表性的作品，但是这种尝试的动作不能太大。他们强调现有的经典对西方文明的形成功不可没，它一直体现了鼓励开放、提倡思想自由和置疑现存状态的思维方式及精神，就连目前挑战它的这些学者和理论家都应该感谢这个经典，他们都是在传统经典影响下成长的，因此决不可对它大砍大杀。何况温和派还注意到，现实情况构成了一种反讽，即反对经典的学者和批评家虽然在理论上言辞激烈，但进入具体的文本研讨时也无不津津乐道莎士比亚、弥尔顿、简·奥斯丁、华兹华斯、乔治·艾略特、惠特曼、亨利·詹姆斯等经典作家。很明显，在实践中反经典的派别也默认了现存经典。

但是，在捍卫传统经典的队伍中也不乏非常坚决抵制"打开经典"呼声的学者和批评家，哈罗德·布卢姆就是这种意见的最突出的代表，他著有专著《西方经典：古往今来的书和学校》来阐释自己对传统经典和破除经典运动的态度。这部著作可以说是布卢姆关于"影响的焦虑"观点的延伸，全书分成"贵族时代"、"民主时代"和"混沌时代"来讨论从莎士比亚、弥尔顿到乔伊斯、普鲁斯特、卡夫卡和博尔赫斯等26位西方经典作家。然而，他讨论的核心却总是围绕着这些作家和作品为什么成为经典，以及他们之间承上启下的关联。在"贵族时代"一章中，布卢姆鲜明地打出了莎士比亚的大旗，誉之为西方文学经典的核心。在接下来的章节里，他直面什么是伟大文学作品以及它们之间的承传和创新问题。按照布卢姆的意见，文学作品入典基本上是个文学现象，它的标准是美学的，绝非政治和短期功利可以左右。尽管选拔经典的美学标准很难准确、清晰地界定，但布卢姆还是尽了最大的努力予以说明概括，为别书所罕见。他从佩特（Walter Pater）对浪漫主义诗人的创新在于他们给诗歌添加了"奇特之美"的评价，引申出经典作品所共有的美学特点。他指出，经典之所以成为经典，首先必须有独创性（originality），即不同于前人作品的独到之处。这种独到之处反映为作品越标新立异就越吸引读者；对已往的文学挑战越大，对文学宝库的贡献就越大。比如但丁的《神曲》、弥尔顿的《失乐园》、乔伊斯的《尤利西斯》等，无一不是对它们之前的文学作品的大胆挑战和创新。结合他"影响的焦虑"理论，布卢姆认为所有经典作家的创作过程都处在这种焦虑状态之中，是他们那强烈的创新意识、要超越前人的焦虑促成了他们的惊世之作。但同时，布卢姆一刻都不忘指出，反讽的事实却是这些标新立异的作品实际上并没有翻出西方文学传统的手掌心。因此，布卢姆把经典的入选尺度形容为：赋予熟悉的内容和形式以一种"神秘和离奇的力量"（uncanniness）。换言之，伟大的文学作品会让读者感到陌生的熟悉（the ability to make you feel strange at home），或者说能让读者在户外、在异乡感到在家中一般的亲切（making us at home out of doors, foreign, abroad）。(Bloom：2—4)

为了强有力地说明西方经典确有非政治、种族和性别的客观美学标准，布卢姆在"贵族时代"里用了一节来评论文学批评的经典代表约翰逊博士。笔者因为恰巧也十分喜爱古怪，但饱学又无比智慧的约翰逊，所以很欣赏布卢姆对他的分析和评价。他称约翰逊为"西方经典形成中举足轻重的批评家"，而且详细地梳理了约翰逊的著作《莎士比亚集序言》、《英国诗人传》和其他作品，还引证了博斯韦尔的《约翰逊传》，从而有力地证明了约翰逊所代表的西方文学经典批评是近乎智慧文学的精彩论断，而绝非政治或意识形态的简单取舍。当然，约翰逊有自己的道德取向（比如特别赞赏理查逊宣传的清教美德）和自己的政治态度（他基本持保守派的立场），但是布卢姆用约翰逊对弥尔顿的评论证明了这位文坛巨人具备超越自我意识形态来遵从优秀美学品位的能力和态度。布卢姆说得好：

> 不同于T.S.艾略特，约翰逊不把自己的美学判断建立在宗教基础上。约翰逊虽然十分不喜欢弥尔顿的政治态度和他宣传的精神，但是《失乐园》的巨大艺术力量和创新说服了约翰逊，令他抛弃了自己的意识形态偏见。对待弥尔顿、莎士比亚和蒲柏，约翰逊的表现堪称一个充满智慧的评论家：他毫不含糊地直面什么是伟大，并用全身心去感受它。(Bloom：173)

约翰逊在西方文学经典的形成过程中起了决定性的导向作用，通过对他的分析，布卢姆试图驳斥那些指责经典的认定充满了政治、性别和阶级偏见的论点。

类似约翰逊，布卢姆在《西方经典》一书中也处处表现出了犀利的思想，而且妙语连珠。他毫不留情地揭露了反对传统经典的言行实际上才真正是在利用随时代变化的政治标准和小群体的功利考虑来取代美学和艺术的永恒尺度。虽然布卢姆有感情用事和不够客观的毛病，但他那机敏的思维、睿智的见解和幽默的语言充分显示出他本人作为当代经典批评家是当之无愧的。为了证明传统经典的博大和不可动摇，布卢姆在"混沌时代"一章里用了一节专门讨论弗洛伊德、他的心理学理论以及弗洛伊德理论用于文学批评的许多问题。布卢姆细读了弗洛伊德的文章和信件，在细读分析中尖锐地指出：弗洛伊德的成就来自他的"影响的焦虑"，具体说就是，他始终处于想要超越以莎士比亚为代表的经典来建立自己的影响的焦虑之中。弗洛伊德先是不断宣传莎士比亚并不是那些不朽之作的创造者，真正的作者是牛津伯爵，是培根。后来他又试图用自己发明的"俄狄浦斯情结"解释《哈姆雷特》的戏剧矛盾。一时间，弗洛伊德似乎胜过了莎士比亚。然而，布卢姆却以牙还牙地指出，与其说莎剧可被弗洛伊德的"俄狄浦斯情结"把握，还不如说弗洛伊德始终被"莎士比亚情结"困扰，想摆脱也摆脱不掉；因此，用莎士比亚和莎剧来解读弗洛伊德则可以彻底阐释弗洛伊德及其心理和理论；反之，如果用弗洛伊德的"俄狄浦斯情结"来解读莎士比亚，那就糟蹋了伟大作品，把莎剧简单化到了可笑的程度。通过置弗洛伊德的"创新"于以莎士比亚为核心的传统经典之下，通过驳斥弗洛伊德倒莎的反经典言论，布卢姆再次表明了自己捍卫传统经典的意见，即不论现当代多元的文学、文化运动多么热闹，它们仍旧是万变不离其宗地源于经典；不论它们一时掀起多大的风浪，与永恒的莎士比亚相比较，它们之中的多数作品仍旧显得那么幼稚、脆弱、片面，势将随时代的发展而被淘汰。

显然，布卢姆所代表的捍卫经典的学者们强调的是：一部经典的形成并非当时的一个决策机构所能决定，它还要经历时间的考验，经常是好多代人、好几百年下来，它仍然屹立不衰，而且它的优秀品质不断得到重新验证。恐怕就连最反对"经典化"的读者，也不会斥西方已经被接受的、从"荷马到乔伊斯"的文学经典为不够格。但不幸的是，我们的确无法脱离具体的环境和人来谈绝对标准，即便被大多数人公认的优秀作品到了不同的评论中，其优点和长处也是众说不一的。所以布卢姆这样的捍卫派并不能说服提出纠正过去经典偏差要求的弱势群体，于是以基洛里为代表的一些学者就尝试着从另外的角度来剖析经典之争，试图从更基本的政治和经济基础理论上来讨论经典问题。

约翰·吉约里和他的"文化资本"论

约翰·吉约里在经典之争方面有比较卓著的建树。在《文化资本：文学经典化问题》一书里他尝试了把经典形成置于社会和经济的理论框架之中来看，从而挑战了经典之争中许多基本观念。在他之前，像丹尼尔·贝尔等学者也已经提到过传统文化中文学艺术的等级问题以及在经典标准设置中的社会和阶级影响。（贝尔)《文化资本》也力图深挖经典问题的社会缘由,它还着重讨论了文学课程设置和内容选取问题,以及关于多元文化主义和人文科学危机的争议。

吉约里认为我们不应该把经典形成问题的核心看作是少数社会群体要用经典来代表自身,它实质是文化资本在学校中的分配问题,这牵涉到谁有权受教育,谁能够学会读写而最后掌握文化。在这一点上吉约里说得有道理。以18世纪女性写作为例,当时女性读书识字的机会比男人少得多,后来能够投入文学创作的也只有中产阶级的女性,而且她们绝大多数也只敢创作大众化的文类:日记、游记、小说等,很少问津诗歌和悲剧这些需要受过高等教育才能涉足的文类。这些都说明文学是离不开社会因素的一个范畴,文学作家和作品的入典与否自然也不可能由纯美学或纯艺术因素来决定。

吉约里反对把经典形成的历史简单地理解为某个作者个人是否得到了社会声誉,或某件作品是否因意识形态原因遭到了压制。纠缠于作家和作品本身的价值就会忽视文化资本在历史演进过程里对作家和作品价值判断所起到的作用,而文化历史发展中最重要的阶段就是18世纪后期文学演化为资产阶级文化资本这一变化。吉约里作了案例研究,他通过对三个历史阶段的文化资本的分配和构成来剖析文学发展的兴衰,并从中寻找经典形成的原则。他首先解析的是18世纪小学中对英文白话文范文选取和决定的标准和具体做法,然后观察了新批评理论进入大学对课程变化的影响,最后讨论了作为辅助文学经典的理论经典如何出现在大学的研究生课程中,并由此威胁了文学作为学校中文化资本的主导形式的地位。

首先,吉约里对学校设置文学课的历史及目的作了溯源探讨。他指出,自从"写"被用来当作记载和保存口头文学的方式以后,保存和宣传文字作品的任务就落在了"学校"肩上。我们今天称为"经典化"的过程最早出现在古代学校教授读写的课程里,教师要发现、选用和保留优秀的文本来教学生。起初这种挑选和保存完全是为了完成教学目的,传播"标准英语"。教员甚至不太关注文本的内容理解,只是要求学生模仿读物来提高说写优雅和标准英语的能力。最早的文学选读集子出现在18世纪,它们是当今诺顿或牛津文学选读的雏形。当时的新兴资产阶级急于在文化知识和语言规范方面向原有的贵族阶级靠拢,于是就强调学习标准英语,直至很久之后他们所选用的文本才被冠之以代表某个时代或某个流派价值的经典。基于对学校选取范文的初衷的探究,吉约里认为可以下结论说,通过学校课程内容选取而逐步形成的西方经典的认定标准更多的是看它们的写法和语言质量是否有利学生提高英语,而不是看其宣扬"进步"还是"倒退",或代表了什么群体和阶级。正因如此,有相当长一段时期教师们在选取范文时抵制现代派作品,因为其语言的困难与不规范明显不符合学校培养标准英语的授课目的。吉约里追溯学校选定范文和出版选读本的历史意在说明:首先,学校的课程设置和选定范文虽然与经典的形成相关,但不同时代、地区和学校具体选取的内容并不能与西方经典画等号；其次，因受其社会功能制约，学校的选择也有很大的偶然性，我们无法按各人自己的标准来求全责备学校的书单和选文；最后，西方的经典大框架下包容了万千作家和作品，多某一个或少某一个在大多数情况下并不形成原则性问题，为此而争执不休是没有抓住问题的要害。为佐证这些观点，吉约里以斯坦福大学的西方文化课书单为例来说明无论怎样修正课程内容也无法全面包容。虽然这个书单为了包括少数族和非西方作家经过了调整，但仍旧没有妇女和非白人作家（因为历史事实如此），而书单里古代和中世纪阶段的作家大多都是贵族出身。斯坦福书单说明无论怎样修改、删除和添加，具体的课程内容和选文仍旧是不全面和有缺憾的。因此，在经典之争中纠缠具体包容程度往往无济于事。

吉约里还突出讨论了新批评对西方课堂教学改革的巨大作用，并列举了如何用新批评来解读玄学派诗人多恩。他指出，转折来自二战前，由于当时西方中小学教育得到了普遍的发展，孩子们在入大学之前已经学会了很规范的说写能力，大学的语言文学课从此就不再主要担负教授标准英语的任务了。这个变化为新批评和现代文学进入大学课堂提供了时机，铺平了道路。反过来，新批评的理论和方法又进一步把大学的文学教学目的拓宽到多重功能。文学教学不再服从语言能力的训练，而是反过来让语言为理解和接受文学服务，从而使文学课程逐步脱离了它的历史根基，转化为教授超越实用的诗性语言。

然而，课程走向与实际脱节就逐步引发了关于当代人文主义危机的话题。吉约里批评了把人文主义学科的危机归咎于课程教授的内容不受欢迎的说法：反经典派认为人文学科的衰败是由于学生不愿读传统的经典；或反之，捍卫派认为"打开经典"后教师不教传统文本而造成了人文学科学生的失落感。他指出这些提法都是荒谬的。吉约里分析了葛兰西的理论，并指出人文学科的衰落与经典内容无关，当前世界范围的知识专业化和技术化倾向所造成的应时教育才是人文教育危机的主要原因。他试图区分文化和文化产品、多元文化和群众的市场文化、统一的课程设置和统一的教育制度等多对关系，并通过这些矛盾因素来谈经典的霸权性或民主性。

当然，吉约里没有回避近年来牵涉价值判断方面的理论，并指出这些理论都批评过去的美学原则，强调文化的相对主义。但在把文化相对主义原则与布迪厄（Pierre Bourdieu）的社会学判断原则进行比较后，吉约里强调对美学评判标准进行批评的目的不应是否定这种判断，而应从社会和经济的角度去改革学校里形成美学判断的条件和环境。具体来讲就是要大力拓宽文学受众，让文学作品的生产和消费大众化。综上所述，我们似乎可以得出如下结论：第一，吉约里的观点似乎不同于布卢姆，他承认经典形成中有偏差；第二，但实际上他整本书都在批评简单化地反对经典，因此他并不赞同围绕作家和作品入典的争执；第三，他反对把经典化问题降低为群体和阶级之间争文化霸权和代表性的斗争，而主张从打破文化资本被少数有条件接触到作品的人垄断这方面入手，从受教育权利和办学的原则等更基本的方面来解决问题，以便从根本上铲除掉经典形成中代表性不普遍的可能性。

为了说明根本问题在于普及教育来让大众享受文化资本，而不在于经典选定本身存在着意识形态的偏见，吉约里举了这样一个例子：他说我们的文学课程和选集中几乎没有17世纪之前女性作家和作品，这是当时历史事实的反映；而18世纪后期和19世纪初，女性作家多起来，在文学课程中就收编了她们之中最优秀的代表奥斯丁（英）和狄更生（美）；随着优秀女性作家的数目增加，更多19世纪的女作家也进入了经典。他的结论是：女性作家被保留下来的数目少反映的是她们受教育数量小，因此投入文学写作的人数比男人少得多，所以不能用入典女作家的数目去证实当时有意排斥了她们的作品。他问道：否则我们又如何解释奥斯丁和狄更生这些女作家被接纳的现象呢？⑥在女人写作和出版都少得多的时代，我们怎么能够不顾历史实情地去要求更多地选取她们的作品呢？虽然吉约里的总体理论有它的道理，但他举奥斯丁和狄更生的例子时却忘记了或故意不提一些基本历史事实，那就是，奥斯丁一生悄悄地写小说，克服了许多困难，连一张自己的书桌都没有；而狄更生更是突破了重重障碍才得以在有生之年发表了七八首诗歌。这些事实恰恰证明了女人写作、发表和被承认有多么困难。她们能够入经典作家的队伍虽然是由她们本身优秀决定的，但其曲折和艰难还是说明了反对传统经典的派别并非无理取闹，恰恰是这样的例子让我们也看到了打开经典要求的合理的一面。

结　语

经典化，或经典的形成不止是西方的文化现象，在我国两千多年前就有孔子从三千余首古诗中选取三百首的先例，这就是后来的《诗经》。"五四"新文化运动时期，胡适也邀请了一批文人学者对《尝试集》进行过删定，使该诗集成为经典。20世纪有关文学的经典之争，虽然主体上是西方的现象，但是在全球化的今天它也不可能不影响西方之外的地域和国家，只不过表现方式有所区别。拿我国来说，近年来虽然没有十分明确的拓宽经典或改变传统经典的运动出现，但是也出现了许多与此相关的争论，比如对王朔的作品是否能登大雅之堂的不同看法，对经典作家鲁迅再评价的尝试，甚至还产生了重写《沙家浜》和重塑潘金莲的作品。这些动态应该说是文化相对主义和多元文化潮流在我国的反映。

至于西方这场经典之争，我在这里所作的讨论也远远没有包罗所有的观点和争议方面，比如佛克马就试图从经典的影响方面把它们分成三类，这种划分可以使经典化过程更便于操作，避免由概念含混引起不必要的争议。⑦圣伯夫、T. S. 艾略特、F. R. 利维斯、特里·伊格尔顿等著名文学家和评论家都对何谓经典及经典的永恒问题发表过种种议论。⑧但不论有多少不同见解，我以为我们不能因为无法拿出明确的美学和艺术的绝对标准，就简单认定一切没有考虑经典的社会代表性的选择就是反对民主的，或可以被称为少数社会群体对文学的垄断。但要求打开经典的意见也不是无中生有，空穴来风。实际上，经典形成过程的确不能从历史、社会背景和意识形态中剥离出来，这个问题甚至可以延伸到教育体制和内容以及社会文化资本分配等更宽泛的议题中去。我认为围绕传统经典的争议不会有明确的答案，但无疑，争论是件好事，它已经带来了西方大学课程设置和内容以及出版导向上的许多变化。为此，我们仍应给予20世纪要求打开经典的学者和批评家的努力以充分的肯定。与此同时，我们也坚信久经时代考验的西方文学经典的主体不会因此而被摧垮，它的总体地位只会通过争议、添加和修正而更加牢固和辉煌。

参考书目

1. Betty Friedan, *The Feminine Mystique,* Norton, 1963.
2. Bruce M. Metzger, et al., eds., *The Oxford Companion to The Bible,* Oxford UP, 1993.
3. Chris Murry, ed., *Encyclopedia of Literary Critics and Criticism,* Fitzroy Dearborn Publishers, 1999.
4. David H. Richter, ed., *The Critical Tradition,* St. Martin's Press, 1989.
5. Elaine Showalter, *A Literature of Their Own,* Princeton UP, 1977.
6. Frank Lentricchia, et al., eds., *Critical Terms for Literary Study,* U of Chicago P, 1995.
7. Harold Bloom, *The Western Canon,* Riverhead Books, 1994.
8. John Guillory, *Cultural Capital,* U of Chicago P, 1993.
9. Kate Millett, *Sexual Politics,* Doubleday, 1970.
10. M. H. Abrams, *A Glossary of Literary Terms,* Harcourt Brace College Publishers, 1971.
11. Myra Jehlen, "Archimedes and the Paradox of Feminist Criticism," in *Signs* 6, Summer (1981).
12. Robert Alter, *Canon and Creativity,* Yale UP, 2000.
13. Vincent B. Leitch, *American Literary Criticism from the Thirties to the Eighties,* Columbia UP, 1988.
14. William Bridgwater, et al., *The Columbia Encyclopedia,* Columbia UP, 1963.
15. 贝尔：《资本主义文化矛盾》，赵一凡等译，三联书店，1989。
16. 佛克马等：《文学研究与文化参与》，北京大学出版社，1995。
17. 利维斯：《伟大的传统》，袁伟译，三联书店，2002。
18. 伊格尔顿：《文学原理引论》，文化艺术出版社，1987。

① 对这方面有兴趣的读者可参见刘意青介绍这个话题的文章《〈圣经·旧约〉的叙事特点、解读的戏剧性和意识形态影响》，载任光宣主编、北京大学外国语学院和北京大学欧美文学研究中心主办的《欧美文学论丛》第2辑《欧美文学与宗教》，第1—35页。

② 西伯（Colley Cibber, 1671—1757）在1730年获桂冠诗人称号，曾经远比菲尔丁有名。

③ 这个时间标准是约翰逊博士定的。See Donald Greene, ed., *Samuel Johnson*, (Oxford, New York: Oxford University Press, 1984), pp. 419—420.

④ 像《妇女权利法案》（Bill of Rights for Women, 1967）、《红袜子宣言》（Red Stocking Manifesto, 1969）、《荡妇宣言》（Bitch Manifesto, 1969）、《第四世界宣言》（Fourth World Manifesto, 1971）等。

⑤ 《妇女问题思考》（Thinking about Women, 1968）作者是埃尔曼（Mary Ellmann），《姊妹团结就是力量：妇女解放运动文集》（Sisterhood Is Powerful: An Anthology of Writings from the Women's Liberation Movement, 1970）由摩根（Robin Morgan）主编。

⑥ 吉约里的这个例子想强调女人当时写得不够好，或写得好的人不多，所以就自然落选了。但除了我在文章中用奥斯丁和狄更生所经历的困难作出的驳斥外，现当代女权主义运动和女性主义批评已经挖掘出了许多重要的女性作家，有的并不比同时代进入经典的男作家逊色，比如奥斯丁之前的弗朗西丝·伯尼起码可以同斯莱特比肩；而阿芙拉·本恩则比笛福更早地对小说形成作出了贡献。吉约里列举狄更生来说明男性在经典化过程里还没有忘记女作家，但是恰恰是狄更生被发现和承认的漫长过程说明了女人从事写作比男人被承认和接受要难得多。

⑦ 他分的三类是：一、从社会意义上精选的名著，可用于教育，并为文学批评提供参照；二、从文化角度上看对主流文化影响巨大，在文学圈子内常常提及的作家和作品；三、从读者接受和反应出发，指一个文化拥有的、可以供读者选择的全部精神宝藏。见佛克马等《文学研究与文化参与》第二章。

⑧ 关于这些看法和意见，可参看书目所列 David H. Richter；利维斯；伊格尔顿。

经典修正　金　莉

略　说

"经典"一词的原意是指宗教法庭所颁布的律法和教令,这些律法和教令构成了教会法的一部分。其延伸后的意义指被基督教会认定的一套合法与权威阐释《圣经》的典籍。经典一词后来被用于文学研究领域,文学经典一般是指由优秀作家创作、得到学术界认可,并能够构成某种文学传统的精品。而这里所讨论的"经典修正"(Canon transformation)是指20世纪70年代以来在美国学界掀起的对于西方文学经典的形成、内容及意义的挑战与修正。

综　述

始于20世纪70年代对于文学与文学批评的重新审视,在很大程度上改变了人们对于经典的认识。谈到经典的修正,我们必须首先了解经典的构建及其所代表的重要意义。经典的构建显然是十分必要的。评论家霍华德·费尔普林(Howard Felperin)指出,"经典书目的问题直接关系到大学存在的核心"。他还强调:

> 正如被称之为文学的写作没有作者是不可想象的,这种写作的制度化研究没有一个经典书目也是不可想象的。没有一个经典书目、一种作为样本的文本,就没有诠释的群体。所以无论我们正确的标准是道德的、政治的、历史的或是修辞的,构建经典书目的必要性不是来自我们阅读合适的文本的重要性,而是来自我们阅读同样文本、或是有足够的同样文本的需要,唯有如此才能使这个诠释的群体的话语得以继续。

经典的构建是一种社会过程,更确切地说,它是一种机构化过程。文学作品的数量如此之多,需要某种筛选程序以确定某些作家和作品比其他作家和作品更为重要。除了学界对于作品的评价之外,还有其他各种评判方式。从这个意义上说,所有的文学史以及关于某个时代的描述或是某种文学概观的写作都是一种构建经典的尝试或反映。而公众生活的各个部门,如教育机构、图书市场、评论界、研究领域、图书馆等的参与也使得经典化过程成为一种社会化和机构化过程。正因为这项工程的社会化和机构化的特点,其结果也必然是集体性的。这些由各种群体和机构作出的决定,划定了经典与非经典文学作品之间的边界线。

然而,经典的构建过程并非仅是学术性的,它也受到了非文学因素的影响。政治、经济与文化因素会影响到这种过程的结果，意识形态的冲突也在经典形成的过程之中留下痕迹。其实，不仅是经典制定本身，就是对于经典的阅读与诠释也都受到社会，特别是文化机构的影响。因此，经典化过程必然反映出某种意识形态、价值观和社会走向，而对于经典的批评就揭示了经典构建过程中的意识形态斗争。事实证明，经典的构成既不完全是一个根据其价值而确定的客观事物，也非纯粹的机遇，而是一个还有着其他意义的程序，在这个程序中某类作家和作品从一开始就比另外一些人更具有入选的权利，无论他们是否拥有那些内在的价值。在政治、经济与文化因素的影响下，许多作家与作品，甚至文学体裁，因为具有影响力的经典制定者与其支持者的意识形态成见而失去了进入经典的应有机会。

经典因此成为"一个社会里带有文化意义的独特历史叙事"。经典包括那些被认为是最具有价值的作品，因而它们适合从整体来展示文学的全景：它们被作为文学批评中的参照点，用来确定文学史的内容，并在教育机构中被用于教学。经典一般来说也是被用来作为教材的作品的同义词。从这个意义上来说，经典的构成也是一种教育决定的结果，而这种决定是根据学界所认定的统一标准，也就是一种关于文学价值的一致意见作出的。经典书目的基本作用就是用来定义文化的中心与边缘，而这种定义就决定了谁在教育中享有优先权。总之，经典在文化中的重要作用使它成为"使社会权力合法化的一种手段"。

尽管经典的形成和修正是任何文学创作过程的内在组成部分，因而也是相对独立于时代和地点的，但20世纪七八十年代在未来的文学史中会被认为是引发了一场对于文学经典的大规模修正时期。在这一时期，经历了民权运动、妇女解放运动等政治运动的洗礼，觉醒了的美国女权主义评论家率先对于西方文学传统进行了再审视，她们试图揭露西方文学经典作品中的男权中心主义实质，并因此树立女权意识，成为抵制男权政治的读者。而女权评论家在这种批评性的审视过程中揭示了文学经典中把男性经验作为标准规范、把女性视为他者和异己的歧视性现象。正是因为文学经典的标准是建立在以男性为中心这一基础之上的，女性作品因而被排斥到边缘的地位。所以，在这场挑战男性中心主义的文化战争中，经典就成为一个至关重要的前沿阵地，成为女权主义者的重要议事日程。此外，以非裔美国人为首的少数种族评论家随之也成为挑战经典的一支生力军。

那么女性与其他少数种族作品被系统地排除在经典之外的缘由何在？一部作品的质量高低不能仅仅看它是否被包括在经典书目中，而首先要看评判作品的标准。特定的历史时期提供了不同的文学标准；阶级、种族和性别偏见影响到文学判断；而意识形态的先入之见决定了何种作品会入选经典。美国评论家保罗·劳特（Paul Lauter）在他的著名作品《文化经典与社会背景》中指出，"我们使用的美国文学的版图是60年前制定的。只是在过去十年中，作为对于有色人种和女性要求变化的运动的回应，我们才开始面对这个重新勘察领地的任务"。而简·汤普金斯

(Jane Tompkins)在讨论文学经典时也强调，"一部作品的文学声誉只能是一个政治问题"，"那些获得经典地位、因而被认为是象征了普遍价值意义的作品实际上只能是代表了那些保证了它们显赫地位的群体和派别的利益"。基于这个出发点，女权主义和少数种族评论家力图揭开其作品被排斥在经典之外的原因，也直接冲击到经典的标准这一核心问题。

为了了解美国文学经典的构建，我们需要定义它的历史基础，也就是经典构成的文化和社会背景。影响到美国生活的一个重要主题是对于个人主义的推崇。19世纪的美国人出于民主发展和扩张领土的需要，构筑了一个关于个人主义的神话，这个神话逐渐形成了美国文化传统的基础。经典美国文学作品反映了这种观点，并在很大程度上聚焦于对于具有个人主义思想的人物的塑造上。著名评论家莱斯利·菲德勒（Leslie Fiedler）在其论著《美国小说中的爱情与死亡》（*Love and Death in the American Novel*, 1960）中就指出：

> 我们小说中的典型男性主人公是一个总在跑着的男人，他匆匆跑进森林、出海下河、或投入战斗——跑到任何一个可以逃避"文明社会"的地方，也就是说，逃避那种最终会导致性爱、婚姻和责任的两性之间的对抗。

既然19世纪的美国个人主义只用于男性白人，那么构成了美国文学中心的个人就被普遍认为是白人的和男性的。评论家尼娜·贝姆（Nina Baym）分析说，关于女性创作中不包含美国文化真髓的确定性就意味着美国经历从本质上来说是男性的。美国文学研究中存在着"男性"和"美国性"的等式，因为"男性"就等同于"美国作家"。尽管女性和其他肤色人种也出现在男性的作品中，但故事并不是从这些他者的角度来讲述的，他们都是作为白人男性叙事人的叙事对象、或男性白人主角的陪衬来对待的。大多数被从经典、甚至是从美国人意识当中排除在外的文学作品就是拒绝了这种美国生活构建——即由白人、男性的个人占据中心舞台，而其他角色的人即使被允许演出的话，也只能是扮演配角——的文学。

美国文学经典的统一模式显然是误导的。美国是一个多元社会，其不同文化之间存在着重要差异。坚持一种规范模式就会把那些与主流意识背离的作品视为不标准的、异常的和次要的，从而使它们边缘化。"边缘化"在美国文学中的意思是指，这些作品的主题是做家务而不是学习打猎；它们的作用是宣传性的、仪式的而不是纯文学的；它们的形式和传统是即兴的和书信体的而不是有机的、戏剧性的；它们的读者是女性和其他有色人种而不是白人和盎格鲁-撒克逊男性。就是这些因素使得这些作品被视为无关紧要的，因而不处于文化的中心。与男性经典作品不同的是，对于女性来说，生活中的重大事件是在贫穷、歧视和压迫面前如何建立和保持一个以女性为中心的社区，或是弱者如何通过反抗取得少量的权利。对于非裔美国人来说，个人与鲸鱼或战争的对抗从来都不是处于中心位置的，因为他们面临的重大事件既不是玄学也不是自然界的,而是一种叫做"偏见"的社会建构,而这种重大事件只能通过一种社会变革过程才能解决。他者在这些作品中是重要的在场人物,他们不是仅仅作为背景出现的。或许正是由于这个原因,这些强调了他者重要性的声音,很自然就被代表了主流文化的经典掩盖起来或使其沉默下去。女权评论家乔伊丝·沃伦因此说道,这些作为和描述他者的作家被大批地排除在经典之外不是出自美学的品味,而是政治行为。

19世纪美国女性作家长期以来代表了美国文学中的不同声音。她们首先因为她们的性别、有时也因为她们的种族而成为他者。而这些女性在劳动大军中的位置常常使她们与工人阶级女性有一种天然的密切关系。她们把在男性白人作品中的他者移到中心舞台,并且对男性剧本提出了质疑或进行了改写。美国女性作家就此背离了美国文学经典作品的意识形态和社会模式,开创了自己的创作模式。她们的作品常常是关于女性生活的,并且是从女性的角度来描绘生活的。她们的主题否定自我张扬而强调无私、推崇社区和相互关联而反对男性小说中宣扬的孤独的、隔离式的生活方式。当主流传统描绘了男性个人从社会的逃离、宣扬个人与社会的隔绝时,女性作家拒绝虚构一个无社会的世界,而是描绘了置身于群体之中的人的相互关系。她们并没有把社会的概念浪漫化,但是她们强调人之间的息息相关。她们同时也对性别、种族和阶级为女性经历带来的局限保持了清醒的意识。而这些作家的最激进之处在于,她们赋予了女性主人公那种经典作品中男性主人公的自我意识和独立精神。

在揭露现行文本的男权中心主义实质过程中,女权主义和少数种族评论家们意识到,他们面临的更为迫切的任务是建构一个更加公正、更加平等的经典,从而使得社会,尤其是教育机构更加民主、更加平等。这些学者的基本观念是:文学史、课程设置、文学选集、读书单、学位规定、标准测试等已经把何种文本应该划为经典、文学批评应该采用什么样的审美标准、何人的经历和艺术表达具有价值等诸如此类的问题机构化了,经典修正就是要使文学和文学研究更加开放,要使经典建立在一个新的、更广泛的基础之上。正是在这种思想指导下,西方学界自20世纪70年代之后发生了很大变化,不仅对于原有经典作品进行了重新解读,也对于大批被父权制文学传统湮埋的妇女和少数种族作家和作品进行了发掘,在很大程度上拓展了经典。正因为如此,经典成为20世纪80年代的美国文学研究中极其引人瞩目的话题,在这场旷日持久的辩论中,学院内外的人们对机构批准的用来编写文学史、收入文学选集、列入教学大纲的书目的标准、目的与意义进行了积极的探讨与争论。尽管这场辩论还在持续,美国文学经典所发生的许多重要变化已经被机构化了,关于经典的辩论影响并改变了人们对于个人经历、文学与文化的认识。下面我们将从课程设置与内容、文学史、文学选集三个与经典建构密切相关的方面来看过去30年中,美国学界对于经典的批评和修正。

课程设置与内容

经典并不存在于真空之中，它在独特的社会和教育实践中显现。在当今教育机构所拥有的铸造文化优势地位的权力中，课程设置与内容这样的机构形式对于保持或改变经典是至关重要的，所以经典修正不仅表现在文学研究中，也涉及到整个教育系统。虽然经典修正是在20世纪60年代和70年代的社会运动激励下发起的，它主要还是集中在教育机构之内，人们也主要是通过改变教育实践来使它发生变化的。

在修正经典的过程中，女权主义评论家首先对于文学经典中歧视女性的男权文化意识形态进行了揭露，也探索了隐藏在这种把女性作品以及其他少数种族摒弃在外的经典建构的实质。纵观上一世纪70年代之前的美国文学版图，白人男权文化一统天下的现象赫然在目。至20世纪60年代初，一个在美国大学里主修英语，甚至是美国文学专业的人或许没有读过任何黑人作家的作品，只读过极少几位女性作家的作品，也从未读过劳动阶级的生活和经历。1948年，美国英语教师全国理事会检查了大学课程设置中的美国文学，在90个关于美国文学概论的课程大纲中，仅包括3名女性作家。其中艾米莉·狄更生出现在其中的24门课程之中，伊迪丝·华顿出现过5次，而薇拉·凯瑟仅出现过3次。作为仅有200多年历史的美国文学来说，19世纪的女性作家，除了狄更生之外，都被从高中、大学、研究生院的课程设置中排除在外，以至于大多数的学生甚至意识不到她们的存在。尽管女性作家在19世纪美国的文学市场上异常活跃，20世纪所确定的关于19世纪美国文学的经典书目主要还是由白人和男性组成。这种现象说明了美国学界对于男女作家的双重标准，女性作家常常被从未言明的隐藏标准排斥在外，而其中之一就是"次要的女性作家比次要的男性作家更为次要"。

如果以往的课程设置与内容把女性和少数种族的历史、身份和成就，甚至是他们的存在都摒弃在外的话，那么把女性和少数种族的作品置于课程设置和内容之中是使他们出现于教育机构的重要途径。在20世纪60年代末和70年代初出现的对于经典的批评首先集中在如何进行课程设置改革，并使那些被埋没的作品重见天日这样的实际问题上。可以说，这一时期的任务首先是"定义自己"，努力创造用来定义自己的话语，并使得这些话语得到承认，然后是把这些早先被认为是边缘的文本强化到文学意识中去，这些表现了边缘化的群体和个人的文本充分显示了美国文化中内在的差异。这种做法直接挑战了学院派的意识形态，它一直强调以普遍性、而不是差异作为文学价值最基本的内容。

改变课程设置和内容并不是一个抽象的理论问题。在经典修正过程中，人们逐步认识到文学价值的检验标准不是绝对的、一成不变的真理，而是在独特时期被有着独特观点的独特群体所设立的可变建构。在教授那些构成了美国民族文化的文学"精品"时，人们需要不断检验文化尺度。否则，人们就会把自己桎梏于那些仅仅符合学界传统标准的作品,而忽视了那些不符合这些标准、或无法以这些标准衡量的作品。多年来美国学界一直强调以一种单一标准来看待美国文学传统,而在经典修正的过程中人们首先在以往清一色的白人男性作家的教学大纲中加入了有着不同的种族、性别、阶级的作家,而他们的创作极有可能表现出与白人男性作家冲突的价值观念。实际上,许多新进入课程设置与内容的作品在很长一段时间内在学界的大框架里仍然处于边缘,因为人们对于美学价值的理解并没有一下子改变。多数评论家和教授文学的人们仍然坚持复杂性、讽喻和模棱两可是衡量一首诗歌或一部作品的唯一标准,即使新的学术研究已经开始告别这一切,课程设置和内容实质性的改变还需要时间。改变课程设置或内容是一项非常有意义的举措,但更为重要的则是,人们长期形成的传统观念的改变。

把女性与少数种族作品置于一个白人男性占统治地位的文学传统中的做法显然仅仅是第一步。女权和其他少数种族评论家们在对所挖掘的作品进行梳理的过程中,开始了自己经典的建构,以深求其独特的属性,建立自成一体的文学传统。学术界的变化是植根于要求种族和性别平等的运动之中的,参与这些运动的人们逐渐认识到使这种文学传统以及对于女性与少数种族历史、身份等其他方面的研究机构化的重要意义。始于20世纪60年代,女性研究与非裔美国研究课程与项目相继建立。这些课程和项目的设立在美国高校中深受欢迎,并为少数种族和女性作家研究的深入发展奠定了良好的基础。

值得一提的是,在这种集中于种族和性别的经典拓展工作继续进行的同时,经典修正工程也进一步延伸到那些长期以来被普遍忽视了的、与经典文学作品不相吻合的文学体裁,例如哥特式作品、自传、日记、游记、浪漫史、儿童文学,等等。而当人们把所熟悉的作品与其他一些来自同一块历史土壤的作品放在一起阅读的时候,也就产生了对于文学体裁等级的质疑与挑战。

对于课程设置与内容的改革必然带来对于作为教材的文学史与文学选集的需求,经典修正在这些方面取得了令人欣喜的成果。

文学史

经典修正的一个重要方面,表现在文学史的重新撰写。在过去30年之中所涌现出来的研究和批评重现了之前被湮没的众多作家,讲述了人们从前没有意识到的文学传统,并对学界传统上把作品划为经典的过程进行了置疑。其实,在关于女性、非裔美国人、美国土著人、其他少数种族和同性恋的文学创作的大量信息被挖掘出来、在分析非经典体裁作品的新方法得以传播之后,此前所有的文学史都变得片面与过时了,重写美国文学史也变成一项迫在眉睫的任务。我们在此仅以美国20世纪出版的两部重要文学史——《美国文学史》(*Literary History of the United States*, 1948) 和《哥伦比亚美国文学史》(*The Columbia Literary History of the United*

States, 1988）为例，略述经典修正所带来的巨大变化。

多年以来，由罗伯特·E.斯皮勒（Robert E. Spiller）主编的《美国文学史》一直被视为美国最为权威的文学史。鉴于20世纪后半叶迅速发展与变化的社会局势（越战、民权运动、妇女解放运动、少数种族争取平等权利的斗争等），哥伦比亚大学组织力量于1982年起撰写新的美国文学史，时任普林斯顿大学英语系主任的埃默里·艾略特（Emory Elliot）教授出任了这部有60多个章节的单卷本《哥伦比亚美国文学史》的主编。如果说，斯皮勒的《美国文学史》的编写宗旨在于巩固学术界对于文学作品的统一诠释，并以此形式建立一种经典书目的话，那么《哥伦比亚美国文学史》则体现了学术界的最新发展趋势以及对于经典书目的重新评价，其目的在于创作一部反映美国文学的多元特征和当时流行的各种批评观点的作品。如果说旧文学史具有直线式、口径一致、给人以终结印象，并且坚持其权威性的特点的话，《哥伦比亚美国文学史》则力图建立一种新型的文学史形式，"通过把多样性、复杂性和矛盾性变成结构原则来加以认可，并摒弃终结性和统一观点"。艾略特在该书的前言中勾勒了这一具有挑战性新项目的轮廓：他宣称新的文学史将包含"对于民族表达方式统一叙事这一观点的颠覆"，并将着力捕捉20世纪80年代学界各种文化势力和各种表达方式的充满冲突与矛盾的特点。

这种力图反映美国文学多元特征的编写宗旨从编撰队伍的组成就反映了出来。不仅这些专家学者们来自不同种族和不同性别，他们也有权对于什么是最优秀的文学作品作出自己的判断，并知道自己的选择可能会引起争议。这部文学史编撰队伍的性别比例也间接反映出两部文学史内容与视角的区别。斯皮勒主编的《美国文学史》的60位撰稿人中，只有一位是女性；而《哥伦比亚美国文学史》的作者中有16位女性学者，占了编者总数的四分之一，其中包括作品五大部分中两部分内容的主要编者。由于这些女权主义学者的加入，读者不仅可以读到她们对于文学和文化观点鲜明的文章，整部文学史在那些关于文学体裁或特定时期的论述中也都更加凸现了长期以来被摒弃在外的女性声音。毫无疑问，这部文学史肯定了女权主义学者们在重读现有文本以及扩展经典方面所做出的巨大贡献，展现了女权主义学者们带到文学评论界的令人激动的成果。

展示美国文学多元性这一特点，在这部文学史的整体结构安排上也非常突出。在这部文学史的开篇，对于美国文学的起源这一貌似简单的话题就不是按照通常采用的统一口径的做法，而是邀请不同的作者从几个不同的角度——欧洲人踏上美洲大陆之前的印第安人文学及后来的发展、当时的英国文学、探险者笔下的美国大陆，以及清教徒眼中的新世界——来描述美国文学的渊源。这种做法证实了美国文化中内含的复杂性和矛盾性，而这种对于美国文学丰富内涵的意识贯穿于整部文学史。

当然，编者们在编写一部新的文学史时所面临的最大挑战是"经典书目"的比例问题，也就是说，应该如何确定文学史中不同作家、作品、流派、区域、体裁和历史背景所占有的相应篇幅。在过去30年里，学者们挖掘出许多因为各种原因而被排斥在经典之外的优秀作家，绝大多数是女性和少数种族作家。而当《哥伦比亚美国文学史》的编者们试图在新的文学史中纳入对于这些作家的研究时，他们还必须在篇幅分配上取得某种平衡，即在不贬低那些长期享有盛誉的作家的同时，又要适当将经典书目的范围扩大。

因此，《哥伦比亚美国文学史》使得文学史编写成为学界"持续批判性对话的一部分"。的确，大家都已认识到，20世纪后半叶美国学界与社会对于女性和少数种族作家的认可使得对于这些作家的重视成为必要，但是到底应该如何在这部文学史中将他们的作品体现出来是一个很有争议的话题，而编者们对于这个问题的几种不同观点充分证实了文学史在经典构成中的重要意义。不少人强调由于过去对于这些女性和少数种族作家的限制和忽视，新的文学史应该尽可能地收入这些作品，虽然这样做意味着压缩那些长期以来公认的重要作家所占的篇幅。但持反对意见的人们反驳说，既然这是一部文学史而不是百科全书或文化史，那么它就应该代表对于重要作家和重要作品更全面更深入的审视，而不能把它当作一个记载了众多次要作家的目录。也有一些人相信现在对于女性和少数种族作家的青睐仅是一种转瞬即逝的现象，在文学史中过分地强调他们的作用只会使文学史成为一场政治运动的令人尴尬的反映。实际上，尽管在《哥伦比亚美国文学史》中女性和少数种族作家占了比以往大得多的篇幅，但一些女权主义者和少数种族评论家仍然抱怨说，新的《哥伦比亚美国文学史》还没有给予那些传统的边缘作家应有的地位。有人指出，19世纪女性作家的作品还未能得到充分的反映，这些女性作家在这部文学史中只是一带而过，而像爱默生、梭罗、梅尔维尔、霍桑、惠特曼这样的男性白人作家却各占一个章节。《哥伦比亚美国文学史》正是诞生于学界的这种错综复杂的讨论和交战之中，展现了经典修正过程所折射的关于文学标准、同时也是意识形态的论争。

文学选集

文学选集也是经典被建构或被解构的一个重要阵地。美国文学仅仅是在第一次世界大战之后才成为学术研究的合法题目，而教授文学的职业化使得作为教材的美国文学选集在20世纪20年代后大量涌现。在经典修正过程中，文学选集成为许多评论家关注的焦点，他们对以往的文学选集进行了重新审视，指出在经典构成的过程中，传统的文学选集起到了系统排斥作为他者的文学传统或使其边缘化的作用。

为了再现这些代表他者的声音，首先要使这些作品进入大众流通领域。女权主义和少数种族评论家在建构自己的经典的过程中发挥了重要作用：20世纪80年代几部新的文学选集应运而生，标志着女性与少数种族评论家在这一领域进行的大胆而有效的尝试。1985年，由桑德拉·吉尔伯特（Sandra Gilbert）和苏珊·古芭

（Susan Gubar）合编的《诺顿女性文学选集》(*The Norton Anthology of Literature by Women*）问世。它收入了以英语写作的女性自14世纪至20世纪后半叶创作的作品，最大特点就是追溯了女性创作的渊源与嬗变，在空间与时间上都反映了女性创作的多样性。著名女权评论家朱迪丝·菲特里（Judith Fetterley）曾呼吁，女权主义评论家的首要任务就是要使这些女性作品重见天日，这也是把女性文学置于文学史版图中的第一步。

两卷本的《希斯美国文学选集》(*The Heath Anthology of American Literature*）成为经典修正过程中高高飘扬的一面旗帜。这套出版于1990年的文学选集酝酿于20世纪60年代末，因为那时学界的人们就开始意识到作为学术和教学领域的"美国文学"的狭隘。许多美国文学课程以及教材仅限于几个"主要"作家，而人们越来越清楚地看到，对于美国文化遗产的更加连贯和准确的描述所包含的绝不仅限于这么几个作家。在这样的社会背景下，人们开始挖掘那些被埋没、被遗忘、被压制的文学文本。这种挖掘是一个冗长缓慢的过程，因为它不仅是指发现、编辑和出版这些作品，而且还包括对于文学价值传统观念的重新思考，以及把这些作品置于何种框架中学习的问题。70年代涌现出大批对于性别、种族、阶级的文化含义的学术研究，但是美国文学课程以及教授和学习这些课程所依赖的课本的出版，却显然滞后于这些学术成果的出现。文学选集对于学界的新动向反应就更慢，它们仍然仅仅汇集少数经典书目，与半个世纪前没有太大差别。人们在着手改造课程设置和内容的过程中受到现有文本的极大局限，例如几乎没有任何一个教学大纲包括拉丁美洲或亚洲裔作家的作品，主要原因在于这些作品没有出现在任何文学选集之中。因此，作为重建美国文学课程的重要内容，一套能够真正体现美国文化丰富内容的教材将冲破这种羁绊：《希斯美国文学选集》的出现使美国高校中教授美国文学课程的传统做法发生了很大变化。

为了更加全面、更加真实地反映美国文学的面貌，这一选集的编撰汇聚了一支庞大的编辑队伍，编委包括女性与男性、少数种族与白人、全国各类学校的教师，以及研究美国文学各个时期与各种体裁的专家学者。这些编委向成千上万的教授美国文学的教师发出了调查问卷，征求这部选集中作家和作品的入选名单，而反馈回来的作家人选达500之多。编委们根据反馈意见提出自己的筛选建议，在之后的三年之中，编委会数次召开会议，最终确定了入选内容。

这部新的文学选集的最大特点在于，它为读者提供了比其他文学选集都要多的少数种族和女性作家的作品，目的在于更充分地体现美国的不同文化。它包括了109位女性作家、25位美国印第安作家、53位非裔美国作家、13位西班牙和葡萄牙裔美国作家以及9位亚裔美国作家的作品，当然还收入了相当一批犹太、意大利和其他种族作家的作品。这些作品的增加向读者展示了美国文化和文学的多样性和演变过程，在改变美国文学教学与研究的传统关注点方面起到了关键作用。例如，美国文学中某些经久不衰的主题——例如什么是美国的？（What is American?）——并不仅限于那些经典作家的阐释，它也同样是那些位于美国社会边缘的人——黑奴、移民、土著美国人——所一直关注的问题。此外，某些以往包含了那些被忽略或被刻意避免的主题的作品，譬如虐待儿童、性爱、同性恋、种族暴力等，也被收入这部选集。

文学选集编辑过程的一个重要环节是它的编排形式，在这方面，传统的文学选集与具有革命意义的《希斯美国文学选集》也有着重要区别。传统的文学选集一般以一个命名为"殖民主义"的历史时期开篇，通常始于英国清教徒在他们称之为"新世界"的"处女地"上，或是他们在"新英格兰"着陆的1620年。实际上，这一地区在这些英国人到达时，既不是一个崭新的世界，也不是荒无人烟、未开垦的处女地，印第安人早已在此定居。《希斯美国文学选集》表现出对于历史的尊重。它虽然使用了同样的名称，但是它把这一时期划分为两部分，以此作为对于传统时间顺序的重新命名和划分。第一个殖民时期到1700年为止。它从美国土著文学（或曰印第安人文学）开始叙述，并以一个长长的章节介绍了美国土著文化，使许多读者第一次意识到这种历史现实的存在。美国土著人的作品不仅出现在欧洲人入侵之前的章节里，也在之后的五部分中出现过。在美国内战之前的章节中就有近30页的篇幅用来介绍美国土著人的演讲，这是他们在自己的文学传统中所采用的主要抗议形式。这一部分还包括"发现和探险文学"，其中收入了哥伦布和其他一些探险者的作品，这就纠正了欧洲中心主义者长期以来忽视哥伦布之前的欧洲大陆其他航海者和文化传播人以及非洲人的作用的偏见。

在《希斯美国文学选集》里，女性作家终于堂堂正正地登上了文学的殿堂。包括有色人种在内的女性作家在这部选集中出现在除了第一部分之外的所有部分之中，她们甚至还有了自己单独的一部分，被称为"革命前的诗歌——女性诗歌选"。在这部文学选集中女性的作品之多、涵盖面之广是史无前例的，所占篇幅比例大于以往所有的选集中女性作品之和。很清楚，通过文学经典的重新建构，传统文学选集的标签系统得以扩展，展现了美国文学中实际上一直就存在的多样性。

对于那些关注非裔美国文学的人来说，经典批评与修正主要是通过出版文学选集和论文集的形式进行的，这里最值得提及的是诺顿出版社在1997年出版的《诺顿非裔美国文学选集》（*Norton Anthology of African American Literature*）。它由美国著名非裔学者、哈佛大学教授亨利·路易斯·盖茨和威斯康星大学教授内利·Y. 麦凯（Nellie Y. McKay）担任主编，由另外九位学者（其中四位是女性）担任分期主编。这部选集为所有教授美国黑人文学的老师和学生定义了美国黑人文学范围，美国历史上第一次把非裔美国文学传统系统地展现在读者面前。从1773年菲莉丝·惠特利（Phillis Wheatley）发表了美国黑人以英文创作的第一部诗集起，到1993年托妮·莫里森（Toni Morrison）获得诺贝尔文学奖止，《诺顿非裔美国文学选集》收入了200多年里120位非裔美国人的创作。这部选集雄辩地说明，从一开始，非裔美国人的识字程度就与他们对于自由的追求相关联，而且他们还创建了一个极其丰富的独特文学传统。而编者特别强调，不同年龄、种族和阶级的儿童和年轻人在学校里学到和读到什么，对于人们是否能够认识到并且尊重不同文化之间存在的差异是举足轻重的。虽然《诺顿非裔美国文学选集》并非第一部非裔美国文学选集，但是像诺顿这样市场销量很好的著名品牌是有能力在大学中起到创建传统和保持这个传统的作用的。对于十分关注机构建设的盖茨来说，经典的构建是至关重要的。他指出，在这部文学选集出版之后，没有人会再以找不到黑人文学文本这样的借口而拒绝教授美国黑人文学。令编者欣喜的是，这部文学选集销量很高，仅在1997年，选集就卖出了72,717本。

纽约公共图书馆的肖姆伯格（Schomburg）黑人文化研究中心在修正经典的过程中所起到的作用也令人称道。它与牛津大学出版社合作，自1988年开始出版由盖茨担任主编的30卷本的肖姆伯格图书馆19世纪美国黑人女作家丛书系列，这套包括小说、诗歌、散文、叙事、社会批评、新闻报道在内的丛书的出版，象征着重新评价黑人女性在美国文学中地位的重要历史时刻。19世纪是非裔美国文学和文化史的构建时期。在内战前的美国，大多数的美国黑人生活在奴役之中，而法律和社会现实都明令禁止教黑人读书识字。即使是在战后，黑人在学习文化或进行创作时也遇到了种种阻挠。但就是在19世纪，居然有那么多的黑人把自己的观察、情感、观点和创作欲望转换成为文字。20世纪60年代的民权运动激起了美国民众对于非裔美国人的思想、行为和成就的极大兴趣，也带来了对于非裔美国人作品再版的高潮。但早期的再版作品作者主要是男性黑人的，而自70年代起，由黑人女性创作或关于黑人女性的作品受到极大关注。肖姆伯格黑人文化研究中心与牛津出版社和盖茨合作，出版了这套丛书，奠定了非裔美国女性文学传统的基础。这套丛书也包含了好几个"第一"：非裔美国人创作的第一部诗集，非裔美国人创作的第一本散文集，以及美国黑人发表的第一部小说，等等。从战前的奴隶叙事到当前具有更高艺术技巧和更丰富内涵的作品，非裔美国妇女把她们的故事以自我宣言的方式，在非裔美国文学中注入了一个具有活力的"自我"，这个"自我"使美国的多面性的现实更加完整。这套丛书中的每一卷都由本领域的一个专家进行介绍，并附有盖茨撰写的总序。这套丛书被称为"破冰之作"和"文学百宝箱"，它使非裔女性文学前辈重新占据了她们本来应有的位置，也极大程度地改变了非裔美国文学史和文化史的面貌。

归根结底，修正了的经典书目的重要意义首先在于承认历史现实，承认在特定的历史时期出现的文学创作，这些新的选集和丛书在这方面起到了不容忽视的作用。它们所收入的作品比传统的选集内容更丰富、更多样化。唯有如此，这些选集所传送的信息才更有概括性和指导性意义，才更全面地反映了美国文学的真实面貌，也才在经典构成中起到了它们应有的作用。

结　语

对于经典的挑战与修正始于20世纪70年代的文化与政治斗争，是长期以来处于边缘化的女性与少数种族争取性别、种族和阶级平等的革命运动的组成部分。长期以来，经典的构建过程的确受到了意识形态偏见的影响，而社会中的弱势群体也受到了不公正、不平等的待遇，因而他们对于经典的置疑与挑战是应该给予充分肯定的，学界和社会人士都应该提倡更加开放、更加平等、更加民主的精神。而且经典修正不仅拓展了文学研究的范围，也为学界带来了极大的活力。但我们同时也应该认识到，虽然经典构成的过程不全是美学的，它也是政治的，但是对于作品优劣的判断还是要有一定尺度的，如果从一个极端走向另外一个极端也是十分危险的。就经典自身的特点和社会发展的趋势来看，只要人们关注文学与文学研究，承认文化实践和研究与社会公正和人类进步休戚相关，那么关于经典的讨论就永远不会结束。

参考书目

1. Annette Kolodny, "A Map for Rereading: Gender and the Interpretation of Literary Texts," in *New Literary History*, II (1980).
2. Barbara Herrnstein Smith, "Contingencies of Value," in *Canons*, ed., Robert von Hallberg, U of Chicago P, 1983.
3. David Macey, *The Penguin Dictionary of Critical Theory*, Penguin, 2001.
4. Elaine Showalter, *A Literature of Their Own*, Princeton UP, 1977.
5. Emory Elliott, et al., *Columbia Literary History of the United States*, Columbia UP, 1988.
6. —, "New Literary History: Past and Present," in *American Literature*, 57(Dec. 1985).
7. —, "The Politics of Literary History," in *American Literature*, 59 (May 1987).
8. Henry Louis Gates, et al., *The Norton Anthology of African American Liteature*, Norton, 1997.
9. Jane Tompkins, *Sensational Designs*, Oxford UP, 1985.
10. Joyce W. Warren, ed., *The (Other) American Traditions*, Rutgers UP, 1993.
11. Judith Fetterley, *Provisions: A Reader from 19th-Century American Women*, Indiana UP, 1985.
12. Nina Baym, "Melodramas of Beset Manhood: How Theories of American Fiction Exclude Women Authors," in *American Quarterly*, 33 (1981).
13. Paul Lauter, *Canons and Contexts*, Oxford UP, 1991.
14. —, *The Heath Anthology of American Literature*, D. C. Heath, 1990.
15. Sandra M. Gilbert, et al., *The Norton Anthology of Literature by Women*, Norton, 1985.
16. W. M. Verhoeven, ed., *Rewriting the Dream*, Rodopi, 1992.
17. 刘意青：《经典》，载《外国文学》2004年第二期。

快感 徐 敏

略 说

"快感"(Pleasure)的本义,是指一种快乐的心理体验,是人与其自身及外界的一种特定情感关系,反映并表现了一种积极的、正面的价值判断。在启蒙理性的传统美学、文艺理论及其相关的伦理学、社会学中,快感被划分到一种价值体系之中,既是人的审美世界中的基础,也是有待净化与升华的部分。而在今天的文化研究及后现代思潮看来,快感是一种独特的文化现象;而启蒙理性对快感的态度,本身还是一种权力的运作,构成了一种知识/权力的统合关系。并且,快感还是资本主义生产方式及当代文化工业的基本要素,它经由消费文化,成为日常生活意识形态的核心。因此,在许多当代西方思想家那里,一种新的快感理论正在建立之中。

综 述

在当前大众文化的研究中,美学,以德国古典美学为基本知识体系的一整套理论,仍然在发挥着巨大的阐释作用,仍然在针对文学艺术及以文学艺术为基本内容的文化研究中占据着基础性的理论地位。这种情况的存在,既与美学及其文艺理论对作品或文本仍有其阐释能力有关,也与美学在整个传统人文学术理论中所处的位置和所发挥的功能有关,更与我们当前的人文学术机制、机构配备及其相关学术实践有关。也就是说,美学目前所处的学术地位,是在一个更大的理论性话语、真理性知识、学术权力、机构设置与分工及其社会文化实践的人文知识体系中被确定的。这套人文知识体系的稳定与否,直接决定了我们的美学与文艺理论在当前的存在价值与功能发挥。显然,在人文科学的真理性及其意识形态上的终极道德价值遭到怀疑甚至批判的今天,美学,以其与真理及道德的紧密关系,必然处于一种自我反省和自我更新的调整状态中。今天的美学,正在多大程度上充当着一种学术、人文精神甚至意识形态霸权呢?

在另一方面,美学的内部也出现了理论性的问题。在我们今天所处的消费文化处境中,在大众文化日益需要我们去进行大量的理论分析与反思的现状中,美学的基本原则,如审美价值的无利害性、审美过程的距离感和静观、审美体验的非投入特征、审美目的的合法与合理性等,也在发生着程度不一的动摇。这种动摇,既表现在美学面对大众文化时其阐释能力开始呈现其局限性,同时也表现在其过去一直所拥有的权威地位与阐释的有效性也面临着巨大的理论挑战。菲斯克就认为:"对康德来说，感官的快感是暴政式的；只有在审美的深思中，人才可能获得自由。"（费斯克：60）这里，就出现了作为美学基础概念的美感与快感的一种对立。在传统美学中，这种对立得到了合理的解决。但是，在今天，在当代文化环境中，我们面对的是以传媒为中介的、日益更新着的大众时尚文化，还有这种文化与社会制度及其经济力量的复杂运作，我们将发现以美感与快感的对立为代表的一系列过去似乎已经被解决了的理论问题又重新呈现出来；以解释大师性的经典文艺作品的、关注主流与上层精英文化的、侧重审美的精神性体验而非实用性功能的美学体系似乎已经"过时了"。（罗钢等：1）。

本文的目的就是从美学的基本问题，即美感与快感的关系问题入手，阐释这一对概念在传统美学中所处的理论地位，分析二者不同的理论功能所产生的原因，找到包含在这一对概念中的美学知识体系与现代西方理性知识体系之间的关联，从而在当代文化与艺术条件下恢复二者的正常关系，并就"快感"是否能作为一个关键性术语、是否能建构一个更有阐释能力的"快感理论"，以及如何面对当代大众文化等问题，提出自己的看法。

美学中的快感权力

快感，在我们的传统人文教育中，是一个过于"低俗"的词汇，揭示着一个与我们的感官、身体和日常生活关系过于密切的领域，似乎它是一个与真理无关的、有损于道德理想的、不够健康的、让人沉沦的东西。总之，快感这个词本身似乎是不洁的，是一个过于性感的甚至有些色情成分的词语，而不是一个高尚的人文科学所应重视的概念，反而是我们的理论应该批判和抛弃的对象。

显然，我们确实能看出这个词汇中所包含的性意味，正是性，在快感中占据着核心位置，性快感是快感的主要代表类型。福柯在研究古代希腊人的性观念时发现，"我们在希腊人（和拉丁人）那里难以找到一种与'性经验'和'肉体'相似的概念"。（福柯：143—144）也就是说，他在希腊人那儿很难找到一个针对"快感"进行直接指称的概念。

> 希腊人愿意使用一种名词化的形容词：ta aphrodisia，它较接近的拉丁文翻译词是 venerea。它是指"爱的事物"或"爱的快感"、"性关系"、"肉体的活动"、"快感"……我们并不使用一种界定清楚的，把一种类似于快感的整体重组起来的概念。（福柯：149）

快感因此是一个与性、爱、神话中的爱神及其活动与事物相关的综合性表述，它基于人的肉体，以性快感为中心，并且有其较大的指涉范围。"快感所产生的吸引力和针对它的欲望力量，与 aphrodisia 本身的活动一起形成了一个坚固的统一体。"也就是说，"在 aphrodisia 的经验中，行为、欲望和快感组成一个整体，其组成部分当然可以分辨清楚，但是彼此却紧密地结合在一起"。（福柯：155）柏拉图把这种快感看成是人最必需和最自然的，是这种快感构成了希腊人日常生活实践中最重要的内容。然而，要想使得这种快感能够持续存在和长期享用，必须要对其进行有效的控制，使快感服从更高的目的，即要使快感进行到一个与个体道德及普遍理性密切相关的领域中，从而把这种快感转化成具有道德与理性价值内涵的生存美学和个人性的身体技术。因此，在希腊人那儿，"人们一般不把性快感看成是恶的化身，而是在本体论上或性质上是卑下的东西"。（福柯：156）这种快感只是"一种低级的、人性的和有条件的快感"，（福柯：37）它需要与道德及理性之间形成一种关系以得到升华。

而在康德的《判断力批判》中，快感作为一个概念得到了发展，它包括三个方面的内容："愉快的东西使人满足，美的东西单纯地使人喜爱，善的东西受人尊敬（赞许），即被人加上一种客观价值。无理性的动物也可以感到愉快；美却只是对人才有效。"（朱光潜：360）希腊人的快感，在这里只是指"愉快的东西使人满足"这一现象，它与"欲念"即人的欲望有关，"以需要为前提或后果"。因此，希腊人以性为中心的快感，在德国古典美学中被确定为一切与人的需要及其利益相关的欲望，这种欲望仍然以人的身体为基础，主要是指人的生理性需求，而不仅只是性的需求。但是，这种快感已经不仅仅是一种希腊似的"卑下的东西"，而是与审美，因而也与理性及道德无关的东西，是妨碍理性与伦理价值实现的东西。"一个欲念的对象，以及一个由理性法则强加于我们，因而引起行动意志的对象都不能让我们有自由去把它变成快感的对象。"（朱光潜：360）生理性的快感，让我们无法进入到审美的自由王国之中。

席勒与黑格尔继承了康德针对快感的阐释方向。黑格尔首先把人与外界事物的感性关系中最低级的形式叫做欲望，这种欲望的目的就是以个人的需求去对待个别的事物。在这种人与外界的关系中，欲望采取的是一种低级的感性形式，它"所需要的不仅是外在事物的外形，而是它们本身的感性的具体存在"。（黑格尔：46）这样一种欲望关系是不可能让对象自由存在的，相反，人的感性欲望"就是要消灭外在事物的独立存在和自由，要表明这些事物之所以在那里，就是为着被消灭被利用的"。这反过来又使得人自身只会被其庸俗的兴趣所束缚，并局限于与个别外在事物的狭窄关系中，因而也无法得到自由。在黑格尔看来，人与艺术审美对象的关系是能够使人自由独立地存在的，因为艺术尽管有感性的存在，却没有感性的具体内容而能为人所欲求。因此，艺术只能作为人的心灵的认识与体验对象，"艺术作品是不能供欲望利用的，而是满足心灵的其它方面要求的"。而要做到这一点，人"必须要排除一切欲望"。（黑格尔：46）

当然，康德与黑格尔对于快感与身体问题的处理也是有差异的。他们都提出了主体及主体与客体的关系问题，但这一主体在康德那里是与身体无关的，"康德的主体转向很难说是转向身体，身体的需要和欲望不在无功利的审美趣味之中"。（伊格尔顿：67）这就使得康德的美学是一种"非感性的美学"，从而与美学的本义相违背。而在黑格尔那里，尽管在某种程度上"将理性'审美化'了，使理性居于身体的情感和欲望之中"，（伊格尔顿：67）但这也只是为了达到知识、道德以及快乐的自我实践的统一客观精神之中。从这里我们可以看出，自康德开始，西方针对快感问题的分析出现了转折：在希腊人那里可以得到日常的自然表现、能够与理性及道德合为一体，并以个体生存美学风格为目标的快感，却在康德及其以后的古典美学中遭到了唾弃。不仅内在的性快感受到贬抑，而且这种以性快感为中心的感性经验在审美、理性与道德的统一关系中被排除了。希腊的以美学统摄理性及道德的实践趋向，相应地也转变成为审美仅仅是理性与道德价值实现的中介。理性因此而占据了中心地位，并通过各类自然科学、社会科学与人文科学及其教育实践，构造出一整套话语权力，通过提问、监听、看管、窥视、搜寻、触摸、揭露、分析、研究等一系列手段，来形成对快感的全面管理。快感与美感的分化和对立，实际上是快感与现代启蒙理性的权力之间关系的外在表现，二者的关系"并非互相抵制和对抗，而是互相追寻、互相交叉、互相启发。它们根据煽动和激励的复杂机制相互联系在一起"。（福柯：326）也就是说，快感与审美的关系实际上是由快感与权力动力性的二元对立关系所决定的，这造成了快感向两个方面的发展：一方面是快感以性为中心的强化趋势，性快感仍然是各种理论与意识形态的权力运作场所，仍然是各种政治、经济与文化等社会力量共同作用的核心区域；另一方面，快感脱离正常的性的趋势，呈现出各种性倒错形式与各种其他与性无关的变化形态。快感，在19世纪的西方，在其表达与实践两个方面同时出现了重大变化。

美学，作为一门人文理论，有其社会历史方面特定的存在理由，与18、19世纪的西方社会构成了特殊的意识形态关系。这种关系主要是通过理性，即启蒙理性来发挥作用的。用伊格尔顿的话来说，如果没有美学，"启蒙运动的理性就无法延展到那些至关重要的区域，例如欲望和修辞效果"。（伊格尔顿：67）我们在此可以看到审美在整个古典知识与文化体系中的建构作用。美学不仅在重新建构着人的感官系统，还在通过其与理性及道德的关系，把人的感官系统建构进一个更大的社会体系之中。从康德开始，现代理性以真善美高度结合为目标，开始直接作用于人，它"从内部统治和训导感官，同时让它们充分享有相对的自主性"；（伊格尔顿：65）它以责任、义务、快乐、趣味的名义在人的身体与社会行为中进行殖民，从而使人的全部感觉世界成为古典知识体系所要控制与规范的对象。

快感是权力规训技术所面对的重点区域。要驯服、控制与规范快感，首先要做的是使权力本身审美化，以便让权力进入到人的经验世界的每一个角落之中；其次是给予人的社会关系及交往方式以审美化的外表，体现为整个社会在追求其共同精神目标时的无功利形式，这实际是审美实践的权力化；最后，经由审美，权力最终在人们心灵深处建立起一种极为有效的政治霸权形式,启蒙理性因而体现出其合乎人性需求的力量来。而这一切,都基于现代理性把快感变成一种可疑的东西,把快感置于一个被拆解、被研究、被知识化的处境中,使之成为不快乐,变成违背人的本性的黑暗世界,变成与社会为敌的一个生理装置。它既是所有文化、道德和科学的敌人,还是人自身的敌人。一个沉溺于快感中的人,是无法取得其社会主体地位与身份的,是一个存在于动物界的人,必须使之得到相应的治疗,以便康复为一个正常的人,一个主体性的人。"处于性行为问题中心的,不再是快感及其享用美学,而是欲望及其解释学。"(福柯:326)这样,在希腊人那里呈现出来的快感的合人性、合目的、普遍性与基础性的地位被美学的理性化努力所彻底消除了,快感日益带上了低下、淫荡、无耻的味道,而且,正是快感,使社会普遍地朝向无可拯救的方面堕落。

从希腊到19世纪的德国这段历史过程,在一定程度上说,是快感逐渐受压抑、受监视、被规训和被转化的历史,是一个经由文化、经由康德的趣味与黑格尔的理念、经由宗教的告诫、经由医学的劝说、经由法律的惩罚、经由美学的净化、经由教育或教养的修炼而不断得到升华的历史。围绕着快感,形成了一系列的二元对立。人在这种二元对立中,在其自身不息的分裂、矛盾和冲突中,也就是在人自身所谓不断的升华过程中,逐步地改变其感觉世界的基本内容、结构及其与社会的构成关系,逐步地脱离其以性为中心的、追求享乐的感官王国,而进入到一个以理性知识、道德观及其相关的身体医学与健康训练等所共同构建的真正"幸福"的世界中。

后现代主义的快感政治

快感在19世纪以前首先是通过古典美学而得到全面改造的,因而它也必然通过美学而得到重新阐述,这就是尼采《悲剧的诞生》的意义所在,也是以尼采为起点的所谓西方后现代主义思潮的一个重要思想主题。从尼采开始,呈现出针对快感的两条思想路径:一是直接来自于尼采对西方艺术中酒神与日神的美学反思,阿多诺、巴赫金、罗兰·巴特及菲斯克等在文化、艺术与文学中的表现形态与思考都可以纳入这一思想潮流内;另一条思路包括弗洛伊德、布朗绍、巴塔耶、福柯、德塞图、伊格尔顿、詹明信、德鲁兹等人,他们把快感放置在一个更大的社会文化体系中进行研究。无论这两条思想路径之间是一个什么样的复杂关系、它们对快感持有何种看法,有一个基本的看法却是它们所共有的,这就是阿多诺在他的《美学理论》所说的:"继禁欲主义时代之后的几个历史阶段中,快感成为一种解放力量。"(阿多诺:25)

在有关快感的第一条思路中,快感与美感的关系、与传统美学及古典艺术的关系、与人的感官世界的关系是其主要反思对象。尼采把人们对艺术与生命的感受分成"醉"与"梦"两个方面，分别对应酒神艺术与日神艺术，对应音乐与雕塑，但由于篇幅所限，本文主要分析"醉"作为一种快感形态的特殊价值。在黑格尔把美学当作艺术哲学之后，也就是在美学与哲学及伦理学形成一种完整的现代启蒙理性的关系之后，而且，在福柯对古希腊及18、19世纪的性进行了全面反省之后，尼采在《悲剧的诞生》中对希腊前苏格拉底精神的探源，至少在快感问题上呈现出了重要性。这种重要性首先体现为，"醉"作为一种艺术化的生命形式，对于个人来说，既不是古希腊时期人的个体性的自我体现，也不是康德与黑格尔哲学中个人成为主体的必然中介，而是一种完全与之相反的特殊生命活动，即它是"个体化原理崩溃之时从人的最内在基础即天性中升起的充满幸福的狂喜"，它使得个体的主观世界"逐渐化入浑然忘我之境"。（尼采：5）在酒神颂歌的吟唱中，在着魔似的颠狂体验中，人本身就是一件艺术品。"几乎在所有地方，这些节日的核心都是一种颠狂的性放纵，它的浪潮冲决着每个家庭及其庄严规矩；天性中最凶猛的野兽径直脱开了缰绳，乃至肉欲与残暴令人憎恶地相混合。"（尼采：8）本着这样一种观点，尼采完成了对自古希腊以来的艺术的批判，也就是对于西方长期以来日神艺术占据舞台中心这一传统的批判。"在我看来，日神是美化个体化原理的守护神，唯有通过它才能真正在外观中获得解放；相反，在酒神神秘的欢呼下，个体化的魅力烟消云散。"而一直到19世纪，西方艺术却因循一种错误的美学，一直着力于构造一种错误的审美快感，"习惯于那个仅仅适用于形象世界的美的概念，要求音乐产生与造型艺术作品相同的效果，即唤起对美的形式的快感"。（尼采：67）从这里我们可以看出，尼采首先通过强调一种酒神似的艺术生命体验，形成了他对自苏格拉底以来整个古典时期美学及其哲学与伦理学的批判，这一批判的焦点集中在个人的个体性与世界、生活、生命的关系上。其次，他所强调的"醉"，既是一种人的活动，又有特定的音乐艺术形式，而且这种活动与其形式形成了统一。在他看来，"醉"是人所能获得的，也是艺术所能给予人的最高程度和最强烈的快感。

尼采的这些思想，后来得到了人类学、民俗学、历史学以至文学理论等方面的证实，其中，巴赫金通过对狂欢节的研究，说明狂欢乃是人们从自己的快感体验出发，对自己的身体、社会环境、文化形式、道德观念等整体性的情感与行为反应。在狂欢节中，快感仍然主要是以性为中心的，但这种性快感并不局限于身体范围，而是在更大的社会空间与环境中展开，涉及到的是人与其整体性社会的关系，与中世纪及文艺复兴时期的人的世界观念密切联系在一起。在狂欢节中，日常的社会面貌发生了巨大的改变：

> 中世纪的人似乎过着两种生活，一种是常规的、十分严肃而紧蹙眉头的生活，服从于严格的等级秩序的生活，充满了恐惧、教条、崇敬、虔诚的生活；另一种是狂欢广场似的自由自在的生活，充满了双重的笑，充满

了对一切神圣事物的亵渎和歪曲，充满了不敬和猥亵，充满了同一切人一切事的随意不拘的交往。(巴赫金：170)

在巴赫金的研究中，狂欢就是一种快感的宣泄，但这种快感形态已经不是一种个人的情感体验，而且不仅仅是人在精神世界中追求审美愉悦的一种行为体现，更多的是一种普遍的社会行为，有其独特的文化形式；只有在这种狂欢的社会性与文化性基础上，文学与艺术对这种快感的表现才能获得相应的创造性的形式。同时，狂欢的快感形式还需要各种技术与手段参与构建，巴赫金对此进行了大量细致的研究，其中包括对话式的语言策略、叫骂似的夸张话语风格、喜剧性的广场舞台气氛、怪异的身体形象、仪式化的表演形态、众声喧哗或复调似的整体景观，等等，所有这些在当代的快感文化中都有不同程度的体现。"巴赫金相信大众的节庆狂欢精神是'不可摧毁的'。即便变得狭隘而微弱了，它'依然继续滋养各个领域的生活与文化'。"(多克：254)

因此，我们可以把中世纪和文艺复兴时期的狂欢节看成是对尼采所倡导的前苏格拉底时期西方酒神精神与酒神文化艺术的人类学证明，看成是对福柯所分析的维多利亚时期性与快感被现代启蒙理性所压抑、改造与重新建构的一个社会历史前提。也就是说，巴赫金对狂欢节与狂欢文化的研究，刚好在历史分期及思想逻辑上构成了尼采与福柯的一个必不可少的中介环节，并在一定程度上弥补了他们相关研究成果中社会文化层面的内容缺失。另一方面，巴赫金为西方人的快感史寻找到了一种文化传统，这种传统既建构了西方社会形态、人际关系交往形态及其符号表意形态，又在人的精神世界中呈现为特定的感官需求。来自肉体的狂欢传统是人的社会本能的需要，是针对人的特定现实际遇的一种反应。快感因此从来不是一种人的自然本能，不是所谓的人的天性，而是在特定的历史、社会与文化条件下人的社会性的表达。尽管狂欢性的快感体现可能采取各种低下的、粗俗的和下流的形式，但这些形式并不必然是丑恶的，并危害人的健康、损害社会的利益。我们头脑中固有的针对狂欢及其快感的二元思路，正是宗教与启蒙理性压抑、改造与重新建构狂欢文化及其社会形态的基本策略，它构造着正统文化与民间文化的二元对立，使这种狂欢性民间文化受到了政治、法律、道德、宗教方面的严格控制，使这种较大范围的社会行为在16世纪的西方最终消失掉。二元对立思维既是所有这一切的思想前提，也是其最重要的思想成果。直到今天，我们仍然认为狂欢及其快感形式与正常社会形态构成既是必不可少的、互补性的甚至能产生相得益彰效果的正面关系，也是一种相互对抗、互相冲突的负面关系。快感的狂欢形态被看成是我们正常社会预留给某种社会性情绪得以集中发泄的一个安全装置，它能为我们内心深处某种狂乱的思绪划出一个特定的范围，并为它标出安全性刻度。显然这种思路仍然是二元性的，它仍然在产生着强大的现实效果，但其合理性与有效性是值得怀疑的。

在20世纪西方文论中，罗兰·巴特主要是在他的《文之悦》一书中对快感的文学表现形态进行了研究。与巴赫金不同的是，巴特更关注文学快感的形态分类和不同文学快感的情感体验的差异。他承接尼采的思路，把文学快感分成阅读性和写作性两种类型，前者是悦（满足），而后者是醉（消魂）。他说：

> 我一方面需要一种普泛的"悦"，我便随时可谈及文的超越，谈及其中对任何（社会）功能和（结构）运作的超越；另一方面，我需要一种特定的"悦"，一种作为整体之悦的纯粹面，我就随时要将欣快、满足、适意（文化顺当地插进之际的畅美感）与（醉、消魂所特有的）憾摇、恍惚、迷失区分开来。（巴特：29）

在这里，巴特的"醉"类似于尼采的酒神精神和巴赫金的狂欢状态，其特征之一是，能产生"醉"的文本如同一个活色生香的肉体，"醉"就是与这个肉体的交合。但这种交合不是在意义的层面（否则就是"悦"），而是在语言的层面上，是与语言、与整体语言的交合。（巴特：78）因此，"醉"是不可说的，是无法用语言来表达的。其二，这种被称之为"醉"的快感，是一种断裂感，它借助文本，却在分裂着文本，并因而导致正常主体的分裂，但又使得这个分裂的主体"同时欣然品味着自我和自我之崩溃两者间的一致性"。（巴特：30）其三，"醉"的断裂似的状态总是"新"的，是一种具有普遍性的陈规旧套的"例外"，它是重复性意识形态的对立面，是一种创造性的体验。因而巴特认为，"醉"的快感不可能出现在大众文化之中。（巴特：50）

在这里，罗兰·巴特对于大众文化的态度与阿多诺的相关论点是相似的，仍然坚持着现代主义的和先锋派的文学艺术观。但他对"醉"的全力投入的体验，对这个体验主体的分裂，以及对作为"醉"的体验对象的完整性的瓦解等一系列观点的论述，表明了他与阿多诺的本质差异，并使他置身于尼采、巴赫金和福柯的思想阵营之中。这一派都持有对传统古典美学的批判态度，从人的精神体验的特性、主体的形态、社会文化的类别等方面，阐述了传统美学及其理性与道德体系的有限性，宣告了传统主体性的死亡，并在我们所应具有和能获得的快感方面作出了有益的探索。可以说，后现代主义的形成就与这种探索密切相关。詹明信在《晚期资本主义的文化逻辑》中对此写道："在现代主义的颠峰时期，高等文化跟大众文化（或称商业文化）分别属于两个截然不同的审美经验范畴，今天，后现代主义把二者的界线彻底取消了。"（詹姆逊，1997：424）而使古典高等文化艺术与当代文化融为一体的经验基础就是快感，它一直是一种宝贵的战略资源，各方艺术的、文化的、政治的、经济的和道德的力量及其种种理论的和实践的形式都在致力于挖掘它，利用它，改造它，建构它，以便从中树立起自己的感性经验形象，并通过这些形象建构出一个仅属于自己的完整世界，而最终实现自己的利益。这就是快感问题的政治意义。在《快感：一个政治问题》一文中詹明信写道："一个具体的快感，一个肉体潜在的具体的享受——如果要继续存在，如果要真正具有政治性，如果要避免自鸣得意的享乐主义——它有权必须以这种或那种方式并且能够作为整个社会关系转变的一种形象。"（詹姆逊，1998：150）

大众文化中的快感经济

从上述分析可以看出，有关快感的理论问题涉及范围极其广泛，其中也包含了诸多理论性的矛盾，而有关快感的美学困境只是其中的一个方面。目前，针对快感的美学分析，在有关风格、形式等文本或作品的内部阐述中仍然是有效的，比如电影的文本形式，或一件名牌首饰的设计风格，在一定程度上仍具有古典美学特征；一旦考察人们与当代的各种快感对象的关系及其快感活动形态，比如人们在自己的客厅观看电视，或青年们对着电脑玩网络游戏，那么美学阐述显然就会遇到困难。而当我们转而把快感与人们的日常生活、与一种特定的意识形态、与一个特定的社会治理机制及其经济生产方式联系在一起时，快感，至少是在今天，确实已经成了社会关系的基础。用伊格尔顿的话来说就是：

> 把情感视为社会凝聚力的源泉，……那些感官的东西，那些"自然的"怜悯心和本能的忠贞岂不是最坚固而牢不可破的联接？与那种无机的压迫性的专制制度结构相比，如此有机的结合肯定是更有价值的政治统治形式。（伊格尔顿：71）

问题是，要想让快感成为一种社会关系和社会结构的基础，只把快感局限于人身体的感官世界中还是远远不够的，还必须依赖于更大的社会性力量，进入到更大的社会体系之中。这就是经济力量，即必须让快感采取各种形式，使得社会的经济基础结构、生产力形态、生产关系的形式以及它们的存在目的、与社会文化的关系和对社会的广泛影响等等，都要形成与快感的全面连接。首先，我们要看到，在快感的生存领域方面，过去是以身体为起点的，以某种特定的精神为皈依，最终达到身心合一；而今天快感却在身体和精神两个领域分别得到了强化，但却并不一定能形成这两个方面的统一，相反，经常出现的是它们之间的分离和互不相干。其次，在快感的体现形式方面，过去以艺术审美为典型代表的静态快感体验方式，已经发展为今天以人的日常生活状态为主要对象的动态化快感投入活动与实践方式；与此对应的是，过去那种对无功利性的快感的强调，变化为现在越来越强烈的利益化诉求；过去的纯粹个人情感性交流，转变为如今的有中介、有条件却尽量是无限制的社会性交换。再次，在快感的外在关系方面，过去我们总是强调快感与理性、道德及其社会意识形态之间的联系，使之归属于社会上层建筑的管理体系内；而现在，快感已经全面渗透到了我们的社会生产和再生产结构及其过程之中，并由此不仅构成了快感对生产方式的促进和改造，而且还发展出一整套有关快感的产业，形成了快感对我们这个消费社会的全面覆盖，并最终使得我们这个社会至少在名义上是一个快感社会。

　　学术界一般把这一现象解释为日常生活的审美化，或是日常生活的审美呈现。英国学者费瑟斯通在他的《消费文化与后现代主义》一书中指出，当代社会日常生活的审美化与快感化问题包含了三个方面的内容：首先，由于20世纪20年代出现了达达主义、历史先锋派、超现实主义运动，以及其他类型的亚文化、地方性文化和民族文化的大量呈现，造成了经典高雅文化艺术的没落，并且"消解艺术与日常生活之间的界限。第二，日常生活的审美呈现还指将生活转化为艺术作品的谋划"。（费瑟斯通：96）每个人都想生存于一个艺术作品般的世界中，并能像艺术家那样生活。"日常生活的审美呈现的第三层意思，是指充斥于当代社会日常生活之经纬的迅捷的符号与影像之流。"（费瑟斯通：98）德国美学家沃尔夫冈·韦尔施在其《重构美学》一书中，则把日常生活的审美化分成四个方面：

　　　　首先，锦上添花式的日常生活表层的审美化；其次，更深一层的技术和传媒对我们物质和社会现实的审美化；其三，同样深入的我们生活实践态度和道德方向的审美化；最后，彼此相关联的认识论的审美化。（韦尔施：40）

　　在这里，所谓日常生活的审美化实际上就是日常生活的全面快感化，而各种生产技术、市场手段和传媒文化通过物品与符号，大规模地进入、改造和建构我们的感官、环境及其生存体验，是这种日常生活快感化最重要的方式与结果。为此，我们的快感体验已经获得了并还在进一步需求着更多的数量、更大的强度、更多的实践方式与手段，还要使我们的快感体验进入到更多未知的感官和符号世界中。一旦出现所谓的日常生活审美化现象，有关快感的生产、交换、消费、体验及种类，就会进入一个扩大再生产的轨道上，逐渐涵盖整个社会的第三产业的生产，并最终在这个日常生活资料与服务及其相关生产领域内占据统治地位。在此，我们把存在于第三产业中的、处于一个加速度扩大再生产的轨道上的、有关快感的生产、交换、消费、体验的整个领域，称为快感经济，它是针对人内在感官世界的全面殖民，是与经济及文化的全球化运动相互融合、相互呼应的一种总体潮流。

　　存在于快感经济中的核心生产力是一种符号技术，这种技术致力于符号的收集、加工、制造与传播，它导致了我们这个世界上各种符号数量上的巨增，使符号不仅在生活意义上，而且还在存在意义上全面进入人与自我、人与他人及世界的关系中，并不断地扩大在这些关系中所占的比重。它既要逐步地替换掉这些关系中人与人、人与物、物与物交换的实体性成分，把它们改造和建构成符号性关系，同时还要为那些无法转换的实体性关系赋予各种符号的表现形态。而在专为人的快感享受及其再生产服务的文化和娱乐产业里,符号生产技术既在进一步完善其现有的文本性或作品性体系,如畅销小说、电视和电影的情节模式等,也在不断推出新的技术载体和传播媒介,如 DVD、MP3 等,还在新的技术条件下创造出新的符号性文本,如在线互动游戏、网络博客作品等,所有这一切还处于不断的整合之中。符号总是不可耗尽的可再生性资源,通过上述各项技术的发展得到重新回收和再生产。由此,我们的快感体验也处于不断更新、拓展和强化的状态中。"资本主义也生产出了(或者,根据后现代主义的修辞手法,'过度生产'出了)各种消费的影像与场所,从而导致了纵欲的快感。"(费瑟斯通:31)显然,现在的符号生产技术已经跨出了文化和娱乐产业的范围,扩展到了包含第三产业在内的整个商品生产领域。在这里,我们尤其要强调影像文化在当代的高速发展,这一趋势导致的是我们生存环境的再造。一个景观社会或园艺化世界已经呈现在人们面前,当代人日益以一种观光客的身份生活于这样的环境中,与外界形成了一种观赏、娱乐、不断更换、不再久留的关系。

然而,源自快感经济生产技术环节的模式化、整合化和规模化特征并不必然导致当代人快感体验的单一化与同质化,即并不必然导致霍克海默与阿多诺在《启蒙辩证法》中所断言的后果:"商业与娱乐活动原本的密切关系,就表明了娱乐活动本身的意义,即为社会进行辩护。欢乐意味着满意。但是只有因为这些娱乐消遣作品充斥了整个社会过程,消费者已经变得愚昧无知⋯⋯"(霍克海默等:135)这是由于快感及其经济、文化和精神特性所造成的,其中有四个方面的原因:一是快感类别本身的丰富性,即快感本身在当前的生产技术、道德、文化等诸多变化条件下并不只局限于性快感领域,而是仍处于发展、更新和不断的再整合的状态之中。这也是福柯强调的要不断拓展非性中心的快感领域及其享用能力的意义之所在。二是快感经济既造成了各类快感产品的巨量与过剩,同时也造成了它们相互之间激烈的竞争,而这种竞争因此必然是一种快感产品的同质化与异质化并存的过程。其三,由于上述原因,再加上个人在精神特质、年龄、性别、文化、社会身份、地位等等方面的差异,造成了存在于快感消费领域的极其明显的异质性,每个人都根据自己的条件、环境与需求的不同追逐着仅属于自己的快乐。菲斯克就认为,"快感是多义性的,并能够采取相互抵触的形式"。(费斯克:60)在这里,快感的消费本身实际上主要是快感针对自身的生产与再生产,而不仅仅只是人的感官功能的实现和满足。最后,快感体验总是一种主观状态,它总是难以用语言来表达的、无法客观化的,因而也是无法进行比较和统计的一种精神感受。詹明信说:"快感就其性质而言无法确定。"(詹姆逊,1998:136)菲斯克也表达了几乎是同样的观点:"大多数大众的快感都规避了概括与理论所呼吁的那种结构化倾向。⋯⋯大众快感的独特性是超出描述与分析的。"(费斯克:61)在此我们要看到,快感既需要呈现为符号和话语,还需要反过来用符号和话语来不断地表述,但这种符号及话语的表现与建构总是处于一种不足不够的状态之中，以至于总是陷入一种快感、欲望和符号之间相互追逐、相互脱离、相互逃逸的无止尽的游戏之中。

结　语

综上所述，我们并不能根据快感经济的逐步强盛、快感文化影响力的日益扩大、快感社会的加速构成等趋势，就断言当代快感的单义性、同质性和浅薄性，当然我们也不能因此反过来断言快感是我们每个人、我们的文化和我们的社会历史进程最理想的精神追求。从一个追求快感的身体，到一个崇尚快感的社会，这个过程里既有积极进步的一面，也有大量我们目前还无法把握的东西。但一旦我们对于快感的不息欲望被经济所利用，一旦快感转化为生产和再生产的动力，成为我们生命最正当的基本权利，那么，以实现快感为名的经济生产就获得了不尽的源泉。显然，快感如今已经成为一种比人的生命还宝贵的资源。而对于社会的消费领域而言，快感既是一种生存动力，又一种日常生存活动形态，并且还是我们的产品和结局。在这里，快感经济已经给我们带来了社会、文化、政治、道德、知识等整体性影响，其今后的历史性后果，还需我们作进一步考察。

参考书目

1. 阿多诺：《美学理论》，王柯平译，四川人民出版社，1998。
2. 巴赫金：《巴赫金全集》第五卷，白春仁等译，河北教育出版社，1998。
3. 巴特：《文之悦》，屠友祥译，上海人民出版社，2002。
4. 多克：《后现代主义与大众文化》，吴松江等译，辽宁教育出版社，2001。
5. 费瑟斯通：《消费文化与后现代主义》，刘精明译，译林出版社，2000。
6. 费斯克：《理解大众文化》，王晓珏等译，中央编译出版社，2001。
7. 福柯：《性经验史》，佘碧平译，上海人民出版社，2000。
8. 黑格尔：《美学》第一卷，朱光潜译，商务印书馆，1997。
9. 霍克海默等：《启蒙辩证法》，洪佩郁等译，重庆出版社，1990。
10. 罗钢等编：《文化研究读本》，中国社会科学出版社，2000。
11. 尼采：《悲剧的诞生》，周国平译，三联书店，1986。
12. 韦尔施：《重构美学》，陆扬等译，上海人民出版社，2002。
13. 伊格尔顿：《审美意识形态》，载《当代马克思主义文学批评》，北京大学出版社，2002。
14. 詹姆逊：《快感：文化与政治》，王逢振等译，中国社会科学出版社，1998。
15. 詹姆逊：《晚期资本主义的文化逻辑》，陈清侨等译，三联书店，1997。
16. 朱光潜：《西方美学史》下卷，人民文学出版社，1985。

类像 支 宇

略 说

"类像"(Simulacrum),又译拟像、仿像、幻象等,是法国当代著名思想家让·鲍德里亚(Jean Baudrillard,1929—2007)用以分析后现代社会、生活和文化的一个关键性术语。简单地说,类像是指后现代社会大量复制、极度真实而又没有客观本源、没有任何所指的图像、形象或符号。在鲍德里亚看来,随着消费社会的来临和大众传播媒介的急剧膨胀,西方社会和文化从总体上进入后现代时期。类像这一术语从根本上颠覆并重新定义了人们传统的"真实"观念,深刻把握了当代文化精确复制、逼真模拟客观真实并进行大批量生产的高技术特征,并由此深入剖析了后现代社会的文化逻辑。鲍德里亚的其他基本理论术语"消费"(consume)、"符号"(sign)、"象征交换"(symbol exchange)、"内爆"(implosion)、"仿真"(simulation)、"超真实"(hyperreality)、"超美学"(transaethetics)等都与后现代文化的类像本质这一核心问题具有逻辑上的关联性。类像这个理论术语,对于理解鲍德里亚的学术思想乃至西方整个后现代理论都至为关键。

综 述

20世纪60年代以来,在西方纷繁芜杂的后现代话语中,鲍德里亚的后现代理论是最有代表性的一支。随着多本著作在英语世界的翻译出版,鲍德里亚继德里达、福柯、利奥塔等学者之后成为世界"最有影响的法国思想家之一",被誉为"后现代主义大祭司"。美国著名后现代理论家凯尔纳和贝斯特评价说,他"发展出了迄今为止最引人注目也是最极端的后现代性理论,他的理论深刻地影响了文化理论以及有关当代媒体、艺术和社会的话语"。(贝斯特等,1999:143)

1975年,美国新一代批判理论家和传播学者波斯特(Mark Poster)第一次将鲍德里亚的著作《生产之境》译为英文。20世纪80年代以后,鲍德里亚成为英语学界的学术热点,人们竞相阅读和讨论其学术思想,他的所有著作及大量论文短时间内被译为英文。与此同时,西方学者出版和发表了许多关于鲍德里亚的研究著作与论文。英国学者莱恩(Richard J. Lane)新近出版的《让·鲍德里亚》一书对英语学界的鲍德里亚形象,包括鲍德里亚英文译著出版情况及英语学界的学者们研究鲍德里亚的文献,作了简明扼要而又较为详细的梳理和评述,具有很强的资料性,是研究鲍德里亚较好的入门书之一。

类像与表征危机

按赵一凡先生的看法,"类像"这个术语之所以引起人们的极大关注与热情,其原因在于它从根本上触及到了后现代文化的"表征危机"。(赵一凡:169—179)"表征"(representation)又译再现,本是西方思想史上的最重要的哲学命题之一,涉及符号与现实、主体与客体、理性与感性、目的与手段等形而上学核心范畴。20世纪西方思想"语言学转向"之前,人们并不认为表征会出现什么危机。传统形而上学对语言符号持一种工具理性观,普遍忽略语言符号的独立价值。在传统形而上学看来,主体与客体、主观与客观之间的关系是直接的、自然的、真实的关系,在两者中间并不存在着独立的语言符号中介,人们利用语言符号完全可以"真实"、"客观"地"表征"(再现)现实本身。传统形而上学普遍的基本信念是"意识是主体对客观真实的反映"、"语言是思想的直接现实"。在传统理性形而上学思想框架中,语言符号这一主体与客体、主观与客观、表象与物体之间的中介物实际上被透明化和虚无化了,人们普遍相信语言符号的"镜式"本质,相信意识与客观、形象与客体的直接同一性。显然,"镜式"语言符号工具论体现了形而上学对现实和主体的确信关系。一方面,形而上学确信客观现实的"真实"存在,它不随人的主观意识的变化而变化;另一方面,形而上学还确认了认知主体的理性本质,它相信主体可以通过对语言符号的工具性掌控和有效性运用来接近和通达客观世界。

类像的思想基础不是传统形而上学的语言工具观,相反它与20世纪的"语言学转向"密切相关。"语言学转向"之后,语言符号作为一种具有独立价值的中介物呈现在主体和现实之间。索绪尔语言学将"言语"与"语言"区分开来,将"语言"视为一个与客观现实无关的封闭"系统"。这个"系统"有其独立的编码规则和运行规律,它作为一种深层"结构"先行于每一个话语主体,有效地制约着每一次"言语"行为和表意实践。这样,语言符号的"镜子"神话被彻底打破了,它不再是什么"透明"的东西,人们再也无法确信自己能够通过语言准确地"表征"(再现)现实本身。进而,语言符号不仅以一种先行于主体的中介物横亘在主观意识与客观现实之间,而且还以一种意识框架和阐释系统制约着主体对客体的再现和理解,甚至"建构"出客观现实本身。至此,传统形而上学预设的"主体-现实"二元关系被"主体-语言-现实"三种因素的复杂关系所替代,语言符号突现出来。这里有三方面的问题值得关注。其一是"主体与现实"的关系:"语言学转向"之后,主体不能再直接通达客观现实,客观现实也不再以"无蔽"和"真实"的方式对主体呈现出来。其二是"主体与语言"的关系:结构主义语言学从根本上否认了语言系统的消极被动性状态,语言不仅具有自在性和独立性,而且还能反过来起着建构主体的积极作用。"语言是存在的家园"、"语言的边界就是思想的边界"成为20世纪西方思想的基本常识。其三是"语言与现实"的关系：在此，现实不再是一种自在的客观存在，它无法摆脱语言而独立存在，任何现实都必须通过语言而呈现，现实从根本上说无非是一种语言产物。"主体–语言–现实"三因素之间的复杂关系使得主体与现实之间直接同一性的"表征/再现"关系产生了断裂，"表征/再现"危机成为当代思想文化的根本语境。

鲍德里亚的类像概念既是语言学转向后"表征/再现"危机的产物，又进一步加深了西方思想的"表征/再现"危机。从前一方面看，如果没有语言学转向后西方思想对语言符号的重视与强调，早期鲍德里亚不会从符号学角度将消费理解为一种"人与人之间的象征关系"，而不是人与商品之间的物质性实用关系。在《物体系》一书中，鲍德里亚将当代社会各种各样的"物"理解为"符号体系"。在《消费社会》中，鲍德里亚根据列维–斯特劳斯结构主义人类学思路将消费理解为一种语言活动，"消费和语言一样，或和原始社会的亲缘体系一样，是一种含义秩序"。（波德里亚：70）同样，没有符号学立场与方法的运用，鲍德里亚后来不会用类像来分析后现代社会中的传媒现象和视觉文化。从第二方面看，鲍德里亚的类像术语进一步加深了表征危机。这主要表现为，以现代电子技术为基础的类像完全不同于语言、绘画和音响等自然符号系统，它不仅以极度逼真的视听方式彻底置换现实事物，而且还以自由想象、大量复制和远距传播的方式创造出现实生活中根本不存在的真实，创造出一种比真实更加真实的"超真实"。进而，类像从根本上颠覆了人们长期以来形成的真实观念，使后现代文化整体上处于一种虚拟现实和"仿真"逻辑之中。

在中文表述里，类像与"仿真"看起来像是两个毫无关联的词汇，但在鲍德里亚的术语系统里，"类像"与"仿真"（又译模拟、虚拟等）不仅具有词形上的外在关联，而且其理性意义也是完全一致的。"仿真"与"模仿"相对，指的是一种不以客观现实为基础但又极度真实的符号生产和行为过程，而类像则是其物化成果，指的是"仿真"行为所产生的那些极度真实但并无根由、无所指涉的符号、形象或图像。

从逻辑上讲，类像与真实的关系存在着两种不同的形态。一种类像是对客观世界中真实存在物的逼真再现和精确复制；另一种类像则通过现代科学技术创造出极度真实但客观世界并不存在的虚拟物象和虚拟场景。二者在程度和性质上存在着一些区别，但它们在本质上是相同的。两种类像都是现代高科技特别是现代微电子技术及信息技术迅猛发展的必然产物，共同对传统的真实观念起到彻底的颠覆作用。

类像对"真实"的逼真再现和精确复制

与传统自然符号系统不同，类像的第一种形态表现为对客观现实的精确复制，逼真性是类像在感性经验上体现出来的最基本的特征。对此，鲍德里亚曾举过大量例证来反复陈述。

在著名的《类像在先》一文的开始，鲍德里亚引用了博尔赫斯讲述的一个关于地图的故事来说明类像的极度真实性。地图本是帝国真实国土的一个摹仿物，一个经过简化处理的抽象符号，它可能指称现实，但无论如何不能代替现实。然而，博尔赫斯故事中的地图却描绘得异常详尽，它不仅可能覆盖全部国土，而且其精细度达到无与伦比的程度。这样，地图不再是国土的副本和符号，而是真实国土的等价物和类像。鲍德里亚还举"装病"的例子来讨论类像的逼真性，他分析了"装病"的两种可能性：一种是简单伪装，"装病的人只是简单地通过躺在床上的行为来使人们相信他生病了"；而另一种是"仿真"性伪装，此时"仿真病人自己身上就会出现某些病状"。鲍德里亚指出，前一类"假装或伪装抛弃了完整的真实原则：（真实与虚假的）区分仍然存在着，真实仅仅只是被遮盖了而已，但仿真却威胁着'真实'与'虚假'、'现实'与'想象'之间的区分"。（Baudrillard，1994：3）此外，鲍德里亚认为军队中逃兵的"装疯"和宗教神学中的"圣像"也是一种极度真实的类像和仿真现象。

从技术层面上，类像的逼真性依赖于现代科学技术的突破性进展。摄影、广播、电影、电视和集成电路、计算机、网络等微电子技术使人们有条件精确再现客观现实本身，而传统符号则与此不同。受制于手工、人眼、发音器官、天然工具等技术前提的有限性，传统符号所创造的文化形态根本无法与类像的逼真性相媲美。由于电子技术的大量运用，类像已经彻底摆脱了传统符号的自然限制，展现出现代技术的无限可能性。类像不仅能够让我们看到与日常经验完全一致的真实场景与客观物象，而且还能够让我们感受到自然感官根本无法感知的景象和场面。技术进步使类像以极度逼真的方式向客观现实无限制贴近。

类像的极度真实性可以从几个方面来考察。第一，微观世界的诞生：望远镜延伸了人的视觉，显微镜则让人们看到极其精细和微小的自然景观，而借助于高倍电子显微镜和更高级的电子成像术，人们可以进入日常经验无从感知的微观物理世界。微观世界本是一种客观真实，但在高技术诞生之前从未在人类面前呈现过。第二，动态世界的诞生：动态现实是人类最普遍的日常经验，但在电影出现之前，传统符号一直无从再现真实的动态。摄影使静态事物得到最为精确的复制和再现，而电影、电脑则将世界以连续运动的影像形式更为逼真地呈现出来。运动影像的出现，尤其是彩色电影和电视的出现使人类的再现技术手段跃上了一个新的台阶。第三，视听触等多感官的综合运用：影视艺术和新兴的数字多媒体艺术有效地调动了人类的视觉和听觉系统，其结果是，类像世界成为客观现实世界的精确复制物。在感性经验的范围内，类像这一彻头彻尾的人工制品和虚拟物品最终成为客观真实本身。至此，类像完成了它对"真实"的替换，用鲍德里亚的话说，类像完成了"对真实的谋杀"。

在哲学层面上，鲍德里亚类像概念提出来的问题是"什么是物？"显然，主体与物的关系只能以感官经验为中介和渠道。五官的感知经验为我们提供某物的质量、重量、体积、大小、色彩、形状等各方面的客观性质，由此我们得以确认某物的真实存在。柏拉图虽然预设了超越物体表象特性的"理式"，表现出对人的五官经验的极度不信任，但并未真正排除感官经验。柏拉图之后，真实的物仍然以空间上的广袤性特征而存在着。海德格尔批判工具理性将物理解为"质料"，体现了对现代科学技术及理性形而上学体系的反感和对抗，要求通过"现象学还原"重返物的"原初存在"，即"物性"本身。而鲍德里亚则敏锐地察觉到现代科技对主体感知能力的提升、模拟和再造，科学技术的飞速发展可以虚拟出完全符合人的五官感知经验的类像，类像与客观物象完全相同。这里产生的问题是，当虚假的人造物诸如类像等，在外在形式方面与真实事物惟妙惟肖时，当其感官经验与真实事物完全一致时，对主体而言，它到底是"真"还是"假"？显然，在鲍德里亚看来，类像已经替换了真实，变成了客观现实本身。

"原本"（original）与"摹本"（copy）的二元对立关系也受到了挑战，类像对客观现实的逼真再现和精确复制彻底颠覆了"原本"与"摹本"的等级次序。细而察之，在"原本与摹本"的关系上，传统真实观有两种基本原则。其一，任何摹本都是对原本的一次有缺失的复制和替代，原本是摹本的母体、起源和归宿。摹本的价值在于它与原本的相似程度，摹本只能通过原本来确认价值。原本是真实的，摹本是虚假的，摹本永远不能替代原本。其二，不仅原本与摹本之间存在差异，摹本与摹本之间也存在差异。由于模仿手段和技术条件的自然限制和人工特征，任何一次模仿都带有具体性，其结果必然是此摹本与彼摹本在与原本的相似性上存在着差异。摹本质量的高低同样需要原本来加以衡量与评判。上述两点是传统真实观对"原本与摹本"相互关系的基本看法，同时也构成了传统真实观"模仿"（imitation）原则的基本内涵。显然，在传统真实观的话语系统中，"模仿"、"反映"（reflection）、"复制"（copy）、"再现/表征"具有完全相同的语义内涵。

鲍德里亚的类像观改写了传统形而上学真实观对于"原本与摹本"关系的根本看法，他认为，在现代新技术平台上生产出来的类像不再是对"原本"有欠缺的"摹本"，而是对"原本"的逼真再现和精确复制。这样，不仅"原本"与"摹本"之间的等级次序被一笔勾销，而且众"摹本"达到同质化，"摹本"与"摹本"之间在相似性上的差异也一并消解了。深受鲍德里亚影响的西方马克思主义学者詹明信谈到类像时主要是在这个层面上进行讨论的：

> 我们的世界是个充满了机械复制的世界，这里原作原本已经不那么宝贵了。或者我们可以说类像的特点在于其不表现出任何劳动的痕迹，没有生产的痕迹。原作与摹本都是由人来创造的，而类像看起来不像任何人工

作品。(杰姆逊:175)

类像没有任何人为生产的痕迹,看起来就像是客观事物本身。正因为这样,它才能抹去原本与摹本之间的差异,最终代替客观真实。

"类像先行"与"超真实"

类像不仅能对现实世界中客观存在的真实进行精确复制和逼真再现,而且还能创造出客观世界中并不存在但又极度真实的虚拟现实,这涉及到鲍德里亚所谓的"类像先行"(the precession of simulacra)和"超真实"原则。

鲍德里亚认为,作为人类文化产物的符号或形象先后经历过四个发展阶段。在《类像先行》一文的一个关键性段落里,鲍德里亚写道:

> 形象(image)前后相继的过程如下:
> 形象是对某种基本真实的反映。
> 形象掩盖和篡改某种基本真实。
> 形象掩盖某种基本真实的缺席。
> 形象与任何真实都没有联系,它是其自身纯粹的类像。
> 在第一阶段,形象有一个善的外表(appearance),再现属于圣事序列。在第二阶段,形象是一种恶的外表,属于恶行序列。在第三阶段,形象作为一种外表而游戏着,属于巫术序列。在第四阶段,形象不再从属于外表序列,而是进入了仿真序列。(Baudrillard, 1994:6)

显然,鲍德里亚的这段话显得相当晦涩难懂。通读全文,他对形象发展的四个发展阶段也仍然语焉不详,人们很难在经验上或文化史上找到与每个阶段一一对应的实际案例、文化现实和艺术史实。即使如此,我们还是能够通过鲍德里亚对形象发展四个阶段的描述看到形象从"反映"逐渐远离真实并最终演变成类像的过程。尤其值得关注的是,鲍德里亚对形象的第四个阶段,即类像阶段的描述。在他看来,类像与任何真实没有联系,它不再是对作为"原本"的客观事物的模仿,而仅仅产生于类像的自我复制与自我生产。这样,类像比逼真再现客观世界已经存在的真实事物更进了一步,类像甚至可以根据自身的"仿真"逻辑创造出并不存在的但又极为逼真的形象和影像。"类像先行"意味着在后现代社会中符号、形象、模型成为本体,与现实不再发生关联,只与自己相关。类像世界和"仿真"逻辑获得区别于客观现实的自主性,成为独立自在的封闭体系。"类像先行"的必然结果是传统真实观的解体,本来"虚假"的符号、模型和想象被当作"真实",本来"真实"的东西被看作"仿真"和类像的一个特殊形态,这样,类像世界呈现为传统"真实"消失之后的"超真实"世界。

对类像世界和"仿真"逻辑的这种自主性,鲍德里亚同样举出了大量经验性的实例加以讨论。在讨论博尔赫斯的地图寓言时，鲍德里亚不仅确认类像（那幅描绘详尽的地图）与"真实"（帝国的真实国土）之间的等价关系，而且根据"类像先行"原则进一步颠倒了地图与国土的关系。"国土不再先于地图，已经没有国土。所以是地图先于国土——类像在先——是地图生成国土。"（Baudrillard，1994：1）在这里，地图不再是对国土的逼真再现，它不仅能够替代国土，而且反过来生成国土。"类像在先"原则使传统真实观和符号观产生了一个巨大的变革，类像和"仿真"不再受制于客观真实，不再局限于对客观真实的临摹和复制，而是根据符号和类像自身的要求和规则来进行生产，传统意义上的虚构的模型和人为的范本被人当作真实事物，反过来创造出真实的东西。

美国迪士尼乐园被鲍德里亚看作"类像先行"原则最完美的样板。迪士尼乐园"一开始就是一种幻影和幽灵的游戏：海盗、边界、未来世界，等等。人们普遍认为，这个想象性世界确证了人为运作行为的成功"。的确，迪士尼是个典型的虚幻世界，充满了各种各样客观世界中并不存在的虚构形象和想象模型。然而，在迪士尼乐园里，这些并不真实的事物却显得活灵活现，异常真实。它并不是现实生活和客观世界的真实再现，而是想象、模型和类像先行于"真实"，是它们创造出了迪士尼乐园的"真实"。

在日常生活领域中，"类像先行"的"仿真"逻辑也广泛出现。时装模特、室内装修、生活杂志和广告宣传中充满了各种各样的预设模型和样板，人们认同时尚模型的真实性，根据这些类像来着装、装修、打扮、购买和生活。"仿真"逻辑使人们相信，类像不仅不是什么虚构的想象之物，而是客观现实的真实之物。事实上，后现代社会中的时尚潮流和理想模型不仅被大众在观念中确认为真实之物，而且最终的确转变为现实生活中客观存在的现实之物。

当代传媒文化中的"超真实"则表现为明星效应和偶像崇拜，鲍德里亚的类像概念从而高度重视后现代社会中的媒介问题。人们不再怀疑传媒世界中那些明星形象的真实性，时常将明星们的艺术形象和真实生活混为一谈。在后现代"仿真"逻辑里，麦当娜和杰克逊作为世界级的超级巨星不再是现实生活中那个"真实"的麦当娜和杰克逊，他们已经超越了真与假的区分，成为一种类像、一种模型，他们的服饰、装扮和举止引导和规范着大众的审美趣味和生活方式。进一步，影视文化中虚构的人物和角色，连同扮演这些人物和角色的演员也被大众误认为真实。观众将电视里的官司和律师当作现实生活中客观存在的真实案例和真实人物，很多人向扮演律师角色的演员寻求帮助。节目主持人也往往被类像化，他们往往被电视观众误以为某个相关领域的"专家"。在我国，这一"超真实"现象已经开始初露端倪。中央电视台美食栏目的某主持人被电视观众封为"美食大师"，仿佛他原本就是科班出身的特级厨师。而他本人也极为轻松地就跨越了真实与虚假的界限，不断以"美食大师"的身份在各种食品广告中频频出镜，郑重其事地向大众推荐起食品来。

在大众传播媒介中,各种类像的复制和生产也同样超越了客观真实的边界和限制,"仿真"主宰着人们的思维方式,"超真实"成为大众直接面对的唯一现实,这使得想象的东西和现实的东西难以得到明确的认定和划分。凯尔纳曾专题分析过鲍德里亚的媒介理论;在他看来,鲍德里亚的类像概念将再现与客观现实的关系完全颠倒过来:"传媒过去被当作镜子,能反映或再现真实,而现在变成一种超真实,一种新的传媒真实,'比真实更真实'——在这里'真实'从属于表征并最终导致真实的消失。"(Kellner:68)这主要表现为新闻报道与客观事实、信息与娱乐相互界限的消失。传统意义上的新闻报道和信息传播视客观性和真实性为准则,而后现代社会中的新闻传播大量采用文学叙事、戏剧艺术和影视艺术等表现手法对客观真实进行重新编码和改写。社会现实和客观真实在媒体的编号和改写中被符号化和文本化了,人们难以区分事实和报道、真实与虚构、文艺与传播的差别。人们每天接触到的现实不过是大量的媒体信息和新闻报道,它们作为一个巨大的"类像"取代了现实生活。媒体炒作事件,改写事实,制造奇观,最终使后现代"类像"文化彻底超越"真实"与"虚构"、"原本"与"摹本"的区分,演变成比真实更真实的"超真实"。"鲍德里亚的超真实是类像历史进程的结果,在这里自然世界和它所有的指涉物已经普遍地被技术和自我指涉符号所替代。"(贝斯特等,2002:127)

类像作为被"解放的符号"

通过对上述种种类像现象的罗列和探讨,鲍德里亚确认类像是一个脱离客观真实而独立存在、自主运行的符号领域,它所呈现出来的世界是一个比客观真实世界更真实的"超真实"世界。

鲍德里亚在《象征交换与死亡》一书的第二章中提出过名为"类像序列"的理论,他指出:

> 文艺复兴以来,与价值规律前后相继的变化相应,类像存在着三种序列:(1)在从文艺复兴到工业革命的"古典"时期,仿造(counterfeit)是主导范式(schema)。(2)工业时代生产(production)是主导范式。(3)在当前这个符码主宰(code-governed)的时代,仿真是主导范式。第一序列的类像根据价值的自然规律运作,第二序列的类像根据价值的市场规律运作,而第三序列的类像根据价值的结构规律(the structural law)运作。(Baudrillard,1993:50)

在这里,鲍德里亚依次描述了文艺复兴以来符号生产的三个发展阶段。处于第三个序列的类像由于受"符码主宰"的影响,其生产规律必然是符号学式的"结构规律"。

显然，鲍德里亚的理论具有结构主义语言学的理论背景。根据索绪尔的观点，语言系统与客观现实没有客观必然的联系，语言与现实的关系是"任意性"的，语言根据"差异性"原则来相互区分。鲍德里亚所谓第三序列类像根据价值的结构规律来运作，完全符合结构主义语言学的这两个基本概念。其一，类像像语言符号一样是独立系统，它与客观真实没有必然联系。其二，类像的运作，它的产生、演化和生产都不依赖于客观真实，而是根据自身符号系统的"差异性"原则来运行。即是说，类像并不再现真实，而是自我复制和自我生产；类像不仅以其逼真性替代真实，而且还能改写真实并创造"超真实"。

莱恩在阐释鲍德里亚的"类像序列"时认为：

> 在第一和第二序列中，真实仍然存在着，我们根据真实来衡量仿真是否成功。鲍德里亚关注的重点是第三序列的仿真。它能产生所谓"超真实"——即一个没有真实原本的世界。因此，对第三序列的仿真，我们再也不能将它看作真实的对等物。鲍德里亚最终认为，超真实将成为我们感知和理解这个世界的主导方式。（Lane：87）

莱恩从真实是否存在这个关键问题来理解第三序列的类像，这无疑抓住了鲍德里亚类像概念的灵魂。由于处于第三序列的类像彻底摆脱了真实的制约，所以鲍德里亚将其视为不再有束缚的"被解放"了的符号。

类像没有任何所指的三层含义

类像没有确定的指涉物，它仅是自我复制与交换的产物，它没有任何所指，不再具有任何确定性意义。在这个关键问题上，赵一凡先生的解说是极为准确的："鲍氏危言耸听地预言：在这个正在由类像和仿真构成的超真实世界里，词与物、能指与所指的再现关系完全失效，它们除了表现自己，在现实中毫无根据或具体所指。"（赵一凡：177）鲍德里亚直接将类像和"仿真"与传统再现美学对立起来：

> 再现始于符号与现实的对等原则（即使这种对等具有乌托邦性质，它也仍是一个根本的公理）；相反，仿真则始于这个对等原则的乌托邦性，始于对价值性符号的激烈否定，始于没有任何所指的逆反性符号或死句（dead sentences）。一方面，再现试图通过把仿真解释成错误的再现来吞噬仿真，另一方面，仿真则把再现作为一个完整的建筑物包围起来，将其当作一个类像。（Baudrillard，1994：6）

在鲍德里亚看来，传统再现美学与类像最根本的区分在于符号与现实的关系。"再现"坚持符号与现实的对等原则，而类像则认为符号与现实无法对应，类像是

"没有任何所指的逆反性符号"，是没有任何功能和目标的"死句"。仔细考察，类像没有"任何所指"主要有三层含义。

第一，类像不指向客观现实。虽然类像是对客观现实的精确复制，但它毕竟是一种人工符号。类像所构成的"超真实"世界独立于客观真实，它像语言一样是一个完整的封闭系统，有一套自行运作的逻辑规则。从这个角度看，传统美学首先是一种现实主义美学，误将符号与现实等同起来，以为符号的所指即是客观现实。显然，鲍德里亚的类像并不指向客观现实。如前所述，结构主义语言学之后，人们不再相信传统形而上学的镜式符号观。

第二，类像也不指向主观真实。在传统美学框架中，与现实主义美学对立的是浪漫主义美学。浪漫主义提倡神话、想象、虚构、夸张，将艺术当作主观激情和心理真实的表现。在浪漫主义美学那里，符号虽然不再指向客观真实，但仍然没有逃脱主观真实的束缚和制约。浪漫主义美学依然是一种再现美学，只不过再现的内容由客观真实替换为主观真实，表现只不过是再现的一个变式而已。类像显然与此不同，用鲍德里亚的说法，它将符号与现实的对等关系视为一个乌托邦，它既不担负再现客观现实的责任，也不再担负表现主观虚构的责任。

第三，类像也不指向任何符号学"意义"，即是说没有"符码"赋予类像任何"所指"。按结构主义语言学理论，语言符号由"能指"（signifier）和"所指"（signified）两个部分构成。"能指"是指语言符号的感性外观，诸如音响、字形等，而"所指"则指语言结构性体系或符号编码（code）赋予"能指"的某种概念和语义。索绪尔一方面截断了语言符号与客观现实的联系，另一方面却用"结构"概念在"能指"和"所指"之间建立起确定不移的符码（code）规则，"能指"由此必然指向"所指"。表现在美学上，现代主义艺术越出了传统再现美学的限制，不再将艺术形象和艺术文本当作客观现实的真实再现和主观体验的真实表现，而是视其为一个与语言相同的封闭系统。艺术获得了自主性，艺术的意义和价值不再从现实和主体那里去寻找，而是从艺术的符号编码规则和结构性规律那里去寻找。

受语言学影响，法国结构主义思潮将结构主义语言学的基本观点运用到人类学、社会学、历史学、心理学、文学批评和大众文化研究各个领域，致力于探索现实表象背后的"深层结构"。与罗兰·巴特和居伊·德波等相似，鲍德里亚早期消费社会理论实际上是一种结构主义符号学理论，他的《物体系》、《消费社会》和《符号政治经济学批判》等著作从整体上将消费社会视作一个符号社会。"人们从来不消费物本身（使用价值）——人们总是把物（从广义的角度）用来当作能够突出你的符号……"（波德里亚：48）在他看来，消费社会中的所有商品、物体、行为从实质上看都是一种符号，而消费社会理论的任务就是揭示出这个符号系统背后的结构规律和编码规则。

然而鲍德里亚的"超美学"理论显然已经与其早期的消费社会理论大有不同。

消费社会理论将商品视作一种符号，作为"能指"的商品由此获得品牌、档次、品味、时尚等各种符号性"所指"。在这里，商品符号的"能指"必然指向其"所指"，"所指"即是商品的符号学含义。类像与商品符号的不同在于，类像不再有"所指"，它仅是"能指"本身。在"超真实"世界中，"能指"和"所指"之间的确定性关系断裂了，或者用鲍德里亚的术语说，这种关系"内爆"了。"能指"与"所指"之间的确定性关系本是由符号体系的编码规则来保证的，二者关系的"内爆"实际上意味着符号编码规则的"内爆"。换句话说，编码规则的稳定性在后现代社会里转化为一种不确定性，稳定的编码活动被一种不确定的"游戏"所替代。对于这样的社会，鲍德里亚明确指出：

> 今天整个体系都因不确定性而陷入沼泽；一切现实都被符码和仿真的超真实所吞噬。现在是仿真原则而不是过时的真实原则控制着我们。我们依靠那些其终极性（finalities）业已消失的模型（models）而存在。不再有意识形态，只有类像。（Baudrillard, 1993：2）

编码的不确定性导致类像彻底的"能指化"，后现代文化不再指向任何所指，不再具有任何确定性意义。鲍德里亚从早期"消费社会"理论向中后期类像和"超真实"理论的过渡实质上是一种从"现代性"到"后现代性"的演进和转向，这与罗兰·巴特从结构主义到后结构主义的演进与转向颇相类似。

鲍德里亚用类像术语否定了审美判断的可能性。在后现代社会里，类像对真实的替换和改写以及它自身的无穷复制与生产导致真实与虚构、现实与符号、客观与主观、能指与所指等一系列二元区分概念的"内爆"。类像独立于真实，也独立于主体，它有着自己独立的运作规则和自主逻辑。不是人，不是主体主宰着类像，而是类像反过来主宰着主体并自行生产着世界。显然，鲍德里亚的类像观带有明显的技术决定论和宿命论观念，在这样自行复制、自行运作并无限膨胀着的类像世界中，传统形而上学的一切区分和原则都不再存在。

> 随着曾经矛盾和辩证对立着的术语开始相互转换，仿真时代宣告到来。我们随处可见相同的"类像的创世纪"（genesis of simulacra）：时尚中美与丑可以相互转换、政治中的左翼与右翼可以相互转换、传媒信息中的真与假可以相互转换、物品层面上的可用性与无用性可以相互转换、所有意义层面上的自然与文化可以相互转换。所有伟大的人本主义价值标准，所有道德、审美和实践判断的文明成果，都在我们的形象和符号系统中消失了。所有一切都变得无法确定，这是符码主宰的典型结果，它随处都以中性化和无偏好原则为基础。（Baudrillard, 1993：8）

既然过去对立着的一切因素都可以相互转换，既然过去"所有伟大的人本主义价值标准"都消失了，既然美与丑随时都在相互转换，那么，传统意义上的审美判断如何可能呢？实际上，在鲍德里亚的后现代理论中，一切都是类像，主体消失了，所有区分、界线全部"内爆"了。不仅是审美判断，进而是一切判断，包括道德判断、政治判断、认知判断及日常判断，等等，全部无从进行。

结 语

类像理论是鲍德里亚后现代理论的关键性术语，他利用类像及相关术语"仿真"、"超真实"、"内爆"、"超美学"等建构起一个完整的后现代话语系统。类像理论把后现代社会和文化显示为一个极度真实，但又没有真实本源、真实所指，且不断自我复制并自行运作的虚拟世界。在这样一个虚拟世界里，传统形而上学的所有概念和范畴都被重新定义或改写。真实与虚假、主体与客体、主观与客观、符号与现实、能指与所指、美与丑、善与恶全部"内爆"，相互之间边界模糊，混沌不清。一切理性批判和意识反省再也不可能顺利进行，主体只能在这种"超真实"世界中沉溺于大众传媒和高新技术对类像无穷尽的复制与再生产。按鲍德里亚的预言，技术和客体将主宰一切，理性主体的历史行将终结。

显然，鲍德里亚的后现代理论充满了强烈的技术决定论和悲观主义色彩。但由于有力地把握住了当代社会电子信息等高科技的迅猛发展和大众传媒的急剧扩张等关键性因素，鲍德里亚的类像理论表现出对后现代社会与文化现状极大的阐释能力，同时对当代社会与文化状况及理论也提出了巨大挑战。波斯特的评价是准确的："鲍德里亚的批判与德里达对逻各斯中心主义的批判以及福柯对人文科学的批判是一致的。"（Poster：8）的确，任何关心人类未来的理论都不能不接受这些后现代理论家们的挑战，并通过回应挑战而更加健全。

参考书目

1. Douglas Kellner, *Jean Baudrillard*, Stanford UP, 1989.
2. Jean Baudrillard, *Simulacra and Simulation*, trans, S. F. Glaser, U of Michigan P, 1994.
3. —, *Symbolic Exchange and Death*, trans., L. H. Grant, Sage, 1993.
4. Mark Poster, *Jean Baudrillard Selected Writings*, Stanford UP, 1988.
5. Richard J. Lane, *Jean Baudrillard*, Routledge, 2000.
6. 贝斯特等：《后现代理论》 张志斌译，中央编译出版社，1999。
7. 贝斯特等：《后现代转向》，陈刚等译，南京大学出版社，2002。
8. 波德里亚：《消费社会》，刘成富等译，南京大学出版社，2001。
9. 杰姆逊：《后现代主义与文化理论》，唐小兵译，陕西师范大学出版社，1985。
10. 赵一凡：《欧美新学赏析》，中央编译出版社，1996。

迷惘的一代 陈 丽

略 说

"迷惘的一代"（Lost generation）盛行于20世纪20年代的美国文坛，它并非一个有严密组织或统一纲领的文学流派，而是出生在1900年前后并于第一次世界大战后登上文坛的一代美国作家的总称。他们的作品集中反映了一战后青年厌恶战争同时又因失去方向而痛苦迷惘的心理，是现代主义初期青年文化反叛的一部分。30年代以后，其主要代表作家的创作倾向纷纷发生转向。

综 述

1914年第一次世界大战爆发。这场历时4年的帝国主义列强瓜分世界的战争堪称人类历史上的一次大浩劫，欧洲各国共死亡840万人，受伤2100万人，经济损失超过200亿美元。美国迟至1917年4月6日才正式宣布参战，因而损失相对较小，4.8万人阵亡，23万人受伤，再加上疾病等因素死亡的总人数达到11.2万。（Moss：102）但这场战争在政治、经济和文化等方面，对美国社会产生的影响是巨大而深远的。

美国从战前的债务国变成战后的债权国，一举成为世界的经济中心，军事实力显著加强，国际地位大大提高。20世纪20年代，美国的经济进入前所未有的繁荣时期。战时工业转向民用，工业取得长足发展。汽车、电话逐渐普及，收音机、电冰箱和吸尘器等家用电器进入越来越多的家庭，无线电广播和有声电影问世。美国人的生活方式和生活水平发生了巨大的变化。随着城市化的急遽进程以及大学的增建，接受高等教育的人数也越来越多，为美国文学的繁荣提供了知识基础。伴随物质水平的急剧发展，资本主义积累时期提倡的先劳后享的消费观念（delayed gratification）被分期付款、预支消费等"今天花明天的钱"的纵欲消费主义所替代。以清教伦理和资本主义理性为基础的美国文化传统受到挑战，及时享乐和拜金主义泛滥。物质繁荣的背后隐藏着深刻的精神危机。

一战对世纪之交出生的美国青年一代影响巨大。美国宣战之初，威尔逊总统把战争与美国人一贯坚持的民主信念联系起来，强调这场战争是"为了拯救世界的民主"。200万热血青年笃信不疑，中断学业或工作，怀着崇高的信念奔赴战场。迷惘的一代作家的代表人物海明威、约翰·多斯·帕索斯和爱·埃·肯明斯等人都曾志愿参加战时救护队，亲赴战场。但战场上的残酷厮杀和血肉横飞，不仅打碎了他们的所有幻想，还给他们的肉体和精神造成难以弥合的创伤。更有甚者，巴黎和会上威尔逊的14点和平原则被修改得体无完肤；建立国联的主张也遭国会否决；威尔逊的理想主义彻底破灭。参战青年们意识到这场战争与民主、自由毫无关联，只是欧洲列强重新划分势力范围的屠杀游戏，被欺骗、被出卖的感觉油然而生。他们是战场上的英雄，回到国内，却受到政府和民众的冷落，不得不为谋生四处奔走，受尽窝囊气。战争的精神创伤和战后的心理危机同时迸发，哀怨与愤恨之声不绝于耳，迷惘、失望、悲观成了20世纪20年代的精神基调。

战争反思与自我流放

"迷惘的一代"语出旅居巴黎的老一辈美国女作家格特鲁德·斯泰因。她曾指着海明威说"你们都是迷惘的一代"。（海明威：25）海明威旋即将这句话用作他的第一部长篇小说《太阳照常升起》（1926）的扉页题词之一。小说出版后这个说法迅速流行开来，成为战后一代青年作家的统称。他们年纪相仿，出生在1891至1905这15年间，大多来自美国本土中产阶级或以上的白人家庭，以男性居多。

惯常贴在迷惘的一代作家头上的标志性标签有两个：反战和侨居（expatriation）。

对战争的反思和厌恶早在1921年就在多斯·帕索斯的笔下流露无疑。他那一年发表的小说《三个士兵》描述了三个士兵殊途同归的悲惨命运：一个甘当炮灰，一个厌战逃亡，还有一个擅自离营，去巴黎寻找钢琴，却带着未完成的乐章被宪兵押往刑场；反映了个人理想在战争中的破灭。此后各种反战作品层出不穷，成为20年代的主流声音。1922年肯明斯发表处女作《巨大的房间》，记叙了自己和朋友如何志愿为法军服务，却因在通信中流露出反战情绪而被法军当成奸细关入监牢，饱受折磨和侮辱。这次经历也成为肯明斯人生的转折点，他从此看破战争，变成了玩世不恭的达达派诗人，终生把自己名字的首字母小写。迷惘的一代的领军人物海明威在战争中身受重伤。他的《太阳照常升起》和《永别了，武器》（1929）深刻地揭露了战争对个人幸福的摧残。福克纳的《士兵的报酬》（1926）描写了一位重伤的青年军官在战后被女友和社会遗弃，默默死在一位战争寡妇的家里。没有直接参战的其他作家也敏感地把握了时代的精神，遥相呼应。菲茨杰拉德在他的小说《天堂的这一边》（1920）和《了不起的盖茨比》（1925）中揭示了战后美国社会的纸醉金迷和空虚迷惘，为他这一辈《所有悲伤的年轻人》（1926）表达了心声。这些作品普遍弥漫着悲观、失望、迷惘的调子，反映了作家们对战争的厌恶、诅咒同时又对战后的和平生活失望、悲观的心情。

其中，《太阳照常升起》是海明威的，也是迷惘的一代的代表作品，小说描写了战后一群美英青年游荡在巴黎的生活状态。美国记者杰克·巴恩斯在一战中生殖器被炸伤，因而无法与相爱的勃莱特·阿施利夫人结婚，只有借助酒精麻醉来忘记精神上的痛苦。勃莱特曾在战争中当过护士，她的真爱死于战争中的痢疾，又不能嫁给巴恩斯，于是放纵度日。她目前的男友苏格兰人迈克·坎贝尔因为参战而在经济和精神上双重破产，陷入了"喝酒，骂人，借债，再喝酒，再骂人，再借债"的怪圈。是战争剥夺了这三个"反英雄"人物过正常健康生活的机会。尽管他们的表现不同：杰克冷静克制，勃莱特放荡不羁，迈克颓废沉沦，但他们的内心都咀嚼着失望与悲哀。同行的美国人罗伯特·柯恩仍然相信爱情、勇气等这些在他们看来已经被战争摧毁的价值观念，从而招致了他们的厌恶。爱情的死亡意味着精神价值的死亡、人生目标的死亡。这才是"迷惘"的真谛，是从旧价值的欺骗宣传中觉醒却又无路可去的迷惘。由于在思想上与荒原同调，也有人称迷惘的一代作家为"荒原派画家"。

侨居是20世纪20年代美国文学的一大奇观。尽管战后美国的口号是"回到正常"，但年青的一代人并不急于立即回到正常生活状态中去。他们选择了自我流放，希冀"通过流放而获得拯救"。（考利：65）欧洲，尤其是巴黎，几乎成了美国文学青年必去的艺术实验与冒险之地。马尔科姆·考利记载了当时的盛况："在那些日子里，美国青年作家们在西欧和中欧到处漂泊；他们从经过的列车窗口里彼此招手。"（考利：117）旅欧美国青年作家的人数之多蔚为壮观。海明威、菲茨杰拉德、多斯·帕索斯、艾略特、庞德、斯泰因、福克纳、威廉·卡洛斯·威廉斯、福特·马多克斯·福特、马尔科姆·考利、桑顿·怀尔德、哈特·克兰、托马斯·沃尔夫、阿奇博尔德·麦克利什、詹姆斯·T.法雷尔、狄琼纳、巴尼斯、亨利·米勒、纳撒尼尔·韦斯特等迷惘的一代的代表作家都先后侨居过巴黎。巴黎左岸的蒙帕纳斯区成为他们的文学天堂。斯泰因坐落于花园街27号的寓所收藏了大量的先锋派艺术绘画，访客如云，成为现代主义艺术家的文化沙龙。大量的文学青年汇集在她的周围，海明威初到巴黎时就曾是她的常客。西尔维娅·比奇的莎士比亚书店则给这些侨居作家提供了接触最新文学作品的场所。最让他们流连忘返的则是塞雷特和圆顶咖啡厅以及酒保吉米的时尚酒吧。他们聚集在那里，在从事文学创作之余，放浪形骸，纵情欢娱，以行动宣泄他们的迷惘，实践对传统生活方式的反叛。

关于这股自我流放的热潮，其原因众说纷纭。有利的美元兑换率是一个重要的促进因素。战后欧洲各国通货膨胀，而美元坚挺，这使得这些美国作家能在欧洲比较轻松地生活。"跟着美元走，啊，跟着美元走……哪里美元买到的东西最多，哪里就是祖国。"（考利：74）此外，巴黎的文化氛围和对艺术家的宽容态度、美国战后实施的禁酒令、纽约格林尼治村的瓦解、美国中产阶级沉闷保守的生活方式，以及1917年十月革命在美国引发的日益紧张的"赤潮恐慌"（red scare）等都是促使他们离开美国远赴巴黎的原因。

但在潜意识层面的文化自卑心理也是个不容忽视的原因。美国文学史家布鲁克斯在 1915 年撰文提出"美国文学成年"的问题,认为"美国文学总是缺了些东西"。(Brooks:109)虽然早在爱默生时代美国文学就发出了独立的声音,但其主流到豪威尔斯和詹姆斯时代仍然没有彻底清除欧洲思想意识的烙印,本质上依旧是"反映美国生活"的欧洲文学的一根支脉。文化上"尚未成年"的美国作家们还是唯欧洲文学马首是瞻,倾向于贬低美国本土文学,转向欧洲寻求文学创作的方向。考利记载了他的朋友肯尼思·伯克的典型言论,"在美国丝毫没有那种真正庄严的富丽堂皇,这种富丽堂皇为农民创造出家神和传统。美国之所以成为世界奇迹,只是因为美国是世上一切邪恶和庸俗的实实足足的集中点",(考利:95)所以美国青年作家的自我流放很有去文化朝圣的意味。

美国本是英国的殖民地,美国文学也渊源于英国文学传统。急于成熟独立的年轻美国文学想竭力摆脱英国的影响。而德国是一战中的敌人,俄国的心理距离又太远,法国似乎成了最自然的选择。此外法国左岸代表的是法国非正统的反叛文学,美国流放作家们把大本营扎在那里,似乎也要摆脱法国正统文学的羁绊,重建自己的新文化。(虞建华:101)但出乎他们意料的是,他们在法国住了两年却重新发现了美国,他们发现自己要找寻的东西正是自己逃避的东西:"美国完全有欧洲那样好——在某些方面差些,在某些方面强些。"(考利:95)这种发现消除了他们的文化自卑感,也直接促成了美国文学的真正成年。

"第二次的文学繁荣"

考利把 20 世纪 20 年代的美国文学与爱默生时代的新英格兰文学繁荣相提并论,将之称作"美国文学的第二次繁荣期"。(Cowley, 1980:viii)但从现在来看,尽管爱伦·坡与惠特曼在欧洲大陆早已享有盛誉,但这种声誉毕竟只限于个别作家,从整体上来说美国文学在一战以后才算真正进入了独立发展的繁荣昌盛时代,并对欧洲文化与文学给以有力的撞击。在这个集团冲锋中,迷惘的一代作家功不可没。首先,这一时期涌现的作家作品,其数量之多令人咂舌。据考利在《流放者的归来》后的附录中的不完全统计,生于 1891—1905 年间的迷惘的一代青年,至 1942 年已有 236 人入选美国文化名人字典。在《第二次的文学繁荣》的附录中,考利又把这个名单扩展到了 385 人。

不仅数量众多,这一时期美国文学的质量也是获得公认的。1930 年,诺贝尔文学奖头一次授予一位美国作家——辛克莱·刘易斯——标志着美国文学在人们心目中的变化。此后这一批作家中陆续还有七人获得诺贝尔文学奖:尤金·奥尼尔(1936)、赛珍珠(1938)、福克纳(1949)、海明威(1954)、斯坦贝克(1962)、索尔·贝洛(1976)和辛格(1978)。如此众多的作家作品,如此崇高的文学成就都说明这一时期不仅是美国文学的第二个繁荣期,也标志着美国文学作为一个整体已经摆脱了英国乃至欧洲文学的影子,进入了真正的成熟期。

综合看来，迷惘的一代的文学成就有以下特征：

首先是语言上的简约主义和口语化倾向。迷惘的一代在战争期间深受战争宣传的欺骗之苦，对所有崇高的字眼都弃之如敝屣："什么神圣、光荣、牺牲这些空泛的字眼儿，我一听就害臊……我可没见到什么神圣的东西，光荣的东西也没有什么光荣，至于牺牲，那就像芝加哥的屠宰场，不同的是肉拿来埋掉罢了。"（Hemingway：184—185）所以他们在文学创作时推崇文字上的简约主义。海明威更是把这种简约风格推到了极致。他采用电报式的语言，通过简约的对话和细节，用含蓄的、间接的手法暗示人物内心的戏剧性变化，而不是像传统的做法那样通过描述来铺陈人物内心。结尾也常常是戛然而止，即所谓的"零度结尾"，绝不拖泥带水，也不煽情作秀，如此反而赋予了作品更为震撼人心的力量。海明威因为精通叙事艺术而获得诺贝尔文学奖，他的"冰山原则"就是他现代叙事艺术的集中体现，作家只写露在水面上的八分之一，其余的八分之七仅通过暗示留给读者去补白。这种创造原则极大地影响了他同时代及后辈作家的创作倾向。口语化成为一代人散文风格的普遍特色。埃德蒙·威尔逊甚至在他的文学评论中也摒弃学究字眼，选用口语词汇。亨利·米勒在《北回归线》（1934）中把这种倾向推到极端，语言渎神，用粗鄙的语言来表现道德冷漠和感觉精微的迷惘特征，结果被萧伯纳骂作是"为下流而下流"（dirt for dirt's sake），难登大雅之堂。

迷惘的一代创作的另一个特点是形式上勇于创新。20世纪初的美国文坛正是现实主义、自然主义和现代主义交汇的时期。这些青年作家们融合了战后对传统的反叛精神，吸收了各流派的艺术成就，并各自创造出自己的风格特色：菲茨杰拉德浪漫精巧、海明威朴素遒劲、帕索斯宏观大气……。在法国的流放生涯让他们充分养成了对形式实验和福楼拜的兴趣。他们学习福楼拜客观冷静、无动于衷的叙述态度，学他的作者隐退的叙述技巧，学他的简练风格和反复修改的写作精神。他们感到传统的文学叙述手法已无法表达现代工业社会的种种特征，于是转向意识流、象征、电影"蒙太奇"、有限人物视角、多重视角等创作手法。

帕索斯是形式试验的大师，他在小说领域中开拓性的技巧试验也许比他小说本身的价值更令人瞩目。他第一部令人难忘的试验小说《曼哈顿中转站》（1925）交叉运用了印象主义、表现主义、蒙太奇和新闻报道等多种艺术手法，各种社会镜头和生活画面杂相交错，水和火的隐喻表达了战后西方世界的荒原意识，充分体现了现代的实验精神。此后，帕索斯在其恢弘巨著《美国》三部曲（1937）中，在小说常规叙述之外穿插了"新闻短片"（the newsreel）、"摄影机眼"（the camera eye）和"人物小传"（the biography）等，用以揭示20世纪前30年美国社会的动荡与变迁。这种以美国社会为主角而不是以个别人物为主角的文献新闻手法在美国文学史上留下了独特的印记，对诸如诺曼·梅勒、多克托罗等后继作家产生了深远的影响，并为60年代新新闻报道（new journalism）的兴起提供了历史的源流和借鉴。同时，后现代非虚构小说（non-fiction fiction）也能从也的寓非小说于小说之中的试验获取灵感。虽然现在看来，帕索斯的文学试验多少有些机械、呆板，"摄影机眼"的语言晦涩，"新闻短片"已经成为湮没的历史，让现代读者难以理解，但他试图用现实的新闻材料与小说叙述部分相平行，从而给小说创造一种时代气氛的尝试却是他的伟大与成功之处。

相比之下，海明威保留了较多的现实主义因素，他的小说还常能清晰地分出开头、高潮和结尾。但形式上的实验还是显而易见的，除了电报式对话的独创外，他突破了福楼拜的人物内部聚焦常为第三人称的局限，改用第一人称的内聚焦，更缩短了人物与读者之间的心理距离。在其主要作品中他也试验了意识流、内心独白、闪回等多种叙述技巧。

福克纳则是大刀阔斧地运作意识流，在这方面的彻底性远远超过海明威。他在诸多的作品中尝试多角度叙述方法和意识流以及"神话模式"，即有意识地使他讲述的故事与神话故事平行展开，从而创造了一个让人流连忘返的约克纳帕塔法世界。诗人肯明斯突破传统标点符号、大小写、句法的束缚，创造了成为肯明斯标记的小写的第一人称单数"i"，展示了语言更本质的活力。此外他在诗歌的排字法上标新立异，如把"一叶落下/孤独"竖排成数字 1 的形状，更突出了孤零零的孤独意象，使诗歌同时具有绘画般的视觉冲击力。被誉为迷惘的一代的最后一位天才的韦斯特更是以形式实验著称，在叙事技巧上非常前卫、激进。他在《鲍尔索·斯奈尔的梦幻生活》（1931）和《孤心小姐》（1933）中借由理性控制的梦境来讲述存在的寓言和充斥现实梦境的荒诞意象，在创作意识和写作技巧方面直接影响了后起的美国作家如卡森·麦卡勒斯、奥康纳、霍克斯和塞林格等人。

此外，迷惘的一代之所以影响深远，除了他们的创作成就之外，传记文学和回忆录的空前繁荣也是原因之一。三四十年代就有弗雷德里克·艾伦的《就在昨天》（1931）、考利的《流放者的归来》（1934）、罗伯特·麦卡尔蒙的《天才济济》（1938）以及菲茨杰拉德去世后由威尔逊收集成册的《崩溃》（1945）等总结、反思迷惘的一代的作品问世。五六十年代又目睹了一股回忆热潮：迷惘的一代的代表作家或见证人纷纷推出回忆录或自传，包括卡蕾斯·克罗斯比的《热情年代》（1953）、西尔维娅·比奇的《莎士比亚书店》（1956）、哈罗德·洛布的《如此往事》（1959）、罗伯特·寇兹的《追忆》（1960）、马修·约瑟夫森的《和超现实主义者一起生活》（1962）、曼·雷的《自画像》（1963）、莫利·卡拉汉的《那个巴黎之夏》（1963）、海明威的《不固定的圣节》（1964）、帕索斯的《最好的时光》（1966），以及南茜·卡纳德的《就是那些时光》（1969），等等。《天才济济》也由凯·博伊尔重新修订，于 1968 年再版。这些传记不仅有刘于从其内部理解迷惘的一代的思想、生活和创作原则，它们如此集中的出版也进一步深化了迷惘的一代的文学传奇，使其影响超越了 20 世纪 20 年代的短短时间而对后起文学持续地产生影响,直到60年代的"垮掉的一代"以更反叛、更激进的姿态崛起在美国文坛上。马克·多兰认为迷惘的一代之所以能成为20年代的文化象征,不仅由于它是美国文化历史上颇为少见的由一群作家代表一个时代的例子,还由于它是美国文化历史上绝无仅有的由一群自传作家代表一个时代的例子。(Dolan:184—185)

现代主义的文化冲锋

以往评论界倾向于肯定迷惘的一代突出的反战情绪及其对资本主义精神幻灭的刻画与揭露,同时批评其浓重的个人主义消极逃遁和悲观色彩。但现在看来仅仅这些尚嫌不够,我们可以尝试从文化角度挖掘它反叛旧文化的原因,分析它在道德观念和价值取向上的深层文化意义。

迷惘的一代从其崭露头角的那一刻起就具有鲜明的文化反叛性。这批青年作家在第一次世界大战后脱下军装,冲上文坛。凭着他们参战的特殊体验,以及流放欧洲亲身感受的欧洲现代艺术的启蒙,他们的作品在表达反战情绪和现代青年的幻灭意识上独树一帜,令中年作家难以企及。早已成名的舍伍德·安德森和辛克莱·刘易斯等人虽然只年长20来岁,但相比之下已然老去。他们的作品在年青读者看来似乎过于温和平淡,成了明日黄花。迷惘的一代作家迅速冲垮了这些中年温和派作家在文坛的统治及其"高雅斯文传统"(the genteel tradition),征服了编辑、出版商和读者,成为20世纪20年代美国民族文学的主导声音。

亨利·F.梅在其著作《美国天真时代的终结》中提出了著名的"文化革命"论点。梅认为,以清教伦理和资本主义理性为基础的美国文化传统,自18世纪形成之后,历经民主革命、工业革命的推动和加固,一直未曾大动根本,只是到了19世纪末20世纪初才产生激烈的变革。一战好像一条历史鸿沟,割裂了传统的绵延和发展,成为现代意识和新文化的起点。沟的那边站着欧·亨利和亨利·詹姆斯,而这边则是海明威和艾略特。(May:vii)但是这一切激变并不能简单地归咎于一战。早在大战爆发之前,支撑旧文化的三根支柱,即对传统道德、社会进步与绅士文化的信念,已被进步主义改革所带来的政治与经济变化腐蚀并凿空了基础,一遇上世界大战的强烈冲击,整个旧文化轰然崩塌,留下的残垣断壁便成为新文化各阵营的角逐之地。

而迷惘的一代作家就担当了新文化的冲锋手的角色。其社会影响远远超出文学范畴,在文学和文化领域都触发了革命性的轰动,影响了青年一代的思想和行为方式。《太阳照常升起》发表后,"青年男子试着像小说中的男主角那样沉着冷静地喝醉酒,大家闺秀则像小说中的女主角那样伤心欲绝地一个接一个地和人相爱,他们都像海明威的人物那样讲话"。(考利:1)菲茨杰拉德的小说也在精确记录放浪形骸、夜夜狂欢的名士派和摩登女(flapper girls)的同时,将这一生活方式更深更广地推行到美国社会。挟着新文化运动之势,迷惘的一代文学在风靡全国的同时,带动起文艺百家和大众生活方式上的现代主义潮流。再加上哈莱姆黑人文艺复兴、女权运动和多种移民文化的兴起，现代美国文化中斑驳绚丽、雅俗并举的多元格局开始逐渐形成。

科技与物质文明的进步也极大地便利了新文化的传播。电影、汽车、无线电新闻媒介和横越大洋的国际交通等为新一代的作家们提供了更多样、更便捷的传播工具来辐射更广的人群。借着新兴的广告和推销术的魔力，"爵士时代"的文化骄子们获得了数以百万计的读者或观众，远非老辈作家所能奢望。与新兴的社会科技进步相辅相成的是新的消费文化。强调勤勉、远见和节俭的"生产道德观"让位给了及时行乐的"消费道德观"。迷惘的一代的自我流放及其放浪形骸的生活方式皆与这种消费新观念密不可分。

格林尼治村的道德标准是在商业主义的"促销"努力下传遍全国的。巴黎左岸是他们养成了新的消费习惯后又想延续这样的生活而不得不去的地方。与其说他们走在时代前头，领导了战后文化潮流，不如说20世纪20年代快速的经济发展恣惠了他们，造就了他们，而他们的言行又为勃然兴起的消费文化推波助澜。（虞建华：102）

遗憾的是，以青年文化的崛起和主导为特征的新文化运动虽然推翻了清教传统和中产阶级的商业保守文化统治，却没能实现布鲁克斯关于"美国成年"的设想。在整个20世纪20年代以及之后的几十年间美国文化一直处于文化青春期的动荡状态，充满文化骚动和间发性社会动乱。

结　语

用来概括战后的一代文学青年，"迷惘的一代"其实是个非常笼统且不确切的词汇。海明威在《不固定的圣节》中颇为不屑地说"让她［斯泰因］说的什么迷惘的一代那一套跟所有那些肮脏的随便贴上的标签都见鬼去吧"。应该看到，这批作家们虽然在反战、自我流放等生活经历方面有共同之处，但这并不意味着就能将他们简单地归于迷惘的一代的大旗下而忽略其个人特色。相反，个性和个人风格正是他们致力追寻的东西，也是推动他们进行文化反叛的初衷。事实上迷惘的一代涌现的作家虽多，但大多数已经湮没于历史，到如今鲜闻于人，究其原因恰恰是因为这些人的作品太符合迷惘的一代的"共性"，而缺乏能垂名青史的个人特色。这也是一个有趣的文化悖论，一方面他们以其反叛旧文化的标新立异加入了迷惘的一代的阵营，但是一旦这些标新立异被主流文化接纳，他们的先锋性就迅速褪色，终至湮没于迷惘的一代的共同话语中。倒是海明威、帕索斯、肯明斯、福克纳等作家不拘泥于迷惘的一代的束缚，在20世纪30年代之后逐渐转向，不断成长，逐渐形成自己独特的题材与风格，从而在美国文学史上占据了牢固而持久的位置。

此外，虽然迷惘的一代横扫20世纪20年代的文坛，但如果说它代表了那个时代的全景图像的话也未免有失偏颇。无论从广度还是深度，迷惘的一代都不足以完全代表20世纪美国小说或是现代小说的发展。它代表的更多的还是出身于中产阶级的白人作家在新旧文化交替时的感受。如果把蓬勃发展的哈莱姆黑人文艺复兴、南方反思文学以及各国移民文学都置于考虑之外，20年代的文坛就会大大失色。但是迷惘的一代是20年代美国社会文化的代表，这一点已经没有争议。因此，更准确地说，迷惘的一代是20年代纷繁流派中引人瞩目的一支，其代表作家们在文坛上的狂飙突进是美国现代主义文学的首次集体冲锋，迈开了通往现代美国文学盛景的重要一步。

参考书目

1. Earnest Hemingway, *A Farewell to Arms*, Scribner's Sons, 1957.
2. Edmund Wilson, *The American Earthquake*, Doubleday, 1958.
3. Frederick John Hoffman, *The Twenties*, Free Press, 1965.
4. Frederick Lewis Allen, *Only Yesterday*, Harper & Brothers, 1964.
5. G. D. Moss, *America in the Twentieth Century*, Prentice Hall, 2000.
6. Henry Farnham May, *The End of American Innocence*, Quadrangle Books, 1964.
7. John W. Aldridge, *After the Lost Generation*, Books for Libraries Press, 1971.
8. Malcolm Cowley, ed., *After the Genteel Tradition*, Southern Illinois UP, 1964.
9. —, *A Second Flowering*, Penguin Books, 1980.
10. Marc Dolan, *Modern Lives*, Purdue UP, 1996.
11. Van Wyck Brooks, *America's Coming-of-age*, Octagon Books, 1975.
12. 贝尔：《资本主义的文化矛盾》，赵一凡等译，台北：桂冠图书股份有限公司，1989。
13. 海明威：《不固定的圣节》，汤永宽译，译文出版社，1999。
14. 考利：《流放者的归来》，张承谟译，外教社，1986。
15. 虞建华：《"迷惘的一代"作家自我流放原因再探》，载《外国文学研究》2004年第一期。

陌生化 杨向荣

略　说

"陌生化"（Defamiliarization）由20世纪初俄国形式主义者什克洛夫斯基提出。所谓陌生化就是"使之陌生"，就是要审美主体对受日常生活的感觉方式支持的习惯化感知起反作用，要很自然地对主体生活于其中的世界不再看到或视而不见，使审美主体即使面临熟视无睹的事物时也能不断有新的发现，从而延长其关注的时间和感受的难度，增加审美快感，并最终使主体在观察世界的原初感受之中化习见为新知，化腐朽为神奇。

综　述

20世纪初，索绪尔创立的结构语言学实现了语言学的内转向。传统语言学的对象是言语，重点研究人类语言的历时性演变和发展，主要目的在于揭示不同语言的差异性及其形成差异性的心理和社会根源。索绪尔认为，这种研究视角和方法没有抓住语言的本质，无助于揭示语言学的独特对象和内在规律，因此，在《普通语言学教程》中，他致力于创立一门属于语言学的独立学科，提出语言学的唯一对象应是语言本身。语言学的研究对象由言语转向语言，研究方法由历时转向共时，从而实现了语言学由外部研究转向内部研究的革命性转型。

与语言学的转向相吻合，文艺学研究在19世纪末20世纪初也呈现内转趋势，不同的哲学家、美学家、文论家对艺术本质的求解尽管迥异，但都立足于将艺术与其所表征的终极关怀分开来，在艺术自身的范围内寻求艺术的合法性解释。而俄国形式主义也正是敏锐地捕捉到新时代的气息，率先冲出传统文论的樊篱，从理论到实践实现了文艺学研究方向的内转。在俄国形式主义兴起之前，宗教哲学派文学和传统学院派文学在俄国文坛上一度占据主流地位。宗教哲学派文学的代表是象征主义文学。象征主义凭借神秘的艺术创作论，将艺术内容与形式、声音与意义统一起来，使诗歌语言所展现出的意义成为一种虚无缥缈的主观命意。而学院派文学则主张从文学的外在事实来对文学进行实证性的考据，如历史诗学派认为文学演变的动力只能是来自于文学以外的社会生活。形式主义者拒绝接受当时支配俄国文学批评的心理学、哲学或社会学的方法，认为文艺学之所以长期沦为其他学科的附庸和侍女的地位，关键在于没有自己明确的对象和研究范畴。在传统文艺学中，文艺自身的规律特点实际上是一个长期被人遗忘的角落。基于这一现状，他们把作品视为研究的中心，将文学性置于前景，且在对文学自身的研究中，将诗性语言的陌生化提升到了一个本体论的高度。

新奇：陌生化之滥觞

作为诗学范畴，陌生化为什克洛夫斯基最先提出，但若对其进行追溯的话，则可回到西方诗学的另一重要传统——"新奇"上。在某种程度上，"新奇"诗论可以说是陌生化之滥觞。在西方文艺美学史上，最早对"新奇"进行论述的是亚里士多德，他在《修辞学》中强调应给平常的事物赋予一种不平常的气氛，因为在他看来，诗歌当中的人物和事件都和日常生活隔得较远。亚里士多德强调语言与情节的不平常，认为将平常熟悉的事物变得不寻常和奇异，才能使风格不致流于平淡，使观众有惊奇的快感。

亚里士多德之后，16世纪意大利美学家马佐尼认为，诗应具有不平凡的故事情节和思想，诗的目的主要在于产生惊奇感。强调诗的目的在于产生惊奇感，即是打破读者前在的期待视野，将一种与众不同的、超脱日常经验的陌生前景置于审美主体面前。17世纪英国文论家艾迪生在《论洛克的巧智的定义》中从审美趣味方面对"新奇"进行了论述："凡是新的不平常的东西都能在想象中引起一种乐趣，因为这种东西使心灵感到一种愉快的惊奇，满足它的好奇心，使它得到它原来不曾有过的一种观念。"（《西方美学家论美与美感》：97）艾迪生以审美趣味为切入点论及了不平常的事物所引发的陌生美感，认为这是一种"愉快的惊奇"，这是从心理学角度着眼的，从而使其理论进入了审美心理的层次。

"新奇"诗论发展到18、19世纪，则体现于黑格尔和浪漫主义诗人的论述中。华兹华斯认为诗的主要目的在于在寻常的事物和情节上加上一层想象的光彩，使日常熟悉的东西在不平常的状态下呈现在心灵面前。柯尔律治认为诗的目的是"给日常事物以新奇的魅力，通过唤起人对习惯的麻木性的注意，引导他去观察眼前世界的美丽和惊人的事物，以激起一种类似超自然的感觉"。（刘若端：63）雪莱声称"诗掀开了帐幔，显示出世间隐藏着的美，使得平凡的事物也仿佛是不平凡"。（刘若端：129）华兹华斯、柯尔律治和雪莱所述，其实就是陌生化诗学的一种萌芽，只是还没有上升到文学自觉而已。

在这里值得一提的是黑格尔，在他的多部著作中，他对惊奇感有着相当深刻的论述：

> 艺术观照，宗教观照（毋宁说是"二者的统一"）乃至科学研究一般都起于惊奇感。人如果没有惊奇感，他就还是处于蒙昧状态，对事物不发生兴趣，没有什么事物是为他而存在的，因为他还不能把自己和客观世界及其中事物分别开来。从另一个极端来说，人如果已不再有惊奇感受，就

说明他已把客观世界看得一目了然。他或是凭抽象的知解力对这客观世界作出一般人的常识的解释，或是凭更高深的意识而认识到绝对精神的自由和普遍性。……客观事物对人既有吸引力，又有抗拒力。正是在克服这种矛盾的努力中所获得的对矛盾的认识才产生了惊奇感。（黑格尔：22）

只有当主体与客体尚未完全分裂而矛盾已开始显现的时候，即人在客观事物中发现他自己，发现普遍的、绝对的东西时，惊奇感才会发生。而这种惊奇感的直接效果是：

人一方面把自然和客观世界看作与自己对立的，自己所赖以生存的基础，把它作为一种威力来崇拜；另一方面人又要满足自己的要求，把主体方面所感觉到的较高的真实而普遍的东西化成外在的，使它成为观照的对象。（黑格尔：22）

可以认为，对黑格尔而言，惊奇感是艺术起源和发展的内在动力与源泉，艺术的发展是不断地维持惊奇感的过程。此外，黑格尔还从文学发展的角度论述了无意识化和陌生化的关系，他认为在一个民族的早期，诗是极具精神性和生动性的，但随着历史的发展，本来是新鲜的诗，经过重复沿用，逐渐习以为常，转到散文领域里了。因此，诗要自觉背离散文语言，背离惯常的抽象性，转到具体事物的生动性上来。

在对"新奇"进行梳理中，可以发现，"新奇"在某种程度上体现了陌生化的特点：通过一定的艺术处理，给审美主体带来与众不同的体验。因此，"新奇"诗论可以说是陌生化诗学的滥觞。

陌生化：文学的主人公

形式主义者所主张的陌生化是伴随着文学性（literariness）而提出的，雅各布森在论文学科学的对象时说："文学科学的对象不是文学，而是'文学性'，即那个使一部作品成为文学作品的东西。"（Victor：172）也就是说，文学研究的对象——文学性——是文学本身的特性，是文学与一切非文学比较所具有的差异性，是文学之所以为文学的那种东西，所以，"指责诗人犯有思想罪"，"控告普希金犯有杀害连斯基的罪行，都只能是奇谈怪论"。（张冰：102）

在形式主义者看来，文学性只能在纯粹的文本世界中去寻找，"艺术是自主的：一种恒在的、自我指涉的、持续不断的文学活动，它力求在自身范围内根据其自我标准检验自身"。（霍克斯：60）这样，文学就成了一种超然独立的自足体，一种与世界万物相分离的自在之物。什克洛夫斯基说："我的文学理论是研究文学的内部规律。如果用工厂的情况作比喻，那么，我感兴趣的不是世界棉纱市场的行情，不是托拉斯的政策，而只是棉纱的支数及其纺织方法。"可见，文学的本质特性只能在作品本身，而不能在其他地方找到。如何才能让主体强烈地感受到文学性？形式主义者推出了陌生化，认为文学性是通过陌生化表现出来的，是艺术形式的陌生化使文学的文学性获得了实践的价值。什克洛夫斯基在《作为艺术的手法》中谈到，对熟悉的事物，主体仅仅是机械地应付它们，艺术则是要克服这种知觉的机械性，艺术的存在是为了唤醒主体对生活的感受：

> 为了恢复对生活的感觉，为了感觉到事物，为了使石头成为石头，存在着一种名为艺术的东西。艺术的目的是提供作为视觉而不是作为识别的事物的感觉；艺术的手法是事物的"陌生化"手法，是使形式变得模糊、增加感觉的困难与时间的手法，既然艺术中的领悟过程是以自身为目的的，它就理应延长；艺术是一种体验事物之创造的方式，而创造成功的东西在艺术中已无足轻重。（Rivkin, et al.：18）

陌生化是相对于自动化的习惯、经验和无意识而言的，它产生于变形和扭曲，产生于差异和独特。陌生化要求主体对受日常的感觉方式支持的习惯化过程起反作用，要对主体生活于其中的世界不再看到或视而不见，要"创造性地破坏习惯性和标准化的事物，从而把一种新鲜的、童稚的、富有生气的前景灌输给我们"。作者在创作中也应"瓦解'常规的反应'，创造一种升华了的意识"，"最终构建出一种焕然一新的现实，借此取代我们已经继承的，并且习惯了的非虚构现实"。（霍克斯：61—62）对套版式的陈词滥调，审美主体往往以不经意的机械方式去把握，陌生化则不断破坏人们的常备反应，使人们从迟钝麻木中惊醒过来，重新调整心理定势，以一种新奇的眼光去感受对象的生动性和丰富性。

语言是原初人在想要认识和把握世界的原始冲动中产生的，原本是一种诗性的创造活动。但随着历史及文化的发展，语言也渐渐失去了其应有的新鲜可感性，而堕落成一种毫无诗意的符号或代码。文学的任务就是要重新发掘和揭示语言身上的这种诗性本质，祛除蒙在语言身上的形而上的概念阴影，使诗性的语言复活。从这个意义上说，陌生化与其说是"使之陌生"，倒不如说是"使之回归"：回归到语言诗性的原初地位。因此，什克洛夫斯基认为，诗歌语言的陌生化不外乎着眼于提高作品的可感性，使人们感觉到它，而不是仅仅认知它。"文学的特性包含在其使体验'陌生'的那一倾向之中，因此，文艺学真正应该关注的要点是分析所以能达到如此效应的形式手法。"（Bennete：8）

形式主义者力弃诗歌语言的自动化和习惯化，极力推崇陌生化特性，强调诗的功能在于显现其能指与所指的差异。在他们眼中，语言本身就是一个实体，就是一个自我指涉物，它完全有充分的权利成为诗学研究的主人公。形式主义者反对把艺术本质归于"现实"、"理念"的传统诗学观，强调形式的可感性，将诗歌语言的陌生化突显出来，从而把艺术的发生学基础牢牢地奠定在世俗的语言基础之上，实现了对传统美学自上而下的大转向。

间离法：异化文明的去蔽之镜

在什克洛夫斯基提出陌生化理论大约20多年后，德国戏剧理论家布莱希特从戏剧理论方面对陌生化（又译为"间离效果"）进行了论述。布莱希特还提出了戏剧中的陌生化概念：

> 把一个事件或者一个人物性格陌生化，首先意味着简单地剥去这一事件或人物性格中的理所当然的、众所周知的和显而易见的东西，从而制造出对它的惊愕和新奇感。（张黎：204）

日常生活中的和周围的事物、人物在我们的眼里是很自然的，因为我们对它们已习以为常。对它们陌生化就意味着把它们放在一定距离之外去，细致地建立一套对习以为常的、从不怀疑的事件进行追究的技巧。在布莱希特眼里，陌生化通过对习以为常、众所周知的事件和人物性格进行剥离，使演员与角色、演员与观众之间产生一种距离，进而使观众从新的角度来看习以为常的事件和人物性格，并从中见出新颖之美。这与形式主义者的陌生化理论极其相似，但当我们把陌生化放到他们各自的诗学系统中加以考察时，又会发现两者有着质的不同。

这首先体现为二者对文艺的社会功能认识上的差异。在形式主义者看来，陌生化是一个纯粹的美学概念，因而很少考虑陌生化产生的社会效果；而对于布莱希特，陌生化已超越了单纯的形式与结构层面，成为参与、介入社会现实生活的一种手段，其最终目的在于完成对社会的批判和改造。布莱希特曾经把陌生化的实现过程概括为这样一个公式：认识（理解）-不认识（不理解）-认识（理解）。这是一个认识上的三部曲，类似黑格尔的"正题-反题-合题"的发展规律。布莱希特的陌生化并非形式主义者所强调的"唯陌生而陌生"，而是希冀借陌生化达到对事物的更高层次、更深刻的理解与熟悉。陌生化不仅仅是制造间隔，制造间隔只是一个步骤，更重要的是消除间隔，达到对事物更深刻的熟悉。

其次，二者所依附的理论基石不同。在俄国形式主义者那里，美不在于对外在事物的逼真描绘，也不在于表现了作者一定的心灵情感，而在于文学性所显现出来的诱人的艺术魅力。陌生化则是文学性获得源源不绝的生命活力之所在，也是审美接受者获得新奇美感享受的根本。布莱希特则在"美是生活"的命题上继续前进，他认为美是客观事物的显现，是客观存在在艺术形式中的本真显现。美与生活的关系不是被动的，而是能动的。可见，布莱希特美学理论的基石是牢牢地根植于革命现实主义的大地上，陌生化是对被资本主义异化文明掩盖下的本真生活的一种挖掘手段。

布莱希特强调戏剧创作中的陌生化手法，这是他把马克思主义的认识论运用于艺术实践的产物。布莱希特认为戏剧的首要任务，是对广大人民群众进行思想和政治上的启蒙，即启发他们的阶级意识。但他又看到，在这个资本主义统治下的黑暗社会，传统的是非曲直观念是颠倒的，要使戏剧真正发挥其积极的社会功能，有效地反映或揭露被历代剥削阶级偏见或习俗所蒙蔽的现实，就必须使用"特殊的镜子"。而这面"特殊的镜子"就是陌生化，只有通过陌生化才能改变人们的思维定势，引导他们以一种新的眼光对被资本主义异化的世界进行判断，打破思想统治上的异化，获得真理性的认识。

取消"前在性"：命意新读

什克洛夫斯基和布莱希特对陌生化的理解有很大不同，但都认为陌生化是指将日常的熟悉事物加以艺术处理，使之与审美主体保持一定的距离，从而使主体获得陌生美感。陌生化通过对前在文本经验的违背，创造出了一种与前在经验不同的特殊的符号经验，这种对前在经验的反拨，体现了陌生化的质的规定性：取消语言及文本经验的"前在性"。"前在性"是相对于"当下性"而言的，前在的存在已变得陈旧而没有新意。当下的存在，由于割裂了传统语言给予主体的期待视野，颠覆了前在符号经验给予主体的召唤结构，因而焕发着无限的生机和活力。取消"前在性"意味着在创作中要不落俗套，要将习以为常的、陈旧的语言和文本经验通过变形处理，使之成为独特的、陌生的文本经验和符号体验。

从质的规定性出发，我们可从以下几个方面对陌生化的命意进行解读。

首先，陌生化的潜在前提是文本此在的可感性。陌生化要取消语言及文本经验的前在性，就势必要对前在的文本存在进行创造性的歪曲与变形，使之以反常态方式呈现于主体面前。陌生化的一个最突出效果，就是能打破审美主体的接受定势，作品的艺术性，也无非是由感觉方式所产生的一种效果。什克洛夫斯基认为，感觉之外不存在艺术，感受过程本身就是艺术的目的。艺术既然是以"被感受"为存在的第一要义，那作者与艺术家首先应当关心的，就是在创作中如何提高作品的可感性，如何把审美主体的审美目光调动起来，最大限度地获得美的享受。作品之所以要由特殊的手法写成，之所以要对形式与内容加以"陌生"的变形处理，目的就在于要使其尽可能地被接受者所感受到。

其次，陌生化的实现过程是创造"复杂化"和"难化"形式的过程。为了打破自动化感受的定势，冲破审美惯性，使接受主体获得新颖奇异之感，艺术家必须通过创造"复杂化"和"难化"的形式，不仅打破原有形式的规范和格局，而且独辟蹊径地营造异于前在感受的艺术迷宫。这种精心营造无疑会增加形式的艰深化，增大接受主体审美感受的难度，使艺术不可能沿着平坦而笔直的道路前进，而是踟蹰于"弯曲崎岖的道路、脚下感受到石块的道路、迂回反复的道路"上。要获得"复杂化"和"难化"的形式，关键是要对前在的文本进行创造性的变形。

"变形"在我国古典诗学中表现为"违背常理",力求破常出新,正是在这种语言的变形与错位中,诗人们有意颠倒、打乱事物的常规顺序,借以求得"陌生化"效果。

再次,陌生化以审美欣赏中的惊奇与惊异感为前提。现代心理学表明,审美的实现来自审美主体的两种心理唤醒:渐进性唤醒和亢奋性唤醒。通过渐进性唤醒,情感可以达到适当的程度,因为在这种唤醒中,情绪的紧张度是渐进递增的,一切情绪激动都是水到渠成的。而在亢奋性唤醒中,情感超过了适当的程度而剧烈上升,然后在唤醒下降时得到一种解除的愉悦。渐进性唤醒是依靠人们熟悉的、有规律的模式的逐渐变化而达到的,它所引起的注意时间极为短暂,所以要佐以亢奋性唤醒。由于亢奋性唤醒介入了高度奇异的令人有惊讶或复杂之感的样式,因而它不但有维持审美主体注意的可能性,同时也因为这类模式不可能很快地使人适应而迎合了主体的逆反心理,诱发其对文本进行不断的玩味与揣摩。不难看出,亢奋性唤醒就是通过对熟悉事物的"难化"而诱发接受者的惊奇感与惊异感,所以,要使文本能为审美主体所关注,它的形式就必须具有足够的难度。

最后,对陌生化的把握还有一个度的问题。陌生化应在接受主体可理解的范围内进行。俄国形式主义者过于强调文本的语言和结构的奇和异,"唯陌生而陌生",认为文本之所以具有强烈的美感就在于文本与接受者之间距离的无限拉大。在对度的把握上,形式主义者显然"过度",走到了极点。因此,应在陌生与熟悉之间保持一种中庸,对陌生化的追求要做到"常"中出"奇","奇"中见"常",保持一种不偏不倚的态度。至此,我们可以对陌生化作一个整体的观照,试以图示如下:

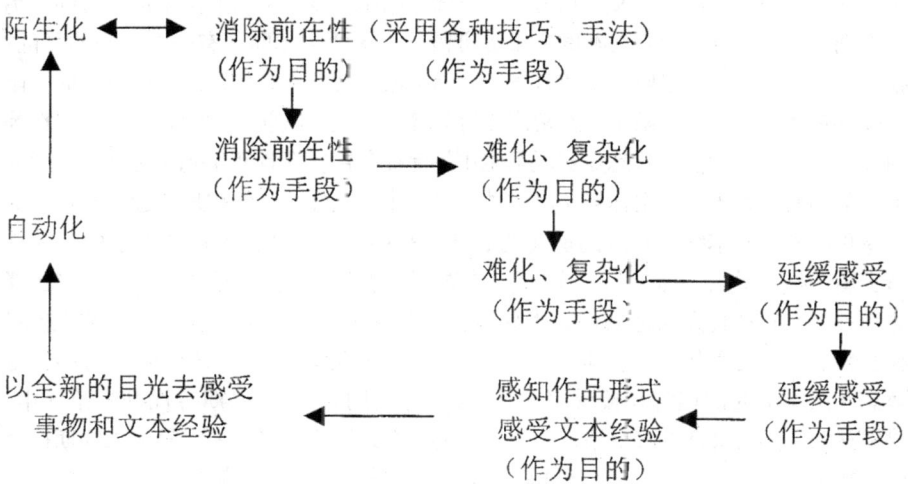

将上图简化，我们可得到下面两个公式：

陌生化──→自动化──→陌生化

消除前在性──→展现当下性──→消除当下性（消除新的前在性）

陌生化表现为一种螺旋上升的辩证发展过程：前在的符号经验不再对我们的感觉产生影响，必须对之进行陌生处理，使其形象鲜明地呈现于我们面前。这种陌生的手法经常性地重复使用，久而久之，也逐渐成了一些干枯的符号，成为一堆自动化的感觉经验，不再能引起我们的注意。我们在更高一级的层面上再一次对之进行陌生处理，使之成为能调动我们感知积极性的新鲜符号，使我们永远处于感知的不断变异中，从而获得持续的美感享受。

前在与此在：悖论中的张力美

陌生化力求取消形式及文本经验的"前在性"，在这种陌生化的程序中，一个内在的，但又往往被我们所忽略的悖论呈现了出来：陌生化与"前在性"处于矛盾的共存。一方面，主体在对文本进行感知时，脑海中不会是一片空白，而是存在着一个理解对象的"前在性"（包括对象的前存在和主体接受维度的前存在）。由于"前在性"的存在，主体对文本的感受和理解才成为可能，"前在性"是理解的前提，对经陌生化处理过的文本的感知也不能脱离"前在性"的预设。另一方面，任何陌生化的处理又都是对"前在性"的宣战和施暴，陌生化的内在本质在于消除和解构"前在性"，在于取消和打破语言及文本经验的先设。

对象的"前在"是陌生化得以实现的前提，试以语言为例来加以说明。语言的陌生化并不是凭空产生的，而是一种对常态语言的突破，这种常态语言表现为日常的非文学语言和前在的文学语言。一方面，陌生化要避免与非文学语言雷同，另一方面，陌生化要避免与前在的文学语言雷同。这两个方面都有一个共同的目的：摆脱习以为常的知觉经验，把语言置于重新考察的背景上，借以形成一种新的、陌生的知觉体验。可见，陌生化对常态语言的变异，只能以前在的常态语言的存在为前提，不仅对象的前在状态是实现陌生化的前提条件，而且陌生化还必须以主体的前理解为潜在基础。在主体与文本的动态对话中，主体不是僵化地去迎合文本，而是尽可能地将文本纳入自身的前在的心理定势中，力求使文本迎合自己的前在视域。海德格尔提出"前见"、"先见"、"先有"等概念，认为对文本进行任何解释之前都必然有这种先入之见。加达默尔在借鉴海德格尔的基础上提出"前理解"概念，用以表征主体在进行理解时具有的先于当下理解的知识结构和人生经验。主体感知结构中的前理解在接受美学那里，则体现于姚斯的"期待视野"概念中。姚斯认为主体对文本的接受不是完全被动的，而是以历史经验所积累起来的期待视野为接受的前提。无论是"前理解"，抑或是"期待视野"，都是指主体在与文本对话时所存在的先有的思维与知识结构——为主体所特有的前在性，它是主体与文本展开对话的前提与基础。"前理解"否认阐释始于一个没有任何前见的纯洁状态，无论主体自觉与否，"前在性"都是一种客观的存在，与文本的对话只能由此开始，它规定了主体的立足点以及他由此所能遭遇的一切。

在与文本的遭遇中，主体总是带着前在的理解进入具体的文本感知体验中，对文本陌生化的感知也不例外。雅各布森说，诗歌是对普通语言的有组织的违反，是语言的"自我宣传"和"前景化"。什克洛夫斯基也认为，对作品的每一次再现就是对它的再一次创造和再一次包袤。从形式主义者的论述中，我们发现这样一个隐蔽的前提：陌生化必须以习见事物和惯性体验为前提。什克洛夫斯基所说的再创造，也就是强调主体在面对任何文本的时候，头脑都不可能是一片空白，而是既有以往文本的印象与痕迹，又有个人的接受习惯与审美趣味，这些都在潜意识中影响着主体的审美取舍。

陌生化以"前在性"为潜在前提，但又力求消解这种'前在性"。在这种悖论性的共存中，前在与此在的相互冲突引发出一种张力，陌生化也正是凭这种紧张关系而使主体最大限度地体验到一种张力美。"张力"（tension）原指事物之间力的运动所造成的一种紧张状态。退特认为，诗歌语言的外延（extension）和内涵（intension）形成相互冲突而又彼此依存的紧张关系，他主张去掉两词的前缀，将其合并为张力。后来福勒将张力释为"互补物、相反物和对立物之间的冲突或摩擦"，认为"凡是存在着对立而又相互联系的力量、冲突和意义的地方，都存在着张力"。事实上，张力不仅存在于文本内部，而且存在于主体的接受心理中，主体在与文本的碰撞与互渗过程中，就充满了既统一且矛盾的心理张力。一方面，长期的接受习惯使他按既定的期待去体验文本，另一方面，求新的欲望也不满足前在的成规，要搜索新的东西来刺激自己。这种前在期待与求新期待是一个矛盾体，两者互不相容：一个要守旧，固守习惯的阅读模式，一个要创新，体会新的阅读经验。主体心理上的这两股力量的冲突构成了一种审美张力，陌生化也正是凭借文本与主体接受之间的张力美，吸引主体的审美关注，使主体获得出乎意料的审美经验。

从发生学的角度看，审美接受中的张力美源于主体审美心理与文本之间的距离，阿恩海姆认为任何非同质性的刺激物都会招致张力的出现。桑塔雅纳说：

> 顺心而单调的环境所产生的快感，往往不能使环境显得美，道理很简单，就是这环境未受到注意。同样，我们习惯了难看的东西，例如风景上的缺点，我们的衣服或墙壁的丑处，并不使我们难堪，这不是因为我们看不见它们的丑处，而是因为我们习焉不察。（桑塔耶纳：72）

即是说文本必须与主体的审美心理保持一定的距离，张力才能产生，如果文本一味投合主体的习惯心理，就会使主体心生厌倦，失去兴趣，不能激发其内心深处的紧张感。什克洛夫斯基提出的陌生化理论，在一定程度上也正是主张用反常的文学样式去消解和瓦解文本的前在形式与主体的前在思维结构,使主体用新奇的眼光去关注对象,让钝化的审美知觉复活,在与文本的碰撞中产生审美张力。

陌生化十分注重审美欣赏中所引发的惊奇感与惊异感,以及主体与对象之间的张力美。要使作品能为主体所关注,它的形式就必须有足够的难度,唤起主体的前在期待和先有接受范式,又以文本的新范式打破这种前在的期待范式。霍克斯说:"'陌生化'的程序预先要有一批'我们熟悉的'和似乎是有内容的材料的存在。如果一切文学作品在任何时候都从事于陌生化过程,那么就缺乏为我们所习知的标准或'对照物',陌生化过程的任何特性也就因此被剥夺了。"(霍克斯:66)由于平常的积累,接受主体已形成特定的审美和认知范式,主体总是带着业已形成的特定范式投入新的文本经验之中,当特定的陌生化手法将某一新的范式突置于接受主体面前时,前在范式和新范式会产生撞击和冲突。这种撞击和冲突所构成的张力就会极大地吸引主体的注意,激发主体的兴趣,并使主体在这种张力与新旧范式的冲撞中获得新奇、陌生的审美体验。

陌生化强调审美接受中主体与对象之间的张力美,但我们同时需注意,在主体接受心理与文本之间应保持一定的度。过于突破主体的前在限定,会使主体难于理解和不能接受,而过于遵循前在的传统,也不能引发主体的审美注意和达到陌生化的目的。文本的陌生化无论怎样新奇,都要既在意料之外,又在情理之中。并非越新颖接受张力就越大,主体就越能获得美的享受。超过了主体的接受维度,文本难以成为主体的接受对象,审美张力也就不会存在。

参考书目

1. Erlich Victor, *Russian Formalism*, Mouton, 1955.
2. Julie Rivkin, et al., eds., *Literary Theory*, Blackwell, 1998.
3. Tony Bennete, *Formalism and Marxism*, Methuen, 1979.
4. 《西方美学家论美与美感》,商务印书馆,1982。
5. 黑格尔:《美学》第二卷,朱光潜译,商务印书馆,1979。
6. 霍克斯:《结构主义与符号学》,瞿铁鹏译,上海译文出版社,1997。
7. 刘若端编:《十九世纪英国诗人论诗》,人民文学出版社,1984。
8. 桑塔耶纳:《美感》,缪灵珠译,中国社会科学出版社,1982。
9. 什克洛夫斯基:《散文理论》,百花文艺出版社,1994。
10. 张冰:《陌生化诗学》,北京师范大学出版社,2000。
11. 张黎编《布莱希特研究》,中国社会科学出版社,1984。

凝视 陈 榕

略 说

"凝视"（Gaze），也有学者译为"注视"、"盯视"，是携带着权力运作或者欲望纠结的观看方法。它通常是视觉中心主义的产物，观者被权力赋予"看"的特权，通过"看"确立自己的主体位置，被观者在沦为"看'的对象的同时，体会到观者眼光带来的权力压力，通过内化观者的价值判断进行自我物化。当今对凝视的批判已经成为文化批评主义者用来反抗视觉中心主义、父权中心主义、种族主义等的有力武器。

综 述

科学家发现，人类胚胎最先发育的是听觉和嗅觉，其次是味觉和触觉，最后才是视觉。婴儿直至出生视网膜还没有发育完全，只能模糊看到眼前数尺内的景物，然而就是这个最迟发育的感觉器官，却为人类感知世界提供了有力的保障。人的味觉仅限于舌上的味蕾，触觉需要对象物位于伸手可及处，嗅觉适于发现近距离目标，听觉能捕捉到百米以外的声音，而视觉却可以观测到近一公里外的物体。有了视觉，人对周围环境的认识能力大大提高，在人类的感官中，眼睛占据了最为重要的地位。

视觉不仅是人类进化过程中获得的生物本能，也参与着文化建构。根据弗洛伊德的理论，视觉的发展促生出人类文明：随着人类学会直立行走，双目位于头部正前方，人不仅获得了更广阔的视野，也发现了原来处在隐蔽位置的生殖器官，人类开始为自己的性活动感到羞耻。其后是一系列的演进过程："嗅觉刺激的退化……再发展到视觉刺激获得至高无上的地位，以及生殖器官变得显露，然后又发展到性刺激的持续存在、家庭的建立，以及人类文明的边缘。"（弗洛伊德：88）

人类文明的进步，也离不开视觉的辅助：随着文字的出现，尤其是印刷术的发明，知识无须再借助口口相传，只需要借助视觉，通过阅读就可以得到广泛的传播，人类社会进入了加速度发展的阶段。为了能够扩展视域以及更清晰地观看，人类发明了眼镜、显微镜、望远镜、潜望镜，等等。为了让"看"获得更多乐趣，人们发明了摄影技术、电影、电视……视觉文化与人类的科技同步发展。

视觉影响着人类文明的进程，视觉模式也出现在西方哲学思辨的源头。以theory（理论）这个词为例，它的希腊词原形是 theoria，意思是"专注地看、看到"。我们也常说"百闻不如一见"、"耳听为虚，眼见为实"，等等。"视"与了解真相紧密相连。英文中"I see."的含义已经超越了字面的"我看到"，而是意味着"我明白了"。法语中的"能够"（pouvoir）和"知道"（savoir）的词根都是"看"（voir）。虽然我们常常会发现眼睛在欺骗我们，比如直的竿子放在水里看起来是弯的，再比如视觉暂留使我们在看到静止的画面连续播放时会感觉到画面上的物体在移动，但对作为感觉器官的眼睛的可靠度的怀疑却没有带来哲学上对视觉的贬损，相反，视觉摆脱了对肉身存在的依赖，被提升到了灵魂的高度，成了洞悉万物、揭示真相的心灵的第三只眼。

在《理想国》第七卷著名的"洞穴"比喻中，柏拉图将束缚于感官世界的人比喻作被束缚住了手脚置身于洞穴中的囚徒。他们把洞外火把投射到洞穴壁上的外部世界的虚像当成了真实。终于有一天，一个囚徒被强制着离开了黑暗的洞穴，他才认识到外面有一个阳光明媚的真实世界，这个真实的世界也就是柏拉图所说的超越感官束缚的理念世界。"洞穴"比喻从表面看表达了对视觉的怀疑，洞穴中呈现的不过是虚像，但柏拉图的理念世界却建立在"光"这一重要的视觉意象之上，理念的最高形式——善——在比喻中以"太阳"这一万物光源的形式存在。柏拉图认为，"作为整体的灵魂必须转离变化世界，直至它的'眼睛'得以正面观看实在，观看所有实在中最明亮者，即我们所说的善者"。（柏拉图：277）《理想国》将对肉体之眼的质疑置换成了对"心灵的视力"的依赖。

虽然基督教在中世纪以前一直秉承其源头希伯来精神中反对偶像崇拜的传统，认为"聆听上帝的声音"比膜拜神像更为重要，而奥古斯丁《忏悔录》中"心灵之耳"的说法也被批评家反复引用以说明"倾听"的意义，但事实上，视觉隐喻却是奥古斯丁哲学思想的重要组成部分。奥古斯丁认为上帝是真理的本体，将上帝的荣光等同于真理之光。他认为人沉沦在感官世界的黑暗蒙昧之中，只有经过上帝之光的照耀，才能获得理性，懂得用心灵去看，"能在奇妙的谛观中，辨析一切"。（奥古斯丁：304）

17世纪法国哲学家勒内·笛卡尔提出"我思故我在"，将人的存在抽象成了意识，他所说的"我思"，同样也是按照视觉模式运作的。笛卡尔在《第一哲学沉思集》中曾用蜡块做例子来说明"我思"的本质。当蜡刚从蜂房中被拿出来的时候，它闻起来是香的，摸起来是硬的，看起来是一块固体；可是当它经过火烤，就失去了原来的香气，变柔软了，成了液态；虽然它的形态发生了很大的变化，我们依然知道它是蜡。是什么让我们认识到蜡之为蜡的本质？显然不是感官意义上的视觉、触觉、嗅觉，而是"思"，即"用精神去察看"，这种察看是"清楚的、分明的"，这种察看使"我"能够洞穿物的本质，断定物存在，也让我体会到"我"在思维，是主体存在。笛卡尔的"我思故我在"不仅体现了身体/心灵的二元对立，同时也体现了人/世界的二元对立，人被确立为观看主体，看即思，思即知，世界万物简

化为人眼中的景观，由此构成了"现代时期主要的，甚至是霸权式的视觉模式"。（Foster：4）

无论是柏拉图的"心灵的视力"，还是奥古斯丁的"光明之眼"，或者笛卡尔的"精神察看"，它们有一个共同的特点：均以视觉为认知中心，强调视觉中包含的知性和理性成分以及视觉对外部世界的把握能力。眼睛上升为智性器官，"视"与"知"画上了等号，视者理性的目光冷静客观，看穿隐藏在表象下的秘密。然而，进入20世纪，随着现象学、马克思主义、后结构主义、文化批评等思潮带来的颠覆性冲击，以理性主义为特征的视觉中心主义却受到了越来越多的质疑。人们发现在视觉中心主义的范式中，视觉是权力性的，它确立着主体性，体现着求真意志；视觉是冷漠的，为了保持理性，压抑着感情投入；视觉是疏离的，主体与被视物之间隔着距离，视者与被视对象很难实现主体间的亲密互动，由此，"很明显视觉中心主义已经引起（并在许多领域正在继续引起）广泛的不信任"，（Jay：588）许多被认为是习以为常的视觉运作模式渐渐成为人们拷问的重点。在这样的背景下，代表观看过程中将主体客体化的凝视机制也就逐步走进批评家的视野，并获得了越来越多的关注。对凝视的思考贯穿了整个20世纪并延伸到了今天，它不仅出现在哲学理论的领域，也被运用在了对广告、电影等通俗文本的解读中。

萨 特

法国哲学家萨特是20世纪最早意识到并主动分析视觉的压制体制的哲学家。萨特幼年丧父，在外祖父家长大，敏感的他从小就感觉到了周围亲人目光的压力。他按照外祖父母和寡居的母亲的要求塑造着自己，在自传《词语》中，他反复将自己的行为形容为表演，他意识到：

> 我的真实、我的性格、我的名字，它们无不操在成年人的手里。我学会了用他们的眼睛来看自己。……他们虽然不在场，但他们却留下了注视，与光线混合在一起的注视。我正是通过这种注视才在那里奔跑、跳跃的。这种注视保持着我的模范外孙的本质，并继续向我提供我的玩偶，赋予我一个世界。（萨特，1992：58）

萨特发现，在大人的注视下，他不得不做出种种姿态以使自己和大人所渴望看到的形象一致，他成了"一个骗子"，背叛了自己真实的意愿，以取悦于人。

这种在他人的目光下丧失自我、消耗自己的生命取悦于他人的感觉，在萨特的代表作《存在与虚无》中以"他人的注视"的形式被上升到了哲学的高度。在萨特看来，人的存在先于人的本质。萨特这里所说的"存在"是人之为人这一事实。人来到这个世界上，也就陷入了存在之中，这是偶然和毫无理由的。与存在伴生的是"自由"：不存在一个上帝为人生制定的前进方向和安排的奖惩方案，每个人的人生由自己负责,人的"本质",也就是究竟成为什么样的人,完全取决于个人选择如何行动。因此,"人的自由先于人的本质并且使人的本质成为可能,人的存在的本质悬置在人的自由之中……人并不是首先存在以便后来成为自由的,人的存在和他'是自由的'这两者之间没有区别"。(萨特,1987:56)不过,人命定是自由的这个事实并不代表人可以不受外力的羁绊。自为的人永远会感受到自在的处境所赋予的种种压力,人需要有对这些决定因素说"不"的勇气,直面自己的命运。只有弱者才会听任外力摆布,放弃主动的选择,这些弱者自欺地忘记了放弃选择也是一种选择,他们试图躲避自由,结果导致自我异化,丧失了人的主体性。

"他人的注视"就是自为的人所体会到的让他背叛自己的压力之一。当我们注视这个世界时,世界万物自在的存在随着我们的目光向我们的意识聚拢,这个时候,我们享受着存在的自由,是世界的中心,自己的主人。如果这时在我们的视域中出现了他人,这个景观就会迅速发生变化。虽然这个他人和周围如长凳、草地之类的客观存在物一样,是我们观察的对象,也就是说他人是"对象-他人",然而,与长凳等不同的是,他人与我们一样,有"视"的权力,在他的目光所及之处,万物也向他聚拢。由于他人的介入,我们发现自己并不是这个世界的中心,对象-他人是和我们一样的主体,是"主体-他人"。

事实上,主体-他人不仅可以超越我们客体化目光的限制,他的注视更会成为塑造我们主体性的决定性力量。以偷窥为例,当一个人从锁眼向里望的时候,他专注于这个行动,他的意识附着在"看"之中。他是自由的,没有也不需要思考"我是谁"、"我的本质是什么"之类的问题。可是,当他发现被他偷窥的对象正在观察着他的时候,他会体会到羞耻,这种羞耻来自于反思意识,在反思意识中,他认识到自己就是对方眼中那副可耻的样子。

> 他人的注视和这注视终端的我本身,使我有了生命,……在我能拥有的一切意识之外,我是别人认识着的那个我。并且我在他人为我异化了的一个世界中是我是的这个我,因为他人的注视包围了我的存在,并且相应包围了墙、门、锁;我没于这一切工具性事物而存在,它们在原则上脱离了我的一面转向别人。这样,我就没于一个流向别人的世界、相对别人而言的自我。(萨特,1987:346)

我们尖锐地体会到我们被看——我们和周围万物一样,是他人注视的对象。他人在根据表象对我们进行评判,我们自由的存在和无限的可能性受到了限制,我们成了映射在他人眼中的样子,从"主体-我"沦为"对象-我"。为了夺回自由,我们需要注视他人,以便把自己从他人的支配中解放出来,并反过来控制他人;而他人并不会轻易就范,于是我与他人相互"注视"、相互超越,上演着权力争夺,体现出"冲突是为他的存在的原始意义"。即使亲密如恋人,也不能逃脱被注视被异化：在恋爱中，"我被他人占有；他人的注视对我赤裸裸的身体进行加工，它使我的身体诞生，它雕琢我的身体，把我的身体制造为如其所是的东西……他人掌握了一个秘密，我所是的东西的秘密"。（萨特，1987：470—471）

尽管萨特使用"他人的注视"这一理论是为了说明人与人之间是永恒冲突而不是和谐共生的关系，但他的"注视"说却让我们看到了"我被他人看见的恒常可能性"、注视所隐含的权力斗争，以及我们是如何内化他人的注视，并在自我审查中将自己塑造成对方眼中的客体的。即使是在他人缺席的情况下，我们依然"因树枝的沙沙声，寂静中的脚步声，百叶窗的微缝，窗帘的轻微晃动"而体会到他人注视的在场，由"自为的人"异化成"为他的存在"。（萨特，1987：341—342）

拉　康

如果说萨特的"注视"说中作为观者的"我"是一个有自由行动能力的完整的主体-我，只因他人注视才发生异化的话，拉康作为观者的"我"则从不曾具有统一的主体性，无需要外力的侵入，"自我"自诞生伊始就有"对象-他人"的影子。

1949年，在苏伊士举行的第16届国际心理学大会上，拉康发表了《在精神分析经验中显露的助成"我"的功能形成的镜子阶段》的文章，提出了人的自我意识产生于镜子阶段的著名论断。拉康指出，在婴儿成长到6到18个月间的某个时期，他会喜欢上照镜子的游戏。科学家发现大猩猩和婴儿一样，都会照镜子。可是猩猩在发现镜子里并不是另外一只猩猩而是自己的时候，就会迅速失掉对镜子的兴趣，只有人类婴儿会乐此不疲地徘徊在镜前，反复专注凝视镜中之像，并欣喜得手舞足蹈。孩子迷恋镜子，是因为当他照镜子的时候，会发现镜子里有另外一个孩子，通过以周围人为参照物，他会逐渐意识到镜子里那个孩子就是自己。当现实生活中孩子受视野的限制，只能看到自己手脚胸腹组成的局部身体的时候，镜中的自己却拥有神奇的完整外形；当现实生活中孩子还不能随心所欲地调度自己的身体、更不用说命令他人的时候，他却发现随着身体移动，他可以自如地操纵镜中孩子的动作。

镜像凝视造成了自恋式的认同：婴儿迷恋着镜中的理想形象，将它指认为"理想-我"，根据它形成了初步的自我意识。拉康指出，婴儿诞生之初，对世界的认识是混沌的完满，不知道什么是他者，什么是自己。对他来说，身体是无界限的，没有属于自己、属于母亲、属于世界的差别。饿了要吃奶，冷了要温暖，所有的需要都是动物本能的表现。然而，随着对世界认识的增长，他会发现在他完满的没有区别的世界，存在着匮乏。当饥饿的时候，他并不是总能吮吸到乳汁，他体会到了母亲的不在场。这种不在场所造成的匮乏，让他朦胧地感受到了他者的存在，也为自我意识的萌芽创造了条件，这也是为什么镜子阶段从 6 个月才开始的原因。

进入镜子阶段的婴儿，模糊意识到了匮乏在他的完满世界中所造成的差异，站到了自我建构的门槛。这时，他所需要的是一个可以投射"自我"的形象，而镜像凝视恰恰为他提供了这样一个形象。借助镜像，他可以辨别和他人的差别，借以认识什么是"我"。令他欣喜的是，这个镜像比他对自己身体的认识更完美，更驯顺。通过一次次凝视所造成的视觉强化和格式塔建构，当镜子阶段结束的时候，婴儿可以笃定地判定镜中的人就是自我，并在父母的语言指认下，带着镜子阶段建立起的完整形象，向象征域、向主体的形成迈进。不幸的是，他并不知道，他对自我的认识其实是一种"误认"：依照镜像建立起的自身完整性不过是"矫形的整体性形式的幻想"，自我赖以确立的基准外在于身体实在，"预示了它异化的结局"。（Lacan, 1977：4—6）自我为了克服匮乏，用凝视将一个完整的形象加诸于己，却也将他者牢牢地固定在自身，将主体性建立在永恒的匮乏——一个虚像之上。

在拉康关于镜子阶段的论述中，观看是想象性的建构机制，它赋予观者主体的位置。时隔 15 年，在 1964 的研讨课上，拉康提出了与这种建构性机制相反的视觉模式，并将它命名为"凝视"。这一次，凝视不是来自于主体，而是隶属于客体世界。拉康说他对这种客体凝视的认识来自于一次偶然的经历：当时拉康正在渔港和一群渔民在一起，水上漂来了一个沙丁鱼罐头，一位渔民和拉康开玩笑："你看见了那个罐头？你看见它了吗？它可没看见你！"渔民说的是玩笑话，这话却引起了拉康对"我思故我在"式观看方式的怀疑。

拉康承认他从法国哲学家梅洛-庞蒂处得益颇多。梅洛-庞蒂反对笛卡尔式主体观所提倡的意识/身体、主体/客体之间的二元对立，将人定义为先于反思意识存在的身体-主体。身体-主体既是知觉的主体，也是知觉的对象，它既是"我看到我自己在看"中"看"的主语，也是"看"这个动作的宾语。而身体-主体与世界之间也是主宾互换的可逆关系。梅洛-庞蒂将存在比做肉身，人和世界同存其中，人与世界的目光交错，就如同正在写生的画家，他看着森林，他也能感觉到森林正静静地看着他："看者与可见的相互转换，我们再也无法知道是什么在看，是什么被看。"（Merleau-Ponty：139）拉康没有把渔民的话当作一个比喻，是因为他接受了梅洛-庞蒂的关于人的可见性的观点。不过他发现"罐头看不见你"这句话，从哲学上思考不仅意味着人有可见性，可以是客观世界凝视的对象，还意味着客观世界虽然凝视着他，却没有看见他。换句话说，就是"视"而"什么都不见"，人主体存在的真实性由此成了一个疑问。

拉康认为，笛卡尔式的主体是单点透视模式中的"一个几何点，一个透视角"，（Lacan, 1998：86）观者立足于主体位置，清晰洞察客体世界。拉康将这种观看称为"眼睛"，这恰巧在英文中与代表主体的"I"同音。拉康指出，"眼睛"作为观看主体在面对客体世界的时候，有时会发现自己观看的对象以某种方式折返了自己的目光,这种来自客体世界的折返性目光即是凝视,它"属于事物的一边,也就是说事物在看着我"。(Lacan, 1998:109)为了进一步说明"眼睛"与凝视的差别,拉康引用了霍尔拜因的《大使》这幅名画为例。当观者站在画的正前方时,可以看到画中法王派驻英国的大使和他的朋友穿着华丽礼服,神情倨傲地目视前方。在他们身旁的桌子上摆放着代表文明的书籍、象征人类统治世界的地球仪,等等。此刻,"眼睛"看到的是文艺复兴时代稳定而充满自信的世界。然而,这幅画的前景却漂浮着一个扁形的椭圆体,观者需要走到画的侧面,通过特定角度,才能发现椭圆体其实是按照另一个透视角度画的骷髅头,它正在用空洞的眼眶凝视着观者。骷髅头是一个没有所指的能指,"画面上一个没有意义的污点",它的出现"使画面非自然化,使它所有的成分变得可疑"。它揭示出观者的盲点和局限性,"破坏了我们作为中立客观的观察者的位置,将我们固定在被观察物自身"。(Zizek:91) 当"眼睛"立足于"主体"这个透视点,以为"世界尽在我视野"中的时候,骷髅头正"歪斜地看"观者,在它没有眼珠的眼眶中,人的成像是"空",是无穷的匮乏,"主体消失了"。(Lacan, 1998:88)

综上所述,我们可以看到,拉康早期的镜像凝视建构了主体,而后期的客体凝视则暴露了主体的匮乏本质。这两种视觉模式看似对立,其实揭示的是同一个问题,即人的主体性不过是一个幻象。

福 柯

拉康重视探讨"看"与主体性之间的关系,福柯则将焦点集中在分析权力对观看方式的渗透。福柯对视觉中心主义的批判开始于他的早期作品《临床医学的诞生》,他声称"这是一部关于空间、语言和死亡的著作。它论述的是看,是凝视"。(Foucault:ix) 在这部作品中,福柯分析了古典医学到现代医学的转型,这种转型看似科学进步,实则是权力运作的结果。古典时期的医学是分类医学,医院的主要功能并不是控制疾病,而是带有福利性质地收容穷人和流浪汉,因此大多数人是在家里接受治疗;疾病是私人的事,享受着一定程度的自由,病人不用被隔离在特殊的区域,也不用接受医疗系统的监控。现代医学则是临床医学,医院一方面提供对疾病的治疗,一方面负担起传播医学真理的职责。由于健康被认为事关整个国家的秩序、军队的活力、人民的繁殖能力以及劳动力的效率等,因此需要专门的机构对疾病进行有效的校正和监控,在"政治意识形态要求和医学技术要求的自发而深层的重合"下,现代医疗体系诞生了。(Foucault:38) 在这个体系中,带有福利性质的医院将接受资助、上门就诊的贫苦病人变成自己考察疾病、积累科学真理的对象。穷人用袒露自己的身体、暴露自己的病症交换取治疗,富人从医生自穷人身体上积累的知识中获得更好的生命关照,而国家则通过医院实现了对民众健康的有效管理。在这个模式中,病人(在现代临床医学制度诞生的初期以穷人为主）成为临床医学考察的对象，成了携带着权力-知识编码的医学凝视的观看对象。

在古典医学时代，人们认为疾病会经历各种转移和变形，器官只是疾病的具体承受物，症状只是表象，它的所指是更深层次的病理本质。在这样的话语体系中，医学凝视处在配角地位：它不动声色地静观，交由想象来建构隐藏在黑暗身体内部的神秘运作。在现代医学时代，疾病经过空间化被定位在各个器官，具体症状的集合即疾病，凝视成了把握疾病本质的钥匙。视觉被科学化了，它不仅观看，同时辨别特征，识别差异，作出判断。"凝视的王权逐渐确立了自己——眼睛认识和决定一切，眼睛统治一切。"（Foucault：89）临床医学借助强调不受干扰的客观凝视确立了自己作为科学真理的地位，凝视变成了"一只会说话的眼睛"，（Foucault：114）它扫视整个医学场域，清晰洞察各种症状并将它们转化为陈述和教诲的语言。真理在目视下现出轮廓，得以巩固，并通过教学传达给那些没有认识到或者没有看到真理的人。

在医学体制下，医生与病人之间不存在平等关系。临床医生享有笛卡尔式的"我思故我在"的主体特权，用客观冷静的目光观看病人的身体，病人则在凝视下简化成被考察的对象，即疾病各表征的集结地。虽然病人处在弱势地位，他们却有自己的办法挑战医学的权威：他们将疾病隐藏成不可见的秘密，身体内部的黑暗运作逃避着医学刺探的目光，而这种足以颠覆医学真理性地位的黑暗在古典医学中的最高表现形式即是死亡。现代医学凝视则用可见性粉碎了不可见性的抵抗，将身体牢牢地置于它的巡视监控之下。临床医学的诞生使凝视的目光自身体表面深入到了内部，通过解剖学，死亡失去了晦暗性，被置于光天化日之下，成为真理图像中最明亮的因素，供医生细细观察。身体的死角曝光后，其本身变成了在传播医学知识中可以反复使用的道具，自此疾病"能够向语言和目视的权威解析毫无保留地开放"。（Foucault：196）

在《临床医学的诞生》中，福柯指出医学凝视体现着"残忍的、化简的、让人无法忍受的"知识权力。不可见性是权力未能刺透的场域，而可见性则意味着裸露于权力的监视之下。随着古典医学向现代医学的转型，权力透过医学话语弥散到了个人机体。

在《规训与惩罚》这部分析现代规训社会的产生的著作中，福柯继续着对观看中的权力因素的分析。与《临床医学的诞生》中所描述的医疗体系转型一致的是，监狱体制的改革也经历了从不可见到可见的过程。早期的监狱结构是地牢式的，拥挤、潮湿、阴暗。现代监狱窗明几净，通风卫生，大部分人认为这种改变是社会进步的标志，人道主义的胜利。福柯却指出，现代监狱之所以诞生，是因为它更适合于对犯人实行有效监控。早期监狱的确生存环境较为恶劣，犯人们挤在不见阳光的地牢，但"黑暗倒是具有某种保护的作用"，（福柯，1997：150）在看守者目光无法穿透的领域，囚犯们互相串联，罪恶悄然滋生。

现代监狱以边沁所提出的全景敞式结构为模本，四周是环形建筑，由一个个隔离开的囚室组成，中间是一座高高的瞭望塔，这是看守们值班的地方。该结构巧妙地运用了可见性原则，将它变成了统治性的、无所不在的凝视：瞭望塔设有一扇大窗户，里面的人可以透过它俯视四周的囚室，但由于逆光的缘故，囚禁者却无法看到塔楼里发生了什么；四周的囚室每间都有两扇窗，一扇朝外，主要是提供光线，使囚室里的一切都暴露在可见光之下；另一扇朝内，面对瞭望塔，方便看守的目光无障碍地穿透。在这个透明的铁笼中，观看/被观看被有效地统一在一起：在环形边缘，人彻底被观看，但不能观看；在中心瞭望塔，人能观看一切，但是不会被观看。权力被匿名化了，只需占据塔楼所提供的主体位置，任何人都可以成为监视者。权力被有效地内化和吸收了。囚禁者因塔楼的存在而被时刻提醒他有可能正置于监视性的目光之下，"隶属于这个可见领域并且意识到这一点的人承担起实施权力压制的责任。他使这种压制自动地施加于自己身上。他在权力关系中同时扮演两个角色，从而把这种权力关系铭刻在自己身上。他成为征服自己的本原"。（福柯，1999：227）

非个人化的全景敞式凝视是规训社会的有效工具，是"权力的眼睛"，它将人变成了自己的监视者，权力实现了自动高效的运转。凝视的目光所及之处，尽被社会规训网络所覆盖。凝视不仅适用于监狱，也被广泛地运用于我们的生活。无论是学校、军队、工厂、医院、写字楼，还是透明玻璃的使用、非隔断的空间安排，使人们互相监控，自我监控。监视器和摄像头不仅安装在银行、博物馆，也出现在电梯间、停车场、大学校园、十字路口等。集体的、匿名的凝视"使权力在更能具有连续性的微观的渠道也能得到流通，能够直接贯彻到个人、他们的身体、他们的姿态和日常行为"。（福柯，1997：154）

文化批评

随着摄影、电影、电视、计算机多媒体等的广泛运用，20世纪见证着视觉文化的繁荣，而凝视这一视觉批判概念也被大量运用于解读视觉文化中隐藏的权力运作和主体建构机制。

1972年，约翰·伯格为BBC撰写了系列文章，介绍观看方式背后的意识形态内涵；他引用凝视理论来解释西方绘画史中女性的物化现象。他指出，在父权社会中，男性可以在广阔的天地驰骋，女性则被封闭在家庭这个狭小空间。为了生存，女性被迫寻求男性的保护，而这种保护，需要她们用自己作为商品来交换。女性是否有足够的魅力，能否给男性留下印象，将决定她们终生的幸福，因此她们从小就被教育要培养良好的风度，她们"必须不断地注视自己……从孩提时代开始，她就被教导和劝诫应该不时观察自己。于是，女性把内在于她的'观察者'与'被观察者'，看作构成其女性身份的两个既有联系又是截然不同的因素"。（伯格：46）很显然，伯格的理论与福柯所说的全景敞式凝视有很多相似之处，女性的身体不是她可以自由支配的对象，而是一个囚禁她的监狱，而她就是自己的看守："女性自身的观察者是男性，而被观察者为女性。因此，她把自己变成对象——而且是一个极特殊的视觉对象：景观。"（伯格：47）在西方裸体绘画中，由于画家普遍是男性，收藏者亦是男性，画中的裸女常常用温顺的或诱惑的目光看着观者，她们放置肉体的姿态不是为了自我舒展，而是为了更好地将自己呈现给男性的目光。伯格的研究开创了绘画领域性别阅读的先河，其后有越来越多的批评家自觉地运用他的理论来讨论绘画、摄影、广告宣传画中女性欲望缺失以及女性作为男性景观的问题。

在电影领域，劳拉·马尔维的《观影快感与叙事电影》运用凝视理论开辟了精神分析女性主义电影批评的传统。马尔维试图通过精神分析的政治性运用，揭示电影中隐藏的父权社会无意识。她认为观影冲动有两个来源，一个是"看"的乐趣，一个是"入迷"。"看"的心理学基础是弗洛伊德的窥视欲理论，他在《性学三论》中指出，视觉冲动来自于婴儿期对性器官的好奇："伴随文明发展，躯体逐渐被衣物遮蔽起来，这使性好奇一直得以维持"。（Freud：69）孩子慢慢长大，这种窥视欲一部分保留在观看性器官的视觉刺激中，一部分转化到对整个身体的好奇，还有一部分升华为求知本能。窥视欲是主动型的，并带有一定的攻击性，将他人当作欲望客体，以满足自己观看所带来的快感。马尔维指出，观影经历为观众提供的就是一个绝佳的窥视契机：在漆黑的影院中观众是匿名的，不受监视的，光柱投影在屏幕上的效果使他们仿佛是透过锁孔在偷看，一个虚幻世界在他们面前徐徐展开，他们可以尽情满足自己的窥视欲。

观影冲动中的"入迷"是指观众在观影过程中将自身融入故事，忘记了自己是谁，将自己误认为电影中的角色。"入迷"的心理依托是拉康的镜像凝视：当孩子在镜中看到自己的虚像的时候，一方面是认同，忘记镜子这一边的我，将自己和镜中的虚像混合；另一方面是自我建构，指认镜中影像为理想自我。银幕的作用相当于镜子，在观影中，观众往往将自己投射到角色身上，将他们看作理想的化身。

从以上论述我们可以看到，弗洛伊德式窥视欲的满足来自于将银幕上的人物看作是欲望对象，而拉康式镜像凝视的认同机制则要求将主体与银幕上的客体混同。表面上看，这两种机制存在矛盾，无法并存，而好莱坞的主流电影却将这二者巧妙地结合在了一起：女性成为满足窥视欲的客体，男性则是目光的拥有者，是观众认同的对象。在好莱坞的叙事电影中，男性是行动者，观众们通过他们的视角体验故事，拥有操控事件发展能力的男性是观众的理想自我；女性是展示者，她们并不推进故事发展，而是忙于在男性角色面前展示自己。观众透过男性角色的眼睛看到了女性的身体，电影中的女性角色被平面化了，呈现为"观众和所有电影中男性角

色的混合凝视的对象。她是孤立的、充满魅力的、展示性的、性感的"。（Mulvey：811）

值得注意的是，女性的身体一方面可以满足男性的观看冲动，一方面也会造成男性的恐惧。根据精神分析理论，女性生来就是被阉割的，她以"匮乏"为表征的身体会唤起男性对失去阳具的焦虑。为了控制这种焦虑，好莱坞电影采取了两种方式：一是通过情节安排，揭露拥有致命吸引力的女性的邪恶本质，对她们进行惩罚；二是通过摄影机的特写镜头，将女性转化为恋物的对象，女性不再借助男性角色中介的目光成为观众的客体，而是将自己直接展示在镜头前，供观众观看。这时，她们的形象是缺乏景深的，身体被切割简化为脸、胸、腿等的局部特写。事实上，好莱坞主流电影"不仅突现女性的可看性，同时将她被看的方式也融进了景观自身"。（Mulvey：815）

马尔维的凝视说影响深远，她对电影机制中男性主动/女性被动、男性观看/女性被看的批判，在电影、电视剧甚至文学文本的分析中得到了广泛的运用。虽然她的理论在今天看来显得过于简单了一些，比如她忽视了观看群体性别不同可能造成的观影感受的不同，也没有能够就是否存在女性作为观看主体的可能性给出结论等，但我们当代对这些问题的深入讨论却都是因为她的开创性研究所唤起的关注才得以成为可能。

伯格和马尔维提醒我们，凝视中蕴涵着性别意识，而随着后殖民主义的发展，越来越多的批评家指出，凝视中也蕴涵着种族意识。1972年，法侬出版了《黑色的皮肤，白色的面具》。在这本书中，他运用萨特式注视的观点来说明种族意识是如何通过他人的眼光渗入到我们的人格建构之中。他发现，当他和自己的族人生活在一起的时候，他不曾意识到自己的肤色，他不需要通过别人体验自身的存在。可是当他走在巴黎大街上，听到有一个白人孩子喊"妈妈，看，黑人！我很害怕"的时候，他却通过白人的歧视性目光认识到自身黝黑的肤色，并为之体会到自卑。在白人的凝视下，黑人丧失了主体性，"窥视我的眼光牢牢地把我固定在那里，就如染色剂确定了化学物质的溶解一样。……我崩溃了"。黑人异化为白人眼中的"黑鬼"，变成了种族刻板印象的表征：丑陋、笨拙、缺乏道德感，甚至还吃人，"我承受着客体对我的审视，我发现了我的黑色肌肤、我的伦理特征"。（罗岗等：213—216）

这种种族的刻板印象构成了斯图尔特·霍尔所说的"他者的景观"。种族理论把文化/自然的区分应用于黑人和白人这两个不同的种族文化群。由于身体可见性是种族差异最明显的表征，身体被种族化了，身体的自然特点被简化了："身体被'阅读'，就像一段文本，这是活的证据——是证据，是真理——它提供了绝对的'他性'并因而提供了'种族'间不可更改的一种差异。"（霍尔：268）与这种外形的简化相对应，黑人的本质也被固化为原始、淳朴、奴性、无知、懒惰、动物性，等等。白人和黑人之间的差异实现了自然化、定见化，这也就是霍尔所说的"表征的政治学"。

在种族凝视中，黑人不仅被简化为刻板印象，他们的身体也成了白人视域中的恋物对象，"凝望的性客体"。（霍尔：270）科比纳·默瑟在《解读种族恋物崇拜》中分析了著名摄影师马普勒索普所拍摄的黑人人体照片，他指出，在白人观看黑人的方式中，充斥着对黑人男性身体的各种特定的种族成见和性幻想。从前面分析的马尔维的文章中我们可以看到，在父权社会中，男性是观看的主体，女性是男性的欲望对象，男性拥有绝对支配权。但在马普勒索普人种恋物癖的表征系统中，黑人男性的躯体被女性化了，皮肤光滑细腻，身体充满了光感，他被固定在被观察的位置，以满足白人男性观看和享受权力幻觉的欲望。摄影师

> 通过利用定见的功能而拥有对黑人男性身体形象的绝对权力，因此使他者人种的客观色情形象得以稳定，并因而肯定他自己以至尊的我眼的身份，能够对下等的他者拥有至高无上的权力。黑人男子的肉体……被作为一个肖像被束缚在白人男性形象的表征空间中，历史地被束缚在殖民幻想的中心。（霍尔：291）

结　语

文化批评对把主体客体化、把他者景观化的凝视的批判让我们不得不思考这样一个问题：该如何在视觉领域中反抗凝视，颠覆它所赖以运作的权力等级机制？英国文化批评学者霍尔的建议是解构性的：通过戏仿等策略，制造复杂的观看游戏，"使通常被掩藏的东西……变得清晰起来"，以揭密并消解凝视的运作体系。（霍尔：277—278）美国黑人女性主义批评家贝尔·胡克斯的建议是政治性的：她指出观看可以是"对抗性的，是抵抗的姿态，对权威的挑战"。白人试图保持自己视觉主体的地位，剥夺黑人看的权力，这种压制却"在我们中间产生了非常强烈的向往，要去看，去偷偷瞧一眼，一种叛逆的欲望，一种对抗性凝视，一种'黑人观看'"。通过对抗性凝视，他者不再是无能为力的观看对象，而是观看主体，这个主体不仅看，而且"想用我的看改变现实"。（hooks：198）霍尔和胡克斯的建议或许可以给我们对凝视的思考提供一些有益的启发。

参考书目

1. bell hooks, *Reel to Real*, Routledge, 1996.
2. Hal Foster, ed., *Vision and Visuality*, Dia Art Foundation, 1988.
3. Jacques Lacan, *Ecrits*, trans., Alan Sheridan, Norton, 1977.
4. ——, *The Four Fundamental Concepts of Psychoanalysis*, trans., Alan Sheridan, Norton, 1998.

5. Laura Mulvey, "Film and Visual Pleasure," in *Film Theory and Criticism*, eds., Gerald Mast, et al., Oxford UP, 1992.
6. Martin Jay, *Downcast Eyes*, U of Chicago P, 1993.
7. Maurice Merleau-Ponty, *The Visible and the Invisible*, trans., Alphonso Lingis, Northwestern UP, 1968.
8. Michel Foucault, *The Birth of the Clinic*, trans., A. M. Sheridan Smith, Vintage Book, 1994.
9. Sigmund Freud, *On Sexuality*, Penguin Books, 1991.
10. Slavoj Zizek, *Looking Awry*, MIT Press, 1991.
11. 奥古斯丁：《忏悔录》，周士良译，商务印书馆，1982。
12. 伯格：《观看之道》，戴行钺译，广西师范大学出版社，2005。
13. 柏拉图：《理想国》，郭斌和等译，商务印书馆，2002。
14. 笛卡尔：《第一哲学沉思集》庞景仁译，商务印书馆，1986。
15. 福柯：《规训与惩罚》，刘北成等译，三联书店，1999。
16. 福柯：《权力的眼睛：福柯访谈录》，严峰译，上海人民出版社，1997。
17. 弗洛伊德：《一种幻想的未来 文明及其不满》，严志军等译，河北人民出版社，2003。
18. 霍尔编：《表征》 徐亮等译，商务印书馆，2003。
19. 罗岗等编：《视觉文化读本》，广西师范大学出版社，2003。
20. 萨特：《词语》，潘培庆译，三联书店，1992。
21. 萨特：《存在与虚无》，陈宣良等译，三联书店，1987。

女权主义 孙绍先

略 说

"女权主义"（Feminism）一词，最早出现在法国，泛指女性有关争取与男性同等的社会权利的主张；后传到英美，逐渐流行起来。经日本中介传到中国，定名为女权主义，显示出着眼于男女社会权利平等的时代特征。20世纪80年代，一些学者用"女性主义"代替女权主义提法，含有侧重争取男女之间文化与精神平等的考虑在内，同时也减弱了"激进女权"的西方色彩。另外一些学者则继续使用女权主义的概念。

美国开始使用女权主义这一词汇是在20世纪20年代，而且只有那些在政府中任职或在大学中教书的职业妇女们才会使用这个词汇。[1]今天，女权主义已经被定义为多阶级的、多种族的，并开始追溯这样的多元女权主义的历史根源。

西方女权主义的理论思潮一开始便具有多元色彩，女权主义文学批评因而也一直呈现出多样性特征。然而，无论是何种理论派别，他们都承认女性受压迫与被歧视的历史事实，并以此作为探讨性别问题的立足点。

综 述

2004年2月15日22时55分，在谷歌搜索引擎上键入"feminism"，数秒后，共有1,060,000项相关链接信息出现，键入中文"女权主义"，也有24,700项链接信息。考虑到女权主义基本上是一个学术概念，这个数字令人吃惊。这从一个侧面表现了女权主义话语在世界范围内的热度。

女权主义思潮的出现可以追溯到欧洲文艺复兴和宗教改革运动时期。人文主义者针对封建等级制和宗教神权至上提出的"人权"观念，已经潜在地包涵了女性人权的不安定因素在内。当"人人平等"的口号日益深入人心之时，"男女平等"问题的提出已经不可避免。

最初的"男女平等"思潮主要是由男性先行者们策动和领导的，文艺复兴时期，彼特拉克、薄迦丘、蒙田、乔叟等人文主义者已经在婚姻家庭领域有"男女平等"的呼吁，其后也出现了个别先觉醒的女性的声音。如早在1729年，英国的沃斯通克拉夫特（Mary Wollstonecraft）就发表了题为《女性权利》的论著。有组织的妇女解放运动的萌芽也在19世纪开始出现：1848年，第一届女权大会在美国纽约州召开。20世纪初期，"男女平等"的主张得到了包括欧美主要资本主义国家政府某种程度的响应，例如，1920年美国妇女获得选举权，1928年英国妇女获得选举权。一直到这个时候，西方的女权主义声音都是和社会主流的"民主"、"人权"运动相呼应的。

但是，二战期间和战后，这种局面发生了重大变化，欧美主要国家政府和被视为"同一战壕战友"的男性"同志"对待女性的态度，激怒和刺激了西方知识女性阶层。女权主义开始脱离人文主义阵营，独立成为一种涉及所有人文学科门类的声势浩大的社会思潮。

在战争年代，大批男人走上战场，各参战国劳动力奇缺，国家以"爱国"和"男女平等"的名义动员妇女走出家庭参加社会劳动；战后，从战场上回来的男人需要工作，国家又以做"贤妻良母"为由，要求女性为男人让出她们已经在社会占有的工作岗位，而且以往以女性战友面目出现的男性同路人也大都如是说。这迫使女性重新思考女性与男性的权力关系和性别角色内涵。

由此，独立的有别于男女合作方式的女权主义运动在欧美各国先后出现。英国女作家吴尔夫（Virginia Woolf）早在1929年就写出了题为《一间自己的屋子》的文章，抨击无处不在的性别歧视现象，并分析了女性若要发出属于自己的声音，应当具备什么样的社会前提条件。法国的女哲学家西蒙·德·波伏娃（Simone de Beauvoir）在1949年出版了《第二性》，将女权主义思想大大深化了一步。她的"女人不是天生的，而是被塑造成"的观点至今仍有十分广泛的影响。这两位女性的思想对以后的西方女性主义思潮产生了重要的引导作用。

20世纪六七十年代，西方的"女权"运动进入第二阶段，也被称为"新女性主义"。这场波及欧美许多国家的女权主义运动，一开始就与黑人民权运动相结合，后来又与反战和平运动遥相呼应，其声势与影响均非上一阶段女权主义运动所能比拟。更重要的是这一阶段的女权主义运动非常注重理论建设，并与20世纪以来各种西方哲学思潮和众多学术流派密切相关，其主要特征是对于男权中心主义的全面清理批判与女性主体意识的觉醒。与以往的女性解放运动不同，这次声势浩大的女性主义运动已不再局限于为女性争取某一方面的平等权利，而是试图全面消解父权文化背景下的社会观念和社会体制，彻底铲除滋生性别歧视现象的社会文化土壤。由此，女权主义作为一种新的世界观和意识形态对所有父权社会的文化遗产进行了规模空前的批判和清理，与风行欧美的各种"后现代"思潮一起，催生了诸如"女权主义文学"、"女权主义史学"、"女权主义社会学"、"女权主义心理学"、"女权主义神学"、"女权主义哲学"、"女权主义经济学"、"女权主义法学"、"女权主义人类学"、"女权主义教育学"、"女权主义伦理学"、"女权主义生态学"、"女权主义信息传播学"等诸多分支学科。从纵向来看，女权主义在20世纪后期也分离出"黑人女权主义"（或"有色人种女权主义"，主要发生在美国）、"第三世界女权主义"、"后女权主义"等由不同民族、阶级和时代要素构成的"女权主义学说"。女权主义思想逐步开始由思想与学术边缘进入主流话语区，并在空间上迅速扩展到世界其他国家和地区。

从地域上来说，西方女权主义批评逐渐衍生出美国、法国和英国三个主要流派，它们之间又相互影响、相互渗透，逐渐扩散到世界其他国家和地区。其中尤以美国和法国学派影响为大。

欧美的女权主义十分重视教育问题，在她们看来，教育，特别是高等教育，不仅是研究传播女权主义理论的最有效的舞台，也是女权主义通向社会实践的最佳途径。女大学生和女教师是女权主义的主力军。例如，现在美国大学中有超过700个妇女研究项目以及学系，有30多家大学设置了妇女研究的硕士研究课题，在一些大学的其他系中设有10个研究妇女学专业的博士课题或以性别为重点的研究项目。

第一阶段西方女权主义运动以追求妇女的社会权利为目标，及至本世纪初，这场运动以西方社会关于妇女财产权、选举权等法案的通过而胜利告终。但令女性意想不到的是，这一系列法案并不能保证妇女的独立，原因是被贝蒂·弗里丹（Betty Friedan）称之为"女性奥秘论"的西方男权社会意识通过对"女性气质"的规定和宣扬，使妇女自动选择回到家庭中去，甘心于受支配的附庸地位。这种"女性奥秘论"的大体意思是：女性有其与男性不同的本性，她们适合的社会角色是妻子和母亲，"女子的本性只有通过性被动，受男性支配，培育母爱才能实现"，家庭是实现女性价值的最佳场所，教育、工作等都是实现这种女性本性的障碍。弗里丹便是二次大战以后大量回归家庭的美国妇女中的一个，她在做家务，如给厨房地板打蜡时，并没有产生社会所宣扬的女性价值自我实现的喜悦，相反只是感到烦琐和悲哀。开始她怀疑是自己出了毛病，但在调查的过程中，她逐渐发现多数美国妇女都有她这种难以启齿的烦恼，她终于觉悟到并不是她们错了，而是社会对于女性角色的规定错了。她把自己对两性关系的思索写进了一本名为《女性的奥秘》（*The Feminine Mystique*）的书，在书中她披露了自己调查的结果，用事实批判了这种"女性奥秘论"。这本书于1963年出版后，在社会上，特别是知识女性阶层引起了共鸣，反响强烈，启发了美国中产阶级妇女对于男权社会意识的怀疑和质疑，成为第二阶段女性主义运动的开端。

这一阶段的女权主义同时也呈现出政治色彩过于浓厚和实践行为较为激进的特点。例如，女权主义妇女解放运动的许多领袖把婚姻叫作"奴役"、"合法的强奸"和"无偿的劳动"。这一阶段女权主义运动的理论标志是1970年出版的凯特·米利特（Kate Millett）的《性政治》（*Sexual Politics*，又译《性权术》）一书。在这本书中，米利特从政治的角度看待两性关系，认为历史上男性和女性的关系一直是一种权力支配的关系，它是我们文化中最为根深蒂固的压迫关系。她从意识形态、阶级关系、教育体系以及文学艺术、生物学、社会学、史学、经济学、人类学、性学和心理学等方面对男权中心主义意识进行了全面的理论清理，并对亨利·米勒、劳伦斯、诺曼·梅勒、让·热内等著名作家小说中的男权意识进行了深刻的剖析和无情的批判。她认为性别与"种族、阶层和阶级"一样，具有"政治的"属性。该书的第三部分重点阐述了女权主义批评的基本主张。她指出男性作家对于他们笔下的女性形象，男性批评家对于女作家的作品，都自觉不自觉地以一种居高临下的姿态说话，并且这种男性对于女性的话语霸权也被很多女性习惯性地加以忍受。这本书被视为第二阶段西方女权主义文学批评形成的标志。吴尔夫的《一间自己的屋子》、波伏娃的《第二性》这些书，在它们自己的时代里尚不能被女性充分理解，这时却被重新"发现"了，它们与大量的新的论著一起，构成了第二阶段女权主义运动的主流话语。

20世纪80年代，欧美的各种后现代主义思潮兴起，"去中心"与"解构"等"后学"的方法论对女权主义有直接的影响和启发，促成了复杂纷纭的"后女权主义"时代格局。

后现代女权主义首先否定了传统女权主义的"男女平等"概念。男性经验与女性经验一样，受到阶级、种族和地域观念的制约。女性应该同哪个阶层、哪个种族或哪个国家的男人"平等"呢？女权主义由平等向差异的转变，不仅是女权主义自身演变的结果，也是西方当代各种后现代主义思潮影响的产物，如福柯的后结构主义、拉康的心理分析、德旦达的解构主义，以及各种新马克思主义派别等。

后现代女权主义借用福柯关于标准化、正常化的思想，说明妇女就是生活在这样一种社会压力之下，不仅要服从纪律，而且要遵从规范，自己制造出自己驯服的身体。在后现代女权主义看来，所有的旧式女权主义模式都属于一个男权压迫和禁制女性的模式，其主要逻辑是，男权长期压制着处于无权地位的妇女。举例言之，一个女人去做隆胸术，用旧式女权主义来解读这件事就是：男人命令他的奴隶为满足主人的欲望、为娱悦主人去做这个手术，这个女人完全是男人权力的受害者。可如果从福柯的理论模式来看，对同一个现象就会有不同的解释：那女人去做隆胸术不仅是男人压迫她的结果，也是她自己的自我管制、自我统治、自我遵从规范的结果。正如福柯所说：

> 用不着武器，用不着肉体的暴力和物质上的禁制，只需要一个凝视，一个监督的凝视，每个人就会在这一凝视的重压之下变得卑微，就会使他成为自身的监视者，于是看似自上而下的针对每个人的监视，其实是由每个人自己加以实施的。（Ramazanoglu：191）

1990年6月，在美国俄亥俄州阿克伦召开的全美女性学者联合会（National Women's Studies Association，简称NWSA）第13次年会上，一批参加会议的有色人种女权主义者集体离开了会场，以示她们对联合会总部种族歧视行为的抗议。她们发表声明，抨击联合会是一个由白人女性把持的、只为白人女性说话的团体。她们要建立一个真正能代表全体女性、特别是第三世界女性的组织。盛极一时的全美女性学者联合会由此瓦解。美国黑人女作家沃克（Alice Walker）甚至提出抛弃"女权主义"这一概念，代之以"妇女主义"（womanism），理由是"女权主义"一词过多地浸透了欧美白人中产阶级女性的价值观念。

在《在西方的眼睛之下：女权主义学术与殖民话语》（"Under Western Eyes: Feminist Scholarship and Colonial Discourse"）一文中，莫汉蒂（C. T. Mohanty）指出，"第三世界妇女"这个范畴在两层意义上是殖民主义性质的：首先，它是种族还原主义的，即把第三世界的妇女看成是铁板一块的东西，无视在第三世界妇女之间存在大量物质的与历史的差异；其次，它通过把"第三世界妇女"当作与第一世界妇女相对的"他者"，来巩固西方女权主义者的自我身份。这样，西方的女权主义者实际上生产出了一种双重殖民化的叙述，以便把第三世界妇女政治上的"不成熟"与第一世界妇女的"成熟"进行对比。把第三世界妇女再现为贫苦的、没有受过教育的、束缚在传统中的、以家庭为中心的，这正好可以反衬出西方妇女是富有的、有教养的、现代的、自我决定的，她们能够控制自己的性与肉体。也就是说，第三世界妇女的文化"贫乏"强化着西方女权主义的拯救意识形态。

阿普费尔－马格林（Frederique Apffel-Marglin）认为，西方女性解放的概念是西方工业社会的产物，不能适用于第三世界国家的女性。西方女性解放理论认为，第三世界女性停留在对于自然和家族、族群的依赖共存中，而不能进入现代资本主义市场体系，成为经济上具有生产能力的独立个体，这是愚昧落后的表现。马格林认为这一已成为共识的看法其实似是而非，她认为第三世界的女性体现了个体与人类、人类与自然的和谐关系，而西方工业社会将自然作为掠夺的资源，将妇女造就为工业社会中与他人隔离的理性的机器和现代社会的商品，这才是妇女真正的灾难。她一针见血地指出，女性解放话语与殖民主义话语一样，建立在以西方为主体的文明、自主的西方女性和落后、受压迫的非西方女性这样一种二元对立之上。马格林的分析表明，女性发展话语与维多利亚时代的女性主义和殖民主义者有关受殖民女性的观念之间有着内在的历史连续性。诸如此类的对于西方女性解放现代性话语的批判，已经获得了西方社会的承认。20世纪80年代的"发展中的妇女"（women in development）话语到了90年代已经转变为"妇女、环境与发展"（women, environment and development）。

这一阶段较有影响的论著还有埃米·林（Amy Ling）的《我在这儿：美国亚裔妇女的反应》（1987）、伊冯娜·雅布罗－贝雅拉诺（Yvonne Yarbro-Bejarano）的《从南美裔女权主义的角度看美国南美裔文学》（1987）、郑明河（Trinh T. Minh-Ha）和葆拉·冈恩·艾伦（Paula Gunn Allen）的《学术界的黄女人》（1986）等。

女权主义理论的核心概念

父权制（或父权文化）

父权制原是早期人类学专有名词，意指氏族公社时期，人类社会由母系氏族公社转向父系氏族公社时产生的以父权为中心的氏族组织与文化结构。女权主义理论接过这个概念，并将其延伸扩展到从父系氏族公社一直到今天的整个社会历史过程中。父权文化系统成为女性受压迫和歧视的社会前提。

父权制是由父系制（即世系、血统或家系按照父子相承的惯例）、父居制（居住的惯例以父亲的住所为居所）和父姓制（姓父亲的姓氏）为基本纽带构成的。在维系这一规则中起主要支持作用的父权文化符号就是"姓氏"，例如中国的家族史（家谱）的承继关系等。生物意义上的双系传承中的母系链条就此被斩断。当然父居制也提供了物质基础上的强有力的保证，尤其在农耕为主的社会环境下，这一点显得很重要。在父权制演变成为一个社会系统的过程中，父权家庭逐渐被整合进有可能发展为早期国家的亲属共同体社会中的大家族社群。这种家族联合体的社群，由于其更强调延续世系的血统和继承的规则，导致更关注他们世系的血缘性延承，因此更加看重妇女的生殖力。当妇女被限制在家庭与生殖领域的同时，公共领域的价值被提升了，而这些又得到法律的认可并得以巩固。

劳动分工是人类社会的重要特征之一，也是父权制的派生制度。性别之间的劳动分工，从表面上看，差异是由于女性生理"三期"身体的拖累，这在农耕时代尤其显得如此。但在等级制分明的父权社会里，劳动的分工几乎总是伴随着一些工作比另一些工作更有价值的贵贱划分，而这种等级是常常与生产成果的占有程度联系在一起的，或者是由占统治地位的价值观念设定的。

在父权社会背景下，其派生的文化价值系统便不能不以维护父权制为目的。以儒教和基督教为例，其中皆含有明显的"厌女"成分。男性主宰、女性服从和男性优越、女性低劣的范式显然是一个精心制作的结果而非自然的秩序，这一范式影响着每一个出自父权家庭的个人。父权制作为一种制度体系，无论是宗教的、政治的、学术的、教育的、艺术的，还是经济制度的，无不或隐或显地具有这种男性支配范式的特点。

社会性别

"社会性别"（gender，或译"文化性别"）是西方第二阶段女权主义思潮的核心概念。它将传统被视为自然天成的男女性别角色解析为"生理性别"（sex，或称"基因性别"）与"社会性别"两部分，由此将性别差异的社会文化意义从其所依托的生物性载体中分离出来。"社会性别"概念的提出对西方女权主义学说产生了深远的影响，无论是持何种观点的女权主义者，都不能不对这一表述作出自己的评价与回应。较早提出"社会性别"概念的应该是波伏娃，她在《第二性》中明确拒绝了将女性的生理性别与社会性别视为"自然一体"的传统看法。依波伏娃等人的观点参照现代人类生理学的学说，我们大致可以把这一对人类性别的认识作如下表述：

人的性别可以划分为三个层面：最下面的是"生理性别"（或称"基因性别"），中间是"体貌性别"，最上面的是"社会性别"（或称"文化性别"）。这三个层次之间，并不是完全的同一性关系，其间存在着差异与错位现象。

"生理性别"是由人的生命体中的生物性因素构成的，最根本的依据是染色体：男性为 XY，女性为 XX。所以也有人称"染色体性别"，即"基因性别"。以往判断男女性别的生殖系统已经不可靠。例如，卵巢的存在不足以确证其为女性性别。

"体貌性别"（主要是直接观察外生殖器以及青春期后第二性征的发育程度）是社会判定男女性别的最直接的依据，这是形成"假两性人"的直接原因。由于出现了"基因性别"与"体貌性别"刚好相反的情况，导致"男孩"被当成"女孩"训导或"女孩"被当成"男孩"训导，这是人们无意间造成的"基因性别"与"社会性别"的错位现象。这种现象的存在已经表明了"基因性别"与"社会性别"之间的非同一性关系，也表明了性别角色塑造过程中的强大的社会文化作用。

"社会性别"是一种获得的地位，"这一地位是通过心理、文化和社会手段建构的"。（Myers：167）因此，它绝不是男女之间的一种对等或对应概念，相反它表现的是一种不对称的、不平等的两性社会关系。"社会性别"是在不同社会阶段以不同的社会文化因素约束训导而成。对人的性别角色的社会塑造过程从婴儿期就开始了，并以潜移默化的方式进行，这与人类其他教育和社会化过程（例如知识和专业化教育、就业培训等）大不一样。由婴儿无意识阶段开始的性别角色社会化过程，使人的男女的性别气质以自然先天的方式，而不是以后天教育的方式呈现出来，因而一直被视为人的天性在社会领域的自然延伸，其分裂的合理性便有了不容置疑的前提。例如，父母和亲朋好友们给男孩买玩具刀枪，而送给女孩的往往是布娃娃，并对男孩女孩相反的行为选择进行有意无意的抑制。男孩哭泣的行为往往受到喝斥，而女孩则通常得到安慰。

"生理性别"因其一直受生命要素制约而呈现出稳定对称的基本特征，例如，远古女性的"生理性别"与当代女性的"生理性别"在生物学意义上完全可以视为无差别的同一体。"社会性别"在不同的时代和不同的社会环境中有非常显著的变化，例如，母系氏族的女性与封建时代的女性和当代社会女性的行为及心理特征差异十分明显，而西方女性与东方女性的行为及心理特征差异也显而易见。由此可见，"社会性别"的演变主要受制于外在于人生命体的社会文化因素，其结果是，男女两性之间的社会权力的分配关系便被掩盖成天命的自然分工关系。所谓的"男性气质"和"女性气质",就是社会、文化和心理影响相互作用的产物。这种后天由父权文化训导形成的东西,长期以来却被父权文化解释成先天命定的东西,并进而成为剥夺女性各种权利的借口。

中国封建社会在将自然界的"阴阳"现象推及人的性别领域时,便将自然界的对应现象置换为两性之间的主从权力关系,中间的转换过程似乎是天经地义无需解释论证的。女性被歧视、被压迫的历史命运正是在这样武断的父权话语背景下形成的。这不仅是女权主义批判男权社会的起点,也是女权运动的前提。正如鲁宾·盖尔(Rubin Gayle)所言:社会性别应被定义为"一种由社会强加的两性区分",是"性别的社会关系的产物"。(王政等:21—81)在父权文化背景下这种性别的社会关系必然表现为两性之间不平等的政治权力关系。米利特在《性政治》中对此作了深入的剖析。迈拉·杰伦(Myra Jehlen),美国文学批评家,和安妮特·克洛德尼最早指出了社会性别批评的重要性。她极力扩大女权主义的思考范围,研究文化深层的社会性别问题,即文化传统中对于女性特征和男性特征不同的假定。她在代表作《阿基米德和女权主义文学批评的自相矛盾》("Archimedes and the Paradox of Feminist Criticism',1981)一文中以女权主义视角对文学批评进行了再认识。她认为,当代女性主义的思考实质上应该是针对传统意义上关于妇女和女性特征的假定的再思考,因此女权主义批评不能局限于研究女性或作品中的女性,而应对整个社会性别问题和男女之间的关系问题进行再思考。近来,虽然也有一些女权主义者从不同角度对"社会性别"概念提出质疑,但这从另一方面说明了这个概念的重要性。

女权主义批评

女权主义批评是在女权主义思潮影响下,于上世纪六七十年代出现在西方文学艺术创作与批评领域的一种崭新的批评方法。女权主义批评的意图,便是改写文学史、文学批评史,重新发现在男性社会及父权中心下被埋没的女性作家和作品,建构支撑"女性写作"和"女性论述"的"女性话语"。它要求女人以"女性"的角色来解读作品(因为女人也往往以男人的角度来解读),也就是带着"性别觉悟去解读"。"性别解读"(gendered reading)的概念涉及三种性别的比较和转换,一个女人的阅读同时涉及了作为女人的生理经验、对女性角色的认同(对母亲及其他女性角色的认同)和女性的社会角色(意识到社会如何去塑造建构女人)。换言之,女人和男人是不同的读者,自然也就是不同的评论家,因为这种"性别解读"不仅在本质上有区分,而且它产生于我们对男女"差异"(difference)的理解。女权主义批评并非是一个旗帜鲜明、步调一致的阵营。女权主义批评在其发生发展的各个时期,不仅各有其不同的侧重和主张,而且在批判与建构两方面也都呈现出多元态势。

诞生于20世纪60年代末70年代初的女权主义是西方妇女解放运动的产物。女权主义批评在发展过程中广泛改造和吸收了在当代西方影响很大的新马克思主义、精神分析、解构主义、新历史主义等批评的思路与方法。在这样的背景下产生的女权主义批评有着较鲜明的政治倾向，它是以妇女研究为中心的批评，其研究对象包括妇女形象、女性创作和女性阅读等。它要求以一种女性的视角对文学作品进行全新的解读，对男性文学歪曲妇女形象进行猛烈的批判。它声讨男性中心主义传统文化对女性创作的压抑，提倡一种女权主义写作方式。

美国女权主义批评从20世纪60年代兴起，大致经历了三个阶段："妇女形象批评"（women's image criticism）、"妇女中心批评"（women-centered criticism）和"身份批评"（identity criticism）。

"妇女形象批评"剖析传统男性作家作品对女性形象的失真刻画，以及男评论家对女性作品的批评方式。妇女形象在男作家那里往往表现出两极分化的倾向，要么是天真、美丽、可爱、善良的"仙女"，要么是恶毒、刁钻、淫荡、自私、蛮横的"恶魔"。舒沃尔特（Elaine Showalter）将这种现象称之为"文学实践的厌女症"和"对妇女的文学虐待或文本骚扰"。（Showalter：5）这种观点拿来批评中国的《水浒传》和《西游记》之类的作品，也确有它的启发意义。关于女性角色如何在历史进程里产生微妙变化，女性生活经验如何在创作中转化呈现，女性的审美特质如何在创作过程中运作等等，男性中心论的批评者自然无法掌握，他们悉以"男性中心意识"作为评价原则，使许多女性作品或描写女性生活的作品难以受到公正的评价。因此，朱迪丝·菲特里（Judith Fetterley）便提出女性读者接受男性宰制的观点，误读文本竟使自己成为"待罪羔羊"而不自觉。这一阶段的女性主义批评的代表作品，除了米利特的《性政治》之外，影响比较大的还有玛丽·埃尔曼（Mary Ellmann）的《思考妇女》（1968）、苏珊·科佩尔曼·科尔尼永（Susan Koppelman Cornillon）主编的《小说中的妇女形象：女性主义的角度》（1972），后者收集了21位批评家的论著，着重剖析了19和20世纪主流文学作品中失真的女性形象。

"妇女中心批评"着重挑战父权（patriarchal order）传统下的经典（canon）文学书目标准。父权文化权威对经典文学书目价值尺度的垄断，使绝大多数女性作家作品遭受被放逐的厄运。为使长期蒙尘的女作家作品得以重见天日，女权主义者应该从性别差异的角度将女性作品与男性作品分离开来加以系统的评说，旨在创建"她们自己的文学"，夺回重建经典文学书目的权力并付诸实践。"妇女中心批评"重新挖掘了大批被传统文学批评标准遗弃的女作家及其作品。这一时期最有影响的批评家是舒沃尔特，在她的一系列著作中，如《她们自己的文学》（1977）、《论女权主义诗学》、《美国妇女批评学》（1990）等，仔细区分建构了两种不同类型的女性主义批评策略：一种侧重于女性读者，一种侧重于女性作家。

女权主义批评可以分为两种不同类型。第一种指向作为读者的女性，即作为男性塑造的文学的消费者；它还指向女性读者的假定从而改变我们对某一文本的理解，使我们领悟到它的性代码的意义生成方式或途径。我把这种分析称为女性主义批评，和其他类型的批评一样，这种批评也是以历史研究为基础的，致力于发掘文学现象的意识形态假定或前提，也针对文学批评中对女性的忽略和误解，以及由男性建构的文学史的缺陷。这种批评还要探讨通俗文化和电影中的女性观众，分析在符号系统中作为符号的女性。女性主义批评的第二种类型指向作为作家的女性，即作为文本意义的创造者的考察，涉及出自女性之手的文学作品的历史、主题、类型和结构。它的课题包括女性创造力的心理动力学、语言学以及女性语言问题，涉及女性个体或群体文学生涯的发展轨迹、文学史和具体作家作品的研究。在英语中还没有一个现成的词可以确指这个特别的类型，所以我采用了一个法语词 la gynocritique，即"妇女批评"（gynocritics）。（Showalter：128）

这一阶段的女权主义批评的代表作品有舒沃尔特的《她们自己的文学》、吉尔伯特（Sandra M. Gilbert）和古芭（Susan Gubar）合著的《阁楼上的疯女人：妇女作家与19世纪的文学想象》（1979）、埃伦·默尔斯（Ellen Moers）的《文学妇女》（1976）等。

在"身份批评"阶段，许多女性主义者对以往不证自明的"女性身份"展开反思。在她们看来，任何读者、作者和批评家无不带着特定的社会"身份标记"，他（她）们都是从特定的文化、种族、社会性别、阶级、时代以及各种个人因素所铸成的立场出发，从事各式各样的文学活动。

法国女权主义者更注重理论建设。"女性写作"（l'ecriture feminine）这一概念1970年由埃莱娜·西苏提出，这是当代西方女权主义批评理论中的一个重要概念。"女性写作"这一概念看起来有将女性意识本质化之嫌，其实不然，它并不是字面意义上的与"男性写作"相对立的概念，为此西苏曾多次强调"女性写作"的不可定义性。"女性写作"不受逻各斯（logos）和任何"中心主义思想"的制约。西苏一直致力于消解"二元对立"（binary oppositions）的思维模式。这种模式其实是以男性/女性的二元基本对立为出发点推导出来的。比如，在父亲与母亲、丈夫与妻子、文化与自然、白日与黑夜、阳刚与阴柔、理智与感情、主动性与被动性等二元对立的标题下，总是赋予女性负面及缺乏力量的一方，以至于推到最后，女性往往被推向了危机与死亡的境地，男性则永远是胜利者。故西苏的整个理论计划主要放在"解放这种语言中心的意识形态：确立女性为生命之源、权力以及力量的地位，及呼唤新女性话语的出现，颠覆父权语言中心主义（phallocentrism）的压迫及令女性失声的父权制二元系统"。

值得注意的是西苏定义女性的角色特征时,非常看重女性的身体。她认为女性的生殖系统是由多种不同原素(阴唇、阴道、阴蒂、子宫颈、子宫、乳房)所组成,于是她的快乐来源便是多样化的、非统一的、无尽头的。这是"女性写作"不同于"男性写作"的关键所在。女性生理与精神特质的多样化就形成"女性写作"的不可被定义性。"女性写作"固然具备许多特质如流动、多元、边缘、扩散、爆发、穿透等,但最显明的是"以女性身体为据点,使文本脉络紧叩身体律动,发展出铭刻女性特质的'身体语言'(the language of the body)",在以女性身体与特质为其写作的根源之下,成为"身体即主体即文本"三位一体的概念。美国女性主义批评家吉尔伯特在给西苏的《新诞生的妇女》一书所写的"导言"中曾对此予以辨析,她说:

> 一些美国及法国的女性主义者反对对于生物本质主义的任何程度的强化,而西苏的"女性"或"女性写作"的概念有时看起来正是如此,但作为《新诞生的妇女》一书的读者,我们将会发现,作者本人是批判持续不变的性别本质这一概念的。

西苏认为想测量性别之间的差异是不可能的,因为:

> 男性和女性都处于复杂得难以分辨的古老文化规定的网络之中,孤立地谈论女性,正如谈论男性一样,无法不陷入意识形态的场所中,在这场所中,表现、表象、映像等的泛化与增殖预先消解了任何使其概念化的企图。

因此,"女性写作"创作的是"另类两性化"(other bisexuality),即是多元化、可变动及永远变化的,意在说明"写作是双性的,因而是中性的",(伊格尔顿:398)进而寻求真正的双性(bisexuality)起点,写出隐匿在男性历史深处的"他者"的历史(herstory)。

露丝·伊莉格瑞(Luce Irigaray)深谙德里达之道,把西苏的观点又向前推进了一步。德里达对于形而上学和逻各斯中心主义心存警惕,长期以来处心积虑地暴露形而上学隐秘的操纵性和控制性,最终要让形而上学内在的二元论模型瘫痪和失效。德里达对于形而上学的警觉和憎恨给予伊莉格瑞一些关键性启示。在她看来,男/女之间长期的二元关系完全契合于形而上学模式,这种关系以阳性中心主义为主宰,也就是说,女性总是在男性的参数内被设定的。男性总是作为本源性、先在性的本体论而被定位,而女性总是作为男性的补充物、对立面和客体被看待,在此,女性只能处于被压抑、被审查、被支配、被观看的位置上。这让我们联想到中国传统文化体系,利用"阴阳"对立学说,来界定主从式两性关系的企图。这种阳性中心主义在弗洛伊德那里表现得最充分，因而，伊莉格瑞首先抨击的是弗洛伊德。弗洛伊德信奉解剖学，非常看重男性生殖器"意义"，正是由于这种非同寻常的男性生殖器，男性就可以"自然"地居于主导地位，自然而然地具有进攻性、主动性、支配性和中心性。而女性，由于这种生殖器的欠缺，就被说成是萎缩的、退让的，就被认为患上了"阳物嫉羡症"，女人的性发展就被看成是缺乏、羡慕、嫉妒和渴求男性器官的过程，女人就被认为是性冷漠、没有占有欲、没有施虐感，等等。总之，被动的、欠缺的女人成为主动的、积极的男人的"他者"和对立面，男人仅仅因为解剖学意义的生理结构就成为支配女人的本体论，成为形而上学意义上的本质和起源。

　　拒绝逻各斯中心主义或者暴露阳物统治论的操纵，当然就是要将女性从男性划定的地牢内解放出来。但是，这种解放不是重新为女性划定一个地盘，不是用稳固的、专有的、精心建构的语词或话语去界定她，不是再给她设置一个不同于男性特征的定义；这样做，无异于又确定了一个女性中心主义，又陷入本质论的构架中，又陷入逻各斯体系中。伊莉格瑞明确地说，诱使女人给自己下一个准确定义，这注定是徒劳的。如果说男人的性征集中于一点的话，女人的性快感则是多元的，是全身心的，是离散和杂乱的。伊莉格瑞流传甚广的一部书名 *The Sex Which is Not One* 表述的正是这个意义。这个书名很难找到恰当的中文译法，因为"One"在此具有多种意义，它既可能是形而上学特指的同一性、原初性和"太初有一"的"一"，也可能指的是单一性、数量上的"一"，还有可能指的是男性生殖器、男性之性。女性正是这种非"一"之性，即她与男性之性无关，与形而上学的元话语无关，她也不能被形而上学的同一性所界定；而且女性之性是杂多的、非单一的，正是性快感分布的杂乱性导致了她的非完整性、含混性，乃至歇斯底里性。于是，这一切就是顺理成章之事了：

　　　　"她"容易激动、不可理喻、心浮气躁、变幻莫测。当然，"她"的语言东拉西扯，让"他"摸不着头绪，对于理性逻辑而言，言辞矛盾似乎是疯话，使用预制好的符码的人是听不进这种语言的……她几乎从不把自己与闲话分开，感叹、小秘密、吞吞吐吐；她返回来，恰恰是为了以另一快感或痛感点重新开始。只有以不同的方式去倾听她，才能听见处于不断的编织过程中的"另一意义"，既能不停地拥抱词语，同时也能抛开它们，使之避免成为固定的东西。当"她"说出什么时，那已经不再是她想说的意思了。

这是伊莉格瑞最富于争议性的段落，女性特征被视作是残片，她具有不稳定性、非确定性、矛盾性、流动性、多样性。伊莉格瑞在《当我们的双（阴）唇一起说话》（"When Our Lips Speak Together"）中说道："假使我们继续说同一的语言，我们只能再造同一性的历史。"她认为西方形而上学的"同一性"逻辑将女性视为"他者",使女性被挤出社会、文化、历史之外,将原本可能具有的人类文化多样性、异质性统统整合在"同一性"与"同构型"的父权文化历史之中。

法国女性主义学派的代表作品除上述论著外,还有克里斯蒂娃的《诗学语言的革命》(1974)、《妇女的时间》(1979)等。

上世纪80年代,在西方理论界,一些由常住西方的、非白人的、第三世界的或其他少数民族的学者和批评家发起了对西方理论中欧洲中心主义(Eurocentrism)倾向的批判和对西方文化霸权(western-hegemony)的挑战,其中包括了对风头正劲的西方女权主义思潮的质疑。他们的批评观点后来被称为后殖民理论话语(postcolonial discourse)。在他们看来,作为西方现代性话语一个部分的女性解放,是西方白人在自己的历史背景下,以现代工业经济的性别经验为基础的性别建构。它以一种普世性的真理姿态出现,成为拯救第三世界女性的福音。

芭芭拉·史密斯(Barbara Smith)可以说是美国少数民族女权主义文学批评的先发声者。她在《论黑人女权主义文学批评》(1977)一文中提出应当建立黑人女权主义文学批评价值体系,以抗衡实际上是由白人中产阶级女性价值观念形成的所谓"女权主义"。

女权主义文学批评的出现,为西方文学批评带来了新的生机和活力,它不但将性别、社会性别、身体、欲望等以往被遮蔽的领域引入文学批评的范畴,更重要的是打破了陈旧的文学批评模式,给处于困境中的西方当代思潮和文学批评提供了巨大的思考空间。女性主义及其文学批评已成为世纪之交世界范围内的哲学、社会思潮与文学批评的主流话语之一。

结语:女权主义在中国

"男女平等"观念传入中国是在"五四"时期。"男女平等"正是"五四"新文化运动反封建的旗帜之一。争"女权"自然成为"五四"时期妇女解放运动的标志性口号。由于国情不同,在欧美国家以争取男女平等的社会权利(主要是选举权)为特征的女权主义,反映在中国则侧重于争取婚姻自主权。"五四"运动的旗帜性刊物《新青年》出版"易卜生专号"宣传研讨妇女的婚姻自主权。当时,中国新文化运动的领军人物,如鲁迅、李大钊、胡适、周作人等,纷纷就此问题著书立说,掀起了中国历史上第一次妇女解放运动的高潮。

最早出现在法国的feminism一词,经英美而日本,"五四"时期传到中国,最初定名为"女权主义",显示出着眼于男女社会权利平等的时代特征。港台学界现依然多用"女权主义"的译法,而大陆在上世纪80年代,重新引入feminism概念时,大多采用了"女性主义"的译名,显示了中国大陆经过"毛式"妇女解放运动后，对西方这一观念的特殊反立。①

"女权主义"与"女性主义"的区别耐人寻味。"女性主义"涵盖并超越了两性的权力关系，更加关注性别冲突的多层次内涵，这是国内目前多用女性主义一词的原因。"女性主义"是理论与实践的结合产物，是一种男女平等的信念和意识形态，旨在反对包括性别歧视在内的一切形式的不平等。

参考书目

1. Barbara Creed, *The Monstrous-Feminine*, Routledge, 1993.
2. C. Ramazanoglu, ed., *Up against Foucault*, Routledge, 1993.
3. Caren Kaplan, et al., eds., *Scattered Hegemonies*, U of Minnesota P, 1994.
4. Constance Penley, et al., *Close Encounters*, U of Minnesota P, 1990.
5. E. Showalter, ed., *The New Criticism*, Pandora, 1985.
6. Kristen A. Myers, ed., *Doing Gender*, Zinmmerman, Don H., 1998.
7. Marleen Barr, *Alien to Femininity*, Greenwood, 1987.
8. Tania Modleski, *Feminism without Women*, Routledge, 1991.
9. 多诺万：《女权主义的知识分子传统》，赵育春译，江苏人民出版社，2003。
10. 傅蕾丝：《两性的冲突》，邓丽丹译，天津人民出版社，2003。
11. 胡克斯：《女权主义理论》，晓征等译，江苏人民出版社，2001。
12. 兰瑟：《虚构的权威》，黄必康译，北京大学出版社，2002。
13. 帕格利亚：《性面具》，王玫译，内蒙古大学出版社，2003。
14. 丝维斯特：《女性主义与后现代国际关系》，余潇枫等译，浙江人民出版社，2003。
15. 童：《女性主义思潮导论》，艾晓明等译，华中师大出版社，2002。
16. 王政等编：《社会性别研究选译》，三联书店，1998。
17. 伊格尔顿编：《女性主义文学理论》，胡敏等译，湖南文艺出版社，1988。

① 参见美国马里兰大学妇女学系主任克莱尔·摩赛斯（Claire G. Moses）博士的学术讲座（2003）。

女性话语 王泉 朱岩岩

略 说

随着20世纪60年代女权主义运动的兴起和妇女意识的不断觉醒，女性不再按照男性的价值观念来看待自我，逐步认识到并且开始正视自己不同于男性的特有的欲望、经验和生活，这就需要跳出遵循等级秩序、严格逻辑结构的男性话语的包围，寻求一种完全不同于线形语言的"女性话语"（Female discourse）来表达女人自己的世界。

综 述

西方的传统认为语言是男性的。《圣经》，西方文明的基石，认为上帝创造了万物，亚当则为万物命名，男人由此垄断了语言。不仅如此，人类文明的历史也证实了这一点。在人类历史上，广大文盲妇女由于缺少教育，使得历史的记载变成了男性的专权，（Cameron：12）历史（history）因此也变成了"他"的故事（his story）。对雅克·拉康（Jacques Lacan）来说，由语言构成的象征界则是社会文化的根本。每一个个体，只有摆脱了女性的想象界进入以语言为代表的男性象征界，才能成为一个正常的社会人。在男性语言中，"最受优待的能指"就是男性的生殖器：菲勒斯——尽管拉康用它来泛指人的欲望对象。

随着妇女运动的不断发展，女性意识也得以不断提高和加强，但许多女作家却面临着另一困境：如何用男性的语言来表达女性特有的不同体验呢？使用男性语言实际上是对其价值观点和思想意识的认可和内化。这样的写作仅仅是变相的男性写作，是内化了男性观念的妇女"代替男人来书写女性"。（Cameron：7）寻找和建立一种女性特有的话语变成了女权主义运动的一个主题，这一主题在法国"五月风暴"的影响下更得到了进一步加强。1968年5月的学生运动旗帜鲜明地反对法国教育秩序专政和独裁，继而转向对资产阶级价值观念的颠覆。"改变社会结构之压抑现状，其首要任务乃语言之革命。"结构主义认为世界原本杂乱无章，"我们的头脑赋之以秩序和条理，从而达到了解和掌握宇宙的目的"。语言则是这一秩序的集中体现，正如亚当对万物的命名。这里的"我们"指谁呢？斯彭德（Dale Spender）经过她的旁征博引和广泛的对比考证后认为，"男人创造了语言"。因此对男性语言的覆颠成为了女权主义者义不容辞的责任，她们认为，女性写作就是为了摆脱男性语言的压抑，解放语言，寻求一种并非专制独裁的女性语言。

建立一种不同于男性语言结构的女性话语，已经成为多数女权主义者的共识，但是这种女性话语的面貌究竟如何，女权主义者则是仁者见仁，智者见智。本文则主要从在西方产生广泛影响的记号语言（semiotic）、女性写作（female writing）和女性语言使用习惯（linguistic behavior）三方面对女性话语进行考察。

记号语言

拉康认为，任何一个婴儿都将从想象界进入象征界，从而成为一个社会人。想象界是完全属于女性的世界，在这里没有任何规章约束。婴儿没有自我意识，在他的想象世界中，他和母亲是融为一体的，或者说他认为自己是母亲身体的一部分。到6—18个月时，婴儿产生了最初模糊的自我意识，进入了镜像阶段（mirror stage）。面对镜中形象——它同时也相当于语言中的能指，婴儿产生了模棱两可的想法，认为镜中的能指既是自我（mother），又是他者（other）。这一想法形象地体现在（m)other一词中。镜像阶段以后，婴儿逐渐从最初的原始混沌状态进入了由语言规则控制的象征界。克里斯蒂娃的记号语言阶段则是对拉康的想象界这一女性世界的详述细说，这可从三个方面进行解释。

柏拉图的 Chora

在婴儿的想象世界中丝毫没有语言的干扰，他与母亲毫无区别地融为一个整体，正如创世之初的混沌状态。克里斯蒂娃借用了柏拉图的 Chora 来命名这一情景。柏拉图认为 Chora 是不断变化、永不静止的流动空间（或者容器），它存在于创世之前，先于事物之名称和语音之音节。在这个无固定形状的空间内，同时并存着各种异质的不同成分（heterogeneity），具有不确定性和不稳定性。而且，柏拉图还认为 Chora 是母性的，具有"营养滋生"之功能。在这一母子合一的前俄狄浦斯空间中，涌动着无意识的潜流，时时刻刻、永不停息。这种人体内流动能量的释放具体体现为本能冲动，它使婴儿的身体与母亲紧密相连。在前俄狄浦斯阶段，这一流动的能量链条有时会被短暂地打破，赋以记号的标记，例如声音、手势、颜色等，被称为记号语言，完全不同于象征的符号（sign）。它们的希腊词根 semeion 准确地说明了这一点：

> 带有区别的标记、痕迹、指示、有先示作用的符号……总之，它是一种承认不确定性、模糊性的区别差异，因为对于婴儿来讲，它还不能代表某一确定的客观所指实体；对于精神病人，它已经不再代表原先指代的客观现实物。（Kristeva, 1980：133）

克里斯蒂娃把此时的记号类比为弗洛伊德梦中的意象，具有高度的浓缩性和置换性（condensation & displacement）。弗洛伊德在《梦的解析》中认为，人的无意识经过"初加工"（primary process）后，把各种冲动和潜意识转化和浓缩为某一陌生怪异的形象，这样既满足了梦者内心压抑的原始欲望，又不会使他们因为有越轨潜意识而具有内疚感。

换言之，记号语言中的记号并不如索绪尔所说的，所指和能指之间存在着明确的一一对应的关系，相反它们往往具有多义性、模糊性和难以确定性。例如，婴儿无论在饥饿、寒冷，还是高兴的时候，都会发出一些令成年人费解的声音来表达自己的需要。张在新教授对《罗克珊娜》的分析十分巧妙地运用了这一理论，为我们理解这一抽象的概念提供了精辟的解说。当富有的罗克珊娜显示出自己的珠宝时，本来讲英语的犹太人此时却一面手舞足蹈着，一面用含糊不清的荷兰母语快速匆忙地胡言乱语着。张在新认为，在强大的罗克珊娜面前，犹太人正如拉康镜像时的婴儿，"犹太人的肢体语言和令罗克珊娜根本无法理解的胡言乱语，非常类似镜像阶段母子之间的记号语言的节奏韵律（the semiotic rhythm in the maternal chora）"。（Zhang：127）相对于逻辑清晰、字义明确的男性语言，女权主义者认为这种前俄狄斯浦阶段的多义而含混的记号语言就是女性话语，主要包括节奏、韵律、音乐、声调、颜色、手势等前语言和非语言（pre-linguistic and trans-linguistic）因素。

颜色与自我身份的构建

传统概念认为颜色内容是空洞的，不具有任何意义（empty of meaning）。克里斯蒂娃认为恰恰相反，颜色缺少的是"唯一或者最终的所指"，它具有多义的流动性，"充满了语义的潜伏物"，因为颜色与无意识紧密相关。（Kristeva，1984：222）"在绘画中，颜色直接从无意识中被拉进了象征界"；"颜色摆脱了相关审察制度，它使无意识直接冲入色彩这一文化代码"。颜色还会导致人们对自我身份的怀疑："个体对颜色体验就构成了对'自我'概念的威胁，但是同时，它也显示了人最初建立自我概念的尝试。"（Kristeva，1984：220）要理解这一概念，我们必须要返回到人最初自我形成之际，这在拉康的镜像理论中有充分论证。

科学证明，视网膜的中央小凹负责辨别和确定事物的肖像和形状，包括人的镜像，但是中央小凹却是婴儿眼球中最晚形成的部分（出生16个月以后）。在光线暗淡的情况下——类似于婴儿最初形成视觉的模糊状态——波长最短的颜色蓝色最先被人感觉到，而且它是通过眼球周围的边缘地带被人所感知的。所以克里斯蒂娃得出了"最有可能"的结论：中央视觉形象，对客观物体，包括自我镜像，即婴儿在6至18月之间所认为的自我，发生在人的颜色感知之后。因此，"所有的颜色，尤其是蓝色，都有一种扩散中心的作用，能够减弱人对客体辨别区分的能力和知觉上的凝聚集中力"。（Kristeva，1984：225）这样颜色就干涉破坏了婴儿最初的自我概念——镜中映像，但另一方面，"对颜色的体验又可以解释为对镜像的反复出现"，从而加深了婴儿对自我的确认。颜色既分解了自我的形成，又构建了自我的概念，使自我处于一个不确定的镜像阶段。

记号语言在文本中的具体体现

这种体现主要为省略句、感叹词、淫秽词和拟声词，以下具体说明。

首先关于句子上的节奏。省略句：克里斯蒂娃认为塞利娜（Céline）的语言充分体现了记号语言的特点，不同于并列句和插入句，塞利娜的句子是浓缩的，即一个动词往往带有许多个宾语短语，而且各个宾语短语之间都用省略号分开。这样句子就变成各个构成短语，它们趋向于脱离中心动词而独立存在，不再受限于句子本身的所指含义，具有婴儿初期咿呀学语时的不完整性。因此，各个宾语短语获得了独立于整个句子结构的、多重的、自由的隐含义。不仅如此，省略号还分隔了构成句子的各个宾语短语，使之具有节奏和韵律之感，从而激发了相关内涵的不同联想。（Kristeva, 1984：141）除了上述的多重含义以外，句子中还"流动着"塞利娜所谓的"情感"，即"产生在意义之前和超越意义之外的非语义的本能冲动"。

其次，关于感叹词：感叹词和省略号都指向人的本能冲动，就像人的吁吁气喘，或者说话时的语速加快。它们的目的并非要表达"句子的总结性内容"，相反，它们表达的则是涌动在"意识判断空隙之间的本能冲动的韵律节奏"。

再次，关于淫秽词语：从语义上来讲，淫秽词语并不像索绪尔的符号一样，与外在的客观物有着明确的有意识的对应关系，它们往往只是激发某一欲望情景的最低限度的标记。在这一欲望状态之下，"个体的身份往往被本能冲动所超越，使自我这一主体与另一主体相融合"，正如婴儿最初与母亲合为一体的原始混沌状况的冲动一样，具有各种不同的异质成分。淫秽词语穿越由意识控制的意义层面，把主体与"姿态手势、肌肉运动知觉、本能冲动之肉体、对他者的占有挪用和拒绝"相互关联。它既不是客观现实的指示标记，亦非人有意识的中性能指（a neutralized consciousness）。由淫秽词语所表示的实物，与其说是对它的描绘，不如说是它所激发的情景：这正是处在"意义之前和超越意义之外的意指过程，其多样异质性无法由单一的意义表示"。

最后，关于拟声词：它与人的生理机制紧密相关，"破裂了以前对语言建立起来的牢固掌握；它使词汇得以分解，使本能冲动涌入了音素中"，使得元语言在语义方面得以瓦解。在克里斯蒂娃看来，感情无法通过意识来传达，只能通过非语言的语音、语调、节奏等来表示。语言有着明确的指代关系，往往趋于排除和压抑这种难以言表的复杂的感情因素。这一感情因素，只有在前俄狄浦斯阶段的记号语言中才能得以全面的释放。

前文所述颜色、省略号、感叹词、淫秽词和拟声词等，与本能冲动密切相关，因而才使得在（索绪尔意义上）语言符号中受压抑和排除的情感因素得以充分展现，被认为是女性话语。

女性写作

吴尔夫（Virginia Woolf）认为理查森（Dorothy Richardson）的"女人句子""摆脱了僵化的现实主义，无须任何帮助，就渗入了潜藏其下的领域"，即人的内在心理世界。（Woolf：2）对于一个女性作家来说，重要的不是"我们做了什么"，而是"事物存在的状态"。她所意识和感觉到的是"生活本身"，"是桌子周围所笼罩的气氛而不是桌子；是沉默而不是声音"。"她发现了我们称之为女性心理的句子。这种句子丰常富有弹性，能够极度伸展，悬浮着最为脆弱的细微颗粒，覆盖着最含糊不清的形态。"（Woolf：72）舒沃尔特（Elaine Showalter）在总结"女人句子"时说，"意识流手法（理查森改称为'意识覆盖物'）通过女性体验到的各种不同的丰富联想来克服这一困境"。她们通过"缺少标点、运用省略和支离破碎的句子"，来反对充满主从式的、具有严格结构关系的男性语言。

男人的注意力更多地注重于外在现实世界，而女性则不同，她们倾心于描绘人们细致微妙的心理世界，致力于捕捉内心转瞬即逝的感情涟漪和波痕。"无意识这块黑暗的大陆是女性探索真正属于自己的世界的沃土。"在这一领域内，杜拉斯（Marguerite Duras）描述说："大学教育、研究学习、阅读体会以及实际经验所教会我的一切东西都已消失……我好像返回到了一个蛮荒地带。"（Ruthven：97）

男女不同的倾注对象产生了不同的时间概念，克里斯蒂娃在《女性时间》一文中区分了男性的线性历史时间和女性的循环时间。历史时间指家族式的线形延续，从生到死，代代相传，不断延续，是"线形的男性时间"（liner-phallic time）。重复性和永恒性是女性时间的特点，"生理节奏永恒地再现"于女性时间中，就像前俄狄浦斯时代"无穷无尽的想象空间，具有深邃的包容性"。（Kristeva, 1989：473）。

人本质是双性的，但是社会文化的约束使男女对此采取了截然不同的态度。"男人，正如他们的生殖器一样，从小被教导着压抑自己女性的一面，注意力集中于他们'备受推崇的菲勒斯单一性征'（glorious phallic homosexuality）。"与之相反，女性则一直生活在两性的世界里。弗洛伊德告诉我们，女孩就是"被阉割了的男孩子"，女孩在其成长的过程中，始终具有一种双性的心理。"不同于男孩，女孩并未抹杀掉潜伏的双性心理。女性特质和双性心理并肩成长。"（Cixous, 1994：42）写作的本质则是自我与另一未知世界的交流，"写作是进入存在于自我中的他者的通道，既是出口又是入口"。由此，西苏（Hélène Cixous）总结道："我认为，写作是女人的领域。"当作者开始写作时，实际上是顷听两个不同的声音在进行争辩和交锋，这种内心冲突和矛盾使作者变得"没有安全感，不能够平静下来，经常影响了他与外在世界的关系"。当这种冲突和矛盾达到极端时，就是所谓的"着魔"（possessed）状态。"这种着魔的状况并不为男人所渴望"，男人追求的往往是外在世界的金钱、荣誉和地位，其注意力更多地集中于世俗权力的纠纷之中，所以他们必须关闭自己的内心冲突，避免"着魔"状态。女人则恰恰相反，对此采取开放的态度，通过自己内心世界的解放而成为"一位未知领域内的旅行者"，继而"观察和体验到了自我和自我之外的世界，以及潜在的自我世界"。（Cixous, 1994: 43）这一点，在西苏看来，正是写作之本质。

女性对分歧和差异采取开放的态度，"她愿意让它横穿自己的内心世界，具有一颗与生俱来的慷慨之心"。（Moi: 113）西苏提出"得体领域"和"礼物领域"（the Realm of the Proper and the Realm of the Gift）的概念，进一步对男女之别进行了区分。男性的价值观是建立在"得体"原则之上的：得体－财产－盗用（proper-property-appropriate），分别指自我身份、个人财产积聚和篡夺霸占。为了坚持"得体"原则，确定行为规范，男人"迷恋于归类划分，组织系统体制，建立等级制度"。男性的"得体原则"实际上建立在"对剥夺没收自己财产和丧失特权的恐惧之上的。一句话：由阉割威胁而产生的后果"。在弗洛伊德看来，男人的生殖器是财产，是专有的"特权礼物"。男人给予礼物，是为了获得利润回报。女人给予礼物，却很少想到回报。"慷慨大方"是女性的特点，因为她们没有阉割威胁，这使得她们能够敞开心扉去热爱关心他人，允许心理深处的他者活跃地存在。

女性写作的源头是前俄狄浦斯阶段的母子合一的原始混沌状态，因此可以说母亲是女性写作的源泉。"一个遥远的女人的声音向我飘来，那是来自出生地的声音，我曾经是那样地熟悉。"（Cixous, 1994: 85）女性作者心灵深处发出的声音，不仅是她个人的声音，而且还是她"早年听到的一曲歌谣的回响，是幼儿听到的母亲之声"。西苏认为女性写作中就回荡着"母亲的乳汁和童年的歌谣"，在这样一位强大的母亲的保护之下，写作的女性深刻地感觉到一种随时随地、无处不在的安全感，"距离和分别不再使她受到伤害、丧失力量"。（Cixous, 1994: 117）

西苏认为，女性写作的主题是：书写你的身体。女性的身体一直被男性所剥夺占有，女人也被教导着去憎恨自己"黑暗的大陆"，为自己有涌动的欲望而深感内疚不安。女人的身体只能用来娱愉男人，为男人传种接代，延续香火。因此女性写作的重要主题就是夺回属于自己的身体，书写女人特有的性欲经验和体会。"通过写她自己，妇女将返回到自己的身体，这身体曾经被从她身上剥夺占有过。"

女性的身体曾被污蔑成"神秘的怪异病态或者死亡的陌生形象，这身体常常成为她讨厌的同伴，成为她被压制的原因和场所"；"身体被压制的同时，呼吸和言论也被禁止了"。（Cixous, 1998: 1457）所以女性必须倾听自己身体的欲望，书写自己的声音："在妇女身上一直隐藏着随时随地都会涌出的源泉"，"几乎一切关于女性的东西还有待于女性来写，关于她们有着无穷无尽和变动着的错综复杂的性特征：她们的性欲望，她们身体中某一细致而又巨大区域的骤变"。

女性书写的首要任务就是要冲破男性语言牢笼的束约。"女性身体带着一千零一个通向激情的门槛，一旦她粉碎枷锁、摆脱监视，它就会表达出四通八达贯穿全身的丰富意义和内涵。"（Cixous，1998：1461）因此女性必须要通过她们的身体创造一种无坚不摧的语言，把男性世界的"花言巧语和各种等级秩序彻底粉碎"。西苏用了一个恰切的词语来描叙这一情景："飞翔"。"飞翔是女人的姿态——在语言中飞翔并且使语言飞翔。"法语中 voler 的"飞翔"和"偷窃"的双重语意同时共存于女性写作之中，使语意得以消解：

> 她们逃脱鸟笼的控制，喜欢搞乱空间秩序，失去既定方向，使条理有序的家具安排呈现出一片混乱，颠倒事物秩序和摧毁原有的价值观念，掏空结构，改变事物属性。（Cixous，1998：1462）

对女性话语进行探讨的另一先驱则是伊莉格瑞（Luce Irigaray）。伊莉格瑞在《他者女性的反射镜》中认为，女人并非是为了建立男人自我的镜像，也不是"阉割后"的男孩，而是完全不同于男性的另一性别。所以她们应有适合于自己身体形态特点的语言。她首先区分了男女性别形态之不同，在此基础上进而讨论女性特有的话语体系。

西方的菲勒斯中心（phallocentric）哲学传统是建立在父权社会的"可见性"或者"视觉"之上的，人的眼睛决定了事物的真实与否。对弗洛伊德来说，男性有着显而易见的生殖器官，从而享有令男人自豪、使女人羡慕的优越特权。而女人的生殖器却"没有什么可以看见"，难怪乎女人的性欲是一块"黑暗的大陆"。因此"在我们的文化中，女人无法被表达"。（Toi：132）男人过分强调视觉的重要性也解释了为什么男性是色情影视作品的主要观众。相反，按照伊莉格瑞的观点，女人更注重触觉，而不是视觉。在性欲方面，"男人需要工具的帮助，他的手、女人的身体、语言"等。但女性生殖器官有其特殊构造，从而使摩擦成为一种自为的存在，所以女人的性欲不需要外界工具的辅助。触觉对女人是至关重要的，这也解释了母亲对孩子不断爱抚的原因。女人性欲的多样性不仅体现在性器官的复数之上，还体现在其广泛的性欲地域上："女人的性器官几乎遍布全身各个区域。"（Irigaray，1985：28）

女性话语正如女性性欲一样，首先具有语言的多重性和扩散性（discursive）：她的语意向"四周弥漫，使得习惯于连贯逻辑的'他'无法理解"。她的话语自相矛盾，从理性的角度来看有些疯狂，那些熟知父权社会等级秩序和清规戒律的饱学之士是听不到的。其次具有接近性、近似性（touching）：女性经常自我触摸，在过程中得以暂时脱离自我，常常发出感叹、低声耳语，伴有意犹未尽的半截句子。当她返回时，并未回到中心话题，往往又会半路出发。她的话语中往往有另一种意义潜藏其下，难测其固定含义。"邻近毗边，接近相关"［It is contiguous. It touches (upon).］是这一话语的显著特点。再次是语义的流动性、多重性（fluid and multiple）：女性话语经常有浩瀚的包容性，其多重语意往往模棱两可，令人难以确定。"这一风格不但不可能被任何业已建立的形式、修辞和概念所描写，而且还对它们进行探究。"（Irigaray，1996：126）

女性语言的使用习惯

多诺万（Josephine Donovon）在考察英国文艺复兴时就指出了男女在语言使用上各自不同的特点。男性大多采用西赛罗式的演说风格：词藻华丽、文体夸饰、引经据典，以显示他们对古罗马和古希腊文化的博学精通。女人，则因为她们缺少在古典语言和古代修辞方面的正式训练，其写作风格"简单朴素"，"很不正式"。

18 世纪英国小说家斯威夫特则从元音和辅音的角度来考察男女在语言使用上的不同："男人像荷兰人一样，苦讲辅音；女人则像意大利人一样，常用元音和流音。"（Cameron：21）

伊格尔顿在分析英国 18 世纪的小说时指出，男性语言经常是工具性的，不含个人色彩，就像是例行公事的文书一样，男人的语言与身体是外在的、不相关的。相反，女人的语言则充满强烈的个人感情色彩，与她们的身体有着亲密的关系。

耶斯佩松（Otto Jesperson）总结女人说话和写作的特点说，"保守、胆怯、过分礼貌和十分微妙；其讲话主题平凡琐碎，句子结构简单重复，残缺不全，逻辑混乱，就像用'和'联接起来的一串珍珠"。（Cameron：22）

莱克夫（Robin Lakoff）则对此作了进一步的说明：男性在使用语言时往往占据主语的位置，以显示他们是话语和行为的主体；女性则趋向于抹掉自我，把优先权让位给男人或外在世界。他在《语言和女性的位置》一书中认为，"淑女的话语"具有如下特征：词汇方面，女性多使用形容词和带有颜色属性的词汇，例如"可爱的"、"神圣的"、"紫红色"，等等，而且女性还避免使用脏话粗词；句法结构方面，女性常使用反意疑问句来征求男性的认可，而不是采取某一立场。女性在社会中的弱势地位还体现于她们经常使用间接引用句，这无疑又进一步加强了她们在社会中的性别角色。即使在谈话时，男女在语言的使用上也有所不同：男性的"汇报谈话"（report talk）运用等级逻辑评价事实，进行陈述；女性的"亲善交谈"（rapport talk）则致力于建立彼此间的联盟和连接关系。

结　语

女权主义运动不仅要求政治、地位等方面的平等、自由，在语言方面也要求建立自己的一方领土：女性话语。这充分显示了妇女意识的觉醒，使人们对歧视女性现象有了进一步的深刻认识，这是积极的一面。我们不可否认，语言中存在着严重的性别歧视，但要从根本上建立一种不同于普遍语言的女性话语，却值得进一步商榷。

首先，在女权主义内部就存在着不同意见。一些女权主义者认为，尽管两性之间存在不少差异，但是在深层上仍有很多共同点。刻意划分男女两个世界，这原本就是自亚历士多德以来父权社会压迫女性的策略。其次，许多女权主义者所认为的女性写作的主题——女性身体、欲望和非理性，恰恰是父权社会借以贬低女性的内容。男人的理性和精神的对立面，正是女性的激情、肉体和欲望。

语言，是一种约定俗成的社会行为，具有长期性和稳定性，不是某一个体作家的意志行为可以改变的，否则就只能像《爱丽丝漫游奇境记》中的语言改革家达普提（Dumpties）一样武断主观："当我使用某一词语时，它就意味着我所赋予的含义，既不过多也不过少。"女性话语的存在与否及其本质，是一个极富争论的话题。就目前来说，女性话语在很大程度上仅是一种乌托邦式的幻想。

参考书目

1. Dale Spender, "Man Made Language," in *The Feminist Critique of Language*, ed., Deborah Cameron, Routledge, 1990.
2. Deborah Cameron, ed., *The Feminist Critique of Language*, Routledge, 1990.
3. Elaine Showalter, *A Literature of Their Own*, Princeton UP, 1977.
4. Elizabeth Grosz, *Sexual Subversions*, Allen & Unwin, 1989.
5. Hélène Cixous, *The Helene Cixous Reader*, ed., Susan Sellers, Routledge, 1994.
6. —, "The Laugh of Medusa," in *The Critical Tradition*, ed., David H. Richter, Bedford Press, 1998.
7. Julia Kristeva, *Desire in Language*, ed., Leon S. Roudiez, trans., Alice Jardine, et al., Basil Blackwell, 1980.
8. —, *Revolution in Poetic Language*, trans., Margaret Waller, Columbia UP, 1984.
9. —, "Women's Time," in *Critical Theory Since 1965*, eds., Hazard Admas, et al., UP of Florida, 1989.
10. K. K. Ruthven, *Feminist Literary Studies*, Cambridge UP, 1985.
11. Luce Irigaray, *The Irigaray Reader*, ed., Margaret Whitford, Blackwell Publishers Ltd., 1996.
12. —, *This Sex Which Is Not One*, trans., Catherine Porter, et al., Cornell UP, 1985.
13. Robin Lakoff, *Language and Woman's Place*, Harper and Row, 1975.
14. Toril Moi, *Sexual/Textual Politics*, Routledge, 1995.
15. Virginia Woolf, "Dorothy Richardson and the Woman's Sentence," in *The Feminist Critique of Language*, ed., Deborah Cameron, Routledge, 1990.
16. Zaixin Zhang, *Voices of the Self in Daniel Defoe's Fiction*, Peter Lang, 1990.

启蒙 童 明

略 说

虽然"后现代"（postmodernity or postmodernism）语义不易把握，但近几年来有一点却越来越清楚：对启蒙以来的现代体系（system of modernity）提出置疑而产生的一些思辨策略（critical strategies）已成为后现代理论重要的一维。"后"作为当代文论的符号已有"思辨"的涵义，因此在某种意义上，"后现代"就是对"现代性"的"思辨"。对启蒙的思考，也意味着对"现代性"（modernity）和"后现代性"（postmodernity）的同时思考。后现代针对现代性的体系，作不事体系的思辨，这不是拒绝秩序，而是在历史、变化、新语言认识的更大格局中寻求启蒙所必需的心智之光。本文分上、下篇。上篇综述启蒙的现代性计划形成了怎样的思想（或哲学）体系，同时论及一些非体系的启蒙思想。下篇以19世纪欧洲文学和后现代主要理论家为例，针对现代体系的宏大叙述，揭示"后现代"对现代体系的理性、主体、知识、人等问题的思辨策略。

综 述

"启蒙"（Enlightenment）在中文里的基本意思是获得初等的教育，接受入门知识。但是在欧洲各国语言里，启蒙对应词则不入小学而直达大学，主要词义是获得新知新解，思想得以解放。英语的 enlightenment，法语的 éclaircissement、lumiere，德语的 Aufklarung，或指光亮穿透阴霾，或指思维由晦而转明朗。启蒙借心智之光（即笛卡尔所说的"自然之光"）驱散黑暗愚昧，扫除迷信无知。因此，作为动词的 enlighten（éclaircir、auxklaren）就有菩提树下悟在心中的意思，只不过此种"悟性"在西方主要是理性之悟。

既然启蒙是褒义词，既然它的反义词是愚昧、混沌、迷信、无知等，主张"反启蒙"的人在遣词用字上已经输了。启蒙永远是对的，因为愚昧无知、执迷不悟一定是不对的。不过，当代西方理论界所讨论的"启蒙"，即英文里大写的 Enlightenment，有具体内涵，指产生了现代思想的启蒙运动。启蒙的现代计划（projects of modernity）有正面影响，也有负面问题，西方思想史对此长期的质询逐渐形成各种思辨策略，近年来汇总在"后现代"这个伞形概念之下。

怎样评价启蒙运动是十分复杂的。一种过于简单化的说法是把后现代和启蒙对立起来，赞同启蒙必然反对后现代，赞同后现代则必然反对启蒙，似乎黑白分明就是清楚。其实不然。严肃的后现代理论关心的是，启蒙运动有没有违背其初衷？在启蒙的旗帜下，会不会出现另一种形式的盲从或迷信？"光明"的理想会不会再给自由的精神蒙上阴霾？换言之，如此的思辨正是要继续启蒙。当代理论采用"后现代"一语而避开"后启蒙"（虽然偶尔也会见到这样的说法），明智地避开了不必要的歧义。至于坚持"反启蒙"之说，则不是后现代。"反启蒙"的潜台词里主张复辟宗教传统的价值，指责启蒙运动的怀疑主义破坏了绝对真理。然而，不相信绝对真理正是后现代的基础。

后现代的理论认为，启蒙是一次利弊参半、自相矛盾的历史运动，它终结了中世纪以宗教信仰为特征的世界观，以科学、理性推动社会发展，其摧枯拉朽的革命特质和历史进步无可否认。但是，它的"现代性"价值体系及在全世界的推广也带来许多有目共睹的问题。对启蒙运动形成的体系性，包括理性、主体、知识等特定概念，应该用变化、多元、喻说性语言等当代思想重新思考。更直白地说，应该对体系作不事体系的思考，才能继续启蒙。对启蒙运动的体系提出怀疑的后现代，其实也根植于启蒙运动本身。例如，"怀疑一切"作为理性思维的一部分，源于笛卡尔；启蒙的关键人物卢梭以怀疑著称，他在怀疑"进步"的必然时，已经怀疑了启蒙的所谓正统。

启蒙运动发生在 17 世纪至 18 世纪的法、英、德、意、美各国（为了某种方便，有人把时间定在 1688 年的英国"光荣革命"和 1789 年法国革命爆发之间）。宽泛意义上的启蒙，指现代思想（或哲学）的整个计划（the intellectual or philosophical project of modernity），往上可追溯到 13 世纪阿奎那恢复亚里士多德逻辑的那一刻，或追溯到文艺复兴，往下可延伸至 19 世纪的哲学，如英国的边沁等功利哲学家，以至今日。

提到启蒙，人们自然会想到崇尚理性、科学、进步的现代精神，想到自由、平等、博爱的价值，想到民主政治取代君主专制的历史潮流，想到现代世界史上人类为摆脱迷信和愚昧做出的种种努力。这些有目共睹的进步也感染了中国人，中国人在启蒙的鼓舞之下开启了中华民族的现代进程。然而，启蒙形成的现代思想体系，包括对科学、理性、主体、人本主义的特别界定等，有它的另一面。比如，理性被工具化之后可以服务于殖民主义的掠夺、帝国主义的霸权逻辑。工具化的理性造成新的迷信，导致违背人性的，甚至法西斯的秩序。因为理性的同义词是"合理"，理性被用来将不合理的一切合理化的事例比比皆是。科技的进步也未必一定带来其他的进步，却有可能加深现代人的异化。以"人类中心"为核心的人本思想、主体论所推进的发展，也对地球环境造成了空前的破坏，给人类自己留下的和谐空间越来越小。

科学、理性、知识、主体、进步：这些曾经并仍然激动人心的中心词，构成了启蒙运动的宏大叙述。宏大叙述展现如幻如梦的前景，令自主自由者受之鼓舞而有所作为，而不可自主者则为之迷茫反遭愚弄。宏大叙述是那种高度统一（supremely unifying）的叙述，因而是不容"差异"的叙述。它光明的目的论来自某种绝对的思维方法，所以它的乐观有个前提：不敢悲观，也不允许悲观。回顾一下两三百年来的人类历史，不禁要问：宏大叙述表述的乐观，会不会常常是盲目的，甚至是虚伪的？

能够一句话讲清楚后现代概念的，也许是利奥塔，他的后现代理论较詹明信的略早，思路也更清晰。利奥塔说："若简化到极致，我对后现代的定义就是，对[启蒙运动]宏大叙述存疑。"（Lyotard：xxiv）"存疑"——incredulity（或 incredulous）——在英语里还有"难以置信"的意思，像是摇着头，有感而叹：怎么竟会如此？所以，"存疑"的言下之意，是我们曾经对启蒙寄予希望，而且对启蒙的可能性仍然寄予希望。现代思想体系靠宏大叙述的描绘，确实令人感觉宏大，可是对它的历史轨迹、后果、语言逻辑加以思考，又令人不得不存疑，不得不感叹。

根据利奥塔这个简单明了的定义，尼采、陀思妥耶夫斯基、阿多诺、福柯等，也就成了追加的"后现代"思想家。如果"后现代"不是个时间概念（a period term），而是一种与启蒙有关的思维方式，就应该把卢梭、蒙田、孟德斯鸠等人也包括进来。说"追加"，因为他们今天是后现代思辨的重要组成部分，但在他们形成各自思想时，后现代的概念还没有产生或者还不清楚。比如，福柯对于后现代理论不可或缺，但生前并没有用"后现代"来描述他的理论。这些思想家都是主张继续启蒙的，在对宏大叙述表示怀疑的时候，都讲过深刻的话。但利奥塔的一声"存疑"，为这些声音添加了"后现代"这个新符号。

所以要回到启蒙运动中去寻找或"追加"后现代，是因为启蒙运动的思想丰富多彩，并非铁板一块。以启蒙的多样性来反驳启蒙大一统的体系观（所谓 unity v. diversity 之争），是后现代对启蒙思辨的特征之一。有好几位后现代理论作者曾假设，如果现代哲学是以蒙田而不是以笛卡尔为起源，那会是完全不同的启蒙运动。启蒙思想会更灵活，更包容；取代宗教世界观的，就会是语言文学和政治学，而不是数学和物理学。（Rorty：22—23；Racevskis：24）我们不妨继续假设，如果跟随蒙田启蒙，会不会更多一些对话而少一些说教，多一些宽容而少一些大一统的高傲，总之，更符合启蒙促成独立思考的初衷。

说启蒙是多样的，也意味着"什么是启蒙？"这个问题有不止一个回答。真正的启蒙根据历史的发展不断重新思考"什么是启蒙"这个问题。体系化了的现代思想，只承认一种方式可以启蒙，以一种方式"进步"，它的体系化就成了它的包袱。而且，一言堂的启蒙，最终是大言欺人，成了"启蒙的讹诈"（the blackmail of Enlightenment）。福柯说得好—不屈服于"启蒙的讹诈"，才能继承启蒙。福柯既置身于启蒙之中又超越启蒙局限（in and beyond Enlightenment）的态度，也可以说是后现代思辨的基本特征。

上面一波三折的话，权作启蒙上下篇的路线图。

上篇：现代计划的轨迹

历史轨迹

许多历史运动都是事后命名的，而启蒙却是 18 世纪一些有理想、有智慧的欧洲人当时就给自己的社会教育活动的命名。因此，史家将 18 世纪称为狭义的启蒙时期，主要指孟德斯鸠、伏尔泰、狄德罗、达朗贝尔（Jean Le Rond D'Alembert, 1717—1783）、孔多塞（Marquis de Condorcet, 1743—1794）等法国人的思想主张，因为他们其中许多人将自己的见解写入《百科全书》，从而又被称为"百科全书派"。当然，18 世纪的启蒙还必须包括"日内瓦公民"卢梭、德国人康德、美国人富兰克林，等等。当时启蒙所反对的愚昧、迷信、专制，直接指向宗教威权和世袭贵族秩序。资本经济的发展和科学革命的挑战已经动摇了旧秩序的存在基础，启蒙思想对法国革命的推波助澜作用就显得理所当然。但是，启蒙思想家中许多人不主张革命。法国革命前，有些启蒙思想家如伏尔泰，就以对贵族进行启蒙为己任；在法国革命爆发之后，更有人认为这场革命违背了启蒙的原则。直至今日，还有很多人认为，革命的暴力特征有违启蒙的理性精神。

如果说 18 世纪是启蒙思想形成体系的时期，那么 17 世纪则是启蒙酝酿和产生的时期。17 世纪的笛卡尔哲学看重的"来自体系的精神"（esprit de systeme），到了 18 世纪法国启蒙哲学，就演变成"体系化的精神"（esprit systematique）；前者还有数学逻辑的涵义，而后者的"体系"则将理性扩展到人类各个领域。18 世纪的欧洲人对建设一个更美好社会的信心也来自于 17 世纪以来科学革命和社会变革带来的成果，或者更早，来自文艺复兴对人的肯定。对 18 世纪的欧洲人来说，他们的启蒙导师是牛顿、笛卡尔、帕斯卡（Blaise Pascal, 1623—1662）、洛克、蒙田等人。

以天文、数学、物理为先导的现代科学革命，使得宗教世界观显得苍白无力。以科学观取代建立在宗教基础上的权威和秩序，就势在必然。现代科学使人的眼睛看见宇宙的规模和细节。达芬奇在论画时如是说：宇宙种种的形体和色泽可以在人的眼睛里集中为一点，这样的说法已经把人摆在了上帝的位置。许多世纪以来，上帝（乃至教会）具有绝对权威，就是因为上帝的眼睛可以看见宇宙的一切。用人眼来探究宇宙奥秘的梦想，促发了天文望远镜和显微镜的诞生。17 世纪，数学家兼神学家帕斯卡透过天文望远镜看到浩瀚星空时，一声惊呼：宇宙的规模竟然远远超乎人类的想象。帕斯卡的惊呼昭示了一种明显的象征意义：中世纪宗教世界观及其秩序失去了正当性。在此之前的人类想象中，宇宙是小而亲切的，宇宙最大的模式也不过冥王星的轨道直径那么大，地球被当作宇宙的中心。哥白尼对此提出置疑，但一直到17世纪，地球中心说才被推翻。刹那间，宇宙大了，人小了。然而可惜的是，体现科学之理性的人，接下来又以无限膨胀的骄傲，成为新的上帝。

尼采曾有一问：现代科学文化为什么没有古希腊悲剧文化的力量和伟大？原因之一是悲剧时时提醒希腊人：人类要站起来而伟大，首先要老老实实承认人在自然界面前很小很小，小到微不足道。而相比之下，现代人类拥有的科学理性却常常使人忘乎所以。

现代初期的人类视野也小，小到人类彼此之间也不了解。16世纪欧洲人到达美洲时，看到美洲当地文明的成就所表现出的惊讶不亚于帕斯卡第一次观察到天体。但欧洲人称美洲大陆为"新大陆"时，心情显然不止好奇。随后，欧洲人就雄心勃勃地提出：征服新大陆是欧洲人的"神谕使命"（manifest destiny）。

启蒙的进步，离不开欧洲人向其他文明学习的过程。比如，欧洲人如果没有在中世纪抛弃罗马数字而采用阿拉伯数字，科学革命不可能，以后的数学发明如微积分不可能，现代社会的工业和经贸大发展也不可能。但是，欧洲人在掠夺殖民地资源时，对其他文明表现出的傲慢又给了西方理性另一种涵义。现代世界史记载得清楚，欧洲的扩张遍及世界各个角落，并在这个过程中把"野蛮"和启蒙混合在西方的"主体"意识之中。

现代体系及其他启蒙思想

现代性由计划而形成体系，其内容是什么呢？

美国当代哲学家罗蒂（Richard Rorty）有个重要的观点，他说，启蒙的计划不是一个，而是两个：政治计划和哲学计划。"［政治计划］旨在创造人间天堂：一个没有等级、阶级或残忍的世界。［哲学计划］旨在找到一个新的、全面的世界观，以自然和理性（Nature and Reason）取代上帝。"（Rorty：19）罗蒂说，虽然政治计划几经反复，屡遭挫折，进展非常缓慢，却并没有完全失败。另一方面，哲学计划虽然仍被许多哲学家所遵循，但在20世纪却一直受到批评。罗蒂的话应作何解释？从历史上看，现代性的政治计划在相当程度上是现代性的哲学计划的实践，但政治计划不完全等于哲学计划，因为政治计划受哲学、经济、历史等复杂因素的影响。这是一层意思。另外，创造一个没有残忍的世界是人类深切持久的愿望，因为这个梦会继续下去，所以现代的政治计划不会完全失败。然而，支持现代化的哲学思想不会一成不变。现代的政治计划久经磨难，会找到更好的哲学。这是第二层意思。

有人说，现代性结束了。又有人说，现代性尚未完成。罗蒂意在提醒我们：先要搞清楚说的是哪一个现代性。为了清楚掌握启蒙的现代思路和后现代的缘由，我们讨论的重点放在现代性的哲学计划上，尤其是由此形成的体系上。简单地说，现代哲学思想计划是从自然科学的现代特征出发，构想了一套新的人文思想，进而形成体系。这个体系化的过程可分以下几点加以归纳：

经典的机械论（classical mechanics）和自然神论（deism）的一体的科学观

根据这个科学观，宇宙被看作是一部遵循可预见的"客观"规律（predictable and objective laws）而运行的机器。上帝创造并启动了这部机器，但是上帝并不负责机器的日常运作，因为宇宙的秩序被认为是理性的，上帝也就成了理性的最高象征。那么，科学是什么？科学无非是通过实证的方法，发现自然界所隐藏的规律和秩序，即上帝这个超级数学家的思路。

牛顿是启蒙运动的第一科学家，也是这种机械论加自然神论的代表人物。英国诗人蒲柏（Alexander Pope，1688—1744）用《创世记》的口吻，不无诙谐地概括了牛顿的重要所在："自然，和自然的规则隐藏在黑夜里：神说，牛顿来吧！于是一片光明。"说牛顿带来了光明，也就是说牛顿带来了启蒙的心智之光。

科学中的原子论和机械论相似。所谓原子论，是认为物质的原子受普遍规律主导，而这些规律的活动变化，可以由数学来表示。机械论或原子论的出现，是科学中调查和观念化方法的胜出。

经验主义（empiricism）

经验主义是现代科学精神的另一主要特征。经验主义认为，人可以通过观察进入现象的实质，重复的观察和试验可以产生对未来自然事件的合理的预测。经验主义一方面挑战了以往对权威的依赖，另一方面形成新的神话，即"事实"的客观性在于事实不含有价值观或人的解释的成分。经验主义认为，"真理"的获得，是通过经验性的观察、理性的使用和系统的怀疑实现的。

由上述可见，现代科学意义上的知识（或真理）被认为是客观获得的，而不是产生于对自然和现象的解释。这种知识优于解释的观点，自柏拉图以来就统领西方哲学思想，到了启蒙时代更是被科学化、客观化了。启蒙的旗帜上写着"知识就是力量"（Knowledge is power）。从后知后觉的后现代来看，完全客观的知识不是幻觉就是烟雾。权力往往决定着知识的正当性、存在形式和分配。因此，"知识就是力量"可以作另一种解释："知识就是权力"（Knowledge is power）。

"人"+科学＝"人"的科学

现代思想可以说是在一念之间成就体系的，即用来理解自然世界的理性和机械方法，也可用于对人类的社会生活、个人生活的理解。根据这一观念，人类生活似乎也可以完全被设计、被操纵（engineered and manipulated），如同自然界可以被设计和操纵一样。自然科学的现代特征也直接转换成人文科学的特点。当今人文科学的学科分类、研究方法、论证规则，无不带有现代自然科学的烙印。笛卡尔本来还说，除了有"意识"的人，世间其他生物都是机器。可是，"人"的科学的出现，将"人"和人类社会也视为机器来加以研究。机械论、经验论渗透到现代人文学科的方法、结构和趋势等各个层面，形成了两点不可轻视的结论：

第一，人（如机器一样）是可臻完善的（the perfectibility of man），因此人的进步是必然的。人的完善可以通过受教育和理性功能的发展得以实现，人类社会也可以通过理性的使用而获得改善。人可以为进步抱乐观的态度，因为人可以运用理性。孔多塞大胆提议，由于人是可以达到尽善尽美的，所以不用多久，人类就可以战胜贫困、软弱、疾病，甚至死亡（乐观的孔多塞后来在法国革命中因悲观而自杀）。启蒙虽然带来世俗化的文化，但是它的乌托邦特性又是一种宗教式的信仰。贝克尔（Carl Becker）写过一本颇有影响的书《18世纪哲学家的天堂城市》；他说，法国启蒙哲学实际上是用"科学的神话"（a scientific myth）取代了"基督教的神话"（a Christian myth）。这两种神话的结构十分相似，启蒙哲学所想象的自然状态活脱脱是基督教神学中的伊甸乐园，而无限进步的观点是天堂论的世俗版。

第二，主体（subjectivity）是完全理性的主体。洛克所谓人的思想生来是一张白纸的说法符合经验主义的思想，很有影响。但是，笛卡尔的先验的思想之"我"（cogito）才是启蒙的经典主体论。笛卡尔式的思想主体之"我"，据说可以从理性、客观、公正的立场观察世界和历史事件。这个自信自足（self-assured and self-sufficient）的"我"是道德的人，是居于历史和知识中心的人，这就是作为西方理性传统基础的"人本"或曰"主体"。

将上面的综述同我们的现代生活经验加以对照，可以直观地感觉到"体系"已经无所不在。体系化的现代思想将知识、社会、主体、历史观都科学化了；"人"也被科学化了，成为现代版的"人本主义"（humanism）。当科学等于真理、科学等于秩序时，凡是"非秩序"的就被轻易看作是不科学的、谬误的。如此一来，启蒙便借着宏大叙述成为"启蒙的讹诈"。现代体系当然有其积极的一面，否则，科学和理性不会仍然具有正面的意义。问题是，现代体系的负面很长时间没有引起足够的讨论，而现代人从历史和现实经验中又都可以感觉到科学和理性的问题之多，挥之不去。所以挥之不去，是因为不太容易讲得清楚。后现代理论的错综复杂，也许症结就在于此。

但虽然不容易，还是要作努力和尝试：首先思考一下机械论和经验主义最明显的局限性。机械论会带来什么问题？将自然看作可以任意设计和操纵的机器，显然是让一种隐喻囚禁了我们的自然观。当然，将自然视为母亲也是一种隐喻，它暗示着人类在生存和情感上对自然的依赖。机械自然观的直接历史后果，就是结束了作为"自然母亲"的自然观。"人"忘记了自己的小，他的理性优越感不成比例地增大，成了他最大的无知。同时，人将自己乃至人类社会的各领域看作机器。人为了"进步"进行的社会改造，会不会在某种方面有违背人性的后果？显然这已经不需要回答了。

经验主义会有什么问题？人类从来都看重经验，但是经验主义，在经验中把事实和价值切割（或者说，把知识和解释切割），提倡所谓"不受理论左右的事"（theory-free facts），这却是现代现象。以培根为例，他曾主张，只有采取极为严格的方法才能遏制人在理解时将观察和理论融为一体的天性。（为什么要遏制这种天性？能遏制得了吗？）有趣的是，笛卡尔只相信他监督之下的试验，因为别人的试验会按照"他们自己的原则"来设计结果。

随着科学主义渗透到社会政治的细胞里，"不受理论左右的事实"在掌握了理性话语的人手里就变成其"真理"的合法外衣，造成"事实的专制"（tyranny of facts）。尼采哲学重新将价值观、解释、欲念、力的态势等引入理性思维，正是有的放矢。这也成了后现代理论的着力点。特别需要指出的是，上述哲学体系不是启蒙思想的全部。启蒙运动中的其他一些想法，或对体系补充，或对体系纠正，甚至形成非体系的启蒙。

读蒙田的散文，听见他经常重复一句话：我（们）能知道什么？他的意思是我们所知很少，很有限。这轻轻一问，诠释了启蒙的主体应该有的高尚和现代体系对知识不该有的高傲。蒙田的启蒙，娓娓道来，令人心悦诚服。

卢梭是启蒙运动的先锋人物，但是他对嗓然一时的"进步"说颇不以为然。卢梭不认为人类社会可以像机器一样被任意设计和操纵。人的天性崇尚自由，人性的一半需要文明的崇高，另一半需要野性的自由，人是野性和崇高的混合体（a noble savage）。文明社会需要的，不是持续不断加强其秩序，而是要有符合人性的空间。所谓社会契约说，旨在使文明制度符合人性。对于体系化的启蒙对"进步"表现出的乐观和那种欧洲人的优越感，卢梭则十分蔑视。例如，根据孔多塞的展望，人类未来的进步是全世界能像法、英、美那样实现现代文明，从而摆脱"君主制的奴役、非洲部落的野蛮、野蛮人的无知"。（Condorcet：27）这幅图景有其进步意义，但是也为以后用现代化机器和武器来实施欧洲式的"进步"种植了合理性。卢梭当时就对这种"进步"观颇不以为然，在卢梭眼里，欧洲不是绝对的文明典范，因为欧洲的历史是野蛮和文明共存的历史。卢梭还认为，说欧洲人可以凭理性之光与群星争辉等等，自大得实在可笑。卢梭的启蒙，是拒绝"启蒙的讹诈"的启蒙，是不失省思的启蒙。

将康德同 18 世纪法国启蒙思想并列起来研读也会有不少收获。当法国思想家编纂《百科全书》形成体系时，柏林的启蒙在以对话和问答的方式进行。一家期刊社提出问题：什么是启蒙？许多投稿作答的人当中就有康德。1784 年，康德在他的短文中说，人，要从甘心情愿被别人监护（self-incurred tutelage）的状态中解放出来，才能进入成熟。这就是启蒙。被人监护（以别人的见解为己见）通常不是因为缺少理性，而是缺乏独立运用理性的决心和勇气。康德引用贺拉斯（Horace, 65—8 BC）的话说："敢于去知道！"（Sapere aude!）接下来康德说："要有勇气运用你自己的理性！——这就是启蒙的警句。"（Kant：1—7）康德认为，个人要敢于公开地以学者的方式表明自己对事物的理解,社会应保护这种自由,这样人类才能进入成熟的状态。这就是启蒙。后现代在针对启蒙的讨论中很重视康德的这段话,康德给了启蒙一个新鲜的喻说:语言表达(speech),而且他的想法更是以对话来建造理性。康德因此把启蒙和言论自由、民主社会紧密联系起来。以康德的标准来衡量人类社会的成熟与否,比较清楚,也合乎实际。

众所周知,牛顿和莱布尼茨(Gottfried Wilhelm Leibniz, 1646—1716)在相互独立的情况下同时发明了微积分,而莱布尼茨的微积分符专因为更优雅一些被更广泛使用。形成思想体系的启蒙,将牛顿奉为"科学"的典范的同时,也视莱布尼茨为体系之外的科学家。莱布尼茨的主要贡献是他富有想象的"单子理论"(monadology)。这个理论长期不受重视,但是,有些历史学家却看重莱布尼茨所代表的"另类"科学思想。卡西勒(Ernst Cassier)所著《启蒙的哲学》就把莱布尼茨,而不是牛顿,奉为启蒙运动中最重要的科学家。莱布尼茨的"单子理论"代表的哲学涵义是:时空中的万物各自完全不同,且相互关联,绵绵不断。试想,现代思想的科学模式如果不是取自牛顿,而是取自莱布尼茨,或者取自爱因斯坦,那又是怎样的启蒙呢?

下篇:后现代的思辨

光明的阴影:欧洲现代文学中的隐忧和隐喻

现代性不止罗蒂提及的两个计划,还有第三种现代性,即文学艺术现代性或曰美学的现代性,即英文里常用的"现代主义"(modernism)这个词。美学现代性虽然与政治现代性、哲学现代性同名,却不完全同义,有时完全不同义。现代文学艺术中经常出现对现代体系的清醒思辨。对于美学现代性(以现代文学为例)和后现代的关系,有两种看法。利奥塔的理论把后现代同现代文学艺术中的真知灼见联系起来,而詹明信的理论则将现代文学传统和后现代分割开,给人的印象是时间的先后可决定进步与否。本文采取利奥塔的思路。我们无需阅读康德的第三个批判,也可以从文学艺术的经验积累中知道,美学判断是一种非功利的判断,其判断将理性、想象、直观、欲念融为一体而更为复杂,因此它不同于以理性主义为主的现代观,反而可以直观纯粹理性或道德理性的问题。我们探讨对启蒙运动的后现代思辨,就从欧洲现代文学史的实例开始。

启蒙的时代正是欧洲社会从君主贵族秩序向现代民主秩序迅速演变的时代。启蒙的自信乐观,有深刻的社会变革成果为其背书。在莫扎特的歌剧《费加罗的婚礼》(以博马舍的剧本为基础)中,男仆费加罗为了爱情可以同贵族老板力争,并且嘲笑他的贵族血统论:"贵族、财富、阶级、官位:这些竟使一个人傲慢!你得到这些付出了什么？你花了些功夫让自己生了下来——如此而已。"司汤达笔下的于连，在清醒的时候，也这样理直气壮地为自己的平民式的高贵辩护过。

当时历史的精神气质，激情洋溢，富有梦想，易于促成乌托邦特征。英文 Enlightenment 一词含有"光明"（light）这个词素，启蒙的希望，即用光明战胜黑暗的喻说（light over darkness）体现得就十分自然了。达朗贝尔曾说，18 世纪是"光明四射的时代"（l'age des lumières）。莫扎特的歌剧《魔笛》（歌词作者为 Emmanuel Schikaneder）也是以"光明"凝缩启蒙的自信乐观。第一场的场景展现"智慧神殿"（Temple of Wisdom），两侧分别是"理性神殿"（Temple of Reason）和"自然神殿"（Temple of Nature）。"世俗化的祭司们"（secular priests）齐声唱道："阳光驱走黑夜。很快，高尚的年轻人会感觉到新生活。很快，他会全心全意奉献于我们的秩序。"第二场，祭司们在"太阳神殿"（Temple of the Sun）上宣告，光明已经战胜了"黑夜女皇"。然而，欧洲历史再向前进一步，人们看到的是光明和阴影的并存。诚实而智慧的人很快明白一个道理：以排斥悲观来维持乐观，若不是浪漫到了幼稚，就是伪善成了假圣人。

福楼拜的《包法利夫人》所以深刻，不仅在于点出爱玛的过分浪漫，更重要的是小说指出：在布尔乔亚阶级（今天被称为"小资"的那个社会层面）庸俗和伪善的面前，浪漫是盲目甚至致命的。如果爱玛的丈夫查尔斯是庸俗的代表，那么药剂师郝麦先生就是伪善的化身。郝麦（Homais）在法语里是"人"的意思：启蒙发展到了 19 世纪，启蒙的话语就造就了这样一种人。查尔斯的无能不失憨厚，而郝麦的无能却很雄辩：他满口科学、进步、人类、法兰西等。他是药剂师，却以医学权威自居。为显示他是如此现代，如此科学进步，他纵容查尔斯给马夫伊包里特作手术，把本来功能尚好的瘸腿拉直，结果造成病人截肢。手术刚做完，成败还是未知数，郝麦已经为当地报纸写好了稿件。请听郝麦先生宏大叙述的片断："偏见虽然像一张网，覆盖欧洲大部分的土地，光明开始深入我们的乡村。就是星期二，在我们永镇这小地方居然进行了一次外科手术，它同时也是最崇高的慈善活动。……以往迷信所赐予少数几人的事，今天科学能为所有的人完成。"（Flaubert：144—145）

福楼拜严谨的美学判断，既指出郝麦先生"光明"之说的荒诞滑稽，也指出正是此种人在现实生活中仕途通达。就凭郝麦对宏大叙述的熟练掌握，他尽管无能、违法、残忍，却照样成为永镇上的头面人物。小说的最后一句话告诉我们，郝麦刚刚获得十字勋章。郝麦是得到了光明，永镇却暗无天日。

福楼拜的美学判断也是反浪漫的，他已经指出启蒙理想可以被工具化，而"工具化的启蒙"（instrumental or instrumentalized Enlightenment）落在郝麦这样的人手里，启蒙的希望便将暗淡无光。爱玛的高尚在于她有精神追求，但是，在女性不能自主的时代，在充满郝麦、查尔斯的环境里，她的浪漫几乎是愚蠢。

和福楼拜同时代的波德莱尔是充满理想激情的诗人,但是现实使他忧郁,忧郁又成了诗人表现理想的方式。巴黎的现代化是在"进步"的话语下进行的。实际上,拿破仑三世和他的宰相豪斯曼为了更容易镇压巴黎市民的革命,摧毁了巴黎本来很有人性的社区来造宽阔的大道,制造了大量的城市贫民,"进步"的"光明"在他们的眼睛里暗淡了。那样一直暗淡下来的眼神,就是波德莱尔忧郁的诗境。波德莱尔的诗是典型的现代诗,但绝不是盲从现代性的诗。波德莱尔是美学现代性不同于哲学现代性、政治现代性的例证。在波德莱尔的眼里,人必然是有缺陷的,不可能尽善尽美。这一看法,和现代体系中人性可以完善之说背道而驰。波德莱尔的美学可以一言以蔽之:直视现代社会之"恶"、人性之"恶",表达由此引起的忧郁和对理想的向往。这就是艺术的现代性。

尼采也感觉到"光明"的"阴影"越来越浓重,干脆用"流浪人和他的影子"的对话将启蒙的问题深入而浅出之:这便是《人性,太人性》的第二部分。"流浪人"这样对"影子"说:

  你知道,我爱阴影像我爱光明一样。如果要有漂亮的脸庞、清晰的言辞、博大的爱、坚强的性格,阴影和光明是一样必需的。他们不是敌人:相反他们手拉手亲密地站在一起;当光明消失时,影子也随之溜走。

"影子"的回答自然而贴切:

  我和你恨同样的东西:黑夜。我爱人类因为他们是光明的信徒;我爱他们发现和获得知识时眼睛里闪烁的光……但知识的阳光照下来造成阴影,我也是那阴影。(Nietzsche,1986:301)

"光明"和"阴影"分不开,这样比喻合乎常识,用来说明"后现代"的启蒙观也恰如其分。不过,人类社会中的"光明"常常对"影子"不屑一顾,以为不要"影子"反而更方便。

陀思妥耶夫斯基的《地下室手记》里的地下室人是个影子式的人物,他在地下室写给代表"光明"未来的"先生们"的一些话,是对启蒙思想最深刻的反思。这个小人物有很强的思辨能力,但是他身处19世纪彼得堡社会的底层,社会生活的话语又被"先生们"掌握着,所以他讲话既怀有小人物的复杂心理,也善用文字的机巧击中对手的要害。小说中的"先生们"指当时《怎么办》的作者车尔尼雪夫斯基以及与其观点相似的人。本来,陀思妥耶夫斯基是准备写论文与他们论争的,后来写成小说,小说形式使对话、心理、欲念融入理性。

车尔尼雪夫斯基的乌托邦是欧洲启蒙传统渗入19世纪俄国文化的结果。在《怎么办》一书中,车尔尼雪夫斯基设想了一个美好的未来社会:科技使俄国的草原成为可耕地;城市里竖立起玻璃"水晶宫"(玻璃和钢材的建筑在19世纪是科学的象征);电力的秘密被人类揭开(时值1864年)。这个社会的目标还包括人人有工作、物质极大丰富、男女平等、艺术发展,以及大家相亲相爱。这个完美社会的成员是乐观、理性的男女,为共同的利益而共同奋斗。这个乌托邦的理论基础,同我们在本文上篇综述的现代体系如出一辙,也分为两部分:以科学为标准的"自然规律"和反映这些规律的"人性"。

所谓"自然规律"正是机械论的那些假设:宇宙是一部机器,遵循可预见的"客观"规律;人发现规律,将规律用于实践,全面改造社会。显然,在这个合理的公式中,关键的变量是"人"。但是,科学真的符合人性吗?人性真的符合科学性吗?为了回答这些问题,车尔尼雪夫斯基借用了英国功利哲学的观点,并且使之通俗化。答案是这样的:人这种动物,完全由"愉快"和"痛苦"决定其动机;凡带给人"愉快"的就是"善",必定为人所追求;凡给予人"痛苦"的就是"恶",必定为人所憎恶;因此,人如果痛苦,那只能归罪于他知识欠缺,他的无知;此外,个人为了自己的私利一定会献身于集体共同的利益,因为人是理性的,因为共同的利益必然符合个人的利益。于是一个关于人的公式产生了:快乐的人是理性的、合乎自然规律的人,快乐的人也是知道共同利益必然符合个人利益的人。反之,痛苦的人是不知道自然规律的人,是不理性的人。痛苦来自无知。

车尔尼雪夫斯基先生的理论,光明乐观得没有一丝阴影。"光明"之所以光明,其实是他掌握着"知识"的话语,"知识的阳光照下来造成阴影"(尼采),造成有智慧的人并不能掌握"理性"话语的现实。与如此的"光明"相比,地下室人的存在只能是"影子"而已,要和视他而不见的"先生们"对话,他学会了说反话:"我是病人……我极端迷信,这么说吧,迷信到了尊重医学的程度。"善用比喻的地下室人一条一条地反驳了"先生们"的理论。地下室人说:论信心和力量,"先生们"气壮如牛,好比闯进房里的牛,我呢,是只老鼠。四面的墙壁是"自然规律",牛在墙壁面前止步,老鼠顺着墙角走。用哪一种方法应对自然规律更好呢?人的痛苦是因为不知道自然规律?那么,想一想牙疼这件属于自然规律的事。然后,"请听听19世纪受了教育的人在牙疼时是怎样呻吟的"。"先生们"说,建造理性的体系是为了带来幸福和进步。是吗?

> 人对体系和抽象的推论的热衷,以至于他随时可以有意地歪曲真理,随时为了证明自己的逻辑而否定眼见耳所闻。……看看你们周围的世界吧:血流成了河,人们居然兴高采烈,好像血是香槟酒似的。

拿破仑叔侄是如此,欧洲对北美洲的征服也是如此。地下室人的哲学是这样的:

> 您看,先生,理性嘛,是件很好的事,那是不用争论的,但理性只是理性,只能满足人的理性功能,而意志是整个生命的表现,也就是说,是人的一切生命,包含了理性及其他的冲动。

地下室人的论辩可归结为一点："先生们"的理论缺少对人性的理解。（Dostoevsky：3—25）。

理性-主体-知识：对现代体系的思辨策略

作为"后学"的一支，后现代理论在20世纪60年代之后出现，但是它的价值不在它如何新、如何时髦，而在它经由历史的积累而成熟的思辨特征。它对当代现实的关注，建立在对整个西方思想史作谱系式思考——回到某个"真理"形成的那一刻——的基础之上。也就是说，后现代的顿悟，靠的是对历史的渐悟。

后现代不事体系，不相信"体系化的精神"（esprit systematique），认为凡事成了体系，知识就脱离了变化（becoming）而僵固。后现代的思维是"延异"式的，既纵向深入"真理"出现的历史片刻，也横向将现代体系和柏拉图以降的哲学传统联系起来分析，因此，后现代和其他后学理论很难分开。

启蒙以来的基本思想，以其特有的理性观、主体观、知识（或真理）观构成关于"人"的科学体系。弗拉克斯（Jane Flax）把这个体系归纳为一个清单，和上篇中我们对体系的综述内容相同，但更详尽一些，不妨列举如下：

1. 存在着一个稳定、一致、可知的自我（主体）。没有什么外部的差异可影响这个理性、自觉、独立和普世的主体。

2. 这个自我通过理性了解自己和世界；理性是脑力活动的最高形式，是唯一的客观形式。

3. 由理性的自我（主体）产生的知识形式（mode of knowing）是"科学"；科学可提供关于这个世界的普世真理（universal truth）。

4. 由科学产生的知识是"真理"；"真理"是永恒的。

5. 由科学（理性、客观的知识主体）产生的知识/真理将永远走向进步、完善。人类一切的组织机构和实践都可以通过科学来分析，达到改善。

6. 理性是真实、公正、善（法理和道德意义上的）的最终裁判。如果法律符合理性发现的知识，那么，服从法律就是自由。

7. 在一个理性统御的世界，真实的一定是善的、公正的、美的；这些概念之间不会有冲突。

8. 科学因此是一切于社会有用的知识的典范。科学是客观中立的；科学家是通过无偏见的理性能力生产知识的，应该按照理性规律自由工作，而不受其他因素（如权力、金钱）所动。

9. 语言（即生产和传播知识时的表达方式）也必须是理性的。理性的语言是透明的；它的唯一功能就是表达理性的头脑观察到的真实世界；文字和所表达的物体之间的关系是牢固和客观的。

这个体系也是西方现代版的"人本主义"，它用容不得阴影的光明语言来解释现代西方几乎所有的社会结构、组织、原则的合理性。体系思想被用来建造和稳固秩序，凡是与之不符的，都被视为"非秩序"。对理性批评的声音被称为非理性；对科学质疑即为非科学。要对这个体系批评的人，首先要像康德说的那样要有勇气，也要像福柯说的那样不惧"启蒙的讹诈"。

体系的批评者有各种策略，但他们也有若干共识。共识之一，就是完全不同意语言是透明体（见上述第9点）的观点。后现代的语言观认为，喻说是语言的基本特征，传统、历史为一种语言设定了许多喻说，理性、客观、民主、进步等词语也无非都是喻说。此外，语言是表意过程，而表意有赖于时间和空间上的差异。首先，用字与语义之间并不能完全吻合，这就是"能指"与"所指"的差异。其次，一个字在句子中才有意义，而句子又和句子相连，形成更复杂的表意链，意义在不断的变化中。用这样的语言观反驳"透明"的语言观，用以支持体系的"宏大叙述"难免成了博物馆里庞大的恐龙。

体系的批评者的共识之二，是看穿了体系的完整一致其实是采用了"同义反复"（tautology）的修辞法。先把理性、主体、知识/真理、客观、科学这些词语设为同义词，那么，说知识是理性的、主体是客观的、科学是客观中立的、掌握科学知识的人也掌握真理等等，都听起来言之有理，雄辩有力。利奥塔所说的"宏大叙述"在英语里有两种说法：grand narrative 指那种理想宏大、铿锵有力的故事；meta-narrative 指一种作为许许多多故事的原始版的故事。这两个说法都很恰当地说明修辞在形成体系中的作用。

明白了体系的"同义反复"的修辞法，就易于理解为什么体系的批评者有时将批评重点放在理性观上，有时放在主体上，有时放在知识/真理观上，有时则是剖析科学或人本主义的具体内涵。无论切入点在哪里，针对的都是体系"完整一致"的神话。后现代理论以谱系的、具体的、策略的叙述，解构宏大的叙述；以差异的表述质疑普世的价值；因为不事体系，内容十分丰富。下面我们姑且分理性、主体、知识三个标题，简述后现代针对现代思想体系的一些思辨策略。

理性

为什么欧洲遵循理性仍然会产生法西斯、大屠杀？为什么理性的光明会走向理性的黑夜？1944年第二次世界大战结束时，霍克海默和阿多诺合著《启蒙辩证法》时提出了这些问题。他们说，写书的目的是"拯救［启蒙］的希望"。（Horkheimer, et al.：xv）"启蒙一向的目的，是将人们从恐怖中解放出来，并建筑他们的自主性。然而，在经过充分启蒙的［欧洲］土地上，灾难却发出胜利之光。"霍克海默和阿多诺认为，启蒙本身"已包含了今天处处可见的倒退的种子"。这自毁的种子，就是启蒙运动形成的理性易于变成绝对的思想，导致绝对的错与对的判断。绝对的思想不仅同保障民主自由的多元化价值相去甚远，而且再退一步就是不宽容,甚至就是暴力。暴力和理性联姻,在现代史上生出的怪胎之怪、恶胎之恶,很难用文字描述。

霍克海默提出,理性有两种层面,一种是人文理性,旨在创造和确立人类精神价值;另一种是工具理性,计算、规范,以度量厘定世界。严格说,和绝对思想结为一体的理性是工具理性。我们从启蒙思想体系化的过程已经知道,机械论的哲学基础优先支持的是工具理性,作为机械附加物的人文理性已经被严重扭曲。经验告诉我们,当工具理性占上风时,"人文关怀"越来越少,偶尔有一点"关怀"随风而来,已是邻家一阵阵的焦锅味儿。

较早对理性工具化表示担忧的,包括黑格尔。黑格尔担心,理性一旦工具化,就可能为任何掌握权力的人所用,也可能成为断头台(guillotine)那样的机械。以后,卡夫卡写了《在流放地》,用现代的"警世恒言"呈现了这种可怖的工具。理性能演变为这样的工具,是17、18世纪用机械论构想理性和进步的启蒙思想家无法想象的。黑格尔看到法国革命的暴力之后,设想建立"公民社会"作为避免理性工具化的方法,这同康德将启蒙落实为公民教育和权利的想法很相近。

霍克海默在汲取海德格尔对理性的思考的基础上,还指出理性工具化的问题是同现代科技的问题分不开的。现代科学的特点是将有机的知识分工分家。比如,科学家根据他的职业分工,是不考虑与人类生存相关的哲学问题的,更把宗教问题排斥在外;如果他就哲学问题发表意见,他已经转换了身份,不是作为科学家在发言。把现代科技的精细分工用于精神领域的分工危害了独立思考,使思辨能力萎缩:"进步有一个趋势,就是它把应该实现和展开的那些思想摧毁了。"(Horkheimer:359)

海德格尔有句名言,至今似乎墨汁未干:"只有当我们亲身体验到,许多世纪以来作为主人的理性其实是思想最顽固的敌人,这时,思想才可能开始。"(Sluga:53)海德格尔的意思是,理性之所以优先,只是因为理性优先是柏拉图以来的西方传统;由于这种传统,理性在每一个时代的体系其实是公众的共识,是成为常识的真理;这种理性把不符合常识的思想视为"非理性",于是往往把真正的思想家视为"疯子"。海德格尔的话让我们想起尼采讲的故事:清晨,一个"疯子"提着灯笼到市场上找上帝,他说"上帝死了"。市场上的人听不懂他的话,认为他说的是疯话。尼采为什么让一个疯子在大清早打灯笼呢?难道白天还没有足够的光明吗?作为隐喻,确实如此。说类似疯话的还有果戈理、鲁迅、福柯等人。福柯的一个主题是,文明用理性制造"疯人",而"疯人"的思想应该是那个时代应该听而偏偏为世人所不愿听的理性。

主体

笛卡尔的主体论在现代思想体系中占有关键地位。舒尔斯说:"笛卡尔的《沉思录》之后，现代哲学就成了主体哲学（a philosophy of the subject）。作为确定性和真理的所在地，主体是首要原则，一切由此而生，一切必须归结于此。"（Schouls：45）笛卡尔之后的哲学认为，西方的"人"可以在他的"本质"（essence）中找到他的知识的真理性。请注意，这个"人"（主体）听起来像是人类学的概念，其实是体系话语的中心词之一。根据体系的"同义反复"修辞法，他是理性和科学的代表。因此，引用此"主体"只是为了使不理性的过程理性化、自然化，就是说，这个"主体"是为谓正义化身而找出来的依据。存在主义哲学曾经指出，"主体"的这种"本质"是对生存的多样性、复杂性的否定，此后许多人又从反种族主义、反殖民主义、反霸权、女性主义等角度揭露了这个"主体"的虚伪。

心理分析为解构"主体"的另一利器："我"是一个生存在历史、语言、文化中的多层次的动态体，"我们对于我们自己是陌生的"。这一真知灼见是启蒙从个人做起的出发点。从心理分析角度看，把自己当作哲学体系的"主体"不但不能自主，反而已然被体系囚禁。拉康持这种看法，他说，心理分析在无意识中发现的是整个语言的结构。我们在各自文化环境和童年时期的教育熏陶之下，逐渐习惯了具有文化特质的概念性喻说及其联结规则，并且牢记在心。一种语言对我们有意义，是这种记忆所致，而这种记忆就是我们无意识的内容。所以，自我首先应被理解为一个"说话的主体"（speaking subject），亦即一个使用某文化语言的主体，说话的主体的思想首先被他所信赖的语言体系所决定。一个人如果明白两件事就有可能更为自由、更富有个性：其一，他必须懂得，生活在一种文化语言中，自我已经被这种语言所建构；其二，他应该明白，一个人的欲望与建构他自我的文化语言在哪方面发生了冲突，进而学会如何从控制他思维的传统化喻说中解脱其自我。

语言的整个结构由传统化了的概念性喻说胶合在一起，说话的主体一旦被这些传统化的喻说所禁锢，只能沦为"语言的奴隶"。拉康认为，无意识以其语言结构制约着自我欲望。"我"通过无意识来思想，但是，无意识并非是"我"真正的思想，于是就有了两个"我"存在。更准确地说，不是两个"我"而是有两个"他者"（others）在无意识里并存。拉康把文化语言所架构的那个无意识称为"Other"，即大写的"他"；把个人的欲念称作"other"，即小写的"他"。小写的"他"（有欲念的我）为摆脱禁锢，需要用策略，即用新的喻说取代已被传统化的喻说，成为诗人。根据这个论辩，拉康对笛卡尔的名言认真玩笑了一番。笛卡尔说"我思故我在"（I think, therefore, I am），拉康反唇相讥："我在我不存在之处思维，故而我在我不思维之处存在。"（I think where I am not, therefore I am where I do not think）（Hunter：1058）"我不存在之处"是大写的"他"的领域，是体系。

克里斯蒂娃将作为体系中心的"主体"同西方从古到今的宗教、性别、民族传统中各种排他倾向联系起来思考，发现产生对"异类"恐惧心理的原因往往不在"异类"，而在于自己心理历史的某些部分。自以为是的"主体"是病态的"主体"，自以为是的民族"主体"也是病态的。她说，健康的主体是欢迎"异类"和"异域"文化的坦荡心胸。在启蒙时期，孟德斯鸠的人格在这方面堪称典范。孟德斯鸠曾经说：

> 如果我知道一件事对我有利而对我家人有害，我会从心里拒绝它。如果我知道一件事对我家人有利而对我祖国无利，我会设法忘掉它。如果我知道一件事对我祖国有利而对欧洲有害，或者说对欧洲有利而对人类有害，我会认定它是犯罪。

孟德斯鸠或蒙田所代表的启蒙常常被现代人忘记，也许是因为他们的观点常与体系化的启蒙相左。

知识

培根说："知识就是力量"（Knowledge is power）。受过教育的人都知道这个启蒙口号。这个口号是现代宏大叙述的一个组成部分："知识"是科学的、客观的，代表真理、历史公正和自然规律，科学知识因此是人类解放的保障。这样的启蒙在一定教育层次上也无可厚非。但是，在稍高的思辨层次上，如此"知识"观还不是真正的启蒙。利奥塔说："这种叙述若针对的是小学教育的政策，而不是大学和高中，倒是可以理解的。"（Lyotard：31）

要回答什么是知识，首先要问：什么样的知识？这样一问，引起的是对知识更细致的思辨。例如，知识以各种叙述形式产生并得以传播；知识的正当性、科学性，可以理解为一个立法过程；知识的产生、组织、传播依靠一定的权力形式，等等。

利奥塔根据知识的不同状况，对前现代、现代和后现代作的说明不无道理：前现代的知识主要是直线的叙述，不一定是事实的记载，而往往是宗教、神话故事，传达的是有关社会关系的准则。这些叙述的正当性，在于其服务社会的功能。现代概念上的知识，轻蔑叙述性而重科学性。但是，科学和社会关系之间本来没有联系纽带，于是科学就需要一个外在的东西取得正当性，这就是宏大叙述。宏大叙述根据机械论和经验论，以高度统一的语言大胆构想社会进步。反过来，现代科学又借用宏大叙述里某些词句使自己正当化。因此，利奥塔用'现代"一词"指任何借用宏大话语使之正当的科学［知识］"。（Lyotard：105）与此同时，利奥塔注意到，现代科学借用宏大话语使之正当的过程，又损坏了它的正当性。科学本身需要验证，需要证据，但是它所借用的宏大话语用无需验证的叙述建构主体，科学于是陷入内在矛盾。此外，经典的科学结构，按百科全书的方式将知识分门别类，而科技的发展导致经典的学科分类模糊、重叠，甚至消失。信息革命正式结束了现代意义上的知识概念。科学知识的正当性发生的这些危机，形成了后现代的知识状况。

知识和权力之间的关系有时从叙述的方法和形式中透露出来。许多理论家，例如怀特（Hayden White）的许多著作，通过研究历史叙述的修辞和形式来了解历史知识里的不同意图。又如，当代的飞散文学的兴起，既是民族知识的扩展，又是对某些固化了的知识体系的评注。

福柯最关心的问题之一，是知识可以成为压迫性权力的来源，"知识就是力量"于此可作新解。英文里的 power 有两个意思：一是"力量"，另一个意思是权力，福柯的部分思辨策略指向"知识"并不光明的一面，可用第二个意思来说明。先讲个故事。启蒙思想在19世纪的英国结出"功利哲学"之果，其典型代表是边沁（Jeremy Bentham，1748—1832）。这位坚定的理性主义者为了用现代化取代中世纪式的黑暗牢房，想出一个光明无比的主意，叫做"圆形监狱"（Panopticon）。在这种现代监狱里，所有的牢房都有两面采光的玻璃墙，这些多层楼的牢房围成圆形，圆形中央是一座监控塔，监狱管理人员可以透过四面的玻璃看见充满阳光的牢房里的囚犯的一切活动。有了这样的设计，塔里的人对囚犯的"知识"及相应的权力一下子扩大了许多倍。

福柯用"圆形监狱"这个贴切的隐喻，说明政治权力怎样在理性和科学的名义下扩大它对另类的监控权力。在现实中，那实施压迫权力的透明玻璃就是：知识。更准确地说，是代表权力的知识话语（knowledge-discourse）。这种知识话语越多越普及，压迫性权力就越大越广泛。福柯在《性的历史》中说，因为压迫性的权力以知识话语存在，权力可以无处不在：它不仅是自上而下的，还是由下而上的；不仅是有意的，还是无意识的。权力形成体系，就像"圆形监狱"的全视角的玻璃。显然，福柯对知识话语和权力的理论也是对理性工具化的思辨。

结　语

结语不一定是结论。下面几段话，不是为了启蒙话题的结束，而是希望对启蒙思辨能够继续下去。

"什么是启蒙？"这一问，同时引出作为思想体系的"现代性"和作为对体系思辨的"后现代性"。中国的崛起，也需要同时对"现代性"和"后现代性"作理论思考。以西方理论为镜，后现代对启蒙的思辨迫使思路不断跨越固有疆界，作反对绝对式思维的探讨。它的非体系特征不是拒绝秩序，而是不忘"变化无常"之中蕴育的智慧。

"什么是启蒙？"不是个问一次就一劳永逸的问题。如果启蒙是人类精神的悟知，它显然应该一直继续下去。但是，某一种"启蒙"是有限的。所以，"什么是启蒙？"这个问题需要重复地提出以不断得出新的回答。当18世纪法国哲学家将启蒙思想归纳为体系的时候，康德在回答柏林某一期刊社提出的"什么是启蒙"时提出，个人要敢于公开地以学者的方式表明自己对事物的理解（而不是别人的意见），社会应保护这种自由，这样人类才能进入成熟的状态。康德把言论自由和启蒙联系起来，为理性的建构增添了对话的要素。20世纪晚期，福柯也写了一篇题为《什么是启蒙?》的文章，接着康德的话讲启蒙。他以后见之明，指出启蒙的勇气应包括不怕"启蒙的讹诈"。在这篇文字里，福柯对现代性的关键部分——主体论——作了修正。福柯并没有摒弃现代性，而是以波德莱尔那种游牧性格重新界定了现代的主体。他说，所谓现代人，不是去发现自己，不是去发现自己的秘密、隐藏的真理，而是在变化之中创造自己：现代人应该将自己视为一个复杂艰难的工程。福柯对主体的重新定义，提出的是新的意义上的启蒙。（Foucault，1984：41—43）

"什么是启蒙?"后现代对这个问题种种的思辨策略，可以在尼采那里找到起初的示范：为了把人类的启蒙继续下去，需要对包括启蒙运动在内的西方体系精神作非体系的思辨。以《悲剧的诞生》为例，在这本书里，尼采批评的锋芒直指苏格拉底以来以辩证法为特征的理性传统。尼采问，代表希腊文化伟大力量的悲剧精神为什么突然消失？为什么竟至于被现代人遗忘？原因在苏格拉底之后兴起的重理性轻艺术的风气。这种风气延续到现代（启蒙时代），成为"科学主义"：工具理性日盛，人文关怀日衰。尼采希望悲剧精神能再生，也就是希望现代人重新在自我和文化中找回"酒神精神"（the Dionysian）。值得一提的是，尼采在批评科学主义的同时并不否定苏格拉底代表的理性传统，而是将苏格拉底的象征性加以改造。据说，一向轻艺术重理性的苏格拉底，在生命最后的日子里会在梦里听见幽灵对他说："苏格拉底啊，实践音乐吧。"尼采不无幽默而又十分严肃地提议"实践音乐的苏格拉底"，理性和酒神精神的融合，接纳了诗的智慧的哲学，可作为一个历史转折的象征。"实践音乐的苏格拉底"也恰如其分地说明后现代和现代之间的关系。如同尼采不否定苏格拉底一样，后现代不是对现代性的否定，而是现代的重写。

归根结底，启蒙的焦点应该在于"人"。启蒙运动之初对人的关心，也引起人对启蒙的激情。后现代有些作者在对启蒙思辨的基础上批评了现代体系形成的人本主义，进而引起了情绪复杂的种种反应。我们从上面的讨论可以看到，作为现代体系同义词的人本主义确实有很大的局限性。然而，批评这种人本主义不意味着不关心人，也不意味"人"不能再度兴起。但是，"人"应该清醒知道现代启蒙形成的"人"是如何迷失的。尼采在《人性，太人性》的一段箴言中说："人"的概念，人的认知能力，是四千多年前逐渐形成的。许多哲学家根据某些宗教、某些政治事件，有意无意地把"人"最近的一些现象作为思考"人"的固定形式，而忘记了"人"是在变化中的。因此，对"人"的哲学思考，要有历史的观照，要有一点谦虚才好。（Nietzsche，1986：13）

尼采细致入微的思维，给了后现代思辨许多具体的启示。他的力量，以及许多认真思考启蒙问题的作者的力量，也许不完全在于他们所说的，而是在于他们静静的示范：启蒙，应该是这样的。

参考书目

1. Carl L. Becker, *The Heavenly City of the Eighteenth-Century Philosophers*, Yale UP, 1932.
2. David H. Hunter, ed., *The Critical Tradition*, Bedford/St. Martin's, 1998.
3. Ernest Cassier, *The Philosophy of the Enlightenment*, trans., Fritz C. A. Koellin, et al., Princeton UP, 1951.
4. Friedrich Nietzsche, *The Birth of Tragedy & The Case of Wagner*, trans., Walter Kaufmann, Random House/Vintage, 1967.
5. —, *Human, All Too Human*, trans., R. J. Hollingdale, Cambridge UP, 1986.
6. Fyodor Dostoevsky, *Notes from Underground & The Grand Inquisitor*, trans., Ralph E. Matlaw, Median Books, 1991.
7. Gustave Flaubert, *Madame Bovary*, trans., Eleanor Marx Aveling, et al., Norton, 2005.
8. Hans Sluga, "Heidegger and the Critique of Reason," in *What's Left of Enlightenment?*
9. Immanuel Kant, "What is Enlightenment?" in *The Portable Enlightenment Reader*.
10. Isaac Kramnick, ed., *The Portable Enlightenment Reader*, Penguin, 1995.
11. Jacques Lacan, "The Agency of the Letter in the Unconscious or Reason since Freud," in *The Critical Tradition*.
12. James Schmidt, ed., *What is Enlightenment?* U of California P, 1996.
13. Jane Flax, "Postmodernism and Gender Relations in Feminist Theory," in *Feminism/Postmodernism*, ed., Linda J. Nicholson, Routledge, 1990.
14. Jean-Francois Lyotard, *The Postmodern Condition*, trans., Geoff Bennington, et al., U of Minnesota P, 1984.
15. Jean-Jacques Rousseau, "Excerpt from *Discourse on Arts and Sciences*," in *The Portable Enlightenment Reader*.
16. Karlis Racevskis, *Postmodernism and the Search for Enlightenment*, UP of Virginia, 1993.
17. Keith Michael Baker, et al., eds., *What's Left of Enlightenment?* Stanford UP, 2001.
18. Marquis de Condorcet, "The Future Progress of the Human Mind," in *The Portable Enlightenment Reader*.
19. Max Horkheimer, et al., *Dialectic of Enlightenment*, trans., John Cumming, Herder and Herder, 1972.
20. —, "Reason Against Itself: Some Remarks on Enlightenment," in *What is Enlightenment?*
21. Michel Foucault, *Discipline and Punish*, trans., Alan Sheridan, Random House/Vintage, 1994.
22. —, *History of Sexuality*, Vol. I, trans., Robert Hurley, Random House/Vintage, 1978.
23. —, *Madness and Civilization*, Pantheon, 1965.
24. —, "What is Enlightenment?" in *Foucault Reader*, ed., Paul Rabinow, Pantheon Books, 1984.
25. Peter A. Schouls, *Descartes and the Enlightenment*, Edinburgh UP, 1989.
26. Pierre Augustin Caron de Beaumarchais, "Excerpt from *Le Mariage de Figaro*," in *The Portable Enlightenment Reader*.
27. Richard Rorty, "The Continuity Between the Enlightenment and 'Postmodernism'," in *What's Left of Enlightenment?*
28. Roy Porter, *The Enlightenment*, Palgrave, 2001.
29. Wolfgang Amadeus Mozart, "Excerpt from *The Magic Flute*," in *The Portable Enlightenment Reader*.

启蒙辩证法 郭 军

略 说

启蒙，就其原本的意图，是促进思想和社会的进步。所谓启蒙，就是人类借助理性和科学从迷信、愚昧、神话世界的魑魅魍魉的控制下挣脱出来，走向澄明、理性和开放，使人类由此而逐渐摆脱恐惧与困惑，树立自我意识和自主性。因此启蒙是一种自由与解放运动。

随着科学的不断发展，人类理性也不断完善，启蒙取得了长足的进步，使得原本只能顺从自然摆布的人类对自然的认识日益深化，对自然的知识日益增多；而这一切反过来又成为人类进一步征服自然的力量和权力，使人类越来越能够得心应手地把控和利用自然。在这个过程中，人的主体性、主人意识也牢固建立起来，成为一种理所当然的与世界的关系模式。一旦如此，自然再也不是人类敬畏和服从的对象，而是相反，成为人类的材料和资源。两者的关系发生了质的转变，原先人对自然的膜拜与模仿变成了后来人对自然的改造和开发。与此相对应，人与自然发生关系的领域也不再停留在宗教或任何形而上学的参悟层面，而是进入实践领域，目的则是工具和功利性质的，因此数量、算计、赢利、把控自然成为理性的基本模式，它给人类带来了巨大的物质进步。

然而当这种模式作为一种意识形态而牢固建立起来时，启蒙便走向了与原初的承诺相反的道路：它变成了一种新的神话，一种唯我独尊的同一性范式，一种大一统的独裁方式。因此，它从对理性的追求开始，却最终走向了非理性和新的蒙昧；而在对待犹太人和任何不入主流的"他者"人群问题上，它则走向了新的，甚至由于与技术结合而更加令人发指的野蛮与暴虐。于是，一个"被彻底启蒙的世界却笼罩在一片因胜利而招致的灾难之中"。（霍克海默等：1）

所谓"启蒙辩证法"（Dialectic of enlightenment），就是霍克海默和阿多诺对启蒙这一反题的揭批，并在此揭批中提出真正意义上的启蒙与理性，即对任何成规、教条、神话，以及整个资本主义现代化模式的不断反思与超越。因此启蒙辩证法既是法兰克福批判理论的基石，也是其批判方法的经典范例。

综 述

启蒙以开启人的理性为标志，而理性发展的成就则在于现实世界的祛魅解惑，进入现代。然而，在这个过程中，人类所付出的代价却是理性的异化，导致启蒙走向新的神话，并最终成为独裁的工具。这样一种结局，在《启蒙辩证法》的作者霍克海默和阿多诺看来，既是启蒙注定的命运，也是资产阶级科学方法的结果。

其所以是命中注定，主要在于，尽管启蒙旨在消解神话，但是在启蒙的动机中却包含着与神话起因同样的因素，即对自然的恐惧。因此，启蒙也必然如神话一样从主体的角度把握自然，所谓客观或科学的方法只是一种与神话不同的把握范式而已。而正由于这种范式借助于知识和技术，它也更加彰显了人类的力量，助长了人的独断性，由此知识带给人类的不仅是力量，更是权力。如果把神话和启蒙都看作化解恐惧的方法，那么前者是通过赋予自然以生命和权威而使人类顺从和膜拜，后者则干脆通过一种"实证主义的纯粹内在性"，即一套事先设计好的计算形式，而将自然抽去生命，化整为零，变成僵死的、可任意替换的量化物。启蒙将自然完全置于人类的掌控之下，使其只具有材料和资源的功能，所以《启蒙辩证法》的作者认为，与神话相比，启蒙是更为"彻底而又神秘的恐惧"，它的目的是使自然完全失去魅力，彻底变成可供主体意志投射与支配的对象。但是，启蒙因此却走向了新的巫术，更走向了同化、统治、独霸。（霍克海默等：13）

这种命运的祸根所以与实证主义科学方法分不开，是因为这种方法的动机从培根时代就很明确：它顺从自然规律是为了能够把控自然。实际上，按照这种方法，"人们从自然中想学到的就是如何利用自然，以便全面统治自然和他者。这就是其唯一的目的"。（霍克海默等：2）而把控自然并不是为了开启内在于自然的秘密、意义或真理，启蒙斥责那样的诉求为神话和形而上学；启蒙的知识是为了指导操作，为了行之有效地解决问题；这种知识只是一种工具，它发挥中介作用的领域是人的实践和劳动，即对自然的征服、操作、利用，而绝不是任何对终极意义的探求。所以它的本质是技术，它的目的是方法，是对他人劳动的剥削和资本的积累。因此，在运作中，它"用公式代替概念，用规则和概率代替原因和动机"。（霍克海默等：3）总之，启蒙知识或理性与数字、计算、量化成了同义词，并以这种所谓的公正与客观掩盖了其与一切他者关系中同化、反射和以绝对主体来支配对象的运作机制。因此启蒙充满了吊诡性，它在反对神话、形而上学、终极关怀的同时却把上述启蒙理性变成了自己的神话、形而上学和终极目的。但是这种以数字为准则的理性并不保证绝对的公正性，而是在劳动、市场和交换中建立起来的一套逻辑，支配和赢利是它的两个关键词。到了后工业化社会，这套逻辑已经牢牢建立，并被用来统括和调控人与人以及人与任何他者的关系，排斥任何不能为这个模式所同化和吸纳的因素。从这个意义上说，启蒙理性最终变成了一种科学主义版本的巫术和独裁。

这种巫术加独裁的极端案例分别产生于20世纪40年代的美国和德国。前者作为一个发达资本主义社会，已经用上述工具理性掌控了社会生活的方方面面，包括传统上最自由与个性化的文化、艺术和娱乐领域，由此而构造了一个马尔库塞所说的"单向度的社会",即一个完全被市场和消费法则所支配的社会。后者作为一个法西斯主义独裁的国家,为了自己的政治经济利益而对犹太人残酷迫害,是启蒙理性对最后的人文底线的破坏。启蒙终于走到了自我毁灭的境地。

但是,启蒙理性已经变成了一种官方意识形态,并全面灌输给了大众,成为他们自动化的思维范式,把他们变成了一个单向度社会的单向度的人,完全丧失了批判与反思的能力。在这样的背景下,《启蒙辩证法》的两位作者认为,"我们就不能袖手旁观了",必须履行思想的使命:揭示"人类没有进入真正的人性,反而深深地陷入野蛮状态",并由此使"进步变成退步"的内在根源。这就意味着,他们首先要放弃对当代意识的信仰和认同,然后打破固有的理论结构。只有这样,他们才能够跳出物化意识的把控,创造差异的视角来揭露启蒙意识形态帷幕掩盖下的现实。于是,他们在方法论上采取的是与实证主义正相反的否定辩证法或非同一性思维,对既定的信条实施全方位拷问与质疑,直至将其矛盾暴露无遗。在文体上,他们同样屏弃了成体系的理论框架,而采用本雅明式的思想片段和格言式的语言,将一个个理论洞见拧成一股强劲的否定力量。这种永远对谎言、骗局实施揭露与否定的力量,在《启蒙辩证法》的作者看来,才是真正真理的力量,才能突破启蒙的界限。

启蒙与神话

启蒙的纲领原本是"要唤醒世界,祛除神话,用知识代替幻想",即消除蒙昧,用客观、理性的思维方式取代主观臆断。然而,启蒙却最终走向了更极端的主观意志、同一性和极权,即走向了《启蒙辩证法》的作者所界定的现代神话。究其原因,启蒙在粉碎神话的过程中却汲取了神话的所有因素,从根本上来说它也始于对自然的恐惧,并将对恐惧的表达变成了解释。而解释总是在与已知事物的关系中确定未知,(霍克海默等:12)在神话中是从泛灵论的角度解释世界的超验性,在启蒙理性中,则是从实证科学的角度解释世界的规律性。无论哪种解释,都已经是以主观与客观的对立或概念与事物的分离为基础,但是却都认为解释与对象同一。在这点上,两者都建立在神人同形的基础上,即建立在人的绝对话语权力的基础上。但启蒙却指责这点仅仅是神话的基础,实际上,启蒙有过之而无不及。

启蒙的谜底正是俄狄浦斯对斯芬克斯之谜的解答:"这就是人!"无论他所面对的是什么,它只承认在其思维范式的整体中可被理解的事物的存在价值,它的理想就是以此建立包罗万象的体系。具体来说,就是按照培根的理想,建立普遍性的秩序,在第一原理和观察命题之间提供逻辑联系。这个第一原理就是科学理性,以数字、有用为原则,把历史简化为事实,把事物简化为物质,把整个世界纳入一套公式,把一切关系简化为各种等式,以便符合等价交换原则支配下的现代社会,因为这样一个社会的机制正是"把不同的事物还原为抽象的量的方式,而使之具有了可比性"。这原本在社会发展的过程中只是特定生产方式的产物，但是启蒙把它绝对化了，任何不能还原为数字、有用的东西一概被它称之为幻象、虚构，启蒙要用这种模式摧毁多元与异质，启蒙理性使得人将自身替代了上帝，"两者的近似之处体现在对生存的主权中，体现在君主的正言厉色中，也体现在命令中"。人类为这种权力的膨胀付出的代价就是理性的异化，使得原本以自由、解放为己任的启蒙却如独裁者对待人一样对待万物，使万物"顺从科学家的意志"，使"事物的本质永远都是统治的基础"。（霍克海默等：5—7）

与这种极端同一性相辅相成的，就是抽象。在巫术试图影响世界的意识中，被宰杀的牺牲物还被赋予不同特征，在特定的场合不可替代，因为巫术毕竟还敬畏神灵，要为不同的神献上不同的祭物。但是"科学预设了这一情形的终结。科学中不再具有特定的替代物，……神也销声匿迹了。替代物变成了普遍的可替换性"。（霍克海默等：8）任何东西都不过是实验室中的物质样本，每个物质都被划入同类物质中，没有个性可言。如果说巫术使事物有灵，科学则把灵魂物化。这在《启蒙辩证法》的作者看来是比巫术更巫术化的对待世界的模式：巫师在试图把控世界而招魂乞灵时，还并没有以自然的统一性或主体的同一性为前提，而是呼唤不同的神灵祛除不同的魔鬼；他也没有把自己看作绝对真理，即绝对权力的化身，他装神弄鬼只是为了吓走或安抚鬼魂，后者被认为更加强大。相比之下，启蒙理性则正相反：它使自己成为无限权力的化身，绝对以"我"来统括"他者"，同一性成了启蒙的总体性。从这个意义上来说，启蒙变成了唯灵论的巫术，所不同的只是，原则替代了神话英雄，而启蒙原则又都被罩上了规律的光环或逻辑的严密性，所以比神话更无法抗拒，更具绝对权威性。启蒙原则用同一性和抽象对待事物，使事物更简单而易于掌控，并最终可被归类为更加简单的二元对立，即主体/客体、理性/偶然；前者通过不断将自己抽离于后者而建立起绝对的权威性，于是，巫术"彻底统治世界"的愿望最终在成熟的科学中得以实现，父权制太阳神话的理想最终在启蒙理性中找到了世俗的版本。"神话实现了启蒙，启蒙也一步步深深地卷入神话。"（霍克海默等：9）

一旦如此，世界变成了可以再现的东西，即从既定的模式和原则来言说世界：这就意味着，它不仅把多样性的世界变成了抽象的种类，同时，事实变得如同虚设，一切按主体性来操作。最后的结果是，不同的事物在被同化的同时，它的"代价就是不能与自身认同"，因为事物实际上在权力者的主观强制中受到了扭曲。当这样的强制性在资本主义大工业中通过消灭个性和内在价值，一概按量化和实用原则用在工人身上，特别是当这种模式以一种狂热的意识形态被法西斯主义用来灭绝"异类"的犹太人时，他们取得了"强制性平等的胜利，他们把正义的平等发展为平等的非正义"。但是，他们也倒退回了野蛮，正如《启蒙辩证法》的作者所指出的："每一种彻底粉碎自然奴役的尝试都只会在打破自然的过程中，更深地陷入到自然的束缚中。"（霍克海默等：10）凭借技术理性而获得了自由和权力的人最终成为了"群氓"——黑格尔把这称为启蒙的结果。

神话时代的人类接近自然的方式是匍匐于自然脚下，因为他们认为自然是有灵性的，是人的力量所不能把控的，因此为了自我持存，他们采取的是顺从和模仿。而启蒙时代的人类，从培根开始，就以实验科学的态度接近自然：他们探索自然，从中获取知识；借助知识，他们渐渐揭开了自然神秘的面纱，找到了可被把握的规律；通过在探索中顺从这些规律，他们得以在实践中利用这些规律，从而愈来愈能够驾驭自然，为自己谋取福利。随着这个过程日益深入与扩大，知识越来越变成人类征服自然的力量，"它在认识的道路上畅通无阻：既不听从造物主的奴役，也不对世界统治者逆来顺受"。（霍克海默等：2）有了知识的人类感到自己终于可以走出束缚了，因此在将自然为我所用的道路上为所欲为了。

于是，这种力量转换成了权力，权力意志实际上也是启蒙与神话同源的因素。正如《启蒙辩证法》的作者所指出的，尽管启蒙彻底清算了神话，甚至将奥林匹斯山上的神灵家族都用逻各斯加以重新界说，把它们抽象成为代表不同存在的形式，然而，在这个过程中，启蒙却继承了神话系谱中的等级观念，只是把宙斯那至高无上的地位赋予了人类。此外，尽管启蒙拒绝任何形而上学，然而却从柏拉图和亚里士多德的形而上学中发现了一种古老的力量，即要求对真理顶礼膜拜。而启蒙理性的真理就是它本身，它把自己变成了一种绝对的东西来统括世界，要求绝对的同一、服从，任何异质的因素都会由于在这个大一统的体系中找不到自己的坐标点而没有生存的可能。由此，启蒙不仅"始终在神话中确认自身"，而且始终"带有极权主义性质"。（霍克海默等：4）

启蒙与工具理性

既然启蒙与神话同源，所以启蒙走到神话，是命中注定。但是，如前所述，启蒙神话绝对不仅仅是为了持守自己的观念，它的目的是生产和实践。因此启蒙理性不是价值理性或道德理性，而是绝对的工具理性、技术理性、操作理性，甚或现代的管理理性。它运作的是利益，因此也必然是权力、支配和统治，而后者一旦走向极端，就与欺骗和独裁联手，使得启蒙将人类社会带入新的野蛮。

作为工具理性，启蒙理性不过是一套符号系统，即它已经在禁止模仿自然、推崇并实施分析与解剖自然的过程中演变为一套与自然分离的概念体系。以艺术的方式模仿和表征自然，在启蒙理性看来是无济于实践的幻想，它只把自己看作可以改造自然的科学。在它的发展中，它越来越成为一套独立抽象的计算模式，不仅将自己与艺术分裂开来，而且与信仰区别开来，把前者看作是非理性的，是自己的对立面。然而，具有反讽意味的是，随着资本主义现代性的进展，科学理性本身越来越变成了一种信仰和形而上学，由此也变成了支配世界的"制胜武器和特殊策略"，使得启蒙早期的辩护士变成了后来的骗子手。借助所谓理性与科学，他们使暴力、压迫、剥削等非理性的因素全部披上了合理性外衣，世界再次走向蒙昧。这是启蒙理性作为一套符号体系来统治世界的必然命运，因为理性并不是它所声称的普世真理。

作为一套演绎形式和概念体系，启蒙理性本来就产生于弱肉强食、生存竞争的劳动中。在劳动中，伴随着征服，社会出现了等级："一方是权力，一方是遵从。"对于被征服的一方，那套通过暴力而强加在劳动者身上的劳动周期变成了规则、规律，因此也变成了具有拜物教性质的符号，更变成了不可动摇的权威话语，而这就是概念的特征的来源。

甚至科学的演绎形式也反映出了这种等级性和强制性。最初的范畴表现了有组织的部落及其支配个体的权力，同样，整个概念的逻辑秩序，概念的相互依赖、相互联系、相互发展、相互统一，都表现为社会现实的相互联系，即分工。（霍克海默等：18）也即是说，任何思想的范畴都带有社会特征，启蒙理性更是如此，它所反映的实际上是现代性进程中整体和统治的统一。其表现方式是，它为整个社会提供了连贯性和支配性，使整体大于个体。由此，个体分工按部就班、有条不紊，等级秩序井然有序、条分缕析；社会是一部正常运转的生产机器，源源不断产生效益，而个体就是这部机器上的不同零件。但是由于个体附着于机器而得以自我持存，因此也不断增加着整体的合理性，于是这样一幅图景最后所显示的是：统治就是现实中的理性、普遍性和终极真理。

使启蒙理性具有真理地位的另一个因素，便是它所使用的科学语言和计算公式。这样的语言以量化、指标等显现自己具有客观性和必然性，因此也最具公正性。但是面对社会的不公正，"公正的科学语言已经无所作为，它丧失了任何表达手段，剩下的只是一些中性符号"。（霍克海默等：20）然而，正如《启蒙辩证法》的作者所说，这样的中性特征却比形而上学更加形而上学，因为尽管它也是一种中介，却说自己具有纯粹的非中介性，即直接的真实性，因此便没有可被质疑的余地。迄今为止，科学语言和计算仍然保持这一地位。但按照《启蒙辩证法》的作者的揭批，启蒙与任何体系一样，都是总体性的，即都是以一套先在的模式来指认世界。比如，在用数学模式计算时，"一旦未知数在数学步骤中变成一个等式的未知量，便说明在所有价值尚未设定之前，它就完全是已知的了"。（霍克海默等：21）此外，通过这种方式指认世界，从本质上来说又回到了神话，因为这种方式正如神话一样假定事物是特定的，并必然周期性出现。不同的是，科学把这界定为规律，但两者都是把既定事物合法化，同时这也是把现实篡改为一种图式而加以占有。所以，在启蒙的世界里，不仅没有袪除神话，反而把神话世俗化了，使之成为一种单向度的思维模式。

这样的理性彻底败坏了思想或真正理性的品质：后者的真正品质在于，它在理解事物时，不应停留在所谓事实抽象的时空关系上，而应把这一切看作表象，由此入手深入到其社会历史的更大关联中去把握本质。这就意味着，认识"不在于单纯的理解、分类和计算，而在于对每一种当下之物加以明确否定"。（霍克海默等：23）但是启蒙理性却把数学步骤变成思维方式，因此把思想变成了自动化的机器，并最终变成了实证主义的工具，使思想不可能超越物化的表象来反思与批判，而只能对现实求证、认同、顺从。思想成了同义反复，只能拘泥于既定事物，满足于再现这些事物。

由此，启蒙理性在将现状合理化、神话化的同时，也使"个人被贬低为习惯反映和现实所需要的行为方式的聚集物"。于是，在现代工业和商品化的社会，人的灵魂被物化，其行为被经济机构、商品价值所规化。在各种体制中，无论是政治、经济、文化领域，个人都只是一个物件，一个统计因素，他的目标是如何适应体制，以便自我持存。体制的力量，具体体现为个体生活在其中的大小不等的集体，其生存空间全面受到控制。体制成为一种弥散的权力，正如弥散于神话世界的超验魔力，体制的权力是这种魔力的世俗体现。在这种状况下，"史前时期人类的厄运，即那种不可名状的死亡，如今完全成了人们不言而喻的真实生存状态"。（霍克海默等：25）总之，启蒙理性变成了一台无所不在的操控机器，将人把控在一个总体内部、一个单向度的空间。《启蒙辩证法》的作者认为，这是一种置人于"水深火热"之中的总体，在这个总体面前，人已经无能为力。

至此，启蒙理性达到了其极致状态，自我被提升为先验主体和逻辑主体，变成了规则本身，"构成了理性的参照点和行动的决定因素"。而理性则如"用于制造一切其他工具的工具一般"，成为"万能经济机器的辅助工具"。（霍克海默等：26）可以说，这也是拥有理性话语权力的自我最有效的持存手段，借此，他可以一切为我所用。正是在这个意义上，"启蒙精神就是克尔凯郭尔所赞颂的新教伦理"。然而，正如在理性的同一性把控中事物反倒无法与自身认同那样，在权力自我的操作下，被辖制的个体也完全失去了自我。启蒙理性在征服了外在自然之后，终于也征服了人的内在自然，人被异化为机器的一部分。随着资产阶级经济的发展，似乎"神话昏暗的地平线被计算理性的阳光照亮了，但在这阴冷的光线背后，新的野蛮种子正在生根结果"。（霍克海默等：29）

最后，启蒙理性作为一种工具理性，在统治和劳动之间的中介作用可在荷马史诗《奥德赛》第12章奥德修斯与水手们遭遇海妖的场景中找到最好的形象表征。奥德修斯便是启蒙的自我，他是个财产拥有者，他的水手们则是他的雇佣工人；海妖歌声的诱惑象征着人的自然、本能、记忆、享受。奥德修斯把自己绑在桅杆上倾听美妙的歌声，表明作为启蒙的主体，他在拒绝回到自然与神话的同时却享受着快乐，同时又否认自己享受快乐。而水手们则被塞住耳朵，强迫劳作，他们在身体和灵魂上受到双重奴役。他们的灵魂麻木，思想退化，想象力萎缩，经验贫乏，完全成了劳动的机器，变成了单纯的类存在。从人类学的意义上，他们退化到了更原始的阶段，但"这种退化并不是进步的失败，而恰恰正是进步的成功。势不可挡的进步的厄运就是势不可挡的退步"。这也正是统治所需要的状态，因为"社会的过度成熟，靠的就是被统治的不成熟"。（霍克海默等：33）启蒙最后蜕变为欺骗加统治，目的是资本和利益。

结　语

启蒙从对外部自然的征服与把控中衍生出对人的内在自然的统治与压抑，演变为新的神话和独裁，这是它的必然命运。随着工业化和现代化社会的发展，这种理性的异化日益突出。理性与技术、管理等成了同义词，世界成了一个同一性的空间。在技术和管理背后是经济利益和资本运作，掌控同一性空间的是大公司经理。但是这些对于大众，却正如对于奥德修斯的那些"充"耳不闻的水手们一样，是并不明了的：一方面因为，他们必须靠整体而生存；另一方面，也是最根本的一方面，是因为启蒙意识形态，包括工具理性、目的理性、计算理性、科学主义、进步理论、发展观念等，已经成为一个第二自然，人们对它的反应已经趋于自动认同。更何况资本主义社会也日益用满足大众消费需求、用文化工业的娱乐模式等来麻痹着人们的斗志，使得人的批判与反思能力日益瘫痪。但是启蒙的后果正在危害每一个现代人，让他自由地生活在不自由的社会中。而启蒙的极端独裁性也曾经在20世纪演变为法西斯主义神话，并且至今仍然以不同版本的神话，如自由、民主、人权等，在全球化的世界领域寻找新一轮把控。由此，《启蒙辩证法》的两位作者对真正的认识、理性、思想的呼唤至今仍然有效，即认识的功能在于由表及里，不为表象所迷惑；思想和理性是批判的手段；理论的品格在于拒绝麻木不仁，在于永不滞钝的非同一性思维的锋芒。在这些方面，《启蒙辩证法》就是一个表率。

参考书目

1. David Roberts, *Art and Enlightenment,* U of Nabraska P, 1991.
2. Georges Sorel, *The Illusions of Progress*, trans., John and Charlotte Stanley, U of California P, 1969.
3. Julie Candler Hayes, *Reading the French Enlightenment*, Cambridge UP, 1999.
4. Jurgen Habermas, "The Entwinement of Myth and Enlightenment: Re-reading of Dialectic of Enlightenment," in *New German Critique,* 28 (1982).
5. Lewis P. Hinchman, *Hegel's Critique of the Enlightenment*, UP of Florida, 1984.
6. Martin Jay, *The Dialectic Imagination*, Little, Brown & Company Ltd., 1973.
7. Max Horkheimer, *Critique of Instrumental Reason*, Continuum, 1983.
8. Max Weber, *The Protestant Ethic and the Spirit of Capitalism*, Unwin Hyman, 1930.
9. Theodor W. Adorno, *Negative Dialectics*, trans., E. B. Ashton, Routledge, 1990.

10. Zoltan Tar, *The Frankfurt School*, Willey, 1977.
11. 《20世纪外国文化名人书库·阿多尔诺集》，上海远东出版社，1997。
12. 《20世纪外国文化名人书库·霍克海默集》，上海远东出版社，1997。
13. 《法兰克福学派论著选辑》上卷，上海社会科学院哲学研究所外国哲学研究室编，商务印书馆，1998。
14. 霍克海默：《批判理论》，李小兵等译，重庆出版社，1989。
15. 霍克海默等：《启蒙辩证法》，渠敬东等译，上海人民出版社，2003。
16. 马尔库塞：《单向度的人》，张峰等译，重庆出版社，1993。

启蒙现代性 汪民安

略 说

从16世纪开始，欧洲社会生活开始从神圣的超验领域退却了，它们越来越转向世俗的事务。纵向的天国逐渐被铲平，人们开始在地上横向地彼此观望。这种向俗务的实践性退却，同时伴随着观念领域的世俗化退却。这个从神圣到世俗的过程，一般被看做是"启蒙现代性"（Modernity of enlightenment）的过程，也就是说，欧洲从16—18世纪展开了启蒙现代性的叙事。

综 述

在现代性的开端处，按照利奥·斯特劳斯的说法，站着的是政治性的诡计多端的马基雅维利。马基雅维利第一个将他的理论抱负置放在务实的现实政治上。同那些深究"理想国"的古人不同，他不是幻想的，而是"短视"的；他将目光下降到地面的实际国度，只关心具体的现实统治技术。由于君主和君权的联系并不是自然的，并没有一根完全合法的纽带，君主可以巧妙地获取君权，也可以莫名其妙地失落君权，那么，君主保持和维护其君权，就需要计谋和手段。马基雅维利的问题是，君主借用什么样的手段保持他的君权？君主如何施展他的权力技术？这就是马基雅维利的政治学，因为其现实性和务实性，因为其对手段和技术的兴趣，古代政治学的抱负，即对最佳政制的臆想被放弃了。在古人那里，德性是最高目的，政制屈从于德性，最好的政制就是要有利于德性的实践。这样的政制的获取靠机缘。至关重要的是，这个政制应以符合人的自然本性——其禀性是善——为基础，它应该在自然本性上滋生出来。但这个自然本性——善——不是意志和激情，它独立于，甚至背离人的意志和激情，它是一套自然的秩序、自然的法则和自然的尺度。这个自然秩序是神性的，而且尽善尽美。正是这个先在的法则，提供了政制的合法性秩序，善和德性位于它的核心。个人的权利、激情和欲望应该在这个秩序中收敛起来。但马基雅维利颠倒了这个成见：政制和统治是最高目的，德性屈从于政制，政制的实践可以将德性弃置一边。这样的政制靠技术可以获致，因此，人的自然本性并不是它的基础，并没有一个以自然秩序为基础的理想国，倒是人的意志在操纵政治社会。这样，国家统治技术成为压倒性头等大事。德性目的，以及要实现这个德性目的的理想国就被推到了后台。马基雅维利针对的是一个现实的如何统治的国家，而不是一个幻想的应当如何的国家。同时，他所讨论的是"君主国是什么，它有什么种类,怎样获得,怎样维持,以及为什么会丧失"。(马基雅维里:译者前言)在他这里,"政治社会便绝非自然的,国家只是一件人工制品,应当归因于习俗"。(斯特劳斯:92)

对现实的强调,对技术和手段的着迷,政制对于德性的垄断,自然意志对自然秩序的压倒性胜利,将政治行为作为一个世俗自治的区域,而不是神学的分支来对待,尤其是,"不提任何关于人在自然的伟大的存在之链中的位置的学说",而且"没有对上帝和神律的严肃假设"。(伯林:44—45)如此种种,同古人的(无论是希腊罗马传统还是圣经传统)有关政制和统治学说的差异,使利奥·斯特劳斯将马基雅维利视为现代性的开端。伯林在另一种意义上看待马基雅维利的原创性——伯林恰好也以这一主张著称:各种目标和各种价值同样神圣,同样终极,但却可以相互悖论,并且永远无法调和。

马基雅维利将政治拉回到世俗的技术性事务中,他的决定性开端颠倒了古代的自然和政制的关系:政制并非是按照自然法的内在要求顺利地生长出来,人并非被动地安然于其内在的等级秩序之中。现在不是听天由命的时候了,相反,意志可以主动选择政制。但是,霍布斯还是强调了政制和自然法的密切联系,政制应该在自然法的基础上生长出来,这看上去是对马基雅维利的否定,但霍布斯却通过重新解释自然法的概念,推进了马基雅维利:自然法在霍布斯这里,其要点不是超验的善的自然本性,不是规范性的准则,不是对人有约束力的秩序,不是一个客观的尺度,而是人的自保本能、欲望和意志,最终,自然法被改写为人的自然权利。政制应该符合自然法的要求,在这个意义上,就是符合自然权利的要求,而不是符合德性和正义这一古代的最高自然要求。与身体相关的自然权利取代了超验的善、正义和德性成为政治社会的基础和标准。在古代,自然权利因为德性的最高目的而受到制约,在霍布斯这里,自然权利作为自然法制约了德性。权利历史性地突破了先前自然秩序的障碍,而获得绝对的膨胀的自主,并使政治社会盘绕着它而展开。

在此,我们发现了日后自由主义的曙光:欲望和激情猛然冲破了秩序的闸门,政治秩序不是在管制它们,恰好相反,是它们创造了政治秩序。政制不再臣服于以德性为根基的自然,相反,它应该在自然权利的基础上生长。霍布斯的经验主义使他将人看做是自然——这个自然不再是神圣的秩序,而是感官主义的,是身体性的冲动。具体地说,自然的欲望主宰着个体,它是人的行为根基,理性不过是欲望的副产品,它是欲望和激情爆发时的奴隶性工具。这个欲望强劲有力,永不中断,"没有欲望,就会死"。既然每个人都被这种一点都不安静的冲动欲望所宰制,那么,人和人之间的关系不过是欲望之间的碰撞关系。这就是一切人对一切人的战争。无限制的暴力,没完没了的敌意,时时刻刻的恐怖和恫吓,这就是霍布斯描述的残酷的临战般的自然状态,显然,这个非社会性的自然状态对个人的自保权利构成威胁,因此,一个强大而绝对的君主应该通过契约的方式被选中。根据契约,人们必须放弃自律权,心甘情愿地接受这个人间上帝的统治。个人都收敛起自己的进攻性的自然欲望,不过是为了让自我保存的欲望得以维持。国家就是在自然的个人之间起着沟通性的媒介作用,从而让自然状态衍生为社会组织。个体之所以让渡给君主那么大的权利,不过是为了让君主瞪大着眼睛为自己看守和护卫着自保权利。自保,这个基础性的自然权利,在霍布斯那里,毫不曲折地通向了独裁式的绝对君主制。

但是,在洛克那里,以自然权利为基础,自由主义政制开始兴起。洛克的自然状态比霍布斯要温和和理性得多,人群并非狼群,因此,根据契约达成的政府形式就并不张牙舞爪。自然权利的内容,在霍布斯那里,是自我保存,在洛克那里,则变成了财产权。霍布斯为了保障自然权利,呼唤出一个超验般的现代君主。洛克为了保障自然权利(财产),却是让这个法力无边的君主退位,并呼唤出一个并非飞扬跋扈的现代国家形式:"人们联合成为国家和置身于政府之下的重大的和主要的目的,是保护他们的财产。"(洛克:77)无论是洛克的政府,还是霍布斯的君主,都被设想成为是对自然权利的保护。但洛克的政府为什么力图取代霍布斯的君主?在洛克看来,霍布斯的君主可以对臣民之间的纠纷进行裁决,但无限的君主和臣民的纠纷却没有仲裁者,他们的关系仍旧是自然状态的关系。因此,绝对君主应该让位于议会主权。政府权力不能法力无边,它应该被收敛和限制,绝对权力应该被分化并彼此制衡。洛克的主张对"光荣革命"后的英国作了注释。在洛克这里,分权制的现代政府的雏形开始形成,经过孟德斯鸠的阐释性过渡,在美国的《独立宣言》中付诸实践,现代自由主义的典范国家形式开始耸立起来。

国家是技术性的人工制品,而非天然的秩序性法则;国家是人间的社会契约,而非上帝的天意;国家是自然权利和意志的保障,而非对它的限制性否定;国家应该是有限权力,而非绝对王权;从马基雅维利到霍布斯到洛克,现代国家的概念逐渐形成:这是一个世俗的被谋划的国家,它是个人的自愿联合体,国家的动源性根基是个人的权利和意志,其合法性是同意性的契约。这就是17世纪开始形成的国家的概念,其核心是个人的基本权利必须得到保护和尊重:个人,作为最高价值,受到国家的尊重;个人及其权利,是社会的法律、政治和经济原则的根基。现在,人内在的自然本性,而非外在的秩序性的道德标准,成为自由主义的磐石。如果说,自由主义理论和实践是现代性的一个重要组成部分的话,那么现代性的标志之一,就是内在于自由主义的自然本性的世俗泛滥,就是各种私欲和意志被赋予了正当权利,就是将权利凌驾于善和正义之上,就是将个人价值凌驾于整体价值之上。而这,终将引发一盘散沙的虚无主义,现代性的动荡危机由此而生。

自由主义对个人及其权利的强调,不过是时代气质在政治领域的回音。事实上,我们已经看到了,在狭隘的意义上,政治上的自由主义同经济上的资本主义,它们在16世纪以来的世俗化潮流中遥相呼应,二者具有相似的历史气质:国家理性呼应经济理性；自然权利的私欲呼应利益冲动的私欲；权利的个人主义呼应商业的个人主义。尽管自由主义和资本主义难解难分，文艺复兴和宗教改革也前后相接，但，还是可以大概地——也只能是大概地——说，作为经济形态的资本主义，其根源驻扎在宗教改革中；作为政治形态的自由主义，其最早的观念根源出自文艺复兴。

文艺复兴和宗教改革

将马基雅维利作为开端毫不奇怪。他被文艺复兴的氛围所包围。事实上，在他之前的一两个世纪，人就以回到古代的名义而重新在欧洲的版图上出现。按照布克哈特的说法，文艺复兴就是人文主义，其特点就是发现人和发现自然。人将目光低垂到自身置于其中的此岸世界，并对自身的潜力和理性进行探索。这已经不是退隐和沉默之人了，人不应该被抑制，不应该"把谦卑、克制和轻视世俗事务当做人类的最高品德"。（布洛克：34）相反，人的内在性、力量和潜能应被唤醒，被发现，被恰当地培养和发展。奥古斯丁将人看做是堕落的生物，他要克制，要上帝的拯救，要为来世而祭献现世，总之，要泯灭"人性"。但人文主义者却相信人的尊严和优越，荣誉和声名成为人的目的，追求技艺和完美的人格是基本的生活态度。人，以其复杂的内心奥秘和现世荣光得以表达。同时，是自然，而非天国成为好奇心最主要的场所。但丁率先发现了现世的人性秘密，彼特拉克则发现了现世的自然之美，在达芬奇那里，自然的秘密和人的秘密结合在一起，从而表现为对人体的精确描绘。对丰满而完整的人性的发现，是文艺复兴的"一项尤为伟大的成就"。（布克哈特：302）人们力图将自己培养成多才多艺的艺术品。在这样一个"人的发现"传统的末端，是16、17世纪过渡期间的莎士比亚的赞叹："人类是一件多么了不得的杰作！多么高贵的理想！多么伟大的力量！多么优美的仪表！多么文雅的举动！在行为上他多么像一个天使！在智能上多么像一个天神！"人终于站在了宇宙的中心。自然和天神现在被人来衡量。

欧洲的文艺复兴将人推到了历史的前台。人们慢慢相信，是人而非天意在书写历史，反过来，历史是人类竞争的产品。人文主义者对此世的热情虽然不排斥信仰，但决不被信仰所笼罩。他们热衷于竞争好动而不是沉思冥想。世俗的丰功伟业斩断了和天国的牵连。马基雅维利置身于这样的氛围和传统中，将这种观点创造性地加以发挥。尽管不免残酷，人可以通过手段和技术达成自己的目标。人能够主宰历史，主宰政治事务，人能够充满快感地实践权力的游戏。如果说人文主义既发现了人，也发现了人的尊严的话，那么，就前者而言，马基雅维利是人文主义的忠实产品，就后者而言，他走得过于极端而成为人文主义的敌人。因此，在马基雅维利那里，出现了一种奇怪的充满悖论的人文主义，即一种反人文主义的人文主义。这里的核心是，人充斥着巨大的自主力量，并有能力处在历史的中心。政制是人工制品，它的观念性根源，则是人的发现，是人的自主性的前所未有的增强。但是，这个人工的政制产品，是服务于君主，而不是服务政制下的个人，因此，在这种意义上，它是反人文主义的，也是反自由主义的。

在文艺复兴时代，人，开始获得自身的景观、厚度和物质性。在意大利，虽然不信教的风气开始蔓延，但人们还是试图在激情和信仰之间获得容纳性的平衡：人们推崇希腊和罗马，但并不狂暴地攻击教会；人们反感教会，但并不根绝圣典意识；人们纵情欢快，但并不蔑视表面的宗教习惯。（布克哈特：448）对于教会的愤怒留给了德意志。接踵而来的席卷欧洲的宗教改革，将教会作为靶子，并将人文主义因素灌输到一般民众心中。宗教改革奠定了《圣经》的主导和起源性地位，但同文艺复兴一样，也开启了新的个人主义。这虽然是和上帝交流的个人，但毕竟是不再臣服于某一中介组织的个人，不再是被律条和标准所绑缚起来的个人，不再是一个负荷累累顾虑重重的个人。个人可以自己决定自己的选择性理解。人，在宗教意识中，依然能嗅到自由的气息，能嗅到尘世的气息，人们在尘世中的操劳并不动摇其对上帝的信仰，或者说，尘世中的操劳就是为了获救。但是，宗教改革和文艺复兴还是存在着神学方面的分歧，对伊拉斯谟这样的人文主义者而言，对人性的肯定，人的日渐自信，意志的自主，不可避免地会暗中削弱（尽管不是强烈地抵制）人生而堕落的教义；但对路德而言，这断然不行，人还是充满着原罪，并需要上帝的救赎，在尘世中的行事，无论如何不能侵蚀《圣经》的权威。在上帝面前越是谦卑，在尘世中越是苦行劳作，得救的机会就越大。人文主义者在悄悄地淡化信仰却不猛烈攻击天主教会，新教徒猛烈攻击天主教会但丝毫不淡化信仰。人文主义者是因为淡化信仰而置身于尘世，新教徒是因为解除了教会的束缚而置身于尘世。显然，新教徒和人文主义者并不相容，但也常常情不自禁地携手并进——他们的脚步都踏进了世俗生活的漩涡中。这使现代性在16世纪的两个具有革命性的叙事性起源，尘世和个人，一并成为他们的关注点。只不过是，文艺复兴对于个人的求诉是以肯定的方式诉诸于古代，宗教改革则是以否定教会的方式诉诸于福音。人文主义者是以娱乐的方式在尘世中保持个体的自尊，清教徒则以苦行的方式在尘世中保持个体的信仰。二者都是对中古的拒绝式偏离，但人文主义者是要跨过它重返它的史前时期，新教徒是要摆脱它创造一个新的将来。享乐而自尊的人文主义者——从思想和政治上——成为启蒙运动的先驱，劳作而苦行的新教徒——从经济和生产上——成为工业资产阶级的先驱。

自然和理性

个人，就这样被文艺复兴和宗教改革不约而同地从历史的雾霭中推出。教会权威，教会事务——无论是其神学意愿还是其圣礼手续——在这个过程中遭到了抵制和打击。在扳倒了教会的垄断般的石头的同时，经院神学的知识性权威也随之摇摇欲坠。现代科学，成长于这个动荡时刻。从哥白尼开始，科学向教义发起了一轮又一轮的攻击，经过开普勒、伽利略到最后牛顿万有引力定律的推进，人们发现，物体和物体之间彼此具有强大的吸引力，正是据此，它们可以自行运转，而并不需要一个外在推力起作用，运动并不靠神意来发起。同时，地球并非宇宙的中心，它不过是浩瀚宇宙中微不足道的一颗行星，这个宇宙并不是非要和人发生关系，也并非亚里士多德所想象的那样一定存在着特定目的。在此，神的起源地位在衰落，自然中也许并没有神在显灵。相反，自然可能是一个死的僵硬的机器，它既没有生命，也没有精灵；既非法力无边，也非神圣难料。自然，在希腊人那里，和神性水乳交融，自然秩序就是神性秩序，它展开在自身的目的论中，完美无缺；在中世纪，自然则变成上帝的创造，由于人的堕落而充满罪感，它和上帝构成紧张的二元关系；现在，自然既根除了同上帝的紧张关联，同时也并不包含一个亚里士多德式的自我运动的目的，它完全成为算术和几何学的冷静对象。它以其巨大的物质性不动声色地沉睡在人的面前，并保有一种钟表般精确的规律存在于其间。这种机器规律尽管隐而不现，但也不是不能被发现。自然界在一个合规律的轨道中准确地运行，它没有偏差、错觉和模糊的闪失。因比，探究它的科学知识信心十足，而且同样是精确、客观和毫厘不爽的。科学史无前例地在自然面前形成了一个统治性的技术构架，自然被动地臣属于它面前的人类，而不再自以为是。到牛顿这里，科学进入了它的现代形态。

地球不再是中心，这一新的发现，一方面让人在宇宙中的位置变得谦卑了，人也不是所有事务要汇聚奔往的目标。另一方面，它又抬高了人的位置。现在，人可以面对宇宙，可以直接同自然打交道，并能洞悉它的奥秘。人，现在作为一个认知主体得意地站在自然的对面。科学抛弃了亚里士多德的目的论传统，抛弃了《圣经》传统，也抛弃了经院神学传统，在这个转变过程中，人、自然和神的三角关系被破坏了，神力从这个三角关系中被逐渐驱逐出去。科学成为人和自然的竞力游戏，它是一种全新的认知形式，如同无生命的枯燥的机器一样的自然被带过来遭到人的严厉审判。

> 从原则上来说，再也没有什么神秘莫测、无法计算的力量在起作用，人们可以通过计算掌握一切。而这就意味着为世界除魔……技术和计算在发挥着这样的功效，而这比任何其他事情更明确地意味着理智化。（韦伯：29）

人的出现，在近代就以两种实践形式同时发生。一方面是摆脱教会的绳索，一方面是对自然的主宰，人的兴趣和目标逐渐从虚幻的天国开始转向切实的自然，人从一个被动谦恭的沉默羔羊转变成一个主动自信的狂暴猛兽。在17世纪，人虽然曲折但却是必然地变换这种角色关系。在这个变换过程中，替代信仰的理性被悄悄地召唤而至。人和自然的关系，成为理性和知识施展自身的主要场所。人们相信自己的理性能力，相信理性可以凿穿自然的内在奥妙。培根表现出前所未有的雄心，在他看来，知识是巨大的工具性力量，它不仅要认识自然，更重要的是，它还要驾驭、操纵和征服自然，要让自然顺从人的意志，并服务于人。

> 知识的真正目的、范围和职责，并不在于任何貌似有理的、令人愉悦的、充满敬畏的和让人钦慕的言论，或某些能够带来启发的论证，而是在于实践和劳动，在于对人类从未揭示过特殊事物的发现，以此更好地服务和造福于人类生活。（霍克海默等：2—3）

人和自然展现一种对抗关系，自然以它自身固有的晦涩秘密在抗拒着人的索取，反过来，人就是要借助于理性奋力地将自然驯服。培根表达了强烈的征服自然的愿望，他将这个愿望表达得像男人的性欲一样强烈：人要去诱奸、穿透和强暴自然。培根的伟大愿望是要通过技术改变大地和社会的面貌，并造福于人类。在此，自然是质料，是对象，是可锻造的素材工具，是人表达意志和能力的场所，是理性一展宏图之处。人的知识使命，现在是控制、征服和利用自然。培根就此构筑了工具理性的最初雏形。人的能力和信心史无前例地在增强。地球不再是宇宙的中心，这对人和神都是一个巨大的打击，但是，由于宇宙的规律性的机器钟表性质，人可以认知它、驾驭它和利用它，这从另一个方面开启了人类中心论——人是统治和宰制自然的中心。

笛卡尔的哲学从另一个方向巩固了人和自然的对立面。笛卡尔泾渭分明地将身体和心灵区分开来。心灵是认知、理性、推断和科学的工具。身体则是机器一般的僵硬自然。孩童期被身体所统治，知识无法生长出来，在认识论上是一块白板，世界也因此变得混沌一片。身体和激情对世界的反应犹如魔镜，它照出来的不是真实、客观的对象，而是一个混乱、连续、交叉重叠的暧昧世界。儿童的认知世界，如同现代之前的中世纪和文艺复兴时期一样，是一个通感世界，所有的事物都被一种变形的关联网络所笼罩，它们在这个联络之网中一起无序地舞蹈。笛卡尔的世界，是个成人世界。一旦长大成人，心灵开始驱逐孩童自然的身体，也驱逐它的朦胧、激情和欲望，驱逐它在知识上的混乱无序。"真正说来，我们只是通过在我们心里的理智功能，而不是通过想象，也不是通过感官来领会物体，而且我们不是由于看见了它，或者我们摸到了它才认识它，而只是由于我们用思维领会它。"（笛卡尔：33）因此，笛卡尔相信，人的本质就不是机器一样垒合起来的身体，而"只是一个在思维的东西，也就是说，一个精神，一个理智，或者一个理性"。（笛卡尔：26）成熟的心灵，也就是这个理性，开始对世界进行清晰的分辨，自然世界逼真地显现在他的面前，并且表现得井然有序、条分缕析。"客体本身只能借助于'度量而不是共感'来把握。因此，幼年期主观性的幽灵便被一种对世界的冰冷的、非个人化的、疏离的认知关系所驱除。与此同时，幼年期宇宙的梦魇般景象也就变成了现代科学和哲学的明亮的实验室。"孩童般的身体和成年式的思维现在公然对立。这就是著名的身心二元论，前者导向认识论上的谬误，它无法在发现自然的过程中大显身手。后者主宰着科学的认识论，只有思维的理性（主体）能够再现客体，同时将客体对象化和异己化。哲学上巨大的主客体分离模式出现了，与之相伴的是另一个身心分离模式。笛卡尔式的主体（心灵）和培根一样，发誓要对这个自然世界进行征服和整饬。

笛卡尔的主体，因此就非同凡响。从本质上来说，它是我思和理性；从功能上来说，它是对自然的认识和征服。主体哲学就此奠定了它的双重根基。理性因此也可以在两个二元对抗中来理解：它既是对自然-身体的对立性超越；也是对自然-世界的对立性超越。这个理性就是主体中心理性。理性站在了自然的对立面，并对自然——无论它表现为感官化的身体还是表现为对象化的外在世界——享有一种绝对的优越性。在征服外在自然方面，这个主体和培根别无二致；在克服内在的自然身体这方面，这个主体却和培根背道而驰——在培根那里，身体的感官经验，而非演绎式的理性，才是知识的起源。因此，同培根一样，笛卡尔也要做自然的主人，但是，同培根不一样的是，笛卡尔试图用先验的理性图式来达到这个目的；认知存在于一个固有的先验范畴中，这是人的先天能力，也即是心灵中固有的可以演绎推论的理性能力。培根则用经验实践完成这个任务，知识不是借助于先在的体系框架，而是在感官的摸索中得以形成。不过，主体——无论是经验主体还是理性主体——从自然的背景中脱颖而出，并骄横地站在其对立面。这是17世纪共同的显赫图景。这个对立是一系列沟壑般的对立的隐喻，它们秩序井然地遍布欧洲：理性和非理性；存在和非存在；日光和眩惑，白昼和黑夜。17世纪就是被泾渭分明的对抗所镌刻。

人，在马基雅维利的文艺复兴时代被发现，在路德的宗教改革运动中从教会中解放出来，在培根和笛卡尔的17世纪，开始成为自然界的理性主宰。人，经过观念、科学和哲学的共同努力，提高到历史的夺目之处并且熠熠生辉。现代，正是在16、17世纪，在人被发现的意义上，在人成为主宰的意义上，在人类中心论锻造而成的意义上被称为现代。在人、神和自然的三角竞力关系中，人在逐渐胜出。人现在不是顺应于自然，而是宰制自然。在同样的意义上，人也不是顺应于作为自然的社会秩序，而是宰制社会秩序，确立政治社会的法则，政制必须根据人的意愿来达成，而不是根据先在的自然秩序或者神意被确定。政制社会因此就是一个契约性的人工产品。霍布斯和洛克开拓的自由主义，正是人统治和主宰自然的政治回音，是文艺复兴以来个人被发现的政治回音，是个人的自然权利和意志受到尊重的政治回音，同时，也是17世纪哲学理性主义的回音——理性主义，正是对无政府式的自然状态的超越性克服，除了政治领域，它也在新教中被接纳：清教徒的人格就是被严格的理性主义所铸就。

启蒙运动

尽管理性主义在推进,但17世纪的宗教势力从来没有衰减,反而达到了欧洲历史上的高峰。(博尔多)它渗透得如此之深刻和全面,以至于天主教徒和新教徒的残暴厮杀旷日持久,救赎性的宗教之争却使欧洲血流成河,并使其版图被一再重绘。对于17世纪来说,宗教的力量丝毫没有被抹擦,只不过是,神学和哲学渐行渐远。笛卡尔、斯宾诺莎和莱布尼兹仍旧将真理问题和上帝问题联系在一起,在他们看来,"对神的本质的认识构成知识的最高原理,其他一切确定性都要从这里演绎出来"。(卡西勒:154)人的理性不过是上帝理性的表现形式,上帝是最高理性的象征,是科学真理的保证。但是,怀疑主义的潜流在17世纪日趋汹涌。在探究真理的时候,理性和哲学是基本的工具,神学在这个领域的功能在令人不安地消退。到了18世纪的启蒙时期,神学被撒置一边,上帝的知识基础性位置被动摇了:"知识的各个领域——自然科学、历史、法律、政治和艺术等,逐步摆脱了传统形而上学和神学的统治和监护。它们不再指望用上帝概念来为自己辩解,来证明自己的合法性,反而依据自己的具体形态决定了上帝的概念。上帝概念和真理、道德以及法律概念之间的关系决没有被抛弃,但这种关系改变了方向,可以说发生了一种指示符号转换。……甚至18世纪的神学也受到这种趋势的影响。它放弃了自己先前享有的绝对优越性;它不再树立标准,而是服从于某些基本规范,这些规范出自另一源泉,理性作为独立的理智力量的集中体现为神学提供了这一源泉。"(卡西勒:154—156)

但是,神学和理性关系位置的颠倒,实际上还伴随着18世纪的理性对17世纪的理性的颠倒,牛顿和洛克的理性对笛卡尔和莱布尼兹的理性的颠倒。尽管17世纪的理性和18世纪的理性还存在着共同点——在这一点上,它们完全一致:"各式各样的形式被简化为状态和系列,历史被简化为事实,事物被简化为物质。"(霍克海默等:4)理性的目的都是要确立一种普遍科学。不过,它们的推论路径不一样:18世纪的理性已经不再是笛卡尔意义上的理性了——理性的意义一直多种多样,而且在不同的历史时期不间断地分叉。18世纪的理性是经验意义上的,它从牛顿物理学中吸取了灵感。牛顿模式和笛卡尔模式正好相反,在笛卡尔那里,理性是纯思维性的,是存在于头脑中的先在框架,各种要素性知识和现象都从这个框架中派生和演绎出来,并严格地服从于这个框架的规范,丝毫不能越雷池半步。因此,笛卡尔的理性是事先的、超验的而且是确定无疑的。作为一个演绎性容器,它派生的知识必须跟它相关,必须在这个原初确定性编织的体系链条上找到自己的位置。理性,就是一个具有严密体系的先在"公理"和法则。它的基本线路是通过演绎的方式从一般推出特殊,从普遍公理推出具体事实。这实际上是数学模式:"这些长长的链条是由非常简单容易的推理构成的,几何学家通常用它们达到极为困难的证明……一旦我们总能遵循从某物演绎他物所必需的规则，就没有什么得不到或者无法发现的东西。"（科廷汉：38）培根的观察和试验，洛克的感官主义，牛顿的从现象材料出发的物理学，这些18世纪的经验主义，都是对笛卡尔唯理论的反击。尤其是洛克和牛顿，他们的方式构成了18世纪启蒙理性的重要内容。牛顿首先碰到的是现象材料，他是从特殊的经验出发，并对这些经验进行分析总结，从而再去寻找一般原理。牛顿的目的本身就是寻找和发现自然界的规律，但这个规律不是先在的超出事实经验的假设，而恰恰要经过大量的对材料的观察、实验、分析而归纳出来。

牛顿的方式为18世纪的理性奠定了基础。理性就是去直面事实，在事实、材料和经验中去发现；它

> 是一种引导我们去发现真理、建立真理和确定真理的独创性的理智……整个18世纪就是在这种意义上来理解理性的，即不是把它看做知识、原理和真理的容器，而把它视为一种能力，一种力量，这种能力和力量只有通过它的作用和效力才能无分理解。（卡西勒：11）

这显然是经验意义上的理性，理性被看做是源自于经验的发现真理的能力。既然从经验出发，那么，一切先在的理论假设就被存疑。这是怀疑和批判的理性，它只是相信自己的认知经验，因此，未经证实的传统、习俗和权威，都受到了理性的考验和动摇。这样的理性，除了被经验所贯穿外，它还被赋予了果断、信心、勇气和批判的品质——经验性的质疑需要批判的勇气。用康德的话来说，就是"敢于认知"。正是在这样的批判和质疑的理性的意义上，康德才断言，启蒙是成熟的开端："启蒙运动就是人类脱离自己所加之于自己的不成熟状态。不成熟状态就是不经别人的引导，就对运用自己的理智无能为力。"不成熟，就是听命于权威的摆布和操纵，需要他人的引导，对先在的假设、教条和理论俯首称臣，一句话，就是没有批判性质疑的勇气和能力。反过来，成熟——这正是启蒙的特点——就是敢于认知，摆脱权威的引导，并富有勇气地运用自己的理智。康德将摆脱权威、敢于认知的勇气，视为启蒙的品格。它的前提就是"必须永远有公开运用自己理性的自由"，（康德：22—25）只有这样，才能带来启蒙，走向成熟。从这个意义上来说，独立运用自己理性的启蒙，是人类进入成熟状态的开端。启蒙就是批判的时代，而启蒙时代的人因为具有这种批判的理性，因为对于权威和成见的怀疑，因为对经验的器重，同以前一切时代的人相比，都具有一种独一无二的气质。启蒙的这个特点，这个启蒙气质，被福柯看做是现代的，他从这一崭新的启蒙气质来理解现代性：现代性不是历史时段，而是人的气质、品格、态度，它是"一些人所作的自愿选择，一种思考和感觉的方式，一种行动、行为的方式。它既标志着属性也表现为一种使命，当然，它也有一点像希腊人叫作气质的东西"。（福柯：534）在这里，

现代性同一种主体构型连接起来。现代性，在福柯这里，一旦摆脱了外在权威的导引，它就变成了现代人主动的自我创造和发明的品格，一种类似于波德莱尔式的浪荡子的美学品格。和福柯稍稍不同，卡西勒不是将现代性同美学气质结合起来，而是同真理气质结合起来。但是，同福柯一样的是，卡西勒的现代人具有一种改变自己和批判自己的气质，卡西勒对此讲得更为具体：

> 现代人，启蒙时代的人……他必须而且应该拒绝来自上面的帮助；他必须自己闯出通往真理的道路，只有当他能凭借自己的努力赢得真理，确立真理，他才会占有真理。（卡西勒：131）

敢于认知，如果说这是启蒙运动的气质的话，那么，这种气质的启蒙运动，其主要活动就是将这种不倦的批判性认知应用到各种先在的权威和偶像的去蔽方面。文艺复兴虽然具备这种类型的气质，存在着一种特殊的"文艺复兴时期的人"，存在着一种所谓的自主自足的"全才"，但他们还是犹犹豫豫，并倾向一种妥协和调停式的基督教人文主义。人文主义和基督教的独特调停，实际上是将基督教改造为"人性范围内的宗教"，"它没有以敌视或怀疑态度对待基督教教义，而是企图这样来理解这种教义本身，即把它解释为一种新宗教观的表现"。这种新宗教的特征在于将基督人性化。"基督的人性成了世界的维系物，成了世界的内在统一性的最高证据。"（卡西勒：133—134）与此不同，启蒙则表现出爱憎分明充满决断的取舍精神：一方面是对权威和偶像的打击，另一方面是对试验和科学的热情；一方面是去除神话和魔法，另一方面是推崇知识和秩序；一方面是摆脱怯懦、奴役和恐惧，另一方面是树立勇气、信心和自主；一方面是放弃寂静、冥想和苦行，另一方面是激励争执、热情和乐观。18世纪的启蒙思想——它是前两个世纪的知识性积累的一个火山式爆发——对旧的神圣世界的打击义无反顾，对一个新的自主的理性世界充满了信心。二元世界的超验一面被铲平了，经验的生活世界获得了自身的热情。这是破坏性的创造，是一个涅的再生。可以想象，首当其冲的是，基督教作为魔法受到了史无前例的挖苦性讽刺，教会的所作所为被看做是时代的丑事。伏尔泰——一位高尚的反基督者——毕生精力就是要消灭这些丑事，他执著地相信宗教是理性的障碍，对建立公正的社会秩序有百害而无一利。狄德罗也号召人们将上帝驱逐出境，从而回到自然，回到人性，回到自身。对基督教的攻击，一定是要对原罪感进行攻击，它势必将人从罪恶的负担中、从因为这种负担所导致的怯懦和紧张中解放出来。人应该充满欢乐，他的权利应该得到尊重，自由和平等理所当然地成为新律条。人一旦脱离了天启宗教，就会自己掌握自己的命运，就会在世俗生活中充满信心地自我掌舵。理性替代了天国，既成为人们追逐的目标，也成为人们凭借的手段。将目光从天国转入了地上，人们要做自然界的主人，于是，到处都遍布着对自然和科学的兴趣，一切都有待于试验，新的可能性源源不断，固有的成见和权威被不断地质疑，不断地摧毁。这是试验、发现和创新的时代，这也是一个讲究算术、秩序和理性的时代。人们置身于经验世界，但人们绝对还是要在经验中发现真理。人们要像牛顿研究自然一样来研究人和社会。就像自然有一个精确的规律一样，人和社会也应该有一个规范性的科学。尽管是不断地经验性地试察，人们还是要在试察中获得普遍性。

这样，人也应存在着一个不变的人性，也存在着以这个人性为基础的共同的人类目标：基本的生理满足、美德、正义、幸福和自由。为达此目标，"可以制定出一个合乎逻辑的、易于检验和证实的法律和通用规则的结构，以此取代无知、精神惰怠、臆断、迷信、偏见、教条和幻觉所造成的混乱，尤其是人类统治者所坚持的同利益有关的错误"。（伯林：1—2）同样，还存在着有关社会的科学。无论是人的科学还是社会的科学，既必须根据经验的摸索，也必须遵循基本的理性逻辑，才能像牛顿那样发现其真理。

正是在这样的气候下，休谟宣称，人的科学是其他一切科学的基础。《人性论》就是以此信念为基础而产生的鸿篇巨制。在启蒙思想的评判下，人不再是堕落之人，不再是负疚的动物，他并没有什么先天的道德上的债务负担。天启宗教完全被抛弃在人的解释性范畴外。人性现在是由理性和自然这双重要素构成。但是，对于休谟来说，人主要是由自然的欲望和冲动主宰的——这同霍布斯并没有太大区别——人的行为基础正是这种冲动，它直接导致了人选择性的趋利避害：快乐可以反复激发对行动的欲望，正如痛苦可以反复地激发对行动的厌恶一样。在人的行为中，自然情感，而非先在理性，始终是主导性的。休谟的独特之处在于从情感的角度来理解人和人性。道德也正是以此为基础。而理性，在人的行动中，不过是行为去实现目的的手段。理性既不是行为的动机，也不是欲望和情感的主宰。相反，"理性是并且也应该是情感的奴隶，除了服务和服从情感之外，再也不能有任何其他的职务"。（休谟：453）在休谟那里，理性和情感各司其责。理性只是对真相的辨别，它被拒绝在伦理学的大厂之外，它和道德无关，和善恶的区分无关。道德问题不过是情感、意志、欲望等经验感受性问题。善和恶正是自然欲望的产物；善同个别性的欲望需求相关，并非像理性主义那样，存在着一个独断而普遍的道德标准，存在一个永恒的具有普遍约束性的正义。善之所以为善，就是因为其行为能够产生精神的愉悦和实际上的效用；恶，则刚好相反。道德，就是这样在具体的行为和背景中制定的，就此，休谟摧毁了理性主义的普遍主义道德观。

一旦从自然欲望的角度来测量人，一旦从功用和情感的角度来衡量道德，那么，将人性概念引入利益盘算的经济领域就并不为奇。我们在这里碰到了亚当·斯密所称的经济人。这个经济人的行为动机同休谟的原理一样是趋利避害，他始终如一地充斥着改善自己的欲望。他的一切行为都是出于自爱和自利的目的：那些利他之物，实际上出自利己的目的。这是斯密的名言："我们每天所需的食料和饮料，不是出自屠户、酿酒家和烙面师的恩惠，而是出自他们自利的打算。我们不说唤起他们利他心的话，而说唤起他们利己心的话。我们不说自己需要，而说对他们有利。"（斯密：14）这种自利的欲望，并非像在霍布斯那里那样，同他人发生激烈的对抗性竞争。恰恰相反，这种自利的欲望可以促进整个社会的发展和进步。霍布斯原子式的个人，在自利的驱动下，不可避免地要彼此发生猛烈的毁灭性碰撞。我们可以将这样的个人，看成是损人利己之人。但是，斯密对自利欲望所产生的后果的估计要乐观得多：自利并不一定同他人利益和公共利益发生冲突，相反，它可以客观上促进他人和社会的利益，这样的个人，通常是利己不损人——尽管这原本非他所想。在这个意义上，自利既不野蛮，也绝非罪恶。正如上面引文所表明的，个人的逐利行为，实际上是在为他人服务的过程中实现的。个人绞尽脑汁的逐利，往往会超出他独自的预期，而意想不到地让他人以及整个社会受益，就能够同社会的利益化相协调。个人越是逐利，社会的公共利益就越是被扩大化。相反，一个不追逐私利的人，或者是一个声称为公众谋福利的人，才糟糕至极。个人利益和公共利益相协调，借助的是灵活市场这只"隐蔽之手"，隐蔽之手在将个人利益最大化的同时，也服务于社会，增加国民的财富。

亚当·斯密将个人主义引入了经济领域。在这个领域里，国家不应该是干预而应该是放任个人的经济活动。个人应该有充分的经济活动自由，正是这种自由，促发了整个国家的福利和财富。就此，国家应该设置自身权力的限度，它只是在对外防卫的情况下、对内保护个人的情况下、在提供公共服务和设施的情况下，才有其必要性。对个人及其欲望的理解不同，导致了对国家和政府的理解不同：斯密的政府理想接近于洛克，而不是霍布斯——国家是服务性的而不是控制性的。这不是一个无所不在的庞大的国家。尽管洛克的财产权观念包含了经济自由的成分，但一个世纪后的斯密还是变动了洛克的自由主义的重心。自由，从政治领域偏离到了经济领域。在此，自由，就禀性而言，都表现为政府和个人的关系形式。二者都相信，政府不是干预性的，而是保护性的；政府权力不是无限的，而是有限的；只不过是，自由的领地重心不同，洛克的自由更多是在政治领域中发生，斯密的自由更多是在市场中得以实践。但是，显然，这种偏离并不意味着政治自由和经济自由各行其道，相反，政治自由开始深深地烙上了经济自由的痕迹，它们之间建立了牢靠的完全不能分离的纽带。现代资本主义制度，其自由，正是在政治经济的双重意义上得到理解的。也可以说，市场式的经济资本主义和权利式的政治自由主义，在亚当·斯密这里得到了完整的综合性表述。洛克的"斯密式"转向，第一次成为现代资本主义制度完整的理论版本。

卢梭

如果我们将理性看做是对天启和权威的拒绝，那么在启蒙运动的旗帜上镌刻的就是理性。这样的理性是批判的理性。尽管经验主义和唯理主义在知识的起源上和在人性的确定上存在着分歧，但二者共同分享这种反天启的理性观。尽管内部有各种各样的分歧，但作为一个运动的启蒙思想在针对上帝权威——准确地说是否定这种权威——这方面达成了一致，人并不是先天的堕落和有罪之人。启蒙思想将上帝清除出去。人、上帝和自然的三角关系，现在变成了人和自然的二重关系。但是，人和自然这新的二重关系，在启蒙思想中并不统一。到底是用激情式的自然来测定人，还是用反激情的理性来测定人？一方面，培根和笛卡尔（以及唯理主义者）宣称要驾驭和改造自然，在此，自然是一个僵死机器，人站在了自然的对立面，人恰恰是以克服自然——无论是外在自然还是自身的自然——来树立自己的形象的。人在这里通常被看做是理性的动物。但在另一方面，人恰恰被看做是自然的一部分，人从属于自然，自然本性和自然权利——人的这些激情——决定了人的特征。霍布斯、洛克、休谟、斯密都从这个角度去理解人。但是，霍布斯式的这个从属于自然的人，这个为欲望所主宰的人，却是自私自利的、残暴的。同这两种传统都不一样的是，卢梭发现了一种新的自然人性观，这种人性就对天启的拒绝而言，是内在于启蒙传统的，但是在某种意义上，又对启蒙传统构成了批判。那么，卢梭到底发现了一种什么样的新的人性观？他的政治思想又是如何奠定在这种人性观之上的？

在《社会契约论》的开篇，卢梭就宣称："人是生而自由的，但却无处不在枷锁之中。自以为是其他一切的主人的人，反而比其他一切更是奴隶。"卢梭就此展开了他关于人性和文明进展的叙事：自然人，或者说，处于自然状态的人，才能够体现人性。而"人性的首要法则，是要维护自己的生存，人性的首要关怀，是对于其自身所应有的关怀"。自由就是这样一种人性的产物。也就是说，求得自我保存的自然人，其固有本性就是自由。这个自我保存的法则，同霍布斯的自然法则一样。但是，在霍布斯那里，人的自我保存法则，恰好导致人和人之间的野蛮战争，而绝不是自由和平等，霍布斯相信，自然状态即战争状态。卢梭完全否定了这个观点。他的意思是，霍布斯的战争状态，根本就不是自然状态。所谓战争，实际上是对于物的争夺，战争关系就是物和物之间的关系，是个人固定财产权出现之后的关系。也就是说，这个战争状态事实上是从人的社会性中推论出来，处在战争状态的人，不是自然人，而是社会的构造物。而真正的自然状态中的人，他们是原始独立的，既不相互依靠，也没有固定财产，因此，他们"彼此之间绝不存在任何经常性的关系足以构成和平状态或者战争状态"。从这个意义上来说，霍布斯所谓的战争性的自然状态毋宁说是一种社会状态。而卢梭的自然状态，从时间上来说，要早于霍布斯的社会性的战争状态。自然状态，在卢梭这里，又仅意味着人的两种基本激情："保存自己的欲望和对自己的同类的苦难的某种同情或怜悯。这后一种激情阻止他当这样的人性还没有与他的自我保存相冲突时野蛮地对待其同类。"这样的自然人，天性善良，他的一切所为都是兴之所至。由于他孤独一人，在浓密的森林中漫步，因此和别人没什么交往，也无伤害他人之心。由于他并没有私有财产，也就谈不上人和人之间的征服和奴役关系，谈不上他和别人之间的战争和统治。处于这样一种自然状态中的人，显然就是独立、平等和自由之人。这个自由之人，既是自保的，也是有同情心的，他迟钝无知，也单纯快乐。但这并不意味着他是动物，动物全靠本能行事，而自然人则有自主意识。此外，他和动物还存在一个根本区别，他有巨大的潜能，有巨大的可塑性，他可以改善自己和完善自己。这个自然人的独特特征是："他几乎没有属性，而纯粹是潜能，没有终结，而只有可能性。人没有任何限定，他是自由的动物。"（斯特劳斯等：651）

人生而自由，就是在这个意义上得到理解的。但是，这个本来是平等而自由的自然人，是因为什么而不平等和不自由了呢？是因为什么而置身于枷锁之中呢？卢梭分析了人类不平等的起源，这就是文明社会的私有制。当一个人随意圈了一块地——这块地原本不属于任何人，而他说这块地是自己私有的，而别人居然相信他了。卢梭说，这个时候，就是文明社会的创建开端，其标志就是私有制的出现。正是私有制，引发了文明社会的谋杀、战争、罪行、不幸和恐怖。私有制的出现，使个人冲破了自身的封闭牢笼，而同他人发生了关系：人需要他人的帮助和合作，以维持财产的稳定性。正是在合作过程中，激励了各种各样的针对他人的欲望和冲动。人本来是生活于自身内部，并保有一种安静的单纯品格，但现在，在私有制的策动下，他被各种各样的利益欲望所困扰，并为此同别人发生冲突性关系。"财产介入生活，劳动力成为需要。无垠的森林变成需用人们的汗水浇灌的宜人田野，人们看到奴役和苦难很快地发芽、生长和结果。"竞争、敌对和不平等出现了。霍布斯的战争关系，就是在私有制出现之后的人们社会关系的恰当表述，是文明社会中的人际关系。只不过是，他错误地将这种关系描写为人的自然状态。人从自然状态到文明社会的演进，无非是从纯洁到腐化的演进，从快乐幸福到痛苦可怜的演进。可以想象，当卢梭回答这样的问题——科学和艺术的复兴是会纯洁抑或腐化社会道德——的时候，他是如何作答的。

文明社会对自然而天真的东西进行摧毁，而不断地向腐化、堕落和冲突迈进；文明社会对自然的平等进行摧毁，而向财产私有制的不平等迈进；文明社会对自由加以摧毁，而向奴役和枷锁迈进。这是卢梭去蔽式的历史叙事。显然，卢梭对此不能无动于衷。人们应该认清文明社会的腐败性质。但抛弃社会组织，回到原初的孤独的自然状态显然是不可能的——人们必须在社会组织中抵御大自然不断加重的灾害和障碍，否则，孤独的个人终将遭遇灭顶之灾。这样，不是应该抛弃社会组织，而是应该创造出一个新的平等而自由的社会取代那个不平等不自由的社会。这就是他雄心勃勃的总目标，为此，他提出了一系列的解决方案。针对文明社会的腐蚀能力，教育首当其冲。人可以通过教育的方式，让人按照自然的规律——而不是人为的也就是文明的手段——来生活。这种教育，旨在重新拾回人失去的自然天性，并拒绝文明社会的腐蚀。《爱弥儿》开篇就写道："出自造物主之手的东西，都是好的，而一到人的手里，就全变坏了。"更具体地说，这样的人"不愿意事物天然的那个样子，甚至对人也是如此，必须把人像练马场的马那样加以训练；必须把人像花园中的树木那样，照他喜爱的样子弄得歪歪扭扭"。因此，卢梭式的教育就是一种矫正式的反人工的自然教育。这种自然教育，就是要让人遵循造物主的模式，而不是强制性地教育和改造人，不是生硬地将自然的东西"弄得歪歪扭扭"。人越是接近于他的自然状态，也离幸福就越近。"大自然总是向最好的方面去做的，所以它首先才这样安排人。"因此，没有理由对孩子们施行过多的束缚，没有理由根除孩子们的自然天性，没有什么理由让孩子们远离自然。卢梭向人们呼吁："紧紧占据着大自然在万物的秩序中给你安排的位置，没有任何力量能够使你脱离那个位置。"（卢梭，2003：75—79）这是自然教育的核心，也是卢梭的关键一步。

自然教育可以培养好的公民。这些公民可以在自身内部栽种自由和平等的种子。但这只是达成一个平等社会的人性和道德基础，他们要组织一个自由而平等的社会，还需要一个良好的制度设计。卢梭所勾画的这个理想社会应该是这样的："要找出一种结合的形式，使它能以全部共同的力量来卫护和保障每个结合者的人身和财富，并且由于这一结合而使每一个与全体相联合的个人又只不过是服从自己本人，并且仍然像以往一样自由。"（卢梭，1996：23）这就是卢梭要解决的根本问题。到底怎样结合？一言以蔽之，就是："每个结合者及其自身的一切权利全部都转让给整个的集体。"这样一种政治构造，其合法性何在？这种结合在什么样的意义上是平等的？在什么样的意义上又是自由的呢？卢梭的解释是，既然每个人都将自己全部奉献出来，那么他们的条件同等，大家都变成同类和平等之人。同样，既然是全部转让权利，每个人都不会对这个集体有特殊的要求，他的好斗式的自然欲望就根除了；最后，既然是奉献给一个集体，这就意味着他没有奉献给任何一个个人，他虽然让渡了他的权利，但他也从整个集体中得到了同样的权利，因此他并没有丧失自由。由于普遍意志就是他的意志，他并没有服从于他人，他还是自己服从自己。这就是这种社会公约的本质："我们每个人都以其自身及其全部的力量共同置于公意的最高指导之下，并且我们在共同体中接纳每一个成员作为全体之不可分割的一部分。"道德和集体的共同体代替了每个订约者的个人。"这一由全体个人所形成的公共人格，以前称为城邦，现在则称为共和国或政治体。"（卢梭，1996：24—26）在此，个人具有双重属性：既是作为一个整体的国家主权者，也是作为一个整体的国家的成员。个人的利益和国家的利益完全一致。由于主权者由个人组成，它不可能有同个人相反的利益；同样，为了保证契约的神圣性和权威性，所有的个人必须服从主权者，"任何人拒不服从公意的，全体就要迫使他服从公意"。由此还可以推论出来的是，主权者不是人民的代表，而是人民本身，或者说是人民的办事员，他只能听从人民而不能代表人民。这就同代议制划清了界线。卢梭在这里实际上也否认了政府和人民之间的间隔，否认了一个中间层次的过渡性的市民社会。人民和主权者之间直接画上了等号。

这就是卢梭的政治构想。这个社会契约，就是卢梭理想中的社会状态。我们看到，这个契约和洛克的契约一样，同样缘自于霍布斯的契约论传统。但是，卢梭对于霍布斯的偏离，同洛克对于霍布斯的偏离相比毫不逊色，而且，他们是沿着两条截然相反的线路偏离。霍布斯理论本身的自由主义和反自由主义相交织的丰富性，使他被后来者各取所需。洛克继承了他的契约论传统，即个人被管理是基于个人的"同意"这一契约之上的，但将霍布斯绝对主义一面抛弃了，抛弃了那个无所不能的权威君主，个人不是将自己完全交付给一个贪婪而无所顾忌的狮子来管理，相反，政府的权力一再受到制约，它不是无所不在地凌驾于个人之上。卢梭同样继承了这个"同意"的契约传统，但是，同洛克不一样的是，他甚至同意霍布斯的那种绝对主义，个人权利应全部交付给普遍意志，普遍意志丝毫不能被挑战，它必须得到完全服从。这个普遍意志，就其权威性和独断性而言，丝毫不亚于霍布斯的君主。但是，同霍布斯不一样的是，普遍意志毕竟不是绝对君主，绝对君主以一种强大的压力对个人意志形成制约，个人将权利转交给君主，但他并不能在君主那里发现自身，相反，他变得空空如也，而全凭君主的恩威。但普遍意志和个人的特殊意志能够完全融合，它甚至是个人意志的化身，个人意志要参与到普遍意志中，因此，服从普遍意志的个人并没有受到扭曲和挫折，在某种意义上，它也是在充满自由地服从个人自己，他自己在管理自己。在个体意志参与到普遍意志的过程中，出现了自由。这是积极的参与性自由。而霍布斯的个体则是依赖一个全能型的他人来管理，因此，这个个体是不自由的。

如果说，霍布斯的绝对主义最终是禁锢了自由的话，那么，卢梭的普遍意志则是在促进和激励自由。在不容置疑的绝对主义的意义上，普遍意志近似于君主，但就自身的构造性质和人格而言，就自身同个人关系而言，就自由的实践而言，普遍意志同绝对君主又截然不同。这是另一种绝对主义：在卢梭这里，自由和绝对主义并无冲突。而洛克推出的受到限制的政府正是对绝对主义的攻击，它不仅同霍布斯的君主相对，显然，它和卢梭的普遍意志也背道而驰。如果说普遍意志是在积极地促进自由，那么，洛克的政府则是通过将自己的管制权力受到限制，从而让个体有充分的自由。自由，在这里，是不受干预的自由，是免于外在权力管制的自由，是通过对绝对主义的抨击而获得的自由。对这样的自由，卢梭的普遍意志，毫无疑问则变成一场个人主义的巨大灾难。反过来，洛克伸张的个人主义自由，对卢梭的普遍意志而言，同样形成一场巨大的灾难。尽管同在霍布斯开创的契约论传统中，但洛克的个人自由和卢梭的普遍意志是如此地针锋相对，以至于他们开启了两个完全对立的政制传统：洛克直接奠定了自由民主制，而卢梭，因为对马克思主义的影响，则绘制了共产主义的最初雏形。（霍布斯：101）在法国大革命之后的19世纪，自由主义、社会主义和保守主义成为现代世界的三大比肩意识形态，一直持续到今天。

洛克政制的前提是对个人意志的尊重，政制是以自然权利和欲望为根基的。而卢梭政制的前提则是对公共意志的尊重，如果个人意志同公共意志发生冲突的时候，要对个人意志进行强迫，显然，个人意志和欲望排除在卢梭的政制合法性之外。但是，为什么普遍意志是合法的？为什么普遍意志是善的？

> 回答是，它是善的乃是因为它是合理的，而它是合理的乃是因为它是普遍的；它是通过将特殊意志（这个意志就其自身而言并不是善的）普遍化而出现的……保证一个意志是善的仅仅是它的普遍性；没有必要诉诸任何实质的考虑（即考虑人的自然本性、它的自然完善状态者所需者）。（霍布斯：95）

实际上，卢梭并不是没有考虑到人的自然本性，只是他的自然本性不是霍布斯的本性；霍布斯的欲望本性，对卢梭来说，恰恰是私有制出现之后的社会性。也就是说，政制并不考虑霍布斯式的自然欲望，由于这种欲望和私有制的出现密不可分，因此，消除私有制就连带会消灭这种贪婪的欲望。普遍意志正是要埋葬私有制，埋葬个人意志，埋葬霍布斯式的欲望，最终，它不可避免地要埋葬霍布斯和洛克的政制奠基原理。这是向卢梭式的自然的回归。在卢梭这里，自然和自由融为一体，它们的初始情景恰好是在私有制诞生之前的公共性，因此，对于私有制的废除，根除霍布斯式的欲望，恢复一种原初的普遍性和公共性，这就是卢梭的任务，这同样是在自然上面——只不过是不同于霍布斯的自然——奠定自己的政制理想。如果从政治哲学的角度将现代性的第一次浪潮放置在马基雅维利、霍布斯和洛克那里（其标志性特征是政制从人的自然欲望出发），那么，利奥·斯特劳斯相信，第二次浪潮就在卢梭这里（政制从另一种自然出发）。正是对自然的不同理解，导致了完全相反的两种政制构想。卢梭在洛克-亚当·斯密之外，开辟了不同于个人主义的另一个政治想象——一个普遍主义的政治想象。不久，法国大革命的"神曲"使这种政治想象变成了现实。

结　语

欧洲的16—18世纪是现代性的第一阶段。这个阶段开始摆脱中世纪的神学信仰，个人、教会、上帝之间的关系发生了变化。经院神学遭到质疑，教会在衰退，上帝的权威也在削弱，世俗化的潮流不可阻遏地传播。与这个天启宗教衰退的过程——尽管十分曲折并且伴随着各种各样的反复——相伴随的是：个人被发现，经验和理性开始统治欧洲的大地，自由和民主的观念扎下根来——今天的欧洲现实，其观念和政治传统都是在这个时候奠定的。启蒙现代性的主张，仍旧是今天最核心的价值观。

参考书目

1. 博尔多：《笛卡尔思维的男性化和17世纪从女性特质的逃逸》，伍厚恺译（未刊稿）。
2. 伯林：《反潮流》，冯克利译，译林出版社，2002。
3. 布克哈特：《意大利文艺复兴时期的文化》，何新译，商务印书馆，2002。
4. 布洛克：《西方人文主义传统》，董乐山译，三联书店，1998。
5. 笛卡尔：《第一哲学沉思集》，庞景仁译，商务印书馆，1998。
6. 福柯：《福柯集》，杜小真编，上海远东出版社，1999。
7. 霍布斯：《利维坦》，黎思复等译，商务印书馆，1996。
8. 霍克海默等：《启蒙辩证法》，渠敬东等译，上海人民出版社，2003。
9. 卡西勒：《启蒙哲学》，顾伟铭译，山东人民出版社，1996。
10. 康德：《历史理性批判文集》，何兆武译，商务印书馆，1991。
11. 科廷汉：《理性主义者》，江怡译，辽宁教育出版社，1998。
12. 利奥·斯特劳斯：《现代性的三次浪潮》，丁耘译，载贺照田编《学术思想评论》第六辑。
13. 列奥·斯特劳斯等主编：《政治哲学史》，李天然等译，河北人民出版社，1998。
14. 卢梭：《爱弥尔》，李平沤译，商务印书馆，2003。
15. 卢梭：《社会契约论》，何兆武译，商务印书馆，1996。
16. 罗素：《西方哲学史》，何兆武等译，商务印书馆，1982。
17. 洛克：《政府论》，叶启芳等译，商务印书馆，2003。
18. 马基雅维里：《君主论》，潘汉典译，商务印书馆，1996。
19. 斯密：《国民财富的性质和原因研究》，郭大力等译，商务印书馆，1997。
20. 韦伯：《学术与政治》，冯克利译，三联书店，1998。
21. 肖尔茨：《卢梭》，李中泽等译，中华书局，2002。
22. 休谟：《人性论》，关文运译，商务印书馆，1980。

情感结构 赵国新

略 说

"情感结构"（Structure of feelings）是英国马克思主义文化批评家雷蒙德·威廉斯发明的术语，最初被用来描述某一特定时代人们对现实生活的普遍感受。这种感受饱含着人们共享的价值观和社会心理，并能明显体现在文学作品中。因此一个时期的情感结构，就是这个时期的文化。受葛兰西的影响，威廉斯后来又在情感结构中增加了反抗文化霸权的内涵。

综 述

在研究异域文化或古代文化时，学者们常会遇到一种特殊困难，这就是由于时代久远和地理差异，他们无力恢复彼时彼地文化格局中的某些特定内容。为此，文化史家只好深文周纳，努力归纳出某种文化模式，借此管口窥豹，弥补缺失。可文化模式仅仅是刻意选择的结果，或后人附加的评价，它依旧无法再现当时当地的文化状况。看来唯有生活在那个时代的人，才有可能真正把握那时的文化气韵。后人的万般描述，终究只是形似，而非神似。例如在阅读海外汉学家研究当代中国的著作时，我们常会有一种隔膜之感，原因就在于此。而要完整认识一种文化，个人的亲身体验至关重要。

威廉斯提出情感结构，是要在文化分析过程中，摆脱文化模式的大而无当，添加一些结构研究的系统性。换言之，他要确立一些相对具体而稳定的条件，以便在其中比较生动而精确地描述一个时代的民众心理，勾画当时当地的社会状况。对此他又补充道，对生活感知或体验的差异，本身就是一种文化差异，而它经常表现为民族文化差异或阶级文化差异。在他晚年回忆大学时代的生活时，他深有感触地说，像自己这样出身社会底层的左派学生，与当时大多数中产阶级出身的左派学生相比，毕竟在思想和行为方式上有很大的不同，这便是阶级文化差异的结果。

情感结构与文化分析

自20世纪50年代起，情感结构在威廉斯著作中一再出现，并贯穿他文学和文化批评的始终。这个术语最早出现在1954年版的《电影导言》中，威廉斯用它来表现人们对生活的整体感受。在《文化与社会》（1958）中，它则被用来分析19世纪英国的工业题材小说。透过情感结构，威廉斯得以讨论上述作品所折射的民众体验与感受，探查社会环境与人们内心体验之间的细微关系。在此后一部有影响的戏剧专论《从易卜生到布莱希特的戏剧》中，威廉斯进而突出情感结构的潜意识特征，以此说明：人们对世界的认知不是有意识进行的，而往往是通过经验来感知的。在《漫长的革命》中，他有意扩大情感结构的应用范围，将它从文学批评推向社会批判领域。70年代后，由于接触欧陆西马理论，他大大丰富了情感结构的内涵，突出其中的抵制因素。频繁使用这个术语，印证了威廉斯对社会生活经验的重视，这也是他的学生伊格尔顿攻击他经验主义味道过浓的重要原因。

一个时期的情感结构，多体现于官方意识与民众实际体验发生冲突的领域。在《文化与社会》中，威廉斯通过对19世纪工业小说的分析，发现当时社会主要的情感结构，集中表现在中产阶级意识形态与小说家实际生活体验之间的对立。一方面，小说家对工业主义持强烈批评态度，充分认识这种社会制度的不公正。另一方面他又畏首畏尾，在灵魂深处惧怕社会变革。譬如狄斯累里在其小说中，贸然让一位贵族青年爱上一个宪章主义者的女儿。而在故事结尾，他退回流行小说套路，让这贫穷女子现身为一个失掉财产的贵族后裔。在《玛丽·巴顿》里，盖斯凯尔夫人一扫庸俗风气，明确反对那种"穷人受穷错在自身"的中产阶级价值观。与此同时，她偏要把工人组织与谋杀命案联在一起。出于思想矛盾，她在小说结尾时只好把她喜爱的人物送去加拿大。同样的结局见于金斯利的《阿尔顿·洛克》，书中主人公，一位激进的宪章主义者，最终也被打发去了美国。

《漫长的革命》是威廉斯文化研究的代表作。在书中，他从情感结构入手，对19世纪40年代的英国社会展开全面文化分析，其中包括他对这一时期工业小说的精彩解释。在他看来，那个时代的英国发生了七大事件：即宪章运动、工厂立法、贫民法案、铁路发展、教会介入社会冲突、自由贸易政治以及青年英格兰运动，这些事件分别反映在当时著名的长篇小说中，如《玛丽·巴顿》、《西比尔》、《董贝父子》等。然而威廉斯并未直接探讨这些小说对时代的折射，他的策略是通过挖掘时人的价值观，来展示那个时代的历史风貌与社会矛盾。为此，他特地引入了社会特征（social character）这个概念。

对威廉斯而言，社会特征就是一种理想价值观。他对19世纪中叶英国社会特征概述如下：中产阶级价值观处于支配地位，它渗透到流行的社会观念中。这些观念包括：人的社会地位由金钱、而不由门第决定；穷人受穷，是他奋斗不力，而出色的人终将脱颖而出；为激励人们奋发向上，颁布惩罚性的《贫民法案》理所当然；忍受苦难将使人的精神升华，让人懂得谦虚和勇气；节俭、节制和虔诚乃是主要美德；家庭是发扬这些美德的主要场所；婚姻具有绝对神圣性，通奸和私通不可原谅；人有责任去帮助有缺陷的人，前提是这种帮助决不能姑息养奸；如此等等。这一时期，除了中产阶级社会特征，还存在其他两种有影响的社会特征，这便是贵族社会特征与工人阶级社会特征。贵族特征的影响逐渐式微，但它的某些内容，例如出身高于金钱，在这一时期依然存在。工人阶级特征，则主张社会应建立在互助与合作基础上。

情感结构与社会特征究竟是何关系？威廉斯表示，情感结构与主导社会特征有一致性，但情感结构又与某些社会特征存在重大差异，前者常常是对后者的巧妙修正和维护。社会特征往往是理想化的价值观，而情感结构则是对现实的真实体悟。

在研究流行小说和工业小说时，威廉斯发现作品中的中产阶级价值观，与小说家的现实经验频频发生冲突，而冲突集中表现在如何看待成功和金钱的态度上。譬如主导社会特征认为，努力就能成功，财富令人受到尊敬。然而这些理想价值观却与现实世界格格不入。这一时期的小说常以丧失财产和负债为发展线索，而丧失财产则与社会特征发生矛盾，因为功败垂成关系到个人品质的优劣。按照威廉斯的解释，在小说家的情感结构中，中产阶级价值观最终得到了巧妙维护，假如书中人物失去财产，那就让他出局走人，免得留下来让朋友亲戚难堪。一般而言，小说家常用两种技巧让主人公摆脱尴尬：一种是神奇解决方案，就是让主人公获得意外之喜；另一种是让他或她出走大英帝国的海外殖民地。

神奇方案的一大妙用，是延缓伦理道德与实际经验间的冲突，它一般用于婚姻危机和财产纠纷。在当时英国社会，婚外恋、情感不忠或离婚之类行为，被普遍视为"不道德"。当主人公不堪配偶折磨，真正恋人又翘首以待的当口，小说家为让他自己和主人公摆脱困境，便演绎出一个喜剧套路：先让主人公的配偶酗酒或发疯，经过一通折磨，在便宜之机突然死亡。此间，倒霉的配偶却得到主人公无微不至的照顾，以尽显后者的责任和忠诚。当然，结局只能是有情人结成眷属，而道德难题已被巧妙回避了。在金钱问题上也有类似套路，就是每当主人公走投无路时，一笔遗产或飞来横财即刻令其改变命运。

大英帝国19世纪的海外扩张，自然也反映在这一时期的文学作品中，海外殖民地也因此成为英国本土小说家化解现实冲突的有效手段。早在后殖民理论兴起之先，威廉斯就敏锐注意到19世纪英国作家在构建帝国话语方面的作用。在他们笔下，帝国殖民地要么是主人公在本土遭受挫败后重新发财的好去处，要么是深受感情伤害的角色逃避国内纠纷的理想乐园。无论如何，在这些英国作家潜意识中，帝国殖民地多被想象成一个美妙异邦，一个与本土相对立、却又充满梦幻的他乡。威廉斯指出，在19世纪中叶的情感结构中，帝国是一重要因素。这时期的小说普遍将海外殖民地设计为一条退路，以便饱受挫折的主人公自由出走英伦三岛，继而峰回路转，衣锦还乡。

威廉斯认为，这一特殊情感结构的产生，有其深刻历史与社会背景。英国工业社会的残酷进程，一方面驱使形形色色的弱者、失败者和反叛分子离乡背井，在海外开始他们新的生活，寻求新的机遇。另一方面，去海外殖民开拓，亦被社会视为一种自助行为，甚至一桩道德义举，因为它吻合当时的主导价值观。个中原因不难说明：帝国扩张的每一过程都需要大量的士兵、劳力和管理人手，而鼓励移民，则是英国政府化解本土各种社会问题，诸如失业、贫困、卖淫和犯罪的聪明之举。

据威廉斯统计，1840年英国有9万人移民海外。到1850年，移民人数翻了三番。如同西部边疆变成美国发展的安全阀门，大英帝国的海外殖民地也成为推动英国资本主义完成原始积累、实现工业革命的有力杠杆，同时它更起到稳定英国社会的作用。威廉斯发现上述因素间接反映在这一时期的小说中。19世纪末，当帝国主义变为官方政策后，帝国意识在小说中表现得更为彰显。威廉斯说，小说家将笔下人物打发出海，是解决现实经验与伦理道德冲突的简易方法。但这种方法的广泛应用，却反映出英国伦理道德基础的动摇瓦解。换言之，这一保全中产阶级道德体面的办法，原是一种自身解构的力量，因为它说明：对于当时严重的社会问题，英国人没有总体解决之道，只能用一些权宜之计来暂时摆脱困境，即要么继承遗产，要么移民海外。

如此看来，情感结构是否是一种虚假意识，只能发挥粉饰现实的作用？威廉斯并不这么看。他认为，情感结构蕴涵一定的超越现实的可能性，假如它能利用神奇方案打破僵局，也不失为一个美好幻想。而上述小说的神奇方案，大多表现出超越残酷现实的愿望。

在《漫长的革命》中，威廉斯对情感结构的界定和运用并非完美。其中令人困惑不解的是，情感结构有无阶级性？难道社会各阶级都能分享一个共同情感结构？不同年龄和性别的人又将如何？对此，安德森等人曾向威廉斯提出疑问。威廉斯承认他在这方面的疏忽，他声称，不同阶级有不同的情感结构，但在任何历史时期，统治阶级的情感结构，往往占据支配地位，而19世纪40年代的情感结构，只能是当时中产阶级的情感结构。

情感结构与帝国经验

身为后殖民批评的代表人物，萨义德热衷于挖掘英国小说中的帝国主义霸权话语，以此来揭示小说创作与小说霸权间的共谋关系。萨义德非常熟悉威廉斯的著述和学术观点，早在《理论旅行》中，他专门探讨了戈德曼对威廉斯和剑桥英文研究的影响。威廉斯小说批评中有关"帝国"作用的解释，对萨义德也有启发。他在《东方主义》中说，威廉斯《漫长的革命》中寥寥数笔的"帝国作用"说，要比数卷文本更能说明19世纪文化的丰富性。在《文化与帝国主义》中，萨义德进而指出，文学不但触及，而且以某种方式参与了英国海外扩张，它创造出威廉斯分析的"情感结构"，并为英国海外殖民鸣锣开道。

借用威廉斯分析英国工业小说的方法，萨义德重新解读了狄更斯的《远大前程》：

（它）大体上是一部关于自我欺骗的小说，说的是匹普如何妄想既不靠辛勤劳动、也不靠贵族遗产，一举成为有教养的绅士。他幼时曾帮助过一个名叫阿贝尔·马格维奇的囚犯。此人被遣往澳大利亚后，给这位小恩人一笔笔寄钱。由于律师经手汇款时，从未说明钱的来源，匹普竟以为那位年事已高的贵夫人哈维香是他的庇护人。后来马格维奇非法潜回伦敦，遭到匹普的冷落，因为此人浑身上下散发着罪犯的气息，令人作呕。不过匹普最终与马格维奇言归于好，与现实和解了：他终于承认被警方抓获而又病入膏肓的马格维奇是他的恩人，再也不否认他，不摈弃他，虽说马格维奇是从澳大利亚潜回的罪犯，这一事实的确难以让人接受。澳大利亚当时是作奸犯科的英国人发配之地，送往那里的人只能在那里重新做人，而不能指望日后再返回英国本土。

上文虽没有出现情感结构的字样，但显而易见，行文思路与威廉斯大体相同。另外我们看到，萨义德没有正面提及马格维奇病死这一解决方案，而该方案正是19世纪中产阶级情感结构的体现。小说中的匹普发现，若让恩人留在英国，自然违背中产阶级价值观。让他坐视恩人被遣返，则有忘恩负义之嫌。所以让马格维奇病死，是保存大家体面的最佳办法。萨义德发现，从19世纪到20世纪初的英国和法国文化中，到处隐含着帝国经验，尤以英国小说为甚。即便某些小说家本人并无海外活动经历，可在帝国意识形态氛围下，他们的作品也渗入了殖民主义思想，有助于在全社会营造赞同海外扩张的舆论。

就其多数著作而论，威廉斯未能给予帝国经验以足够的关注。我们说，他的著作具有浓厚的英国本土色彩，无论是在方法上（譬如注重经验和细读）还是在内容上（关注本国文化社会问题）都是如此。萨义德清醒指出，威廉斯虽在《乡村与城市》中提到文化与帝国主义，但这只是该书主要思想的边缘。英国思想传统中有许多著名作家，例如罗斯金、卡莱尔、狄更斯和萨克雷，都曾就殖民扩张和种族主义发表过看法，受时代局限，他们不可能对此进行深入自觉的批判。在这方面，威廉斯也显然未能脱俗。话说回来，他在《文化与社会》中毕竟开创了工业小说研究先例，率先揭示帝国经验的重要性，因而说他"完全不谈帝国经验"，也未免有失公道。

情感结构与世界观

由于地理，更由于文化传统的原因，英伦三岛与欧洲大陆间的思想交流，并不像人们想象中那么通畅。伊格尔顿在《文学理论导论》中调侃道，欧陆新思想登陆多佛港，必须经过海关查验，证明无害后方能进岛，否则一律打回原地。20世纪60年代，安德森在《新左派评论》上发表了《国民文化的构成》一文，痛斥英国知识传统缺少理论成分，尤其是缺乏当代西马的批评精神。应当说，此时大多数英国左翼文人对欧陆激进思潮不甚了了，他们对马克思主义的认识，甚至只停留在30年代考德威尔的水平。

为弥补这一缺陷，《新左派评论》开始译介德、法、意等国的西马理论著作，这一系统引进工程持续到70年代初。然而在英国哲学传统中，经验主义似乎永远是主流，它们天生排斥抽象理论和宏大叙事，这恐怕是英国人理论贫血的病因。90年代初，英国社会学家特纳在一篇文章中嘲讽英国文人，说他们在全球知识发展中既不占据前沿，也不居于核心，充其量利用自己的语言优势，做几回文化掮客，或奔走于欧美大陆之间，贩卖德法思想。

威廉斯对此深有同感。他感叹英国与欧陆距离很近，文化却相距甚远。他在60年代接触的马克思主义居然是30年代人民阵线的产物，染有浓厚的经济决定论色彩。这也是威廉斯脱离英共，并对马克思主义产生抵触的原因。他的抵触情绪在《文化与社会》中表现明显，究其原因，是威廉斯无缘接触卢卡奇等人的著作，而这些著作直到60年代才被译成英文。例如戈德曼《隐蔽的上帝》1964年译成英文，卢卡契《历史与阶级意识》和葛兰西《狱中札记》1971年翻译出版，而阿多诺和霍克海默的《启蒙辩证法》要等到1972年才有译本。身处这种封闭环境，难怪威廉斯反应迟顿。1970年，卢卡奇的弟子戈德曼在剑桥大学连开两场讲座，此时威廉斯恍然大悟：马克思主义并非全都主张经济决定论，而他的文化批评与戈德曼的工作大有相似之处。在那篇感人至深的悼念文章《文学与社会学：纪念吕西安·戈德曼》中，威廉斯坦承：他俩曾用许多相同概念探索同一领域；尤为重要的是，他发现自己的情感结构与戈德曼的世界观（world vision）非常近似。

依戈德曼之说，世界观乃某一社会集团成员共有的集体意识。他认为，世界观和作品具有同构关系，由于作者的行文运思不能不受他所属阶级的世界观制约，所以他的作品便成为世界观的载体。一个社会集团的世界观，则是这个集团的精神结构或集体意识。文学作品中，作品世界的结构相同并吻合于某一社会集团的精神结构，即世界观。作者在写作时，固然可以自由想象，但其立场有意无意地受制于他所属社会集团的世界观，而这一集团世界观，反过来又将作者立场内在化，从而使作品展现出与集团世界观相一致的精神特质。在此意义上，文学作品即为社会集团世界观的产物。一部文学作品，越是能表现作者所属阶级的完整世界观，就越富有艺术生命力。戈德曼所倡导的发生学批评，目的是要探讨文学的社会起源，进而挖掘作品所表现的世界观与社会精神结构间的同构关系。

威廉斯的情感结构和戈德曼的世界观都不是针对精神结构的静态分析，相反，它们着力分析的对象都是作品中精神结构的历史形成与演变过程，即以一种动态眼光，在历史文化背景的生动参照下来看待它们内在的复杂构成和变化。除去上述共同特征，这两个概念又有一些重要差异。譬如说，情感结构是从作品阅读过程获得的时人的直接感受，它缺乏整齐严密的结构形态。世界观则是由批评家归纳出来的普遍意义，它比情感结构显得更加系统。威廉斯对此有着清醒的认识，他指出，世界观往往与作品结构保有一段距离，它与从作品中发掘出的精神结构也不一定同构，因为它是一种虚构行为，是小说家通过想象组织起来的。奥地利学者齐马也持类似看法，他认为，戈德曼确认的世界观，表现的并非一个集团全体成员的真正意识，而是理想意识。

情感结构与文化霸权

欧陆西马理论家中，葛兰西对文化问题最为关注，他对威廉斯的影响也最大。威廉斯非常推崇葛兰西，称其著作是西马文化理论的转折点。其中葛兰西的市民社会理论、知识分子研究，尤其是他的霸权观念，给予威廉斯很大启发。了解霸权理论后，威廉斯重新界定了情感结构概念：他把社会主导文化等同于霸权，将情感结构视为反霸权手段。

在《狱中札记》中，葛兰西提出著名的市民社会理论，以取代较为传统的经济基础决定上层建筑模式。这一理论的关键内容是：国家等于市民社会加政治社会，而不等于经济基础加上层建筑。所谓政治社会是指由政府、军队和法律组成的强制性国家机器。市民社会则是由非强制性、相对自治的教会、行会、社区、学校等机构组成。它不像国家机器那样使用暴力，却能以柔软合法的多种手段，为统治阶级行使文化霸权职能。

据威廉斯考证，霸权（hegemcny）一词最初来自希腊文，意为来自别国的统治者。19世纪后，霸权被广泛用于描述国与国之间的政治支配关系，即常说的"国际霸权主义"。到葛兰西手里，这个词又获得了新的含义，它被用来描述社会各阶级之间的支配关系，即统治阶级将于己有利的价值观和信仰普遍推广到社会各阶层的过程。这一过程不是通过强制性的暴力措施，而是依靠社会上大多数人的认可来实现的。因而可以说，霸权的实现是一个赢得价值共识的过程。它类似于儒家王道观念，"远人不服则修文德以来之"，即以顺乎人心、争取民意为最佳政治策略。霸权不仅内在于政治和经济制度中，而且以经验和意识的形式内在于社会思想中，它是捍卫统治阶级利益坚固而恒久的堡垒。

在葛兰西看来，资本主义民主制越发达，它的市民社会就越强大，国家政权也就越稳定。这是无产阶级革命在西欧各国均告失败，却在俄国成功的原因。作为半封建性质的帝国主义国家，俄国市民社会尚处于原始状态，其政权维系严重依赖暴力，因而它经不住政治震荡。而西欧诸国市民社会发达，统治阶级依赖社会成员的广泛赞同（consent）来实现其合法统治。有鉴于此，葛兰西号召革命党培养自己的有机知识分子，以夺取资产阶级文化霸权。他坚信，工人阶级须在取得政权之前，就努力赢得文化霸权，此乃取得政权的首要条件。总而言之，葛兰西的市民社会理论和霸权观念，大大突出了包括文化传统在内的思想意识在社会变革中的重要性。这正是威廉斯等人乐于接受霸权观念，并将其付诸文化政治、引入文化研究的契机。

威廉斯对葛兰西霸权观的接受与阐发，集中体现在他1973年发表的《马克思主义文化理论中的基础和上层建筑》，以及1977年出版的晚期代表作《马克思主义与文学》中。1976年出版的《关键词》也收录了"霸权"词条。在这本书中，威廉斯还将霸权分别与世界观和意识形态作了重要区分，这有助于我们从侧面理解情感结构。他认为，霸权描述了一种较为普遍的支配过程，这一过程包括看待世界及人事的特定方式。与世界观不同的是，它并非一种直接的政治控制。世界观则不仅仅是知识现象，它同时也是政治现象。世界观不同于意识形态之处在于：它在社会上被广泛接受，不仅因为它体现统治阶级的利益，而且也因为，它被全体社会成员当作合理的现实和共识来加以接受。

葛兰西对威廉斯的最大影响，是促使后者重视不同的文化因素。一开始，威廉斯仅仅从历时角度区分三种文化因素，即主导因素（the dominant）、新兴因素（the emergent）和残余因素（the residual）。接受葛兰西的霸权理论后，他不但重申上述三种元素的划分，而且强调兴起因素终将替代主导因素。他在晚期著作《马克思主义与文学》中又指出，情感结构是在某种"前兴起"（preemergence）层面上运作，它孕育着反对主导文化霸权的种子，是新兴工人阶级意识的萌芽。所谓残余因素，不仅是指过去残存的文化因素，还指外在于主导文化，但依然在当前文化形态中发挥积极作用的因素，诸如现今人们所奉行的传统和习俗；新兴文化因素，指的是崭露头角的新价值观、实践和关系，它对立于主导文化，并将取代主导文化。它既可以源于新的社会阶级，例如工人阶级，也可能来自新的社会意识。无论如何，新兴因素反抗主导文化的斗争就是反霸权斗争。威廉斯认为，一种新兴文化需要新的形式，或更新旧有形式。相对于主导文化，这些形式的创新实际上还处于前兴起状态，尚未完全表露，而情感结构则在其中发挥形式创新的作用。在此含义上，情感结构就不仅仅表现为一个时期的文化了，相反，它恰恰预示着普遍文化将要发生变迁的潜在条件，是反主导文化霸权性质的革新事物。

结　语

综上所述，威廉斯的文化理论和批评实践，经历了从20世纪60年代到70年代整整10多年的持续变化，在此过程中，情感结构的内涵也在不断发生着变化。具体说来，它从强调直接经验、强调一代人共有的精神面貌和伦理价值，逐步转向对资本主义文化霸权的揭露与批判，以至把革命希望寄托于新兴文化因素的崛起。这些变化不仅体现了一个英国批评家对于本国文化的渐进认识，也生动记录了威廉斯在文化领域了解和发展马克思主义的艰辛历程。其中最突出的思想转变，是他放弃了对于英国文化的整体性的研究（即寻找和界定英国人的统一生活方式，以及为社会各阶层所共享的精神结构），走向剖析文化霸权、分析支配关系、强调文化抗争的新阶段。

参考书目

1. Edward Said, *Culture and Imperialism*, Alfred A. Knopf, Inc., 1993.
2. —, *Orientalism*, Pantheon, 1978.
3. Raymond Williams, *Culture and Society 1780—1950*, Chatto and Windus, 1958.
4. —, *Drama from Ibsen to Brecht*, Chatto and Windus, 1968.
5. —, *The Long Revolution*, Chatto and Windus, 1961.
6. —, *Marxism and Literature*, Oxford UP, 1977.
7. —, *Problems in Materialism and Culture*, Verso, 1983.
8. 戈德曼：《小说社会学》，吴岳添译，中国社会科学出版社，1993。
9. 戈德曼：《隐蔽的上帝》，蔡鸿滨译，百花文艺出版社，1998。
10. 葛兰西：《狱中札记》，曹雷雨等译，中国社会科学出版社，2000。
11. 齐马：《社会学批评概论》，吴岳添译，广西师范大学出版社，1993。
12. 赛义德：《赛义德自选集》，谢少波等译，中国社会科学出版社，1999。

权力 汪民安

略　说

"权力"（Power/Pouvoir）是当代法国左派思想家福柯的关键词之一，它与另一个关键词"知识"（savoir）一起构成福柯所谓的"知识-权力微观物理学"基础，由此形成了西方文论中具有重要影响的"权力/话语"分析方法，它也是当代意识形态研究与主体研究的重要工具。

综　述

权力观念及其分析方法，堪称福柯一生中最有价值的理论遗产，也是他20世纪70年代的思考重心。福柯关于权力的思考，是在三重背景下艰难展开的：其一是马克思主义经典，及其影响下生发的西马批判理论，特别是法共思想家阿尔都塞有关意识形态和主体构成的学说；其二是1968年法国新左派学生运动，以及与之并行并遭受挫折的结构主义革命；其三则是西方文论鼻祖尼采的幽幽召唤和启示。

由于他对权力的重新阐释，福柯迫使整个西方现代社会理论与文化理论的思考方向发生了重大改变。无论是自由主义、保守主义，还是马克思主义的理论模型，莫不受到他所谓"权力"观念的挑战。

不同于马克思主义的阶级斗争学说，福柯的权力理论另辟蹊径，试图在一个沉降的层面上，即在阶级斗争之下的更深处，以微观分析的方式，重新观察和解释现代资本主义强大而隐秘的控制模式。在他看来，这一决定资本主义发展历史和社会结构的深层模式，并不局限于以往人们关心的经济基础和党派政治层面。从传统观念上沉降下来的福柯，发现了一个以"权力"为核心的、潜在的意识形态控制网络，它在认知方法上涉及到知识、权力和话语活动的"微观力学"。在此认识的基础上，福柯大胆混合了上至马克思、尼采，下及结构主义、话语分析和西马意识形态理论的多种因素，创造出极富其个人特色的权力观念。他的理论创新目的，仍然不改其初衷，即强化西方左派抵抗意识，推进针对资本主义的文化思想批判。

什么是权力？

福柯所谓的权力是什么？它与传统的权力究竟有何不同？福柯明确声称：他要排除历史上根深蒂固的权力观，同它们一刀两断。他对传统权力观作出如下界定：它是否定性的，习惯针对对象进行排斥、拒绝，并设置障碍，或使其陷入不存在的状态。这种权力，亦是一种固执的法规。权力一开口，便成法规，它让它的对象依法行事。权力通过语言，在创造法则的同时，也控制了对象。"纯粹的权力形式存在于立法者的功能之中，权力的行为模式带有司法话语特征。"福柯说，传统权力还意味着禁令的反复循环，它通常表现为：你既不要这样，也不要那样。这种禁令迫使对象消灭，这样你就不能谈论它，它也就不存在了。这种否定性权力，在各个层次上都运用同一种手段。"无论如何，人们总是以司法形式来图解权力，人们将权力的效应界定为服从。"在福柯看来，这种权力理论即是将法律和权力等同起来，"权力模式本质上就是司法模式，它以法律陈述和禁令运作为核心"。

福柯质疑这种司法权力模式，并对这种否定性、以禁律形式出现的权力发起反击。他问道：我们社会拥有如此丰富的权力机制、仪式、手段和技术，它们能产生多种效应、战略、知识，为何偏要将权力中这些积极、有活力的要素剔除呢？为何非要把权力化减为禁令式的法律呢？为何要将多样组织形式压缩为君权式的独头控制呢？他感叹说：权力始终纠缠着国王和法律，始终带有它们的阴影。"在政治思想和政治分析中，我们仍未砍掉国王的头颅。"福柯努力将权力从国王那里拉出来，从司法体系中拉出来。这种权力超出国家机器，超出王权，超出法律。它的性质也不再是禁止、阻碍、否定和压制。相反，权力变得更积极，更具生产性、创造性与渗透性。

然而，福柯的权力并非一个本质主义概念，我们很难为它下一个确切定义。福柯勉为其难地说："权力不是一个机制，不是一个结构，也不是我们拥有的某种力量；它只是人们为特定社会中复杂的战略情势所使用的名字。"这就是说，权力应被理解为多重力的关系，我们不应从一个中心，从某个最基本的始发处去寻找权力的源头。权力不是某个集团、某个主体的所有物。权力也不是可供支使的财产。相反，权力存在于各处，存在于一切差异性关系中：

> 权力无处不在，这并不因为它有特权将一切笼罩在它战无不胜的整体中，而是因为它每时每刻，无处不在地被生产出来，甚至在所有关系中被生产出来。权力无处不在，并非因为它涵括一切，而是因为它来自四面八方。

福柯明确抛弃了那种自上而下的压抑、笼罩、涵括、包裹性的国王权力，那种支配、主宰和统治的权力，同时也抛弃了带有强制色彩的暴力品质。对他而言，权力永远存在于关系中。也可以说，权力永远是关系中的权力，权力只有在和另外的力发生关系时才存在。权力总是变动的、复数的、再生性的，它们相互流动和缠绕。福柯多次强调，权力不是压制性的，而是生产性的，它不是压抑着什么，而是不停地造就着什么。整个70年代，福柯通过他对性和惩罚的研究，试图从不同角度，反复表明他上述这种尼采式的、积极的权力观。

规训权力

在对惩罚史的研究中，福柯发现，早在17世纪的古典时代，人体就被操纵、塑造、驾驭、使用、改造。它被零碎地处理和把握，被一种微分权力细致而微妙地控制和监督。这种权力既不粗暴，也不残忍，却耐心地、反复地作用于人体各个部位，最终使人体按照它的意愿发生改变。人体因此而变得更为驯服，也更为有用。他指出：

> 使人体在变得更有用时也变得更加顺从，或因更顺从而变得更有用。当时正在形成一种强制人体的政策，一种对人体的各种因素、姿势和行为的精心操纵。人体正进入一种探究它、打碎它和重新编排它的权力机制。

这种针对人体的"微分权力"，这种权力的"微观物理学"，这种编排它的权力机制，原本是慢慢从各个进程中汇聚起来的。从17世纪开始，它向整个社会领域渗透，向学校、医院、军队、工厂渗透。福柯将这种权力称作规训权力（discipline power），它拥有细腻而多样的技术，且易于传播；它针对细节，纠缠细节，在细节上下功夫，使细节成为权力的支点；而规训（纪律）在对细节施展权力时，也施展着一整套技术、方法、知识、描述、方案和数据。福柯断言："毫无疑问，正是从这些细枝末节中，产生了现代人道主义意义上的人。"福柯在其研究中分析了规训人体的种种技术。首先，要将规训对象的空间隔离和封闭起来，只有这样，才能保证纪律的顺利实施。校园、兵营和工厂都是类似的封闭空间。此外，这种空间还应井然有序，应恰当地布置和分配，应便于解析，从而使之更好地被了解、监督、驾驭和使用。"空间分配最终是一种分格权力。"

除了对空间精心安排外，规训权力还对人体活动作了精心的设定。它在时间上严格限制，对人体的姿态也反复进行操练。这种规训权力不放过身体的任何一个部位，从而使身体变为一个机器，一个工具。关注身体细节姿态的同时，规训权力也控制个人的时间，并调节时间、身体和精力的关系，以确保在一定时间内取得最大利润。规训强调积攒、节约、控制，并最大限度地使用时间。"权力被明确地作用于时间。"

最后，规训权力还努力将个体协调起来，将单个力量组织起来，使单个肉体同其他肉体相结合，从而获得更大的力量、更高的效率。这种最佳组合，只能依靠纪律（规训）来完成，它的组合成效高于其基本构成力量的总和。总之，

> 规训从它所控制的肉体中创造出4种个体，更准确地说是一种具有4种特点的个体：单元性（由空间分配方法所造成），有机性（通过对活动的编码），创造性（通过对时间的积累），以及组合性（通过力量的组合）。而且，它还使用4种技术：即制定图表、规定活动、实施操练、为

了达到力量的组合而安排"战术"。

假如说，肉体都被规训权力顺利驾驭，上述规训实践都得以成功，而这些规训权力的要求、内容、计划和目的都得以实现，那么，这种训练到底借助于什么手段？换言之，这种造就了个人的规训实践是依据什么来完成的？这种针对肉体的权力，到底在哪些方面与君主权力截然不同？按照福柯的说法，规训权力并非君主那种耀武扬威的淫威权力，而是"谦恭而多疑的权力，是一种精心计算的、持久的运作机制"，其实施手段简单，就是层级监视、规范化裁决，以及严格检查。

首先看监视。福柯发现，权力必须通过严格监视来实施。在军营、学校、工厂、医院，都存在监视点。这些机构和建筑一目了然，其中心点可以照亮一切，同时也汇聚一切。这个中心点"应该是一只洞察一切的眼睛，又是一个所有目光都转向这里的中心"。在此，监视技巧被广泛运用，建筑设计不是从外部被观看的，而是便于对内部进行监控。通过监视和观看，个人被对象化，被观察，被记录，被铭写。这种监视是持续的、分层的、切实的，它构成一种"复杂、自动匿名的权力"。这种监视权力覆盖着整个机构和空间，是机构的构成部分，它在没完没了地发挥作用。它既不掩饰，又保持沉默。它显得呆板，从不变换，却又极其警觉，不漏掉任何细节。它玩弄一种关系游戏，在监视者和被监视者之间持续地发挥效应。因此，监视权力不存在主语，它不是一个占有物，不是一个可转让的财产。这个自动、固执而匿名的权力是一种微妙的、非肉体性的"物理"权力，它遵循的只是中性的光学和力学法则。

第二种规训权力的手段是规范化裁决。

> 在一切规训系统的核心，都有一个小型处罚机制。它享有某种司法特权，拥有自己的法律、自己规定的罪行、特殊的审判形式。纪律确定了一种"内部处罚"。

这种内部处罚，一般在重大法律视而不见的地方实施。它也是一种微观处罚制度，在兵营、工厂、学校广为实行。它的处罚对象包括时间、行为、活动、言语、身体和性方面的不合规范的出格行为。对这些不合规范行为作出的处罚，可以使规训（纪律）保持严格尺度、适当标准、整齐压力，以便让规训对象纳入一个同一整体中，使其行为和身体规范化、标准化，并确定不同界线，划分整体的范围。福柯说："在规训机构中无所不在、无时不在的无休止惩戒，具有比较、区分、排列、同化、排斥的功能。总之，它具有规范功能。"在古典时代的末期，规范化成了一项重要的规训权力手段，它要求对象的同一性。但是，因为在它的实践中，对象所固有的差距、层次和不同水准也会展露出来，因此，规范化在强求一致的同时，也能有效地测定出对象的差异性。

最后一种规训权力的手段是检查。检查将监视和规范化裁决这两种规训技术结合起来。它既是一种监视目光，又试图在这目光中寻求规范化裁决、定性、分类。通过检查，个人被对象化了，他成为可见物。在这种对象化中，他也同时被征服，被认识，成为知识的对象，即成为权力介入的对象。权力醒目地驻扎在将个人对象化的检查中，在此种检查仪式中，存在一套完整的权力类型和知识类型。学校的考试，医院的巡视，军队的检阅，都属于同一种检查机制。在这检查机制中，"一种知识形成类型与一种权力行使方式联系起来"。但是，检查机制中蕴含的权力是隐匿的，并没有一个确定的可见性身影，甚至没有一个权力符号。它的发挥和施展只是在将对象客体化的过程中完成的。

在这过程中，"被规训的人经常被看见、能够随时被看见这一事实，使他们总是处于受支配地位"。权力总是通过"整理编排对象来显示自己的权势"，它不再回溯到一个君主式的起源。如果说这种权力真有一种施展形式的话，它也不表现为炫耀和夸张的暴力，仅表现为一种检查机制中固有的凝视。福柯指出，检查将人进行对象化控制。除监视外，它同样将人置于书写网络中，置入文件陷阱中。

> 这些文件俘获了人们，限定了人们。检查的程序总是同时伴有一个集中登记和文件汇聚的制度。一种"书写权力"，作为规训机制的一个必要部分被建立起来。

这样运作的结果是：一系列有关规训个体的符码形成了。这些符码，这些有关个人的档案、资料、文牍，将被规训的个人变为"个案"，变为知识的对象，变为权力的支点。个人终于被详细地记载、书写、登录、描述了。同时，他也被观察、被看见、被监视了，这便是检查机制中的权力施展。它实为一种控制和支配。在福柯对于规训权力的手段的描述中，蕴藏着他的一个重大主题。他想说的是，这种规训机制的出现，标明一次人类历史的重大转折。它"标志着个人化政治轴心被颠倒的时代"，而这一转折，正表现在权力施展方式和施展对象上。

在封建制度中，唯有君主或权势者，才配拥有一套个人记录。就是说，只有位尊者和权势者，才能被铭写，被文牍和档案包围，被言辞和书籍追逐。这种被铭写，实际上是荣誉和地位的表现。而一般民众是匿名的，他们处在书写之外，处于档案和典籍之外。这是一个目光所不及的混沌区域。

因此福柯强调说，这一切颠倒过来了。在某种意义上，现在是民众而非君主被书写系统所包围和分类。权力发生了变化：它不再表现为与君主相关的盛大仪式、纪念性碑文、布满光环的家谱。相反，它的技巧是监视、规范化裁决和检查。此时，"一种新的权力技巧和一种新的肉体政治解剖学被应用"。这种权力技巧正是福柯所谓的"规训"社会的权力特征，它将个人对象化，它在对个人进行监视、规范化裁决和检查时，既生产了关于个人的知识，又生产了规范化的身体行为。在此，知识和身体都是权力造就的。因此，这样一种规训权力具有生产性。

福柯在此创造性地断言，权力能够生产："它生产现实，生产对象的领域和真理的仪式。个人及从它身上所获得的知识，都属于这种生产。"这里，我们再一次看到，福柯所谓的知识并不是中性而纯洁的，并非不偏不倚。它只是权力的结果和产品。

权力与主体

为说明权力及规训的特征，福柯选择了一个著名意象，也是他最有影响的意象，即边沁的环形监狱。福柯将环形监狱的运作机制和权力机制，视作规训社会的一个生动缩影。就是说，规训社会恰是一个放大的、更趋完善的环形监狱。它的控制监视，它的持续性，它的神奇权力效应，都内在于环形监狱的机制中。边沁的环形监狱是这样组成的：四周由环形建筑连为一体，内部被隔开，分成很多单人小囚室。每个囚室有两个窗户，一个朝内，一个朝外，中央耸立着一个瞭望塔。瞭望塔有个大窗户，里面有一名监视者。监视者透过这个窗户，通过逆光效果，对四周环形监狱的每个囚室进行观察和监视。每个小囚室都能被随时观望，每个囚犯都历历在目。然而，囚犯无法看到监视者，他只能看到宏大的瞭望塔。囚犯处处可见，监视者却是隐匿的。这样，"在环形边缘，人被彻底观看，但他自己看不到。在中心瞭望塔，人能观看一切，却不会被看到"。

这就造成了一系列后果：首先，监视权力是持续的、自动的、长久的，它利用建筑形式自动发挥作用。同时，监视权力是非个性化的，它不依赖某一要人来实施，而依赖于这种建筑机制。这种环形监视结构本身，是依据光线、目光和身体的关系来配置和安排的。就是说，权力内在于一种机制，而不束缚于某个主体，也不是某个特定主体的所有物。实际上，任何一个主体，只要利用这个机制，都可产生权力效应。这表明，权力是依赖机制发挥效用的，它是这种机制的内在成分，它是匿名的，也是非人格化和非主体化的。

此外，这种匿名权力非常经济节省，既简单又有效：它用一种虚构关系实践一种具体而真实的征服，用一种简单形式实践一种庞杂而持久的控制，用一个无足轻重的人实践一种严肃而有效的监视。这是利用最低成本来获得最大效应的权力图式。"它是自动施展的，毫不喧哗，它形成一种连锁效果的机制。除了建筑学和几何学外，它不使用任何物质手段，却能直接对个人发生作用。它造成'精神对精神的权力'。""……这是一种从权力中'史无前例地大量'获得'一种重大而崭新的统治手段'的方法，'其优越性在于它能给予被认为适合应用它的任何机构以极大的力量'。"

如此，福柯便可断定：这种权力图式注定要渗透到整个社会机制之中，"它的使命就是变成一种普遍功能"，它在政治和社会领域中注定会一通百通。福柯相信，环形监狱这种固有的权力运作机制（他称为全景敞视权力）也是规训社会最常见的权力机制。它是监督式的，同时也是生产性的。它是控制式的，同时也是增强性的。它同君主式粗暴的、针对肉体的否定权力，在物理上和方向上都截然对立。君主式权力是消灭性和抹擦性的，而规训式全景敞视权力则有另外目的：它要产生效用，它要让对象变得有用、有效。其规训和监视是有目的、有意图、有方向的改造。规训权力应该生产，而不是消灭。这正是资本主义权力的运转方向：规训朝向生产的一面进行使社会力量得到增强，"增加生产，发展经济，传播教育，提高公共道德水准"。

福柯相信，全景敞视权力这一轻便、有效、迅速的规训机制，是在 17 至 18 世纪逐渐扩展、渗透到整个社会机制中，从而形成所谓的规训社会。规训社会就是一个监视社会。在此社会中，人们受制于全景敞视机器，即受这种机器的干预和改造。他将规训社会视作一种全新社会形态，这种现代社会，与古代社会形态截然不同，同君主制社会也大不相同。

古代社会中，通常有一些庙宇、剧场、竞技场等公共建筑。人们常在此表演、聚会、歌舞、庆贺，举行宏大公共仪式。于是，所有的能量在瞬间聚结，人们在刹那间融为一体。此时的特征是："大批人群能观看到少数对象。"然而，现代社会的机制恰恰翻转过来。"少数人，甚至一个人能在瞬间看到一大群人。"相对于古代社会的公共性而言，现代形成的规训社会不是展示性的，而是监视性的。君主制下，权力集于君主手中，它显得残暴而血腥，那里的秩序和统治依赖于惩罚和杀戮。君主制的"公开处决是宗教法庭支配下的一种程序的逻辑顶点"。但是，把个人置于"观察"之下的做法，则是浸透了规训方法和检查程序的司法的自然延伸。因此，对于监狱与工厂、学校、兵营和医院彼此相像，难道值得大惊小怪吗？

福柯岂不是在暗示：当代社会是一座巨型监狱？在福柯眼中，监狱的功能、目的、手段、意图和性质都与工厂、医院、兵营类似，它们之间并无实质差异，因为它们都对肉体施加压力，使其得以改造，从而变得驯服有用。它们的差异，只不过是程度上的差异。监狱的规训，不过更加彻底而严厉。它更为全面、有效而绝对。它"最大限度地强化了在其它规训机制中也能看到的各种做法。它应该是最强有力地迫使邪恶者洗心革面的机制"只有在监狱中，边沁的全景敞视主义才能得到完美表现。而在工厂、医院、兵营、学校等规训机构中，这种全景敞视主义只有部分地、不完全地表现出来。

在监狱中，劳动是犯人的主要活动，但监狱不是生产产品的工厂。其价值不在于生产经济产品，而在于它通过劳动本身，对人体机制施加影响。如果非要说它有经济效益的话，"那么这是因为它按照工业社会的一般规范，制造出机械化的个人"。监狱"按其本性应该是一台机器，犯人-工人既是它的部件，又是它的产品"。至此，福柯开始大胆宣称："这是在制造机器人，也是在制造无产阶级。"显然，这个机器人或者无产阶级是驯服的而不是叛乱的，是有用的而不是闲杂的。监狱中的劳动，最终使这样一种生产性的权力关系得以建立，一种令个人务必遵循的生产模式得以建立。

如此看来，监狱其实是一种生产性的规训机器，它是规训技术的集大成者，是规训权力得以完美的场所。它也是始于17世纪对身体的规训技术的结果，是规训技术的完善深化，是它乌托邦式的实践和满足。在监狱中，我们不难发现规训的家庭模式、军队模式、工厂模式、学校模式。这些模式的复合可有效进行"训练"，并在训练的同时不停实行观察。最终，既生产出关于个人的知识，也生产出驯顺而能干的肉体。这是监狱的特征，它不也是现代规训社会的特征？关键是，这样的监狱不是孤立的，而是成群的。它是规训社会的一个浓缩隐喻，同时又和其他的规训机构一道，组成一个"监狱群岛"。福柯所说的"监狱群岛"已不再是隐喻，它是活生生的、具体的规训现象，是现代社会本身。在这个群岛中，监狱的惩罚性慢慢退化，可它的规训和纪律却保留下来。我们看看福柯开列的"监狱群岛"的部分名单：慈善团体、道德改良协会、工人住宅区与集体宿舍、儿童收容所、孤儿院。当然，学校、工厂就不言而喻了。这些机构"是用于减轻痛苦，治疗创伤和给予慰藉的，因此表面上与监狱迥然有异。但它们同监狱一样，往往行使一种致力于规范化的权力"。这些规训权力促使

> 居心巨测的怜悯，不可公开的残酷伎俩，鸡零狗碎的小花招，精心计算的方法以及技术与"科学"等等的形成。所有这一切，都是为了制造规训化的个人。这种处于中心位置、并被统一起来的人性，正是复杂权力关系的效果和工具，是受制于多种监禁机制的肉体和力量，是本身就包含着这种战略的诸种因素的话语对象。在这种人性中，我们应该能听到隐约传来的战斗厮杀声。

人性不是静止和固定的。人性是动态地产生的，是争斗的结果，这是典型的尼采式答案。同样，人是被生产出来的，这一点可看作是对福柯名著《事物的秩序》的回应。在《事物的秩序》中，福柯试图表明：人仅仅是一种知识形式。它是由学科想象、配置和生产的，是学科捕捉和造就的对象。而在《规训与惩罚》中，福柯进而指出：人不仅是一种知识形式，它更是权力锻造的对象。假设人有一种知识形式，有一种科学的话，这种科学和知识肯定受制于权力的规训，受制于规训权力的某种特定技艺。它是这种权力技艺造就的知识，也是意在规训的一种方式。现代社会发明了一整套针对个人的记录、书写、整理、存档、编码，以及对人的各种文字描写。这一切构成了人文科学与相关知识。这些科学和知识是在规训中形成的，是为了更好、更牢靠地实施规训。它既是规训方法，也是规训的附加产品。

人是被生产出来的。这一论断既在《事物的秩序》的结尾，也在《规训与惩罚》的结尾醒目地出现。由于前者偏重知识史，它便强调人是由知识生产出来的。

后者着力于惩罚史，因此它断定人是被权力生产出来的。说穿了，《规训与惩罚》从另一个角度嫁接了《事物的秩序》的重要主题。

权力与性

在福柯晚期对性的研究中，同样反映出规训社会中的生产性和创造性权力。他的性研究的基本规划是："我们应摆脱法律去思考性，同时要摆脱国王去思考权力。"就是说，要消除否定性的权力观，同样不能将权力视作单纯的对性的压制。其努力结果是：福柯对"性压抑假说"提出了严肃质疑。

"性压抑假说"的基础，恰恰承认权力的压制性。社会建立了权力机构，这些权力机构与性的关系，正是压制和被压制的关系。这种压抑假说表明，性在权力的作用下，失去立足之地，丧失了表达权，它遭到驱逐和否认，它被迫沉默无语。这种性的压抑与资本主义发展有关。如果资本主义容忍性肆意放纵，那么，它所需要的劳动力和生产力就会因享乐而遭到损耗。要保证劳动力的再生产，就要对性进行全方位的权力压制，尤其是压制那些无用的能量、不轨行为和过度享乐。这样，性被严格封藏起来，它只能躲在父母的卧室喃喃低语。在此压抑背景下，谈论性几乎就成为造反，一种对权力的造反。

福柯对压抑说表示质疑。从历史角度看，性确实受到了压抑吗？权力机构只是压制性的吗？权力的禁律和否定，真的是权力的普遍流行形式吗？福柯从权力出发，研究权力的运作方式、它的流通渠道、它对个体的渗透形式以及它的扩散踪迹，从而表明：权力有可能对性进行压制拒绝，同样也可能激励并引发人们谈论性，扩散性的话语，加快性的影响，使其广为流传，最终建立性的科学和知识。总之，话语生产、权力生产、知识生产，这些"权力多样化技术"成为福柯考察和讨论的核心，结论是：

> 自16世纪末以降，性话语的形成并未遭受限制，相反它遭到一种越来越强的刺激。权力技术对性的作用并不遵循严格的选择原则，而依赖传播和根植形式的多样性。在不应破除的禁忌面前，求知意志并未戛然而止，而是坚持建立（当然不免会错误百出）一门性的科学。

换言之，权力和权力机构并未压制住性，而是促使性话语增加，鼓励人们谈论性，表达性，并最终建立性的知识。"围绕性，出现过真正的话语爆炸。"

福柯是如何得出这一与"压抑说"相反的结论呢？他仔细研究了17世纪以来有关性的宗教忏悔和自白。这些行为当然是要消除肉体享乐，让性欲念成为羞耻的根源，让灵魂得到反省，并使灵与肉充分结合起来。为达此目的，也为检查灵魂中的每个角落，教士守则要求忏悔务必事无巨细：

> 性的方方面面，它的枝枝节节，它的事后效应都应追根究底。白日梦

中的幻觉，难以驱散的意象，身体和灵魂的魔力般的合谋，所有这些，都应细细道来。

在现代西方社会中，为了忏悔和反省，人们必须无休无止地谈论性、谈论与肉体享乐相关的事情。而在18世纪前后，人们不仅在忏悔中谈论性，还竭力从各个角度去研究、计算、解释、说明性。他们在政治、经济、技术范畴中谈论性。他们既从伦理的角度，也从理性的角度谈论性。他们将性作为对象，妥善管理，适当调节，并进行恰如其分的"治安"。这种性的治安，并非要对性进行严酷抑制，而是要用公共话语的理性，让性来促进公共力量，服务于公共利益。具体而言，就是让公民恰当运用和控制自己的性。在此，权力机构再一次地生产出性知识。

在几乎所有被认为性被迫陷入沉默的地方，福柯都发现性话语的繁殖。福柯否认教育机构对青少年和儿童的性抑制。围绕着儿童性活动，教育学家、医生、家长全部动员起来，试图消除儿童手淫。为此，他们反复谈论性。自己谈，也让儿童自己坦白招供。他们谈论手淫事实、范围及危害，设置监督机构，设想教育手法。他们在家庭内部建立一整套防范性性医学措施。对此，福柯挑战说，这类意在消除手淫的行为和话语，却在滋生儿童的性行为，传播性话语和性知识。儿童手淫不仅从未根除，反而在性话语的围剿下加快发展、渗透和扩散。手淫就此成为永恒的痼疾。可笑的是，权力体制在生产性话语的同时，恰恰启示和扩散了手淫。同理，其他性反常形式也受到权力的生产。人们的原本目的或许是想抑制反常的、夫妻之外的性活动，以便将性纳入正常生育轨道，让性保持劳动力的再生产，维持社会的现有关系和体制。那么，现代社会是怎样抑制反常性活动呢？首先，权力要明确界定那些模糊的、无人问津的反常性活动形式，对它们进行描述、分类、命名，为其设定一个范围，一个看得见的、能分析的存在形式，继而反复搜索各种性实践形式。

所有这些努力，偏偏未能抹去反常的性实践，也未能根除或抑制它们。权力和权力机构的所作所为，恰恰确定了它们，肯定了它们的存在，让它们从匿名状态下浮现出来，从沉默状态中暴露出来。权力令其定型，使其植根于社会中。福柯问道：这难道是在消灭性反常？"不，这不是排斥这些异常的性状态，而是将它们具体化、局部性地强化。"这些反常性实践一旦获得可见形式，权力就介入其中。实际上，权力对性的干涉和介入，使它自身被色情化了。权力对性的监督、窥视、干涉、检查、提问、审讯与抚摸，都带有不可自制的兴奋感和色情特征。

在福柯看来，权力和性实践的角逐反复进行，从不间断。它们相互诱惑，而又躲闪回避。就在这种无尽追逐中，权力并没有制服性实践，没有与它隔断或分开。相反，它和性实践，和反常的爱欲形式进行反复的螺旋式渗透游戏。事实上，

> 权力繁殖了独特性态，它并不设置性的边界，它扩展了性的形式，并通过无限的渗透线路追逐它们；权力不排斥性，而是将它作为一个特定的

个人模式植入身体中；它并不试图回避性，而是通过权力和快感相互强化的螺旋形式来诱发性的多样形式；它不设置障碍，而是提供能最大限度地进行渗透的场所，它生产和决定了多姿多彩的性形式。

现代社会就是在直接鼓励性反常。权力也在生产和传播性反常。权力和快感的相互追逐，正是权力的内在机制。它们织成一张网，而这张网络广泛铺开，在权力和个人之间、权力和身体之间、权力和性态之间，有如此之多的触点和结点。它们相互刺激，相互补充，相互影响，并将这种影响在社会中广为传播。福柯的结论是：

> 过去3个世纪的明显特征，不是关心如何掩盖性，也不是普遍地在语言上谨小慎微，而是发明了广泛多样的机制来谈论性，迫使人谈论性，诱导性自己谈论，来倾听、记录、改写和重新分配有关性的言谈。围绕性，一张多变的、由确定性和强制性制作的话语网络织成了。

确切地说，在这三个世纪里，西方社会通过权力和权力机制，一直在有计划地刺激性话语的生产。

性话语的生产，通常以自白方式进行。自白被认为是获取各种真理的途径，它也是获取性真理的途径。自白也为一种内在权力结构驱使，它确立自己的规则，扩大自己的范围，形成自己的档案。重要的是，关于性的自白程序与科学言说相互渗透，相互融合，相互影响。譬如在临床医学中有关性的询问和自白、将性自白纳入因果说中、用性自白来解释某些现象、将自白作用医学化等。所有这些，都使性自白成为性科学的前提，使它向一门性科学转化。

在自白技术与科学言说的相交处，一些重要结合机制出现了，这正是18世纪以来资产阶级社会的权力机制生产性话语的原因：它自己谈性，强迫每一个社会成员谈性，它让性话语繁殖，让性纳入有纪律的知识领域。由于性被视作人的大秘密，人的普遍问题，也是自我和主体的深渊，性的知识体系和科学体系就变得至关重要。很显然，在这个社会中，性、性话语，最终是性知识，都受到权力机制的驱使、生产和激发。这一权力机制不是否定性的，而是

> 一个由话语、特定知识、性感和权力组织起来的复杂网络的起动操作。它不是将粗俗的性推至模糊和无法抵抗的区域。相反，它将性传播到身体和事物的表面，唤取它，刻画它，让它开口，将它植根于现实中，并让它诉说真理：这完全是一个熠熠发光的性阵列，它在快感和知识的互动中，在固执的权力中，在庞杂的话语中闪烁不已。

将权力机制视作是积极和生产性的，而非否定性的，这是性话语和性知识得以滋生和建立的理论前提。这样一来，福柯就完全颠倒了"压抑说"。性被权力生产出来，性的话语和性的知识也被权力生产出来。这导致了什么结果呢？福柯在此提

出了他的生物权力（bio-power）概念。

生物权力

由于权力是积极和生产性的，无论对于性，还是对于生命（性和生命显然密切相关），权力就不再是杀戮式的，不再是君王那种肆无忌惮的消灭式的。相反，权力在保持、激发、促进性、生命和社会的发展。生物权力，对于福柯而言，就是这种提高生命、管理生命、繁殖生命、控制和调节生命的积极权力。它在生命、人类、种族和人口的层次上发挥作用。围绕着生命，生物权力和君王的屠杀权力针锋相对，这也是肯定权力和否定权力的针锋相对。

生物权力在17世纪通过两种形式发展起来。一种是以人体为中心，它对人体进行训练，使人体能力提高，同时也使人体驯服。这一点，我们在监狱部分已看到福柯完整的描述。如此权力也是规训权力，它是生物权力形式的一种。福柯称之为人体的解剖-政治学，它运用的程序是训练，人体最终被纳入经济系统并得以检验。

另一种生物权力形式是以人口-生命为中心的。它形成于18世纪，关注生命，关注相关的生育、出生率和死亡率、健康，以及人口的寿命和质量。福柯称这种生物权力为人口的生物-政治学。这种权力以生命为对象，对人口进行积极的调节、干预和管理。福柯说：

> 对身体的规训、对人口的调节，这构成了两极。控制生命的权力就围绕它们而展开。古典时期建立起来的这一伟大的双重技术——解剖学和生物学的，个体化和具体化的，它着眼于身体性能，关注生命过程——使得权力的最高功能可能不再是屠杀，而是对生命完完全全地投资。

在福柯心中，这开创了生物权力的新纪元。一方面，对人体的规训机器纷纷建立，它们旨在生产和训练出有利于资本主义发展的劳动力，其规训机器是工厂、学校、军营、社团。另一方面，在政治实践和经济观察领域，对人口的控制技术成熟起来，促进了对人口和资源的关系研究，这导致人口学、生命哲学的出现。福柯认为，对身体的规训和对人口的控制，这两种权力并不互相排斥。前者针对肉体的人，后者针对活着的、有生命的人。准确地说，规训权力"试图支配人的群体，以使人群可以而且应当分解为个体，成为被监视、被训练、被利用，并有可能被惩罚的个体"。而针对生命的权力"也针对人的群体，不是使他们归结为肉体，而是使人群组成整体的大众。这个大众受到生命特有的整体过程，如出生、死亡、生育、疾病等等的影响"。

上述生物权力的发展，围绕着生命和身体而建立起来的知识，都有利于促进资本主义经济发展。而且，它们也与对人体和生命的管理、控制和分配密不可分。在此含义上，人的生命进入历史，也进入知识和权力的领域，进入政治技术之中：

西方人逐渐懂得，一个生物世界中的生物种类意味着什么。拥有身体、存在状况、生命的可能性、个人和集体健康、可被修正的力量，以及用一种理想方式对这些力量进行再分配的空间，这些又意味着什么。无疑，这是历史上的头一次，生物的存在，根据政治存在而得以反思。

生命受到权力知识的积极干预，受到政治的干预，这是又一个"历史上的头一次"。福柯称它是一种"生物政治"。它意味着，大量新增的政治技术开始包围身体、健康、饮食和居住方式，以及整个人类存在空间。生命成为权力的支点。

　　性的重要性就此显露出来，这或许是"知识意志"的根本出发点。性处于身体和人口的结合部，它横跨生物权力的两条线索：它既属于身体领域，也属于生命领域；既属于对身体进行规训的权力对象，也属于对人口进行控制的权力对象；既是通向身体生命的途径，也是通向生物生命的途径；既是规训的标尺，也是调节的基础；既成为个体的标志，也成为政治、经济和意识形态干预的主题。围绕着性，权力战术将身体规训和人口调节结合起来，而它的中心目的，是对于生命的调控和管理。

　　对于生命而言，生物-权力是肯定性的，它旨在消除疾病，建立医学知识和公共卫生机构。总之，它要对生命负责。它管理和干预的领域、它要建立的知识领域是："出生率、发病率、各种生理上的无能和环境后果。正是关于这一切，生物政治学抽取其知识，并确立干预和权力的领域。"如果说，生物-权力的纪元开始于19世纪，社会从此进入所谓的"现代生物阶段"，那么，我们可以在同等意义上说，这也是一个"性"的社会。在现代社会中，性成为权力的靶心。福柯将"性"的社会和"血"的社会作了对比。前者是规训社会，是训练身体和控制人口的社会，是以生命作为权力和知识的干预对象的社会，是"性"被权力生产、性话语被权力刺激的社会。而"血"的社会是君主社会，是暴力血腥社会。在此，血具有多重象征意义：死亡、战争、屠杀、酷刑。"权力通过血在讲话"，它是血淋淋的恐怖和镇压。"血"的社会对疯癫实施禁闭，对罪犯处以极刑。"显然，如果说有什么东西属于法律、死亡、越轨、象征、独裁，那就是血。而性则属于规范、知识、生命、意义、纪律和调控。"

　　福柯大胆断言，古典时期发明的新权力手段，令我们的社会从血的象征进入性的分析。社会的变化以权力变化为先决条件。以血为中心对象的权力是消灭和镇压，以性为对象的权力是繁殖和传播。血的社会是否定，性的社会是生产。血和性，这两个意象分别象征两个时期，即古典和现代。它们同样象征两种权力，即压抑权力和生产权力；两种社会，即君主社会和规训社会。

　　生物-权力既包括针对身体的规训权力，也包括针对人口的调节权力。这一观念进而成为福柯社会理论的关键。生物-权力一旦成为社会的主要管理、控制形式，意识形态的效用就丧失了。我们在此看到福柯和马克思主义的显著区别。对马克思主义而言，意识形态是争斗场所，社会是由统治阶级和被统治阶级组成的二元结构所确定的。统治阶级控制财富和工具，被统治阶级被迫向统治阶级出卖劳动力以维持生存。这样一种阶级结构和社会结构的确立，以及它的持续再生产，必须依赖于意识形态。因此，围绕意识形态，阶级之间便会发生冲突。而要变革社会形态和阶级关系，也只能在意识形态领域展开争斗。马克思主义认为，推翻统治阶级的前提，就是在意识形态领域取得成功。无疑，马克思主义将意识形态同社会变革密切联系起来。

福柯并不着重意识形态。意识形态理论的一个隐含前提，就是承认主体性，就是承认具有"我思"品质的主体，就是将主体和意识等同起来。意识形态本质上是主体（无论是个体的还是集体的）的思想体系，是主体看待和体验世界的思想方式，无论这种体验方式是扭曲的还是逼真的，是变形的还是真实的。我们已反复表明，福柯的权力不属于哪一种主体。他的权力没有主体，它是非人格化的，是某种机制，是关系中的微观力学。

福柯放弃了主体，取而代之的是身体。如果说主体和意识形态（如阿尔都塞所设想的那样）是不可分离的一对，那么在福柯这里，权力和身体同样是紧密的一对。如果说马克思主义将主体意识形态作为变革社会的关键，那么在福柯这里，关键则是权力/身体。在福柯这里，被淡化的不仅是马克思的阶级斗争、卢卡奇的阶级意识，还有葛兰西的文化霸权、阿尔都塞的意识形态国家机器。在他这里，所有通过意识形态而引发革命和抵抗的理论都不复存在。

福柯相信，权力实践比意识形态信仰更基本。这一切变化的前提是：福柯在政治理论中砍掉了国王的头颅，将权力与国王分离，与法律分离，与国家机器分离。权力的形式，它涉及的范围，都已远远超过了国家机器。"诸权力关系和人们对这些关系所作的分析，必须超越国家范畴。"福柯相信：

> 国家是上层建筑，它只能在那些先存权力关系基础上运转，它受到那些权力关系的制约。它自身并无支撑点，只有扎根于一系列多样、复杂的基础性的权力关系中，它才能维持自身。

福柯的权力不再等同于国家机器，它成为一种微分的多样化技术。它在日常生活层面，在每个毛细血管，无休无止地实践着和渗透着。如果说国王权力是自上而下，将自己和下层民众分离，并通过这种权力对下层民众进行控制和镇压的话，那么福柯的权力是自下而上的。他不认为统治者和被统治者、国王和臣民的对立是权力的母体形式，是社会的根本权力形式。相反他声称，众多而大量的权力关系和权力形式，存在于日常生活的横断面，存在于各种生产机构、家庭、团体和制度中，存在于多种多样的差异中，存在于任何差异性的两点中。它们组成了一个权力网。

"无论是统治阶层,国家机器的控制者,还是最重要的经济决定者,都不能控制社会运转的整个权力网。"权力在日常生活的层面运作,在任一差异性关系中运作,这就使统治者和被统治者之间的对立关系和权力关系失去了特权。它不再是社会中的巨型权力形式了,也不是社会中最重要的元叙事了。同样,社会的点点滴滴,它的细节,它的体制、关系、生产模式,它的变换、演进、革命、易主,等等,也不再围绕这种对立形式和权力形式而展开了。它们不再将它作为中心,作为基础,作为出发点和动力了。相反,"在生产机制、家庭、局部群体、机构中形成并发生作用的力的关系,才是整个社会发生广泛差异的基础"。

结 语

在福柯看来,权力是多样的、横向的、无中心的,也是细微的。国家和民众、君主和臣民、统治和被统治、法律和违法,所有这些传统对立关系,都被福柯纷繁细腻的权力形态瓦解干净。或者说,在福柯的微分权力视野中,社会已不再是截然分明的上下两层,其间也不仅是上下两层的否定权力。如今的西方社会形态,看上去更像是一种毛细血管的微分形态。为此,我们应将目光锁定在细微局部上,在细节上搜索、逡巡、反复徘徊。而西方左派的抵抗策略,据说也因此而转向了局部知识和游击战术。

无论正确与否,福柯的权力说多少会给我们一些生动启示,并激发新一轮的批判思考和理论创新。

参考书目

1. Michel Foucault, *The History of Sexuality*, Vol. I, Pantheon, 1978.
2. ——, *Language, Counter-Memory, Practice*, Cornell UP, 1977.
3. ——, *The Order of Things*, Tavistock, 1970.
4. ——, *Power/Knowledge*, Pantheon, 1980.
5. 福柯:《疯癫与文明》,刘北城等译,三联书店,1992。
6. 福柯:《规训与惩罚》,刘北城等译,三联书店,1999。
7. 汪民安等编:《福柯的面孔》,文化艺术出版社,2001。

全球化 王逢振

略 说

"全球化"（Globalization）是近年来出现的一个社会现象，一般认为，随着社会和科技的发展，世界各国之间的交流日益增多，互相融合，互相依存，正在走向一体化或所谓的"地球村"。但全球化的实质，却是推行全球资本主义。它涉及到政治、经济、文化（包括文学）等诸多方面，影响到社会结构、日常生活和各种意识形态，关系到社会发展和人类进步以及每个人的利益。对全球化的认识和研究，因而是整个知识界的一项重要任务。

综 述

近些年来，不论在媒体上还是在日常生活里，不论在政界还是在学界，全球化一直是出现频率很高的一个术语。但是，究竟什么是全球化呢？不仅没有一个确切的定义，而且不同人会作出不同的解释。大致说，目前对全球化有四种观点。

第一种观点认为根本不存在什么全球化，因为世界上仍然存在着民族-国家和不同的民族境遇。

第二种认为，全球化并不是什么新的东西，自古以来就有，只要看看埃里克·沃尔夫的《欧洲和没有历史的人》（*Europe and the People Without History*）就不难明白；在那本书里，新石器时期的贸易路线贯穿全球（当时的全球范围），波利尼西亚的制品保留在非洲，亚洲的陶片散布在世界各地。

第三种承认全球化和那种世界市场的关系，并认为世界市场是资本主义的最终视野，虽然当前世界本质上仍然是一个贸易网，但规模和程度已大大不同。

第四种假定资本主义发展到一个新阶段，也就是跨国资本主义阶段，而全球化是这个阶段的一种本质特征，常常与人们所说的后现代性相联系。

第三种和第四种观点有交叉之处，也是当前比较流行的观点。笔者更倾向于第四种看法，因此将由此出发来解释全球化。

全球化是资本主义新阶段

为什么说全球化是资本主义的一个新阶段呢？我想，仍然应该从生产力和生产关系来考虑。

自从20世纪50年代以后，随着信息革命的发展，西方资本主义社会出现了一个新的现象。其主要特征是：出现了国际化的劳动分工，国际信贷经济得到发展，资本调控进入跨国公司结构，生产系统和劳动过程日趋灵活，非中心化经济逐渐形成，标准化的市场和消费模式的指数不断增长，综合保障的信贷制度日益扩展，新价值符号体系开始创立并实际运用。

在这个新的阶段，现代时期那种集中于大城市大工厂的生产方式，转移到了周边国家或半周边国家（例如从美国转移到了墨西哥和南美诸国），出现了区域化和一体化的经济；而在资本主义中心的美国，则出现了一种完全不同的生产方式，一种近似于生产之生产的生产，一种更高层次的生产，也就是一些美国人所说的"元生产"（metaproduction）。这种生产方式的市场不再以具体商品为主，而是以形象和景象的特殊安排及其储存和服务方式为主。

"元生产"基本上是分散的，其主要场所是公司和新型实验室。美国学者肯尼思·苏林认为，当前资本主义发展的这个阶段及其越来越广泛的元生产系统，已经创造出一种新的社会秩序，在这种社会秩序里，一切生产和再生产的条件都已经直接被资本吸收。由于取消了社会和资本之间的界限，资本自身变成了社会性。苏林指出，为了进一步攫取新形式的剩余价值，资本必须扩展它控制整个生产社会合作领域的逻辑，将整个社会都包括进去。只有采取这种方式，资本才能进入社会权力的流动，而这种权力本身就是资本的权力。资本的控制现在普遍存在，到处扩散，不再像19世纪那样，集中封闭在一个地区。

在这种新的世界体制里，资本是一个庞大的机器，它不断地破坏机制，同时又不断地重建机制。这种大机器的权力超越国家权力，但它并不凭借这种优势消灭国家。相反，国家发生了又一次变化——将它置于与资本的互惠关系之中。资本是一种"世界范围的组织"，尽管它具有巨大的决定作用并有多中心的特点，但并不会完全取代国家。实际上，资本（资本主义）利用国家避免它可能遇到的限制，而国家（政府）则代表资本（资本主义）来组织社会力量（实施权力），打破可能危及资本的种种限制。国家和资本（资本主义）共谋，实现资本不断扩张的逻辑。

资本主义作为跨国的数字运算系统，可以保证各种不同资本结构的同质性。资本自身的逻辑是保证它再生产的条件。在跨国资本主义时期，资本处于各种构成的交叉点上（包括商业的构成、艺术的构成、宗教的构成，等等），因此具有补充的能力，可以将生产中的非资本成分或方式统一起来或重新组合起来。例如在一些发展中国家，各种生产方式同时存在，从带有部落性质的原始生产到不亚于发达资本主义国家的计算机技术，似乎每一种方式的生产，包括封建式的生产，都可以通过资本来调整，都可以置于资本的支配之下。

在这样一个"同质性"的世界上，几乎一切都可以为资本生产剩余价值。换句话说，在资本已经变得无处不在的社会环境里，作为资本的必要条件的生产劳动也在每一个社会成分里确定了位置。但是，为了使资本能够继续不断地再生产，整个社会同样也必须加以组织。结尾，由于这种双重性的发展，剥削者和被剥削者之间绝对的空间区分便会逐渐消失：剥削者无处不在，被剥削者也无处不在。例如，跨国公司可以剥削亚洲人，也可以剥削美国人，可以是美国人的公司，也可以是中国人、日本人、新加坡人的公司。

一般说，在现代时期，必须先有某种社会权力组织，生产才能进行。但是在资本的元生产方式里，资本已经超越了只需集中于剥削力量的阶段。就目前情况而言，资本正在重构积累的特殊空间，但由于文化是资本组织并传播生产欲望的所在，所以资本必然渗透并充斥着文化生产的空间。这就是说，随着跨国资本的发展，文化也将进入跨国化的过程，形成所谓的全球文化；也可以说跨国资本主义将使各种文化更加接近，通过传媒互相交流、渗透乃至融合，改变各种文化原有的特点。

这些发展表明了一种历史和文化的转变，一种时代的断裂，或者说一种后现代的特征。对于这些变化和转变，现在必须以一种新的方式来理解，因为跨国资本主义的发展已经将文化的同一性置于一种新的语境之中。跨国资本主义发展最明显的标志就是跨国公司的兴起。跨国公司不再为一个国家服务，而是有它自己的联盟，为它自己的公司服务，为全球资本主义服务，一切都以它的资本增值和再生产为转移。换言之，随着跨国资本主义的发展，一种难以察觉的资本的内在逻辑及其作用将成为社会的支配力量。

在这种情况下，文化和社会也伴随着跨国资本的扩展进行世界范围的重构。跨国公司的经营者们（包括发展中国家的某些人）会互相勾结，形成跨国资本家阶级，他们"不与任何一个特定的外国认同，也不一定与第一世界或白人世界或西方世界认同。他们认同于全球的资本主义制度……"，（Sklair：117）他们利用资本渗透到最偏远的地区，传播一种影响个人主体构成的消费意识形态，将每个个人都纳入他们的消费世界；他们的目标是逐步打破人们原有的主体性，在世界范围内将人改造成消费的主体。一旦人们变成消费的主体，就会无意识地进入跨国公司的意识形态范畴，接受"全球资本主义制度"的观念和影响，失去原有的文化同一性或文化身份。

另一方面，随着跨国资本主义的发展，公民社会同样也会重构。由于资本和劳动疏离，跨国资本的内在逻辑使政府和公民的构成关系发生了变化。政府主要为跨国资本家阶级服务，跨国资本家阶级为利用政府而支持政府，他们互相勾结，共谋资本的增值和再生产，推行全球资本主义，从而打破了原有的公民社会结构。

由上面的叙述可以看出，全球化的出现源于生产力和生产关系的发展和变化，它从根本上改变着社会结构和人们的生活，因此它是资本主义发展中一个新的阶段。

对全球化的认识

当前人人都在谈全球化,但对全球化的认识却各种各样,甚至有些看法相互对立。一般说,对全球化的讨论,可以从它的影响出发,甚至根据它的影响来对它限定,不论这些影响是好是坏。这种做法并非最好的哲学或概念讨论方式,但它使我们抓住其不同的特点,并使我们在进一步讨论之前对它们分类。按照弗雷德里克·詹明信的看法,这些影响有五种不同的形式:技术的、政治的、文化的、经济的、社会的。

首先,我们可以把全球化看作一种交流概念,它有选择地掩盖和传递经济和文化的含义。今天的世界上,交流的网络系统更密集、更广阔,这一方面是各种交流技术创新和发明的结果,或者说是信息革命的结果,另一方面也是世界各国(至少在大城市里)推进现代化的结果,包括对新技术的运用,而后者可以说是它的基础。但只以狭义的交流来谈全球化的概念显然是片面的。20世纪上半叶,无线电和电影就开始迅速发展,但那种发展根本无法与后来计算机时代的信息革命相比。当时的无线电广播和电影仍然主要是进行"启蒙",传播资产阶级的文明观念,而信息革命则涉及到对工业生产和组织的影响、对商品营销的影响,以及对公共领域的影响。因此全球化的交流概念是一个更广泛的概念。

在讨论全球化当中,最迫切的问题之一是它是否不可避免?是否可以停止?世界的某些部分是否可以排除它或者切断与它的联系?显然,这些问题会对关于全球化本身的判断产生影响。但如果它确实不可避免,那么对它的弊端或不良影响进行道德判断就徒劳无益,至多是围绕如何改善那些不良后果来进行思考,使它们呈现最好的一面——因为无论如何它们无法避免。

当人们坚持新的交流形式的文化内容时,人们便会赞颂后现代的差异和区别,他们会觉得世界各国的文化在一种庞大的多元文化主义中彼此相互宽容。与此相关,一系列的群体、种族、性别、族裔等进入了话语和公共领域,人们有了更广泛的交流空间,一度沉默的边缘群体发出了自己的声音,似乎大众民主在全世界得到发展,而这一切好像都与媒体的发展存在着某种关系。今天,许多人赞扬网络世界带来的便利,甚至认为,由于网络技术,任何官方的意识形态都在失去它的约束力,至少已经部分地丧失,因此真正的自由交流和大众民主将通过网络实现。

但是,如果将注意力转向经济,全球化的概念就发生了变化,它变成了一个模糊而晦涩的概念:同一性而不是差异性变成了它的核心。自治的各国市场和生产区域被纳入到某种单一的范畴,民族国家的边界开始消失,世界各个国家被迫统一到一种新的全球劳动分工。于是全球化呈现出一种前所未有的标准化的现象,一种被迫进入世界制度的现象,而且这种情况似乎不可逆转。例如世界贸易组织和国际货币基金组织,为了经济利益,各个国家竞相加入,一旦加入这些组织,就必须按照它们的规则行事，从而进入一种单一或标准化的范畴。这种情况与欢呼差异和多样性的观点相比，显然是一种不祥的前景。

然而，按照这种前景，民族-国家是否会终结？是否仍然要发挥重要的作用？全球化是否只是多种对国家政府压力中的一种？这里的关键是，当我们谈论全球化不断扩展的权力和影响时，实际上是美国的权力和影响。因此詹明信曾说，现在的全球化，实际上是美国化。此说不无道理。想想我国加入WTO的过程：在与美国达成协议之前，10多年没有实质性进展，而与美国达成协议之后，数月之间便与100多个国家达成协议，完成了加入的进程。在某种意义上，WTO是全球化的工具，而其标准基本上是美国的标准。事实上，不论世界贸易组织还是国际货币基金组织，基本上推行的都是美国的标准，都是全球化的工具。

可以说，全球化的本质是新的帝国主义的扩张。第二次世界大战以后，随着非殖民化进程，殖民帝国主义被取而代之，出现了一种不太明显但同样有害的帝国主义，通常采取经济封锁和威胁手段，包括派遣顾问和暗中颠覆。这种帝国主义是一些欧洲国家和美国。现在出现了第三种帝国主义，采取一种三重的外交政策：其他任何国家不得拥有核武器，推行人权和美国式的选举民主，限制移民和劳动力的自由流动，在全球推广自由市场经济。确切地说，这种帝国主义就是美国和它的卫星国（如英国）的政策，包括扮演世界警察的角色，以及在各所谓的危险地区进行干预，如海湾战争、波黑战争以及最近的伊拉克战争。

在文化方面，民族（或种族-民族）与流行文化或传统文化的形式是一致的，然而随着全球化的发展，这些文化形式似乎正被美国的大众文化模式——电视、演出、服装、音乐、电影，等等——逐步取而代之。对我们许多人而言（特别是在文学和文化领域工作的人），这是界定全球化的真正核心：世界文化的标准化；美国的电视、美国的音乐、好莱坞电影等正在取代世界上其他一切东西。不过，文化问题分别弥散到经济和社会问题之中。事实上，经济不断地面临消失到全球化其他层面或其他方面的危险。今天，经济力量至少部分地是技术的力量，或者与新技术控制相关的力量。同时，尽管政治力量无疑服务于经济利益，但在所谓的发展中国家，经济力量也可以强化或衍生地缘政治的重要性。而文化方面，说到底，后现代性已经具有文化消融于经济和经济消融于文化的特征。因此，商品生产现在是一种文化现象，你购买产品不仅因为它的直接价值和功能，而且因为它的形象。

为了设计商品的形象和推行销售它们的战略，一种整体工业，或一种新经济机制已经形成，这就是广告工业，广告变成了文化和经济之间的基本中介。在广告生产过程中，色情是重要的组成部分，广告宣传的策划者懂得性本能投入的必要性，懂得必须使这种投入伴随着商品并使它们吸引人。连续性也有它的作用，通过连续性，其他人的汽车或住宅形象会激发人们的消费意识，在购买那些东西的决定中发生作用。如果注意一下近些年我国的广告和电视连续剧，我们就不难发现这种文化和经济折回到社会本身的问题。在几乎所有城市生活的电视剧里，装饰豪华的住宅、私人名牌汽车以及颇为时尚的衣着和生活方式，可以说比比皆是，这些都潜移默化地影响着人们的生活观念和消费意识。因此在商品生产和销售的意义上，经济变成了一个文化问题。也许我们还可以推断，在庞大的金融市场上，人们抛出或购入股票的公司的形象也有一个文化方面的作用。

在全球化的进程中，也存在着从文化到经济的转化，而且它同样重要。例如娱乐业就是美国庞大的、最赢利的出口品之一，可以与食品和武器相比。事实上，今天好莱坞典型产品的暴力、时间性和身体直接性的风格，已经影响到世界各国的公众，甚至影响到电影制作者。2002年我国的获奖影片《冲出亚马逊》明显带有好莱坞模式的色彩。当然，经济问题先于这种模糊的作为公众趣味的文化问题。美国竭力摧毁所谓外国文化保护主义的努力，无疑是更普遍的、日益全球性的兼并策略的组成部分。实际上，不论在贸易还是在知识产权和专利方面，美国都极力以有利于美国公司的国际机制来代替地方法律，如北大西洋自由贸易区、关税和贸易总协定、国际销售协定和世界贸易组织等。在这种情况下，文化不仅变成了经济性的，而且这种特殊的经济还支配着政治政策。经济、文化和政治的不同层面之间的汇聚融合形成了全球化的基本特征。

与全球化密切相关的另一个问题是公司和金融问题，以及文化和消费本身的问题。跨国公司——20世纪70年代曾被称为多国公司——是新的全球化的第一个迹象，它间发性地引起对可能出现某种新的双重权力的政治焦虑，或对这些跨国实体可能胜过政府的政治焦虑。这种焦虑被政府与公司商业活动（和两者之间人员交流）的共谋所缓解，但随后引起了另一种焦虑，特别是为自由市场辩护的人，他们总是谴责政府干预和保护民族工商业。与此同时，新的全球合并在结构上更严重的特征是，它们通过把自己的活动转到海外更便宜的劳动力市场，破坏了本国的劳动力市场，美国的劳工阶层之所以反对全球化，就是因为他们认为全球化减少了他们的就业机会。但是，迄今为止，还没有可比的劳动力转移的全球化与这种新发展的资本和公司的流动性相对应。目前已经有24家跨国公司的亚洲总部落户北京，如果考察一下它们的生产和贸易活动，人们会对此有更好的了解。

金融资本主义是这种新的经济全球化的一个特殊情况（也与由新技术打开的同时性相关）。这里不再是劳动力或工业的流动性，而是资本本身和投资的流动性。对外国货币的思考是新的国际形势的一个重要的征象，它标志着一个更重要的发展，就是说，世界上大部分国家都依赖外部的资本投入，或者说，依赖一种新的国际股票市场。当人们说全球化不可逆转时，一般指的是第一世界以外的民族-国家绝对依赖外国资本，包括借贷、援助和投资。长期以来，大部分国家在农业方面都不能自足，这在很大程度上是美国的经济战略造成的，但也可以认为是世界范围的劳动分工，可以看作是生产力的提高而不是降低。然而，对新的全球金融市场的依赖似乎不能再以这些方式来解释。前几年金融危机的影响表明，新世界经济秩序具有破坏性的一面，资本的瞬间转移可以汲干国民劳动力多年生产积累的价值，使全球的某些部分整个贫困化。

概略地说，在金融资本的全球化过程中，资本不一定必须与劳动结合，或者说不再在生产的核心体现劳动；社会资本好像独立地自行再生产，其过程仿佛成了社会制度本身的产物。例如投资股票，钱可以生钱，但中间并没有生产劳动。既然劳动和资本可以分开，市民社会和国家统治的二元论也可能会不复存在。因此作为劳动者的公民便失去了原来的同一性，所谓的"市民社会"也便走向终结，或者说进入了"后市民社会"阶段。从长远看，市民社会的终结也许并不是倒退，但就今天的国际实际而言，人们很可能想到这是美国等发达国家的一种偏见。毕竟，跨国公司向发展中国家投资的同时也带来文化和政治威胁。

结　语

总起来看，全球化的趋势似乎不可逆转。当前，全球化进程几乎使每一个国家都进入了它的轨道。全球化以前只是作为交流的概念，但现在已经被作为全球资本主义的逻辑和战略，在它具有决定性的影响下，民族-国家的生产和市场正在被纳入单一的范畴。全球资本主义的欲望对传统的人类交往和再现形式构成了挑战和破坏，跨国资本以其统治的意识形态和技术似乎正在全世界消除差异，把一致性和标准化强加给人们的意识、情感、想象、动机、欲望和兴趣。为了获得多国的资本投入，为了追求被好莱坞电影和媒体广告浪漫化了的美国生活方式、时尚和价值，不发达国家和前现代国家正在为文化资本主义牺牲它们的自然环境、资源、传统和文化遗产。面对这种形势，经济全球化是导致文化霸权还是多样化？是否可以将经济生产和文化生产分开？

在全球化的今天，如果经济和文化是构成社会物质生产的两个方面，那么当地域经济进行重构之际，地域文化如何能保持不变？如果全球化意味着标准化或美国化，那么如何解释后福特主义的生产对民族、文化、族裔、性别等差异的影响以及每一种差异如何为资本的扩张提供机会？

考虑到后现代的经济追求满足种族和文化的需求及爱好，这是否意味着晚期资本主义会把它的文化逻辑限制在已经现代化的西方？如果后现代主义是晚期资本主义的文化逻辑，而资本主义正渗透到世界的每一个角落，那么为什么后现代文化面临着各种本土的或民族的抵抗？人们应该如何评价这种抵抗？文化融合是现在常用的术语，那么融合是西方的还是本土的战略形式？

所有这些都是伴随全球化出现的问题，而且涉及到经济和文化的各个方面，包括文学和文学批评，因此对全球化的认识和研究，当前每一个人都应该关注。

参考书目

1. Fredric Jameson, et al., eds., *The Culture of Globalization*, Duke UP, 1999.
2. —, "Public Talk at University of Calgary 2000," (manuscript), in *Social Text*, 45 (1995).
3. Henry Schwarz, et al., eds., *Reading the Shape of the World*, Westview Press, 1996.
4. John C. Rowe, ed., *Post-Nationalist American Studies*, U of California P, 2000.
5. John Tomlinson, *Globalization and Culture*, Polity Press, 1999.
6. Leslie Sklair, *Sociology of the Global System*, The Johns Hopkins UP, 1991.
7. Michael Hardt, et al., *Empire*, Harvard UP, 2000.
8. Paul Smith, *Millennial Dreams*, Verso, 1997.
9. Samir Amin, *Spectres of Capitalism*, Monthly Review Press, 1998.

身份认同 陶家俊

略　说

"身份认同"（Identity）是西方文化研究的一个重要概念，它受到新左派、女权主义、后殖民的特别青睐。其基本含义，是指个人与特定社会文化的认同。这个词总爱追问：我（现代人）是谁？从何而来、到何处去？身份认同植根于西方现代性的内在矛盾，它具有三种倾向：一、传统的固定认同，它来自西方哲学主体论；二、受相对主义影响，出现一种时髦的后现代认同，它反对单一僵硬，提倡变动多样；三、另有一种折中认同，它秉承现代性批判理念，倡导一种相对本质主义。

身份认同可大致分为四类。一、个体身份认同：在个体与特定文化的认同过程中，文化机构的权力运作促使个体积极或消极地参与文化实践活动，以实现其身份认同。二、集体身份认同：文化主体在两个不同文化群体或亚群体之间进行抉择。受不同文化影响，文化主体须将一种文化视为集体文化自我，将另一种文化视为他者。三、自我身份认同：强调自我的心理和身体体验，以自我为核心，这是启蒙哲学、现象学和存在主义哲学关注的对象。四、社会身份认同：强调人的社会属性，是社会学、文化人类学等研究的对象。

在更广泛的含义上，身份认同主要指某一文化主体在强势与弱势文化之间进行的集体身份选择，由此产生了强烈的思想震荡和巨大的精神磨难。其显著特征可以概括为一种焦虑与希冀、痛苦与欣悦并存的主体体验。我们称此独特的身份认同状态为"混合身份认同"（hybrid identity）。这种身份认同，也是后殖民、后现代文化批评关注的主要焦点。

综　述

身份认同的思想渊源及发展

身份认同的思想根源何在？它究竟是文化研究产物？还是现代性话语派生？考其来历，可见出两派观点。一派认为，身份认同是新近兴起的文化研究主题。英国学者巴克说：政治斗争、哲学和语言学研究促使身份认同成为20世纪90年代文化研究的中心课题。（Barker：165）另一位专家弗里德曼表示：身份认同是欧美文化政治的风向标，"70年代中期起，在美国还要更早，在普遍进步与发展基础上的现代政治层面,政治文化开始了全面转向……转向与性别、本土或种族身份相关的文化身份认同政治"。(Friedman, 1994: 234)伊格尔顿进一步表示:"后现代文化是典型的身份认同政治,膜拜去中心主体。"(Eagleton: 76)

另一派认为,早在启蒙哲学温床上,身份认同便已暗结珠胎。理由是:启蒙哲学同时赐予现代人以理性甘露与批判利剑,向现代主体提供了强大反思能力。所以说,启蒙即反思,对以人为中心的世界的反思,对自我的反思,对人的社会存在的反思。据此,拉腊因教授在《意识形态与身份认同》中,围绕哲学主体论的演变,考察意识形态与身份认同的关系。霍尔教授也从启蒙哲学后的现代知识话语入手,探讨现代和后现代主体身份认同的五大范式,它们分别是:马克思主义、弗洛伊德心理分析、女权主义、解构主义语言中心观、福柯的权力/话语分析。从启蒙哲学、马克思主义,到当代少数话语,身份认同伴随主体论的流变,历经了三次大的裂变,形成如下三种模式:

以主体为中心的启蒙身份认同

启蒙身份认同来自笛卡尔主体论。笛卡尔的《论方法》(1637)继承柏拉图的理念观与奥古斯丁的心灵直觉论,将自我阐释成纯思的自我。自我的本质就是卓立于世象之外的思想,是一切存在的基石。我思,故我在。它强调意识自为自在,肯定意识的怀疑反思能力。人的自我身份,在此等于纯思的意识。笛卡尔式主体的身份认同不仅强调思与自我的一致和自足,他还坚信思想的我就是自我身份认同的内在核心。

康德拓展了笛卡尔的主体论。他在《什么是启蒙?》(1784)中认为,理性主体的本质就是"敢知",自我启蒙过程就是克服存在的依附状态,逐渐走向成熟。黑格尔在《精神现象学》(1807)中开列了启蒙主体的路线图,即从意识、自我意识、理性、精神,直到绝对精神。他认为,自我意识发展依赖另一自我意识,两者结为一种主/奴关系。(黑格尔:127)黑格尔这一论点堪称"自我/他者"关系的哲学起源。他还认为,在绝对精神状态,意识战胜了异化危险,与世界合一。所以,自我与世界的关系就是一为二、二为一的关系。(麦克里兰:566—588)处于绝对精神状态的自我可达格物致知之境,既不受欲望、激情的羁绊,又能洞彻世界的万千幻象。

虽说理性是启蒙身份认同的核心,黑格尔却反复讨论"理性狡诈"的问题。在他看来,理性作用下的自我要么与世界合一,要么形成与世界异化的死局。据此,理性只能是过程中的理性。它出尔反尔,后果难料。这一突出矛盾,在黑格尔之后的理性遭遇中不断恶化。一如《红楼梦》里那块女娲补天留下的顽石,理性被携往温柔富贵之乡,几经红尘劫数,不但受到霍克海默、阿多诺等人的尖锐批驳,还被哈贝马斯施以"交往理性"的大幅修正。

概括地说，启蒙主体论自成一派，认为人是理性统一体，能实现自我精神世界的整合。启蒙身份认同从启蒙时代的历史语境中剥离出来，泛指一种身份认同模式，它"建立在对人的这样一种理解基础之上，即人是完全以自己为中心的统一个体，具有理性、意识和行动能力"。(Hall，1991：275)

以社会为中心的社会身份认同

19世纪以来，受欧洲社会学与社会心理学影响，出现了一种新的社会身份认同观。它的基本看法是将自我与社会一分为二，转而强调社会作用，尤其是社会对于个人存在和意识的决定性。身份认同从此开始关注不同的社会塑造力量，以及复杂社会经验的影响。

马克思颠覆了黑格尔自我与世界的理性图式，他指出，生产关系才是阶级身份的决定因素，社会存在决定了社会意识。韦伯认为，现代工具理性的泛滥，使人被囚禁在官僚科层与物化关系的"铁笼"中。弗洛伊德进一步瓦解启蒙主体，在他看来，人只是在超我与自我的心理层面实现他与社会现实的认同。自我不再是认同中心，而是一个承受矛盾冲突的心理界面。在那里，社会约束力与本我的里比多相持不下，争斗不止。

此后西方的后殖民、新历史主义、女权主义等，纷纷强调经济、社会、文化、权力与历史等的决定作用。譬如拉康强调，镜像阶段之后，儿童被迫认同于文化象征秩序中那个超验权威，即父亲或男根符号。福柯最终确认，现代权力技术已达到控制人的身体、调节人口的发达水平，与古老权力机制不同，现代权力技术是一种针对生命的全面控制、保存与延续，而不是通过对死亡的控制来展示权力主宰的生杀予夺能力。当下西方社会的休闲活动、男女情爱、健身选美，以及整个教育制度都显示：现代人的生命欲望，从头至尾受到权力网络支配。

比较一下：启蒙认同肯定人的内在价值判断与自律精神；社会身份认同则强调社会的各种决定作用。前者突出自我完整统一性；后者承认身份认同过程中自我与他者、个体与社会的相互作用。恰如一枚硬币的正反两面，自我和社会构成了身份认同对应的两极。

后现代去中心身份认同

如前所论，后现代身份认同的特征乃是去中心（decentering）。用霍尔的话说："主体在不同时间获得不同身份，统一自我不再是中心。我们包含相互矛盾的身份认同，力量又指向四面八方，因此身份认同总是一个不断变动的过程。"（Hall，1991：277）影响后现代认同的主要因素有三：相对主义、语言学转向和身份认同政治。

以尼采为转折，西方思想由本质主义转向相对主义。如今，相对主义成了一种硬通货，渗透整个后现代、后结构话语系统。借助相对主义势力，后现代身份认同势如破竹，凸显为后现代主体危机。对此，拉腊因综述道：

> 阿尔都塞认为主体的生产和存在依靠意识形态，福柯认为主体是权力关系产物，利奥塔认为主体是交往系统的"结点"。这些思想要么怀疑潜在统一体的存在，要么怀疑某种能产生知识和实践的物质。（Larrain：149）

总之，后现代主体不再拥有恒定不变的身份认同感，它已裂解为残破不全的一堆思想碎片。

裂解过程中，德里达贡献突出。依靠延异、互文等革命性观念，他彻底打破了结构主义语言学的能指与所指、语言与世界的对应整体观。德里达笔锋所向，西方逻各斯中心支离破碎，语言沦为能指符号的肆意嬉戏，世界也成了文本化世界。福柯和拉康变本加厉，要解构历史和主体。而走得最远的要数德鲁兹和瓜塔里。我们知道，欲望向来被视为需要与需求之间无法填补的空缺（lack），德鲁兹之流声称：欲望就是生产，人本是一台欲望机器。因此浮士德式的欲望主宰了人性，理性主体也随之堕落为一种"游牧"主体。

上世纪60年代以来，女权主义、后殖民、少数话语等起伏跌宕，身份认同政治巍然成为一场全球景观：第三世界民族主义热烈呼应第一世界少数群体的文化政治，而种族、民族、性别、阶级观念等等，又与种种边缘存在交叉辉映。最令人瞩目的是，学者们大批走出书斋，将理论批判与文化研究、文化政治实践熔为一炉。

后殖民身份认同

当代西方文化研究好比一棵树，上长奇花，结异果。威廉斯、葛兰西、福柯和阿尔都塞等，犹如树的根茎，后殖民、女权等则是树上色味各异的果实。因此，文化研究各派受新左派颠覆思想滋养，承身份认同政治洗礼，根子上就是左的。我们不禁会问，身份认同政治到底是怎么一回事？身份认同各派理论内在的演变如何？现以点带面，略解后殖民身份认同。

后殖民身份认同政治历经种族、民族和族裔散居身份认同三个阶段，概述如下：

种族身份认同

社会进化论强调种族的生物特征，此说上溯中世纪晚期。那时，世界被看成"伟大的存在之链"，它呈等级状：一极文明，另一极野蛮。18世纪启蒙历史观认为，文明史就是人类从野蛮迈向理性的历史，白种人领先于其他种族，欧洲文明即为文明之巅。康德在《自然地理》（1802）中强调地理环境对种族的影响，他说："人类最完美的典范是白种人。黄种人、印第安人智商较低。黑人智商更低。部分美洲部落位于最底层。"（Krell：109）黑格尔将人类分为高加索人、埃塞俄比亚人和蒙古人："黑人头骨比蒙古人和高加索人要窄，额头呈拱型，有隆肉，下颌悬

生,皮肤呈不同程度的黑色,头发黑而卷曲。"(Krell:124)

相应而生的欧洲文化主义则强调种族文化内涵,譬如文化标准、价值、信仰与社会实践等。这种观念认为,种族群体的形成依赖共通的文化符号,历史、语言与文化是构成民族特色的三角支架。霍尔教授说:"种族这个术语承认:所有话语都依其地点、位置与情景而定,所有知识都有其特定语境。同时它也承认了历史、语言和文化在主体建构和身份认同中的作用。"(Hall,1996:446)

上述社会进化论与文化主义,看来都是种族主义的权力话语实践。殖民主义者将人的生物性与身体特征臆断为永恒不变的种族"纹身",这就难免歪曲或抹杀了其他种族的历史文化。他们自诩为文明进步的代表、落后民族"合理合法"的监护人。依此逻辑,他们就有了驯服邪恶、拯救堕落的历史使命。

民族身份认同

讨论后殖民认同就要涉及民族国家概念,这是因为,民族认同主要来自一种文化心理认同。作为政治共同体,民族国家一方面依靠国家机器维护其政治统一,另一方面,作为想象共同体,它又须依赖本民族的文化传承,确保其文化统一。这包括每一个民族独有的民间故事、神话传说、文学叙事、文化象征、宗教仪式,等等。

在《想象的共同体》中,安德森教授立足比较史、历史社会学和人类学的交叉视角,将民族想象共同体首次置于现代性的历史框架中。他指出,18世纪末以来,资本主义、印刷技术、人类吾言变化共同推动了四波民族主义运动:即美洲殖民地独立运动、欧洲语言民族主义、欧洲官方民族主义、亚非殖民地民族主义。在安德森看来,民族主义在美洲欧裔海外移民中萌芽自有其复杂原因。这些浪迹天涯的移民共同生活在特定的殖民空间,体验母国的歧视,因而形成一种共同的生活体验与文化心理。亚非殖民地民族主义却是对前三波民族主义的模仿,其核心力量,是受宗主国殖民教育的本土知识分子。相同的宗主国语言教育,相似的思想启蒙苦旅,使他们成为民族主义新一轮的播种者。

英国社会学家吉登斯在《民族国家与暴力》中说"民族主义本质上是18世纪晚期之后产生的现象",(吉登斯:144)而殖民地精英阶层是后殖民民族认同的主导力量,它"为政治共同体的统一提供了心理聚焦点"。(吉登斯:322)但是,民族国家并非单一的想象共同体,它还是一个政治共同体。另外,民族国家的古典形式不是美洲殖民地民族国家,而是欧洲民族国家。欧洲民族国家既为后起的民族国家提供了仿效样板,也促使被殖民民族"通过反抗欧洲统治,成为民族国家"。(吉登斯:318)

在《地球上的苦难者》中,黑人思想家法侬将后殖民暴力上升到哲学高度。他指出,殖民主义本质就是暴力;唯有后殖民暴力才能颠覆殖民统治。在他看来,城市中各阶层黑人多少都要依赖资本主义体制，因此缺乏彻底革命精神；民族资产阶级精神萎靡，民族主义政党脱离群众。因此，要实现黑非洲独立，必须依靠农民阶级。这里，法侬的阶级分析几乎与毛泽东相似。

族裔散居混合身份认同

后殖民状态下的族裔散居特指以种族为纽带、生活在宗主国和第一世界的少数群体，例如美国的黑人和华裔群体等。对此，杜波依斯在《黑人的灵魂》中提出了双重意识概念，他认为：美国黑人面临黑人与美国人的身份冲突，他们既将美国身份意识内化，又透过它来辨认自己的黑人身份，捕捉非洲文化的旧影残迹。"一个人觉察到自己的两面性：他既是美国人，又是非洲人。同一黑人身体中存在两个灵魂，两种思想，两股相互冲突的力量，两种矛盾的理想。"（Gilroy，1993：126）

在《黑色大西洋：现代性和双重意识》（1997）中，吉尔罗伊否认存在一种普遍的黑人身份认同。他提出，要仔细分析每一个黑人族裔散居群，以及它同其他散居群之间的异同，从中发掘黑人身份认同所隐含的多重历史。他在另一篇论文中指出，族裔散居是一种混合身份认同，它的本质特征是一种"异体合成、混合、以及在漫长岁月中逐渐形成的不纯文化形式"。（Gilroy，1997：335）他发现，现代性是造成族裔散居身份问题的主要原因。现代化、全球化促使传统文化与现代文化生死相搏，欧洲文化与殖民地本土文化狭路相逢。它们在不同历史条件下结成异质关系，又与当下各种政治、经济、科技等问题纠缠不清，形同乱麻。（Gilroy，1993：163）

弗里德曼在《文化认同与全球化过程》中，特以日本北海道的阿伊努人和美国的夏威夷人为例，论证全球化过程中族裔散居所造成的混合身份问题。他发现，大多数阿伊努人拒绝本族身份，努力融入日本文化，但他们仍被排斥在日本民族之外。20世纪70年代，他们开始重建身份，具体做法是借助旅游文化凸现自己的族群文化，譬如举办饮食节，表演公共仪式，恢复传统村社等。美国西海岸的夏威夷人却有另一番遭遇。1892年，岛国君主制被颠覆，夏威夷人的身份从此渗入中国、菲律宾与白人文化成分。20世纪70年代，他们开始反对后现代旅游消费文化，为避免成为仿真文化的牺牲品，他们目前陷入了深重的身份危机。

身份认同与文学批评

当代西方文学批评越来越强调文化与制度批判，身份认同也日益成为女权主义、后殖民等文学批评流派的主要内容。它们提倡重读文学经典，深入分析殖民霸权和男性中心文化，重写殖民遭遇中的双方历史，以及两性冲突故事，以便重新确立身份认同的各种新标准。在此领域，我们目睹了一批各具特色的新颖批评著作，例如凯特·米利特的《性政治》（1970）便从历史、政治、心理与文学多个角度综合解读欧美文学隐含的性政治问题。此书的著名案例涉及劳伦斯、米勒、梅勒、热内等知名作家。萨义德的《文化与帝国主义》（1993）采用崭新视角重读现代英国小说，他的批评主旨不单是要梳理从狄更斯、吉卜林到康拉德、福斯特的殖民文学史，更要揭示其中帝国主义政治与文化的潜在共谋关系。

不难看出，文学如今被置于更广阔开放的批评视野，再也不是一块封闭领地。经典作家作品不断被人重读改写，文学批评也不再局限于作家作品，它囊括了许多边界之外的问题，诸如文学与文化，文学文本与再现的意识形态机制，文学生产与特定时期的权力机制，文学、作者、出版商与读者大众的关系，批评事业制度化与进步、启蒙、解放等人文主义理想之间的张力，文学和文学批评中渗透的阶级、性别、种族身份认同政治，等等。

然而，当代文学批评中的身份认同研究并没有脱离文学批评，相反，它竭力从文化、意识形态、权力等外部视角重新阐释文学及各种相关问题。在新的批评视野中，多种观念交叉共存，各式文本彼此互文。问题是，怎样才能既恰如其分地从身份认同入手，重新解读文学文本，让那些在文本中掩压已久的历史、沉默的少数声音、扭曲的种族经验，以及各种边缘的身份问题——揭开面纱，从台后走到台前？在此问题上，萨义德的对位阅读（contrapuntal reading）和阿尔都塞的症候阅读（symptomatic reading）从两方面给了我们难得的启示。

萨义德的对位阅读方法始见于他的批评文集《世界、文本与批评家》（1983），此后又贯穿于他的《文化与帝国主义》。他本人对此有一说明："对位阅读必须考虑到两个过程，即帝国主义和对帝国主义的抵制"，另外，他要求"必须将文本内容与作者排斥在外的内容统一起来"。（Said：66—67）阿什克罗夫特解释说：萨义德的对位阅读实为一种从被殖民者视角进行的"反读"，他同时意识到宗主国和殖民地的双重历史。这种反读的目的，是发掘全球帝国主义时代文化实践与政治实践的内在关系，揭示帝国主义政治的文学文本化，以及文学怎样使帝国主义意识形态潜移默化了作家和读者大众的集体意识。（Ashcroft, et al., 1999: 92—96）与此同时，这种反向的对位阅读也促使批评家以批判姿态介入对帝国主义权力的抵制，广泛弘扬公共知识分子的批判精神。

萨义德的对位阅读帮助读者发现：18世纪的英国小说，或多或少，直接或间接，有意或无意，一一再现了殖民主义的扩张精神与征服意志。甚至在那些早期的游记、传说、日志、严肃文学作品中，也伴随异域风情的描述，彰显殖民者的文化优越感与欧洲中心意识。例如，莎士比亚喜剧《威尼斯商人》中的犹太商人夏洛克，悲剧《奥瑟罗》中的黑人主角奥瑟罗，都可算作族裔散居状态下混合身份认同的文学原型。我们甚至从《威尼斯商人》中发现，早在莎士比亚时代，反犹主义已是一个众人皆知的话题。而在传奇剧《暴风雨》中，被放逐荒岛的普洛斯帕罗无疑是鲁滨逊这一类英国殖民主义者的原型。这些文学叙事无不生动描写了殖民遭遇、文化冲突以及随之而来的身份认同问题。

换一个角度看，从18世纪英国小说家笛福的《鲁滨逊漂流记》开始，直到20世纪福斯特的《印度之行》、当代印度作家拉什迪的《午夜之子》，等等，这一系列英语文学经典共同构建了300多年来殖民主义所造成的主奴身份认同史。其中，福斯特的《霍华德别业》集中再现了英国爱德华时代广阔的社会画卷。借助反读方法，我们倾听到一部交织着性、性别、阶级和殖民征服的多声部合唱。小说中，威尔科克斯、施莱格尔、巴斯特三个家庭分别代表英国的不同社会阶层。在其背后，传统乡村英格兰与现代城市帝国对峙。威尔科克斯家族因专一从事海外贸易与殖民军事征服，成了帝国的中流砥柱。在其支配下，霍华德别业不再是一个纯粹的英国隐喻，它成了异腔杂语的场所，帝国现实的复杂转喻。故事结束时，威尔科克斯先生、施莱格尔姐妹和巴斯特的儿子一起住进这幢宽大舒适的农舍。不要忘记，是海外殖民投资和在西非从事橡胶贸易赚来的大钱，为这些人提供了富裕与荣耀的经济保障。

症候阅读是指阿尔都塞在《阅读〈资本论〉》中的批评实践，书中的症候阅读分为两个层面：其一，阿尔都塞认为，在创作《资本论》时，马克思对大卫·李嘉图和亚当·斯密等英国古典经济学家进行了症候阅读。其二，阿尔都塞针对马克思的思想发展进行了相应的症候阅读：1840年至1844年是马克思思想发展的早期，此时他深受黑格尔、康德和费希特的影响；1845年，马克思与早期思想决裂，这反映在《德意志意识形态》中；1845年至1857年是其思想发展的过渡期；只是在1857年后，马克思的思想才步入成熟期。阿尔都塞认为，文本的清晰话语之后还隐藏着一层"沉默话语"，一如意识之下潜藏着无意识。据此，阅读也可相应分为两类：一是在作者精神引导下的浅层阅读，二是刻意找出文本中存在的失误、歪曲、空白与沉默，将它们与明晰文字加以对比，进行深入发掘式的症候阅读。按照马舍雷在《文学创作理论》中的解释，症候阅读的目的是要从深层发现"作品与意识形态和历史之间的关系"。（斯道雷：165）在有意疏远作者的同时，贴近更深广复杂的社会历史本身。

利用症候阅读方法，新一代批评家得以重新发掘和审读西方文学史上被人遗忘疏忽的大批非经典、反经典作品。譬如18、19世纪之交，法国文坛有萨德侯爵作《朱斯蒂娜》、《朱莉埃特》，这位疯狂的贵族老爷恣意宣泄，大书欲望，巧说性事。英国则有劳伦斯·斯特恩作《项狄传》，他变戏法般地颠倒时序，打破作者、人物与读者间的关系，超前实践后现代主义创作手法。更有哥特式小说极力渲染恐怖、暴力与鬼怪，等等。福柯说："在萨德和戈雅之后，而且从他们开始，非理性就一直属于现代世界任何艺术作品中的决定性因素。"（福柯：266）这个时代的欧洲文艺对欲望执意暴露，对创作规则大胆逾越，都可视为时代症候的种种表征。其中道理并不复杂：当资本主义以理性的名义在世俗生活中大肆推广其伪善道德时，人要么戴上理性的枷锁，要么狂热追逐名利，要么在欲望的尖利嘶叫中体验生命的原始快感。

结　语

　　身份认同问题犹如蝉蜕之变，历久而弥新。从西方思想史看，它是现代性的产物，历经几次裂变，衍生出不同范式。在文化政治意义上，它昭示压制与抵制之间的张力，突显后殖民、女权主义、少数话语等文化批评流派的批判意识和强烈入世关怀。文学批评中的身份认同，将文学、文化、历史、语言等问题有机地结合在一起，进而更将经典与通俗、高雅与大众、大众与批评家等问题纳入批评视野。因此，我们须在多层面把握身份认同的理论内涵与批判本质，动态揭示资本主义制度下现代人的命运。

参考书目

1. Anthony Giddens, *Modernity and Self-Identity*, Polity Press, 1991.
2. Bill Ashcroft, *Edward Said*, Routledge, 1999.
3. —, et al., *The Empire Writes Back*, Routledge, 1989.
4. Chris Barker, *Cultural Studies*, Sage Publications, 2000.
5. David Farrell Krell, "The Bodies of Black Folk: From Kant and Hegel to Du Bois and Baldwin," in *Boundary 2*, 27:3 (2000).
6. Edward Said, *Culture and Imperialism*, Vintage Books, 1993.
7. Homi K. Bhabha, *The Location of Culture*, Routledge, 1994.
8. Jonathan Friedman, *Cultural Identity and Global Process*, Sage Publications, 1994.
9. —, *Modernity and Identity*, Polity Press, 1991.
10. Jorge Larrain, *Ideology and Cultural Identity*, Polity Press, 1994.
11. Michael Payne, ed., *A Dictionary of Cultural and Critical Theory*, Blackwell Publishers, 1998.
12. Paul Gilroy, *The Black Atlantic*, Harvard UP, 1993.
13. —, "Diaspora and the Detours of Identity," in *Identity and Difference*, ed., K. Woodward, Sage Publications, 1997.
14. Paul Rabinow, ed., *The Foucault Reader*, Penguin Books, 1984.
15. Rey Chow, *Writing Diaspora*, Indiana UP, 1993.
16. Robert J. C. Young, *Colonial Desire*, Routledge, 1995.
17. Samir Amin, *Eurocentrism*, Zed Books Ltd., 1989.
18. Stuart Hall, "Gramsci's Relevance for the Study of Race and Ethnicity," in *Stuart Hall*, ed., D. Morley, Routledge, 1996.
19. —, "The Question of Cultural Identity," in *Modernity and Its Future*, ed., Stuart Hall, Polity Press, 1991.
20. Terry Eagleton, *The Idea of Culture*, Blackwell Publishers Inc., 2000.
21. 安德森：《想象的共同体：民族主义的起源与散布》，吴睿人译，上海人民出版社，2003。

22. 福柯:《疯癫与文明》,刘北成等译,三联书店,1999。
23. 黑格尔:《精神现象学》,贺麟等译,商务印书馆,1997。
24. 吉登斯:《民族—国家与暴力》,胡宗泽等译,三联书店,1998。
25. 麦克里兰:《西方政治思想史》,彭淮栋译,海南出版社,2003。
26. 米利特:《性政治》,钟良明译,社会科学文献出版社,1999。
27. 斯道雷:《文化理论与通俗文化导论》,杨竹山等译,2001。

生态女权主义 金 莉

略 说

"生态女权主义"（Ecofeminism）的基本论断是，那种认可性别压迫的意识形态同样也认可了对于自然的压迫。生态女权主义号召结束一切形式的压迫，认为如果没有解放自然的斗争，任何解放女性或其他受压迫群体的努力都是无济于事的。

综 述

生态女权主义诞生于20世纪70年代末、80年代初蓬勃兴起的各种社会运动之中，90年代达到高潮，学界通常认为是一位法国女性发表于70年代的作品为这场运动做了艰苦的文化和理论准备工作。生态女权主义这个名称首先出现于法国作家弗朗索瓦丝·德奥博纳（Francoise d'Eaubonne）发表于70年代的两部作品：《女权主义或死亡》（*Le Feminisme ou la Mort*，1974）和《生态女权主义：革命或变化》（*Ecologie Feminisme: Revolution ou Mutation*，1978）。尽管在德奥博纳作品发表后的30年中生态女权主义理论和实践已有长足的发展，但她的作品仍然被视为西方生态女权主义观点的重要先驱。

弗朗索瓦丝·德奥博纳号召女性发动一场生态革命来拯救地球，这种生态革命将使两性之间以及人类与非人类的自然之间建立起新型的关系。德奥博纳在自己的作品中把女性与自然所遭受的压迫联系在一起，她指出，几乎所有人都知道对于生存最直接的两种威胁是人口过盛和资源破坏，但很少有人认识到男性制度所应承担的责任，因为男性在地球和女人身上播种的能力以及他们在繁殖行为中的参与使得他们在这两种威胁中起到作用。她强调，妇女已经被男性统治的社会降至少数种族的地位，尽管她们在人数、特别是在生育中的重要角色应该使她们有着重要的发言权，但她们长期以来得不到控制自己生育功能的权利。同样，地球遭受了与妇女同样的待遇，受男性统治的城市化技术社会已经削减了地球的繁殖力，而同样也受男性统治的人类正在不断增加人口。人口过盛对于人类与地球都是毁灭性的灾难，因此妇女必须行动起来，在拯救自己的同时也拯救地球。德奥博纳在其作品中大声疾呼："人类将最终被视为人，而不是首先是男人或女人。一个更接近于女性的地球将变得对于所有人都更加郁郁葱葱。"

尽管生态女权主义这一名称最早被德奥博纳使用，但生态女权主义运动是在由于不断出现的生态灾难所激发的抗议环境被破坏的运动中兴起并且得到普及的。生态女权主义不仅涉及意识形态，也是一场为实现社会变革而兴起的实践运动，是女性为了维护自己、自己的家庭和自己的社区，反对由于父权社会、跨国公司和全球化资本主义而引起的恶性发展和环境恶化所进行的不懈斗争。对于生态女权主义来说，价值观念和实践活动是密不可分的。

生态女权主义理论和分析从上一世纪70年代后期才逐渐发展起来，但是其实践却大大早于这一时期，而且在世界上许多地区此起彼伏。早在1962年，美国生物学家雷切尔·卡尔森（Rachel Carlson）女士就以一本名为《沉寂的春天》（*Silent Spring*）的书震惊美国。她向美国国民提出警告：杀虫剂和化学药品的滥用为自然生态和人类健康带来了灾难性后果，环境恶化甚至殃及鸟类，春天里鸟类的歌声已不复存在。卡尔森的呼吁揭开了环保运动的序幕。1980年3月大批妇女参加了在美国阿默斯特举行的"女性与地球生命：80年代的生态女权主义大会"，并就诸如女权主义、军事化、生态之间的关系等主题进行了探讨。大会的主要组织者伊内斯特拉·金（Ynestra King）指出：

> 生态女权主义是关于理论和实践的结合与统一。它坚持所有具有生命力的物种本身的独特力量和完整意义……我们是一场与女性所认同的运动，在目前这种充满威胁的时代负有特殊使命。我们把企业武夫对于地球及其生命的践踏和军事武夫所带来的核威胁视为女权主义者的关注范围，这种男权心态也否定了我们对于自己身体和性活动的权利，并且依靠统治和国家权力的多种体系而为所欲为。

80年代初，金和其他生态女权主义创始人发起了名为"妇女五角大楼行动"的一系列反军国主义示威游行，这些行动抗议杀戮生命的核战争和核武器的发展，强调军事行动与生态女权主义之间的关系。金还帮助组织了关于环境保护的专题讨论会，这些会议不仅为全国性的理论探讨提供了论坛，也起到了支持妇女为制止自己本社区环境污染而努力的作用。此外，许多生态女权主义者积极行动起来，揭露对于自然的压迫在阶级、种族和性别压迫上的表征。例如，美国把有毒垃圾堆设在主要是穷人和有色人种居住地区的做法受到生态女权主义者的强烈谴责，它使第三世界的妇女首当其冲地受到由于殖民边缘化和破坏生态的发展项目所引发的环境危机的危害，她们的基本生计和健康条件也受到威胁。同样，发达国家在第三世界国家招收贫穷有色女性在有毒化工厂工作的做法也受到生态女权主义者的声讨。

在美国的高校中，生态女权主义批评最初主要集中在哲学系和妇女研究系，在环境研究系中也占有一席之地。之后，生态女权主义批评逐渐扩展到其他院系，例如与环境正义所相关的犯罪学系、研究社会运动和公众政治的政治学系、关注后殖民研究的文化研究系，以及研究女性文学和环境文学的英文系等。生态女权主义于90年代中叶在文学研究中崭露头角，其洞见逐步成为文学批评的组成部分。生态女权主义者不仅批评了美国文学传统经典书目中自然文学的男性传统，也发掘了大批由女性创作的环境文学，而这些环境文学是与生态主义哲学和批评的发展并驾齐驱的。可以预见，生态女权主义文学批评将是未来发展的一个热门话题。

女权主义和生态主义可以说是相辅相成的。生态女权主义至今没有完全加入到环境保护主义者的行列之中，在很大程度上是出于对生态主义"大熔炉"的恐惧。与男性一起加入激进运动的女性常常被缄默，被降至传统上女性所扮演的辅助式角色。一种把女性或者其他任何受压迫群体的目标视为额外的、需要合并到其中的运动是无法谋取女性的支持并满足女性的需要的。男性生态主义者尽管关注非人类的自然，但他们不太理解女性与自然的关系。生态主义需要一种女权主义观点，没有对于社会统治（这种统治反映了性别压迫和自然压迫之间的相互关联）的彻底女权分析，生态主义仍只能是抽象的和不完整的。正因为如此，一种新的女权主义的生态主义——生态女权主义应运而生。而在男性生态主义者把所有形式的压迫都考虑在内之前，生态女权主义者坚持认为与环境保护主义者和社会活动家之间建立联盟是保证其充分的代表权的同时又保持多元化的最好方式。

生态女权主义的基本观点

生态女权主义的首要内容是女性与自然的认同。女性与自然的关系源远流长，并在上一世纪后半叶的妇女解放运动和在70年代里发展起来的生态运动中引人瞩目。这两场运动的共同之处在于它们所提倡的平等观点。生态运动在理论和实践上试图为自然说话，因为自然在西方文明发展史中被视为没有发言权的他者和被征服与统治的对象，它被迫成为被人类开发的"自然资源"，用以服务于人的需要和目的，而这些需要和目的与自然自身的需要和目的是背道而驰的。环境保护主义者呼唤人们的良知和责任感，警告我们正视人类社会的工业、农业和畜牧业对于生态造成的危害和对于环境持续开发的可怕后果，强调一种人类与自然唇齿相依的生态道德观。而与自然在人类文明社会中的地位相仿，女性代表了父权统治下人类社会中的他者，她们在公共场合中被迫缄默，成为社会的二等公民。妇女正努力使自己从男性文化和经济的桎梏中解放出来，而这种桎梏曾使她们长期以来屈从于男性。生态女权主义正是结合了这两场运动的目标，致力于建构一种新的道德价值和社会结构。这些价值和结构不是建立在把自然和妇女作为资源来统治的基础之上，而是基于一种能使男性和女性的才能得到充分发挥、基于人类对于生态环境的完整保持之上的。

人类对于自然的侵略等同于男性对于女性肉体的侵略，这是许多参与这场运动的女性的共识。"个人的就是政治的"这一女权主义思想的核心，是所有生态女权主义者政治行为的动力，它使女权主义者把对于性别统治的挑战延伸到其他各种压迫形式。因为与自然相对立的西方工业文明的建立加深了对于女性的压迫，因此当妇女行动起来反抗对于生态的破坏和蹂躏时,很自然地意识到男权统治在女性压迫和自然压迫两者中所起到的相似作用。所以生态女权主义在争取自身解放的同时,也把拯救地球的生死斗争视为己任。生态女权主义者一方面批驳了那种把妇女置于与被开发的自然那样被动无力的位置的观点,另一方面又宣扬一种带有肯定意义的与自然的认同关系。伊内斯特拉·金把生态女权主义定义为一场女性认同运动,她声称:

> 我们为了忠于未来的世界、忠于生命和忠于这个地球而向父权挑战。我们通过自己的性别特征和我们作为女性的经历对此有着深刻和独特的理解。

生态女权主义的另一重要观点是对于西方现代科学观的批判。按照西方占主导地位的观点来看,西方社会在16世纪至18世纪间开始出现现代和进步的特征。这一时期,欧洲兴起了科学革命和以市场为方向的文化,削弱了自然位于宇宙的中心位置的观点。欧洲科学的整体模式是父权的、反自然的和殖民的。这种通过科学技术来控制和占有的欲望,包括对于女性生殖能力和自然繁殖能力的控制和占有,有力地揭示了压迫女性和压迫自然之间的相互关系。而目前生物技术、基因改变、繁殖技术等科学的最新发展更使生态女权主义者把批判矛头直指西方科学发展史中的父权文化偏见。生态女权主义者重新审视了西方世界观和科学观形成的根源,也重新评价了培根、笛卡尔、牛顿等现代科学缔造者们对于人类社会的贡献,强调对于大自然的依赖。对于现代科技之父弗朗西斯·培根与其弟子来说,这种依赖是一种倒行逆施,是对于人所具有的按照自己的条件追求自由的权利的讥讽,因此应该彻底废除。西方的理性、科学模式和自由观念都是建立在自然对于(男)人意志的屈服、建立在人对于这种依赖的战胜和超越、建立在人对于自然能量的摆脱之上的。著名生态女权主义者苏珊·格里芬(Susan Griffin)十分形象地描述了在现代科学观影响下成长起来的人们的普遍心态:

> 生活在这个文明中的我们继承了这样一种心理习惯……我们不再认为我们是这个地球的一部分……我们甚至学会否定我们自己生命的一部分……我们否认这个塑造了我们思想的文明社会也正在摧毁地球的所有事实……我们成为自己的敌人。我们用为我们自己带来灾难的头脑思想。而这种受到这个文明的教诲和训练的头脑,并不认识自己。这是一个从自己的智慧中被流放的头脑。

正因为西方现代科学打破了人类对于自然的依赖,使得人类把世上万物分为不同的等级。人是占据最高精神层次的,被视为优于动物或自然界其他生物,比起动物或植物来更加重要、更有价值,当然比起山川、大海或沙粒来也更富有才智。正是人类利益高于非人类利益这一假设鼓励了如下习惯观念，即万物都是按照一定的顺序排列的。因此，人类就优于动物，文明就优于自然。即使在人类群体之中，也存在同样的次序。西方文化的主要权力结构就是一种统治与被统治的等级制度，这种制度构成了社会中人与人、群体与群体之间的关系。在这个集权的、等级制的社会里，两性关系成为压迫性的等级关系的范例：凡是居统治地位的都被划为男性的，凡是被统治的都被划为女性的。这种权力结构是文化的和政治的，而不是生理的。而这种系统又赋予这种基本二元对立中的一方以特权，依此类推，男人因而优于女人、白人优于黑人、富人优于穷人、第一世界优于第三世界。那些处于对立面的就被剥夺了完整的人所有的权利。而在自然与人类的关系中，自然与女性一样，被视为被统治的对象。因此，权力就集中在男性的统治阶级手中，女性必须服务于男性的利益，自然必须屈服于机械化的农业和文明社会的主宰，动物必须为人的研究（解剖和科学试验）和人的胃口牺牲自己的肉体。在父权社会里不存在对于"他者"的尊重，作为男权理性的客体的他者，只有在它能够使主体受益的情况下才被予以考虑。这是一种完全以自我为中心的文化观点，以至于人类无视这样一种基本事实，即它自己的生命依赖于整个世界的完整和健康，人类的生存与生态的平衡和稳定密切相关。但资本主义男权统治与其科学破坏和切断了构成一个具有生命力的宇宙整体，人类学会相信为了生存必须控制自然环境。这是一种以人类的意志建立的文化秩序，而不是人类只是其中一部分的自然秩序。

生态女权主义对于现代工业和市场经济发展的沉重代价持强烈批判态度。它批判了与资本主义、科学技术和社会进步相关联的无控制发展的严重后果，而这些观念在过去的200年中在西方文化中一直受到推崇。生态女权主义呼吁恢复受到工业化和人口过盛所破坏的生态平衡，反对持续开发式的、直线式的心态。它也揭露了市场竞争所造成的严重后果，以及女性在早期资本主义社会生产经济中角色的丧失。生态女权主义使用生态运动的观点来阐明这样一种立场，即宇宙万物是没有等级制度的，无论是人与人之间、人与自然界的其他生物之间，或是自然界的各种形式之间都应是平等的，而人类只是地球上上百万种物种中的其中一种。地球上所有生命都是一个相互联系的网，没有什么等级制度。而在男权文化统治下的人类是唯一有意识地认为它是有权统治地球和其他物种的物种。具有讽刺意义的是，人类是唯一有理性的物种，但人类却为了自身的利益成为破坏生态系统的罪魁祸首。人类生存完全依赖于非人类的自然。我们没有自然界的其他物种就无法生存，但自然没有我们却可以生存。"生态女权主义挑战一切统治关系。它的目标不仅仅是改变那些行使权力的人，而是改变权力结构本身。"所以，生态女权主义者关注文化中所有的统治形式：种族主义、性别歧视、阶级压迫以及对于自然的剥削。女权主义的奋斗目标不仅仅是要关注不平等的性别关系，而是要从根本上消除男权统治下以人为中心的自私观念，倡导平等主义的理想。

生态女权主义者在批判地审视以西方现代科学观为基础的价值观的时候，力图重新唤起人们对于与前现代社会相关的价值观念的重视。她们认为这些早期的价值观将有助于改变和重建当今和未来的社会。生态女权主义正在努力恢复（男）史前期女神崇拜和母系社会的价值观及其艺术和仪式，这些艺术和仪式把自然作为一种秩序来庆祝，这种秩序在原则上还不全部为人所知，就是因为人只是自然的一部分。"生态女权主义又一次把自然视为神圣"，这种新型的生态模式以及相关的道德观使得对现代科学的诠释成为可能。

多样化的统一性也是生态女权主义的重要观点，生态女权主义吸取了生态科学的这条原则，并且将其政治化。生态女权主义认为一种包括人与非人类的动物在内的健康平衡的生态制度必须保持多样化，从生态角度来看，环境的简化是一个与环境污染同样严重的问题。但是工业技术的一种主要后果就是环境简化，许多物种逐渐被消灭，在地球上不复存在。自然界中的多样性是必要的，而且有必要使其更加丰富，而通过灭绝某些种类的生物简化是与把多样化的人类削减成无面孔的工人，或通过大规模消费市场造成单一文化品味相对应的。在人类社会中，商品资本主义有意识地简化人类群体和文化，以至于同样的产品可以在任何地方畅销。这种前景对于我们所有人都是同样的，在全球人们有着几乎同样的需要和欲望：畅销于中国的可口可乐、充斥俄罗斯的牛仔裤、流传世界各地的摇滚乐。地球上很少有人没有受到工业化技术的影响，因此，我们需要一场建立于共同目标之上的全球运动，倡导多样性而反对所有形式的统治和暴力。生态女权主义便是具有这种潜力的运动，作为社会运动，它支持世界妇女的多样性，并寻求这种多样性中的统一抵制社会简化。

生态女权主义者寻求建立联系的原则因此成为这场运动的一个重要特点。参加这场运动的女性不仅关注现代科学技术对于女性，同时也是对于动物、植物以及第三世界的含义，而且懂得女性的解放是无法独自完成的，女性的解放必须是一场更大规模的、为了维护这个星球上所有生命而斗争的一部分。生态女权主义不仅强调男权社会对于自然的开发和对于女性的压迫之间的联系，它也认识到这两种形式的统治是与阶级压迫、种族主义、殖民主义和新殖民主义有着密切关联的。生态女权主义的双重关注，即人类的解放和与自然界的关系，为建构一套新型的环境道德观提供了可能。它批判了对于女性和自然的男性统治，也承认来自不同种族、不同阶级、不同时代女性的多种声音，因此在结构上是复数形式的，在范围上是广泛的。生态女权主义把道德观建立在关心、爱护和信任上，把人（包括男性和女性）在私人、家庭和政治上的关系视为平等，也把人类与非人类的自然视为平等伙伴，而不是控制和统治的关系。既然人类伙伴不论是何种性别、种族和阶级都应该被允许在一种平等关系中生存和发展，那么人类也必须给非人类以空间和关心，允许它再生产和进化，并对人类行为作出反应。生态女权主义者呼吁重新认识人类与自然的关系，挑战自然与文化二元对立的观点，并根据生态主义和女权主义原则对于人类社会进行激进重构。

生态女权主义的分支

女权主义的不同流派为与生态主义议程的合成提供了各种可能性，生态女权主义大体来说可分为自由生态女权主义、文化生态女权主义、社会生态女权主义，以及社会主义生态女权主义。尽管生态女权主义各个流派的分析角度不同，但她们都关注改善人类与自然的关系。自由生态女权主义坚持通过新的法规在现存统治结构内改变人与自然的关系；文化生态女权主义从批判父权文化入手分析了环境问题，提供了既解放女性也解放自然的途径；社会生态女权主义以及社会主义生态女权主义分析了资本主义的男权统治，揭露了男权的再生产关系中男性对于女性的统治，以及资本主义的生产关系中人类对于自然的统治，并且反对在市场经济中把女性与自然作为可利用资源的观点。

自由生态女权主义强调女性与男性一样都是理性的人，教育与经济机会的丧失使得女性无法在人类生活的所有领域发掘创造的潜力。对于自由生态女权主义者来说，环境问题来自对于自然资源的过度迅速开发与对于杀虫剂和其他污染物质控制的失败，可以通过管理和法律使得进行再生产的方式得到改善，更为完善的科学技术、环境保护和法律因此是解决资源问题的合适方式。如果女性被同样给予成为科学家、自然资源管理人员、律师、立法者的教育机会，她们可以为改善环境、保护自然资源以及提高人类生活质量作出更大贡献。女性因此可以超越自己性别的社会特征，与男性携手参与环境保护的文化项目。

文化生态女权主义兴起于上世纪60年代后期与70年代的女权主义第二次浪潮中，它是对于女性与自然在西方文化中相互联系并同样遭受压迫的事实所作出的反应。从历史上来看，由于女性在生理、社会角色和心理上被视为与自然更加接近，比起更加理性与客观并具有抽象思考能力的男性要低劣。文化生态女权主义者强调通过直接的政治行动提高女性和自然的地位，并且解放她们。从一种反科学、反技术的立场出发，文化生态女权主义者通过复兴以女神、月亮、动物和女性生殖崇拜为中心的古代仪式来颂扬女性与自然的关系。这种把自然尊为母亲和女神的观点对于许多生态女权主义者来说是一种获得灵感和力量的源泉。文化生态女权主义哲学信奉置于关怀之上的道德观和网状式的人类/自然关系，主要表现在对于女性肉体和与自然相关联的意识领域——灵性、女神崇拜、巫术等的颂扬。

与文化生态女权主义相反，社会生态女权主义和社会主义生态女权主义致力于把自然与人性视为社会建构的社会经济分析。社会生态女权主义希望把社会重构成为仁爱的、非中央集权的社区。它认为一个生态社会只有在结束所有统治制度的情况下才能产生，在这个社会中没有任何政体或经济制度试图去征服自然，人性的所有方面也都可以得到解放。与强调女性/自然的特殊历史关系的文化生态女权主义不同，它反抗通过婚姻、家庭、资本主义政体和父权宗教而强加于女性的压迫。社会生态女权主义呼吁推翻市场经济和社会等级制度，使女性在一个超越了公共/私有领域二元对立的非中央集权的社会里成为公共生活和工作职位的自由参与者。社会生态女权主义承认女性与男性在生殖能力上的差异，但是摒弃了这些包含着性别等级和统治的观点，而强调男性与女性都可以建立一种包含关怀的生态道德观。

社会主义生态女权主义还不是一场运动，而更像是社会主义生态学的女性改良，这种社会主义生态学把生殖类型而不是生产类型置于一个公正、可持久世界的中心。它认为自然界中所有生命的物质基础——食物、衣服、住所和能源——对于维持人类生命都是至关重要的。自然和人类长期以来就是社会和历史建构的。自然应是一种主动的主体，而不是一种被统治的被动的客体，人类必须与自然发展可持久关系。社会主义生态女权主义批判了资本主义父权统治，聚焦于生产与生殖、生产与生态之间的辩证关系。女性在生产、生殖和生态中的角色成为社会主义生态女权主义分析的出发点。

尽管生态女权主义的各个分支对于其政治行动最终目的的看法有所差异，她们的短期目标还是有诸多重叠之处的。生态女权主义者的不同分支从广义上来说概括了人类生命和地球生命的继续这样一种生殖观点，从这个意义来说，生态女权主义者在妇女为恢复平衡的生态环境、提高地球上人类和其他生物及非生物的生活质量这种共同的努力目标上统一大于分歧。

生态女权主义所面临的挑战

生态女权主义所面临的最大挑战是关于生态女权主义的哲学。许多生态女权主义者因为强调女性拥有一种男性所没有的本性、一种与自然在生理和精神上的密切关系，而被视为宣扬了本质论。其实，在女权主义运动内部关于如何定义女性、如何平衡生理和性别差异、如何看待社会建构的各种性别角色之间的关系上都存在许多不同意见。但本质论并非生态女权主义的基本概念，因为本质论与生态女权主义的逻辑是不一致的。如上所说，既然所有有生命的物质都是相互关联的，既然所有生命都是自然的一部分，那么任何一个群体都不可能比其他群体距离自然更近。有些生态女权主义者则明确指出，对于生态女权主义是本质论的指责其实来自一种父权的思考方式，因为它首先就假定了自然是与文化相分割的男权建构的合法性。只有自然/文化的分裂才能使人们提出女性是否比男性距离自然更近的观点，而这种所谓某个群体比起其他群体来距离自然更近的观点本身就是一种"文化建构"。

不可否认，有些生态女权主义者因为过分强调女性和自然的本质性联系，而落入男权文化二元论的窠臼，把妇女与自然设为男性统治文化的对立面。在她们反抗以女性和自然的内在联系来统治两者的统治意识形态的同时，经常是简单地把传统文化等级制度反了过来。实际上多数生态女权主义者还是意识到了这种做法的危险，为了在探讨女性与自然的联系时避免陷入本质论，她们摒弃简单地把女性与自然置于男性与文化之上的二元论观点，声称是女性与自然在男性统治文化中受到的共同压迫，而不是其生理或本质身份构成了她们之间的紧密关系。与此同时，她们也强调男人与女人同样都会受制于文化力量，这些文化力量也会使女性盲目参加对于自然的开发和生态的破坏。苏珊·格里芬就清楚地指出，因为西方文化中对女性与自然的历史性关联，男人或女人都无法完全摆脱把人类视为与地球相分割的"习惯性分离心态"。而伊内斯特拉·金则强调，如果说男人比女人感觉与非人类的自然更加异化，也是文化和历史的结果，而不是因为男性身份的内在原因。值得注意的是，虽然许多生态女权主义者有很强的反二元化倾向，但她们难免受到二元化和等级制度的统治意识形态的影响，而这些意识形态的普遍性限制了生态女权主义事业的潜在颠覆力量，这也是所有生态女权主义者都须引以为戒的。

生态女权主义者尽管有着不同的理论立场，但似乎都同意女性和自然的压迫之间有着重要的观念上的联系，她们相信传统的生理性别/社会性别系统对于当前的环境问题有着重要影响。一方面，生态女权主义者相信女性与自然之间有着可见的相同之处，这使得她们同样易受到男性统治；另一方面，生态女权主义者宣称女性与自然的联系与她们治愈人类与自然之间的异化、最终解决当前环境问题利害攸关。而从另一个角度来看，生态女权主义议程的中心是个人、社会和意识形态的改变，尤其是女性和自然的文化地位的改变。女性与自然的关系不是一种超越历史、超越文化的现象。关于女性/自然的密切关系的观念不仅揭示了文化上的男性霸权，也展现了人类与自然的不平等关系。但是，把人类对于自然的破坏之中的各种因素完全归于生理/社会性别差异的两极分化也过于简单化，这种直线形地表述直接因果关系的模式并不能阐释世界范围内环境问题的复杂性。

当然，生态女权主义者强调对于女性的压迫和对于自然的统治在西方文化中的深刻根源是十分必要的，但她们对于女性与自然之间差异的忽视也使她们受到批评和指责。这种忽视表现在许多生态女权主义者把女性和自然作为一个群体来辩护，因而给予西方社会里所有妇女以人类文化牺牲者的当然地位。她们是如此强调女性和自然的关系，因而完全决定了两者之间的关系：它们实际上被视为是同一种东西，一个不断与男性对立的整体。尽管女权生态主义者反对等级制度和二元论，但把女性/自然视为男性统治文化的对立面的一贯做法仍带有二元论倾向。而当生态女权主义者忽视了女性与自然之间的差异时，也就歪曲了自然的整体需要，并且忽略了女性在环境恶化中所起到的同谋作用。尽管女性参与开发与破坏自然的程度有所不同，但只有那种关于主体的简单化观点才会声称某些人与统治意识是毫无关联的。即使是那些强调女性与自然关联的文化生态女权主义者，也很少从事这样的重新审视，即许多女性已经或正在参与到，并且得益于这些意识、政治和经济的力量,而这些力量认可了对于自然界的统治和破坏。其实,越来越多的女性正在成为西方科学、医学和经济建设人才。尽管这种参与不一定会加强这些统治意识形态,但许多妇女不但为自己的压迫也在自己生活的某些方面为对于自然界的统治在不同程度上贡献了力量。

对于西方生态女权主义者的批评也来自有色女性。西方文化在当前世界范围的环境恶化中比起其他文化牵连更深,而发达国家因其对于资源的大量消耗而比起发展中国家对于生态环境的破坏更大。西方生态女权主义理论主要是从白人女权主义者的观点来阐发的。白人生态女权主义者把妇女与自然的关系表现为某种所有妇女都共享的事情,还把它作为塑造女性身份的重要成分,这种做法本身就显示了对于差异的忽略。这种差异既存在于女性与自然之间,也存在于女性之间。学院派白人女权主义者已经遭到有色女性的指责,批评她们的理论把世界上的妇女一概而论,因而忽略了女性基于文化、种族和阶级上的差异,其后果是十分严重的,因为女性与自然界之间的差异意味着女性也可以参与到破坏环境的文化实践中去,而女性之间的差别也意味着某些女性比其他一些女性更加充分、更加有意识地参与到这些文化实践中来。有色女性生态主义者认为西方生态女权主义的关键论点逃避了欧美白人女性对于自然和其他种族的统治的参与,如果不充分认识这一点,生态女权主义的理论和实践都将是不完整的。

结　语

生态女权主义既是一场社会运动,也是一套价值系统,而且它还提供了一种政治分析的框架,探讨了西方男性中心论与环境破坏之间的关系。它更是一种意识形态,强调人类对于自然的压迫与西方白人男性对于女性与其他种族文化的态度之间的密切关系。生态女权主义者通过坚持西方文化中对女性压迫和自然压迫之间的联系,扩展了女性传统的对抗角色意义。她们致力于现存社会的变革,坚信女性文化为人类在地球上的生存提供了宝贵思路;她们着眼于未来社会的建设,旨在建立一种人类与自然和睦相处、相互作用的新型生存模式。

生态女权主义不是女权主义与生态运动的粗劣结合,而是一种对于两个运动都至关重要的同类结合。生态女权主义的意识形态反对一切形式的统治,驳斥那种使地球上的任何部分(无论是人类世界还是非人类的自然界)为其他部分的利益而存在的观点,这个貌似简单的做法其实包括了西方文化传统的基本内容。20年前,包括那些最激进的环境保护者在内的大多数人都认为人类是优于自然的,他们仅仅是呼吁我们要有负责感和忧患意识,呼吁我们不要滥用为了人类的需要而改造和征服自然的权利。生态女权主义者比起环境主义者更进了一步,她们反对人类视自己为世界万物的主宰者,反对所有认为人类具有内在统治他人的权利的观点,提出所有的不平等，无论是存在于人类内部的，还是存在于人类与自然之间的，都是错误的。生态女权主义所宣扬的是一种替代的文化观，它呼吁建立一种不是基于统治原则而是基于互惠和负责原则的生态道德伦理观。生态女权主义关注人类与其他所有形式生命的相互关联，它的目标是达到自然界和人类的和睦相处。生态女权主义也是一种尊重差异鼓励讨论的过程，一种包含了广阔实践范围的过程。生态女权主义者呼吁建立平衡、稳定、和谐和完整的生态系统，强调多样性、持续性、相互依赖和相互合作。经历与表达的多样性，如同生命形式的多样性一样，是生态女权主义的必要目标。生态女权主义者不是试图寻求一种以女性为性别基础的品质来替代男性品质，而是提倡一种女性的组织原则，这种原则不仅将改变生产和再生产关系，而且也改变人们的思想意识。

生态女权主义最具革命意义的是，它向我们早已接受的西方现代科学观提出了质疑和挑战，颠覆了我们普遍认同的基本价值观念。科学技术和现代文明为生态带来的后果是十分严重的，自然界的许多物种已经遭到毁灭性的掠夺和破坏，生态系统已经陷入严重的危机，人类及其他物种的生存无疑正处于存亡攸关的时刻。如果人们不改变自己的意识，不去约束在物欲和私利的驱动下所造成的生态破坏行为，人类将失去自己赖以存身的环境。而人类首先需要做到的，就是要承认自然与人类拥有同等的权利，在处理与自然界的关系时超越那种以人为本、以人为中心的狭隘短视认识。生态女权主义者在反抗男权文化统治的斗争中，体会到女性与自然在地位和遭遇上的相似之处。她们自身的痛苦经历也使她们懂得，所有的压迫都是交叉进行的，如果没有全体的解放，任何其中一种物种（无论是人类还是动物）的解放都是不可能的。生态女权主义者通过赋予自然一种女性身份，从而加强了人类与非人类的团结感，而坚持人类与自然界之间的和睦相处为两者的健康发展奠定了基础。对于许多生态女权主义者来说，对自然界的态度是其政治立场的核心。她们在抵制性别歧视的同时，也在为自然界的权利而斗争。她们呼吁人们尊重自然，尊重现实，告诫人类摆正自己在大自然中的位置，彻底摒弃人高于自然、人可以任意支配自然、宰割自然的错误观念。自然界在沉默了几百年后，终于与世界上其他的弱势群体一样，得到伸张正义的机会。

参考书目

1. Andree Collard, et al., *Rape of the Wild*, Indiana UP, 1989.
2. Carol Adams, *Neither Man Nor Beast*, Crossroads/Continuum, 1994.
3. Carol Bigwood, *Earth Muse*, Temple UP, 1993.
4. Carolyn Merchant, *The Death of Nature*, Harper & Row, 1979.
5. —, *Radical Ecology*, Routledge, 1992.
6. Elizabeth Dodson Gray, *Green Paradise Lost*, Roundtable Press, 1981.
7. Greta Gaard, ed., *Ecofeminism*, Temple UP, 1993.

8. ——, et al., eds., *Ecofeminist Literary Criticism*, U of Illinois P, 1998.
9. *Hypatia*, special issue on ecological feminism, Vol. 6, No. 1, Spring (1991).
10. Judith Plant, ed., *Healing the Wounds*, New Society Publishers, 1989.
11. Leonie Caldecott, et al., eds., *Reclaim the Earth*, Women's Press, 1983.
12. Linda Vance, "Ecofeminism and the Politics of Reality," in *Ecofeminism*.
13. Rosemary Radford Ruether, *New Woman/New Earth*, Seabury, 1975.
14. Susan Griffin, "Split Culture," in *ReVison* 9, Winter/Spring (1987).
15. ——, *Woman and Nature*, Harper & Row, 1978.
16. Ynestra King, "The Ecology of Feminism and the Feminism of Ecology," in *Healing the Wounds*.
17. ——, "Healing the Wounds: Feminism, Ecology, and the Nature/Culture Dualism", in *Reweaving the World*, eds., Irene Diamond, et al., Sierra Club, 1990.

生态批评 程 虹

略 说

"生态批评"（Ecocriticism）是当代一种研究文学与自然环境之间关系的文学批评，它承袭了自然文学的传统，但又有别于自然文学。生态批评旨在对自然文学、环境文学等探索人与自然关系的文学作品进行评述与研究，同时又倡导从生态的角度来阅读古往今来的文学作品，从而使人类建立强烈的生态观念及忧患意识。

综 述

生态批评一词最初源于威廉·吕克特（William Rueckert）1978年发表的论文《文学与生态》（"Literature and Ecology"）。据他解释，生态批评指的是"将生态及生态学的理念用于文学的研究"。（Glotfelty, et al. : xix—xx）吕克特的观点当时并未引起学术界的关注，只是到了1989年美国"西部文学研究会"上才引起重视。当时身为康奈尔大学的研究生、现为内华达大学文学与环境教授的谢里尔·格洛特费尔蒂重新使用这个名称，并力主用它来取代原先人们所熟悉的"自然文学的研究"（the study of nature writing），进而扩展这个领域的研究范围，这一倡议随即得到赞同。当时的西部文学研究会会长、俄勒冈大学英语教授格伦·洛夫在同一会议上发表了《重新评价自然》（"Revaluing Nature"）的演讲，从此生态批评一词开始频频见于论文、评论、学术专著、文学选集及高校教学大纲之中。1996年美国出版了第一部关于生态批评的文集《生态批评读本》。英国学者彼得·巴里在其有关文学及文化理论的专著《理论入门》一书再版（2002年）时，特意加上了"生态批评"一章，并声称这是文学理论的发展变化所致，是生态批评这种旨在用绿色手法诠释文学的文学批评初次在文学理论著作中登记注册。（Barry: xii）随后，有关的各种学术专著也相继问世，比如美国的格伦·洛夫于2003年末出版的《实用生态批评》、英国的格雷格·加勒德于2004年8月出版的《生态批评》，等等。

生态批评可以说是与自然文学一脉相承，两者均在很大程度上受到田园文学、浪漫主义及超验主义的影响。但是，自然文学的侧重点在于描写，生态批评则强调研究。生态批评是在自然文学的基础上扩展而来，其范围更为广博。虽然生态批评并没有改变思索人类与自然的关系这个主题，但其关注点已不仅仅停留在自然文学这种非小说形式上，而是拓展到小说之外的诗歌、戏剧、英语教学研究甚至影视、新闻等领域。它的研究角度也有所创新，将生命科学与文学联系在一起。例如，从达尔文的进化论及生态学的角度来研究文学，主张以生态批评的眼光来阅读文本

(an ecocritical reading of a literary text)，或以生态为取向的阅读（the eco-centred reading）。另外，随着时代的变化及发展，"自然"或"环境"一词的意义在扩大，就自然与人类关系而写作的范围及领域也在扩大，自然文学批评也随之变化，得以在一个更为广阔的背景下展开。

生态批评是时代发展所致：现代化造成的生态破坏及温室效应引起的生态变化已经威胁到人类的生活质量和生存环境。从生态的角度来研究文学，再从文学的角度来影响有利于生态平衡和可持续发展等的政策的形成与实施，已成为文学研究者及大学讲坛上的文学教授们义不容辞的责任。

生态批评的现状

从20世纪80年代末以来，生态批评是作为一种研究文学与自然环境关系的文学批评来定位的。生态批评一词的使用频率逐渐升高，使用范围也日益扩大，并且作为术语被收入西方文学理论的专著。

生态批评把"自然"的定义从范围和地域的角度进行了扩展，使它研究的对象由自然扩展到了生态。至于"自然环境"的定义，巴里在《理论入门》的"生态批评"一章中将自然环境分为四个区域：荒野（the wilderness），包括沙漠、海洋、无人居住的陆地等；壮观的景色（the scenic sublime），包括森林湖泊、山脉悬崖、瀑布等；乡村（the countryside），包括山丘、田野、林地等；人为的优美景色（the domestic picturesque），包括公园、花园、小径等。劳伦斯·比尔则在其关于环境与文学的新作《为了受到威胁的世界而写作》中，将环境扩展为"绿色与褐色的风景"（"green" and "brown" landscapes），即远郊的景色及城市工业化的景色；它包括"自然的"（natural）与"人造的"（human-built）世界的范畴，其中既有壮美的荒野，也有环境问题严重的城市景观，因为两者同样受到温室效应的威胁。他声称，"环境的想象"（此处指他第一部关于环境与文学的专著）并不在林地边缘戛然而止，它应当拓展到世界上所有受到威胁的自然及城市的环境。（Buell：1—29）乔纳森·贝特在其专著《大地之歌》中以华兹华斯的"人的思想可以是自然的一部分"的观点为基础，从生态的角度揭示了诗人与自然两者的关系。他写到："深层生态学之梦想将永远不会在大地上实现，但是人类作为物种的生存或许依赖于通过我们的想象力来梦想它的实现。"（Bate：37—38）这样，生态批评就定位在了一个更为广阔的思想空间。

生态批评的研究将文学与生命科学联系在一起。依据达尔文的进化论及生态学理论，生态批评的学者认为外界环境对人的心灵所产生的作用与万物之间都有着密切的联系。他们主张生态批评的参与者及研究者跨越文学与生命科学之间的界线，从人类的进化与自然环境、人类的发展与其所处的生态环境的变化等方面来考虑文学问题，这就使得生态批评具有了某种跨学科的特征。关于这方面的论著，除了前面所提到的《理论入门》、《实用生态批评》及《生态批评》之外，两位被誉为"具有突破性的文学理论学者"约瑟夫·卡罗尔和约瑟夫·米克的著作也值得一提。前者为英语系教授，相继出版了《进化论与文学理论》与《文学达尔文主义》，被认为是将达尔文的进化论与文学理论、将现代生物学与人文学科加以综合研究的先锋人物。后者为具有进化生物学背景的美国比较文学学者，他的《生存喜剧：文学生态学研究》和《生存喜剧：文学生态学及伦理戏剧》从生态与文学的关系入手重新阅读文学作品。米克认为，如果文学创作是人类的一个重要特征的话，那么就应当认真地研究文学在人的行为及自然环境中的影响，探索文学在人类与其他生物及自然世界的联系中起到的启迪作用，从而论证文学是不能与自然及整个生态环境分离的。他认为，人类的生存喜剧取决于人类可以改变自己而不是自然环境，取决于认可人类的局限性而不是诅咒这种局限性，文学应当在人类的生存喜剧中发挥作用。因此我们可以说，生态批评除了承袭田园文学、浪漫主义及超验主义的传统之外，又受到达尔文进化论及生态论的影响。

生态批评力主"以生态批评的眼光来阅读文本"或"以生态为取向的阅读"，既包括对预测和想象未来生态灾难的当代作品的评述，也包括对历史经典作品的重审。就当代作品而言，最有代表性的是唐·德利洛（Don Delillo）的《白噪声》（*White Noise*, 1985），因为它捕捉到了当代生活中一种最奇特的现象：人类生活在一个足以用自己学到的知识来消灭自身的时代。有人评述道，这部小说不仅揭示了资本主义的消费意识，而且还表露出后工业化经济中人类角色的转变，即人类变成了废弃物的生产者。所谓的真实自然现在已经是满目疮痍，几近衰竭，成为"废弃物的帝国"。（Glotfelty, et al.：198—199）洛夫则从小说中格拉德尼对毒气的最初反应来说明大学教授在恶劣的生态环境中并非高高在上，亦难免遭劫难：格拉德尼起初不相信毒气会侵入他那片优雅的住宅区，他认为只有穷人和没受过教育的人才会受到自然及人为灾害的影响。他以飓风为例，说明只有穷困地区的人才会遭洪水侵袭，并发问："在那些发洪水的电视画面中，可曾见过一个大学教授在洪水泛滥的街道上划船逃难？"而事实证明他错了。洛夫以此例论证文学及其研究者不可能总是生活在精神世界里，他们不可避免地要受到自然界的影响。（Love：17）当然，受到生态批评家关注的当代作品源源不断，如美国小说家博伊尔（Coraghessan T. Boyle）的《地球之友》（*A Friend of Earth*, 2000）、英国小说家莱辛（Doris Lessing）的《玛拉与丹恩》（*Mara and Dann*, 1999）、俄罗斯女作家托尔斯塔亚（Tatyana Tolstaya）的《斯莱尼克斯》（*The Slynx: A Novel*, 2000）、加拿大女作家阿特伍德（Margaret Atwood）的《"羚羊"与"秧鸡"》（*Oryx and Crake*, 2003），等等。

从当代生态文化的角度来重新阅读和评述文学经典则是生态批评的另一大特点，也是它的有趣之处。这其中既有对文学传统的纵向重读，又有对不同文学品种的横向审视。英语文学教授W.J.㹴思连续发表了三部有关专著《乡土传统》、《自然的诗歌》（*The Poetry of Nature*, 1980）和《地域的想象》，分别从散文、诗歌和小说的角度来重新评述英国文学传统中的经典，挖掘其中的乡土情结。洛夫则在其《实用生态批评》中用三章的篇幅分别以美国作家凯瑟（Willa Cather）、海明威和豪威尔斯（W. D. Howells）的作品为例，解释生态批评的实用性：凯瑟《教授的住宅》（*The Professor's House*）的叙述方式可以代表审美的文学语言与生态环境的交织，体现出人性与其所处地理位置之间的密切联系；海明威的《老人与海》则展示出人类与自然的另一种接触，那是一种生态冲突，带有某种独特的悲剧意识；豪威尔斯的《狮头山庄之主》（*The Landlord at Lion's Head*）及《来自利他之乡的旅者》（*The Traveler from Altruria*）分别从现实主义和理想主义的角度表明，进化理论及实践留给我们一个令人迷惑不解的问题：人性和人类行为中的利己主义与利他主义的冲突。由此看来，这种以生态为取向的阅读并非简单地将文学作品置于生态考虑的层次上，而是在传统的阅读方式基础之上，从生态的角度来赋予作品以新意，从而进一步丰富作品的内涵。

生态批评正处于一个新兴的阶段。它起始于英美国家，目前重心仍在英美国家。在美国是始于20世纪80年代末，其公认的创始人为内华达大学的格洛特费尔蒂。她率先倡导用"生态批评"作为一种研究文学与自然环境关系的文学批评，并编辑了《生态批评读本》，介绍了生态批评的定义、背景、现状及前景。该文选意味着生态批评已经不再是单枪匹马的"荒野的呼唤"，而是形成了一种群体意识和集体事业。她也是于1992年成立于美国的"文学与环境研究会"（Association for the Study of Literature and Environment）的创始人之一。在英国，生态批评始于20世纪90年代初，创始人为利物浦大学的乔纳森·贝特。贝特的专著《浪漫生态学》（*Romantic Ecology*, 1991）及《大地之歌》侧重于从英国的文学传统中挖掘人与自然的密切联系，展示英国及欧洲其他国家生态批评的特点。贝特将《浪漫生态学》称为"最初的生态文学批评之概略"。在英国，生态批评的提法与美国略有不同，它最初被称为"绿色研究"（green studies）。就其特点而言，美国的生态批评倾向于"颂扬自然"，而英国的绿色研究则侧重于"威胁论"，即警告我们人类所面临的环境危机。（Barry: 251）贝特在《大地之歌》的开端部分就指出："公元第三个千年刚刚开始，大自然却早已进入了危机四伏的时代……文学批评怎么能够不直面这样的世界，怎么能够不发出这样的质问：我们究竟从哪里开始走错了路？"上述一段话被多数生态批评的论述所引用。尽管生态批评目前在不同的国度存在不同的倾向，但可以断言的是，生态批评仍处于演变和发展之中。

生态批评的理念

生态批评最基本的理念，就是人类文化与自然世界密切相连，它既影响自然，又受自然的影响。因此，生态批评将自然与文化，尤其是语言文学与自然的互相联系作为它的主题。（Glotfelty, et al.: xix）

生态批评是对人与自然、文化与自然关系的一种反思。受后现代主义的影响，在高科技发达的现代社会，人与自然都趋于物化或者说商品化，两者转化成为一种新的形式——"现有的需求物"。哈罗德·弗罗姆（Harold Fromm）在其论文《从超验到退化》（"From Transcendence to Obsolescence"）中指出，随着野生自然逐渐消失、物质需求获得极大满足,人的思想似乎达到了一种新的自主与独立状态。但是这种自主和独立是建立在人对自然的统治和任意使用的基础之上,从而切断了他们在地球上赖以吸取营养的根。他继而说明这种状态的后果:"为人类提供营养的自然环境已经发出警告,要终止这种营养的供应,并开始成为人类的杀手。"(Glotfelty, et al.: 34)高科技带来的副作用,以及人类以自然的主宰自居的观念不仅造成人们精神上的危害,而且对我们赖以生存的地球产生了直接威胁,从而使人类陷入了我们既归属地球同时又在毁坏地球的矛盾之中。从"我们究竟从哪里开始走错了路?"的质问中,人类已经感受到生态浩劫在逼近,现代文化的误区繁多,因此,探索健康的文化模式已是势在必行。

美国自然文学作家加里·斯奈德(Gary Snyder)在一篇题为《荒野》的演讲中指出,西方文化的弊端在于它继承了太多错误的东西,它是一种与外界和内在的荒野隔离的文化;而这种文化是引起环境危机的根源,是一种自我毁灭的文化。(Begiebing, et al.: 645)肯特·赖登在其著作中从文化与自然的密切关系的角度来探索一种健康的文化模式。他认为,自然与人和文化像万花筒般地千变万化、错综复杂地联系在一起。在现代社会,自然中到处有文化的痕迹,而文化中也反映出自然的影像,从而打破了自然与文化之间的界限,说明人与自然、文化与自然是不容分隔的。(Ryden, 2001: 10—11)正是由于生态批评家看到了现代文明的误区,认识到自然中仍有一种逻辑的支撑,因此便开始倡导一种自然、社会与精神和谐共存的生态视野及健康的文化。他们认为人类是一种独特的有文化的物种,我们所叙述的故事最终会影响我们的生存或者灭亡。他们相信文学语言的变化必然会影响到法律语言的变化。文字能打动人心,能载入人的脑海,能导致正确的行动。

生态批评主张人类由"自我意识"(ego-consciousness)向"生态意识"(eco-consciousness)的转变,认为人类已不再是自然的主宰,而是土地社区中的一员,与自然世界中的其他成员生死与共。这从生态批评家选用"生态批评"来定位自己的研究范畴这一举动中也显示出来。因为"生态的"(eco-)与"批评"(criticism)一词的组合反映了文化研究与自然世界之间的关系。这是一种平等的关系,也就是说,当我们研究语言与风景、文本与地域、词语与树林的关系时,我们不是在研究两类分离的事物,而是相互依赖的事物,是我们称之为生命的东西。它们之间相互联系,都依赖于诸如阳光、水及空气等基本的自然因素而生存。因此,语言或文学便是与生态环境不可分离的事物。

生态批评还试图从伦理及社会文明进化的角度来重塑人与自然的关系,推测思想文化的走势。早在1967年就出版了《荒野与美国精神》(*Wilderness and the American Mind*)的美国学者罗德里克·纳什,在事隔20多年后出版了《自然的权利》一书。在这部被收入美国文化思想史丛书的著作中,纳什以文化历史学家的眼光,从伦理的演变及权利的扩展角度来论述生态环境的伦理,推导出美国思想文化的发展趋势。他以图文并茂的形式阐明了伦理由最初的自我,到家庭、国家、动植物乃至整个生态系统的锥形进化趋势。就美国而言,从独立战争、废除黑奴、女权运动、人权法案直至 1973 年的濒临灭绝物种法案,无不显示出权利范围的逐步扩展。因此,有人将生态女权主义(ecofeminism)与生态批评联系在一起,因为前者的主题是将女性受压迫与自然受支配的不平等地位等同起来,从而为女性和自然寻求平等。纵观历史,人类为争取独立平等的权利、男女平等权利、消除种族隔离等目标奋战并最终达到了目的,那么人类也将把权利赋予自然。从 1867 年缪尔(John Muir)提出要尊重"所有其他生物的权利",到 20 世纪 40 年代利奥波德(Aldo Leopold)提出"土地伦理",直到今天人们发出关于"解放自然"和"地球的权利"的呼唤,我们不难看出人类文明进步的足迹。当然,纳什解释道,自然本身不会争取其权利,但人类是道德的经纪人,有责任明确并保护地球上其他居住者的权利,这种权利概念意味着人类对自然有责任和义务。(Nash: 4—10)。英国学者及生态文学的倡导者特里·吉福德则主张文学要传达一种自然与文化相辅相成的意识;他认为,是我们的这种意识赋予我们良知及能力,使我们要对人类和地球上其他物种及地球本身的行为负责。(Gifford: 160—161)

生态批评还将某些生命科学的理念融入其中,强调跨学科性的研究,威尔森(E. O. Wilson)和卡罗尔的观点为这方面的研究奠定了基础。威尔森的著作《一致:知识的综合》(*Consilience: The Unity of Knowledge*, 1998)认为,世界是一个相互关联、由万物构成的联合体,知识本身就是一个由自然科学、社会科学及人文科学组成的领域。未来知识的走向将是所有这些都融为一体,而在此过程中,人文科学将逐步接近科学并部分地与科学融合。(Love: 59)从自然文学的先驱来看,无论是英国 18 世纪的怀特(Gilbert White),还是美国 19 世纪的梭罗,都是集自然学家及作家于一身,他们当时所关注的正是如今生态批评者们称为适用于绿色领域的跨学科研究。承袭浪漫主义及超验主义传统,同时又吸收达尔文进化论及生态理论,这是生态批评在文学领域中的大胆尝试。卡罗尔在 2004 年夏天英国"环境与文学研究会年会"所作的大会主题发言《适应、环境与文学想象》中,将进化生物学、生态学与文学联系在一起,阐述了人性与环境、文化与自然的关系。他指出,人的心理是从适应自然环境的过程中形成的,因此人类的思想与文化活动受制于自然环境及自然定律。我们的身体打上了自然环境的烙印,这种烙印自然会反映在表达人类情感的文学之中。他在其新著《文学达尔文主义》中以勃朗特的《呼啸山庄》为例,阐发了自然环境对文学作品的影响。

生态批评家还将语言视为不断进化的产物,语言并非生来就与自然界隔离,而是与大地同步,经历了同样的演变过程。因此,哪怕是最简单的一个句子的生成,也与我们的历史、我们周围的其他生物及我们赖以生存的土地密切相关。卡罗尔所以被誉为"具有突破性的文学理论学者",就是因为他敢于挑战传统的文学理论,将文学批评与进化论、生态学及心理学等生命科学领域联系在一起,从而为文化与自然、人类与生态间的相互依赖提供了论据,也为文学理论研究拓宽了视野,增添了新的活力。

生态批评的文学价值

生态批评与其他文学批评不同。文学理论通常是探讨作者、文本与世界的关系。在多数文学理论中,"世界"往往是"社会"的同义词。生态批评则将"世界"扩展到"整个生态层"。因此,生态批评家拒绝接受关于万物都是社会地或语言地联系在一起的观念。他们认为,如果我们信奉生态学的首要定律,即"万物之间都有着密切的联系",那么"文学就不会高高地飘浮在物质世界之上那美丽的蓝天中,而是在一个由能量、物质和精神相互影响的、无比复杂的环球宇宙中发挥自己的作用"。(Glotfelty, et al.: xix)

在 2001 年出版的题为《早期生态批评百年回顾》的文集中,编者戴维·梅泽尔声称,尽管生态批评是近 20 多年来的产物,但实际上它拥有更长的历史。在简述了美国的文学批评史之后,梅泽尔指出,以前各种文学批评的问题在于"他们[文学评论家]对于自然环境关注得太少,他们认为文学应当密切联系的那个'世界'是社会的而不是自然的世界"。他继而解释道,尽管在许多学术圈子中,生态批评仍被视为处于边缘地带,但事实上,它一直位于中心并起着决定性作用。没有它,我们关于"美国文学"的概念或许根本就不复存在。他以福斯特(Norman Foerster)的《美国文学中的自然》(*Nature in American Literature*, 1923)、马西森(F. O. Matthiessen)的《美国文艺复兴》(*American Renaissance*, 1941)、史密斯(Henry Nash Smith)的《处女地》(*Virgin Land*, 1950)、马克思(Leo Marx)的《花园里的机器》(*The Machine in the Garden*, 1964)等作品为例,说明即使是在 20 世纪六七十年代之前,在美国文学学术批评的发展过程中,也始终存在着一种初始的生态批评的推动力。(Mazel: 1—8)

有的学者认为,生态批评帮助我们从生命本质的角度,从围绕及支撑着我们的大地的角度,为文学研究铺垫了基础。它重新将文学研究与在这个已经不堪重负、危机重重的地球上的生存问题联系在一起,使我们关注脚下的土地、我们与它的关系以及我们对它的行为所产生的后果。它将文学从清高的文字游戏王国中,从人类自我迷恋的各种文学批评中解脱出来,要求我们认真地思考怎样才能明智而有益地生活。这种意义是任何其他的文学批评所不具备的。纵观学术研究领域的历史,人们往往将人类生活与非人类生活区别对待,鲜有以这两者的联系作为研究的目标。重新联结人性与生存地点的关系成为生态批评的关注点。卡罗尔评述道,生物学为人类与其在自然中生存地点的密切联系不断地提供连贯而具有说服力的解释,而文学艺术家早就意识到了在特定自然环境中所形成的人性。人的经历以及对作家、人物与读者之间交流的这些经历的直观理解一直是文学体验的中心。(Love: 89—90)因此,人性与生存地点的关系成为吸引文学学者的一个兴趣点。美国散文作家罗克韦尔·格雷(Rockwell Gray)曾写道:"所有的经历都带有地方色彩;也就是说,所有人类的经历,实际上都是在特定地点发生的。"美国自然文学作家玛丽·奥斯汀(Mary Austin)则认为,地理环境形成了人的意识及文学,因为地理环境比共同的语言及政治关系具有更大的文化影响力。她认为,最好的作家是那种显示出乡土本色的作家,那种乡土本色不是土里土气,而是这些作家所处的自然环境的必然产物。(Mazel:11)生态批评家主张,要完全理解人类的经历,仅凭仔细阅读书本上的文字是不够的,还需要聆听大地的故事,细细品味这些故事是如何塑造和改变了大地;我们需要走向自然,成为风景的读者。在这个意义上,生态批评家重新设定了文学的理论及背景,正如诗人惠特曼在《地球之歌》中所述:"如果没有大地的理论所支撑,则不会有任何理论。"

因此,生态批评家主张将上述理念应用于英语文学的教学研究之中,提倡从生态的角度阅读文本。巴里在《理论入门》中将这种阅读解释为将注意力由"内在"(inner)转向"外在"(outer),结果原来被视为"背景"(setting)的部分现在却由批评的边缘变为批评的中心。他以爱伦·坡的《厄舍古宅的倒塌》("The Fall of the House of Usher")为例——通常当人们读这个故事时,都将注意力集中于内部,即房子的主人厄舍及其病态的心理。以生态为取向的阅读则将重点放在外部,即房子及其外在环境。厄舍古宅是作为与世隔绝、自行衰落的系统而存在的。它与万物共栖的巨大生物界毫无联系,死气沉沉的湖水映出的是房子本身僵硬的影像,古宅在其行将没落的氛围中喘息。更可怕的是,在厄舍的身上全是"文化"而没有"自然",他无法忍受与自然界的任何接触。他与外界接触的唯一途径是艺术。他对自然光过敏,只能适应绘画中显示出的光。他无法忍受自然的声音,只能适应音乐中"处理过的声音"。这个故事所描绘的是一个被损坏的无法修复的生态系统,故事的中心不是黑夜中的一个焦虑不安的人,而是生态劫难的漫漫长夜。(Barry:258—261)贝特在《大地之歌》中从生态的角度评述英国19世纪浪漫主义诗人的诗作:

> 拜伦的《黑暗》提示我们当生态系统崩溃时,人类之间的关系也随之瓦解。济慈的《致秋天》及柯尔律治的《夜霜》则是对人与人之间、人与土地之间关系的思索,是对脆弱、美丽而又必要的完整生态系统的思索。(Bate:12)

由此可见,这种"以生态为取向的阅读",并非削弱而是增强了文学研究的生命力。

20世纪80年代中期,随着自然文学的兴起,有关文学与自然环境的课题就已经被搬上了高校的讲坛。生态批评则使得这种教学实践更为深入广泛。近十几年来,有关环境与文学的课程呈上升趋势,不仅哈佛、耶鲁、普林斯顿、布朗等名校,而且普通的高校也都开设了这门课程。比尔的《环境的想象》就是根据他在哈佛给学生开设的"美国文学与美国环境"课程的讲义写就的。应当说,生态批评的发源地美国西部的内华达大学是这种教学实践的中心,那里不仅云集了有关生态批评的教授、学者及访问学者,而且还有《文学与环境跨学科研究》(*Interdisci-*

plinary Studies in Literature and Environment，简称 ISLE）的文学期刊，定期发表该领域的研究成果及新的进展。在教学中，生态批评家认为，学者及学生的野外活动有助于生态批评的教学实践；他们提倡学生亲历自然，经常仔细地阅读大地，观察其节奏、图案及纷繁万象。这种与自然接触的亲身经历给学生对文本的阅读增添活力与想象力，甚至使他们的思维更为敏锐，写作更具特色。他们认为，信息的提供者就是大地本身，这一点，或许正是生态批评的特征所在。因为其他的文学形式通常将研究者或学生留在室内，引向自己的内心，而这种文学批评则是引导人们经常地、愉快地走向外界，走向自然，并从中汲取精神与艺术力量的源泉。

生态批评不仅给英语教学研究注入了活力，而且借助文学的力量影响和推动了社会的环境保护运动，实现了其文字打动人心、导致正确行动的宗旨。2004 年出版的《环保的词语》(*Conserving Words*) 以在美国历史上颇具影响力的五位作家及其作品促使了环保组织的建立及环保运动的发展为例，说明文学是如何向社会传递环保的价值观念，从而导致了人类正确的行动。罗斯福（Theodore Roosevelt）在他的《牧场主的狩猎旅行》(*Hunting Trip of a Ranchman*, 1885) 出版两年之后便与其他猎手携手组建了"布恩及克罗克特俱乐部"（The Boone and Crockett Club），这是一个旨在保护美国西部风景及边疆价值观的组织，继而又促成了黄石国家保护公园的建立。《自然之友》(*The Friendship of Nature*, 1894) 的作者怀特（Mabel Osgood Wright）重组了"奥杜邦鸟类协会"（The National Audubon Society），倡导人们从精心打理自己的花园做起，与自然为友，最终实现了建立鸟类禁猎区的目的。《加利福尼亚的群山》(*The Mountains of California*, 1894) 的作者缪尔组建了"山岭俱乐部"（The Sierra Club），旨在保护刚建立不久的优胜美地国家保护公园，该俱乐部现在依然发行出版自然文学及生态批评的丛书，并在环保方面发挥着重大作用。被称为"生态之父"的利奥波德是《沙乡年记》(*A Sand Country Almanac*, 1948) 的作者，他不仅在此书中提出了"土地伦理"及"生态良心"的观点，而且参与组建了"保护荒野协会"（The Wilderness Society）。以描写美国西部风景而著名的当代自然文学作家阿比（Edward Abbey），不仅以他对沙漠生动逼真的描述而引发了人们的心灵震撼，而且于 1980 年组建了旨在将环保运动扩展到全球的组织"地球第一"（Earth First!）。上述事例，不一而足，但均可说明生态批评是如何改变了人们的观念及行为，也充分显示出文学-自然这一重大关系所产生的力量。

结　语

简而言之，生态批评是研究文学与自然环境之间关系的学问。它持一种以地球为中心的态度来对待文学研究，提出了文学是使人类更好地适应自然世界还是疏远自然世界、文学的作用是否更有利于生态平衡与和谐的课题。生态批评最基本的根据是人类文化与自然界密切相连，它影响自然界，同时又被自然界所影响。作为一种文学批评的形态，它置身于文学领域，又钟情于自然世界。所以不同于其他的文学批评及文学理论，生态批评把传统文学批评中主要以社会为含义的世界扩展到包含万物的整个自然界。用文学形式唤醒人们保护自然环境的意识是生态批评的重要任务之一，因此，它敦促人们认真地思考人类与自然的关系。生态批评作品大都有一个共同的认识，即我们已经走到了环境极限的时代，人类的行为正在毁坏不堪重负的地球，而我们所面临的全球危机不取决于生态系统的作用，而取决于人类伦理道德的作用。

尽管生态批评作为一种独特新颖的文学流派引起了文学界及社会各界的关注，但对于这个理论流派的评述也有一些不同的看法。比如，它有用时髦的术语哗众取宠之嫌；它具有明显的政治性，无非是想再建立一种标新立异的"主义"；它从本质上是反理论的，而它本身的理论根据也不充足；这种文学批评的野心过大，试图把进化论及生态理论纳入文学批评之中，而这些有关生命科学的理论并非如此简单，等等。达纳·菲利普斯长达 300 页的专著《生态论的真相》可以说是对生态批评持异议的最有代表性的论著，尽管此书在文学界也颇有争议。菲利普斯在该书的前言中写道：

> 我们自以为自然的真相是直截了当，一目了然的。许多人认为生态学家仅仅借助"像山一样思考"的观点，就能满足我们对自然进程有更深了解的需要。然而，我们围着山转来转去，试图感觉到狼的存在，猜出山的思索，可是在内心深处我们都暗自担心，恐怕两者都超出了我们的能力所及。

不过，生态批评学者似乎对于各种不同意见采取了一种包容的态度，他们认为文学批评是一所具有多个房间的宅子，因此它应当是包容性的，而不是排他性的。当然，他们也看到了生态批评将来所面临的两个挑战，即如何处理经济全球化与生态批评之间的关系和如何在绿色人文科学与环境科学之间建立一种建设性的关系。总之，对文学研究者及教师而言，生态批评这种跨学科的研究是 21 世纪的一片崭新的知识前沿领域，它对重新理解人类在自然及社会环境中的地位、对人类如何健康明智地在地球上生存有着重大意义。

参考书目

1. Cheryll Glotfelty, et al., eds., *The Ecocriticism Reader*, U cf Georgia P, 1996.
2. Dana Phillips, *The Truth of Ecology*, Oxford UP, 2003.
3. Daniel J. Philippon, *Conserving Words*, U of Georgia P, 2004.
4. David Mazel, *A Century of Early Ecocriticism*, U of Georgia P, 2001.
5. Glen Love, *Practical Ecocriticism*, U of Virginia P, 2003.

6. Greg Garrard, *Ecocriticism*, Routledge, 2004.
7. Jonathan Bate, *The Song of the Earth*, Harvard UP, 2002.
8. Joseph Carroll, *Evolution and Literary Theory*, U of Missouri P, 1995.
9. —, *Literary Darwinism*, Routledge, 2004.
10. Kent C. Ryden, *Landscape with Figure*, U of Iowa P, 2001.
11. —, "What is Ecocriticism," Http://www.asle.umn.edu/conf/otherwla/1994/ryden.html.
12. Lawrence Buell, *Writing for an Endangered World*, The Belknap Press of Harvard UP, 2001.
13. Michael P. Branch, et al., eds., *The ISLE Reader*, U of Georgia P, 2003.
14. Peter Barry, *Beginning Theory*, Manchester UP, 2002.
15. Robert J. Begiebing, et al., eds., *The Literature of Nature*, Plexus Publishing, Inc., 1990.
16. Roderick F. Nash, *The Rights of Nature*, U of Wisconsin P, 1989.
17. Terry Gifford, *Pastoral*, Routledge, 1999.
18. W. J. Keith, *Regions of the Imagination*, U of Toronto P, 1988.
19. —, *The Rural Tradition*, U of Toronto P, 1974.
20. W. Joseph Meeker, *The Comedy of Survival*, Charles Scribner's Sons, 1974.

时尚 徐 敏

略 说

　　"时尚"（Fashion），或时兴、时髦、流行的风尚，集中体现于人们的衣着样式之中。但时尚并非只存在于服装领域内，而是一种更广泛地发生在人们的日常生活与精神领域中的社会现象，是现代社会大众日常生活及其内心世界的一种表现形态。除服装之外的各个生活领域，都有着时尚现象的存在。无论人们对时尚持何种态度，无论人们是否愿意，他们都与现代生活的时尚形态构成了难以割断的关系，并以不同的方式或程度，被圈入时尚生活之中。时尚，是现代人的一种生活形式，它反映、表现并构建现代人的日常生活形态及其精神世界。

综 述

　　时尚并不仅仅存在于当代社会中，社会历史的各个阶段，都形成过类型不一、范围不同的时尚现象。在现代社会之前，时尚就是一种统治阶级或上流社会的物质生活形式。与今日时尚相比，古典时尚无疑在外部形态、形成原因以及社会影响方面，存有一定的差异。但我们仍能找到它们与现今时尚的相似，譬如在功能、历史继承性以及其他精神特质上的密切联系。

　　齐美尔认为，"时尚是社会形式之一"。时尚既是一种日常生活现象，也与其所属的社会形态联系在一起，与其所属的社会政治制度、经济基础、文化道德风尚及其传播方式等基本结构和内在发展动力密切相关。在这个意义上说，时尚尽管不是观察与分析一个时代或社会的文化类型、精神风气、道德状态与社会类别唯一的渠道，但它经常是最重要的一种物质与文本形式。

　　对时尚进行理论上的研究与分析，必须首先针对并回答这样三个问题：第一，时尚在日常生活不同领域的基本表现形式、分布状态与影响是什么？第二，时尚的制造、传播与变化是否存在着一种或若干种基本的规律或体制，尤其是时尚表现与形成的话语表述范围、体制及相关策略是否有着某种一致性，是否构成一类特定形式或风格的知识与权力形态，其对社会及文化（无论是大众流行文化，还是所谓的精英文化）起到了什么样的意识形态影响甚至建构作用？第三，主要存在于商品的消费领域内的时尚现象，与其相应的生产领域及其经济与社会的生产和再生产是一种什么样的关系，这种关系会如何再现或表现、构建、掩盖甚至扭曲人们的日常生活实践？

针对上述问题，学术界先后形成两个侧重不同的领域与思路。一是把时尚当做文化现象看待，即针对某一特定时尚进行内容与形式分析，从而理解一个时代的精神潮流、政治形态与生产力发展水平。这是一种有关时尚的社会历史研究思路。另一种思路则受符号学影响，其分析重点，在于时尚的话语机制，时尚所构成的日常生活思维模式，以及时尚在其意识形态表述之外，是否能为消费者提供自由、逃避与抵抗的资源。当前学术界的一般做法，是把上述两种思路结合起来。在研究中，他们普遍关注时尚的消费意识形态、它在社会阶层与性别文化方面的构造方式、它与大众文化及后现代主义的关系，等等。

本文着力于针对时尚现象的阐释与分析。本文认为，只有在这种阐释与分析的基础上，人文及社会科学人士不仅能寻找到一个客观立场，还能在时尚的生产、消费与传播等更大领域内发挥自己的作用。另外，本文所关注的时尚具有明显西方特征，并主要利用西方学术资源。这一方面是因为时尚首先是一种西方现象，而中国本土时尚也正追随西方化的发展与演变趋势；其次是因为，时尚也是一个早已存在于西方学术范围内的问题，目前有关时尚的研究资源主要存在于西方学术领域。本文力图对有关时尚与社会再生产、与日常生活的关系和时尚话语的基本形态及其生产、制造与传播的运作等三个方面的问题，形成一套比较完整并相互关联的纲领性分析思路。

时尚的上层建筑

现代主义的先驱波德莱尔在对油画和19世纪的巴黎的研究中，就把服装当做一个重要现象来看待，认为不同时代与环境中的时装或服饰都具有高级的精神性，是人们"理想的趣味的一种征象"，能反映出一个时代的精神风气与美学特征，（波德莱尔：506）时装因而具有艺术与历史的双重魅力。他写道：

> 所以，人们曾经合乎情理地指出，所有的时装样式都是迷人的，就是说，相对而言是迷人的，每一种都是一种朝着美的或多或少成功的努力，是一种对于理想的某种接近，对这种理想的向往使人的不满足的精神感到微微发痒。

波德莱尔认为，时装不能与其穿着者分开，是穿着者为服饰带来了活力与生气。没有穿着者的时装，尤其是没有美丽的女性穿着的时装，是没有生命的。因此，各个时代的绘画中，时装是与女性的美、与经由它而表现出来的艺术和生活的美不可分离的。似乎一开始就是这样，时尚首先而且主要的就是时装，而且是女性时装。时装似乎总是与女性密切相关的一种文化现象，似乎时尚总是只属于女人。时尚为什么一直以来都与服装的生产、购买与穿着有关呢，为什么时尚经常性地和在一般意义上等同于时装呢，即时装为什么经常能与时尚相互取代呢？

首先，服装具有一种普遍的人类学意义，既是人类一种基本的生理需求，属于容易消耗的基本生活资料，也是一种体现人类社会属性的外在标记，还在象征领域里是人类不同社会的文明与文化特性的一种表达。它既可以是易于生产的生活必需品，也可以是需要精心制作与加工的奢侈品。服装的意义体现着人的社会身份，构建着社会结构，并表述出了不同社会形态中的文化、种族与性别差异。因此，服装及其体系，与饮食一样，是人类社会的一个基本细胞组织，是社会政治、经济、文化的一个聚焦点。用凡勃伦的话来说就是，"同任何其他消费类型比较，在服装上为了夸耀而进行的花费，情况总是格外显著，风气也总是格外普遍"。（凡勃伦：132）其次，在服装的社会性的另一端，是身体及其以个体性身体为载体的人的主体性。服装总是在人的身体上，总是以一种最日常化的方式体现并建构着人的身体，并通过这种体现与建构，塑造着人的身体活动形态、特征与规范，从而构造出人的基于其身体的主体性。关于这个问题，我们已经有了大量关于西方更为重视人的身体即肉体形式的讨论，而且，身体理论在今天也已经成为了人文社会科学的一个重要论述空间。福柯就认为，西方社会自启蒙运动以来，通过法律、医学、性、教育、军事等各个社会领域的协同运作，使身体成为现代社会得以形成的一个中心要素，以便使这个身体成为守纪、健康、大量的工作与较少的娱乐、知识及坚强的劳动力。由于福柯所研究的身体主要是指男性的身体，这就造成了"福柯在对权力作广泛分析时，忽略了对消费、时尚、休闲以及符号等这些当代权力与社会再生产的关键机制的探讨"。（贝斯特等：159）与此相应的是，女性则通过家务劳动，通过时尚化消费，通过其外表与形象，通过各种日常、娱乐与礼仪性活动，并通过各个社会有关欲望、美、魅力等对于身体的各种观念，同样地也在建构着自己的身体。在这种建构中，服装是一个重要的道具，即一种工具、一种玩具与一种象征的结合体，如同鲍德里亚所说的那样，"女人已经和她的服装成为了一个不可分割的整体"。这是一种女性身体的时装化过程，与男性身体的工作化规训方向相反却互补。"说到底，人们仍然要求男人们扮演士兵的角色，而女人与自己的玩具戏耍。"这样一来，服装成为了社会与个体身体的一个交接点，一种联系、沟通与交换的媒介，使得日常生活通过服装，尤其是通过时装，获得了一种稳定的物质表达形式与形象。因此，时尚首先并必然地以服装来体现。我们可以说，服装是身体的上层建筑，而身体，则如同精神一样，是一种可以占有与反复利用的可再生资源，只要人存在，这种资源就不可能耗尽。我们甚至可以说，身体可能是我们自身最后的资源。

尽管现在也有大量的研究表明，时装与时尚的发展变化同样甚至更鲜明地体现在男性身上，是以男性为主导的，（霍兰德：6）但无论如何，时装具有强烈的性别特点是不争的事实；而且，"如果我们不去注意男性服装，我们就无法理解女性服装，反之亦然"。造成关注女性时装而忽视男性时装的原因，一方面来自于时装的历史，即至少从表面上来看，在现代时装中，女性的变化似乎要比男性的更多、更丰富；另一方面，则是由于时装的生产、制造与传播主宰权往往都由男性掌握，也就是说，男性对于时装生产的主宰使得时装甚至时尚总是被等同于女性时装或时尚，这其中隐藏了一种男性中心主义的视角。事实上，在工业革命以前，也就是在大规模的服装生产之前，这种普遍关注女性时装的现象就已经存在了。时装被强调为女性表现自己的一种重要方式。在这里，我们应该关注的是，在时装领域内性别因素的特征还与西方社会的性别分工和社会阶层区分有关，体现着西方工业化以前的社会基本特性。这一时期的西方已经以上流社会的沙龙、宫廷舞会、节日庆典等形式，组建了一系列只属于特定社会阶层的公共空间。在这些场合，上流社会的女性、高级妓女、国王与贵族们的情妇等，在日常生活及重要礼仪活动中，以自己的服装来体现一种趣味与魅力，表现自己的美貌、财富与相应的社会身份，而且还用服装来表达着自己的社会性功能。比如，这时的高级妓女就是西方前资本主义上流社会的一种公众人物，她们穿梭于上流社会的不同男人之间，这一过程本身对于上流社会及其公共性而言就是一种极其重要的黏合与传播作用。女人是上流社会的公共交往空间的中心。实际上，女性一直在社会分工与社会构建中有这种媒介化作用。如同列维－斯特劳斯所说的那样，一个社会共同体的发展，除了要形成畅通的物品与信息交流外，还与其女性是否以及在多大程度上能自由流动密切相关。（列维－斯特劳斯：339）

从一个男人到另一个男人，从一个家庭到另一个家庭，女人在没有继承权、财产权与其他政治权利的前提下，在其自身不是作为社会生产力与劳动力的情况下，在其始终为男人的附属物的社会身份中，在"她还是男人的动产"时，仍然有着一种对于公共社会而言的建构功能。只是在社会层面上，不同社会阶层的女性，其建构社会深度与广度是有差异的。（凡勃伦：139）其中，在文艺复兴到工业革命之前这一段历史时期内，高级妓女及贵族的情妇们，必须要利用自己的身体与美貌，再加上艺术修养、服装服饰、人际交往礼仪等方面的训练，建立起一种特定的针对上流社会男性的魅力，既要以此证明她们所属的男人的社会地位与财产，也要继续让她们心目中的男人能紧紧围绕在身边，以体现、刺激与强化男性统治阶级欲望的方式，与他们进行身份、权力、财富与情感的交换。反过来，不同类型的男性及其所属社会阶层，也需要把女性当做一种媒介，一种可以自由交换与流通的身体，一种能让人产生羡慕与忌妒的生命来作为自己稳定与发展的动力。上流社会的女性，必须要使自己成为掌握权力与财富的男人们拼力去争夺的一种稀有的性别或性资源，必须要让自己的美貌、举止、风情、性感，通过醒目与新奇的方式，转变成为既是针对自己的一种巨大的愉悦，也是针对男人的一种强烈引诱，即便为此付出败坏社会道德风气的恶名也在所不惜。这就造成了西方古典或君主专制时期上流社会女性的时装风格核心就是色情。（傅克斯，《欧洲风化史：风流世纪》：146）

暴露的胸部、高跟鞋、钟形裙、内裤的受禁止等时装样式或穿衣习俗，都在极力体现着女性的性感，增加着她们相对于男性的交换价值，并通过她们自己的身体与服装，来表现出这个时代统治阶级的精神风尚。在这里，我们看到了时装对一个社会政治经济形态的反映，对一个时代风貌的展示，对社会分工、社会阶层划分与性别建构的体现。应该说这种时装的表意关系到今天仍然存在，但远不如这一时期表现得彻底与直接。通过时装，上流社会的女性成为了"男子可以享用的奢侈品，并且是最珍贵的奢侈品"。这都强烈表现了前工业社会时期时装与时尚的上层建筑特性。

如果我们把时装看做一种身体技术，那么时尚则是一种生活技术。上流社会的女性对于社会的构建与生产的促进功能还可以从14世纪至17世纪西方的家具业、丝绸业、服饰业、餐饮及娱乐业的发展中看出来。高级妓女为了维系自己的存在，形成了对于奢侈品的巨大消费能力，这一能力所带来的结果，又反过来刺激了其他富裕的正统妇女们对奢侈品的购买。这使得女性，尤其是上流社会的女性，在与男性社会的复杂关系中，推动与促进了奢侈品的生产和消费。"服装方面的奢侈在18世纪被提升到了一个更高的高度，服装变得过分雅致。"（桑巴特：115）甚至有一种观点认为，正是这种对奢侈品的生产与消费，导致了资本主义生产方式及其经济组织形式的起源。阿多诺在其对文化工业的著名论述中也指出，"文化工业产品，巩固了消费者与大康采恩的联系"。这就说明，不是在普通人的日常消费品中，而是在诸如时装之类的文化工业类商品的生产、流通与消费中，资本主义大型企业组织及其市场机制获得了强大的动力。

时尚与社会再生产

作为一种社会现象，工业革命之前的时尚仍然只在一个较小范围中存在，还只是一小部分人的事物，还没有形成对整个社会全面和深刻的影响，而且与大众没有直接关系。此时，上流社会的奢侈品行业，仍以手工业生产方式为主，只在某些行业中出现了水力与机械的使用，但其生产方式、生产工具及其生产力的决定性影响，与来自消费需求的影响相比，仍然是次要的。当时时尚的流行范围与深度的有限性也是这个原因造成的，即定制化生产所针对的仍然只是少数人群，这强化了时尚与普通大众的距离。西方古典时代时尚的这种特征也构成了当代时尚及时装的另一个精英传统，即高级成衣业的手工业传统。但即便如此，我们也不能忽视服装与社会生产方式之间、服装业的生产方式与社会形态变化之间的紧密关系。服装，尤其是高级时装的生产，在导致工业化生产方式的出现上有着非常重要的作用。实际上，以时装为代表的时尚，其存在形式与变化形态，直接取决于其生产力的发展水平与生产方式的组织方式。约翰·伯杰认为："假若社会上对个人的妒羡没有发展成普遍而广泛的情绪，魅力就不可能存在。……工业社会，是生产这种情绪的理想社会。"也就是说，时尚不仅只是社会的上层建筑的表征，它也是一种生产力；而时尚生产力的基本状态是与整个社会的物质生产能力密切相关的。

时尚首先是一种生活资料，是一种存在于日常生活领域的现象。时尚"只影响生命的外在领域，也就是说，它只影响那些和社会有关的生命领域"。（齐美尔，2001：86）马克思在《资本论》中把劳动者工资的基本价值分成两类，一是基本的日常生活资料的价值，一是教育与培训的费用，二者都是维系一个人作为劳动者的基本保持。按生活资料的功能即使用价值与交换价值来划分，我们今天的日常生活领域，也就是我们必需的生活资料，已经与马克思的时代有了很大的差异，突破了基本生活用品与教育的范围。它包括：日常消费品，即维系日常生活进行简单再生产的消费品；耐用消费品，即有关日常生活进行扩大再生产的消费品，我们可以把这类消费品叫做日常生活的生产资料；服务性消费品，有关提高主体在社会中的生存能力、工作技能、生活乐趣等方面的教育与培训类产品；奢侈消费品，即有关社会地位、身份、个体形象的奢侈品。显然，在马克思所处的时代，耐用消费品数量较少，而奢侈消费品是不存在于工人生活资料及其工资支付范围之内的。而在当代条件下，耐用消费品已经全面进入到了普通人的生活中，这类消费品包括通信、传播、文化、娱乐等类型的产品，它们作为日常生活的生产资料，也就是作为工具、设备、机器装置、媒介，使得日常生活进入到了一个看似符合生命需求但却更不为主体所主宰的空间中，不断扩大着普通人日常生活的范围。人们不仅要为这类消费品付出更多的金钱，而且还要在消费这类产品时，身不由己地进入到一个更大的时尚、经济、技术甚至是政治性的体系中。比如，电视机、移动电话、汽车、住房等就是这类产品。耐用消费品扩大了人们日常生活必需品的范围，而且还改变了日常生活的经济结构。可以说，今天的日常生活是以耐用消费品为中心的，耐用消费品已经成了当代人的生活必需品。总的说来，上述四种消费品及其分类体系，为我们的日常生活的商品领域建立起一个金字塔似的结构：从底层的日常消费品开始，经由中间的耐用消费品与服务性消费品，一直到塔顶的奢侈消费品，构成了一个物质性与精神性商品的立体空间。这是一个我们每个人都生存其间的商品的上层建筑世界，是一种用商品来标示的社会结构。

"时尚总是具有等级性"，（齐美尔，2001：72）然而时尚还具有普遍化的特点。"在机器生产的条件下，对一个工厂主而言，任何一种物品只有作为一种大规模的产品才是有利可图的。因此，每一种时尚、每一种材料、每一种颜色、每一种组合都必须迅速得到推广，使人人都希望得到它们"，并有可能得到它们。（傅克斯，《欧洲风化史：资产阶级时代》：169）推翻时尚的封建等级特性，重建时尚的新型秩序，是资产阶级与资本主义生产的一个重要目标。既要使时尚通过其新奇性在不同社会阶层中形成一种差异性的表现，又要使之发展成一种普遍的流行状态，让时尚从过去的上层建筑变成能为尽可能多的人所拥有的基础结构，除了要使时尚与社会化大生产及其组织与传播形态联系在一起之外，还要针对不同的消费品领域，让时尚采取不同的体现与实现方式。这样，时尚就以差异性的方式全面覆盖了上述四个消费品领域。经济力量在此过程中占有主导地位：

> *生产身体被纳入了劳动分工，其方式既是内在的——比如通过现代医学——又是外在的，比如通过时装和化妆美容。因此，生产身体既是现代经济空间和行为的延伸又是其强化。*（奥尼尔：100）

在日常消费品领域，现代大生产方式主要是通过两种方式展开：一是主要通过建造大型购物超市的方式来构建日常生活消费类产品的类型、结构及其流通与传播渠道，扩大其范围，加强其与人们的关联，使之成为日常生活商品化的第一个要加以占据与拓展的区域。二是在这一领域中，不断地使一些日常用品成为耐用甚至是奢侈品，提高其价值水平，加大其市场赢利能力，并形成一种市场的霸权地位。时装就是这样一种商品，它既是日常消费品，但一些品牌或名牌时装却又是高档奢侈品，它们的品牌效应还使之似乎成为了一种耐用消费品。不断提高生产技术水平与效率，改善生产条件，发明新型材料与新的制造工艺，增加市场宣传的费用，为产品附加上相应的社会与文化内涵，从而有计划地改变人们的消费结构，则是市场经济的不变法则。在耐用消费品、服务性消费品与奢侈消费品领域内，生产力的发展水平起到了更大的作用。其中，生产的科学技术体制及管理模式尤为重要，与之密切相关的是生产商品所使用的材料、生产工具与生产手段的不断更新与改进，针对消费行为与消费心理的研究不断深入，并最终影响时尚的内涵与形式、时尚的流行范围与流行时段。鲍德里亚写道：

> 当代资本主义的基本问题不再是"获得最大的利润"与"生产的理性化"之间的矛盾（在企业的主层次上），而是在潜在的无限生产力（在技术结构的层次上）与销售产品的必要性之间的矛盾。在这一阶段，体制必须不仅控制生产机器，而且还要控制消费需求；不仅要控制价格而且控制这一价值所要求的东西。……生产企业控制着市场行为，引导并培育着社会态度和需求。这就是生产秩序专断的一面，至少是有这种倾向。（波德里亚：61）

在这里，我们能看到存在着一种循环似的运动：一些日常消费品向耐用消费品、奢侈消费品及服务性消费品连锁性的上升转变，一些奢侈消费品及服务类消费品向日常消费品同样是连锁性的反向下降，这两种趋势合为一体，加大着我们的消费领域，让我们更深度地圈入到消费品的体制之中。前者与我们的经济与收入的增长有关，后者则与大规模的生产方式降低了商品的成本有关。用鲍曼的话来说就是："为今天准备奢侈品，就是为明天准备必需品。"（鲍曼：117）女性胸衣曾经就是一种只属于上流社会的奢侈品，而与劳动妇女无关。现在它已经成了每一位成熟女性的必备服饰。

问题在于，过去简单再生产的日用品领域，能形成一种平均化的和稳定的消费与使用过程，产量或消费量的增长及其他类型的变化相对而言不是太大，都可以通过企业的相关预测进行调控，其扩大再生产的速度与节奏也处于一种比较均衡和平缓的状态中。而在耐用消费品、服务性消费品与奢侈消费品领域，普通日常消费品的生产与消费特性却完全不适用，每个特定的领域都有其特定的生产与经营方式，其扩大再生产的速度与周期也随之发生变化。

一般而言，生产方式与相关科学技术的演进，首先作用于奢侈品领域。最新的技术所生产出来的新型产品，由于其成本及其新奇性，往往都是奢侈品。这样，扩大再生产的速度在这一领域内最快，而在普通消费品领域则最慢；与此相应，一种特定生产方式与技术的社会再生产周期，在奢侈品领域持续时间最短，而在普通消费品领域最长。在时装领域，情况也是如此。如18世纪的丝袜及其他女性透明织物，还有20世纪末期的莱卡等等，都是新的纺织技术与加工方式的产物，而在其产生之初就是一种高档时尚性奢侈品。现在，高档时装总是以季度的更迭速率而在发生着变化，但普通人的着装往往表现为以年度为单位发生着改变，这就使两类不同服装的时尚特性产生了差异。正是在这个意义上，我们把时尚看成是一种体系性的消费行为，是发生在生活资料类消费品领域的社会再生产的周期、速度与节奏的外在表现。按鲍德里亚的说法，"实际上，'需求是生产的结果'是不对的，需求体系是生产体系的产物才是正确的"。需要指出的是，这种社会再生产的基本形式是在数量方面不断扩大的，在周期及演变节奏方面则是不断缩短的，而在其速度方面则体现为一种不断加速的现象。这就造成了"时装不仅在有产者中，而且在平民大众中经常变化，是同现代资本主义的大规模生产方式紧密联系在一起的"。（傅克斯，《欧洲风化史：资产阶级时代》：170）而当一种时尚达到基本的普及状态，则它也丧失了其时尚的特性，等待着新时尚的到来。在这一过程中隐藏着工业化大生产的秘密，即让人们的生活更大程度上进入到它的进程。

简而言之，时尚的呈现形态、存在时间与演变，由社会再生产的周期、速度与节奏最终决定。对于一个服装企业来说，产品的季度性变化至少能使之保持简单再生产的形态；而对于整个日用消费品领域，扩大再生产是必然的趋势。对时尚起决定性意义的是生产力的基本特性、发展层次与水平，其中，生产工具、生产方式与工艺、管理制度、营销模式，以及资本、材料、设计与宣传等等各种生产力的基本要素，都在不同消费品领域对某种时尚的流行起到了决定性的作用。时尚看似一种需求与消费现象，但其"实质上是生产力的一种有组织的延伸"。（波德里亚：66）时尚就是社会再生产的基本形式与形象。时尚的每一次变化，都意味着社会生产力的一次更新，反映在时装领域就是：

> 时装是蓄意计划的逐渐过时逻辑——不仅是市场求生的必需，而且还是欲望周期的必需；一种无休无止的过程，身体通过它被解码和重新编码，以便定义和占据资本扩张最新占领的空间。（康纳：297—298）

一种生产方式，决定了与之相应的消费品体系与结构框架，刻画了人们的生活形态，从而最终体现为一种特定的社会形态及其精神形式。时尚因而还是一种日常生活的外在形式与形象，是一个生产状态、物品体系、消费形态、生活样式、社会结构及人的心灵世界的综合体。在这个意义上，我们可以说，当代的工业、社会、文化及人自身的再生产，经由时尚，早已进入到了一个加速扩张的轨道上。

时尚杂志话语分析

时尚是一种现代社会普通人的日常生活技术，它构建起了人们生活世界的基本样式，但这种样式不只是由社会生产与再生产来直接规定的。要使一种生产力形态成为人们的日常生活形态，必须要使其具有一种生活本身的形式与形象，要赋予其与人们的生存世界密切相关的精神内涵。时尚，以其自身的等级制、新奇性和普遍化的特征，要成为大众日常生活的意识形态，则有赖于现代传播技术的力量，这种传播技术在时尚领域内就是时尚杂志。经由时尚杂志的表述，时尚社会再生产的决定性作用被隐藏起来，人们的现代身体技术和生活技术被整合进了一种特定的现代传播技术形态之中。时尚杂志及其他时尚传播方式，也是现代时尚的核心要素之一。只有通过现代传播技术的转换与表现，时尚的形成、传播、商品化以及流行周期的构成，才能如同古典时代女性的交换一样，被嵌入到一个更大的社会交换与生产体系之中。

就目前的资料来看，时尚杂志在西方18世纪就已经出现，其主要内容除了时装之外，还包括美容、健康等其他类别的身体技术、女性的家庭生产技能、女性的社会人际交往技巧，当然还包括特定时代人们精神气质的理想形态与培养方式等等。实际上，时尚杂志以及有关妇女日常生活的其他传播媒体，从一开始就确定了基本的内容框架与话语形态，这显然与工业化以来西方社会基本结构与性别构成形态并没有发生本质上的变化有关。"作为经济状况、社会流动性和大规模工业生产的重要反映，妇女杂志的数量在19世纪晚期迅速增长。"（克雷克：67）到了20世纪中期，时尚杂志与其他女性杂志一道，成为了现代工业化传媒业及文化产业中的核心组成部分之一。

时尚杂志今天已经成了时尚产业的重要组成部分，它既是时尚产业化的必然产物，同时反过来又对时尚产业起到了特定的影响。首先，时尚杂志缩短了时尚的存在周期，加快了时尚的更新节奏，把以季度为标准时间单位的时尚，转变为以月份、星期、每天甚至特定时刻为单位的时尚实际运用形态，这无疑对时尚的扩大再生产及其在社会领域内更广泛的流行起到了促进作用。其次，时尚杂志在构建人们的日常生活形态这一最终目的不变的情况下，又各自以差异性的定位、内容构造、形式风格及其议程设置，来形成与时尚产业与时尚市场的更密切、更丰富和更有针对性的结合，各自在其范围内对不同时尚进行有选择的推广，从而反过来对时尚生产形成了制约。再次，如同其他现代身体技术一样，时尚杂志一直在强化着它对大众进行训诫的功能，但却把这种功能展示为一种越来越迷人的形象，从而达到了规训与诱惑的统一。由于上述三个原因，时尚杂志到今天基本上完成了其对日常生活的全面介入、渗透与重建过程，其本身的基本形态也业已定型。

　　一般而言，成熟的时尚杂志在内容上需要涉及传统意义上的"衣、食、住、行"，还包括美容与健身等身体技术，有关情感或人格、智慧及其他娱乐方式等方面的精神内容，还有家庭及社会人际交往等。这几个大的方面，应该说基本上涵盖了日常生存的领地。如果从时尚话语的叙述技巧来划分，其主干内容则是人、事、物三类，即表现什么样的人，在什么样的环境中，使用什么样的物品，做着什么样的事，并最终产生了什么样的影响与后果，也就是传统的"5W"分析模式。在话语形态方面，时尚杂志以其在训诫与引导及诱惑两个方面侧重点的不同，又可以分成生活资讯服务性与艺术观赏性两个大的类别。由于图像已经成了所有时尚杂志的主要组成部分，我们还可以按所占版面数量的差异而把时尚杂志分成文字类与图像类两种。当然，上述分类只是一种简单的现象描述，若要全面、深入与细致地研究时尚杂志，分析时尚杂志对其读者的意识形态影响机制，还必须要借助符号学的相关理论。在这里，我们仍然主要是研究时尚杂志中的时装表现领域。我们可以首先给出的一个基本的结论就是，时尚是一种话语，即一种特定的说话与图像展现方式，一种特定的语言体系，它并不像时尚杂志表面所体现出来的那样精致与和谐，而是包含着诸多矛盾，需要特定的话语技术去协调、缝合或隐藏。时尚话语与其他话语一样，是一种需要不断建构、解析与实践的领域。

　　迄今为止，罗兰·巴特对时装的符号学研究是最为全面与系统的。他主要研究书写语言中的时装，即时尚杂志中被语言文字加以描述、分析与展现的时装。罗兰·巴特认为，时尚杂志中的书写时装是符号学理论的最佳作用领域，他因而把时尚杂志中的服装分成意象与文字两种类型：意象服装的各组成部分之间的关系是空间上的，而文字服装各组成部分之间的关系是句法上的。观看或阅读这两种服装，是具有人类学差异的行为：

> 我们看意象服装，我们读描写的衣服，与这两种活动对应的可能是两种不同的受众。意象使购买行为变得毫无必要，它取代了购买。我们沉醉于意象中，梦想把自己等同于模特儿。而在现实生活中，我只能买几个小的珠宝饰物来赶赶时髦。言语则与此相反，它使服装摆脱了所有物质现实

束缚。描述的服装鼓励购买，它不过是非个人化的事物系统，这些事物聚焦在一起便创造了流行。意象激发了幻想，言语刺激了占有欲。（巴特：17）

这里需要指出的是，罗兰·巴特的分析文本是女性时尚杂志。在下文中，本文将运用他的分析思路与方法，分析一般性时尚杂志中对服装的话语表现方式。

对于时尚杂志来说，无论是关于书写服装还是图像服装，首先要解决和回答的问题是，这是什么服装？也就是说，时尚杂志一般是用什么类型的语言来描述服装，以便使之具有流行的可能性，亦即使得某个被书写的服装可能形成的流行性的语言特性是什么？巴特总结了两种叙说与指称服装的修辞模式：第一种是文化模式，即把可能流行的服装与自然性的（如像花一样的裙子）、地理的（如俄罗斯披肩）、历史的（如20世纪60年代式样的牛仔裤）和艺术的（如后现代式的休闲装）等四类文化属性联系在一起。此外还有一种社会性的修辞指称，它主要存在于男性服装中，强调男性的强者风格，常常与社会经济政治领域中的权威、财富等联系在一起。第二种是情感模式，即使描述或展示出来的服装产生出一种生动的、亲密的和面对面谈话式的感觉。巴特认为，这里的文化模式，表明对时装修辞性描述的阅读只需要具备一般性的文化修养即可；而对于情感模式来说，时尚杂志的语言则必须同时具有成熟温和的父亲或母亲（以便于引导）、柔情蜜意的恋人（以便于感人）和稚气未脱的少年（以便使得时装总是新鲜的、生动的）等三种角色在语气上的统一与结合。一般来说，除了极少数指称女性服装的修辞手法外（如少女式的修辞语气），女性时尚的其他修辞方式也都可以用在男性时尚领域，但男性时尚修辞却一般不能反过来使用在女性时尚领域。在此，时尚杂志的话语修辞形态再现了时尚的社会权力与性别差异体系，并且往往表明，存在于男性时尚领域的指称方式相对女性时尚来说，总是单调和稀少的。

时尚杂志中书写与展示服装所要回答的第二个问题是，谁在穿或谁适合穿这类服装？时尚杂志总是在其对服装的描述中让角色承担着某种社会形象，或是指明的，或是隐含的。一般而言，有三种形象可供真实的、虚构的人物和模特来扮演，即身体与性的角色、社会性角色、精神性角色。比如内衣或运动服模特的角色，总是身体与性的，这里所谓的性首先是性别的，然后才可能是性感的。而西服则主要与社会性角色有关，休闲装则主要与精神性角色联系在一起。与这个问题紧密相关的是，那个穿着这种服装的人在做什么？时尚杂志描写展现服装主要使用上述文化与情感的两种办法。其中，书写服装与图像服装一样，主要采取二元对立的话语法则，即把男人与女人、工作与生活、劳动与快乐、忙碌与享受并置，在某种服装的穿戴之下，让女性更多地处于闲暇，而让男人更多地处于工作之中，以便体现出女性的家务劳动是一种快乐的源泉，而男人的工作则总是一种强悍的男性气质体现，从而最终强调男人的运动感与女人的形象性，构建男人代表生产、女人代表消费这样一种观点。

时尚杂志还有一种只存在于图像服装中无现实场景的、无真实或虚拟时间、地点的展示策略,其背景是某种人工化的单色背景,也就是纯粹姿态的服装。在这里,模特的表情与姿势至关重要,必须具备一种姿态的戏剧性,其表象是漂亮的、可爱的或者是美丽的,因而它能产生亲密的情感性阅读效果。其效果是表达服装与模特完美结合、互相呈现和自恋式的关系。在模特的表情与姿态方面,一直存在着一种色情化的表达方式,在姿态上模仿性行为,而在表情上体现对性的陶醉。这样,时尚杂志因而反复在把性爱作为核心象征符号来表现。

有关时尚杂志书写服装的第三个和第四个问题是,在什么场合或空间以及在什么样的时间穿这种衣服。前者有两种,即自然界的空间环境与社会性场合;后者则比较多样,可以说,包括一切具有经典意味的时间与时刻,如春天、黄昏等。之所以说这类时间有经典意味,是因为它们往往具有时间转换的意义,也就是所谓的节日时间,以此构造出一个能为大多数人所理解、接受与喜欢的文学性情调。(巴特:276)这就是所谓时尚生活中"情调"的起源。

时尚杂志有一整套符号体系,并在逐渐地扩大其范围;时尚杂志还有一种话语机制与陈规,以便对时尚符号进行不同的组合,对其符号库的扩张进行限制与确定;在表达方面,时尚话语使得时装之类的消费品总是与特定的人(模特或真实的人物)及其行为、特定的场景与时间相联,并使他们成为象征,也就是人、事件或行为、环境与时刻构成一个特殊的生活世界。这个世界把特定的人变成偶像,把行为动作变成戏剧,把环境变成舞台,把流逝的时间转变成固定的和不变的时刻,从而把各种时尚性物品转变成最终能与一种永恒的观念相联的必备的道具、媒介与体现方式。

结 语

时尚,表述在时尚杂志中,是一种"初级的、无形式的、无时间感的小说",能让人产生愉悦感。(巴特:291)这个小说的中心思想就是"幸福"。时尚杂志的话语机制是一种当代神话的语言表达,它不断地重建着消费主义意识形态及其话语呈现体系,始终以"幸福"作为自己的思想核心。时尚杂志的话语形态是时尚话语的最漂亮的橱窗,是一个早就被精心设计、制造与展现出来的有关时尚生活的成人世界。因而,时尚杂志就是让大众进入到商品世界中一个必须要经历的入门仪式,是消费者的一个成人仪式。在这个意义上说,时尚杂志正是我们生存其间的消费世界自身的美丽广告。这个广告是现代大生产的产物,现在,它已经构成了商品及其消费意识形态继续保持扩大再生产、继续对我们的生活进行商品化殖民的一个重要基础。

参考书目

1. 奥尼尔:《身体形态》,春风文艺出版社,1999。
2. 巴特:《流行体系》,熬军译,上海人民出版社,2000。
3. 鲍曼:《流动的现代性》,欧阳景根译,上海人民出版社,2002。
4. 贝斯特等:《后现代理论》,刘成富等译,中央编译出版社,1999。
5. 波德莱尔:《波德莱尔美学论文选》,人民文学出版社,1987。
6. 波德里亚:《消费社会》,刘成富等译,南京大学出版社,2000。
7. 伯杰:《视觉艺术鉴赏》,戴行钺译,商务印书馆,1999。
8. 凡勃伦:《有闲阶级论》,蔡受百译,商务印书馆,1997。
9. 傅克斯:《欧洲风化史:风流世纪》,侯焕闳译,辽宁教育出版社,2000。
10. 傅克斯:《欧洲风化史:资产阶级时代》,侯焕闳译,辽宁教育出版社,2000。
11. 霍兰德:《性别与服饰》,魏如明等译,东方出版社,2000。
12. 康纳:《后现代主义文化》,严忠志译,商务印书馆,2002。
13. 克雷克:《时装的面貌》,舒允中译,中央编译出版社,2000。
14. 列维-斯特劳斯:《结构人类学》,陆晓禾等译,上海译文出版社,1999。
15. 齐美尔:《货币哲学》,陈戎女等译,华夏出版社,2002。
16. 齐美尔:《时尚的哲学》,费勇等译,文化艺术出版社,2001。
17. 桑巴特:《奢侈与资本主义》,王燕平等译,上海人民出版社,2000。

视角 申 丹

略 说

"视角"或"叙述视角"（Focalization, Point of view, Viewpoint, Angle of vision, Seeing eye, Filter, Focus of narration, Narrative perspective[①]）指叙述时观察故事的角度。自西方现代小说理论诞生以来，从什么角度观察故事一直是学界关注的一个焦点。随着历史的发展，出现了纷呈不一的名称以及各种界定和分类，也造成了很多混乱。"视角"的内涵究竟是什么？它属于故事层还是话语层？应如何区分不同类型的视角？围绕这一概念出现了哪些混乱？这些混乱的症结何在？回答和廓清这些问题，对于叙事理论的发展具有重要意义。

综 述

在19世纪末以前，西方学者一般仅关注小说的道德意义而忽略其形式技巧，即便注意到视角，也倾向于从作品的道德目的出发来考虑其效果。哪怕有学者探讨视角的艺术性，其声音也被当时总的学术氛围所淹没。现代小说理论的奠基者福楼拜与亨利·詹姆斯将小说视为一种自足的艺术有机体，把注意力转向了小说技巧，尤其是"人物有限视角"或"限知视角"[②]的运用。在《小说技巧》（1921）中，詹姆斯的追随者珀西·卢伯克断言小说复杂的表达方法归根结底就是视角问题。如果说卢伯克只是将视角看成戏剧化手段的话，那么在马克·肖勒的《作为发现的技巧》（1948）中，视角则跃升到了"界定主题"的地位。随着越来越多的作家在这方面的创新性实践以及各种形式主义学派的兴起，叙述视角引起了极为广泛的兴趣，成了一大热门话题。在《后现代叙事理论》（1998）一书中，马克·柯里略带夸张地说：叙事批评界"在20世纪的前50年"，一心专注于对视角的分析。然而，若翻看一下经典叙事学和小说文体学的著作，以及《今日诗学》、《叙事技巧研究》、《文体》、《语言与文学》等杂志，则不难发现视角研究在20世纪70至80年代形成了前所未有的高潮。在北美，尽管视角的形式研究20世纪80年代中以来受到解构主义和政治文化批评的夹击，有的学者仍坚守阵地。1995年北美经典叙事学处于低谷之时，在荷兰召开了以"叙述视角：认知与情感"为主题的国际研讨会，到会的有一多半是北美学者。近年来，视角的形式研究在北美有所复兴。值得注意的是，20世纪80年代末以来在西方尤其是北美兴起的后经典或语境化叙事学，十分注重探讨视角与意识形态或认知过程的关联。在英国和欧洲大陆等地，逐渐政治化和语境化的文体学界，也不断对视角展开探讨。可以说，就小说研究而言，视角一直是学界关注的一个中心问题，也是涉及混乱最多的一个问题。

"感知者"与"叙述者"

在20世纪70年代以前，point of view 是最常用的指涉视角之词，该词具有多种含义：一、看待事物的观点、立场和态度；二、叙述者与所述故事之间的关系；三、观察事物的感知角度。亨利·詹姆斯采用了第一种和第三种含义，前者指作者看待生活的立场和态度，不涉及作品中的叙述视角；后者则往往与 center（中心意识）同时出现，指在第三人称叙述中用人物的眼睛和头脑来观察过滤事件，从而将"感知者"与"叙述者"区分开来。与此相对照，卢伯克在《小说技巧》中采用了后两种含义，但强调的是第二种，认为视角问题就是"叙述者与故事之间的关系问题"。(Lubbock：251)

尽管詹姆斯对小说表达艺术展开了较为全面的探讨，但他仅关注了两种视角的区别：全知视角和人物有限视角（后者或为固定型，如《专使》；或为变换型，如《鸽翼》）。卢伯克对视角的探讨远比詹姆斯要全面和系统，但混淆了"感知者"和"叙述者"之间的界限。他对詹姆斯在《专使》中采用斯特雷泽的意识来聚焦的技巧进行了精彩的分析，可他断言"作者没有讲述斯特雷泽头脑里的故事，而是让其自我讲述"。(Lubbock：147) 他还对这一模式进行了如下描述："小说家向戏剧又迈进了一步，走到叙述者身后，将叙述者的头脑作为一种行动再现出来。"(Lubbock：148) 此处的"叙述者"指的就是斯特雷泽这种"中心意识"。卢伯克为何会将这样的人物误称为叙述者呢？我们不妨看看他的推理过程：全知叙述中，作者讲述自己看到的故事（作者充当"观察之眼"），读者"面对"作者，"倾听"他讲故事；在第一人称叙述中，作者被戏剧化，换了"一个新鲜的叙述者"向读者报道他通过一扇窗户看到的一幕幕往事（第一人称叙述者充当"观察之眼"）。(Lubbock：251) 但倘若故事的主题为第一人称叙述者自己的意识活动，那么就最好让读者直接看到叙述者的意识活动在舞台上表演，而不是间接地接受叙述者的报道——由读者充当"观察之眼"。(Lubbock：143，146，252—253) 最后一种模式，就是卢伯克笔下的"中心意识"。这里有几点值得注意：首先，小说与戏剧不同，小说中的视角需要通过文字表达。"中心意识"是第三人称叙述中的"人物"，表达者为故事外的"叙述者"，卢伯克将"中心意识"称为"叙述者"，混淆了"感知"和"叙述"之间的界限。其次，作品外的读者无法对故事聚焦，只能接受由特定聚焦方式和叙述方式表达的故事。"中心意识"起的正是聚焦的"观察之眼"的作用，叙述者通过这双眼睛（头脑）来观察过滤、记录反映一切，读者只能读到其所见、所思、所感。卢伯克将"观察之眼"赋予读者，不仅混淆了文本内外的界限，[3]且也掩盖了"中心意识"最为重要的作用。再次，叙述距离与叙述视角不是一回事，这在全知叙述中可以看得很清楚。全知叙述者究竟是直接展示事件还是总结概述事件，在卢伯克眼里属于"视角的巨大变化"。实际上"感知者"未变（仅有全知叙述者的眼睛在看），只是叙述距离发生了变化。正因为卢伯克没有区分叙述距离和叙述视角，因此当叙述者将"中心意识"的所见所思直接展示给读者时，他就误认为读者成了"观察之眼"。

如果说詹姆斯最大的贡献在于"中心意识"这一将感知者与叙述者相分离的聚焦方式，那么也可以说卢伯克长大的失误就是将感知者与叙述者混为一谈。可惜这点一直未被学界察觉。学界普遍认为《小说技巧》对视角的看法代表了詹姆斯的看法，即便有个别学者探讨两者之间的差异，也仅仅指出詹姆斯关注的是感知者，卢伯克则既关注感知者又关注说话者。（Morrison）但在笔者看来，问题的症结在于卢伯克数次将"感知者"称为"叙述者"，误认为感知者的头脑在自我"讲述"，并在强调"叙述者"时，在一定程度上遮掩了"中心意识"这种与"叙述者"相分离的"感知者"。

卢伯克定未料到，自己的失误会导致众多学者在探讨视角时一心关注叙述类型（是第一人称还是第三人称叙述）和叙述声音（是否发表评论、是否概述事件），而在不同程度上忽略了"感知者"，尤其是与"叙述者"相分离的"感知者"。著名新批评家布鲁克斯和沃伦对 point of view 界定如下：

> **在松散的意义上，该词指涉作者的基本态度和观点**……在更为严格的意义上，该词指涉讲故事的人——**指过滤故事材料的头脑**。故事可用第一人称或第三人称叙述，讲故事的人也许仅仅是旁观者，也许较多地参与了故事。④（Brooks, et al.：334—335）

这一定义可谓詹姆斯和卢伯克之看法的混合体。黑体部分代表了詹姆斯论著中 point of view 的两种不同含义，其余部分则是卢伯克所强调的观点。这一定义将叙述者（声音）与感知者（头脑）相等同。尽管詹姆斯对"感知者"的关注在这里有所体现，但在那一等号的作用下，在对"讲故事的人"之关注的夹击下，与"讲故事的人"相分离的"中心意识"难免被埋没。布鲁克斯和沃伦区分了四种"叙述焦点"(focus of narration)：一、第一人称主人公叙述；二、第一人称旁观叙述；三、作者-旁观叙述；四、全知叙述。这种叙述类型之分，未给"中心意识"留下立锥之地。在其名篇《小说的视角》中，弗里德曼（Norman Friedman）提出的首要问题也是："谁在跟读者说话？"诚然，在对视角进行分类时弗氏考虑了"中心意识"，但由于他以全知叙述者为出发点来界定这一模式，也导致了一定的混乱（详见第三节）。此外，卢伯克所发明的中心意识"自我讲述"之说也得到了后人的响应，宣称这些"感知者"在"讲述"自己的故事。（Booth：91；Beach：15）值得一提的是，布鲁克斯和沃伦对 point of view 那一松散的界定与他们对"语气"的界定十分相似:"语气是故事所反映的作者对素材和听众的态度。"不少学者直接将 point of view 用于描述叙述者(作者)的语气,或将"语气"视为 point of view 的"文字化身",(Allen: 329)这无疑加重了对"眼睛"与"声音"的混淆。

  这种"感知者"与"叙述者"之间的混淆直到结构主义叙事学兴起之后方得到清理。法国叙事学家热奈特在1972年出版的《叙述话语》一书中,明确提出了"谁看?"和"谁说?"的区分,并对前人对这一问题的混淆提出了批评(但未挑战卢伯克这一始作俑者)。为了更好地区分两者,热奈特提出用 focalization(聚焦、视角)来替代 point of view。《叙述话语》的英文版1980年问世后,热奈特的观点几乎成了经典叙事学探讨视角时必不可少的话题。20世纪80年代以来,point of view 这一曾在小说研究界风行了数十年的术语,因其多义和含混而被叙事学家所摒弃。"视角与叙述"(focalization and narration)成了一个常用搭配,以示对于感知者和叙述者的明确区分。这一区分使我们不仅能看清第三人称叙述中全知叙述与"中心意识"在视角上的差别,且能廓分第一人称叙述中的两种不同视角:一为叙述者"我"目前追忆往事的眼光,二为被追忆的"我"过去正在经历事件时的眼光。倘若叙述者放弃前者而转用后者,那么就有必要区分"声音"与"眼光",因为两者来自两个不同时期的"我"。

  值得注意的是,focalization 并非单纯的感知问题,因为感知往往能体现出特定的情感、立场和认知程度。(Rimmon-Kenan: 78—84)我们不妨以康拉德《黑暗之心》第三章中的一段为例:

1. 我给汽船加了点速,然后向下游驶去。岸上的两千来双眼睛注视着这个溅泼着水花、震摇着前行的凶猛的河怪的举动。它用可怕的尾巴拍打着河水,向空中呼出浓浓的黑烟。

请对比:

2. 我给汽船加了点速,然后向下游驶去。岸上的两千来双眼睛注视着我们,他们以为溅泼着水花、震摇着前行的船是一只凶猛的河怪,以为它在用可怕的尾巴拍打河水,向空中呼出浓浓的黑烟。
3. 我给汽船加了点速,然后向下游驶去。岸上的两千来双眼睛看着我们的船溅泼着水花、震摇着向前开,船尾拍打着河水,烟囱里冒出浓浓的黑烟。

上面的两种改写形式反映了第一人称叙述者马洛的感知,而原文的后半部分体现的则是岸上非洲土著人的感知。不难看出,在原文中,马洛用土著人的眼睛暂时取代了自己的眼睛,让读者直接通过土著人的眼光来看事物。但这一"眼光"绝非单纯的视觉,而是蕴涵着土著人独特的思维风格以及对"河怪"的畏惧情感。

在叙事学界之外，point of view 一词迄今依然较有市场。不少批评家用这一术语指涉叙述类型和作者的态度。小说文体学界也一直未放弃这一术语，这与其极为关注作者（叙述者）的语气有关。即便对叙事学有所借鉴，有的文体学家仍用 point of view 同时指涉叙述语气和观察故事的角度。（Simpson：11—12）鉴于这一情况，20 世纪 80 至 90 年代的叙事学家即便在圈内仅用 focalization，在面对广大学者撰写论著时，仍倾向于两者并用：focalization or point of view，旨在用后者来解释前者，同时用前者来限定后者。在《叙事学辞典》（1987）中，杰拉尔德·普林斯（Gerald Prince）也采取了这一做法。然而，随着 focalization 为越来越多的读者所接受，近年来发表的叙事学论著倾向于仅用这一圈内术语。

与戏剧不同，小说表达一般总是同时涉及"叙述者"和"感知者"，有时两者合而为一（如自看自说的全知叙述），有时则相互分离（如中心意识）。鉴于这种情况，有必要采用不同的术语来明确具体所指：用"视角"指涉感知角度，用"叙述"指涉叙述声音。在描述作者（叙述者）的"语气"（tone）、"立场"（stance）、态度（attitude）或观点（view, opinion）时，直接用这些词语，不再用 point of view 这一含混之词。若需要同时考虑"感知者"和"叙述者"，则可用"视角与叙述"来同时指涉这两个相辅相成的方面。在《叙述行为：小说中的 Point of View》（1981）一书中，女性主义叙事学的开创人苏珊·兰泽对叙述交流行为［涉及叙述者（作者）、受述者（读者）、叙述声音、观察角度、所述对象之间的关系］体现出来的意识形态立场进行了较为全面的探讨。显然 point of view 一词的多义和含混为这种全面探讨提供了方便，但无疑加重了"眼睛"与"声音"之间的混乱，也使"误译"难以避免。倘若兰泽采用了"叙述交流情景"这一统称术语和其他指涉明确的具体术语，就能避免这些混乱。

话语层还是故事层？

自法国叙事学家托多洛夫于 1966 年率先提出"故事"（所述内容）与"话语"（表达方式）的区分之后，叙事学界普遍采纳了这一区分，由此出发我们可以看到两条线：一条将视角置于故事层，另一条则将视角置于话语层。这两条线均与热奈特相关：

1. 是哪位人物的视点决定了叙述视角？（Genette，1980：186）
2. 在我看来，不存在聚焦或被聚焦的人物：被聚焦的只能是故事本身；如果有聚焦者，那也只能是对故事聚焦的人，即叙述者……（Genette，1988：73）

从表面上看，这两种定义互为矛盾，第一种认为视角取决于故事中的人物，第二种则认为只有叙述者才能对故事聚焦。但若透过现象看本质，就能发现逻辑上的一致性：正如《黑暗之心》那一实例所示，叙述者既可以自己对故事聚焦，也可以通过人物的感知来聚焦，前者的"说"与"看"统一于叙述者，后者则分别在于叙述者和人物。然而，无论是哪种情况，控制视角的都是叙述者本人。第一条定义是热奈特在区分"谁看？"和"谁说？"时提出来的，故仅仅考虑了后一种情况。这条"片面"的定义给不少叙事学家造成了错觉：决定视角的只是人物的感知，因此视角属于故事层次。西摩·查特曼对这种观点予以了明确系统的表述：叙述者处于话语层次，无法看到故事里发生的事，只能"报道"人物的所见所思。鉴于不少学者用 focalization 或 point of view 同时指涉人物和叙述者的视角，为了廓分故事层的人物和话语层的叙述者，查特曼提出用 filter 和 slant 来分别指涉人物的感知和叙述者的态度。（Chatman, 1990: 139—160）普林斯在 2001 年发表的一篇文章中重申了查特曼的观点，但又将 focalization 捡了回来，只是将其指涉范围囿于人物的感知，说明该词与查特曼的 filter 基本同义。

这一条线受到了詹姆斯·费伦（James Phelan）的挑战，他认为这种看法没有考虑读者的阅读经验：读者主要通过叙述者来接触故事世界，倘若叙述者无法看到故事中发生的事，那么读者也无法看到，或只能盲目地跟着聚焦人物去看。费伦的挑战是有道理的，但没有抓住要害。在笔者看来，这一条线最大的问题在于混淆了聚焦者与聚焦对象之间的界限，从而模糊和埋没了真正的视角。这一条线区分视角的依据是与感知有关的词语。我们不妨看看普林斯举的几个简例：

1. 她听到人们说一种奇怪的语言。（"她"的视角）
2. 天气很好，农场的人吃饭比平时要快，吃完又回到了地里。（没有视角）
3. 约翰看着玛丽，玛丽也盯着他，希望他别再看。（从约翰的视角转为玛丽的视角）
4. 简看到罗伯特，觉得他显得疲劳：她不知道那是装样子。

（Prince: 44—45）

普林斯认为第四例的前半句由简来聚焦，后半句则没有视角。其实简在这里根本不是聚焦者，而是聚焦对象：我们通过叙述者的眼睛观察两人——看到罗伯特在装样子，并看到简对此无所察觉。混淆聚焦者和聚焦对象并将视角囿于故事层次，这种做法在不同的视角模式中有不同的后果。就全知叙述而言，这不仅会埋没叙述者上帝般的"观察之眼"，而且会埋没该模式内部的视角转换。正如笔者另文所述，（Shen, 2001）视角模式并非自然天成，而是依据规约形成。在全知模式中，会经常出现规约许可的内部视角转换。让我们看看哈代《德伯家的苔丝》第五章中的一段：

1. 这时，有个人影从帐篷黑黑的三角形门洞中走了出来。这是位高个子的年轻人，正抽着烟。他皮肤黝黑，嘴唇很厚……他的年龄顶多二十三四岁。尽管他的外表带有一点粗野的味道，在他的脸上和他那毫无顾忌、滴溜溜乱转的眼睛里却有着一种奇特的力量。

弗里德曼在《小说的视角》中提出，全知叙述者在这里采用的仍然是自己的视角而非苔丝的视角。若想转用苔丝的视角就必须明确说出："她看到一个人影从帐篷……她注意到他皮肤黝黑……她觉察到在他的脸上和他那毫无顾忌、滴溜溜乱转的眼睛里却有着一种奇特的力量。'请对比下面这段描述：

2. 这时，苔丝看到德伯维尔夫人的儿子从帐篷黑黑的三角形门洞中走了出来，但苔丝不清楚他是谁。她注意到他的个头较高，皮肤黝黑，嘴唇很厚……

在这段文字中，尽管有"苔丝看到"、"她注意到"等词语，但视角却不是苔丝的，是全知叙述者的，只有后者才能认出德伯维尔夫人的儿子。不难看出，苔丝的感知在这里仅仅是叙述者的观察对象。在哈代的原文中，虽然没有这些词语，实际上视角已换成了苔丝的。这种转换可产生短暂的悬念，增加作品的戏剧性。当然，与弗里德曼不同，普林斯和查特曼认为故事外的叙述者根本没有"看"的能力。笔者曾指出，这种看法混淆了现实生活与文学虚构之间的界限。（Shen，2003）就后者而言，文学规约可赋予故事外的叙述者超人的视觉，不仅能洞察故事中的一切，且能透视任何人物的内心。这里有两点值得强调。首先，不能简单地将"看到"、"注意到"、"觉察到"等词语当作判断视角的依据，否则就容易产生两种不良后果：一是在发生了视角转换的地方看不到转换（弗里德曼就未看出哈代原文中向苔丝视角的转换）；二是在未发生视角转换的地方误以为发生了转换（例2就构成这样一个陷阱）。其次，必须区分"充当视角"的人物感知和作为"观察对象"的人物感知。苔丝的感知在原文中充当视角，替代了叙述者的感知，在比较版中则是作为叙述者的"观察对象"出现。在《黑暗之心》中，土著人的眼光也是如此。

至于"中心意识"这种持续采用人物感知来聚焦的模式，则更容易混淆"充当视角"的人物感知和作为"观察对象"的人物感知。让我们看看取自詹姆斯《专使》第一章的两个简例：

1. 她满怀善意地看着他。
2. 那位年轻女士看着他们，好像特意到门口等着他们似的。

倘若仅仅根据"看着"这样的词语来判断视角，那么就会说例1的视角是"她"的，例2的前半句则是"那位年轻女士"的。其实，这里的视角全是"中心意识"斯特雷泽的。我们通过他的眼睛来观察这两位女士的视觉，跟着他揣摩她们的心思和动机。虽同为"视觉"，但只有斯特雷泽的构成"视角"，其他人物的只不过是其观察对象而已。

查特曼和普林斯等学者之所以在"视角"与"所有人物的感知"之间划等号，主要有以下两个原因：一、为了保持故事（人物的世界）与话语（叙述者的范畴）之间的界限；二、为了清理混乱，使画面变得较为简单清晰。然而，事与愿违，这样做反而制造了混乱，并混淆了"故事"与"话语"之分。正如笔者另文所述，视角为表达故事的方式之一，在这个意义上，它属于话语范畴，而不是故事范畴。当叙述者借用人物感知来聚焦时，视角则会具有双重性质：既是故事的一部分（人物感知），也是话语的一部分（叙述技巧）。（Shen，2002；2003）布莱克默在为詹姆斯的《小说艺术》写的前言中也提到了"中心意识"的双重性：既是手段，又是目的。但他是从故事结构本身来考虑问题的：有了"中心意识"这一手段，故事就有了统一性，因为只有中心意识感知到的东西才会成为故事内容。也就是说，"手段"与"目的"均属于故事这一层次。倘若我们从"叙述者感知的替代者"这一角度来看"中心意识"，则能看到它既属于故事层又属于话语层的双重性。

关于第一人称叙述，查特曼对于"叙述者－我"和故事中的"人物－我"作了如下区分：

> 虽然第一人称叙述者曾经目睹了故事中的事件和物体，但他的叙述是在事过之后，因此属于记忆性质，而不属于视觉性质……叙述者表达的是对自己在故事中的视觉和想法的回忆。（Chatman，1990：144—145）

至于回忆究竟是否具有视觉性质，我们从自身经验就可得出结论。在回忆时，往事常常历历在目，一幅幅的情景呈现在脑海中，回忆的过程往往就是用现在的眼光来观察往事的过程。如果说故事外的全知叙述者需依据叙事规约来观察事件的话，第一人称叙述者对往事的观察则是自然而然的。这不仅构成一种观察角度，而且构成常规视角。请看菲茨杰拉德《了不起的盖茨比》第三章中的一段：

> 我们正坐在一张桌旁，同桌的还有一位年龄跟我差不多的男人……我又转向了刚刚结识的那位："这个晚会对我来说有点特别。我连主人的面都没见过。我就住在那边——"……他好像听不懂我的话似的看了我一会，猛地说："我就是盖茨比。""什么！"我大叫了一声，"哦，真对不起。""我以为你知道我呢，老兄，恐怕我不是一个很好的主人。"……

请比较：

> 我们正坐在一张桌旁，同桌的还有盖茨比。当时我根本不知道这个同桌的男人就是盖茨比，只觉得他的年龄与我不相上下……我又转向了刚刚认识的盖茨比，糊里糊涂地跟他说："这个晚会对我来说有点特别。我连主人的面都没见过。我就住在那边——"……他好像听不懂我的话似的看了我一会，猛地说："我就是盖茨比。""什么！"我大叫了一声，"哦，真

对不起。"我真没想到他就是盖茨比……

这里描述的是"我"与盖茨比第一次见面时的情形。原文通过"我"当年的眼睛来观察，比较版则是通过"我"现在的视角来看，看到桌旁坐的是早已认识的盖茨比。比较版显然构成聚焦常规。在原文中，"叙述者-我"放弃了目前的视角，改为从"人物-我"的角度来聚焦，读者只能像当年的"我"那样面对盖茨比却不知其为何人，这就造成了悬念，增强了戏剧性。不难看出，采用当年"我"的感知来聚焦是一种修辞手法，一种巧妙的视角转换。倘若不承认"叙述者-我"的视角，不承认它构成聚焦常规，也就无法看到这一点。热奈特在《叙述话语》中提到了"叙述者-我"的视角为聚焦常规，但他强调的是叙述者"有权以自己的名义说话"或发表"见解"。（Genette，1980：198）有的学者认为热奈特混淆了"谁看"和"谁说"之间的区分。面对这种批评，热奈特在《新叙述话语》中改口说，在严格的意义上，"视角"只能用于正在经历事件的"我"，至于叙述者"我"，则只能谈其在事后获得的信息。（Genette，1988：77）与热奈特相对照，里蒙-凯南承认第一人称叙述中"经验自我"和"叙述自我"的双重视角，但她认为前者构成聚焦常规，这样也难以看到前者是一种戏剧性的修辞手法。

普林斯断言在"视角"与"人物感知"之间划等号有多利而无一害。（Prince：47—48）但如前所析，这种做法实际上有多害而无一利，既埋没了叙述者的视角，又因不区分"聚焦者"和"聚焦对象"而模糊了"人物视角"。如果我们将注意力转向将"视角"仅仅置于"话语"层次的另一条线，则会发现另一种走向：叙述者的视角（和声音）得到充分强调，但"人物视角"则被埋没。乔纳森·卡勒曾对美国的视角研究作了如下总结：

> 在阐释叙事作品时，我们必须辨认隐含叙述者和属于他的视角，区分行动本身和观察行动的叙述视角，因为每一个故事的中心主题之一就是隐含叙述者（他的知识、价值观等等）和他所述故事之间的关系。（Culler：94）

这一条线在"视角"与"叙述者的感知（和声音）"之间划了等号，将视角完全置于话语层，看不到叙述者通过人物的感知来聚焦的"人物视角"。从表面上看，本节开头所引的热奈特的第二条定义也为这条线提供了理论支持。

在这两条线之间，我们看到另一条线：既有叙述者的视角，又有人物的视角，这一条线可分为三类。

第一类认为人物的视角与叙述者的视角之间可发生转换，但不区分"作为聚焦者"的人物感知和"作为聚焦对象"的人物感知，将"看到"、"注意到"等词语一律视为人物视角的标志。这种看法不会埋没叙述者的视角，但如上文所析，极易模糊和埋没真正的"人物视角"，在全知叙述中尤其如此。

第二类在其他方面与第一类相同，但认为人物视角与叙述者的视角只能以相嵌的方式出现：叙述者的视角总是存在，若出现了人物视角，就只能算是下一层次的视角。奥尼尔在《虚构的话语》中强调"叙述者总是聚焦者"。（O'Neill：83—95）他区分了三种视角类型：一、单一视角，即仅仅由叙述者聚焦；二、复合视角，即叙述者的视角里包含了人物视角；三、复杂视角，即视角含混不清。让我们看看奥尼尔举的一个例子：

> 约翰看着玛丽，玛丽却希望他别再看。

在奥尼尔的分析中，故事外的叙述者是整句话的聚焦者，但约翰和玛丽也是聚焦者（约翰观察玛丽，玛丽观察这一情景），只是他们的视角包含在叙述者的视角之内，构成复合视角。但如前所析，倘若叙述者是聚焦者，那么约翰和玛丽的感知就仅仅是其观察对象。让我们再看一个更为明显的例子：

> 她看到他们在玩，就跑过去跟他们一起玩。

不难看出，"她"的视觉和行为都是叙述者的观察对象，仅为故事内容的一部分。也就是说，这里仅有叙述者的"单一视角"。我们必须把握一点：所谓"人物视角"实质上是叙述者用人物的眼睛来替代自己的眼睛。在上引《黑暗之心》那一例中，马洛暂时用土著人的眼光替代了自己的眼光，正因为如此，汽船方变成了"凶猛的河怪"。这里出现的绝不是马洛和土著人的"复合视角"，而是马洛借用的土著人的"单一视角"。上文所分析的《苔丝》、《了不起的盖茨比》和《专使》中的实例均可说明这一点。奥尼尔主要是受了米克·巴尔的影响。巴尔像很多叙事学家一样，将"看"、"观察"等表达感知的词语统统视为判断"人物视角"的依据，并提出了叙述者之视角位于最上层的视角层层相嵌之说。（Bal：142—160）对巴尔提出了挑战的曼弗雷德·扬将人物视角描述为：叙述者观察和记录（sees and records）聚焦人物所看到的东西。（Jahn：262）这种表述实际上也承认了双重视角的存在。若要避免混乱，则应表述为：叙述者用人物的眼睛替代自己的眼睛来观察，这才是人物视角的实质性内涵！

这条线的第三类区分"作为聚焦者"的人物感知和"作为聚焦对象"的人物感知，但将前者仅仅视为话语层次的技巧，（Warhol）忽略其既属于故事层又属于话语层的双重性。这一类问题不大，因为抓住了"聚焦者"和"聚焦对象"这一涉及人物感知的关键区分。但这一类属于少数派。大多数，甚至可以说绝大多数关注人物视角的学者都盲目地将涉及感知的词语作为判断视角的标准，并倾向于将人物的任何心理或思维活动都视为"人物视角"。如果说在20世纪70年代以前，对"感知者"和"叙述者"的混淆是最大的混乱之源的话，在这一混乱得到清理之后，仍对人物感知不加辨别，统统视为"视角"，则是近几十年来混乱的主要症结。笔者认为，要清理这些混乱需要把握以下三点：首先，叙述者是视角的控制者,视角是一种叙述技巧;其次,叙述者可通过自己的感知(包括佯装旁观或摄像机)来聚焦,也可借用人物的感知来聚焦;再次,在任何一个叙述层次,都必须区分作为"聚焦者"的人物感知和作为"聚焦对象"的人物感知。(Shen, 2002; 2003)"视角"这一术语只能用于描述前者,不能用于描述后者。前者具有既属于话语层又属于故事层的双重性,而后者则仅仅属于故事这一个层次。

视角之分类

在探讨了"视角"尤其是"人物视角"的实质性内涵之后,让我们看看应如何对视角进行分类。20世纪初以来,出现了有关视角的各种分类。在结构主义叙事学兴起之前,这些分类的主要问题是不区分"感知者"和"叙述者",从而造成了两种不良后果:第一,视角分类变成了单纯叙述分类,如弗里德曼在《小说的视角》中对"编辑性的全知"和"中性的全知"之分,两者均为"无所不知"的视角,差别仅仅在于叙述者是否发表议论。第二,仅仅根据人称分类,埋没了第三人称叙述中的"中心意识"。前文提及,弗里德曼在分类时考虑了"中心意识"。他采用了"选择性全知"这一术语来描述这一模式,认为这种模式与"全知叙述"之间的差别主要在于前者直接展示,后者则间接总结人物的意识活动。(Friedman: 1176—1177)然而,在普通全知叙述中也经常有详细展示的片段。更为关键的是,两者之间的本质差别并不在于表达形式上的不同,而是在于究竟是用谁的感知来观察:是全知叙述者的还是人物的?

笔者认为,应区分第三人称叙述中两种不同的"限知视角":一、全知叙述者"选择"仅仅透视主人公的内心世界,对其他人物只是"外察",构成对人物内心活动的一种"限知"。这种模式在短篇小说中较为常见,譬如兰斯顿·休斯的《在路上》、凯特·肖邦的《一小时的故事》和詹姆斯·乔伊斯的《一个沉痛的案例》,等等。二、"中心意识"。这两种"限知"有本质区别:在前一种中,全知叙述者为聚焦者,故事主人公的感知为聚焦对象;所谓"限知",是叙述者选择性地限制自己的"内省"范围。在后一种中,人物的感知替代了叙述者的感知,聚焦人物的感知本身构成"视角";所谓"限知",是人物自己的视野有限。不难看出,前者应称为"选择性全知",后者则应称为"人物有限视角"。

弗里德曼采用了"多重选择性全知"这一术语来描述吴尔夫的《到灯塔去》这种采用多个"中心意识"聚焦的作品,这一模式与普通全知叙述更易混淆。两者都揭示多个人物的内心世界,但在观察主体上有本质差别。在"全知叙述"中,全知叙述者为"聚焦者",故事中不同人物的内心构成其观察对象。与此相对照,在《到灯塔去》这样的作品中,多个人物充当"聚焦者",读者直接通过人物的感知来观察,"视角"从一个人物转向另一个人物。我们不妨将这种模式称为"转换型人物有限视角",并将詹姆斯的《专使》中的模式称为"固定型人物有限视角"。

查特曼在《故事与话语》中提出了"转换型有限内心透视"（shifting limited mental access）这一术语来描述吴尔夫的《到灯塔去》这样的聚焦模式。他虽然避开了"全知"一词，但实际上并未意识到这种模式与全知叙述之间的区别，从根本上说是两种"聚焦者"之间的区别。在他看来，两者的不同在于叙述者"从一个人物的内心转换到另一人物内心的出发点不一样"：

> 转换型有限内心透视没有目的性，不是为结局性情节服务的，它毫无目的地展示各色人物的想法，这想法本身就是"情节"；它变幻无常，根本不为外在事件服务。在"转换型有限内心透视"中，叙述者从一个人物的内心转至另一人物的内心，但并不解决任何特定问题，也不展开一个因果链。（Chatman, 1978：216）

然而，这种不同是情节上的不同，而非视角上的不同。在采用传统全知叙述时，作者也可以让人物的思想呈偶然性和无目的性。传统作家之所以不这么做，是因为传统情节观一贯强调因果关系。诚然，采用人物的感知聚焦能更自然地表达偶然性和无目的性，但它仅仅是表达工具而已。值得注意的是，查特曼术语中的"有限"一词指叙述者仅透视某些人物的内心。如前所述，《到灯塔去》这样的作品与传统全知叙述之间的本质区别并非叙述者仅透视部分人物的内心与透视所有人物的内心这样一种范围上的区别，而是叙述者究竟是用自己的感知还是转用人物的感知来观察故事这样一种质的区别。如果我们要用"有限"一词来描述这种现代视角，则应用于"（叙述者采纳的）人物有限视角"这一含义。为了避免混乱，我们不妨也将查特曼的"转换型有限内心透视"改为"转换型人物有限视角"。

俄国学者乌斯片斯基（Boris Uspensky）在《结构诗学》一书中提出视角涵盖立场观点、措辞用语、时空安排、对事件的观察等诸方面，此书产生了一定的积极影响，但也有某些副作用。英国学者罗杰·福勒（Roger Fowler）在他的影响下，提出视角有三方面的含义：一是感知范畴的心理上的含义；二是意识形态方面的含义，指文中语言（包括人物所说的话）表达出来的价值或信仰体系；三是时间与空间上的含义：前者指读者得到的有关事件发展快慢的印象，后者则指读者对人物、建筑等成分之空间关系的想象性建构，包括读者感受到的自己所处的观察位置。第一种含义大致与热奈特的"视角"相对应，但第二种含义混淆了"叙述者"（作者）与"感知者"以及"聚焦者"与"聚焦对象"之间的界限。第三种含义涉及的是文本外读者的印象。文本内的时间安排如倒叙或预叙等均取决于叙述者；空间关系的建构则或取决于叙述者（自己观察事物）或取决于聚焦人物（叙述者通过其感知来观察）。读者仅仅是叙述者或聚焦人物所建构的时空关系的接收者。福勒在探讨"心理"与"意识形态"含义时论及的是作者、叙述者与人物，在探讨"时空"含义时却突然转向了读者，这显然容易引起混乱。

热奈特在《叙述话语》中，区分了三大类聚焦模式：第一，"零聚焦"或"无聚焦"，即无固定视角的全知叙述，其特点是叙述者说的比任何人物知道的都多，可用"叙述者＞人物"这一公式表示。第二，"内聚焦"，其特点为叙述者仅说出某个人物知道的情况，可用"叙述者＝人物"这一公式来表示。它有三个次类型：(1) 固定型内聚焦（即我们所说的"固定型人物有限视角"）；(2) 转换型内聚焦（"转换型人物有限视角"）；(3) 多重型内聚焦（采用不同人物的感知来观察同一故事）。热奈特区分的第三大类为"外聚焦"，即像摄像机一样旁观人物言行。此处提到的"叙述者 ＞ 人物"、"叙述者 ＝ 人物"、"叙述者 ＜ 人物"这三个公式为法国叙事学家托多洛夫首创，经热奈特推广之后，在叙事学界颇受欢迎。其实，用于表明内聚焦的"叙述者 ＝ 人物"这一公式难以成立，因为它仅适用于"固定型内聚焦"。在"转换型"或"多重型"内聚焦中，叙述者所说的肯定比任何人物所知的都要多，因为他/她叙述的是数个人物的内心活动，在这一意义上，这两种内聚焦与全知叙述之间并无差异。若要廓清两者之间的差别，我们必须从"感知"的转换这一关键角度切入：叙述者的感知转换成了人物的感知。笔者认为，内聚焦可用"视角＝（一个或多个）人物的感知"这一公式来表示，"外聚焦"可用"视角＝摄像机或外部旁观眼光"来表达。至于"零聚焦"，我们也可用"视角＝任意变换的观察角度"来指代。值得一提的是，全知叙述并非"无聚焦"或"无视角"，只是"视角"变化无常而已。普林斯在《叙事学》（1982）中采用了"无限制的视角"这一术语，内尔斯则建议用"自由聚焦"替代热奈特的"零聚焦"。(Nelles：369) 热奈特自己后来受巴尔的影响，也将全知叙述描述为"变换聚焦，有时为零聚焦"。(Genette，1988：74)

值得注意的是，在西方批评界，对于全知叙述的分类有两派不同意见。一派将全知叙述与内聚焦区分开来，或将全知叙述视为无固定视角的"零聚焦"（以热奈特为代表），或将之视为"外聚焦"或"外视角"的一种类型（以施坦策尔和里蒙-凯南为代表）。与此相反，另一派学者将全知叙述视为"内焦点"或"内视角"的一种类型。较早的代表人物有布鲁克斯和沃伦，福勒也属于这一派，他区分了两种视角："内视角"与"外视角"。前者分两类：一、从人物意识的角度来叙述；二、从全知叙述者的角度来叙述（同样能透视人物的内心）。"外视角"也分两类：一、仅从人物的外部描写人物的行为；二、不单单仅从人物的外部描写，且还强调叙述者之视野的局限性。(Fowler：134—135) 学界对于"全知叙述"的分类之所以会出现截然相反的看法，是因为存在两种不同性质的对立。其一为"对内心活动的透视"（内省）与"对外在行为的观察"（外察）；其二为"观察位置处于故事之内"与"观察位置处于故事之外"。福勒等人在区分时依据的是第一种，而另一派学者依据的是第二种。在笔者看来，以第一种对立作为分类标准站不住脚，因为这种对立涉及的是观察对象上的不同，而不是观察角度上的不同。对"视角"

的区分是对不同观察角度（聚焦者）的区分：旁观还是全知，故事之内还是故事之外，是否有固定的观察角度。若以是否涉及人物的内心作为衡量"内视角"的标准，就无法将全知叙述与《到灯塔去》这种采用"人物视角"的作品区分开来。我们只有把握"聚焦者"与"聚焦对象"这一本质区分，才能避免混乱。

热奈特的三分法没有考虑第一人称叙述中的视角。施坦策尔依据观察位置将"第一人称见证人叙述"分成了两类：见证人的观察位置处于故事中心的为"内视角"，处于故事边缘的则属于"外视角"。至于第一人称主人公叙述，一般均为回顾性质。如前所述，这一类中潜存两种视角：一是叙述者"我"的视角，二是被追忆的"我"的视角。叙事学家一般将前者视为"外视角"（现在的"我"处于被追忆的往事之外），而将后者视为"内视角"（被追忆的"我"处于往事之中）。"第一人称见证人叙述"也往往是回顾性的，这种区分"外视角"与"内视角"的标准若能成立，对它也应同样适用。

笔者认为，这样区分第一人称叙述中的视角模糊了"内视角"与"外视角"之间在情感态度、可靠性、观察范围等诸方面的界限。在第三人称叙述中，"外视角"指的是故事外的叙述者用旁观眼光来观察，"内视角"指的是叙述者采用故事内人物的眼光来观察。前者往往较为冷静可靠，后者则往往较为主观，带有偏见和感情色彩。从这一角度来看，"内"与"外"的差别常常是"主观"与"客观"之间的差别。然而，在"第一人称见证人叙述"中区分"内视角"与"外视角"，在这方面一般不会有明显差别。无论是《黑暗之心》中的马洛还是《吉姆老爷》中的马洛，均用自己的主观眼光在看事物，因为他们都是人物而不是独立于故事的第三人称叙述者。《吉姆老爷》中的马洛与吉姆建立了深厚的友谊，极为关切吉姆的命运。诚然，有的第一人称见证人与其所观察的主人公无个人接触，因此相对而言较为客观。但作为故事中的人物，他/她往往不像第三人称叙述者那样客观。同样，在"第一人称主人公叙述"中，叙述者在回顾往事时，尽管时常会反省自责，却也很难做到像第三人称叙述者那样客观，因为那毕竟是他/她自己的往事。用埃德米斯顿的话说，这种叙述者"可以比较超脱，但会同样主观"。（Edmiston：xi）。此外，无论是处于边缘地位的见证人还是回顾往事的主人公，他们的"第一人称"均将他们限定在自己所见所闻的范围之内。诚然，在回顾性叙述中，"我"可能会了解一些过去不知道的事情，但并不像第三人称叙述者那样具备观察自己不在场的事件的特权。笔者认为，在第一人称叙述中，处于边缘地位的见证人和回顾往事的主人公的视角是处于"内视角"与"第三人称外视角"之间的类型。

传统文论在探讨视角时，倾向于仅关注人称差异，埋没了"人物视角"；当代叙事学界则完全不考虑人称的作用，这实际上矫枉过正了。（Shen，2003）"叙述者"与"感知者"有时是互为分离的两个主体，有时则属于同一主体。就前一种情况而言，在区分视角时，需脱开叙述类型来看感知者；但就后一种情况而言，则需结合叙述类型来看感知者，因为叙述类型不仅决定了叙述者的特性，而且也决定了感知者的特性。笔者认为，需要区分四大类视角：一、无限制型视角（即全知叙述）；二、内视角（包含热奈特提及的三个分类，但固定式内视角不仅包括像詹姆斯的《专使》那样的第三人称"固定型人物有限视角"，而且也包括第一人称主人公叙述中的"我"正在经历事件时的视角，以及第一人称见证人叙述中观察位置处于故事中心的"我"正在经历事件时的视角）；三、第一人称外视角（即固定式内视角涉及的两种第一人称叙述中的"我"追忆往事的视角，以及见证人叙述中观察位置处于故事边缘的"我"的视角）；四、第三人称外视角（同热奈特的"外聚焦"）。这一四分法既修正了传统文论对"感知者"的埋没，又纠正了当代叙事学界完全无视"叙述类型"的偏误。

结　语

一个世纪以来，学者们对"视角"经久不衰的兴趣一方面大大促进了小说技巧的研究，并带动了对其他叙事类别（如电影、新闻报道、绘画）之表达方式的研究，另一方面也带来了繁杂的混乱。在《心理叙事学》（2003）一书中，博尔托卢西和狄克逊发出了这样的感叹："视角理论其实已发展成看上去不可调和的各种框架和争论，"（Bortolussi, et al.: 168）他们认为出路在于考虑实际读者的反应，但这只是增加了一个看问题的角度，仍然无法清理现有的混乱。

面对种种混乱，曼弗雷德·扬倡议借鉴詹姆斯的"窗口"，采用"聚焦之窗"这一概念。其实，詹姆斯的"窗口"这一隐喻本身并不能解决问题。卢伯克在《小说技巧》中就多次使用了"窗口"和"观察之眼"这些看似指涉明确的词语。布鲁克斯和沃伦的"叙述焦点"与热奈特的叙述"聚焦"、查特曼的"过滤器"与詹姆斯的"反射镜"从表面上看均可谓同义或基本同义，但内涵实际上迥然相异。关键不是采用什么术语，而是把握几种本质关系：感知者与叙述者，聚焦者与聚焦对象，叙述技巧与故事内容，现实生活与文学虚构，等等。若能理清这些关系，整个画面就会变得较为清晰，我们观察"视角"的视角也会变得较为平衡和全面。

参考书目

1. Boris Uspensky, *A Poetics of Composition*, trans., Valentina Zavarin, et al., U of California P, 1973.
2. Cleanth Brooks, et al., *The Scope of Fiction*, Crofts, 1960.
3. Dan Shen, "Breaking Conventional Barriers: Transgressions of Modes of Focalization," in *New Perspectives on Narrative Perspective*.
4. —, "Defense and Challenge: Reflections on the Relation between Story and Discourse," in *Narrative*, 10 (2002).

5. —, "Difference Behind Similarity: Focalization in First-Person Narration and Third-Person Center of Consciousness" in *Acts of Narrative*, eds., Carol Jacobs, et al., Stanford UP, 2003.
6. F. K. Stanzel, *A Theory of Narrative*, Cambridge UP, 1984.
7. Gerald Prince, "A Point of View on Point of View or Refocusing Focalization," in *New Perspectives on Narrative Perspective*.
8. Gérard Genette, *Narrative Discourse*, trans., Jane E. Lewin, Cornell UP, 1980.
9. —, *Narrative Discourse Revisited*, trans., Jane E. Lewin, Cornell UP, 1988.
10. Henry James, *The Art of the Novel*, Scribner, 1962.
11. J. W. Beach, *The Twentieth Century Novel*, The Century, 1932.
12. James Phelan, "Why Narrators Can Be Focalizers," in *New Perspectives on Narrative Perspective*.
13. Jonathan Culler, "Fabula and Sjuzhet in the Analysis of Narrative," in *Narratology*, eds., S. Susana, et al., Longman, 1996.
14. Manfred Jahn, "Windows of Focalization: Deconstructing and Reconstructing a Narratological Concept," in *Style*, 30 (1996).
15. Marisa Bortolussi, et al., *Psychonarratology*, Cambridge UP, 2003.
16. Mieke Bal, *Narratology*, trans., Christine van Boheemen, U of Toronto P, 1997.
17. Norman Friedman, "Point of View in Fiction," in *PMLA*, 70 (1955).
18. Patrick O'Neill, *Fictions of Discourse*, U of Toronto P, 1994.
19. Paul Simpson, *Language, Ideology and Point of View*, Routledge, 1993.
20. Percy Lubbock, *The Craft of Fiction*, Jonathan Cape, 1921.
21. Robyn Warhol, "The Look, the Body, and the Heroine of *Persuasion*," in *Ambiguous Discourse*, ed., Kathy Mezei, U of North Carolina P, 1996.
22. Roger Fowler, *Linguistic Criticism*, Oxford UP, 1986.
23. Seymour Chatman, *Coming to Terms*, Cornell UP, 1990.
24. —, *Story and Discourse*, Cornell UP, 1978.
25. Shlomith Rimmon-Kenan, *Narrative Fiction*, Routledge, 2002.
26. Sister Kristin Morrison, "James's and Lubbock's Differing Points of View," in *Nineteenth-Century Fiction*, 16.3 (1961).
27. Walter Allen, "Narrative Distance, Tone, and Character," in *Theory of the Novel*, ed., J. Halperin, Oxford UP, 1974.
28. Wayne C. Booth, "Distance and Point-of-View," in *The Theory of the Novel*, ed., P. Stevick, The Free Press, 1967.
29. William F. Edmiston, *Hindsight and Insight*, Pennsylvania State UP, 1991.
30. William Nelles, "Getting Focalization into Focus," in *Poetics Today*, 11 (1990).
31. Willie van Peer, et al., eds., *New Perspectives on Narrative Perspective*, State U of New York P, 2001.
32. 申丹:《叙述学与小说文体学研究》,北京大学出版社,2004。

① 若要直译,point of view 或 viewpoint 应译为"视点",focalization 应译为"聚焦",seeing eye 应译为"观察之眼",filter 应译为"过滤器",但这些术语都可意译为"视角"。不少故事外

的叙述者采用故事内人物的眼光来聚焦,为了突出叙述者(谁说?)和聚焦者(谁感知?)之间的区分,笔者以前将 narrative perspective 译为"叙事视角",将 focus of narration 译为"叙事焦点"。但现在笔者认为,更重要的是区分单纯的人物眼光和充当叙述观察角度的人物"视角"。为了突出这一点,特改用"叙述视角"和"叙述焦点"。

② "限知视角"与"全知视角"形成了漂亮的对称。但值得注意的是,有两种不同的"限知视角",一为人物感知直接充当"视角"的故事内聚焦模式,另一为全知叙述者仅透视某个人物内心的故事外聚焦模式(详见本文第三节)。为了避免混乱,也许最好采用"人物有限视角"或"人物视角"来指涉前者。

③ 卢伯克还将 point of view、angle of vision 等术语用在了读者身上。像这样的术语均应为作品中聚焦者的专利。

④ 黑体为引者所加。

书写 林少阳

略 说

"书写"的法文为 écriture，英译为 writing，而法国理论家罗兰·巴特的同一法语词汇却被汉译为"写作"，也许巴特比较"文学"之故。在此统译为"书写"。同属汉字圈的日本则有时翻译成"书记"、"书记行为"、"书记体"，有时则在汉字上标上法文的音译或干脆以法文音译。无论如何，近年"书写"之所以成为后结构主义等欧美现当代思想的关键词，似乎皆拜法国思想家雅克·德里达所赐，但它有着德国思想和理论的启示。

综 述

罗兰·巴特的书写与德里达有所区别。欲明了巴特的书写概念可从他对符号学与语言学关系的看法谈起。索绪尔认为语言学只是符号学的分支，而巴特对索绪尔新的解读被他称为 trans-linguistique（且译为"跨语言学"）。借此术语，他将索绪尔语言与符号学之间的关系作了一个逆转：他认为符号学只是语言学的一部分，而非相反，因为在实践的层面上人类学、精神分析、社会学全部无非是其分支学科。他的"跨语言学"将语言学广义化，将上述学科囊括其中，因此，他建立在"跨语言学"上的书写概念也变得非常广义。他甚至将所有的视觉性、空间性的符号体系都纳入其中。如他的《表象的帝国》将日本的禅寺也视作书写。至此，他完全将索绪尔抛在了一边。

在这方面，巴特对语言学的看法与拉康显然有异，后者认为语言学只处理显露于潜意识并受制于潜意识表层部分的意识。巴特说：

> 我们可以把符号学正式地定义作符号的科学或有关一切符号的科学，它是透过运作性概念从语言学中产生的。但是语言学本身多少有些像经济学一样（这种比较并非无关紧要），在我看来，正在遭受着分裂。一方面，语言学正在趋向形式的一极，另一方面，它正在吸收着越来越多的、越来越远离其最初领域的内容。正如今日经济学的对象无处不在一样（政治、社会、文化各个领域），语言学的对象也是没有限制的。按照本维尼斯特的一种直观的说法，语言的结构就是社会性本身。……语言学正在解体。对我来说，我把语言学的这种解体过程就称作符号学。（巴特尔：14）

显然巴特的书写更试图将马克思主义观点与语言学相结合，在这过程中他吸收了语言学家邦弗尼斯特（Emile Benveniste，1902—1976）的话语（discourse）理论。后者的话语理论批判索绪尔语言学中由能指与所指构成的二元对立结构，认为这一类结构忽视了语言主体与语言间的关系所构成的复杂性，而主张一种关系性的话语理论。巴特的理论更强调了语言关系中的社会关系性，由此试图通过与经济学相提并论的无所不包的"跨语言学"，去重组传统的人文学科。他的书写甚至将时装等包括进来，并尝试将意识形态的批判这一马克思主义课题纳入他重新定义的书写之中。他的文学观也可窥见其左翼乌托邦色彩：

> 文学从马拉美起开始找到了（至少对我们法国人来说）它的确切形象：现代主义。从那时开始，我们的现代主义或许可用这样一种新的形象来定义，这就是我们所说的语言乌托邦……马拉美说的"改变语言"与马克思所说的改变世界是同时出现的。（巴特尔：11）

如耶鲁学派的芭芭拉·约翰逊（Barbara Johnson）指出的那样，

> 书写的理论家看到了能指/所指关系与唯物主义/唯心主义的某种联系。如果能指是观念存在的物质条件，那么所指的特权地位就相似于商品崇拜，这种商品崇拜源于资产阶级视而不见劳动和经济存在的物质条件。

因此"能指的解放，对唯心主义压抑的反抗，发动差异和欲望的力量来对抗认同的法律和秩序"，是考察包含巴特的书写概念在内的1968年巴黎新左翼的政治课题。（兰特里夏等：54）

书写概念在哲学领域登堂入室，与德里达的出现密不可分。有论者曾谈及，德里达的思想由黑格尔、胡塞尔和海德格尔这三个"H"所决定，（Rockmore：140）但这一说法在下述叙述策略的意义上可能是成立的：德里达对黑格尔和胡塞尔绳愆纠缪，而对海德格尔则吐故纳新，批判性地继承。德里达的思想体系实际上将尼采、海德格尔、弗洛伊德这三者理论广收博采，并将这三者在自己的理论体系中以独特的方式融合并赋予新意。有论者认为不可高估海德格尔对德里达的影响，（Lucy：7）但也有论者认为海德格尔于德里达，恰如康德于黑格尔：正如黑格尔是康德的"哥白尼式的革命"的完成者一样，德里达对海德格尔来说也是一个类似的存在。（Rockmore：140）

此一复杂问题暂且存而不论。德里达就其"解构"概念在中国的演讲中明言："我当时希望把海德格尔的Destruktion（破坏）与Abbau（解体）翻译并采纳过来，为我所用。"（杜小真等：230）1983年在日本发表的演讲中他更为详细地说：

> "破坏"与"解体"出现在《存在与时间》中。海德格尔对我很重要。我现在的工作明显与其有关。我从解读胡塞尔和海德格尔出发，但我

将海德格尔带到了大家周知的书写的问题圈内。这一问题圈与他无关，但可以看出他的影响轨迹。(デリダ：216)

显而易见的是，德里达视书写为其与海德格尔相别之处。更重要的是，实际上德里达以书写概念概括了他对上述三位思想家的吸收，因此也概括了他其他难解的术语。其中如"踪迹"（又译为"痕迹"、"印迹"）、"差延"等术语又相对来说与书写有着更为直接的关系，这也是许多理论的入门书回避书写这一条目的原因：不仅因为书写概念之理论上的生疏，也因为它太具囊括性。书写概念的晦涩，还因为它与弗洛伊德的精神分析理论有关。相对于论者多留意海德格尔对德里达的影响而言，弗洛伊德给予德里达的启示却似乎容易被忽视，至少于书写概念的阐明而言，弗洛伊德的影响是不可回避的。这也是本文开门见山便论及弗洛伊德的书写概念的理由。

弗洛伊德与书写概念

简单整理弗洛伊德理论，对理解他与书写概念的关联不无裨益。首先，是他的神经元理论。神经元（neuron）指的是构成中枢神经系统基本结构单位的神经细胞，它由细胞体和冲动通过时的神经凸起构成。在1879年完成的这一研究构成了他神经元理论的基础。在1882年的《神经系统几个要素的结构》一文中，弗洛伊德认为：

> 在神经中分开的通路在神经细胞中却是合流的。若如此，解剖学意义上神经细胞便成为联结其上的神经纤维的起点。……我们可以想象具有某种力度的刺激打破原纤维的孤立，神经会作为一个单位传导刺激。（小此木启吾：326）

这时他的理论仍是生物学色彩的客观心理学。其次，是弗洛伊德的记忆概念。他在1891年时形成了记忆的概念，这一概念在以后进一步展开。他在《科学心理学草案》（1896）中认为，假如将心灵记述成一个神经元装置，当兴奋在神经元至神经元之间移动时，它总是选择以前的经验中使用的通路，这便是所谓的"疏导"（Bahnungen，也被译为"拓路"）。他认为神经元系统分为两类：主管感觉细胞的无抵抗、非滞留的透过性神经元，与主管记忆细胞和印象性事象的抵抗性神经元；而记忆是由主管记忆细胞的神经元之间存在的疏导去表示的，神经元与感觉信号之间的疏导可理解为记忆。（弗洛伊德，2000：237）亦即是说，一个是即使信息（刺激）通过其状态也了无变化的神经元，而另一个则是一有信息（刺激）通过状态便马上会变化的神经元。这一区别也是主管信息处理的意识与主管信息储存的记忆的区别。在《梦的解析》（1900）中弗洛伊德说："感觉到刺激后，精神装置会留下踪迹——我们可以把它们称为记忆踪迹。"而记忆是无意识的，虽然它可以被激活。所谓"性格",无非是植根于我们印象的记忆踪迹,而最强烈的印象就是幼时的印象,这是几乎不被意识、储存于无意识的印象。(弗洛伊德,1986:431)因此,他认为记忆与意识不能并存,踪迹,亦即记忆系列只有在无意识时才是不变的,否则不可能持续。(Kaufmann:92—93)也就是说,他认为意识与记忆相互排斥。换言之,记忆是无意识之中保有的,它是对某一体验的秩序性影响力。(弗洛伊德,2000:238)复数的知觉由复数的路径(Bahn)连通,这些路径决定了认识中的联合或联想(Assoziation),而路径的断裂则意味着失语。因此,由透过性要素的神经元与非透过性要素的神经元构成的神经元系统,具有保持记忆而且也接受知觉的特质。(弗洛伊德,2000:239)弗洛伊德于1894年提出的"无意识"、"防卫机制"等概念,以及他递至1900年的《梦的解析》中提出的幼儿性欲论,亦即俄狄浦斯情结理论,一改此前他从成人这一外在环境去寻找幼儿性外伤原因的方法。由《梦的解析》开始,他改而从幼儿的内因,亦即自我这一主体机能去寻找原因。他的客观心理学因此成为主体心理学,神经元体系也变成了无意识体系。

弗洛伊德在《梦的解析》中确立了话语分析的语言学方法。在该书中,书写这一概念趋于明确化。他认为,"梦的隐义"与"梦的显义"就像两种不同的"预言表现",后者将前者"传译"给我们,"梦的显义,就有如象形文字一般,其符号必须逐一地翻译成梦的隐义"。(弗洛伊德,1986:189)这里他直接将梦与象形文字相提并论,而且对梦作了"隐义"与"显义"二分。梦的"翻译"与文本阅读等同,也意味着强调梦的象形文字的符号关系。在同一书中他指出了梦象征的多义性,"就像中国字一样,正确的答案必需经由上下文判断才能知道"。(弗洛伊德,1986:252)在此他完全将梦、象形文字、汉字等同,并且强调其关系性和多义性。视觉化成为梦的语言的一大特征。

邦弗尼斯特曾在论文《对弗洛伊德发现的语言机能的考察》(1956)中如是归纳了弗洛伊德在语言学史上的意义:首先,弗洛伊德一反"原因-结果"的古典模式,通过病人迂回地植根于无意识的话语去摸索结构性的存在,语言因此成为所有过程的媒介,因为对精神分析的医生来说,除了话语以外别的因素都不具有现实性。也正因为这一点,医生与病人的关系是对话的关系。在这样的过程中,此前被"原因-结果"关系支配的现象被"无意识色彩的动机-现象"模式所取代,病症既是动机的到达点,也成为象征的代用物。(Benveniste:83—85)其次,邦弗尼斯特指出,弗洛伊德解释了两种象征系统:一种是众所周知的语言这一象征系统,另一种是作为象征理论的精神分析的象征系统。前者是制度,人们必须服从(学习)它,它体系多样,同时它与所指涉的事物之间的关系只需确认而不需赋予理由。而精神分析的象征系统却具有如下三个特点:第一是不分种族的普遍性。第二,象征与所述故事之间的关系存在着能指的丰富性与意义的单一性的限定,因为内容被压抑,只有隐藏于意象的覆盖之下才能获得解放;而这一丰富的能指(表记)与单一的意义之间总是由动机（被压抑的欲望的实现）联系在一起。第三，无意识象征的反逻辑性。邦弗尼斯特对弗洛伊德理论的评价还在于后者揭示了无意识不仅是语言的，而且是文体的，因为无意识大量使用了比喻修辞法。（Benveniste：95—96）

弗洛伊德的《科学心理学草案》标志着他对书写概念的到达点。在该书中他事实上与严格意义上的神经学描述或心理过程的解剖学表述决裂，而代之以"沟通屏障"和"疏导"之类的隐喻性模式。（C. Johnson：75）德里达指出，从该书至1925年的论文《神奇记事本笔记》，弗洛伊德的"疏导"概念渐变成只符合"书写"、"踪迹"这一类隐喻表述的概念。（德里达，2001：C362—363）德里达指出，"虽然在《草案》中疏导从未被命名为书写，《神奇记事本》将要回答的那些带矛盾性的要求却已经以字义相同的术语表述出来：'在持存一切的同时保有接收能力'"。（德里达，2001：C369—370；E204；J68—69）也就是说，就像书写一样，神奇记事本既保存踪迹，又永远对其他踪迹开放。德里达指出，弗洛伊德直接使用书写的表述，则是在1896年12月6日写给医生弗利斯（Wilhelm Fliess）的信中，在该信中他的踪迹变成了书写。该信的核心词汇是符号、记录（register）、转译（Umschrift，日译"改写"，英译transcript）等词。（德里达，2001：C373；E206；J72）

从此时起，弗洛伊德开始并驾齐驱地考虑力与场的关系，因此，传统生物学角度的神经元的"本质差异"被决定神经元的环境差异所替代。德里达认为，这才是"结构的关系性差异"。（德里达，2001：C370）弗洛伊德明确地在《科学心理学草案》中提到了"差异"这一概念，他谈到"记忆"是由抵抗性"神经元之间的疏导的差异"去表示的。（弗洛伊德，2000：238）德里达的解读赋予弗洛伊德以某种哲学意义：他跳出自然科学的实体主义思维，代之以关系主义模式，结果他将差异视为一种与环境密不可分的关系性。对弗洛伊德曾说过的"意识给予我们被称为质的那种东西，即知觉的巨大多样性"，德里达将"质"解释为"纯粹的差异"。而书写登上舞台正是"将意识或质放在空间中进行思考"，是他比喻性地称之为"地形学关怀"的转换必然，而其具体表现便是"踪迹"变成了文字图像（gramme或"书字"），"疏导""被暗语性地空间化"。（弗洛伊德，2000：C362—363）书写是弗洛伊德将以往线性考察的意识置于场和力中进行考察的必然结果。

德里达的书写概念

一

德里达认为西方形而上学传统立足于二元对立思维。例如就书写而言，有柏拉图的"善的书写"对"恶的书写"、"自然"对"文字"，前者是根据理性法则铭刻于灵魂的，后者则不过是真理与理解之间的影子。在基督教传统中，这一二元对立则体现为"精神（灵魂）的书写"对"物质的书写"，被特权化的前者是直接的、真理的源泉，它源于上帝的启示。在近代语言学中，这一二元论传统则体现为索绪尔的"所指"对"能指"。从德里达"哲学的（二元的）对立"这样的表记来看，他的"哲学"定义似乎可以说就是"二元对立"。

就声音与书写的二元对立，德里达之意不在于将长期受压的狭义的书写置于压抑它的声音之上，而是将书写看成是所有的表达——声音的、书写的、图形等——的条件。（C. Johnson：66）这正是德里达称之为"原书写"（archi-écriture）之意。德里达认为，书写中心也好，声音中心也罢，两者都未能摆脱声音与书写的二元关系。尼尔·卢西曾指出：

> 先学说后学写这一事实（似乎）反映出声音历史地先于书写。从柏拉图至索绪尔，甚至包括其他人，都据此思考人类沟通的进化和起源：声音在先，书写居后。但德里达认为，只是在"声音-书写"的连续性是在"声音-书写"的对立性中被理解的前提下这一观点才是真实的。这一对立依据于只在字面和经验意义上被理解的"书写"概念。只要容许不单纯将声音先于书写视为一个历史"事实"，而是根据声音与"本质"、"真理"的关联，"书写"在被定义为文字刻书（或图示表现）体系的情况之下，是可被看成居于声音之后的。（Lucy：118）

从哲学角度看，声音中心主义问题更在于自我、现在的特权化，亦即是自我显现（自我在场，self-presence）的问题。就意义的自我显现（在场），亦即逻各斯中心主义的问题，芭芭拉·约翰逊曾如是指出：

> 口说语言（the spoken word）被赋予更高的位置是因为言者与听者都同时面对所发之话，因为在听者聆听言者说话的同一时刻，言者也在自说自听。这一直接性显然保障了这样一个观念：在口说语言中，吾人知吾人所意，所意即吾人之所言，所言即吾人之所意，并确知吾人已言，因此言者与听者之间没有时空的距离。（B. Johnson：viii）

也就是说，这是自我同一性的问题。德里达认为，意识一般来说以意义（meaning）的形式将自己视为自我显现（在场），视知觉、意识主体只以自我显现（在场）的方式出现。因此，意识的特权化也意味着"现在"的特权化。

二

德里达的书写概念从弗洛伊德的精神分析理论中显然受益匪浅。德里达之妻为精神分析医生，德里达本人也自称为"精神分析之友"，但他认为自己对弗洛伊德的解读是不够全面的。（德里达，2002：C220）据德里达自己说，他早在1963年至1965年起便开始思考踪迹的问题，但他认为自己在1965之前尚未完全有自觉意识将精神分析纳入自己的体系，而是在《论文字学》（1967）之后才对只注重研究"现在"、现实的经验和意识的方法提出质疑，因此而意识到有必要借助精神分析的理论。通过弗洛伊德的潜意识理论，德里达更加认为"现时"的感觉和意识并非是对外界的直接反映，而是一种事后的、延误或差延的反应。（德里达，2002：C220—222）。弗洛伊德理论的用语带有实证主义色彩，（C. Johnson：68）德里达则更多地从形而上学传统批判的角度来活用弗洛伊德的理论。德里达1966年的论文《弗洛伊德与书写舞台》清晰地提示了他的书写概念与弗洛伊德的关联，德里达认为，弗洛伊德引导人们以神经元的概念将书写看成是疏导。（德里达，2001：C386）

弗洛伊德在《梦的解析》中认为，梦的内容的决定要素，就像象形文字的决定要素一样，但这一象形文字的决定要素与发音无关。（弗洛伊德，1986：225）德里达在《论文字学》中也提弗洛伊德所谓梦与象形文字的类同性，也强调其并非"表音文字"。（德里达，2005：C97）德里达认为，在弗洛伊德理论中"梦被当作某种书写来建构"，而这些"梦的置换类型"与象形文字系统中的"压缩和位移"是对应的。因此，"梦也许不过是操作关闭在象形文字宝库中的那些元素"。（德里达，2001：C377；E208；J77）斯皮瓦克也指出："梦将'词语'作为'物'来处理，德里达被弗氏的这一观点所吸引。"（Spivak：xlv）斯皮瓦克还指出："借助弗洛伊德，德里达认为哲学的运动未必需要尼采式的暴力。人是由差延形成的，'自我'是通过'自我'不能完全认识而建构的，人们只需要充分认识到这一事实便足够了。"（Spivak：xliv）斯皮瓦克这里指出了德里达对意识与主体的等同性的摒弃。也正是在这一意义上，弗洛伊德理论中无意识与主体更为真实的关系对德里达有着重要的意义，而德里达是借书写这一概念去展开他对这一问题的论述的。

德里达指出：

> 由于文字既构造主体又干扰主体，文字自然不同于任何意义上的主体。我们决不能将文字纳入主体范畴之下……作为文字的间隔化是主体退席的过程，是主体成为无意识的过程……文字主体的本源性的缺席便是事物或指称对象的缺席。（德里达，2005：C97—98；E63—69；Ja140—141）

书写的功能被定位为"间隔化"，德里达此处的意图则被明确为从超念主体中的逃逸，因此，无意识世界被赋予与真正的他者相关关系中的主体性。再现主义语言观（representatism）中符号与指涉物之间一对一的同一性代理关系，及其所蕴含的超念性的主体在此也被否定（在文学批评中这一主体常常以占中心地位的作家出现，即"作家中心论"）。德里达展示了书写在"现在"的在场主导之前的语言与意识的相互运动。

德里达的书写所涵盖的"踪迹"（trace）和"差延"概念显示了弗洛伊德对他

的启示。我们先谈德里达踪迹与弗洛伊德的关联。德里达回顾说，他关于踪迹的思考"不可避免地定位于精神分析内部及其周边"。他希望在《论文字学》尤其是论文《差延》中将尼采和弗洛伊德的某一足迹进行再阐释。（杜小真等：244—245）德里达感叹道："我清晰地感觉到，在弗洛伊德中蕴藏着关于踪迹和书写的洞察，还有关于时间的洞察。"踪迹这一概念为尼采和弗洛伊德从各自的角度所阐述（spur）。虽然德里达的踪迹至少受弗洛伊德的启发，但与弗洛伊德心理学色彩的踪迹相比，前者的指涉范围更大。

德里达认为，踪迹的定义是无法概括在"现在的单纯性"中的东西，"因为过去始终表示现在的过去，保留在踪迹中的过去严格说来再也不配享有'过去'这一名称"。（德里达，2005：C94；E66；Ja136）德里达明确地将"踪迹"规定为"指向自己与他者的所有的'经验'"，也就是说，某一要素总是由别的要素与自己的差异所规定，当它指向某一他者时它总是会留下踪迹的经验。因此，踪迹绝不会自己在场（显现），也就是说只有在与他者的关系中才会在场。（デリダ：213—214）显然，踪迹并非符号，它并不是实体意义上的存在。（C. Johnson：75）相反，它是结构的关系性，是符号亦即差异结构内部的他者所起的作用而已。（Spivak：xvi）

其次，我们再来看德里达的"差延"与弗洛伊德的关系：德里达的"差延"概念所包含的"推迟"（delay）也与弗洛伊德的术语"推迟"（Nachträglichkeit）有关。（德里达，2005：C95）德里达认为，"推迟"的结构事实上阻止了时间化，这一时间化往往意味着将活生生的现在辩证地归结为起源。（Derrida, 1982：21）德里达认为弗洛伊德的时间性不可能适合意识现象学或在场现象学的时间性，后者是他的理论极力抨击的对象。这里也适用于对黑格尔辩证法时间的批判：这一类辩证法，亦即时间化，总是以现在为起源，这一时间化总是现在的综合。与此相反，无意识的他者性在于关心永远不可能成为"现在"（在场）的"过去"，故踪迹与"差延"一样，都是不能以现在或现在的在场去考虑的。（Derrida, 1982：21）踪迹永远是差异和延迟，故踪迹永远不可能在场（显现）。

这一时间性与"踪迹"、"空间化"，因而也与"差延"等概念相关联。德里达认为，延缓效果的不可还原性为弗洛伊德之发现，（德里达，2001：C369；E203；J68）并且他就弗洛伊德的书写如是说：

> 自柏拉图和亚里士多德以来，人们就不断地通过图像（scriptural images）去图解理性与经验、知觉与记忆的关系。但对耳熟能详的书写这一用语，某种信赖从未停止过对其意义的保证。弗洛伊德所勾勒的姿态则中断了这种信赖保证，他打开了对一般意义上的隐喻性、书写和间隔化作用（espacement, spacing）的一种新型提问类型。（德里达，2001：C361—361；

E199；J60）。

在德里达的书写概念中，"间隔化"是一个重要的特征：

> 间隔化作用：即距离（diastème）和时间的那种空间生成、意义在某一原有场所的展开。从这一场点过渡到另一场点的、不可逆转的线性秩序，只能倾向于去压抑这样的意义衍生，但从某种程度上讲，它办不到，特别在所谓的语音文字中。（德里达，2001：C391；E217；J92）

德里达在《论文字学》中定义"间隔"为"空间和时间的结合（articulation）、时间的空间化和空间的时间化"。（德里达，2005：C96；E68；Ja139）显然，德里达对弗洛伊德理论的吸收仍然与他对西方形而上学时间观的批判相互关联。由是观之，也许不难理解德里达把（经过分散的）"延期"（adjournment）概念、亦时亦空的"差异"（间隔与重复）概念当作他的"差延"概念的例子。（C. Johnson：78）

弗洛伊德理论无疑是理解德里达概念形成过程的其中一个角度。但是，另一方面，正如斯皮瓦克所指出的那样，如果说德里达的意图在于反对"中心主义"（centrism）本身的话，或者说"X中心主义"便是形而上学的代名词的话，弗洛伊德以及弗洛伊德法国学派代表人物拉康的男性中心主义（phallocentrism）则是为德里达所诟病的，甚至无穷地涌上意识去建构主体的无意识本身也不能不说是形而上学的。（Spivak：lxxxii）事实上，德里达无意为精神分析负责，因此不可以将德里达的文字学简单地称之为对逻各斯中心主义的精神分析。（Spivak：lxxxi）但是弗洛伊德给了德里达极大的启示却是不争的事实。

三

显而易见的是，德里达的书写概念与他对西方形而上学时间观的批判直接有关，同时也与为了摆脱结构主义理论的静止、封闭的"结构"的意图相连。他从海德格尔的《存在与时间》第二篇第六章中借用了"流俗时间概念"这一说法。这一贯穿西方历史的"流俗时间概念"，其特点在于以空间运动或者"现在"为出发点。从语言学的角度来看，时间的线性特点必然与文字的线性化（linearization）相关，而"这一线性主义必然与声音逻各斯主义（phonologism）紧密相连"。（德里达，2005：C102；E72；Ja145）换言之，这一"流俗时间概念"与在时间的线性上展开的声音相配套，而被线性化的文字也只是声音的替代，在其中，声音的主体也时刻在场。

"流俗时间概念"中占中心位置的"现在"，其延伸结果便是意识本位。现象学中的"时间"亦是如此。在德里达看来，现象学中的"意义"、"现在"的显现化（在场化）运动也是"时间化的运动"，这一时间化运动立足于"活生生的现在"（present viant）。（杜小真等：246）显然，声音是意识的隐喻，是强化意识同一性或者系统中心性（权力性）的隐喻。进而言之，这一"声音"，亦即"意识"，也是"世界"的同义词，因而呈现在这一声音（="意识"="世界"）中的他者，也只能是由这一声音（="意识"="我"="主体"）所建构的同一性他者——也就是说，这不是真正的他者。

因此，德里达思考的是一种新的书写概念。他提出，"双重书写，准确地说是多层次的被位移或自我位移的书写概念"。通过这一概念，

> 我们还必须标示这一逆转与某一新概念的入侵性出现之间的间隔：这一逆转导致了位于高处的升华性（sublimante）甚至是观念性的系谱学被解构，而这一新概念则不再是，也不可能再是以前的伍制中所理解的、前所未有的概念。……
>
> 这一间隔，亦即这一双面性或者双阶段性，只有在分裂成两半的书写之中才能刻书（它首先将意味着某种新的"书写"概念，这一"书写"概念将同时引发对"声音/书写"序列以及依附其上的整个系统的颠覆，并且在声音内部令某种书写发出不和谐的声响，借此扰乱整个传承下来的秩序，侵入整个领域。(Derrida, *Positions*：E42；J61—62)

这也是他以书写概念批判包括胡塞尔在内的形而上学的本意，是对整个形而上学体系的最基础部分的"声音/书写"序列的颠覆。

德里达事实上以踪迹这一概念替代了传统的时间观，因为"形而上学的一般的时间概念——无法准确描述踪迹的结构"。（德里达，2005：C95）包含了"踪迹"、"差延"这一类术语的书写概念，正是时间的空间化和空间的时间化，同时这一类概念也替代了"经验"概念。因为"经验"属于形而上学历史，因此它总是意味着与显现（在场，亦即是不在的现在）的关系。德里达于此提及"经验"，也是为了批判胡塞尔的现象学还原和超验性经验，因为德里达认为胡塞尔的现象学还原和超验性经验依然是处于在场性（不在的现在性）统治之下的。既然所有都从踪迹开始，那么也就不存在根源性的踪迹了。也正因为此，他认为胡塞尔的现象学还原和超验性经验只能定位为话语的一个契机（a simple moment）而已。

在德里达看来，胡塞尔现象学所描述的意识的超念（transcendental）时间性，正是建立在"现在"的超念性之上。（Derrida, 1982：16）从这个意义上说，德里达对单一性超念色彩时间观的批判，也是为了捍卫多元的历史性。这一点正如德里达所说的那样，表音文字始终与再现语言的在场，因而与情感（主体）的在场有关，但与声音决裂的文字却"不再对应任何欲望。甚至它表明了它自身于欲望中的死亡"。（德里达，2005：C455；E312；Jb324）在1971年的论文《署名、事件、语境》中德里达认为，"书写符号有着与自己的语境（context）断裂的力量"，（Derrida, 1982：14）这也意味着它时刻可以与众多主体的语境接合，同时它没有

声音中在场的主体。换言之，书写意味着从在场主体的统治中逃逸出来。书写这一概念就是为了从这样一个"声音"（亦即"意识"，甚至"世界"）中逃逸出来，并且呼唤多元的真正他者的世界。

结　语

按"文史哲"这一多少令人困惑但却又不无方便的现代学术制度的划分，书写也许容易被人视作文学的"哲学"，但准确地说它却是哲学的"文学"。于处身于汉字圈的我们而言，书写与"文"的关系又是如何呢？因为现代性的长期压抑，"文"这一汉字圈最核心的理论概念已被遗忘日久。那么，"兴"这一概念呢？它与书写中的"踪迹"概念有关吗？附会固然危险，但问题未必在于相互比较，而在于简单化。书写概念引发的问题当不在少数。因为，接踵而至的问题将是：难道有一个中国甚至汉字圈语境中的声音中心主义吗？显然，书写理论将引发我们重新叩问我们的现代性。

参考书目

1. Barbara Johnson, "Preface," in *Dissemination*.
2. Christopher Johnson, *System and Writing in the Philosophy of Jacques Derrida*, Cambridge UP, 1993.
3. G. C. Spivak, "Translator's Preface," in Derrida, *Of Grammatology*, Johns Hopkins UP, 1997.
4. Jacques Derrida, *Dissemination*, trans., Barbara Johnson, U of Chicago P, 1981.
5. ——, *Margins of Philosophy*, trans., Alan Bass, U of Chicago P, 1982.
6. Niall Lucy, *A Derrida Dictionary*, Blackwell, 2004.
7. Tom Rockmore, *Heidegger and French Philosophy*, Routledge, 1995.
8. Emile Benveniste, *Problemes de linguistisque generale*, Editions Gallmard, 1966；日文本：『一般言語学の諸問題』，河村正夫等译，Misuzu 书房，2000。
9. Jacques Derrida, *Positions*, trans., Alan Bass, U of Chicago P, 1981；日文本：『ポジション』，高桥允昭译，青土社，2000。
10. Pierre Kaufmann, *L'Apport freudien: Eléments pour une encyclopédie de la psychanalyse*, Bordas, 1993；日文本：P. コフマン編『フロイト&ラカン事典』，佐佐木孝次监译，弘文堂，1997。
11. ジャック・デリダ：『他者の言語――デリダの日本講演』，高桥允哉编译，法政大学出版社，1989。
12. 小此木启吾：「『科学的心理学草稿』について」、『フロイト著作集』第七卷，人文书院，2000。
13. 德里达：《论文字学》，汪堂家译，上海译文出版社，2005；英文本：Jacques Derrida, *Of Grammatology*, trans., Spivak, Johns Hopkins UP, 1997；日文本：『根源の彼方――グラマトロジーについて』上（a）下（b）卷，足立和浩译，现代思想社，1972。
14. 德里达：《明天会怎样：雅克・德里达与伊丽莎白・卢迪内斯库对话录》，苏旭译，中

信出版社，2002；Jacques Derrida, et al., *De Quoi Demain. . Dialogue*, Librairie Arthéme Fayard, 2001；日文本：『来たるべき世界のために』，藤本一勇等译，岩波书店，2003。
15. 德里达：《书写与差异》下卷，张宁译，三联书店，200 ；英文本：Jacques Derrida, *Writing and Difference*, trans., Alan Bass, U of Chicago P, 1978；日文本：『エクリチュールと差異』下卷，梶谷温子等译，法政大学出版局，2002。
16. 弗洛伊德：《科学心理学草案》；日文本：『フロイト著作集』第七卷所收日译本，小此木启吾译，人文书院，2000。
17. 巴特尔：《写作的零度：结构主义文学理论文选》，台北：久大·桂冠联合出版，1991。
18. 杜小真等编：《德里达中国演讲录》，中央编译出版社，2003。
19. 弗洛伊德：《梦的解析》，赖其万等译，作家出版社，1986。
20. 兰特里夏等编：《文学批评术语》，张京媛等译，香港：牛津大学出版社，1994。

（法文著作尽量同时参考了汉、英、日译本，并分别以C、E、J加页码表示。有汉译者，年代以汉译本为准。出于行文等考虑，引文有一定的调整。）

文化霸权 周兴杰

略　说

"文化霸权"（Cultural hegemony）是一个非但不霸道，相反颇为人道的概念。说它不霸道，是因为它不彻底否定暴力和强制因素，但以从属集团的自愿、赞同为基础，潜移默化出一套世界观，既包含差异，又被普遍接受。说它人道，是因为它对人的能动性保持乐观，并贯穿着批判意识和道德伦理诉求。简单说，它是一个"领导权/统治权"（leadership/domination）的复合体。这一概念对当代人文学科研究产生了重大影响，开拓出诸多新的研究领域，推动了从单一学科转向跨学科研究、从单纯的学院研究转向社会现实关怀的发展。

综　述

"霸权"（hegemony）一词脱胎于希腊语 egemon，意为"领袖"、"统治者"，它的历史可追溯到雅典与斯巴达为古希腊各城邦盟主地位的争战。19世纪开始，它主要用来形容一国对他国的支配行为，如拿破仑战争时期法国雄霸欧洲。之后，意大利共产党领袖葛兰西将之发扬光大，成为他未完成的思想的核心。霸权一词超出了国际关系范畴，介入阶级与社会结构分析，延伸到文化领域。

这一延伸有其理论和现实根源。一方面，第二国际"正统派"将马克思主义图解为自然规律一般的科学。这引起欧洲左派内部思想纷争，推动理论重心由经济基础转向上层建筑，葛兰西的思想实际上是这一思维逻辑中重要的一环。另一方面，意大利法西斯主义猖獗，共产党内外的政治力量却四分五裂。如何教育大众，整合分裂的政治力量，是葛兰西面对的重要政治课题。文化霸权成为这种整合努力的理论体现。

20世纪70年代，《狱中札记》译成英文，在西方学界引起震动。它为回答新的政治情势——新右派当权，工人阶级进一步分化，女性主义、同性恋组织、环保组织等激进团体蜂拥而出——以及理论上批判结构主义马克思主义的需要，提供了重要思想资源。社会学、人类学、文化研究等诸多研究领域纷纷掀起"转向葛兰西"的热潮。

对于中国学界而言，随着后殖民批评、文化研究等西学思潮的涌入，文化霸权渐渐为人关注。在中文语境中，霸权容易在望文生义的情况下产生不良的第一印象。所以，1993年之前的文献多将其译成"领导权"。其实，即使在中文的实际运用中，霸权也并非总如人们所想象的那样指涉凶强霸道。梁启超在《欧游心影录》中就使用"文学霸权"描述欧洲文学潮流随着历史情势的变动，由浪漫忒派（浪漫主义）向自然派（自然主义）的逐渐流变，不见欺压各派、唯我独尊之意。因此，霸权、领导权不妨兼用，本文亦是如此。而欲了解文化霸权的确切含义，尚需抛开陈见，亲炙其说。

然而，文化霸权一开始就不属于一个单纯的文论范畴，而是逐渐演变成将文化、艺术问题纳入社会实践大框架中进行考察的一种理论方法。在葛兰西那里，文化霸权更涉及一套复杂的主张，与"国家"、"市民社会"、"知识分子"、"运动战"、"阵地战"等多个概念错综交织。但他指出，"同领导权之间的所有关系必然是同教育学之间的关系"，（约尔：131）这可将上述几个关键词一线贯穿，有助于理解。

国家与市民社会

理解文化霸权的关键，在于葛兰西国家观中对"市民社会"的独特认识。他提出了"国家=政治社会+市民社会"的著名公式，强调国家的教育职能，为文化霸权提供了争夺场域，奠定了社会基础。

两种国家观与文化霸权问题的提出

葛兰西自称其国家观念源于黑格尔，其实也刻下列宁的思想痕迹，这造成阐释上的某种含混，呈现出狭义与广义两种观念。列宁在《国家与革命》中一开始就说："国家是阶级矛盾不可调和的产物和表现"，是压迫被统治阶级的工具。葛兰西狭义的国家观与列宁一脉相承，指政府、军队、警察、监狱等专制工具，实行的是强制手段。

但是，在葛兰西看来，列宁的国家观不能回答西方资本主义国家生命力顽强、工人阶级革命意志消沉的问题。国家统治得以维持不仅需要暴力强制，更离不开思想认同；仅仅强调国家的暴力、强制特性，反倒会掩盖国家政权的实质。为此，他从黑格尔的国家学说中批判地吸收了"市民社会"概念，进行修补，扩大"国家"所指范围，构成广义的"完全国家"（integral state）："国家的一般概念中有应该属于市民社会概念的某些成分（在这个意义上可以说：国家=政治社会+市民社会，换句话说，国家是受强制盔甲保护的领导权）。"（葛兰西，1983：222）这样，国家的组成不仅包括一整套强制机器，还应包括市民社会中的教会、工会、学校等各种组织，以及公民生活中的团体和"私人"机构。它并非铁板一块，而是一个思想竞技场，各个阶级、群体的文化思想在此汇集、较量。且统治集团的意识形态主导其上，领袖群伦，构成巩固统治的思想屏障。

正是因为认识到市民社会在文化思想领域存在不可估量的影响（这直接启发

了阿尔都塞提出"意识形态国家机器"的概念），葛兰西才提出文化霸权的问题。"完全国家"表明，统治集团要维持统治，不仅要依靠暴力国家机器，还要行使建立在市民社会基础上的文化和意识形态的领导权。被统治集团要建立新国家，也需争夺文化霸权，确立新的世界观。

市民社会（伦理社会）是文化霸权确立之地

葛兰西与黑格尔对"市民社会"的认识并不相同。在黑格尔的思想体系中，国家"乃上帝在尘世间的降临"，是绝对精神的体现。"市民社会"位于家庭与国家的中间地带，独立而不自足，因为它是私欲彼此冲突的场所，人人患得患失间反倒满足了相互的需求。因此，它的命运只能是随着特殊利益向普遍利益融合，最终融入国家。

相反，在葛兰西那里，市民社会是文化霸权确立之地。它作为"民间"领导机构，在获取民心、统一精神方面威力巨大。他甚至设想，"国家强制的一面将由于确立起来了被调整了的社会（即伦理社会或市民社会）的越来越多的因素而逐渐结束自己"。（葛兰西，1983：222）国家的结局因而是政治社会消弭于市民社会。由于把市民社会也当作国家必不可少的部分，强调市民社会是"伦理社会"，葛兰西批判"国家-守夜者"、"国家-卡宾枪手"等说法狭隘肤浅。他宣称"每个国家都是伦理的"，却把黑格尔理念当作"伦理国家观"的典型，并认为"伦理国家"的观点并非空穴来风，而为知识分子所固有，存在"哲学和智力上的渊源"。

西方的国家理论与伦理学的血缘关系确实密切而久远，可以上溯到柏拉图的灵魂说、理想国。柏拉图深受其老师苏格拉底"知识即德性"思想的影响，定"善"为最高理念，是理想国家的原则。在《国家篇》中，他将人类比作洞穴中的一群囚徒，不明世界真相。只有一个人挣脱锁链，冲出黑洞，见到光明世界。当他重回洞中揭示真相时，竟无人相信，反倒激起众怒，欲将他处死（这实际上喻指苏格拉底的悲剧命运）。柏拉图以此说明，哲学家的义务就是启蒙和解救无知无觉的大众，因此他力主要实现完美国家，就得"集权力和智慧于一身"，让哲学家当王。他的哲学为后世的国家学说中蕴含的伦理预设埋下了重大伏笔，也开启了重视知识教化作用的先河。

葛兰西说，在苏格拉底伦理学（其实也是柏拉图伦理学）里，"道德"的意志是"倚靠智力、知识的，而坏的行动是以无知来说明的等等，并且在它里面批判的认识的研究是达到更高的道德或绝对意义的道德的基础"。（葛兰西，1983：60）这进一步将文化霸权的重点明确为一种知识和道德上的领导权。

那么，为何葛兰西仍视黑格尔理念为"伦理国家观"的典型呢？其实，黑格尔的观点同时受到洛克和孟德斯鸠的牵制：二者相通处在于反对专制，崇尚个体自由；差异则在于伦理前提设定上的分歧。洛克尊奉"德性"（vertu），认为"市民社会优于国家";孟德斯鸠推崇"荣耀"(honneur),认为中央集权优于中间团体,包括市民社会。黑格尔同意洛克所说市民社会外在于国家,但他并不赋予市民社会以道德伦理上的优先权,认定私欲冲突必然产生盲目导向。因此,他又倾向于孟德斯鸠,提出以国家来管理控制市民社会,拯救其弊。他在《法哲学原理》中称国家为"伦理理念的现实","是绝对自在自为的理性东西"。因此,他的观点被视为"伦理国家"的典型也就不足为怪了。

但是,葛兰西反其道而行,将伦理诉求设定在"市民社会"的基础之上。他认为自资产阶级法律理论建立以来,国家的作用已经有所改变:国家成了"教育者",知识和道德的领导权恰恰需通过市民社会建立。但葛兰西心中的领导权当然是无产阶级在知识和道德上的领导权,这才是他与黑格尔分歧的根本所在。所以,他认为资产阶级国家毕竟只是比喻意义上的"伦理国家",只有无产阶级,那个致力于消灭国家和自己的社会集团,才能建立真正的伦理国家;而且只有在建成了无产阶级的国家以后,文化问题的全部复杂性才被提出来,并且要求得到彻底的解决。

以教育职能行使文化霸权

国家既然是教育者,那么"教育"是当然的重要职能。但是,在经典的马克思主义国家理论中,国家的职能主要为两项:一曰专制职能,列宁学说淋漓尽致地体现这一点;二曰社会职能,是经济基础的社会管理职能的延续。职能认识的分歧同样由于对"市民社会"的看法不同。马克思受黑格尔影响,在《路易·波拿巴的雾月十八日》中说:"国家管制、控制、指挥、监视和监护市民社会——从它那些最广大的生活表现起,直到最微不足道的行动止,从它最一般的生活形式起,直到个人的私生活止。"他因为侧重物质生产关系与国家的作用与反作用的分析,所以从政治经济学切入,将市民社会划入经济基础领域。但这不能满足分析意识形态与思想文化作用的需要,故葛兰西与马克思不同,他将市民社会纳入上层建筑,增补"教育"作为第三项重大职能:

> 它[国家]的最重要的职能之一是把广大居民群众提高到符合生产力发展需要从而符合统治阶级利益的一定的文化和道德水平(或型式)。在这个意义上说,在国家中起特别重要作用的是执行积极的教育职能的学校。但在现实中为了达到这项目的还进行许多具有所谓局部性质的他种活动和创举,它们总在一起构成统治阶级政治的或文化的领导机关。(葛兰西,1983:217)

学校、教会及媒体等机构统统存在于市民社会中。正因为它发挥教育职能,同化人心,才推动基础与上层建筑构成"历史的联合",巩固统治。因此,葛兰西才会说,"同领导权之间的所有关系必然是同教育学之间的关系"。他特意用"卡塔尔希斯"（katharsis）一词来表述纯粹的经济因素向道德-政治因素的过渡，也就是向更高地改造基础为人们意识中的上层建筑过渡，这也意味着"从客观之物向主观职务'和'从必然向自由"的过渡。（葛兰西，1983：51—52）katharsis 是希腊语"净化"之意，亚里士多德用它来表明悲剧的社会功用——净化卑劣的热情。亚里士多德运用此词同样与柏拉图有关，是对其灵魂学说和文学思想的批判继承。

柏拉图在《费德罗篇》中说，人类灵魂不幸折断了双翼，跌落尘埃，不得不寄居肉身。它唯有通过学习，回忆起瞥见的真理，才能涤尽尘灰，养好羽翼，重归天庭。人世中只有哲学家专注于这种回忆，所以只有他们的灵魂才可以恢复羽翼。而暴君恰恰属于最卑污的灵魂之列。柏拉图借此说明，肉身污浊，只有尽量予以净化，才能最大程度地接近知识。而在葛兰西看来，这不啻宣布人的灵魂可以甚至应该被塑造；净化"可以使人陷入消极，变成自由的工具，变成创造新的道德-政治形势的手段，变成新的创议的源泉"；消极与积极并存，只看用什么来教育。

有趣的是，柏拉图鄙薄诗人，将他们逐出理想国，自己却用文学手法阐明他的治国之理。理论与实践的悖论表明，文化艺术确属"经国之大业"。因此，教育职能意义重大。葛兰西指出，资产阶级国家能够取得文化霸权，就在于市民社会的领导机构教育民众，积极争取他们的同意，遵奉领导集团的道德观念为普遍的行为准则。因此，一个社会集团可以甚至应该在夺取国家政权之先就以领导者的身份出现，这也是夺取政权本身最重要的条件之一。而且这个集团一旦取得政权，即使很牢固地掌握着它，成了统治者，同时也应该是一个"领导的"集团。这样，文化霸权的争夺就成了对统治阶级与被统治阶级而言都至关重要的问题。

运动战与阵地战

那么，如何争夺文化霸权？葛兰西沿着区分国家与市民社会的思路，提出革命的两种战略：运动战与阵地战，并紧扣国家教育职能，视"阵地战"为争夺文化霸权的相应策略，也是西方革命的主要战略。

两种战略的提出

马克思在《共产党宣言》中虽断言资本主义的各种矛盾必然导致社会全面崩溃，革命势在必然，但却未指明战略、战术。各国无产阶级领导人一度意见纷纭：卢森堡强调工人阶级意识的"自发性"，认为西方的主要革命形式应为工人罢工；列宁则否认工人阶级在运动过程中能创造出独立的思想体系，要求通过职业革命家的组织和对资本主义经济生产力的破坏来夺取政权；托洛茨基鼓吹不断革命，如此等等。

与他们不同，葛兰西的战略构想建立在对东西方社会结构差异的分析之上：

在东方，国家就是一切，市民社会处于初生而未成形的状态。而在西方，国家与市民社会之间存在着调整了的相互关系。假使国家开始动摇，市民社会这个坚固的结构立即出面。国家只是前进的堑壕，在它后面有工事和地堡坚固的链条。（葛兰西，1983：180）

条件不同，当然战法不一。

运动战就是武装革命

它以夺取国家机器为目标，用暴力征服暴力，速战速决，这方面的成功战例就是十月革命。由于沙皇俄国统治阶级与国家官吏融为一体，机构庞杂，权力集中。而工人阶级集中在少数大城市，小农群众分散于农村，其市民社会结构松散，缺少层次，资产阶级并未能建立牢固的文化霸权。革命固能直捣黄龙，毕其功于一役。

十月革命曾让葛兰西兴奋不已，称之为"反对《资本论》的革命"（the revolution against *Capital*）。但他也看到西方市民社会结构强大复杂，能够经受直接经济因素（危机、萧条等等）的灾难性的"侵袭"。他打比方说，运动战看上去炮火猛烈，一定能够消灭敌人全部防御配系，而事实上只能破坏它的外部掩蔽工事，因而在冲击和进攻的时候，进攻者所面临的依然是具有威力的防线。（葛兰西，1983：178）这就是说，运动战的方式虽然能够破坏那些目标明显的暴力国家机器，但却不足以改变人民根深蒂固的情感、愿望、道德标准和生活方式等，也就是在资产阶级文化霸权下形成的世界观。德国、匈牙利、奥地利等国无产阶级革命相继失败表明：运动战不适用于西方。

阵地战就是文化变革

它以争夺市民社会的文化霸权为目标，用思想改造思想，各个击破，逐渐瓦解统治阶级文化，建立起以新的阶级为核心的文化。葛兰西正是从资产阶级本身发展里程看到了这一点。例如，法国资产阶级在1789年革命胜利以前就进行过一场阵地战，其形式就是对贵族政权意识形态的支持者进行长期文化攻击。此外，印度甘地领导的非暴力不合作运动也是一种阵地战。

但是，阵地战与运动战之间的关系是相互转化的。例如，葛兰西认为甘地的抵制运动发展到一定时机会转变为运动战或地下战，而俄国内战结束以后将会出现政治上的阵地战。换言之，运动战是革命力量形成之后的行动，阵地战是为形成革命力量采取的行动。西方革命由于革命力量还在形成中，所以需以阵地战方式长期教育无产阶级，创造革命主观条件。

因此，阵地战就是教育战，是为文化霸权进行的一场漫长的思想拉锯战。"战争"的长期性由西方市民社会的复杂性决定：首先，它结构庞杂，包括各种社会集团、文化团体和私人机构，像"毛细血管"一般遍布社会各个角落。其次，它观念杂糅，市民社会虽然以一定的阶级观念为主导，却不能清除其他意识形态因素，而是一个性质不一的文化、知识、智力和道德因素的综合体。人们依据这些机构组成不同的"历史集团"（historical bloc），介入社会生活。某一历史集团要确立其领导地位，必须联合其他从属集团组成"历史联合体"。这就要与他们的观念谈判，对他们的利益作出让步，争得同意，形成一套行为准则。联合体的外表虽浑然一体，内部却鱼龙混杂，矛盾丛生。只是由于长期教化，才形成所谓"常识"。这样，旧的文化霸权不可能形成一个永恒的观念体系，也不可能绝对占据霸主的位置，只能是一个不断冲突、谈判乃至彼此妥协的过程。新的领导集团必须通过教育手段，耐心劝说民众，对之进行批判、改造，以新的"常识"来取代旧的"常识"。

知识分子

谁来进行阵地战？当然是知识分子。葛兰西通过深入研究意大利和欧洲知识分子的历史揭示了一个惊人秘密：正是因为有了知识分子，他们生产复杂的观念体系，熔铸成社会集团的"集体意志"，才建立起统治集团的文化霸权。由于民众奉行不悖，飘浮的意识形态才转化为翻云覆雨的物质性力量。因此，知识分子问题与文化霸权密切相关。

作为区分标准的知识分子职能

传统的观点（包括马克思）是，根据脑力劳动与体力劳动的区别，将人划分为知识分子和非知识分子。葛兰西对此不满，在他看来，思维乃人之本性，人类活动无法完全排除智力干预。否则，"人人都是知识分子"这句话便毫无意义：人们难道会因为有人偶尔炸几个鸡蛋或在衣服上缝块补丁，就把他称为厨师或裁缝吗？因此他认为，"人人都是知识分子"这句话并非毫无道理，因为：

> 除自己的职业界限外，每个人都在发展某种智力活动，是"哲学家"、艺术家、具有一定兴趣的人，各有一定的世界观，从而对拥护或改变世界观，即是唤起新的思想方式，起着一定的作用。（葛兰西，1983：422）

所以每个人都执行了知识分子作用的某种形式。葛兰西以此祛除知识的神秘外衣，打破知识的专业垄断，并保证了市民社会行使教育职能的可能性和必要性。

他批判传统的区分标准是"最通行的方法论错误"，"在各种关系体系的总和上找寻这种区别的标准"方为正途，因为知识分子，包括他们所代表的集体，都"处于各社会关系的一般的总体之中"。进而，他提出了独特的区分标准："一切的人都是知识分子，但并不是一切的人都在社会中执行知识分子的职能。"（葛兰西，1983：421—422）

这里，"知识分子的职能"显然并非技术职能，而是由社会关系决定的位置。他举例说，企业家的工作性质具有某种程度的智力性，但是他可以请人代劳，履行智力性、技术性的职能。但这并不决定企业家的社会面貌，而是社会关系说明了企业家在生产中的地位。显然，葛兰西又回到了马克思："人是一切社会关系的总和。"但是他认为，首先"认识就是权力"：这些关系不论是必然的（指阶级关系），还是自愿的（其他文化关系），一旦意识到它们——在不同的程度上认识到怎样去改变它们——就已经是在变更它们。其次，"每一个个人都不仅是现存关系的综合，而且也是这些关系的历史的综合"。再者，"个人正是通过这些'社团'而隶属于人类的"。（葛兰西，1990：36—37）因此，人的社会关系是历史的、多元的动态建构，不能简化为势同水火的阶级对立。其他文化形态同样介入政治的复杂空间，共同决定现实的政治情势。归根结底，葛兰西真正关心的不是知识分子是什么，而是知识分子能干什么。

这样，葛兰西把知识分子的定义扩大到社会的一切领域，可以用来指称在政治、文化和生产领域担负组织功能的所有人。他理解的知识分子不仅包括思想家、作家和艺术家，而且还包括文武官员、公务员和政治领袖等组织者。这些人不仅在国家机构和市民社会中起作用，而且也在生产机构中起作用。相应地，"知识分子的职能"可理解为生产、阐释、传播一切与文化霸权相关的文化、观念、知识和话语。

有机的知识分子与传统的知识分子

根据知识分子的职能差异，葛兰西将知识分子分为"有机的"和"传统的"两大类型，他们在文化霸权的建构过程中分担了不同角色。

传统知识分子是一个体现了历史连续性的概念，指的是那些被取代的旧生产方式（封建的生产方式）中的有机知识分子，或者是在被取代过程中的某种生产方式的有机知识分子（意大利农村中的小资产阶级）。这些人包括作家、艺术家、哲学家和记者，特别是牧师。他们错误地认为他们自己是独立于社会的阶级，好像超出社会政治变革之上，这种独立性实际上是一种假象，掩盖了他们同即将灭亡的生产方式联系在一起的事实。传统知识分子是文化霸权的依附者和分化对象，他们的发展大体呈两种态势：消极的方向是抵制新兴的社会集团的变革要求，或者宣称自己保持独立自主的立场，或者与资产阶级"缝合"，参与现存的文化霸权的构成；积极的方向是自我决裂，将自己改造成无产阶级的有机知识分子。

有机知识分子是文化霸权建构过程中的教育者，是指那些由同一历史时期的新阶级培养出来的并与自己出身的阶级保持一致的知识分子。葛兰西确信，任何一个社会集团，在执行经济生产界的主要职能的原有地带创造出自身的同时，造就出一个或几个知识分子阶层；他们使该社会集团具有同质性，意识到不仅在经济领域而且也在社会和政治领域行使职能，并在上述领域明确表达所属阶级的集体意识。因此，在资本主义社会，他们可分为资产阶级的有机知识分子与工人阶级的有机知识分子。对于资产阶级的有机知识分子，他写道："知识分子是统治集团的'管家'，用他们来实现服从于社会领导和政治行政任务的职能。"对应"市民社会"和"政治社会"的区分，这些作用就是：一、保证广大人民群众"自觉自愿"同意基本统治集团所提供的社会生活准则；二、执行国家机关的强制职能。（葛兰西，1983：425）统治集团的文治武功，正是得有机知识分子之助，方刚柔相济，长治久安。

而无产阶级的有机知识分子的作用，主要体现在组织上。葛兰西多次表示，群众要是不组织起来，就不能建功立业，也就不能取得应有的独立地位。而没有知识分子便没有了组织者和领导者，不能形成集体意志以争夺文化霸权。

有机知识分子的培养

葛兰西早在1926年发表的《南方问题》一文中就提出工人阶级需要知识分子把自己组织起来。在《狱中札记》中，他更深入地分析了知识分子的作用：

> 在建立自己统治地位上发展着的每一个集团最显著特征之一，就是他为同化和"意识形态"上战胜传统知识界而斗争，——这个集团同时形成自己有机的知识界越有力，则同化和战胜的完成更加迅速，也更加有效。（葛兰西，1983：423）

因此，工人阶级的重要任务就是造就自己的有机知识分子，他们不仅需要改造传统的知识分子，使之为自己服务，更需要从自身队伍中直接培养出自己的有机知识分子。

葛兰西虽然极端强调知识分子的重要性，但他对知识分子的局限同样有着清醒认识：

> 知识分子的错误在于，相信人们能够在没有理解、甚至在没有感情和没有热情的情况下去认识（不仅认识本身，而且还有认识的对象）。换句话说，如果和人民—民族分开来，就是说，没有感觉到人民的基本热情，理解他们并在特殊的历史情境中解释和证明它们，以及把它们和历史的法则以及科学地和融贯地精心推敲的更高的世界观——就是说知识——辩证地联结起来，知识分子就成为一个知识分子（而不是一个纯粹的迂腐教师）。（葛兰西，1990：109）

因此，这是一项浩大的教育工程。葛兰西当年在都灵组织工厂委员会运动的实践中已有这种思想萌芽。多本传记记载他深入工人的生产、生活，同他们倾心交谈，答疑解惑，启发教育，激发内在于工人阶级活动中的潜能。在他看来，知识分子绝不可以启蒙者自居，高高在上，一味灌输革命理念。他们应与无产阶级群众平等相待，紧密团结，共同进步：

> 成为新的知识分子的可能性，……而是依赖于"不停地坚信事业的"——不仅是夸夸其谈的，而且是提高到抽象—数学精神的作为建设

者、组织者和实践生活积极的溶合；必须从劳动形式上的实践，推进到科学活动的实践以及历史的人道主义的世界观，没有这种世界观，就仅仅是一个"专家"，而不是一个"领导人"（专家+政治家）。（葛兰西，1983：423）

只有这样，才能从根本上实现知识分子的实践功能，体现他们与群众的辩证关系。新的领导集团应该在群众的教育、转化中，真正实现"人人都是知识分子"。"绝对的人道主义"信念于此尽显。

结 语

综上所述，文化霸权意指代表某一历史集团利益的意识形态力量，为取得政治、知识和道德领域里的领寻地位，不断与其他力量冲突、商讨、妥协以及接合的过程。葛兰西借此为我们开辟了一条"自上而下"（上层建筑/基础）的辩证分析思路，其中包含的"市民社会"、"知识分子"等理论观念，以及贯穿他思想始终的实践精神，对当代中国的社会理论研究而言，都应不无启迪。

参考书目

1. Antonio Gramsci, *Pre-Prison Writings*, Cambridge UP, 1994.
2. Maurice A. Finocchiaro, *Gramsci and the History of Dialectical Thought*, Cambridge UP, 1988.
3. 波寇克：《文化霸权》，田心愉译，台湾远流出版公司，1994。
4. 葛兰西：《葛兰西文选》，人民出版社，1992。
5. 葛兰西：《实践哲学》，徐崇温译，重庆出版社，1990。
6. 葛兰西：《狱中札记》，葆煦译，人民出版社，1983。
7. 葛兰西：《狱中札记》，曹雷雨等译，中国社会科学出版社，2000。
8. 拉克劳等：《文化霸权和社会主义的战略》，陈璋津译，台湾远流出版公司，1994。
9. 麦克莱伦：《马克思以后的马克思主义》，余其铨等译，中国社会科学出版社，1986。
10. 毛韵泽：《葛兰西 政治家 囚徒和理论家》，求实出版社，1987。
11. 约尔：《"西方马克思主义"的鼻祖——葛兰西》，郝其睿译，湖南人民出版社，1988。

文化唯物论 赵国新

略 说

"文化唯物论"(Cultural materialism)是20世纪80年代在英国兴起的一支文学批评流派,至今方兴未艾。在理论上,它既强调社会历史语境对于文学写作和接受的重要,又突出文学对于社会意识的塑造作用。在具体批评中,它直接切入当时社会历史语境,大量征引那些不为正统文学批评所重视的文献,一方面揭橥作品中渗透的主导意识形态,另一方面不遗余力地挖掘作品中隐含的、与主导意识形态对立的内容,因而能钩沉稽古,洞隐烛微,多有发明。

综 述

文化唯物论在80年代初出现,与那时新左派式微、保守势力崛起有关。英国新左派运动兴起于50年代中期,极盛于60年代整个西欧的激进氛围中,70年代末成为强弩之末,前后历时20余年。即便在鼎盛期,英国新左派也从未酝酿过武装斗争,甚至没有组织过一场像样的罢工。参与核裁军运动及60年代学生造反,是它为数不多的几项政治纪录。

实际上,英国新左派运动是一场思想运动,它的主要建树体现在文化领域,它所标榜的主张属于文化政治,口诛笔伐、针砭时弊为其斗争方式,目的是塑造激进社会意识,以争取民主和公正为主要内容。这与20世纪初西方左派那种鼓动罢工、领导起义的政治行为相距甚远。

英国新左派注重文化政治,一方面是国内现实的政治使然:当代资本主义繁荣发展,以及福利国家的建立,消除了武装斗争和大规模罢工的可能。反抗资本主义,此时只能从文化领域找寻突破口。另一方面,它也是欧陆西方马克思主义思想在英国的延伸。新左派理论代表佩里·安德森总结说,西方马克思主义是一战之后欧洲社会主义革命运动失败的产物。与马克思、恩格斯、列宁和卢森堡等人的经典马克思主义相比,它最主要的特征是理论与实践分离。它远离工人阶级有组织的政治斗争,不理会历史唯物主义最关心的问题:资本主义生产方式的经济运动规律。它也不去分析资产阶级国家的政治机器,以及推翻这种机器所必需的阶级斗争策略,只关心哲学、文学和美学等文化方面的问题。(Anderson)

20年代初,卢卡奇、科尔施和葛兰西等人开始强调人的主观能动和意识作用,以反拨马克思主义经济决定论里隐含的政治宿命论。但是,随着革命乐观情绪逐渐消退,他们的研究重点发生转移,开始分析起当代文化的合法化(cultural legitimations)对于现行制度的维护与支撑作用。例如卢卡奇的异化理论、葛兰西的霸权理论都表现出这一制度揭秘倾向。更明显的例子还体现在当时的西马著作中,如法兰克福学派的霍克海默和阿多诺对于启蒙运动和文化工业的著名批判。(Milner)

至于英国新左派,由于拿不出切实可行的、改造资本主义社会的政治经济策略,他们的社会主义主张只能流于口号和空想。加上内部组织涣散、歧见纷纭,更主要的是,在战后资本主义经济空前繁荣、统治秩序稳定的社会背景下,早已不存在大规模群众运动这一现实条件。就在70年代末新左派逐渐失势、激进社会氛围烟消云散之际,以撒切尔主义为代表的保守势力卷土重来,整个英国社会急剧右转。

这里有必要介绍一下撒切尔主义。二战后,英国工党上台执政,通过社会福利制度立法,为穷人提高生活水平创造机会。全国性的免费医疗网络得以建立,大学通过奖学金向下层社会敞开大门。此后,虽说历经政党更替,福利国家政策一如既往,没有太大改变。1979年撒切尔夫人当选首相后,从财政和立法上对社会福利、医疗及教育施加各种限制,降低社会补助,削减大中学校教育预算,增加医疗收费项目。这一系列举措被称为撒切尔主义。到了80年代,贫富差距拉大,失业人口空前增多,英国政客消除贫困的诺言完全落空了。(Brannigan)撒切尔主义因此而成为新左派知识分子群起反对的对象。

在文化唯物论的文学批评中,针对撒切尔主义的抨击俯拾皆是。由于撒切尔主义肆虐,那些在新左派影响下成长起来的知识分子,痛感无力回天。无奈,他们只好在自己的专业领域开展社会抗争,并把失败后的挫折感,以及他们对现实的愤懑、对未来的悲观,尽情在文学批评中宣泄。虽说没有做到马克思所说的改变世界,他们还是自认为理解了这个世界。这场批评运动中,新左派对于现实问题的关注,对于社会意识特别是意识形态的深入探讨,无疑给英美文学批评和文化研究带来了冲击与启示。

思想来源

80年代以来,文化唯物论批评家不断推出专著和论文集,迅速在批评界和大学内部站稳了脚跟。这一时期的文化唯物论批评,以英国文学研究的重头戏,即文艺复兴时期文学尤其是莎士比亚为主攻对象。相继出版的研究专著和论文集有乔纳森·多利莫尔的《激进的悲剧》(*Radical Tragedy: Religion, Ideology and Power in the Drama of Shakespeare and His Contemporaries*, 1984)、凯瑟琳·贝尔西的《悲剧的主体》(*The Subject of Tragedies: Identity and Difference in Renaissance Drama*, 1985)、约翰·德拉卡基斯主编的《另读莎士比亚》、乔纳森·多利莫尔与艾伦·辛菲尔德合编的《政治莎士比亚》。(Bertens)

特别值得一提的是《政治莎士比亚》第一版的前言。它简要地交代了文化唯物论者的基本主张、思想渊源，表明了其政治立场，可以说是文化唯物论者的理论宣言（1994年出的第二版原样保留了这篇前言）。90年代以后，除了继续重视文艺复兴时期文学外，同性恋和后殖民问题也开始被纳入视线。尤其是同性恋问题，得到好几本专著的热切关注，譬如乔纳森·多利莫尔的《性别歧见》(*Sexual Dissidence: Augustine to Wilde, Freud to Foucault*, 1991)、艾伦·辛菲尔德的《王尔德的世纪》(*The Wilde Century: Effeminary, Oscar Wilde and Queer Moment*, 1994)和《文化政治》(*Cultural Politics—Queer Reading*, 1994)。

"文化唯物论"一称的创始者，系英国马克思主义文化理论家、新左派精神导师雷蒙德·威廉斯。用他本人的话说，文化唯物论是"在历史唯物主义内部研究物质文化和文学生产特性的一种理论"。(Williams, 1977) 既然属于"历史唯物主义"，这就意味着，在运用这种理论从事批评的时候，必然要涉及社会和历史状况。另外，这里提到的"物质文化"范围甚广，它不仅包括文学和艺术，还兼及其他文化形式，甚至影视传媒。

威廉斯不唯创造了这个术语，他对文化唯物论的影响是多方面的。归纳起来有如下几点。

第一，他在当时以利维斯为代表的英国人文主义批评路线之外，另辟蹊径，开辟了文学批评与社会历史批评相结合之路，开阔了文学研究视野，不再专注于经典之作。在他看来，文学体现的是某些社会阶层的社会和文化价值观，而不像人文主义批评所说，仅仅表现人性的永恒真理。(Brannigan) 威廉斯与利维斯的区别体现在两方面：首先他没有把文学看作表现人类情感的最高形式，而只是其中一种形式而已；其次，文学的演变与作家个人的天才关系不大，往大处看，它倒是与社会的经济、政治和文化状况的变化息息相关。如此一来，文学研究就不必费神给作家排座次，倒是应该描述和分析文学作品得以产生和接受的那些社会条件。(Brannigan) 另外，文学既反映社会，同时也作用于社会。他的这些论断，成为当代文化唯物论批评的基础。

第二，威廉斯本人的批评，与辛菲尔德等文化唯物论头面人物的批评有很大距离。他涉猎的范围更为广泛。他于文学之外，兼及教育、出版、传播等领域，堪称广义上的文化社会学，其具体操作方法也与他们的有很大不同。尽管如此，威廉斯的文化观念还是产生了不同凡响的参照意义。在他看来，包括流行文化在内的各种文化形式，与经典文学一样，承载着社会意义和价值观念。就此而言，文学与非文学，经典与非经典，难分先后。这就驱散了经典作品头上的神圣光晕，为文化唯物论批评引入非经典作品、非文学文献正了名。

这方面最显著的影响，表现在他对社会文化系统的划分。(Williams, 1977; 1983) 在他看来，社会文化主要由三种成分构成：残余成分（the residual）、主导成分（the dominant）和新生成分（the emergent）。主导成分是不难理解的。至于新生成分，是指那些崭露头角的价值观和对社会的体验；残余成分，则指过去遗留下来、未被主导文化所收编、仍然在当前文化形态中发挥作用的成分，例如人们所遵奉的传统和习俗。新生和残余文化成分可以联起手来，向主导文化发起挑战，提出不同见解。这种文化成分的结构划分，对于文化唯物论批评家的批评策略不无启迪。运用这一结构原则，他们在分析作品时，不仅能揭示这些作品究竟如何有意或无意充当了文化工具，维护了社会统治秩序，而且还能证明，在作品所表现的意识形态天衣无缝的表面之下，如何孕育着内在的矛盾和冲突。

第三，威廉斯激进的文化思想推动了文化唯物论的政治批判倾向，促发他们去分析文本中蕴涵的文化压迫机制。用多利莫尔和辛菲尔德的话说，文化唯物论绝不故作不偏不倚的中立姿态，它毫不讳言改造现存社会秩序的政治意图。（Dollimore, et al.）正是由于这种影响，比起新历史主义，文化唯物论的政治色彩更加鲜明。

另外的两股重要理论塑造力量，分别来自阿尔都塞和福柯。在《列宁与哲学及其他论文》中，阿尔都塞提出自己的意识形态理论，与传统马克思主义的理解相异。（Althusser）在他看来，意识形态并非有意识的信仰、价值观和政治立场，也不是一种虚假意识（它妨碍人们真正认识社会状况，从而掩盖阶级冲突的实际）。它主要是一种无意识的东西，是"个体与其真实存在状况的想象关系的再现"。因此，我们身陷意识形态而不能自拔，很难彻底摆脱它的影响。

在阿尔都塞看来，意识形态主要是仰仗宗教、教育及法律等国家机器，不动声色地发挥着潜移默化的影响，最后使我们把统治阶级的意识形态视为理所当然，心安理得地在社会结构中各就各位，默认现存的社会统治秩序，甚至为其歌功颂德。福柯所说的话语和权力，其作用与阿尔都塞的意识形态相近。它们塑造了我们看待周围世界的方式，规约了我们的社会行为，告诉我们哪些应当做，哪些不应当做。而在文化唯物论的实际批评中，权力、话语和意识形态，经常被不加区分地混用。相对而言，意识形态在文化唯物论中用得更多，而权力和话语，则在新历史主义中出现的频率较高。这从一个侧面反映了文化唯物论带有更深刻的马克思主义痕迹。

主要观点和批评实践

所谓知世论书，说的就是文学与社会历史难分轩轾。这种认识绝非始于文化唯物论，中外批评史上早已有之。顾炎武在《日知录》中说过，一个时代自有一个时代的文学，袁枚的《随园诗话》也提出类似见解。在新文化运动时期，胡适把这种文学进化观念当成文化革命的一个依据。（陈子展）19世纪西方文论中，社会历史批评占据极高的地位，直到形式主义在20世纪初异军突起，它才被推向文学批评舞台的边缘。当时，黑格尔时代精神观念极大影响了许多批评家和文化史家。如泰纳所说，文学发展受三方因素制约：种族、时代和环境。这便是一种典型的历史主义观点。

20世纪，英国马克思主义文学批评和纽约文人的社会历史文化批评，也曾在30年代盛行一时。由于此后西方文论，从新批评到解构主义，几乎为形式主义垄断，所以文化唯物论重申它对历史和社会的关注，就会给人耳目一新的感觉。但是，这种重申却不是对先前社会历史批评和马克思主义批评的简单重复。无论是对文学与社会历史关系的理解，还是具体的批评策略，它都有不同于前者的地方。

文化唯物论认为，作家无法超越他所在的时代。无论他的生活，还是文学创作，都发生在当时的主导意识形态氛围之下。马克思说过，统治阶级思想就是这一历史时期的主导思想。主导意识形态悄无声息地渗入作家头脑中的无意识层面。他们的作品就不可避免地变成主导意识形态的载体，发挥文化霸权作用，诱导读者默认现存的统治秩序，并促进全社会达成思想共识。因此，传统人文主义批评所标榜的客观批评境界，是永远也达不到的。文化唯物论者还发现，现代英国社会的教育机构，大力倡导诵读经典作家和作品，并以其为授课和考试准绳，去培养奉公守法的臣民，这当中就含有强化主导意识形态的深刻用意。为此，揭示经典作品中暗含的主导意识形态，也就成为批评家的当务之急。要做到这一步，必须联系当时社会历史状况，进行全面考察，才能确定主导意识形态的主要内容。

以往的社会历史批评和马克思主义批评，在处理作品与社会历史语境关系上，一般把社会历史看成是作品得以产生的"背景"，而把作品本身视为"前景"。"背景"的主要作用是为作品分析提供旁证，帮助批评家了解作者的生平和思想脉络，以说明作者的用意和作品的主旨。即便是直接从作品所表现的那一段历史下手去研究作品，也往往是为了揭示作品所体现出的那个时代精神。

如果说，在这两类批评家的笔下，文学和社会历史之间的关系就好比是皮与肉之间的关系，那么在文化唯物论批评那里，文学与社会历史之间的关系，就是血与肉之间的那种令夏洛克等辈无从下手去切割的关系了。文化唯物论取消了"背景"和"前景"区分。它的理由是，文学塑造了当时的社会意识，因此是社会历史的一部分，即使在进行文学分析的时候，也不能出于权宜之计，将它从社会历史中剥离出去。打一个未必很恰当的比喻，这就像从啤酒之中提炼出麦粒那样徒劳。

借用新历史主义者的一句套话，他们研究的是文学中的历史和历史中的文学。甚至那些历来不被看重、常被当作佐证的非文学文献，也得到他们充分的重视和认同。文化唯物论者把它们与经典之作等量齐观，详加研讨，就是因为它们也承载了时人的社会体验，贯穿着社会的意识。请看：那一篇篇激情洋溢的布道词、枯燥无味的司法文书，那一堆堆流露出真实的内心世界、足以骇人听闻的私人日记，那一部部充满异域风情的海外游记，以及舌剑唇枪的政论小册子——这些往往不为人知的材料，都是文化唯物论批评家赖以勾画当时社会主导意识形态的重要素材，是他们破除陈见、另立新说的利器。

如果仅仅认为文学作品渗透了主导意识形态,并用以巩固现代社会的权力关系,那么一部文学史岂不成了一部阴谋史?文化唯物论不满足于揭示出作品中的意识形态和权力运行的机制。他们认为,作品中还暗藏着与主导意识形态相对立的因素。而这些对立的、颠覆性的思想内容,也是当时社会上的矛盾和冲突所造成的。

例如在《奥瑟罗》里,女主人公违背父亲意愿自主择婿,终于酿成悲剧。这个结局具有警世用意,显然是在强化父权制意识形态。在文化唯物论者看来,现代社会之初,在婚姻问题上开始出现父母应顾及青年男女的个人选择的呼声。可在当时,父权制思想的势力依然强大。在这种情况下,婚姻意识形态就出现了矛盾:一边是遵从父命,一边是给予个人选择的自由。正因为这种矛盾的存在,女主人公才有胆量以意逆志,许身于为自己的家族所不容的奥瑟罗。(Sinfield;Bertens)从中我们可以看到,女主人公并不是那种不懈追求自身解放的新派女性,她的选择实际上是打了一个擦边球。

下面以辛菲尔德对《麦克白》的研究为例,简要介绍一下文化唯物论的批评策略。苏格兰大将麦克白功高盖世,深得国君信赖。他因耽于迷信,遂生不臣之心,在烛影斧声中弑君篡位,其累累暴行惹得天怨人怒,终于在诸侯声讨中伏诛逊位。先王之子被拥立继大统,统治秩序开始恢复如常。据说,这出戏是献给詹姆士一世,原有揣摩上意、曲意逢迎之嫌。英国史上,詹姆士一世以宣扬"君权神授"、推行绝对中央集权著称,这就为其子查理一世后来亡国削首埋下了祸根。他还发明了一套理论,为绝对主义意识形态张目。这位暴君自己把君主分为两类:僭主暴君和合法即位的贤君。这套理论主要是想说明,只有谋逆篡位的乱臣贼子才可能堕落为暴君,而对于合法继位的君主,则不必担忧。这样,他就回避了"合法明君"是否会倒行逆施、滥用暴行这个问题。按照他的说法,破坏现行权力关系结构的行为都是反上帝反人民,维护现行利益的任何暴力行为都是可接受的。

显然,《麦克白》一剧涉嫌替詹姆士一世的绝对君权鸣锣开道。作者千方百计去否定麦克白的谋逆,并把他的陨命说成是天意。而剧中对蓓奈姆森林移动、麦克达夫不寻常出生方式的解释,都是为了证明弑君谋逆没有好结果。辛菲尔德认为,文学批评家的任务就是要揭露这种国家意识形态。仔细留意一下剧情,辛菲尔德惊奇地发现,其中暗含着与这种意识形态不和谐甚至是针锋相对的东西。麦克达夫与玛尔柯姆之间有一段对话,意在试探对方的想法。麦克达夫表示愿意拥戴邓肯之子玛尔柯姆为王,因为他是合法继承人。玛尔柯姆不明虚实,不敢贸然应允,就假意推托,说自己德行有疵,不配为万民之主,倘若登上王位,难免声色犬马,做出种种不道之举。对于这些担忧,麦克达夫不以为然。他话里话外暗示说,玛尔柯姆有合法权力继承大统,只要他的荒唐行径不危及江山社稷,他自会得到接受和宽容。

这段对话的弦外之音是,即便是合法即位的国王,也完全有可能成为暴君,他们之间可谓心理攸同、道术未裂。这段对话显然是在强烈质疑"合法君主的权威不容挑战"这种意识形态。辛菲尔德说：听了这段充满矛盾的对话，"詹姆士一世时代的一些观众完全可能把《麦克白》当成是反詹姆士一世的"。可以说，合法贤君与僭主暴君的对立就此被打破，绝对主义意识形态的矛盾也就鲜明地显露出来。

与新历史主义的异同

　　文化唯物论和新历史主义在大洋两岸出现的时间相近，主要观点又有许多近似之处，所以常被并举并列，俨然有双峰对峙之势。两者都极力强调文学与社会历史之间的互动关系，都研究文艺复兴时期文学，都很倚重非文学类文献，并把它们抬到与经典作品分庭抗礼的地位。两者又都重视文化产品对于社会舆论和意识形态的塑造作用。另外，它们都有无法释怀的政治批判目的，有借古讽今、纠偏时弊的良苦用心。而它们惯常使用的策略也很相像：它们揭示经典作品的阐释和接受，与主导意识形态暗通款曲，并且为主导意识形态所利用。这似乎说明，二者互为翻版，它们之间只存在地理和名称的差异。

　　文化唯物论者乔纳森·多利莫尔一度持有类似看法。（Dollimore, et al.）《政治莎士比亚》也收录了新历史主义代表人物格林布拉特的名篇《看不见的子弹》。在这个问题上，一些批评文章和著作也闪烁其词，默认二者同一，或把它们等量齐观。倒是在90年代末出版的一部名为《新历史主义与文化唯物论》的著作中，有人对它们之间的差异，提出较为详尽而可信的辨析。该书认为，上面所说的二者趋同，只是最初的情况。随着时间的推移以及理论和实践的深化，它们的区别日益彰显，开始凸现出它们侧重点的不同。

　　具体说来，新历史主义着重考察文本对权力的体现以及权力如何发挥其功能。它关注权力是怎样遏制一切不利于主导意识形态的颠覆力量的。与此不同，文化唯物论又往前走了一步：它不但揭示主导意识形态在作品中的悄然渗透，还竭力搜寻颠覆因素反拨主导意识形态的蛛丝马迹。比较而言，文化唯物论政治批判的意味更加浓烈，它的基调也显得更为高昂。（Brannigan）

　　这种分歧的产生，与它们主要思想来源和知识背景的不同有关。新历史主义主要受到福柯和阿尔都塞思想的影响，而文化唯物论除了受上述两人影响之外，更多地秉承了威廉斯的英国左派衣钵。与福柯的权力无法逃避说、阿尔都塞的意识形态对主体的质询和塑造理论相比，威廉斯的思想更注重人的主观能动作用，其中抗争的意味更加浓烈。这就为文化唯物论定下了比较乐观的思想基调。

　　除去这些思想渊源的原因外，还有社会的原因。美国新历史主义批评主将之一路易斯·蒙特罗斯曾经探讨过这个问题。（Wilson）这位圈内人的话很有说服力。他认为，英国阶级之间的分野差异远较美国突出，而英国激进政治的传统也要比美国深厚激烈。与此同时，当前英国对于教育制度和教育实践所施加的强制性压力，显然较美国更为直接强大。这些差别因素，无疑给学院内的文化唯物论者以很大刺激，促使他们去关注并且深入探查，以往那些被英国文化和教育制度吸收和利用的文艺复兴时期的经典作家和作品，到底是怎样有助于形成和巩固当前的主导意识形态的。

结　语

总的说来，文化唯物论出现在英国新左派知识分子政治失势、学术得志这个思想背景之下，它既受到英国本土马克思主义思想的塑造，同时兼有欧洲大陆时新理论影响的痕迹，前者赋予它强烈的道德批判倾向，后者深化了它理论辨析的能力。与传统的社会历史批评相比，它的批评视野可能略显局促，但批评手段却更加缠绵细致，这也是细读式批评之赐的结果。

参考书目

1. Alan Sinfield, *Faultline*, Oxford UP, 1992.
2. Andrew Milner, *Cultural Materialism*, Melbourne UP, 1993.
3. Hans Bertens, *Literary Theory*, Routledge, 2001.
4. John Brannigan, *New Historicism and Cultural Materialism*, Macmillan, 1998.
5. John Drakakis, ed., *Alternative to Shakespeare*, Methuen, 1985.
6. Jonathan Dollimore, et al., eds., *Political Shakespeare*, Manchester UP, 1985.
7. Kiernan Ryan, ed., *New Historicism and Cultural Materialism: A Reader*, Hodder Headline Group, 1996.
8. Louis Althusser, *Lenin and Philosophy and Other Essays*, trans., B. Brewster, New Left Books, 1971.
9. Perry Anderson, *Considerations on Western Marxism*, New Left Books, 1971.
10. Raymond Williams, *Marxism and Literature*, Oxford UP, 1977.
11. —, *Problems in Materialism and Culture*, Verso, 1983.
12. Scott Wilson, *Cultural Materialism*, Blackwell, 1995.
13. 陈子展：《中国近代文学之变迁》，上海古籍出版社，2000。

文化研究 赵国新

略　说

"文化研究"（Cultural studies）是20世纪五六十年代以来英美学界兴起的一股学术思潮和一套批评实践，它以当代大众文化现象为研究对象，尤其是历来难以进入学术研究视线的大众媒体、社会底层的文化趣味、女性问题和少数族裔的文化体验，此间的"文化"不是浓缩在经典文学和高雅艺术里的思想活动和精神时尚，而是形形色色的日常生活方式。

综　述

20多年以来，在美国、加拿大和澳大利亚的一些高校中，文化研究似乎已经成为"显学"，独立的院系、研究中心纷纷成立，专门的学刊和研究著作也层出不穷。在它的发源地、素以文化保守著称的英国，除了老牌名校牛津和剑桥岿然不动之外，大多数高校都设立了这门课程；与传统渊源不深的理工学院走得更远，干脆创办起文化研究系；综合性大学则左右逢源，传统的英文系与新建的文化研究中心齐头并进。学生在此既可以徜徉于经典的书香琴韵，也可以体验影视歌曲的激情喧嚣，传统与激进的双重变奏成功上演。

文化研究显现出两个重要特征：其一，它没有自家独到的理论和恒定不变的方法，它借鉴和糅合了文学、史学、哲学、社会学、人类学等学科的研究路径和理论视角，它不是一门独立学科，而是一种跨学科的批评实践。其二，它有浓厚的政治介入情结，与新左派声气相投，以社会批判为己任，以推动民主和公正自命，从不故作客观中正之态而讳言自己的政治取向。

追根溯源，文化研究脱胎于文学批评，在20世纪50年代即显露端倪，这中间既有社会历史等外在机缘的促动，又是学术发展的内在理路使然。二战之后，英国资本主义空前繁盛，各阶层普遍富裕，福利制度基本建立，大大减少了社会贫困现象；白领工人增多，蓝领工人锐减，贫富差距缩短，阶级界限模糊；30年代一度高涨的那股激进氛围消退殆尽，一种全民共识的政治局面悄然形成，英国仿佛成了一个没有阶级差别的国家。与此同时，大众文化异军突起，其席卷之势远逾战前，堪称史无前例。光怪陆离的影视节目、眩人耳目的广告画面、花花绿绿的时尚杂志、耸人听闻的街头小报，渗透到社会的各个角落，贯穿整个日常生活。耳濡目染之下，人们的言谈举止不免受到引导和塑造。这些复杂的文化症候何以产生，有何利弊，有何意义，这类问题自然会引起人文和社会科学领域人士的注意，让他们苦苦思索。然而，无论文学、哲学、社会学还是人类学，单凭一家之力，难以作出全面的解析，还有待一种跨学科研究去一显身手。在50年代的英国社会文化格局中，还有一个耀眼夺目的亮点，那就是新左派的出现。战后的英国新左派迥异于战前的老左派，他们不再从政治和经济角度入手来改造资本主义，而是倾心于文化问题；他们探讨工人阶级的生活方式，着力分析影响工人阶级生活的流行文化，以便从中发掘出抵制主导意识形态的政治手段。新左派的思想和主张促动了文化研究的兴起，决定了文化研究的社会批判性质。

一般认为，雷蒙德·威廉斯的《文化与社会》和《漫长的革命》、E. P. 汤普森的《英国工人阶级的形成》、理查·霍加特的《识字的用途》等，是英国文化研究的奠基之作，它们为早期的文化研究提供了思想资源和批评范例。威廉斯和汤普森都是新左派先驱，是英国马克思主义文化圈子内执牛耳的人物；霍加特是民粹思想很严重的自由派知识分子，他对马克思主义不感兴趣，与新左派也没有什么瓜葛，虽说他和威廉斯一样，都是出身工人阶级家庭，而且留恋早年（30年代）工人阶级的生活方式。

思想的源流

早在20世纪30年代，大众文化刚刚露出兴旺势头之时，便引起了以F. R. 利维斯等"细绎派"文学批评家的高度警惕，他们赶忙抛出小册子《大众文明和少数派文化》和《文化与环境》，从文学角度去剖析流行小说、广播、电视和广告，对这些所谓"大众文明"极力丑诋和挞伐。利维斯的基本思路是：工业革命之前的英国，处在一个有机的社会环境下，社会分工明确固定，各阶层各司其职，记录了"人类对过去最佳体验"的高雅文学，在少数文化精英手里金瓯不缺，一脉传承。可是工业革命之后，尤其在物欲横流、人文精神缺失的现代社会，以营利为要旨的大众文化泛滥之势不可抑制，侵蚀了人类的最佳体验和文化格调，助长了大众的物质欲求，降低了他们的精神和道德水准。鉴于此，他大力倡导道德批评，呼吁文化精英承担教育大众的重任，培养大众的感受性和识别能力，以挽颓风。让利维斯有些始料未及的是，这些批判却从相反的方向启发了文化研究，他对流行文化的态度虽说是诘难和贬抑性的，但他毕竟将流行文化纳入文学研究领域，扩大了先前显得有些狭隘和专门的文学研究话语。（Surber：236）

利维斯的观点对威廉斯也很有启发和促动。作为后学，威廉斯师承了这位前辈的细读式批评方法，汲取了他的整体性文化观念，也就是从文化的表现形式入手去考察社会这一思考路径。不过，威廉斯还是有自出机杼之处，那就是，他不赞同利维斯偏狭的文化界定：文化是横亘于伟大传统之中的经典杰作，非一般人所能染指和洞悉。在他看来，这是一种沾沾自喜的文化精英主义，制造了"大众文明和少数派文化"的可疑对立。与利维斯相反，他在《文化与社会》里，吸收了人类学对文化的定义：文化是全部生活方式。根据这个定义，向来不入严肃学者法眼的影视节目、体育赛事、流行歌曲等等，对于认识社会自有其文化价值和意义。此后，在文化分析中，文学经典便从至高无上的地位跌落下来。这种文化观为研究流行文化正了名：流行文化也承载社会意义和价值观，认可这一点是文化研究的前提。在《漫长的革命》中，威廉斯又列举实例，提出文化分析的具体手段。在他看来，要想分析一个时期的文化，就必须考察时人思想世界中的情感结构。所谓情感结构，就是特定群体、阶级或社会所共有的价值观和社会心理。从马克思主义那里，威廉斯继承了它对资本主义文化的批判，不过，他始终反对经济基础决定上层建筑这一命题，认为它过于机械和刻板，作为上层建筑一部分的文化给看成经济基础的反映，贬低了文化的社会构成作用。按照他的说法，文化与政治、经济一样，都是整个社会的构成要素，在社会变革中有着同样不可低估的作用。文化不是历史和经济发展过程中的副产品，它本身就是一个自足的领域。在这一点上，他与欧洲大陆的西方马克思主义有暗合之处，虽说他无法苟同法兰克福学派对大众文化的贬斥。

《识字的用途》是伯明翰大学英文教授霍加特的成名作，在这部笔带深情、颇有自传色彩的著作中，作者勾勒出20年来英国城市工人阶级日常生活的历史变迁痕迹。笔调感伤幽怨，怀旧之情跃然纸上。该书上半部分采用了人类学中常见的参与性观察方法，叙述了作者本人在幼时（20世纪30年代）耳濡目染的工人阶级文化：他们的休闲方式、生活态度、业余爱好栩栩如生地展现在读者面前。在娓娓而谈、态度亲切的语调下，作者每每流露出美化和揄扬之意。在第二部分，霍加特利用文学批评的细读方法分析了二战后涌现的大众文化，一反先前的礼赞态度，他对这些新型文化侵蚀和取代旧有文化忧心忡忡。

汤普森是英国新左派当中有声有色的人物，《英国工人阶级的形成》是社会历史研究中别开生面的名篇巨制，开创了"自下而上"书写历史的传统。以往研究工人阶级历史的著作认为，工人阶级的形成是工业革命的结果，这本书却强调激进文化氛围在工人阶级形成过程中的作用。他力图证明，"工人阶级的形成，不仅是由于资本主义兴起的缘故，更重要的是与他们自己的激进文化和政治机制有关"。（Stevenson：127）

流行文化在社会上大行其道，令教育界人士多少有些不安。1960年，全国教师联合会（the National Union of Teachers）举办了一次主题为"流行文化与个人责任"的重要会议，商讨如何吸收流行文化的有益内容，以资教学之用。威廉斯和霍加特也躬逢其盛，积极参与讨论。过去，教育界人士对待流行文化的态度是彻底否定，不论青红皂白，一律抹杀，在这次会议上，他们作出了让步。与会人士认为，某些流行文化，例如爵士乐、布鲁斯音乐和电影还是有它的审美特性和传统的。（Turner：42）虽说与会人士众说纷纭，对于会议主题没有达成共识，不过这次会议的举办本身却说明，有必要进一步反思当代流行文化的性质，找到分析和批判它们的方法和视角。(Surber: 239—240)

制度化的开端：当代文化研究中心的成立

在霍加特的大力倡导下，当代文化研究中心（Centre for Contemporary Cultural Studies）于1964年在伯明翰大学成立，该中心在行政上隶属于英文系，霍加特为主任。中心只培养研究生，学生主要是文学、史学、哲学和社会学系的本科毕业生。目前，在英、美、加拿大和澳大利亚等国的文化研究领域，很多颇有声望的学者和批评家与中心有着较深的渊源，要么在那里读过学位，要么曾在那里进修。多年以来从事文化研究的学人形成一种心理定势，说起文化研究，必然要提及伯明翰大学的当代文化研究中心。(Morley, et al.: 71)中心的研究工作也就成了文化研究领域发展的一个缩影。

不过，在创设之初，这个中心却没有现在这么风光。它的发起竟牵扯到一场文学公案。《查泰莱夫人的情人》一书在英国遭禁多年，1960年，一个专家委员会出庭作证，极力辩明此书并非海淫之作，肯定它具有审美价值。出版商企鹅公司因而体面胜诉，该书解禁，蒙垢多年的恶名洗清，而且在市场上有斩获。霍加特是该委员会成员，他不失时机向企鹅公司老板拉赞助，创办中心，此时此刻这位老板正感激不尽，当然是有求必应。在创设之初，该中心可以说是世界上最精干的学术单位，全职工作人员只有两位：霍加特和霍尔。在60年代大部分时间里，霍尔的工资都是从企鹅公司提供的那笔款项中支出的。(Davies: 36)

霍加特在例行的就职演说里表明了研究中心的初衷，那就是，利用文学批评的方法去评判和阐释大众文化，文化研究要肩负起三大领域的任务，一个大致相当于历史和哲学，一个是社会学，最后一个是文学批评，这个领域是最重要的。这样做有一个好处，那就是，可以把大众文化放在一个更加全面的历史和社会背景去理解。(Wolfreys: 558)一言以蔽之，对待大众文化，要有历史的眼光、当代的意识和文学批评的方法。不过，这种博观约取的态度却遭到两面夹击。英文系有一些经典文学的坚定捍卫者，他们对大众文化很不以为然，认为不值得这么费神去研究，社会学家则说文化研究不够科学，而且私下认为这是在侵犯他们的领地。霍尔回忆说，有两位社会科学工作者给他们写信，警告他们说，研究文本可以，但不应染指社会实践。(Dworkin: 116—117)

当代文化研究中心的早期代表作当属霍尔与帕迪·霍内尔合著的《流行艺术》(1964)，这是最早以同情的态度来概述流行文化的研究著作。(Dworkin: 119)作者从艺术批评的视角出发，对高雅文化和流行文化进行分析和比较，证实前者的美学价值在总体上高于后者。不过，他们还是主张不应以孰优孰劣为标准来判断它们，因为它们追求的目的不同，它们产生的满意效果也不同。在方法上，他们还认为，可以演绎出一套适合分析和评价流行艺术的标准，这套标准与文学批评的标准并行不悖。（Surber：247）与后来的研究相比，这本书有很多不尽人意之处，最明显的是，它过多地纠缠流行文化的美学价值，没有着意探讨它们的社会意义。所以，有评论者精辟地指出，霍尔和霍内尔未能深究这些流行文化形式在日常生活中的意义，也未能探讨流行音乐对听众的作用以及听众对它们的反应，更没有探察流行文化与社会抗争之间的关系，当然也没有霍加特和威廉斯的那种政治意识。(Haslett：135)

欧陆马克思主义的影响和意识形态分析

从20世纪60年代末开始，尤其是1968年以来，左翼势力在英国社会复兴的势头空前高涨，学生运动风起云涌，欧陆的西方马克思主义思潮也跨海西来，学术空气为之一变，这种态势必然波及当代文化研究中心的批评原则和方法。1969年，霍加特辞职，到联合国教科文组织担任副总干事。霍尔临危受命，主持研究中心。霍尔虽说不是颇有原创精神的理论家，但他综合、辨析的能力很强，他普及欧陆新理论的功劳也不容小觑，其一些文章很有启发意义。（Rojek：1）最难能可贵的是，他还有着非凡的组织能力，在他主事的十年间（1969—1979），当代文化研究中心出了许多堪称经典的著作，这在英国文化研究发展史上是黄金时期。

纵观其发展历程，在60年代，文化研究中心重视工人阶级的文化趣味和生活方式的研究，在70年代主要关注媒体文化和青年亚文化，80年代以来，种族问题和女性问题又成为研究热点。

在方法上，中心的批评实践受过两种研究范式的支配：文化论和结构论（霍尔）。这两种范式分别代表文化研究的两个发展阶段，以60年代末为界。文化论强调人的经验、价值观和能动作用。威廉斯、霍加特和汤普森等的著作就体现了这种范式，霍尔和霍内尔的《流行艺术》就是这种范式的产物。自60年代末开始，随着阿尔都塞结构马克思主义的引入，英国文化研究进入了结构论阶段。结构论强调社会环境对于人类能动作用的局限，有强烈的反人本主义的色彩。

从霍尔主持中心工作开始，阿尔都塞的意识形态理论就风行英国新左派学界，并以迅疾之势进入方兴未艾的媒体研究，成为文化研究一个重要理论框架。甚至有人说，英国文化研究实际上就是意识形态研究。（Carey：65；Turner：182）

根据经典马克思主义，意识形态相当于统治者有意营造的思想骗术，一种虚假的观念，阻碍人们正确认识社会的真实状况，掩盖了现实的社会矛盾。阿尔都塞却在《列宁与哲学》中另辟蹊径，认为意识形态主要在无意识层面上发挥作用，是人们在无意识之中"体验"这个世界的方式，它再现了人与现实存在状况之间的想象关系。我们都是意识形态氛围下的"主体"，我们的思想和行动必然受到其影响和渗透。一方面，意识形态是我们思想的框架，我们需要透过它来感受和认识世界;另一方面,所谓意识形态国家机器,也就是诸如家庭、学校、语言、媒体、政治制度等社会机制,约束我们按照一定的社会规范思考和行事,这些规范以常识的面貌出现,往往倾向于掌权者利益。由于意识形态从中作祟,我们对它们往往居之不疑,认为天经地义。在很长一段时间里,英国文化研究非常关注媒体的意识形态的效果和影响。不过,这种研究视角有很大的弊端,它往往夸大了意识形态的思想控制,忽视了人的抗争,所以,70年代以来,文化研究又从欧陆引进葛兰西的文化霸权理论,以便匡正阿尔都塞理论的偏颇。

葛兰西所说的文化霸权,指的是统治阶级将于己有利的价值观和信仰普遍推行给社会各阶级这一过程。这个过程的实现主要依靠的不是暴力,而是精神和道德的领导,依靠大部分社会成员的自动认同。这是一个赢得价值共识的过程,它不仅在政治和经济制度中根深蒂固,而且以经验和意识的面目植根于社会思想之中,是捍卫当权者利益的隐蔽堡垒。不过,葛兰西还特意强调,霸权不是一成不变的,而是处于一种移动的平衡状态,霸权秩序具有临时性,它既可以得到,又随时可能失去。这就不同于阿尔都塞的意识形态观念,阿尔都塞认为,意识形态贯穿整个社会,无所不在。(Morley, et al.: 90)

我们且援引约翰·菲斯克对一则电视新闻的分析,以此为例,看一看文化研究是如何运用意识形态理论,揭示电视的文化控制功能的(Fiske: 119—121):

> 1991年4月,美国新闻网报道说,铁路工人即将举行一场大罢工。
> 主持人:今天晚上,越来越多的人们开始关注,原定于午夜举行的全国铁路大罢工在经济上会产生什么样的后果。目前工会与铁路公司双方依然僵持不下。……
> 现场记者:到明天早晨,可能有23万铁路工人停工,这将危及400万人的交通。明日午夜时分,将有数千名通勤人员坐不上火车……

菲斯克分析说,"罢工"(strike)这个词的出现,向观众发出了不利于工会的信号,去反对工会。按照通常的理解,"罢工"是劳工组织为了威胁国家而采取的消极行动。突出这个词,很容易将停工的责任推给工会,掩盖资方在这场劳资纠纷中的应有责任。这则报道没有将资方与"铁路方面"对立起来,而是施展移花接木的伎俩,暗中把工会从"铁路方面"排斥出去,使资方成为"铁路方面"的代名词。在这则报道中,主导意识形态发挥了作用,它没有把铁路当做产业,而是当做国家的资源,进而将铁路当做国家的代名词,推而广之,当做全体社会成员的代名词,从而要求全社会采取反工会的立场,企图将资方对罢工事件的阐释推广为普遍的共识。在分析后续报道的时候,菲斯克还指出,这篇报道只强调这场纠纷的负面影响,对于工人的要求,没有正面提及,只作浮皮潦草的暗示,这就很难让观众判断工人的要求是否合理。用菲斯克的话说,"工资、保健和增加每节车厢的乘务员等要求",与23万工会成员停工、千百万美国人、几千通勤人员受威胁等具体现实形成鲜明对比;不过,铁路工人对这则报道也有自己的理解,他们不会称对手为"铁路方面",也不会认为自己只是"抱怨"。

青年亚文化研究、媒体研究和新趋向

"青年亚文化"现象主要发生在20世纪60年代,当时英美世界的一些青年因为苦闷厌世,为了挑战中产阶级循规蹈矩的价值观,故意作出种种惊世骇俗之举:奇装异服,举止轻佻,满嘴脏话,一口俚语,情迷摇滚乐,流连酒吧间。他们被冠以各式各样的"尊号":光头仔(skinhead)、男阿飞(Teddy)、摩登派(moderns)和朋克(punks),等等,这些就是所谓青年亚文化现象。在美国,这些游手好闲、惹是生非的浪荡子多为在校大学生。在英国,他们多属游离于大学之外的工人阶级子弟。他们对现状感觉无望,故而放浪形骸,抒发愤懑,末流所至,竟有殴打同性恋、施暴于南亚移民的举动。对于他们的行为,当代文化研究中心的批评家们既有参与性的观察,也有同情性的理解,力图深入他们的心灵世界,摸索和构建他们反抗行为的文化和社会意义。

霍尔与人合编的论文集《仪式性的抵抗:战后英国的青年文化》是当代文化研究中心师生通力合作的产物,是青年亚文化研究的一本名作,具有马克思主义社会分析的倾向。它从社会史的视角出发,探讨青年亚文化现象得以产生的经济和文化背景,认为它们的出现与以下因素有关:经济繁荣带来了消费资本主义,其影响巨大无比;传统的工人阶级社团解体,他们一贯持有的清教式思想崩溃;工人阶级生活的中心——家庭——对子女的约束作用逐渐降低;一些工人阶级青年一边向主导文化作出挑战的姿态,一边与传统工人阶级的"父辈文化"(parent culture)产生代沟冲突。可是,他们反抗二者的举止只是仪式性的,只有象征性意义,并没有产生实质性的颠覆作用。过度强调青年亚文化的颠覆性力量,未免以横暴为勇敢、以违法为革命,实在是病急乱投医。

保罗·威利斯的《学习劳动》是青年亚文化研究的另一部名著。为了写这本书,威利斯在一所中学蹲点两年,零距离观察12名工人阶级子弟的在校生活。这本书的内容都是他的所见所闻。作者探讨了这些青少年反感教育制度的原因,描述了他们在校期间的越轨行径,他们本人及家庭成员,特别是父亲对待体力劳动的接受和认同,一方面强调他们在择业方面的主观能动作用,另一方面突出经济制度对他们择业的限制,体现了文化论和结构论这两种研究范式的综合。

作者提出一个耐人寻味的问题:为什么工人家庭的孩子毕业后愿意从事非技术性工作?威利斯的研究表明,这些人在择业的时候,是主动接受从属的社会角色的,他们的抵制行为也说明,他们清醒地认识到自己与社会现实之间的关系。威利斯发现,这些青少年心里很清楚,学校向他们许诺,只要成绩好,将来就可以跻身于上流社会。这很难实现,只有极少数人才能爬得上去,而且工人阶级的社会地位也不会因此而有结构性改观。至于学校提供的教育,只不过是社会羁縻和操纵他们的手段。他们选择体力劳动并非完全是自愿,主要是出于生计考虑,虽说他们在一定程度上还以干体力活为自豪,觉得这是男子汉的分内之事。他们采取过各种(荒唐的)办法来对抗主流的价值观,例如酗酒打架,乱搞女人,结伙厮混,但迟早会被主导意识形态感化和驯服。过上中规中矩的生活,悄无声息地去接受从属的社会地位。(Barker, et al.:109)

可能是民粹主义作祟的缘故,文化研究中心的批评家们对于他们经常持有同情和揄扬的态度,把他们当作抵制中产阶级意识形态的一股文化力量。可是,现在回过头来看,我们会发现,这些青年亚文化并没有改造现存社会秩序的异志。随着年龄增大,加入劳动力大军之后受到工厂纪律的约束,这些人逐渐被中产阶级的价值观感化和驯服,规规矩矩地过日子。可以想象,在颓唐的中年时代,百无聊赖之余再回首往事,咀嚼先前的另类行为,他们一定会有所悔悟,对于青年时代的那些荒唐孟浪,只会一笑了之。

60年代初,媒体研究主要受文学分析的影响。自60年代末以来,中心的媒体研究不再着力探索媒体所蕴涵的审美和道德意义,而是全力关注媒体的社会意义,凸显它的意识形态内涵,考察媒体在塑造社会共识方面的功能。文学批评的色彩淡化,开始更多地带有社会学的意味。在这一时期,比较著名的媒体研究著作有《向全国报道的电视节目的观众》、《家庭电视》、《十字路口:电视连续剧的戏剧特征》、《观看〈达拉斯〉》以及《监控危机》等。这些著作有一个共同点,那就是,强调社会结构对媒体接受的影响,认为观众对媒体的理解和接受受到意识形态、支配关系以及社会话语霸权的制约。

霍尔的《电视话语中的编码和解码》(1973)是媒体研究中的一篇重要理论文章,具有指导意义,是英国文化研究从文化论开始走向结构论研究范式的标志,(Turner:83;斯道雷:121)它主要探讨的是媒体接受的复杂性。所谓编码,就是电视节目制作当中对所传递信息的编排设计;所谓解码,就是观众在收视过程中对所传递信息的解读。霍尔写这篇文章的时候,媒体研究领域正盛行一种美国传媒理论,其要义为,节目制作者发出的信息被观众全然接受。这篇文章就是由此而发的。霍尔认为,观众的实际接受情况复杂多变,研究者切不可执一以驭百。因为社会是由不同利益团体组成,并非铁板一块,电视观众也不是一群步履相同、口味一致的大众,对于相同的信息,他们的理解和阐释不一而足,有时甚至大相径庭,有的与制作人的意图吻合无间,有的则形同霄壤。霍尔列出三种解读立场:"主导-霸权式"、"商讨式"和"对立式"。所谓"主导-霸权式"立场,就是观众不折不扣地遵照主导意识形态,去解读电视报道的主要信息。这种情况在日常生活中出现的几率极小,只是理论上的假设。不过,在极端封闭的专制政权下,由于愚民政策肆虐，像这样唯唯诺诺的观众当然不在少数。在大多数情况下，观众奉行的都是"商讨式"解读立场，他们固然承认，某些报道大方向可能不太离谱，但是否绝对真实还有待检验。以电视播放的医药广告为例，我们一般不会全然视其为江湖术士的鬼蜮伎俩，不过，还是有人要怀疑其功效是否果如其言。"对立式"解读是针对主导意识形态的一种逆向式解读，是一种拆招手法。例如，多年以来，铁路部门在春运期间无视公意，任意提高票价，面对国民的质疑，自有辩护士在媒体上出面解释说，如此举措可令旅客在高票价面前知难而退，有利于缓解客运紧张。这种拙劣的借口恐怕不会让人信服，于是有人在网上回应，这只不过是变春节为春"劫"，借机聚敛而已，何必大言欺世？

在整个70年代，绝大多数英国文化研究进行媒体分析的时候，都要考察霍尔所提到的意识形态在电视信息中的作用，揭示某些电视节目如何掩饰社会矛盾。这些分析往往强调媒体怎样塑造社会共识，如何维护现状，主导价值观又是如何不可遏制。在理论上，观众毫无主见、甘受操纵这副可悲形象已被打破，但在很多实际研究中，观众在主导意识形态面前还是一副可怜兮兮、无能为力的样子。真正深入发展霍尔的编码－解码理论的是戴维·莫利的《"全国播报"的电视观众》。"全国播报"是BBC电视台一个很受欢迎的杂志节目，每晚面向全国播放。莫利的研究证明，观众对电视的理解要比霍尔所认为的还要复杂。他将一大群观众按照阶级、职业、种族等标准分为26组，请他们观看同一段"全国播报"节目，结果发现，观众的理解方式与他的阶级立场没有直接的和必然的关系，而且，在阶级、性别、种族、职业诸种因素之中，无论哪一个都不具有绝对的确定性；观众的反应常常是阶级、职业、地位、种族、家庭结构、教育背景等多种因素协力作用的结果，很难将他的理解笼统地归结为其中任何一种。（Turner：88—91）

80年代以来，英国文化研究开始密切关注女性问题、种族问题和性别问题，并且从女性主义、后殖民主义以及精神分析理论当中汲取了相应的研究方法和视角，一方面积极探索这些问题和现象产生的文化根源，另一方面大声呼吁抵制造成这些问题的文化压制形式。这些领域的代表性著作，有当代文化研究中心的文集《帝国反击：20世纪70年代英国的种族和种族主义》和贾尼斯·拉德威的《阅读言情小说：女性、父权制与流行文化》。前者探讨了70年代以来英国的种族主义与社会危机之间的经济、政治和文化关系；后者受到精神分析理论的启发，考察女性对言情小说的接受心理，认为在阅读言情小说过程中，女性在情感上可以得到替代性满足，言情小说为她们提供了一个虚幻的世界，以暂时摆脱在日常生活中扮演的乏味角色。

结　语

　　文化研究发端于文学批评，受惠于新左派知识分子的文化政治，这些政治激进派无力也无志直接在政治和经济上改造现存资本主义,只好从思想和文化角度入手进行社会批判和抗争,力求整个社会朝着更加民主和公正的方向走去。不过,近20年来,文化研究学院化的色彩越来越浓厚,它的抗争行为很容易沦为一种自我标榜的仪式,沦为一种纯粹的学术谋生手段,尤其是20世纪90年代以来,文化研究的马克思主义色彩迅速消逝,社会批判锋芒锐减,已经让一些左派学者忧心忡忡。有人呼吁,在21世纪,为了保持它原有的批判锋芒,文化研究应该重新审视70年代文化研究中突出的阶级观念。(麦考勒姆:114)

参考书目

1. Chris Rojek, *Stuart Hall*, Cambridge, Polity, 2003.
2. David Morley, et al., eds., *Stuart Hall*, Routledge, 1996.
3. Dennis Dworkin, *Cultural Marxism in Postwar Britain*, Duke UP, 1997.
4. Graeme Turner, *British Cultural Studies*, Routledge, 1996.
5. Ioan Davies, *Cultural Studies and Beyond*, Routledge, 1995.
6. James Carey, "Overcoming Resistance to Cultural Studies", in *What Is Cultural Studies? A Reader*, ed., John Storey, Arnold, 1996.
7. Jere Paul Surber, *Culture and Critique*, Westview Press, 1998.
8. John Fiske, "British Cultural Studies and Television," in *What Is Cultural Studies? A Reader*.
9. Julian Wolfreys, ed., *The Edinburgh Encyclopaedia of Modern Criticism and Theory*, Edinburgh UP, 2002.
10. Martin Barker, et al., eds., *Reading into Cultural Studies*, Rouledge, 1992.
11. Moyra Haslett, *Marxist Literary and Cultural Theories*, Macmillan Press Ltd., 1999.
12. Nick Stevenson, *Culture, Ideology and Socialism*, Avebury, 1995.
13. Raymond Williams, *Culture and Society 1780—1950*, Chatto and Windus, 1958.
14. —, *The Long Revolution*, Chatto and Windus, 1961.
15. Richard Hoggart, *The Uses of Literacy*, Chatto and Windus, 1957.
16. Stuart Hall, et al., *Resistance Through Rituals*, Hutchinson, 1976.
17. 麦考勒姆:《访谈》,载谢少波等编《文化研究访谈录》,中国社会科学出版社,2003。
18. 斯道雷:《文化理论与通俗文化导论》,杨竹山等译,南京大学出版社,2002。
19. 汤普森:《英国工人阶级的形成》,钱乘旦等译,译林出版社,2001。

文化资本 张 意

略 说

"文化资本"（Cultural capital）一词是法国社会学家皮埃尔·布迪厄（Pierre Bourdieu, 1930—2003）提出的文化社会学的关键概念。借助布迪厄的思想，我们进入"作为资本的文化"这一新视域，重新理解被传统神圣化、经典化的文化，并透视文化隐秘的利益逻辑，探查文化所包含的复杂的权力运作。亲历了文化社会学的解魅后，我们发现文化作为人类实践生活的基础，一方面提供人们相互理解、交往、参与社会实践的空间，另一方面也是生成权力与利益支配的生生不息的源头。

综 述

布迪厄是法国继涂尔干（Émile Durkheim）之后的最重要的社会学家。在当今法国人文思想界，他的影响和地位堪与20世纪50年代的萨特和80年代的福柯媲美。

20世纪70年代以后，布迪厄的文化社会学渐渐受到众多领域的青睐，一改曾经只在人类学、社会学和教育学领域内传播的现象，频频出现在全球范围内的文学理论、文化研究场域。90年代末，连学术圈外的媒体如法国国家电视台和《世界报》、《费加罗报》、《新观察家》等著名杂志都卷入"布迪厄浪潮"中来。

2003年1月23日，布迪厄因癌症在巴黎辞世，终止了他求索不息的思想历程。消息传来，《世界报》为了在首版登载这一噩耗推迟了几小时出版。法国和欧洲其他国家的电视台在首条新闻的位置播报了这一消息，并传达了法国总统、总理等社会要人和学者们对他的哀悼。

布迪厄如此轰动的社会影响力不仅与他的社会学成就有关，更因为自90年代以来，他以科学知识分子的身份捍卫自主的"知识政治"，质朴刚健地战斗在反全球化、反资本主义体制化的舞台上，并受到学术圈内外的广泛关注。他无法坐视全球化消费意识形态、媒体网络对自主学术的侵蚀，对弱势群体的无情且无声的劫掠。强烈的忧患感促使他直面媒体，以其人之矛攻其人之盾，站在媒体的讲坛上传播学术，干预社会。应该说布迪厄激活了自左拉、萨特以及福柯以来的知识分子干预时政的传统，使科学、学术越出学院进入日常生活，成为争取社会公义和道德的有效力量。面对纷纭变幻的世相，布迪厄提出"知识分子何为"、"社会科学何为"等问题，而对"文化资本"及其符号权力的揭示，也是他回答这些不可回避的重大问题的基础和起点。

布迪厄的文化社会学

近年来，布迪厄的文化社会学陆续进入中国学术领域，人们越来越多地译介和运用他的理论。应当说，他关于文化的政治经济学思想巧妙融汇了西方古典社会学的三大传统，并作出了具有原创意义的发展。首先，他吸取涂尔干社会关系分类图式与社会客观分类对应的思路；其次，他接受韦伯利用经济学术语研究宗教、精神空间的启示；第三，他深受马克思的政治经济学影响，将"资本"概念广泛应用于文化分析，这也是布迪厄有功于西方左派思想的创造性发展。

进入布迪厄的理论大厦之前需要说明的是，布迪厄的研究虽然跨越经济、政治、文化、宗教、法律等社会生活的诸多领域，但其中的脉络却是一以贯之的。随着布迪厄的批评触角的伸展，经验研究和理论建构两条思路和谐地交织在布尔迪厄的文化社会学理论里。贯串他的文化社会学研究的主线，就是对文化的符号权力的解魅。那么，他是如何揭开符号系统的特殊逻辑，并说明它的社会区分功能的呢？

为遵循他的思路，我们首先需要对传统的"文化"观念作一次结构性转换，用他的话说，就是要把狭隘单一的大写文化（Culture）扩展成能施行人类学分析的小写复数文化（cultures）。我们必须使传统文化从经典文献、神秘光环、高尚使命、典雅品位中解脱出来，转而带入我们对于日常生活的整体关注之中。

其次，布迪厄文化社会学的核心任务，恰是要分析文化象征领域与社会空间的结构性对应。或者说，他最热衷的工作，是查找并分析文化系统中的分类，是如何与社会空间中的权力支配关系相互对应的。他坚信，人类的各种文化实践从来就不会脱离社会的政治经济权力运作，也不会隔绝于社会变迁与历史转型过程。文化从来也不只是这些历史过程的被动记录，相反，它一直是生产和再生产社会等级结构的重要且隐秘的力量。

早在社会学名著《原始分类》中，涂尔干和莫斯（Marcel Mauss）就已提出，应当仔细研究人类分类观念的形成历史。布迪厄继承两位社会学先驱的眼光，进而敏锐地发现，在原始社会中久已存在的认知图式与社会结构的对应，同样存在于高度发达的现代社会，只不过这种对应关系受到了不同社会场域中相对自主而成熟的制度的维持和掩饰。因此，发达社会中的这种对应关系，并不是以直接方式，而是以隐蔽或变形的方式流露于文化实践之中。布迪厄写到："在社会结构与心智结构之间，在对社会世界的各种客观划分——尤其是各场域中支配与被支配者的区分——与行动者适用于社会世界的看法、及其划分的原则之间，都存在某种对应关系。"确认这层对应关系之后，他又建立起一整套微观分析方法。他认为，人们在日常生活中都会不知不觉地养成自己特有的惯习（habitus），而此种惯习，就是客观社会机制与主观认知图式之间的重要中介。

惯习通过家庭出身、学校教育、工作环境等因素，逐渐将个人所接触到的社会状况有意无意地内化到人的性情体系中，并长期持久地指导行动者的行为。所以，社会空间中的规划体制、等级分类、权力关系，正是由于家庭、学校及社会环境的熏陶，才得以培养起人的身体对于文化符号体系的认知与感应，从而形成特定的惯习，即特定的遵守规划的实践感（sense of practice）。

在发达资本主义社会，自由、平等、博爱的人文主义理想实际发挥着某种意识形态功用，它被用来修葺文化，粉饰太平，或与政治经济力量合谋，促进社会不平等结构的再生产，或以符号权力的方式，嘉许、肯定并巩固既定的秩序。文化的核心角色，在于它能让统治秩序获得合法性和正当性。文化通过潜移默化，塑造无反思、潜意识的心智图式，进而将客观条件、社会划分加诸于广大行动者，生产和再生产相应的界限感、位置感，从而使行动者自觉自愿地依照被塑造的心智图式作出反应。

在此语境中，不难看出，布迪厄力图从"文化资本"的角度说明，发达的分层社会如何使不平等的经济社会秩序，通过转化为文化资本，最终得以合法化与隐秘化。

作为资本的文化

布迪厄所说的资本接近于、同时又超出马克思原本定义的资本。在他看来：

> 资本是累积性的劳动（它以物化形式，或具体化、肉身化的形式呈现）。这种劳动在私人性即排他性的基础上，被行动者或行动者小团体占有。这种劳动（资本）使他们能够以具体化的形式，占有社会资源。

首先，布迪厄大胆将资本概念与权力概念相联系，而这一权力概念包括各种物质、象征、文化或社会权力形式。如此一来，他的资本概念便从原有的物质化状态，广泛延伸至文化符号领域。其次，他对于文化的深刻理解，突出体现在他建立的"场域–惯习–资本"三位一体概念模式上。在这理论模式中，文化修养和教育经历能在特定场域里，成为行动者们获取社会地位的凭借。而合法的文化形式或品味标准，则是场域中被争夺的资源。布迪厄把这种资源概念化为资本。他指出，在高度分化的资本主义社会里，行动者若想在社会场域获取收益，他必须凭借一定程度的教育资历（文化资本）和社会关系（社会资本）。以资本的形式理解权力在个人和群体中的不平等分配，可以避免将社会生活理解为轮盘赌的简单模式。换言之，布迪厄的文化资本说为我们生动描摹出一幅当代浮世绘，即一个现代行动者如何在特定文化场域中逐渐形成他相应的实践感，并且有意无意地算计运筹，与他人不断争夺和分配更具权威性的文化资本。

如何区别布迪厄的文化资本与传统经济学的资本概念呢？在《资本的形式》

一文中，布迪厄郑重指出两者的差别如下：一、传统经济学只把那些能直接转换为金钱的商品交换视为经济行为，而将其余部分视为非经济行为；二、传统经济学试图掩盖符号活动的利益倾向，而他的实践经济学则认为，符号活动只是所有交换形式的一种，它旨在揭开前者的视域盲点，将所谓的"非经济行为"同样置于研究者的显微镜下。

布迪厄的上述论断来自一个假设，他发现社会出身不同的个体在学术场的能力和获得的成果，与他们的出身状况是对应的。也就是说，一个出身于士绅门第的儿童和一个来自平民家庭的儿童，在最初的文化积累上是不平等的。由此他假定，存在某种被掩盖的特殊利润，即社会出生不同的儿童，在学术市场上可能获取的利润有赖于他们继承和接受的文化资本的不均等。布迪厄聚焦于人类行为的利益倾向，他是否有经济还原论偏向？应当说，布迪厄意识到了这一点，并竭力避免简约主义错误。他明确指出，资本原本就有它的各种"非经济形式"，或者说，资本能够以多种形态存在于现代社会，而其中最基本的三种形态分别是：一、经济资本以金钱为符号，以产权为制度化形式；二、社会资本以社会声誉、头衔为符号，以社会规约为制度化形式；三、文化资本以作品、文凭、学衔为符号，以学位为制度化形式。

我们知道，任何资本都具有积累性和制度化的特点，它会通过财产世袭、商品交换，不断扩大经济资本的规模；或者通过扩大社会影响、建立各种权力关系，来增加其社会资本。相比之下，文化资本则以更加隐蔽的方式来体现上述这些特征。布迪厄指出，文化资本有三种存在形式：一、具体形态，即以精神和身体的"持久性情"表现出来的形式；二、客观形态，即以文化商品的形态（图片、书籍、词典、工具机器等）体现出文化遗迹或理论色彩；三、体制形态，即以大学文凭、博士学位、教授资格体现出来的等级制度，它们代表文化资本的特殊授予，也是一种具有制度形式的身份认定。

与马克思在《资本论》中围绕剩余价值、资本原始积累的集中论述不同，布迪厄的资本概念超出了马克思的经济范畴，他侧重分析那些足以形成权力资源但分布更为宽泛的劳动力类型，其中既有社会、文化与政治类型，也有宗教、家庭与社区类型。他指出，在特定条件下，这些类型能以一定比率相互转换，最终变为经济资本。而社会空间中的位置，主要由经济资本和文化资本这两类资本划分和组织。垂直性的第一等级区分表明，大量拥有这两类资本中任何一种的行动者属于支配阶级，反之被剥夺这两类资本的人则属于被支配阶级。而水平的亚级区分，则显示出支配阶级内部占有更多经济资本的人属于支配阶层，而富于文化资本的知识分子属于被支配阶层。

需要指出，在布迪厄60年代建构其理论框架的时候，他曾与马克思主义进行过深入对话，尤其深入解析了阿尔都塞的结构马克思主义理论。阿尔都塞认为，文化实践与文化制度竭力从经济基础中独立出来，获得相对自治，可在最终意义上仍然是经济力量支配并控制着社会生活。布迪厄显然受到阿尔都塞这种"多元决定论"的影响。在他看来，马克思主义正确强调了经济基础在社会生活中的根本地位。与此同时，它却将利益概念限定在社会生活的物质领域，而将非物质领域看作是超利益、无功利的范畴。这一限定，无意中巩固了主观主义与客观主义的二元对立。

为突破这一限定，布迪厄回避马克思主义关于经济基础和上层建筑的机械划分，进而将资本与经济利益的观念主动扩大到符号、文化以及各种非物质性活动领域。他认为，所有人类活动无不受到利益的驱动，文化象征活动也绝不例外。这里，我们不难发现韦伯对于布迪厄的启发。韦伯曾经大发感慨说："所有的符号商品和符号材料，毫无例外地认为它们自身是稀有的并且值得在一种社会形式中被人追求。"

若要从资本的角度探讨文化，我们还须关注布迪厄的实践经济学。在他关于"实践的一般经济学"理论中，利益具有两种同等重要的客观形式，一为符号（象征）利益，二为物质利益。行动者的实践，往往受到"将物质与符号利益最大化"的下意识影响。基于他对行为的利益倾向的认识，布迪厄把智性实践看作是一种虽然具有象征性特征但根本上是和所有利益性行动一样的实践行为。布迪厄的这一认识平台，有力地支撑起他对知识分子形象的精辟分析。在人文主义、自由主义传统观念中，知识分子向来被看作是人类良知或超越权力和利益之争的客观性代表。但在布迪厄眼中，知识分子的实践虽然相对独立于经济政治力量的操纵，可他们并未清除掉社会实践必然带给他们的利益胎记，只不过这种类型的实践是暗中服从文化生产场中颠倒的特殊逻辑。因此，要想冷静地看待知识分子的实践，我们须将他们置于特定的社会历史场域，既考虑他们在文化实践中的自主逻辑，又将他们与复杂的历史关系相互联系起来。

总之，从资本的角度看待文化、切入文化的利益与权力关系，这是布迪厄的一大贡献。在此努力中，他揭示出文化政治经济学的巨大秘密，发现所有的文化生产，包括科学、文艺生产，都是有特殊利益的，因而也是充满了冲突的。

文化资本的传承

如上所述，布迪厄的文化资本概念从微观上解释了出生不同的儿童，由于文化积累、教育资历不同，从而导致行为的差异性。那么，资本主义的现代社会等级结构又是怎样通过文化资本的积累，不断生产和再生产的呢？

我们知道，早在布迪厄之前，法国激进哲学家阿尔都塞与福柯已作出巨大学术努力，以期揭露并解释资本主义社会的文化再生产逻辑。在此重大方向上，布迪厄通过文化资本分析，生动揭示了一种文化惯性结构的延续。而这一延续性再生产的关键，则在于其社会等级结构的巧妙内在化。用布迪厄的社会学术语解释，就是在文化生活领域暗藏有一整套柔性塑造个人惯习的微观机制。布迪厄在此回应福柯和阿尔都塞，他指出，文化资本的传承深受家庭和学校的影响。他的论断并非理论层面的演绎，而是经由大量可操作性的社会学调查而来。首先，他将他早年在阿尔及利亚积累的人类学方法带入法国本土文化研究中。根据翔实资料和统计数据，他先后完成《教育、社会和文化的再生产》和《继承人》等著作。这些研究成果让我们看到他是怎样一步步改造传统的教育社会学，将其研究重心从原先只注重经验和科层分析，转移到文化资本调查、权力支配与社会等级延续等问题上来。

在社会场域内，经济富足的家庭，由于远离日常生存压力，因而最有能力将一部分经济资本转化为文化资本。而经济相对窘迫的下层贫民，则陷于养家糊口的困境中，无缘获取更高的文化积累。出生于不同社会家庭的行动者，最初获得的文化资本肯定是不均等的。中国女作家冰心有一短篇小说《分》，细致描绘了孩子从一降生就因其家庭背景而被社会分隔开来的事实：他们会拥有不同的语言习惯、饮食口味，甚至衣着打扮和身体姿态。他们自童年起就接受不同的家庭教育，读数量和质量不同的书，入读不同的学校，然后走上大相迥异的人生之旅。那些拥有资本优势的家庭后代相对便利和优越，而对于贫寒家庭而言，能够用来延长子女教育的手段严重不足。这种资本的不平等分布，便是资本在场域中发挥特殊效果的根本原因。因此，文化资本是被有能力大量积累它的少数人垄断，以物以稀为贵的方式获得利润和效益。

由于所继承的资本不同，行动者在社会空间的行动起点和轨迹也不同。有家学渊源的子女一般要比乏于文化积累的子女更有学习能力和文化品味，或者说，更容易得到学校和社会的认可，从而能积累更多的文化资本。资本占有的不平等，导致社会竞争先天存在不平等结构，这一结构反过来制约了社会竞争。文化资本在家庭中的积累，与其积累时间以及资本的转换大有关系。支配阶级往往能将丰裕的经济资本、社会资本转换为文化资本，或者以物质形态的书画珍品，向下一代传递文化资本。例如在《红楼梦》中，荣宁二府极尽奢华的园林庭院陈设，体现出大户人家积累丰厚的物质形态的文化资本。其中包括上层阶级为培养后代而传承的特殊化文化资本，譬如儒雅谈吐、大家气度、琴棋书画修养等等。这些高贵优雅的性情风度都可视为隐而不显的文化资本。社会学家注意到，上层阶级的精致品味本身就凝结着大量文化资本，而那些新贵、暴发户虽有高额经济资本，却严重缺乏内化和积淀下来的文化底蕴，即文化资本。贾府里的丫环为何个个都出落得似小户人家的小姐一般？这是因为大家族在经济、文化资本上的富有已经提升了丫鬟仆人的品位。这些内化为个人性情的文化资本，如文化习性、情趣和品味，不同于财产或贵族头衔，它们无法通过馈赠与购买而被后人直接传承。布迪厄在此提示：首先，被内化的文化资本的传承，与其后代的文化能力有关；其次，家庭在传递这一类特殊文化资本时，要么起到肯定性的积极作用（节省时间，提前开始），要么则产生负面效果（浪费时间，以后花双倍的时间改正）。

家庭是文化资本生产的第一站，在家庭熏陶下获得的不平等文化资本，在学校教育中进一步受到制度化的保护。学校对来自不同家庭的学生一视同仁，从而默认了家庭传承的不平等文化资本的合法性。布迪厄认为，教育体制乃是文化再生产和社会等级结构得以延续的制度性基础。为了展现这一隐秘而柔和的制度操作过程，布迪厄针对法国现代教育制度采取了细腻、微观的祛魅（disenchantment）工作。

布迪厄发现，教育的功能，从根本上说，就是对资产阶级的文化进行再生产。这种再生产，作为一种不断重复的社会机制有助于保障资产阶级的地位，并使人们忽略权力的永久化。一如货币与经济资本的关系，由教育制度正式认可的专业资格，自然能带来相应的文化资本。因此，教育便能为资产阶级提供一种韦伯所说的"享有自身特权的神正论"。这一冠冕堂皇的特权，还得经过教育制度认同的神圣仪式的自然化、非人为化包装，从而掩饰并维护了资产阶级特权。教育在口头高唱"人人平等"，实际上它却充当一种分配和确定社会特权的工具。这里，布迪厄无情戳穿了"教学实践与价值无涉"的神话，证实了法国教育制度是如何巧妙完成这一分配和确定特权的过程的：当社会成员想当然地接受"教育公正"神话时，它的民主形象已被成功地种植到人们的意识中，以至人们忘记了它的不公正起因。学校教育，向来被认为是一种毋庸置疑的社会制度。人们往往认可文化资本的世袭传承，而不怀疑教育对文化资本等级的制度化再生产。布迪厄分析道：

> 我们在文化惯性上看到的教育，是在意识形态上把学校教育看作一股自由的动力，以及作为增加社会流动的工具。这种看法是可能的。但它实际上却是最有效地将既存社会模式永久化的手段。也即是使社会不平等正当化，并提供人们对于文化继承的认知。换句话说，教育将社会所赋予或附加的东西，以自然的性质来加以看待。

在研究学校教育对文化资本的传承时，布迪厄揭示了教育如何通过对文化资本不平等分配结构的忽略、掩饰，从而将主导的文化任意性（cultural arbitrary）不断灌输给社会行动者。通过家庭教育和学校分类系统，社会建立起一套强制性的法则，它使得资产阶级对于文化资本的支配隐而不显，并取得了社会成员对其合法性的共同认可。

文化资本与趣味等级

家庭出身与学校教育共同组成了文化资本转换、加工和继承的生产链。文化资本的生产与再生产，有效而隐蔽地将支配与被支配的权力关系转换为社会成员甘心接受的自然现状。他们误认这一"幻象"（illusion）为真相，在此过程中，文化的符号权力（symbolic power）功能完成了。因此在文化和经济资本外，还存在一种符号资本——支配者为了掩饰他们拥有的资本和权力,运用被社会承认的象征暴力。符号资本作为对文化资本和经济资本的否定而存在。任何成功的统治都要追求合法化,与使用国家机器的暴力迫使民众屈从比较而言,文化的符号权力更深入、细致地将支配秩序铭刻进被统治者的身体与神经之中。与阿尔都塞一致,布迪厄认为现代社会在监狱、军队这些硬性暴力之外,更仰赖文化的符号权力(软性暴力)来维护统治和支配的合法性。所以,文化资本的生产,不仅仅是生产知识,还是培植一种具有政治意义的工具。

布迪厄不仅通过对家庭、学校教育的分析揭示出文化资本的生产与再生产和社会等级秩序的对应关系,他还系统地研究了各种世俗趣味,其中既有体育爱好、家居装修、衣着和饮食习惯,也有各式高雅的审美情趣。在这一领域的专门研究让他进一步确认,个人的文化品味与其社会地位(position taking)相关联;而他们的文化品味又在不经意中泄露和表达了行动者的社会位置。因此他指出,文化品味这种身体形式的文化资本,更加成为行动者的阶级、社会等级归属的无形标志。

布迪厄不知不觉地深入到趣味(taste)领域。在康德美学中,趣味判断从现实的伦理内容和智性的概念认知中解脱出来,审美趣味成为一个与对象的内容和主题无关的纯粹判断领域。然而,社会学方法使布迪厄发现了哲学思辨的盲点。排斥大众趣味的判断力机制,果真如康德所言,源自人类先验综合判断的思维范式吗?趣味判断果真无关乎社会历史建构吗?纯粹美学是否掩盖趣味和教育、文化素养之间的关系呢?问与思是一体的,怀疑开启了证伪之途。《区分》正是贯彻这一怀疑精神的结果,详细的调查向我们显示了趣味判断怎样成为社会区分的标志,社会等级又是如何形塑趣味判断的等级。

研究表明,趣味等级和行动者的社会出身不无联系。社会行动者的趣味往往以对立、等级区分的形式表现出来。这里,至少有两个事实可以确定:一方面,文化和教育资本(主要根据教育资历)、社会出身有着对应关系;另一方面,当教育资本相等同时,社会出身越高,对非正统领域的文化(非学校传授、非主流文化)的欣赏和理解能力的程度越高。

文化资本的传承,使得在一定社会共同体中的所有行动者共享一套基本的感知图式,这一图式是行动者内化、具体化的社会结构,也是行动者在社会中实际使用的知识。他们用许多对立的语词,将世界划分为轻与重,富与穷,精神或物质,杰出或平庸。布迪厄说,这些事物被不加思索地接受,是因为其后存在整个社会的秩序,即统治精英与被统治民众之间的对立。行动者无反思地认同被内化的社会结构,他们想当然地信奉自己对社会世界的最初感知,这是源于行动者对社会世界的误认——在文化资本的传承和再生产过程中,各种符号体系被不断灌输,并促成行动者的社会化,最终形成位置感和区分感。

文化资本的传承积累是一个长时间的过程,其结果是形成某种生活方式(life

style），这种生活方式与社会位置之间是结构同源（structural homology）的关系，在心智结构与社会空间之间形成对应。众所周知，社会上层的名流富豪追求高尚娱乐和优雅仪态。他们喜欢在闲暇时光打网球，或参加马术俱乐部，悉心培养自己的鉴赏眼光与文化格调，久久沉溺于对艺术品的官能享受。而下层民众迫于日常生活之需，根本就没有前者那种奢侈优裕的心境来咀嚼各种形式大于功能的艺术品。他们要求艺术指涉现实，满足生活需求，却很难接受那些颓废、唯美的审美趣味。

区分、冲突和文化任意性

于是，文化品味具有了至关重要的区分功能，它能象征性地显示每一个人的阶级地位和社会地位。在孔乙己经常光顾的咸亨酒店里，有钱的体面人身穿长衫，安稳庄重地坐在八仙桌旁喝酒，而干粗活的贫苦短衣帮就只能站在店门口吹着寒风买酒喝。不同阶级的惯习在此形成了系统性的对立，并使行动者得以彼此区分。

当趣味这种无概念的知识、内化的社会结构在身体层面形成具体的时空认识和实践方式后，身体的区分感进一步成形，手势、姿态、发音以及常用的感叹词、口头禅等等，都不经意地通过身体的表达透露出行动者的社会归属，或者说社会身份。在社会化过程中，同一社会中的行动者形成某些类似的属性（attributes），从而形成共同的社会归属（attribution）。个体在社会中占据的位置形成相应的意义和价值的区分。在分析文化区分与社会区分的结构性同源关系时，布迪厄扩展了马克思原有的阶级的划分方式。换句话说，他不单纯以生产资料拥有和收入差异来界定个人的阶级划分，而是以个人的生存条件、惯习、所拥有的各种形式的资本总量来区分这个人所属的阶级。

《区分》为我们描绘了社会空间的三重维度：资产阶级趣味——区分感（sense of distinction），他们推崇纯形式的审美文化；与之对立的，是工人阶级的趣味——对必需品的选择（choice of necessary），他们无法摆脱日用伦常的限制，往往被资产阶级视为粗鲁、庸俗和只具备感观趣味。资产阶级趣味作为正统趣味，与工人阶级的通俗趣味形成对立和排斥；处于中间位置的，是小资产阶级趣味——文化善意（cultural goodwill），即小资产阶级了解什么是合法的经典文化，但不明晓如何正确地获得和消费这种文化产品。他们不会漫不经心地、悠然自在地领会高雅文化的内涵。小资产阶级的中间地位体现在他们对资产阶级文化的毕恭毕敬，同时又处处捉襟见肘的尴尬。社会区分和文化区分无论多么武断，行动者都觉得自己归属的群体更顺眼，而排斥其他群体的成员及其趣味，即使这样做对自己不利。例如，工人阶级为自身的力量、勇气和果断而自豪，相反资产阶级却鄙视他们的粗鲁、武断，认为自己具有精神和智性的力量。阶级与阶级之间的惯习形成的系统性对应，象征性地显示他们的阶级地位。

既然文化资本和趣味等级、社会区分相对应，那么我们可以断定，没有任何一种语言、惯习与文化品味能够自称是天生优越者。然而在现实社会中，某一类语言、文化类型，因其包含更多文化资本与符号资本，于是被社会行动者的"集体无意识"误认为更具有合法性、正当性。布迪厄指出，分类标准从来都是人为的、任意的。那些与社会支配权力结构相关的分类标准，只能出自某一个特定历史时期，它是由某一个特定群体，依靠自己当时的特殊利益、权力关系，蓄意建构起来的。据此，各种分类图式（区分等级）的意义并非产生于符号内部，而是与文化的任意性、与特定的人为建构有关。那些被建构起来的文化等级，不仅能有效地区别并分隔不同阶级，更为关键的是，由于上述区分标准受到符号权力的合法化处理，产生了类似意识形态的后果，因而被所有社会成员奉为天然如此的自然等级。譬如说，西方发达国家对于东方传统社会的支配性结构，常常与男性对女性的自然支配关系相联。西方文明于是被想象为阳刚硬朗、开拓进取的男性形象，而被支配的东方文明则被指为阴柔懦怯、不思进取的女性形象。在伊拉克战争期间，众多的新闻镜头为我们再现了两个世界、两种人之间鲜明的、戏剧性的对立。战争的发动者紧握着第一世界强悍的价值观，而受侵害的伊拉克民众则持守着东方伊斯兰世界和非民主国家结合而形成的特殊价值观。但凡是明眼人都不会轻信布什和布莱尔宣称的战争理由，更不会简单认同他们所谓的正义原则，我们深深地理解了价值观及其利益机制的内在关系。可以说，周遭的现实，无时无刻不在为这个文化理论提供最生动、最残酷的范本。

布迪厄一针见血地揭示出文化区分的符号暴力。所谓文化正当性是权力者虚构和强加的，它本身绝不具备任何普遍价值与天然合法性。其实，任何天然禀赋、普遍价值的宣称都不过是"魅力意识形态"（ideology of charisma）的产物。这种所谓的魅力意识形态，原本来自一套特定的人文观念，它相信正统文化的等级标准具有天然合法性，而文化禀赋乃上天的恩赐之物，它不能用人间的利益法则加以解释。与此相对立，布迪厄强调：一切文化冲突和文化革新，都可看成是对既定文化秩序的怀疑或颠覆。有关文化合法性的斗争总是"野火烧不尽，春风吹又生"。这种斗争以不同形式发生在文化的内部和外部，文化合法性的建立永远与权力支配关系的合法性有关。统治者总是依据文化合法性掩饰社会的不平等实质，从而令其统治长期合法地维持下去。在此意义上，文化领域外部的斗争，就是统治者与被统治者的文化趣味标准的斗争。而在文化领域内部，自有一套相对独立的文化逻辑。不同阶级的文化生产者群起争夺文化正当性，努力维护文化生产场相对于政治经济势力的自主权。因此，任何有关文化趣味的合法宣称都应当被重新历史化，并且必须重构这种文化合法性的生成逻辑。

结　语

布迪厄的文化社会学，以微观分析方法深入细腻地展示了权力支配的隐蔽机制,他的研究证实,文化资本的不平等分配实际上是一种社会区分。这一区分机制早已深入到日常生活的毛细血管中,悄无声息地塑造着当代资本主义社会的行动者。因此,文化资本的等级结构,可以说是一个长时段的惯性结构。然而,科学的反思正是唤醒人们对文化资本、符号权力的意识,是抵抗文化资本自然再生产的关键性契机。

布迪厄已经发出"集体反思与实践"的邀请。这一抵抗方案,对于我们走出文本形式批评的象牙塔,参与到文化、历史和文本的复杂生产中,无疑具有极大的启示和借鉴价值。

参考书目

1. Bridget Fowler, ed., *Reading Bourdieu on Society and Culture*, Blackwell, 2000.
2. Pierre Bourdieu, *Distinction*, Routledge and Kegan Paul, 1984.
3. —, *The Field of Cultural Production*, Columbia UP, 1993.
4. —, *Homo Academicus*, Polity Press, 1988.
5. —, *Outline of a Theory of Practice*, Cambridge UP, 1977.
6. 布迪厄:《实践感》,蒋梓骅译,译林出版社,2003。
7. 布迪厄:《文化资本和社会炼金术》,包亚明译,上海人民出版社,1997。
8. 布迪厄等:《实践与反思》,李猛等译,邓正来校,中央编译出版社,1998。
9. 布尔迪厄:《艺术的法则》,刘晖译,中央编译出版社,2001。
10. 布尔迪约等:《再生产》,刑克超译,商务印书馆,2002。

文学场 张 意

略 说

"文学场"即"文学生产场"（the Field of literary production），是人类学、社会学家布迪厄（Pierre Bourdieu，1932—2002）将结构和历史视野辩证统一起来的文学观，是他医治形式主义文学观放逐历史和行动者，以及传统的社会历史文学观遗弃文学自主性的一剂良药。

综 述

20世纪70年代以后，布迪厄的文化社会学渐渐受到众多领域的青睐，一改曾经只在人类学、社会学和教育学领域内传播的现象，频频亮相在全球范围内的文学理论、文化研究场域。至90年代末，连法国国家电视台和许多著名杂志如《世界报》、《费加罗报》、《新观察家》等，也卷入"布迪厄浪潮"中来。

新闻媒体突然爆发的兴趣，更加促使他意识到全球化消费意识形态、媒体网络对自主学术的侵蚀，强烈的忧患感促使他直面媒体的力量，以其人之矛攻其人之盾，在媒体上传播学术，干预社会。从专家型转为介入型知识分子，身份的变化不仅与时代语境相关，更受布迪厄的社会学研究思路启发。布迪厄的研究发现，文化并非圣洁领域。教育和社会制度、文化制度合谋，将文化产品转换成符号权力，掩盖不平等的经济、政治权力分配等级，使社会成员相信其自然和合法性。由此看来，文化有其独立逻辑，但最终未脱离社会权力的影响。

布迪厄的研究虽然跨越社会生活的诸多领域，但其中的脉络却是一以贯之的。20世纪60年代，他在法属殖民地阿尔及利亚研究当地农民生活方式的变迁，以后回到法国本土继续社会学研究。他从这些经验研究中提炼出独特的"实践理论"，试图超越结构主义和存在主义的二元对立，研究成果反映在《实践理论大纲》和《实践的逻辑》等著作中；他与同事一道发现，现代社会的教育体制与经济、政治力量联袂再生产社会等级，研究成果汇集为《教育、社会和文化的再生产》；继而，他转向社会学的新兴领域——趣味研究，揭示摄影者主观趣味与摄影者的社会位置之间的联系（《摄影：一种中层艺术》），调查欧洲各国博物馆的观众和他们的艺术爱好（《艺术之爱：欧洲博物馆及其观众》）；他在《区分》中截取法国各阶层成员的生活风格、鉴赏品味、饮食起居等的横截面，剖析行动者的性情倾向和与他们的社会区分的对应关系。至此，他写作了《艺术的法则：19世纪法国文学场的生成和结构》，大胆而谨慎地对文化艺术领域进行社会学祛魅。随着布迪厄批评触角的伸展，经验研究和理论建构两条思路和谐地交织在他的文化社会学理论里。也就是说，他对不同领域的研究，如同流经许多地域的支流，不断地丰富着他的实践社会学的干流，最后绵延不绝，展现为一幅广阔的社会研究图景。

是什么促使布迪厄研究文学的呢？文学，历来被视为无关功利的精神领地，是社会科学分析的禁区。然而，布迪厄认为，支配这种观念的是文学场制造的信仰幻象（illusion），而且长期受到常识和哲学思辨的认可，借用歌德的话说："人有权假设存在某种不可认识的东西，但他不应该为研究划界。"布迪厄表达了展开社会学研究的冲动：替未被质疑和反思的信仰祛魅。

布迪厄如何展开他对文学场的阐释呢？文学场的观点对当代文学理论究竟有什么启发？要回答这些问题，我们首先得进入布迪厄关于实践的社会学大厦。

实践、信仰和权力

为什么说布迪厄关于文化和实践的主张是独辟蹊径的？在一篇重要的导论文章里，研究者这样来评价布迪厄的理论贡献："布迪厄的独特创见在于，他所提出的实践理论植根于现实的日常生活——运用'习性'——并融汇了研究社会场域中的支配的理论。"评论者注意到布迪厄拒绝在存在主义和结构主义之间、在主观与客观之间、在意识和结构之间作非此即彼的选择。但评论者忽略了，马克思主义注重经济、物质力量制约着社会等级和现象表征的思想，内在地影响了布迪厄。

实践、信念与游戏感

在阿尔及利亚服兵役时，布迪厄对当地农村进行田野调查。通过分析居民的时间感、婚姻状况、经济、住房状况，他发现在卡比尔的前资本主义社会中，引导人们社会活动趋向的是对荣誉的慕求。人们用相互馈赠礼物的方式，在交往中争取和积累荣誉。卡比尔人赠送礼物时，或拒绝或接受礼物的不同行动方式，最终导致增加或减少荣誉。以后，他回到法国本土研究，大量的经验研究证明，无论前资本主义社会还是发达社会，人类的社会实践尽管广阔而繁杂，但不可能是纷乱零散、无章可寻的。那么，行动者的实践是否依凭外在的、被强加的规律呢？布迪厄认为，如果答案是肯定的，那可能是机械地理解了实践，把学者所归纳的理论模式强塞给行动者。实践只是遵循一种朦朦胧胧的"实践的逻辑"（logic of practice）。实践感类似于游戏感：

> 对游戏的逻辑或内在必然性的实际把握——是一种通过对游戏的体验而获得的把握能力，是一种处于意识的控制和话语之外的把握能力（比如说，以身体技巧的方式体现）。(Bourdieu, 1990: 61)

置身于社会游戏里，对游戏规则耳濡目染，使行动者对社会世界形成某种幻象，即

"信念"（doxa）：

> 信念是确立于实践——介于习性和场域之间——过程中的直接附着关系，一种源于实践感的、前语言的（pre-verbal）对世界的想当然想象关系；信念与场域相协调。（Bourdieu, 1990：68）

实践感产生信念经验，即天生于斯长于斯的世界产生一种从实践体验流露出来的、近于本体论意义上的认同。信念关系形成归属感，即文化和社会身份感，通过这一关系的桥梁，个人的社会化与社会的个人化融合在一起。布迪厄还强调，行动者对世界幻象的信仰（信念关系），是一种身体向度的性情倾向、感知方式和思维习惯，它不同于笛卡尔意识哲学里的对象式的意识，因为它不是建立在主体和客体对立关系之上的理性指称关系，而是铭刻在身体上的、在心性意向和世界之间的关联关系。

习性、场域和资本

埃尔温·帕诺夫斯基（Erwin Panofsky，1892—1968）的《哥特式建筑与经院哲学思想》一文，直接影响布迪厄建立习性和场域等概念工具。帕诺夫斯基认为"心智习惯"（mental habits）作为特定条件下人的思想、行为的生成图式，通过制度、实践和社会关系来传递、渗透。布迪厄受到启发，发展出"习性"概念。

习性的概念体现了社会实践既非不受条件制约的自由选择，也不同于受制于绝对社会规则的被迫行为。打个比方，习性是"没有指挥协调下的和谐演奏"，即没有特定意识动机的但具有潜在规律的习惯或性情系统；在一定社会环境中成长，必然具备环境给予的自然的、社会的痕迹，"一方水土一方人"就是这个道理。生活在古老的东方文明中的中国人，从身体到精神都烙上中国印。当西方文明随着帝国主义的坚船利炮和传教士的教诲进入中国时，中国人感受到剧烈的文化冲突，并遭遇到严酷的文化认同危机。文化和历史给予的习性、修养，使得中国人尤其是知识分子，在强势的西方文化面前局促难安。东西文化碰撞的新的历史场域和传统的文化习性相遇，必然产生深深的、悲剧性的裂痕。

客观的外部世界是行动者自觉不自觉参与的游戏空间，此即"场域"。场域概念用关系式思维思考社会中不同的"游戏"领域，彰显社会世界中或明确或隐蔽的关系。布迪厄把这一师承关系归功于卡西勒的思想。

具体而言，社会由众多遵循特定逻辑的小世界组成，小世界与社会世界存在着异质同构（homology），即都遵循社会等级结构的支配作用。携带不同习性和资本（经济的、政治的、文化的和符号的四种象征形态）的行动者，或者一些机构、团体，在竞技场中获得各自的位置（position-taking）。行动者取得合法地位的同时，也获得场域加诸其上的被掩饰的"符号暴力"（symbolic power）或符号资本（symbolic capital）。符号资本使得行动者在场域的博弈中取得的战利品呈现出合法表象，当社会行动者不加思索地接受和认同这些表象时，符号暴力也就顺当地剥夺了个体对真相的思考能力。例如，在名牌高校获得学位，无疑为行动者在特定的人才市场增添了客观的砝码。若是名牌高校的热门儿专业的毕业生，那更是码上加码。社会和教育体制认同和确立学校、专业之间的等级区分，这种认同就是符号资本。符号资本总是令人艳羡，惹人烦恼，也逼人抢夺。事实上，"习性"、"场域"、"资本"三位一体概念的提出，正是布迪厄研究实践的一般政治经济学的关键。

在各自独立又相互联系的场域里，人们都卷入争夺合法定义权——符号资本的角逐。布迪厄用游戏来隐喻社会场域及其斗争，显然游戏的运用不是随意的闲笔。用游戏说明场域斗争关系，这暗示了争夺的对象不是确定的、终极性的，而是有一定的历史条件的，是任意武断的；游戏规则也非恒定、不可变更。场域可能改变人们对规则的约定，如不同资本之间的兑换率，以及改变评价事物优劣质素的衡量标准。其次，游戏便于说明，行动者在场域空间中的行动不是理性选择的行为，而是符合实践逻辑的前反思行为。第三，用游戏说明场域，暗示了场域的动态性。游戏者根据他们拥有的位置和特定的资本采取相应的策略，要么再生产场域的既定结构，即维持既有的权力和资本分配，要么起而颠覆。

文学场是分化社会里一个非常独特的场域，对法国文学场的生成和结构的分析，是布迪厄的场域研究的点睛之笔。他对文学场的研究，开始于一次颠覆前说的阅读行为。

文学场：一种社会学的解读

在布迪厄眼中，研究文学意味着建构一系列"纸上的建筑群"。因为，对文学现象的解读必须语境化、历史化，即必须置于社会历史的场域空间之中："建构一个像文学场这样的对象，需要并迫使我们与实体论的思维模式决裂（如恩斯特·卡西勒所说）。"

> 把研究特定时期、特定社会的文学或艺术（如15世纪的佛罗伦萨绘画，或第二帝国时期的法国文学）作为主题，就相当于为艺术和文学史规定一个它无法彻底完成的任务……这一任务就是建构文学和艺术置身其中的位置空间，和位置占有的空间（space of position-takings）。

从文学场的角度思考文学，意味着从一个空间结构、关系结构中考察文学意义的生产，这是一种原创性的解读路径。文学场是不同的资本持有者角斗的空间，一个始终烽烟四起、鏖战频频的场所。文学场由许多位置及其相互关系形成，具备不同习性和文学资本的行动者进入文学场，争夺位置的占有权。参与文学游戏的行动者不同于前结构主义的主体，他们不是一个理智主义的、全知全能的主体，而是受到文学场域和社会大场域影响的个体；同时，他们也不是结构主义意义上被动接受客观结构召唤的主体。行动者的文学习性、文学资本，镌刻着出身、家庭教育和成长轨迹的痕迹。当文学场域的现实境遇与行动者的习性相逢，随机与偶然的因素将影响习性，生成有意无意的策略行为。"习性"观要求我们将文学场域的历史和行动者的性情辩证地联系起来。

根据布迪厄的设计，从场域的角度分析文学艺术等文化生产，包括三个内在关联的环节。首先，分析文学艺术生产场与权力场两个场域之间的关系；其次，勾画行动者或位置之间的客观关系结构，因为行动者或机构在这个场域中为占据位置而控制场域特有的合法逻辑，因相互竞争而形成关系空间；第三，还需要分析行动者的习性，即千差万别的性情系统：行动者通过将社会、经济条件内在化而获得性情系统，而习性又影响行动者的社会轨迹，形成不同的力量关系。

在社会空间中，资本的不平等分布决定了空间的等级结构。等级结构遵循"异质同构"原则，掌握经济政治权力的支配者位于社会空间的最高层。文学场中的知识分子拥有丰富的精神成果和文化积累，他们禀承相当的文化资本，也属于支配阶级。在支配阶级（或曰统治阶级）内部，拥有更多经济资本和社会资本的权力支配阶层，相对缺乏文化资本，占据权力场中的正极。反之，文学场中的知识分子则富于文化资本，相对匮乏经济和社会资本，他们位于权力场的负极，即支配阶级中的被支配阶层。

总之，文学场属于权力场中被统治和支配的部分，这种尴尬的处境和位置会产生独特的意识形态效果——文学生产者进行文化认同时往往受到这一处境的影响，并投射到文学场的内部生产中。譬如中国古典文学，历来有"香草美人"的传统，屈原曾自比为佩结兰芷、身披香草的美人，自怜身为娥眉而遭人妒，好灵修而无君子察识。后世的诗词亦不乏此例，用美人的际遇映现出诗人自身的尴尬："同是天涯沦落人，相逢何必曾相识。"这就是说，文人骚客往往自比为美人、怨妇，实则是以曲笔寄寓辛酸和感喟。文学场的方法，使我们可以更深刻地理解这一独特的文学传统，这正是中国古代知识分子结构性生存处境的写照。

布迪厄明确指出，文学场在社会场域中的特殊位置决定了研究文学场除了要考虑文学作品、作者和读者因素，还须关注赞助商、出版人、监察机构等行动者和社会制度的影响力。重构文学场的位置空间，需要重现被传统文学史忽略的诸多细节。布迪厄在《艺术的法则》中重建19世纪晚期法国文学场时，就从不惮细节的烦琐。他列举出上百个有名或无名的作家，他们大致的家庭环境和成长背景，他们的文体、风格，他们追随或反叛的传统以及相互关系，他们出入的咖啡厅、酒吧间，与他们有关的出版机构、剧院、读者群，等等。在布迪厄看来，文学作品的价值不只来自文本的互文性，也不仅源于它所反映的外部社会，只有在文学场中，文学作品的价值、作者的法定权威与文学内在传统之间、与外部社会场域之间的作用力才是清晰可见的。

什么是文学：文学场的炼金术

俄国形式主义批评家雅各布森始终在思考是什么使得文学成为文学的问题，他给出的答案是"文学性"。对于布迪厄而言，他也思考过同样的问题，然而，他的回答迥异于雅各布森：正是"文学场的炼金术"造就了文学。

在1904年的艺术展览会上，杜尚将有他签名的尿壶或酒瓶架作为艺术品放在博物馆展出，杜尚的渎神行为实际上提出了一个问题：普通的器物和艺术品区别何在？难道是博物馆和艺术家的签名使得一个器物升华为艺术品？布迪厄继续杜尚的发问：如果说博物馆和签名创造了魔幻效果，那么又是什么赋予博物馆和签名以魔力呢？具体到文学场，布迪厄质疑是什么赋予"作者署名"、文学经典以魔力？使文学和非文学区分的法则和界限是什么？在他眼里，文学作品的意义和价值，恰恰源于文学场的炼金术魔力。

一种全新的、争取合法性的文学观的提出，必然伴随着对传统观点的质疑和颠覆。在提出文学场方法的同时，布迪厄揭示了两类"神话"传统，即只从文学与社会历史关系确定文学价值的外部阅读，和局限于作品内部的符号结构来挖掘文学意义的内部阅读。

就外部阅读而言，有传统的模仿论、马克思主义文学观和心理主义的文学观。外部阅读延续自古希腊以来作品被视为对外部现实的模仿和反映，或是对作者的灵思、情感和想象的表达。一些文学社会学观念根据单一的"真实性"原则，以及是否有助于历史社会进步的实用功能来判定文学作品，使文艺作品沦为政治工具。实际上，作品指涉的"真实"不过是意识形态的虚构物，而所谓"历史进步"，也只是历史理性所臆想的整体、必然的历史规律而已。布迪厄认为，卢卡奇、戈德曼等主流马克思文艺批评犯了"短路"（short circuit）错误，他们直接将作品和社会现实对应起来，把作者看成某个阶级或集团的传声筒，这无异于将关于作者的浪漫主义神话颠倒使用了。

布迪厄也反对在作者和作品意义间建立联系的心理主义批评，他批评了萨特的心理主义倾向。萨特继承了笛卡尔遗产：作为认识开端的"我思"。萨特个案显示了心理主义的本质论缺陷，即局限于作者意识，将其视为作品意义的起点和终点。

布迪厄否定庸俗的外部阅读，同时也不赞同内部阅读对文本的耽溺。内部阅读秉承着新康德主义和结构主义两条传统。新康德主义传统认为文学是有别于科学的认识形式的"有机的象征形式"。该传统始于18世纪末的德国，由柯尔律治介绍到英国，而法国象征主义、克罗奇的美学则催生了20世纪新批评流派。索绪尔的语言学是现代结构主义批评传统的肇始。从俄国形式主义、热奈特的叙事学到巴特的符号学、德里达和耶鲁学派，内部阅读确立了文本的内在自足性。尽管索绪尔仍然为历史性留有空间，然而形式主义的内部阅读更愿意弃置作品的历史关系，把文学现象当成自律的整体。

文学作品的意义，不是单纯的内部阅读和外部阅读能够解释的。从形式主义的观点回到对作品的社会、历史语境的关注，这已是大势所趋。然而，如何解决内与外的关系？布迪厄的思路是：建立发生结构主义的阅读，从而研究文学内外的传统、权力对文学意义的轨迹。这一思路将文学作品的自律形式和社会历史置于同质异构的文学场空间中，实现了形式和历史的有机交融，避免了某一本质主义思路对意义的执著和遮蔽。

文学场的历史性生成

自主而独立的文学场的生成是历史性的过程，规定文学价值和意义的法则的确立，是文学场独立的标志。

布迪厄发现，19世纪自主艺术世界的形成，和波希米亚生活方式的出现是并生的。许多来自外省的中产阶级、下层阶级和没有财产的青年云集巴黎，这些外来者接受了人文学科和修辞学教育，但缺乏经济资源，没有权势者的荫蔽。他们难以实现其社会价值，而纷纷涌向了文学道路。布迪厄强调，波希米亚人的汇集意味着文学爱好者的汇集，并且为未来的文学场培养了大量的生产者、读者和观众。

一群自我放逐的艺术家，为了表示对正统的学院制度和资产阶级平庸生活的抵制，选择了波希米亚生活方式。他们维护缪斯神的尊严，同时却遭受支配性的资产阶级实用世界的逼迫，生存不断被边缘化。他们处于权力场中的被统治地位，当权者利用严格的作品审查制度、沙龙的庇护和学院的收编策略来左右作家的选择和文学策略，市场则通过发行量、销售额等控制他们。

波希米亚人以独立和拒绝的姿态表达了对上流社会和资产阶级的公然背叛。他们拒绝臣服于沙龙和学院的陈规陋习，从服饰到文化品味、艺术形式各个方面都标新立异。福勒认为，"波希米亚生活方式与民间的狂欢节有些类似，都具有对官方仪式的颠覆精神"；(Fowler：53—55) 波希米亚还具有内在的放逐精神，将自身从人群中分离出去，疏离普通的世俗生活；他们甚至不顾经济回报，特意将自己同为赚钱和取悦读者的通俗作家区分开来。而文学场的形成需要确定自身合法性的律令，在波德莱尔、福楼拜、马拉梅等激进的文学主张和他们对生活方式的选择中，布迪厄看到了艺术独立——"为艺术而艺术"原则所激起的波澜。

为艺术而艺术的独立原则同时否定了"资产阶级艺术"及其对立面"社会艺术"，也就是说他们否定"x"，同时也否定其对立面"非x"。资产阶级艺术钦定的正统派，大多是戏剧作家。布迪厄认为，在当时的文学场中戏剧是最有利可图的，除了拥有大量观众，还得到法兰西学士院的认可，这类艺术扮演着道德说教者、资产阶级君子的角色。而在文学场的另一级是社会艺术的拥护者，如蒲鲁东、拉马丁和乔治·桑以及"工人诗人"等。波德莱尔、福楼拜这些奉"为艺术而艺术"为圭臬的人，拒绝从属于这两极中任何一边：一方面，他们和社会艺术家一样痛恨资产阶级艺术趣味，另一面则执著地探索形式革命。波德莱尔和福楼拜等先行者正是通过这场艺术革命而疏离商业价值，在场域内部树立新的艺术规范，确立了他们在场中的位置，获得了相应的象征资本。布迪厄也将它称为一场象征性革命（symbolic revolution）。

在布迪厄看来，波希米亚群体聚集巴黎，不仅仅构成一种异类的生活方式，更重要的是形成了自己的市场。这个群体既是生产者，同时也是消费他们革命性的文化产品的消费者。接下来，文学场在各种冲突中，逐渐形成了结构性的两极对立。

输者为赢的世界：两个亚场的对立

经过文学独立的象征革命，文学艺术的自主法则确立后，艺术场内部形成了艺术和金钱之间的对立。这一对立也体现为"纯"艺术和"商业"艺术、"落拓不羁者"和"资产者"、"左岸"和"右岸"的对立。布迪厄更关注在这些对立的关系及其结构空间中、在差异性的对抗中，文学的定义权究竟花落谁家。在文化领域，竞争的利益通常是象征性的，其中包括对权威、声望的争夺。这些非实体性利益往往被否认和掩盖，文学艺术被视为非盈利、非功利的创造领域。实际上，这也是文学场游戏制造的幻象，被游戏者认同的信念。

当福楼拜宣称"一件艺术品是不可估价的，没有商业价值，不能卖钱"时，布迪厄却从中读出文学场疏离普通商业逻辑的"输者为赢"（the lost win）的逻辑。换句话说，文学场越是坚持独立法则，越是倾向于将社会空间等级结构的原则颠倒或者悬置起来。文学场为作家提供的象征利益（symbolic interest）往往与他们获得的商业利益成反比。那些企求于文学场外的金钱和世俗荣誉的作家，在自主文学场内拥有的象征资本最低。场域的自治化程度越高，场域的象征资本就越是青睐最自主的生产者。

例如波德莱尔以一种浪荡子的优雅，与文化资本相对稀少的落拓同伴拉开距离。令人钦佩的诗才和敏锐清醒的思想，这些铭刻在品味和习性中的文化资本，是他在诗坛被带上桂冠的基本条件。当纯粹艺术抵制非自主的艺术，并最终获得定义诗歌价值的垄断权时，文学场却给予自主的艺术家最高的符号资本；反之，那些谄媚外部世界的艺术家获得的象征资本相应较少，在场中屈居从属地位。场域的逻辑显示，任何要在场中取得位置的艺术家都必须经历最初的淡泊名利和文化苦行，积累文化和符号资本。

文学场的所有文学现象，都处于场的各种力的错综纠结的相互作用中。就文体而言，戏剧处于商业一端，受到资产阶级和公众的认可，戏剧家容易得到官方支持和大笔的经济收入。而诗歌与之对立，位于自主艺术一端。诗人在驱遣语言时虽然获得了令人愉悦的自由，然而在现实境遇里，诗人的创作收入最为菲薄，先锋诗人不得不忍受动荡不安的生活。因此诗歌对世俗趣味的拒绝是最为坚决的，诗歌的先锋性最强。而小说处于二者之间，一方面，经过司汤达、巴尔扎克等人的努力，小说渐渐获得贵族和大批公众的认可。另一面，福楼拜、左拉等作家仍然执著地进行象征革命，拒绝讨好公众。随着文学场自主化程度的提高，每种文体内部又分化为先锋文学和商业文学两类，形成了先锋和传统风格之间的争夺。布迪厄认为，文学场内部的竞争和更新换代，导致文学场逐渐分化为两极对立的亚场（sub-fields），从而形成了一个输者为赢的世界。经过一段艰难历程后，这两个亚场按照艺术自主的逻辑确立了它们的等级次序，即有限生产亚场对大生产亚场的支配和对抗。

韦伯在宗教社会学里曾经区分了牧师和预言家的不同功能，布迪厄受此启发，进一步解释了有限生产亚场以激进的决裂姿态，预言着文学和趣味的未来趋向；而大生产亚场却相对平庸和媚俗，这类似于牧师的位置，他们受到官方和公众的认同，以保守的方式维护被确立的经典位置。

我们不妨从作者和不同出版商的联系来看两个亚场的生产逻辑。在有限生产亚场中，生产是为了生产者自身和其他的同行。当波德莱尔意识到诗歌强大的颠覆力量和内在的自持时，特意选中"午夜出版社"这个每年出版不足20本书的小型出版机构，避免诗歌大量复制。在诗人和出版商之间的相互选择中，布迪厄读出了有限生产场的节制和自律。与此对立的另一极是大规模生产亚场，其生产是为了满足广泛的社会需求，更易于为他治原则所掌控。出版行业也分化出对应的两极：一边是出版先锋书籍的小出版社如午夜，大出版社如拉封、城市集团、阿谢特等；另一边是出版经典作家作品的大出版社；另外还有些左右摇摆的中间机构。大出版社对商业卖点更感兴趣，排行榜、销售量左右着他们的视线。有限生产亚场持守自治原则，拥有比大生产亚场更多的象征资本，居于文学场中的支配地位。大生产场是文学场里的输家，但它在场外却获得了巨大的社会知名度和经济收入。

总之，自主文学场的成熟和内部分化，标志着使文学场独立的艺术法则——纯粹美学或"纯粹目光"（pure gaze）——的确立。

趣味、纯粹目光和区隔

文学的独立革命最终形成纯粹美学。与自主性的文学场一样，纯粹美学也是历史的、社会化的生成物。

纯粹艺术在与通俗艺术、资产阶级艺术和宫廷艺术的竞争中胜出，享有文学场域中象征资本最高的艺术形式。与功利艺术对立的纯粹艺术要求一种纯粹目光。所谓纯粹，是因为这种目光以艺术与道德诉求、功利目的决裂为代价，以审美趣味从"真善美"的三位一体中独立出来为标志。在观照人间百态时，这种目光力求保持无动于衷、漠不关心和超脱的中立性。无论是创作《恶之花》的诗人，还是完成《包法利夫人》的小说家都赞赏一种道德中立、悬置价值评价的态度。波德莱尔把这个宇宙世界视为象征的森林，他乐意化腐朽为神奇，在丑陋的、卑贱的甚至龌龊的事物中发现"美"；而福楼拜兴致盎然地写世俗的平庸故事，以期使那些熟识事物现出奇异的悲剧性来。因此，现代主义的纯粹审美目光的产生，标志着文学场的自主独立法则的生成。

纯粹目光不仅仅是一种美学追求，布迪厄看到了它背后伦理的、历史的内容。经过艰难的象征革命，新的美学信条确立，作品关注新的语言和技巧的魔法；作品的题材拒绝重复经典的内容，反对鄙俗的说教；作者尽可能从作品中隐身而去。总之，文学以追求独立自足为最高价值，这种对纯粹性的迷恋，其实也是作家要求同资产阶级和庸众决裂的姿态的体现，因此纯粹美学意味着一种生活方式的创新。

纯粹美学是19世纪文学场确立的自主性法则。然而，纯粹艺术只是文学场的有限生产亚场的产物，纯粹美学成为文学场的支配性法则与纯粹艺术在文学场的冲突和竞争中脱颖而出直接相关。也就是说，纯粹美学不过是历史性生成的产物，并非康德所谓的普遍性的先验原则。对康德美学的社会学反思，是布迪厄文化研究的主要内容，也是构成他文学观的关键所在。纯粹审美的目光，即一种将作品形式置于功能之上、视风格技巧高于主题和内容的目光，是一种欣赏作品的能力。审美目光是一种获致的能力，这是康德早已认识到的，他从哲学思辨的角度把审美目光视为人类先验自我的统觉能力。但他没有看到的是，生产审美目光的历史性社会条件：家庭、学校所传承的文化资本与审美能力密切相关，文化资本越丰富，越有可能获致这种和日常目光决裂的审美能力。

在《区分》里，布迪厄提醒我们注意，纯粹目光的背后隐藏着闲暇时光和物质条件的制约，"一件艺术品只对那些拥有文化能力——能将文化产品符码化的人——才有意义"。绑在日用迫切性之上的工人阶级和小资产阶级由于缺乏这些条件，在文化趣味上很难一上来就达到超越功能关注形式的境界。因此，纯粹的审美趣味并不像康德所言是普遍必然的，相反却是有条件的，与社会经济关系相关的。"纯粹的凝视暗含着同看待世界的一般态度的决裂，这种决裂给定了它发挥作用所需要的条件，也是一种社会区隔。"（Bourdieu, 1984: 4）

区分表现在美学上，是"大众审美观"（popular aesthetic）与纯粹审美的对立，前者历来就固执地肯定艺术与生活的连续性，坚持艺术形式服从功能，拒绝内容晦涩的形式试验和对审美间离的强调。以康德美学为基础的纯粹审美，体现为对大众审美观的排斥、净化和理想化。布迪厄认为，文学场独立所要求的纯粹目光，力图实现对大众审美观的超越，将无功利的艺术规定为神圣而纯粹的领域，这实际上体现了道德完善和政治上独立自主的姿态。而纯粹愉悦与感官愉悦的对立，反思、静观式的鉴赏与感官鉴赏（taste of sense）的对立成为文化等级的内在标准，将高雅文化与俗文化区分开来，并为社会等级结构——精英与俗众的对立——提供神圣的参照。维特根斯坦曾经不无深意地说："理解一种语言，就是理解一种生活形式。"

在这里，我们认为借用此话来表达布迪厄对趣味的看法再合适不过：理解一种趣味，就是理解一种生活形式。在布迪厄揭示纯粹审美和文学场、趣味和区隔之间关系的时候，他实际上从社会学角度动摇和颠覆了康德美学大厦的根基。

进而，布迪厄对形式主义的文学幻象进行了彻底的祛魅：形式美学不过是历史性的文学自主性法则，那么，恢复文学和历史及社会条件的联系势在必行。文学的意义，不是居住在广寒宫，而是生活在文学场生生不息的冲突与角斗中。

文学场的斗争

一个自主和富有生机的文学场，像一个活动频繁的地震带。无论是文学场和外部权力场的斗争，还是文学场内部的代际更替燃起的狼烟，都会从横向或纵向的角度引发文学场的震动和更新。

布迪厄眼里的社会是充满竞争的，时刻在进行着动态的新陈代谢，文学场也不例外。布迪厄把文学场的代际斗争称为老化逻辑，即先锋性的作家必然对正统和经典作家发起挑战。各种文学决裂层出不穷，而文学场的活力和生机，就体现在这些由异端挑起的生生不息的符号革命中。异端革命往往打着复古的名号行革新之事，古今中外不乏其例。符号斗争赋予场域时间性，新来者引入差异，不断地将被确认的"先锋"打发到过去。

文学场的自主性促成文学代际间的挑衅、冲突，这些无休止的竞争就是争夺文学场定义权的斗争。譬如，20世纪70年代末期的中国逐渐兴起从文学、美学、哲学等意识形态角度反思文化革命的思潮。迄今为止，当代文学场域非常活跃，形成了一次与20世纪初的现代文学场相呼应的现象。从"反思文学"、"伤痕文学"、"重放的鲜花"到"知青文学"、"改革文学"、"文化寻根文学"等，再到60年代生人作家的先锋文学，直至被妄称为忘记历史的"断裂作家"的70年代生人作家的创作。应该说，代际更新较为活跃与当代文学的相对繁荣不无联系，文学代际变换应和着当代文学和社会制度的转型步伐，推动着文学对历史沧桑、民族命运的反思，也促成文学对当代生存经验和语言的激活。

文学场在社会结构中的尴尬处境使它最终仍然受社会权力场的支配，内部的自主原则面临外部政治、经济等力量的侵袭。受市场支配或政治导向影响的作家，不甘心在文学场内处于被支配地位，他们积极地与各种大众媒体、文化赞助商和审查机构联合，制造轰动效应和惊人的销售额，或者出卖艺术自主以讨好赞助商和审查机构的趣味和政治标准。非自主性的文化生产者在文学场外获得了巨大的经济收益和世俗声誉，这些"特洛伊木马"企图将外部标准引入到自主文学场中，以换取文化场中的象征资本。这势必激怒自主性的文化生产者与他们分庭抗礼，竭力维护艺术标准的纯粹。由此看来，在文学场内外存在两条支配性原则：其一，支配性的他治原则，即社会的整体支配原则：它体现了统治阶级对被统治阶级的支配、控制,盛行于一般社会权力场域,包括经济政治场域。行动者竭力固守原有的资本优势,追求更大利润。此原则渗透到一切场域,但在文化生产场,包括文学场,受到的抵抗最为激烈。其二,自治原则:如上所述,文学场的生产和流通遵循"输者为赢"逻辑。

在《自由交流》(1996)一书里,布迪厄同前卫艺术家汉斯·哈克交流了他们对文学艺术自主性的忧患感。在全球化时代,文化生产受到他律原则前所未有的危害,林林总总的权力关系伸向自主的文学艺术生产,企图使后者沦为外部势力的附属物,即使当大公司赞助和支持艺术家时,他们的醉翁之意仍在于利用艺术生产。当自主性受到危害时,布迪厄主张要像写作《我控诉》的左拉那样,面对社会不公、非正义,应该凭知识分子的良知担当起社会责任。左拉在他的文学声名如日中天的时候遭遇了德雷福斯事件,面对可能带来的厄运,即受到统治者的集体审判和迫害,他没有退回书斋,而是捍卫了弱势者的权利和社会正义。因此,自主的知识分子并不意味着固守象牙塔;以专家的身份介入社会事件,这更是维护自主的积极方式,一种在法国有着悠久传统的知识分子斗争方式。

文学生产处身于消费时代,怎样维护曾经获取的自主性?文学意义在社会和文学制度的历史网络中又是如何生产的?这已是今天研究文学现象不能回避的问题。

结　语

当我们浏览了布迪厄的"文学场"这座"纸上的建筑"的主体后,我们再面对"什么是文学"这样的问题时,显然,不会无比信赖地跟随形式美学的导引,前往探索文本纯粹的审美意义,也不能顺着传统的社会反映论、作者表达观,视文学为器物和工具。

通过对内部和外部相分离的、二元对立的阅读法发问,布迪厄颠覆了在对立视野中得到的文学意义。他发现,文学作为自足整体的纯粹审美观,通过否认特殊的符号利益而获得自主和自由。纯粹的审美和趣味通过宣称无功利性,通过对世俗审美的否定,达到超然独立的伦理和政治姿态。

纯文学和世俗文学,文学和社会权力,文学创作和消费,文学内部的代际老化等,诸种复杂对立关系正是现代性文学发生的场域关系。布迪厄的研究的确使我们能够更深刻、更细致地解析现代性文学,使我们获得了美学和社会性统一的辩证视野。

布迪厄一向坚持反思的方法:对观察者和观察对象之间的关系进行不懈的反思。反思是一个难以终止的过程,是对认识论主体的理性反思。文学场的建构不是为理论而理论。文学场这种文化社会学方法,在和中国的文学、文化传统接轨时,必然还会遭遇许多难题,因此寻访文学场并非是对文学意义的一劳永逸的建构。

在论述中，布迪厄几乎把自主艺术看成经典艺术的先驱，激进地强调文学场自主性。这一方面与他对全球化时代的市场消费原则的抵制密切相关，另一面也透露出布迪厄对通俗、大众艺术价值的忽视，而实际上，文学史中有很多通俗艺术上升为经典艺术的例证。布迪厄对康德美学的瓦解与他否定大众艺术的内在价值的观点形成悖论，可以说，社会学和美学因素之间的内在冲突，是文学场方法不尽如人意之处。

我想，对问题和方法的反思，永远只是一个"走在路上"的方案。

参考书目

1. Bridget Fowler, *Bourdieu and Cultural Theory*, Sage Publication, 1997.
2. P. Bourdieu, *Distinction*, Routledge and Kegan Paul, 1984.
3. —, *The Field of Cultural Production*, Polity Press, 1991.
4. —, *Photography*, Stanford UP, 1990.
5. —, *The Rule of Art*, Stanford UP, 1996.
6. —, et al., *The Love of Art*, Stanford UP, 1991.
7. 布迪厄等：《实践与反思》，李猛等译，邓正来校，中央编译出版社，1998。
8. 布尔迪厄：《艺术的法则》，刘晖译，中央编译出版社，2001。
9. 布尔迪厄等：《自由交流》，桂裕芳译，三联书店，1997。
10. 高宣扬：《布尔迪厄的社会理论》，同济大学出版社，2004。

文学性 周小仪

略说

"文学性"（Literariness）是一个历久弥新的题目。早在20世纪初，这个问题就开始炙手可热，时至今日，学界对此仍然争论不休。在中国，倡导文学性的文章几乎覆盖了文学研究的所有领域：文艺理论、西方文论、外国文学、中国现代文学、比较文学，等等。现在的学者对文学性的光彩内涵拥抱者多，赞誉者多，批判者寥寥。本文追溯了历史上有关文学性的诸种观念，从三个方面概括了文学性概念的主要内容：一、作为文学的客观本质属性和特征的文学性；二、作为人的一种存在方式的文学性；三、作为一种意识形态实践活动和主体建构的文学性。本文认为，没有一个抽象的、永恒的、客观的文学性，只有具体的、历史的、实践中的文学性。在中国，文学性概念是特定社会历史文化关系的集中体现，是生活实践中飘浮的能指，是东西方文化关系结构的"转喻"。

综述

文学性及其理论背景

文学性是俄国形式主义批评家、结构主义语言学家罗曼·雅各布森（Roman Jakobson, 1891—1982）在20世纪20年代提出的术语，意指文学的本质特征。雅各布森认为："文学研究的对象并非文学而是'文学性'，即那种使特定作品成为文学作品的东西。"（Lemon, et al. : 107）在这里，文学忹指的是文学文本有别于其他文本的独特性。在雅各布森看来，如果文学批评仅仅关注文学作品的道德内容和社会意义，那是舍本求末：文学形式所显示出的与众不同的特点才是文学理论应该讨论的对象。对于雅各布森和他同时代的俄国形式主义批评家来说，文学性主要存在于作品的语言层面。鲍里斯·艾亨鲍姆认为，把"诗的语言"和"实际语言"区分开来，"是形式主义者处理基本诗学问题的活的原则"。（Eichenbaum: 9）雅各布森则进一步指出，文学性的实现就在于对日常语言进行变形、强化，甚至歪曲，也就是说，要"对普通语言实施有系统的破坏"。（Eagleton: 2）英国批评家伊格尔顿通过比较如下两个句子通俗地解释了上述"诗学原则"："你委身'寂静'的、完美的处子"；"你知道铁路工人罢工了吗？"即便我们不知道第一句话出自英国诗人济慈的《希腊古瓮颂》（查良铮译），我们仍然可以立即作出判断：前者是文学而后者不是。（Eagleton：2）两者在外观和形式上有如此巨大的差别：第一句用语奇特，节奏起伏，意义深邃；第二句却平白如水，旨在传达信息。因此一旦语言本身具备了某种具体可感的质地或特别的审美效果，它就具有了文学性。

文学性从形式的角度探讨文学，是历史上研究文艺本质属性的众多版本之一。虽然古代西方还没有出现现代意义上的文学概念，但是对诗歌本质进行深入探讨者已不乏其人。亚里士多德认为，一部好的作品应该有头有尾有中间段，不应太长也不应太短；要具备类似有机体那样的完整统一性。（亚里士多德：74）不过这种解剖麻雀的方法有些枯燥，对那些有血有肉、情感丰富的作品难免有些削足适履。于是后来的浪漫主义诗学虽然也强调有机统一性，但作出了相应的情感补充。华兹华斯认为，"一切好诗都是强烈情感的自然流露"。（刘若端：6）因此，有机统一性还须加上情感表现性才是文学的本质特征。不过表现说并不能涵盖一切文学作品，有些哲理诗，如富有"理趣"和"奇想"的英国17世纪玄学派诗歌，就不以情感表现为己任。所以后来象征主义诗人认为形象才是文学性的核心内容，文学创作就是要有形象思维。形象是文字表达具备艺术性之关键所在，是"情"与"趣"的物质载体，是形式的审美体现。"没有形象就没有艺术。"（Lemon, et al.：5）

形式主义产生的文化背景就是当时俄国流行的象征主义诗歌和以"形象思维"为核心的象征主义诗学。但是，在俄国形式主义批评家什克洛夫斯基看来，"形象只是诗歌语言的众多技巧之一"。（Lemon, et al.：9）形象也非一切文学作品所固有的特征，特别对于某些散文作品来说，形象并非决定性因素。这样的例子不胜枚举：历史上众多的说理文、布道辞、书信和某些哲学、历史著作并没有过多地使用具体可感的形象，但仍然极为可读，不失为艺术性很高的文学。如果仅仅用"形象性"衡量一切，就难免以偏概全，把许多优秀作品拒之文学殿堂之外。

俄国形式主义者试图发现文学性更为普遍的原则，并从语言入手。雅各布森强调"形式化的言语"（formed speech），什克洛夫斯基倡导日常语言的"陌生化"（defamiliarisation），托马舍夫斯基注重"节奏的韵律"（rhythmic impulse）。[①]（Lemon, et al.：13, 127）其他俄法形式主义批评家如艾亨鲍姆、巴赫金、热奈特等都曾多次使用过文学性这一术语，并注入语言形式的内容。在其他国家，稍后兴起的英美新批评派也同样致力于诗歌语言的描述与研究。布鲁克斯的"悖论"和"反讽"、退特的"张力"、兰塞姆的"肌质"、沃伦的"语像"、理查兹的"情感语言"、燕卜荪的"含混"等等诗学概念实际上都是从语言和修辞的角度描述文学性的构成。（赵毅衡：53—71, 131—194）虽然俄国形式主义到20世纪50年代才传入欧美，新批评与它也无有案可查的历史渊源，但是两个流派的批评家对于文学语言异乎寻常的关注和出色分析，确有异曲同工之妙，他们都希望从文学本身的物质构成中找出文学的本质特征。不过遗憾的是，和历史上所有的本质主义一样，从事物内部寻找事物本质的形而上学方法，反而无法对事物的本质作出深入的说明。

文学概念的内涵与外延

作为"文学"的定义，文学性主要涉及文学概念的内涵。文学性回答文学有哪些本质属性，处理的是具有普遍意义的抽象观念。历史上关于诗歌的种种看法，诸如形式整体性、情感表现性、艺术形象性、语言凸现性等等，都可以看作是对文学某些特征的描述。但问题是，无论这些定义多么完美，都会依次被取代。要构造出一个放之四海而皆准的真理，在文学领域谈何容易！文学的定义总是随时代而变迁，因此，文学性问题的复杂性在于历史上的文艺观点极具流变性和多样性。文学概念的内涵有这样的不稳定性，而文学概念的外延，即文学一词所指的对象，也同样具有不确定性。因为无论把文学设想成什么，总有相当一批常识上应该属于文学范畴的作品被拒之门外。我们现在认为荷马史诗、但丁的《神曲》、歌德的《浮士德》、莎士比亚的剧作、托尔斯泰的小说等等是文学，但是那些在语言上与众不同的叙述性广告、美国的"新句子诗派"、那些颇为煽情的当代通俗小说、街头妇女读物、电视肥皂剧是不是文学呢？②如果后者因其实用性、通俗性而不是文学或纯文学，那么当年同样具有实用性的文本如培根的说理文、吉本的历史、多恩的布道辞、约翰逊博士致切斯特菲尔德伯爵的书信等等为什么就是文学呢？而莎士比亚的舞台剧当时不也是极为粗俗而且大众化的吗？可见，一旦涉及历史上或现实中丰富多样的文本，文学的边界就十分难以划定，文学性的困难就在于文学概念的内涵与外延永远处于剧烈的变动之中。现在的学者显然已经感到定义文学之力不从心："对于文学的独特性，人文学科既感到不可思议又难以明确地规范出来。"（罗班：51）伊格尔顿谈及文学概念的不稳定性时也指出，文学"不是一个稳定的实体"，它是一种"价值判断"，是"特定时期的特定人群因为某种特殊原因而形成的建构"。（Eagleton：11）乔纳森·卡勒引述雅各布森的话说，"诗与非诗的界限比中国行政区划的界限还不稳定"。（卡勒：28）由此可见，文学作品的范围总在变化之中。上面我们列举了荷马、但丁、歌德、莎士比亚和托尔斯泰的作品并将它们视为纯文学的代表，然而伊格尔顿风趣地说，如果我们告诉18世纪或以前的英国人，如乔叟或蒲柏，说某些作品，包括他们自己的作品，因其形象性、想象性、审美性而可以定义为文学，那他们会觉得"非常奇怪"。（Eagleton：18）因为，虽然我们称之为文学的现象迄今已有2500年或更长的历史，但所谓形象的、想象的、审美的文学观念在西方却是十分晚近的事。（Eagleton：21）因此，探讨文学概念的第一步，就是应该将文学的观念和文学的现象，或文学的内涵与文学的外延，区别开来对待。③因为只有这样做，我们才能清楚地看到，文学观念在历史上如何先于文学而存在。

文学一词的起源与现代文学观念的确立

西方的"文学"观念只有 200 年左右的历史。(Eagleton：18；Culler，1997：21）在英语中，文学（literature）一词最早出现在 14 世纪，（Williams：184）但是它最初的含义是泛指一切文本材料而非文学。权威的《牛津英语大辞典》给文学下的第一项定义是"书本知识，高雅的人文学识"，也就是我们今天的文献、学问之意。实际上文学一词的"文献"含义至今仍然保留在现代英语之中。西方学术机构中的成员著书立说，第一步就是作出一个本课题的研究综述，尽收前人的研究成果，这被称为 literature review。而 literature 的准确翻译就是"文献"。(Culler，1997：21）在欧洲，直到 18 世纪末，文学一词都还是"文献"之意，随后逐渐过渡到专指有关古典文献的特别知识和研究，最终于 1900 年前后才形成了现代的文学观念，即专门指涉具有审美象性的那一类特殊文本。其实不只限于西方，在中国古代，文学一词也有一个产生和发展的过程，至少在魏晋以前，文学一词泛指一切古代文献。④至于西方意义上审美的文学观念之流行，则是晚清以后的事了。⑤

那么现代意义上的文学是如何在欧洲产生的呢？一些学者对文学一词的现代用法进行了考证。韦勒克在《比较文学的名称与实质》(1968）一文中首先描述了西文中文学一词的起源。他指出，文学一词在 18 世纪中叶经历了一个"民族化"和"审美化"的过程。这个时期在法国、德国、英国、意大利等国家出现的文学一词开始指称以这些国家的语言写成的、具有审美想象性的民族文学作品。比如，伏尔泰在《路易十四时代》(1851）中使用了"文学体裁"和"文学传统"等短语，指的就是诗歌和散文等文学作品。莱辛在《有关当代文学的通信》(1759）中同样也涉及到现代意义上的文学。在英国，塞缪尔·约翰逊曾经谈及《国内外文学编年史》(1775）和"我们古老的文学"(1774）；乔治·科尔曼（George Colman）认为"莎士比亚和弥尔顿"是"古老的英国文学遗产中的一流作家"(1761）；亚当·弗格森（Adam Ferguson）在他的《文明社会的历史》(1767）一书中辟专章讲述"文学史"。此外，其他同时代文人分别在不同场合下使用过诸如"晚近的文学"、"现代文学"、"文学的演进"、"文学简史"之类术语，其含义与我们今天的用法相近。韦勒克还告诉我们，托马斯·戴尔（Thomas Dale）是第一个英国文学教授（伦敦大学，1828），罗伯特·钱伯斯（Robert Chambers）写出了第一本《英国语言与文学史》(1836）。(Wellek：5—8）

其他专门研究和探讨文学观念的学者对韦勒克的名单又作了进一步补充。在为《文学与文学批评百科全书》(1990）所写的那篇颇有影响的词条《文学》中，罗杰·福勒加上了浪漫主义诗人的名字：华兹华斯在《抒情歌谣集》序言（1800）中使用了"文学的不同时期"等短语；柯尔律治曾经谈及"高雅的文学"(1808）；皮科克也论及"希腊和罗马的文学"(1828）。福勒指出："关于文学的'民族'与

'断代'的用法对发展出审美意义上的'文学'是至关重要的，因为自19世纪以来，[文学的]民族与审美意义并存是很自然的事。"（Fowler：9）在《文学理论简论》(1997)这本国内学者经常引用的小册子中，乔纳森·卡勒没有过多讨论文学一词的用法，而是着重点出浪漫主义批评家对文学观念的阐述。他认为，是法国批评家斯塔尔夫人在《论文学》(1800)中首先确立了文学作为"想象性写作"的观念。（Culler, 1997：21）其他批评家对斯塔尔夫人对文学研究的贡献也有类似评论。（Macherey：13—37）斯塔尔夫人曾经于1803—1804年间旅居德国，结识了歌德、席勒、费希特、施莱格尔等人。她深受德国浪漫派文艺观点的影响，是最早把德国古典美学介绍给法国读者的批评家之一。（Wilcox：364；Bell-Villada：37）她反对法国古典主义，景仰当时德国文化中的自由精神和个人主义的浪漫艺术理想。对斯塔尔夫人而言，审美而非古典主义的清离戒律，是艺术性的表现。可见在这一时期，文学作为审美与想象的写作在观念上已经充分自觉。浪漫主义对文学一词现代含义的确立功不可没。总的说来，浪漫主义憎恨中产阶级和工业社会，文学则代表有机社会的理想和人的完整统一。因此创造性、想象性、整体性、审美性等价值就附着在文学文本之上，并成为衡量某一类型写作的标准。

在这里我们可以看出，文学具有了某种社会救赎功能而类似于宗教。在19世纪的英国，文学的确在某种意义上取代了宗教的地位。牛津大学的英国文学教授乔治·戈登曾经对此有过如下概括：

> 英格兰病了，……英国文学应该拯救它。教会（就我理解）已经失败，而其他社会疗救措施过于缓慢。英国文学现在有三重任务：虽然我认为它仍然可以给我们以娱乐和教益；但更重要的是，它拯救我们的灵魂并治愈我们的国家。

伊格尔顿就此评论到："虽然戈登教授的话说于我们这个世纪，但在维多利亚时期的英格兰却有广泛回响。"（Eagleton：23）把文学看作是一种精英文化，并以之补救时弊，在19世纪英国的重要代表人物是马修·阿诺德。阿诺德鄙视他称之为"非利士人"的中产阶级，希望以古代希腊"美好与光明"的儒雅精神改造国民，（阿诺德：16—17）而精英文化中的首选自然是文学。在《当代文学批评的功用》(1864)一文中，他认为批评家应该远离世事的庸俗，"文学批评的任务……仅仅是探究世界上曾经知道和想到的最好的东西，并把它昭示于世人，创建真正新颖的思想潮流"。（Arnold：597）显然，在阿诺德心目中，这种"世界上曾经知道和想到的最好的东西"就是文学。至此，现代的文学观念已经确立，它彻底从文献中分离出来，成为一类最有思想价值的文本。英国学者彼得·威多森在《文学》(1999)一书中说，在19世纪，英国文学完成了一个"审美拜物化"或"文本拜物化"过程。（Widdowson：36，50）也就是说，文学成为一种独特之物，而且还具备了某种让人顶礼膜拜的神秘性质。

英国文学的体制化

然而有趣的是，虽然文学在欧陆和英国批评家眼里如此风光，但在当时英国的教育界却十分下里巴人。在19世纪初，像牛津剑桥这样的老牌大学是不开英国文学课程的。即便在伦敦大学，英国文学也不是自成一体的独立课程，而是混杂于语言、历史、地理、经济等其他人文学科的联合课程之一。文学作为独立课程最早是在外省的那些技术学校等教育机构中开设的，目的在于提高劳工大众的"民族归属感"。（Widdowson：42）牛津大学到19世纪50年代才将英国文学列入课程表，不过，"直到第一次世界大战之前，牛津的'英国文学'课程还主要是一种'妇女课程'，是一种不太适合男性强大智力的'柔性'选题"。男人要学习科学技术或古代经典，而文学这种东西似乎只是"为'女性的头脑'量身定做的"。（Widdowson：43）由此可见，英国文学进入英国教育体制之初，说它类似于我们今天的妇女杂志或言情小说，也许并不过分。

有三位英国批评家奠定了英国文学在教育机构的地位，他们是T. S. 艾略特、I. A. 理查兹和F. R. 利维斯。应该说，他们都是阿诺德在20世纪的传人。艾略特在著名的《传统与个人才能》（1919）一文中要求作家置身于伟大的英国文学传统之中，个人经验与优良传统的结合才能产生诗意的火花。显然这传统是指阿诺德的精英文化传统。英国"文学批评之父"理查兹以客观的方法分析文学，他创建的"细读法"使文学在大学作为一种专业训练成为可能。利维斯则划定了英国文学的"地图"，制定了一个人们称之为"经典作品"的书单。总之他们将"世界上曾经知道和想到的最好的东西"编制成一个可操作的教育程序，"美好与光明"的儒雅文学由理想的观念成为具体的研究对象。

德里达在《这种叫做文学的奇特体制》（1989）这篇访谈中专门讨论过文学和文学性的问题。他深刻地指出，文学是一种思想建构，是知识领域中"规则"的产物，只不过这种思想性和社会规则都镶嵌于文本的内部而难以为人发现。他说："文学性不是一种自然的本质，不是文本的内在属性。它是文本与某种意向关系发生联系之后的产物。这种意向关系就是一些约定俗成的规则或社会制度中的规则；它们并未被明确意识到，但镶嵌于文本之中，或成其为一个组成部分或意向层面。""如果我们仍然使用本质这个词的话，那么可以说文学的本质是在读与写的历史过程中作为一套客观规则而产生的。"（Derrida：44—45）德里达的用语比较晦涩，特别是"意向关系"这一术语具有浓厚的现象学色彩，但他的基本意思还是可以把握的：如同胡塞尔把"现象"限定为我们意识中出现的对象，德里达把文学现象也看作是某种社会意识框架中出现的对象。这就是说，某些约定俗成的规则和社会制度对于文学性的建构起到了关键作用。毫无疑问，他的观点为我们理解思想意识和教育制度促成文学作为"客体"和"研究对象"的产生提供了强有力的理论依据。即使那些至今仍然力图寻找文学"客观性"的批评家,如史蒂文·纳普,也不得不承认,对文学特征的发现有待于人们对"文学的兴趣"。(Culler, 2000:278)因为在文学之所以成为文学之前,它周边发生了很多事。某种思想意识形态把它从众多文献中分离出来,这是文学的客体化过程,也就是文学作为实体的产生过程。然后文学进入教育体制以供人们分析研究,这是它的制度化过程,也就是文学性成为学术问题的过程。所有这些过程不光取决于文学自身的特征,而更多地受制于广泛的思想语境和社会体制。因此在回答什么是文学这个问题时,罗兰·巴特只好风趣地说,"文学就是那些被讲授的东西"(Literature is what gets taught)。(Eagleton:197)

知识型构

让我们在此先作一简单总结:西方的文学观念有一个发展演变和体制化的过程。文学是某种思想价值体系的构造物,其产生和发展有其意识形态背景。虽然我们称之为文学的作品古已有之,但是把这些文本与其他文献材料分离出来成为一种独立自足的"客体",并赋予它如此崇高的价值,是现代社会的贡献。浪漫主义诗人以及后来的人文主义批评家使我们注意到文学的创造性、想象性、情感性、形象性、整体性、审美性,使之成为高于其他社会文本的特殊文本,是基于某种拯救社会的理想。因此我们可以说,是现代社会的思想知识构成了文学本身。英国批评家安东尼·伊索普在《从文学研究到文化研究》(1991)一书中重点讨论了思想语境和知识框架对文学的产生、发展和消亡所起到的关键作用,他借助托马斯·库恩的"范型"(paradigm)概念对文学的"构成说"作出了理论说明。(Easthope:3)库恩在《科学革命的结构》(1962)一书中指出,大到一个时代,小到一个社会团体的科学家,对科学研究的对象、任务、方法都有自己的"共识",在这种"共识"中,有一些基本原理或假设是被当作公理而不被怀疑的。库恩所谓的"科学革命",正是发端于对这些基本假设的质询。(Kuhn)例如,在欧几里德几何学中,有一条基本定理就是两条平行线永远不会相交。但是我们知道,现代生活中有大量问题是欧式几何无法解决的。如果我们设定两条平行线在无限延长后可以相交并以此推出一套理论,那么这些问题就迎刃而解了。整个非欧几何的理论大厦就是建立在几条基本原理的变革之上。

伊索普认为,人文学科也同样存在这种"范型"的变革,而结果就是知识的对象发生变化,文学的产生就是思想"范型"变革的结果之一。文学作为研究对象是18—19世纪之交欧洲浪漫主义"范型"的产物,正是这种新的"范型"取代了此前的"古典作品研究"(classical studies),而使人们专注于文本的创造、形象和审美的层面。(Easthope:7)

虽然伊索普从发展的眼光看文学而最后引申出类似黑格尔"艺术终结论"的"文学之死说"颇引起一番争议，®但是他所依据的特定知识结构带来特定的知识对象的理论前提却是社会科学其他领域早已为人所熟知的观点。这方面有名的理论家可以举出福柯。福柯在《词与物》（1966）一书中阐述了一个"知识型构"（episteme）的概念。所谓"知识型构"，就是某一时期全社会共同的知识背景和认知条件，是一个时代的共识或自成一体的"知识空间"。（Foucault：xxii）比如，在17世纪即福柯所说的"古典时期"的"知识空间"里，占主导地位的规则是"相似性"，人们要认识一个事物总是要与其他事物类比。例如当时的诗人普遍把人看作是一个"小宇宙"，并与自然界的"大宇宙"类比。（胡家峦：18—19，64—70，237—291）但是在随后的新的"知识型构"里，"相似性"原则被"差异性"原则所取代，对"特性"的分析取代了对"类比"的兴趣。福柯指出："由于西方世界出现了一个至关重要的断裂，其间一个知识场域已经打开。现在重要的不再是相似性，而是确定性与差异性。"（Foucault：50）在这种新的思想语境的笼罩下，过去没有成为问题的问题现在受到质询与追问，过去为人忽视的对象也受到审视与研究。从"知识型构"的这种变化更替中我们可以看出，通常人们认为是客观事物的社会现象，实际上产生于更为广阔的知识空间，那些看似自然的文化现象实际上是更为深层的社会关系的表象或符号。在福柯看来，历史上的疯癫、疾病，包括人性，都是历史的建构。福柯特别提到文学。他这样认为：在西方，文学自荷马与但丁以来就存在，但作为一种"特殊话语形式"的文学与其他话语形式的分离却是十分晚近的事。19世纪以来，

> 文学与思想观念的话语渐行渐远，并将自己封闭于一种彻底无目的的状态中。它与古典时期使之流传的所有其他价值（趣味、快感、自然、真实）分离开来，……仅仅成为一种语言的呈现。与其他话语形式相反，它除了突出自身的存在之外并不遵循其他规律。（Foucault：299—300）

福柯的观点对于我们理解艺术独立性观念的产生是很有帮助的。文学性正是试图对这种新的"特殊话语形式"的特性进行描述。如果说文学作为"特殊话语形式"是有史可查的，那么我们的任务就不应该局限于分析文学本身的构成。福柯提出的任务远为复杂，即考察文学作为历史现象受到哪些社会因素的制约，而隐藏在"自然的"现象背后的是什么样的权力关系结构。这种追本溯源的方法，用福柯的术语说，就是思想观念领域里的"考古学"。

外部研究与内部研究

既然文学的产生受制于文学的外部空间，那么对文学性的内部研究，如结构分析、文本细读、审美评价等等，就难以触及文学的实质性问题。外部研究和内部研

究是韦勒克在《文学理论》(1942)中对文学批评方法作出的著名区分。他认为，传统文学批评中的传记研究、作家研究、社会学研究、思想史研究，以及各门艺术的比较研究，均属于"文学的外部研究"。这种研究仅仅局限于对文学外部成因的探讨，"显然绝不可能解决对文学艺术作品这一对象的描述、分析和评价等问题"。因此，所有这些研究仅仅是"以文学为中心"的内部研究的准备工作。"文学的内部研究"不仅包括格律、文体、意向、叙述、类型等修辞学范畴，还包括对文学作品的"存在方式"的考察。所谓文学作品的"存在方式"，韦勒克指的是"艺术品就被看成是一个为某种特别的审美目的服务的完整的符号体系或者符号结构"。（韦勒克等：65，67，147）

形式主义的内部研究固然有相当大的魅力——它不仅丰富了文本的存在空间，而且开发了我们的审美感受能力，但是把文学作品看作是一个封闭自足的客体，并相信这种研究是一种客观描述，却往往难以自圆其说。人们已经指出，新批评家对文本的结构语言分析体现了南方批评派对秩序的追求，他们对有机形式的热情反映出他们对工业社会的憎恶。因此新批评对文学的描述既不中立也不客观，相反是一种意识形态性极强的作品解读。当然韦勒克也为批评家的主观能动性留下了一定空间。文学作品的"存在方式"这一概念除了形式、修辞因素外还包括"世界"、"思想"等方面的内容。韦勒克引进了罗曼·英伽登关于文学作品的分层理论。英伽登把文本分成若干层面，其结构中留有许多空白点，由读者的经验和想象来补充。以小说为例，作家笔下的人物无论多么丰满，也不能涵盖一个人生活的全部。聪明的作家总是试图激发读者的想象，所谓不著一字，尽得风流，让完整的形象在读者的阅读中完成。可见文学作品必然与它之外的事物发生关系，至少离不开同样具有创造性的读者。实际上文本是一个开放的世界，它的意义往往存在于它的边界之外。萨特的那本《什么是文学？》(1947)并不关心文学的"内在"本质，却对读者的作用给予异乎寻常的礼赞。他说："作品仅仅存在于读者的理解水平之上"；"只有在阅读之中创作才会完成"；"一切文学作品都是一种呼唤"；"审美客体既不会在书本中出现（其中我们仅仅发现生产此种客体的请求），也不会在作者的头脑中出现"；"艺术作品的出现是一个新的事件，……作家呼吁读者的自由，即合作生产他的作品的自由"。(Sartre：375) 萨特是最早重视读者的理论家之一。从后来的读者反应批评中我们知道，读者见仁见智，将彻底改变作品的原貌。

这里重要的问题不在于认定文学的外部研究是不可或缺的，这在当代几成不可逆转的趋势。关键是我们如何设定外部研究的对象，以及如何理解文学的"内"与"外"之间的关系。传统的社会学研究，如泰纳的"种族、时代、环境"说，把文学的"内"与"外"的关系描述为一种简单的因果关系，这早已遭人诟病。而传统的历史主义研究，如黑格尔式的"时代精神"和"典型论"，虽然以"表现性因果关系"取代了"线性因果关系"，但仍然无法解决形式或文学性本身的社会性、历史性问题。⑦这是因为,在文学中"内"与"外"的关系既非生硬的拼凑,也非简单的反映,从某种意义上说它们互相渗透和包容,因此这种关系在认识论的层面上是无法解决的。我们需要一个新的角度看待文学性问题中"内"与"外"的联系。

话语实践

托多洛夫在《文学概念》中把文学的"内"与"外"的研究概括为"'结构'把握"和"'功能'把握"。他认为把文学当作客体分析有很大的"困难",因为在文学内部,不同体裁之间的差异甚至比文学与非文学的差异还大,叙事类作品和诗歌作品的特征就很可能"互不相关"。如何把结构性观点和功能性观点结合起来呢?托多洛夫引进了"话语概念"。所谓话语,就是"在一定的社会-文化语境里被陈述"的语言,即在具体生活场景中实际运用的语言。这和抽象的语言不同。抽象的语言受语法规则支配,而话语的意义随具体的使用而变化。因此文学的内部研究或结构性观点相当于抽象的语法形式研究,而文学的外部研究或功能性观点则相当于具体的话语研究。语法研究不能代替话语理论,因为对语法的形式分析不能完全说明语言在具体运用中产生的丰富多彩的含义。文学的内部研究也无法解释各民族、各时期对文学看法和运用的差异。"因此文学与非文学的对立让位于一种话语类型学。"(托多罗夫:17—19)

虽然托多洛夫对文学的看法具有相当多的形式主义色彩,并把文学最终归结为一种"体裁系统",(托多罗夫:18)但无论如何,他试图结合结构性观点和功能性观点并在新的起点上超越文学的"内"与"外"的努力是极有启发性的。在这方面,受到托多洛夫大力推崇的巴赫金的话语理论则更为出色。

巴赫金在《马克思主义与语言哲学》(1929)中认为,话语和语言不一样,它从来就不是中性和客观的;相反,它是一种"不间断的创作构造过程"。(巴赫金:390)因此话语在本质上是政治性和意识形态性的。话语是实践中的语言,在实际运用中,"话语永远都充满着意识形态或生活的内容和意义"。(巴赫金:416)因此,抽象的语言已经被社会含义和权力结构所渗透。我们熟悉的指鹿为马的故事就是典型的例子:鹿和马的词义在权力结构中已经被相互置换,因此它们不再是中性的词语,而是强势者和弱势者之间关系的符号。因此,"语言在其实际的实现过程中,不可分割地与其意识形态或生活内容联系在一起"。(巴赫金:417)甚至可以说,话语权是一种实实在在的权力,语言就是权力斗争的场所:"符号是阶级斗争的舞台。"(巴赫金:365)从这个意义上也可以讲,语言是一种行为、一种行动,是人的一种存在方式。

我们还可以引述英国哲学家 J. L. 奥斯汀的语言哲学来说明上述观点。奥斯汀在《如何以言行事》(1955)一书中指出,语言是一种施事行为。奥斯汀在日常话语中区分出一些句子，如"我命令你们开火"、"我宣布你们为夫妻"、"我把这条船叫伊丽莎白女王号"，等等。这种语言的目的不在于描述，而是在完成一件事情。它们不是陈述，而是一种行为。奥斯汀说："我认为这可以称之为施事句或施事语……它意味着这种言说是完成一件行动，而非通常认为的那样仅仅是说出了一件事。"（Austin：6—7）由此看来，人可以用语言做事；用我们今天的话说，语言是一种社会实践。

如果我们以这样一种具体而动态的角度研究文学性问题，就可以更为深入地说明文学的"内"与"外"的关系。抽象的文学性问题与抽象的语法学一样，不能说明实际生活中的文学，研究文学性也必须有具体的背景和语境。按照这一思路，我们就不能把文学想象为一个永恒不变的中性客体，文学是和我们的生活息息相关的"生活活动"或社会实践活动。⑧这样说有一点存在主义的味道。海德格尔把艺术作品看作是人的一种存在方式或生存空间（是"人"的存在方式，而非韦勒克"文学作品的存在方式"）。他在《艺术作品的本源》（1935—1936）中断言，艺术作品"根本上就不是物，而是那别的什么"。（海德格尔：240）他举出梵·高的《农民鞋》加以说明，这个例子由于詹明信在《后现代主义：晚期资本主义社会的文化逻辑》（1984）中的转述而广为人知。（Jameson, 1991：6—10）海德格尔满怀激情地说："暮色降临，这双鞋底在田野小径上踽踽而行。在这鞋具里，回响着大地无声的召唤，显示着大地对成熟的谷物的宁静的馈赠，表征着大地在冬闲的荒芜田野里朦胧的冬冥。"因此，"世界和大地……为伴随着她的存在方式的一切而存在，但只是在器具中存在"。（海德格尔：254）从一双鞋子见出如此丰富而诗意的生活，是与海德格尔的艺术观念密切相关的。对海德格尔来说"艺术的本质应该是：'存在者的真理自行设置入作品。'"（海德格尔：256）这就是说，人的生存空间融入艺术作品之中，艺术作品展示了人的存在方式及其生活意义的生成过程。⑨

与传统的社会学批评不同的是，在了解了如上观点之后，我们已经不能把文学当作认识社会的一种透明的中介，透过它直达历史和现实。同时，与形式主义不同的是，我们也不能把文学当作独立自足的纯粹的"物"，可以由外而内进入我们的视野而成为理所当然的客观分析对象。文学不是外在于我们的客体。文学是我们生存的一部分。借用萨特的存在主义术语说就是，文学的存在先于文学的本质。文学从根本上说是一种物质现实，一种社会活动，一种"话语实践"。⑩在这一"实践论"而非认识论的理论框架中，文学的"内"与"外"的区分被超越了。文学的外部世界被囊括进文学本身，而文学性这一概念在新的视角中将获得全新的解释。

意识形态

西方马克思主义的意识形态学说为我们把文学理解为一种生活实践活动提供了理论支持，这里指的主要是阿尔都塞的意识形态理论。他的同时代批评家皮埃尔·马舍雷和艾蒂安·巴利巴尔等人又把他的意识形态概念运用到文学批评中去，并对文学的实践性质作出了出色的说明。马克思主义的意识形态理论在实践层次上把文学的"内"与"外"重新统一起来。

意识形态概念产生于法国大革命时期，早期指的是一种"错误意识"。卢卡奇认为，资产阶级因其阶级立场而无法认识真理，资产阶级思想观念具有极大的历史局限性，因而是一种基于自身利益的意识形态。在这里，意识形态是一个否定性概念，并不具备真实的内容。阿尔都塞对这一传统的意识形态概念进行了革命性变革，对他而言，意识形态不属于认识论范畴，因而也就无所谓正确与错误之分。意识形态是主体对某种思想体系的认同活动，是对主体的存在赋予意义的过程。例如，宗教信仰者不仅认同某种价值体系，而且这种价值体系也为其所作所为赋予了意义。因此，意识形态就存在于我们的生活本身，是主体得以产生的土壤。阿尔都塞说，意识形态"召唤"我们进入某种预制的机构之中。

就是在塑造主体的过程中，意识形态彰显出它强大的功能。意识形态可以弥合主体自身的分裂状态，使主体成为一个完整统一的自我。它也可以扫平主体意识与现实的矛盾，从而使主体完成自己的认同。如何理解这一点呢？简单说，我们的自我意识与自身状况并非完全吻合，也就是说，时常处于分裂状态。拉康的"镜像理论"告诉我们，这种情况在婴儿尤为明显。婴儿在镜中获得的完整形象与它自身尚未发育成熟的状况不一致，因此是一种"误认"。实际上这种"误认"一直贯穿于成人的意识中。托尔斯泰的《安娜·卡列尼娜》中，卡列宁在妻子安娜离开他之后十分消沉，别人劝他振作起来，因为"国家需要你"。此言一出，卡列宁立即恢复了生活的意愿，也找回了生活的"意义"。显然这是一种"误认"，因为卡列宁不过是国家机器中的一员，完全可以被其他官僚取代。但这种"误认"却帮助他在生活中重新找到一个位置，抚平了他与现实的矛盾。虽然这只是一个想象的位置，但在心理上仍然使他获得自身的完整统一感，并可以此为基点说话、做事。这就是意识形态的作用：意识形态使现实中无法解决的矛盾在想象中获得解决，使主体成为一个独立自主的角色。事实上，每一个人、团体、民族都在阐述自己的存在，为其所作所为寻找理由，因此意识形态的问题不是一个认识问题，而是一个实践问题。自尼采以后，人们已不再认为观念形态的东西，比如真理，有正确与错误之分，特别是在意识形态之中，有意义的只是立场、利益和权力斗争。

文学作为意识形态的一种形式具有同样的作用：它把现实中的矛盾和自我的分裂状态加以"想象性地解决"，这正是马舍雷等人对文学和审美的看法：文学及其审美效果具有抚平现实、弥补矛盾、生产意义的功能。在《论作为一种意识形态形式的文学》一文中，巴利巴尔和马舍雷认为，文学审美效果的所谓普遍性掩盖了文学概念中所固有的阶级矛盾。现实中的阶级矛盾在文学中本来是有所反映的，它主要表现为一种语言冲突。比如在法国，根据巴利巴尔和马舍雷的描述，教育历来是划分阶级、固定社会分工秩序的手段之一。法国教育体制分为两个层次："基础教育"和"高等教育"。这种分层导致"语言"的分化：基础教育仅仅涵盖普通人的语言，也就是日常语言；而在高等教育中，"语言"得以提纯、升华、优化为一种上层社会的语言。（Balibar, et al.：85）这一点在英国也完全一样。在萧伯纳的《皮格马利翁》中，语言学教授希金斯通过对卖花女的语言培训，使她成为一个上层社会的窈窕淑女，而主要的训练手段就是文学。文学作为精英教育的一部分保留在高等教育体制中，其本身也成为"资产阶级语言"的一部分。因此巴利巴尔和马舍雷认为，文学从某种意义上说是语言分化的结果，是阶级矛盾的产物。（Balibar, et al.：85）但是反过来，文学却能够很好地掩饰这一矛盾。一旦把文学和审美语言客体化、普遍化、全民化，它作为资产阶级和上流社会的代表的种种特征就淡化了。文学和文学的审美语言成为普遍有效的原则，也就是全人类的财产。但在巴利巴尔和马舍雷看来，这不过是在想象中解决了现实中的语言冲突和阶级矛盾。正是在这个意义上，他们把那种将文学作为纯粹客体对待的研究方法称为唯心主义方法，把视文学为纯粹客体的观念称为资产阶级观念，因为所谓普遍性的文学"所带来的正是以统治阶级为主导的意识形态再生产"。（Balibar, et al.：97）

那么把文学理解为具有实践功能的意识形态，它的特殊性在哪里呢？文学性的概念在意识形态的理论框架之中是如何规定的呢？我们自然是首先想到审美，把文学定义为一种审美的意识形态。但在福柯指出追求"特殊性"不过是历史上的一种"特殊的"思维方式并了解了文学是一种实践活动之后，我们就不能够再将审美作为文学的根本特征了。"审美的意识形态"是伊格尔顿的一本书的题目，但在这里，审美并非用来定位意识形态。因为作为普遍原则的审美本身就是需要解释的意识形态，而伊格尔顿所讨论的正是"审美"的意识形态性。如果我们仍然只是关注文学活动的审美效果，就又使我们回到雅各布森的出发点，即询问文学的本质特征。我们知道，回答这样的问题需要假设一个"文学客体"的存在。所不同的是，这一次我们将"文学活动"客体化，然后我们自己再采取一个超然的态度去分析它。但如果我们就"存在于世界之中"，即生活在文学之中，那如何获取这样一种纯然客观的视角呢？因此，什么是文学这样的问题，即探讨文学内在本质特征的问题，在一些理论家如马舍雷看来，是一个"虚假问题"。[11]同样的道理，我们也不能将文学活动作为一个纯然客观的过程来研究，我们已经不应再作出具有本质主义色彩的设问。在这方面，文学性、审美性问题颇有些类似"人性"问题。比照毛泽东对"人性"的论述，[12]我们也可以说，没有一个抽象的、永恒的、客观的文学性，只有具体的、历史的、实践中的文学性概念。[13]

心理分析

那么如何理解这种具体的、历史的、存在于生活实践中的文学性呢？文学的

"内"与"外"的结合是如何在社会实践中完成的呢？或者说文学文本作为社会实践本身其构成机制究竟是什么？在问答这些问题之前，我们还需引述现代心理分析的理论。心理分析也是阿尔都塞和马舍雷所依据的基础理论之一。心理分析理论浩瀚复杂，与我们的问题相关的有弗洛伊德关于梦的双重过程的观点和拉康关于无意识具有语言结构的观点。弗洛伊德认为，梦的含义可以区分为"梦的显意"（the manifest dream-content）和"梦的隐意"（the latent dream-thought），"梦的显意"就是梦的内容及其表面含义，而"梦的隐意"指梦真正的含义或显意的成因。（弗洛伊德：88）通常我们自己并不明白我们梦到的事物究竟意味着什么，因此梦的显意和隐意往往有相当大的距离，甚至没有明显的关系。比如，梦到一处房间可能是因为思念某人，而人并没有出现。所以梦的形成机制可以分为两个过程：一是代表隐意的原初过程（the primary processes），一是代表显意的继发过程（the secondary processes）。（Grosz：82—89）继发过程是原初过程的结果，它是心理分析的起点而非终点。弗洛伊德就是要通过对继发过程的分析深入到深层欲望即里比多的构成中去，从而对梦文本进行有效的阐释。

拉康在哲学和语言学两方面丰富和发展了弗洛伊德的理论。首先他用黑格尔的欲望概念取代了弗洛伊德的里比多概念。黑格尔把欲望（desire）与需要（need）区分开来：需要是生理性的，而欲望是社会性的。他用主奴关系说明欲望的社会性，他认为，主人如果没有奴隶就会失去主体的位置而沦落为空虚的存在，所以作为"他者"的奴隶是主人存在的前提。欲望从根本上说是对"他者"承认的需求，（黑格尔：122—124）这一点在日常消费生活中的表现尤为明显。我们消费的物品已经不再局限于它的实用价值。人们要"彩霸"而非彩电，要奔驰而非夏利，要豪宅而非经济适用房，其"欲望"已经超过了实际的"需要"。这超出的部分所满足的就是对地位、荣誉、尊敬的追求。凡勃伦称之为"炫耀消费"。（Veblen：68）因此我们消费的不是物品，而是人际关系。欲望存在于自我与"他者"的关系之中。

拉康的贡献是用语言学说明这种关系的结构。他说："无意识具有语言的结构"（The unconscious is structured like language）。他认为，在自然需要和社会欲望之间，还横亘着一个中间项，这就是语言。自我与他者的关系在语言中得以充分表现："无意识是他者的话语"（The unconscious is the discourse of the Other）。这就是说，主体镶嵌于和他者相关的语言结构之中，语言的字面意义如同物品的实用价值一样并不重要，言外之意、弦外之音才是症结之所在。英国人谈论天气与中国人见面问吃饭一样，其意义不在问话内容本身，而是要建立一个双方的"说话"关系。人们在痛苦、悲伤、委屈之时往往需要对人倾诉也是这个道理，因为在说话之时过去被否定的人际关系又以友好的形式建立起来。弗洛伊德用这个"倾诉疗法"治愈了很多精神病患者，可见语言对建立正常人际关系的重要性。拉康将普通语言称为"虚语"（empty speech），而把表现自我与他者关系的言外之意、弦外之音称为

"实语"（full speech）。(Lacan：40—48)⑭我们看到，巴赫金、奥斯汀关于语言作为一种社会关系空间的理论现在有了心理分析的坚实基础。

对于拉康而言，我们的全部语言在某种意义上说都是一种梦文本，或是一种"语误"，(Eagleton：169)因为它们都是"虚语"。如果我们仅仅关注字面意义，就等于困于梦境而不能自拔，因为显意的唯一作用就是可以通向语言背后的人际关系。它是第二位的，属于继发过程。它与原初过程、隐意、"实语"、人际关系的联系可以用一个修辞格表述，这就是转喻。就像白宫是美国总统的转喻，白领是中产阶级的转喻，表面词义也是某种关系的转喻。无意识就是被符号压抑下去的人际关系，又以转喻的形式返回我们意识中的语言层面。

明白了语言、无意识、社会关系这样一种联系，我们就可以在新的层面上讨论文学性问题以及文学的"内"与"外"的关系了。如果把文学文本等同于梦文本（而弗洛伊德和许多批评家正是这样做的），那文学属于"梦的显意"、"虚语"、"语误"这一范畴系列。无论文学文本具备什么样的特征——艺术形象、完整形式、有机统一、审美效果、语言凸现等等，都无一例外地属于第二位的继发过程。文学性的构成和机制对于我们只有修辞学的意义，也就是说，它不过是"实语"等原初过程的一个转喻。描述白宫的审美特征及其建筑的形式构造并不等于就此把握了总统本人的特性，而仅仅为我们了解他的生活提供了可能，因此任何关于文学性的结构分析都是研究的起点，其意义仅仅在于能否引导我们走向"梦的隐意"。

那么文学文本中的"隐意"是什么呢？显然它不可能是作者的"意图"，因为这仍然属于"显意"的范畴。它也不应该是传统社会学批评家所强调的生活内容或历史发展规律之类，因为这种同一性的认识论与无意识概念背道而驰。这种"隐意"就是拉康理论中的欲望所体现的主体与他者的关系，它不是一个实在之物，而是一种社会关系结构。至于这种关系结构到底是什么，各个理论家都有自己不同的回答。福柯认为话语背后是权力关系；布迪厄认为文化品位背后是文化资本所形成的"场域"；萨义德认为东方形象是西方文化霸权的产物，等等。总之社会关系结构可以多种多样，不一而足，但无一例外都是具体的、历史的、变化的。文学性是达到这一变动不居的各种关系的通道，或者用心理分析的术语说，是疾病的症候（弗洛伊德）、关系的能指（拉康）。文学性的各种特征只是侦测社会关系结构的修辞手段。⑮

这就是为什么当代文学理论仍然无法对抽象的文学性问题作出一个定论，这也就是为什么当代文学批评也基本上放弃了对文学的单纯审美描述，转而对文学的社会历史文化背景研究趋之若鹜。这种"文化转向"的理论依据就是上述对于文学性的全新理解：文学性是特定社会历史文化关系的集中体现，是在这种关系结构或生活实践中飘浮的能指。这就是文学性问题的具体性、历史性和实践性之所在。任何以普遍性面目出现的关于文学性的抽象性论述，其本身就是一种意识形态，是值得我们探讨和质询的历史文化现象。

结语：一个案例和结论

实际上，前面关于英国文学体制化的叙述已经涉及到文学性的历史构成，现在我们再举出一个中国的例子，看看文学性问题是如何成为某种社会关系的集中体现的。我们知道，20世纪80年代中国学界掀起了一股声势浩大的"美学热"，这场美学热潮波及文学研究的各个领域，并导致方法论上对文学独立性和审美特征的强调。此前注重理性、认识论和历史发展规律的文学观被热衷感性、形式、审美的文学观所取代。在文学批评和文学研究领域，人们对文学形式结构和审美效果的热情远远超过了对社会历史背景的兴趣。形式分析、文本细读、审美描述一度成为行业规范和文学批评中公认的准则。这一思潮一直持续到90年代以降，至今余波未息。那么学术界对于文学性和审美如此关注意味着什么？人们关于什么是文学的种种分析和各种各样的答案是否也是一种意识形态实践？毋庸置疑，这是一个值得深入探讨的问题。限于篇幅，本文不能详尽分析。在这里仅简略指出，文学性概念的兴起与现代性问题关系密切。⑯文学性之所以凸现为一个问题并引发人们的强烈兴趣，和中国知识分子对西方现代性的认同有一定关联。

80年代的美学热以及对文学性的探讨使我们想起20年代，那时候对西方现代性的广泛认同使唯美主义思潮、艺术自律概念、"为艺术而艺术"口号等得以流传。当时还没有文学性这一术语，但对什么是文学的追问，对文学独立性的辩护，都是文学性概念的不同表述形式。20世纪初的美学热在20世纪末大规模重现，绝非历史偶然，那么它是否也和意识形态一样，具有弥平现实矛盾的功能呢？

应该指出，现代性所覆盖的内容如科学、民主、自由、理性等都是西方概念，并非出自中国本土。作为非西方成员，中国知识分子认同西方现代性必然要付出沉重的代价，因为现代性孕育着对非西方主体的内在否定。我们现在知道，启蒙现代性是一种典型的"欧洲中心论"，（弗兰克：31—52）是一种"殖民者的世界模式"。（布劳特：12）它首先假定，现代性由欧洲内部产生，随后扩散到世界各地，因此现代性必须设定一系列二元对立：现代/传统、进步/落后、文明/野蛮、理性/蒙昧，等等。现代性的实质是用西方/东方的外部区分替代西方社会内部的矛盾，（韩毓海：29）从而将世界所有地区纳入现代化的版图。显然在这样一种全球模式中，非西方国家——包括中国——自然成为这一历史进程的客体。正如阿里夫·德里克深刻指出的那样，"中国历史变作一段附属的历史，它被写入其中的那个叙事其情节远在别处构成"。（德里克：306）这就是说，在这一现代性模式中，中国历史本身并没有意义，它必须衔接到欧洲历史发展的列车上才会发生，不然就永远停滞不前。这就是为什么黑格尔竟然声称中国没有历史，而深受欧洲中心主义影响的马克思也认为中国被"排斥于世界联系的体系之外而孤立无依"。（马克思：26）马克思用了一个类似17世纪英国玄学派诗人的隐喻，[17]充满奇思异想。马克思说，中国这个"幅员辽阔的帝国，占有世界人口近三分之一"，其社会的发展却"像植物一样缓慢地成长"。[18]由此可知，在这种思想模式中，中国只是"作为资本主义的客体存在，而不是作为历史的主体存在"。（德里克：317）

因此一旦置身于现代/传统模式，中国知识分子就必然面临丧失主体性的危险，并产生文化认同危机。如何在认同现代性思想观念和西方现代化生活方式的同时，仍然保持主体性所依赖的传统文化价值，就是一个迫切需要解决的难题。在文学研究领域，长期以来我们一直追求一种中国特色的文学理论，就可以看作是维护有别于西方主体性的众多的努力之一，但是如果这个问题得不到解决，随之而来的就是文化认同危机造成的思想人格分裂。这种分裂和危机在文学中的表现可以举出鲁迅和其他作家笔下的"假洋鬼子"形象。"假洋鬼子"认同西方，但无法改变本土身份，于是这种矛盾处境形成一种滑稽可笑的人物类型。这种人格分裂现象在20世纪30年代十分西化的上海也有诸多表现。从现在流行的"老上海"图片中经常可以发现东西文化冲突的不和谐音，其中一幅美轮美奂的月份牌广告画上，竟然可以看到身穿传统旗袍的中国妇女打高尔夫球的景象！（宋家麟：84）像这样将传统文化和西方的生活方式生硬地拼贴在一起，反映出文人艺术家在两种文化之间的彷徨，以及那种认同西方又难以保持本土性和传统文化的精神危机。在此，知识分子的文化矛盾一览无余。

因此如何弥补这一文化矛盾，如何抚平精神上的分裂状态，从而获得一种完整统一的人格，成为知识分子面临的问题。李欧梵在研究了上海的城市文化之后发现，20世纪30年代上海全盘西化的生活方式竟然没有给上海人造成文化上的压抑和心理上的不安："他们从不曾把自己想象为，或被认为是因太'洋化'了而成了洋奴。……虽然上海有西方殖民存在，但他们作为中国人的身份意识却从不曾出过问题。"（李欧梵：291）这种内心的平静是如何成就的呢？因为上海人有一种广阔的"世界主义"情怀，他们并没有将现代化的生活方式看作是西方所独有的，相反，他们认为现代化是普遍性的、世界性的、全人类的。李欧梵称之为"一种中国［的］世界主义"。（李欧梵：292）这种"世界主义"消除了一切文化矛盾和人格分裂的思想焦虑，使上海人可以"热烈拥抱"西方文明的"异域风"而无需再顾及自身的传统。（李欧梵：288）

现在我们可以对文学性问题作出总结。20世纪80年代以来倡导文学性的文字中，人们并不认为文学性是西方所独有的，人们也不曾把它看作异己的观念而加以排斥。人们从不去追问文学性与西方现代性的关系以及它如何反映了西方内部的文化矛盾（贝尔）和审美与现代性的冲突（哈贝马斯）。[19]人们只关注文学性在形式方面的特征，并认为它基于人类普遍的审美经验，放之四海而皆准。文学性作为普遍的、世界的、全人类的财富，拥有它即可超越中国学术自身所固有的本土性和地理局限。由此可见，中国知识分子在现实中无法解决的文化矛盾在对文学性的诗意的阐述中得以"象征性"地解决，而文学性所浸透的"西方中心论"则在这种普世主义的光照之下销声匿迹。因此我们可以说，中国20世纪末盛行的文学性概念弥平了东西方的文化差异，创造性地解决了当代知识分子认同西方现代性所带来的身份危机。在这里，现代/传统、进步/落后等二元对立所造成的自我否定均得以克服，本土知识分子在"世界"（西方）历史进程中的主体位置得以建立。在这个意义上我们可以说，文学性在中国成为一种不平等文化关系的表述，是西方文化霸权的"转喻"，是世界体系里中心与边缘关系的能指。它如此成功地为我们矛盾着的现实生活和分裂着的心理状态勾勒出一套完整的意义系统，成为特定历史条件下出现的文化实践活动，可以说这正是普遍性与特殊性的黑格尔式难题。任何普遍性的东西在具体的情境中都会异化成为自己的反面；文学性也不例外。

参考书目

1. Antony Easthope, *Literary into Cultural Studies*, Routledge, 1991.
2. Boris Eichenbaum, "Introduction to the Formal Method," in *Literary Theory*, eds., Julie Rivkin, et al., Blackwell, 1998.
3. Elizabeth Grosz, *Jacques Lacan*, Routledge, 1990.
4. Etienne Balibar, et al., "On Literature as an Ideological Form," in *Untying the Text*, ed., Robert Young, Routledge and Kegan Paul, 1981.
5. Fredric Jameson, *The Political Unconscious*, Routledge, 1981.
6. —, *Postmodernism or, the Cultural Logic of Late Capitalism*, Verso, 1991.
7. Gene H. Bell-Villada, *Art for Art's Sake and Literary Life*, U of Nebraska P, 1996.
8. J. L. Austin, *How to Do Things with Words*, FLTRP and Oxford UP, 2002.
9. Jacques Derrida, "'This Strange Institution Called Literature': An Interview with Jacques Derrida," in *Acts of Literature*, ed., Derek Attridge, trans., Geoffrey Bennington, et al., Routledge, 1992.
10. Jacques Lacan, *Ecrits,* trans. Alan Sheridan, Tavistock, 1977.
11. Jean-Paul Sartre, "Why Write?" in *20th Century Literary Criticism*, ed., David Lodge, Longman, 1972.
12. John Wilcox, "The Beginnings of L'art pour l'art," in *Journal of Aesthetics and Art Criticism*, II (June 1953).
13. Jonathan Culler, "The Literary in Theory," in *What's Left of Theory?* eds., Judith Butler, et al., Routledge, 2000.
14. —, *Literary Theory*, Oxford UP, 1997.
15. Jurgen Habermas, *The Philosophical Discourse of Modernity*, trans., Frederick Lawrence, The MIT Press, 1987.
16. Karl Marx, "Trade or Opium?" in *New York Daily Tribune*, September 20 (1858).

17. Lee T. Lemon, et al., eds., *Russian Formalist Criticism*, U of Nebraska P, 1965.
18. Louis Althusser, et al., *Reading Capital*, trans., Ben Brewster, NLB, 1970.
19. Malcolm Walters, ed., *Modernity*, Routledge, 1999.
20. Matthew Arnold, "The Function of Criticism at the Present Time," in *Critical Theory Since Plato*, ed., Hazard Adams, Harcourt Brace Jovanovich, 1992.
21. Michel Foucault, *The Order of Things*, Vintage Books, 1970.
22. Peter Widdowson, *Literature*, Routledge, 1999.
23. Pierre Macherey, "A Cosmopolitan Imaginary: The Literary Thought of Mme de Stael," in *The Object of Literature*, trans., David Macey, Cambridge UP, 1990.
24. Raymond Williams, "Literature," in *Keywords*, Oxford UP, 1976.
25. René Wellek, "The Name and Nature of Comparative Literature," in *Discriminations*, Yale UP, 1970.
26. Roger Fowler, "Literature," in Martin Coyle, et al., *Encyclopedia of Literature and Criticism*, Routledge, 1990.
27. Terry Eagleton, *Literary Theory*, Basil Blackwell, 1983.
28. Thomas Kuhn, *The Structure and Scientific Revolutions*, U of Chicago P, 1962.
29. Thorstein Veblen, *The Theory of the Leisure Class*, Prometheus Books, 1998.
30. 阿诺德：《文化与无政府状态》，韩敏中译，三联书店，2002。
31. 昂热诺等编：《问题与观点》，史忠义等译，百花文艺出版社，2000。
32. 巴赫金：《巴赫金全集》第二卷，李辉凡等译，河北教育出版社，1998。
33. 贝尔：《资本主义的文化矛盾》，赵一凡等译，三联书店，1989。
34. 布劳特：《殖民者的世界模式》，谭荣根译，社会科学文献出版社，2002。
35. 德里克：《马克思主义与中国历史》，载王宁等译《后革命氛围》，中国社会科学出版社，1999。
36. 弗兰克：《白银资本》，刘北成译，中央编译出版社，2000。
37. 弗洛伊德：《精神分析引论》，高觉敷译，商务印书馆，1995。
38. 傅道彬等：《文学是什么》，北京大学出版社，2002。
39. 顾易生等：《中国文学批评通史·先秦两汉卷》，上海古籍出版社，1996。
40. 海德格尔：《艺术作品的本源》，载孙周兴编《海德格尔选集》上卷，三联书店，1996。
41. 韩毓海：《从"红玫瑰"到"红旗"》，上海远东出版社，1998。
42. 黑格尔：《精神现象学》上卷，贺麟等译，商务印书馆，1981。
43. 胡家峦：《历史的星空》，北京大学出版社，2001。
44. 卡勒：《文学性》，载昂热诺等编《问题与观点》。
45. 旷新年：《中国 20 世纪文艺学学术史》第二部下卷，上海文艺出版社，2001。
46. 拉康：《拉康选集》，褚孝泉译，三联书店，2001。
47. 李欧梵：《上海摩登》，毛尖译，牛津大学出版社，2000。
48. 刘若端编：《十九世纪英国诗人论诗》，人民文学出版社，1984。
49. 罗班：《文学概念的外延与动摇》，载昂热诺等编《问题与观点》。
50. 罗岗：《作为"话语实践"的文学》，载《现代中国》第二辑，湖北教育出版社，2002。
51. 马克思：《鸦片贸易史》，载《马克思恩格斯选集》第二卷，人民出版社，1972。
52. 毛泽东：《在延安文艺座谈会上的讲话》，载《毛泽东选集》第三卷，人民出版社，

1991。
53. 南帆：《文学性》，载何锐编《批评的趋势》，北京图书馆出版社，2001。
54. 南帆编：《文学理论新读本》，浙江文艺出版社，2002。
55. 萨特：《存在主义是一种人道主义》，周煦良译，载李瑜青等编《萨特哲学论文集》，安徽文艺出版社，1998。
56. 史忠义：《关于"文学性"的定义的思考》，载昂热诺等编《问题与观点》。
57. 宋家麟编：《老月份牌》，上海画报出版社，1997。
58. 童庆炳：《文学活动的审美维度》，高等教育出版社，2001。
59. 托多罗夫：《巴赫金、对话理论及其他》，蒋子华等译，百花文艺出版社，2001。
60. 汪晖：《韦伯与中国的现代性问题》，载《汪晖自选集》，广西师范大学出版社，1997。
61. 王一川：《文学理论》，四川人民出版社，2003。
62. 韦勒克等：《文学理论》，刘象愚等译，三联书店，1984。
63. 亚里士多德：《诗学》，陈中梅译，商务印书馆，1996。
64. 余虹：《文学的终结与文学性的蔓延》，载《文艺研究》2002年第六期。
65. 赵毅衡：《新批评》，中国社会科学出版社，1986。
66. 周小仪：《从形式回到历史》载《北京大学学报·哲学社会科学版》2001年第六期。

① 史忠义在《关于"文学性"的定义的思考》中把文学性定义为日常话语的"普遍升华"，（史忠义：6）类似于俄国形式主义的"语言凸现"说。

② 余虹在《文学的终结与文学性的蔓延》中描述了文学性在思想学术、消费社会、媒体信息、公共表演等各个领域的各种表现。（余虹：17—23）乔纳森·卡勒在新近一篇讨论文学性的论文中也指出了文化产品中的文学性表现："虽然文学作为优先的研究对象的特殊地位受到颠覆，但是这种研究的结果（这很重要）是在所有形态的文化对象中发现了'文学性'，因而确保了文学性的中心地位。"（Culler, 2000：275）

③ 伊格尔顿认为，"将'文学和意识形态'作为两个既有区别又有联系的现象来谈……，从某种意义上说完全没有必要。文学就这个词所继承的含义来说就是一种意识形态。"（Eagleton：22）在这里伊格尔顿强调的实际上是文学观念的主导作用。

④ "'文学'一词，首见于《论语·先进》，黄侃《论语义疏》引范宁说，'文学，谓善先王典文。'杨伯峻《论语译注》说：'指古代文献，即孔子所传的《诗》《书》《易》等。'实泛指学术文化。"（顾易生等：2）

⑤ 关于晚清以后中国现代文学观念的形成，旷新年指出："现代'纯文学'的文学观念将审美凸现于现代文学价值的中心"；（旷新年：5）罗岗指出："在现代中国，纯粹的文学作为'文学革命'的产儿，它并非完全源于中国古老传统的'内源性发展'"。（罗岗：167）

⑥ See Literary Matters（British Council）14（September 1993）：7. 参见《外国文学评论》1994年第三期第135—136页对"文字之死"争论的介绍。

⑦ 关于文学与社会因果关系的详细论述，参见 Althusser, et al.：185—193；Jameson, 1981：23—28；童庆炳：44—45；周小仪：69—79。

⑧ 童庆炳把文学理解为"人类特有的一种存在方式"，并将之放在人的"生活活动"的整体"坐标"上考察。（童庆炳：45—46）这一"实践论"的文学观是我国文艺理论界自"典型论"以来对文学本质的最为深刻的探讨。

⑨ 海德格尔将文学看作人的存在的一种形式，在中国赞同者十分普遍："这样，文学的真正

意义也就上升为生命与存在的意义。"（傅道彬等：10）

⑩ 罗岗在福柯理论的基础上将文学看作是"专家的话语"的产物或与"知识话语相联系的实践"。（罗岗：178）

⑪ 马舍雷说："我们必须放弃诸如此类的问题，因为'什么是文学'的问题是一个虚假问题。为什么呢？因为这个问题已经包含了回答。它暗示文学是某种东西，文学作为物而存在，作为一个拥有一定本质的永恒不变之物。"（Balibar, et al.：98）

⑫ 毛泽东在《在延安文艺座谈会上的讲话》中说："只有具体的人性，没有抽象的人性。在阶级社会里就是只有带着阶级性的人性，而没有什么超阶级性的人性。"（毛泽东：870）

⑬ 南帆《文学性：历史与形而上学》一文引入弗罗姆的心理分析学说，试图将"普遍的'文学性'问题置换为某一个历史语境之中的文学性"，并把文学话语视为"社会无意识的代言"，颇有见地。（南帆，2001：107—108）南帆编《文学理论新读本》导言"文学理论：开放的研究"和第二章"文学话语"也有对文学性的相关论述。（南帆，2002：1—15，30—37）

⑭ 术语中译取自褚孝泉译《拉康选集》，第256页。

⑮ 王一川将文学理解为对人的生活经验的修辞："文学就是一种认同性感兴修辞"，（王一川，2003：93）很有见地。

⑯ 有关现代性的诸多观念在此不能详述，参见书目所列 Walters。这里仅仅采用韦伯关于现代性的论述：现代性即西方理性主义传统，包括科学、民主、发展、进步、合理化、工具理性、专业化、实用主义等内容。关于中国现代性的论述，参见书目所列汪晖。

⑰ 安德鲁·马韦尔在《致他羞涩的情人》一诗中有"植物般缓慢生长的爱情"诗句（My vegetable love should grow/Vaster than empires and more slow）。

⑱ That a giant empire, containing almost one-third of the human race, vegetating in the teeth of time,...（Marx）

⑲ 丹尼尔·贝尔认为资本主义内部产生的现代主义文化具有强烈的反资本主义倾向。这一现象被称为"资本主义的文化矛盾"。（贝尔：92）哈贝马斯认为审美在历史上曾经是对人类异化的一次强烈的反抗，席勒的理论"构成了对现代性的第一次系统的美学批判"。（Habermas：45）

乌托邦 崔竞生 王 岚

略 说

"乌托邦"（Utopia）这个词最早由英国政治家和小说家托马斯·莫尔爵士所造。他于1516年发表了用拉丁语创作的小说《乌托邦》。这个词由两个希腊语的词根组成："没有"（ou）和"地方"、"处所"（topos），在拉丁文中意思是"乌有之乡"或"不存在的地方"。同时，因为ou与eu（美好）谐音，所以这个词就兼有"理想"、"美好"和"虚幻"、"缥缈"两方面的含义。乌托邦作品着眼于人的集体存在模式，是"真理"、"正义"、"自由"、"善良"、"幸福"等的化身，表达了人类永久解决矛盾，建立一个稳定、统一的理想社会的愿望。现在这个词有时也具有批判和嘲讽之意，成了"空想"、"不切实际"的代名词。从这个词的构成看，它表达了"美好的愿望而没有现实的根基"的困惑，揭示了"理想"与"现实"这一人类始终将面对的基本矛盾。

综 述

自莫尔以后，乌托邦已成为一个类指名词，泛指人类有史以来具有乌托邦性质的思想文化和实践活动，因此，这个概念具有久远的历史渊源和广阔的社会背景。关于乌托邦的思想起源和最早的系统阐述，学术界多数认为可以追溯到古希腊哲学家柏拉图的《理想国》，不过还有人从有文字记载开始考察，把起源追溯到公元前8世纪的希伯来先知。许多国家和民族中都出现过有关乌托邦的论述，涉及宗教、哲学、政治、经济、社会、人文、科技等各个领域。作为文学的乌托邦作品有意大利思想家康帕内拉的《太阳城》（1623）、培根的《新大西岛》（1627）、爱德华·贝拉米的《回顾，2000—1887》（1888），等等；与之对应的"反乌托邦"小说则有阿尔都斯·赫胥黎的《美妙的新世界》（1932）、乔治·奥威尔的《1984年》（1949）、叶·扎米亚京的《我们》（1920—1921），等等；还有些作品在一定程度上具有乌托邦或反乌托邦的因素，如拉伯雷的《巨人传》（1532—1534）、斯威夫特的《格列佛游记》（1726）、塞缪尔·勃特勒的《埃瑞洪》（1872），等等；另外，很多科幻小说也具有乌托邦的一些特点。

乌托邦的出现通常是社会矛盾普遍化、尖锐化、深刻化的结果。政治黑暗、人欲肆虐、灾难四伏、人类群体存在环境恶化时，具有高度社会责任感的思想家和作家面对深重的灾难会表现出"救世"愿望。反乌托邦作品也一样，作者是人类的

"守望者",给人们指出灾难的前景,以期引起人们的警惕。乌托邦和反乌托邦的设计者往往都有崇高的爱心和博大的胸怀。

本文主要以文学作品为依托,对各类乌托邦作轮廓性的描述,但涵盖面并不十分完备。人们构想的乌托邦一般是时间概念上或者地理概念上一个遥远的理想国度。在分类上,有的分为乌托邦思想和乌托邦运动,有的依据不同的阶级对立分为社会乌托邦、国家乌托邦,等等。笔者为了便于分析,并结合西方社会历史发展的时代特点,把乌托邦分为三种类型:宗教乌托邦、阶级乌托邦和审美乌托邦。

宗教乌托邦

宗教乌托邦关注的是人类群体和神的关系,也就是人和自己的"创造者"之间的关系。几乎所有的宗教派别都认为人类社会不是完美的地方,从而提供了精神上的理想家园和超脱办法,如希腊神话里所说的"仙人洞"、"福地",基督教中的伊甸园和上帝通过耶稣对堕落人类的"拯救",伊斯兰教真主安拉的"保佑",佛教中的西天和佛祖对苦难凡人的"超渡",等等。这种超出自然的精神归宿和行为方式就是宗教乌托邦。这里我们只谈基督教乌托邦,因为基督教理念是西方文明的一大精神根源。

《圣经》描述了上帝在东方建了"伊甸园",让人类始祖幸福地生活在里边,他们纯洁、快乐。关于这一主题,各个领域进行了几个世纪的争论。基督教一般认为从始祖偷吃禁果可以看出人的本性是恶的,生来是有罪的,而且在生活中必然犯罪。人需要时常反省,检查自己所犯的罪孽,灵魂才能进入天国。天国是明净、福乐、神妙的,人世只是凡俗肉体暂住场所,人的生活就是为进入天堂作准备。

关于宗教乌托邦,希伯来先知和启示录的作者就已提出了充满理想色彩的精神王国。不过,将宗教乌托邦系统论述并发展到顶峰的是耶稣。耶稣生活在罗马残暴统治、宗教腐败、民不聊生的黑暗时代:

> 他希望能有一个逐步建成的、新生的社会,希望不仅每一个人都能达到完美无缺的境界,而且希望建立一个世界范围的、受到祝福的、纯洁的社会。……当所有人都能加入到兄弟般友爱和相互合作的完善和谐境界时,当各界人士都和上帝一致时,那种完善的社会就能实现。(赫茨勒:71)

这个国度是靠人们心中上帝的理念和人的爱心来实现的。

奥古斯丁的《上帝城》就是社会危机四伏、动荡混乱时代的产物。在这部思想论著中,"上帝城"的人都信奉上帝之爱,抛却自我,追求精神生活。这是上帝给自己的选民准备的将来的幸福归宿。而"凡人城"则住着无视上帝的凡人,他们自私、纵欲。奥古斯丁的"上帝城"是按基督教原则、通过神圣的爱建立的有秩序的生活，不但要实现道德的至善，而且能达到生活上的极乐。

阶级乌托邦

"人从神的桎梏下解放出来，但是人复又陷入社会制度的压迫之下。"（陈周旺：2）在阶级社会中，一些有识之士看到阶级制度的残酷和社会习惯的非理性，提出建立理想国家的方案，这就是阶级乌托邦。我们一般意义上所谈论的乌托邦就是指的"阶级乌托邦"。

自从人类从原始社会进入阶级社会，从而在社会范围内形成了剥削和被剥削两个对立的利益集团后，其他矛盾都从属于阶级利益的斗争。阶级社会形成后，作家们便用各种形式表达人们想要摆脱阶级剥削、去寻找一个理想国度的愿望，如中国奴隶社会时期的《诗经》中《硕鼠》一篇，里边就有"硕鼠硕鼠，无食我黍！三岁贯女，莫我肯顾。逝将去女，适彼乐土。乐土乐土，爱得我所……"这样的控诉和愿望，这里的"乐土"实际上就是个抽象的乌托邦国度。还有东晋诗人陶渊明描绘的桃花源，等等。《理想国》、《乌托邦》、《回顾》这类作品实际上都属于这类阶级乌托邦范畴，这个国度要么在孤岛上、深山中，要么在一个久远的未来。作者通过这种远离现世的方式探索实现人人平等幸福、安居乐业的社会模式。

这种由于阶级对立所产生的乌托邦有许多变体形式，大体上涵括于陈周旺所描述的"社会乌托邦"、"国家乌托邦"和"社团乌托邦"。"社会乌托邦"主要针对农业社会和城市社会的对立，如"羊吃人"运动；"国家乌托邦"指的是君主与市民的对立；"社团乌托邦"指的是无产阶级和资产阶级的对立，包括各种空想社会主义理论和运动。在社会乌托邦中，社会制度实行公有制，强调社会的统一模式，个人服从集体。他们的国家基本上是完美的，人们真诚、直率、友好，过着自由、平静、幸福的生活，没有矛盾，没有物质和精神生活的压迫。在政治、经济、工作、教育、婚姻等方面都建立了公认的运行方式，人人都自觉地按照规定和合乎道德的规范去行动。在《回顾》中，主人公在梦幻中见到了一个多世纪后的美国，财产公有，按需分配，没有货币，甚至没有婚姻制度。社会全体成员一起劳动，各人按自己的特长受教育并寻找适合的工作。

虽然各种阶级乌托邦的主张不尽相同，但是它们的共性多于差异，都认为人性是善的，这种善包括"人性本善和人性趋善"，（陈周旺：39）只是社会制度把人给"恶"化了，所以他们主张通过优良的社会制度升华人的道德情操。教育是社会实现其目标的主要手段。

个人审美乌托邦

19世纪末和20世纪的一些个人审美乌托邦作品很明显受到了科技时代社会一体化趋势的影响。我们一般通用公元纪年，即从耶稣诞生后开始计算时代的进程，这表明"救世主"出现在西方的划时代意义。我国封建时代是用在位的皇帝的年号纪年，如"贞观"、"嘉靖"、"光绪"等，表明社会的演变。而在《美妙的新世界》中，人们则用"福特"纪年，福特是美国的汽车发明者和制造商。汽车的出现和使用改变了人类社会的存在特征，成为机器时代的标志。

有人认为，"乌托邦思想在上一个世纪逐渐消亡"，（赫茨勒：296）因为在19世纪下半叶，许多西方资本主义国家把矛盾转嫁到了国外，本国的社会阶级对立已经模糊不清，不再有政治革命的可能性。19世纪下半叶以后的西方社会是个科技社会，然而科学技术的发展成就和前景已威胁到人性的健康发展，让人感到不安，所以没有出现传统意义上的乌托邦作品。《美妙的新世界》、《我们》等都是超现实的未来时代的人们用科学技术建立的"幸福"国家，然而这种"幸福"是建立在泯灭人性的基础上的。作品流露出来的是对以统一的终极幸福为目标的批判和讽刺，其背后隐含的是人和自己创造的物质世界之间的矛盾。这在反乌托邦部分将进一步论述。

在现代社会，由于心理学、生理学等学科的发展，人们对人的本质特征和人性需求有了更客观、更深刻的认识，所以不会简单地把人看成是善良的或者邪恶的。根据弗洛伊德的精神分析学说，人有以爱欲为主的生本能和侵犯欲占统治地位的死本能，这在威廉·戈尔丁的《蝇王》（1954）里得到了很好的印证。科技时代人们非常关注如何抵制人的非本质化问题。法兰克福批判理论的主要代表人物马尔库塞在对西方政治文明的反省和批判的基础上，继承马克思主义哲学对资本主义的批判精神，借鉴弗洛伊德的人格心理构成理论，猛烈抨击当代工业社会这个新型的极权主义社会对人的控制，并在弗洛伊德压抑性文明理论的基础上，提出了非压抑性文明的可能性，指出了个人在审美方面消除压抑的自由空间，即审美－艺术"是通往非压抑性文明的乌托邦实现人类解放的有效途径"。（王伟：130）

卢卡奇指出，"生活的全部内容只有在成为美学的时候，才能不被扼杀"，"艺术代表着所有革命的终极目标：个体的自由和幸福"。他强调了审美活动的解放功能，（陈周旺：241，243）这种思想也为一些作家所认识。英国的小说家约翰·福尔斯就认为现代科技社会把人物化了，使人丧失了对自我的认识。他认为艺术能够批判生活，描绘新情感，提高人的生活，从而在一定程度上可以促进社会的进步。（McSweeney：104）在小说《法国中尉的女人》（1969）中，他描写了一位热爱艺术的"神秘"女子莎拉，其神秘性就意味着拒绝理性的解释。最后莎拉在艺术家罗塞蒂家里找到了归宿，艺术生活使她获得了精神自由和幸福。

对乌托邦的评价

乌托邦思想家"系由那些往前看寄希望于将来更完善的人组成"。（赫茨勒：249）当人类对目前的痛苦还处于无知状态或不知怎么摆脱的时候，他们首先找到人类幸福的发展方向和存在模式，成为人类光明未来的预言者，积极推动社会的变革。不过，我们也应注意到乌托邦的一些致命的缺点。

传统的宗教乌托邦和阶级乌托邦的设计是以否定个人价值为前提条件的。它压抑个体的要求，限制个性的发展，然而，"清除有害的影响和罪恶的制度并不能使人成为圣人"。（赫茨勒：259）小说《蝇王》中，在孤岛上的一群小孩为了生存，逐渐形成了以拉尔夫为代表的秩序群体和以杰克为代表的暴力群体，并且暴力群体最终在冲突中占了上风。小说对人类的本性表现出了深刻的洞察和悲观。薄伽丘的《十日谈》之所以深受人们的喜爱，是因为它生动地刻画了僧侣神职人员的虚伪、堕落，以及人们不愿正视但却恰恰属于人性中不可避免的阴暗面。正如赫茨勒所言："我们可以把人的倾向性重新加以引导或使之升华，但绝不可置之不顾。"（赫茨勒：291）

但宗教和阶级乌托邦作家在构想其理想的社会秩序时，往往不考虑践踏人们的自然感情以及压制自然欲望和冲动带来的后果。他们把人的本性改变成为一种可靠的具有规律性的东西，不留下一点自然发展的余地。"除傅立叶之外，别的乌托邦思想家都没有认识到人的本性与社会生活中由这些本性发展起来的社会力量的重要性。他们只考虑人应当是什么样和应当需要什么。"（赫茨勒：292—293）所以，乌托邦的整体自由和幸福是建立在对个体自由的压制和驯化基础上的。审美乌托邦虽然尊重人的个性自由，但如果普遍推行，也会排斥人的多样差异，所以最终也难免出现艺术暴力或艺术专政，因为"人越要追求绝对的自由，就越使自己陷入被奴役的状态"。（陈周旺：235）

乌托邦追求的是"普遍的正义"，社会基本上是没有矛盾的静止的社会。阶级乌托邦中美好的情景实际是社会发生彻底变革后的状态。人成了永恒的人，一切都成了按公式进行的机械运动。这实际上以统一、幸福的理想模式剥夺了人类的发展前景，给一个生命群体画上了句号。对乌托邦思想家来说，自己的构想是完美的、善良的。殊不知，这种强迫的幸福很可能是不幸。乌托邦的统一、协调、幸福的最高目标显得既无知、幼稚，也难以摆脱教条和专制阴影的笼罩。这些正是反乌托邦所抨击的内容。

反乌托邦

"反乌托邦"是与乌托邦相对立的概念，是由乌托邦这一概念衍生出来的，在20世纪尤其受到现代作家的垂青，出现了被称为"反面乌托邦三部曲"的《我们》、《美妙的新世界》和《1934年》。如果说乌托邦作家以构想美好的社会理想为主要特点，那么反乌托邦作家通常不是从社会理想而是从个人理想出发，强调个性，以维护人的自然属性和拯救人性为目的。他们能冷静地、理智地展望理想与现实的距离，并且拉近了幻想世界与现实世界在时间和空间上的距离，如《1984年》

中对二战后现实世界的冷峻描写，以及《我们》和《美妙的新世界》中对非人性的"统一幸福"概念的瓦解等。

反乌托邦也是对乌托邦理想的一种反思和反拨。乌托邦理想在很多方面与社会现实是相互排斥的：在基督教所描述的"乐园"里，人们发现亚当和夏娃的幸福、纯洁建立在静止无为、没有灵魂、愚昧无知的基础上。如果从人性的角度去分析他们的活动，就会发现他们没有激情，没有意志，没有生活的目的和意义，他们只是上帝的豢养物。在这里，幸福与自由是对立而不是统一的概念。《我们》就映射了伊甸园的生活："古代关于天堂的传说……这原来讲的就是我们，就是现在……我们帮助神彻底征服了魔鬼……我们又都像亚当和夏娃那样质朴和纯洁无瑕。"（扎米亚京：68）而基督教教理向世俗社会的渗透，则导致了中世纪对人们心灵的禁锢和教会对"异教徒"的血腥镇压，等等。

阶级革命总是能引起人们对"自由"、"平等"、"幸福"的向往，是人们实现社会彻底变革、实现理想的最有力的手段。"当时人们确实会相信乌托邦的大门开启了，人类马上就可以进入其门槛。"然而，许多政治上的革命思想在实践中却走向了反革命极权专政。在《正午的黑暗》中，主人公拉波舍夫是革命力量中的一个核心人物，他也觉察到了理想和现实的矛盾。他说："我们所有的原则都是正确的，但是结果却是错误的。"法国大革命时期雅各宾派掌权后的暴行，曾让英国诗人华兹华斯产生对革命的恐惧。革命激情与专政狂暴、革命思想与极权教条等许多看似对立的概念在现实中有时却会发生转化。

现代社会中，科学技术成为社会进步和变化的主要力量，也是一体化趋势的新力量，成为统治人类的新理性。"在政治统治完全蜕变为行政管理的条件下，已经不可能从政权的角度来实现社会改造。"在西方国家，阶级利益走向调和，政治革命的环境基本不存在。而且，"一个高度同质化的社会，异质性的力量都被边缘化或隐藏起来了"。（陈周旺：240）在《发条橙》中，主人公是游荡在文明阴暗角落里的一群小流氓，他们是被文明抛弃的异质力量，但是他们已不代表先进力量。

科技时代反乌托邦作品揭露的是科技文明与自然人和传统的社会文明的对立。在《美妙的新世界》中，"野蛮"人生活在"保留地"（Reservation），这使人想起印第安人和美国文明社会的关系。在《发条橙》中，文明人类已抛开地球，在月球上建立了定居点。在《我们》中，新的文明社会与"旧"人类由隔离带分开。"我们把自己完善的机器世界——与树木、鸟兽不成体统的非理性世界隔绝开时，才不再是野蛮人。"（扎米亚京：94）这就是科技社会与传统社会的关系。人类知识和技能的发展使自己变得渺小无能，导致自我异化。科技的发展同样带来了潜在的危机，原子弹已危及到人类的生存，克隆技术已构成对社会伦理的挑战。

不难看出，以科技为代表的现代人类知识已成为异化人的东西。当今社会知识已渗透到所有领域，而新学科、新知识仍不断出现。知识整体数量的迅速膨胀和绝对增长造成个人知识的相对贫乏，因为知识专业化程度越高，内容越深刻，人的陌生领域就越多，人因此陷入相对无知状态，变得无所适从，更加不自由。这是不是人类在伊甸园中不听上帝的教导，屈从于魔鬼的引诱而偷吃了"智慧果"所遭受的报应呢？至少对启蒙思想家来说，这是颇具讽刺意味的。人们认为幸福在于最大限度地满足人们的消费需求，然而商品种类繁多，更新频率加快，就像工业产生的大量垃圾不能快速有效地自然分解、参与循环一样，过量的科技产品也不能让社会文化领域和个人心智有机地吸收、内化，反而积累了大量无意义的"废品"，造成了社会新的精神危机。小说《发条橙》中的主人公亚历克斯所表现的就是消费时代人们的精神狂躁症。

反乌托邦作品关注的是个体的利益，否定的是整体强制性的统一。在《美妙的新世界》中，那个来自"保留地"的野人（Savage）最后喊出了

> 我要求有不幸的权利。变老、变丑、变得无能的权利就不用说了；我要有权生梅毒，患癌症；有权没有足够的食物；有权肮脏污秽；有权对明天发生的事忧虑；有权得伤寒；有权遭受各种难以忍受的痛苦的折磨。
> （Huxley：163）

这不能不让那些致力于为人类谋福利的宗教领袖和阶级领袖以及科学巨人们驻足思考。只有充分地认识到人本利益，在最大限度地维护人的自然人性的基础上，统一的幸福才是真实可靠的。

结　语

但是乌托邦和反乌托邦思想家与作家毕竟是某个时代的人，他们在设计远离现实的构想时，难免带上其所处时代的局限性，不可能完全预料未来社会的准确变化。不过，这些对现实的反叛和推理在作者的思想意识中，或许是非常真切的，在某种条件下是完全可能变为现实的。"如果没有对未来必然的信任，谁会耕耘、播种呢？如果水对着火的房子没有效果，谁还会泼水呢？"古人的许多乌托邦式的幻想现在确实都变成了现实，不过现代社会的飞速发展也给人类带来了前所未有的人为灾难和道德困惑，科学并不就是幸福和理想世界的代名词。

人类的发展既有希望，也有失望。"乌托邦"与"反乌托邦"只是少数对人类群体怀有责任感的善良人们基于现实的"单极"探索。人类既不会走向一个完全乐观的固定终点，也不会一直滑向痛苦的深渊。乌托邦和反乌托邦既相互对立又相互转化，人类在追求幸福的过程中会遭受不幸，但是人类永远会在不停的探索中曲折前进。

很多乌托邦作品由于其远离现实而遭受冷落，无论在思想史上还是在文学史上都没有重要的地位。除了《理想国》、《乌托邦》等代表作品外，经典名著不多。

究其原因，除了思想内容过于空幻外，多数乌托邦作品对主人公形象的刻画过于肤浅，人物性格缺少发展和变化，大体上是旁观者和传声筒，至多只是作为某种观念或社会生活图景的见证人而存在。在艺术审美方面，只有《1984年》中有主人公温斯顿和朱丽亚的浪漫情节穿插在里面，其他作品难以引发读者的审美兴趣。因此可以说，乌托邦这个主题限制了作品自身的艺术含量，人们一般都把乌托邦小说作为亚类文学，与科幻、侦探类作品处于同一个层次。但是许多文学名著从一个庞大的侧面反映了乌托邦的主题，如《堂吉诃德》、《苔丝》、《法国中尉的女人》、《红楼梦》，等等。在这些作品中，个人或集体的理想愿望在现实面前往往无一例外地遭到挫折甚至毁灭，这在一定意义上不就是乌托邦的悲剧吗？因此乌托邦这个主题并不是孤立的，它植根于深厚的文化群体中，许多文学作品内都包含大量的"乌托邦情结"，探讨这个主题无疑对我们进行文学批评和欣赏大有裨益。

参考书目

1. Aldous Huxley, *Brave New World*, Harper & Row Publishers, 1978.
2. Arthur Koestler, *Darkness at Noon*, Penguin Books Ltd., 1980.
3. George Orwell, *1984*, Harcourt Brace Jovanovich, Inc., 1961.
4. Kerry McSweeney, *Four Contemporary Novelists*, McGill-Queens' UP, 1983.
5. Samuel Butler, *Erewhon*, Penguin Books, 1936.
6. William Golding, *Lord of the Flies*, Faber & Faber, 1962.
7. 伯吉斯：《发条橙》，王之光译，译林出版社，2001。
8. 陈周旺：《正义之善——论乌托邦的政治意义》，天津人民出版社，2003。
9. 赫茨勒：《乌托邦思想史》，张兆麟译，商务印书馆，1990。
10. 王伟：《马尔库塞的审美乌托邦思想》，载《山东社会科学》2002年第一期。
11. 姚建斌：《乌托邦小说：作为研究存在的艺术》，载《北京师范大学学报》（社会科学版）2003年第二期。
12. 扎米亚京：《我们》，顾亚铃等译，作家出版社，1998。
13. 赵宁：《乌托邦文学与〈圣经〉》，载《外国文学评论》2001年第二期。

误读 张中载

略说

"误读"（Misreading）一词，牛津词典解释其动词形态为："read or interpret (text, a situation, etc.) wrongly"（错误地阅读或阐释文本或某一情境，等）。按照这一解释，误读是一种错误的阐释行为。如果用传统的逻各斯中心的正/误、优/劣等二元对应的范式来看，误读是正读的反面，实不可取。可是，20世纪60年代后在西方兴起的解构主义颠覆任何已有的定式、成规和权威，扬弃一元话语，宣扬多元共生，视误读为解构阅读、创造性阅读，变误为正，误读一时成为众多学者争相议论的话题，引发出种种理论。误读有微观和宏观（或狭义和广义）之分。文本的误读属微观，文本之外（如传统、文化、历史等）的误读属宏观。误读属阐释学范畴，因此与阐释学理论多有重叠。

综述

远背景

误读与阐释共生，也就离不开阐释学。希腊神话中为宙斯和众神传递信息的Hermes（赫耳墨斯）是Hermeneutics（阐释学）一词的词源。早在公元前6世纪，希腊人就对荷马的史诗作寓言性的释义，一直延续至公元3世纪。被称为"历史之父"的希腊历史学家希罗多德说，历史和文化有"多重角度"，也就是说，可以采用不同的视角去阅读历史和文化，从而得出不同的结论。中世纪意大利神学家和经院哲学家托马斯·阿奎那用四重释义法阅读《圣经》表明：上帝创造的世界本身就是可以进行多种阐释的象征。

庄子在《天道篇》的一则寓言中写齐桓公读书于堂上，轮扁向桓公曰：

"敢问，公之所读者何言耶？"公曰："圣人之言也。"曰："圣人在乎？"公曰："已死矣。"曰："然则君之所读者古人之糟粕已矣！"

这段对话至少说明两点：一、不同的人对同一文本可以有全然不同的阐释。二、圣人已死，读者与作者之间的"历史距离"会引起误读。

中世纪的基督教徒对荷马和维吉尔的作品作基督教寓言式的阅读。18世纪德国学者施莱尔马赫反对这种阐释方法，他要求读者在阅读文本时置身于作者的地位,进入作者的精神世界以及作者所生活的语言和文化环境。因此,他把中世纪基督教徒那种寓言式的阅读称作是"时代错乱的阅读",亦即对荷马和维吉尔的作品的误读。

18世纪浪漫主义时期,许多文学家和批评家认同文学文本的一个突出的特点是它能启发不同的意义。工业革命后,现代科学和商业讲求准确、明晰、实用和效率,而人文科学则热爱模糊和不确定。到了19世纪后期,现代主义兴起,文学文本的模糊性备受青睐。20世纪的批评认为,对自然科学的实验报告和会计账本来说,模糊是一个大缺点和错误,但是对文学作品来说,它却是一大优点,文本阐释的多样性成了阐释的标准,"意图谬误"之说把作者的意图打入冷宫。诗人艾略特说,一首诗的意义是什么,完全由不同的、敏感的读者决定,只要阐释看来可信,并能使人有所感,就好。

从以上种种可见,误读与阐释如影伴形,只是当时误读尚未成为一个学者争相议论的课题。

近背景

20世纪人文科学的一个重要学术现象是哲学领域的"语言学转向",即哲学从对存在和认识的研究转向对语言的意义和结构的研究。包括罗素在内的一批哲学家指出,哲学中的存在和认识等问题其实是语言问题,因为这些问题的思考、表述和争议都离不开语言。于是,一些学者提出,哲学的首要任务是对语言进行分析,语言分析遂成为西方人文社会科学研究的中心。西方学者从语言特征的视角切入,探讨人文科学有别于自然科学的独特性,并试图使西方文化发展从过去的形而上学、终极价值、根本原理、本质规律等转入语言、文本、叙事、结构等语言层面。人文社会科学的研究走进了"语言的牢笼"。

马克思主义认为,语言是思想的外壳,是思想的载体和直接现实。而西方一些理论家则称,语言决定思想,没有语言就没有思想,并进而以语言取代思想,以语言建构世界。德里达在《人文科学语言的结构、符号及游戏》中说,人文科学的问题最终需要通过语言解决。

20世纪60年代,解构主义作为一种哲学思潮在法国兴起,主要倡导者是德里达。解构主义反本质主义,认为世上不存在任何客观本质的意义,语言和文本也没有固定的意义,所谓真理也只是人对客观世界的阐释;由于文本离不开种种文化和社会的符号、概念和规则,文本的意义难以确定,而言说者(作者)表达的意义在不同的语境中不断地被阐释,产生不同的意义,阐释无尽,意义的变化也无终结。他把阐释的实践定义为误读。另一个解构主义的代表人物保罗·德曼在《盲点与洞见》(1971)和《阅读的寓言》(1979)中竭力推崇误读,说文学文本欢迎误读,如果拒绝误读,它就不是文学文本,因为文本总是在不断地解构自己。他认为文本意义有"不可确定性"的特点。

解构主义把阐释活动看作是一种"文字游戏"或"符号的自由嬉戏"，读者参与文字游戏的目的就是要充分释放出语言本身的内在解构能量。福柯在《词与物》（1966）中说，语言本身的颠覆力量只有在"文字游戏"中才能充分地释放出来。解构主义强调所有的理解均是误解，所有的阅读都是误读，其目的是扩大文本的阐释空间，促进意义的增值。

误读面面观

误读理论涉及哲学、语言学、文学、权力等诸多层面。

哲学层面

误读是读者和文本，即主体与客体之间的相互作用，涉及哲学中的认知问题。庄子在《齐物篇》中说，存在的实在性与认识之间存在很大距离，书写语言不易阐释是因为：一、能知主体的局限性；二、认知对象的流变性；他说："物之生也，若骤若驰，无动而不变，无时而不移。"（《秋水篇》）三、认识标准难以确立；四、语言功能的限制性。康德认为，人的认识能力有限，不可能超越自己的认识去认识客观世界，而被认识的事物都是主体对客体的印记或建构。詹明信在《语言的牢笼》中说："人类思想发展的历史就是一部各种认知范式不断更迭的历史。"

阐释学由施莱尔马赫和狄尔泰引入哲学，使阐释学发展为一种方法论和认识论。施莱尔马赫在哲学史上发展了阐释的方法，企图通过批评的阐释揭示文本作者的原意。他从哲学的高度首次系统地阐述了阐释学理论，探索正确理解的可能性。狄尔泰进一步把理解看作是人文科学特殊的方法论。他们两人都认为，主观认识和客观存在之间有很大的距离。

加达默尔把阐释学融入哲学，反对对文本仅仅作消极的、注释式的解释。他把人文世界看作是人类自由创造的世界，不像自然科学那样执著于客观性的追求。因此，在他和海德格尔眼里，人类所认知的客观世界乃是人类智力活动（主观活动）参与后的一个世界。1960年，加达默尔出版了《真理与方法——哲学阐释学的基本特征》，在哲学界引起极大关注，在美学领域掀起了阐释美学思潮，继而在60年代末在德国引发接受美学。

语言学层面

按照索绪尔语言学理论，阐释语言系统中语言符号的意义就是以新的能指符号去取代有待阐释的能指符号的过程。在这一过程中，符号所指代的实物并不在场，因此，能指永远被限制在一个语言符号系统内，永远不能触及它所喻指的实体。

德里达从索绪尔的理论中引出了"延异"的概念，认为对语言符号的阐释并无终极和权威性的"一锤定音"，意义永远处于运动状态，从而颠覆了传统观念中意义的稳定性和终结性，为误读奠定了理论基础。既然文本并无内在的确定意义，又何来正读和误读？

以作者为中心是传统的西方语言观。柏拉图在《理想国》中指控诗人撒谎、煽情，把读者引入歧途，因此要把诗人逐出"理想国"。在《费德罗篇》中他又说，由于言说者（作者）不在场，读者不能面对面直接地听到言说者的意图，记录言说者的文本就会被读者曲解，造成误读。从柏拉图开始逐渐形成的这一传统把读者放在被动接受者的地位——作者把意图或意义注入文本，读者努力去寻觅作者的意图或意义。

后现代结束了这一传统。读者不再寻寻觅觅，去追求作者的意图和意义，而是通过创造性的阅读（即误读），使语言符号产生各种不同的意义。罗兰·巴特宣布"作者已死"，读者之生必须以作者之死为代价。乔纳森·卡勒在《结构主义诗学》中说，阅读行为是通过思维活动对文本进行理解和阐释以形成意义的过程。他认为文学作品之所以有了结构和意义，是因为读者以一定的方式阅读它。保罗·德曼反对赫希的"意义已定论"，提出"文本无定解"。他说，阅读是解构并重新建构文本的过程。1975年，德里达去美国布朗大学作学术报告，在回答学生的提问时，宣称"文本是读者写的"。此言听起来荒谬，却也不无道理。

误读的倡导者认为，一部文学作品的生命力正是在于读者在不断的误读中开采文本的矿藏，在意义的增值中增长文本的价值。

权力层面

话语是权利也是权力。曾做过高官的文人韩愈"一言而为天下法"，平民百姓则是"人微言轻"，还有"历史总是由胜利者撰写"之说。过去登上王座的统治者不仅要趁大权在握时为自己树碑立传，还要借御用文人之笔对过去加以控制，以利统治。语言通过权威、社会机构和知识发挥它的权力的力量。福柯把知识称作贯穿在历史中反映权力关系的一种话语陈述。他说，权力拥有者往往以大多数人的名义或他具有比他人优越的见识和判断力作为借口，建立阐释的标准。权威的确立与知识有关。培根那句名言"知识就是力量"（Knowledge is power）也可译为"知识就是权力"。话语、知识和权力是紧密相连的。

后现代主义主张"打倒权威"、"祛除中心"，强调"差异"。解构主义认为，阅读的"正确性"（"有效性"）、"谬论"、"合法成见"、"世俗偏见"等等说法是由权力机构或权力意志强加的，只有误读才能颠覆权力意志所确立的"正误"。权力拥有者以代表大多数人的意见和利益裁定阅读的正误。文学中的"正典"有权力的记印。

乔治·奥威尔在《1984年》中把他抨击的专制国家的语言称作"新语"（"英语的变种"）。"新语"使语言无法表达异端思想，"矛盾想法"使人们可以将两种相互矛盾的思想同时并存。于是，真理与谬误难以区分，"战争即和平"、"自由即奴役"、"无知即力量"、"$2+2=3, 2+2=5, 2+2=4$"均可成为正确的等式。书中奥布赖恩伸出四个手指，却硬是要温斯顿说是五个手指，违则施以酷刑。莎士比亚的《驯悍记》的第五篇第四场有一段披特鲁乔与凯萨琳娜之间的对话。明明是太阳光，披特鲁乔却强词夺理，说"我说这是月亮的光"，"……我要说它是月亮，它就是月亮……我要说它是什么，它就是什么……"此二人均为西式赵高，"指鹿为马"。足见权力与语言的关系。

哈罗德·布卢姆看到了文本阐释中权力意志的运作，提倡误读，因为误读可以颠覆、否定已确立的阐释，否定权力意志，具有革命性。误读《圣经》产生"异端邪说"，方有释经学从一元至多元的发展。20世纪德国神学家鲁道夫·布尔特曼写了《〈新约〉神学》，对《圣经》作非神化的阐释。诺思罗普·弗莱把《圣经》看作是一种解剖学，鼓励读者大胆地、创造性地误读《圣经》，并称，没有什么比此举更能激发想象力的解放。

从《圣经》到其他文本，历来都有"权威性的阐释"、"大多数人的阐释"、"可接受的阐释"等等说法。所谓"大多数人的阐释"是如何统计出来的？举手还是投票？"可接受"又是对谁而言？凡此种种无不与权力有关。19世纪美国诗人艾米莉·狄更生写了一首短诗，编号435，抒发了诗人对权威性的"大多数人的阐释"的反抗和讥讽。今试译如下：

只要有眼光——
最荒谬的解读恰恰最辉煌——
究竟是言之有理，还是满纸荒唐——
还得大多数人说了算
此也罢，彼也罢，还不都是这样——
顺从大多数人的看法——你就是神智清醒——
执不同意见——你立刻遭殃——
披枷戴锁是下场。

讨论误读，这是一首绝妙的好诗。在前两行，诗人倡导有洞见的误读——被视为"最荒谬的解读恰恰最辉煌"。后几行，诗人一语道破所谓的"大多数人"，其实就是权力拥有者；对权力拥有者的阐释，顺者昌，逆者亡。

文学层面

人文科学文本，尤其是文学作品，与自然科学文本不同。我国有"词不达诂，诗无定义"之说。艾略特说，一首诗的意义全由不同的、敏感的读者决定，只要阐释看起来可信并能使人有所感，各种阐释均同样有效。布卢姆在《误读的地图》中甚至强调"诗必须误读"。文学作为形象思维的成果有别于自然科学的实验报告、医疗诊断、法律文书和会计报表。后者讲求语言准确、清晰和逻辑性，力避引起歧义。而前者却是修辞性很强的文本，充溢着意象、象征、寓言、隐喻等等，最易产生歧义，从而使明确、稳定、单一的意义成为一种幻想。德曼受尼采的影响，认为文学语言的决定性特征是它的修辞性，而修辞性隐含误读的"不断威胁"。它充满含糊不清的盲点，阅读就是要解构文本的盲点，变盲点为洞见。只有误读，才能获取洞见。每一个读者都努力透过显义去捕捉隐义。至于隐义是什么，则是见仁见智。朱自清在《短长书》中说，"文学不妨见仁见智，完美的作品尽可以让严肃的看成严肃，消遣的看成消遣，而无害于它的本来价值……"

维特根斯坦和现代语言学家认为，无论是一个词的本意还是隐喻之意都没有固定不变的意义，在不同的语境具有不同的意义。德曼在《阅读的寓言》中写道，"所有文本都具有同样的组成模式：一个（或者一整套）比喻和它的解构"，而这一模式"又会产生一个增补的比喻性重叠物，由它来叙述前一叙述模式的晦涩难懂"。他把这些增补的比喻性重叠物称为寓言。布卢姆进而把反讽、提喻、转喻、夸大法、暗喻和双重转喻等他称之为转义的六种修辞手段看作是对诗的六种不同的误读。

从上述可以看出，文学作品最易产生误读，也最鼓励误读。作家鼓励读者充分发挥他们的聪明才智和想象力去阅读文学作品，实际上是鼓励各种创造性的误读。18世纪英国小说家劳伦斯·斯特恩在其名著《项狄传》中就说：

> ……要真正尊重读者对作品的理解，最好是友好地把理解对半分给作者和读者，给两者留下供想象驰骋的天地。就我来说，我总是赞扬这样的读者，尽我最大的努力让读者像我一样尽情地施展其想象力。

弗吉尼亚·吴尔夫在《普通读者》第一辑中对简·奥斯丁的著作有以下评说：

> 简·奥斯丁在她的著作中所表达的感情比表面上看起来要深刻得多。她促使读者提供文本中没有的东西。她在著作中所提供的东西是微不足道的，但是它却蕴含着一些在读者脑海中能扩展的东西，一些看起来无关紧要却能成为经久不衰的生活场景……人物的对话迂回曲折，总是让我们处于难以确定的期待中。我们的注意力一半在当今，一半伸向未来……奥斯丁的作品所有出色之处正在于这些并非上品的小说中没有写出来的那些部分。

布卢姆在《西方的正典》中列举弗洛伊德误读《哈姆莱特》中的哈姆莱特、托马斯·曼误读歌德的作品（把自己的天才和悖论读入歌德的作品）。他说，有创造性的强力诗人只有通过对前辈诗人和文学巨匠的作品的误读（修正、贬低或否定已确立的阐释），才能创作自己的诗，树立自己作为诗人的形象，建立自己的威信。这种互文性在他们的心中造成了"影响焦虑"。他说，文本之间的关系取决于一位诗人对另一位诗人的误读。布卢姆是一个十分极端的误读论者。他断言，诗就是误读的产物，一部诗歌的历史就是一部误读史。

这当然是极而言之。但是，不能否认的是，任何名家或强力读者从来就不是人云亦云、被动地接受已有的阐释。他们往往是标新立异者。德里达误读卢梭，把《忏悔录》读作是卢梭为自己所犯错误的辩解，把卢梭的自传性作品读作一部虚构的小说。希利斯·米勒说，席勒在他的《审美教育书简》中误读康德，而这一创造性的误读在读者中产生的影响甚至超过了康德自己创作的作品。米勒把误读看作是摆脱霸权文化的一种研究方式，并认为在历史上能发挥作用的往往是对文本的误读。

19世纪英国诗人罗伯特·布朗宁以擅长写抒情短诗闻名。他说，"诗歌置无限于有限"。乔治·桑塔雅那十分欣赏布朗宁那"有限的"短诗中的"无限"。他说：布朗宁的短诗不完整、不透明，就像是残缺的躯干，为的是激发读者去寻找"失去的四肢"。桑塔雅那这句评语使我想起卢浮宫内那尊维纳斯断臂雕像。几乎每一个观赏者都在想象中用自己的构思来重新建构那双失去的双臂，在想象维纳斯那失去的双臂的风采。这"缺场"（"不在场"）正好为观赏者（读者）提供了更加广阔的想象或误读空间，使"缺场"充满了各种不同的"在场"。

不仅是诗歌，所有的优秀文学作品都是"置无限于有限"。有限的篇幅，无限的阐释和误读。

误读反对者

在声声误读中不乏反对者。

20世纪60年代后期和70年代，名噪一时的美国学者E. D. 赫希是"意义已定论"的代表人物，他反对误读。他的《阐释的有效性》（1967）维护文本作者的权威，主张以作者的意图为意义的本源和标杆。他说，一个文本可能有许多不同的、可行的阐释，但是所有的阐释都不能超越作者意图的范畴。他承认一个文本在不同时期对不同的人可以产生不同的"意义"，但是，那是文本的"含义"（significance），而不是"意义"（meaning）。含义可以随时因人而异，意义则不变，因为意义是作者赋予文本的，只有含义才来自读者。他也承认读者的确不易掌握作者的意图，因为作者要么已经故去，无法印证他的意图，要么作者本人也忘了他写作时的意图。他说，如果不尊重作者的意图，"意义"一词就失去了任何意义，文本的阐释也失去了标准，阐释就会陷入无政府主义和虚无主义。如果一个文本可以有多种阐释，又何来误读。

美国诗人、评论家奥利弗·萨克斯反对误读，认为对文学作品作出任何"崭新的阐释"都是荒唐可笑的。美国评论家罗伯特·科恩反对对马拉梅的作品作出不同的阐释，认为他的诗只可能有一种意义。为了遏制正在兴起的误读之风，他于1974年创办了《评论探究》。

弗兰克·兰特里夏批评布卢姆的误读理论是"阐释的无政府主义"。M. H. 艾布拉姆斯说，解构主义抛弃作者的意图，实际上是抛弃人文主义的核心——人。他说，当语言的指涉性和阐释的正确性被否定，阐释就成了永无止境的符号游戏，他反对这种游戏。解构主义认为误读造成"意义增值"，而反对者则把后现代的"话语膨胀"视作"意义贬值"，远不是什么值得宣扬的好东西。

倡导和反对误读的两大阵营至今争论不休。

结　语

解构主义已是夕阳西下，误读之争却未偃旗息鼓，而且也难有"停战"之日。根本的原因是，从宏观上讲，历来的科学研究（不论是自然科学还是人文科学）乃是一个不断怀疑并挑战已建立的原理、定律、成规，不断试错、误读的过程。在追求知识和真理的过程中，怀疑和试错是不可或缺的。如果说异端是那些不遵循传统、定式、习俗和惯例的刻意冒犯者，那么，误读就是异端的。误读信奉"不破不立"。汉语"创造"一词包含先创之、后立之，或者且创且立的意思。误读是破旧立新，推陈出新。

从微观上讲，文学作品的阅读从来就不是"一锤定音"、"一言而为天下法"。米勒说，《呼啸山庄》有15种读法。一部《哈姆莱特》招来多少误读！1000个读者读出1000个不同的哈姆莱特。还有那个爱着哈姆莱特的奥菲利娅。从17世纪到20世纪，不同时期的读者、导演、演员、画家、批评家在不断的误读中演绎奥菲利娅——17世纪纯真的少女、18世纪奥古斯都时期端庄稳重的淑女、19世纪浪漫主义时期的疯女人、20世纪放荡的性欲狂以及为女权奋斗的英雄人物。人们根本不去操心考虑莎翁心目中的奥菲利娅，而是根据自己的文化环境和意向来阐释她。

在误读倡导者的宣扬下，误读已经变成创造性的阅读或洞见的同义词。误读确能产生洞见。简·里斯误读《简爱》，方有《藻海无边》问世。但是，误读显然不能同创造性的阅读或洞见划等号。有的误读纯属理解错误，是不可取的。仅以美国著名诗人庞德为例。庞德热爱唐诗，又苦于不懂汉语，想翻译唐诗，只能求助于他人，结果闹出不少笑话。例如他把李白的《送孟浩然之广陵》中"烟花三月下扬州"中的"烟花"译为"smoke-flowers"，把李白的《长干行》中的"郎骑竹马来，绕床弄青梅"译成"You came by on bamboo stilts, playing horse, / You walked about my seat, playing with blue plums"。这样的译文实在是莫名其妙，洋人看不懂，国人看了哈哈大笑。李白九泉之下若有知，定会大叫，"庞德，汝糟踏吾诗也！"让国人大惑不解的是艾略特居然赞扬"庞德是我们这一时代中国诗的创造者"。把

"郎骑竹马来"读作"你踩着竹高跷，玩着马儿走过来"，是源于误解原诗和中国文化而造成的误读，结果把绝妙的中国唐诗弄得不伦不类。把这类误读称作"自由式的再创造"是文过饰非。说"庞德是我们这一时代中国诗的创造者"，是艾略特高估了庞德，低估了中国唐诗。这种错误的阅读实不可取。

如此看来，误读可分为两类。一类是洞见。宏观的如哥白尼误读托勒密的地心学说，读出一个日心学说，从而彻底改变了人类的宇宙观，引发了一场"哥白尼革命"。微观的如诗人布莱克和雪莱误读弥尔顿的《失乐园》中的撒旦，在他身上读出一个革命者的英雄形象。另一类是错误的理解，绝无任何创造性可言。把"Bob is your uncle"（不要紧，没关系）读作"鲍勃是你叔"，误读也。文学作品的阅读中也有类似的误读。可见，并非一切误读都是洞见。真理与谬误不能混淆，虽然有时两者相距仅一步之遥。

参考书目

1. E. D. Hirsch, Jr., *The Aims of Interpretation*, U of Chicago P, 1976.
2. —, *Validity in Interpretation*, Yale UP, 1967.
3. Harold Bloom, *The Anxiety of Influence*, Oxford UP, 1973.
4. —, *A Map of Misreading*, Oxford UP, 1975.
5. —, et al., eds., *Deconstruction and Criticism*, The Continuum Publishing Company, 1979.
6. J. A. Austin, *How To Do Things with Words*, Harvard UP, 1962.
7. J. H. Miller, *The Ethics of Reading*, Columbia UP, 1987.
8. Jonathan Culler, *On Deconstruction*, Cornell UP, 1982.
9. Paul de Man, *Blindness and Insight*, Oxford UP, 1971.
10. W. Iser, *The Act of Reading*, The Johns Hopkins University, 1978.
11. —, *The Implied Reader*, Johns Hopkins UP, 1974.
12. 王夫之：《庄子通》，中华书局，1962。

细读 张 剑

略 说

"细读"(Close reading)指对文本的语言、结构、象征、修辞、音韵、文体等因素进行仔细解读,从而挖掘出在文本内部所产生的意义。它强调文本内部语言语义的丰富性、复杂性,以及文本结构中各组成部分之间所形成的纷繁复杂的关系。细读的主要特点是"确立文本的主体性",强调文本内部的语义和结构对意义形成所具有的重要价值,而不主张引入作者生平、心理、社会、历史和意识形态等因素来帮助解读文本。从根本上说,它是一种以内部研究为特点的"文本批评"。

在西方,细读一直或多或少地存在于文学批评的实践中。对文学形式的研究、对文本结构的分析、对语言的内涵和外延的探索一直在文学批评中占有一定的位置。但是,作为一种重要的批评策略,它在20世纪前半期随着"新批评"的出现才被确立。作为一个批评派别,新批评使细读逐渐体系化和制度化,使之在文学批评的实践中被广泛地和有意识地运用。

综 述

新批评

新批评源于20世纪初的英国,但它的发展和传播发生在20世纪40年代的美国。在英国,其最重要的奠基人是艾略特和理查兹;在美国,新批评的代表人物有兰塞姆和他的学生退特、布鲁克斯和沃伦。1941年兰塞姆出版了《新批评》一书,阐述了这个派别的基本观点,新批评从此而得名。

从一开始,新批评就强调文本的中心地位,贬抑作家在批评中的位置。在《传统和个人天赋》(1917)一文中,艾略特认为诗歌不是个性的发挥,而是个性的泯灭。"艺术家愈是完美,他本身中,感受的人和创造的心灵愈是完全地分开。"文学作品一旦写成,它就进入了一个由所有文学作品构成的传统,成为这个传统的一部分。新作品将改变这个传统的形状,同时也被这个传统所改变,"每件艺术作品对于整体的关系、比例和价值就重新调整"。总之,它不再与作者有关,不再受到作者的观点和生平的影响。"非个性化"理论对于新批评将作品与作者剥离开来具有重要的启示作用。

新批评的另一位奠基人、剑桥大学教授理查兹否认文学作品内存在所谓的

"幽灵般的审美状态",认为一切美都是读者心中产生的一种审美体验。在《批评原则》(1924)中,理查兹指出,文学批评从本质上说是心理学的分支,它探讨作品传达的经验在读者心中所引起的心理状态。因此,他认为,"文学批评应该建立在两大支柱之上:一是对价值的描述;一是对接受的描述"。他将心理学体系引入文学批评,建立了一整套的"批评原则",从而使文学批评成为一门系统的学问。

理查兹不仅建立了一整套批评理论,而且将这些理论付诸实践,建立了一种能够在大学课堂里操作的"实用批评"。他做了一个试验,选择13首诗歌,去掉诗歌的作者和题目,让他的学生在没有作者生平和历史背景的情况下,对诗歌进行解读和评价。然后,他对这个实验的结果进行分析和总结,从而确定了细读的各种规则,建立了诗歌批评的若干范畴。《实用批评》(1929)一书引起了一场阅读的变革,它的批评方法在英美大学里被广泛地采用,产生了极大的影响。新批评避开作者生平、历史背景和社会文化等外部因素对作品进行细读的做法就来源于此。

细读方法在英国的主要诠释者是燕卜荪和利维斯。燕卜荪是理查兹的学生,20世纪30年代曾经在我国的燕京大学任教。他在《七种类型的含混》(1930)中分析了从莎士比亚到艾略特的英国诗歌名篇,揭示了"含混"在这些诗歌中有意识和无意识地被使用所达到的特别的和出人意料的效果。燕卜荪将他的批评焦点锁定在诗歌语言意义的不稳定性上。词语的排列组合、标点符号的特殊运用、句式结构的变化常常在诗歌中形成两个或者多个不同的有时甚至是相互矛盾的意义。燕卜荪把这些"不同的或相互矛盾的意义"称为"含混",但是,对他来说"含混"并不是诗歌创作的缺陷,而是诗歌内部意义的复杂性和丰富性的表现,正是这些意义的相互联系、相互制约给予了诗歌艺术价值。燕卜荪的分析展示了细致和创造性的"实用批评"所蕴含的巨大可能性。

利维斯是剑桥大学唐宁学院的院士,也是那个时代最受争议的批评家。受阿诺德和艾略特的影响,他认为文学是一个民族的文化价值的载体,文学研究是一个人性化的追求,对于社会和文明的发展有着重要的影响。在《大众文明和少数人文化》(1930)等著作中,利维斯强调文学的道德力量,并希望以此来阻止现代社会的商业化和工业化倾向,以及由此引起的道德和文化的堕落。他认为,必须用文学或文化的力量来遏制"大众文艺"和市侩价值观对英国传统文化的侵害。而且,英国文学的这一特殊使命要求它必须抛弃业余的和印象主义的批评方法,建立一套严格的、专业化的分析方法。

由此立场出发,利维斯对英国文学史进行了梳理,对过去的作家和作品进行"重新评价",希望建立英国文学的"伟大传统"。由于受现代派的品味和评价标准的影响,他所建立的"伟大传统"包括了现代派所推崇的"玄学派"诗歌,排斥了一些重要的浪漫诗人;包括了奥斯丁、乔治·艾略特、詹姆斯、康拉德和劳伦斯,排斥了其他重要的小说作家。利维斯的批评方法可以归纳为一种"文本批评",他主编的批评杂志叫做《细绎》(1932—1953),他声称要将批评的目光专注于"纸页上的文字"。他希望通过所有批评家的共同努力,形成"对真正的判断的共同追求"。

在美国,新批评肯定和继承了艾略特、理查兹和燕卜荪的思想,认为他们代表了英美文学批评的新方向。美国新批评主要具有四个特点。其一,它以诗歌为主要批评对象,它的理论主要是诗歌研究的总结,反过来,它也主要适用于诗歌研究。布鲁克斯和沃伦于1938出版的《理解诗歌》收录了从古至今的345首英语诗歌,用新批评的细读方法引导学生去分析和阅读这些作品。由于这本教材在美国大学中被广泛使用,长期占领大学文学课堂,从而产生了巨大影响。用詹姆斯·E. 米勒的话来说,它培养了一代人的阅读习惯,以至于人们在评论一首诗歌时,"都小心翼翼地不提诗歌的作者"。虽然布鲁克斯等人还著有《理解小说》和《理解戏剧》,但是新批评理论主要适用于诗歌,它使诗歌研究在一段时间里成为文学研究的主流。

其二,美国新批评是一种"形式主义"的文学批评,特别注重诗歌语言特性的研究。它关注诗歌语言与科学语言的区别,重视诗歌内部的语义结构,特别是其中的"张力"、"悖论"、"反讽"等。在《纯属思考推理的文学批评》(1941)一文中,兰塞姆认为,诗歌由"构架"(structure)和"肌质"(texture)两个部分构成。诗歌与科学论文在本质上的区别在于它不仅具有特别丰厚的肌质,而且这些肌质并不完全从属于它附着的构架;主旨与细节的发展有时是"成直角的"。因此,一首诗可以比喻为一个民主政府,它有一个权力核心,也有许多具有丰富个性的公民。诗歌的总体特征可以用黑格尔的"具体普遍性"来概括,是具体和抽象的结合。

沃伦从人类经验的复杂性出发,进一步说明了诗歌内部具体和抽象的关系。在《纯诗与非纯诗》(1943)一文中,他认为诗歌不必纯,也不需要纯。它应该是各种"张力"关系的集合体:"张力"关系不仅存在于诗的韵律和语言的韵律之间,而且还存在于韵律的刻板性与语言的随意性之间;存在于特殊与一般之间;存在于具体与抽象之间;存在于比喻中的各种因素之间;存在于美与丑之间;存在于反讽包含的各种因素之间;存在于散文体与陈腐古老的诗体之间。一首诗实际上就是"那一整套相互关系",诗歌研究就是对它的结构的研究。

退特认为,诗歌应该是所有意义的统一体,从最极端的外延意义,到最极端的内涵意义。在《论诗歌的张力》(1938)一文中,他认为诗歌语言的内涵和外延往往形成一种"张力"(tension),因而构成了诗歌的内部结构。退特似乎暗示,一首优秀诗歌的内部各个部分应该达到一种平衡,使抽象的和具体的因素、普遍的和特殊的因素形成一个有机的整体。因此,后来的批评家将"张力"理解为严肃和反讽的结合、不同倾向的对立统一、各种矛盾的协调解决,或者任何一种在对立中形成的稳定性。而新批评的主要特点就是从诗歌内部去理清各种复杂的关系,观察这些关系怎样达到一种协调或者平衡的状态。从这个意义上讲,"张力"论是新批评的重要的理论基础。

其三，美国新批评具有一种强烈的"文本中心主义"思想，它只关注"纸页上的文字"。正如艾略特所说，关于诗歌，"我们必须首先把它看成诗歌，而不是别的东西"。文学批评不能够超出诗歌的范围而沦为心理学、社会学、历史学、传记，等等。在20世纪40年代后期，新批评的另一重要成员威姆萨特与美学家比尔兹利发表了两篇著名论文《意图谬误》（1946）和《感受谬误》（1948），将"文本中心主义"思想明朗化、极端化。他们一方面反对文学批评将"作者意图"和"意图的实现"变成了评判文学的标准，另一方面反对"将诗和诗的结果相混淆，也就是将诗是什么和它所产生的效果相混淆"。他们的出发点是反对"意图主义"和"感受主义"文学批评，反对"重外部依据而轻内部依据"的做法，避免传记式和历史式文学批评，避免"印象主义和相对主义"的文学批评。但是他们的观点走向了另一个极端，他们的文章一方面斩断了作品与作者的关系，另一方面斩断了作品与读者的关系，从而使文学陷入了孤立的境地。

其四，美国新批评是一种"本体论"批评，它始终坚持文本的"独立性"，将其视为"自给自足"的现象。它将文本视为批评的唯一客体，反对进行道德式的批评。在《精制的瓮：诗歌结构研究》（1947）一书中，布鲁克斯反对将形式和内容分离开来的"二元论"文学批评。他认为诗歌是一个"有机"的整体，其效果依赖于各个部分的有机结合。诗歌大于它的各个部分之和。因此，作为一个有机整体，诗歌不能分析，不能改写。正如麦克利希所说，"诗歌不表意，只存在"。文学批评只能在不损害其"生命"的情况下，对诗歌进行细读。

布鲁克斯还反对将"可以转述的内容"视为诗歌的核心。在他看来，诗歌的逻辑意义受到许多"不协调成分"的"修饰、修正和发展"，诗歌的结构正是众多不协调成分的统一、一致和协调：

> 一首诗的整体性通常表现为各种态度被统一在一个结构之中，且服务于一个总体的和综合性的态度……诗歌的结论往往是各种张力的统一，不管这些张力是通过什么手段形成的：陈述、隐喻还是象征都无所谓……这种统一代表了各种力量的平衡。

1942年，韦勒克和沃伦出版了《文学理论》一书，对新批评的理论进行了系统的总结。该书作者将文学批评分为"内部研究"和"外部研究"两大类型，从理论角度论证了为什么"文学研究的合情合理的出发点是解释和分析作品本身"。他们反对过分倚重生平、社会环境、背景等外部因素而"轻视作品本身"的做法，强调"文学研究的当务之急是集中精力去分析研究实际的作品"。该书被许多大学选用为研究生教材，成为新批评的核心理论著作之一。

细读的类型

新批评关注语言的内涵和外延，关注语言在普通层面和修辞层面的意义。因此，细读的一种普遍使用的方法是对诗歌的"意象"和"隐喻"进行解读。"意象"指在诗歌内重复出现的具体形象，它可以是一个物体或一个人物的具体形象，也可以是一个动作或一种感觉。对于新批评来说，意象不是点缀，而是诗歌重要的组成部分。作为诗歌的"肌质"，它包含了关于该诗意义的重要暗示。新批评推崇17世纪"玄学派"诗歌的重要原因就是因为它的意象很严谨，各个意象能够在读者心中相互联系，构成合理的图形。而新批评对雪莱等浪漫派诗人的批评也正是由于他们的诗歌"意象混乱"。因此，在新批评看来，意象和隐喻的运用质量是判断诗歌优劣的标准之一。

马韦尔的《致羞怯的情人》就是意象运用新颖严谨的典型例子。诗歌第一行就引入了贯穿始末的两个主要意象："如果我们有足够的空间和时间，／情人，你的羞怯就不是罪过"。实际上，"时间"和"空间"构成了恋人的求爱演说的逻辑核心。如果我们有"时间"，我们就可以坐下来思考如何度过这恋爱的"漫长"的一天。我的爱将始于《圣经》记载的"大洪水"和"挪亚方舟"时代，一直延续到无法预见的未来。我愿意用"一百年"来欣赏你的眼睛，"两百年"来欣赏你的胸脯，"三千年"来欣赏你身上的其他各处，每个部位需要"一个时代"，直到最后到达你的心灵。

然而，时间并不像想象的那么富裕，多得可以随便蹉跎。恋人听到"时间之车"隆隆驶过，从而意识到个人的生命在宇宙时间中仅仅是短暂的一瞬间。这里的"飞驰"和疾驶与第一段的"漫长"和蹉跎形成了鲜明的对比。作为个人，我们很快就会进入墓穴，进入"一片茫茫的永恒之沙漠"。在生命结束之后，"你怪异的贞操将是黄土一堆"，"我的情欲也将全部化成灰"。

"空间"的意象也贯穿了全诗。第一段设想情人在印度的恒河"寻觅红宝石"，而我却在英格兰的亨伯河岸唱着"相思的歌"。空间之宽阔，仿佛他们拥有了整个世界。我的爱情将像植物一样生长，长得比"帝国"还要广大，还要宽阔。然而，在第二段中，这种空间无限的感觉遭到了无情的逆转：广阔的空间变成了狭窄的"墓穴"，广大的"帝国"也变成了"土一堆"和一抔"灰烬"。生命的空间也有限，一个人不可能把全世界都据为己有，或者彼此天涯海角还能相爱。

诗歌中的"时间"和"空间"意象反映了对人生的一种基本认识。诗歌不仅仅是一首宫廷式情歌，宣扬"及时行乐"，它也是对时间、永恒、生活态度、来世等问题的哲学思考。实际上，马韦尔在这首短诗中引入了从"欲望"到"拯救"的一系列议题。这些议题的答案依赖于诗歌描写的另一个意象："性"。第一段的"罪过"在17世纪常常指女性之失身，然而在此却被颠倒了过来，指女性之守节。

接下来对女性身体各个"部位"的列举也充满了性暗示,它像摄影一样,从一个部位转移到另一个部位,勾起许多联想。

第二段设想"贞节"在身后被蛆虫啃食的情景。蛆虫与男性性具有一定的比拟关系,它暗示身前没有破裂的处女膜在身后将遭受啃食的厄运。在第三段中,"暗示"变成了露骨,"羞怯"变成了大胆。情人的每一个"毛孔"都喷出了爱的火焰,像"相爱的猛禽"一样,他们"狠斗猛拼把我们的欢乐/硬拽过人生的两扇大铁门"。"人生的大铁门"可以理解为人类出生的必经通道。要获得人生欢乐,必须通过这个通道(阴道),而不是天堂的大门。天堂只有"永恒的沙漠"和"大理石的殿堂"(墓穴)。《致羞怯的情人》鼓吹的是现世主义,它的意象暗示了这个主题。

新批评也关注文本的内部结构,因此,细读的另一类型是探讨文本内的含混、反讽、悖论、张力等矛盾关系,并由此揭示作品主题。含混指一个语言结构具有两种或两种以上的不同或相反的意思。在一般的文体中,含混被认为是一种语言缺陷,但是,在新批评的术语中,含混是一种"复义"或"一语多义"现象,它往往体现了诗歌语言的丰富性和复杂性。从燕卜荪的分析可以看出,含混不是作者粗心的结果,而是诗歌语言的特殊性所致。分析含混需要对语言结构、标点符号、词语搭配等因素进行仔细分析,从而挖掘出它们所暗示的不同意义。深入探讨这些意义如何在文本内部相互制约、相互支撑,从而构成和谐的整体,是新批评的使命,也是细读的重要手段。

反讽指语言结构的字面意思与实际意思不同或相反。比如,你的朋友用不正当的手段通过了一项重要考试,你对他说,"你真是聪明透顶!"在新批评的术语中,反讽的意思宽泛而灵活。布鲁克斯在《反讽:一种结构原则》(1949)一文中将反讽定义为"语境对一句话的意思的明显的扭曲"。它指文本引入了不同的意思或者不同的态度,并在内部达到了"平衡"或"统一"。对于布鲁克斯来说反讽是诗歌的一种重要的结构原则,它使诗歌内部获得一种稳定性,"这种稳定性就像拱桥结构的稳定性:把石块拉向地面的力量,实际上形成了支撑它的力量——推力和反推力成为获得稳定性的手段。"

悖论常常指一个命题听上去错误,但实际上正确。比如"欲速则不达"或者"知者不言,言者不知",等等。这些命题听上去不合常理,但实际上却有一定道理。悖论也译作"似非而是"或"二律背反",表示命题内常常包含一些自相矛盾的因素,但是这些矛盾因素在更深层次上又达到了和谐和统一。新批评将悖论视为文学作品语言的重要特征。布鲁克斯在《精制的瓮》中说:"诗歌的语言就是悖论的语言……诗人要表达的真理只能用悖论的语言来表达。"在新批评的术语中,悖论包括所有能够引起惊异感或反讽感的、对常理和常识的违背或抵触。为了深入了解悖论在诗歌中的作用,让我们看看布鲁克斯对济慈的《希腊古瓮颂》的分析。

布鲁克斯认为，该诗歌的整体结构就是一个悖论，即"美即是真，真即是美"。整首诗歌的内容都是该句名言的铺垫，并且也呈现出同样的悖论性结构。古瓮是"宁静"的新娘、"沉默"的少女，但是它又是一位"历史家"，正在"叙讲"着如花的故事和"绿叶镶边的传说"。古瓮虽然冰冷僵硬，它所讲述的故事却充满了动作和激情："疯狂的追求"和"忘情的狂喜"。"听见的乐曲甜美，听不见的乐曲更甜美"；多情的少年将永远爱着姑娘，因为他永远也得不到她；美丽的姑娘将永远被亲吻，因为她永远不会被吻到；歌声将永远响起，因为它根本没有响过。

其后，诗歌继续描写甜美的爱情和甜美的乐曲，但是济慈为这些永恒不变的美景加上了一个脚注：这些动作不会停止，是因为它们根本就没有动；这些人们也不会死，是因为他们根本没有生命。这些悖论还可以被延伸得更远：爱情将永远热烈，因为爱情还未被品尝到；一个无名无据、无处考证的小镇，在艺术的想象之中，却比真正的城市具有更大的魅力，给人以更大的真实感。仿佛生活的一瞬间凝聚在艺术之中时，将比生活本身更具有活力。小镇只存在于诗人的想象中，只存在于古瓮之上，然而诗人的想象力给予了小镇"原初的真实性"。

在最后一节，诗歌宣布古瓮乃是"冰冷的田园"。布鲁克斯认为"冰冷的田园"构成了该诗"核心的悖论"：一方面，田园牧歌有血有肉，另一方面，它又冰冷如顽石；一方面，古瓮所反映的生活充满了动作和激情，另一方面，它又是"被赋予了特殊形式的生活"，因而是超出了生活的生活。作为"历史家"，古瓮对我们传达了这样一个信息：这个"被赋予了特殊形式的生活"代表了我们对人类和自然的"最基本和最根本的认识"，即"美即是真，真即是美"，或者说，艺术的真实高于生活的真实。

布鲁克斯对济慈诗歌的分析反映了新批评对悖论现象的高度重视，也揭示了悖论对诗歌研究的重要意义。在《精制的瓮》的最后一章，布鲁克斯说："以这种方式对结构进行分析，可以说明为什么在前面的章节频繁出现了'含混'、'悖论'、'态度的复杂性'等词语。"

细读的延续

在20世纪60年代，新批评的"文本中心主义"和"本体论"受到了文学理论的挑战，细读的理论依据和基础也受到了质疑。细读的目的是对具体文本进行解释，但是从理论角度讲，它必须首先解决意义的产生过程和意义的本源问题。在阐释学看来，必须有一套理解文本意义的原则和方法，才能实现对具体文本的解释。加达默尔认为，阅读过程涉及读者和文本双方的对话和"视野融合"。读者所带来的时空视野和个人视野构成了一个阅读过程的"前理解"，文本的意义就是读者的视野与文本的视野进行有效对话的结果。由于该理论认为文本意义主要由读者决定，它实际上将意义的本源从文本转移到了读者，即文本的意义是此时、此地和对我产生的意义。关于文本，没有一个稳定的"正确理解"，有多少读者就有多少解释。

与加达默尔不同，赫希则认为意义来源于作者和作者的意图，文本的意思就是作者在创作时企图用文字表达出来的意思。赫希的观点直接挑战新批评的"意图谬误"说，他认为，文本意义是确定的和稳定的，并且可以被胜任的读者所转述。语言的定式、惯例，以及作者的观点和视野等内部和外部因素构成了"验证有效性"的逻辑，读者在阅读时必须通过该逻辑去识别作者的意图，从而获得文本的意义。虽然赫希将意义的根源定位于作者，然而，像加达默尔一样，他也认为读者具有极大的重要性。在他看来，文本意义分为"含义"和"意义"，后者包含了读者的个人境况、信仰、反应及他所处时代的文化背景、观念和价值体系，而这些意义都是不确定的和不断变化的，文学批评的任务之一就是要研究这些不确定的意义。

阐释学将读者视为文本意义的本源，完全打破了新批评的细读原则和"感受谬误"观念，由此产生的读者反应理论在对具体文本进行细读时，已经不考虑文本的内部结构，甚至不考虑情节、人物、叙事视角、修辞、音韵等因素。实际上，它已经不把文本当作研究的中心，相反，它重视读者在阅读活动中所起的作用，将读者和阅读过程视为文本意义的来源。因此，它对文本的解读集中于读者的具体经验，即读者的期待、期待的否定、信息的推迟、满足、期待的重新定位，等等。比如伊泽尔对菲尔丁的小说的解读就专注于读者在阅读活动中的"再创造"。伊泽尔说，小说往往在叙事过程中会留下一些"空白"，而读者要理解小说，就必须用想象力和再创造来填补这些空白。在菲尔丁的《约瑟夫·安德鲁斯》中，对邪恶的揭露与对美德的赞扬形成了一对矛盾：亚当斯作为美德的化身与他身边的邪恶形成了鲜明对比，然而亚当斯在与社会的接触中却显得别扭和生硬。如果读者谴责社会的邪恶，那么他就是认同了亚当斯的美德。然而，如果他同时觉得亚当斯的美德别扭而生硬，那么他似乎又认同了社会对亚当斯的评价。在这个问题上，小说似乎并没有提供一个答案，而读者必须通过再创造为自己找到一个答案。这样，读者反应理论从读者的角度找到了细读文本的新方法。

如果阐释学大幅提高了读者在意义生成中所起的作用，那么，解构主义将极力强调语言符号的差异性，以及由此产生的意义的不稳定性。德里达反对逻各斯中心主义，认为语言不反映现实存在，语言的意义也不受现实存在的控制。意义产生于语言系统内部，它由语言符号之间的"差异"（differance）构成。另外，言语符号（能指）与它的意义（所指）之间没有一一对应的关系。一个符号的意义需由其他符号解释，其他符号又由更多的其他符号解释，因此，意义不存在于符号内，而是被无终止地"延迟"，或者散布于一系列无终止的符号链条里。因此，意义总是滑动的、不确定的，人们无法控制它向各个方向的"播撒"。语言也就是延迟和差异的永无止境的游戏。

在此基础上，德里达建立了解构阅读的方法。其主要策略就是揭示语言在运作过程中所产生的矛盾和对立因素，从而达到瓦解和颠覆现有秩序的结果。他首先向西方形而上学思想传统发起挑战，指出在传统的"二元对立"体系中，两个对立项总是处于不平等地位。不管是言语/文字，还是理性/感性、文明/野蛮、灵魂/肉体、男人/女人、真理/谬误、先进/落后、我们/他者、西方/东方、主人/奴隶，等等，前者总是高于后者，处于一种优越地位。它们被视为逻各斯的中心，或者第一原则，而后者则是处于从属、负面和消极的地位，其存在以前者为依据，成为第二原则。德里达暴露了这种等级秩序中的自我矛盾，使其中的秩序在不可统一的自我矛盾中崩塌下来，从而实现自我解构。德里达称他的解构活动为"批判性阅读"（critical reading）。

解构批评将德里达的"批判性阅读"运用于文学批评之中，形成了类似于新批评的细读的阅读方法。解构批评也强调对文本结构进行分析和细读，挖掘出其中的矛盾关系，但是，解构批评认为新批评的细读还不够"细"。除了对文本进行了更加细致的分析外，解构批评的目的也大不相同。新批评旨在呈现文本中的张力或者悖论，证实它们在文本中形成了一个整体，表达一个可以确定的意义。而解构批评的目标是要证实这些矛盾关系不可调和，永远无法达到统一，从而在文本中形成所谓的"困境"（aporia）。另外，由于"能指"永远指向其他"能指"，意义永远"缺场"，永远被"延迟"，因此，意义具有"不确定性"（indeterminacy）。在这种情况下，阐释就没有正确和错误之分，所有阐释都将是"误读"。

希利斯·米勒对《呼啸山庄》的分析集中在阐释的有效性和排他性之上。各种阐释模式都期望从某一个切入点进入文本，去寻找能把各种细节连成整体并能对它们提供合理解释的根由。比如，可以从洛克伍德在窗台上看到的大大小小、密密麻麻的名字这个段落入手，证明整部小说就是这个段落的拓展，即小说的发展经历了"凯瑟琳·恩肖"、"凯瑟琳·希斯克里夫"和"凯瑟琳·林顿"三个阶段。另外，小说为下一代人命名也采用了这几个名字的不同排列组合。可以说，洛克伍德在窗台上看到的这几个名字是小说全文的浓缩。这样的分析似乎合情合理，但问题在于它所使用的象征手段。米勒认为，阐释从一种象征结构导向了另一种象征结构，但其指涉对象并不明确。最多，它指向一种"缺席的踪迹"，在象征与象征之间、故事与故事之间、一代人与一代人之间"漫游"。因此，各种阐释模式通过象征手段寻找统一整体的实践，在语言运作的自身矛盾中被解构。

解构主义的另一倾向是将每一个新文本视为对前文本的阐释。文本不反映客观世界。每一个文本总带有前文本的痕迹，它不是一个完整的自然体系，而是在语义、语法和语音层面与以前所有文本形成千丝万缕的联系，而前文本的痕迹则通过新文本的取舍渗入新文本。根据克里斯蒂娃的说法，这种互文关系存在于所有文本之间，任何一个文本都是对其他文本的互文，文本也仅仅存在于与其他文本的互文性之中。这样，解构批评打破了新批评将意义局限在一个单一文本内部的限制，为文本的阐释开辟了一个更加广阔的领域，从而拓宽了文学批评的视野。

具体地说，互文性指文本公开或不公开地引用、指涉、重复和改写前文本的形式或内容。在实际批评过程中，阐释者将强调一个文本与其他文本错综复杂的关系，如乔伊斯的《尤利西斯》与荷马的《奥德赛》之间的关系。但是，互文性并不一定意味着一个文本必须对前文本进行吸收、戏仿和改写。由于文本不可避免地运用"已有"的语言和文学惯例与程序，参与由它们构成的话语，因此文本的互文性将不可避免地发生。卡勒将这些惯例和程序称为"文学预设"。例如，塞万提斯的《堂吉诃德》所讲述的故事与一系列其他故事相联系，与这种文类的写作手法相联系，要求读者对它产生某种期待，采取某种态度。这样，文本就不再是一个封闭的、自给自足的统一整体，而是一个开放的、与其他文本相互交叉和对话的复杂系统。意义不再产生于文本的内部结构，而产生于文本与其他文本的相互关系。从阐释的角度说，互文性意味着一个文本不指向现实世界，而指向其他文本。它的实际指涉被推迟到另一时刻或另一层面，从而构成无休止的指意过程。

结　语

细读是一种阅读方法，也是一种批评策略。在新批评时代，细读的主要特点就是确立文本的主体性，从而对作品进行一种"内部研究"。这种研究方法主要专注于文本内部的语言和结构，强调意义存在于文本内部。在新批评之后，细读变为一种文本阐释，它不再遵守"内部研究"的界限，而是根据意义生成的不同模式，从不同角度去寻找文本的意义。阐释学、接受美学、结构主义、解构主义、女权主义、心理分析、后殖民理论、西方马克思主义等都采用了经过改良的细读方法对具体作品进行分析。可以说，细读并未因新批评的消失而消失，作为一种阅读方法，它还将长期存在于文学批评的实践中。

参考书目

1. Cleanth Brooks, *The Well Wrought Urn*, Brace & Co., 1947.
2. F. R. Leavis, *Revaluations*, Chatto & Windus, 1936.
3. Frank Lentricchia, *After the New Criticism*, Chicago UP, 1980.
4. I. A. Richards, *Practical Criticism*, Harcourt, Brace & the World, 1929.
5. John Crowe Ransom, *The New Criticism*, Greenwood, 1979.
6. René Wellek, et al., *Theory of Literature*, Jonathan Cape, 1949.
7. T. S. Eliot, *Selected Essays*, Faber & Faber, 1932.
8. Terry Eagleton, *Literary Theory*, Basil Blackwell, 1983.

9. W. K. Wimsatt, et al., *The Verbal Icon*, U of Kentucky P, 1954.
10. William Empson, *Seven Types of Ambiguity*, Chatto & Windus, 1930.
11. William Spurlin, et al., *The New Criticism and Contemporary Literary Theory: Connections and Continuities*, Garland Publishing Inc., 1995.
12. 赵毅衡:《"新批评"文集》,中国社会科学出版社,1988。

现代性 赵一凡

略 说

"现代性"（Modernity）是个矛盾概念。说它好，因为它是欧洲启蒙学者有关未来社会的一套哲理设计。在此前提下，现代性就是理性，是黑格尔的时代精神（Zeitgeist），它代表人类历史上空前伟大的变革逻辑。说它不好，是由于它不断给我们带来剧变，并把精神焦虑植入人类生活各个层面，包括文学、艺术和理论。在此背景下，现代性就成了"危机和困惑"的代名词。

综 述

现代性研究是一个性质复杂的跨学科课题，它离不开两个大的历史背景。首先，我们须将它与资本主义发展规律相联系，把握其中福祸相依的辩证关系；其次我们应结合现代/后现代文艺研究，从中寻觅现代性内部的分裂线索。

先说它与资本主义一脉相承的血缘关系。如前述，现代性原为一种抽象的哲理构想，它出自一批心地善良的启蒙思想家之手，迭经修补，形成一幅理想蓝图。由此看来，现代性不啻是新生资本主义的梦想：它满腔激情，气势如虹，一扫中世纪蒙昧和封建传统的僵滞。从诞生起，现代性就不断向世界发布变革信息，许诺理性解决方案，发誓要把人类带入一个自由境界。可在300年的扩张中，资本主义无时不在背离其许诺。与现代性的美好理想严重相悖，资本主义每个毛孔都散发着铜臭和血腥。它张狂进取，索求无度，每到一处都带来旷世未有的冲击震撼，以及随之而来的战争、污染、异化和沉沦。

在《共产党宣言》中，马克思用他经典的张力性语言刻画了现代性善恶并举的本质：

> 资产阶级在不到一百年里，已经开发出比过去世世代代总共造成的还要大的生产力。……它创造了与埃及金字塔、古罗马水道、哥特式教堂根本不同的艺术奇迹，它举行了与民族大迁移和十字军东征完全异趣的远征。

如此赞美它的同时，马克思又进一步指出：

> 它迫使一切民族在唯恐灭亡的忧虑下采用资产阶级生活方式。简言之，它按照自己的形象，为自己创造出一个世界。……它使乡村依赖城

市，使野蛮和半开化国家依赖于文明国家，使农民的民族依赖于资产阶级的民族，使东方依赖于西方。

一如马克思所言，现代性也强迫古老的中国接受它多变的生活方式。它的东渐，一度被中国人喻为德先生和赛先生双喜临门。但为摆脱依赖局面，中国人不得不借现代性之力，反复发动社会革命与经济改革，以实现现代性的本土化。这便有了我们今天说的四个现代化。准确地说，西方现代性既非两项合成，亦非四项并列，而是三位一体：即科学精神、民主政治、艺术自由。作为理性，它包含三个子项，分别是认知理性、道德理性、艺术理性。从哲学上讲，这三项理性协调运转，便能构建一个完美社会。但是自尼采以降，现代性不断遭受批驳，渐至整体裂解。而冲突裂解的迹象，最生动鲜明地体现在现代派文艺作品中。

再看现代性与现代主义的纠葛。我们所说的欧美现代派文学，一般从1857年算起，即文学史上同时出现波德莱尔《恶之花》和福楼拜《包法利夫人》的那一年。而俄裔作家纳博科夫1958年在美国出版畅销书《洛丽塔》，则象征着后现代文学出场。请注意，现代/后现代主义文学研究并不等于理论上的现代性，这是因为现代性是一复合型命题，它虽包含文艺项，却不限于文艺。所以我们须以多重方法，分头探查不同领域，考虑其间互动关系。据此，我把现代性问题拆成三项，依序讲解，分别为文艺现代性、哲学现代性、社会现代性。

文艺现代性

有关现代性的争论，是由现代主义（modernism）引发的。第一波争论起于20世纪30年代，主要在欧洲左翼批评界展开。其中卢卡奇与布莱希特有关现实主义和现代主义的争论最为有名。法兰克福学派的阿多诺和本雅明也分头提出文学生产与文化工业理论，这对后人探究文艺现代性具有重要的开启意义。可以说，左派论争给我们留下了两条解释线索，其一是语言学，其二是机构研究。

现代主义作为一场叙事危机或表征危机

我们知道，马克思曾在《经济学手稿》中论及历史叙事，大意是：社会安定有助于叙事传统形成，而强权统治会压制民众的语言欲望，引发叙事危机。德国左派理论家卢卡奇受此启发，大力推崇现实主义。在他看来，歌德、巴尔扎克一类现实主义作家处于资本主义上升期，因而能代表健康文化，并在文学创作中自觉地反映社会发展规律。到了资本主义成熟期，社会冲突加剧，异化倾向严重，迫使作家日益丧失整体认知的能力，此时便出现了左拉式的自然主义小说。此后的现代主义诸流派愈发变得悲观消极，狭隘颓废。在认知与反映层面，现代派作家只能摇摆于抽象客观和虚假主观之间。

卢卡奇的批判，遭到法兰克福学派大师阿多诺的反驳。与卢卡奇一样，阿多诺也认为现代主义确与作家对语言的质疑与实验有关，就是说，他们陷入了一场因资本主义急遽发展而造成的叙事危机。可他不像卢卡奇那样责难现代主义，反而视其为进步作家的英勇反抗。在阿多诺心中，文艺是左派抵制资本整合的最后阵地。他在《启蒙辩证法》中称：理性蜕变成工具理性，技术上升为统治原则，文化工业加剧了精神生活的萎缩；它窒息天才，压抑反叛，迫使语言庸俗化，文艺向商品衰变。晚年的阿多诺更加悲观，他把所有希望都寄于激烈的文艺创新，甚至要求文艺放弃交流功能，以示左派与资本主义的决裂。

到了60年代末，这一决裂倾向演变成解构。法国哲学家德里达告示天下：现代主义是一场表征危机，它证明现代人不再是知识中心，因为语言自身混沌不明，词语意义更是滑动的游戏。由此推论，生活虽是艺术源泉，但它不可再现，或难以表征。所以传统的摹仿论、表现论、反映论一时都成了空话。

以上几位意见不一，但都把语言当作了现代主义的解密门径。他们突出资本主义的精神压迫，关注作家的怀疑心态，以及他们苦于表征的困境，以此说明他们无休止的反叛创新。这样一来，语言形式就变成我们判断现代派文艺的主要标准，它至少有如下一些文本特征：

一、颠覆传统叙事。叙事方法上，现代派作家鼓吹杂语对话、含混多义，反对万能叙事者作统一明确的述说。这一倾向走到极端，不仅破坏传统叙事，还导致阿多诺所说的"非交流"，即全然看不懂。二、题材上追求新奇、怪异、反常和私人化。批评家注意到，现代派作家专挑那些让读者不安并威胁他们珍贵感情的题材。他们先是向传统习俗挑战，出奇制胜，继而攻击资本主义生活秩序。三、结构上支离破碎。现代派文学摆脱了现实主义的有机整体观，走向拼贴模仿。它大量应用蒙太奇、戏仿、反讽和隐喻，造成时空颠倒，距离消失，结构错乱。

上述语言方法着眼于文本，方便教学，所以在欧美学界流行至今。它的缺点是悲观偏激，直把资本主义看成是一座语言囚笼、一副精神枷锁。实际上，资本主义的本质属性远不止于此，它在更大程度上倒是一部令人叫绝的生产机器。

现代主义作为一场艺术机构变革

在30年代的讨论中，布莱希特也有可贵的贡献。他宣称，艺术表现真理的方法千差万别，所以应鼓励文艺不断创新。现代派技巧也不尽颓废，它可以用来为革命服务。这位戏剧大师偏爱现代派手法，他的艺术实践也相当成功，这表明语言学方法大有遗漏：现代主义不只是一种语言困境，它还涉及社会变革的深层影响，例如艺术机构和文化生产。

在这方面，值得纪念法兰克福学派的天才思想家本雅明。在《技术生产时代的艺术作品》中，本雅明提出了文学生产论，还发明一个"光晕消失"概念。光晕（aura）原指环绕艺术作品的神圣气氛，或一种令人起敬并向艺术品膜拜的心理距离。光晕起源于人类祭祀。世俗艺术兴起后，光晕依然是艺术的标记。它证明，艺术品天生有其标准：独一无二和真实权威。没有光晕，就谈不上艺术，只是赝品（kitsch）。本雅明指出，机器时代引发一大变化，即文艺作品光晕消失。何以如此呢？首先，艺术品实现了大规模机器生产，万千仿制品不再具备独一权威性。其次，传统接受模式瓦解，原本由少数高贵者享用的艺术如今要服从大众需求。最后，艺术不再与祭祀相关，它受制于政治经济。

本雅明引入一种全新视角。他从艺术生产和接受的变革趋势来看待现代主义崛起。对社会学家而言，这恰是一个机构研究方案。迄今为止，我们看到左派学者在两个层面上解读现代主义文艺现象，其一是语言文本研究，其二是艺术机构研究。后者的优势是，它把现代派文艺同资本主义文化生产串联起来，这就为当下研究圈定出一个战略交叉点。这一交叉，就是文艺表征（representation）与文化再生产（reproduction）两大课题的贯通。

何谓文艺现代性？不妨说，它既是自由表达的欲望，也是理性自身的叛逆。它反对资本主义精神整合，却一再遭遇叙事或表征的困难；它珍爱自身的独立超越，却被迫一步步陷入资本主义生产的精密控制。换言之，从现代主义到后现代主义的痛苦演变过程中，文艺现代性发生了严重裂变，而这一裂变的趋势，即是现代派作品逐渐放弃它原有的文艺再现功能，转而顺应资本主义文化再生产。

哲学现代性

20世纪60年代，美国文艺界掀起第二波论战。论战的主题从现代主义的衰竭，转向后现代主义的崛起，从中引出了"哲学现代性"的命题。

后现代主义在美国的降临，伴随着空前的文化骚乱。一代反叛青年从嬉皮士、新左派，一直闹到民权运动和"反文化"。在文艺领域，它也造成激进与保守的对垒。保守阵营的代表是屈瑞林、贝尔等学术权威。对立面则是他们的学生，一伙批评界的后起之秀。在老一辈学者眼中，战后美国文化堪称礼崩乐坏，江河日下。从"垮掉的一代"的创作到梅勒、贝娄等的小说，都体现出一种厌世倾向。这些后现代作品的通病，是"全然摈弃我们的思想习惯与文学准则"。如果说现代派还多少表现一些人性，后现代作家则只会虚构反英雄及其荒诞经历。

针对封杀，青年人揭竿而起，反击保守统治，倡导文艺新风。著名者有巴思《衰竭的文学》、菲德勒《小说的终结》、桑塔格《反对阐释》，等等。这些反叛主张，在美国文艺界激起一片后现代喧闹。70年代末，喧闹升级为一场国际辩论，参与者有英国的洛奇、荷兰的佛克马等人，他们争论哈桑的超批评，关注詹克斯的后现代建筑美学。这场鏖战，虽给后现代增添了魅力，可文艺家解决不了自己的麻烦。于是论战由文艺转向哲学，由美国转向欧陆。

1976年，美国建国两百年之际，哈佛教授丹尼尔·贝尔发表《资本主义文化矛盾》，提出资本主义经济、政治、文化三领域的冲突理论。站在保守立场，贝尔谴责后现代主义造成的混乱，要求规范文艺，重建信仰，恢复秩序。1980年，德国哲学家哈贝马斯发表《现代性：一项未竟工程》，指名批驳贝尔，并挑战福柯、德里达等人的反现代立场。次年，哈贝马斯亲往美国，发表《现代性对后现代性》讲演，此举标志现代性讨论的国际化与多学科化。

哈贝马斯的现代性立场

一、从哲学上讲，人们争议的现代主义只涉及现代性的一个侧面，即文艺/美学现代性。解决这一问题的办法，是扩展视野，从头研究现代性。二、在伏尔泰、卢梭那里，现代性是一项社会设计，它精致和谐，充满自由、平等、博爱的光辉。依康德之说，这一社会由科学、道德、艺术三领域组成，分别由认知工具理性、道德实践理性和艺术表达理性所支配。三理性默契运转，即可导向完美的未来。但历史的发展日益暴露出启蒙缺陷。尼采因而攻击现代性是权力意志，海德格尔批评它是"现代迷误"，福柯指它为话语权力机构，利奥塔干脆笑它是一套崩溃的宏伟叙事。三、现代化进程加强了科技思维与商品经济，人们日常交流也因此受到侵害。艺术，为抗衡资本主义文化逻辑而走向反叛，并在精神领域不断引发抗议。哈贝马斯坚信，启蒙工程并未失败，我们不可放弃理想，也不能把文化紊乱的责任全推给艺术现代性。

1985年，哈贝马斯发表《现代性哲学话语》，此书引起了德法哲学界的多年论战。围绕现代性，尤其是交往理性与权力话语的矛盾，欧洲思想界大举返回启蒙设计，反复梳理自黑格尔、尼采直到福柯的哲学话语。下面，我拟以浓缩形式介绍哈贝马斯的主要见解：

黑格尔创立现代性话语

哈贝马斯的现代性调查始于黑格尔。他认为，是黑格尔最先提出明晰的现代性概念，并将它升格为西方哲学的一大基本问题。黑格尔的现代性立足于一个时代概念，即欧洲人喋喋不休的"现代"：德语 modene Zeit，法语 temps modernes，英语 modern times。

现代一词诞生于1800年前后，它的出现，无疑受到资本主义兴起、人类进入新纪元的鼓舞。据此，现代性的时代意义便可囊括西方文明自16世纪以来发生的所有伟大历史事件，譬如宗教改革、发现新大陆、文艺复兴，再加上启蒙运动、工业文明、法国大革命。在黑格尔头脑中，现代首先是一个决心与传统断裂的概念，它告别中世纪愚昧，面向理性之光；现代又是一个充满运动变化的概念，它串联起一组新话语，如革命、解放、进步与发展。

新时代呼唤新哲学。经过一番艰苦梳理，黑格尔确立了现代性的显赫地位。他断言新时代精神乃理性之精神，而现代性的核心，就是主体性，它是理性得以产生、壮大并且战无不胜的源泉。我们知道,西洋哲学从笛卡尔的"我思"以降,一贯强调主体。康德封它为批判基础,从而建立起理性最高法庭。黑格尔将它进一步拔高,成为主宰一切的绝对精神。从此,西方人不可一世的主体,就像一面飘扬的旗帜,负起了领导全人类未来的责任。然而现代性的骚动本质却给黑格尔出了一道难题,这就是"启蒙辩证法"。我们知道,主体以理性的名义鼓吹解放与批判,可它不能像宗教那样提供足够的文化凝聚力。启蒙反而加剧分裂,解放反而导致纷争。仅靠主体反思,西方人能否克服纷纭危机?黑格尔无奈,只好用"理性狡黠"说搁置麻烦,同时也埋下了后人拆解现代性的理由。

尼采发明后现代性作为一种对抗

黑格尔的设计错误,诱发了尼采的偏激批判。不妨说,是尼采打开了潘朵拉之盒,他因而也成为后现代哲学话语的鼻祖。尼采一入场,便看出黑格尔的设计自相矛盾。矛盾在哪里?身为自我意识,理性不受任何约束,反而能自知自明;它既是自由解放的象征,又担负反思纠错的责任;它浑身洋溢变革冲动,偏偏被赋予宗教的保守功能。面对以上难题,尼采要么从头修改主体化理性,要么干脆舍弃这一方案。狂放不羁的他选择了第二方案,即告别启蒙,背弃理性,转向与之对立的神话。

尼采为何乞灵于神话?据说他青睐神话是因为神话与理性相对。人类历史上,神话与理性本是兄弟。理性后来居上,窃取了统治地位,神话却遭受迫害,变成被理性残酷清洗的"他者"。希腊神话中,有一个名叫狄俄尼索斯的酒神。他是宙斯的私生子,因受天后嫉恨,自幼出走,浪迹天涯。尼采崇拜狄俄尼索斯,不仅因为他是一个迷醉终日的酒神、能歌善舞的艺术神、无家可归的流浪神,更关键的是,相对于枯燥刻板的理性,他还是一个能为百姓带来无尽欢乐的未来神。人们不知他何时回家,可他的回归,将给人带来救赎。

为对抗现代性,尼采发明一套策略,即通过酒神崇拜,把神话、艺术、宗教熔为一炉。首先,他刻意贬低现代性,指其为人类理性的最后阶段。理性扩张造成传统与神话的瓦解,于是尼采便有理由祭起神话大旗,挑战现代性权威。其次,现代性一无神秘,又堵死了复辟之路。尼采只能向前看,期待神话再现。在此方向上,艺术便成为救赎之星。理由是:宗教与艺术暗通,宗教将亡,给艺术留下遗嘱,由它去拯救宗教的核心,即神话。一旦艺术掌握了神话象征及其包含的深厚真理,它便可替代宗教,成为与现代性抗衡的另类理性。

至此,尼采的策略已凸显如画。一方面,他在现代性内部预设了冲突机制,即借神话打造一门反叛美学,以突破现代性的理性外壳。可以说,尼采美学开辟了一条精神逃亡之路:它抛弃与理性相关的意识、真理与道德,专一颂扬狂喜、欲望、享乐等人类本能。作为"艺术的真理",这种后现代美学不断从古代经验中汲取魅力,巩固自己的反权威地位。另一方面,尼采执意破除哲学与文艺的界限,创造一种独具风格的美学化哲学，以及与之相应的混杂文体。对此他表示：自己在《悲剧的诞生》中表现幼稚，居然用艺术表现科学，用文学阐释哲学。说穿了，这一尼采式文风，早已预示了后现代主义文艺的鲜明特色。

哈贝马斯总结说，尼采以其怀疑目光，悲剧式地看待世界。他批判形而上学，却不放弃哲学。在他身后，出现两条现代性批判之路：其一是拉康、福柯的怀疑论。他们利用人类学、心理学和史学方法，谴责权力意志，驳斥主体化理性。其二是海德格尔、德里达的形而上学批判。他们重返西方哲学源头，从苏格拉底开始，一一翻检形而上学的基本谬误。

社会现代性

从20世纪80年代起，现代性哲学论战持续至今，仍无了结迹象。哲学家的讨论，渐渐染上鲜明的社会学色彩。我们知道，社会学三大经典导师马克思、涂尔干和韦伯都对现代社会作过矛盾预测。马克思料定，资本主义将激化阶级斗争与东西方冲突。涂尔干担心，工业化分工会加剧竞争心理和自杀倾向。韦伯相信，理性化过程不可阻挡，但官僚机构及其管理模式势必造成一个自行运转的铁囚笼，它压抑精神生活，牺牲个人自由。

社会现代性：从韦伯到哈贝马斯

关于现代性，韦伯试图从社会学意义上将其描述成一个理性苏醒、逐步给世界祛魅的过程。就是说，理性引导社会脱离传统束缚，转而依赖它的合理与理智去认识并征服世界。然而，这一历史过程大大伸张了工具理性。韦伯看出，在自然科学、法律行政以及经济生活中，这种貌似合理实为功利的理性正在不断扩大其机构统治。为查找工具理性猖獗的原因，他仔细区分人类各种行为，如工具行为、价值行为、传统行为、情感行为。其中，工具和价值同属于理性行为，可它们偏又截然对立。韦伯锐利指出：工具行为讲究效益，追求利润；而价值行为不计成败，只认道德义务。由于这两大理性行为水火不容，此长彼消，就造成社会价值领域的持续分裂。畸形发展到了20世纪，也就难怪阿多诺要大声疾呼意义消亡、精神奴役了。

正是在上述行为研究中，韦伯为哈贝马斯指点了破题方向：其一是放弃意识哲学及其主体论。哈贝马斯发现，传统哲学唯我独尊，无力解决现代性的多元问题。为此他与阿多诺决裂，并批评老师偏激。其二是大幅转向"哲学社会学"，即充分利用语言学和社会学最新成果，在社会交往的实践层面展开现代性的修补工程。有关哈贝马斯的交往理性，我们将另辟专文讲解。

提醒大家：哈贝马斯的转向并非唯一。法国哲学家利奥塔就是从知识社会学角度介入现代性论战的。身为后现代重要发言人，利奥塔在《后现代状态》中提出现代性不过是一种知识游戏，它一度造就了科学与启蒙的宏伟叙事，而当下的后现代状态，则反映出游戏规则的紊乱失效。它突出表明启蒙神话与宏伟叙事俱已瓦解，科学与理性不再指向真理。这一趋势，将迫使人们承认知识的断裂与反悖，继而转向局部知识，采用谬误推理。

利奥塔的理论得失这里姑且不究。受他和哈贝马斯的激励，一批欧洲社会学家络绎出场，成为现代性研究的当下主力。他们从表征危机、社会机构、文化生产等不同层面大举考查社会现代性，为我们了解现代社会提供了诸多参照。其中不可不读的名著有法国后现代明星鲍德里亚的《类像与仿真》、德国社会学家卢曼的《社会系统》、英国教授吉登斯的《现代性后果》、法兰西学院院士布迪厄的《文化生产场》。下面侧重介绍吉登斯。

社会现代性：吉登斯的新解释

吉登斯开启了现代性研究的第三维，即以社会学方法反思这一哲学难题。针对利奥塔的意见，吉登斯首先开导大家：当代知识不稳定，从根本上来自社会变革造成的混乱失序。因此，在弄清社会现代性之前，我们不可能超越它，进入一个所谓的后现代。他尤其提醒人们，要重视现代社会的突出特征：断裂性与两重性。

何谓断裂性？吉登斯说，现代性将人一举拔离传统，带来前所未闻的变革。300年剧变，竟使传统知识纷纷失效，无法提供新的系统解释。受进化论影响，我们长期忽视现代性的断裂本质，这更加剧了理论困惑与知识混乱。事到如今，唯有搁置进化论，改以全新目光去看待现代性的动力与矛盾。

何谓两重性？就是说，现代社会变革呈现一种悲喜交加的后果。对此，我们只能当它是一柄双刃剑，并学会在变革中兼顾好坏，平衡得失。吉登斯解释说，现代变革无疑为人类开辟并增加了发展空间，让我们过上了前人不敢奢望的富裕生活。但与此同时，我们也面临环境污染、资源枯竭、道德沦丧，还有金融风暴和恐怖主义。现代性辉煌无比的成就及其日趋可怕的影响越来越令人有始料不及之感。现代性的动力究竟来自何处？马克思形容资本主义天性：一为贪婪，二为扩张。吉登斯重新抽取其中的动力机制如下：

时空分割重组

农业社会中，历书、沙漏、观象学为人提供了粗略时序，特点是时空相联。就是说，传统时间总与地理标志相关。例如农妇看见羊群下山，便知到了该为丈夫做晚饭的时候了。教堂钟声回荡，标志着礼拜或婚礼。钟表则意味着现代时空的出现，它分割时空，把时间从空间中剥离出来，变成有序的格栅。譬如闹钟将一天分为几个工作段和休息段；又如20世纪的全球计时产生了火车时刻表、股市营业表等等。只有遵守严密时间表，人们方能工作生活。重组的后果是：距离感淡化，空间几成幻象，人倍感时间驱迫。譬如在机场，我们目睹航班进出频繁，如同魔幻世界。可它显示了一种现代世界的复杂联系，及其跨越时空的伟大能力。如今人们在电脑上设计明天，在网络中谈情说爱，在电视上知晓天下新闻。任你躲在何处，现代性无孔不入。吉登斯强调，时空重组开放了变革的可能，为社会提供了运转基础。它促成社会理性化的同时，也将人类纳入统一变革的框架。

金钱与专家：合成变革新机制

传统社会学用变异来描述制度沿革，但此法不能表达断裂性突变。为说明新机制不同，吉登斯选用了一个怪词 disembedding，意为连根拔除、重新设置。这一拔除式机制，包括象征符号和专家系统。所谓象征符号，就是美国社会学家帕森斯定义的社会媒介：金钱、权力和语言。作为现代媒介，金钱消除差异，建立流通，提供信用。譬如美元具有国际通货信用，它从而攻无不克，几乎能完成任何交易。在此含义上，资金凸显为现代变革的主要动力。

专家系统代表另一种崭新机制。马克思所说的分工，至此已演变为按专业组建的庞大社会系统。现代人在每一领域仰仗专家引导，无论上学、买房、开车，还是做生意、打官司、生孩子，都须依赖专家。即便是呆在家里，人们依然生活在专家系统中。现代人风险多多，却又满怀希望。他可以什么都不精通，但只要有钱，只须相信专家制度，他便能通过雇用和消费来获得一切，并享受保障。总之，专家和金钱一起，以时空重组为前提，建立了一种天网恢恢的变革机制，它向人提供无止尽的期望神话，以及永恒的变革前景。

知识反思与社会再造

人类知识产生于生产劳动，并在社会变革中获得改进。如此往返更替，它就获得了一种现代使命：重建自身，再造社会。现代知识的特点，吉登斯认定是反思。前现代文明中，知识是少数人的特权，他们虽然也有反思，但那只是缓慢而局部的。现代性令反思加快，形成频繁的知识创新与再生产，进而推动社会系统的不断再造。人们常说，现代性的标志是创新。此说不完全对。因为现代性并非仅仅以变为荣，它的本性，是要张扬一种彻底而无情的反思与批判精神。直到20世纪末，人们才意识到知识反思的强悍动力。曾几何时，启蒙理性向我们提供了一种似乎比传统可靠的知识稳定性。但反思迅速颠覆，并且取代理性，开始了一场接一场大规模的知识改造。如今我们无法确定科学合法，而同样的不确定性更多地反映在人文与社会科学领域，原因是人文与社会科学与现代性密切交织，对于知识而言，它的反思更深入，也更为基本。

结　语

本文从文艺现代性开始，一步步超出了文学范畴。这样做的理由是：现代性原本就不是一个单纯的文学课题。以哲学眼光看，它反映一种强悍无比的资本主义文化发展逻辑；从语言学角度分析，它既是一系列独特的叙述模式，也是一场表现方法的剧烈革命；而在社会学层面，它包含了一整套艺术机构与生产方式的变革创新；对于艺术创作者和欣赏者而言，它则是一种时髦的自我意识或生活方式。抛开这些，我们就很难从整体上把握和理解现代派文学。

依据马克思的辩证眼光，资本主义变革仍在进行。现代性正四处蔓延，走向全球。无论喜欢与否，我们已然生活在现代性后果之中。对此我们无须烦躁不安，也不必悲怆怀旧。这是因为从一开始现代性本质就是变革，以及由此而来的利弊交杂、福祸相依、风险与希望同在。

参考书目

1. Andrew Benjamin, ed., *The Problems of Modernity*, Routledge, 1989.
2. Anthony Giddens, *The Consequences of Modernity*, Stanford UP, 1990.
3. Hans Bertens, *The Idea of the Postmodern*, Routledge, 1995.
4. Jean-Francois Lyotard, *The Post-Modern Condition*, trans., G. Bennington, et al., U of Minnesota P, 1985.
5. Jurgen Harbermas, *The Philosophical Discourse of Modernity*, trans., F. Lawrence, The MIT Press, 1987.
6. Pierre Bourdieu, *The Field of Cultural Production*, Columbia UP, 1993.
7. 吉登斯：《现代性与自我认同》，赵旭东译，三联书店，1998。
8. 卢卡契：《历史与阶级意识》，张西平译，重庆出版社，1989。
9. 尼采：《权力意志》，张念东译，商务印书馆，1993。
10. 赛德曼编：《后现代转向》，吴世雄译，辽宁教育出版社，2001。

现代主义 姚乃强

略 说

"现代主义"（Modernism）是19世纪末到20世纪中叶在西方出现的一种思潮，一种复杂的文化现象。它有着深刻的哲学和美学的渊源，涉及文学、美术、音乐、戏剧、电影，以及宗教、建筑等诸多领域。现代主义文学是继古典主义、浪漫主义、现实主义之后的一个重要文学流派。它在文学观念、题材、形式、风格等方面都具有鲜明的思想特征和艺术特征，力图摆脱西方文学乃至整个西方文化的传统，并进行了大胆的实验和创新。现代主义文学派别林立，它与唯美主义、象征主义、未来主义、先锋派、意象派、意识流，以及后现代主义等，既有密切的联系，又有所区别。

综 述

谈现代主义离不开"现代"和"现代性"。"现代"和"现代性"都是相对的名称。"现代"是一个时间概念，任何一个时代都可以称自己为"现代"（a "modern" one）。据说远在1127年，巴黎修建的一座修道院在当时就被称为"现代作品"（opus modernum）。从词源学上来说，现代主义一词最早用于宗教改革方面。19世纪下半叶，基督教新教中一些主张改革的人试图运用人类当时掌握的知识和经验来证实基督教的信仰，将传统的宗教观念和现代知识协调一致起来。他们试图用人文主义思想和18世纪哲学家创立的并为法国大革命所传播的思想，来转变人们的传统观念和思想，特别是关于人与上帝、人与人、人与世界、人与社会的传统观念。第一个在这个意义上使用现代主义一词的人是法国18世纪哲学家卢梭。1769年他在一封信中称他同时代的一位哲学家为"现代派"。后来词典编纂家利特尔把该词收入词典，释义为"尊重现在胜于过去"，用我们现在的话说，即"厚今薄古"之意。此后，该词一度很少使用，直至19世纪七八十年代比利时勒芬大学教授佩林重新启用该词，并定义为"当今社会中具有人道主义思想倾向的人，他们企图把上帝从社会生活中清除出去，是一批十足的自由主义者"。由此可见，现代主义一词从一开始就与"改革"、"革新"、"注重现在"，以及"人道主义"、"自由主义"等连在一起。

学术界在界定现代主义时存在着多种观点和方法，其中主要有这样两种：一种是将现代主义看成是只适用于在某一个特定时期的一群特殊的作家和艺术家；另一种则把现代主义看成是一种文学艺术倾向，或者说是对"现代"的一种态度，既可适用于今天，也可适用于过去——距今百年以前，甚至更早的时期。这样，在时限上就大不相同。前者一般指19世纪末到20世纪中期这样一个历史阶段，而其巅峰时期，就英美文学而言，一般认为出现在1910年至1925年，也就是在第一次世界大战前后，短短的十多年时间里。

持第一种观点的学者在界定现代主义时又有不同的做法。有的人把现代主义当成一个"百宝囊"、"摸彩袋"，将文学艺术中出现的大大小小的流派和各种创作方法都往里放，什么象征主义、印象主义、意象派、表现主义、未来派、达达主义、超现实主义等一股脑儿塞进去。但是，有一些人认为现代主义只是这许多流派中的一派，或者指的只是所谓的"高雅现代主义"（high modernism），并严格限制在第一次世界大战前后这个特定时期出现的一种文学现象及其重要的代表作家，如庞德、艾略特、吴尔夫、叶芝、乔伊斯等。这些作家都在文学创作的思想观念、形式和方法上有一些共同之处。

然而，即令按狭义上的现代主义来界定，又有几个因素使情况变得错综复杂。其一是现代主义不仅仅是一个文学现象，正如前面所述，它还涉及到文学艺术中的各个领域以及其他许多领域。其二是它具有国际性，不仅仅出现在欧美，在亚洲、非洲等世界各地在不同时期或不同程度上也同样存在。其三，它和另一些重要的思潮或文学批评方法，如虚无主义、女权主义、存在主义等，几乎在相同的时期出现，它们对于传统的文艺思想的批判往往有类似的地方。这些都增加了阐述上的难度。鉴于这些原因和受篇幅的限制，本条目的解释重点放在文学方面，主要放在英美文学方面，其他方面只能从略，不作详细的分析说明。

现代主义文学是西方进入垄断资本主义时代的产物，它反映了西方社会近百年来的动荡变化。在这个时期所发生的重大历史事件、政治经济运动和危机、科技的进步，以及文化、艺术思潮都会在作品中直接或间接、正面或扭曲地表现出来。这个时期的时代特征，可以用"危机"一词概括。战争（特别是第一次世界大战）、罢工、经济大萧条、妇女运动、民族解放运动风起云涌，接踵而来。虚无主义、无政府主义、存在主义、女权主义等思潮应运而生，层出不穷。现代派作品在思想内容方面的典型特征正是表现了这种对西方资本主义文化和文明的深切的危机意识和紧迫的变革意识。

许多文学理论家和批评家在界定现代主义时往往强调它的反传统精神，对过去的背叛和面对未来的革新精神。法国作家波德莱尔在其著名的论文《现代论》中曾这样明确地指出："现代主义不是一个概念，而是一种与传统相对立的文明方式。现代主义没有定律或理论，有的只是特点。它是一种新的传统。"他又说，在文化领域，现代主义反对政治上的集权和社会生活的类同，颂扬深沉、主观意识、激情和真实，主张打破陈规陋习，否定自我。1857年出版的波德莱尔诗集《恶之花》在思想上和艺术创作上正是体现了这种精神，可谓这一运动的先驱。

在美国著名批评家 M. H. 艾布拉姆斯编写的《文学术语汇编》一书中，作者在解释"现代主义和后现代主义"这个词条时，对于现代主义文学的这一特征作了充分的肯定。他说：

> 现代主义的特征因使用者的不同而各异，但是在一点上众多批评家是持有共识的，那就是现代主义不仅跟西方艺术的传统、而且跟整个西方文化的传统实行有意的和彻底的决裂。在这个意义上，现代主义的重要思想先驱都是思想家，他们质疑那些被认为无可怀疑的传统观念，而这些传统观念长期支撑着社会组织、宗教以及伦理道德。同时他们也质疑人们对于人类本身的传统思维方法。

这些思想家的思想和理论成为现代主义的思想渊源。

影响现代主义的重要思想家很多，艾布拉姆斯特别提到了马克思、弗洛伊德、尼采和弗雷泽。他们的思想和理论分别从政治、经济、哲学、美学、心理学、生物学、人类学等各个层面重新审视了对自然、世界、社会、上帝以及对人自身的认识。他们还揭示了在现代资本主义发展过程中，人与社会、人与自然、人与上帝、人与人、人与自我之间的关系如何在各种矛盾的作用下发生了全面的扭曲和严重的异化。

马克思是一位哲学家、政治经济学家、社会学家，也是革命家。他认为经济是人类一切行为的根本原因，经济生活的突出特点是，根据人们与生产资料的关系，社会划分成对立的阶级。马克思在《资本论》中运用剩余价值理论揭露了资本家阶级如何获取利润和积累财富。他们付给工人尽量少的工资，榨取最大的利润，用残酷的剥削手段积累资本。实业家们正是通过剩余资本的积累来实现工业革命。任何一个特定社会的思想和理想都代表着统治阶级的利益，个人主义或个性自由是资产阶级的价值观，他们反对诸如工会和公社等的集体运动。因此，如果说在马克思以前对于历史的普遍观念是个人在历史上有时候能起到关键的作用，那么在《资本论》发表之后（1867年第一卷出版），这个传统的观念发生了变化，人们开始认识到历史的进程很大程度上取决于经济，不以个人的意志为转移。人们的行为要受到他自身以外的力量的控制。人与自然和谐的、互为依存的关系被资本主义工业的恶性发展破坏了，人与人之间的关系变得疏远和敌对，甚至人与自身的本质也疏远了，异化了。

奥地利精神病学家弗洛伊德则从另一个角度来分析人的行为，并首倡用精神分析方法来治疗精神病人。他把人的心理结构（或人格结构）分成三个层次。第一个层次为无意识，即"伊德"（id），是各种本能和欲望的贮存所，没有价值观念，没有伦理道德的准则，遵循享乐原则。第二个层次是前意识或意识人格，即"自我"（ego），是按实际情况调节行为的意识，是实现化了的本能，遵循现实原则。第三个层次是意识或良心，即"超我"（superego），是道德化了的"自我"。他认为人的许多行为是受到"无意识"控制的。隐藏在这种无意识里的是人受到压抑的经历，如精神受到伤害、感情遭到拒绝、欲望得不到满足，特别是性欲（心理学术语称"里比多"——libido，包含在"伊德"中）被压制，这种压抑感来自"超我"的监管和压制。他还把这种欲望满足或不满足的表现形式追溯至孩提时代，并把它限制在家庭范围内，产生在父母亲和孩子之间。按照他的理论，超我和里比多之间的冲突不可避免地会产生许多情结。弗洛伊德认为俄狄浦斯情结（Oedipus complex）是其中最基本的情结。这个情结又称恋母情结，指男孩对母亲的无意识的性爱，与对父亲的敌对情绪，恋母嫌父。这个名词是从古希腊的俄狄浦斯王故事那里借用来的。俄狄浦斯犯下了一系列错误，造成杀父娶母的悲剧。弗洛伊德认为这个故事说明了许多男孩隐蔽的愿望，这种被禁的、不可能实现的愿望在长大后的人格上留下终身的疤痕。另外，弗洛伊德认为梦不是无意义的，不是荒谬的，而是一种具有充分价值的精神现象，是受压抑的欲望的一种语言，是这种欲望象征性的、变相的实现。他认为艺术活动和梦一样，强调无意识和形象在艺术创作中的作用。如果说在弗洛伊德之前，一般人认为人的行为是建立在自我了解基础上的，是由思想所支配的，那么在他的《梦的解析》（1900）、《日常生活的精神病理学》（1904）等著作发表以后，这种传统的观念受到了挑战，人们开始认识到一个人绝不可能知道人的行为的真正原因，知道的只是表面的原因而已。弗洛伊德学说在社会上引起了极大的震荡，不仅改变了人们对于性、对于养育子女的态度，也改变了对于人自身的看法。它对于文学艺术，特别是对于现代派文学的影响更是不言而喻、无与伦比的。

在这里我们还必须简要地提及另一位对现代主义产生较大影响的德国哲学家尼采，是他和叔本华创建了意志哲学，是他宣布"上帝死了"，要对一切传统准则——权力、理性、道德进行重新估价。他认为现代文明的衰退是由于理性过分发达，损害了以本能和意志为基础的创造力。他全面否定社会、文明、基督教和传统的伦理道德，强调无意识和本能的作用。他公开宣布"对所有观念重新评价"，甚至口出狂言，"我敢断言在两年的时间内，整个世界将处于混乱之中。我就是命运。"又说他"有力量把人类历史劈成两半"。由于他猛烈攻击基督教信条，鼓吹"贵族的激进主义"的思想，由于他无情地诘问19世纪世俗的宗教，而完全否定传统的道德观念，他的思想在从19世纪末到第一次世界大战的几代人中间引起了共鸣，使他在现代主义时期成为一个地位特殊的人物。正如英国评论家马克法兰说的那样，他的这些看法在当时西方人的精神追求中引起了经久不息的回音。如果说在尼采之前人们普遍认为道德是由神而非人所规定的东西，因而在本质上是不容争辩的，也不因人世的变迁而变化，那么在尼采的《查拉图斯特拉如是说》（1883—

1885）和《道德的谱系》（1887）之后，人们认识到道德只是一个必要的和有力的幻觉，是由人造出来的，并受人调控的。

与上述思想家同时代或稍后出现的柏格森、萨特、叔本华、海德格尔、维特根斯坦和荣格等一些哲学家、美学家和心理学家，他们的思想和理论也都对现代主义产生了不可忽视的影响。

1914—1918年间发生的第一次世界大战和1917年的俄国十月革命对现代主义的形成起到了催化的作用：帝国主义大战戳穿了资本主义繁荣的虚假性，十月革命的成功和马克思主义的广泛传播以及经济的大萧条，让人们对资本主义前景感到悲观。这一切都加深了现代派作家的危机感和变革意识。因比，我们说深切的危机感和迫切的改革意识是现代派文学的重要思想特征。

在这样的文化思潮和社会条件下产生的现代派文学艺术必然具有艺术上的特征。威廉·巴特勒·叶芝的诗歌、詹姆斯·乔伊斯的《尤利西斯》、马塞尔·普鲁斯特的《追忆似水年华》以及托马斯·曼的长短篇小说便是当时在这个运动中产生的一些具有代表性的作品。在绘画、雕塑、音乐等艺术领域里也涌现出一批代表人物和作品，如毕加索的立体派绘画、达达派画家比卡皮亚的作品《扎拉的画像》、斯特拉文斯基的音乐作品《春之祭》，等等。他们的作品在西方乃至世界各地引起了极大的反响。据说美国现代派文学的先驱格特鲁德·斯泰因从欧洲带回三幅法国现代派画家马蒂斯的绘画，犹如火山爆发，带给人们的震撼力与不安不亚于1906年发生在旧金山的大地震。

现代主义美学的核心思想是，它坚持认为先前维持人类生活的建构，无论是社会的、政治的、宗教的，还是艺术的，都已经被摧毁或作为谎言和幻想给揭穿了。作为这个虚假秩序中一部分的艺术在某种程度上必须革新。文学艺术作品里所表现的秩序、顺序和一体性最多只能认为是表达连贯性的一种愿望，而不是对现实的一种真实的反映。概念化的、抽象的和浮夸的写作只可能掩盖、而不可能传达事实的真相。甚至短篇小说的写作公式——起始、冲突的展开和结局——也只不过是对变化无常和支离破碎的经验所施展的伎俩。这样，现代主义作品所确定的形式特点是由片断构成的，绘画、雕塑或音乐作品概莫能外。长篇作品是片断的汇集，短小作品则是细心制成的片断。与早期的写作比较，现代派文学的显著特点是其省略；在传统文学中保障作品前后衔接、视角一致与铺陈匀衡的一些手段，如说明、释义、连接、小结等等，都被弃置。典型的现代派作品看起来开局突兀，展开时不作解释，而结尾又没有结果或定论。它只是由一些生动的片断排列组合而成，没有铺垫和启承转合，有的是视角、声音和语气的转换。现代派作家，特别是小说家为了追求直接、简约和生动，设法省去一切可以省略的字句。一般长篇小说比19世纪的要短得多，短篇小说则被注入了新的意义，成了一种重要的文学体裁。诗也变得短了，虽然也有现代派诗人写长诗，但完整性和篇章结构等原理已不像以往那样受到尊重。叙述的片断是从多种多样的经验中提取的，包括在以前认为不适合放在文学作品中的东西，如街坊生活和内心生活等。他们使用的语言在以前也被认为是不适宜的，包括那些未受过教育的或口齿不清者说的话，口语、俚语和粗俗语充斥文中。传统的高雅的文学语言一直被认为是传达真理和文化的声音，此时却失去了权威。无怪乎海明威要说，现代美国文学的传统从马克·吐温的《哈克贝里·费恩历险记》开始。他们常用的修辞手段是含蓄和讽喻，多用暗示，少用断言，善用象征和形象，力避长篇累赘的陈述和说理。虽然现代主义作品的内容因作家的兴趣和观察力的不同而多种多样，丰富多彩，但一般现代派作家多喜用具体的感官形象和细节来传达经验和感受。他们也喜爱旁征博引，援引文学、宗教、历史和哲学上的一些典故，来提醒读者记起过去，记起被丢失的东西，其效果常出人意料，令人震惊，甚至让人心烦意乱。这样的作品往往很晦涩，不容易读懂。

实际上，跟他们的理论相反，大多数现代派文学作品都保留一定程度的连贯性，有一个内在的、能动的架构，只是藏在表面底下，需要去深挖。因此在阅读现代派作品时要求读者参与到创作中去，假设自己在与作者一起创作诗歌或小说，身临其境，呼吸相通。现代派作品时常在其深层的结构中要求读者去发掘表面看来所缺少的连贯性，而这种连贯性又像世界上大多数神话一样采用探寻的模式。许多现代派作品与神话有着密切的关系，神话模式常被采用。在世界神话中，基督教文化是作为西方文明的基础出现的。对于有些人来说，现代世界的形成和存在，正好表明基督教文化只是一个神话而已，仅仅是为了从毫无意义的活动中创造出秩序并从中找到意义而制造的一个神话而已。

寻找意义本身就变成有意义了。文学，特别是诗歌成为寻找意义的场所，变成一项有意义的活动，从而使文学对社会也变得意义重大。由于现代主义文学深切关心文学与生活的互动关系，它把寻找意义直接作为作品的题材，其结果限制了阅读现代派作品的读者，因为它给阅读这类作品又增添了一层困难，曲高和寡。显然，那些从形式到内容都很艰涩的作品是很难吸引读者、成为畅销书的。不过，随着时间的推移，现代主义所确立的原则，其影响正与日俱增。他们的作品也会逐渐被人们接受和理解。

我国老一辈的外国文学研究工作者袁可嘉教授曾对现代主义文学的艺术特征作过精辟的分析和归纳，他提出现代派有三条基本艺术主张：在艺术与生活、现实和真实的关系上，他们强调表现内心的生活、心理的真实或现实。在艺术与表现、模仿的关系上，他们认为艺术是表现，是创造，而不是再现，更不是模仿，因而重视作家自己的价值，重视形象思维的发挥。在内容与形式的关系上，现代派作家认为内容离不开形式，重视艺术的形式，勇于创新。概括起来为"三重"：重主观表现，重艺术想象，重形式创新。

了解了现代派文学的思想特征和艺术特征后，也就不难了解现代主义文学和唯美主义、象征主义、先锋主义和后现代主义的关系和区别了。譬如它和唯美主义有许多相同之处，两者都反对旧传统，反对功利主义，反对庸俗气息；两者都强调艺术本身的价值，都有为艺术而艺术的倾向；两者都重形式因素，注重精雕细琢、音乐性和知觉因素，但程度有所不同，现代主义有过之而无不及。更重要的是，两者对何以为"美"有不同的理解和态度。唯美主义重自然之美、人性之美，而现代派重揭露社会之恶、人性之丑，从丑恶中提炼出美来。又如现代主义文学与象征主义文学：象征主义在前，现代主义在后，象征主义是现代主义的核心部分，是后者的源头之一。两者的关系也可以说是整体和部分的关系。至于现代主义和后现代主义的关系，还是一个有争议的问题，不可能用简单的几句话说清楚。有批评家对两者作过详细的对比，列出了十多条不同之处，包括本体必然性对本体非必然性、总体性对分裂性、确定性对不确定性、向心性对离心性，等等，但仍不足以令人信服，因为两者是相互交叉的，互补的，不是绝对对立的。还是让我们引用艾布拉姆斯的话来说明两者的关系：

> 后现代主义不仅有对现代主义反传统实验的继承，有时甚至做得更过头，走向了极端，同时它又企图依靠电影、电视、报纸漫画和通俗音乐等"大众文化"的模式与现代主义形式分离，颠覆现代主义"高雅艺术"的精英主义。

按此区分，有人把荒诞派、新小说派、超现实主义和魔幻现实主义等都归属于后现代主义的范畴，故暂不在此作比较。

西方现代主义传入中国已有很长的时间了。通常将1915年陈独秀发表在《青年》杂志第一期（第二期改名为《新青年》）上的《现代欧洲文艺史谭》一文看作是最早介绍西方现代主义的肇始者。该文主要介绍了当时在欧洲传播的象征主义思潮。后来胡适和闻一多接触到欧美的意象派女诗人艾米·罗厄尔。在五四运动前后，鲁迅、郭沫若和茅盾等在译介象征主义文学和未来派方面做了不少工作。对柏格森的生命哲学和弗洛伊德精神分析法的介绍也在这个时期有所发展。值得称道的是，这些文学大师在引进西方现代主义时采取了批判地借鉴的态度。到了20世纪20年代后期和30年代，不少中国作家不仅对西方现代派的作家与作品开始专题研究，而且像戴望舒、卞之琳、曹禺等在他们的创作中还运用了现代派的一些思想和技巧。从抗日战争开始到战争结束，从事现代派研究的，主要是在昆明的西南联合大学的一批师生。他们介绍了里尔克、艾略特、叶芝等现代派重要诗人，其中有些人还写出了中国式的现代派诗歌。从1949年新中国成立到1977年"文化大革命"结束的20多年中，西方现代主义一直被认为是资产阶级思潮，政治上反动，思想上颓废，艺术上也一无可取，因此对现代主义的研究处于停顿状态。从1978年以后就出现了完全相反的景象，掀起了一波又一波译介和研究现代主义的浪潮。朦胧诗派、东方意识流小说、实验性戏剧和新评论等都相继出现，并写出了一批颇有影响的文学作品。但在整个过程中也不可避免地出现了诸如评价偏高、机械照搬和盲目仿效等缺点和不足，近来已有所改观。

结　语

最后，我想用美国文学评论家欧文·豪在他的题为《现代主义的概念》中的几句话来结束对现代主义的解释。他说：

> 我深知这个词令人费解、变化无常，定义又极其错综复杂。事先声明一下，我所给予这场运动的种种描述也是自相矛盾的。……重要的不是"界定"——而且就其性质而言那是不可能的，重要的是要保持这一题目的活力，推动思想进程。

当前关于现代主义和后现代主义关系的争论，其中就包括是否现代主义已经过时、衰竭甚至死亡的问题。那么让我们再来听听欧文·豪的见解：

> 对于那些再也没有理由生存、而又无法使自己死去的事物来说，死亡是多么令人妒忌啊！现代主义将不会收场。一代又一代，人们仍将听到它的战歌。……

参考书目

1. David Lodge, *20th Century Literary Criticism*, Longman, 1983.
2. M. H. Abrams, *A Glossary of Literary Terms*, Harcourt Brace College Publishers, 1999.
3. Martin Coyle, et al., eds., *Encyclopedia of Literature and Criticism*, Routledge, 1991.
4. Michael Groden, et al., eds., *The Johns Hopkins Guide to Literary Theory and Criticism*, The Johns Hopkins UP, 1993.
5. Michael Levenson, *The Cambridge Companion to Modernism*, Shanghai Foreign Language Education Press, 2000.
6. Nina Baym, et al., eds., *The Norton Anthology of American Literature*, Norton, 1985.
7. 龚翰熊：《现代西方文学思潮》，四川大学出版社，1987。
8. 文化部教育局：《西方现代哲学与文艺思潮》，上海文艺出版社，1987。
9. 袁可嘉：《欧美现代派文学概论》，上海文艺出版社，1993。
10. 袁可嘉等编选：《现代主义文学研究》，中国社会科学出版社，1989。

消费社会 蒋道超

略 说

根据《新牛津英语词典》的解释,"消费社会"(Consumer society)是指买卖在经济活动中起最重要作用的社会,而本文探讨的消费社会是指一个物品高度丰富的社会。如果说以前人们被其他人所包围的话,那么在消费社会则被无限的物品所包围,人们的社会行为举止和心理变化等都受到物的影响和操纵。另外,由于电子信息技术和媒介的高度发展,人们的生活被笼罩在无形的商品消费气氛中。虽然媒介声称社会是按照消费者的要求提供服务,而实际上人们的欲望被无形地调动,日益膨胀,主体已失去了自己的主动性,成了被操纵的对象;物品也失去了往日的使用价值,所呈现的更多的是它的符码价值,明显地代表着人与人之间的差异——地位的差异、身份的差异和声望的差异等。

综 述

众多研究者表明,早在18世纪工业革命发生以后,商品就成为社会中明显的现象。不论是消费规模还是消费内容及消费习惯,都出现了前所未有的变化。这些变化表现在新的消费时尚、消费风气和享乐思想在社会中的蔓延,追求感官奢侈之风盛行。但需指出的是,当时这种奢侈消费的习惯只是局限于上层贵族和统治阶级,而下层社会一方面受到社会等级制度和观念的限制,另一方面也由于财力的缺乏,大多无力维持物质感官的享受。即使到了19世纪末20世纪初,这种昂贵的消费之风也仍然局限于上层贵族阶级。

美国学者凡勃伦在其1899年出版的《有闲阶级理论》中将这种消费取名为"摆阔性消费",他说:

> 以夸耀的方式消费贵重物品,是有闲绅士博取名望的一种手段。不过,随着手头财富的积累,仅凭独自消费而没有外援,是不足以让天下人知道自己的财富的。于是,他就通过赠送贵重礼品、举办盛大的宴会及招待会,把朋友和对手的帮助引了进来。

他所谈的"摆阔性消费"现象还局限于"有闲阶级",大多数民众显然被排除在有闲阶级之外。根据他的说法,"在经济发展的初期,毫无节制的消费,尤其是高档用品的消费通常属于有闲阶级的专利"。既然凡勃伦这里所谈的消费现象仅限于有闲阶级，那我们还不能将这个时期称为消费社会。中国学者罗钢先生认为大众消费社会现象的真正出现大约在1913年，即以福特生产线的出现为标志。因为福特发明了装配线后，"福特主义使生产进入标准化、规模化的新阶段，大批量生产构成了福特主义的时代特征，而大规模的生产必然要求大规模的消费"。在他看来，由于生产效率得到极大的提高，生产成本降低，工人们在相同的时间内所创造的价值大大多于以前，所得到的工资可以使他们的生活标准大大提高，加上他们的劳动时间被全部控制，所以他们得到了消费领域的自由，也使整个社会大面积消费成为可能。英国后现代社会学家费瑟斯通也曾引用埃文的话说：

> 资本主义生产的扩张，尤其是世纪之交的科学管理与"福特主义"被广泛接受以后，建构新的市场、通过广告及其他媒介宣传来把大众培养成为消费者，就成了极为必要的事情。

他还指出，卢卡奇、阿多诺、马尔库塞和列斐伏尔也持这样的观点，并在此基础上有所发展。然而，不同于以上学者的是，大卫·哈维在其《后现代性的条件》里提出了"灵活积累"的概念。他认为这个社会阶段的模式特征是当代的生产已经从福特时代的大批量生产过渡到小批量、小规模生产，其生产目的针对小范围人群；另外，这种模式由于采用了新的信息技术，结果，生产和销售的周期缩短了，也加快了时尚和趣味的变化速度；最后，不同于福特主义生产特征的是，当代的生产更加注重工人的创造性和个性以及生产的灵活性。在他看来，这种生产模式导致了社会和人们消费模式的变化，人们所消费的趣味和时尚不仅包括过去的物质商品，而且还包括非物质商品，如"教育、健康、信息服务，也包括娱乐、休闲服务"等。更有甚者，这种消费品还包括"商品的外观设计、包装、广告等"。他还提到了符号和视觉形象的生产在影响消费方面的作用。哈维已经意识到当代社会不同于福特时代，且较为具体地总结了消费社会的特征，但他还没有很明确地使用消费社会这个概念。

他们关于社会的消费现象的出现的说法是有根据的，但到底什么时候才能称为消费社会？消费社会这一概念到底在什么时候提出的呢？或者说消费社会到底具备什么样的特征？

消费社会概念的产生和演变

鲍德里亚的老师列斐伏尔意识到他所处的年代——二战后，或者确切地说20世纪60年代以后——与以往的时代有所不同，并在其《现代世界的日常生活》中试图冠之以"工业社会"、"技术社会"、"富裕社会"、"闲暇社会"、"消费社会"和"引导性消费的官僚社会"，等等。他指出，这个时代已经被消费所控制，消费者已经将自己的情感投射到符号/物品上，自我认同成了符号认同，结果成了消费意识形态的认同。情境主义代表德波（Guy Debord）提出了"景观社会"的概念，他认为四五十年代以来的西方，随着电子时代的来临，广告弥漫于社会各个角落和领域，人们的消费趣味追随着时尚的变化，真正消费的时代终于到来，整个社会被意象所统治。他的意思是说，由于大众媒介的影响，人们所消费的物品首先需要经过广告的宣传，在消费者的心目中形成一定的意象后才被购买和消费。也就是说，人们消费更多的是意象，而不是商品的使用价值，德波这里所谈的景观社会即是消费社会。德波这些思想深深地影响了鲍德里亚，我们下面将会看到，后者将意象换成了符号，强调了商品使用价值的消解，突出了符号价值的影响。美国当代重要马克思主义批评家詹明信也认为，二战后的社会阶段与以前的社会阶段出现了断裂，出现了一种新型的社会，这个社会被"五花八门地说成是后工业社会、跨国资本主义、消费社会、媒体社会等等"。他认为这个社会的特征是，新的消费类型，有计划的产品换代，时尚和风格转变方面前所未有的急速起落，广告、电视和媒体对社会迄今为止无与伦比的彻底渗透，市郊和普遍的标准化对过去城乡之间以及中央与地方之间紧张关系的取代，超级高速公路庞大网络的发展和驾驶文化的来临。后现代社会学家费瑟斯通在谈到消费文化时总结的三种研究视角也可以说明消费社会的形成特征。首先，他认为"消费文化以资本主义商品生产的扩张为前提预设"；其次，人们以商品之间的差别来区分自己与别人的社会地位和等级；再次，人们通过消费文化影像以获得情感快乐、梦想和欲望。费瑟斯通在此所总结的消费文化研究视角其实很好地总结了消费社会的特征。上面这几位文化专家都意识到二战后的社会已不同于以往社会，也都试图总结其特征，有的还提出了"消费社会"这一概念，但似乎也认为可以用其他概念来代替。

鲍德里亚就非常明确地指出60年代以来的西方社会进入了消费社会。他在早期著有《物体系》、《消费社会》和《符号政治经济学批判》，在这几部著作中，他认为20世纪60年代以来出现了一个新的社会秩序，那就是消费社会的形成。他非常"明确指出资本主义社会已经从以生产为主导的社会转型为以消费为主导的社会，而消费社会的根本特征则是符号系统的形成"。他认为，我们今天生活的时代"存在着一种由不断增长的物、服务和物质财富所构成的惊人的消费和丰富现象，它构成了人类自然环境中的一种根本变化"；今天的富人们"不再像过去那样受到人的包围，而是受到物的包围"，人们生活在物的时代。他在比较了今天的社会和以往的社会后说："在以往所有的文明中，能够在一代一代人之后存在下来的是物，是经久不衰的工具和建筑物，而今天，看到物的产生、完善和消亡的却是我们自己。"更为重要的是，鲍德里亚重点阐发了符号在当今消费社会的作用，较为系统地发展了列斐伏尔、巴特、德波等关于物的符号意义。

消费社会与符号功能

很多研究者认为，在消费社会中，商品已经不再承载使用价值，或者说使用价值已经退而求其次，让位于商品的交换价值和符号价值。人们对商品的消费越来越多地表现在对其形象的消费上，更多地重视商品形象所带来的情感体验、文化联想与幻觉。在人们的消费行为中，消费的性质日益与人的本性、文化和社会建构之间产生密切的关系。商品这种作用的产生与大众媒介、电视等现代信息技术是密切相关的，因为"独具匠心的广告就能够利用这一点，把罗曼蒂克、珍奇异宝、欲望、美、成功、共同体、科学进步与舒适生活等等各种意象附着于肥皂、洗衣机、摩托车及酒精饮品等平庸的消费品之上"。对于消费社会的商品符号研究比较有影响的有列斐伏尔、罗兰·巴特、居伊·德波和让·鲍德里亚。

由于师从过列斐伏尔，由于与罗兰·巴特是至交，还由于熟谙麦克卢汉的传媒理论，鲍德里亚在发展他对商品符号理论的过程中深受他们的影响。巴特出版了《流行体系》，鲍氏出版了《物体系》与之对应。在《流行体系》中，巴特指出，服装生产者与消费者必须有所不同，前者需要精于算计，而后者必须愚钝。因此，前者"必须给事物罩上一层面纱——意象的、理性的、意义的面纱，创造出一种虚像，使之成为消费意象"。在巴特看来，意象系统的目的就是要挖掘消费者的欲望，而他们所欲望的对象不是物品，而是物的名望，"卖的不是梦想而是意义"。巴特在这里很明确地论述了物的符号意义，并指出了商家建构虚像的过程，他的这一观点在很大程度上影响了鲍德里亚。

关于商品的逻辑，鲍德里亚提出了四类：一、实际演算逻辑，即商品的使用价值；二、等同性逻辑，即商品的交换价值；三、模糊性逻辑，即商品的象征交换；四、差异性逻辑，即商品的符号价值。如果说马克思提出了商品的使用价值和交换价值的概念，那么鲍氏则在此基础上有所发展，提出了商品除了其使用价值和交换价值外，还存在着象征价值和符号价值。如果说鲍氏在早期还强调马克思与卢卡奇等所说的物的异化功能的话，那么他在中后期则越来越强调物的符号功能。在他看来，消费社会已经被物所充满，不仅如此，消费已经成了一种特殊的话语，成了一种神话。结果，

> 消费社会的唯一真正的实在，就是消费观念的存在；而正是这种反思的和论说的生动形式，无限地和不断地在日常生活的言论中和知识分子的论说中重现，构成整个社会公共常识的强大力量。

显而易见，鲍氏已经运用符号学的原理来分析消费社会的特征和运作逻辑，因为他在理论阐述中尤其强调商品的符号功能。在索绪尔的结构语言学的影响下，他利用符号学的知识，发展出一套商品符号学理论。他认为，晚期资本主义的核心就是对

商品符号的操纵，作为能指的商品已经在媒介的宣传作用下变成了记号。鲍氏在这一点上偏重了对文化符号的研究。他和马克思都认为人被商品所包围，但马克思强调的是作为商品的物对人的异化作用，而鲍氏却更多地强调商品的虚幻性。他认为商品不是供人使用的，而是供人泄欲的对象，供人游玩的对象。在他看来，商品已经形成了一个物的体系，该体系已经在本质上控制了人的行为和文化活动。鲍氏所看到的正是消费社会的实质性的特征，即"现实存在的'不存在'，也抓住了现实不存在的真正'存在'"。尤其到了后期，他更是将影像和实在之间的区别取消，而偏重于游离物品的记号、影像和仿真的研究。他认为消费社会"过度的记号生产和影像与仿真的再生产"导致了固定意义的消失，"大众就在这一系列无穷无尽、连篇累牍的记号、影像的万花筒面前，被搞得神魂颠倒，找不出其中任何固定的意义联系"。

正如我们上面所说，鲍氏深受索绪尔的结构语言学和巴特符号学影响。索绪尔在其《普通语言学教程》中提出了语言是由符号构成的系统的论点，他认为：

> 符号由于脱离了与外在所指世界的关系而成为抽象，不同的符号之间也可以根据一定的规则而对等和互换。语言系统也就这样通过对等、互换等规则建立起了一定的结构，这些规则和结构规定着每个符号的意义，从而使交流成为可能。

受索绪尔这种思想的影响，巴特把语言之外的任何事物都列为符号运作的体系。他认为，人因为是个主观的客体，有自己的思想、文化、欲望和意志等，还因为人必须要通过各种中介和象征进行交流和活动，所以，一切物体都可以在发出者和接受者达成共识的前提下形成一个符号体系。鲍氏接过巴特的衣钵，将无比丰富的物看成是一个商品系列，而这个商品系列就是一个符号系统，系统里面的符号本身既是能指，又是所指，"具有对等、可替代和可互换等性质"，并受制于系统内部的规则、符码和符号逻辑的支配。在此，"符码是起决定作用的：它是能指和交换价值相互作用的规则"。鲍德里亚还将物的符号意义又推广到社会意义，指出物只有在形成物的系列时，对人产生各种诱惑和吸引力时，在人们进行购买并把它视为欲望的满足时，才具有符号功能和符号价值。而物一旦具有符号功能和符号意义，那么它就不再仅仅代表过去的使用价值，而更多地代表着人的声誉、欲望、社会地位、身份，等等。物的符号价值理所当然地成了消费社会的伦理标准和价值标准。"该新道德对我们的现代生活进行总体性的组织，涉及到吃、睡、生育、抽烟、喝酒、待人接物、交流、庆祝、阅读等方方面面。"具体地说，鲍德里亚所说的这个新道德是以享乐主义为生活的准则，完全迥异于以生产时代为核心准则的勤俭节约。如果说生产时代的社会以宣传生产英雄为主导的话，那么消费社会则以宣传电影明星、体育明星等为主导的英雄们。在鲍德里亚看来，消费社会中的人日益成了

"消费的自我",最终,"消费者便成为无意识的和无组织的自我"。他还声称,消费在传统价值体系消解以后成为生产价值和生产符号体系的过程。同时,消费社会的根本任务就是生产或者培养出一代代新的消费者。

鲍德里亚在《物体系》中列举了人的肉体和性的符号作用。他说,在消费社会中,人的身体和性成了最具有符号价值作用的符码,代表着人们的审美趣味,代表着人们欲望的对象,代表着人们的崇拜和消费对象。在他看来,

> 消费社会中,人们对于自己的肉体的再发现,是在身体和性方面彻底解放的信号。通过人的身体和性的信号的无所不在,特别是女性身体的无所不在,通过她们在广告、流行和大众文化中的普遍存在和表演,通过一系列对于男性健壮和女性美的广告宣传活动,以及通过一系列围绕着这些活动所进行的各种现身秀和肉体表演,身体变成了仪式的客体。

作为符号的身体具有了我们前面所说的伦理和价值功能,具有了意识形态功能。也就是说,"消费成了当代社会的道德,它摧毁了人类的基础,破坏西方传统文化追求的平衡和谐,破坏自希腊以来在神话与逻辑话语世界之间的平衡"。当然,鲍德里亚还指出,消费社会正是通过无处不在的商品符码对消费者进行无孔不入的控制的。在他看来,消费社会中根本就不存在消费者的自然需要,所谓的需要都由商品符号系统规定和控制。因此,他指出,

> 现代社会的商品拜物教的意义已不止这些,人们崇拜对象已不止是那些贵重商品,而是整个符号价值系统。对于商品,人们崇拜的是它的那些能够给人们带来身份、地位和威望的东西,即符号价值,而符号价值又是在整个社会区分系统中得到规定的,所以拜物教包含着整个社会区分系统。

消费社会与媒介信息

根据马克思的学说,任何社会的改变都是随着社会生产力的变化而产生的。如果说,"手推磨产生的是封建主的社会,蒸汽机产生的是工业资本家的社会",那么当代消费社会的产生,在鲍德里亚看来就是因为现代电子媒介的出现。在这一点上,他受到了麦克卢汉观点的影响。后者认为,新媒介改变了人们的行为方式和社会结构方式,甚至"改变了人们的感觉比率和感知模式"。在鲍德里亚的理论论述中,十分强调媒介和信息技术在消费社会中的核心地位和作用,认为铺天盖地充斥时空的广告已经使人们完全生活在一种消费氛围之中,令人目不暇接,头晕目眩,难以摆脱虚幻的现实。他还同意麦克卢汉的那句名言:媒介即信息。他在《消费社会》中说:

电视广播传媒提供的、被无意识地深深地解码了并"消费了"的真正信息，并不是通过音像展示出来的内容，而是与这些传媒的技术实质本身联系着的、使事物与现实相脱节而变成互相承接的等同符号的那种强制模式。

他的意思是说，正是因为传播技术的应用，导致了"信息消费之信息"。在他看来，大众媒介所传递出的信息就是"对世界进行剪辑、戏剧化和曲解的信息，以及把消息当成商品一样进行赋值的信息、对作为符号的内容进行颂扬的信息"。也就是我们今天流行的说法，对传播内容进行包装和曲解。因为电视传媒技术已经使制作者可以任意对电视画面进行剪辑和曲解，给我们留下的印象就是"那个对已变成符号系统的世界进行解读的系统是万能的"。

因此，鲍德里亚总结说，当今的传媒给我们透露出的信息就是，被阅读的东西就是存在的，与传统意义上所说的历史真实已毫无关系。结果，每一种媒介都根据自己的编码规则将逻辑赋予本是混乱和冲突矛盾的世界，即"每一种媒介都把自己作为信息强加给了世界"。因此"这种既具技术性又具'传奇性'的编码规则切分、过滤、重新诠释了的世界实体"就是我们所消费的对象。在这以编码规则组合成的信息中，能指不再具有所指，唯有一种信息指向另一种信息，一个画面指向另一个画面，从过去以所指为中心的信息变成了现在的以能指为中心的信息。

而在所有的媒介中，最出色、最具影响力的当然要数广告媒介。鲍德里亚借用麦克卢汉的话说，广告的诡计在于制造一种虚假的消费总体性，即它利用编码规则"透过每一个消费者而瞄准了所有其他消费者，又透过所有其他消费者瞄准了每一个消费者。每一幅画面、每一则广告都强加给人一种一致性，即所有个体都可能被要求对它进行解码"。波多（Berdo）说过，她和戴维斯（Davis）一致认为广告"是一种缺陷教学，在这种教学中妇女们获知她们身体各个部位有待完善，不尽如人意"。他们还认为女性不需要男性的压力就应施行美容手术，因为她们摆脱不掉文化美容系统。在这个系统中，男性无需给女性施加压力以让她们符合美丽标准，那些标准本身向女性暗示自我评价和欲望。

由于广告媒介以及其他媒介不再参照真实的物品和世界，而是依据自身的信息系统来制作画面，所以我们其实生活在一种"伪事件、伪历史、伪文化"的世界之中，也就是说，我们通过媒介所消费的是那些经过传媒技术加工、经过编码技术组合后的符码材料，而记者和广告商就是名副其实的导演，媒介中的内容或者画面正是通过他们的导演和虚构才得以存在。在这个意义上说，我们也就没有必要再谈论媒介中的"假"、"伪"、"人造"等。这是一种消费社会新的逻辑、新的实践和新的心理。我们为何不必追究媒介中的真伪问题呢？鲍德里亚引用博尔斯坦的观点说，广告中使用的劝导和神话手段并非不择手段，而是因为观众愿意被劝导并且欣赏这种神话，就是说，愿意被骗上当。在他看来，广告是超越真伪的，"正如时尚是超越丑和美的，正如当代物品就其符号功能而言是超越有用和无用的一样"。具体地说，"广告艺术主要在于创造非真非伪的劝导性陈述"。就如咒语和神话一样，广告是建立在"自我实现的预言"之上的。他认为，广告不是让人去学习，去理解，而是给人制造希望和欲望。"它使物品成为一种伪事件，后者将通过消费者对其话语的认同而变成日常生活的真实事件。"如同咒语和模拟范例一样，"使用且偏爱使用反复叙事话语的广告"，是自说自话的范例。这样一来，"那种建立在真伪基础之上的意义和诠释的传统逻辑遭到了彻底颠覆"。

消费社会与意识形态

居伊·德波提出了情境主义的概念，认为20世纪60年代，西方进入景观社会以后，代替过去生产的奴役的是当代的消费控制，"即通过消费意象对自我的吸收，使人们认同于消费社会，这是资本主义现代合法性的基础"。鲍德里亚在他的《符号的政治经济学批判》中对消费社会的主要特征之一的媒介的意识形态性也进行了批判，他认为媒介在其运行当中可以极大地影响社会关系，其影响主要产生于它本身就是一种意识形态，就像商品本身就是一种意识形态一样。在他看来，媒介并非是一种交流工具，并不需要观众对其产生回应，而是一种单向交流的过程，而媒介的权力与控制也恰恰表现在这种真实的抽象之中。

鲍德里亚指出，媒介这种无回应性正是消费社会的总体特征。商品也好，媒介也罢，它们都只是在对我们言说，因为它们本身就形成了一种封闭系统，而我们作为消费者和观看者只能进行选择。为了更好地说明媒介与政治关系以及媒介的控制权力，鲍德里亚列举了法国1968年运动为例。在他看来，媒介在报道学生运动过程中不仅没有对这场运动起到推波助澜的作用，相反，它正是通过将事件重新编码为全国性的和具有普遍意义的运动，结果使观看媒介报道的工人们与其说是在为运动增援，倒不如说是按照报道的运动模式进行模仿。鲍德里亚认为，"如果当局对媒介的控制较为有力，那么罢工倒是变成了按照当局的意思进行模拟的过程，这是对政治运动的真实破坏"。所以，自从现代媒介产生以后，"媒介传送政治事件的过程正好是否定事件本身的过程，它把事件转化为模型，转化为符号，剔除的正好是事件的意义"。

消费社会的媒介在报道政治事件中的控制方式和控制权力在传播商品信息时如出一辙。我们在前面已经谈到过，在消费社会中，一切都成了商品，而人们所消费的不仅仅是商品的物质性，而且还消费着商品的符号性，因为作为符号的商品能够为人们创作自我，建构身份，而人的身份在很大程度上是由商品符号间的区别来决定的。

布迪厄说过："选择物品和消费可以为我们提供微妙的线索，确定社会等级的性质和一个文化内部的权力。"消费意识形态利用媒介为手段,强调人在消费时的自主性和自由性,它让消费者觉得自己就是上帝,选择就是自己的权力,购买就获得了享受。它在不断地给人制造自由、解放、幸福等的虚幻性。鲍德里亚说:"消费者把自己独特的行为体验为自由、渴望和选择,而非服从符号编码。"在他看来,消费意识形态能得以推行,其中关键之处在于它对消费者施行的关切之语。他指出,"消费社会不仅仅意味着财富和服务的丰富,更重要的还意味着一切都是服务,被用来消费的东西决不是作为单纯的产品,而是作为个性服务、作为额外赠品被提供的"。"正是这种额外赠品、这种个性效忠的热情为它赋予了完整的意义,而不是单纯的满足。当代消费者们沐浴在关切的阳光中。"广告专家们曾深入地研究过人们的潜意识,发现广告中的受言者隐藏在人的内心深处,购物的真正动机并非出于理性选择,而是要满足情感、得到关爱和消除寂寞。他举广告对人们身体的关切为例。谈到对身体保健的宣传,鲍德里亚说:"这种自恋的然而是指导性自恋的关系,它在身体上进行的操作就像在'处女地'和'殖民地'上进行操作一样,它把身体当作一座有待开发的矿藏一样进行'温柔地'开发以使它在时尚市场上表现出幸福、健康、美丽、得意动物性的可见符号。"这样一来,身体就变成了救赎之物,具有灵魂般重要。实际上,"被真正解放了的冲动便是购物的冲动"。

因此,为了永葆青春,女人颇频光顾美容院,搽香水、按摩、疗养也是她们必备的项目。在鲍德里亚看来,消费者重新发现身体并进行自恋式投入正体现了消费意识形态可合理操作的物品/符号的要求。他说:"必须使个体把自己当成物品,当成最美的物品,当成最珍贵的交换材料,以便使一种效益经济程式得以在与被解构了的身体、被解构了的性欲相适应的基础上建立起来。"如果说,女性在历史上曾经被压抑的话,那么在消费社会中她们则通过身体的解放而被解放。但他转而又指出,"一切在名义上被解放的东西——性自由、色情、游戏,等等——都是建立在'监护'价值体系之上的"。鲍德里亚虽然承认过去那些限制身体的种种斋戒和禁欲制度在消费社会中已经遭到排斥,但他还是认为消费社会中身体仍然处于种种折磨之中,因为它必须要按照某种所谓美丽和优雅的美学标准来进行常规操练。这在他看来是"丰盛社会对于其身体必胜主义的完全反向的侵略和对于其所有自身原则的强烈否定"。

与身体相关最紧密的当然是性欲。消费社会中性欲被视为头等大事,"一切给人消费的东西都染上了性暴露癖"。虽然这种赤裸裸的色情是失度的,但却是有意义的,因为它宣告了清教时期禁忌的结束、压抑的结束,它表明了性已经从生产本位主义的旋涡中得到了自主。然而,鲍德里亚又指出,性欲在此实际上

> 具有了强烈的自我意识、自恋并自厌——消费系统用道德包围着它,使它构成该系统的政治齿轮。因为凌驾于那些"玩弄"性欲的把戏以促

进销售的广告商之上的,还有现存的社会秩序,它"玩弄"性解放的把戏以反对对总体性造成威胁的唯物主义。

与身体和性相关的还有休闲。鲍德里亚建议大家不要相信休闲的自由假象,因为只能存在着受制约的时间。在他看来,"消费的时间即是生产的时间"。"休闲受到制约是因为它在无动机的表象下忠实地再生产着本属于生产时间和被奴役的日常性在精神上和实践上的一切束缚。"鲍德里亚在这里将事情推至极端,认为一切东西包括休闲都成为消费品。在他看来,整天拿着工资,但却无事可做,无需为生存奔命就是消费休闲,因为休闲时间正是在生产身份和地位,而非过去的产品,也就是布尔迪厄所谓的社会区分。

总之,鲍德里亚深刻地剖析了消费社会中消费意识形态的作用以及它对消费者无形的影响和控制。在他看来,消费者虽然摆脱过去刻板的清教束缚,获得了某种程度上的自由,但又落入了无意识的控制之中。

结　语

我们如何看待鲍氏的消费社会理论呢?毫无疑问,鲍德里亚的诸多关于消费社会的理论对于我们理解西方当代社会或者后现代社会有一定的启迪和引导作用。读了他的理论,我们可以认识到西方消费社会正在日益变成一个由物起主导作用的社会,而人们对于传统意义上现实的认识正被我们身边泛滥成灾的无原本的拟像文化和形象所充斥,所代替。我们同时也意识到,作为传统意义上的主体的个人正在追求个性化和自由的过程中失去自我,失去主体性。因为主体在广告媒介的宣传下,总想获得一种虚假的满足,总认为自己对物或者拟像的欲望是自然和正当的,是具有个性的。这种认识都有助于我们在毫无理性的消费过程中有所克制,保持理性、自我和主体。在这个意义上,鲍德里亚关于消费社会的理论价值是值得肯定的。道格拉斯·凯尔纳在《让·鲍德里亚:从马克思主义到后现代主义及其之外》中充分肯定了他对马克思主义政治经济学理论的发展和丰富,在另一部著作《后现代理论:批判性质疑》中他再次肯定了鲍德里亚的成就和贡献。他说:"他的早期著作以一种新颖的方式综合了马克思主义政治经济学和符号学,提出了一种符号政治经济学,其中有许多关于消费和媒体社会的敏锐观点。"中国学者冯俊在谈到鲍德里亚的理论意义时指出:

> 透过当代社会中的各种奇异现象的揭露和分析,他触及到了人类社会和文化及其创造者的最深层的本质问题。他根据当代社会消费活动中的各种新变化和新现象,对人的本性及其在社会运作中的各种伪装技巧和模拟式的演出,对于消费活动中所展现的新型人与人之间的关系,都进行了独到而深刻的分析。

但鲍德里亚的理论只是具有自己预设的一套抽象理论而已,所以,我们从不同的视角去研究他的理论时,就会在其他的维度上看出诸多的不足。赵一凡先生曾引用美国后现代理论家白斯特和凯尔纳在《后现代理论》中的观点批判鲍德里亚。他总结了四点鲍氏的理论缺陷:第一,他认为鲍德里亚将他的符号理论变成为"解释后现代文化的唯一逻辑";第二,他认为鲍德里亚因噎废食,将信息技术视为洪水猛兽,一无是处,因此,'堕入虚无主义';第三,他认为鲍德里亚的理论缺少案例实际分析,过于抽象,没有对消费的具体实践给予细致的分析和关注;第四,鲍德里亚的理论就像弗洛伊德的"利比多"和福柯的"权力"一样也成了一种高级商品,可以代表一种身份、修养、地位、声望等。另外,凯尔纳还认为,鲍德里亚在谈到需要的社会性方面也走得过远。他举例说,"鲍德里亚主张,一切需要和使用价值都是资本主义经济系统的产物,一切消费都是资本主义实施社会控制的具体方式"。

但无论如何,鲍德里亚是当代西方一位重要的思想家,是一位我们无法忽视的社会学家和哲学家。当然,在接受他的思想的同时,我们也要带着批判的态度,有所选择地摈弃一些不健康的内容。

参考书目

1. Arthur W. Frank, "All The Things Which Do Not Fit," in *Families, Systems & Health: The Journal of Collaborative Family Health Care*, Vol. 18, Issue 2, Summer (2000).
2. Jean Baudrillard, *The Consumer Society*, Sage Publications Ltd., 2003.
3. —, *For a Critique of the Political Economy of the Sign*, Telos Press Ltd., 1981.
4. —, *Simulations*, Semiotext[e] and Jean Baudrillard, 1983.
5. 波德里亚:《消费社会》,刘成富等译,南京大学出版社,2001。
6. 布希亚:《物体系》,林志明译,上海世纪出版集团,2001。
7. 费瑟斯通:《消费文化与后现代主义》,刘精明译,译林出版社,2000。
8. 冯俊:《后现代主义哲学演讲录》,商务印书馆,2003。
9. 凯尔纳编:《波德里亚:批判性读本》,陈维振等译,江苏人民出版社,2005。
10. 凯尔纳等:《后现代理论》,张志斌译,中央编译出版社,2004。
11. 罗钢等编:《消费文化读本》,中国社会科学出版社,2003。
12. 桑巴特:《奢侈与资本主义》,王燕平等译,上海人民出版社,2000。
13. 赵一凡:《欧美新学赏析》,中央编译出版社,1996。

新历史主义 陈 榕

略 说

"新历史主义"（New historicism）是对形式主义、结构主义等强调文学本体论的批评思潮的一种反拨。它不仅主张将历史考察带入文学研究，更指出文学与历史之间不存在所谓"前景"与"背景"的关系，而是相互作用，相互影响。它强调文学与文化之间的联系，认为文学隶属于大的文化网络。它着重考察文学与权力政治的复杂关系，认为文学是意识形态作用的结果，同时也参加意识形态的塑造。在批评实践上，新历史主义有明显的跨学科特征：传统意义上的文学文本往往与书信、游记、宣传手册、医学报告甚至绘画等放置在一起加以分析细读，文学打破了自治的领域，参与到与其他文化文本的不断对话和循环之中。

综 述

新历史主义诞生于20世纪70年代末、80年代初。在此之前，20世纪的主要文学理论流派大多坚持文学本体论主张，将文学视为独立于历史政治之外的自治领域。例如诞生于20世纪初的俄国形式主义就高扬"文学性"的旗帜，反对"把艺术作品看作世界的窗口"。（霍克斯：148）二战后占主流地位的欧美新批评则提出要克服"意图谬误"和"感受谬误"，斩断文学与作者意图以及读者感受等外部因素的联系，聚焦于文学文本研究。五六十年代结构主义方兴未艾之际，结构主义者们沉浸在勾勒文本的结构模式中，无暇探讨文学与社会、历史等因素的联系。随着解构主义的诞生，批评家们更提出文本以外别无他物，而文本本身只不过是一种无穷无尽的符号游戏，无所谓终极意义，更何谈与文化、政治等的联系。

然而，就在解构主义仍然大行其道之时，美国文学批评界却出现了不同的声音。1980年，美国加州大学伯克莱分校教授斯蒂芬·格林布拉特出版了《文艺复兴时期的自我塑造：从莫尔到莎士比亚》。在这部让文学评论界耳目一新的著作中，格林布拉特提出了要进行"文化的或者说是人类学的批评实践"。（Greenblatt, 1980: 4）同年，加州大学圣迭戈分校的路易斯·艾德里安·蒙特洛斯教授也发表了《"伊莱扎，牧羊人的女王"和权力的田园诗》一文，指出在伊丽莎白一世统治时期，田园诗这种文学形式具有调节社会阶级关系的意识形态功能。1982年，《文类》杂志以专刊形式登载了一组研究文艺复兴时期的文章，根据序者格林布拉特的总结，这些论文透露出批评家们要将历史和文学并置，"向在艺术生产和其他社会生产之间作截然划分的假设挑战"的主张。（Greenblatt，1982：6）1983年2月，《表征》杂志创刊，为主张将文学纳入历史文化语境考察的批评家们提供了发言的讲坛。短短几年时间，这种被格林布拉特冠名以"新历史主义"的批评潮流，就被推崇为"在当前对我们的学生（以及我们的文化）而言是最新也是最有价值的批评方式"，（Graff, et al.：197）并迅速取代解构主义，受到美国文学批评界的热烈追捧。

从表面上看，新历史主义的"历史文化转向"带有很强的革命性和颠覆性，事实上，它的诞生并非断裂式的横空出世。在20世纪文学批评领域，正当形式主义、新批评、结构主义等高扬文学本体论旗帜角逐上阵之时，西方马克思主义批评家和女性主义批评家却从来没有忘记提醒我们文学与政治、历史、文化、阶级、性属等之间存在着不可割裂的联系。新历史主义所继承的，恰恰正是后一阵营的政治传统。然而，值得注意的是，新历史主义绝非马克思主义在文学上的简单移植。在经历了后结构主义理论的洗礼后，在如何理解文学与历史、文学与文化、文学与政治权力等问题上，新历史主义者，如格林布拉特、蒙特洛斯、凯瑟琳·伽勒赫、沃尔特·本·迈克尔斯、简·汤普金斯等在各自不同的研究领域作出了新的思考。

文学与历史

根据保罗·汉密尔顿在《历史主义》一书中所给出的定义，历史主义是"强调历史环境在各种文本阐释中的重要性的批评活动"。（Hamilton：2）新历史主义，因其注重将文学文本与历史语境相联系，与新批评、结构主义等有了鲜明的不同。然而研究文学兼顾到历史语境，这并不是新历史主义的独创。早在19世纪，法国批评家丹纳就明确提出文学创作并不孤立，它受制于种族、环境与时代三大要素。丹纳认为，"要了解一件艺术品，一个艺术家，一群艺术家，必须正确地设想他们所属的时代的精神和风俗概括。这是艺术品最后的解释，也是决定一切的基本原因。"（丹纳：46）那么新历史主义究竟新在何处呢？答案就在于它的历史观带有后结构主义的深刻烙印。

传统历史观认为历史是客观事实的产物，虽然它不得不以记录的形式存在，但叙述本身不过是透明的载体，无损于其所呈现事物的真实性。传统历史学家认为，在特定的历史时代，有一套占主导地位的完整而稳定的社会思想体系，这也就是丹纳所说的"时代精神"。他们相信社会进步说，在阐释历史时，总是试图建立一个线性发展的图谱。在这样的历史观中，历史事件有其成因，历史演进有其发展趋势，通过研究历史，人们可以把握历史的总体脉络，预测历史前进的方向。

然而这种历史观却受到了后结构主义的质疑。作为后结构主义灵魂人物之一的福柯向作为宏大叙事的连续性历史观提出了挑战。在其早期作品《词与物——人文科学考古学》中，福柯指出，在不同的时期存在着以不同原则对知识进行分类的知识型。人们对世界的认识和把握离不开他们身处时代的知识编码。比如文艺复兴时期知识型以"相似性"为特征,人们将自然看作一个巨大的符号系统,总在自觉不自觉地寻找事物的相似性和神秘关联。然而,到了古典主义时期,知识型则转而以"表象"为特征,人们不再忙于破解隐藏在事物背后的秘密,而忙于分类,建立可见事物的体系,随之专注于为表象命名的普通语法、自然史以及财富分析等也应运而生。到了现代,人们发现生物相似的外表下可能隐藏着不同的器官功能和身体结构,附着在商品可见表面下的是不可见但更为本质性的劳动价值。于是,现代时期的知识型向纵深挺进,展开了对事物本质、历史性、有限性等方面的研究。从福柯对不同知识型的分析,我们可以看到,知识型之间存在着差异,但并不存在孰优孰劣的等级,也不存在继承发展的关系。知识型的转换是突变性、断裂性的,所谓"在其每一个关节点上都是光滑的、千篇一律的宏大的历史"是一种建构,其目的是为了传达其文化功能,即"记忆、神话、传播《圣经》和神的儆戒,表达传统,对当前进行有意识批判,对人类命运进行辨读,预见未来或允诺一种轮回"。(福柯,2001:479)

在《词与物》中,福柯指出连续不断进步的历史是一种话语表述。在其后出版的《知识考古学》中,他继续着对传统历史观的解构。他用"考古学"来命名自己的研究方法,指出考古学的目的不是发现所谓的"历史真相",而是对当时的话语体系进行描述。如果说传统历史学研究的是古代的遗迹,将遗迹以文献这种"透明"的载体加以固定的话,他的任务则是逆流而上,将文献作为遗迹,考察它们的成因,揭示它们在叙述中隐藏的秘密——它们在记录什么,回避什么,它们是如何叙述的,又是为什么要这样叙述。知识考古学揭露出,有机体式的同质中心自我发展的历史压制了运动、变化、偶然和差异,是"人们区分、组合、寻找合理性、建立联系、构成整体"的结果,具有鲜明的文本性。(福柯,1998:6)

如果说福柯使我们认识到了历史的文本性的话,后结构主义历史学家海登·怀特则使我们进一步看到了作为文本的历史内在的文学性。海登·怀特指出历史事件虽然真实存在,不过它属于过去,对我们来说无法亲历,因此它只能以"经过语言凝聚、置换、象征以及与文本生成有关的两度修改的历史描述"的面目出现。(Veeser, 1989:297)我们感受历史,感受的并不是真实的历史事件,而是对历史事件的描述性建构。传统的历史学家认为历史话语中的叙述是中性的,不影响其对历史事件的再现。事实却是,在历史修撰过程中,由于历史学家所面对的是无序的事件,他需要通过包容、排除、强调、从属等手段对其裁剪、拼贴。如此一来,"一个叙事性陈述可能将一组事件再现为具有史诗或悲剧的形式和意义,而另一个陈述则可能将同一组事件——以相同的合理性,也不违反任何事实记载地——再现为闹剧"。(怀特:325—336)同样的历史事件,通过不同的情节编排,完全可能具有截然不同甚至相反的意义。虽然标榜"客观真实"的历史话语渴望与"科学"

联姻，一再拒绝承认它和文学间的亲缘关系，然而在进行叙述建构时，它采用的却是以"虚构"为特征的文学创作中随处可见的"悲剧"、"喜剧"、"浪漫"、"讽刺"这类情节类型；在进行历史解释时，它使用的却是传统诗歌常见的"隐喻"、"换喻"、"提喻"、"反讽"这类语言表述模式。在海登·怀特的分析下，历史话语的文学性昭然若揭，历史和文学之间的界墙轰然倒塌。

传统的历史主义在文学批评实践上坚持历史和文学之间的清晰分界，将历史看作文学的稳定背景，勾勒出一幅历史线性发展与文学演进同步的图景。然而，福柯、怀特等后结构主义者却让我们看到历史和文学的同质性：两者都是话语实践，传统历史学所强调的同一性、发展性的历史甚至是诗学机制在历史叙述领域运作的结果。文学批评家自此无法再像 E. M. W. 蒂里亚德那样自信地宣布，只要把握住文艺复兴时代的宇宙观和社会等级观，就可以获得解读莎士比亚历史剧的钥匙，因为他们认识到这种整体性的宇宙观并非客观真理，而是以压制差异为目的的话语操作的产物。在后结构主义历史观的冲击下，新历史主义在文学批评领域应运而生。

新历史主义者主张在文学研究中引入对"文本的历史性"（historicity of texts）和"历史的文本性"（textuality of history）的双向关注。所谓"文本的历史性"，指的是"所有的书写文本——不仅包括批评家研究的文本，而且包括人们处身其中的社会大文本——都具有特定的文化具体性，镶嵌着社会的物质的内容"。所谓"历史的文本性"，指的是由于我们无法回归并亲历完整而真实的过去，我们体验历史，就不得不依靠残存的历史文献。但是这些文献不仅携带着历史修撰者的个人印记，而且是"经过保存和抹杀的复杂微妙的社会化过程的结果"。（Veeser, 1989: 20）正因如此，尽管新历史主义者和传统的历史主义者一样都关注文本中的社会文化元素，但是新历史主义拒绝接受"文学"／"历史"、"文本"／"背景"的简单二分法，认为"历史不可能仅仅是文学文本的对照物或者是稳定的背景，而文学文本受保护的独立状态也必让位于文学文本与其他文本的互动，以及它们边界的相互渗透"。（Greenblatt, 1988: 95）在新历史主义者的努力下，历史文本登上了文学分析的前台，文学研究的领域脱离了经典文学文本的狭义范畴，扩展到了对传记、日记、游记、政治宣传手册等传统意义上的历史文献的考察，深入到了文化文本的各个层面。

文学与文化

新历史主义者拆除了文学和历史之间的人为分界，将文学和历史叙述交还给它们同属的文化网络。新历史主义者认为，在任何文化中都存在一个普遍的象征体系，它由无数能够激起人们的欲望、恐惧和敌意的符号组成。因为文学艺术家"能够建构引人共鸣的故事，可以有效把握意象，尤其是他们对语言这一文化最伟大的集体创作非常敏感，所以他们擅长操纵这个象征系统"。在创作中，"他们从文化的一个领域抽取象征材料，将它们移至另一个领域，增大它们的情感力量，改变它们的含义，把它们和不同领域选取的材料联系起来，改变它们在更大的社会图景中的位置"。(Lentricchia, et al.: 230) 如此一来，文学成了一个多种异质文本交汇的场所。由于文学所指涉的是外部世界，所吸纳的是社会价值体系，所承载的是多重文化符号，因此文学的本质是其文化性。

正因为在文学文本中回响着其他社会文化文本的声音，新历史主义从与文学截然不同的经济领域借来了许多术语，运用于具体的文学评论：比如，他们用"通货"（currency）来界定文本孕育的象征价值和社会能量，用"交易"（exchange）来表达能量的释放和意见的交锋，用"流通"（circulation）来形容某种意识形态在文本中的穿行和相互影响，用"谈判协商"（negotiation）来表示文本和社会存在的各种力量之间的互动、妥协，等等。在新历史主义者眼中，文学创作的动因并非纯净的审美冲动，而是蕴涵在文化生活各个角落的社会能量循环。追文学之根溯创作之源，我们看到的是

> 一种微妙的、难以捉摸的交易过程，是一套贸易和交换的网络系统，是各种竞争性的表述和再现的你来我往，一种股份公司之间的谈判协商……一系列复杂的无休止的借入和借出。(Greenblatt, 1988: 7)

为了揭示社会能量如何在各种文化文本中穿行，体现文学与其他文化文本的互动，新历史主义者提倡利用历史轶事（anecdote）作引子，从传记、日记、野史等材料中抽取和文学作品看似风马牛不相及的细节，通过抽丝剥茧的分析，揭示它们和经典文学文本之间暗藏的联系，绘制复杂精妙的社会文化图景。格林布拉特于2001年出版的专著《炼狱中的哈姆莱特》就是这样一个很好的范例。《炼狱中的哈姆莱特》全文320页，虽然分为五章，实际上是一篇研究《哈姆莱特》中鬼魂问题的长文。在其正文第一章第一行，格林布拉特写道："1592年初，伦敦一位名叫西蒙·费什的律师匿名发表了《为乞丐请愿》，上呈亨利八世。"（Greenblatt, 2001: 10）这个看起来和以讲述丹麦宫廷政变为题材的《哈姆莱特》毫无关系的政治传单，将矛头直指天主教会，认为社会上乞丐成群的根源在于天主教利用"炼狱"这一宗教概念掠夺人民财富。根据天主教教义，炼狱是死者离开人世、进入天堂之前接受拷问、进行忏悔、净化灵魂的地方。死者的灵魂漂浮在炼狱，既没有升入脱离痛苦烦恼的天堂，也没有被打入万劫不复的地狱，亲人既可能睹其魂魄，也可以捐款请教士为他们祈福请愿，引渡他们顺利进入天堂。费什的请愿书是新教徒向天主教宣战的先声。作为虔诚的新教徒，费什认为炼狱是天主教徒为了欺骗信众、聚敛财富而编造的子虚乌有的概念。格林布拉特借费什的文章引入了炼狱这一中心议题后，在其后的各个章节中旁征博引，从12世纪炼狱概念的兴起，谈到了炼狱概念的心理依托机制、炼狱意象与梦的关系、天主教与新教关于炼狱之争

背后隐藏的英国本土力量与罗马天主教会为权力归属引发的冲突、炼狱仪式衰落的原因和16世纪中期遭禁所造成的影响、炼狱在文艺复兴时期英国舞台上的不同表现形式，等等，直到最后一章才水到渠成地点题，指出《哈姆莱特》在舞台上构筑出了一个梦想的世界，那里生者与死者同存。莎士比亚通过隐秘的形式，给了当时处在违禁地位的炼狱概念一个合法表达的机会，体现了生者渴望与死者交流的梦想。为了说明《哈姆莱特》中的鬼魂形象，格林布拉特在《炼狱中的哈姆莱特》中不仅参考了费什这类宗教政治文章，也引证了墓碑上的碑铭、中世纪做弥撒时的祈祷词、出自名不见经传的诗人之手的诗作、威廉·廷代尔、约翰·多恩、托马斯·莫尔等名家的文章、莎士比亚的其他作品如《麦克白》、《仲夏夜之梦》、《暴风雨》，等等。在《炼狱中的哈姆莱特》里，经典文学作品与散逸的历史文献并列，全书组成了一个多种文化文本交织的网络。

以格林布拉特为代表的新历史主义者反对将新历史主义看作一系列抽象的教条，主张"关注具体细节"，将"理论和方法的总结建立在绵密的具体细节组成的网络之上"。（Gallagher, et al.：19）这种倾向在方法论上受到了文化人类学者克里弗德·格尔兹的影响。格尔兹认为，文化是一个巨大的象征符号系统，而人是深陷其中的文化造物。要想获得对特定文化表现形式的深层理解，与人性进行面对面的触碰，

> 我们不应理会误导性的标签，不应理会形而上学的分类，不应理会毫无意义的相似性，我们必须沉降入细节，不仅紧紧地把握住各种文化的基本特征，而且紧紧地把握住每种文化中的不同个体。（Geertz：53）

"沉降入细节"，从方法论上说，也就是进行"厚描"（thick description）。为了形象地说明什么是"厚描"，格尔兹在《文化阐释》一书中用"眨眼"作了一个浅显的类比。有个人眨了眨眼睛。如果我们仅仅对这个动作加以描述，即闭上又睁开一只眼睛的眼睑的话，我们所进行的就是"薄描法"（thin description）。因为对该动作的描述，无论如何精细，均不能使我们确切了解这个动作的含义——当事人挤眼睛仅是眼部肌肉颤动的无心之举，还是在向谁传送某个秘密的消息，抑或故意制造一种有什么不可告人的秘密的假象，愚弄旁观者？只有当我们了解了当事者、其他在场的人，以及当时的具体情景等，我们才能理解这个简单动作的真实含义。这种对当时情景的细节建构，使用的就是"厚描法"。对文化研究而言，"厚描法"是不可或缺的。只有建构出某个特定文化符号的所有可能意义，详细勾勒出其产生的具体文化环境和社会背景，才能避免意义的缺失、误读和含混。而我们在前文中所看到的格林布拉特对炼狱这一文化概念进行的地毯式的调查和描述，体现的也就是这样一种精神。

然而，新历史主义者重构特定历史时期的文化网络时，却不得不面对这样的诘

问：他们的重构有没有掺入主观想象的成分，从多大程度上说是对历史的真实反映？新历史主义者的回答是，任何历史建构都混杂着阐释者的个人色彩，新历史主义的力量恰恰就在于阐释所带来的阐释者的当代视角和文本的过去视角的交汇互动。文本承载着社会能量，这种能量不仅流动在同时代各种不同类别的文本之间，也流动在过去时代的文本和现在时代的观点相遇时的碰撞之中。格林布拉特将文学阐释理解为"与死者的对话"。（Greenblatt，1988：1）在对话中，我们能够听到死者的声音：他们在文本中留下了印记，通过阐释者的解读，借助阐释者之口得以实现和生者的交流；在对话中，我们也能听到阐释者的声音：阐释者无法进入死者的世界，阐释者的阐释无一例外带有自己所处环境的烙印。对文本的历史性解读既展示了逝去时代的作者的想法，也体现着当代评论者的关注，诚如格林布拉特所言，"我对我的材料所提的问题以及材料的本质均由我对自己所提的问题决定"。（Greenblatt，1980：5）

文学与权力政治

新历史主义者的研究领域各不相同：格林布拉特、蒙特洛斯等所从事的是文艺复兴时期研究，杰罗姆·麦克根、梅杰瑞·列文森的领域是浪漫主义诗歌，D. A. 米勒的方向是维多利亚文学，沃尔特·本·迈尔斯研究的是19世纪末20世纪初的美国小说，简·汤普金斯关注的是美国文艺复兴时期被压抑的通俗文本，然而他们在阐释文本的时候所提出的问题，都与权力政治有关。新历史主义者相信，

> 所有文学和批评……就如同其他社会实践一样，注定要陷入那个产生它们的权力关系的领域之中。简而言之，文学与批评并不占据一个脱离政治压力的超然空间，而是不可避免地从属于政治压力。（Thomas：29）

因此他们将自己的批评工作定位在凸显隐藏在文学中的社会存在和权力运作上。

新历史主义者将文学看作文化符号系统的有效组成部分，在他们眼中，文学不只是作者宣泄个人欲望的产物，也不仅是给人以美学感受的艺术品，文学创作本身是文化产物，同时也参与对文化的塑造。在文学文本中，多种文化力量竞争，文学成了不同意识形态和观念交汇的场所。以田园诗为例，虽然人们通常认为田园诗歌颂了牧歌式的平凡生活，挖掘出孕育其中的美和真，体现了人们对权力斗争的厌恶，但蒙特洛斯的《"伊莱扎，牧羊人的女王"和权力的田园诗》却指出，田园诗在伊丽莎白一世统治时代充当了权力斗争的有效工具。当伊丽莎白女王还是公主、受到政敌的攻击、为自己的未来烦恼焦虑的时候，田园诗给了她逃避式的想象空间：远离权力，做个无忧无虑的牧羊女。然而，一旦她掌握王权，就开始利用这种艺术形式，巩固自己的统治。由于她终生未婚的女性身份，她将自己的形象和圣母马利亚联系在了一起：她是田园诗中的牧羊女，英国的百姓是她的羊群，依赖于她

的指引；她是牧歌中的平凡人，和百姓同乐，低贱者因为她的存在分享着荣耀；她是牧羊人的女王，她的朝臣是牧羊人，他们帮助她照管民众，她是他们的精神领袖。在这三重身份中，第一重身分帮助她将整个国家团结在一起，抵御外部势力的入侵；第二重身份的亲民形象使她和百姓达成了微妙联盟，共同对抗贪得无厌的封建领主；第三重身份中她和贵族联手，控制社会底层阶级的反抗。无论哪重身份，都是她为了巩固统治而建构的。田园诗是宫廷诗人为了颂扬女王而作，反过来它们又加强着女王的权力。这种歌颂卑贱生活、具有颠覆功能的诗歌形式不知不觉间已转化为替王室大唱赞歌的作品。难怪蒙特洛斯称伊丽莎白一世时期的田园诗是"权力诗学的小经典"。（Veeser，1994：111）

新历史主义者关心社会权力运作和文学的意识形态功能，这一点与马克思主义一脉相承。然而，新历史主义却反对马克思主义将权力等同于经济权力和国家权力的理论，认为马克思主义权力观表达着一种"阶级冲突历史元叙述"的愿望。（Veeser，1989：43）新历史主义者认为，权力体现的是各种社会势力对影响力的争夺，它并没有单一固定的源头。统治阶级并不是权力的绝对施为者，相反，他们也要受制于权力的约束。如前文所述，虽然伊丽莎白女王身居等级制度最高端，也不得不小心翼翼地与地方领主博弈，并利用种种手段塑造亲民形象以期赢得百姓欢心。普罗大众组成的平民社会虽然看似无权无势，却并非任由统治阶级摆布的群氓，相反，它孕育着巨大的颠覆性力量。权力是多样的，活跃在社会生活的各个层面，操纵着所有的参与者。权力活动的领域不仅限于社会政治舞台，还包含在百姓喜闻乐见的文学形式中，存在于"日常生活的微观政治学"里。（Veeser，1989：43）

新历史主义的"微观政治学"借鉴自后结构主义者福柯。权力是福柯理论的核心之一，在福柯眼中，权力不是简单的奴役方式，而是多种多样的力量关系。权力固然是政治舞台上万人注目的表演，是帝王将相你方唱罢我登场的更替，是阶级斗争中你死我活的争斗，但同时权力也是微观的，"分布在能够在任何地方运作的性质相同的电路中，以连贯的方式，直至作用于社会体的最小粒子"。（福柯，1999：89）在《疯癫与文明》中，福柯考察精神病人如何在理性对疯癫的压制下逐渐被边缘化。在《临床医学的诞生》中，福柯分析病人作为弱势者如何受到了医学话语的操控。在《惩罚与规训》中，福柯让我们意识到现代社会的规训机制将我们整合成了社会机器中一个个循规蹈矩的小齿轮。在《性经验史》中，福柯告诉我们权力延伸到了身体的层面，决定着我们看待身体的方式，操控着种种我们原本以为属于动物性本能的反应。从《疯癫与文明》到《性经验史》，福柯的权力观经历了一个演进的过程。他的早期作品重在考察权力如何自疯人院、医院、监狱、政府等权力机构流动到处在权力弱势一端的普通人甚至边缘人。到了中晚期，他越来越清晰地意识到权力是匿名的，并不由某个主体个人或群体所主宰；权力是弥散的，甚至已经以生命权的形式铭刻在了每一个人的肉体之上；权力无所不在，"它通过不计其数的点来实施，通过各种不平均和流动的关系的相互作用来实施"。(Foucault，1990：94)

在提出"微观权力论"的同时，福柯强调权力的生产功能，反对将权力看作是单纯的压抑机制。福柯指出，人们不知不觉听从权力的摆布是因为"权力并不仅仅是以说'不'的形式压制我们。它穿越界限，生产事物；它引发快乐，形成知识，生产话语。"(Foucault，1980：119)比如人们常常认为维多利亚时代是性压抑的时代，性产生快感，而监控性经验的权力审查压制着这些快感。实际的情况是，随着权力对性经验的监督、考察、逼问，快感被激活，随着控制它的权力扩散开去：通过忏悔坦白的形式，权力机构煽动人们去谈性，让性现身说法，最好连细节也不要遗漏，于是围绕着性"出现了一种对性的有规则的和多样性的话语煽动"。(Foucault，1990：34)性话语的增多看似反权力，事实上性话语始终处在权力的笼罩之下，是权力运作的结果。

在福柯"微观权力观"和"权力生产说"的启示下，新历史主义者提出社会权力运作不是统治阶级高压的结果，它并非自上而下的过程，相反，所有社会成员和文化的各个层面都参与到了社会文化能量的循环之中，深深陷入社会权力运作的网络。权力不仅以机制的形式具体化入法院、教会、殖民体制、夫权统治的家庭等，也以话语的形式"散漫地存在于意识形态的意义系统、特定的表述方式、反复使用的叙述结构之中"。(Greenblatt，1980：6)文学作为话语实践的一种，不可避免地成了权力运作的场所之一，是意见纷争与利益变更的地方，正统势力和颠覆势力相冲撞的场合。在文学作品中，我们能够找到个人的反抗，同时也能够看到这种反抗被权力机制利用或招安的过程。

就以文艺复兴时代戏剧家马洛的《马耳他的犹太人》为例：主人公巴拉巴斯精力充沛，嗜财如命，冷酷无情。他是犹太教徒，在宗教上受到排斥，但他是成功的商人，金钱为他在社会中赢得了地位。他虽然是个基督教社会中的"异者"，基督徒们的务实重利却和他一脉相承。他残忍地迫害基督徒，不过这是因为他首先受到了歧视，他的报复其实是以彼之道，还施彼身。借助巴拉巴斯的形象，马洛向社会正统提出了挑战，表明在基督徒身上就有他们想极力驱赶的"异者"的存在。然而，巴拉巴斯形象的颠覆性却并不彻底。巴拉巴斯的身上不仅汇集了文艺复兴时代基督徒对犹太人的种种偏见，比如贪财、冷酷、唯利是图等，他说话时还常常套用基督教社会流行的谚语，没有自己的词汇。以这种"非个人化"的手段表现的巴拉巴斯的自我身份建构，使用的是主流基督教文化的材料。巴拉巴斯想要对抗基督教秩序，他自己却是这个秩序的产物。马洛笔下的人物"想象他们自己与社会截然对立，事实上他们已经在不知情的情况下接受了它的主要结构性元素"。(Greenblatt，1980：209)马洛将巴拉巴斯等人物塑造成了令人钦佩的恶棍，拒绝戏剧的教化功能，但是他却无法摒弃社会主流意识形态对文本的渗透，他剧作的颠覆性因素被他深陷的文化网络所消解。这种抵抗和消解，体现的就是新历史主义著名的"颠覆"（subversion）和"含纳"（containment）理论：文学作品孕育着颠覆性元素，但是这些元素往往被权力收编，被社会主流意识形态所含纳。福柯曾经说过：

> 不存在一边是权力的话语，而另一边是与它相对的其他话语。话语是力量关系领域里的策略要素或原因。在同一个战略中，可能存在着不同的、甚至是矛盾的话语；而且它们不用改变形式就可以在相互对立的战略之间穿行。（Foucault，1990：101—102）

颠覆赖以运作的机制往往与含纳属于同种模式；不少情况下，颠覆恰恰是权力机制留下的陷阱，它给予人们发泄的渠道，而发泄的最终目的是为了更好地被吸纳进社会的运作体系之中。

在颠覆与含纳的问题上，新历史主义受到了众多批评家的攻击。比如兰特里夏认为，新历史主义对文学和历史文本的分析虽然令人眼花缭乱，它的本质始终是权力决定论："权力……吸收了一切社会关系以至使社会集团之间所有的争端与'冲突'都成为仅仅是政治纷争的表现，成为一场建立在一种单一力量基础上的事先设计好的冲突剧。"（Veeser，1989：235）再比如布兰尼根指责新历史学者过分强调权力对文本的挤压，却忽视了"文本对抗权力关系的潜能"。（Brannigan：220）在这些批评家看来，新历史主义消解了有关稳定、连续的历史的宏大叙事，却用权力这个宏大叙事掩盖了社会的各种差异。对于文学是否能够挑战主流意识形态，新历史主义者给出的答案过于灰暗。

事实上，新历史主义关于文学能动性的认识并没有人们想象的那么悲观。格林布拉特在《文化》一文中指出，文学作品并非空穴来风，它诞生自具体的文化历史语境，因此不可避免地受到了文化以及社会权力运作模式的限制。但是真正伟大的作品，同时也向主流意识形态发起了进攻："它们置身于特定地点特定时代能够被言说的内容的最边缘，冲击着自己文化的疆界。"（Lentricchia, et al.：232）比如莎士比亚的《暴风雨》一剧，虽然看似为殖民主义歌功颂德，但在文本的裂缝之中，我们始终能听到土人卡列班的诅咒在质疑和消解着殖民者普洛斯帕罗的权力。尽管莎士比亚在詹姆斯一世时期文化的强大束缚下无法超越限制，让卡列班赢得全面的胜利，然而"艺术家想象力的能动使他能够展现出君主权力冰面上的裂缝，记录下被错置者、被压迫者的声音，这种声音在他的时代的别的地方是听不到的"。在格林布拉特看来，"如果文化批评的任务是解释普洛斯帕罗的权力，同样它的任务也是让我们能够听到卡列班的声音"。（Lentricchia, et al.：232）如果说"颠覆/含纳"说旨在提醒我们要认识到反抗的复杂性和艰难性的话，"限制/能动"说（constraint/mobility）则告诉我们反抗始终有积极的意义。

结　语

新历史主义批评理论的发展在上个世纪80年代达到了高峰,自90年代以后,逐渐呈现出衰退的趋势。部分历史学家认为新历史主义者不尊重事实,不过是以研究历史为名,"将现实转化成文本,然后像新批评主义者一样阅读它,寻找它的悖论、张力和含混"。(Porter:780)一些文学批评家提出新历史主义的轶事嫁接法有穿凿附会之嫌,"宁愿拒绝实在的历史事实而愿意迁就幻想"。(盛宁:149)更有学者指责新历史主义在实践上体现了白人中心主义和男性中心主义的倾向,忽略了"不同文化、民族根据性属、阶级、种族、国家、社会地位以及其他社会文化因素所造成的差异"。(Brannigan:123)然而,尽管新历史主义可能存在种种弱点,和新批评、结构主义等批评潮流一样,正在逐渐退出主流的舞台,但是它的思想精华,如强调文学的社会意识形态功能、关注文学与其他文化成分的互动、致力于恢复被主流话语所掩盖的边缘性声音和主流历史忽视的边缘性文本等等,已经为文化批评、女性主义批评和后殖民主义批评所吸收。当代文学批评正经历着文化转向和历史转向,在这些新的动态中,我们可以清晰地看到新历史主义的影响和贡献。

参考书目

1. Brook Thomas, *New Historicism and Other Old-Fashioned Topics*, Princeton UP, 1991.
2. Carolyn Porter, "Are We Being Historical Yet?" in *South Atlantic Quarterly*, 87 (1988).
3. Catherine Gallagher, et al., eds., *Practicing New Historicism*, U of Chicago P, 2000.
4. Clifford Geertz, *The Interpretation of Cultures*, Fontana, 1993.
5. Frank Lentricchia, et al., eds., *Critical Terms for Literary Study*, U of Chicago P, 1995.
6. Gerald Graff, et al., eds., *Criticism in the University*, Northwestern UP, 1985.
7. H. Aram Veeser, ed., *The New Historicism*, Routledge, 1989.
8. —, ed., *The New Historicism Reader*, Routledge, 1994.
9. John Brannigan, *New Historicism and Cultural Materialism*, St. Martin, 1998.
10. Michel Foucault, *The History of Sexuality*, Vol. I, trans., Robert Hurley, Vintage Books, 1990.
11. —, *Power/Knowledge*, Harvester Wheatsheaf, 1980.
12. Paul Hamilton, *Historicism*, Routledge, 1996.
13. Stephen Greenblatt, *Hamlet in Purgatory*, Princeton UP, 2001.
14. —, "Introduction: The Forms of Power," in *Genre*, 7 (1982).
15. —, *Renaissance Self-fashioning*, U of Chicago P, 1980.
16. —, *Shakespearean Negotiation*, U of California P, 1988.
17. 丹纳:《艺术哲学》,傅雷译,安徽文艺出版社,1998。
18. 福柯:《词与物——人文科学考古学》,莫伟民译,三联书店,2001。
19. 福柯:《规训与惩罚》,刘北成等译,三联书店,1999。

20. 福柯：《知识考古学》，谢强等译，三联书店，1998。
21. 怀特：《后现代历史叙述学》，陈永国等译，中国社会科学出版社，2003。
22. 霍克斯：《结构主义和符号学》，瞿铁鹏译，上海译文出版社，1987。
23. 盛宁：《新历史主义还有冲劲吗》，载《外国文学评论》2001年第四期。

新批评 蓝仁哲

略 说

"新批评"（New criticism）是关注文学文本主体的形式主义批评，认为文学的本体即作品，文学研究应以作品为中心，对作品的语言、构成、意象等进行认真细致的分析。新批评从来不是一个统一的批评流派，而是文论史家对20世纪二三十年代出现在英美的一批文学批评家所形成的一种批评倾向的概括。在英国，以I. A. 理查兹、威廉·燕卜荪、F. R. 利维斯等为代表；在美国，以兰塞姆、布鲁克斯、艾伦·退特、罗伯特·沃伦、W. K. 维姆萨特、R. P. 布莱克穆尔等为代表。"新批评"这一具体称谓则得名于兰塞姆出版的一部同名论著《新批评》（1941）。为了有别于俄国形式主义批评，有时又称之为"英美新批评"。

综 述

20世纪开英美一代批评新风的人物，首推艾略特和理查兹。艾略特不仅是开创20世纪现代派诗歌的大诗人，而且也称得上是英美新批评的鼻祖。他从1919年到1923年之间陆续撰写了一系列批评论文，从《传统与个人才能》到《批评的功能》，阐发了他对诗歌创作和文学批评的见解。他认为，诗人不能超越传统，诗歌"不是放纵情感而是逃避情感，不是表现个性而是逃避个性"，而要表现情感，"唯一的途径"是采用"客观对应物"（objective correlatives）。艾略特的诗论是对19世纪以来流行于西方的浪漫主义诗歌的激烈抨击和反叛。他还进一步强调，"诚实的批评和敏感的鉴赏不应当着眼于诗人，而应着眼于诗篇"。这个把批评的关注焦点从诗人移向诗篇的观念，直接为新批评关注文本本身的理论提供了依据。与此同时，他又从事具体的批评实践，撰写了不少关于马娄、琼生和玄学派诗人多恩的作品的评论文章。在这些文章里，他一反20世纪初盛行的历史批评、社会批评、伦理道德批评、心理分析批评等模式，深入地对他们的作品进行具体入微的阐释和分析。这种不同时尚的全新的批评方式，为新批评倡导的"文本阐释"（explication of the text）树立了榜样。

理查兹是英国剑桥大学教授，既是一位语义学家又是一位文学批评家，他把语义学引入文学批评。在《文学批评原理》（1925）里，他强调科学语言与文学语言的区别。他认为，文学文本是文学语言的本质特征决定的。文学语言与科学语言大异其趣。科学语言依靠其本意，即辞典意义（denotation），目的在于指称其欲表示的事物或概念，并不求美或带有情感；文学语言正相反，依赖其引申意义（connotations），即其暗示、暗指、联想、想象的意义以及其丰富的细微内涵，而且还具有特殊的表现力，表现语气、态度和情绪等。简言之，科学语言在于"实证"，传达实在的真实；文学语言在于"情感"，是一种虚构的陈述，引人产生联想，表达一种艺术的真实。文学语言将语言的种种资源构成一种特别的组合，一个复杂的有机的整体，创造出一个审美的经验，自成为一个天地。文学文本是情感语言的运用，研究情感语言是文学批评的本质特征。理查兹的语言两分说，为新批评关注文学语言，提出"文学作品是独立的认识客体"的主张打下了坚实的理论基础。

新批评文论的基本特征主要表现在这样几个概念：作品本体论、有机整体论、张力、反讽和细读法等。本体论（ontology）本是一个哲学术语，兰塞姆却把它用于文学理论。他在《世界的形体》（*The World's Body*, 1938）中反复阐释他所谓的"本体论"的批评观点，首次提出了批评应着眼于诗的"本体"理论，因为诗是一种具有"存在秩序"的"本体"。诗是一个独立的话语制成品，布鲁克斯在《精制的瓮》（1947）里声称，真正值得注意的是"诗之所以是诗"，一首诗就是一个独立自足的实体。新批评著名的"意图谬见"（the intentional fallacy）强调，一首诗的意义在它的内部，是由其话语层面的语法、词义和句法等决定的，不决定于诗人在谈话、书信或日记里吐露的意向；抒情诗中的"我"不代表"诗人"自己，而是诗歌中的戏剧化人物。作品的意义与作家的意图不相干，不能把作家在别的场合表现的意图强加到作品。同样，研究作品也没有必要考虑作家的主观意图。"感受谬见"（the affective fallacy）则针对读者而言，告诫读者可能盲目地动情，错误地认识和分析作品。换句话说，读者的感觉是不一定可靠的。这样，新批评就确立了作品/文本的核心地位。维姆萨特还认为，诗人不可能离开作品来表现情感，只有通过诗歌语言才能表达情感。他反对把作品当作诗人表达情感的工具，思想情感的生命不存在于诗人而在其诗歌之中。韦勒克和奥斯汀·沃伦合著的《文学理论》（*Theory of Literature*, 1949）用了大量篇幅来论证不应当花大力气进行"文学的外部研究"，他们强调"文学研究的合情合理的出发点是解释和分析作品本身"，有关作者生平、所处社会环境以及创作过程的考究，只可能表明作品是作家表现自我的注脚而已，这类因果式研究，编年史式的解释，属于作品的外部范畴，并未触及作品的本质。总之，新批评的本体论认为，作品是文学活动的本质与目的，作品应成为文学研究的核心，文学批评应以作品为本体，反对把作品视为作家与读者的中介，驳斥浪漫主义文论家把作家当作文学的起点、作家表现自我才有了作品的观点。换句话说，评论一首诗（新批评家总是把诗与文学作品等同起来），可以不管它是谁写的，以及有关他创作该诗的种种情形，读者应当径自进入诗里，因为一首诗即一个独立自足的天地。

在新批评理论家的眼里，一首诗不仅是一个独立自足的天地，而且还是一个有机的整体。理查兹在《文学批评原理》里把诗定义为"某种经验的错综复杂而又辩证有序的调和"。诗的本质就是矛盾的调和,这种调和处于一种富有活力的动态状势,诗的意向、情感、思想、内涵、外延等有机地交织在一起。在保持动态平衡这点上,诗歌与戏剧是类同的,内在的矛盾冲突深深织进了两者的肌体,形成一种结构性的张力。因此,读者接受一首诗应当对其多种意义整体地把握,诗歌需要细致的感受而不宜妄加说明。新批评特别反对用意译的办法把一首诗简单化,成为一个平面陈述,称这种做法为"意释误说"(heresy of paraphrase)。与俄国形式主义极端强调形式不同,新批评认为作品的内容和形式是一种辩证的构成体,无论是诗歌、戏剧或小说,其中的事件是内容的部分,但把这些事件组织规整为情节的结构方式则又属于形式的部分。文学作品的内容包含各种因素,既有内容与形式,又有感性与理性、内涵与外延、想象与张力等诸多成分,它们的内在构成是一个辩证的有机体。部分可以决定整体的含意,整体又制约着每个部分的精微意义,甚至每个字、词、句都会在由其相关意义构成的语境中呈现出它的特定意思。所以,新批评强调进入作品内部,全面而又细致地对作品的内容、形式、结构、意象、词语等进行整体把握和分析。

艾伦·退特的"张力"(tension)说,是根据形式逻辑中的外延与内涵的概念,用以对诗进行语义学的诠释。他在《诗的张力》(1938)中提出,诗歌语言包含外延和内涵,外延(extension)指词的本意,即指称意义;内涵(intension)则指词的引申意,即众多的暗示和联想意义。诗歌语言既有明确的外延概念,更有丰富的联想暗示意义,两者相得益彰,但诗歌批评着重于诗歌语言无限丰富的内涵意义。他摘去"外延"和"内涵"二词的前缀 ex-和 in-,创造出一个新词 tension(张力),并指出"诗的意义在其张力,即我们从外延与内涵两极之间能够找出的全部意义的统一体",诗歌由此获得的辩证意义结构即张力结构。可见,张力说实际上是新批评对诗作为一个独立自足的有机体所具有的内在辩证结构的一种解释,旨在把批评的焦点引向诗的内部研究。研究诗的"张力"就是研究具有丰富内涵的诗歌语言,从而使批评的实践落到实处,深入到对诗歌语言的具体批评之中。

新批评把话语层面的"反语"(irony)概念提高到与语境(context)相联系的"反讽"说。反讽是一个陈述事件受其自身出现的语境的制约或扭曲而造成的产物。理查兹认为,反讽能使"通常相互冲突排斥的对立面达到平衡";R. P. 沃伦则在《纯诗与不纯诗》(1942)里提出,应以"张力"来代替"对立面"。反讽说的主要阐释者布鲁克斯进一步强调,反讽是指认各种不协调事物的最普通的术语,没有话语不具反讽意味。反讽普遍存在于诗歌语言,它是诗的本质所在,诗的语言就是反讽语言。诗人以反讽来考验自己的意象,诗中的诸多意象相互观照,形成一种语境。在这种语境里,单个的意象总要受到语境的牵制和影响,产生明显的扭曲。语境压力是必然的,反讽由诗的上下文决定,它的意义存在于该诗的内在结构之中。

因此，反讽又与"诗的戏剧化结构"相联系，诗的结构本身具有张力，诗总是反讽的，而实现反讽意味的通常手段便是采用悖论（paradox）和含混（ambiguity）。

细读（close reading）是新批评的方法论。理查兹在《实用批评》（*Practical Criticism*, 1929）一书中称，诗有四种不同的意义：意识、情感、语气和意向，凡好诗都值得细读。诗既然是一个复杂的独立自足的有机体，它的内在结构具有张力，诗歌语言充满反讽、悖论和含混，新批评文论家都一致推崇细读的策略。诗中的每一个词都必须细究详察，不仅明白它的本意，还要仔细探索它能引申的所有暗示意义，既要从局部掂量它又必须从整体上把握它。这样，才有可能深入诗歌语言"非真实"陈述的奥妙及其精微之处。利维斯主编的杂志就以《细察》（*Scrutiny*）命名，逐行审视诗篇。燕卜荪的《七种类型的含混》（1930），更极尽逐词挖掘诗歌语言内涵之能事。布鲁克斯与沃伦合编的《理解诗歌》（*Understanding Poetry*, 1938）淋漓尽致地展现了细致分析诗篇的技巧，该书在英美十分流行，40年代至60年代被许多大学采用为文学课程教材，影响十分深远。后来，布鲁克斯与沃伦又编了一本《理解小说》（*Understanding Fiction*, 1943），希望把同样的批评原则和方法运用到小说的分析，可是却没有获得同样的成功。看来，新批评的细读法主要适用于诗歌批评。

形式主义文论有一个根本的共同之处，即在面对文学的基本问题，即内容与形式的关系上，明确宣称形式比内容重要。作为文学理论，整个形式主义文学思潮皆源于18世纪末德国唯心主义哲学和美学，尤其是康德美学。19世纪的唯美主义提出"为艺术而艺术"的口号，新批评派努力实践真正的康德美学，兰塞姆要求回到"想象与理性携手共居的真实世界"，理查兹希望回到"想象力与认知力协调统一"的康德思想。但无论如何，新批评只是西方形式主义文论中的一个重要环节而已，尽管它持续最长，影响最为深远。相比之下，英美新批评与俄国形式主义走得最近，两者都关注文本主体，区分诗的语言与实用语言，强调诗的动态结构，但后者的形式主义倾向更加明显，主张内容只是作为形式的一个方面而存在。

必须指出，新批评虽比俄国形式主义出现要晚，两者之间却没有承传或任何直接联系。新批评与结构主义的出现大致平行，但得势要早，共同之处在于坚持意义是由文本内部结构决定的，强调情感语言不同于实证语言，实证语言与诗歌无关。但在形式方面，结构主义有时比新批评走得更远，比如结构主义的代表人物罗兰·巴特声称，结构主义的理论"不是关于内容的科学，而是关于内容的条件即形式的科学"。结构主义者大多是理论家，其批评旨在为其理论提供实证，而新批评家兼顾理论、批评与创作，其理论本身也富有实践性。新批评与后结构主义尤其是解构主义相一致的地方，在于都乐意看到作者的死亡，执意揭露文本呈现的虚伪表象，一致反对文本的明晰性。而两者之间最大的差异在于，新批评声称逻各斯中心主义：一切意义均在文本之中；解构主义则坚持非逻各斯中心主义：文字之外别无所有。

结 语

新批评决定性地把形式主义批评从反理性主义推向理性主义方向，在发展过程中逐渐摆脱了反理性主义，努力探索理性与感性的结合。新批评派的形成是西方形式主义文论发展的一个重要阶段，也是形式主义学院化的重要一步，以至在四五十年代全盛时期被视为"现代批评"。但囿于形式主义批评的局限，新批评固守批评本体论立场，把文学批评由先前的外部研究完全引到了另一个极端，专注文本和语言的内部研究，从而忽视了文学与社会和文化之间的天然关系，暴露它的偏执与片面性。同时，新批评派的批评实践注重单一作品的研究，并视之为一个独立自足的封闭世界，从而忽视了作品与作家的联系，作品与其他作品的联系，作品与历史文化和现实生活的联系。孤立地研究个别作品，不仅割断了作品与历史、文化和社会的联系，还破坏了文学研究的整体性，既不利于对文学进程的观察、文学规律的总结，也不利于文学创作的实践。进入20世纪60年代，随着结构主义和后结构主义的得势，新批评便走向衰落。

新批评的历程，大多数论者倾向于分为三个阶段：初始期（1910—1930）、形成期（1930—1945）和极盛期（1945—1957）。文森特·利奇（Vincent Leitch）则提出第四个阶段，即惯常期（normalization），时间为60年代至今。他说：

> 新批评派的思想和方法已经广泛深入批评家的心中，形成了"批评"的本质概念……新批评在50年代的"死亡"标示出一种常规化了的"永生"——这一奇特之举是当代别的任何批评流派无法实现的。

同样，新批评派的后期捍卫者韦勒克一面抱怨当代那些诋毁新批评的人并未认真研悉过新批评文论，一面又表示坚信："新批评已经提出或者重申了许多基本的真理，后来时代的人将不得不回头去重温它们。"的确，60年代后在美国兴起的形形色色的批评流派仍频频回首新批评派，并在与新批评的比较中确定自身的立足点。弗·兰特里夏（Frank Lentricchia）的论著《新批评之后》（After New Criticism, 1980）评论了美国20世纪四大文论——存在主义、现象学、结构主义和后结构主义之后指出，这些纷呈的文论无不由于新批评而完成了自己的历史使命并为它们的发展打下了基础。尽管新批评衰落之后已不再被当代批评家作为一种理论用于批评实践，也许不再称得上是一种当代批评理论，但它的影响已经根深蒂固，对当代人阅读和阐释文学作品仍在继续发挥作用。尤其经过了20世纪七八十年代理论热之后，美国文学界早已开始反思，美国众多高等学府的文学教授，凡是没有去追赶理论浪潮的，都还在自觉不自觉地追随新批评的基本理论和方法，尤其是细读法。在我国，也存在类似的现象。可见，新批评派的本体论批评原则和深入文本内部的文本阐释方法，已经留下无法磨灭的影响，可以预料，它们还将继续在国内外文学批评界和大学的文学课堂里发挥作用。

参考书目

1. Cleanth Brooks, *The Well Wrought Urn*, Harcourt, Brace, 1947.
2. F. R. Leavis, *New Bearings in English Poetry*, Chatto & Windus, 1932.
3. I. A. Richards, *Practical Criticism*, Routledge and Kegan Paul, 1964.
4. —, *The Principles of Literary Criticism*, Harcourt, Brace, 1959.
5. John Crowe Ransom, *The New Criticism*, Greenwood Press, 1979.
6. Robert Penn Warren, "Pure and Impure Poetry," in *Selected Essays*, Random House, 1958.
7. T. S. Eliot, *Selected Essays*, Faber & Faber, 1951.
8. William Empson, *Seven Types of Ambiguity*, Hogarth, 1984.
9. 盛宁：《二十世纪美国文论》，北京大学出版社，1994。
10. 张隆溪：《二十世纪文论述评》，三联书店，1986。
11. 赵毅衡编选：《新批评文集》，百花文艺出版社，2001。

新左派 赵国新

略 说

"新左派"(the New left)是 20 世纪六七十年代席卷西欧和北美核心资本主义国家的一场激进的思想文化运动,这场运动的参与主体是知识分子和青年学生,而不是以往历次激进运动的主角工人阶级。这些文化人不满资本主义社会的现实,带着一种理想主义的情怀期许社会主义的未来。

在西欧和北美,20 世纪 30 年代和 60 年代是两个"红色"的 10 年,也是西方左派最得势的时代,知识分子乃至整个社会向左转蔚然成风。同 30 年代的左派激进分子相比,60 年代新左派的人员构成和思想面貌大不相同。前者以当时的各国共产党党员为主,他们主要关心的是劳工集体的权利和经济斗争,后者更注重个体性和马克思思想中的人道主义,强调文化斗争,其中很多人是从共产党里分裂出来的,恐怕连同路人都算不上。(Payne:371)粗略地讲,新左派的主张表现为:在国内问题上,坚持底层民众的民主权利,维护社会的公正,主张非暴力性的社会斗争;在国际问题上,反对帝国主义和殖民主义,在两大阵营对峙的格局中,持守和平主义立场,反对军备竞赛。为了贯彻这些主张,新左派发起了一系列社会政治活动,影响很大的有英国的核裁军运动、美国的民权运动和反越战集会、1968 年法国的学生运动、西德学生领袖遭枪杀而引发的全国性骚乱,等等。可是,自从 70 年代末以来,核心资本主义国家的社会形势出现逆转,保守势力上台,社会开始急剧向右转,新左派的社会影响渐趋式微。"学术与事功不两至",新左派知识分子政治上的失意在学术上得到了意外的补偿:他们退守象牙塔,在高深莫测的理论中寄托当年的激进理想,在讲堂上挥洒书生意气,点评时政,抒发壮志未酬的余恨。七八十年代以来,文学、史学、社会学等领域无不受到新左派思想的冲击或改造,今日当红的理论家与当年的新左派大都有着千丝万缕的联系。

也许是独处一隅的地缘因素使然,也许是因循保守的民族气质在作祟,60 年代以前,与欧洲大陆的德、法、意等国相比,英国这个工人阶级诞生最早的国家,马克思主义研究相当滞后。正是由于新左派的兴起,英国学术才受到了马克思主义的重要塑造,创造出规模空前的马克思主义思想文化。(Dworkin:264)相对其他国家而言,新左派对英国社会文化影响也是最深刻的。此外,英国新左派还留下了一笔重要的精神遗产——《新左派评论》;这份让欧陆和北美的新左派同道羡慕不已的刊物,是其他国家所未有的,它是英国新左派对自家思想发展轨迹的记录。

且以英国情形为例，看一看新左派所经历的沉浮与沧桑。

综 述

"新左派"这个名称起源于塞纳河畔，是一个名字叫冦劳德·布尔代的法国人的发明。1956年，他在巴黎办杂志，正好有一批英国马克思主义知识分子到访，准备建立一个能够影响整个欧洲的左翼组织：国际社会主义协会。布尔代的政治观点与这些人不谋而合：既痛恨苏联的制度，又反对西方的社会民主制；既信奉马克思主义，又与西欧共产党保持着距离。会面之初，布尔代就称他们是"新左派"，此后，这个名称就一路沿用下来。（Lin Chun：xviii）

总的说来，英国新左派在50年代中期崭露头角，极盛于60年代，当时整个欧洲社会都处在激进的氛围中，而衰退于70年代末，正值以撒切尔夫人为代表的右派保守党政权卷土重来之际，前后不过风光了20多年。在此期间，既没有发起过武装起义，也没有组织过大罢工，它躬与其役的政治活动寥寥可数，大概只有倡导和平的核裁军运动和60年代的学生造反。它的主要建树体现在文化领域。它所标榜和身体力行的政治，已经不再是20世纪初的那种拿起武器、筑起街垒、采取直接行动的街头政治，而是以笔杆代替枪杆的文化政治，它的思想主旨是批判当代资本主义社会，塑造激进的社会意识。

一般认为，新左派运动大致分为三个阶段：从1956年到1962年是雏形阶段；从1963年到1969年是新左派深入发展阶段，在此期间，E. P. 汤普森等老一代新左派与佩里·安得森等新生代新左派，在争吵与合作的双重变奏中推动了事业的进展；从1970年至1977年是新生代新左派大力译介欧陆西马理论、发扬光大马克思主义学术的重要时期。

英国新左派的出现，直接诱因是发生在1956年两件震惊世界的大事：苏军入侵匈牙利和英法联军入侵苏伊士运河。它们给左派知识分子造成了巨大的思想冲击，使他们对西方资本主义民主制和苏联的社会主义产生了双重幻灭。另外，战后的西欧资本主义国家呈现出迥异于战前的新形势：社会普遍富裕，社会福利政策得到巩固和发展，工人阶级的生活条件大幅度提高，消费主义膨胀，阶级意识淡化。这一切向传统左派所持守的社会主义理论和实践提出了挑战。可是，当时的英国共产党思想僵化，因袭旧有的观念，不承认资本主义发生了新变化，英国工党也没有对这种新形势作出切中肯綮、令人满意的解释和分析。英国共产党在匈牙利事件上紧跟苏联，导致党内严重分化，三分之一的党员出走。（Stevenson：93）

英国新左派运动就是在这个背景下兴起的。主要成员有退党的英共党员，如文化理论家雷蒙德·威廉斯、历史学家汤普森、克里斯托夫·希尔、罗德尼·希尔顿等人；有工党内部对其现行政策不满的左派，他们与工党的关系是"一脚门里，一脚门外"的关系；还有牛津大学的一些信奉社会主义的学生，如安德森和后来成为文化批评家的斯图亚特·霍尔、成为著名社会学家的查尔斯·泰勒等人，都是一时之选。他们承认战后资本主义的新变化，要求适应新时代的需要，更新社会主义的理论和实践，创设民主社会主义的政治制度。这正是他们与以英国共产党为代表的老左派的不同之处。（Dworkin：45—61；Kenny：4—5；Lin Chun：1—19）

作为一场思想运动，新左派主要坚持其文化阵地《新左派评论》，发掘本国民众历史上的反抗传统，引进欧陆新的社会思想，发扬马克思主义学术，批评时政。

《新左派评论》的前身是两家理论和政治刊物：《大学与左派评论》（*University and the Left Review*）和《新明理者》（*New Reasoner*）。前者创刊于 1957 年，刊名的前半部分标明读者对象，后半部分取自 30 年代名重一时的《左派评论》，以示复兴激进传统的决心。主办者是牛津大学的左派学生。就思想和阅历而言，这伙年轻"闯将"是新生代的左派力量，由于年龄的关系，他们与传统的劳工运动没有任何瓜葛，也没有经历过三四十年代人民阵线运动和反法西斯战争。《新明理者》的核心以及外围，主要是前英共党员。从年资上讲，大多数是上一代人，他们的政治思想是在人民阵线的氛围中成熟起来的，参加过二战期间的反法西斯运动。他们对马克思主义有着难以割舍的情结，要求英共在党内进行民主改革，反对它支持苏军侵略行为。他们办刊的目的是想在党外营造一个言论自由的政治空间，更新和发展马克思主义。由于编务和经费紧张，这两家刊物在 1960 年合并为《新左派评论》，由斯图亚特·霍尔任主编。两年之后，霍尔不堪重负，提出辞职，杂志陷入了人事和财政的双重危机。20 出头、出身富室的佩里·安德森解囊襄助，接过主编的位置，暂时化解了危机。（Dworkin：45—78）

新左派并非铁板一块，虽说他们有广泛的共识，但两个派别之间俨然存在理念上的分歧，无论在思想阅历上，还是在年龄上，他们都不是一代人。《新明理者》周围的新左派人士以汤普森为首，通常被称为老一代新左派（the old new left），《大学和左派评论》周围的新生力量则被称为新生代新左派（the new new left），以安德森为领军人物。

老一代新左派，如汤普森、威廉斯和理查德·霍加特等人极为关注文化问题。与欧洲大陆的西方马克思主义者相似，他们反对正统马克思主义将文化当成社会关系的反映和经济决定的产物，强调社会传统和价值观念（文化）在历史转型、社会斗争中的推动作用；在他们看来，激进的文化能够唤起民众对当代社会的批判，营造新的社会意识。在 50 年代，他们都有过在成人学校里任教的经历，这是英国工人阶级协会为那些上不起大学的贫家子弟所创造的教育形式。他们把成人教育当成营造民主的社会意识、促成社会变迁的一种重要手段。威廉斯的《文化与社会》和《漫长的革命》、霍加特的《识字的用途》，是他们从事成人教育事业的产物，也是新左派在这一时期的代表性论著。

《文化与社会》是雷蒙德·威廉斯的成名作。作者发掘和整理了从18世纪末到20世纪50年代英国社会思想史上所谓"文化与社会"传统，从现代保守主义的始祖爱德蒙·伯克开始，直到20世纪的左翼作家乔治·奥维尔。这个思想传统中的大多数人都奉行一种人文主义性质的文化观，即文化是道德和理智性质的精神活动，它与功利性的资本主义工业文明格格不入，与推动资本主义社会前进的工业力量背道而驰；判断一个社会的优劣应当以文化为准绳，大力宣扬文化，有纠偏时弊、匡正人心的功效。威廉斯、汤普森和霍加特等人在50年代开创的早期英国文化研究，在一定程度上就是这个传统的延续，它在新的社会背景下研究的是新的文化现象（各种流行文化形式、种族问题、妇女问题等）与社会的互动关系。

　　《漫长的革命》这个标题中的'革命"，不是通常意义上的阶级暴力革命。按照作者的本意，它指的是社会整体的历史变迁。与社会的政治和经济变革相比，威廉斯更加重视的是思想意识和价值观念的变化。《漫长的革命》一书开宗明义，谈到三种革命：工业革命、民主革命和文化革命。他最关注的是文化革命。根据他的解释，所谓文化革命，就是思想意识的更新，它的特征是加强民众的民主参与、共创社会文化的意识。之所以说它是"漫长的"，是因为它仍然处于初级阶段。(Williams, 1961: ix—xiii) 这本书流露出威廉斯当时的改良主义思想痕迹，他提出，革命的目标只能逐步达到。显然，与革命性的决裂相比，他更加相信改良的功效。

　　霍加特《识字的用途》是一部半自传性质的作品，作者根据自己的见闻和体会，描述了城市工人阶级传统文化（生活方式）的衰退。他最感念的是少年时代（30年代）耳闻目睹的工人阶级生活，字里行间每每流露出低回婉转的怀旧情感，对于它的消逝，不胜叹息。他断定，破坏这种工人阶级文化的罪魁祸首是战后涌现的大众文化，它们腐蚀了往日健康的工人阶级文化，破坏了工人阶级的感受力。不过，霍加特没有像法兰克福学派的阿多诺和霍克海默那么悲观，完全把大众看成消极的受愚弄者，对于大众的能动作用，他还是持有乐观态度。他预言工人阶级有能力创造出自己喜闻乐见的流行文化，有能力鉴别和自主选择大众文化产品，并不总是受操纵，一味被动接受。

　　这些著作体现的这种文化论思想有很大的缺陷：首先，它过于经验化，缺乏理论深度，没能把文化的变迁与社会历史的运动结合起来加以深入探讨；其次，它似乎夸大了文化的作用，就文化与政治的关系而言，文化除了能起到道德批评作用之外，不见得还有更大的作为，它对社会激进意识的塑造究竟能有多大功效，也是很让人怀疑的。(Lin Chun: 28)

　　到了60年代，两代新左派之间的思想差距越来越明显。老一代坚持本土固有的工人阶级激进传统，以传统的文化分析见长；新一代则移用欧陆新理论，以全面剖析当代英国社会争胜。当然，这并不意味着这些新生代漠视文化问题，只不过二者的侧重点不同。1962年，安德森接手《新左派评论》，老一代新左派陆续退出编委会，这标志着新左派运动的领导权开始移交到新一代手里。老一代的失势原因很多，根据后来研究者的总结，最主要的原因是，他们未能制定出一套社会运动的纲领，又没有建立起雄厚的群众组织基础。结果是，既未能掀起劳工运动的风潮，又错过了把"核裁军运动"改造为社会主义运动的良机。

老一代的影响减弱，但并未完全消失。他们的目光转向英国历史，发掘民众反抗的传统，以史论代替政论，以古谏今，希望借此鼓动和塑造当代社会的激进意识。汤普森的《英国工人阶级的形成》就是这样的一部社会史巨著，它的写法与以往的劳工史大相异趣。它没有直接从经济和社会，尤其是工业革命所产生的经济和技术变迁入手，从而表明英国工人阶级注定是这段社会经济历史的产物，而是强调激进的文化传统在工人阶级形成中的作用。（Kaye：173）他认为英国工人阶级的意识受到历史上的激进传统的塑造：新教意识形态中不从国教者的反抗传统、民众自发的反抗传统、贯穿于全社会思想中的"生而自由"精神遗产、在法国大革命影响下形成的雅各宾主义思想传统，等等。此外，他还讲述了英国工人阶级在19世纪的实际斗争。这一切都是为了证明一个核心观点：英国工人阶级不是随着资本主义工厂制度（经济因素）的出现而自动诞生的，而主要是工人阶级自己的阶级意识（文化因素）形成的结果，只有当工人阶级认识到自己的阶级利益并明确表达出来时，它才算是真正形成。（汤普森：1—2）

饶有趣味的是，面对同样的一段历史，安德森和另一位新生代新左派历史学家汤姆·奈恩却得出了与汤普森完全相反的结论，可谓一样山水，两副笔墨。

在安德森看来，花费那么大力气去爬梳整理英国民众的反抗历史，纯属一厢情愿的不智之举，比起19世纪欧洲大陆的工人运动，英国的情况要逊色得多，他们根本没有可以与之相提并论的反抗运动。深层原因在于，英国资本主义发展道路迥异于欧洲大陆。17世纪的英国革命是资产阶级和土地贵族相妥协的结果，它没有法国革命那么彻底，只改变了社会的经济基础，没有动摇旧有的带有贵族思想印记的上层建筑，给后来英国工人运动的发展埋下了祸根。因为，工人阶级运动需要借鉴资产阶级革命的精神遗产来确立自己的意识形态，可是英国资产阶级却没有留下自由、解放、革命等价值观。（Anderson，1992）

不仅如此，灾难性的后果还殃及到了当代。安德森在1968年发表的《国民文化的构成》一文中，通盘审视了当代英国社会文化。他发现，在整个20世纪的英国社会文化中缺乏一个总体性的社会理论：经典社会学或马克思主义的社会理论。像杜尔凯姆、韦伯和帕累托这样器局开阔的、能够以整体的眼光看待问题的社会学家在英国根本没有出现过，更不必说与他们针锋相对的如列宁、卢卡奇和葛兰西等人的马克思主义社会理论。造成这种局面的原因是，在英国资本主义的发展过程中，资产阶级和旧贵族联手形成统治集团，其意识形态以"崇尚传统"

(traditionalism)和"经验主义"(empiricism)为主,资产阶级只需因袭旧习,从内部进行制度创新,不必在整体上重新审视社会,以示决裂。经典社会学在19世纪末的欧陆出现,受到当时声势浩大的工人运动的催生,肩负着抗衡马克思主义社会理论的使命,是在社会思想层面上对付工人运动的关键力量。相比之下,同时代的英国却没有发生大规模的工人运动,统治阶级无须费心去演绎一套对抗性的总体性的社会理论。

由于痛感英国本土缺乏马克思主义传统,新左派从60年代末开始以《新左派评论》和新左派书局(后来的Verso出版社)为据点,大力译介欧陆的西方马克思主义重要著作。到了70年代中期,这项艰巨的文化工程终于告一段落。这项名山事业一方面刺激和推动了英国的马克思主义学术文化,另一方面打破了英国本土的左翼思想界与欧陆隔离的状况。在欧陆西方马克思主义的影响下,新左派重新思考了经典马克思主义的一些命题,例如经济基础与上层建筑的关系问题,重新评价了历史唯物主义。

新左派的主要建树体现在文化领域,但这并不等于说他们在社会经济研究上无所作为。对于资本主义的新变化,社会主义的经济策略,他们的确煞费苦心,作过一番认真探索。

新左派承认战后资本主义的新变化,同时认为,这一切并没有改变社会的性质。工党施行的企业国有化政策也没有实现社会主义转型,因为国有化企业依然受制于资本的利益和私人机构,并且,国有化企业效率低下更是为千夫所指。新左派的一些经济学家受到南斯拉夫实行的工人自主管理工厂的模式以及本国的基尔特社会主义的启发,提出"工人控制"理论,主张强化工会和工人对工厂的民主管理,从而实现社会政治结构的重大转型。但是在实践中,"工人控制"理论并没有使工人积极参与工厂的管理,工人最关心的是工资而不是控制。到了70年代中期,这种理论就销声匿迹了。(Lin Chun: 122)

如何走向社会主义始终是新左派的一块心病。在策略上,他们一直在革命与改良之间摇摆不定,充满了思想矛盾和分歧。历史学家拉尔夫·米利班提出了一项折中方案:革命与改良双管齐下,以改良服务于革命;利用罢工、游行示威、请愿以及其他非议会斗争方法,改变资本主义国家的性质和资产阶级民主形式。显然,这只是一种学术设想而已,在没有大规模群众运动的现实条件下,不具备操作性。

到了70年代末,新左派运动已经成为强弩之末,社会影响力下降,逐渐从政治舞台上消失。在思想层面上,新左派所引入和生发的许多思想和观念,已经成为各个政治思想派别共同关注的内容,很难说哪些是新左派的专利,哪些不是。1979年,撒切尔夫人的保守党赢得大选,开始大刀阔斧地对国有企业进行私有化,削减社会福利开支,加强以自由市场为指导原则的资本主义的竞争力,结束了国民经济多年停滞的局面。在欧洲大陆的法国和西班牙,密特朗和冈萨雷斯的社会党政府也抛弃了社会主义路线，致力于振兴企业资本主义。（Stromberg：309）在同一时期的美国，则开始了长达8年之久的、以保守主义著称的里根时代。

结　语

新左派对于战后资本主义的认识不乏深刻和独到之处，可是在改造现行社会体制的策略上，往往有书生论政的流弊：空有道德的热情、言辞的激烈和理论的深刻，全无实际上的可行性。新左派运动的最终失败，与他们空喊社会主义口号，却拿不出切实可行的政治经济总体策略以争取社会共识密切相关。战后的资本主义创造出史无前例的富裕社会，无论是它的社会福利水平还是民主化的程度，都是同时代的其他社会形态所不能望其项背的，在这种情况下，新左派很难另辟蹊径，创设出一个取代它的社会。不过，作为一股社会制衡力量，新左派的存在毕竟给统治者造成了很大的舆论压力，有助于社会进一步向民主的方向发展，保持社会肌体的健康，这也正是自由民主制度的一个长处。

马克思在《关于费尔巴哈的提纲》中说过："哲学家只是用不同的方式解释世界，而问题在于改变世界。"这句话深为那些喜欢与时政抗争的左派学者服膺，激励他们著书立说，抨击时政，去改变世道人心。可是，纵观新左派的历史，他们对当代资本主义社会的分析不可谓不透彻，抨击不可谓不激烈，却没有带来根本性改观。新左派的一位历史学家说，"虽说我们实际上没有改变世界，但至少我们理解了这个世界"，这个自我评价暗含几分无奈的情绪，却也不失为发自肺腑的持平之论、清醒之言，可视为新左派的盖棺论定之语。

参考书目

1. Dennis Dworkin, *Cultural Marxism in Postwar Britain*, Duke UP, 1997.
2. Havey J. Kaye, *The British Marxist Historians*, Polity Press, 1984.
3. Lin Chun, *The British New Left*, Edinburgh UP, 1993.
4. Michael Kenny, *The First New Left*, Lawrence & Wishart, 1995.
5. Michael Payne, *A Dictionary of Cultural and Critical Theory*, Blackwell, 1996.
6. Nick Stevenson, *Culture, Ideology and Socialism*, Avery, 1995.
7. Perry Anderson, *Arguments within English Marxism*, Verso, 1980.
8. —, "Components of National Culture," in *Student Power*, eds., A. Cockburn, et al., Penguin, 1969.
9. —, "Origins of Present Crisis," in *English Questions*, Verso, 1992.
10. Raymond Williams, *Culture and Society*, Chatto and Windus, 1958.
11. —, *The Long Revolution*, Penguin, 1961.
12. Richard Hoggart, *The Uses of Literacy*, Chatto and Windus, 1957.
13. Roland N. Stromberg, *European Intellectual History*, Prentice Hall, 1994.

14. Stuart Hall, "The First New Left," in *Out of Apathy*, eds., Robin Archer, et al., Verso, 1989.
15. 汤普森:《英国工人阶级的形成》,钱乘旦等译,译林出版社,2001。
16. 威廉斯:《文化与社会》,吴淞江等译,北京大学出版社,1991。

星座表征 郭 军

略 说

"星座"(Constellation)本是天文学概念。人们在认识天空的过程中,将天穹分为许多区域,并把每一个区域中由最亮的星星的分布而呈现的形态称为一个星座。天文学家通常用动物、古巴比伦或希腊神话中的人物为之命名。譬如由七颗亮星组成的斗状星座就被叫作"大熊座"(中国人叫"北斗")。人们据此绘制相应的图表,形象地表征星空中的格局。

本雅明率先借用星座概念以类比他的哲学"理念"(idea)。其可比性在于:本雅明的理念同样也是一种对应性表征。它既非利用抽象概念去指认具体事物,亦非不加甄别地描摹事物"本来的面貌",相反,它试图从一种"救赎的视角"洞察事物,将其成分分解出来,重新聚合成一个具有哲学特征的格局(星座)。本雅明称此格局为"理念",并认为在理念中,事物得到了救赎。这是因为,这个理念或哲学星座具备一种悖论功能:它在对事物的重构中暗含解构的逻辑,即它首先消解了事物在特定意识形态中物化的、"第二自然"的自在性和既定性,使其成分重新定位在一个新的构型中,成为一个总体中的分布点,并由此获得超越其自身的意义。

这个总体,就是本雅明所理解的历史的终结、弥赛亚主义新时代的到来。在他看来,理念是对事物这一内在逻辑的表征,正如星座是对星星的内在布局的表征一样,两者都不是空洞笼统的描述,而是描述以主体为中介所"洞察"到的一种内在本质。正是在此意义上,本雅明说:"理念与事物的关系,就如同星座与星星的关系。"(Benjamin,1963:34)

综 述

归根结底,本雅明哲学版的星座概念是一种有别于传统哲学的对真理的体验与表征方式,所以采用这样的方法,是由他对真理的理解所决定的。真理,在他看来不是体系化的东西,他把后者叫做知识。知识在他的认识论中指的是外在于物、对物所做的指涉、判断、同化。这种知识与对象的关系是主体意识将客体纳入自己的体系,而并不是两者具有内在统一性,正因如此,这种纳入本身就是一种"暴力"。在历史的知识系谱中,由于充满了一种"暴力"对另一种"暴力"的取代,才使得自然与人类都厄运般地轮回在各种话语权力的控制之下。

而真理则是一种本质存在。对于接受了施勒姆(Gershom Scholem)的卡巴拉阐释学的本雅明来说,这个真理就是客观的世界之"道"。这种真理观来自于他早年的语言论,他从对《圣经·创世记》的哲学阐释中推论出下述观点:在人类尚未堕落的天堂时代,语言有三个层面:首先是上帝的语言,即单数大写的道(Word),它浓缩了世界的整体性,从这一整体中生发出世界万物。因此万物都是道的载体,都是真理以生命和质量形式的体现,因此都是具有神启(revelation)意义的自然语言。介于两者之间的是人的语言,在人类未堕落之前,人的语言也就是亚当的命名语言,在本雅明版本的"创世记"中,上帝示意伊甸园中的每种动物走上前来由亚当命名,受到了命名的动物各个表现出无比的幸福,表明名毫无遗漏地再现了物的本质,因此本雅明认为亚当的命名是纯认知、纯接受、纯称谓,不仅能从万物中认识和接受宇宙之道,并能加以表征。

这种阐释不仅表达了本雅明的真理观,同时也产生了他表达真理的方法论,即"命名"。正是从这种意义上本雅明说"亚当不仅是人类之父,也是哲学之父"。那么哲学如何才能够做到"命名"呢?即让自己沉浸在具体事物中,同时又超越事物自在的表象,找到其内在本质,让"世俗"本身产生卡巴拉意义上的哲学"启迪"。阿多诺称这种方法为"确切的狂想"(exact fantasy)。"确切"指的是在万物之中参悟,不是构造空中楼阁,"狂想"指的是不被表象所迷惑,从形而下的"器"走向形而上的"道"。

由此可见,本雅明的真理观和方法论是将柏拉图的"理念"和康德的"经验"相结合,而这种结合又同时颠倒和超越了二人的体系。首先通过把柏拉图的理念定位在康德的经验中,本雅明追求的是,让现象领域(the phenomenal realm)产生出本体认识(noumenal knowledge),从而开创了一种"非形而上学的形而上学"。而对康德的超越则在于,他打破了康德禁止探究形而上的戒律。他在同样强调哲学使用体验和感悟的前提下,更认为哲学的使命是最终进入智性世界,探究形而上,即真理,而"康德由于其时代的局限性,只认赤裸的、原始的、自明的经验,认为只有这才是经验"。这在本雅明看来"是启蒙主义世界观,是最低等的世界观",他认为这是康德体系的致命缺陷。由此便必然产生了康德哲学的主观先验论,使得康德只信仰主体意识的第一性,但在本雅明看来,与其说应该从资产阶级个体来推导出世界,不如说应该正相反,正是世界本身在本体上先于理性主义的认知主体。本雅明把建立在主体性上的哲学一概视作神话:

> 我们知道原始民族在有灵论之前,把自己与神圣的动物、植物相等同,并给自己取这种动植物的名字。我们也知道疯子有时把自己等同于他看到的物体,于是物体就不是客体了。我们知道病人把身体的感受说成是外在于自己的……还有占卜者,说自己能感受他人……(Benjamin,1996:103)

因此康德的哲学在本雅明看来不过是神话认识论的一个案例，以此类推，他认为但凡把主体置于客体之上、目的是占有对象而不是解放对象的哲学，从笛卡尔的"我思"（cogito）到胡塞尔的超验主体（transcendental ego），都属此类认知体系，因此远远无法完成哲学表征真理的任务。更何况上述体系往往都将某种经过主体意识所中介而产生的"知识"宣布为直接与自然的真理，这种"权力意志"的可怕后果在20世纪30年代的欧洲直接体现在法西斯主义的意识形态上，这是包括本雅明在内的所有法兰克福理论家们最为敏感的问题。

那么本雅明是否由此就赞成与先验论相反的实证哲学呢？否。实证论在他看来是一种对现状的妥协或认同，是思想的病态和理性的异化，它使人丧失了批判与反思的能力，无法超越既定现实，如同被一种命运的魔法所控制，牢牢地被锁在一个单向度的社会中。所以在既批先验论、又批实证论的基础上，本雅明的理想是建立一个未来哲学，即"把认识论的基础建立在更高的经验概念上"。这就必然是哲学与宗教的联合，任务是表征这样一种真理，它"是一种无主体意图的存在状态，由理念所组成……真理是意图之死"。而"表征"就意味着既然真理是先于主体的，因此主体不能够臆造，而只能够发挥一个"星占学家"的作用，从浩淼的现象"星空"中看出内在格局或走向，再以能够与此对应的"星座图"来加以再现。唯有这样一种表征才既是超越的，又是从现实中产生的，因此才能够客观预示一个历史的终极走向。

这样一种表征在他的悲苦剧研究中是星座-理念论，随着他不断从纯思辨的领域走向对现实的思考，他又在超现实主义研究中将这一方法发展为"世俗的启迪"（profane illumination），最后在拱廊计划中全面用于对早期资本主义商品文化的研究，发展为他独特的神学与马克思主义相结合的方法论："辩证法意象"（dialectic images）或"定格的辩证法"（dialectics at a standstill）。尽管提法不一，但所贯穿的观念却始终不变：哲学的特征是它的超越意志，而不是认同和描述，同时哲学又是实在的理性（substantial reason），而不是主观臆断。这就意味着哲学具有双重功能，它总是无情地批判已然的现实，同时表征终极的真理。对于本雅明来说，这个真理就是历史的最终被救赎。在他的后期，他把早期的弥赛亚主义与马克思主义相结合，于是，这个真理也就是卢卡奇意义上的总体，他坚信这是历史的归属。

理念与概念

表征意味着理念，如同艺术，在形式和形式所表征的内容之间有一种"亲和力"、模仿性，而不是用前者去切割、归化甚至捏造后者。这是本雅明意义上的表征，因此他倡导哲学的形象性。

通常的观点总认为哲学更接近科学，而不是艺术。或者说哲学是认知，而不是表征。这在本雅明看来是一种误解。本雅明认为，哲学与认知是两种不同的体系，认知所用的归纳和演绎是获得知识，而不是描述真理。换言之，它是以主体性的权力意志去同化事物，以此为"观点"，从许多种类或事实中抽象出符合这个观点的共性，并把如此聚合的共性神化为客观事实。本雅明认为需要质疑的正是这个"观点"，因为它不是来自于客体的观点，而是主体的投射。这种"观点"中的事实已经被从某种角度对象化了，所得到的知识已经不是纯粹与客观的法则，而是一种"逻辑说词"（a matter of logic）。但真理是"实在的逻辑"（logic of matter），是客观的，不能被同化，只能被模仿和再现（表征）。这就意味着建构星座意义上的哲学理念才能够完成这个任务。

理念的建构需要借助概念，因为现象并不能以其原始的经验形式直接成为或完整地进入理念，必须先去掉其虚假的外壳，祛除与其语境的统一性，以被拯救出来的基本成分进入一种新的聚合，这个聚合才是一个表征真理的理念或星座。换句话说，理念本来就是一种远景，不可能与未救赎状态的现实直接同一，现实必须先被分解，由理念对分解出来的因素进行重组来彰显一种理想。与现实相比，理念"是一种永恒的星座"，所以建构理念是一项双重运作："被分解出来的要素就是这个星座上的点，借此它们在被分解的同时也得到了救赎。"本雅明描绘说，真理的显现"在进入理念的领域时如同烧掉坚硬的外壳，即一和解构的运作，借此，它的外观达到最大程度的辉煌灿烂"。（Benjamin，1963：31）

那么概念在帮助建构理念和获取知识时所起的作用有何不同呢？本雅明的解释是，在后者，"概念的分解"是一种"毁灭性的诡辩术"，因为具体实在的东西被概念化后而消失殆尽了，这是概念在切割世界。而在前者，概念仅仅是被派入现象中的"密探"或"使者"，只起中介作用，即从现象中收集构成理念的要素。于是具体实在的东西经由概念的中介，或借助概念的阶梯，在一个理念中再现出来。这时这些现实的成分因进入了一个总体而具有了超越其物化状态本身的价值意义，正是在这个意义上，它们在理念中得到了救赎。它们在理念中与在概念中的不同命运在于，现象"落在概念的庇护下并且原封不动：一种个体性"，即还是它本身的意义；而在哲学表征中，"它进入理念，变成一个不同的东西：一个总体，这就是对它的柏拉图意义上的'救赎'"。（Benjamin，1963：46）

从本雅明早期的语言论角度看，概念是堕落以后的语言状态，表现为索绪尔所界定的那个封闭、共时、平面的符号体系，一种"资产阶级的语言观"，语言与世界是分裂的，两者只有任意的人为的关系。语言并不能传达事物的本质，只是任意地指涉事物。语言作为一种人类主体之间约定俗成的规则，被用来抽象、统括、归化和收编世界。起支配作用的是体系和规则本身，其他都被当作无生命的东西来演绎和操作。言说的也只有体系和规则，世界则被消声，体系和法则把一个多维度、多样化的世界变成了一个特定的认知模式派生出来的抽象对象。语言的这种操作性同时意味着它的工具性，即语言用于交流关于物的有用信息，而不是传达物的本质、在场和生命，这在本雅明看来不啻一种缩影，正反映了世界整体性的破碎、人与自然的异化，以及随之而来的"主体性的胜利和对物的独断统治"。

与此相对立，理念则是命名语言，也就是说，语言直接连着本质。语言一旦命名，就有意义的在场，简单地说，在理念中语言就是一种介质，显现真理。由于理念并不像概念一样去统括现象，因此理念给了具体实在的东西以尊严，这种尊严用本雅明的独特概念来说，就是对象物的"光晕"。只有在人与他者保持着一种模仿的、主体间性的关系中，后者才会对前者保有这种"光晕"。所谓"光晕"，即是他者回眸的目光、平等对视的能力、"生命权利"的表达，"那个被我们观看的人，或那个认为自己被观看的人，也同时看我们"。如果把这种"普遍存在于人类关系中"的伦理反应转换到无生命的或自然的客体上，就会产生对万物的光晕的体验，因此"能够看到一种现象的光晕意味着赋予它回眸看我们的能力"。从这个意义说，理念把对象物视作鲜活的、言说的生命，而不是被动、沉默的物质，因此理念的运作方式是模仿、对话和参悟，是把具体现象作为乌托邦语义潜能的巨大而未经开发的资源来对待。

理念与辩证唯物主义

由此看来，本雅明意义上的理念同时也就是经验现象本身。但是，作为一种哲学版本的星座，它又是从历史总体的角度对现象世界的重组，因此不是在实证主义意义上的描绘，而是构成了现象的一种从尚未实现的、救赎的角度所看到的远景，也因此它完全是一个差异力量。它在揭露现实的同时，强调改变现实的迫切性，同时也起到了一种先导作用，预示一个受必然性统治的世界即将解体，真正自由的世界必将到来。对于本雅明来说，这就是理念的辩证法，它既不是"现在的"，又不是独立于现实而存在的。后一点又决定了理念论的唯物主义特征，即它不是以自己表征自己，而是以现实为中介，以纯粹内在（immanent）的方式而产生，即产生于对物质成分的哲学重建而构成的星座，它"迫使现象的世界产生本体的真理"。（Wolin：109）

理念与现实的这种"辩证"与"唯物主义"的关系，使得理念有一种批判与预见的双重功能。如果要为这种功能找到类比，首先可举布洛赫的乌托邦概念。布洛赫也是把传统形而上学作为建构远景的体验模式，他对形而上学遗产的依赖，不是回归唯心主义，而是作为批判现实的手段，即通过强调理念所预示的巨大反差揭示现实中的诸多矛盾和对抗状态。其次可举卢卡奇的总体观念，它代表着弥赛亚主义理想与现实的一种互动关系，是一种对历史的辩证否定和扬弃的态度。但是本雅明比他们更加激进，激进到近乎具有一种虚无主义的悲愤，他在建构救赎的理念时明确规定：理念所预示的理想，其实现并不是在技术政治和国家资本主义已成为信条的资本主义社会，而是发生在这个社会的解体中。在他的《神学——政治断章》

中,他直接用一个理念—星座来加以形象说明:历史与救赎是两个相反的箭头,代表相反的力量,弥赛亚王国不是历史的目的(telos),而是它的结束(end),因为世俗的历史越是前进,就越远离原初那完整与和谐的状态。这个观点在他最后的理论遗言《历史哲学论纲》("Theses on the Philosophy of History",1940)中,被形象化为一幅寓言画:历史的天使面对天堂,背朝未来,被从天堂方向吹来的大风推着退向未来;他看到大风吹过之处,留下一片废墟;他意欲停下,弥合碎片,拯救死者,但大风如此强劲,使他无法驻足,而只能被裹挟着越来越远离天堂,退向未来。本雅明最后点题:"这大风就是所谓的进步。"(Benjamin,1977:260)

从这个层面来看,理念又是一种振聋发聩的意识形态批判,无怪乎批评家理查德·沃林把它称作"否定的知识论",而阿多诺则称之为"否定或倒转的神学",并借鉴这个否定层面中激进的非同一性思维,建构了自己"否定的辩证法"。但是必须指出的是,本雅明与阿多诺的否定辩证法批判,以及整个法兰克福的意识形态批判的不同之处在于,他的批判与否定不是目的,而是他在《拱廊街计划》中所说的"理性的利斧",借此"现有的一切都被他化为废墟,然而目的却不是为了得到废墟,而是找到穿越废墟的道路……"。(Benjamin,1978:301—303)

如果说在悲苦剧研究时期,本雅明的理念多是从否定的一极来暗指救赎的迫切性,那么在巴黎拱廊街研究中,他则广泛收集了积淀在商品现象上、却被资本主义生产关系所掩盖的那种人类对于自由和解放的向往。无论从哪个极端,理念的星座都被看作一种远景,但不是幻象。它对于本雅明来说,如同一座历史航程中的标灯,指引每个人去发挥历史所赋予的弥赛亚力量,让历史的每一秒都成为"一道弥赛亚可能进入的时间的窄门"。阿多诺及霍克海默均不承认这一点,阿多诺甚至认为这违背了本雅明的初衷,变成了一种"肯定的神学"。其实,这正是哈贝马斯指出的法兰克福学派的意识形态批判与本雅明的救赎性批判之间的根本分歧。本雅明的悖论性在于,他的悲观决不是被动的,而是对革命、对救赎的呼唤,这可用他自己的另一幅寓言画来表征:他在一个历史的危机时刻——法西斯主义与科学技术和现代性联手的时代——"像一个在沉船中爬上摇摇欲坠的桅杆的人,在那里……发出求救信号"。

这个信号首先是一种批判,因为在资产阶级的意识形态看来并不存在沉船,只有历史航船的稳步前进。它更是一种呼唤,即号召回归与救赎。所以本雅明的全部哲学本身就是一个辩证唯物的星座,它用解构开拓出建构的空间,而从弥赛亚主义以及后期的马克思主义角度的建构,是给这个空间注入意义,否则就会出现哈贝马斯所设想的可能:

> 有朝一日,一个被解放了的人类会发现自己生活在一个扩大了的随心所欲的话语构型空间中,然而却失去了指导,没有能力解释什么是好生活

了。一个上千年来为了统治的合法性而被利用的文化，它所采取的报复便是这种形式：就在克服世世代代的压迫的同时，它也再没有了力量，也没有了内容。……实践话语的结构——最后完全建立起来了——必然会成为一个空壳。(Smith：123)

本原与单子

从上述意义上来说，本雅明是一个真正的本质主义者。但是，如前所述，他的本质主义却是在激进地反主观主义中确立的。他认为理念所表征的真理"不是一种在现实中自我实现的主观意图，而是决定这个经验世界的本质的力量"。由此出发，本雅明又把理念与本原和单子相关联而进一步予以阐发。首先，本原概念从历史的维度阐发了真理的客观与本真性。本雅明所理解的本原（Ursprung）与起源（即某种东西在某时产生）没有关系，而是一种本质、一种永恒的现在，即本雅明在《历史哲学论纲》中加引号的那个Jetztzeit（当下）。其义不等于Gegenwart（现在），而是意味着nunc stans（永恒的现在）。

本雅明是这样界定本原的："本原虽是一个历史范畴，却与起源（Entstehung）没有关系。这个词的目的不是去描绘现实产生的过程，而是描绘那个从生成（成型）和逝去过程中浮现出来的东西。"(Benjamin, 1963：45)这也就是本雅明语言论中那个原初、完整的整体。而弥赛亚时代所回归的，也正是这样的存在状态。因此，本雅明喜欢的格言是"本原就是目标"。如果把历史比做变化的潮流，本原就是潮流中的漩涡，"在它的水流中，它吞并了起源过程中所涉及的物质"。所以本原是一种构型力量，它不仅决定潮流变化的方向，而且使水流的变化以它为核心而构成一个整体。

这个整体，本雅明称作本质历史，但凡没有进入本质历史的时间流程则是一种无形态、无意义的存在状态。借用黑格尔的术语，本雅明把后者叫做自然历史，把前者叫做世界历史。世界历史的意义就在于"把变化定位在存在中"。这个"存在"(being)就是"是"或"在场"，也就是本质或本原，不是表象。而以本原为核心的整体，用卢卡奇的话说，就是一种总体。历史分期的意义，全在于这个总体。然而再现本原不是靠直观，而是靠辩证的洞见。

> 并不是说每一个原始的"事实"直接就被认为是构型的决定因素。实际上这是研究者的起点，只有当这个事实的最内在的结构以如此本质的方式显现以至于揭示它就是本原时，他才能认为这个事实是确定的。(Benjamin, 1963：47)

所以再现本雅明意义上的本原概念，在方法论上又呼应了卢卡奇从不同的视角所阐述的辩证法观念。同时主体的中介作用，即主体从"世俗"中见出"启迪"的感

悟能力也至关重要，因为

> 本原的东西从来都不以赤裸显在的实际存在形式而出现，它的节奏只对一种双重的洞见显现：一方面，需要将它作为一个回归和重建过程来加以辨识。但是另一方面，正因为如此，又需要把它作为不完善、不完整的事物来认识。

通过上述既辩证又唯物的方法，就会发现

> 在每一个本原现象中，都产生一种固定的形式。在此形式中，一个理念要不断抗争历史的世界，直至完满揭示，在总体的历史中显现。因此，本原不是通过对实际调查结果的研究而被发现，而是与它们的前后历史相关联。哲学思考的原则被记录在辩证法中，而辩证法就内在于本原。这个辩证法表明，在一切本质中，单一性和循环性是互为条件的。因此本原不是柯亨所说的逻辑，而是历史的范畴。（Benjamin，1963：45—46）

这就意味着

> 对于一个只考虑平面的、因果律的历史的观点来说，本原的现象是不可能的。本原现象属于这样一种历史观，它的中心是通过分析历史时间（发展与变化）而形成，并且它将时代的发展不是看作主观认知方式的建构，而是看作客观和目的论步骤的一部分。（Hanssen：43）

一旦抓住本原，它在哲学上的表征必然是一个理念，因为它浓缩了总体的图景，是对应于本原的哲学星座。本雅明又称这样一个理念星座为"单子"，这是他从莱布尼茨哲学中借来的术语。在莱布尼茨那里，单子是真正的统一体，因而是唯一真正的实体。每一个单子都是自足的，都是一幅世界的图画。它与另一个单子的关系正如两架时钟的关系，虽然互不关联，却都指向相同的时间。对于本雅明来说，这个时间就是历史的终结和救赎的到来。

本雅明认为本原和单子论把"理念"进一步形象化了，在《德国悲苦剧的起源》的"认知-批判序言"的开头，本雅明引用歌德的话说：

> 在知识和反思中都不可能组成整体，因为前者缺乏内里（没有真理内容，而只有主体性），后者缺乏外表（抽象的思辨，所以如果我们想从科学中产生整体性，就必须把它看成艺术。

无疑本雅明认为，从本原和单子论角度来看理念，就使得理念更加接近星座意义上的表征功能。

世俗的启迪与辩证法意象

但尽管如此，悲苦剧研究时期的本雅明还是在思辨的层面运作，在20年代末的中期研究中，他受超现实主义蒙太奇手法的影响，才真正开始建构形象化的哲学星座，即完全不用概念，而是把一幅幅寓言画一样的段落并置，像马赛克那样。当读者把它们整合后，寓意便从这些由哲学意象所构成的整体中显现。他的《单向街》便是这样一个哲学版本的"先锋派"实验作品：由表面读来各不相干的片段构成，有几个重要片段，如"帝国全景"、"火警"、"去天文馆"，正如星座中的几颗最亮的星，把本雅明反对盲目技术进步、向往人类得到救赎的理念彰显出来。本雅明把这种从共现的具体事物中进行参悟的方法叫做"世俗的启迪"，这是把宗教启迪、审美顿悟和超现实主义的梦幻意识加以改造而得到的一种独特感悟方式，它与唯心主义无关。正如理查德·沃林所说，虽然世俗的启迪如同宗教启迪，也是"利用精神陶醉所产生的能量，以便制造'启示'，即制造一种超越经验现实的平淡无奇状态的洞见。然而，这种洞见却是以内在方式产生的，即它还在可能的经验之内，无须诉诸来世性质的教条"。所以本雅明称这种启迪是"唯物主义、人类学的灵感"。"启迪"的"秘仓"在于超现实主义意义上的"将醉的能量用于革命"，即以"陶醉"或梦的状态进入现实的世界，为的是"在日常的世界中发现神秘，借助一种辩证的眼光，把日常的看作神秘的，把神秘的看作日常的"。（Benjamin，1970：237）用阿多诺的话说，目的就是要看到一个"非同一性"的现实，或用超现实主义者的话来说，为的是看到一个"超现实"，以此来"疯狂地"否定既定现实。从卢卡奇的角度来阐释，就是必须透过历史表象去揭示总体性的必然趋势。

　　本雅明把这种哲学运作理解为知识分子的实践方式或哲学行动，即从形而上学的思辨和玄妙体验中走出来，进入对生活的哲学化和诗化，因此宗教或审美陶醉对于本雅明来说正如唯美主义对于超现实主义一样只是一个旗号而已，下面也行驶着载有"秘仓"的船只，即政治建构或从历史中建构哲学。正是在这个意义上，他认为政治和宗教没有区别，都是一种对现实的激进立场，而"世俗"所以能够在救赎视角下产生"启迪"，是因为"世俗"原本是堕落以后的"自然语言"，一旦它被纳入理念或本原来读解，必然"启迪"历史的总体性。

　　后期的本雅明将这种方法全面用于解读资本主义历史。在《拱廊街计划》中，他说要"把不用引号而引用的艺术发展到极致"，（Benjamin，1999：458）指的便是上述哲学版本的蒙太奇的方法。他所"引用"的是事件。所谓"引用"，就是将许多事件并置起来加以"展现"，而不加评论解说，因为这种事件的共现所构成的星座本身，要比构造概念更耐人寻味。他把这一项目作为一个教育工程："从内里训练我们制造形象的手段，使之成为一种立体镜和多维度的观察，直看到历史阴影的深处中去。"他把这种方法叫做"辩证法形象"或"定格的辩证法"，在建构方法上摈弃了康德式的自上而下地用先验模式去统括现实的做法，而是采取歌德式的自下而上的方法，从现象入手去收集、感悟、体验、关怀。这种方法似乎更接近审美体验，从而使他的知识论同时也成为体验论。"辩证法形象"的具体产生方法是：

> 思考既包括运动中的思想，也包括凝思，当思想在一个充满张力的星座中凝结时，辩证意象就出现了，这个意象是思想运动的断开/停顿（caesura），它的停顿点（locus）是必然的而不是任意的。总之，它出现在辩证两极张力最大时。因此，辩证意象正是在对历史作唯物主义表征的过程中建构起来的。它与历史对象相符合：它完全有理由被从历史连续体中爆破出来。（Benjamin，1999：475）

建构辩证法意象是一种"以反潮流的姿态梳理历史"的史学方法，它打断"从前有一次……"这类物化的历史宏大叙事或"念珠一样的"历史连续体。"用史学的方法述说过去，并不意味着去辨识它'本来的模样'，而是要在记忆中的某种东西在危急时刻闪现时去抓住它。"（Benjamin，1977：257）"记忆中的某种东西"指的是那些人类为争取解放而进行的斗争。比如在他写作《拱廊街计划》的巴黎，就有1789年、1830年、1848年、1870年和1936年的斗争。正如本雅明的研究者吕贝卡·寇眉所说：尽管它们都是革命失败的时刻，都是没有实现的转折点，然而它们都浓缩着一种救赎的理想，并成为人们永恒的记忆。因此解读历史就是炸开官方历史的连续体，把上述记忆作为留存下来的单子爆破出来，将它们与本原构成一个星丛，从中便能够产生一个"辩证法意象"，即一种马克思主义版本的"单子"或"理念"。这样一个单子结构所昭示的是"一切事件的弥赛亚式的截止"，它使一个历史唯物主义者看到了"为受压迫的过去而斗争的革命机会"。

这个形象的辩证性在于，在批判现状的同时，它是对革命的呼唤、对救赎的向往。而革命的功能，则在上述意义上被加以激进的修正。革命不是历史火车头，"而是搭乘这辆列车的人类的行动，即紧急刹车"。（Lowry：171）也就是说，革命遏止历史在"发展与进步"名义下的盲目进程，并从救赎的角度调整航程。由此，真正的进步将是一种悖论式的"向着过去的跳跃"，即向着人类孜孜以求、尚未实现的梦想的进取。它的形象性在于，它是再现的历史画面，但又不是不加甄别的历史记录，而是对历史实施哲学爆破，采取"约书亚的姿态"（Joshua's gesture），打断历史的自然轮回状态或本雅明所说的"事情就这样发生"的持续性，抓住那些"永恒的当下"，使之定型为一个星座。同时，这个星座绝不是主观臆断，它"出现在辩证两极张力最大时"。张力在此处指救赎的乌托邦远景与当下历史的巨大反差，这时"真理被时间装满到要炸开的程度，这个崩裂点不是别的，正是主体之死，这与真正的历史时间正相吻合"。（Benjamin，1999：463）所以，"辩证法意象"并非任意的，而是对事物发展的必然趋势作出的客观表征，正如本雅明一再强调的那样："如果一个历史事件被从历史的连续体中爆破出来，是因为它的单子结构要求这样。"

在这样的辩证法意象中,过去、现在、将来将不再是空洞的连续体或世俗意义上的进步发展,而是重新被定位为"史前"和"实现"(actualization)。尚未实现救赎的历史只能是真正人类历史的"史前"。只有救赎,才是"实现"。本雅明激进地认为:"对于唯物主义史学家来说,每个他生活在其中的时代,都是他真正关注的时代的史前史。""辩证法意象"的深刻内涵,正是在这种激进的历史哲学层面被彰显出来。他把这个内涵作为拱廊街研究的基本原则,即"取消了绝对进步的观念……与资产阶级的思路划清界限:它的基本原则不是进步,而是实现"。(Benjamin, 1999: 460)

结　语

本雅明的思想素以难以归类而著称。实际上,如果把他的思想片段按他所期望的那样像马赛克一样拼贴出来,我们便不难发现他的全部著述呈现为一部独特的历史哲学,哈贝马斯将其概括为"拯救性批判"。或者说,本雅明看重的是拯救与批判,前者是目的,后者是手段。他所要拯救的,是被历史废墟所埋没、毁灭,并因此被现代人忘却的真理。这个真理,既有神学启示录色彩,又有浪漫主义怀旧成分,它更是一种加上马克思主义内涵的"革命的弥赛亚主义"。它以人与自然共同的自由、解放以及两者的和解为目标。在本雅明看来,这个真理是客观存在的,所以需要表征。这种表征不是照相似的直接反映,而是经过了"革命的弥赛亚主义"的中介。本雅明认为,从建构认识论的角度来说,他借此实现了既反对主观唯心主义,又反对机械反映论的目标,达到了既辩证又唯物的目的。从历史哲学角度说,他认为这是一个知识分子介入现实的可行方式。他如此强调哲学的形象性,就是坚持真理是以内在的方式产生于实在,而不是任何长官意志的结果。由此,本雅明抗拒任何将物化的、一成不变的所谓普遍原则置于具体的、实在的个体之上的同一性操作。这不仅是他对资产阶级哲学思辨传统的一次反叛行动,也是他对话语独裁的政治立场。他那独特的弥赛亚主义视角则是对绝望的抗拒。这一切,在本雅明生活的年代,即技术理性把握着意识形态、法西斯主义日益猖獗的时代,无疑具有特殊的意义。

参考书目

1. Andrew Benjamin, et al., eds., *Walter Benjamin's Philosophy*, Routledge, 1994.
2. Beatrice Hanssen, *Walter Benjamin's Other History of Stones, Animals, Human Beings, and Angels*, U of California P, 1998.
3. Gary Smith, ed., *On Walter Benjamin*, The MIT Press, 1988.
4. Julian Roberts, *Walter Benjamin*, The Macmillan Press, 1982.
5. Michael Lowry, *On Changing the World*, Humanities Press International, Inc., 1993.

6. Richard Wolin, *Walter Benjamin*, U of California P, 1994.
7. Walter Benjamin, *The Arcades Project*, trans., Howard Eiland, et al., Harvard UP, 1999.
8. —, *Illuminations*, ed., Hannah Arendt, Fontana/Collins, 1977.
9. —, *One-Way Street and Other Writings*, Frankfurt am Main, 1970.
10. —, *The Origin of German Tragic Drama*, Frankfurt am Main, 1963.
11. —, *Selected Writings*, 1996.

性别研究 朱　刚

略　说

这里的"性别研究"（Gender studies）指的是"同性恋文化研究"（gays/lesbians/queer studies）。

性别研究范围很广，涉及的学科很多，诸如社会学、心理学、医学，这里把它限制在文学和与文学相关的文化层面上，其重要研究领域包括女性研究（women studies）和女性主义研究（feminism），但这里我们进一步把论题集中于"同性恋文化"，即围绕男性同性恋（gay）、女性同性恋（lesbian）以及所谓的"怪异恋"（queer）而产生的文化想象和与此相关的文学文化批评理论。英语中常用来指涉同性恋的词汇是 homosexual，但是同性恋者认为这个术语是异性恋强加的，含有贬意，因此倾向于 gay 和 lesbian。gay（字面意思"快乐之人"）开始指一切同性恋者。20世纪70年代女同性恋者认为 gay 有男性中心之嫌，所以改用 lesbian 自称。该词来自位于希腊东部爱琴海中的 Lesbos 岛，公元前7世纪古希腊女诗人萨福（Sappho）出生并生活在那里，这位出身贵族的文化人和岛上的女性来往密切，所以女同性恋也叫 sapphism。

综　述

男女同性恋（港台称男女同志恋）历史悠久，历代对男同性恋多有记载；女同性恋则相对受到冷遇，处于无人问津、任其存在的状态。"怪异论"是男女同性恋近十余年的新发展，是同性恋理论性最新的典型表现。十年前，同性恋理论只能归属于女性主义研究范畴之下；今日它虽然和女性主义仍有千丝万缕的联系，但已经异军突起，成为一门相对独立的理论体系，是女性主义最为活跃的理论延伸。起始于20世纪中叶文化革命时期的当代女性主义发展到今天，已经平静了许多，远不如当初那般喧闹和咄咄逼人，更多地具备了主流理论的那种周到、平稳和深邃。如果说女性主义20世纪六七十年代热衷争取女性权益，挖掘女性代表，80年代更多地躲进书斋津津乐道法国女性主义"理论"，在90年代之后浓厚的保守氛围中它则显得沉闷。如果尚有一些新的声音，那就是性别研究。

尽管今日同性恋文化对女性主义多有微词，但是不可否认，它的崛起首先要归功于后者的普及和深入。女性主义的一个重要论点是"反本质论"（anti-essentialism），即反对个人身份由某些固定不变的"本质"所决定，反对把由千变万化的社会因素构成的人化约为由某些生来具有的生物因素所制约的人。同性恋则牢牢抓住了女性主义的这个反本质论,揭示同性恋在各个历史阶段如何被异性恋所强行定义,性正常/性变态如何被生产出来并服务于统治阶层,揭露异性恋社会所"自然化"的种种性偏见实际上是出于意识形态需要,是政治控制工具,以还其社会属性。其次,女性主义,尤其是法国女性主义,对语言的关注也使同性恋文化获益匪浅。拉康关于语言的论述使得女性主义得以区别"自我"(selfhood)和"主体"(subjecthood):如果说自我尚有某种稳定的常态,主体则是语言的产物,是社会符号建构的结果,因此时刻处于变化之中。在对自我身份的界定中,同性恋理论采用了和女性主义几乎相同的语言。克里斯蒂娃曾说:"如果妇女可以发挥作用,这种作用只能是否定性质的,即拒绝现存社会里一切有限的、明确的、结构化了的、充满意义的东西。"而同性恋理论比女性主义更加需要否定性,并把否定性作为自己身份的特征,如"怪异"就被解释为"任何反、非、抗(contra-, non-, anti-)异性恋的表述"。(Ormand)因此,在女性主义的发展后期及同性恋理论的发展初期,有人在一定程度上赞同保持某种本质论,以保持女性身份不会被男权话语(或同性恋身份不会被异性恋话语)所同化。但是这种本质至多只是女性主义/同性恋理论的一种运作策略,和男权话语里的两性本质论完全不同。在实践上,女同性恋和女性主义一道批判"时髦的"异性话语,指出男性所谓的解放女性策略(性解放、性自由等)只不过是对女性另一种名义的奴役和控制,并建立各种社会救援机构对受害女性提供帮助。(Raymond:149—153)在文本分析上,同性恋理论既致力于表现同性恋文本,更着力于挖掘异性恋文本中暗含的同性倾向,以及表现或表露这种同性倾向所采用的一些特别的主题、视角、手法。这种策略也和女性主义如出一辙。

正因为同性恋理论和女性主义如此相通,20世纪80年代时同性恋文化仍然广泛以"同性恋女性主义"(lesbian feminism)自称。但是也就在这个时期,同性恋文化发现自己和女性主义的隔阂越来越大,最终双方分道扬镳。同性恋一直声誉不佳,世人对此敬而远之,女性主义急于树立正面形象,所以不愿和前者有太多的瓜葛。(Zimmerman, et al.:167)这个解释固然有道理,但双方的分歧还有更深层的原因。首先,同性恋理论不仅不忌讳谈论"性",甚至把性作为最重要的观念加以突出,并且批评女性主义力图抹去女性的性特征(de-sexualization)。其后果是,同性恋文化越过女性主义的"两性平等",转而追求"一切性平等"。

勿庸置疑,女性主义是批判两性不平等的有力武器,但在解释同性不平等方面则无能为力,在和男权主义抗争中一直以边缘身份自居的女性主义确实不知道如何处理女性内部边缘和中心的问题。其次,同性恋理论从鼓吹同性互爱,到争取同性平等,最后批判同性间的性压迫、性歧视。对女同性恋来说,压迫歧视既来自男性话语霸权,也来自异性恋话语占主导地位的主流女性主义本身。这里的主流女性主义，指白人中产阶级异性恋女性。为了加强自己在和男性话语对话中的地位，主流女性主义竭力扩大其理论的涵盖范围，做法就是认同男性后结构主义理论话语，抹去理论话语中的性别区别甚至性存在。其后果就是降低乃至抹杀女性同性恋文化，如20世纪80年代女性主义的重点是种族和阶级，不提同性恋；90年代初，法国出版了女性主义力作五卷本《欧洲性别史》，但是其中竟然没有任何地方涉及同性恋，令同性恋者大失所望。(Hoogland: 469—473) 有时女性主义也会把同性恋文化带上一笔，以显示其"宽容大度"，但至多只作为女性主义一个不起眼的叉枝旁骛，借这个"他者"显示女性主流本身。弗洛伊德曾说过，意识为了成功地压抑某个内容，采用的防卫策略是容忍这个内容的暂时存在：

> 为了获得预期的否定效果，意味着在压抑之前让被遗弃的心理材料得到口头或情感上的表达，尽管这种表达是通过否定性语言进行的。因此，遭压抑的无意识内容会既被否定又得到肯定。这种双重压抑策略极好地说明了过去八到十年间同性恋文化在女性主义理论实践框架之内的不同遭遇。(Hoogland: 478)

男性话语对女性主义采取的就是这个抑制策略，现在女性主义又把它反过来用于同性恋文化。同性恋理论和女性主义的另一明显差异就是双方文本解读策略的不同。同性恋理论的做法是深入同性恋话语本身（女性主义有类似的做法，即探讨文本里细腻的女性感触），但更多的是把文本"怪异化"，揭示貌似异性恋的文本实际上暗含同性恋内容；而女性主义文本解读得更多的是揭示文本中男权话语的霸道，很少会突出女性性特征本身，即把文本"女性主义化"。

尽管女性主义的策略和同性恋理论有所不同，它仍然竭力把后者视为同一战壕的战友，以免鹬蚌相争渔翁得利；而同性恋文化对此并不领情，因为它正凭借拉大和女性主义的距离来树立独立身份。但是双方的区别或许并没有那么大：美国杜克大学同性恋理论家塞奇威克（Eve Kosofsky Sedgwick）就主张女性主义和同性恋文化相互依存，其共通之处远远大于表面上的分歧。(Rivkin, et al.: 677)

同性恋常常被称为病态、性变态、精神异常、行为/思维障碍，甚至犯罪。受这种意识形态影响，很大一部分同性恋者也这么看待自己，并且惧于社会压力而藏身于密室（closet），不敢公开自己的性身份，因此其真实情况一直鲜为人知。当代同性恋理论的发展，得力于福柯的三卷本力作《性史》。《性史》首先点出了一个世人皆知却久已淡忘的事实：同性恋源远流长，是人类社会独特的文化现象，并不是现代人类学家、精神病学家、法律专家所称的"异端"或"变态"。福柯之前，也有人类学家和性学学者讨论过同性恋的发展史，表述过和福柯相似的看法，如布洛（Vern L. Bullough）20世纪70年代后期发表的《同性恋史》就对自古希腊以来西方社会的同性恋发展及西方教会、国家对同性恋策略的演变进行了非常仔细的梳理。但是福柯以后，人们似乎突然意识到自己所习以为常的异性恋社会其实并不那么单一，自己所熟悉的历史人物中竟然有这么多可能的同性恋者：统治者如英皇爱德华二世、詹姆士一世、法皇亨利三世、普鲁士国王弗里德力克、拿破仑，政治家如培根，艺术家如达芬奇、米开朗基罗、莎士比亚、拜伦，科学家如凯恩斯、维特根斯坦，等等；当代文化名人里也不乏其人：如毛姆、福斯特、桑塔雅那（George Santayana）、柴可夫斯基，等等。美国性学家金西（Alfred Kinsey）在20世纪40年代就发现，人生来就具有同性恋倾向。（Simpson：38）也有学者认为，人类中的50%具有完全的异性恋性取向，4%具有完全的同性恋性取向，而余下的46%则处于两者之间，性取向随时会改变。（Rivkin, et al.：694）

福柯不仅揭示历史上一直存在同性恋这个事实，而且说明这个事实也是社会意识形态的产物：

> 我们不应当忘记，有关同性恋的心理学、精神病学、医学范畴到了对同性恋进行特征区别时才出现——维斯德法1870年关于"相反性感情"的著名文章可以作为同性恋的产生日期——依据不再是某类性关系，而是某种性理智，某种自我颠倒男女性别的方式。（Foucault, 1981：43）

也就是说，过去社会舆论只把单个的人对照于某些孤立的性行为，1870年起社会机构则以一整套性行为来界定某一类人，这就是现代同性恋科学的开始，也是同性恋成为独立的社会现象范畴、同性恋者具备某种身份的开始。

> 同性恋不仅古已有之，而且表现形态各不相同，人们对它的看法也因时空而变化：同性恋贯穿于整个人类历史，存在于各种社会形态，发生在各个社会阶层和民族，经历过某种程度的赞同、不置可否，直至最野蛮的镇压。但是变化最大的是不同社会对同性恋的看法、赋予同性恋的意义，以及从事同性恋活动的人对自我的认识。（Weeks：2）

福柯指出，人们习以为亘古不变的"性"其实并不是一个常数（constant），而是不同历史时期人们的独特体验，随历史形态变化而变化。最能说明这一点的是古希腊的同性恋现象。古希腊人酷爱美，尤其崇尚人体美，优美的形体和该形体的性别没有直接的联系。因此，古希腊男性同样喜爱男女两性，其性选择往往取决于成熟男性所具有的品格和情趣。古希腊人当然也认识到性的两重性，提倡高尚的性追求，崇尚有自制力的男性，谴责沉湎于肉欲的性诱惑，不论这种诱惑来自于哪个性别。对于同性恋（主要是男同性恋），古希腊社会采取的是认可的态度，不论是宗教、法律还是社会都承认其存在，仪式上有表现，文学里有歌颂。当然也有人不赞成，但至多只是讥讽挖苦，谈不上压制。当时颇受非议的同性恋现象是"狎童"，主要原因是古希腊社会不欣赏男童的"被动性"，认为这种品质不是男性应当具备的品质，而家长和教师也感到有责任保护男童不受欺骗，但是这和心理"正常"与否没有联系。此外即使"狎童"也有一定的规范，不可乱来：男童须具备男性的优良品质，不应当女性化；双方关系应当建立在公开自愿的基础之上，成年人没有权威，少年有充分的选择甚至拒绝权，连暴君尼禄在这一点上也不例外。（Foucault, 1985：187—200）有人指出，古代社会的社会秩序意义远远大于性别的象征意义，性行为只要符合个人的社会角色就无人追究，因此从现代人的眼光看，古人几乎都是"双性恋者"（bisexuals）。（Abelove, et al.：422）总之，古希腊社会同性恋文化很普遍，在文献里多有表现，是一种复杂的社会文化现象，并不是简单的"变态"论可以一言以蔽之的。

和主体感受一样，客观世界对同性恋的理解也经历了历史变迁，这是福柯要揭示的一个更加重要的事实。柏拉图和亚里士多德都记述过同性恋，倾向于把它视为先天的作用，和同性恋者本人无关。但2世纪古希腊医生索拉努斯（Soranus）已经把同性恋看作疾病，是性异常的表现。当时索拉努斯便著有《论妇女病》。中世纪神学家认为人一旦染上同性恋就不可自拔，而且会传染给周围的人，所以要特别小心。当代同性恋历史资料显示，15到17世纪有几百万寡妇、老处女在教会的反巫术浪潮里被处死，足见惩罚之严。学术界关注同性恋始于19世纪，由于欧美资本主义工业的飞速发展，城市化的速度前所未有，性取向多元化也越来越明显。当时城市妓女已经很普遍，卖淫成为一种职业，由此引发的社会问题引起学者的关注，男妓的存在也开始引起争论。19世纪80年代巴黎的同性恋者达七千余人，虽然只占巴黎人口的千分之三，却有聚会，有行话，给社会造成不安。

其实"同性恋"这个词也是1869年由匈牙利记者本克特（Karoly Maria Benkert）首先使用，1890年由费边社成员埃利斯（Havelock Ellis）等人引入英语世界并很快被科学界采纳。19世纪是科学迅速发展的世纪，医学、社会学对同性恋表现出兴趣。19世纪后半叶柏林精神病学家韦斯特法尔（Carl Westphal）是这方面的先驱，他对两百多例病案进行了研究，从医学科学的角度得出和柏拉图、亚里士多德相似的结论：同性恋是先天的，不应当把它看作罪恶；他还主张同性恋者只是精神"紊乱"，而不是精神"错乱"。同期法国精神病学家让·马丁·夏洛（Jean Martin Charlot）试图医治同性恋，但收效甚微，因此得出结论：同性恋乃遗传缺陷，无法治疗。因此，此时医学界认为，解决同性恋只有求助于社会机构，即精神病院或监狱。显然，这个结论已经超出了同情的范围，为今后同性恋的体制化打下了基础，也为后人解释同性恋定下了基调。夏洛的同事意大利犯罪学家隆布罗索（Cesare Lombroso）以进化论为依据，认为同性恋者属单性繁殖的低级动物。他通过丈量罪犯、妓女、白痴、"性变态"等的头颅、体态、性器官等得出结论：这些人在生理构造上有相似性。性心理病理学的开创者、德国神经心理学家克拉夫特–埃宾（Richard von Krafft-Ebing）的《变态性心理》是当时最有影响的专著，他认为性的功能只能是繁殖，除此之外便是对性的滥用，同性恋便是无法自制的病态，其堕落程度和杀人食人者相同。20 世纪同性恋研究继续发展，但以上对同性恋的见解依然占据主导。如弗洛伊德从防止乱伦的角度出发，虽然认为同性恋属正常现象，是所有人童年时代必然要经历的阶段，但是仍把无法超越这个阶段的成年同性恋者归之为病态。（Bullough：5—11）

20 世纪中叶开始，资本主义消费文化得到蓬勃发展，推崇个性化的时代风尚使同性恋作为一种生活风格得到越来越多的承认。但是 60 年代的社会批判思潮（法兰克福学派、女性主义、后结构主义等）、群众抗议运动（反越战、学生游行）以及反传统的先锋派文化对同性恋走出"密室"起到了决定性作用，其标志就是 1969 年美国"石墙酒吧"（Stonewall Inn）事件。"石墙酒吧"位于纽约市喜来敦广场东侧的格林尼治村克里斯托弗街。此地区乃纽约同性恋者的活动区，入夜后穿着怪异的"街头女王"（street queens）在昏暗的灯光下聚集，引得路人侧目。1969 年 6 月 27 日午夜，纽约市警察局公共道德处的七名警官来到酒吧，以店员无证售酒为名欲行拘捕。过去同性恋者对当局的这种举动习以为常，一般忍气吞声，逆来顺受。但是这次却不同：同性恋者并没有知趣地散开，而是聚集在酒吧门口围观；当一名男性装扮的妇女开始与警察扭打时，人群激愤，扔酒瓶石块。增援的警察打开消防龙头弹压，一连两晚双方严重对峙。

历史上纽约市和同性恋并没有什么联系：美国的男同性恋发源地是洛杉矶，20 世纪 60 年代学生运动的中心在旧金山市。但是纽约却是美国前卫文化的中心：20 世纪二三十年代美国"嬉皮派"（Hips）和 50 年代的反叛艺术家们（Bohemians），落脚点都选在纽约的格林尼治村，在反抗传统、蔑视权威方面常常有惊世骇俗之举。当然"石墙酒吧"事件受到当时的文化大气候影响：1968 年法国爆发大规模学生运动，美国也出现反越战争民权的高潮。石墙事件并不是一件纯粹的政治事件，同性恋者也没有统一的规划和明确的斗争纲领。但是学者们一致认为，它是同性恋文化首次公开反抗异性恋文化的歧视和侮辱，成为当代同性恋运动划时代的象征，有人称之为"发卡落地，声震世界"。（Jagose：30）石墙事件之后，美国乃至西方世界的同性恋运动迅速发展，开始影响主流社会并渐渐成为不容忽视的政治力量，纽约也因此成为当代男同性恋运动的发源地。

不论是男同性恋还是女同性恋，共有的一个特点就是很难对其本质进行归纳。理论家曾对两词的含义进行过界定，对男女同性恋的特征进行过争论，但至今仍然是各执一词，莫衷一是。出于无奈，有人只好采取类似读者批评家费什（Stanley Fish）20 世纪 60 年代界定"阐释群体"时所用的办法："如果你说你是女同性恋者，你就是（至少对你自己而言）。"（Munt：39）评论家们意识到，同性恋者各人有不同的"风格"，每个时代的同性恋文化也会因时代氛围不同而有差异，所以不可能建构出亘古不变的所谓同性恋核心。因此，加拿大魁北克女作家、艺术家布罗萨德（Nicole Brossard）便提出一个女性主义的"诗性建构"以代替本质论建构：

> 有此样的女同性恋，有彼样的女同性恋；有此地的女同性恋，有彼地的女同性恋。但是女同性恋的核心首先是具有感染力的形象，所有女性都以此自居。女同性恋是一种精神能量，它使一个女性所能具备的最佳形象具有活力和意义。女同性恋者是表达妇女属性的诗人，只有这个属性才能使女性群体具有真实感。

男女同性恋的理论困境或多或少反映了他们目前的处境：没有明确的理论身份，必然会使同性恋运动走向停滞乃至被异性恋文化所湮没。但是20世纪90年代以来出现了一个新的同性恋理论，即"怪异论"。虽然从性行为上说"怪人"和同性恋并没有明显的差异，但至少在理论上具备了某些鲜明的特征。

"怪异"的英文queer原义是古怪、难过、不适，港台谐其音而称为"酷儿"，但学界大都沿用其原义"怪异"。虽然酷儿理论兴起于20世纪90年代，但是把同性恋称为queer则要早得多：70年代出版的著作里就别称同性恋为queer，有学者指出本世纪初有些男同性恋者就以此自称。因此，"尽管在很大程度上'同性恋'、'男/女同性恋'及'怪异'这些词可以表现同性性关系概念的历史延续，但词汇的实际使用有时会比事件的发生时期略早或略晚"。（Munt：73—74）尽管如此，此一时彼一时，今日的怪异论已经成为一套在西方主流思想界占有一席之地的理论话语，昨天的queers远远不能和它相提并论。

有些批评家对gay、lesbian、queer不加区分，认为它们只是名称不同，没有实质区别。（Rivkin, et al.：678）如有人认为，"在实践上，几乎所有以这个标签（怪异）自居的人都可能是男/女同性恋社会的一部分，不管他们如何地反对后者"。这种看法有一定的道理，因为男/女同性恋和怪异者一样，把自己看成是"古怪的主体"（eccentric subject），"一个存在于界线之间的主体，相对于白色、西方、中产、男性中心而言，他们是边缘、离心的"。（Munt：7）固然三者的指涉都是同性恋，但是大部分评论家仍然倾向于三者并不是同义语。（Jagose：74）如女同性恋就坚决拒绝把自己等同于男同性恋，因为在同性恋领域里，占主导地位的是男同性恋，自古以来异性恋社会关注的也是男同性恋，女同性恋则相对处于被湮没的状态而默默无闻。法国女性主义理论家伊莉格瑞根据英文homosexuality一词造出另一词hom(m)osexuality：希腊文的homos（相同）被法文homme（男人）所取代，意指同性恋实际上成了男同性恋的代名词。（Hoogland：471；479）因此，女同性恋在理论、表现、策略上都有意摆脱"女性主义和男同性恋的双重压迫"。（Wilton：1）怪异论显然得益于同性恋的理论建树，如女同性恋曾经经历过理论的困惑，不知如何在理论上归纳五花八门的女同性恋实践，并且最终认识到，"也许更恰当的做法是把女同性恋的本质理解为活动，而不是范畴，即les-being而不是

lesbian": being 显示"过程",在哲学意义上还指事物的本体存在,即女同性恋的具体肢体语言要比抽象理论语言更加重要。可以肯定的是,称谓政治是女同性恋研究的关键,它不指供理论研究的"女同性恋"抽象范畴,而指那个多重、变化的具体过程。怪异论汲取了这个理论,因此并不在意理论的完美,而注重实践和理论的结合。但是怪异论并不会把自己等同于男/女同性恋,而是在竭力突出自己独特的身份,至少在理论实践上是如此。

虽然如此,要在理论上界定"怪异"仍然很难——实际上同性恋也难于界定:一般认为同性恋就是"同性间的性吸引",但是作为理论界定,这个说法过于模糊。例如有很多男性有家室,爱妻子孩子,只是非常偶然地和其他男性有性交往,他们坚决拒绝承认自己属于同性恋。(Jagose:7)理论界对"怪异"常有两种理解:有时指同性恋的某些特别方式,如双性恋或其他一些非传统的性行为,有时又统指对所有现存性别秩序的反抗。理论界则多从后者来界定怪异论,如有人称它是"对性和性别以及双方内在关系的假设和现存观念进行颠覆"的理论;也有人认为:

> 怪异活动家和怪异理论都有意打破性的本体范畴,并且为了这个目的有意识地采用戏仿的办法,不仅游戏男女能指,而且游戏表达界定性身份的各种情爱行为。遭到颠覆的不仅是男/女二元对立,而且是同性恋/异性恋二元对立。(Wilton:35)

用通俗的话说,怪异论的实质就是"怪",就是无法用传统语言进行表述,就是似乎表现了什么,却什么也没有表现。它也反映了理论家的无奈:怪异论是一个不得不说但又说不清楚的概念。也有人把"怪"归结为一点——反抗:

> 对"怪"的偏好代表了一种想要归纳的大胆冲动。它摈弃忍气吞声的逻辑或简单的政治利益表征,对正常王国采取更加彻底的反抗。……人们对已经被广泛认可且界定清楚的学术概念"男女同性恋研究"感到担心,不仅需要针对怪异者的理论,而且想使这种理论本身怪起来。对学者和活动家来说,"怪异"不仅和异性恋,而且和包括学术活动在内的"正常"相对立,所以具有批判锐气。坚持"怪异",其揭示出的暴力场所不仅只是缺乏容忍,而是指向正常化所涵盖的广大领域。(Warner:xxvi)

怪异论的这种理论特征和后结构主义如出一辙,实际上怪异论就是后结构主义理论在性别研究上的应用和反映。一位身为同性恋者的评论家喜欢称自己是 dykonstructionist,即女同性恋者(dyke)加解构主义。(Munt:xvi)怪异论喜爱解构主义的方法(寻找结构本身蕴含的矛盾),往往从异性恋话语中读出同性恋蕴义。如弗洛伊德的性理论异性恋色彩相当浓,但是同性恋理论家塞奇威克就指出,弗洛伊德其实已经说明，男同性恋的基础是异性恋（即由男孩恋母而致），而男异性恋的基础是同性恋（男孩与父亲相认同）。（Sedgwick：23）美国加州伯克莱分校批评家巴特勒也用后结构主义解构性别里的自然/文化二元论，指出所谓毋庸置疑的两性生理差异（自然）其实是人们主观建构的结果（文化）："性别表现之外不存在性别身份；人们常说性别表现后于性别身份，其实正是性别表现从行为上构成了性别身份。"（Butler：8—25）

尽管怪异论对后结构主义十分青睐，但后结构主义理论本身的矛盾性使得怪异论理论家不得不对它小心翼翼。如后结构主义力图消解二元对立，尤其主张消解对立面之间的价值判断。但是完全取消性行为中的价值判断并不是怪异论的本意，因为性行为中肯定存在权力关系，取消价值判断则无助于保护弱者，况且人们对乖张的性举止本来就有厌恶感，不会赞成在性行为上为所欲为。有些怪异论者仍然主张二元对立，争取同性恋身份，以便和异性恋完全平等，因为让已经"边缘化"的同性恋再主张"价值多元"，无异于自我消亡。为此有些同性恋理论家竭力想建立一套同性恋经典，（Morris：173）一些同性恋者甚至不惜矫枉过正，拼命宣扬同性恋至上论，成为"大同性恋主义者"（queer chauvinists）。更有远见的同性恋者则摆出超脱的姿态，放弃本质主义/消解主义之争，把目标定在人类大同的基础上，力图沟通各种性倾向之间的交流和对话，最终达到性倾向间的完全平等。因为从后结构主义推出去，当代后现代社会的一切理论话语，包括后结构主义理论、当代女性主义理论，甚至怪异论，都是异性恋理论话语的延伸，只能反过来加强异性恋的统治地位。从更实际的角度来说，怪异论汲取后现代理论的特点，把表征作为审美/文字游戏而不是政治斗争，以解构、颠覆、消灭各种既存概念为己任，乐此不疲。这样做使怪异论带有后结构主义理论的艰涩以及同性恋语言的神秘，即使同性恋者也难以进入，更不用说为普通的异性恋读者所理解了。因比有人预言，真正的同性恋解放之日就是同性恋的消亡之时。（Simpson：46—54）言下之意，同性恋本来就是异性恋为了压制、清洗而臆造出来的理论话语，偏见的消失也就等于同性恋的消失。这个理想也不是那么不可想象，古希腊社会不就是一个很好的例子？

同性恋文本分析是同性恋批评理论的主要部分，其特点主要有两个：一是建构主义（constructionists），即性别倾向是后天形成的，性别特征是社会建构的产物；二是"解构主义"，即从异性恋文学经典里读出同性恋意蕴。必须注意的是，不要把这种阅读策略简单化，同性恋文本阅读不仅仅只是改变文本的属性（identity）：

> 把诸如《高文爵士与绿衣骑士》进行怪异化始于该政治行为（同性恋批评）本身的含义。作为建构主义我们认为高文爵士和绿衣骑士都不是同性恋者，同性恋这个词和他俩没有关系；与此同时我们会详细勾勒他们的同性恋举止，因为这些举止使他们看上去像是同性恋者。通过这种行

为我们使西方经典的规范性变得可疑,我们使制造经典的人们接受,在他们(或我们)的体制里或在他们本身,存在着某种"怪异"的东西。(Ormand:16—18)

也就是说,怪异论并不急于下同性/异性的结论,更不会据此进行价值判断,而是打破两者间的二元对立,把异性恋文本"怪异化",或者显示其中存在的性别斗争,使之"陌生化"。对非同性恋者来说,进入同性恋文本批评可能会有困难:同性恋批评在很大程度上依赖批评者对同性恋的个人体验,这种体验非同性恋者很难把握。(Zimmerman, et al.:46;Wilton:132)因此,且然同性恋理论家意识到需要动员广泛的非同性恋群体参与到同性恋的行列中来,同性恋批评仍然很难普适化。迄今以怪异论重读经典最有影响的是塞奇威克的《男性之间:英国文学与男性同性社会欲望》。此书通过对莎士比亚、威彻利、斯特恩、丁尼生、艾略特、狄更斯等名家作品的解读,展示传统社会中存在的"男性同性社会欲望"(male homosocial desire),其表现方式就是"同性恋恐惧症"。(Sedgwick:1—5)

同性恋者现在有了自己的出版园地,也时有作品问世,诗集《共同语言的梦想》就是一例。《母狮》描写了一只被囚母狮的境况:

在她胯下金色的皮毛里/涌动着一股天生、半放弃的力量。/她的脚步/被困。三平方码/覆盖了她的全部空间。/在这个国度,我得说,问题永远是/走得太远,而不是/循规蹈矩。你有很多山洞/崖石没有探过。/但是你知道/它们存在。她高傲、脆弱的头/嗅着它们。这是她的国度,她/知道它们存在着。(Rich:21)

书中还收集了二十多首情爱诗,表达了女同性恋独特的性爱体验和视角,但同时又不乏含蓄,透露出一些审美空间。但是和同性恋理论相比,同性恋文学创作总体上层次比较肤浅,大多局限于纯粹各人情感的流露,很难和异性恋社会形成交流;而且很多这种作品的阅读对象是自己小圈子里的人,使用的词语、意象、语气等等只有圈内人才觉察得出,异性恋者很难进入,所以没有形成如同性恋理论那般的影响,至今仍然停留在同性恋的"密室"中。

结　语

在后现代主义思维范式的影响下,泛政治化文化评判已经成为西方批评界的时尚,使得当前成为"男女同性恋研究的黄金时代"。(Wilton:1)这里,杰戈斯对怪异论的看法有助于我们对同性恋批评理论进行宏观把握。她认为,怪异论的真正身份只能是关系性的,其理论也"只可意会不可言传"(largely intuitive and half-articulate),只可自指不可他指,所以时髦性大于理论性。正因为如此,有些民众对怪异论颇为反感。也有人认为,怪异论自居边缘,终成不了气候。更尖刻的批评是,怪异论的出现其实是资本主义全球化影响的结果,其成功之日就是开始衰败之时,因为进入资本主义主流话语意味着脱离社会实践,受益的只是少数"终身教授"。(Jagose:96—98;106;110—127)但是和女性主义一样,同性恋理论确也为同性恋者争得了一定的"人文关怀"。如经过长期争论,法国议会两院1999年10月通过《公民互助契约》,重新定义"家庭"的内涵:不拘性别,只要成双同居,均可视为家庭,从2000年起可以依法享受减税及社会福利优待。但是笃信天主教的法国人大多数对此不以为然,担心出现"父母难辨、六亲难分"的尴尬局面,右派政党扬言若上台将废弃这项"丑陋"的法律。

无论如何,同性恋批评理论在20世纪末为西方文艺文化批评理论争得了一点关注,其理论得失尚有待进一步的考察。这里不得不说的是,国内也有部分人对西方的同性恋批评理论进行了"译介"。但是,这种译介追新的成分比较大,缺乏批评距离。回顾国内二十多年对西方批判理论的译介和研究,我认为,只有把同性恋放到西方批评语境下对它的来龙去脉搞清楚,对同性恋批评理论在整个现当代西方批评理论中有一个基本的定位,尤其是对西方同性恋文化理论和我们有什么关联、有哪些实际意义等有所思考之后,同性恋这个"时髦"的西方文学文化批评理论才会对我们产生意义,我们对它的研究也才不会重蹈覆辙。

参考书目

1. Adrienne Rich, *The Dream of a Common Language*, Norton, 1978.
2. Annamarie Jagose, *Queer Theory*, Melbourne UP, 1996.
3. Bonnie Zimmerman, et al., eds., *The New Lesbian Studies*, The Feminist P, 1996.
4. Eve Kosofsky Sedgwick, *Between Men, English Literature and Male Homosocial Desire*, Columbia UP, 1985.
5. Henry Abelove, et al., eds., *Lesbian and Gay Studies Reader*, Routledge, 1993.
6. Janice G. Raymond, "Putting the Politics Back into Lesbianism," in *Women's Studies International Forum*, Vol. 12, No. 2 (1989).
7. Jeffrey Weeks, *Coming Out*, Quartet Books, 1972.
8. Judith Butler, *Gender Trouble*, Routledge, 1990.
9. Julie Rivkin, et al., eds., *Literary Theory*, Blackwell, 1998.
10. Kirk Ormand, "Positions for Classicists, or Why Should Feminist Classicists Care about Queer Theory?" paper delivered at the Princeton conference on "Feminism and the Classics: Setting the Research Agenda", 1996.
11. Lillian Federman, *Surpassing the Love of Men*, William Morrow and Company, Inc., 1981.
12. Mark Simpson, ed., *Anti-Gay*, Freedom Editons, 1996.
13. Michael Warner, ed., *Fear of a Queer Planet*, U of Minnesota P, 1995.
14. Michel Foucault, *The History of Sexuality*, Vol. I, Penguin, 1981.

15. ——, *The History of Sexuality*, Vol. II, Viking, 1985.
16. Pam Morris, *Literature and Feminism*, Blackwell, 1993.
17. Renee C. Hoogland, "Hard to Swallow: Indigestable Narratives of Lesbian Sexuality," in *Modern Fiction Studies*, Vol. 41, No. 3—4 (1995).
18. Sally Munt, ed., *New Lesbian Criticism*, Columbia UP, 1992.
19. Tamsin Wilton, *Lesbian Studies*, Routledge, 1995.
20. Vern L. Bullough, *Homosexuality*, The New American Library, 1979.

性属／社会性别 王晓路

略　说

"性属"（Gender），或译社会性别，是对人类性别从社会文化层面进行的界定，其关注点旨在对社会所赋予的人类性别特征进行文化考察。性属／社会性别概念和研究是20世纪后半期随着西方社会运动和思潮所引发的对既定观念系统质疑的背景下逐步产生和发展的。因此，它与20世纪后期兴起的、以跨学科研究为方法论标识的文化研究、女性主义研究、同性恋以及族群研究等构成相关性领域。性属即历史时段中，支配性社会文化系统所强加在人类自然性别之上的社会性别属性，这种属性在取得普遍"赞同"的基础上，形成性别支配与被支配的意识形态和等级制，因而也称为社会性别。性属／社会性别研究就是对人类性属进行全面的社会文化构成性的考察和清理。

综　述

人们在认识世界时，首先是采用了以语言构成的理解方式进入理解的过程当中，而语言中所内含的观念在长期的使用中会以人们认同的方式形成"常识"或不需证实的观念，而这种语言所隐含的观念形态在长期的隐性强化中实际上形成了人为等级。当人们意识到自己的社会境遇与观念系统相关时，自然首先对语言本身进行清理，这一点也是性属／社会性别研究领域的逻辑支点。英文 gender 一词本身的含义一是生理学所特指的性，二是语法学中词汇的性，即阴性、阳性和中性词汇。该词在社会人文科学中被借用，和生理学层面上的性（sex）相区别。因此，当前学界用 sex 主要指涉生理意义上的自然性别，而用 gender 指涉文化意义上的社会性别。在性属／社会性别研究的推进中，人们对性别问题的探讨开始在不同层面上获得了合法性和学理性。

在20世纪语言学转向和文化转向这两次重大的思想和方法论转向中，问题性研究范式获得了人文社会科学界的认同。人们开始对社会文化和思想文化中一系列先在的结论、观念和预设的理论进行重新审视，并在清理的基础上进行质疑。其中之一就是长期以来存在于文化生活中的"陈述"拥有大量的所谓"中性"和"普遍性"的指涉，而这些中性或普遍性实际上是指男性，或以男性为中心的普遍性和同一性，女性则完全是被排除在外的。随着社会性别意识的逐步高涨，人们开始大量借鉴后结构主义思潮中的方法论策略，针对西方文明主流思想中的支配性观念、臆断、预设等的形成的过程和知识再生产，进行"知识学考古"或"知识谱系"清理，挖掘"过去"以重新认识"现在"，从而扩大现有的认知图示（cognitive mapping）。在这一场大规模的思想观念形态的清理过程中，人们认识到，实际上并不存在纯生理学意义上的男女概念，性别问题一直是与历史社会文化密切相关的问题。仅在现存的历史文献，包括文学文本中，就有大量的理论空白点需要重新说明或弥补。于是，性别问题在文化和文学研究中逐步凸显，这一词汇不仅覆盖了社会学、文化人类学、心理学等领域，同时也自然迁移到了文学研究和文化研究的理论话语之中，成为当代文学评论和文化批评的重要关键词。

基于后结构主义有关人类主体性是被语言和社会双重力量所建构的观点，性属/社会性别研究（gender studies）的前提就成为：人类个体总是存在于特定的社会历史时段，其自然性别所拥有的社会文化特征，并不仅仅是其自然性别或生理特征的外在表现，或生理必然的附加物，而是该个体在具体的历史时段中，在某种社会文化支配性观念的作用下，在社会和文学两类文本中被建构而成的。社会文本包括社会表征系统（representation），即一切公共领域中由人类所创造的符号所再现的，以及文化传统、伦理传统所形成的制约性行为规范。文学文本是广义的文本，即实用意义缺席后由社会文本转化而成的、对象化的文学文本。在这两类文本中，人类性别的社会文化性被表征、再现、强化、接受、迎合、规定或限制，形成了人们对性别差异的统一认识。人类的性属或社会性别在这两类文本的作用下，不断完成历史时段中社会文化的规定性。

因此，性别具有生理学和社会文化的双重内涵。性属/社会性别研究与女性研究有所不同，后者集中研究女性，而且在其前期主要关注的是欧美世界中的中产阶级白人女性，而将同一文化区域中的少数族裔女性和有色人种女性排除在外。而性属/社会性别研究则将人在自然性别与社会性别中密不可分的男女两种性别都加以考察，认为男女性别是同一问题的两个方面，因而女性的问题必须在男性研究中才能充分显现，反之亦然。换言之，只有将男性的社会性别疏理清楚，使其并不真正代表普遍性的人类，也才能成为真正意义上的男性。因此，性属/社会性别研究旨在检验"男性"与"女性"如何在具体的时空中、在支配性观念系统的作用下产生并拥有某种含义，性属/社会性别研究尤其强调这些含义的相互关联。所以，性属/社会性别研究使天经地义的性别界说和性别含义发生了蔓延，使原有的假定难以支撑，同时也就极大地扩大了女性主义固有的研究范围。（Childers, et al.：122；Hawthorn：139—140）

社会性别与自然性别（sex）概念是相对的。如前所述，尽管男女性别（female/male）是自然生理属性，但是男女性（feminine/masculine）的性属则是社会文化观念系统的作用所产生的问题。男女性别虽然是自然法则所规定的，然而男人和女人要表述其男女性特质（femininity and masculinity）却明显地存在着社会文化上的差异。因而在西方文明中，由支配性社会阶层所控制的社会表征系统通过每一历史时段中人们所认同的表现形式，尤其是以公共领域中的媒体和文学艺术的形式，对性别特征加以"再现"时，文本中所附加在男女身上所固有的特性，如细腻温柔的女性和勇猛强悍的男性等程序化的表述，就会形成某种自然而然的观念形态。人们被内置了这种观念形态之后，再对社会中的男女进行观察或与之接触时，他们就带入了一种天经地义的前理解。当然，社会文化所形成的观念形态在文本中会有诸多不同的具体表现，但其中心就是性属/社会性别问题。那么，既然社会文化系统可以形成性属特征，也就表明社会文化系统可以改变性属特征。性属的界定与再界定，无疑也涉及到了人类社会的认知行为方式。(Edgar, et al.: 158)

如同文化与自然的差异一样，性属与性既密不可分，也同时存在着差异。因此，性属与性本质的关系之间存在着一个问题：男女的差异在社会文化层面中究竟应当如何看待，即人们在谈论人类性别时可否脱离社会文化？性属问题本身的复杂性反映出社会文化中的复杂性，性别或性属实际上是历史文化中最基本的问题和范畴之一。透过社会表征系统重新看待社会文本中的男女，可以帮助人们有效地揭开自我和社会置于性别之上的面纱，将一些建立在这种自然面纱背后的问题揭示出来。这一点对社会学、人类学、社会心理学、文化研究和文学研究所起到的影响显然是巨大的。因为，传统的人文社会科学获得了一种新的语境、新的题域，而人们在这种语境和题域中，可以通过一种新的视野去考察过去那些天经地义的二元对立范畴，认清现在的能指与所指关系所造成的真实境遇，文学研究的学理性也因而得到加强。将性属引入到文学批评增加了由历史学家所提出的关注点和范畴的分量，而从性属和社会性别观出发，文学批评家可以拥有更为深刻和广泛的视野。(Jehlen: 264—273)

在特定的历史时刻的社会文化场中，每一意指符号（sign）在某种程度上都难以脱离性属和社会性别问题。换言之，对所有重要问题的讨论，如意识形态、语言、差异、主观性及主流与边缘，甚至后现代情境，都难以避免性属问题。而性属/社会性别问题本身实际上涵盖了文学批评和文化研究的所有领域。依据著名学者、英国曼彻斯特大学伊索普（Antony Easthope）的归纳，性属本身涉及到一系列相关问题，如种族、阶级和性等，但其中与文学批评和文化理论相关的主要有三种相关性分析方式。

第一是精神分析与性属（psychoanalysis and gender）的关系分析。20世纪有关性属/社会性别的大量讨论都是由弗洛伊德等人的精神分析论著所激发的。"弗洛伊德"能指本身往往在性属理论论争中提供了一种检验立场的方式。在这些论争中弗洛伊德的原创性观点，或被大量借用和重新解读，或面对来自不同文化立场的抵制性辩护，由此生成了新的题域。在弗洛伊德看来，性属身份（gendered identity）的精神/性（psycho-sexual）的习得本身，是身份本身的全部问题之所在。婴儿期、性属差异、压抑、成人性等观点立足于性属化主体（gendered subject）的观点之上。由于社会文化的不确定，这种性属化主体在根本上也是不稳定的，或易于改变的。然而，人们对于这种作为有待变化效果的性属差异加以理论化时，并不能完全脱离生物学的某种决定性。正是弗洛伊德理论中的复数性（plurality）引发了当代理论家着意发展弗氏的观念。如一些人所提出的性属身份理论，就是强调无意识的复数性和不稳定性，以及在父权社会的规范和禁忌中男女个体的压抑等。但无论这些观点是什么，弗氏理论的影响无疑是巨大的。（Easthope, et al.: 134）

性属研究也考察社会中的男性和女性是如何看待一些重要的、得到广泛流传的术语及其定义的，诸如"伦理"、"真理"、"身份认同"、"社会"等，与此同时对文学经典（canon）进行考察，对家庭、性和女性再生产的定义进行重新检验，其目的是建立一种女性主义文学理论的哲学和阐释学基础。于是，女性书写（écriture feminine）的本质也在性属/社会性别研究的考察之中。这种研究结合了女性主义的文学观和后殖民理论话语，而研究的目的则在于对业已建立的文学经典进行分析和挑战，对一系列限制人们对自身进行有效界定的错误臆断和偏见进行质疑，使男性和女性可以重新界定他们在社会文化中的角色和目的。（Bressler：270—271）因此，第二种相关性分析就是女性书写与社会性别之间的关系。一些法国著名的女权主义理论家，如西苏（Hélèn Cixous）和克里斯蒂娃（Julia Kristeva）等人，在自己的论著中对性属也多有涉及。尽管她们的许多观点都是基于拉康对弗洛伊德精神分析的再解读，然而也十分明显地强调一种对控制性能指的语言加以抵抗的话语方式。在她们看来，性属身份的重要性是存在于语言之中并通过语言实施的，而这一语言是社会政治权利和差异运动的产物，即语言中并不存在纯粹的意义，而是隐含着多种观念，人们在使用语言的同时强化了其中内含的观念。这些理论家将语言作为一个场地，对性属涵义产品、对异性行为规范化的禁忌加以抵制，并以此作为自己的分析模式。西苏特别看重人类同一性中的潜在的双性恋倾向，认为应从"女性"身体中产生一种书写形式。这一论点打破了性属差异原有的准则，但与此同时，由于是对这一能指的自由运用，也就将身份本身的问题性引向复数性和不可预测性之中。（Easthope, et al.: 135）

第三是社会惯例（social constitution）与性属的关系。一些理论家旨在将性属/社会性别视为社会与文化惯例的后果。福柯对此提供了详尽的分析，他认为性属化人群是由具体的社会形态中的知识形式推论所构成的，这些有关身体、家庭、性等一系列论述在形成人们的性属主体中起到了至关重要的作用。尽管福柯的分析揭示了社会建构中的主体所固有的权利关系，但同时也带来了对性属化主体性（gendered subjectivity）严格的二元对立范畴进行抵制的可能性。而在批评和文化理论，尤其是社会科学领域中，主体观念作为性属身份推论式的建构和解构立场往往处于中心的位置。美国著名的女学者斯皮瓦克（Gayatri Chakravorty Spivak）调查了女性身份潜在的不确定性的内涵，同时也揭示了在男性哲学论著中作为文本运作样式的适当性，正是斯皮瓦克的论述使这一点清晰起来。在难以简单化的性别差异的物质维度中，男性解构主义者旨在置换女性立场，将其作为自己的立场，而且在为自己取得这一立场时将女性进行了双重的置换。而斯皮瓦克的理论说明，在男性社会中，理论领域本身是权利不公平运作不可避免的一部分，在此基础上，日益瓦解的性属差异（gender difference）的内涵得到揭示。（Easthope, et al.: 136）

于是，性别认同、性别身份或性别同一性（sexual identity）的本质使人们在重新看待那些天经地义的观念时，拥有了新的视角和批评观。就文学研究而言，它至少在五个方面为人们的清理和批判提供了场所。第一，原有的文学观念框架中普遍存在着中立观念的现象，如"人性"观，这些中立的观念是否真正具有普遍意义？可否用"中性"来替代在历史事实中遭到忽略的、或被蓄意边缘化的性别？这就涉及对观念系统的考察和清理。第二，是对大量文学文本和理论文本中的性别缺席现象进行知识考古。第三，对文学文本和理论文本中存在的"表征"系统进行考察和清理，即历史各个时段中的男女是如何在文学文本的诸种构成性要素中得到叙述和再现的？这些文本在何种层面上与社会文化系统共谋，将那些理所当然的性别特征，以情节、对话、隐喻、修辞、结构等方式艺术地附加到男女角色上？第四，各个历史时段中的读者以何种观念性的前理解面对文学文本，并形成了何种期待视野和审美旨趣？第五，主体（作者、读者与文化市场或传媒主体）是否是性属化的主体？这种主体在文本生产、传播、接受的过程中拥有何种结构性功能？对文学过程的考察和研究，分析性属化主体的潜在意义是什么？显然，这五个方面有待于人们进行系统的相关性研究。

由于文学作品中的男女性别并非自然性别特征，而是社会文化系统的观念作用，那么，男女角色所反映的就不是纯自然的东西，而是和历史、社会、经济、文化等密切相关的东西，即性属/社会性别是作为特定的、重要的文化观念与阶级、种族、民族、心理以及宗教等范畴联系在一起的。在这样一种问题性视域中，文学作品中的那些臆断和面具在性属观念介入之下露出了本来面目。表征的过程，经典化的过程，男女性别特征的固化过程，也由此成为文学和文化研究的对象。文学既然包含了性属、阶级和种族，文学批评就避免不了文化与意识形态，那些声称避免意识形态的书写本身就是一种意识形态。实际上，当前人们对性别特征的非自然属性化（de-naturalization）的努力，是对以往关于人性所有的概念范畴加以非自然属性化的文化工程的一部分，由于性属/社会性别既是一种社会建构同时也是一种语言建构，于是，人们一般从这两个方面，尤其是从语言建构中进行解构和重构。

结　语

总而言之，性属/社会性别是女性主义者用以强化男女性别的社会文化构成，以此对男女分类源于自然的观点形成挑战。性属研究也是极有争议的一个领域。一些理论家并不同意 sex 决定人类的自然性别，而 gender 决定人类的社会性别。（Hawthorn：140）一些批评家担心，在文学解读中大量运用性属和种族等因素，会降低文学性阅读，这种阅读是将文学含义具体到某一方面。而另一些批评家则认为，并不存在超越性的文本，人类的复杂性和差异性是难以回避的，将文学语言的社会与文化内涵加以揭示，只会丰富文学阅读。一切从先在的文学观念出发对文本的解读，或对新观念的排斥，均是文本解读的乌托邦。性属的意识形态是一种基本的观念，这些东西一般来说不会自然显现，读者必须在文本中读出性属。所以，阐释在文学研究中是必不可少的，文学批评包含了批评者的主体立场和行为，而对性属的解读则可以使这种立场和行为更为清晰。虽然性属/社会性别丰富了人们的研究视野，扩大了人们的研究范围，然而，当性属/社会性别有效地介入文学研究时，人们依然要注意，文学文本并非纯粹的社会文本和政治文本，它拥有其自身的特点和规律。试图用一种社会学、政治学、文化学的"陈述"完全取代文学言说，并不能使这种陈述完全有效。目前国内学界在借用西方女性主义理论资源上已经拥有了相当的成果，但在性属/社会性别观念的理论借用、改写和语境化的实践上还有许多工作有待进行。

参考书目

1. Andrew Edgar, et al., eds., *Key Concepts in Cultural Theory*, Routledge, 1999.
2. Angela McRobble, et al., eds., *Gender and Generation*, Macmillan, 1984.
3. Antony Easthope, et al., eds., *A Critical and Cultural Theory Reader*, U of Toronto P, 1994.
4. Bell Hooks, *Yearning*, South End Press, 1990.
5. Beverley Skeggs, *Formations of Class and Gender*, Sage, 1997.
6. Charles E. Bressler, *Literary Criticism*, Princeton Hall, Inc., 1999.
7. Elspeth Probyn, *Sexing the Self*, Routledge, 1993.
8. Jeremy Hawthorn, *A Glossary of Contemporary Literary Theory*, Arnold, 2000.
9. Joseph Childers, et al., eds., *The Columbia Dictionary of Modern Literary and Cultural Criticism*, Columbia UP, 1995.
10. Judith Butler, *Gender Trouble*, Routledge, 1990.
11. Myra Jehlen, "Gender," in *Critical Terms for Literary Study*, eds., F. Lentricchia, et al., U of Chicago P, 1990.
12. Nancy Chodorow, *The Reproduction of Mothering*, U of California P, 1978.
13. Susan Bordo, "The body and reproduction of femininity," in *Gender/Body/Knowledge*, eds., S. Bordo, et al., Rutgers UP, 1989.
14. ——, "Feminism, postmodernism, and gendered-scepticism," in *Feminism/Postmodernism*, ed., L. Nicholson, Routledge, 1990.
15. Teresa de Lauretis, *Technologies of Gender*, Macmillan, 1987.

叙事学 申 丹

略 说

"叙事学"（Narratology）也称"叙述学",[①]是受结构主义影响而产生的研究叙事的理论，已走过将近40年的发展历程，可分为"经典"与"后经典"两个不同派别。经典叙事学旨在建构叙事语法或诗学，对叙事作品之构成成分、结构关系和运作规律等展开科学研究，并探讨在同一结构框架内作品之间在结构上的不同。后经典叙事学将注意力转向了结构特征与读者阐释相互作用的规律，转向了对具体叙事作品之意义的探讨，注重跨学科研究，关注作者、文本、读者与社会历史语境的交互作用。

综 述

经典叙事学产生的背景

经典叙事学，也称结构主义叙事学，属形式主义文论范畴，着眼于文本自身。西方对于叙事结构的研究有渊远流长的历史，亚里士多德的《诗学》堪称叙事学的鼻祖。但在基于结构主义方法的叙事学诞生之前，对叙事结构的研究一直从属于文学批评或文学修辞学，没有自己独立的地位。叙事学发轫于法国，并很快扩展到其他国家，成为一股国际性的文学研究潮流。叙事学诞生的标志为在巴黎出版的《交际》杂志1966年第8期，该期是以"符号学研究——叙事作品结构分析"为题的专刊，它通过一系列文章将叙事学的基本理论和方法公诸于众。但"叙事学"一词直到1969年方始见于托多洛夫（T. Todorov）所著《〈十日谈〉语法》一书。法国叙事学的兴起与20世纪中叶的结构主义思潮密切相关。结构主义语言学的创始人索绪尔改历时语言学研究为共时语言学研究，认为语言研究的着眼点应为当今的语言这一符号系统的内在结构关系，即语言成分之间的相互关系，而不是这些成分各自的历史演变过程。索绪尔的理论为结构主义奠定了基石。结构主义将文学视为一个具有内在规律、自成一体的自足的符号系统，注重其内部各组成成分之间的关系。与传统小说理论形成对照，结构主义叙事学将注意力从文本的外部转向文本的内部，着力探讨叙事作品内部的结构规律和各种要素之间的关联。

20世纪20年代的俄国形式主义（其本身受到索绪尔结构主义语言学的影响），也是叙事学的源头之一。作为一个学派，俄国形式主义可以说是20世纪形式主义文论的开端，它强调艺术的自律性，认为批评的着眼点应在作品本身。英美新批评也是叙事学学术背景中的一个重要成分。叙事学对叙述话语的研究与新批评中的小说形式研究有一脉相承的关系。热奈特（G. Genette）的代表作《叙述话语》明显受到布鲁克斯和沃伦等新批评派学者的影响。而且，在叙述程式的研究上，《叙述话语》也继承和发展了美国芝加哥学派韦恩·布斯的《小说修辞学》的传统，后者在对叙述形式的看法上与新批评可谓大同小异。

俄国形式主义、英美新批评、经典叙事学都是20世纪形式主义文论这一大家族的成员。它们关注文学系统自身的特征或规律，将文学作品视为独立自足、自成一体的艺术品。形式主义文论相对于传统文论来说是一场深刻的变革，这在小说领域尤为明显。西方小说是从史诗——以中世纪和文艺复兴时期的传奇作为过渡——发展而来的。严格意义上的小说在西方大多数国家诞生于17或18世纪，19世纪发展到高峰，20世纪以来又有不少新的试验和动向。尽管不少小说家十分注重小说创作艺术，但20世纪以前小说理论和批评集中关注作品的社会道德意义，倡导和采用的往往是印象式、传记式、历史式的批评方法，把小说简单地看成观察生活的镜子或窗口，忽略作品的形式结构。现代小说理论的奠基人为法国作家福楼拜和美国作家、评论家亨利·詹姆斯，他们将小说视为自律自足的艺术品，将注意力转向了小说的形式技巧。詹姆斯为其纽约版小说写的一系列序言阐述了他的美学原则，对小说批评和创作产生了深远的影响。但作为个人，他们的影响毕竟有限。20世纪60年代以前，对小说结构和技巧的研究没有形成大的气候。这主要是因为俄国形式主义仅在20世纪初延续了十余年的时间（1915—1930），除了后来到布拉格工作，而后又移居美国的雅各布森的个人影响外，其影响尚未扩展到西方便已偃旗息鼓。20世纪50年代以后，随着一些代表性论著的法、英译本的问世，俄国形式主义方在西方产生了较大影响。而英美新批评主要关注的是诗歌，在小说批评理论领域起的作用不是太大。至于结构主义，虽然索绪尔的结构主义语言学产生于20世纪初期，但结构主义思潮直至20世纪60年代方在法国兴起。直到20世纪60年代以后，随着结构主义叙事学的迅速发展，对小说故事结构、叙述技巧的研究方在小说批评理论中占据了重要地位。就英美而言，叙事学在法国兴起之后得到了美国学界的热烈响应，经典叙事学在20世纪70年代至80年代中期在美国的发展势头相当旺盛。这很可能是因为叙事学为美国批评传统与欧洲文论的对话与融合提供了理想的土壤。在相对保守的英国，由于文学研究界没有紧跟欧洲大陆的理论思潮，叙事学发展势头一直较为弱小。

经典叙事学的三种研究类型

经典叙事学可依据研究对象分为三种类型。（Prince，1994）第一类为直接受俄国形式主义学者普洛普影响的叙事学家。他们聚焦于被叙述的故事，着力建构故事语法，探讨事件的功能、结构规律、发展逻辑等等。普洛普所著《民间故事形态学》是20世纪20年代俄国文评里最有影响的著作之一，一般认为此书开了结构主义叙事学之先河。普洛普的研究旨在从各种各样的民间故事中抽象出它们共同具有的模式，以便对其进行有效的分类。（Propp）他对以往根据人物特征划分民间故事类型的方法十分不满，因为故事中的人物千变万化，很难找出供分类用的不变因素。他从结构主义的立场出发，指出民间故事的基本单位不是人物，而是人物在故事中的行为功能。在他研究的100个民间故事中，尽管人物的名字和特征变化无常，但人物充当的角色却仅有"主人公"、"假主人公"、"坏人"等7种，人物的行为功能（譬如"一个艰巨的任务交给了主人公"、"任务完成了"等等）也只有31种。普洛普抽象出来的行为角色和功能体现了故事事件的共性，为对故事进行系统分类提供了依据。在普洛普之后，法国和其他国家的叙事学家对故事的深层和表层的结构关系进行了系统研究，建构出纷呈不一的故事语法模式。他们有的聚焦于事件的静态结构关系，如列维-斯特劳斯探讨深层双重对立的模式；有的则聚焦于情节的动态发展过程，如布雷蒙关注故事表层发展逻辑的模式。（申丹，2001：30—44）在理论上，这一派叙事学家认为对叙事作品的研究不受媒介的局限，因为文字、电影、芭蕾舞、叙事性的绘画等不同媒介可以叙述出同样的故事。但在实践中，他们的研究对象以叙事文学为主，电影为辅，对其他媒介很少关注。

第二类以热奈特为典型代表，集中对叙述话语展开研究。那么，何为叙述话语呢？简言之，叙述话语就是叙述故事的方式。里蒙-凯南在《叙事虚构作品》一书中总结了不同叙事学家的观点，提出故事从3个方面独立于叙述话语：一是独立于作家的文体风格（如亨利·詹姆斯在晚期创作中采用的复杂长句），不同的文体可表达出同样的故事；二是独立于作者采用的语言种类（英文、法文或中文）；三是独立于不同的媒介或符号系统（语言、电影影像或舞蹈动作）。（Rimmon-Kenan：7）。笔者认为，既然第三个方面涉及了不同媒介，若要达到前后一致，第一个方面就不仅应包含作者的写作风格，而且也应涵盖戏剧、舞蹈、电影等编导的创作风格。同样，第二个方面也应包括不同国家在各种媒介中表达故事的不同方式，譬如不同国家的民间舞蹈用于叙事的不同"身体语言"。其实，热奈特本人聚焦于语言媒介，在他看来，叙事作品以口头或笔头的语言表达为本，叙述者的作用至关重要。我们知道，在其他媒介中，一般不存在作为中介的叙述者，但电影镜头、身体语言等等也可起到叙述的作用。值得注意的是，无论是聚焦于语言叙述的热奈特，还是关注不同媒介的叙事学家，在研究文学作品的话语层次时，往往忽略作者对语言本身的选择。除了叙事视角和引语形式这两个方面，叙事学家一般不关注作品中的词汇特征、句法特征、书写（或语音）特征以及句间衔接等语言现象。这很可能是因为叙述技巧往往并非语言上的选择（譬如是先叙述事件甲还是事件乙并非对语言本身的选择），而且叙事学家通常只是比喻性地采用语言学模式。由于叙事学家忽略作者的遣词造句，只有将叙事学与文体学相结合，才能对文学中的叙述话语进行较为全面的研究。（申丹，2001：165—184）在研究话语层时，叙事学家聚焦于表达事件的方式与表达对象之间的结构关系，对各种叙述手法进行系统分类，以建构叙述语法或叙述诗学。在1972年发表的《叙述话语》中，热奈特以托多洛夫于1966年在《文学叙事的范畴》中提出的划分原则为出发点，将话语分成三个范畴：一为时态范畴，即话语与故事的时间关系；二为语式范畴，包含叙述距离和叙事角度这两种对叙事信息进行调节的形态；三为语态范畴，涉及叙述情景以及叙述者与接受者的不同表现形式。

第三种类型的研究以普林斯和查特曼（S. Chatman）等人为代表，他们认为故事结构和话语技巧均很重要，因此在研究中兼顾两者。这一派被普林斯称为"总体的"或"融合的"叙事学。

在经典叙事学刚刚兴起的20世纪60年代，第一类研究占据了主导地位，这很可能是因为对故事深层和表层结构的研究凸显了结构主义的思想和方法。但由于文学作品的艺术性在很大程度上由表达方式来体现，70年代至80年代中，叙述话语吸引了不少学者的注意力，第二类研究发展迅速，但大多是以论文的形式面世。70年代后期以来的叙事学专著一般都属于第三种类型。

后经典叙事学的基本特征

20世纪80年代以来，经典叙事学遭到后结构主义和历史主义的夹攻，研究势头逐渐回落（在美国尤为明显）。顺应读者反应批评、文化研究等新兴学派，关注读者和语境的后经典叙事学也就应运而生了。我们不妨依据研究目的将后经典叙事学分为两大类。一类旨在探讨（不同体裁的）叙事作品的共有特征。与经典叙事学相比，这一类后经典叙事学的着眼点至少出现了以下五个不同方面的转移。一、从作品本身转向了读者的阐释过程，譬如赫尔曼（D. Herman）在《故事逻辑》（2002）一书中，十分关注读者对故事逻辑的建构，着力探讨读者与文本结构特征的交互作用。二、从符合规约的文学现象转向偏离规约的文学现象，或从文学叙事转向文学之外的叙事。理查森对某些后现代主义小说先叙述一件事，然后又加以否定的结构特征，提出了"解叙述"（denarration）这一概念，并对"非模仿性"小说中的时间错乱进行了系统分类。（Richardson，2001；2002）理查森的做法很有代表性，面对以往的叙事语法所无法涵盖的复杂现象或新的现象，当今的叙事学家会提出新的概念或建构新的模式来予以描述。三、在探讨结构规律时，后经典叙事学家从其他领域借用了一些新的分析工具。譬如莱恩（M. Ryan）在《可能的世界、人工智能与叙事理论》（1991）一书中借鉴了人工智能的分析方法，来描述不同体裁的叙事作品的结构特征。有的后经典叙事学论著综合体现了这三个方面的转移，譬如弗吕德尼克（M. Fludernik）在《"自然"叙事学初探》（1996）一书中借鉴了分析口头叙事的方法，研究读者对叙事进程的阐释，研究对象从最为口语化的面对面交谈开始，直到最为晦涩的后现代文学作品。四、从共时叙事结构转向了历时叙事结构，关注社会历史语境如何影响或导致叙事结构的发展。这一派于20世纪80年代中后期至90年代中期曾风行一时，现在研究势头已经回落。五、从关注形式结构转为关注形式结构与意识形态的关联，以女性主义叙事学为代表，研究势头一直比较旺盛。但这种关注往往需以具体作品阐释为依托（出于某种社会历史原因，某位作家会在某一作品中选择某种叙述形式）。

另一大类后经典叙事学家以阐释具体作品的意义为主要目的，其特点是承认叙事结构的稳定性和叙事规约的有效性，采用经典叙事学的模式和概念来分析作品（有时结合分析加以修正和补充），同时注重读者和社会历史语境，注重跨学科研究，有意识地从其他派别吸取有益的理论概念、批评视角和分析模式，以求扩展研究范畴，克服自身的局限性。

经典叙事学与后经典叙事学的关系

"经典叙事学"与"后经典叙事学"究竟是一种什么关系？中外学界普遍认为是一种后者替代前者的进化关系，但我认为两者之间是一种互为促进、互为补充的共存关系。（申丹，2003）英国学者戴维·洛奇在20世纪70年代末采用经典叙事学的概念对海明威的《雨中猫》进行了分析，赫尔曼在《新叙事学》一书的"导论"中，以这一分析为例证来说明经典叙事学如何落后于后经典叙事学。（Herman，1999）读者也许会问，既然经典叙事学旨在建构叙事语法和叙述诗学，赫尔曼为何采用一个作品分析的例子作为其代表呢？其实，在赫尔曼看来，叙事语法、叙述诗学、叙事修辞这三个项目"现在已经演化为单一的叙事分析项目中相互作用的不同方面了"。的确，20世纪90年代以来的叙事学家纷纷转向了具体作品分析。在笔者看来，这是考虑语境的必然结果。我们知道，旨在探讨语言结构的语法学家无需考虑读者和语境，而在阐释言语的意思时则需要考虑言语的交流语境。国内不少学者对以韩礼德为代表的系统功能语法较为熟悉，这种语法十分强调语言的生活功能或社会功能，但在建构语法模式时，功能语言学家采用的基本上都是自己设想出来的脱离语境的句子。（Halliday）同样，探讨叙事结构之共性的叙事语法和叙述诗学并不要求考虑语境（仅需将作品视为脱离语境的结构实例），而具体作品分析则要求考虑作品的创作语境和阐释语境。令人遗憾的是，虽然学界对于语言语法和言语阐释对语境的不同要求有相当清醒的认识，但对于叙事语法和作品阐释对语境的不同要求却认识不清。然而，显然正是由于建构叙事语法和叙述诗学无需也难以考虑语境，当学术大环境提出考虑语境的要求时，学者们才会把注意力转向作品分析。值得注意的是，语境有两种：一是规约性语境，即对于一个结构特征，读者一般会作出什么样的反应；二是个体读者所处的特定社会历史语境。当叙事学家聚焦于阐释过程的基本规律时，只会关注前者，而不会考虑后者。在这种情况下，基本研究立场并无本质改变，只是研究对象发生了变化。当研究目的转为解读某部叙事作品的主题意义时，叙事学家或叙事批评家才会考虑作品的社会历史语境。由于学界对这两种语境未加区分，也未看清叙事语法（叙述诗学）和作品阐释对考虑语境有截然不同的要求，因此认为前者保守落后，已经过时。具有讽刺意味的是，紧接着赫尔曼的"导论"，书中第一篇文章就说明了经典叙事学脱离语境的研究方法行之有理。这篇文章为卡法莱诺斯所著，意在探讨叙述话语对信息的延宕和压制对故事的阐释有何影响。在具体分析阐释过程之前，卡法莱诺斯建立了下面这一叙事语法模式：

```
              开头的均衡 ［这不是一种功能］
A（或a）   破坏性事件（或对某一情景的重新评价）
       B   要求某人减轻A（或a）
C      C   行动素决定努力减轻A（或a）
C'     C   行动素为减轻A（或a）采取的初步行动
       D   C行动素受到考验
       E   C行动素回应考验
       F   C行动素获得授权
       G   C行动素为了H而到达特定的时空位置
H      C   行动素减轻A（或a）的主要行动
I（或I之否定）   H的成功（或失败）
       K   均衡
```

这一模式综合借鉴了好几种著名经典叙事语法，包括格雷马斯的"行动素"概念、托多洛夫有关叙事总体运动的模式和普洛普的行为功能模式。普洛普聚焦于俄罗斯民间故事，卡法莱诺斯则旨在建立适用于各个时期各种体裁的叙事语法，因此她仅从普洛普的31种功能中挑选了11种，建立了一个更为抽象、适用范围更广的语法模式。不难看出，像以往的经典叙事学家一样，卡法莱诺斯在建构这一模式时，没有考虑（无需考虑也无法考虑）读者和语境，仅聚焦于叙事作品共有的结构特征。尽管卡法莱诺斯一再声称自己关注有血有肉的个体读者，实际上由于她旨在说明延宕和压制信息在通常情况下会产生何种认识论效果，因此她聚焦于无性别、种族、阶级、经历之分的读者或感知者，并不时有意排除个体读者的反应。在探讨故事中的人物对事件的阐释时，卡法莱诺斯也是通过无身份、经历之分的读者的眼光来看人物。诚然，以往的经典叙事学家没有关注读者的阐释过程，更没有考虑人物对事件的阐释或现实生活中人们对世界的体验。卡法莱诺斯对这些阐释过程的关注拓展了研究范畴，但这只是扩大了关注面，在基本立场上没有发生改变。我们必须认识到，不同的研究方法对读者和语境有不同的要求。我们不妨作以下区分：

1) 建构旨在描述叙事结构之共性的叙事语法或叙述诗学，无需关注读者和语境。
2) 探讨读者对于叙事结构的阐释过程之共性，只需关注无性别、种族、阶级、经历、时空位置之分的读者。
3) 探讨故事中的不同人物对于同一叙事结构所作出的不同反应，需关注人物的特定身份、时空位置等对于阐释所造成的影响。但倘若分析目的在于说明叙事作品的共性，仍会通过无身份、经历之分的读者的规约性眼光来看人物。
4) 探讨不同读者对同一叙事结构可能出现的各种反应，需关注读者的身份、经历、时空位置等对于阐释所造成的影响。
5) 探讨现实生活中的个体对世界的体验，需考虑该个体的身份、经历、时空位置等对于阐释所造成的影响。
6) 探讨某部叙事作品的主题意义，需考虑该作品的具体创作语境和阐释语境，考虑有血有肉的个体读者对作品的不同反应。

这些不同种类的研究方法各有所用，相互补充，构成一种多元共存的关系。卡法莱诺斯在文章的开头建构的叙事语法属于第一类，无需关注读者和语境。她的具体分析以第二类为主，第三类为辅，均仅需考虑读者的规约性阐释语境，至于其他几类只是偶尔有所涉及或根本没有涉及。与此相对照，洛奇对海明威《雨中猫》的分析属于第六类，旨在通过对文中结构成分的分析，来揭示作品的主题意义。这确实需要将作品视为交流行为，考虑作品的创作语境和阐释语境，包括有血有肉的个体读者的身份、经历、世界观等等对阐释的影响。

正是因为对这些本质关系未加区分，赫尔曼才会将洛奇对《雨中猫》的分析（第六类）作为经典叙事学（第一类）的代表。中外学界迄今没有厘清这两种研究对于语境的不同要求，因此将后经典叙事学视为一种进步，将经典叙事学视为落后过时。前者在分析具体作品这一方面无疑是一种进步，但相对于旨在探讨共性的叙事语法/诗学而言，则只能说是一种平行发展。其实，经典叙事学的著作在西方依然在出版发行。加拿大多伦多大学出版社1997年再版了米克·巴尔《叙事学》一书的英译本。伦敦和纽约的劳特利奇出版社也于2002年秋再版了里蒙–凯南的《叙事虚构作品：当代诗学》。该出版社将于2005年出版《劳特利奇叙事理论百科全书》，其中大多数词条为经典叙事语法和叙述诗学脱离语境的结构概念和分类模式。我们应该看到，倘若关注个体读者的不同阐释过程，关注个体读者所处的不同社会语境，就难以对小说叙事里的事件类型、叙述类型、引语类型、视角类型、时间安排手法等等进行系统的分类。同样，倘若考虑千变万化的阐释语境，卡法莱诺斯也就难以建构出旨在描述各个时期各种体裁的作品之共有故事结构的那一语法模式,而倘若失去这一技术支撑,其分析也就会失去系统性和可操作性。

此外,若透过现象看本质,则不难发现不仅很多"后经典叙事学"的论著包含了"经典叙事学"的成分,而且有的"后经典叙事学"论著本身就可视为"经典叙事学"的新发展。上文提到在研究叙事作品的共有特征时,后经典叙事学的着眼点相对于经典叙事学出现了五个方面的转移。其中第二与第三个方面的转移从实质上说属于经典叙事学自身的新发展。第二个方面只是拓展了经典叙事学的研究范畴,仍然仅关注结构特征,没有考虑读者和语境的作用。可以说,理查森用于描述有关结构特征的新的概念和新的分类是对经典叙事学现有模式的一种补充。第三个方面也只是采用了新的工具而已。像早期的经典叙事学家那样,这类研究聚焦于叙事作品的共性,不关注社会历史语境。至于后经典叙事学的另外三个方面,与经典叙事学也只是构成一种平行发展,而并非取而代之的关系:我们可以仅仅关注形式结构本身,也可关注读者对形式结构的阐释过程;可以研究叙事的共时结构,也可以探讨形式结构的历史演变;可以聚焦于叙述形式之间的区别(如全知叙述和第一人称叙述的区别),也可考虑叙述形式与意识形态的关联(如出于何种社会原因,某位女作家偏爱一种特定的叙述形式)。这些不同研究方法聚焦于事物的不同方面,各有各的关注点、盲点、长处和局限性。它们之间的关系应该是相互补充、多元共存,而不是相互排斥、唯我独尊。

结　语

中国的文学研究界在经历了多年政治批评之后,改革开放以来,欢迎客观性和科学性,重视形式审美研究,为经典叙事学提供了理想的发展土壤。美国经典叙事学研究处于低谷之时,国内的研究却形成了高潮。一方面,国内学者经典叙事学方面的论著不断问世,另一方面,西方叙事学家七八十年代的著述也不断以译著的形式于 90 年代在中国出现。但迄今为止,国内的研究有一个问题,颇值得引起重视:无论是译著还是与西方叙事学有关的论著,一般都局限于 20 世纪 60 至 80 年代的经典叙事学,忽略了 90 年代以来经典叙事学的新发展,也忽略了以关注读者和语境为标志的后经典叙事学。诚然,对于后经典叙事学的研究应当以对经典叙事学的研究为基础。以前,在国内对于经典叙事学尚未达到较好了解和把握的情况下,集中翻译和研究"经典的"经典叙事学论著无疑有其必要性和合理性。但从现在开始,应该拓展视野,对后经典叙事学展开翻译和研究。与此同时,不应忽略经典叙事学本身的新发展。

经典叙事学若要进一步发展,需摒弃对科学性、客观性的盲目追求和信赖,要充分认识到早期叙事语法的局限性。20 世纪六七十年代的经典叙事学家以神话、民间故事等为基础建构的叙事语法难以描述更为复杂、不断创新的文学现象,需要根据新的研究对象不断修正、更新和细化叙事语法模式。在建构叙事语法或诗学时,对文学中的新体裁、其他媒介和各种非文学叙事可予以充分关注,以拓展研究范畴,争取新的发展空间。此外,经典叙事学的理论概念和分析模式中存在各种混乱和问题,有的一直没有得到重视和解决,这主要是因为近20年来学界认为经典叙事学已经过时的看法极大地妨碍了这方面的工作。诚然,对语境和读者的重视确实促使叙事学家对"隐含作者"、"叙事性"等概念进行了重新审视和修正,但一些文本结构特征却未能得到关注,导致问题的遗留,甚至错上加错,需要进行清理。(申丹,2001)

经典叙事语法或诗学构成后经典叙事学之技术支撑。若经典叙事学能健康发展,就能推动后经典叙事学的前进步伐;而后者的发展也能促使前者拓展研究范畴,更新研究工具。这两者构成一种相辅相成的关系。希望在新的世纪里,在国内外文学研究界都会出现"经典"与"后经典"叙事学互帮互补、携手共进的良好局面,进一步深化和拓展叙事作品研究,为提高创作、欣赏和评论叙事作品的水平作出新的贡献。

参考书目

1. Brian Richardson, "Beyond Story and Discourse," in *Narrative Dynamics*, ed., Brian Richardson, Ohio State UP, 2002.
2. —, "Denarration in Fiction," in *Narrative* 9 (2001).
3. Dan Shen, "Defense and Challenge: Reflections on the Relation between Story and Discourse," in *Narrative* 10 (2002).
4. David Herman, ed., *Narratologies*, Ohio State UP, 1999.
5. —, *Story Logic*, U of Nebraska P, 2002.
6. Gerald Prince, "Narratology," in *The Johns Hopkins Guide to Literary Theory & Criticism*, eds., Michael Groden, et al., Johns Hopkins UP, 1994.
7. —, *Narratology*, Johns Hopkins UP, 1982.
8. Gérard Genette, "Discours du recit" (Seuil, 1972), trans., Jane E. Lewin, in *Narrative Discourse*, Cornell UP, 1980.
9. M. A. K. Halliday, *An Introduction to Functional Grammar*, Edward Arnold, 1985.
10. Miek Bal, *Narratology*, trans., Christine van Boheemen, U of Toronto P, 1997.
11. Seymour Chatman, *Story and Discourse*, Cornell UP, 1978.
12. Shlomith Rimmon-Kenan, *Narrative Fiction*, Routledge, 2002.
13. Vladimir Propp, *Morphology of the Folktale*, trans., L. Scott, U of Texas P, 1968.
14. 申丹:《经典叙事学究竟是否已经过时?》,载《外国文学评论》2003年第二期。
15. 申丹:《叙述学与小说文体学研究》,北京大学出版社,2001。

① 国内将英文的 narratology(法文的 narratologie)译为"叙事学"或"叙述学",但笔者

认为两种译法并非完全同义。"叙述"一词与"叙述者"紧密相联，宜指话语层次上的叙述技巧，而"叙事"一词则更适合涵盖故事结构和话语技巧这两个层面。在《叙事学辞典》中，普林斯将 narratology 定义为：（1）受结构主义影响而产生的有关叙事作品的理论。narratology 研究不同媒介的叙事作品的性质、形式和运作规律，以及叙事作品的生产者和接受者的叙事能力。探讨的层次包括"故事"与"叙述"以及两者之间的关系。（2）将叙事作品作为对故事事件的文字表达来研究（以热奈特为代表）。在这一有限的意义上，narratology 无视故事本身，而聚焦于叙述话语。不难看出，第一个定义中的 narratology 应译为"叙事学"，即有关整个叙事作品的理论，而第二个定义中的 narratology 则应译为"叙述学"，即有关叙述话语的理论。我将自己的一本书命名为《叙述学与小说文体学研究》（北京大学出版社，1998；2001），旨在突出 narratology 与聚焦于文字表达层的文体学的关联。

叙述 申 丹

略　说

"叙述"（Narration）是西方叙事理论中历史最长、用法变化最大、涵义最为繁杂的术语之一。就叙事作品而言，它有或宽或窄的各种意思，既可以指涉表达故事（或某种故事成分）的一种特定形式，又可以指涉整个表达层，还可以特指讲故事的行为本身。在体裁分类中，narration 指称与"描写"、"阐述"、"论证"、"评论"等相对照的"记叙体"。该词还可以指涉电影、广播、音乐演奏过程中的口头讲解等。

综　述

从古希腊文论到西方当代文论，"叙述"一词历经演变，身兼数种指涉，已成为一个典型的多义术语。厘清其不同所指，清理其造成和涉及的各种混乱，对于叙事理论（尤其是经典叙事学）的发展具有重要意义。

"纯叙述"与"模仿"

对西方叙事理论产生了重要影响的"纯叙述"（*haplé diégésis*[①]）与"模仿"（*mimesis*[②]）之分最早出现在柏拉图《国家篇》第三卷的一段对话中。"纯叙述"指诗人用自己的语气概述人物的言辞："祭师来了，祈求天神保佑亚加亚人攻下特洛伊城，平安返回家园"；而"模仿"则指诗人假扮人物，模仿人物的声音说话。在《国家篇》中，这一区分涉及的是口头叙事，考虑诗人的语气和手势等因素，但在现当代西方叙事理论中，这一区分一般仅与书面叙事相关，涉及引语的直接程度和通过文字体现的不同口吻。（Shen）

在《诗学》中亚里士多德也采用了这一区分，但在一定程度上将之淡化。柏拉图和亚里士多德均认为广义上的摹仿可以通过三种方式进行：文字叙述（史诗）、戏剧表演（悲剧）和两者的混合。但柏拉图比亚里士多德更为关注文字叙述中的"纯叙述"与"模仿"之分，并对之进行了单独探讨，而亚氏只是在探讨文字叙述与戏剧扮演这两者之间的不同时，顺便提及了属于前者的那一区分。美国当代叙事学家普林斯忽略了这一点，认为亚里士多德将柏拉图所区分的"纯叙述"与"模仿"以及"所谓的混合形式"视为进行摹仿的三种主要方式。（Prince，1987：52—53）这一看法遮盖了亚里士多德更为关注的文字叙述和舞台表演之间的区分。

这两者加上两者的混合形式方构成进行摹仿的三种主要方式。

　　柏拉图的"纯叙述"与"模仿"之分在传统文论中未受到重视,这很可能与亚里士多德的"淡化"相关,当然也与传统文论聚焦于作品的道德意义不无关联。19世纪末20世纪初,以亨利·詹姆斯为首的一批英美学者将注意力转向了作品的形式技巧,提出了telling(讲述、叙述)与showing(展示)之分。在当代叙事理论中,古希腊的diegesis与mimesis之分往往与现代的telling与showing之分相提并论,以正文和括号相互说明的形式同时出现。但两者之间并非没有差异。上文提到,柏拉图探讨的对象为对话,而叙事的对象不仅有对话,还有事件和心理活动。悲剧中对事件的模仿自然是扮演。那么,史诗中的呢?对比,柏拉图和亚里士多德都没有明说。显然,除了一些简单的手势和动作,史诗的叙述者难以"模仿"事件,因此,两位学者很可能将诗人对事件的描述统统视为诗人用自己的语气进行的(纯)"叙述"。与此相对照,现代学者往往根据描述的详细和直接程度来区分究竟是"叙述"(讲述)还是"模仿"(展示)。尤其值得注意的是,詹姆斯是心理现实主义的代表人物,他倡导的"展示"主要在于采用人物的有限视角,让读者直接进入人物的内心,随着人物的眼光来观察世界,而不是由一个作为中介的叙述者来介绍评论。可以说,詹姆斯时期的"讲述"与"展示"之分主要是夹叙夹议的全知叙述与采用人物有限视角的直接再现之间的区分。这一点古希腊文论自然不会考虑。古希腊史诗采用的均为全知叙述模式,一般不采用以人物的眼光来直接展示人物的心理活动。

　　值得一提的是,在柏拉图的理论框架中,现实是理念的摹仿(影子),文学艺术是摹仿的摹仿,一种不真实的谎言,而叙述者假扮人物的"模仿"可谓最典型的谎言。与此相对照,亚里士多德认为本质就存在于现实之中,对文艺摹仿现实持赞赏态度。他认为史诗叙述者应尽量像荷马那样假扮人物说话,"模仿"是一种优于"纯叙述"的形式。同样,在詹姆斯的理论框架中,"讲述"被贬斥,"展示"被褒扬。这一立场得到了一些文论家的赞同,(Lubbock)也遭到了一些文论家的抨击。(Booth)

　　在当今不少学者的论著中,褒贬立场被淡化,叙述者和人物视角之分也被忽略。"讲述"一般指对人物话语、思想和行动的概述和评论,"展示"则指对之直接进行的详细描述,譬如采用直接引语来表达人物话语,或详细描写一个场景,让读者觉得仿佛亲临其境。法国叙事学家托多洛夫在《诗学导论》中,提出了"叙述"(narration)与"再现"(representation)之分,这一区分与当代学者眼中的"讲述"与"展示"之分基本相同。与早期学者形成对照,当今不少文论家不再将这两种表达方式视为相互对立的两极,而是看作一种程度之分,关注不同程度的"纯叙述"(讲述、叙述)和不同程度的"模仿"(展示、再现)。

"叙述话语"与"叙述行为"

在当代西方叙事理论界，大多数学者将作品分为"叙述话语"和"所述故事"这两个层次，这与传统上"形式"与"内容"的两分法基本对应。出于对叙述行为的格外重视，热奈特在《叙述话语》中对两分法进行了修正，提出三分法：一、"故事"（histoire），即被叙述的内容；二、"叙述话语"（récit），即用于叙述故事的口头或笔头的话语；三、"叙述行为"（narration），即产生话语的行为或过程。在建构此三分模式时，热奈特反复强调了叙述行为的重要性和首要性：没有叙述行为就没有叙述话语，也不会有被叙述出来的虚构事件。（Genette, 1972）

笔者认为，在书面叙事中往往不用区分、且难以区分"叙述话语"和"叙述行为"；但在口头叙事中，这一区分确实很有必要。就后者而言，叙述者直接面对听众，感染听众的不仅有叙述者的话语，还有其在叙述过程中的表情、动作和语气等等。可以说，口头叙事中的叙述话语和叙述行为是共时存在、相辅相成的。批评理论家不能仅仅关注叙述话语，必须同时关注叙述行为。就笔头文学作品来说，叙述交流情景更为复杂。首先，可区分"真实的叙述行为"和"虚构的叙述行为"。所谓"真实的叙述行为"就是作者的写作行为。尽管对这一行为的了解对于阐释作品有重要意义，但这一行为处于叙事作品之外。叙事学家十分重视对作品之外的真实作者和作品之内的隐含作者（implied author）的区分，仅关注后者，不关注前者。一方面我们可以提倡将内部批评与外部批评相结合，以便对真实作者的写作过程加以考虑，另一方面我们应看到热奈特作为内部批评的代表人物，其三分法中的"叙述行为"主要指涉作品之内虚构叙述者的叙述行为。然而，笔者认为虚构叙述者所说的话与他们说话的行为或过程通常是无法区分的。元小说（meta-fiction）中对叙述行为进行的滑稽模仿则是例外。我们不妨看看英国作家斯特恩所著元小说《项狄传》中的一段：

> 在我讨论了我与读者之间的奇特事态之前，我是不会写完那句话的……我这个月比12个月前又长了一岁，而且，如您所见，已差不多写完第四卷的一半了，但刚刚写完我出生后的第一天……

这里有两个不同的叙述过程：一是第一人称叙述者项狄叙述这段话的过程，二是项狄叙述出来的他写作这本书的过程。第一个过程读者根本看不到（仅能看到叙述出来的话语）；第二个过程则被清楚地摆到了读者面前。其实，第一个过程才是真正的叙述过程；第二个过程实际上是故事内容的一部分。真正写完了这三卷半书的是真实作者斯特恩而不是虚构叙述者项狄。这段话中提到的项狄写作这本书的过程纯属虚构出来的"故事事件"。作者旨在通过这些虚构事件来对真正的写作过程进行滑稽模仿。我们应该看到，无论是在元小说还是在普通小说中，通常只有在作为叙述的对象时，叙述行为或过程才有可能展现在读者面前。（申丹，1991；Shen）譬如在康拉德的《黑暗的心脏》中，作为外围框架的第一层叙述者对第二层叙述者马洛的描述：

> 1）马洛沉默了一会。……他又沉默了一下，好像在思考什么，然后接着说——（第一章）
> 2）马洛停顿了一下，一阵深不可测的沉寂之后，一根火柴划亮了，映出他削瘦憔悴的面孔，双颊凹陷，皱纹松垂，眼皮往下耷拉着，神情十分专注……火柴熄灭了。"荒唐！"他嚷道……（第二章）

毋庸置疑，任何叙述行为或过程，一旦成为上一层叙述的对象，就自然变成了上一层叙事中的故事内容。处于第二叙述层的马洛也可以表达自己的叙述过程：

> "放礼貌一点，马洛。"一个声音悠悠地嘟哝道。原来除了我自己，至少还有一个听我讲故事的人没有睡着。（第二章）

不难看出，马洛表达出来的叙述过程与其所述故事无关，但构成其叙述话语的一个组成部分。无论是构成上一层叙事中的故事内容，还是同一层叙事的话语成分，只有在成为叙述对象时，叙述过程才有可能为读者所知。作品中未成为叙述对象的叙述过程既然不为读者所知，也就可谓"不存在"。热奈特在《叙述话语》中写道：

> 十分奇怪的是，在除了《项狄传》之外的几乎世上所有的小说中，对故事的叙述被认为是不占时间的……文字叙述中有一种强有力的幻象，即叙述行为是不占时间的瞬间行为，而这一点却未被人们察觉。（Genette：222）

热奈特的这段话可证实文学作品中的叙述行为通常不可知。其实这并不奇怪。这些叙述者是"看不见、摸不着"的虚构物，读者只能读到他们说出来的话，至于他们说话时做了何事或发生了何事，除非用文字加以描述，否则就不存在（尚未创作出来）。在迄今为止的文学作品中，叙述者很少对叙述行为进行描述。诚然，元小说中有大量对所谓"写作行为"的描写，《项狄传》就是一个典型的例子。但如前所述，元小说中所谓的"写作行为"实际上是虚构出来的故事事件，热奈特显然未意识到这一点。他将项狄所谓的"写作行为"与其他小说中的叙述行为相提并论，这难免造成混乱。既然文学作品中的叙述行为通常不可知，也就无法单独分析它。但我们可以分析话语反映出来的叙述者与故事之间的关系。从话语的人称我们可判断是第一人称还是第三人称叙述；从话语的时态我们可判断叙述者与故事在时间上的关系。话语还可能会反映出叙述者为何人、为何要讲这个故事、有几个叙述层次、其关系如何，等等。我们应该看到，这些成分是叙述话语不可分离的组成部分，对它们的分析就是对叙述话语的分析。热奈特只能承认这一点，因为他本人在《叙述话语》中，以"语态"为题，毫不含糊地将以上列举的这些成分作为叙述话语的一个组成部分进行了分析。

值得注意的是，无论是英文还是法文的 narration（叙述）都可造成歧义。法国学者里卡杜（J. Ricardou）在《新小说之问题》一书中，将叙事作品分为 narration 和虚构故事这两个层次。里卡杜的 narration 指的是"叙述话语"，而非"叙述行为"，这与热奈特形成了明显对照。热奈特《叙述话语》的英译者采用了 narrating 来翻译原文中的 narration，以强调该词指涉的是"叙述行为"，而非"叙述话语"。但在美国学者普林斯的《叙事学辞典》中，我们却看到了 narrating 这一词条的如下界定：(1) 对于一个或多个事件的讲述（telling[③] or relating）。(2) 与故事相对立的话语（discourse）。就第二个定义而言，我们可以看到一个从 narration 到 narrating 到 discourse 的怪圈。将法文的 narration 译为 narrating，而不是与之相对应的英文中的 narration，是为了避免与 discourse 混淆，但 narrating 又被界定成 discourse。在我看来，这些混乱的根本原因在于：就虚构作品而言，叙述行为与叙述话语难以区分。

"叙述"与"文本"

热奈特的三分法在叙事学界产生了较大影响。在《叙事虚构作品》一书中，里蒙–凯南效法热奈特区分了"故事"（story）、"文本"（text）与"叙述"（narration）这三个层次。（Rimmon-Kenan, 1983）里蒙–凯南将"文本"定义为"用于叙述故事事件的口头或笔头的话语"，这与热奈特对"叙述话语"的定义一致。至于第三个层次，两者所下定义也相吻合。里蒙–凯南在一篇文章中指出："热奈特的叙述行为成了叙述话语的一个方面（即'语态'），结果三分法在实践中变成了二分法。"（Rimmon-Kenan, 1989：159）她接着说："我自己注意不让三分法瓦解成二分法，我仍坚持让'叙述'成为一个独立的类别。这一类别由两部分组成：一、'叙述层次和语态'（和热奈特的用法一样，'语态'指的是叙述者与故事的关系）；二、'对人物语言的描述'。"里蒙–凯南的这种挽救方法在我看来不仅于事无补，且造成了新的混乱。里蒙–凯南对于为何要坚持让"叙述"成为一个独立的类别在理论上未作任何说明，她采取的具体措施是将（热奈特视为话语成分的）"叙述层次和语态"与话语相分离并纳入"叙述"层，同时也将"对人物语言的描述"分离出话语，收入"叙述"层。然而，这样做只会造成层次上的混乱。里蒙–凯南在文本（话语）这一层次探讨了叙述者对人物动作和外貌的描述。毋庸置疑，叙述者对人物语言的描述与对人物动作或外貌的描述属于同一层次，我们没有理由将前者摆到一个不同的层次上。"对人物语言的描述"指的是"直接引语"、"间接引语"、"自由间接引语"等叙述者用于转述人物语言的不同引语形式。这些不同的引语形式与描述人物动作的不同方法一样，均为叙述话语不可分离的组成部分。

在此我们不妨对比一下荷兰叙事学家米克·巴尔的三分法。在《叙事学》一书中，巴尔区分了"素材"（histoire）、"叙述手法"（récit）、"叙述文本"（texte narratif）这三个层次。（Bal）巴尔的三分法与里蒙-凯南的三分法仅在第一层次相吻合，在第二和第三层上完全对立。被里蒙-凯南视为"文本"这一层次的三种因素（时间上的重新安排、人物塑造的方法、视角等）全被巴尔开除出"文本"。巴尔在"文本"这一层次讨论的主要内容正是被里蒙-凯南开除出"文本"而列入"叙述"这一层次的内容。这种互为矛盾的现象进一步说明了三分法的弊端。所谓"文本"即叙述话语。前文已论及，被里蒙-凯南逐出"文本"的内容实际上是叙述话语不可分离的组成部分。正因为如此，这些被里蒙-凯南排挤的内容又成了巴尔"叙述文本"这一层次中的主要成分。同样，被巴尔逐出"叙述文本"的因素也是叙述话语不可分离的组成成分，里蒙-凯南在"文本"这一层次集中讨论这些因素也就不足为奇了。

总而言之，在文学作品中，不能将"叙述"与"文本"（话语）相分离，需要区分的只是"叙述话语"和"所述故事"这两个层次。

不同类型的叙述

中外传统文论都区分了第一人称叙述与第三人称叙述。其实，就虚构叙事而言，这一区分仅适用于笔头叙事，不适用于口头叙事。在口头叙事中，叙述者直接面对观众，只能采用第三人称来讲述一个虚构故事或历史故事。从这一角度，我们不难理解为何源于说书人话本的18世纪中国小说全部采用第三人称叙述，而与口头叙事传统相分离的18世纪英国小说则分别采用了第一和第三人称叙述。在20世纪以前的文论中，一般仅关注这一笼统的区分。结构主义叙事学兴起之后，热奈特、里蒙-凯南、普林斯等学者依据结构关系，进一步区分了各种叙述类型。

首先，可根据叙述者与故事的时间关系划分为：（一）事后叙述（posterior narration），即一般用过去时叙述业已发生的事；（二）事前预叙（anterior narration），即一般用将来时预言将要发生的事；（三）同时叙述（simultaneous narration），即用现在时叙述正在发生的事；（四）插入叙述（intercalated narration），常见于日记体和书信体小说，穿插在日记和书信之间，叙述在此期间发生的事。第一种类型"事后叙述"为叙事作品通常采用的形式。

其次，可根据叙述者与故事的空间关系划分为：一、故事外叙述（extradiegetic narration），即叙述者处于故事之外。传统全知叙述中的叙述者均处于故事之外。在回顾往事的第一人称叙述中，叙述者也处于往事之外；二、故事内叙述（intradiegetic narration），即叙述者处于故事之内；三、次故事叙述（hypodiegetic narration），即叙述者处于下一层故事之内。在康拉德的《黑暗之心》中，作为外围框架的第一层叙述者处于故事之外，其作用在于引出马洛的叙述。马洛是自己所述故事中的人物，故为"故事内"的叙述者。出现在马洛故事中的人物，有的充当了下一层故事的叙述者，成为"次故事"叙述者。这三种叙述者构成一种层层相嵌的关系。

此外，还可根据叙述者参与故事的程度进行划分。没有参与自己所述故事的，是"异故事"（heterodiegetic）叙述者。参与了自己所述故事的，则是"同故事"（homodiegetic）叙述者。传统的全知叙述者处于故事之外，不参与所述故事，属于"故事外的异故事"（extra-heterodiegetic）叙述者。一位70岁的老人叙述自己孩提时代的亲身经历，则构成"故事外的同故事"（extra-homodiegetic）叙述者。在鲁迅的《祝福》中，第一人称叙述者处于故事之内，但他是作为一个旁观者叙述祥林嫂的故事，因此是"故事内的异故事叙述者"（intra-heterodiegetic）。在菲茨杰拉德的《了不起的盖茨比》中，第一人称叙述者尼克参与了他所叙述的盖茨比的故事，因而为"故事内的同故事叙述者"（intra-homodiegetic）。④若第一人称叙述者聚焦于自己的个人经历，则构成"自身故事"（autodiegetic）的叙述，这是"同故事"叙述中的一种。

"记叙体"

英文的 narration 在体裁分类中，还可以指称与"描写"、"阐述"、"论证"、"评论"等相对照的"记叙体"（"叙事体"、"叙述体"）。⑤在这一意义上，该词同时涉及"叙述话语"和"所述故事"这两个层次。普林斯在《叙事学辞典》中，给 narration 下的第一条定义为："一个叙事（a narrative）；表达一个或多个事件的话语。传统上将记叙体与描写和评论相区分，但记叙体通常自身包含那两种体裁。"普林斯在 narration 与 narrative 之间划上了等号，这在有的情况下是可行的，在有的情况下却未必行得通。在区分小说和评论文章时，我们可以说前者采用记叙体，后者采用评论体。在这种泛泛的区分上，narration 与 narrative 是相通的，但在具体区分中却不然。譬如，我们只能说"一个叙事（如一部小说）往往包含记叙体、描写体、评论体等不同体裁"，而不能说"一部小说中的记叙体包含描写体和评论体"。

传统上只是根据文本特征（即是否为对事件的描述）来区分记叙体和其他体裁。结构主义叙事学兴起之后，十分关注"叙事性"（narrativity），以此来区分"记叙体"和"非记叙体"。在20世纪六七十年代，学者们在探讨"叙事性"时仅关注文本特征，但80年代以来则将注意力转向了文本与读者或语境的交互作用。普林斯在其《叙事学》（1982）一书的结语中说：

> 对文本和语境交互作用的研究强调这一点：使文本成为记叙体的并非文本的表层结构。在特定语境中，一个简单的陈述"玛丽吃了果酱"可

以成为一个叙事。我们也都知道那个玩笑：一个电话本是一部人物众多、行动匮乏的小说。

其实，文本特征依然起着决定性作用。无论在任何语境中，一个电话本都不会真正成为一部小说。同样，在任何语境中，一个简单陈述"玛丽是女性"只会被视为"描述体"，而"玛丽偷吃果酱是一种不道德的行为"也只会被视为"评论体"。

90年代以来，有的西方学者将语境中的读者视为决定记叙体的唯一标准：若读者在某一语境中将某作品（无论为何体裁）视为记叙体，那么该作品就是记叙体。这种唯读者决定论显然是站不住脚的。（申丹，2003）

结　语

narration 在林林总总的西方文论中不算一个大词，但该词在叙事理论范畴可谓出现频率最高的词语之一，成为不少学术研讨的关注点，具有不可忽略的重要意义。两千多年来，该词历经演变，身兼数种指涉，与其他相关词语构成既相通又相别的复杂关系。这为正确把握和理解该词带来了某些困难，给翻译设下了某些陷阱。如本文所示，除了"记叙体"这个同时涵盖"叙述话语"和"所述故事"的意思，无论 narration 如何变换意义，它一般处于叙事作品的表达层。但 *The Random House Dictionary of the English Language* 给 narration 下的第一条定义却是"叙述的对象"；基于韦氏大词典的《英汉辞海》对 narration 下的第二条定义也是"被叙述的某事：故事"。这很可能与 narration 的拉丁词源 *narrāt(us)*（被讲述的）相关，但在现当代叙事理论中，narration 往往与所述故事形成对照或对立的关系。可以说，这一条定义不符合现当代文论的实际。总之，在从事有关翻译、教学和研究时，我们需辨明 narration 的各种所指，把握其在具体语境中的特定内涵，以免出现偏误。

参考书目

1. Dan Shen, "Narrative, Reality, and Narrator as Construct: Reflections on Genette's 'Narrating'," in *Narrative* 9 (2001).
2. Gerald Prince, *A Dictionary of Narratology*, U of Nebraska P, 1987.
3. —, *Narratology*, Johns Hopkins UP, 1982.
4. Gérard Genette, "Discours du récit" (Seuil, 1972), trans., Jane E. Lewin, *in Narrative Discourse*, Cornell UP, 1980.
5. Mieke Bal, *Narratologie*, Klincksieck, 1977.
6. Percy Lubbock, *The Craft of Fiction*, Peter Smith, 1945.
7. Shlomith Rimmon-Kenan, "How the Model Neglects the Medium," in *The Journal of Narrative Technique* 19 (1989).
8. —, *Narrative Fiction*, Routledge, 2002.

9. Tzvetan Todorov, *Introduction to Poetics*, trans., Richard Howard, Cornell UP, 1981.
10. Wayne C. Booth, *The Rhetoric of Fiction*, U of Chicago P, 1961.
11. 申丹:《论西方叙事理论中"故事"与"话语"的区分》,载《外国文学评论》1991年第一期。
12. 申丹:《语境、规约、话语》,载《外语与外语教学》2003年第一期。

① 该词英译为 pure narration、simple narration 或 single narration。在当代西方文论中,一般都直接用 diegesis 这一希腊词,并略去了 haplé 这一修饰语。其实,古希腊语中的 diégésis (diegesis)一词有两个截然不同的意思,一是此处提到的(纯)"叙述",即叙述故事的一种特定方式,二是被叙述的"故事"本身。第一种意思通过古希腊文论进入了现当代西方文论,另一种意思也在19世纪进入了英文,后又被西方电影理论家采纳。法国叙事学家热奈特在其《叙述话语》一书中,从电影理论借用了此词,在区分叙述层次时,用 diegesis 指涉"故事"。由于热奈特有关叙述层次的区分在叙事学界被广为接受,diegesis 的这一种意思也进入了不少叙事学论著。西方学者在采用这一术语时,往往保留 diegesis 这一形式,不加翻译。由于不少学者没有认识到该词有两个完全不同的所指,未对其予以明确界定,故容易引起歧义和误解。在将有关论著译为中文时,对这一点需加以注意。在将里蒙-凯南的《叙事虚构作品》从英文译为中文时,译者将第七章中的 diegetic (diegesis 的形容词)译成了"叙述"。其实,该词在此处意为与"叙述"相对立的"故事"(参见本文第四节)。

② 在柏拉图的《国家篇》中,mimesis 有广狭两义。就卷三中 mimesis 和 diegesis 的区分而言,mimesis 指诗人扮演人物说话,这是狭义上的"模仿"。但在卷十中,柏拉图用 mimesis 泛指文学艺术对现实的模仿,这是广义上的"模仿"。为了将两者相区别,本文分别采用"摹仿"和"模仿"来翻译 mimesis 的广狭两义。

③ 不难看出,telling 有广狭两义。在上文提到的 telling 与 showing 之分中,该词特指"简单概述"这一种叙述形式。但在通常情况下,该词泛指"讲"(故事)或"说"(某件事)。在英译汉时,往往将 telling 的广狭两义都译为"讲述",容易造成歧义。若将广义上的 telling 译为"叙述"恐怕于事无补,因为如上文所示,"叙述"一词也有广狭两义。狭义的"叙述"(柏拉图的 diegesis、托多洛夫的 narration)与狭义的"讲述"大同小异,广义的"叙述"与广义的"讲述"则更为接近,往往难以分辨。

④ 在第一人称回顾性叙述中,第一人称"我"可指称两个不同的主体意识,一是回顾往事的"叙述自我"(现在的叙述者)和当初经历事件时的"经验自我"。在谈及狄更斯《远大前程》里的叙述者时,里蒙-凯南等将其视为"故事外的同故事叙述者",因为回顾往事的"叙述自我"处于往事之外。但在谈及《黑暗的心脏》里的马洛和《了不起的盖茨比》中的尼克时,又将其视为"故事内的同故事叙述者"。其实,后者也是回顾性叙述,叙述开始时故事已经结束,叙述者同样处于自己所述故事之外。两者的唯一区别在于前者是从"我"的孩提时代开始叙述的,而后者叙述的则是近期的故事。在我看来,这只是"量"的不同,而非"质"的差别,两者实际上属于同一层次的叙述。

⑤ 在古典修辞学中,narration 还可指涉古典演讲的第三部分,即对问题的阐述(exposition)。

学术制度　程　巍

略　说

"学术制度"（Academic system）涉及知识的生产和传播，是由国家机构及核心学术机构对学术活动进行规划和组织、进行权力分配和资源分配、确定学术规范、行业道德和晋级标准、实施奖惩的一整套制度体系，以此确立国家在学术活动中的领导权。

综　述

academic 一词来源于 academy，而 academy 来源于更旦的 Akademeia，为古希腊时期雅典城墙外的一处橄榄园的地名。当柏拉图在以神话英雄 Akademos 名字命名的 Akademeia 设立 gymnasium（运动场，也有"学校"之意）时，academy 便从地名转义为"学园"或学校，即传道、授业、解惑或生产和传播知识的地方。其形容词 academic 具有"学术的"、"学校的"、"教育的"等词义。

因此，academic system 也可指教育机构的"学校教育制度"（简称"学制"），是国家和教育机构对学校的性质、任务、组织系统、入学条件、课程安排、学习年限等的规定，如学分制（academic credit system）、学位制（academic degrees）、校服（academic dress）等，属于教育制度（educational system）范畴。尽管它与"学术制度"有重叠之处，但在中文语境中，后者的对象主要不是 higher education（高等教育），而是 learning（学术、学问），其限定词 academic 相当于 scholarly，即"学术的"、"学者的"。《牛津英语大词典》（*The Oxford English Dictionary*）在 scholarly 词条下引卡尔-桑德斯《英格兰和爱尔兰的社会结构》（1927）第 119 页的一句话说："我们也必须尽力分析……学术制度的运作。'（We must also attempt to analyse the working of the ... scholarly system.）

system 一词意为"制度"、"系统"、"体制"等。尽管 institution 一词也具有这些词义（制度、机构等），但 academic system 比 academic institution（学术建制、制度或机构）范围更宽泛，也更加常用。《牛津美国当代英语词典》（*The Oxford American Dictionary of Current English*）对 academic 的第二条释义是：of or relating to a scholarly institution（academic dress）（属于或与某个教育机构有关的［如校服]）。维柯《新科学》一书的英译者之一费希在谈到 institution 时，将其主要词义概括为"起形成作用的教育（经过设计的系统教学），以区别于不加控制的自学"。

由于现代以来大部分学者供职于大学，他们的身份既是研究者，又是教育者，即知识的生产者与传播者，那么 academic system 对他们来说同时意味着"教育体制"和"学术体制"。马克斯·韦伯在《以学术为业》（"Wissenschaft als Beruf"）这篇演讲中曾对此加以区分：

> 每位有志从事学术的年轻人，都必须清楚认识到，他面临的任务具有双重性。他必须不仅成为一名合格的学者，还必须成为一个合格的教师。而这两者殊难兼得。一个人可能是杰出的学者，同时又是一位糟糕透顶的教师。

韦伯是对慕尼黑大学"有志献身于学术研究"的大学生发表这篇演讲的，因此 Wissenschaft（该演讲的英译者将其译为 science，等同于 scholarship）就不是指普通的大学教育，而是指将来从事的"学问"或"学术"。这与中文里的"学术"一词接近，即"较为专门、有系统的学问"（《辞海》1980 年版 1126 页"学术"条目）。本文所指的"学术制度"，即这种意义上的制度。

从这里可以看出，academic system 一词不仅涵盖了学校机构和教育机构，而且也包含从体制上说非学校或教育机构的学术研究机构以及学术出版机构，即专门从事学术研究和学术出版而不涉及教学的机构，是 academic community（学术共同体）的制度构成。

"学术制度"一词进入中文语境并大量使用的时间比较晚（例如《辞海》1980 年版收入了"教育制度"，却无"学术制度"），大约在 20 世纪 90 年代后期，时值学术腐败流行，因此它的中文含义最初显得比较狭窄，强调"规约"和"自律"的一面，主要指学术规范、规则及成规（academic regulations, rules and conventions），因此有时又与中文里的"学术道德"一词在意义上重叠。这一过程最初是由民间或民间组织在网络上推动的，如"新语丝网站"、"五柳村网站"以及"学术批评网站"等，后来又进一步延伸到报纸里，形成了一个对学术活动进行民间监督的"学术规范化运动"。在其压力下，复旦大学、北京大学等几所高校先后组成学术道德委员会，对本校教师的几起著名的学术违规事件进行行政处理（这可视为局部的或临时的制度）。但将学术违规理解为学术道德（moral）问题，却可能有违"制度"的本意。学术规范化运动随着 2004 年 6 月国家教育部颁发《高等学校哲学社会科学学术规范（试行）》而开始进入制度（institutionalized）层面，而该《规范》被某些人称为学术"宪章"，但反对者认为此举是外部权力对学术内部的渗透。

并不是说以前不存在学术制度，而是"既定的学术制度"（academic establishment）或"苏联模式的学术制度"被认为是学术腐败的根源，例如国家行政部门对学术机构等级、学术项目、资金、外语水平的规定，等等。因此 20 世纪 90 年代中后期以后的中文语境里的学术制度,其实暗指"现代学术制度"或"西方学术制度"。例如,对引文出处的强调体现了资本主义私有财产权(知识产权)制度。

但西方意义上的学术制度不仅仅意味着"学术规范",它是一个完整的体系(system),涉及几个层面,例如学术共同体(academic world 或 academic community)的构成、学术权力和学术资源(academic resources)的分配、学术政策(academic policies)的制订、学术规范和规则的确立,等等。

学术共同体

先得形成一个学术共同体,才谈得上学术制度的建立。在西方学术史上,我们可以看到这一连续的过程,即从古典时期的分散的个人学术活动,到中世纪的具有区域团体特征的大学、皇家科学院和修道院,再到现代的学术界。

在古典时期,当然也有学术活动,但主要表现为一种私人行为,如私人讲学、书院、围绕某个个人形成的门派以及"自由研究者"。这些活动不仅不被纳入国家财政预算(一般由贵族赞助人或弟子的学费维持),而且除非出于政治原因,国家一般不对其进行干预。更关键的特征在于,由于它们是私人的,所以在其中起核心作用的某个或某些个人的命运就直接决定了这些书院或门派的命运。例如古希腊的米利都学派、毕达哥拉斯学派、犬儒派、柏拉图的"亚加德米学园"、亚里士多德的"逍遥学派"等,全都是围绕某个核心人物建立起来的学术团体,这个核心人物的命运、个性、研究风格、思维方式决定了该团体的特征。换言之,学术活动停留在私人领域,是"伟大的教师"的时代。这些学术活动或者学术团体具有私人性质,相对封闭,各自为政,缺乏持久性。尽管它们之间也存在交往或交流的情况,但不足以成为一个学术共同体。

自进入中世纪后,随着大学、皇家科学院以及修道院的建立,个人的色彩开始弱化,为学术机构的连续性创造了条件,而这又有利于更大范围的学术共同体的形成。爱弥尔·涂尔干在《教育思想的演进》一书中谈到现代大学的起源时说:

> 这个中心[指12世纪附属于巴黎圣母院的"巴黎学校"]的重要性并不在于某一位杰出教师所拥有的权威和声望,因为这样的名人只能倚重一时,有可能去别处另谋教职,迟早是会消失的,学校的命运也只能系于其一人之身。此后被称为"巴黎学校"的那所学校,它的优越之处首先来自于一些比较持久的非个人原因……因此,它在学术等级体系中的地位不再像其他学校那样仰仗在校教书的教师的个人素质,以它为中心的集中更可以确保持久性,因此也可以期望,它必将产生出更多的实质效应,这是那些聚散不定的聚合所无法比拟的,后者只是看哪里有一位知名教师占据了某个有名气的"教席",就以此为中心而形成。教育体系开始有可能

以一种新的方式组织起来,成为稳定的,有规律可循的,非个人性的,并且走持续发展的道路,从中浮现出一种此前不曾听闻的新的学术生活风格。(涂尔干:95—96)

这些学术机构依附于宫廷和教会,不仅其财政被纳入国家或教会的财政预算,而且国家和教会可以直接对其行使行政权。尤其是在一些具有重大争议的学术问题上,国家和教会具有最终行政裁决权。这些机构不享有完全的"学术自由"(academic freedom),尽管学术自由的概念最初是由中世纪大学提出来的。不过,由于团体是机构,在其内部,有一些非个人性的制度,如对学术活动进行规划、组织(例如有计划地翻译经典)和资源分配,确立学术规范及晋升和奖惩规则。这些内部制度各各不同,而且严重依附于政治制度。如果说此时已形成一个具有"公共领域"色彩的学术界,存在学术交流,那么,这个 world 在学术上还不是自主的(autonomous),因而也就不可能是自由的。例如布鲁诺,他在哥白尼"日心说"的基础上进一步提出太阳系不过是无限宇宙中的一个天体系统的理论,并反对经院哲学,主张人们有怀疑宗教教义的自由,结果被宗教裁判所处以火刑。

不过,尽管这些机构在地理上和学术研究上各自相对独立,但由于它们通常为国王或教会所设,共有一个最高行政权威,因此也就具有众多行政管理上的相同点。此外,或许对学术本身的公共性产生更关键作用的是这些机构之间的人员流动。人员流动使不同大学之间的资格认证成了一个问题。博伊德在《西方教育史》一书中谈到十三四世纪时的大学时说:

> 起初,大学的学位制度只是被看作大学内部制度的一部分。但是从十三世纪开始,随着新大学的兴起,所授学位的相对价值问题,很快就成为相当重要的问题……教师和学生经常往来于这所大学和那所大学之间,这种情况是中世纪早期的特点之一。例如,关于布卢瓦的彼得,我们获悉他首先在图尔和巴黎研究文法和哲学,然后到波隆那讲授教会法,以后又回到巴黎开始研究神学,最后在英格兰结束了他的教师生涯。这种易地而教的情况,不可避免地在不同大学里引起教师的地位问题。(博伊德等:147)

人员之间的学术交往不仅使"学术共同体"的形成成为可能,而且会形成一些普遍认可的规则。或许可以从"制度"的角度借用哈贝马斯的交往理论来阐释学术公共领域及其规则的形成,尽管他所定义的"公共领域"主要指进行意见交流的公共空间。他把公共领域的形成追溯到 18 世纪,在评述魏勒关于德国公共领域的形成史的文章时写道:

> 直到十八世纪末,德国才形成"一个规模虽然偏小,但已经具有批

判功能的公共领域"。一般的阅读公众主要由学者群以及城市居民和市民阶层构成……随着这样一个阅读公众的产生,一个相对密切的公共交往网络从私人领域内部形成了。读者数量急剧上升,与之相应,书籍、杂志和报纸的产量猛增,作家、出版社和书店的数量与日俱增,借书铺、阅读室、尤其是作为新阅读文化之社会枢纽的读书会也建立了起来。与此同时,德国启蒙运动后期产生的社团组织的重要性也得到了承认。(哈贝马斯:3)

学术共同体的形成是一个缓慢的过程。由古希腊的学派,到中世纪的大学和修道院,再到近代的学会和学术刊物的出现,学术越来越成为一个公共领域。例如成立于1662年的英国皇家学会于1665年开始定期出版《皇家学会会刊》(*Philosophical Transactions of the Royal Society*),作为增加学者联系和进行学术交流的平台。学术共同体随着现代大学数量和学术交往的激增而膨胀起来,学术权力、学术资源的分配以及学术利益的冲突日渐成为问题,因此有必要建立起一整套学术制度来规范共同体。

领导权

学术共同体如同其他共同体一样,都存在权力和资源的分配以及共同体的公共规则的问题。由于学术共同体的迅速扩张,以前的私人赞助(贵族保护人制度)、宫廷拨款以及教会资助已难以支撑庞大的学术费用,于是,国家财政成了学术机构的主要财政来源。另一方面,学术共同体内部各机构间存在各种各样的利益冲突,也需要一个作为协调者、规划者和资源分配者的国家最高学术行政机构(教育部)来进行管理。

实际上,现代学术制度是伴随现代国家制度的建立而建立起来的,国家制度的特征体现在学术制度中。由于现代国家制度主要是一种官僚制,学术制度也相应地具有官僚制的典型特征。官僚制是马克斯·韦伯分析现代制度时使用的一个概念,它包含以下这些要素:非个人化、行政手段的集中化、科层化、规章化、标准的一致化、技术—工具化、可预测性、可计算性等。

中世纪的大学和修道院虽有一套比较完整的制度,但这种制度基本是从外部赋予的,因为这些机构差不多是依附性的机构,尤其依附于教会。从某种意义上说,这种制度只是复制了社会的或教会的等级制。随着学术日益世俗化和普遍化,学者从依附状态独立出来,形成了一个庞大的群体,一个以学术为业的职业群体。如果说中世纪的大学和修道院的制度具有"行会"的特征的话(正如那个时代各种各样的行会组织),那么,进入资本主义时代后,这种具有地方性和封闭性的行会制度在越来越市场化、普遍化和法制化的时代失去了存在的基础。

学术的制度化，并不等于学术丧失了自由，而是学术活动被分为两个彼此不同的方面，即私人层面和公共层面，大致对应于马丁·路德所说的"内在自由"和"外在自由"，或康德的"理性的公共使用"和"理性的私人使用"。在前一种状态下，作为一个研究者，学者有充分的自由来进行他的个人的学术研究；在后一种状态下，作为学术共同体的一个成员，他必须遵守公共道德规范和学术规则，否则将面临学术机构或学术共同体的惩罚（如解除职务、降级、舆论谴责等）。

学术制度是指后一种状态下的制度构成，是一种不依赖于个人的、能够自行运转的、科层化的庞大体制。由于学者人数、学术活动的与日俱增以及学术利益的冲突的相应增加，学术管理于是变得越来越合理化（rationalization）。这具体体现在学科的分类、学术资源的全国范围的分配（财政预算、项目规划等）、学术资格的全国认证（学位、学术职称）、学术刊物的全国分级（核心刊物、影响因子等）以及学术成果的全国评价体系（晋级制度、学术奖励）。它形成了一整套科层制或等级制的类别。于是，进入学术领域，便意味着必须首先获得准入资格，即由各种学历和学位构成的学术资格台阶，然后根据学术资历以及学术成果，获得各种等级的学术职称、相应的薪水以及奖励。学术制度（即西方建立的那种官僚化的现代学术制度）随着国家之间学术交往的增加，也逐渐获得了国际意义，即国际学术共同体必须遵守的制度。

现代国家对学术的控制并不直接表现为对学术（属内在领域）的控制，而体现于一种间接控制，即通过财政拨款、项目分配、确定晋级标准和设立学术奖励等方式来影响学术研究的方向和方式，使其服务于国家的目标。项目拨款、薪水、晋升和奖励，作为个人谋求在学术领域地位的经济动力和荣誉动力，是使整个学术制度得以顺利运转的基础。由于现代的大学和科研机构费用庞大，个人资助和捐赠已是杯水车薪，因此在很多情况下都依赖于国家财政拨款。甚至以前完全依靠个人捐赠和资助的"私立大学"或"私立"的研究机构，也被迫接受国家资助。例如冷战时期美国大学承接了众多军事科研项目，其费用来自国家。国家资助能够影响学术的项目选择，使学术研究成为国家"订货"。例如第二次世界大战期间以及其后，美国政府部门在大学大量设立军事技术研究机构，并提供大量经费，从而使 gown and town（学校与社会）之间的传统界线变得模糊起来。由于这些均由国家行政机构以及某些核心学术机构实施，因此就变成了一种具有强制性和排斥性的制度。如果把学术共同体比喻为一个学术共和国的话，那么，要被这个共和国接纳为公民，就必须服从其制度。

为了抵制国家权力的过分渗透，保证学术自由，在国家权力与学术界之间，形成了处于"中间"位置的众多全国性学术组织，尤其是在社团非常发达的美国。这些组织具有双重作用：一方面防止国家行政权力的直接干预，另一方面又以权威身份对学术界自身加以规范。我们在研究"学术制度"时要充分注意这一类学术组织的重要性，实际上，学术制度的建立，很大程度上依靠这些中间组织。中间组织越不发达，国家权力对学术的干预程度就越高。

现代学术制度

现代学术制度体现出一种官僚制的特征，即制度比个人更重要。前面谈到国家在学术体制的构成、学术权力和学术资源的分配、学术晋级标准的确立方面的核心作用，并强调它们与现代国家制度和领导权的关系。国家权力在学术制度中的作用，一方面能够保证学术活动充足的资金和稳定的秩序，另一方面，由于这是一种国家权力，它对逸出自己的领导权的学术活动必然采取压制和排斥的措施，通行的方法是不给予资金支持、解除研究人员的职务、建立报刊审查制度等等。

为了抑制国家权力对学术研究的过分干预（例如报刊检查制度），学术共同体的一些组织利用宪法赋予的言论自由权（如美国宪法修正案第一条），为学术共同体建立了受到宪法保护的"学术自由"制度。在美国，对这一制度建设起到关键作用的是美国学院协会（the Association of American Colleges, AAC）和美国大学教授协会（the American Association of University Professors, AAUP）这两个组织。AAUP下属的学术自由和终身教职委员会于1915年起草《1915年原则宣言》（*1915 Declaration of Principles*）。该宣言在1925年被由美国教育部主持召开的教育组织大会所肯定，并形成《学术自由和终身教职1925年声明》（*1925 Statement on Academic Freedom and Tenure*）。1940年通过的《学术自由和终身教职1940年原则声明》（*1940 Statement of Principles on Academic Freedom and Tenure*）是对1925年声明的重申和扩展，并在1970年前陆续获得81个学术组织的正式签署，成为绝大多数美国高等教育机构的政策。在此基础上，1971年成立了高等教育机构终身教职委员会。

学术自由与终身教职之所以密不可分，在于没有稳定和安全的职位，学术自由只是一句空话。这是一项保证学术自由的基本制度。但这项制度又存在一个问题，即一旦某人获得终身教职，则无论其后续的学术业绩如何，都可以坐享其成，这对学术竞争和学术质量肯定不利。于是，在第二次世界大战后，作为防范政策，又建立了"基于恰当理由的解职"（Dismissal for Adequate Cause）制度，但必须经由"学术的正当程序"（Academic Due Process），包括由投票选举的听证委员会和申辩制度。

一系列旨在保证学术质量和学术公正的制度也随之纷纷建立起来，如"匿名评议制度"（Author-anonymous Review）以及"审阅制度"（Refereeing）。"匿名评议制度"主要针对递交给刊物或出版社的稿件以及学术会议论文，隐去作者名字，由几位具有相当资格的同行进行评议，决定是否刊用、发表或接受。由于评议人不知道作者是谁，因此能以公正之心对稿件进行评价。这项制度并不要求评议人审查稿件是否作伪（detect fraud），因为它建立于这么一个前提上，即送交的稿件确为作者自己的作品。评议人的职责是裁定该稿件是否达到一定的学术水准。

"审阅制度"主要针对项目、学位、奖项、奖学金等的申请人提供的申请材料，由几位同行组成评审会进行评审，以确保公正性。在1968年以后，尤其是20世纪80年代以来，这两项制度的合理性遭到普遍怀疑，理由主要有以下几点：第一，由于稿件和申请材料日益增多，每个评议人或评审者的手里可能同时有好几份，因此没有充足的时间对其加以仔细评审，难以保证质量。第二，就审阅制度而言，由于学术资源（尤其是项目和奖励）有限，而评审会的程序又像是暗箱操作，因此容易滋生学术腐败。第三，由于评审人是被评审人的同行，即稿件作者的学术竞争者，因此有可能在评审中并不公正。第四，由于送交给评审人的稿件为未发表之作品，为评审人窃取被评审之稿件中的观点并先行发表创造了条件。第五，由于学科和专业的分类越来越细，而且各学科、专业之间的差异越来越大，所以即便是同行，也难以对相同学科或专业的学术作品进行评审。所有这些，都可能造成与制度建立的初衷恰好相反的结果。反对匿名评审的人提出公开评审制度，但这项本身也有问题的制度尚未被采纳。

与上面反对意见三有关的另一项制度是知识产权（intellectual property）制度。凡知识产权正如一切其他财产，都有所有者，因此在发表学术作品以及在作品上署名时，都必须保证该著作是自己的作品。此外，就一部作品而言，直接或间接引用别人的观点、数据、材料等，都必须标明出处（"致谢"、引注和参考书目），否则就被认为盗用了别人的知识产权（purloining of intellectual property）。这不仅被认为是一个学术道德问题，还被认为是一个法律问题。

学术制度具有官僚制的合理化特征，即试图使学术制度成为一种不依赖于个人的、具有一整套一致性的、可被量化的标准的体系。这尤其体现在学术评价（academic evaluation）体系中，例如将发表论文的刊物的影响因子、著作的被引用率等量化指标作为评价的核心依据。

学术职称（academic ranks）亦是学术制度中重要的一项，关系到学术人的权力、资源和荣誉的分配。学术职称无疑是一种等级制，例如教授、副教授、讲师、助教。为了强化精英色彩和学术职位等级，学术制度还有一些仪式性的规定，例如学位服（academicals），从起源上说来自修道院的教阶制。

学术制度并非都是成文的制度，还有一些约定俗成的学术成规（academic conventions），它们与制度化的规则一样被认为对学术共同体成员具有约束力。

学术制度被认为促进了学术的繁荣和学术的公正，然而，另一方面，其合理化倾向，被认为扼杀了学术创造和学术个性。例如具有独创性的学术作品往往在评议人那里遇到麻烦，而为了遵从学术规范以及为了获得学术权力和资源，学术人往往放弃自己的学术个性。韦伯无疑认为现代学术制度更适合平庸之辈，而个人在学术界的命运通常由"运气"决定：

> 尤其是对学术事业来说，留存下来而且变本加厉的一个因素乃是：一个私讲师，乃至于一名助理，是否有朝一日能够升任正教授，甚或当上学术机构的领导人，纯粹依靠运气。当然，机运不是唯一的决定因素，但却占有非同寻常的比重。我几乎不知道世上还有哪种行业，机运在其中扮演如此重要的角色……机运，而非真才实学，之所以扮演如此重大的角色，不能完全归咎于"人性，太人性了"的因素，学术界的选拔过程，和其他选拔过程一样，必然会牵涉到人性因素。如果把众多平庸之辈在大学里扮演重大角色这个事实，归罪于教员或教育主管人员的个人品格低劣，却不公平。庸人当道的原因，要到人类合作所依据的法则中去寻找，尤其是多个团体的合作所依据的的法则中去寻找。

结　语

学术制度并不是固定不变的，而学术制度的变化体现了权力分配和合法性基础的变化。就中国学术界而言，"学术规范化"运动只是建立现代西方学术制度的开始。既定的或苏联模式的学术制度由于权力过分集中、行政权力对学术的过分干预以及缺乏一套公正、客观的评价体系和监督体系，被认为是产生学术腐败或使学术质量恶化的原因。不过，通过上面的考察可以得知，西方学术制度本身也有众多问题。实际上，目前中国学术界，尤其是自然科学领域的腐败应部分归因于西方学术评估量化标准的片面移入。例如把 SCI 体系看作是评估各大学和研究者的学术水平的最重要的指标，导致各大学和研究者对 SCI 论文的过分追求，而这又牵涉到学术资源、学术利益和学术权力的分配。匿名评审制度也不是防范诸如学术抄袭、学术盗用等学术丑闻（academic scandals）的有效途径（如上所述，匿名评审制度已假定被评审作品是拥有知识产权的）。此外，它是否能像设想的那样保证学术质量和学术公正，也是一个问题，否则就不会遭到如此之多的非难。

更关键的是，由于把现代学术制度理解为西方的既定学术制度，就有可能丧失学术本位和领导权，例如对 SCI 的看重和对外语水平的硬性规定。其结果是，被片面移植过来的学术制度异化成了这样一种奇特的学术等级制，即越是远离本国学术共同体（例如在外国的学术刊物上发表论文或被外国大学授予学位、荣誉），就越被认为在本国学术共同体处于重要地位，于是本国学术共同体的学术权力和学术资源就越是流向居于这些地位的人。

参考书目

1. H. H. Gerth, et al., eds., *From Max Weber*, Oxford UP, 1970.
2. Jurgen Harbermas, *The Theory of Communicative Action*, Vol. I, Beacon Press, 1984.
3. W. R. Keast, et al., eds., *Faculty Tenure*, Jossey-Bass Publishers, 1973.
4. 博伊德等：《西方教育史》，任宝祥等译，人民教育出版社，1985。
5. 哈贝马斯：《公共领域的结构转型》，曹卫东等译，学林出版社，1999。
6. 涂尔干：《教育思想的演进》，李康译，上海人民出版社，2003。

延异 胡继华

略 说

"延异"（Differance）是法国哲学家德里达（Jacques Derrida, 1930—2004）的一个自创符号，他将差异（difference）中的一个字母 E 变为 A，从而在沉默之中质疑和颠覆逻各斯中心论，进而解开形而上学思维方式的死结。

综 述

既然德里达解构的锋芒所向是形而上学，那首先就得了解形而上学的基本思维机制。不用说，不论德里达如何立意反抗西方文化传统，他的运思却必须扎根在西方文化的深远背景中。延异，作为其运思策略的基本符号，显耀地呈示出与西方传统的对立姿态，同时它也凝重地传承着这一传统中思想的灵性。源于希腊古典时代的形而上学史，构成西方思想宏大的精神背景。形而上学意在追寻事物的起源目标，设定超越感性现象世界的存在逻辑。其发问方式是"什么是……?"其陈述方式是"主格"加"系词"加"宾格"，其最高和最后目标，是"显形在场的意义"。

这个显形在场（presence）对西方人的思想方式至关重要。首先，他们通过直接呈现在现场的存在物来理解存在。呈现在场，就是事物被置于意识光线之下，并向意识呈现其自身。意识和整个世界的关系就呈现为"你在和我在"关系。通过在场这一中介，意识获取了存在的意义。德里达用现象学的术语把这种哲学刻画为"在场的形而上学"，或是"光与形而上学"。不幸的是，当下在场将万千差异化为同一，自我将他者禁锢在意识的牢笼中。这种吞噬一切的形而上学，就成为"暴力的形而上学"，这是西方历史不可规避的命运。

其次，看重在场，就势必置言语于文字之上。你在，我在，大家共在于世界，因此，众多存在物就如同在一个大教堂里做弥撒。交往之所以可能，存在之所以现实，就在于作为直接中介的言语，那种呈现在现时的鲜活语音。一脉生动气息、一道语音之流，都直接对应于一个超验符号，这被看作是生命的终极眷注。据此，西方形而上学设定了言语和文字的等级秩序，前者为生命，后者为死亡。一切本体论、一切神学、一切考古学和一切末日学，无论其外表符号多么千奇百怪，其内在权威多么森严，无不建立在这一个非常脆弱的基础上，或者说，建立在一脉气息之上。这种置言语于文字之上并以在场为中心的观察世界、思考世界的方式，德里达称为逻各斯中心论，或语音中心论。

在脆弱的逻各斯中心论基础上建立的西方哲学金字塔，在黑格尔及其以后时代，就成为现代性思想家叛逆的对象。而要从整体上动摇它在历史中累积而成的权威，首先就要从金字塔底层释放出一种神奇力量，即"差异"。金字塔是死亡的象征，被镇压在黑暗深层的乃是活的个体及其特异的灵魂。自称"午夜时分"孤独放歌的尼采以及被德里达视为西方形而上学巅峰的海德格尔，就成为西方现代哲学运动中"差异之冒险"的先驱。尼采文本中，差异力量的涌流，敞开一道"未思想之物"的深渊：一切都无非是 Dionysus，而 Dionysus 就是通过差异而活动起来。在海德格尔看来，关键是把存在（being）与存在物（beings）之间的差异拯救出来。抹杀这种差异，势必将存在的意义硬化为实体，从而遮蔽了存在的意义。

在西方现代性的深渊中，所谓存在的意义无非是被窒息的个体灵魂。这灵魂总是独一无二的，他要以血性征服死亡，留下活生生的签名。尼采颠倒形而上学，海德格尔对被颠倒的形而上学的再颠倒，给予法国后现代思想家无穷的精神勇气。具体到德里达，就是要以原始书写铭刻下大写的差异。

让我们从哲学转向生活世界，回望德里达展开解构思想的政治文化背景。20世纪上半叶西方世界发生了两个影响深远的事件，这就是法西斯极权对人类尊严的蹂躏以及1968年学生运动对传统权威的拒绝。死亡与青春是西方文化危机的符号。法西斯主义的本质是将差异还原为同一，以牺牲他人权利、压制他人话语为代价来确立自己的统治权威。纳粹对他人生存的系统灭绝就是这种向同一还原的政治文化的集中体现，世界因为这样的同一性而充满苦难与暴力。

1968年学生运动延续了传统社会冲突，但又标志一种对立于资本主义统治的新生社会力量。年轻人的文化反抗与青春骚动直接针对大学现行体制，进而冒犯第五共和国的政治体制，但在根本上，它暴露了西方文化的重大危机。技术统治令人窒息，个人精神焦虑不堪。法西斯极权与学生反抗看起来是对立的两个极端，但它们却是同一传统之根上开放的两朵"恶之花"。它表明西方落入绝境，徘徊在虚无和神话之间。二者凸现的问题，都指向差异。前者以极端否定形式，反映拯救差异的必要。后者则以激进姿态，展示承认差异的渴望。差异作为思想主题贯穿在20世纪以来的法国哲学文化中，直接或迂回地显示思想朝着界限之外的异域冒险而去的倾向。

德里达的哲学还显示出特异的风格，他的犹太教家庭出身以及由此而来的生活际遇给他的思想打上了鲜明印记。他的民族背景首先就给他一种他者性，在他的思想中往往蠕动着一种非常遥远的集体无意识，一种几近淡灭的神性记忆。他总感到自己是个孤独浪子，在伊甸园之外流浪。浪子有他特异的灵魂，灵魂升华为大写的差异。差异使他和一切存在永不共时，也让他与一切时尚保持相当的距离。与时间脱节的他永远是大地上的陌生人，而且从不守时正点。延宕而且区分，这不就是延异的精髓吗？

德里达60年代就关注列维纳斯，欣赏他为脱离希腊本体论而策划的"作为第一哲学的伦理学"方案。80年代，一种强烈的启示语调升扬在他的哲学言说中，就像在召唤一种神圣记忆，吁请另类神性再度出场。这神性是对差异的神圣化，是一种完全绝对的他者性（the absolutely whole other）。对此，德里达的独特表述是："没有弥赛亚的弥赛亚精神"，也就是"对未来寄予特殊希望的预期"。德里达的解构和延异所凭借的，不仅是古希腊的哲学背景，还有已经退向远景的犹太宗教传统。

由此可见，形而上学、文化现代性和犹太民族性构成了解构思想发生的复杂语境。三种文化资源熔铸在延异中，炼就了这个符号犀利的批判锋芒。它的使命是解开形而上学思维的死结，展示形而上学的封闭，指明西方思想的现代命运，暗示其可能的未来。

延异的言说与蕴涵

"延异……既不是一个词，也不是一个概念。"这是德里达反复表述的一个基本看法。

如何理解这个双重否定？首先，从差异到延异有一个沉默的替代。将差异一词第三音节上的元音字母E改写为A，差异就成为延异。但在法语中，人们根本听不出差异与延异有何不同。所以在沉默中，语音特权遭到破坏。其次，从差异到延异还有一次书写的冒险。在语音中心论统治的语言体系下，延异无法呈现。但当一个A悄悄潜入字母的书写过程并篡夺了E的位置时，书写的视觉效果表明：延异是一种反常、一个例外、一次越轨。沉默的A像一座幽暗的墓碑，隐含着延异的秘密：它不是一个音素，不是一个词汇，不是一种语法规则，也没有承负固定意义。

一个字母的强行侵入铸造出一个诡异符号。一个只能书写却无法倾听的符号，首先就缄默地暴露了直指语音权威的解构锋芒。看来，秩序森然、亘古难易的形而上学大厦，只需一字之别就可让它褪去神圣光晕，默然化为废墟。最后，从差异到延异的沉默转换体现了解构的策略。差异与延异发音相同，后者却是对前者的扩大、补充和撒播。它最终颠覆了差异的意义，这就是德里达的解构策略：借助一个常见符号，予以适度变更，引起同一体的爆裂，并撒播出更多的差异。作为一个符号，延异虽未负载确定意义，却表现出几个显著特性。

第一，它超越了感性与理性的对立，具有暧昧性。延异暧昧地徘徊在两种秩序之上，它首先质疑，然后抵制，最后超越了哲学的基本对立。打个比方，延异指向男人还是女人？按照解构思维，只能说是非此非彼、双性同体。唯其如此，它才能担当摧毁二元逻辑与等级秩序的使命。

第二，它超越声音与文字的对立，没有归属性。一方面，延异与差异的区别只能书写，不可倾听，但它保留着声音的气息与灵性，而不具有文字的凝重与质感。

另一方面，延异仅是差异的一个特例，并不属于通常意义上的文字。它游离于书写系统之外，只能被写出，呈现为文字，而文字是无父无母的孤儿。它超越语音和文字对立，尤其质疑语音中心。

第三，它超越"呈现和消失"的对立，既非在场，亦非缺场。延异是不能直白言说的，一旦说出，它只能服从语音中心论，丧失自己的反抗性。同时它也不能暴露，一旦暴露，它就成了"作为消失的消失"。因此，道隐无名。我们的道家祖先似乎更懂得其中奥妙，不同的是，道家之道一味恍惚，德里达的延异毕竟依附于书写物质性。"既不……又不……"这种判断句式，用地道的汉语说就是"非也非也"，这岂不是"否定的神学"？德里达警告说，它绝不是的。"延异不是，不存在，不是任何形式的在场—存在者"。对于这么一个东西，我们不能用任何先验方式加以指陈。一旦如此，它就丧失了超越对立的能力，只能归属于一个实体。为避免人们错把解构当作否定神学来理解，德里达再次提醒说：否定神学仍然眷恋一种"优越、非凡、不可言喻的存在模式"，仍然执着于存在或本质。而延异无所执着，也无所眷恋。它既非在场，亦非缺席。它既不是存在者，也不是大写的存在。在此特殊意义上，延异代表的思想乃是"解否定神学"（denegative theology）。这个解，便是延异中 A 所象征的侵越力量。以侵越力量来从事思考，就必须拒绝将哲学话语逻辑化。这如何可能呢？从事哲学思考的人，只要不是白日做梦或痴人妄语，就必须寻求起源，描述结构，设定规范。然而德里达的哲学是一种通过延异来决裂逻辑、侵越规范、消解目标的思想，它将一切固定之物化为空无。所以对延异的思考，是一种漫游或游戏体验："如果在延异的踪迹中有某种漫游的话，这漫游不再遵循哲学的逻辑线索，也不遵循一种对称与内在的反向经验逻辑线索。"

最后，不能以中心化方式将其凝固化。据德里达说，延异在哲学诞生前夜就超越了哲学。他要我们明白一个游戏规则：延异的主题功能可以无限地置换替代，从而它总是占据历史时代的地平线。明确这一点，不仅对于理解延异的历史基础极其重要，而且也可通过延异的历史来了解我们是谁？我们如何被建构？我们如何明确一个时代的界限，并对未来有所许诺、有所期待？

总之，我们看到德里达以一种非哲学的方式来言说他对延异的哲学思考。延异因此成了反本质与非中心的象征词。

延异的词源学分析

"延异作为延宕化，延异作为间距化。"德里达的这句话非常重要，让我们对此进行分离式的解析。

一、延宕化（temporalization）：直白的意思是"时间化"。据德里达考证，这是拉丁语动词 differre 的特殊含义，既不同于希腊语 διαφερειν，也不同于法语 differer，而近似于英语 defer。它意味着推迟、延缓、迂回、替代、持存等。德里达特别强化了这个词语的时间含义，赋予它以暂时存在、不断延迟的意味。它指向一种绝对未存在的原始过去，但又关联着一种正在降临的未来。

二、间距化（spacing）：这层意思比较明确，这就是非同一性、他者性、差异度和可以辨别性。拉丁语differre还蕴涵论争式的"差异"，即在语言的争辩游戏中存在着敏感的他人性问题：他人语言不是你的语言，他人观点与你的观点迥然异趣，他人自有与你不可通约的文化历史地平线，如此等等，都涉及到一个同一性的分裂与同时性的破坏。

三、延异中的字母A沉默地发挥一种经济上的补偿作用。德里达说，无论是延宕还是论争的差异，都远远没有可能穷尽"延异"这个词语的意味，因为它"可以同时指涉全部的意义形态，它具有直接和无可简约的多义性"。悄然冒犯"差异"的字母A，就最大限度地补充了differre的意义缺失。首先，它是拼音语言字母表上的第一个字母，象征着原始和绝对起源。其次，它的视觉形象仿佛是金字塔，象征暴君的死亡，隐含着秘密叛逆。再次，它标志着"本体论差异的历史性或时间性的展开"，显示一种构成性与生产性。延异之中的A就是解构之"解"的标志，也是解构之"构"的许诺。

四、延异的后缀ance显示一种不确定性。如果说字母A使延异带有某种主动创造性，那么后缀ance则把differre不定式所具有的主动意义中性化了。这个后缀使延异悬置在主动和被动、在场与缺席、激情和运动之间，具有一种不可确定性。不可确定，就是亦此亦彼，非此非彼，最后它在德里达的解构语式中发展为一种无时无刻不在发生作用的悖论或疑惑（aporia）。所谓悖论或疑惑，就是德里达所说的中间状态（middle voice），以及后来他不倦探索的那种难以决断的状态：一种类似于疯狂、不可决断的体验。

通过语源学的追溯与解析，我们明白看到，延异的含义难以穷尽。一般说来，它包含时间维度上的延宕、空间维度上的间距和差异之撒播，以及由此导致的同一体爆裂，还隐约暗示了难以决断的悖论，即一种在传统形而上学体系之下的思维绝境。

来自形而上学的解形而上学力量

延异是差异的冒险书写的产物，这一点确认它是潜伏在西方传统中的激变力量，而不是从外部强行突入西方形而上学历史中的力量。有一根阿莉亚德涅之线，引领人们走出西方历史迷宫，追寻他者，走向自身界限之外，去探索形而上学的未来。

德里达反对空洞玄虚，即便在他研究现象学时，他也仅仅锁定了现象学中的语言符号问题。我们知道，索绪尔作为这场革命的引擎，深刻影响了"语言学转向"之后的人文科学变革。他的基本命题，"语言中只存在无确定项的差异"，直接激发了德里达的思想灵感，他从中发现，差异是一根引领西方思想走出迷宫的命运之线。

差异一经展开，就延异了形而上学、存在、本体论，延异对于西方思想史的整体震荡就在于西方历史性本身。延异，作为解构形而上学的力量，原本深深隐含在西方历史及其经典中，它像幽灵一般出没在思想的空间。为呈现这种比一切形而上学、一切本体论差异、一切本体神学都更为古远和本源的延异，德里达尽情往返上下古今，费力与各路思想家对话。当然，他在尼采、弗洛伊德、海德格尔、列维纳斯等现代思想家身上发现了强悍有力的支持，并且通过对他们的解构大大强化了他本人当作策略的延异。至于他与这些思想家的关系，我们不妨作出如下简述：

第一，尼采让德里达明白："力量游戏的差异"就是哲学最伟大的原创行为。差异就是酒神的迷醉力量，但它绝对赋予哲学生命的力量。哲学首先生活在差异之中，并依靠差异而持存。

第二，弗洛伊德的无意识理论引导德里达发现踪迹生产的过程。在无意识心理学中，德里达看到差异的呈现就是意识裂变，差异的撒播寻致自我同一性的爆裂，差异的展开就是不断留下踪迹：一方面铭刻差异，另一方面又不断替补，于是踪迹的生产导致主体的衰落。

第三，将海德格尔的"本体论差异"加以激化，德里达就能追溯到这一差异的起源之前，继而以延异手段逾越在场与缺席的差别，超越真理特权，克服对于"唯一词语"的怀旧病。

第四，将列维纳斯的"他人踪迹、决未呈现的绝对过去、全然相异性"等观念推向极端，德里达就获得了一种明确的解构伦理，即在哲学中不懈追寻他人踪迹和他人语言，同时无条件担当起对于他人及其相异性的伦理责任。

总之，在西方历史性语境中，差异沿着不同踪迹、贯穿各种话语频道、散播在众多哲学经典中，最终组成一个多维符号网络。这网络就是延异本身，它不仅界定了形而上学，而且一再重构、穿越了形而上学，最后还积极建构了我们的时代、我们的共在。延异为传统形而上学敲响了终结丧钟，同时为西方思想的未来作出了负责任的许诺。

将差异置于一切哲学思考之前，这就在一切形而上学诞生的前夕为思想的未来举行了洗礼。这思想是由延异来标记的。说延异比"本体论差异"更本源，并不意味延异存在（is），或者说延异是本源。

在《档案的狂热或本源的苦恼》（1995）中，德里达竭力证明：追寻本源（arkhe）只能导致证据的绝对毁灭。在这篇充满悲剧灵韵的论文中，他重述了弗洛伊德讲过的一个感伤的故事：考古学家哈诺德孤身前往庞培城，寻找少女戈拉蒂娃的半身浮雕。这姑娘曾给他施了魔法，让他不断在梦中见到她的幽灵。哈诺德一心希望能在古城废墟中找到她的踪迹，或是她一度存在的证据。但在庞培废墟上，他对档案的狂热变成一种"本源的苦恼"。这是因为,他渴望找到的原始证据早已支离破碎,消失殆尽,而那个一直萦绕他的幽灵也完全是非物质的虚幻。一句话,证据已经遭到了延异。

在故事结尾,德里达对"档案狂"表露出同情。在他看来,那位考古学家在其追寻过程中就已经焚毁了档案、书信以及他的秘密激情与整个生命。或者说,随着心上人的离去,原始证据自毁灭了。"没有可能的回应,没有名字,没有点滴征兆,甚至没有灰烬"。这故事生动说明,延异虽是一种对于本源的追寻,可它本身并不是本源。对于这样诡异的符号,德里达的一切描述都显得力不从心,一切得心应手的逻辑都变得捉襟见肘。他只好一再申明:"延异不是一个名称,不是一个纯粹命名单位。它在一个区分和延搁的替代之链中,永不停息地自我移位。"移位到何处?它有绝对终端吗?没有。这便是对他者、对他者相异性及其语言的执着追寻。

所以说,延异是"先于一切形而上学、超越了存在的思想"。它来自形而上学内部的解形而上学元素,也是引导思想走向未来的命运之线。

延异的概念家族

在德里达那里,延异逐步扩展成为一个概念家族。它有许多相似而不同、互补又矛盾的词语。它们共同担当着质疑形而上学、许诺西方思想未来的使命。

第一序列的家族成员包括书写、踪迹、补充、标记、签名等,这些符号突出"完成式行为"特征。德里达认定,从柏拉图到列维-斯特劳斯,西方哲学中一以贯之的传统就是赋予语音以特权,造成对于文字的持久压抑,并把文字作为思想工具和心灵退化形式。但是,写的行为,文字的生成,留下踪迹的原始运动,比语音更加古远、更加本源。

书写(writing)就像在沙漠中行走,开拓历史世界和意义世界的道路。这种开拓过程是一种不求赢利的开支,一种不求返回的冒险。在这过程中,历史性"被构成"为差异的织体,意义被延异在永恒的生产中。这就是书写,即文字化,就是以整个性命去冒险,并留下原始踪迹的创造行为。但书写却是无为的,就是说,它不控制、不统治、不实施任何威权,也不试图建立一个王国。与之相反,它要颠覆一切王国。

踪迹(trace)是从形而上学的语音威权下解救出来的差异,它被延异推向极端,成为一种自我抹逝的印记。踪迹必须被抹消,一如延异在暴露中作为消失的消失。否则,它就是圆满的在场与僵化的实体,就不成其为意识和无意识生产的机制。偶然铭刻又随意抹逝的踪迹就是原始踪迹,它可以被重复,但在重复中被分离延搁了。踪迹又是书写的具象表现,它像梦境一般飘忽,又像生命一样实在。

补充(supplement)首先是补偿,然后是增加,最后还是置换。但这确是一种危险的补充：无限序列的补充必然成倍增加补充的中介物，中介物无限创造了它们所推迟的意义，即事物的幻影。补充是符号的生产状态，其成果是复杂文本网络构成的经典体系，这为解构活动准备了多种目标。

标记（mark）是一种摆脱了意义羁绊的能指，同时意味着开启一个行进方向（marching）。它不指向一个恒定中心，而是向边缘（margins）散播。标记的重复成为评论（remark），于是重新进入了"延异"，进入意义的生产过程。

签名（signature）是一种堪比犹太教割礼的书写行为，也是一种留下踪迹的生命活动。每一次签名都是独一无二的，都与特定日子相关。但在不断重复中，签名的主体被分离延搁了，一个特异的个体被推向无限遥远的地方，成为完全的他者，成为主体消亡后的一道凄清背景。签名也就成了反签名。

第二序列包括散播、药物、处女膜、场所、灰烬等，这些符号具有相当程度的形象性，或者说，更体现了解构的自然性。

散播（disseminations）的字面意思是精子或种子散开、向各方传播。精子或种子这种漂流不定、蔓延传播的状态颇像延异本身，即时间上的延宕化与空间上的间距化。同时，散播必须是复数的，就是种子将自己置于开放的、无限替换的链条中，从而产生永不确定的语义效果，衍生出解释冲突，创造出多种声音。这样，散播就推延了意义的出场，也把被追寻的本源推至无限远方。

药物（pharmakon）是德里达词汇表上一个比较复杂的术语。它源于希腊语，出现在柏拉图对话中，同时含有"补药"与"毒药"的对立语义。德里达对它的解读更是扑朔迷离。他以近乎游戏的手法，把药物、魔术师（pharkeus）、替罪羊（pharmakos）等几个字形相似的词语糅合在一起，混淆人的听觉，搅乱语音中心的特权。在他手中，药物超越内外之别，模糊了治疗与投毒的区分以及秩序和紊乱的对立，使得形而上学的一切对立面和逻辑运动统统消融在柏拉图的神奇药物中。应和柏拉图的恰是尼采的喃喃自语：是的，哲学应该是文化的毒药。德里达说："pharmakon是差异运动、差异场所、差异（生产）游戏，也就是差异的延异。"依靠pharmakon，你无法接近柏拉图的理念。他那个世界、他那生命的最高范本早就被分离和延搁了。

处女膜（hymen）介于女人身体的内外之间。它是纯洁与污染、少女与女人之间的不确定界面。通过解读马拉美的诗句，德里达对此意象着了迷：它简直就是书写、阅读、解构、文本生产的状态！处女膜像静静开放的羞涩花朵，在渴望中等待暴力的消费；又如一张透明白纸，敞开生命空间，期盼着强力突进。如果说处女膜是传播精子的界面，是男性中心自我实现的场所，那么它也是一种文本延异结构。它的中介性质切除了它与一切所指的关联。甜美梦想与世俗暴力交汇其间，敞开了人生的无底深渊。

场所（khora）在古希腊语中意味"场地"与"位置"。但它出现在柏拉图的

《蒂曼欧斯篇》中,指称一种超越空间的特殊意义,显示一种不同寻常的立场。什么立场呢?首先,柏拉图设定了贯通天人、涵括宇宙人生的理念,这种作为范型的抽象之物与万千复制品相对立。前者是恒定、观念和本源的,后者是生成、感性与衍生的。恰恰在这二元对立的哲学范畴中,柏拉图漫不经心地提到第三类概念,即作为非恒定、非生成的"场所"。这就造成一个巨大疑惑(aporia),一种靠理智难以把握的对象。对此,人们只有避免言说(avoid speaking)。很显然,这种居于范型与复制品之间、既非理念也非感性的场所,早已解构了柏拉图的文本,它把本源推至无限,同时分离延搁了理念的呈现。

灰烬(cinder)是德里达写在《散播》最后一页上一个简单句子中的一个随意词语:"有一些灰烬(Il y a la cendre)。"德里达反复玩味这句子,竟然沉入一种绝妙意境。他幡然醒悟:自己使用的那些词语,诸如延异、踪迹、文字、药物等,都不如"灰烬"能如此直观地体现他的思想:思想本是空无,却留有一些灰烬。灰烬指向绝对消逝了的证据,令人追忆在那"绝对未曾发生的过去"有过一次壮观的焚烧,有过一种不堪追思的记忆。沿着灰烬走去,在上面留下足迹,一切都消逝在灰烬中。你永远不会抵达"那儿"。它只是一个许诺。

第三序列的家族成员,可以举出是的、也许、法权、幽灵等。不同于第一序列行为式符号或第二序列形象符号,这个序列的符号都是一些虚词或抽象概念。它们不仅蕴含深刻的不确定性,而且具有强烈的伦理政治意味,指示人的某种生活理想。

是的(oui)这个虚词在德里达眼里别有一番韵致。通过对乔伊斯、罗森茨维格、德曼等人的文本解读,他发现每当一个人说"是的",他就在对他人作出回应,对"他人言说"承担一种原始责任,同时也就进行了一次签名。你若抱怨他的解构是纯粹否定和极端不负责任的,德里达便会告诉你,他从来认为解构是"肯定",是对他人说"是的,是的"。每一次签名都与众不同,每一个"是的"都面对独一无二的他人说出,所以它是复数,而且能在独特语境中获得千差万别的意味。这个必须是的、原始是的,就是完成语言行为的基本条件,即对他人有所回应、有所承诺。

也许(vielleicht),一个表示轻度可能和微弱推测的词语,竟成为德里达思考伦理政治问题的关键词。首先,它表达一种在绝望状态下最低限度的可能。其次,它表示一种在疑惑中的决断。第三,它暗含一种对未来的执着承诺。偶然存在的个人如水草浮萍,漂泊于茫茫宇宙,所以他有所祈望,有所承诺。西方历史传承下来的那些安慰个体心灵的理念,譬如自由、平等、博爱与民主等等,严格说起来,都不过是一些针对未来的祈愿。用"也许"作出一个不确定的可能性承诺,就将一种生活理想延异到了未来。

法权(droit)在法语中与法律是同一个词。在它的词尾加上 ture,就成为正义。在德里达看来，法律或法权是可以解构的，正义却不可解构。正义保证了解构的可能性，在此特殊意义上，"解构就是正义"。是什么解构了法律或法权？那就是立法与护法的暴力。在暴力无限解构法律或法权的过程中，正义被设立，并被无限区分、延宕和补充。显然，这种不可解构的正义就是柏拉图的最高范型、康德的无条件责任。它们被推至遥远空间，成为一道时间长河上的风景。它空灵又真实，既不是虚无幻影，也不是神话构想。

幽灵（ghost）是德里达80年代以后文本中反复出现的一个词。与散播、灰烬、书写、踪迹一样，它因为负载过多意义而变得极不确定，难以把握。幽灵堪称一种精神现象，一种在时间中反复出现，并因时间错位而被分裂、延宕、区分的精神现象。德里达引用《哈姆雷特》的著名台词来刻画幽灵的时刻："幽灵出场，幽灵退场，幽灵再出场。"这种现身方式在他看来，简直就像一门幽灵学（ghostology），它确认一种有关精神尊严的无条件公理，一个有关不可解构之正义的公理："这种正义使生命超越了当下生命或它在那里的实际存在。生与死本身，不过是一些踪迹，以及踪迹之踪迹之踪迹。"

德里达的概念家族还在他新的文本中不断增加，"在符号链条中永不停息地滑动"。符号本身的不断增补更新，就是对于逻各斯中心暴政体系的自觉反抗。增加文字符号，不仅符合解构宗旨，而且还体现了思想的虔诚。

延异与文学批评

近20年来，德里达往返大西洋两岸，通过无数次讲演教学，使自己的影响扩大到哲学以外，在欧美文学界名重一时。他的名著《文字学》已对延异作出了充分的阐释，他特别强调：书写的文本间性、符号的游戏特征，总是使作品活动起来，溢出界限之外。对于文学批评而言，德里达无疑提供了否定作品恒定结构、瓦解固定意义的拆解工具。他的哲学工作常常以文学文本为道具，清理其中隐而不显的形而上学前提，对陷入绝境的思想方式实施解构，这也给解构批评以极大鼓舞。而美国众多批评家因厌倦形式结构，又迫于文学批评的危机，终于与解构思想合流。所以，解构批评，或解构作为一种批评，是已经发生在欧美文学批评世界的事实。

解构批评的意义体现于文学的解魅与附魅。一方面，当最高价值被废除后，人们对价值的追求超越了对文本形式结构的崇拜，进入高度精致的语言哲学阶段。批评家所拥有的语言工具，让他们轻易揭示任何文本中的隐含前提，并将文本透明化，暴露出内在的贫瘠与虚伪。另一方面，在解构后的文学批评中，哲学的神圣、诗人的意志也得到空前的复活，一种启示语调又表现出激动人心的力量。这里有一个阅读范例，它可以说明延异与文学批评的生动关系，而德里达对文本的精妙处理展现了文学解魅与附魅的双重意义。

他解读的是卡夫卡的寓言小说《在法律面前》。故事很简单：一个乡下人来到法庭前，向卫兵提出要见一见法律。卫兵回答说，你有可能见到法律，但暂时不行，所以你必须等待。卫兵又说，法律有层层卫兵把关，所以无论如何你都不可能见到法律。可怜的乡下人除了等待别无选择。他从焦虑到诅咒，由疲惫而衰老，最后他失明了，世界成了黑暗地狱。孤苦无告的等待、无门可入的荒谬将他消耗得气息奄奄。临死之前，他向卫兵提出最后一个问题：为什么除我之外，没有一个人请求进见呢？卫兵俯身对这个极度衰弱的乡下人说："因为，这道门专为你设。现在，我要把门关上了！"这就是末日审判。

从这个寓言中，德里达挖掘出文字、正义、法律、权威、暴力等重大问题，并呈现其中暗含的永恒疑惑：人在法律面前，却无法进入法律，法律权威没有起源。这个疑惑就是超越法律与文学的"法中之法"，或是法律的疑惑。其基本含义是在有限生命中进行无限等待，在等待中延异法律。延异是不可能被记忆淹没的，它不可理喻，也不可回避。延异在德里达看来，就是法律的延异。这是因为：第一，法律专横地要求延宕，这种不必接近、无法接近的东西就是延异的起源。第二，延异以一种独特姿态开始了呈现法律起源的努力，可这一努力必然失败，这就是令人费解的不可能性。第三，法律权威就是神秘暴力，暴力污染了神圣审判。那个冷漠面对乡下人的卫兵，还有那些没有露面的卫兵，象征着无所不在的神秘暴力。卫兵的隐秘存在无限推延乡下人进见法律的权力。"他们的潜能是异义扩延，他们持续了一天又一天，一年又一年，直到人的末日。"最后，门被无情关闭了，法律的起源与未来的正义被推延到西方时间和历史的地平线之外。

法律在生与死的深渊之上战栗。正义在一个转喻游戏中失掉边界，开始了随意的滑动。但这并不意味意义、价值和生命的最后毁灭。相反，不可进见的法律象征着正义，而正义是不可解构的，这就是文本之中的延异。它在文本分析中获取了解构的能量，所以不存在一种独立于阅读行为和文本分析的解构批评。恰好相反，解构就是透过严谨逻辑和森然秩序，寻找差异的踪迹，激活差异，爆破文本的同一性，在推延和区分过程中，在时空两向维度上，终结唯一意义的神话，启发意义创造的可能。

结　语

延异是显示德里达思想策略的基本符号，它是一束具有方向感的概念家族。所谓方向感，就是对一切传统思维模式提出质疑。它通过呈现差异来质疑文本的同一性，破坏哲学逻辑的封闭性，颠覆文化信念的专制性。延异，作为一种解构与破坏的过程，也是复杂意义的生产过程；与此同时，它又发挥着针对形而上学的"解毒"功能：

第一,延异导致在场形而上学的衰落。延异没有取消意义,没有终结人们对意义的追寻,而是展开了意义生产过程及其阐释的无限可能。与传统意义观不同的是,它并不执着于意义的在场。延异推延了意义的直接出场,它在推延中分裂了意义同一性,补充了无限的差异因素。这样,形而上学的权威与西方历史的开端也就相应被打破了。

第二,延异导致他者伦理的崛起。延异展开了对他者、对他者语言的追寻。他者是全然不同于自我同一的变数,他者语言则是他者在异域的一切言说行为。他者通过言说行为有所呼唤、有所祈祷、有所提问。回应这些呼唤、祈祷和提问,就意味着一种无条件的责任。在全球化的当下生活世界里,肯定和保留差异,承认并尊重他者,不仅任务艰辛,而且格外紧迫。

参考书目

1. David Wood, ed., *Derrida*, Blackwell Publishers, 1992.
2. Derek Attridge, ed., *Acts of Literature*, Routledge, 1992.
3. Drucilla Cornell, et al., ed., *Deconstruction and Possibility of Justice*, Routledge, 1992.
4. Jacques Derrida, *Archive Fever*, U of Chicago P, 1995.
5. —, *Disseminations*, trans., Babara Johnson, Chicago UP, 1981.
6. —, *Of Grammatology*, trans., G. C. Spivak, Motilal Banarsidass Publishers, 1994.
7. —, *Psyche: inventions de l'autre*, Galilée, 1987.
8. —, *Writing and Difference*, trans., Alan Bass, Routledge, 1978.
9. Martin C. Srjek, *In the Margins of Deconstruction*, Kluwer Academic Publishers, 1998.
10. Richard Beardsworth, *Derrida and Political*, Routledge, 1996.
11. Simon Critchley, *The Ethics of Deconstruction*, Blackwell Publishers, 1992.
12. 德里达:《论文字学》,汪堂家译,上海译文出版社,1999。
13. 德里达:《书写与差异》,张宁译,三联书店,2001。
14. 汪民安等编:《后现代性哲学话语》,浙江人民出版社,2000。

意识形态国家机器 孟登迎

略　说

"意识形态国家机器",英文写作 Ideological state apparatuses,简称 ISAs。该词源自法文 Appareils Idéologiques d'Etat,是法国左派思想家路易·阿尔都塞(Louis Althusser)首创的一个概念。阿尔都塞率先将意识形态问题纳入社会物质生产结构当中进行讨论,在很大程度上绕开了将意识形态当成精神现象或理论体系的一般思路,将主体建构、劳动力的再生产与国家机器等概念有机地联系起来,揭示出主体及主体性建构的物质基础与体制化结构。这一切,对20世纪中期风行于左派理论界的人道主义话语构成了强烈挑战,并在政治、哲学、文化、教育、法学和性别研究等诸多领域产生了广泛影响。

综　述

意识形态作为一个哲学范畴,从诞生到现在已有200年之久。它伴随哲学史基本框架的变迁,也经历过数次变异与移置,其内涵所指和社会功能也发生了较大变化。在当代西方理论界,意识形态概念,由于附着于流派纷呈的哲学和文化思潮,变得十分繁杂,以致至今尚无一人能为这一概念下一个完满定义。

据英国文论家伊格尔顿统计,西方学界通用的意识形态概念至少有16种定义。他认为,造成多义的原因是"这一术语具有非常宽泛的功用意义,而且它们互不相容"。(Eagleton:1)他还认为,与其将这些丰富意义压缩成单一定义,倒不如将意识形态看成由不同概念线索交织而成的一个文本。人们应当仔细鉴别这些线索的历史性分歧,再决定哪些该丢弃,哪些该继承。这样做,恐怕要比人为构造某些宏大理论要更有意义。

在伊格尔顿看来,对于意识形态概念的所有解释虽然各不相同,甚至互不相容,且大多带有贬义,但它们最终都与两条理论线索有着密切关系:一条是注重讨论认识真假的认识论线索(从黑格尔、马克思到卢卡奇及一些新近马克思主义者,一直将意识形态看作是幻觉、歪曲和神秘化的结果);另一条是关注意识社会功用胜于关注意识真实性或非真实性的社会学线索。在马克思主义传统中,这两条充满矛盾的不同理论线索似乎得到了同等重要的强调,从而使意识形态概念的内涵呈现出认识论思想和社会学思想相互交叉的复杂状况。

马克思：意识形态的物质性

意识形态一词长期与贬义（如神秘化、虚幻或欺骗）纠缠在一起。不无反讽的是，最初它是作为启蒙理想的一个重要概念被提出来的。法国思想家托拉西（Destutt de Tracy, 1754—1836）第一个把意识形态（idéologie）概念引入西方哲学史。在法国大革命的罗伯斯庇尔恐怖时期，身为贵族的托拉西虽然身陷囹圄，却坚信只有理性而不是暴力才能解决社会重建问题。他把意识形态当成一个观念学概念提出，认为它首先是一个哲学概念。在法语中，这个词汇的字面意思是"观念学"，即对观念进行唯物的、科学的精确描绘与研究，从中得到理性知识。作为一个哲学范畴，意识形态诞生之后经历了从受宠到被污蔑的漫长过程。然而，由于托拉西这一重要概念涉及到社会哲学的基本问题，它必然绵延百年，回响不绝，不断与后世思想家构成对话关系。

黑格尔的《精神现象学》对意识形态概念的发展产生了明显推动作用。黑格尔虽未直接引用托拉西的意识形态说，却深入探讨了意识在不同社会发展阶段上的具体表现形式。他着重发掘各种意识形式与教化和异化的内在关系，深刻暴露出现实世界的异化及其对于主体强行教化的虚伪性。黑格尔的研究造成意识形态涵义的重大转折。随后的费尔巴哈则试图建立以自然为基础的人本主义哲学。他对宗教这种最具异化特征的意识形式加以彻底批判，进而为人们揭示意识形态的社会根源提供了足够的信心和勇气资源。

真正对意识形态概念造成革命性影响的人当然是马克思，上面已提到，意识形态在当今西方理论界的多重涵义几乎都与马克思主义的两条理论线索（认识论和社会学）紧密相关。那么，应当如何看待这两条同属于马克思主义的不同理论传统呢？如果我们以历史唯物主义态度去看待马克思的思想遗产，就会发现马克思的思想本身，也有一个发展与转折过程，其发展过程本身，就蕴含着多重发展的可能性。"哲学家们只是用不同的方式解释世界，问题在于改变世界。"

这条看似简单的提纲，表明马克思作为革命哲学家的非凡之处，同时也为马克思哲学布下两条走向不同的理论发展路线。第一条，是从理性批判中寻找针对资本主义社会的科学研究，进而发展成《资本论》那样的经济学—哲学批判性专著。第二条则是通过对占统治地位的意识形态的批判，创立自己的新意识形态观，以指导国际共运的政治实践行动。两者相较，前者更重视意识形态的真假认识价值，后者更注重意识形态的社会改造效果。

从更深层次看，马克思的意识形态概念与他对社会结构的看法紧密相关。在《德意志意识形态》中，马克思将"一般意识形态"看成是社会为维持自身存在和运转而必然带来的社会现象，它是高高耸立于社会生存条件之上的"观念上层建筑"。在此，意识形态是指那些自由漂浮于物质基础之上，却又否认其基础存在的思想观念。一句话，它是我们应该揭穿和批判的幻象。在《路易·波拿巴的雾月十八日》中，意识形态的内容被进一步具体化了，它是指创建于物质条件和社会关系之上的各种情感、幻想、思想方式和人生观。马克思相信，"凡是把理论引向神秘主义的神秘东西，都能在人的实践中、以及对这个实践的理解中得到合理的解决"。他还认为，"意识在任何时候都只能是被意识到了的存在，而人们的存在就是他们的现实生活过程"。因此，"我们的出发点是从事实际活动的人，而且从他们的现实生活过程中，我们还可以描绘出这一生活过程在意识形态上的反射和反响的发展"。这就为阐释某种意识形态提供了真正可靠的唯物立场与方法。

随着马克思唯物史观的建立、政治经济学研究的日益深入，马克思不再将意识形态简单看成带有贬义色彩的虚假的幻象。他更加重视从唯物史观出发为意识形态定位，揭示构成意识形态虚假性的社会关系根源。换句话说，即不再纠缠于对意识形态想象是否真实的追究批判，而更加重视揭露并消灭造成意识形态虚伪性的真实（物质）条件。

至此，意识形态范畴已被纳入马克思所说的社会结构与政治经济学框架中，这也是阿尔都塞意识形态理论的起点。意识形态研究也因此发生了真正的转向，即不仅仅停留在社会学分析、真与假的揭示上，它要更具体地表明观念是如何与现实物质条件相联系，如何遮盖或掩饰现实物质条件，如何用其他形式移置它们，虚假地解决它们的冲突矛盾，并把它们明显转成一种自然、不变与普遍的状态。简言之，思想观念被赋予一种积极的政治力量，而不仅仅被理解为对世界的反映。在此，马克思将对旧有意识形态的批判与政治斗争自然地融为一体，从而使马克思主义意识形态理论同时具有更新认识（认识论）与政治实践（激进改造）的双重理论意义。

马克思不但揭示意识形态生成运作所依赖的社会物质关系，还进一步揭示居于统治地位的意识形态为了获得合法性而采用的种种话语策略与隐蔽手法，这使得马克思的意识形态理论变成一种批判理论，具有超越前人与同代人的特点与优势。这一点突出地表现为：马克思的意识形态批判呈现为一种元批判，即用历史唯物主义基本原理对意识形态的前提加以澄清，加以"去蔽"的彻底批判方式。（俞吾金：160）这种批判，为意识形态范畴勾画了两种基本理论线索，即认识论的揭露和对现存物质秩序的摧毁，这两条线索都存留在后人对于意识形态的讨论当中。

列宁、葛兰西：意识形态与领导权

马克思之后的革命哲学家，如列宁、卢卡奇、葛兰西及法兰克福学派，也从不同程度发展了意识形态理论。出于革命需要，列宁将意识形态理解为描述性概念（有别于马克思对意识形态的否定性批判），以便区分资产阶级和无产阶级意识形态之间的对立，努力用无产阶级意识形态来指导革命。在列宁看来，马克思主义是一种"科学意识形态"，它科学地阐明无产阶级解放乃是社会发展的必然趋势，它体现出科学性与阶级性、相对真理与绝对真理的统一。列宁强调意识形态的阶级性，强调从外部向工人阶级灌输社会主义意识形态的重要性，并且将意识形态工作正式纳入新社会制度的建设中。在列宁看来，国家是以暴力手段进行阶级专政的工具，意识形态因此就成为配合阶级专政的附带内容与实践。

列宁关于意识形态问题的探讨及其对意识形态概念的限定，明显扩展了人们对于意识形态概念涵义的理解。它对中国的影响自不必说，直到今日，西方各国左派政治和文化批判中依然可见这种革命意识形态观的印记。阿尔都塞高度赞赏列宁的革命实践给哲学领域带来的变革意义，即哲学不再是对于思想或现实的阐释，而是针对现实进行革命性改造的永不停息的实践。但他也对列宁的国家理论（尤其是国家作为强制性机器的观点）作出了批评与改进，在这一点上，意大利共产党人葛兰西成为另一位对阿尔都塞启迪至深的思想家。

葛兰西反对将意识形态看作经济基础的附带现象，或一堆错误观念的堆积，主张意识形态是一个存在斗争与斗争可能性的阵地，是"一种在艺术、法律、经济行为和所有个体及集体生活中含蓄显露出来的世界观"，它广泛分布于哲学、宗教、民间传说等各层次意识形式中。（Gramsci：328）他所重视的并非其中一种现存世界观，而是那些具有实践意义的"有机意识形态"（organic ideologies）。尤其与众不同的是，他将上层建筑分为两个层面：一个"可被称作市民社会（civil society），即通常所说的民间社会组织集合体；另一个则是政治社会（political society）或国家"。（Gramsci：12）

在葛兰西眼中，政治社会的执行机构是军队、法庭、监狱等专政工具，它们采取暴力形式维护统治。而市民社会则由政党、工会、教会、学校、学术文化团体和各种新闻媒介构成，它们以意识形态或舆论方式得以维持。以此为基础，葛兰西提出了他著名的霸权理论，即资产阶级在政治社会中行使其政治霸权（political hegemony），而在市民社会中则行使一种文化霸权（cultural hegemony）或精神道德领导权（intellectual and moral leadership）。（Gramsci：59）葛兰西对于文化意识形态领导权的强调，意味着西方左派革命目标和方式的重大转变：即他们不再追求政治权力的尽快获得，而将意识形态和文化领导权看成争夺的首要目标。

相比而言，法兰克福学派对于意识形态概念的理解更多消极色彩，外延也比较宽泛。它不仅包括意识形态的各种社会职能与压抑形式，还包括科学技术。譬如霍克海默和阿多诺认为，资产阶级意识形态的支柱，即理性本身，原本具有暴力性和操纵性，它能残暴地驾驭大自然以及人的肉体感性。这是因为，在征服自然的生产活动中，人类养成了压抑并管制自身本能与欲望的习惯。一切意识形态，都是为此建立的同一性思考（identity thinking）机制。这种同一性，能以一种理性妄想抹杀个人独特性，并将事物的独特性和多元性无情转化为自身幻象。在他们看来，资本主义宣扬的抽象平等交换机制，正是这种资产阶级意识形态的神秘性之所在。法兰克福学派由此将资本主义意识形态的本质特征描述为虚假与非真实,并将这一虚假扩展为一切意识形态固有的普遍性,他们认为这种普遍性表现为操纵和欺骗大众,为统治现状辩护等一系列消极功能。为此,批判哲学家要结合精神分析理论,对现代社会的精神幻象与文化传播行为进行彻底祛魅和批判。

意识形态与社会生产结构

阿尔都塞从葛兰西手中接过了马克思主义意识形态理论的接力棒,不过,他对意识形态的讨论是从意识形态的神秘性开始的。首先,他把意识形态置于社会结构中加以理解,在揭示其外在特征和社会职能后,进而思考意识形态与个体意识的相互关系。他倾向将意识形态视为先于个体存在的文化客体、社会结构、思想通道或政治无意识。他表示:

> 因为意识形态所反映的,并非人类同自己生存条件的关系,而是他们体验这种关系的方式。这等于说,既存在真实的关系,又存在"体验的"和"想象的"关系。在此情况下,意识形态是人类依附于人类世界的表现……是人类对人类真实生存条件的真实关系和想象关系的多元统一。(阿尔都塞,1984:202—203)

阿尔都塞敏锐地洞悉到意识形态表象背后隐藏着复杂的社会关系结构与主体认同活动。意识形态并不直接反映实关系,而是对现存社会关系的体验与想象,这种体验与想象又通过一种混杂的意识形态表象呈现出来。因此,我们不能将意识形态仅仅看成一种否定性虚假存在,它很可能作为一种动力体系,真实地发挥改造我们每一个人的功能。由此出发,阿尔都塞将意识形态理论转移到马克思社会结构观与社会生产理论中,并把意识形态看成一种附着在一定机制上的、对个体具有构造作用的生产活动。他的这一重要贡献,有助于我们摆脱长期以来对于意识形态真假问题的静态认识论理解,并对此后的意识形态研究产生了历史性的转折影响。

在他1969年的著名论文《意识形态和意识形态国家机器》中,阿尔都塞开始涉足社会生产关系,从中挖掘并分析意识形态的功能和存在条件。在他看来,马克思所说的再生产并不单是生产资料的再生产,还包括生产条件的再生产。而生产条件的再生产,至少包括两个必要条件:"(1)劳动力的再生产;(2)现存生产关系的再生产。"(阿尔都塞,1990:128)他尤其重视劳动力的再生产问题,因为后者涉及到意识形态和主体构造这一更复杂的问题。阿尔都塞认为:

> 劳动力的再生产不仅要求一种劳动技能的再生产,同时还要求一种对于现存秩序规则加以人身屈从的再生产,即工人对统治意识形态的归顺心理的再生产,以及一种剥削和压迫的代理人恰如其分地操纵统治意识形态的能力的再生产,这一切甚至在"话语"上都为统治阶级提供了支配权。

（阿尔都塞，1990：131—132）

从劳动力再生产角度考察意识形态所起的特殊功用，必然涉及主体的自我建构，涉及国家机器和社会机构的教化功能，而这些问题正是阿尔都塞意识形态理论的核心。依照阿尔都塞思路，要想真正理解劳动力的再生产与意识形态的内在联系，就应该迂回到马克思的"社会整体"结构学说。经济基础和上层结构构成的社会生产结构大厦，在此可被看成一个地形图（Topography）隐喻，或一个空间隐喻。它主要是一种关系，而不是一种实体存在。"它迫使我们认真思考与马克思主义传统相提并论的上层结构的互作用、以及经济基础之上的上层结构的相对独立性问题。"（阿尔都塞，1990：135）因此，

> 为理解意识形态的功能，必须将它置于上层建筑之上，并赋予它不同于法律和国家的相对独立性。与此同时，为理解意识形态最普遍的表现方式，意识形态必须被看成是滑动（和渗透）到社会大厦各部分的东西，被看成是一种特殊黏合剂，它确保人们和自身社会角色、社会功能、社会关系的调整和黏合。

意识形态是一种无处不在、略显神秘而又时时发挥现实功用的物质性存在。如何认识意识形态的物质存在和潜在功能？阿尔都塞认为，还是要回到劳动力的再生产问题，但我们考察的重点，应该集中在支配个体生存信念的最重要载体——国家机器上。

意识形态国家机器

在马列经典论述中，国家被明确定义为一种强制性（镇压）机器，是一个阶级统治其他阶级的工具，因此，对政权的争夺一直是国家理论的重心。然而国际共运在西方发达国家屡受挫折，迫使卢卡奇和葛兰西等人认识到，仅仅靠夺取政权并不足以完成无产阶级革命，还必须在更广泛的社会机构和意识形态领域夺取文化思想的领导权。作为创造型的马克思主义思想家，葛兰西第一个强调意识形态的物质载体，阿尔都塞则是意大利之外最早注意到葛兰西的思想家之一。

阿尔都塞高度赞扬葛兰西的独创性，认为他提出了一种新的"令人惊异的"国家观念，即"国家不能被简缩为强制性国家机器，还应当包括一定数量的'市民社会'机构，如教会、学校、工会等"。他又说，"令人遗憾的是，葛兰西没能把这些机构系统化。他的有关文字，仅是一些精辟却不完整的笔记"。（阿尔都塞，1990：第142页注释）不难看出，阿尔都塞意识形态国家机器理论，就是一次针对葛兰西市民社会理论的自觉系统化，他从社会再生产的视角最终推进了马克思主义的国家理论。

阿尔都塞认为，尽管马克思主义经典作家一般将国家看成与政权紧密相关的强

制机器，但在政治实践中，他们还是看到国家机构的复杂性，看到国家政权（state power）与国家机器（state apparatus）之间的相对差别。政权的覆灭或更替，并不意味所有国家机器都要发生彻底变革。掌握政权的阶级或阶级联盟，有可能利用原有机器来达到自己的阶级目的：

> 不仅必须注意国家政权和国家机器的区别，而且要注意另一类明显支持（强制性）国家机器的实体，但一定不要把这些实体同（强制性）国家机器混淆起来。我将这类实体称作意识形态国家机器，简称ISAs。（阿尔都塞，1990：142）

因此，国家权力的实施可以通过两种方式并在两种国家机器中进行：一种是强制性和镇压性国家机器，另一种则是意识形态国家机器。前者包括政府、行政机构、警察、法庭和监狱等等，它们通过暴力或强制方式发挥其功能。后者包括宗教、教育、家庭、法律、政治、工会、传媒（出版、广播、电视等）以及诸多文化方面（如文学、艺术、体育等）的意识形态国家机器，后者统统以意识形态方式发挥作用。

阿尔都塞将意识形态与意识形态的政治功能，即制度的再生产、生产条件的再生产问题联系起来思考，实际上触及了当代马克思主义者普遍关注的问题，意味着西马斗争策略和目标的转移。在《阿尔都塞的意识形态理论》一文中，法国学者保罗·利科评价说："因为他们认为马克思只研究了生活条件，而现在必须揭示制度的再生产条件，必须对所有具有强化与再生体系结构功能的体制进行检验。"（Elliot：51—52）阿尔都塞将机器与意识形态结合成一个新范畴，重在揭示意识形态国家机器实际上发挥作用但往往被人忽视的神秘性，并且为祛除和解构资本主义意识形态寻找一个新的突破口。这一新范畴将意识形态与意识形态的物质存在（国家机器）结合在一起，使那些在以前看似远离意识形态的社会机构或社会活动，如体育、文艺、家庭、教育等等，在新的理论逼视下，也纷纷呈现出鲜明的意识形态色彩。

结　语

综上所述，意识形态国家机器是"政治无意识"所依附的真正物质基础，也是针对个人进行体制规训与合法化生产的领地。简言之，它是一套貌似温和却弥漫着神秘暴力的社会调控工具。意识形态国家机器概念的提出，在很大程度上打破了资产阶级法学和伦理学体系对于公共/私人领域的传统区分，深刻揭示出公共领域对私人领域的强大渗透与潜在作用，尤其强调了公共法则对私人领域的控制。因此，强调意识形态国家机器的公私渗透性，实际上与强调人文学术和社会科学研究的意识形态性是一致的，后者正是当代西马的普遍趋向。

在诸多意识形态国家机器中,阿尔都塞最重视家庭和教育机构,他对此进行的先驱性探讨,在很大程度上影响了西方当代诸多激进文化理论,如少数话语、女权、同性恋等身份政治运动。而阿尔都塞针对西方教育机构的深层分析,则标志西方左派批判方向的重大转移。在工运、学运无法奏效的时代,阿尔都塞为西方左派在意识形态层面的革命寻找到一种物质层面的有效依托。在他看来,教育机构作为培养劳动力典范的意识形态国家机器,既是塑造新一代公民的意识形态阵地,又是知识分子群体聚集的公共领地。在这里,各种公共理念都可能发生交汇与撞击。对于西方左派而言,左翼知识分子必须在教育机构进行物质性的革命实践。换言之,对于意识形态国家机器进行深入分析,有助于他们破解日常生活和文化传统的秘密,恢复社会领域本应拥有的批判活力。而左派革命的继续,也要求他们走进大学,至少要走入教学大纲。当前,西方高校的许多学术争论,尤其是文学与文化研究领域的争论,大多隐含强烈的政治取向。应当说,这些现象与阿尔都塞的影响大有关系。

参考书目

1. Althusser, *Essays on Ideology*, Verso, 1984.
2. —, *Lenin and Philosophy and Other Essays*, trans., Ben Brewster, Monthly Review Press, 1971.
3. Antonio Gramsci, *Selections from the Prison Notebooks*, Lawrence & Wishart, 1971.
4. Fredric Jameson, *The Political Unconscious*, Cornell UP, 1981.
5. Gregory Elliot, ed., *Althusser: A Critical Reader*, Blackwell, 1994.
6. Pierre Macherey, *A Theory of Literary Production*, Routledge, 1989.
7. Terry Eagleton, *Ideology*, Verso, 1991.
8. 阿尔都塞:《保卫马克思》,顾良译,商务印书馆,1984。
9. 阿尔都塞:《列宁和哲学及其它论文集》,杜章智等编译,台湾远流出版公司,1990。
10. 阿尔都塞等:《读〈资本论〉》,李其庆等译,中央编译出版社,2001。
11. 俞吾金:《意识形态论》,上海人民出版社,1993。

隐喻 张 沛

略 说

所谓"隐喻"（Metaphor），用最通俗的话讲就是"打比方"。

但这一定义过于简易，非但不足以把握隐喻的本质，甚至还会产生误导作用。在多数人看来，隐喻纯粹是一个修辞学概念，它表示一种与"明喻"、"借喻"并列平行的比喻类型。对于中国读者来说，往往还存在着另一认识误区，即将中国固有的"隐-喻"范畴，作为修辞学术语的"隐喻"或西文 metaphor 一词的汉语对译而相混淆。这三种"隐喻"的内涵是很不一样的。中国固有的"隐-喻"范畴可以说是"比兴"、"意象"、"意境"等古典诗学范畴的基型，而一般人所理解的"隐喻"仅在修辞层面上与"隐-喻"或 metaphor 相对应。事实上，在当代隐喻研究者那里，metaphor 已成为"隐喻性"的化身而统率着庞大的修辞学、诗学、语言学、认知哲学诸"隐喻家族"。

这里重点讨论的是作为 metaphor 的"隐喻"。

综 述

隐喻是当代学界的一个热门话题。西方研究者对此作了深入的探讨并达成某些基本共识。他们对隐喻的界定大致是这样的：

隐喻：希腊语的"转换"（meta 意谓"跨越"；phor 意谓"运送"）：将某物运过去。故隐喻将某物视为另一物。

隐喻：一种隐含的类比（an implied analogy），它以想象方式将某物等同于另一物，并将前者的特性施加于后者或将后者的相关情感与想象因素赋予前者。

在隐喻中，本义指示某一事物、行为的语词或表达，被应用于另一明显不同的事物或行为而并不自认为是比较。

这些都是从比较论与替代论（下详）的角度来界说隐喻的，而当代隐喻互动论者讲得就更深了一步：

在当代隐喻研究中，"隐喻"一词的用法已有所不同。如今它意谓"概念系统中的跨领域映射"。

所谓"跨领域映射",也有人称为"图式的转换"、"概念的迁徙"与"范畴的让渡"等。质言之,隐喻涉及人类感情、思想和行为的表达方式在不同但相关领域间的转换生成。

不过,这一界定显然有些过于宽泛,事实上它只回答了"什么是隐喻"的问题,尚不足以将隐喻同其他有关范畴,如符号、象征等,区分开来,即未能回答"隐喻是什么"的问题。为此,我们还需对上述定义追加若干权数,它们是:"类比"(analogy)、"双重视域"(double vision)、"感性意象"(the sensuous image)以及移情的"泛灵投射"(animistic projection)。

"类比"指甲对乙的关系等于丙对丁的关系时将甲与丙相互替换。如生命的老年类似时日的黄昏,故"人生的黄昏"隐喻了老年。就"人生的黄昏"这个隐喻而言,生命与时日构成两种不同的经验域或意义的"双重视域",二者通过"聚焦"而凝为具有张力结构的隐喻体。这里,"黄昏"充当"感性意象"(隐喻的"载体"),图像化、实体化了本来难以言传的"老年"经验(隐喻的"主旨"),而后者则赋予"黄昏"这一自然现象以生命机体的特性。这种移情式工作机制便是"泛灵投射"。事实上,一切隐喻均可还原为认识主体"我"或"体验"(bodily experience)对外界(客观现实)所作的"投射"。综观以上四点,隐喻仍归结为意义(就其最广泛的意义而言)在"我"—"与我有关的非我"两种领域间的转换生成。

诚如保罗·利科所说,"活生生的存在意味着活生生的表达"。隐喻作为人类固有的自身表达方式,是与生命同源同位的有机体。显然易见,单凭界定、分析的公式演绎远不足以把握这一自身不断转换生成的隐喻机体,在很大程度上我们必须借助功能性描述才能更好地认识它的本质。事实上,"跨领域映射"的提法已然暗示了如下一种事实:隐喻是一种意义于其中转换生成的函数关系(功能而非本体)。进一步界定,即:

隐喻涉及意义与表达在修辞、诗学、语言以及思维诸领域内的转换与生成。

下面我们就从隐喻的生存环境、生存形态、工作机制、存在理由这四个方面入手对此进行探讨。

隐喻的生存环境

首先,需要对隐喻进行分类。为达到这个目的,一套有效的分类标准是绝对必要的。有人曾提出若干区分隐喻的"参数",诸如对概念-语言的不同侧重,及其常规化与基础性程度之类。像"人生是一场戏"就是一个基本的惯用概念隐喻,而"羲和敲日玻璃声"则正好相反。当然,此外还存在着大量不同级别的中间态隐喻。尽管如此,研究者们在隐喻的具体分类问题上仍然莫衷一是,甚至互相矛盾。

借用维特根斯坦的话讲，隐喻具有某种"家族相似性"，家族内部的个体之间虽然不无相似性，但在总体上缺乏作为恒定本质的共同点。"家族相似性"这个隐喻暗示了隐喻本身是某种不断转换生成的生命机体。生命体的特点是它能够在变化中保持自身同一；同理，隐喻生命体的存在形态不断发生转换而展开自身所蕴含的多种生成潜能，这种变化着的自身同一性在一定程度上拒斥着"标准"，但它同时又充当了某种"终极标准"或"绝对标准"。在此意义上讲，研究者仍可通过动态描述的方式来统贯把握本不兼容于单一界定之下的各类隐喻。

循此思路，对隐喻进行分类首先需要考察这种机体的生存环境。应当看到，隐喻的生存环境是有层级性的。有论者把隐喻分为"语言隐喻"与"非语言隐喻"（如绘画、音乐、宗教）两种，这种两分法未免过于简略，并且淡化了这样一种重要事实，即隐喻不仅存在于语言中，而且也存在于思维与日常行为之中。有鉴于此，我主张将隐喻的生存环境划分为三个"群落"或层面：语言、思维和现实。这里的语言是狭义的、严格意义上的语言（语音-文字表达）；第二个层面包括"基干隐喻"（radical metaphor）、"概念隐喻"（conceptual metaphor）和"隐喻思维"，如认识论意义上的"类比"与"模型"；最后一项现实层面包括实物与行为，如建筑、衣饰、礼节、艺术，等等。前两个层面共同构成了隐喻的"审美"（aesthetic）与"认知"（cognitive）二维。至于第三类情况，即实物与行为隐喻，问题比较复杂：一方面它们可以看成是经过特殊方式表达的隐喻话语，如舞蹈语言、戏曲程式等等，其中无疑包含有独特的隐喻概念；另一方面，它们有时会涉及审美与认知之外的道德伦理问题，如风俗习惯、礼仪制度等等；另外，它们也可能充当认知工具，如几何图形、直观教具、统计模型等。

语言与思维是隐喻中互为表里的二维，它们又可进一步细分为若干互渗交叉的亚层面。有研究者建议将隐喻划分为四层：语义层、语用层、（狭义的）哲学层（研讨"意义"与"指涉"间的关系）以及扩展层（接近于"非语言隐喻"）。这一划分立足于一般语言，几乎完全忽略了隐喻的审美维度，而且把目光局限在语词（lexicon）一隅，尽管是重要的一隅，因而也不够完善。例如，当代隐喻互动论大家麦克斯·布莱克（Max Black）曾断言隐喻与写（拼）法、语音以及语法结构无关，但事实上隐喻作为"意义表达的变换"不仅与词汇有关，而且是"词法-语法性的"。在隐喻中，拼法、语音和语法结构与语词一道参与了意义的转换生成。隐喻可以存在于语音层，如"头韵"（alliteration）、"双关"、"拟声"（象声）即是一种语音隐喻，在此语音的变化导致了意义的变化；也可以出现在字法、句法层（如拆字、对仗、回文）甚至文本结构层，如弗莱（Northrop Frye）所谓"原型"或"组织性隐喻"（organizing metaphors）即属于后一种情况。

鉴于隐喻生存环境的复杂性，我们有必要在隐喻的主要显现域，即话语层面中，进一步区分出若干类型。从历时性角度看，这些类型先后在不同阶段作为研究重点而出现。根据存在（历史）与思维（精神）的同步发展规律（维柯－黑格尔），这些历时类型同时充当了隐喻研究的共时模式，它们是：

1. 修辞学的形态与模式
2. 诗学的形态与模式
3. 语言学的形态与模式
4. 哲学的形态与模式

话语层面中的隐喻在此三分为隐喻修辞、文学隐喻与一般语言。事实上，隐喻研究同语言研究密不可分，后者同时支持着修辞、诗学、哲学领域内的隐喻研究。正是通过语言学的技术支持，人类方得以不断加深对隐喻的认识并最终深入其哲学本质。这里强调一点，即隐喻研究的历时发展形态不可能如此斩截分明，相反，它体现为渐变的连续体（continuum），即前一阶段的发展上限往往同时也是后一阶段的萌芽。这一特点同样也体现在隐喻研究模式的划分之中，如隐喻的修辞-诗学研究本身即属于隐喻语言研究领域，无必要也不可能将它们强行区分开来。

根据上述层次划分原则，隐喻的共时分类大致确定如下：

修辞层面的隐喻：隐喻（implicit metaphor）、明喻、换喻（metonymy）、隅喻（synecdoche）、讽喻（allegory）、奇喻（conceit）、拟人、反讽……

诗学层面的隐喻：隐喻、意象、讽喻、象征、神话、原型……

语言学层面的隐喻：语音隐喻、词汇隐喻、句法隐喻……

哲学层面的隐喻：根隐喻（root metaphor）、基干隐喻（radical metaphor）、概念隐喻、创造相似的隐喻（similarity-creating metaphor）、模型（model）……

这里有几点需要进一步说明。首先，这是一张共时的隐喻分类表，它并未涉及隐喻的历时形态。第二，某些隐喻可能出现于多个层面，例如"讽喻"；或分属不同的层面，例如"头韵"就是一种修辞性的语音隐喻，再如所谓"混合隐喻"（mixed metaphor）同样也兼具词汇隐喻和嘎喻（catachresis）的身份；第三，读者或许已经发现，此处的隐喻种类甚至划分标准都是西方式的，这对悠久丰厚的中国隐喻研究传统来说似乎不大公平。事实上这正是研究者所面临的一个操作难点：一方面，中西隐喻研究传统中的某些范畴、术语和概念确实能够相通（如：意象—image、双声—alliteration）、对接（如：象征—symbol）或者互补（如：讽譬—allegory），但其中也有一些范畴、术语和概念，它们在各自本土文化语境下形成了独特的研究体系和传统，彼此间并不一一对应，而是存在着交错叠加现象。因此，让它们成为中西共享的隐喻研究资源并非一件易事。

隐喻的生存形态

另外隐喻还可以从历时性角度进行分类。有人主张把隐喻区分为"新创的"、"死亡的"与"磨损的"三种形态，也有人区分出"活泼的隐喻"、"衰亡的隐喻"、"死的隐喻"（如"桌脚"、"胡说"、"发火"之类）与"化石隐喻"（指源于希腊语或拉丁语的语词，古汉语中的外来语也属于这类情况）四种形态。所谓"化石隐喻"可以说是一种特殊的"死隐喻"，"新创隐喻"无疑属于"活泼的隐喻"，而"磨损的隐喻"与"衰亡的隐喻"其实是一回事。这样隐喻的历时形态便分为三种，即无法挽救的"死隐喻"、仍可激活的"睡眠隐喻"和最具生命力的"活性隐喻"。这三种隐喻形态依次进行转换，便构成了隐喻生命演化连续体，而这一转换生成过程的进化临界点即是隐喻历时形态的区分标准。但问题是，这个区分标准应当如何确定呢？

从共时角度来看，一切隐喻都具有相似的机体构造，即"主旨"（tenor）、"载体"（vehicle）和"依据"（ground）。作为主旨与载体的复合体，隐喻中结合了所说或所思的"深层观念"（the underlying idea）以及用来比拟的"想象性质"或"相似物"。隐喻的主旨与载体往往并不对等，二者相差愈远，隐喻内部的"张力"（tension）也就愈大，为此隐喻需要某种依据来维持自身存在。依据有两种，包括事物间的"直接类似"或人们对之具有的"共同心态"。例如，在"我的爱人是一朵红红的玫瑰"这个隐喻中，"爱人"是主旨，而"玫瑰"则为其载体，它们所共有的"芬芳鲜艳"（物理特征）、"娇美可爱"（主观感受）便充当了这个隐喻的依据。

隐喻中张力结构的变化决定着隐喻形态的历时发展，换言之，主旨与载体的动态关系构成了隐喻历时形态的区分标准。黑格尔曾按照表达形式与表达内容（理念）的关系将艺术及艺术史分为历时的象征、古典及浪漫三型，认为隐喻（"完全缩写的明喻"）是一种"自觉的象征"。事实上，象征艺术内部同样存在着象征（"不自觉的象征"）、古典（"崇高的象征"）与浪漫（"自觉的象征"）三个发展阶段，隐喻自然也不例外。隐喻中载体（表达形式）与主旨（表达内容）间的张力情况决定了隐喻生命形态的演化进程，即其恒由"质胜于文"——用黑格尔的话讲，即"理念还没有在它本身找到所要的形式，所以还是对形式的挣扎和希求"——走向"文质彬彬"，即理念和形式"形成自由而完满的协调"，最后发展到"文胜于质"，即形式相对超余于理念，二者重新产生"对立与差异"而开始新的生命轮回。在隐喻进化的第一个阶段，载体"企慕"主旨但又难以捕捉主旨，二者间的张力达到峰值，这时便出现了堆砌、笨拙或尖新佶屈的奇喻、嘎喻及混合隐喻等等。在第二阶段，载体与主旨均衡对称，二者间的张力值达到最佳状态，因此这一阶段成为隐喻的主要显现域。在第三个阶段，载体超越甚至代替了主旨，二者间的张力值跌破最高下限而趋近于零，这时隐喻开始消失并转化为普通语言。上文所说的"活泼的隐喻"、"新创的隐喻"、"活性隐喻"即处于第一发展阶段，"睡眠隐喻"、"磨损的隐喻"、"衰亡的隐喻"处于第二阶段，而"死隐喻"与"化石隐喻"则处于隐喻生命的第三个也是最后一个演化阶段，此时隐喻就完全融入了普通语言。不过，后者并非绝对是"无法挽救"的，它在一定条件下（如在诗歌或行话中）经过特殊处理（如"陌生化"、"前景突出"）仍有可能重新激活。例如，近代江湖黑话"腕（万）儿"（意谓"名字"）以本义形式销声匿迹多年，20世纪90年代前后又以"大腕儿"（演艺界名流）的隐喻面目流行于世，但最近又有"磨损"为普通语言的迹象。

隐喻和语言彼此并不外在于对方，二者同源共生并不断相互转化：语言是隐喻的起点与归宿，而隐喻也为语言提供了更新和再生的动力。这一点正是西方自18世纪以来不断得以深化的一个伟大发现。不妨说，隐喻生命形态的历时变化来自语言和思维中的"美"（情感-修辞）、"真"（逻辑-认知）二维的转换生成。

隐喻的工作机制

上文指出，隐喻是一种意义函数关系（功能体），与之相应，它具有一整套转换生成的工作机制。在西方隐喻研究史上，曾先后出现过三种不同的相关学说，它们是比较论（comparison theory）、代替论（substitution theory）和互动论（interaction theory）。

比较论的代表人物是亚里士多德，他强调，使用隐喻须首先在"同种同类的事物"间发现"可资借喻的相似之处"，认为明喻略去说明（关系词）即成为隐喻。这些都是后世所谓比较论（确切地说是"相似-比较论"、"求同论"）的重要内容。

替代论以古罗马修辞学家昆提利安为代表，他在《演说的原理》一书中指出，修辞的价值在于美化日常语言，而隐喻则是"点缀在风格上的高级饰物"。事实上，这一观点可以上溯到亚里士多德，如他称道隐喻"最能使风格显得明晰"即具有明显的替代论色彩。

早在20世纪30年代，I. A. 理查兹便对亚里士多德的观点提出了质疑，认为比较论一味强调事物间的相似，但事实上隐喻中的主旨与载体常常因为不对等而产生张力，隐喻即产生于主旨与载体的紧张、"互动"而非"相似"。这一观点后来发展为今天的"互动"隐喻理论。按照互动论者的看法，比较论与替代论实际上是一回事，确切讲"比较"是"替代"的一种特例，只不过替代论着重的是隐喻取代了普通表达方式，而比较论则强调被代替的普通说法与代替它们的隐喻说法具有相似的关系。事实上，隐喻不仅陈述已有的相似，它更多地是创造新的相似，而这种"创新"即为一种互动的认知过程。

例如在"人生是一场戏"这个隐喻中，"人生"是"主题"（primary subject）而"戏"充当"副题"（secondary subject），二者均为独立的"涵义系统"（system of implications）。"人生"这个涵义系统中包括诸如"不断流逝的"、"具有不同身份和职责的"等意义项，"戏"这个涵义系统中则包含了诸如"虚幻的"、"按情节表演并有角色分工的"、"需要观众、场地的"等意义项。"主题"（人生）充当隐喻的"框架"(frame),"副题"(戏)则为隐喻提供"聚焦点"(focus)。在隐喻中"副题"向"主题"进行投射(project),即"戏"这个涵义系统中的子项意义通过"选择"(如在一定语境下选取"虚幻的"而剔去"需要观众、场地的")、"压缩"(如将"有情节和有角色分工的"一项并入"具有不同身份和职责的"这一"主题"涵义子项)、"强调"(如突出"虚幻的"这一子项)、"组合"(即形成新的主项涵义系统)的方式而"筛选"(screen)、"过滤"(filter)到"主题"的涵义系统中去,这一互动映射的结果便是"人生是虚幻的、不断流逝的、需要在不同场合扮演不同角色"这一隐喻(新的认识)。

　　互动论者对比较论的批评不无道理,但是互动论本身也并非毫无破绽。如瑟尔(John R. Searl)即批评它"错误地预设隐喻产生于本义字句之中",因为隐喻义未必尽都产生于语句各成分间的互动,如在"萨利是一块冰"这个隐喻中,主题"萨利"为一专有名词,它不具任何"涵义",因而无法过滤、筛选副题"冰"所具有的"涵义"。布莱克虽然对此进行了反驳,指出专名亦不乏"涵义",如"萨利"必然具有"人"的某些特征,但他也承认互动论确实有所不足,如它未曾留意"隐喻思维"这一关键问题,因而无法探究在隐喻中 A 事物是如何被看成为 B 事物的。

　　隐喻"体验"论比较圆满地解答了上述难题。"体验"论强调隐喻的本质是通过某事物来理解另一不同事物,而充当这一"某事物"的,究其根本乃是人类的身体经验。换言之,人类通过"近取诸身、远取诸物"的"泛灵投射"来建构世界,同时这一隐喻式"体验-认知"活动并不是随心所欲的投射,它的输入信息、投射特征及类型均受到"身体机能与经验"的极大限制。这样看来,意义转换生成的场所就从互动的话语——无论是"主旨-载体"还是"字句义-言者意"——扩展到互动的物(客观现实)我(认知主体)、思维与存在。

　　在这种情况下,"比较"、"替代"、"互动"的工作原理以及"投射"、"聚焦"、"选择"、"压缩"、"强调"、"组合"等工作机制依然有效,但就不再局限于方法论或认识论的层面了。这样看来,隐喻就是修辞、诗学、语言以及思维诸领域内意义转换生成的功能函数;隐喻不仅具有转换生成的生命形态,存在也具有转换生成的隐喻本质。

隐喻的存在理由

　　现在我们来思考隐喻的存在理由,即隐喻有何作用与价值。
　　人们为什么要使用隐喻?大致说来有以下几方面的原因:情感要求、修辞策略以及认知的必需。
　　说隐喻是情感的需要,是因为它本质倾向于在不同感觉、经验和认识领域中发现相似之处,隐喻者由此会产生"似曾相识"的心态,而心灵在观察熟悉的对象时往往因"轻车熟路"而感到松弛自在。其次，隐喻具有化异为同的亲和功能，隐喻的收-发者由此而产生"自己人"或"非我族类"的认同感。大而言之，隐喻（如文学艺术、礼仪制度）甚至也是一个民族、国家或社会保持向心凝聚、维护稳定团结的重要法门。

就其语言表达形态而论，隐喻具有修辞与认知两大功能：前者的目的在于"踵饰增华"，后者则属于"强为之言"的言说和思维策略。进一步加以分析的话，修辞还可分为审美修辞与非审美的政教修辞，而审美修辞又可再分为"积极审美修辞"与"消极审美修辞"两种。

关于隐喻修辞的审美功用，前人论述已备。在18世纪之前，审美修辞一直都是西方隐喻研究的主体。无论是比较论者还是替代论者都强调隐喻的作用在于"美化"本身有所不足的日常语言，即其"外于"语言而能辅助语言实现某种特殊的美学效果。亚理士多德认为隐喻最能使"风格"显得新颖明快，昆提利安更赞赏隐喻是"点缀在风格上的高级饰物"。隐喻修辞具有积极的与消极的两种审美功能。积极隐喻的作用在于美化表达方式或强化表达效果，一般诗歌隐喻都具有这样的功能。至于消极隐喻，则是为了避免不适当或不愉快的话题内容而采取的某种迂回代言方式。有关"性"、"生殖"、"排泄"、"疾病"、"死亡"的委婉语，譬如"云雨"（性交）、"阴部"（生殖器）、"解手"（小便或大便）、"老了"等等，即属于该种情况。

隐喻不仅是一种修辞术，也是一种必要的认知策略。认知活动是通过语言与思维来进行的，而语言与思维归根结底具有隐喻本质。人类语言（命名活动）究其初都是些随意的或根据生命经验而启动的（motivated）隐喻投射。前一种情况，如汉语"树"、英语 tree、法语 arbre 三者所指相同，它们均意谓大型木本植物，但各自的说法（能指）不一样，而这种"不同"并无道理可讲。后一种情况是指利用实体化的、空间化的"本体隐喻"、"方位隐喻"，诸如"上下"、"前后"、"里外"、"大小"等等，来表示时间（如"前几天"、"后现代"）、尊卑亲疏关系（如"上峰"、"下手"、"外行"）、程度范围趋势（如"大吃一惊"、"在……指导下"、"情绪高涨"）以及其他抽象观念（如"生闷气"、"放宽心"）。

我们知道，范畴、概念的界线一般都有相当的弹性并因此存在"越界"的可能，而"概念的迁徙"与"范畴的让渡"即意味着隐喻性的"跨领域映射"。今天文艺研究多借用自然科学术语，如"场"、"张力"、"范式"之类，就是很好的例子。有时还会发生这样的情况，即现有的语言已然老化而丧失表达力，这时我们只能通过隐喻来表达新鲜的感受、思想和事物。语言中的借语（包括外来语）现象就是典型代表。不仅如此，隐喻往往还能突破既定思维范畴而建立新的逻辑联系，为我们提供新的认知角度和模式，并通过类比、投射向未知领域进行创造性扩展，从而生成新的知识与理解。例如文学研究者借鉴"结构主义"、"现象学美学"对

《红楼梦》重新予以解读,从而在同一文本中发现了多个前所未有的意义空间,这里就存在着"意义的跨领域转换生成"。再如仿生学专家根据蝙蝠听觉原理研制出雷达,其中同样运用了隐喻思维。事实上,任何一种哲学理论、科学假设和技术模型,就认识对象而言都是认知性的隐喻,甚至逻辑(如归纳法)也离不开隐喻的启动和支持。

应当看到,隐喻的"修辞"与"认知"这两种身份是相互转换生成的。不错,隐喻是命名直接生命经验或新生事物的必要手段,但它(隐喻性的原始语言)随之会逐渐被推理性的表达方式所取代,事实上这也是人类思维和认知的正常发展过程。换句话说,虽然隐喻是语言生命的根据和逻辑创造性的动力,但随着语言"去隐喻化"为"纯符号",隐喻就否定了自身与话语-思维的本来联系而工具化为修辞学的形态。这里还需要补充一点,即这种修辞化的形态甚至还会进一步蜕化为普通语言。例如,体物的同情("泛灵投射")在上古时期是初民赖以认识外界的重要甚至唯一手段,但在理性思维发展起来以后,它就边缘化为某种修辞手段,如所谓"移情"、"拟人"(其实都是"隐喻"),但今天我们谈论"山头"、"路口"、"桌子腿"、"等腰三角形"这一类词时,却几乎一点都意识不到其中的隐喻意味了。

结语:隐喻是转换生成的"三"

本文强调隐喻是某种意义于其中转换生成的函数关系。换句话讲,隐喻的本质是"跨领域映射",无论这些领域是涉及"思维与存在"(如语言与实物符号)还是"思维与思维"(如真假、同异关系)。这样看来,隐喻恒转换二"一"(领域)、生成新"一"并以"一"涵"三",而在其生成"三"的那一瞬间,又转换为新的"一"来打通新的"二"并生成新的"三"(三而一)。以此类推,乃至于无穷。因此,隐喻可以说是转换生成的超验之"三",用康德的话讲,它处于"完全的经验空间"与"不可知的本体空间"的"界面"上,并通过"类比关系"作为经验的最高根据(但它本身却非经验的对象)而指引理性不断进行自我超越。显然这是一个永恒的隐喻中介,亦即"本体"(或曰"真理"、"精神")所以"显现"、"异化"(黑格尔)、"侧显"(胡塞尔)、"给出-派遣"(海德格尔)、"分延"(德里达)的根本方式。在这个意义上讲,隐喻简直就是一种基本而普遍的存在方式了。

参考书目

1. Alex Preminger, ed., *The Princeton Handbook of Poetic Terms*, Princeton UP, 1986.
2. Andrew Ortony, ed., *Metaphor and Thought*, Cambridge UP, 1993.
3. Bipin Indurkhya, *Metaphor and Cognition*, Kluwer Academic Publishers, 1992.

4. George Lakoff, *More Than Cool Reason,* U of Chicago P, 1989.
5. —, et al., *Metaphors We Live By,* U of Chicago P, 1980.
6. Hugh Holman, *A Handbook to Literature,* The Odyssey Press, Inc., 1960.
7. I. A. Richards, *The Philosophy of Rhetoric,* Oxford UP, 1936.
8. M. H. Abrams, *A Glossary of Literary Terms,* Holt, Rinehart and Winston, Inc., 1988.
9. Nelson Goodman, *Language of Art,* Hackett Publishing Company, Inc., 1976.
10. Northrop Frye, *Anatomy of Criticism,* Princeton UP, 1957.
11. —, et al., *The Harper Handbook to Literature,* Harper & Row Publishers, Inc., 1985.
12. Paul Ricoeur, *La Métaphor Vive,* Edition du Seuil, 1975.
13. Rene Wellek, et al., *Theory of Literature,* Harcourt, Brace & World, 1942.
14. Sheldon Sacks, ed., *On Metaphor,* U of Chicago P, 1980.
15. 黑格尔:《美学》第二卷,商务印书馆,1997。
16. 亚里士多德:《修辞学》,三联书店,1991。

游牧 程党根

略 说

"游牧"（Nomadism）一词，既指当代法国著名哲学家德鲁兹的后现代思想风格，也指其思想中以差异性、多样性、流变性、外在性、肯定性、主动性、解结构、反基础、反本质、反真理、反系统、反方法、反编码、反主客对立、反宏大叙事、反主流话语、反传统宏观政治等为旨趣的块茎式思维方式和政治价值取向。概言之，"游牧"指向两个维度：一是德鲁兹的游牧思想特性，二是德鲁兹的游牧政治品格。

综 述

1986年，法国作家、戏剧家雅克·阿塔利在其著作《游牧人》中预言：先进的科学技术将创造出一系列人类前所未有的消费产品，同时它们将割断人们与国家、社会和家庭之间的传统纽带。被欲望、幻想、贪婪和野心所束缚的人将成为被解放了的新游牧人。

阿塔利预言的这种由科学技术革命所带来的社会生活的深刻变化，指示着一种"新"游牧生活在现代社会的降临，猜度着一种具有深远意义的趋势，一种时尚运动，一场深刻的社会变革。可以毫不夸张地说，在当今发达资本主义国家，"游牧"特性已渗入其经济、政治、文化、思维等社会生活乃至精神领域的各个层面，表征着后工业化这一特定历史阶段的时代特征。

但是，严格说来，阿塔利并不是第一个预言游牧时代来临的思想家。早在上世纪六七十年代，法国后现代哲学家德鲁兹作为时代变化的敏锐观察者，就已经提出了"游牧"的概念，并且在其《尼采与哲学》（1962）、《差异与重复》（1968）、《反俄狄浦斯》（1972）、《千座高原》（1980）等一系列主要著作中作了比较系统的思想阐发。总体而言，德鲁兹对于"游牧"思想的阐发是在"独断思想形象"（the dogmatic image of thought）与"游牧思想"（the nomadic thought）、"传统政治"（the traditional politics）与"游牧政治"（the nomadic politics）的对抗性张力中展开的。

游牧思想线

德鲁兹的游牧思想，是在长期的哲学解读和文学浸染中逐渐形成的。经过精心梳理，他发现在卢克莱修、休谟、斯宾诺莎、尼采和柏格森等人之间，存在着一种神秘的联系，这种联系由对消极的批评、对快乐的培养、对内在性的憎恨、对力量与关系之外在性的颂扬，以及对权力的斥责等等所构成。德鲁兹把这种神秘的联系称为"思想孤儿线"（an orphan line of thoughts），并自视为这条线上的一个环节。这样，"思想孤儿线"的精神气质，在德鲁兹的"后现代熔炉"中经过特殊锻造后，遂嬗变成了他日后的游牧思想线。概言之，游牧思想就是斯宾诺莎的"伦理学"、尼采的"快乐的科学"、阿尔托的"戴皇冠的无政府"、布朗肖的"文学空间"以及福柯的"外部思想"等等的后现代组合。

德鲁兹自小接受了正规的哲学教育，但他却对这种教育十分不满，认为自己属于被人用哲学史所谋害的最后一代人，因为"哲学史在哲学上行使着明显的镇压职能"，是"狭义的哲学的俄狄浦斯"。在这种观念支配下，他决计从传统哲学中"逃逸"出去，而逃逸的手段便是以自己的观点对哲学史上的一些著名哲学家的著作进行解读。

德鲁兹对于哲学名人的研究最早开始于休谟。通过对休谟的解读，他看到了主体的被动生成性。在随后对柏格森的研究中，他倾注了极大的热情和耐心，把柏格森解读成一位差异哲学家，并在此基础上最终形成了自己独具特色的差异哲学。

黑格尔哲学作为理性主义的巅峰形式，并不在德鲁兹的解读之列，因为他当时"最讨厌的是黑格尔学说和辩证法"。而对于康德，德鲁兹虽然认为他是自己的"敌人"，但却给予了"深情的"研究。他承认自己研究康德就像写一本有关敌军情况的书，试图揭示他们如何行动，他们的运行机制是什么：理性的法庭、权力的有节制的运用、因授予我们立法者的头衔而更虚伪的顺从。某种程度上可以说，德鲁兹是一个后康德主义者，他试图把康德批判哲学的未竟事业进行到底。他一方面从康德先验思想中汲取养分，认为问题化域是思想的先验前提，另一方面又批判康德批判哲学的"思想形象"是独断论，是在肯定既定价值的前提下的价值批判，因而也是一种"顺从主义"。

1962年是德鲁兹哲学生涯中极不平常的一年，原因是在这一年他发表了关于尼采的研究性论著《尼采与哲学》。与把尼采看成是一个无体系的隐喻哲学家的流行观点相反，德鲁兹把尼采解读成一个思想严密的体系哲学家，并且在哲学史上为尼采定了位，即康德批判哲学的完成者、黑格尔辩证法的彻底敌对者。《尼采与哲学》耗费德鲁兹十年研究功力写成，既匠心独运，又痛砭时弊，因而出版后在法国迅速掀起了一股"尼采热"，被誉为尼采研究的"圭臬之作"。

德鲁兹对于哲学史上的这些伟大人物的研究使他受益匪浅。正是通过对这些哲学大家的精心研读，他才发现了一条虽没有直系后裔承传，但却被整合进反对国家哲学（理性哲学）的思想家们的"孤儿线"，即"游牧思想线"。我们可以看到，德鲁兹随后以自己的观点写成的主要著作——《差异与重复》(1968)和《意义逻辑》(1969)就浅描出了这样一条"游牧思想线"。用他自己的话来说，就是开始慢慢摆脱哲学的"圣贤气"，"将文字视为一种流而非一种代码"。

从德鲁兹本人的哲学实践来看，他也确实是个"游牧思想家"。尽管他生前很少旅行，但却在思想中伴随了战后法国从存在主义到结构主义再到后结构主义的整个历史进程，并且其思想带有明显的"游牧"特性。从哲学角度看，他反对"宏大叙事"和"体系哲学"，走的是一条与传统哲学完全相反的、与文学、电影等相结合的"非哲学"之路；从社会角度看，他反对主流话语，同情少数族群，倡导变成"少数"的社会生成；从政治角度看，他反对传统意义上的宏观政治，重视欲望、情感等微观层面的政治斗争。概言之，德鲁兹是个与传统哲学、社会学、政治学有着完全不同旨趣的后现代思想家，是法国哲学界没有经由结构主义而直接进入后结构主义语境的第一人。

游牧思想

在研习哲学的过程中，德鲁兹感到，传统的哲学已经走进了死胡同，没有任何理由像柏拉图曾做的那样去搞哲学，重复柏拉图已经完成了的工作毫无意义。他一方面十分赞赏海德格尔认为思考仍然只是人类的抽象可能性的"深刻文本"，即我们还没有按照尼采式的主张——我们必须使思想成为绝对主动（能动）的和肯定的——来思考，另一方面又不相信海德格尔能够设法打破独断性的思想形象，或者提供一个关于人类思维能力的最高形式的适当观念。那么，德鲁兹这里所说的"独断思想形象"是指什么呢？

"独断思想形象"指的是在哲学史中长期居于支配地位的传统思想形象。它以同一性、总体性、层级性、主体性、真理性、否定性、反动性为其特征，思想受到一套单一的"独断"假定的支配。这套"独断"的假定意境含蓄，以经验主义和唯理主义的各种形式潜藏于整个哲学史中。譬如，正是这种思想形象允许笛卡尔假定"每一个人都已经知道并被设想为将知道思考意味着什么"。

德鲁兹反对独断思想形象的首要原因，是这种思想形象与真理的暧昧关系。独断思想形象的基本论点是：思想与真理有着一种内在的亲和力，思想本质上追求真理，它"有权"热爱和渴望真理。在德鲁兹看来，思想的对立面不是谬误，而是愚昧。有些愚昧的思想和无知的话语完全由真理构成，但这些真理是卑贱的，它们来自于卑微、沉重和忧郁不安的灵魂。被反动力控制的思想状态天生就表现为愚昧，表现为一种卑微的思维方式，愚昧只是这种思维方式的征候。

德鲁兹反对独断思想形象追求某种方法、某种技巧，使思想家掌握真理避免谬误的做法。因为在他看来，"方法"是普遍意识的条纹空间，指出了必须从一点到另一点所要遵循的路线，因而必定束缚思想的自由和创造性，导致思想上的顺从主义。他捍卫思想作为一种自然而然的活动的观点，认为这种活动是外部力量和因素作用的结果，"世间某种东西迫使我们思考"。独断思想形象认为思想必须处于"善良意志"控制之下，追求"真"与"善"的统一，从而导致认知图式的道德化，殊不知"真"与"善"的价值本身并未受到批判。

德鲁兹反对独断思想形象的另一原因，是它没有告诉我们有关思想产生的条件，即迄今为止我们从未涉及构成思想的真正力量，思想本身从未触及把它设想为思想的真正力量，真理也从未触及设想它的先决条件。在《尼采与哲学》中，德鲁兹把权力意志当作"基因的与差异的"思想系谱学分析的基础。他指出，对于尼采来说，思想产生的条件是不同性质的权力意志的存在。正是由于权力意志有不同的性质，才决定了思想对于生命而言既可能是肯定的也可能是否定的，在权力意志的运作上既可能是主动的也可能是反动的。在《善恶之彼岸》和《论道德的谱系》中，尼采对于求真意志进行了拷问：真理的价值是什么？什么才欲求真理？这样，思想的性质就不是真理与虚假，而是高贵与低贱、高等与低级，这些范畴取决于占有思想本身的力的性质。

德鲁兹反对独断思想形象的第三个原因，是这种思想形象遵循一种"树状思维模式"。众所周知，西方思维方式包含两个隐喻：一个是镜喻，另一个是树喻。镜隐喻起源于柏拉图的"日喻说"，是指人的心灵如同镜子一样反映外界客观世界。树隐喻则起源于笛卡尔的"知识树"学说，是指人的心灵按照基础、本质、系统、层级原则来分类、组织、储藏各种知识。在传统哲学迈向后现代哲学的征程中，以镜喻为范型的表象哲学已经受到科学主义者罗蒂的系统清算，而树喻则仍处于"前反思"状态，从而给传统哲学留下了一块"非法占据"的思想地盘和思想避难所。德鲁兹对于后现代哲学的独特贡献，就是从人本主义方向对树喻说的"合法性"进行了有效质疑。

在德鲁兹看来，存在着两种类型的树喻文本。第一种是树状文本，比喻线性的、循序渐进的、有序的系统。树是世界的形象或者世界-树形象的根（root）。第二种是胚根或束状根（the radicle-system, or fascicular root）文本，指称某种隐藏的或潜在的统一性。在这种图式中，主根已经折断或其根端已被摧毁，但一个直接的、不定的次根繁多性嫁接于其上并经历了一个繁荣发展，即有着"无数的根"。它的最大特征是仍效忠于统一性和总体性。

德鲁兹深刻地认识到，西方文化既是一种镜喻文化，也是一种树喻文化。树有根、干、枝、叶，层级分明，井然有序；而文化也有本质与表象、中心与边缘等层级系统，泾渭分明，拾级而上。换言之，西方文化就是一种以自明、同一、再现的主体为基础构建起来的中心化、总体化、层级化的树状概念符号系统。他深刻地指出：树状模式支配了西方的思想和现实，不仅从植物学到生态学和解剖学，而且从认识论一直到神学、存在论和全部哲学。

与德里达的游戏式解构不同，德鲁兹解构"独断思想形象"有着严肃的思想价值取向，即以"游牧思想"取而代之。从总体上看，"游牧思想"与"独断思想形象"相对立，是一种以差异性、多样性、外在性、流变性、肯定性、主动性、解结构、反系统、反方法、反编码等为旨趣的块茎式思维方式和价值取向。

在《哲学与权力的谈判》中，德鲁兹以其一贯的风格，向我们描述而非定义了游牧思想的神秘轮廓：哲学像是思想的隐秘状态，像是游牧的状态。我们所能希望的唯一沟通，作为完全适应现代世界的沟通，便是阿多诺式的，即将密封瓶投入大海的方式；或者是尼采式的，即由一位思想家射出一些箭，而由另一位思想家将箭拾起的方式。那么，人们以何种方式在大海中发现思想的"密封瓶"，或者拾起"思想之箭"呢？德鲁兹认为是以问题的方式。当人们把思想放在问题境域中加以审视时，就能获得某种思想的"意外惊喜"。

游牧思想首先是一种外在性的思维方式。它把思想置于一个平滑空间之中，没有认识所要遵循的方法，没有有组织的规划平面，任由思想驰骋于外部关系的荒野。

在德鲁兹看来，尼采的思想为这种思想的外在性形式提供了典型范例。尼采思想采取的是警句、格言的形式，它不同于思想内在性形式的原理。原理仿佛是国家的行动或权威的判决，而警句总是等待着一个新的外部力量赋予其意义。德鲁兹借用尼采的话指出：自然推动像箭头一样的哲学家进入人类，它没有目标，但希望箭头将扎于某处。箭头不是从一点指向另一点，而是在任何一点上，有待于指向任何其他一点，而且随着箭手和靶子的更换而改变。因此，思想的外在性形式没有可供遵循的现成方法，它反对一切形式的教育学模式。思想只有接替、间奏、再生，而没有模式。在思想的外在性形式中，思想在与外部力量搏斗，而非聚集在一个外部形式之下；思想接力式地运作，而非构成一种形象；思想是一种事件，一种个体性，而非主体的思想；思想是问题式的思想，而非本质或原理性思想。

游牧思想同时肯定生命，生命成为思想的能动力，而思想成为生命的肯定之力，思想意味着发现、创造新的生命契机。在这种思想中，思想家表现的是思想与生命之间高贵的亲和性：生命把思想变为能动的思想，思想则把生命变为肯定的生命。

在德鲁兹看来，"块茎式文本"是游牧思想的集中体现。"块茎"（rhizome）是一种与根和胚根不同的植物样式。概括起来，它大致有如下特征：

一、连接和异质混合原则。块茎的任何一点都能够而且必须与任何其他一点连接，构成块茎的成分都是异质的。

二、多样性原则。块茎是多样性的，这种多样性既没有主体也没有客体，既无中心也无整体，只有诸种决定因素、量值和维度。多样性主要由逃逸线或解辖域线构成，处于与其他多样性相连接的连贯平面上。

三、无意指断裂原则。无意指断裂是指无目的、无意图、无原因的断裂，并且断裂之后可以重新随意连接。块茎在异质因素中运作，从一条路线向另一条路线跳跃，不遵循树状的进化图式，不同路线之间的横向交流搅乱了树的谱系。

四、绘图和贴花原则。块茎是反结构的，它没有生成轴或深层结构。生成轴和深层结构是无限繁殖的踪迹（tracings）原则。块茎不是踪迹，而更像地图。地图是打开的，它的所有维度都是可连接的、可拆解的、可颠倒的、可修改的，同样，块茎有无数的入口和出口，有自己的逃逸线，可以随意与其他块茎相连。

由此可见，"块茎"决非仅仅指大自然中存在的一种植物样态，而是指一切去除了中心、结构、整体、统一、组织、层级的后现代意义上的实体。它去除了"一"（总体性、整体性、统一性）的多样性；它解除了根-树结构的中心化和层级化限制，自由伸展，不断制造新的连接；它不断衍生差异，形成多元和撒播。因此，"块茎"有着强烈的反结构、反再现、反中心、反总体、反系谱、反层级、反意指等倾向，而又有着随意性、差异性、异质性、多样性、活动性、可逆性等后现代特征。在德鲁兹看来，世界更多地表现为块茎而非树。大自然中的球茎、根茎、老鼠、狐兔、野草、蚂蚁、狼群是块茎；社会中的飞车党、精神分裂者是块茎；文化中卡夫卡、尼采的文本也是块茎。总之，块茎无处不在。

德鲁兹不仅褒扬块茎品格，而且尝试进行块茎式的文本试验。《千座高原》就是这种试验的结果。"高原"（plateau）一词源自格雷戈里·贝特森（Gregory Bateson），他用这个概念指称巴厘文化中母婴之间的性游戏，或男人之间的争吵所经历的怪异而强烈的稳定状态。换言之，高原不同于（性）高潮，而是某种连续的高强度稳定状态。这种状态不在开头（无强度），也不在结束（强度极点），而在中间（连续而稳定的高强度）。德鲁兹的《千座高原》就是由无数保持高强度状态的高原所组成的块茎文本。块茎文本由高原组成，反过来，概念作为思想的强度又构成高原。

《千座高原》完全不同于由结构和逻辑所构建的传统的"树状"理性文本。除结论部分外，读者可以随兴趣在不同章节组成的高原上漫游而不必拘于篇章顺序。每一个高原生出无数不定的小道，高原与高原之间就通过这些小道随机地、散乱地相连。海德格尔的林中路虽然蜿蜒曲折，但都通向上帝似的存在，而德鲁兹的路却四通八达无所定向。正如罗贝尔·马焦里所指出的那样：彻底的反系统，拼贴连缀的布片，绝对的散逸，这就是《千座高原》。这样，《千座高原》就摆脱了现实领域（世界）、再现领域（文本）和主体性领域（作者）之间的三元划分，成了彻头彻尾的没有形象、没有意指、没有主体性的块茎文本了。

游牧政治

在德鲁兹眼中，马克思和弗洛伊德代表现代文化的开端，而尼采则代表现代反文化的开端。马克思主义和弗洛伊德的精神分析构成了基本的官僚制，用各种办法对已经解码的东西进行再编码。与之相反,尼采是解码文化的先行者,他的每一文本都表达无法加以编码的东西,并使所有的编码瘫痪,都构成某种解辖域化的政治矢量。在尼采的写作和思想中,存在着一种离开文本进入文本外区域的外向力量,"一种游牧主义,一种永恒的位移"。

尼采式的文本是传递力量而非表达意义的解码矢量。如果说尼采的理论不属于哲学,这首先是因为尼采构想了一种解码的反哲学话语。这种哲学话语是游牧的,是游牧战争机器的产物而非理性的官僚机制的表述。也正是在这种意义上,尼采宣告了一种新型政治学的诞生。沿着尼采所例示的文本政治新方向,德鲁兹选择了一条文本实验的道路,旨在激发某种尼采式的政治变革。换言之,无论是阅读文本还是书写文本,德鲁兹都把它看作是一种政治行为,尝试超越文本、找到一条逃往文本外实践的道路。借助尼采的文本的帮助,德鲁兹和瓜塔利一道搭建了《反俄狄浦斯》和《千座高原》这样一种政治实践文本或者说政治能量装置,从而创立了一种"新型政治学"即"游牧政治学"。

德鲁兹的游牧政治学有一个重要的特点,即认为哲学活动就是政治活动。从一个概念的创造,到一种新思想的确立,都可以说是某种政治行为。在《什么是哲学?》一书中,德鲁兹把哲学界定为概念的创造,而概念的创造被看成是逆我们的时代而动,进而顺应我们的时代,给我们以希望,着眼于未来时代的利益的政治举动。哲学的使命是召唤一个还不曾存在的新地球和新人类,这就决定了哲学的乌托邦性质。而正是因为与乌托邦的这种关联,哲学就变成为政治,并且以对它自己时代的批判为制高点。

从形式上看,《反俄狄浦斯》简直就是尼采《反基督》的现代翻版。如同尼采把对基督教的批判作为对传统形而上学和虚无主义进行批判的跳板一样,德鲁兹也把对于精神分析的批判作为对资本主义现代性进行批判的移动标靶。在德鲁兹的视域中,精神分析学就像基督教,而精神分析学家就像现代的国家牧师。在精神分析中可以找到再现、主体、能指、总体、中心等等传统形而上学的诸多表征,而这些表征正是现代国家、现代文化和现代主体中的法西斯主义因素。

但是,德鲁兹对《反俄狄浦斯》一书并不十分满意,认为它还保留了相当多的"圣贤气","仍然充满了呆板而笨重的学院式的研究手段",不够"后现代"。受此思想支配,他在《千座高原》的写作过程中运用了后现代的前卫写作方法,完全打破了内容与形式的二元叙事结构和篇章叙事安排,任由概念构建的强度流在千百个高原上流淌。某种程度上可以说,《千座高原》是德鲁兹的"游牧叙事"反对现代性"宏大叙事"的尝试。在这里,德鲁兹用"欲望机器"(desiring machine)、"机械装置"(mechanic assemblages)、"生成"(becomings)、"游牧主义"(nomadism)、"捕获形式"(forms of capture)、"解辖域化"(deterritorialisation)、"再辖域化"(reterritorialisation)等概念来讨论社会和政治,因为他认为"概念充满了批判的、政治的和自由的力量"。因之,他的游牧政治学有着与西方传统的政治哲学完全不同的理论特征和理论旨趣。

首先,尽管二者都以政治现象为研究对象,但对于政治现象的界定则大异其趣。传统政治哲学所说的政治现象主要是指与国家政权相关的宏观政治现象;而游牧政治学所指的政治现象更为宽泛,不仅包括宏观政治现象,而且更一般地包括微观政治现象。它更关注的是政治在整个社会领域的投资,如对于日常生活的投资等。

其次,从形式上看,传统政治学把文本视作一个封闭的系统,追求意义的阐释和能指的游戏,而游牧政治学则把文本视为一种开放的、可以随意与外部连接的"块茎文本",以非主体的术语加以表达,因此没有能指、所指和再现。这种文本不是阐释意义、挖掘意义,而是创造意义,是"将文字视为一种流而非一种代码"。德鲁兹的哲学文本总是以或浓或淡的政治为其底色,规范的承诺隐含于其中,而所有规范中高于一切的规范是解码或解辖域化。

再次,从内容上看,传统政治学建立在僵化的主体的权利、自由和主体间的契约或同意的基础上,而游牧政治学则对传统政治学"釜底抽薪",即建立在消解僵化主体的基础上。在游牧政治学看来,主体及其社会衍生物——主权是现代性的"疯狂守护着的思想"。它们既是权力之恶果,又是万恶之源泉。主体是对于欲望的"乱伦禁忌"的产物,是俄狄浦斯家庭塑造和建构的结果。俄狄浦斯向社会进行投射和泛化的过程,也就是所谓主体间达成契约(编码)、构建(国家)主权的过程。概言之,无论是主体还是主权都是对于欲望进行俄狄浦斯式的编码或辖域的结果,都是极权主义和法西斯主义滋生繁衍之渊薮。德鲁兹也谈自由,但这种自由不是以赛亚·伯林所概括的消极自由或积极自由,而是"临界自由"。消极自由指的是行动不受干涉的自由,而积极自由则是指道德上的自治,即成为自己的主人,二者都是建立在稳定的主体认同的基础上的。临界自由则不同,它是指主体在受到改造而变为"他者"(妇女、儿童、动物、植物,等等)过程中的生成自由,是一种稳定主体"崩溃"时个体所处的欲望无遮拦状态。因此,临界自由指向主体革命和生成政治。

第四,从理论旨趣上看,传统政治学以为某种政治体制或某种政治程序提供合法性与否的论证为理论皈依,而游牧政治学则是为描述创造的、转变的或者解辖域化的力量和运动提供工具的政治本体论。

与福柯和其他后现代政治思想家一样,德鲁兹不指望全球性的革命变革,而宁愿设想某种"积极试验"的政治。在微观层面,这种试验寄希望于欲望和情感的亚制度的"解码"或"解辖域化",着眼于人们日常生活中细微思想、情感和行为的改变,使其逐渐渗入经济和政治制度中,最终达到经济和政治制度的"嬗变"。在宏观层面,这种试验寄希望于克分子实体如阶级、多数、主体、国家、组织等的分子化，寄希望于各种逃逸线、解辖域化力量以及战争机器的顽强抗争，以便解放被辖域或编码的各种流变。它没有提供一剂求取"解放"的灵丹妙药，没有论证如何获取成功的一整套措施。对于游牧政治学来说，革命的结果是成功还是失败并不重要，重要的是启迪人们对于政治的"不同思考"，敦促人们不断地进行试验，以便发现和展示生命和政治的新的可能性空间。

具体说来，德鲁兹的游牧政治学大致包括差异政治、欲望政治、解辖域化政治和游牧政治等四种后现代政治。

差异政治主要阐述在差异理论指导下的少数主义政治。差异理论的主旨是颠覆同一哲学，使世界恢复到认知性再现以前的"自在差异"状态。差异理论的浮现势必要求政治上对以前被迫同化的差异如性别差异、种族差异等进行重新定位，由此而产生争取少数族群权利的差异政治运动。不过，德鲁兹认为，这种争取权利的差异政治尽管有其必要性，但还不是"真正的"差异政治。"真正的"差异政治是摆脱了克分子实体之间的严硬对立（多数/少数），摆脱了某种"中心差异"（社会主要矛盾）的差异政治。德鲁兹所说的"多数"，指的是承载着支配性社会符码或规范的社会族群，而"少数"则指的是偏离了支配性社会符码或规范的社会族群，因而他的差异政治指的是拓宽与支配性社会符码或规范的距离，成为少数的过程政治或生成政治。

欲望政治开始于弗洛伊德主义的马克思主义者赖希（Wiehelm Reich）的命题：群众为什么会欲求自身的压抑？德鲁兹同意赖希的分析，认为欲望之中既存在欲求自身压抑的法西斯主义因素，也存在着革命的、生产性的能量，并且后者是欲望的本质部分。但是，精神分析却把欲望的革命性能量限制在俄狄浦斯家庭内，对其进行俄狄浦斯化编码和辖域，使其内化为俄狄浦斯式主体；而精神分析式的资本主义国家则在社会范围内对欲望进行堵截和制码，把其限制在资本主义秩序允许的范围内。德鲁兹认为，正是在这种压抑下，欲望才日益硬化为反动的法西斯主义"毒瘤"。他倡导一种能打破精神分析围堵，打破俄狄浦斯辖域，让欲望自由涌现的精神分裂分析，进行一场欲望革命。

如果说欲望政治发生在人的心理层面的微观领域，那么，解辖域化政治和游牧政治则发生在社会和国家层面的宏观领域。德鲁兹追随马克思，叙述了一种社会的"普遍历史"，提出了关于社会机器和国家的一整套理论。就社会机器理论而言，德鲁兹把社会看成是一台巨大的机器。社会机器是"抽象机器"（abstract machine），它潜在地和共时地存在着三种类型的机器形式：原始的辖域机器（the primitive territorial machine）、野蛮的专制机器（the barbarian despotic machine）、文明的资本主义机器（the civilized capitalist machine）。与此相对应，也存在着三种"社会体"（socius）形式：大地（the earth）、专制君主（the despot）和资本（the capital）。就国家理论而言，德鲁兹认为国家也是"抽象机器"，它也潜在地和共时性地存在着三种国家类型：皇帝的古老国家、社会征服政权、现代民族国家。无论是社会机器还是国家，都同时既释放大量解码流，又对解码流实行"制码"（coding）或"反复制码"（overcoding）。德鲁兹特别重视的是"文明的资本主义机器"和资本主义国家对解码流的处理方式，认为资本主义依靠"公理系统"（axiomatic systems）对各种形式的流进行解辖域（deterritorialisation）、辖域（territorialisation）和再辖域（reterritorialisation）。他本人对于流之解辖域化"情有独钟"，倡导"流之解放"，认为应该解除对于流的各种形式的制码和辖域，使解码流在社会各领域自由涌现。

德鲁兹的游牧政治是在"战争机器"（the war-machine）和"国家形式"（the state-form）的二元对立中展开的。国家形式或国家装置是一种"捕获装置"（apparatus of capture），它的基本任务是对各种形式的解辖域化流进行捕获，把其纳入自己的主权管辖范围和统治秩序之内。这种捕获既包括对人口、财富、土地、资源等的捕获，也包括对战争机器（游牧民是其主体）的捕获，因此势必遭到战争机器的抵制和反抗。国家的生存空间是"条纹空间"（striated space），而战争机器的生存空间是"平滑空间"（smooth space）。当国家强制推行其扩大条纹空间的战略并极力想使平滑空间条纹化时，由游牧民构成的"游牧战争机器"（nomadic war-machine）便以战争的手段解决他们之间的纷争，由此掀起波澜壮阔的游牧政治序幕。

游牧政治的推行，有赖于后现代主体的确立。担负起德鲁兹游牧政治的"乌托邦式的天职"的后现代主体有两个：一是"精神分裂者"，一是"游牧民"。精神分裂者并不是罹患精神分裂症的"精神分裂症者"，而是旨在解放被权力和主体所压抑和阻断的"革命的、生产性的"欲望能量，打破一切形式的对欲望的俄狄浦斯再现和俄狄浦斯化辖域，从而使欲望之流自由涌现的分裂症式的后现代主体，即精神分裂的"无产阶级"和精神分析的"终结天使"。同样，"游牧民"也并不是指四处迁徙漂流的草原牧民，而是指回应、躲避和抵抗权力、组织或官僚体制对其进行控制、辖域和编码的后现代主体。

在德鲁兹的游牧革命及作为其结果的后现代社会之间，明显存在着一个悖论，即游牧革命不能建立和保持后现代社会。正如持续的精神分裂状态是人不能生存的状态一样，不断进行的欲望革命，以及废除了一切权力、组织和辖域的游牧革命，既不能保证后现代社会的确立，也不能保证后现代社会的稳定。游牧政治革命注定了后现代主体的不可避免的疯癫、谵妄和四处流浪、无家可归的生存境遇。

结　语

后现代思想是在后工业化社会中，因应"科技社会"、"消费社会"、"全球一体"、"虚拟空间"的时代冲击产生的"挤压物",也是为抵抗客观理性和工具理性的急速膨胀而产生的一种"非理性"排遣。因此,客观地说,所有后现代思想都带有某种"游牧"的印痕。从德鲁兹所刻画的"游牧民",到福柯为之喟叹的"低微生命",再到作为德里达"解构剩余"的"流浪汉",无不闪现游牧形象的亮光。但是,像德鲁兹这样从思想、情感、政治诸层面明确、明晰而又完整地表现游牧特性的,可谓绝无仅有。

从某种程度上可以说,德鲁兹的游牧思想是后现代思想中的一块湿地,它几乎聚集了所有后现代理论的特性,并对整个后现代思想起着巨大的调节和引领作用。一方面,它通过尼采思想的阐发而影响到福柯的权力理论,另一方面,它又通过赖希式的弗洛伊德主义的马克思主义而影响到利奥塔的"利比多经济学"。即使在今天,来自哲学、文学、艺术、政治学、社会学等诸多领域的众多评论家仍然在积极回应着德鲁兹式的论题。

参考书目

1. Gilles Deleuze, *Difference and Repetition*, Columbia UP, 1994.
2. —, *The Logic of Sense*, Columbia UP, 1990.
3. —, *Negotiations: 1972—1990*, Columbia UP, 1995.
4. —, *Nietzsche and Philosophy*, Columbia UP, 1983.
5. —, et al., *Anti-Oedipus*, U of Minnesota P, 1983.
6. —, et al., *A Thousand Plateaus*, U of Minnesota P, 1987.
7. —, et al., *What is Philosophy?* Columbia UP, 1994.
8. Paul Patton, *Deleuze and The Political*, Routledge, 2000.
9. 凯尔纳等:《后现代理论》,张志斌译,中央编译出版社,2001。
10. 筱原资明:《德鲁兹》,徐金凤译,河北教育出版社,2001。

语言　战　菊

略　说

"语言"（Langue）是人类特有的符号系统。它既是人表达思想情感、与人交流的主要手段，也是人认识自我、了解他人、认知客观世界的工具。在哲学层面，语言是思想的载体，同时也阐释、规范和界定人的思维与存在。在文化层面，语言是承载文化信息的容器，是承继、传播和发扬民族文化传统和人类文明的媒介。总之，语言是维系人与世界各种关系的基本纽带。

综　述

面对数字化时代，消极人士悲叹道，我们的名字终有一天会被诸如身份证号码一类的数字所取代。他们惧怕被冰冷的数字吞没，进而失去有别其他动物的作为人的特征——语言。自古以来，人类依赖语言表达自我，与外界交流，认识自我和世界。但语言也为人类带来无尽纷争。人们在不断认识自己、世界和他人的同时，也在不断认识语言。20世纪以来，关于语言的定义与思考一直是西方人文学科的中心话题，它几乎波及人文学界各个领域。对于语言的思考和再思考无所不在，有时充满思辨，有时却是混乱与误解。到底什么是语言？本文试图通过针对西方不同历史时期语言观的概述来回答这一问题。

传统语言观

西方传统语言观认为：语言是意义的载体，是静态反映世界的镜子。从古希腊到中世纪和近代，西方语言学始终以研究语法为主，注重形式分析和逻辑演绎。

在西方，对语言本质的探询起源于对希腊语的研究。在希腊语中，人类被定义为具有语言或言语的动物。亚里士多德强调，语言使人类区别于其他动物，人因此而成为理性动物。在他看来，语言的目的是要表达一个生灵的情感和经验。所以，词语是思想和其他大脑现象的标记或象征，也是表达思想的工具。早期哲学家如柏拉图，曾对希腊语的词源进行了饶有兴趣的研究。然而公元前1世纪，一批语法学家如笛昂修斯·斯莱克斯（Dionysius Thrax）推出一个完整研究体系，这就是后人所说的传统语法。它集中研究希腊语的结构和特性，并被罗马语法学家继承下来，开展拉丁语的研究。

几个世纪后，在研究从拉丁语派生出来的新兴语言（诸如法语、意大利语和西班牙语)时,传统语法开始显得力不从心。这些新兴语言与拉丁语不同,很难适应老一套的分析方式。但是,由于拉丁文化的至尊地位,与之相关的传统语法仍然不容质疑。这就引出新兴语言败坏古典语言的大问题,即因语言变化而导致语言"腐败",所以需要一种维护正统的规范语言学(prescriptive linguistics)。规范语言学试图建立正确使用语言的规范。而确认这些规范准则的依据可以从逻辑哲学、从优良语言中推演出来。

随着文艺复兴、发现新大陆,欧洲人接触到不同于希腊语、拉丁语的众多语言。传统语法因而再一次显露它的局限性。老传统"碰撞"新语言的结果是人们欲用哲学眼光来寻找一个适用于所有语言的方法,由此引出17世纪的普遍语法(general grammar)。普遍语法是一种语言观,它认为所有语言都具有共同的语言结构。古希腊语法学家曾经坚持的观点,于是在拉丁语法、18世纪法国和英国"唯理主义"传统中延续下来。但是,由于欧洲以外的语言体系不断被发现,语言学家不得不怀疑是否真能用普遍语法描述一切语言。

18世纪英国的殖民扩张令语言学家发现了古老的梵语。他们很快察觉出梵语与希腊语、拉丁语在单词、词法和句法等方面有许多共同之处。针对梵语语法的研究为欧洲语言学家提供了一个崭新的研究模式,并由此兴起了一门新的学科——语言学。1786年,琼斯爵士(Sir William Jones)偶然发现了语言的亲属关系,这为当时的语言研究带来革命性影响,进而促进了有关语言谱系的考证研究。一批欧洲语言学家开始用历史语言学(historical linguistics)和比较语言学(comparative linguistics)方法,对梵语、希腊语和拉丁语以及其他印欧语系的语言展开大规模调查研究,以了解各种语言的发展沿革,比较它们之间的差异。通过对比研究,这批历史语言学家总共发现了大约30个语系、4000多种语言。在此过程中,他们深入探查一种或数种语言的语音系统、语法和词汇,详细说明它们短期变化与长期演化的历史过程。历史语言学派有两个基本思想:(一)语言的变化不取决于人的意识,而取决于语言自身存在的一种内在必然性;(二)语言的变化是有规则的,它关系到语言的内部构造。

综上所述,传统语言学视语言与逻辑为一体,它集中研究语言形式的历时演化及其产生意义的规律。另一方面,它又按照哲学、历史、生物学的认识模式,对语言进行历史的探索和分类研究。传统语言学家研究各种语言单位,但只到句子为止。他们所做的工作,就是给句子分类。传统语言观认为,人使用语言来表达自己的意思,而语言符号与语言意义之间是一种自然对应的关系。语言是意义的载体。

现代语言观

与传统观念不同,西方现代语言观开始强调语言所具有的任意性、交际性、信息性、双重性和参照性。它认为没有语言即没有思想;但语言不是物质的,而是一个结构体系；语言并非纯一的，而是多方面、多层次的系统。

资本主义的殖民扩张大大打开了欧洲语言学家的视野，也影响到他们的语言观及研究方法。随着英国对印度的殖民，梵语研究成果震动了西方。精确系统的梵语语音描述、利用相当于现代"语素"的术语进行低于词的形式分析促进了西方语言学的进一步形式化。到19世纪末，欧洲语言学家开始注重语言结构及其在历史之外的作用。他们设计并采用新的独立于语言史的研究方法来研究语言。1916年，瑞士语言学家索绪尔的著作《普通语言学教程》由他的学生根据听课笔记整理成书并出版，这本书中的许多观点，如语言是一个系统、语言学应该分成共时（synchronic）语言学和历时（diachronic）语言学，特别是对于共时语言学研究方法的详尽介绍，从此成为现代语言学的理论基础。

历时语言学集中研究语言在较长历史时期中所经历的变化，共时语言学则研究一种语言或多种语言在历史发展中某一阶段的情况。共时是静态的，历时是演化的。共时语言学研究同时存在并构成体系的语言要素的关系，历时语言学则研究历史上连续的语言要素的关系。索绪尔认为，在言语中可以找到演变萌芽。语言变化是体系中个别要素的变化，它与整个体系无关。语言学的重点是研究语言的现状，即一定时期内呈现的完整而自足的体系。

此外，这位现代语言学的奠基人还对一些基本概念，诸如语言（langue）和言语（parole）、语言符号的能指（signifier）和所指（signified）作出独到的阐释。索绪尔认为，人的语言行为可分为语言和言语两部分。语言是社会的、纯心理的；言语是个人的、心理和物理的。要使言语让人听得懂，就必须有语言。而要使语言能够建立，就必须有言语，二者缺一不可。这种区分，打破了传统上把语言看作纯一系统的框架。语言是非纯一的，是多方面、多层次的系统。同时，语言也不是一种自足封闭系统的框架。他提出的这种区分，加速了对语言系统的研究。

索绪尔认为，语言是一种表示意念的符号体系，符号所联系的不是事物和名称，而是概念和音响形象，即声音和心理印象。"能指"即声音的心理印迹（音响形象）。"所指"即概念。能指（一个词）同所指（我们用词所指的对象）的关系，总是意志或语言习惯支配下任意而武断的结果。而一个给定的词，与其所蕴含的东西之间并无实质性联系。为此，语言符号就有两个特性：任意性和线性序列性。但符号既经约定俗成，它在共时体系中是不变的。他还认为，语言体系是由符号之间的关系构成的，符号在关系中具有其价值。语言系统中的一个单位的意义和价值决定于它所处的地位与其他要素的关系。索绪尔主张，能指与所指之间的关系的任意性质，意味着词的意义只能通过它们彼此之间的形式联系来理解，而不是通过它们同自然中的对象或历史中的事件的关系来理解。语言的声音并不构成具有明确规定的属性的事实，而是由于它们同全部语言系统中其他要素的差异而获得同一性的。

由于上述独创性观念,索绪尔理论被后人称之为语言学史上的"哥白尼革命"。西方传统语言观一直将人看成意义的主宰,认为人能使用语言来表示自己的意思,而语言符号与语言意义之间是一种自然对应的关系。但自索绪尔之后,西方人开始把语言当作相互联系、相互制约的各要素构成的整体来研究,强调语言学真正的研究对象应是语言本身。

索绪尔的理论方法标志着结构主义语言学的开端。什么是结构主义语言学呢?有些语言学家认为,结构语言学就是描写(descriptive)语言学。另有一些语言学家认为,它就是共时语言学。从广义上讲,结构语言学可以指示任何一种把语言看作是本身具有特点的一个独立系统的语言研究。从狭义上说,它是指布拉格学派的研究方法。所谓布拉格学派是指20世纪20年代后期成立的布拉格语言学以及与之有联系的一批语言学家。这些人主张,任何语言成分都必须与该语言的其他成分联系起来进行系统分析。受瑞士和俄国语言学家影响,他们强调用功能方法进行语言分析,认为语言是一个互相间有联系的单位系统。他们也强调语言的非语言特点,考虑说话者的社会背景、交际主题、书面语和口语之间的区别,以及其他诸多因素。

与之不同,描写语言学是指对某一历史阶段的语音特点、语法、词汇的观察与分析研究。在狭义上,它指美国语言学家布卢姆菲尔德(Bloomfield)等人的研究方法。布氏语言观立足于行为主义心理学,认为人的行为完全可以在它发生的处境中得到解释,而不需要涉及"内在"因素。他因此指出,言语必须用产生它的外在条件来解释。而研究语言,就是尽可能多样地收集一套某一个特定历史时期内语言使用者所说的话语。我们无须去探讨这些话语的意义,只要说明一套话语形成的某种规则性,就会形成一个有序而系统的形式描述。布卢姆菲尔德的形式主义只描述而不解释,它是与一种表达层次有关,而与内容层次无关的形式主义。

结构主义影响一直延续至今,并已对西方文学、人类学、符号学、美学等学科产生重大影响,成为20世纪人文社会学科的主流。在它的影响下,不仅产生了布拉格学派、伦敦学派、美国结构主义(描写主义)语言学,而且带来一场涉及整个人文学科的语言学转向。然而结构主义语言学自有其局限,这主要表现在它过分强调语言的任意性、交际性、信息性与双重性,偏重研究具体语言现象、语言符号系统及其表面结构,而没有深入探索语言属性的成因,因此切断了语言与心理、认知及人脑的关系。

20世纪50年代,语言学迎来又一次革命,这便是乔姆斯基在《句法结构》(1957)中提出的转换语法理论。它批判了结构主义语言学的行为主义认识观,提出心智主义认识论。应该说,这是一场在理论语言范畴内围绕认识论和方法论爆发的革命。

乔姆斯基超出前人之处,在于他认识到语言学首先应该说明的是人的语言能力，而不仅仅去描述语言形式。这方面，乔氏承继了笛卡尔的天赋论。他提出，语言知识的本质在于人类的心智/大脑（mind/brain）中存在着特定的语言认知系统，这表现为某种数量有限的规则体系。一旦拥有这一系统，人们就能产生并理解数量无限的新的语言表达方式。而这一认知机制系统，是由生物遗传与天赋决定的。它在适当的经验引发或一定经验环境下，得以正常生长和成熟，并决定人类语言知识的获得。

《句法结构》摆脱了当时占主导地位的结构主义思潮。结构主义认为，语言基本上是一种通过训练并以经验为基础的句法和语法习惯。乔姆斯基却提出，语言可以经由人的学习和环境变化，产生出无限话语，而美国结构主义语言学恰恰忽视了在任何语言中都包括的这种无限化的过程，即语言的创造性。他认为，语言不只是一套话语（无论是有限的还是无限的），而且是一整套关于这些话语的知识。

乔姆斯基的理性主义倾向还表现在：他把人的先天语言能力，或者说人性，作为一切语言活动的根源。从这一基本信念出发，他提出了类似索绪尔的两项区分：语言能力（competence）与语言行为（performance）；深层结构（deep structure）和表层结构（surface structure）。语言能力指所有说母语的人都能理解并说出从来没有听过的句子的能力，这是掌握构成某一语言所有话语的基础代码的能力，即说者和听者对其语言的理解；语言行为指上述代码在具体情境中的实际语言使用，即话语本身。深层结构指短语或句子成分之间的内在语法关系，但这种关系不能直接从其先行序列上看出来；表层结构指实际上形成的句子各成分之间的关系，这些句子是对这些成分进行线性排列的结果。表层结构和深层结构相互对立。深层结构说明作为表层结构的基础的语法关系，而这些语法关系，是不能从表层结构中直接见出的。

在人类语言知识的本质、来源和使用问题上，乔姆斯基批判性地继承和发展了笛卡尔、洪堡特（Wilhelm von Humboldt）和贾斯柏森（Otto Jesperson）有关语言问题的理性主义认识。特别值得一提的是德国学者洪堡特。在许多基本观念上，他是现代先验理性主义语言学派，诸如乔姆斯基、萨丕尔（Edward Sapir）、沃尔夫（Benjamin Lee Whorf）的先驱。洪堡特认为思维和语言不可分割。"一个民族的语言就是他们的精神，一个民族的精神就是他们的语言。"他认为语言决定人对世界的理解和解释，而语言的不同决定思维体系的不同。这是因为，正是人的内在的语言形式（相当于康德的先验范畴）加诸感觉经验材料，决定了思维内容及其结果。

把人的语言能力形式化，把语言社会性的本质因素加以语义的形式化，是西方语言研究中表现的极致。但是，人的语言、语言能力和语言实践并非一种理想化的形式语法系统所能说明和把握的。乔姆斯基为此批评传统语言学、结构主义语言学的大部分流派，说他们只是"分类"学，仅仅列举语音、语法和其他单位，然后贴上标签，从而忽视了人类言语的基础过程。

乔姆斯基认为，语言分析的目的，必须是发现人的内在能力中普遍与规则性的东西。人的这种内在能力，是理解和生成新的、"合乎语法的"句子的能力，尽管他以前可能从未听过这些句子。乔姆斯基的语言天赋说回答并解释了人是如何获得语言知识这一问题，批判了语言是行为的观点。他还指出，语言知识属于物质状态，是一种运算系统。他彻底否定了"刺激－反应"模式的行为主义语言学习观。人的大脑先天的初始状态，因受后天经验的激发，逐渐形成具体语言知识的稳定状态。乔姆斯基认为，语言知识的运用，是由规则支配的。人们的语言知识是潜意识的，它对语句的合法性有敏锐的知觉，这些知识并非完全靠教学或从书本上获得。

总之，在近现代语言学家的眼中，语言仿佛变成了一种"浑浊"载体，它不仅是一种先于人的存在，其意义也是由语言符号之间的差异决定的。意义不再像传统语言学家所说的那样一目了然，它必须依靠阐释才能获得。

西方语言学在强调形式描写的同时，都有一种明确的语言观。或者说，他们素喜以语言哲学作为前提来构造他们的理论体系。无论是索绪尔、萨丕尔还是布卢姆菲尔德，他们总是一开始就先谈他们对于语言的认识。

20世纪哲学思潮与语言

对语言的认识、研究和探索，不是语言学家的专利。哲学家对语言的思考与探询丝毫不比语言学家逊色，特别是20世纪哲学领域的"语言学转向"，促使语言问题成为哲学研究的新宠。后现代思潮的哲人更是弄潮于"语言的海洋"。

20世纪西方哲学从对"存在"和"认识"的研究，迅速转向分析语言的意义和结构。这是因为，人们对于存在以及围绕"对存在的认识"的哲学思考和表述都仰仗语言。罗素指出，许多针对哲学问题的研究，本来并不是哲学问题，而是语言或逻辑问题。于是哲学家对思想、观念的研究，不得不转移到对于语句及其意义的分析和研究。这一大规模的"语言学转向"影响深远。英美分析哲学将传统哲学问题重新表述为"语言逻辑"的问题，进而使"语言"取代传统哲学中的"思维"、"意识"、"经验"等相关问题的研究思考。与此同时，欧陆哲学中的存在主义的现象学也反思"语言和存在"的关系。

英美语言哲学着重语言分析，强调分析以词、词组、语句、陈述、命题及判断的指称与意义的逻辑关系。在分析哲学看来，世界是由语言决定的世界。语言赋予我们经验。借此，世界就成为我们的对象。同时，语言也可陈述我们世界中的全部事实。那些不能用语言表达的，即不属于我们的世界。语言观建构了世界也建构了我们自己。

维特根斯坦在《逻辑哲学论》（1961）中指出："全部哲学就是语言批判。"他说，"思想是有意义的命题，命题的总和就是语言。"思想是用语言进行的，因此"凡是能够说的事情，都能够说清楚，而凡是不能说的事情，就应该沉默"。于是乎，全部哲学工作就在于为思维（思想的表述）划定一条界限，而这种界限只能在语言中划分。维氏又说，"语言的界限意味着我的世界的界限。"这似乎在表明：由命题组成的语言描写着世界，而语言描述不了的世界，就不是我们的世界。它们对我们保持其神秘性。然而，人类创造出世界的图像，并使语言与事实对应，所以语言在描写世界的同时，也构造了世界的逻辑形式，语言的界限由此成为世界的界限。

欧陆哲学中的德国解释学更是直接将语言与存在联系起来。德国现象学大师海德格尔在批判传统语言观的基础上，将语言与存在和人联系起来。他说"语言是存在之家"，人与存在相遇在语言之中。语言以敞亮、遮蔽、展开的方式呈现世界，而语言说出的词语具有"命名"的力量，它能使各个存在者呈现出来，成为其所是，而词语本身不是物，它无名可循。人说话就是因语言说话。人不可能在语言之外从本质整体上把握语言。人的本质与语言的本质相连，我们只能在语言关涉到我们存在之域中，看到语言的本质。存在归结于语言，在语言中觅得家园。语言是人的存在状态，言说是存在自身的本体显露，语言的贫乏则显示人的存在的贫乏。

海德格尔的语言理论在加达默尔那里得到进一步的阐释发扬。加达默尔的语言论既受海德格尔影响，同时也具有自身特点，即现象学与辩证法的融合。他的语言观构成解释学-接受美学的语言本体论。加达默尔认为，语言是哲学思考的中心问题。他的解释学的归宿是语言。他坚称，人只有依靠语言来理解存在，人的本质是语言性的。语言不仅是工具或表意符号系统，而且是我们认识和体验世界的方式，它揭示我们的世界。人永远是以语言的方式拥有世界，语言给予人一种对于世界特有的态度或世界观。

加达默尔提出解释学"语言游戏"说，这与后期维特斯坦很相似。他认为，文本或艺术品正像游戏一样生存于呈现作用中。作为游戏的艺术对话，其字词意义也来自对话的情景。而人们对艺术品的每次解释，都是一次新的未知的探险。解释学-接受美学的语言理论将语言与人、语言与诗、语言与艺术结合起来，从而为解释语言本体之谜作出了重要贡献。

后现代思潮于20世纪60年代兴起于法国，它是在欧美等发达国家蔓延并迅速波及全球的一种当代文化思潮。后现代主义提倡解构中心的多元世界观，提倡用文本话语论替代世界本体论。它还怀疑现代科学认识观与现代西方文化精神价值，特别是针对长期主导自然科学和社会科学的实证主义思想保持一种尖锐批判立场。换言之，后现代思潮偏重把人的认识观和科学观始终融于一定的文化圈内来考察。它批判认识主体在概念系统内的先在作用，大力展开文化和语言的解构工作。

后现代思潮在语言学界并未引起太大的波澜，语言学界内部很少有人旗帜鲜明地追捧后现代，倒是一大批哲学家频频就什么是语言发表自己的看法。这些具有后现代倾向的哲学家，往往对现代语言学特别是对乔姆斯基学说持严苛批评态度。他们屡屡强调，语言的真正意义在应用之中。总而言之，当代哲学家及其他人文社会学者对语言问题愈发关注。他们针对语言的认识大致可分为三种。

一、德里达与解构主义。解构主义萌发于20世纪60年代至80年代，其代表人物为法国哲学家德里达。德里达从分析语言入手，基本否定了文本意义的确定性。他的缺陷，是把语言看成与世界隔绝的独立符号世界，在他看来，语言的源头在于无意识，写作就是无意识的语言经过意识审核和变形而呈现出来的过程。为此，作者不能控制语言，也没有先于文本的意义。他还说，语言符号本身就是所指代事物的替代品。在文本之下，事物本身永远空缺。从能指到所指之间永远存在距离，因而能指的自由游戏永无止境。德里达指出，一个文本的语言总包含了历史上和同时代其他作品和语言的踪迹，因此文本性和文本间性密不可分。这样一来，文本就没有什么内在的确定意义。意义只是一种效果，或者说是读者对文本的阐释。德里达进而把整个世界看成文本，认为文本背面一无所有，就是说，没有作为本体存在的真理。他的功绩在于挑战传统哲学，否定西方传统的真理观。他相信语言没有确定意义，真理只是人的臆造，或者说，真理只是人对世界的不同阐释。语言永远无法把握这个宇宙。而人所能做的，莫过于不断对它作出阐释。

二、维特根斯坦与语言游戏说。后现代思潮的第二种语言观强调语言界定世界、建构现实的功能。后期维特根斯坦一反他前期的语言观，进入语义分析之途，就是从论定可说与不可说的差异，进而追问词的意义缘何而生。此时他发现，词语的意义在于它的用途，词的意义则表现在不同语境之中。他提出，应以日常语言来治疗哲学之病。词的用法就是词的意义。语言和游戏一样，无法对之下定义，语言的意义在于语言游戏即实际活动中。这样，维特根斯坦终于从语言与世界的对应关系，转到语言与世界的语境关系上来。简言之，语言的用法产生语言的意义。同一个词、一句话，在不同的语境关系中具有不同的意义。语境是语言的词义环境。"不问意义，只问用法"，从此成为语言哲学的一个崭新概念。

三、话语理论的出现。后现代语言观的最大影响，在于话语理论的蔓延发展。这一重大倾向的发生背景是：后现代孜孜不倦的"解构"努力逐步让人从万物的中心，退到连语言也把握不了反要被语言把握的地步。在艺术家那里，昔日那种要写出真理与终极意义的冲动，至此都退化为今天的"无言"。他们乐于以无声去表达一种难以言说的感觉。说出来的话语是谎言，剩下的只有沉默不语。德里达相信，结构主义的消亡标志启蒙运动人文主义的终结，它意味着意义和秩序的丧失，也意味着形而上学的死亡和中心丧失。一句话，解构革命的结果，打碎了语言这面镜子，促使人们对于"再现"世界的语言永远地失去了信任。

随着语言及其确定意义的不断贬值，"话语"上升为文化历史研究的关键词，"话语分析"也成为学者批判、厘清传统思想文化机制的主要工具。最近二三十年间，哲学领域中的语言学转向迅速波及历史学、人类学、社会学、法学等领域。尤其在文艺理论和文艺批评中,人们对话语系统和知识考古的研究日益成为热点。

在这方面,后结构主义思想家福柯率先对知识进行了话语考察。他提出,古典知识就是一种用语言编织出来的、词与物严整对应的网络。这一话语网络,同时也是知识与权力的网络。由古至今,西方的知识和权力经由话语的变化与争夺,逐步发展起一整套思想、观念、文化传统、学术组织和社会机构。在福柯看来,话语系统及其隐秘的形成、运作和发展,才是语言研究真正有趣的所在。利奥塔的后现代理论,其重心也是用语言来考察科学知识与其他知识形式的关系。如果说福柯用话语分析西方知识的形成,那么利奥塔则把"语言游戏"当作他研究科学发展和文明变迁的锐利工具。利奥塔把科学知识看作一种语言游戏,而西方启蒙运动、形而上学哲学传统,统统莫过于一些过时的"宏大叙事"。

如果说现代主义曾以重建宇宙秩序为己任,希冀语言和艺术能够清晰地表征世界、反映万物,那么后现代思潮中的后结构主义、解构主义业已打破了西方千百年来占据统治地位的"逻各斯中心主义",即语言与其所指最终合一的语言观,后现代人赖以立身于世的语言如今发生了重大变化。后现代主义语言完全不同于现代主义语言。人们不断考察语言作为主观世界的表征,探讨有关词与物、语言与思维、语言与知识的关系,同时人们对语言自身进行考察。他们探询语言本身是什么,它有哪些特点。总而言之,人们对于语言认识的剧烈改变,以及强调语言符号系统的独立性,结果就造成了语言表征与其所指的严重分裂。这一分裂的趋势何时才能结束很难在此预测。

结 语

在所有人类活动中,语言最足以表现人的特点。通常人们总认为语言只是交流信息、表达思想的工具,甚至把它只看作是一套用于人类交流的符号系统。这种解释容易忽略语言的本质:语言既是工具,又是产生工具机制的一部分,是人的一部分。语言是人类塑造世界和自我的最基本手段与工具。可它又不仅是纯粹的手段与工具。语言是我们所感知、所体认和理解的世界形式。人按照他的语言形式来接受世界,这种形式决定了他的思维、感情、知觉和意识的格局。语言之外的世界是难以想象的,因此,语言就是我们的世界。

语言是一个无始无终、永远变化的过程,人们对语言充满了好奇:从探询语言的起源,到书写文字的形成;从语言的属性,到动物与人类语言的异同。研究的范围小到语音、词语、形态、句法,大到语义学、语用学、话语分析、机器语言的发明和使用以及语言与大脑、语言与社会和文化的互动关系等。世界在变,人们对语言的认识在变,人们对语言的认识和探询永无止境。

参考书目

1. Jacques Derrida, *Of Grammatology*, trans., G. C. Spivak, The John Hopkins UP, 1974.
2. L. Wittgenstein, *Tractatus Logico-Philosophicus*, trans., D. F. Pears, et al., Routledge, 1961.
3. Noam Chomsky, *Language and Responsibility*, Pantheon Books, 1979.
4. —, *Syntactic Structures*, Mouton, 1957.
5. 布龙菲尔德:《语言论》,袁家骅等译,商务印书馆,1980。
6. 杜小真:《德里达学术思想述评》,载《学人》第六辑,1994。
7. 海德格尔:《语言的本质》,载《海德格尔选集》下卷,三联书店,1996。
8. 洪堡特:《论人类语言结构的差异机器对人类精神发展的影响》,载胡明扬主编《西方语言学名著选读》,中国人民大学出版社,1988。
9. 利奥塔:《后现代状况》,岛子译,湖南美术出版社,1996。
10. 乔姆斯基:《句法理论的若干问题》,黄长著等译,中国社会科学出版社,1986。
11. 索绪尔:《普通语言学教程》,高名凯译,商务印书馆,1982。

欲望 程党根

略　说

"欲望"（Desire）概念是乔治·巴塔耶（Georges Bataille）思想的强力"黏合剂"。在他看来，人的欲望是多维的存在，不仅有生之欲望、占有之欲望，而且有色情之欲望、死亡之欲望、耗尽之欲望，等等。同时，人的欲望也是立体的存在。第一层次的欲望是"动物性的欲望"。它是最低层次的欲望，是人与动物"混为一体"时人所保有的原初的欲望，是"人性"还未确立时的欲望状态。第二层次的欲望是"人的欲望"。它是"人性"确立之后对"动物性的欲望"进行拒斥的"世俗的欲望"（理性的欲望），"领有的欲望"、"禁止的欲望"等是其表现形式。第三层次的欲望是"神圣的欲望"。它是欲望的最高层次，是隐藏在显性的"世俗的欲望"之下的"秘密的欲望"，是向"动物性的欲望"回溯的神秘力量。"死之欲望"、"消尽的欲望"、"色情的欲望"等是其表现形式。因巴塔耶抵制"世俗的欲望"，心仪"纯粹的赠予"、"无止境的耗费"、"狂喜和战栗的侵犯"等回返"神圣世界"的内驱力，故而我们可以把这种欲望称为"圣性的欲望"。

巴塔耶思想的中心旨趣可以概括为关于"三界"——动物世界、世俗世界和神圣世界——的理论。"三界"理论始终围绕着"死"和"性"两大主题展开论述，而且其最为关键的概念是包含着否定之力的欲望概念。正是由于尼采的权力意志式的"欲望"的驱动，"死"和"性"的主题才得以按照黑格尔的图式否定性地展开，社会才能渐次由"动物世界"向着"世俗世界"和"神圣世界"迈进。"三界"理论也可以说是"兽性"、"人性"和"神性"之间展开的互竞其强的力量游戏。欲望的否定性力量是从"兽性"过渡到"人性"、再从"人性"过渡到"神性"这三股力量之间的"滑杆"，决定着各力量之间的"倾斜度"和所主导的世界的性质。

综　述

从尼采到黑格尔

与所有的思想家一样，巴塔耶的思想也不是他的头脑中凭空自生出来的，而是在吸收、借鉴其他思想家的思想的基础上，结合自己的人生体验进行思考、重组的产物。巴塔耶的思想来源十分复杂。他曾听过柏格森的讲座,也曾读过陀思妥耶夫斯基、克尔恺郭尔、弗洛伊德等人的著作。对萨德传统的信守也是他矢志不移的目标。这些哲学家对巴塔耶的混合影响应该是不容置疑的。我们这里姑且遴选出两位对巴塔耶的思想产生最大影响的哲学家尼采和黑格尔,来厘清他的思想脉络。

哈贝马斯在《后现代性的开端:作为转折点的尼采》一文中指出:

> 尼采对现代性的批判沿着两条道路被继承着。怀疑论者尼采通过人类学、心理学和历史学的方式,想对歪曲的权力意志、背叛的反动力、主体—中心理性的出现进行祛伪,这些继承者是巴塔耶、拉康、福柯;对形而上学最初的批评者自称有独特的知识,且将主体哲学的兴起追溯至前苏格拉底的开端,在这方面的继承者是海德格尔和德里达。(哈贝马斯:287)

根据哈氏的说法,在发展尼采批判事业的过程中,巴塔耶是一个与海德格尔并重的人物,他们分别从审美经验和形而上学两方面继承了尼采对于现代性的批判,由此孕育了从福柯到德里达的后现代思想运动。

巴塔耶对于尼采思想的吸收和借鉴是从 1922 年开始的。1922 年他从国立古文书学校毕业,被任命为巴黎国立图书馆司书,自此开始了以尼采思想为指南的思想生涯。在当时的德国和法国,尼采思想基本上被看成是"癫狂之作",因而研读尼采的著作不仅需要学术上的勇气,而且需要理论上的兴趣。此时巴塔耶正处于从有神论向无神论过渡的思想转折时期,尼采的思想对他来说不啻于"一缕春风",给他留下了"强烈的印象"。(汤浅博雄:8)此后巴塔耶始终从尼采的著作中聆听"反神学"和"反哲学"的"呼唤",以至于二十多年后还在写作关于尼采的著作:1945 年,巴塔耶的《关于尼采——指向好运的意志》出版。

哈贝马斯指出,巴塔耶对于尼采思想的继承,不是如海德格尔那样通过揭示形而上学知识的狭隘性来接近尼采的"酒神精神"。虽然巴塔耶为后现代性的哲学话语所指引的方向与海德格尔相似,但他选择了另外一种完全不同的途径来告别现代性。巴塔耶没有触及内在的形而上学批判,而是从正面直接吸纳了尼采的基本审美经验,并力图将尼采所提出的各种质疑更加深入地继续追问下去。譬如,在《内在体验》(1943 年)、《有罪者》(1944 年)等著作中,巴塔耶对于"上帝死亡"之后的人的处境、"作为自我意识、作为主体的人类"的"中心主义"以及世界能否得到明确划分和表象等问题进行了思考。如同尼采用谱系学对基督教道德进行刨根问底的考察一样,巴塔耶也超越理性的历史而返回到原始先民的神圣献祭场所,返回到"人性与兽性"两股力量扭结的张力中。他对传统的主体哲学(理性哲学、意识哲学)和基督教进行了猛烈的批判,并运用人类学知识对异质性的消失、人性对于兽性的克制、功利性理性劳动和非生产性消费的形式等问题进行了考察,颂扬萨德式的"排泄力量的冲击性爆发"。在巴塔耶眼中,世界或事物正如尼采所说的那样，是"纯粹生成的运动"，因而"世界是拙劣的模仿"和"断片化了的抓取不尽的现实"。单子式的封闭主体作为确定的同一性是不可靠的，"因为我不相信神也就是不相信我。相信神即是相信我（自己）。所谓神，无非是'我'被赋予的一种保证。"（汤浅博雄：45）

如果我们单独地挑出巴塔耶的"欲望观"进行考察，我们就会看到尼采思想对巴塔耶的影响有多么强烈。在《权力意志》中，尼采曾以权力意志原则整合物质世界，把世界描绘成一个力量场，物体就由力量间的对立与合作构成，它们是力量间有差别的权力关系的结果。在尼采看来，力量就是动态的量子，每一个量子都想成为空间的主人，因而在空间中猛烈扩张，努力推回一切阻挡它的其他力量。他指出，在各量子的力量角逐过程中，"会遇到抱有同样的企图的别的体魄，并且最终会同与其异常相似的体魄协调一致（'溶为一体'）：于是，它们就这样合谋攫取权力。这个过程将一直继续下去……"（尼采：456）量子间力量角逐的结果是"为了权力而共谋"，这显然打上了某种"意志"的印记。尼采写道："我们的物理学家用以创造了上帝和世界的那个无往不胜的'力'的概念，仍须加以充实。因为，必须把一种内在的意义赋予这个概念，我称之为'权力意志'（will to power）。"（尼采：154）由此可见，所谓权力意志是量子间力量角逐的内在原则，是诸力的扭结和竞争的原则。

尼采的这种"诸力竞技"的思想对巴塔耶的欲望身体观产生了重大的影响。在巴塔耶看来，大到整个人类的身体，小到个人的身体，其中都存在着"人性与兽性"的博弈。不仅人性与兽性之争是一种力量之争，而且评价它们的伦理价值，即"高"与"低"、"纯真"与"肮脏"、"洁净"与"污秽"、"高贵"与"低贱"等等，也是一种力量之争。也就是说，人类往往赋予人性以"高"、"纯真"、"洁净"、"高贵"的价值，而赋予兽性以"低"、"肮脏"、"污秽"、"低贱"的价值，这两股力之间从一开始就缠结在一起，相互扭结、互竞其强。斗争的结局，更常见的不是一方彻底压倒另一方，甚或使之消失，而是一方面呈现出弱者倒向强者的"一体化"的特征，另一方面却又无言地对立着，被压倒的一方随时准备"东山再起"。正是由于"人性"（理性）踩踏"兽性"（欲望）而起，才演绎了"世俗世界"的所谓的劳动的历史、理性的历史、主体的历史、语言的历史。反过来，正是由于"兽性"的拼死抗争，才会出现"神圣世界"中所谓的"死亡经验"和色情的倒流。

这样，在巴塔耶的文本中，我们不仅看到了"人性"对于"兽性"的"胜利"，而且看到了"兽性"对于"人性"的反抗性"逆转"。这幕"戏剧"之所以能够上演，诚如我们刚才所讲，主要是得益于尼采的"诸力竞技"思想的帮助。但是，如果我们的审查足够仔细，那么我们还会留意到黑格尔的否定思想的因素。事实上，在吸取尼采思想的过程中，巴塔耶同时醉心于黑格尔的"精神之生"和

"辩证否定"的思想。他一方面把尼采的"酒神的迷醉"作为对抗黑格尔的"阿波罗理性主体"的工具,另一方面却又深受黑格尔思想的启发,思想中留有明显的黑格尔主义痕迹。

1932 年,巴塔耶参加了亚历山大·科伊莱在巴黎高等研究院举办的《黑格尔的宗教哲学》讲习班。此后,1934—1939 年,他还与拉康、梅洛-庞蒂、克罗索斯基等人一道参加了另外一场由亚历山大·柯热夫主持的关于黑格尔《精神现象学》的讲习班。柯热夫认为,"黑格尔的'辩证法'人类学哲学归根结底是死亡哲学"。(巴塔耶,2003:268)在《精神现象学》中,黑格尔把历史看成是精神和自由意识发展的历史,看成是主奴辩证法展开的历史。他相信"自我意识只有在一个别的自我意识里才获得它的满足"。(黑格尔:121)因此,为了使自己的自我意识获得对方的承认,人们之间便展开了一场生死搏斗。其中,那些不畏死亡、敢于冒险的人由于摆脱和否定了求生的动物性本能而成为主人,而那些害怕和逃避死亡的人由于保留了求生的动物性本能而被别人置于奴役状态。这样,在黑格尔那里,面对死亡的态度就成了主人和奴隶的分水岭,成了主人支配奴隶的合法化依据。

经由科伊莱,特别是柯热夫中介的黑格尔的否定哲学对巴塔耶的震动非常大。在他们的引导下,巴塔耶"彻底"精读了黑格尔哲学,并以自己的方式对它的"强力逻辑"进行"别样化"理解。正是在黑格尔关于死亡的否定性哲学中,巴塔耶发现了"人性"崛起的秘密。在他看来,在黑格尔的哲学中,由于死亡本身生成为自我意识、否定性的能力及主体"向死而生"的精神常态,"精神之生"得以启航。人类在死亡面前并不是如动物一样无动于衷,而是勇于正视死亡、承担死亡、思考死亡,其结果是,死亡令"对未来全神贯注的人感到畏惧和惊讶"。(巴塔耶,2003:274—275)可以说,人类和动物对待死亡的不同态度,开启了人类把自己和动物区分开来并以人性否定兽性的端倪。动物没有"死亡意识",它与自然融为一体,并不畏惧"死亡"或意识到死亡的威胁。相反,由于人类具有"死亡意识",意识到人的生命的有限性,时时处处感受死亡的威胁,那么死亡当前,他必须用"行动"来捍卫生存,消除死亡恐惧,彰显人性和兽性的差异,而"行动就是否定,否定就是行动"。(巴塔耶,2003:268)正是通过否定性的行动——劳动,人类最终迈出了压制兽性、改变自然、克服自然、"把自然人化"、成为兽性或自然的主人的决定性的一步,最终生成了"自由自觉的意识"。

世俗世界的建立

巴塔耶对于尼采和黑格尔思想的吸收,并不是简单的兼收并蓄,而是为他的"三界"理论服务的。在尼采和黑格尔思想的观照之下,巴塔耶对于原始先民的死亡经验和性经验进行了人类学的考察。在他看来,人类之所以能够摆脱自然性、动物性,从自然中脱颖而出,开始具备"人性",以"世俗世界"否定"动物世界",

完全是由于"生存的欲望"（在黑格尔那里是奴隶的"求生欲望"）和"占有的欲望"的驱动。同样，正是由于"消尽的欲望"、"色情的欲望"、"死亡的欲望"的驱使，作为动物世界升华形式的神圣世界也才会通过对世俗世界进行"否定之否定"而回返，在更高的形式上回溯和逆转到动物世界。可以说，在从动物世界驶向世俗世界，再从世俗世界滑入神圣世界的过程中，欲望这一概念起了决定性的作用。

如前所述，巴塔耶认为，未开化的原始人的"生存的欲望"的唤醒，是由于他们意识到了"死"这种粗蛮的力量。换言之，人的自我意识开始觉醒，"人性"开始萌生，是在"死"的问题上意识到自己与动物的区别。动物在危险面前也会仓皇逃窜，但严格地说这只是它们的自我保存的本能，而并不是由于意识到了"死"。它们根本就不懂得"死"的意义。相反，原始人在同类、同伴、亲人的"消失"中意识到了"死"的存在，意识到了人的生命的有限性。他们忐忑不安地注视着死者气绝身亡、身体逐渐变凉和僵硬这一不可扭转而又不可思议的现象发生，而不久之后尸体发生腐烂、散发恶臭的事实越发令他们感到"死"这样一种粗蛮和可怕之力的存在。可以说，这种"死"的意识深深地刻写在原始人的脑海中。

巴塔耶敏锐地领悟到，正是在原始人的这种"死亡"意识中，黑格尔看到了原始人"精神之生"的契机。在《精神现象学》中，黑格尔写道：

> 精神的生活不是害怕死亡而幸免于蹂躏的生活，而是敢于承担死亡并在死亡中得以自存的生活。精神只有当它在绝对的支离破碎中能保全其自身时才赢得它的真实性。精神是这样的力量，不是因为它作为肯定的东西对否定的东西根本不加理睬，正如我们平常对某种否定的东西只说这是虚无的或虚假的就算了事而随即转身他向不再闻问那样，相反，精神所以是这种力量，乃是因为它敢于面对面地正视否定的东西并停留在那里。精神在否定的东西那里停留，这就是一种魔力，这种魔力就把否定的东西转化为存在。而（精神的）这种魔力也就是上面称之为主体（主观）的那种东西。（黑格尔：21）

黑格尔的这一段话清楚地说明了"精神之生"源于"个体之死"的残酷现实。"死亡意识"从根本上说是与"自我意识"联结在一起的。一方面，原始人畏惧和厌恶"死"，对于死亡的恐惧深深地内化于原始人的稚嫩的心灵中；另一方面，原始人最终明白"死"是不可避免的现实，谁都不可能代替"我"的死，谁都不可能免于一死。"我"必须在这种无法取代的死中死去，在日益临近的死中活着。正如海德格尔所言，"存在"的最本真的样态，是"面对死亡的存在"，是"向死而生"的存在。如此，死亡意识就构成了"自我"意识的最深层的底蕴，促成了"精神之生"的醒悟和具有"自我意识"的主体的萌生。

精神的降生本身就包藏着一种"否定之力"，即对"死"的虚无化说"不"的能力。正是这种精神的"否定之力"，才把人从动物中脱离出来，产生与之相区别的"人性"。动物只会简单地适应"死"之自然，没有任何否定自身和自然的力量，于是停留在与"死"之自然的"同"的状态，不会打破死之"同"而欲求生之"异"。但是，意识到自己"必死"的主体并不会像动物那样听任自然的摆布和"自生自灭"的命运，而是从正面不安地注视着令他们感到战栗的死亡事件，停留在死亡的近侧，最终在"求生欲望"的驱使下否定性地站起来，把"死"这种否定性的支离破碎改变为某种"生之可能性"。这是一种以"人性"（否定"兽性"）为目标创造自身的运动。它以否定上苍赐予的自然的方式将其对象化，以合理化的行动、劳动，以生产活动不断扩大的运动将自然改造为对自己有用的物品，从而创造出一个功利性的世俗世界。

　　巴塔耶把这个"人化世界"称为"世俗世界"。世俗世界是一个同质性的社会，"是个生产的社会，即实用的社会。一切没有用的要素都排除在社会的同质部分之外。"巴塔耶把资本主义社会作为这种同质社会的典型范式进行分析。在他看来，在资本主义社会，"对生产及扩大再生产有用的事情"被置于最优先的地位，成为事物及人的尺度。"合理化的思考"、"理性化的判断"、"合目的的谋划行动"等成为价值评价的标准。一切"坏的"、"卑下的"、"污秽的"、"不能同质化的"、"主流价值之外的"东西，诸如超自然力量、禁忌、身体的排泄物、色情、暴力、疯癫等都被当作异质性的因素而加以抑制、缩减和排除。

　　同质的世俗社会是以"人为自然立法"的形式建立起来的。它通过规定什么行为"合理"和"合法"、什么行为"不合理"和"不合法"的形式来规整人们的行为。由于原始人在"人化"的过程中是"以远离污秽、性功能和死亡的形象看待人"的，（Bataille，1988—1991：91）因而在使世界"世俗化"、"同质化"、"合理化"、"功能化"的过程中，原始人建立了两个最重要的不许触碰的"禁区"或"禁忌"（taboo）："死亡禁忌"和"乱伦禁忌"。

　　当原始人有了"自我意识"、懂得了"死亡"的含义以后，他们便开始畏惧死，并视死为禁忌。一方面，他们认为死者身上隐藏着一种导致死亡的粗蛮的力量。为了使这种力量不致"行凶"伤害其他生者，他们于是开始造墓掩埋死者的尸体，并为之招魂，力图将这种导致死亡的粗蛮之力祛除。如此，原始人便为自己定立了对于尸体或死者的"接触禁忌"。另一方面，为了反对"死亡威胁"和维护每个人的"生存权利"，他们也开始订立规章，"禁止随便杀人"。这样，在巴塔耶眼中，对死尸的"接触禁忌"和"杀人禁忌"就构成了原始人"死亡禁忌"的两个方面的内容。（汤浅博雄：112）

　　在乱伦禁忌的问题上，巴塔耶赞许列维-斯特劳斯把禁止乱伦与"女性的赠予"的外婚制的推行相联系的做法，但认为只有把乱伦禁忌放入"为性订立规约的运动"中才能对之进行准确的考察。人也是一种动物,有着与其他动物一样的"性"的需要。在人类还没有产生"自我意识"之前,人类混同于动物之间,在"性"的问题上完全听凭自然法则的支配,追求"性"的直接满足。但是,在"死亡意识"的驱动下,原始人逐渐认识到自己与动物、自然的差异,认识到"动物性的性"的"危害性":一方面,"性"的狂暴力量使自己依存于、服从于自然所赐和本能图式;另一方面,这种粗蛮之力又具有极端的危险性。如果任其自流,就会打乱以生产为中心的"世俗世界"的正常生产秩序,打乱日常生活规律。基于这样的考虑,正在"人化"中的原始人类开始把"性"看作是与"死"一样的粗蛮力量,而从心理上产生厌恶和抵制,力图拉开自己与"动物"、"自然"的距离。他们羞于"动物性的性"的直接满足,拒绝顺从"性"的直接欲求,千方百计立法对之进行规范和约束。这样,"禁止乱伦"作为"性"的第一律也就应运而生。

巴塔耶把停留于本能冲动层面的"动物性的性"的欲望称为"欲求"(besoin),而把"人性化"之后的"性"的欲望称为"性欲"(eroticism)。言下之意,"动物性的性"只是追求直接满足,因而有别于懂得"性"的"延迟满足"的重要性的人类"性欲"。同样地,他把否定"死"的求生的欲望称为"占有的欲望",而把否定这种"占有的欲望"的欲望称为"消尽的欲望"。在他看来,人们通常称之为欲望的东西,是与领有与获得相联结的"自我所有化的欲望"。人类对于自然的持续不断的否定性的运动,从根本上说无非是获得某物、拥有某物的欲望运动。可以说,正是由于对于"死"的否定性力量的出现,才促使原始人产生支撑生存的"占有欲望",才会推动原始人不断地把自然改造为生存必需品,编织出一个"有用"、"有利"的"人化世界"。

神圣的欲望

在以"死"和"性"为主线的巴塔耶的思想中,隐含着两条以欲望为张力的"思想之线",即"性"的否定之否定之线和"死"的否定之否定之线。"性"的否定之否定之线可以描述为:"动物性的性"→否定→"人性化的性"→否定→色情(某种程度上回复到了"动物性的性");"死"的否定之否定之线可以描述为:"自然世界"→否定→"世俗世界"→否定→"神圣世界"(某种程度上回复到了"自然世界")。这两条"否定之线"以"禁止"和"侵犯"的形式呈现出各种欲望画面相互交织的力量游戏。

尽管在"人性"与"兽性"的力量博弈中"人性"取得了压倒性的胜利,建立了一个同质性的、功利性的世俗世界,订立了"死亡禁忌"和"乱伦禁忌"的规约,然而在巴塔耶看来,"人性"的暂时胜利并非永久的凯旋。人类身上的"动物性的性"、"不能通约的"、"不能还原为有用性的"部分,以及"不指望获得什么"、"不追求任何目的"的至高性等"作为异质性的现实"的东西,虽然在"人性"的打压之下默然退居幕后,但却时时伺机反扑,以变相的形式悄然现身于各种貌似控制严密的场合。巴塔耶并不认为"人性化的性欲"和"占有的欲望"是"真正的现实",相反,他在这种"显性化的欲望"中窥见了一个更深的、被隐匿的、更为根本的欲望层面,一个朝着"圣性事物"的方向倾斜的欲望维度。巴塔耶认为,"作为主体、自我意识的人类"从不怀疑自己的"主体意识和能力"(理性能力),因此始终无缘邂逅这种滞留在隐秘地带的"秘密欲望"。要想练就一双明察这种欲望的"火眼金睛",就必须超出"我"的意识和能力,"出离到我之外",进到"无法与我结合的"、不可通约的层面。这实际上意味着消除意识主体或自我同一性的缺失。

　　人身上的这种"秘密的欲望'是向往"神圣世界"的欲望,与建立"世俗世界"的欲望相对。它具有三个方面的维度:与"占有的欲望"相对,它是"消尽的欲望";与"人性化的性欲"相对,它是"色情的欲望";与"生存欲望"相对,它是"死亡的欲望"。无论是"消尽的欲望"、"色情的欲望"还是"死亡的欲望",其中心支点都是"性欲"。"性欲"中飘荡着死的气息,期望着作为"当死之存在"而存在,期望着打破禁忌,再度接近被诅咒、遭厌恶的动物性,期望着打破自我意识、主体,打开连续性和消解自己的维度。(汤浅博雄:269—275)在巴塔耶看来,"性欲"支配下所产生的这三种欲望形式才是"神圣世界"能够从"世俗世界"中溢出的真正原因。它们分别在色情、普遍经济和宗教中得到体现。

　　在确立"人性"(巴塔耶实际上把这种"人性"等同于"理性")的过程中,原始人羞于与动物为伍,急于找到"人性"和"动物性"的区别。动物只遵循"快乐原则",追求直接的满足。与此相对立,原始人则诅咒自己身上的"近于动物的部分",如性行为、排泄、分娩、月经等等,为这些深感羞耻和厌恶,把它们隐藏起来暗中进行。此外,原始人极力压抑自己身上的"动物性的性"的冲动,建立起蓄积和拦截性欲的各种禁忌——"文明的"或"文化的"巨大"堤坝",将其延迟到具备了合适的时间、合适的地点和合适的对象之后进行。但是,对于性冲动的压抑越是厉害,性禁忌越是严格,那么打破性压抑、冲破性禁忌的反弹就越强烈。当性冲动在人性的"堤坝"中蓄积到一定程度时,它势必冲垮人性的大堤而肆意横流。这就是人类返归"动物性的性"的色情。但色情不再是单纯的"动物性的性",而是经过人性改造过的神圣的"动物性的性",是神圣的色情,是对人身上那些遭到禁止的自然部分的苦涩回望和留恋。它一方面禁不住神圣色情的"魅惑"而试图侵犯被禁止的东西,另一方面却又对这种侵犯本身怀有强烈的恐惧感、负罪感和羞耻心,在侵犯的快感中瑟瑟发抖。

　　世俗世界是依靠"占有的欲望"建立起来的,巴塔耶把这种占有型经济称为"有限经济"。在有限经济的社会中,"对于物的关怀"占据着每个人的心灵,人(主体)的存在被简约为物的存在,人的逻辑与秩序被简约为物的逻辑和秩序。对人来说，物的第一要素是它的"有用性"，即能够满足人的需要。因此，生产、贮存和占有尽可能多的物之有用性，是整个社会的"第一价值"，成为整合社会的"第一规则"。即便是人们的日常消费也是一种生产性的消费，为占有和积攒更多的有用物品服务。总之，整个社会都笼罩在"占有的欲望"之中，一切与之相抵触的行为，一切无谓的浪费，都必然遭到这个社会的唾弃。每个人都希望占有更多的有用物品，期望自己更加富有，希望获得和积蓄更多的力量或能量。当人们误以为这种"占有的欲望"是欲望的全部时，巴塔耶却提出了完全不同的观点，他认为，在这种呈现于意识之中的"显性的"欲望之下还隐藏着一种"秘密的欲望"：这是一种"消尽的欲望"，即期望"丧失自己"，期望把自己的力量和财富"耗费"净尽，期望消解一切自然的"人化"因素。

巴塔耶在北美印第安人的"夸富宴"（pothlatch）和原始宗教的"献牲"中发现了这种"消尽的欲望"。马塞尔·莫斯（Marcel Mauss，1872—1950）在其《礼物》一书中描绘了这种"夸富宴"的情形。赠礼者在大型宴会上向受礼者转让自己的贵重财物，甚至将自己的贵重财物当众毁掉，而受礼者为了在这种"竞争型赠予"中不致因落败而蒙羞，必须回赠或毁坏与赠礼者同样多或更多的珍贵礼物。（莫斯：70—75）莫斯对于"礼物经济"的人类学考察启发了巴塔耶对于人性之下的"秘密欲望"的思考，使他在这种财富的"滥费"中看到了超出"自我所有"的欲望的"纯粹赠予"和"消尽"的欲望。

巴塔耶在《拉斯科或者艺术的诞生》（1955）一书中对原始宗教中的"献祭"行为也进行了思考。"夸富宴"中赠予和毁坏珍贵财物的目的，是为了赢得地位和尊重，使对方生活在"他名字的阴影下"，因此仍停留在"功利性的回路中"。（莫斯：70）相比之下，原始宗教中的"献祭"不仅要"隆重而华丽"地毁坏牛、羊、谷物等贵重的东西，而且具有一种"纯粹赠予"和"消尽"的欲望维度。在原始狩猎者的心目中，"动物神"是"神"的最初形象。原始人一方面对"动物性的生"之领域感到恐惧、厌恶，力图与之拉开距离，另一方面又感到动物是某种"至高的"存在，因而面对这种"动物性的生"时常常感到困惑和迷恋，不时唤起打破禁忌、回归"动物性的生"的冲动。"献祭"就是在这种"神圣情感"的欲望支配下举行的。

"献祭"是对物化世界的否定。物化世界以主客对立形式对连续性世界进行分割，一切物品都在生产线上刻上了功能性价值，成为物化链条中的一环。在这个世界，人被"异化"成了"物"，而"物"又"异化"成了"有用物"。羊、牛和谷物本来是自然所赋予的生命存在，但人在否定其"内在自然"（兽性）和"外在自然"（自然界）的过程中将其作为"对象"加以捕捉和改造，使它们丧失了作为自然存在物的自我主权。它们不再是自然的存在，而是"为人"的存在、被"人化"和"污染"了的存在。因此，"献祭"中的杀戮和毁坏，也就是对人化世界的颠覆,是功能性回路的"短路",借此使牺牲古物回归"原生态",回应自然神圣性的真切呼唤。在这个意义上,"献祭"是"人性"和"物性"的解放,是在"消解自己(的贵重部分)"的欲望支配下的纯粹的赠予,是不受因果链条制约的纯粹的放弃。

"献祭"不仅破坏了"物化的世界",而且破坏了人类(主体)的生存状态。在社会形成初期,原始先民在"死亡意识"的驱动下催生了以"生之要求"对抗"死之威胁"的强烈欲望,从而建立了一个能够满足起码生存要求的"世俗世界"。但是,死亡和有限意识一直是萦回在人类心头的挥之不去的阴影。他们一方面以求生欲望抗拒着死亡的威胁,另一方面,回归自然的死亡神圣性要求对他们来说又有着太多的"魅惑"。如此,在死亡欲望的支配下踏入死亡境界便成了他们无意识之中的一股暗流。巴塔耶发现,"献祭"之中对于祭品的杀戮和血淋淋的场面,使原始人经历了一种宛若"自己走向死亡"的深刻体验。

在巴塔耶看来,献祭以某种巧妙的方式"回应了黑格尔的要求"。在此,"精神之生"通过"担负并忍耐着死"而获得了自己的真理。原始人战栗不安地注视着祭品在肃穆的宗教活动中走向死亡,体验着死亡的"快感"。"死亡一方面从根本上摧毁了肉体的存在;另一方面,也正是在献祭中'死亡经历着人的生命'。"这是一种为生者目击的死亡,而不是生者自己的死亡。但是,在生者目击死亡的过程中,在上演的他者死亡的戏剧中,生者把自己等同于濒临死亡的动物,模拟自我的死亡,战战兢兢地接近死亡。在杀戮祭品的一刹那,他仿佛感到犹如自己被杀戮一般。此刻,他停留在丧失自我的连续性的维度中、置身于世界空无的"至高性"境界中。他耗尽了一切力量、能量和自我所有,沉浸在一和消融自我的前所未有的强烈兴奋中。以"现在"为坐标的时间倒转了,逻辑的铁律崩溃了,有用性的价值诉求消失了,世俗的世界不复存在了。自我、人性成了梦幻一场。

结 语

某种程度上,我们可以说巴塔耶是弗洛伊德精神分析理论的继承者。精神分析将人的心理世界分为三个层面:本我、自我和超我。本我是人的主、客不分的本能或无意识,它包括性爱本能(生存本能)和死亡本能,追求不受压制的"快乐"。自我和超我分别受到"现实原则"和道德原则的支配,它们合起来构成了有意识的主体,既独立又认同于客体。与此相似,巴塔耶也把欲望分为遵循"快乐原则"的"动物性的性"和遵循"现实原则"的"人性化的性"。"本我"在遭受"自我"和"超我"的压制时常常回返自顾,而"动物性的性"在受到"人性化的性"的压制时也无视各种禁忌的存在,追求在恐惧和战栗中获得一种"至高瞬间"的快乐。

然而，巴塔耶的思想和弗洛伊德的精神分析学说又旨趣迥异。从本质上看，弗洛伊德的精神分析学说尽管突出了本能（无意识）的作用，但以否定性的观点看待本我、自我和超我的关系，力图通过各种治疗手段恢复自我和超我对于本我的控制，因而仍然不失为一种理性主义学说。弗洛伊德式的主体正是在压抑本能或者欲望的过程中建构起来的，它的稳定存在意味着对欲望的持续压抑。概言之，将欲望人格化和主体化的过程，就是对欲望的某种形式的编码过程，主体的存续就是对于欲望编码的存续。与正统的精神分析学说相反，巴塔耶对于以"动物性"形式出现的本我基本上持肯定的态度，并以之为基础对理性主导下的各种"文明的禁忌"和"占有的欲望"进行了不屈不挠的抗争。他所拒斥的"人性"其实就是"理性"，而他同样拒斥的"占有的欲望"和"人性化的性"实际上也就是意识、主体、理性支配之下的欲望。从柏拉图到弗洛伊德，欲望一直处于在主体和符号的掌控之下才能得以设想的地位，是主体的一种性质。无论主体是根据意识和理念（如在柏拉图或黑格尔那里）得到设想，还是根据无意识（如在弗洛伊德和拉康那里）得到设想，欲望一直是渴望填充、渴望再生产的残缺之物。巴塔耶通过揭示出隐藏在世俗（理性）欲望之下的"秘密的欲望"，通过把它提升为颠覆、消解具有自我同一性的主体和同质世界的手段，最终使它变成了反对理性主义的大旗和开启后现代主义大门的钥匙。我们可以从后现代哲学家德鲁兹的"欲望革命论"中看到这种欲望观的准确回应。

参考书目

1. Fred Botting, et al., eds., *The Bataille Reader*, Blackwell, 1997.
2. Georges Bataille, *The Cradle of Humanity*, Zone Books, 2005.
3. ——, *Guilty*, Lapis Pr., 1988.
4. ——, *The Accursed Share*, Zone Books, 1988—1991.
5. ——, *Theory of Religion*, Zone Books, 1989.
6. ——, *The Unfinished System of Nonknowledge*, U of Minnesota P, 2001.
7. 巴塔耶：《色情、耗费与普遍经济——乔治·巴塔耶文献》，汪民安编，吉林人民出版社，2003。
8. 巴塔耶：《色情史》，刘晖译，商务印书馆，2000。
9. 哈贝马斯：《后现代性的开端：作为转折点的尼采》，载汪民安等编《尼采的幽灵》，社会科学文献出版社，2001。
10. 黑格尔：《精神现象学》上卷，贺麟等译，商务印书馆，1997。
11. 莫斯：《礼物》，汲喆译，上海人民出版社，2002。
12. 尼采：《权力意志》，张念东等译，商务印书馆，1998。
13. 汤浅博雄：《巴塔耶：耗尽》，赵汉英译，河北教育出版社，2001。

欲望机器 于奇智

略 说

"欲望机器"（Desiring machine/Machines désirantes）为法国哲学家德鲁兹与精神分析学家瓜塔里在《反俄狄浦斯》一书中共同创造的概念。他俩把欲望和机器大胆折叠，翻转紧粘，使之生成一个褶子：欲望-机器，即欲望机器，可谓一种奇异之思。欲望机器试图表明，在宇宙系统与伦理关系中，有一种普遍存在的对偶关系，此即对立者的永恒轮回，永恒重复。它是因主体向往获得某物或达到某种目的而自行运转、产生能量并经由零件与要素组成的一种装置。这装置具有欲望生产功能，能减轻欲望生产强度，提高欲望生产效率。但是，这里所说的生产，是无意识欲望机器的生产。我们不妨把这种机器叫做德鲁兹-瓜塔里机器。

综 述

从表面看，欲望与机器毫不相干。它们的结合体——欲望机器，更让人感到莫名其妙。其实，这机器自有其历史与逻辑的生成过程。欲望机器，首先是德鲁兹与瓜塔里的合作创造。欲望与机器的结合，就是哲学家德鲁兹与精神分析学家瓜塔里的结合。它也因此是哲学与精神分析学这两个学科结合的产物。欲望与机器的结合，作为西方哲学史的重要事件，不仅成为哲学与精神分析学的嵌合典范，而且标志精神分裂分析学的建立。德鲁兹与瓜塔里创立精神分裂分析学，从此取代了弗洛伊德与拉康的精神分析学。

我们知道，弗洛伊德1885年到达巴黎，师从法国神经病理学家夏尔科，专门研究歇斯底里症。1895年，他与布鲁耶尔合作出版《歇斯底里研究》，此书标志精神分析学的开端。但精神分析学的正式建立，却以弗洛伊德名著《梦的解析》（1900）为标志。因此，这门学问又称弗洛伊德主义。

弗氏将生物学上的性本能抬高为人类原动力，甚至是改变个人命运、决定社会进步的永恒力量。这导致他同合作者荣格、阿德勒的决裂。弗氏的欲望本能（性本能）说，一直是精神分析学的基石。他先将心理存在分为三层：无意识、下意识、意识，继而改称本我、自我、超我。在他看来，本我即本能冲动，它按照快乐原则行事。自我源出本我，为一认识过程，它的活动（大部分属无意识）按照现实原则展开，即感受外部影响，满足本能欲求。超我，则是从自我中分裂出来的一个支流。作为人的良心，它依照至善原则活动，代表道德标准，调控本能表现。

1920年，弗洛伊德发表《快乐原则之外》，从此将人的本能推向生死二维。生死本能，原为与生俱来的两大人类本能。生本能，就是性欲、爱恋与建设的力量。死本能，就是杀伤、虐待与破坏的力量。简言之，前者代表肯定行为，以及正面、施动、影响的方向，后者则代表否定行为，以及反面、受动、逆反的方向。由此可见，生本能与死本能，本是一种作用与反作用的对应关系。在弗洛伊德主义层面，一切现象无不朝着上述两个方向展开或显现。

20世纪40年代后，欧美涌现出一批新弗洛伊德主义者，其中，一派以美籍德国学者霍尔尼、弗罗姆为代表，另一派要数拉康、德鲁兹、瓜塔里最引人注目。拉康精神分析学和德勒兹与瓜塔里的精神分裂分析学，堪称弗洛伊德主义在法国造就的一对成果。前者展现忠贞，后者显示叛逆，它们共同验证了法国精神分析学派的内部冲突。继拉康《著作集》（1966）之后，德鲁兹与瓜塔里1972年出版《反俄狄浦斯》，再次点燃巴黎战火，促使新老两派斗争白热化。

德鲁兹与瓜塔里相遇

德鲁兹早年一度受到存在主义影响，但很快摆脱这种影响而潜心哲学史，相继开展有关休谟、尼采、康德、柏格森、斯宾诺莎的专题研究。1972年之前，他已出版一批著作，诸如《经验主义与主体性》（1953）、《尼采与哲学》（1962）、《康德批判哲学》（1963）、《普鲁斯特与符号》（1964）、《柏格森主义》（1966）、《扎赫尔－马佐赫介绍》（1967）、《差异与重复》（1968）、《斯宾诺莎与表现问题》（1968）、《意义逻辑》（1969）等等，以及数量可观的论文。

在以上系列研究中，德鲁兹对前辈哲学家的概念实行大胆重组。他发现：在相异性概念区域之间，存在普遍的扭结或折叠现象。所谓扭结或折叠，就是事物相关必须同时兼顾各方，并使它们成为共生体。这种事物之间的纽带关系，正是事物彼此联系的根据和相互依赖的保证。据此，他大大弱化概念区域间的对立性、悖论性、差异性，进而提出一个独具个人风格的概念系统，譬如自然－机器、差异－重复、时间－存在、受虐狂－施虐狂、生命－死亡等。

在德鲁兹笔下，每对水火不容的概念之间，都会生成一种相依互补、却并不归入对方的多样性对偶关系。它们之间谁也离不开谁，谁也不是谁。更为奇特的是，每一概念，都会在其内部生成嵌套关系，并与其对立概念内部的类似关系，生成更具多样性的对偶关系。比如自然中的自然，机器中的机器，自然中的自然－机器中的机器。这种一体化、层次化的对偶关系普遍存在，从而深刻体现出一种对立而永恒的轮回规律。总之，概念与概念之间，因扭结而相通，同时它们又始终保持着自身及其多样性品格。换言之，它们折叠又展开，封闭又开放。这种哲学狂想，逐渐画出某种哲学的构想线条。

德鲁兹的难题，是如何不断加粗这种线条，并为它寻找途径和时机。这条线成为我们重新领会一切我们已经熟知的二元关系及其观念的全新可能性，因为它大大消除或弱化了二元现象之间的时空距离。到了《反俄狄浦斯》时代，"欲望－机器"或"欲望机器"概念的生成便是完全可以理解的，因为这是一个研究过程的自然结果。

1969 年，深陷理论难题之口的德鲁兹，结识了成就斐然的精神分析学家、神经科医生瓜塔里。结识意味着一种决定性的转渡，这种转渡又颇具危险性和浪漫性，因为结识者双方都不知道自己将对方引向何地，也无法知道如何把握自己的生涯和命运。与此同时，一种精神与情感的行游，以无法预料的方式把结识者双方带入奇景之中。瓜塔里起步于拉康精神分析学，经过心理治疗而逐渐走向精神分裂分析学，在拉博德心理诊所工作期间提出了横断性、群体幻想等概念。虽然他受到拉康的系统教育，但总以自己的立场极大关注精神分裂症，并且坚信精神分裂症才是真正的分析对象。他拥有许多立场、论断、概念，却缺乏德鲁兹那样的对偶折叠术。

无疑，瓜塔里也在寻找自己的出路。他首先真正发现且重视"欲望机器"这一概念及其巨大价值并与德鲁兹谈起。当然这个概念还很粗糙，尚与机器无意识、精神分裂无意识密切相关。德鲁兹则认为，这个概念相当先进。他断言瓜塔里的探索工作已比自己的工作前进了一大步，尽管它还没能摆脱结构、能指、符号、男根等词语，仍带有明显的拉康痕迹。他们也承认，精神分析学家对欲望机器早有所知，却以欲望本能概念完全掩盖和取代了它，而把神经官能症误认为真正的分析对象，并因此排除了精神分裂症。最典型的例证是对德国德累斯顿上诉法院院长、神经病患者施雷贝尔的含糊其词。

德鲁兹与瓜塔里一致判断，精神分析学一开始就把分析对象和任务弄错了，并且加以歪曲和简约的解释。当然，我们应该看到，他们都背负着拉康幽灵，又力图摆脱它，坚信一定有一些更好的概念来确定和纯化欲望机器。他们遇到了困难，决定共同研究这个概念，一起研读了许多精神分析学著作，发现了其中的荒谬和精华。德鲁兹把著作视为四处泄漏又严实的东西，瓜塔里则将它看作精神分裂症之流。这两种观点极其相似。这表明他们之间存在着许多共鸣点。

五六十年代，德鲁兹对柏格森哲学的研究颇具起色。他把柏格森差异哲学视为划时代的贡献，进而把它确定为思想尺子。在尼采研究中，他以"完全差异"解释强力意志与永恒轮回，进而借助尼采哲学，摆脱了在柏格森研究中所遇到的困境。这为解释"欲望机器"作了学理准备，因为"欲望机器"正是差异发生永恒重复而出现的思想奇观，或者说，欲望机器就是差异的永恒轮回。柏格森在《创造进化论》中明确以生命冲动（绵延）讨论机械论和生机论的超越。而瓜塔里的欲望机器概念，在德鲁兹那里获得自身的哲学意图：以欲望机器论超越机械论与目的论生机论。由此可见，在超越机械论与生机论的艰难过程中，两人选取了与柏格森不同的支点：在柏格森那里是生命冲动，而在德鲁兹与瓜塔里那里是欲望机器冲动。欲望机器化入哲学，使西方哲学获得了新的理论形态和发展视域。

在研究内容和思想志趣方面，他们的合作具有可能性和必要性。他们都需要对方，各自所缺乏的正是对方所具有的。因此，这完全是一种平等的互相需要、互相理解、互相欣赏。在他们没有相识与合作之前，各自的研究成果就已获得了一种深刻的共生关系。

在《普鲁斯特与符号》和《扎赫尔－马佐赫介绍》中，德鲁兹对反常现象或病理问题给予了极大的关注，探索病理学与哲学之间的有机连接点，明确把哲学导入情感论和病理学。作家、画家、电影家像医生一样从事病理学实践。他在《差异与重复》中正是以情感、反常、受难来界定"重复"概念的，所建立的哲学就是关于情感、反常、受难的论说体系。反常现象分析与文体种类分析在德鲁兹哲学体系中得以共存。作家、画家、电影家从患者－叙述者转变为医生－叙述者。在哲学史上，德鲁兹以哲学家身份，如此热情而认真地关注小说和小说家、绘画和画家、电影和电影家，而他在这方面获得的理论成就相当突出。德鲁兹哲学则吸纳了许多与众不同的研究对象，具有明显的悖论风格或疑难特征。

德鲁兹努力把瓜塔里从精神分析学引向哲学，而瓜塔里努力把正热衷于对反常现象进行哲学思考的德鲁兹引向反精神分析学，即精神分裂分析学。他们为精神分裂分析找到了沃野：资本主义社会、当下社会、群体或战斗的群体，进而反对俄狄浦斯。社会随时都遭受到意识围困和无意识围困的威胁。他们在文学作品特别是英美小说中，发现了一系列相关主题：强度、流、机器书籍、实用书籍、精神分裂症书籍。文学家最擅长分析精神分裂症，在一些细节刻画上大大超越了精神分析学家或精神病学家。我们应当明白，他们关注的是精神分裂症的社会与政治规定性，而不是其医院规定性。这就是他们为什么把资本主义社会及其政治体制确定为精神分裂症的沃土。在此，他们的道路与福柯有关癫狂与非理性的思路，发生了奇迹般的汇合。

共同著作：《反俄狄浦斯》

德鲁兹与瓜塔里明确以"反俄狄浦斯"来对抗弗洛伊德的"俄狄浦斯"，同时背叛了拉康。他们的合作成果《反俄狄浦斯》，标志着"欲望机器"的正式诞生。在弗洛伊德那里，无意识中的欲望本能，特别是性欲本能，是心理过程与心理实在的基本冲动。而在德鲁兹和瓜塔里这里，无意识中的欲望机器，特别是性欲机器，成为心理过程与心理实在的基本冲动，它是改变个人命运，决定生理、社会、技术、工业等发展的永恒动力。

精神分析学强调欲望的本能性，而精神分裂分析学强调欲望的机器性，把欲望还原成机器，还原成心理问题进行分析，进而从生理、社会、技术、工业等角度去寻找成因。机器脱除了欲望的本能，或对欲望的本能施行了去势术，即作为本能的欲望消失了，但作为机器的欲望诞生了，即欲望机器组装成功了。它切断了一直流淌着的欲望本能之流。我们得以清楚地看到，欲望已经发生了机器转向。

《反俄狄浦斯》无疑是 1963 年"五月风暴"的产物，它的思想极具挑战性，富有激昂的时代特征。作者既以弗洛伊德和拉康为基础，又走向这个基础的反面。精神分裂分析最终代替了弗洛伊德的精神分析，精神分裂分析的无意识最终代替了精神分析的无意识，欲望机器代替了欲望本能，反俄狄浦斯代替了俄狄浦斯。

该书不断以精神分裂分析法，去接近资本主义与精神分裂症之间的扭结、无意识和社会问题。它明确把欲望视为机器，把无意识处理成由欲望机器组成的工厂、场所、原动力和代理者。在欲望机器系统内部，无意识不具有形象性和构造性，而富有机器性或机械性。弗洛伊德所谓的俄狄浦斯情结（恋母情结），是把欲望生产封闭在父-母-我生成的家庭内部。可在德鲁兹与瓜塔里看来，这严重妨碍了人们对精神病或精神分裂症的理解和根治。他们把批判的矛头直接指向俄狄浦斯情结。

既然欲望机器与生理机器、社会机器、技术机器、工业机器一脉通连，就引出了三种不同的社会样式：未开化社会、野蛮帝国社会、文明社会。未开化社会是一架领土机器，野蛮帝国社会是一架君主专制机器，文明社会却是一架资本主义机器。欲望机器只有在文明社会才能在欲望生产过程中展现出精神分裂症的本来面貌。挖掘这一本来面貌，就是精神分裂分析。精神分裂分析既分析欲望机器，又分析它所应对的社会困境。反俄狄浦斯既使辩证的马克思主义发生转向，又使弗洛伊德主义发生分化。可以说，《反俄狄浦斯》既是德鲁兹与瓜塔里的转折点，又是西方现代思想的转折点。因此，欲望机器认识论具有划时代意义。

什么是欲望机器？

欲望在法文中写作 désir，它来自法语动词 désirer。而 désirer 于 11 世纪末源出拉丁文 desirare，其原本意义为"对缺乏者的抱憾"。这一词汇可指示愿望、想望、要求、欲求、性欲、肉欲、所想望的东西。与此同时，它排除了其反义领域：轻蔑、冷漠、惰性、恐慌、忧虑、厌恶、不安、无视，等等。

机器或机械，即 machine 一词，在 14 世纪拉丁文里写作 machina，意即创造工具或发明机器。它指示工具、器械、打字机、具有机械装置的车辆、机车、火车头、人机体、动物机体、身体器官、机构、机关、文学巨著、绘画作品、雕刻作品，以及人、东西、玩意儿、阴谋、诡计、地球等。

欲望与机器这两个概念，在西方哲学史上都有漫长厚实的观念史。总之，欲望机器把技术、技艺、力量、计算、缝纫、打印、虚拟处理、翻译、战争、航海、交通、舞台、人、动物、政治、社会、经济、艺术、世界等统统融入，并且把欲望者当作机器，或者使之走向机器化。

机器化的目的，就是广泛使用机器装备减轻或代替体力生产，提高欲望生产效率。欲望机器表达了主体因想望获得某物，或达到某种目的而能够运转、行驶、运动、产生能量的由零件与要素组成的装置。"人是欲望机器"取代了"人是欲望体力"或"人是欲望本能"。如今"人是欲望虚拟"或"人是欲望网络"的说法，正逐渐代替"人是欲望机器"。

由此可见，欲望机器（机器化）是一项技术革命，甚至是整个技术革命及其余波的一个重要方面，即欲望由体力生产转向机器生产。它既是欲望体力（体力化）的余波，又是欲望体力（体力化）与欲望虚拟（虚拟化）之间的过渡。与此同时，它显得相当复杂，且以不可阻挡之势伸往各个方向，不断扩张自身领地。很显然，欲望机器的出现意味着，精神分析学经过弗洛伊德和拉康，直到德鲁兹和瓜塔里，终于完成了机器化转向。请留意，如今欲望虚拟化的转向已日渐明显。它不仅具有革命性、里程碑式的意义，而且拥有自身的逻辑、系统和场所。

在西方社会，成人性工具的不断革新和广泛使用，明显表现为性欲望的机器化流向，即机器在表面上特殊而实际上普遍的区域得到广泛使用。人与机器在尽可能大的性快乐高原发生了罕见的艳遇，达到奇妙的"不和谐的和谐"。人在自我认识与自我呵护领域（内部力量）的最大限度的满足，有赖于他者力量（外部力量）的支持，也正是在内部力量与外部力量的共同推动中不断完善自身、满足欲求、改善环境、美化生活、达成愿望、净化心灵、提高素质的。一方面，作为外部力量的成人性工具不仅代替或减轻了肉体欲望的体力生产，而且提高了性欲望的生产效率和快感强度。另一方面，临床医学与生理学的共同事实已经证明，它不仅进一步开发人类性欲望的新领域和新方向——事实上，我们的确一直以各种方式回答和解决"人类性欲望究竟能走多远、到多高？"这个问题——更好地治疗那些具有性功能障碍程度或轻或重的病人，减轻病人的人生痛苦，而且在刺激情欲的过程中产生经济效用，扩大生产线和劳动力市场，促进社会财富的创造和再创造。

上述欲望机器，无疑也最大限度地挖掘了艺术家的文学才能、绘画才能、雕刻才能，促使他们生产出许多传世佳作。现代艺术品也是机器或欲望机器。作为一种欲望机器，文学开辟的是艺术符号领土，因此它是欲望机器的典范。文学作品无非是作为欲望机器的作家，在轰鸣的无意识工厂（写作间）创造出来的产品。作家的笔是激情笔，打字机是激情打字机，电脑是激情电脑。它们有助于作家获得强烈向往的东西，即生产文学巨著。不论是笔，还是打字机或电脑，都依赖于作家的手——这只手指向不同的欲望工具：它要么指向笔，要么指向打字机，要么指向电脑。可以说，手是典型的激情象征。尽管今天的虚拟化或网络化技术越来越发达，人们还是不能摆脱手的功能。

与手相呼应的嘴巴，则是吃饭的可爱机器。切断食物流，它是喝牛奶品咖啡的美丽机器。切断牛奶咖啡流，它是说话的动人机器。切断沉默流，它是讲新闻的灵性机器。切断时事流或事件流，它使这些流生成方向、线条、环节、射程、冲动、绵延、要素、场景、回忆、循环链、知识、思想。

自我也是一架欲望机器，而且是求知欲很旺盛的机器。它在大地上往来驰骋，忽东忽西，总之是开到它想去、必须去、或正在去的地方。它所到之处，一定会生成一道道纵横交错的线条。这种开往活动，在过去、现在、将来不断地重复，即永恒轮回。如今，欲望机器（比如作为外部力量的成人性工具）早已全面有力地嵌进了社会机器、技术机器、文学机器之中，并且与之紧密地结合起来，一起进入了历史，即欲望史、社会史、技术史、文学史的综合史。这是一种折叠式的综合或者差异的永恒重复。

弗洛伊德的"俄狄浦斯"，试图将欲望本能幽闭于父-母-我三角家庭。而德鲁兹与瓜塔里的"反俄狄浦斯"，却力图把欲望机器开向家庭之外的每一开放性领土。这是因为，他们发现了未开化民族中近亲婚姻禁忌系统，所以没有必要在此系统内继续寻找俄狄浦斯的蛛丝马迹。欲望与机器的配置，如同胡蜂与兰花，生成纵横交错的异质领土。欲望主体把欲望流引入机器，从而使机器从事生产的意象，与胡蜂运送花粉使兰花生殖的意象完全吻合。欲望主体成为机器生产的参与者，如同胡蜂成为兰花生殖的传人。欲望与机器、欲望主体与机器生产，生成一种既互相摆脱、又互相亲和的关系。

另一方面，由于欲望流四处游牧且复杂多变，呈根茎状分布，所以欲望机器是一个具有强度性、多样性和冲动性的装置，并且具有外部规定性。可是，欲望机器的生产制度一旦内化为社会制度的有机要素，即获得内部规定性，这就使欲望主体具有内外二重性格，意味着欲望主体必须同时与内部势力和外部势力角斗或合作。由此可见，任何一种出场性主体形象，都不是某个单一性侧面的表演。而我们对欲望机器的彻底认识，也必须指向内外两个向度及其生成的复杂性线团，而保存这种认识，又依赖传诵和写作。与此同时，传诵机器与写作机器同样受制于复杂、多样、紧张的内外势力，服从于各种组织或机构如作家协会、宣传机构、教育机构、媒体、报纸杂志社等等，而这些组织或机构都具有自身的方向、目的、空间、模式、表现、情感和欲望。

欲望流向与欲望主体

欲望以机器为基础，欲望与机器生成不可分割的共谋性组合体。机器支撑着欲望，使欲望生成机械、无意识、不自觉、不由自主的性欲流。而由器官零件装置成的人，则是这种性欲流的策划者。

欲望以无意识的游牧状态或自然状态而存在着。它服从机器的功能、规定、生产、消费、记载、切断、开垦、战斗、扩张。它随着机器，开向领土的四面八方，指向多样性存在。在德鲁兹与瓜塔里描述的荒芜领土上，开动着隆隆轰鸣的欲望机器，继而生长出鲜活的欲望之花。可见，欲望机器的生产为生命繁衍助了一臂之力。

我们可以通过沉思，将欲望机器导入存在领域和生命领域。首先，欲望以机器为前提。以机器为前提的欲望，才是正当的欲望，而以非机器（本能）为前提的欲望是非正当的欲望。欲望要么与机器折叠，要么同本能合流，这意味着抉择问题必然出现。欲望与机器折叠就是脱本能，与本能合流就是脱机器。欲望以不可阻挡之势，指向两个基本方向：机器与本能。与此同时，它塑造了主体（欲望者）的形象曲线，这种曲线与主体欲望的基本指向相对应。欲望者一旦与机器和本能中任何一方结合，就成为规定性主体。机器与本能对欲望者的本质，起着互相对立的规定作用。也就是说，欲望者的形象与这种本质规定作用直接相联。欲望者面对机器与本能，如何考虑自身的存在形式呢？这是个关键性问题。

"我欲"由机器或本能规定着，即"我欲"成为被规定者。而"我思"要在机器和本能之间作出抉择。这表明，在欲望行动尚未展开之前，其基本方向已经被发挥抉择作用的观念（我思）规定了。"我思"是规定者，"我欲"是被规定者，规定者与被规定者必然直接相关。那么，是什么东西得以将它们连接起来呢？

起着这种连接作用的是习惯、动机、生存条件、生活经历等因素的综合。对于抉择者来说，这些因素的综合或紧缩，是一个作出最后抉择的必然当下状态。它在抉择者面前生成十分紧要的逼迫之势。"作出抉择"，由"现在"这一紧张而活泼的时间形式显示出来，"现在"表达了过去与将来的种种因素的汇合扭结。这不是"我欲"与"我思"（或欲望与沉思）之间的外在关系，而是它们之间的内在关系，因为它压缩两者之间的空间距离，为消除二元现象的绝对对立出了力。

自我作为欲望者往往在"现在"的临近状态下，必须作出机器性抉择或本能性抉择。因此，自我是被动的，必须屈从现在。自我一旦作出某种抉择，就划定机器与本能之间的分界线。与此相对应，这条分界线区别了两种自我：机器的自我与本能的自我，即机器的欲望者与本能的欲望者，亦即德鲁兹-瓜塔里路线上的主体与弗洛伊德-拉康路线上的主体。由此可见，自我因抉择而发生分裂或者分化，抉择产生了屈从性自我与分裂性自我，或者说，是服从性欲望者与分裂性欲望者。

欲望的体力化，意味着手恋、手淫、书写、手写文学。欲望机器化，意味着机器恋、机器淫、机器书写、机器文学。欲望虚拟化或网络化意味着网恋、网淫、电子书写、网络文学。欲望机器不间断地生产、开垦、战斗、扩张。人这架机器，作为欲望主体，经历了体力化、机器化阶段，进而在今天到达虚拟化阶段。它在这三个阶段有何种差异？应当说，三个阶段的特征分别塑造了主体的不同形象：体力劳动者、机器劳动者、虚拟劳动者。

体力劳动者的欲望流归向体力，机器劳动者的欲望流归向机器，虚拟劳动者的欲望流归向网络。不同的劳动者，生产不同的欲望作品。不同的欲望流，生成不同的欲望世界。就肉体本身而言，其欲望由直接指向自身，经由间接指向自身，最后达到远离自身。换句话说，由内而外，由实到虚，从肉体冲动转向非肉体冲动，由实在性"欲望冲动"至虚拟性"欲望冲动"。欲望逐渐成为欲望者的外化。

欲望机器是主体从欲望体力到欲望虚拟的中间环节，也是欲望虚拟得以实现的先决条件。电脑的广泛使用，虚拟技术的普及，促使欲望虚拟化，并加快了欲望虚拟化的进程。欲望虚拟的出现，意味着主体走向消失和边缘化，并把欲望指向越来越具有吸引力的网络世界或虚拟实在。这展开了欲望虚拟的言说之路。主体的身体本身，越来越不能成为欲望的主宰。起主宰作用的是网络世界或虚拟实在。

欲望主体面对不见面孔、不知性别、不知年龄、不知职业、不知身份、不知意图的陌生他者。因此，它获得的知识，也是虚拟的和远程的，即无面孔、无性别、无年龄、无职业、无身份、无意图的世界知识或世界观。欲望虚拟大大降低了本能和机器的作用，虚拟书写方式也大大削弱了手工书写方式、机器书写方式的作用。换言之，网络文本在逐渐抢占手抄文本、印刷文本的地盘。日益发达的虚拟方式，深刻影响着人们的欲望生存方式、欲望写作方式、欲望认识方式。欲望体力或欲望本能处于前欲望机器时代，欲望机器则处于前欲望虚拟时代。

结　语

在德鲁兹与瓜塔里看来，文学家，比如《追忆逝水年华》的作者普鲁斯特，就是创制典型人物和艺术符号的欲望机器。哲学家，则是创制概念或概念登场者的欲望机器。他俩试图从机器角度，发现欲望概念的认识论价值，因而他俩又是一对欲望机器的思想者：前者以自然和存在为基础，后者以精神病为基础。

欲望机器是资本主义与精神分裂症合流的产物。它如今已成为西方精神分裂分析学的核心概念，并且也是德鲁兹－瓜塔里哲学的重要标志。运用欲望机器这个概念，他们创造发明了一系列重要哲学概念，形成一个哲学概念链条，进而开辟了各自崭新的思想方向。与此同时，这些概念与思想又在《卡夫卡，为了一种细节文学》（1975）、《根茎》（1976）、《一千座高原》（1980）与《哲学是什么？》（1991）等著作中生成汇合之势。

欲望机器这一概念，本身具有强大的生产力、繁殖力、推动力、开发力。它向不同领域展开，诸如社会机器、技术机器、国家机器、文学机器、绘画机器、音乐机器、欲望巨作、作品机器、医学机器等等，这些都为德鲁兹－瓜塔里哲学的未来图景提供了新的可能性。

欲望与机器的结合就是折叠。欲望机器正是因结合、黏合或折叠而生成的一个典型褶子。这为后来的《褶子》一书及其所展示的观念，给出了某种暗示。在今天看来，以虚拟技术为特征的技术革命，已经把人类欲望引到了网络世界。欲望网络化或虚拟化问题，及其认识论思考，将是一个值得我们关注的新课题。

参考书目

1. Alberto Gualandi, *Deleuze*, Les Belles Lettres, 1998.
2. Félix Guattari, *L'Inconscient Machinique*, Paris, 1979.
3. —, *Psychanalyse et Transversalité*, Les Editions Maspero, 1972.
4. —, *la Révolution moléculaire*, Les Editions Recherches, 1977.
5. Gilles Deleuze, "Désir et plaisir," in *Magazine littéraire* 325, Oct. (1994).
6. —, *Foucault*, Les Editions de Minuit, 1986.
7. —, *L'Île Déserte et Autres Textes*, Les Editions de Minuit, 2002.
8. —, *Nietzsche et la Philosophie*, PUF, 1962.
9. —, *Pourparlers*, Les Editions de Minuit, 1990.
10. —, *Présentation de Sacher-Masoch*, Les Editions de Minuit, 1967.
11. —, *Proust et les Signes*, PUF, 1964.
12. —, et Félix Guattari, *L'Anti-Œdipe*, Les Editions de Minuit, 1972.
13. —, et Félix Guattari, *Mille Plateaux*, Les Editions de Minuit, 1980.
14. Michel Foucault, "La Vérité et les Formes Juridiques," in *Dits et Ecrits*, Editions Gallimard, 1994.
15. Toni Negri, "Deleuze," in *Magazine littéraire*, Hors Série, 1996.

原型批评 张中载

略 说

"原型"（Archetype）一词由希腊文 arche（原初）和 typo（形式）组成。原型在古希腊起初指模子或人工制品的最初形式，印刷术发明后指排版用的字模（后来的铅字），属实用范畴的词语。柏拉图用此词于哲学，他说，宇宙间的万物都是理念世界中的原型创造出来的。原型批评以原型理论为基础，以结构主义方法为手段，对整个文学经验和批评作原创性的分类对比，寻求文学的本质属性。

综 述

在原型批评崛起前盛极一时的"新批评"在西方的文学研究和文学理论领域独领风骚数十年后，终于在20世纪60年代走向衰落。其实，早在50年代，"新批评"就因其片面性和狭隘性受到文学界和批评界的质疑和批评。正当"新批评"日暮途穷时，加拿大学者诺思罗普·弗莱的经典著作《批评的剖析》（1957）应运而生。此书的问世在西方的文学批评界颇有横空出世、一鸣惊人的气势和效应。它结束了"新批评"在西方（尤其是北美）文学批评界的霸主地位。

弗莱和他的原型批评的崛起在两个层面上具有里程碑的意义。一是20世纪的西方文学和批评新思潮大多出自欧洲，北美几乎没有出现过具有国际威望并影响整个西方的文论和文论家或批评家。弗莱和他的原型批评理论的问世打破了欧洲人主宰西方文学批评界的局面。二是文学批评的地位从此发生了根本性的变化。传统观念认为，创作优于批评，批评是文学作品的附庸，是文学身上的"寄生虫"，是"攀援创作的大树的青藤"。

其实，批评理论或文论在西方已有两千多年的历史。柏拉图《理想国》的第二卷和第十卷分别记录了苏格拉底同阿德曼斯和格罗康的对话，就文学的真实、虚构、批评等问题进行了讨论。亚里士多德的《诗学》是西方最早的文论或批评专著，为西方批评理论的建立和发展奠定了基础。根深蒂固的传统观念使文学理论长期不能成为一门独立的学科，从文学理论在古希腊诞生到它堂堂正正地步入大学课堂，竟然走了两千多年的漫漫长路。

弗莱说："难道批评不是科学的艺术吗？"法国当代著名文学批评家让-伊夫-塔迪埃在《20世纪文学批评》中说："在20世纪，文学批评首次试图与自己分析对象平分秋色。"杰弗里·哈特曼在20世纪80年代进而称文学批评是一种有"诗情画意"的文学作品。

使文学理论成为一门独立的学科,弗莱和他的《批评的剖析》功不可没。

什么是原型·原型批评

荣格和弗莱分别在《论分析心理学与诗的关系》和《作为原型的象征》中界定了原型。荣格称原型是反复发生的领悟的典型模式,是种族代代相传的基本原型意象。他说,集体无意识的内容是原型或原型意象;从一个人出生开始,这种意识就潜移默化地影响着他的心理活动。他把这种人的头脑中继承下来的祖先经验称作"种族记忆"、"原始意象",或"原型"。弗莱称原型为一种典型或反复出现的意象,原型把一首诗和别的诗联系起来,每个诗人都采用自己以为是创新或独特的意象。但是,当时跨千年、地距万里的诗人在交通和信息技术很不发达的时代和地域不约而同地使用相同的意象时,人们发现,这些意象是人类文学整体的模式、程式和原型象征,是一种一代一代流传下来、可以交流的玄妙符号。如果没有原型的共性,那么纵向数千年、横向全世界的文学艺术作品就很难得到广泛的欣赏和交流。正如格尔哈德·霍普特曼所说:"诗歌在词汇中唤起对原始词语的共鸣。"荣格认为,文学创作的过程就是从无意识中激活原型意象,并对其进行加工制作,使之成为一部完整的作品。有的批评家因此把荣格的"分析心理学"称为"原型心理学"。

文化人类学家发现,原始人用许多生动形象描绘、解释各种自然现象,表现出充满诗意的想象力。例如四季的变化和循环、日出日落和白昼黑夜、人的生老病死等自然现象在原始人中诱发了许多有关四季、四季神、生、死、复活的神话,流传至今仍经久不衰。雪莱的著名诗句"如冬已来临,春天还会远吗?"正是使用了四季循环及其象征意义。我们可以把四季的象征称作"原型想象"。"原型想象"就是把某一物体、事件、现象看作具有普遍性的象征意义。

原型可以是意象、细节描写(如四季的循环交替、人的生老病死等)、情节(如善恶斗争)和人物4大类型。人物又可分为善恶两类,善者还可细分为灵魂拯救者和肉体拯救者,前者如上帝、耶稣、神职人员,后者是救人于危难之际的英雄好汉、智者、谋士,例如所罗门、罗宾汉、孙悟空、水泊梁山108将、神化的诸葛亮等。

原型有强劲的继承性、传播性和无限生成转换性。如同词语、音符和几何图形,原型在不断的组合排列中产生无穷的既似曾相识又陌生的语句、文章、音乐、图案和绘画。《灰姑娘》是个很好的例子。源于民间故事、神话的这个童话故事可考的可追溯到2500年前的埃及,如今流传在世界各地的《灰姑娘》竟多达700多个版本。原型可以在神性世界、人类世界、动物世界、植物世界和矿物世界间自由转换。东方和古希腊的神话和民间传说中,我们反复看到人变动物、动物变人、植物变成人、人变成植物、石头变成人和人变成石头。

弗莱认为文学具有本体性，他寻求把文学作品联系在一起的文学本质属性，而原型（或神话）就是文学本质属性的基本。

所谓原型批评简而言之就是从神话着手从宏观上研究文学艺术自身的内在类似性，即其程式、结构模式和原则，并从整体上探寻文学类型的共性和演变规律。因此，原型批评也称神话批评。

原型批评来龙去脉

弗莱是原型批评的创始人和杰出代表。但是，原型批评能成为西方文学理论中一个重要的流派，却是弗莱广采博纳各家之说的结果。对弗莱建立原型批评产生重大影响的有两个人：一个是苏格兰人类学家 J. G. 弗雷泽，另一个是卡尔·荣格。弗雷泽在他的传世巨著《金枝》（1890—1915）中精辟地论述了仪式、巫术、神话等人类原始文明的源流关系，使该书成为神话研究的奠基之作。弗莱受到弗雷泽的启示，着手在神话中探寻构成神话的普遍模式，从原型象征中发现人类文学作品中普遍存在的最深层的意义。弗莱说："文学产生于神话"，"文学是神话性思维习惯的继续"，"因此，神话模式——即有关神祇的故事……是一切文学模式中最抽象、最程式化的模式。"他把神话看作是文学的本质属性的基础，认为任何文学作品都是在"由人类的希望、欲求和忧虑构成的神话世界中写成的"。

弗莱公开宣称，他的原型理论是受荣格的集体无意识理论的启发创建的。因此，他把自己的原型批评理论也称为荣格的批评理论。美国"新批评"代表人物威廉·威姆塞特和克林斯·布鲁克斯说，弗莱的原型是从荣格那里借来的，并且说，所谓原型，就是原初意象，它是集体无意识的一部分。荣格在《论分析心理学与诗歌的关系》（1922）认为，原型在本质上是一种神话形象。他说："每一个意象都有着人类精神和人类命运的一块碎片，都有着在我们祖先的历史中重复了无数次的欢乐和悲哀的一点残余……"

荣格在同一部著作中又说：

> 艺术作品作为一种象征，不仅在诗人的个人无意识中，而且也在无意识神话领域内有着它的源泉。无意识神话学的原始意象是人类共同的遗传物，我把这一领域称为"集体无意识"用于区别个人无意识……集体无意识不能被认为是一种自在的实体；它仅仅是一种潜能，这种潜能以特殊形式的记忆表象，从原始几代一直传递给我们；或者以大脑的解剖学上的结构遗传给我们……它仅仅在艺术的形成了的材料中，作为一种有规律的造型原则而显现，也就是说，只有依靠从完成了的艺术作品中所得出的推论，我们才能够重建这种原始意象的古老本原。

荣格认为，个人无意识的主要内容是由带感情色彩的情绪组成的，而集体无意识的内容就是原型。因此，可以说集体无意识就是原型的积累。

第一个系统地把荣格的集体无意识用于文学的并不是弗莱，而是英国人莫德·博德金（Maud Bodkin），他于1934年出版了《诗中的原型模式》，比1957年出版的《批评的剖析》早了23年。在论述原型时他首次把兴趣从神话转至原型，使学术界的兴趣也随之转向。

另一个对原型批评作出贡献的是美国学者莱斯利·菲德勒（Leslie Fiedler），他对原型理论的研究同样受到荣格的启发。在《美国小说中的爱与死》（1960，1966修订版）中，他深刻地论述了西方文学中两个常见的原型主题——爱与死。菲德勒在学术和声誉上不如弗莱，但却也有他独到之处。他否认文学作品是一个独立封闭的本体，而这也正好是弗莱的原型批评脆弱的一环，遭到不少批评家的批评。

促进原型批评发展的还有1924年出生于美国、后来在瑞士苏黎世接受教育的詹姆士·希尔曼（James Hillman）。他于1975年出版了《再看心理学》，在书中他既不从生理学着手研究头脑，也不从语言学出发研究原型结构，更不从社会学的角度研究社会的组成，或分析人的行为，而是着重研究人的想象。1970年他在苏黎世重新创办一个多学科杂志：《春天：原型心理学和荣格思想年鉴》。1983年，希尔曼又出版了《原型心理学简论》。希尔曼这一派原型批评家受符号学和结构主义的影响较深，对英国浪漫派诗人布莱克和济慈情有独钟，在原型研究中强调心灵。希尔曼对布莱克的浓厚兴趣源于弗莱的第一部著作《威严的对称》（1947）。

1965年，美国"英语学社"召开会议专门讨论弗莱的学术成果，并于翌年把会上的发言稿汇编成册出版，书名是《现代批评中的诺思罗普·弗莱》。目前，以发表原型批评闻名的杂志有两种，一是英国的《分析心理学》，二是美国的《春天：原型和文化》。虽然这两种杂志并非专门刊登原型批评，但是从这两份杂志中我们却能了解当今原型批评的动态，它们为全世界的原型批评学者提供了研讨的园地。

20世纪80年代西方又出现了女权主义原型批评。女权主义原型批评突出荣格所强调的原型的流动性和活力。80年代读者反应理论和批评的兴起使荣格在文学研究中的地位进一步上升，著名法国女权主义批评家朱丽亚·克里斯蒂娃称赞荣格的理论对女权主义批评作出了杰出的贡献。这一时期有多部女权主义原型批评的著作出版：安妮斯·普拉特（Annis Pratt）的《女性小说中的原型模式》（1981）、埃斯特拉·劳特（Estella Lauter）的《作为神话制造者的女性：20世纪妇女的诗和视觉艺术》（1984）、埃斯特拉·劳特和卡罗尔·施赖尔·鲁普雷希特（Carol Schreier Rupprecht）合写的《女性主义原型理论：跨学科的荣格思想》（1985）。

到了90年代，又有两部重要作品问世：莫里斯·菲利普森（Morris Philipson）1963年出版的《荣格美学大纲》于1991年再版。另一部著作是卡林·巴纳比（Karin Barnaby）和佩莱格里罗·戴西里罗（Pellegrino D'Acerino）合著的《荣格和人文学科：走向文化诠释》（1992）。这两部著作在美国出版表明原型批评在20世纪90年代已经同后现代主义理论汇合。而近30年来大量有关荣格思想理论的著作相继在西方出版，也说明荣格思想在文学理论界的地位和重要性。

原型与神话、仪式、梦

1. 神话

原型批评家认为，最基本的文学原型是神话，各种不同的文类只不过是神话的延续和演变。弗莱说，原型最基本的模式是神话，神话是所有其他模式的原型，而其他模式只不过是"移位的神话"，即神话不同的变异。尼采认为，没有神话，没有希腊神话中的狄奥尼索斯酒神，就没有希腊悲剧。荣格也把神话看作是艺术作品的源泉，他把原型称作是神话研究的"母题"。由于原型和神话的密切关系，有的批评家也称原型批评为神话批评，或称其为"神话原型批评"。

1871年，英国人类学家爱德华·泰勒的《原始文化》问世，首次系统地对神话进行系统的研究，创建了神话学中的人类学派。之后，心理学家、语言学家、哲学家、文论家、文学史家等都各自从本学科出发研究神话。到了20世纪后半叶，神话研究在西方已经成为一门显学，这也许是人类对理性的科学技术的一种反动，就像18、19世纪西方科技迅猛发展时醉心于神话的浪漫主义诗人用讴歌、弘扬"主体"和"自我"的浪漫主义来反对理性主义。

神话和仪式是原始人在天、地、神之间寻求自己的地位的努力，他们在无序的世界中寻求秩序的努力，是他们无力对抗天灾时寻求宇宙和自身意义的一种解释系统。荣格认为，这一系统为原始人的生活

> 提供了大大超出他们有限生存范围的前景，赋予他们展示性格的广阔空间，也为他们提供了作为完整的人的全部生活。

神话反映人的愿望和嫌恶。弗莱说："就叙事而言，神话是对以愿望为限度的行动，或近乎愿望的可想象的限度的行动之模仿。"他指出，

> 神启象征所表现的是一种无限地悦人心意的世界；在此，人的情欲和野心被改造为神，或与神融为一体，或投射到神的形象上。

他所说的神启意象如天堂、天使、上帝、复活等都是人的愿望和欲望原型。耶稣的复活是人求永生的愿望。若非死不可，也要死后再生；即便是躯体不得不死，也要让"灵魂"长生不死。"愚公移山"中的愚公、太阳神以及为人类盗火的普罗米修斯是"人的情欲和野心被改造为神，或与神融为一体，或投射到神的形象上"的例子。

与神启意象相对立的是表现人类嫌恶的魔怪意象。如果说天堂是神启意象中最

突出、最悦人的愿望意象，那么地狱就是表现人类嫌恶的魔怪意象中最令人恐惧和嫌恶的意象。所谓"上有天堂，下有地狱"。天堂和地狱是诸如但丁、弥尔顿等文学巨匠的最基本的文学构思。弗莱认为，神启意象适用于神话模式，魔怪意象适用于后来的反讽模式，而诗歌中的大多数意象则表现为介于天堂与地狱这两个极端世界之间的世界。他把这一世界的种种意象称为类比意象。

天堂和地狱这种二元对立的模式是神话中的基本模式。列维-斯特劳斯说，人类很早就有在无序的大自然建立有序的关系的愿望，即用分类法建立某种秩序，而最简便的分类法就是二元对立法。俄国神话学家梅列津斯基说，神话基本上是一个二元对立系统，如天堂/地狱、日/月、昼/夜、生/死、男/女、光明/黑暗等。在原始人无法认识和解释客观世界前，他们只能用他们在自然现象中观察到的这种循环交替建立二元对立的比较来感知世界。

二元对立思维是原始人和儿童把握世界的基本方法。从语言学的角度看，二元对立表现为基本语义的相对形态的关系。索绪尔认为二元对立是最自然最经济的代码，是儿童的原始思维，是他们学语言和应用语言时最早最基本的做法。

尼采对神话研究有浓厚的兴趣。他认为神话是在形而上的层面对世界本质的"类比性观照"。《悲剧的诞生》（1872）就是一部应用二元对立模式的著作。他把阿波罗太阳神和狄奥尼索斯酒神之间的对立、斗争看作是希腊文学艺术以及悲剧诞生的基础。瓦格纳是醉心于神话的音乐家，他用一种神话式的思维（而不是概念式的）进行诗剧和音乐的创作。

尼采和海德格尔都为神话在科学技术发达后的"消亡"哀叹。尼采感伤"神话的毁灭"，惋惜神话的消失使"诗被逐出她自然的理想故土，变得无家可归"。海德格尔甚至说，科学技术的发达已经使人类陷入"无家可归"的困境，人类只能在神话中才能找到自己的家。

其实，神话并未死。古老神话中的许多原型代代相传，经久不衰。于是，我们就有了叶芝的《幻象》、艾略特的《荒原》、乔伊斯的《尤利西斯》、托尔金的《魔戒》、郭沫若的《凤凰涅槃》和《女神之再生》、拉美的魔幻现实主义小说，乃至如今风靡全球的《哈利·波特》等。现当代的科幻小说也是借用古老的神话编织新神话。当代文学艺术作品中的"超人"就是弗莱所说的"人的情欲和野心被改造为神，或与神融为一体，或投射到神的形象上"的又一例。

2. 仪式

弗莱说："仪式是神话的原型方面，而梦则是思想的原型方面。"当代文化人类学家研究仪式，心理学家研究梦，原型批评家研究神话同仪式和梦的关系。

尼采对神话、仪式和梦的论述对弗雷泽和弗洛伊德的影响很大。他把酒神狄奥尼索斯狂欢式的仪式看作是人的幻想的表现。在这种狂欢的仪式中奴隶成了自由人，所有的清规戒律和霸权统统被打倒。在这种狂欢中，人与人和谐相处，达到了普遍的融洽，人感到自己也成了神。阿波罗精神和狄奥尼索斯精神（即太阳神精神和酒神精神）是希腊仪式中最重要的事件。生活从原始人开始就给人类各种族和民族带来了习俗和必须遵循的规矩，原始人崇拜神和图腾，于是仪式就诞生了。从原始人到现代人，人类绵延不绝地求神拜佛，以求去灾免祸与大自然和谐相处。祭祀活动演绎成今天的各种仪式。人一生中所经历的重大事件无非是生、死、婚姻，也就有了与之相关的礼仪，如出生仪式、满月仪式、生日仪式、婚礼、葬礼等等。

　　人类学家弗雷泽以素朴戏剧的仪式为基础所进行的研究以及心理分析家荣格以朴素浪漫故事为基础的研究为原型批评家研究原型提供了很有价值的理论和资料。《金枝》关于素朴戏剧中仪式的论述说明戏剧中原型的仪式的重构和戏剧结构的普遍性原则。所以弗莱说："戏剧与仪式相似"，"文学中的戏剧像宗教中的仪式"。他说，在民间剧、木偶戏、笑剧、狂欢节、化装舞会中最容易看到现代人对原始人的仪式的模仿。

　　弗雷泽认为人的思想发展是由巫术经宗教过渡到科学，因此，人的高级思维中仍然保留着巫术、宗教的痕迹，从中可以发现巫术、宗教、神话、仪式和图腾的原型。尼采和不少文学史家及文论家认为，希腊悲剧起源于仪式，起源于表现酒神狄奥尼索斯的受难和死亡的祭祀仪式。因此，一切文学作品均有神话的仪式因素。

　　弗莱把仪式看作是前逻辑的、前语言的、在一定意义上前人类的，因此，他认为鸟求偶时的舞蹈动作也是一种仪式，启发了人的舞蹈和仪式。弗洛伊德说，原始人有意识地运用仪式，开化了的人无意识地运用仪式。其实，开化了的现代人是同时在有意识和无意识中运用仪式。文学艺术家在创作时往往是无意识地、习惯性地使用二元对立的原型，使二元对立在叙事文学中成为一种仪式。献给酒神狄奥尼索斯的悲剧就是一种仪式，而表演和观看悲剧也是历史悠久的仪式，只是当代人对越来越多的仪式已经习以为常，淡忘了许多仪式的历史渊源。

　　柯南·道尔写侦探小说（神探福尔摩斯），伊恩·弗莱明写"詹姆士·邦德"（"007"）间谍/反间谍小说，他们大概并未意识到他们是在继承二元对立的神话原型，或二元对立的仪式——古希腊关于俄狄浦斯的神话中一个二元对立的原型或仪式：谜（由狮身人面女怪斯芬克斯提出）/解谜（俄狄浦斯是解谜人）。今日之考试不就是那古老的谜/解谜原型或仪式的延伸或发展吗？今日之考官和考生都不会意识到他们在参加一个仪式。布莱克 1797 年写的诗《伐拉》（*Vala*）改写后更名为《四天神》（*The Four Zoas*），叙述代表权力的尤里曾（Urizen）和代表无政府状态和自由、同尤里曾进行抗争的奥尔（Ore）之间的对立。弗莱的第一部作品《威严的对称》（1947）就是剖析布莱克这部诗作的结构模式。神话中二元对立的原型成了叙事文学中的仪式。

3. 梦

心理学家研究梦，原型批评家也研究梦。文学家借助想象和梦重复或改造古老的原型意象，并创造新的意象。古罗马诗人卢克莱修（约前99—约前55）说，壮丽的神的形象首先在梦中出现在人们的灵魂面前；伟大的艺术家、雕刻家是在梦中看见这些超人的形象具有优美的四肢的结构；希腊诗人的灵感来自梦。19世纪俄国象征派的代表人物、诗人勃留索夫的诗句"尚未创作的作品的影/在梦里轻轻摇荡"说明文学作品先形于梦中。19世纪德国音乐家瓦格纳在他的歌剧《纽伦堡名歌手》中歌颂16世纪德国诗人、剧作家汉斯·萨克斯：

我的朋友，那的确是诗人的任务，
记下梦并解释梦的意义。
相信我，人的最深奥的幻想
是在梦中被显示给他的；
而一切诗歌的艺术
都只是它们的解释。

可见文学艺术创作与梦的关系；音乐一向被认为是梦境的艺术。荣格认为，集体无意识作为一种原始的无意识的形态，通过遗传逐渐潜入人的心中，它通过梦、幻觉、想象和象征得到表现。个人和精神病患者可以通过梦和幻觉认识存在于自己头脑中的集体无意识，而集体的梦和幻觉则揭示人类共同普遍的深层意识心理结构。他说："我们回想不起人类日常生活中的任何事情，而是回想起了梦境、夜恐以及我们有时不无惧怕地感觉到的幽暗心理。"他又说："集体无意识……倒是好像我们在梦中，或者处于不正常的心理状态时涌现出来的无尽流水或汪洋大海的无限幻影和形象。"弗洛伊德也是借助梦的分析展现无意识。

心理学家和原型批评家从不同的角度研究梦。心理学家认为，梦的象征既可以是个人的，也可以是集体的，因此可以由个人或集体的生活经验作出解释。原型批评家则研究梦的象征意象中的共性。他们认为，梦总是以变形、置换的方式表达在现实生活中被压抑和未能实现的愿望和欲望以及时时袭上心头的恐惧。也就是我们常说的"日有所思，夜有所梦"。弗洛伊德于1899年出版了《梦的释义》，他说，所有的梦境最终都与实现被压抑的欲望有关，其中最主要的是性欲。他把梦和口误看作是了解人类潜意识的途径。

弗洛伊德写《梦的释义》得益于尼采的《悲剧的诞生》：前者正是从后者的理论中汲取了营养，形成了他关于梦的学说。尼采把人的精神分为阿波罗精神和狄奥尼索斯精神两大类，并把它们看作是两个分歧的艺术境界——梦境和醉境。他说，梦境是造形艺术的先决条件，也是诗的主要成分，因为只有在梦境，我们才直接领会到形象、原型的乐趣。古希腊人把他们梦中的经验的愉快体现在阿波罗太阳神身上，因为他是一切造形能力的神、预言之神，是梦神，是所有美好幻想的象征。尼采说，每个艺术家都是模仿者，或者是梦神式的梦境艺术家，或者是酒神式的醉境艺术家，或者是两者结合的艺术家，例如关于希腊悲剧作家。他说：

> 每个人在创造梦的世界方面都是全能的艺术家，而梦的世界的美丽面貌又是一切造形艺术的先决条件……梦也是诗歌的重要部分。在梦中我们因为对形象的直接领会而感到喜悦……

神话表达人类集体的欲望和恐惧。弗莱认为，文学作品的深隐内容就是作品的思想或主题。在原型批评家看来，这思想或主题就是一个梦，这个梦是愿望和现实之间冲突的表现。荣格把艺术看作是人生的梦，人对生活现实不满，于是在追求艺术之梦的无意识中寻求补偿。正如古罗马哲学家所说，梦反映我们内心世界的想象的美好幻想。人们用梦境中的完美来弥补现实世界的不完美，使自己能在不完美的现实生活中顽强地活下去。尼采说：

> 希腊人认识并且感到生存的恐怖和悲惨：为了能够完全活得下去，他必须在恐怖和悲惨面前使奥林匹斯山上诸神的光辉梦境得以诞生。

柏拉图把艺术看作是人头脑清醒时所做的梦：发泄人的愿望、欲望以及嫌恶和恐惧。乌托邦小说是文学家做的美梦（他们希望美梦成真）——托马斯·摩尔的《乌托邦》（1516）、威廉·莫里斯的《乌有乡消息》（1819）、陶渊明的《桃花源记》。《乌有乡消息》写的就是一个梦，梦想共产主义社会。反乌托邦小说如乔治·奥威尔的《一九八四》（1949）是一个噩梦。

结　语

原型批评在广采各家之长的基础上树立西方文论新一派。像已经衰微的"新批评"一样，原型批评在20世纪60年代末走完了它的鼎盛期。不过，它并未在原地踏步不前。80年代出现的女权主义原型批评以及90年代它与后现代主义理论的汇合，说明它正处于演变、发展中。作为原型批评的代表作，《批评的剖析》有不少精彩的原创性论述。但是，它在纵谈文学的结构模式时却撇开了文学的社会意义、意识形态和美学价值。他用"人道主义原则"作为评价文学的标准是不正确的。有的批评家说，如果"新批评"是把单一的文学作品局限在反讽的结构中，那么，弗莱则是把形式主义扩展到了整个文学。

弗莱一直否认他切断了文学与社会和文化的关系的批评。从他后来发表的著作（例如《批评的道路》，1976）看，他似乎在努力消除这一印象，在文学与社会和文化的关系上作了一番颇有见地的论述。显然，他的理论也是有缺陷的。

60年代后，西方各种批评理论纷至沓来，在碰撞中或此消彼长，或相互取长补短，有"百家争鸣"之风，无一家独尊之势。当然，在"你方唱罢我登场"的热闹场景中，也少不了昙花一现的角色。原型批评在西方文论史上将留下光辉的一页。

参考书目

1. Carl Jung, *The Archetypes and the Collective Unconscious*, Vol. 9, Princeton UP, 1968.
2. Maud Bodkin, *Archetypal Patterns in Poetry*, Oxford UP, 1934.
3. Murray Krieger, ed., *Northrope Frye in Modern Criticism*, Random House, 1966.
4. Northrope Frye, *Anatomy of Criticism*, Princeton UP, 1957.
5. —, *Fables of Identity*, Harcourt, Brace and World, 1963.
6. —, *Fearful Symmetry*, Beacon Press, 1962.
7. Sigmund Freud, *The Interpretation of Dreams*, Hogarth, 1957.
8. 布留尔：《原始思维》，商务印书馆，1985。
9. 海德格尔：《什么召唤思》，载《东西方文化评论》第三辑，北京大学出版社，1988。
10. 列维-斯特劳斯：《结构人类学》，陆晓禾等译，文化艺术出版社，1989。
11. 尼采：《悲剧的诞生》，周国平译，三联书店，1986。

战争文学 李公昭

略 说

从原始社会后期开始，人类社会就出现了氏族部落战争，从此，人类历史就在很大程度上成为了一部战争的历史。作为对人类生活的反映，文学必然要反映战争这一社会现象，"战争文学"（War-theme-literature）也自然成为世界文学宝库的重要组成部分。战争文学是人类对战争生活的生动反映，更是对战争生活的认识和评判，深刻表达了战争文学家对待战争的态度、观念、情感、心理等等。有人说得好，军人创造的是战争的艺术，作家创造的则是艺术的战争。

综 述

战争是人类社会集团之间为了一定的政治、经济目的而进行的武装斗争，是政治通过另一种手段（即暴力）的继续。毛泽东说过，战争是流血的政治，政治是不流血的战争。据统计，从公元前3200年到20世纪末的5200多年中，世界上共发生战争1万多次，仅中国从战国到清朝的2300年间就发生大小战争1800多次。战争对于人类安危、民族兴衰、国家存亡、社会进退等都起着直接与重大的影响：既对于人类社会从原始社会进入文明时代起到了巨大的促进作用，又具有极大的破坏性，给人类社会造成了重大灾难。

从原始社会到现代社会，从冷兵器到热兵器的发展历程看，战争有古代战争和近现代战争、侵略战争和反侵略战争、殖民战争和独立战争、宗教战争和军阀战争、正义战争和非正义战争、国内战争和解放战争、奴隶战争和农民战争、世界战争和局部战争、全面战争和有限战争、常规战争和核战争等等的区分。任何一个区域、任何一个时期、任何一种性质、任何一种特点的战争都在战争文学中得到不同程度的反映与表现。任何一种文学类别——神话、史诗、戏剧、小说、诗歌、民谣、讽喻、历史、散文、传记、影视文学，任何一种创作手法——浪漫主义、现实主义、现代主义、后现代主义等等，都在战争文学中得到了驰骋发挥的巨大空间，同时也极大地丰富、影响了世界文学的其他组成部分。

战争文学不仅让我们从一个不同的侧面了解到世界的历史发展、社会变迁、政治考量、军事谋略，窥视到各种文化、各个时期、各种人物对战争的观念、态度、心理的变化与发展，也让我们充分领略到战争文学高超的艺术性和感染力，感受到战争文学的英武之气和阳刚之美；更让我们深刻认识到战争文学对人类强烈的警示作用，促使我们对战争这一重大主题，以及对世界的和平与发展等相关主题作出更为深入的思考。战争文学纵横古今，包罗万象，本文只能在有限的篇幅内对中外战争文学的发展过程、表现形式以及所体现的主要战争观（态度）等作一粗浅介绍。

中国战争文学的发展及表现形式

中国自原始社会到战国时期的历史长达170多万年。虽无文字记载，但一般认为，在这漫长的历史时期，人类社会集团一直处于分散、隔绝的封闭状态，战争是不存在的。到了原始社会后期，人类由野蛮时代向文明时代过渡，出现了私有财产和阶级，这时便出现了氏族部落间的暴力冲突，形成了最早期的战争。战争文学也开始以最原始的形态问世。随着中国氏族部落向奴隶制国家、封建国家、半殖民地半封建国家的演进，战争的规模不断升级，战争的形式不断发展变化，战争文学的数量、形式、内容也变得越来越多，越来越丰富，终于形成了真正意义上的中国战争文学，成为中国文学不可或缺的重要组成部分。

中国战争文学早在其文字诞生之前就已经产生。以汉民族文学而言，最早的战争文学作品为上古时代流传下来的神话传说。到战国初年（前475）有人用文字的形式记载下来，其中最著名的便是《山海经》里黄帝战蚩尤的故事。该故事是我国规模最大、影响最广的神话传说之一，后来也被《太平御览》、《列子》、《志林》、《通典》等古籍收录。黄帝是中原大部落的首领，与南方部族首领、炎帝后裔蚩尤在中原逐鹿，进行了旷日持久的惨烈战争，最后以足智多谋的黄帝击败骁勇强悍的蚩尤告终，从此黄帝被各族首领拥戴为部落联盟领袖。黄帝战蚩尤是神话与历史的融合，产生于我们人类的童年时代，但对于我们认识古代社会和古代社会的战争文学仍具有极大的意义。

与神话相比，诗歌不仅是中国文学中产生最早的艺术形式之一，也是成就最高的文学体裁。在我国历代诗歌中都有大量表现征战将士与战争场面的作品。我国最早的诗歌总集，产生于西周初期和春秋中叶的《诗经》以及在南方兴起的楚辞中，就已经有了许多优秀的战争文学作品。如《诗经》中的《何草不黄》、《无衣》，楚辞中的《国殇》等作品，有的反映了士兵对终日征战不息、君王视己为草芥的怨恨与控诉，有的表现了士兵慷慨从军、勇赴战场的气概，有的则描写了将士们英勇杀敌、壮烈牺牲的动人场面，莫不成为中国战争文学的千古名篇。汉代的乐府诗"感于哀乐，缘事而发"，也不乏许多脍炙人口的战争诗篇，如《十五从军征》、《战城南》表现了战争的毁灭与残酷，读来令人动容扼腕；《木兰诗》则创造了一个男扮女装、替父从军的古代奇女子形象，成为我国叙事战争诗的杰作。

从初唐开始，中国诗歌进入了一个黄金时代，几乎所有名家都作有反映战争的诗篇。杨炯的《从军行》、王昌龄的《出塞》、王维的《老将行》等都以一种至阳至刚的语言和慷慨激昂的气势表达了他们决心浴血沙场、抵御外敌、"不教胡马度阴山"的爱国豪情；李白的《战城南》、杜甫的《兵车行》等则以悲愤的笔触抨击了统治阶级穷兵黩武、百姓家破人亡的现实。在表现战争的诗歌上，宋代诗人丝毫也不逊于唐代大家。范仲淹、张孝祥、陆游、辛弃疾等人都以抗金卫国为主题写下了许多或豪情万丈、或苍凉悲壮、或气韵雄浑的战争篇章。当然最脍炙人口的战争诗篇可能还是岳飞的《满江红》，作品表现了诗人正气凛然、声震山河、誓要"收拾旧山河"的坚定信念。

在中国传统文学中，散文是与诗歌并重的另一个体裁。在先秦的历史散文中有大量记叙战争的文章。这些散文虽为历史，却极富文采与想象，无论在结构安排、情节起伏、气氛渲染、人物刻画、语言运用、说理辨析等方面都具有很强的文学性和艺术性，形成了中国的史传文学传统。《左传》中的《齐鲁长勺之战》、《齐桓公伐楚》，《国语》中的《勾践灭吴》，《战国策》中的《淳于髡谏齐勿伐魏》等均为先秦散文中的战争文学佳篇。汉代司马迁的《史记》更是将史传文学推向了高峰。《史记》中有许多表现战争的佳构，如"韩信破赵之战"传神地写出了韩信卓越的军事才能，"钜鹿之战"生动描写了项羽叱咤风云的英雄气概，"垓下之围"则运用多种手法表现了项羽"四面楚歌"的困境。宋代司马光继承发扬了先秦两汉的历史散文传统，他不仅是一位历史学家，也是一位优秀的战争小说家。在记叙从战国到五代末的编年史《资治通鉴》中，"秦晋淝水之战"、"李愬雪夜入蔡州"等章节融历史与虚构于一体，着意表现战争中人的作用，情节曲折起伏，语言质朴流畅，是宋代战争文学中的散文精品。

进入元代后，中国的戏曲得到了迅速发展，出现了王实甫、汤显祖、孔尚任等戏剧大师，创作出《西厢记》、《牡丹亭》、《桃花扇》等伟大的爱情剧作。相比之下，元曲中表现战争题材的戏剧作品相对较少，影响也不大。女真族戏曲作家李直夫仅存的剧作《虎头牌》生动塑造了一个铁面无私、执法如山的爱国将领形象，将喜剧和正剧因素巧妙地结合起来。佚名剧作家创作的《诸葛亮博望烧屯》则展现了刘备三顾茅庐、诸葛亮大败夏侯惇、张飞负荆请罪等战争故事。明末清初的著名戏曲作家李玉创作的《牛头山·岳飞大破金兀术》表现了岳飞父子在牛头山大破金兵的战斗故事，作品虚实结合，明暗呼应，在有限的舞台上展现出万马千军浴血厮杀的宏大场面。清代的高奕誉之为"康衢走马、操纵自如"。

与元曲同时得到发展的还有小说。此前小说和戏曲一样被视作"邪宗"（鲁迅语）或街谈巷议，向来不登大雅之堂，因此发展得较晚。但到元末明初突然发力，后成为明清的主流文学样式，先后出现了罗贯中、施耐庵、吴承恩、蒲松龄、吴敬梓、曹雪芹等享誉世界的小说大师。罗贯中是中国最杰出的战争小说家，《三国演义》则是一部描写战争的巨著宏篇：它讲述了大量精彩的战争故事，栩栩如生地刻画了各种战争人物，深刻表现了各种战争思想和军事谋略，全面反映了当时社会的历史画面和战争生活，被誉为"历史演义小说之祖"、"军事文学之王"。其中

"关羽温酒斩华雄"、"张飞大闹长坂桥"、"官渡之战"、"草船借箭"、"火烧赤壁"、"空城计"等章节更成为民间耳熟能详的战争故事。施耐庵为罗贯中的同时代人,据传参加过农民起义,因此他创作的《水浒传》也表达了"官逼民反"、"乱自上作"的社会现实,其中的"三打祝家庄"、"宋江大破连环马"等均是脍炙人口的战争小说名篇。

明清时期冯梦龙、蔡元放、蔡东藩、李宝忠、程道一、黄小配等人创作的《东周列国志》、《中国历代通俗演义》、《永昌演义》、《鸦片之战演义》、《洪秀全演义》等既是宝贵的政治历史文献,又是十分优秀的战争小说;其中既有表现古代历史的战争作品,也有描写中国近现代抗击英、法侵略者的动人故事。进入20世纪后,中国的辛亥革命、国内革命战争、抗日战争、解放战争、抗美援朝战争等也都产生了大量的战争文学作品,如吴强的《红日》、曲波的《林海雪原》、杨朔的《三千里江山》、李存葆的《高山下的花环》等等,为国人所熟识,不一一赘述。

外国战争文学的发展与表现形式

与中国战争文学的发展历程相似,外国的战争文学,无论东方西方,也都与其整个文学传统互为交融,密不可分,可以说是你中有我,我中有你。如荷马史诗既是希腊神话的代表、西方文明的源头,又是世界文学中的第一部战争巨著。古波斯民族英雄史诗《王书》(又译《列王记》)既是关于古波斯25个王朝几千年来的神话历史,又生动反映了古波斯人抗击阿拉伯人侵略的英勇事迹。

与中国文学的发展相似,世界文学发展的最早形式也都是神话与诗歌。在希腊神话中,保存神话最多的是荷马的两部史诗《伊利亚特》和《奥德赛》。《伊利亚特》集中描写了希腊联军围攻特洛伊城的战争故事,作品布局严整,情节跌宕;战争场面惊心动魄,人物刻画栩栩如生,创造了诸如赫克托耳、阿喀琉斯等英雄形象。古巴比伦的《吉尔伽美什》是史前东方表现战争的著名史诗,也是世界上最早的史诗。它完成于公元前19世纪至前16世纪,分为四个部分。第三部分描写了乌鲁克城主吉尔伽美什率众抵抗外敌,并战胜巨狮、天牛、恶人芬巴巴等的战斗故事。印度诗人蚁垤用梵文编写的《罗摩衍那》(约公元前3世纪),是世界最长的史诗,分七篇,篇篇有战斗场面,而以表现罗摩为救妻子悉多率猴国大军远征楞伽,与罗波那军展开殊死搏斗的《战斗篇》(第六篇)最为激烈:罗波那的头被一次次地砍下,却一次次地长出;双方死伤无数,众神齐出助战;战斗之激烈、场面之惊险、想象之丰富,堪与中国的黄帝战蚩尤相媲美。

进入中世纪后,欧洲的史诗创作出现了一个繁荣的局面,许多国家都推出了自己的史诗,大致分为两类。一类反映氏族社会末期的部落生活,如日耳曼人的《希尔德布兰特之歌》、盎格鲁-撒克逊人的《贝奥武甫》、冰岛的《埃达》等。另一类表现了英雄人物抵御外侮、征战外敌的战争史实,如法国的《罗兰之歌》、西班牙的《熙德之歌》(1140)等等。《罗兰之歌》于1066年开始在民间流传，定本于11世纪末12世纪初，描写了法兰西皇帝查理大帝领导法军将士击退阿拉伯人侵略的战争故事，突出表现了罗兰将军忠君爱国的思想和英勇无畏的气概。《熙德之歌》表现了西班牙历史上著名的民族英雄罗德里戈·鲁伊·迪亚斯率领西班牙骑士抗击入侵的阿拉伯摩尔人的战争事迹。"熙德"是古阿拉伯语对男子的尊称，《熙德之歌》写的就是关于民族英雄迪亚斯的歌。除这两部战争史诗外，俄罗斯的《伊戈尔远征记》也是欧洲中世纪一部著名的爱国主义战争史诗，通过对塞维尔斯基的伊戈尔不顾日蚀的凶兆，率军远征，击败游牧民族波洛维茨人入侵的描写，歌颂了俄罗斯人民不怕牺牲、抗击外敌的英雄事迹。

  中世纪之后，真正意义上的史诗已不多见，但诗歌中的战争描写仍比比皆是。英国诗人约翰·弥尔顿取材于《旧约·士师记》的诗剧《力士参孙》，表现了以色列人玛挪亚的儿子参孙为拯救以色列人与非利人交战，屡屡获胜，但最终为非利人所害的战争悲剧。作品通过《圣经》故事实际反映了作者在英国斯图亚特王朝复辟后感受的内心痛苦和渴望复仇的决心。乔治·戈登·拜伦的《恰尔德·哈罗尔德游记》是一部具有强烈自传色彩的长篇叙事诗，但第三章21—28节生动描写了滑铁卢战役中惨烈的战斗场面。美国内战后，沃尔特·惠特曼写下了许多优秀的战争诗歌，后收入《桴鼓集》，其中《敲吧！敲吧！军鼓啊！》、《灰暗凌晨的营地景象》都是十分著名的战争诗篇。印度诗人、东方第一个诺贝尔奖得主泰戈尔在《故事诗集·被俘的英雄》中描述了印度锡克教徒反抗异族侵略的战争，讴歌了锡克教的英雄，表达了对英国殖民者的痛恨。第一次世界大战后欧美各参战国都涌现出了许多战争诗人，如英国的西格弗里德·萨森、美国的乔伊斯·基尔默、德国的乔治·海因斯等等。他们许多人都曾亲赴战场，基尔默甚至命丧战场，因此对战争具有刻骨铭心的感受，所创作的诗歌也多数表现了战争的残酷无情，表达了他们反战的基本态度。

  与中国古代文学的传统不同，欧洲文学中的散文成就远不如其他的文学样式。但欧洲的戏剧文学却远比中国的戏剧文学开始得早、发展得成熟。运用戏剧形式表现战争题材是欧洲戏剧文学的一个重要传统。

  早在公元前427年，古希腊悲剧作家埃斯库罗斯就以战争为题材创作了《波斯人》、《七将攻忒拜》等剧作。值得注意的是《波斯人》并没有去描写遥远时代的神话人物，而是编演了当时的现实题材，描写了公元前480年希腊人在萨拉米斯海湾战役中大败波斯侵略者的战斗。《七将攻忒拜》是相关的三部剧作中的第三部，表现了厄忒俄克勒斯领导军队保卫忒拜城市，反抗由他兄弟波吕涅刻斯和六个希腊南部头目率领侵略军进攻的惨烈战争场面。最后兄弟两人互相残杀，双双死去，忒拜皇族也从此根绝。被恩格斯称为"喜剧之父"的古希腊作家阿里斯托芬创作了许多触及当时重大政治和社会问题尤其是战争与和平问题的喜剧。到中世纪，欧洲戏剧跌入了低谷,除少数以宗教为题材的道德剧外,没有产生古希腊戏剧那样的伟大作品。这种状况直到英国的文艺复兴和莎士比亚戏剧才被打破。莎士比亚的多数悲剧和历史剧——《麦克白》、《李尔王》、《尤利乌斯·凯撒》、《理查三世》、《亨利四世》等都有激烈的战争场面。而他的第一部历史剧《亨利六世》,虽分为上中下三部,却完全是表现战争的剧作,不仅描写了英法之间的战争,也描写了约克党与王党,即红白玫瑰之间的战争。自17世纪以降,法国的高乃伊、英国的德莱顿、德国的布莱希特等也都在各自的剧作中深刻表现了战争的主题。

在世界近现代文学中,小说也许是最通俗、最为人熟悉的文学形式,对战争的表现也最为集中、最为直接、最为灵活,影响最为广泛。小说可以广义地表示任何一种区别于"叙事韵文"(narrative verse)的"叙事散文"(narrative prose)。从这个意义上讲,形成于公元前12世纪到前2世纪的《圣经·旧约》可以被看作最早的小说或小说的雏形。《圣经·旧约》记载了许多描写战争的传奇,如《士师记》、《撒母耳记》、《列王记》、《历代志》等。这些篇章既是记录希伯来民族的历史文献,又是反映士师在战争中大智大勇、英勇无畏的精彩故事。许多人物如底波拉、大卫等刻画得有血有肉;许多战斗如"底波拉大败迦南军"等表现得生动逼真,具有很高的文学性和很强的艺术感染力,与中国先秦的历史散文有异曲同工之妙。

欧洲中世纪的"骑士文学"一词源于古法语 romans,在欧洲多数国家的语言中,roman 就是"小说"的意思。骑士文学分为三个系统:古代系统、不列颠系统、拜占庭系统。不列颠系统的有《亚瑟王和圆桌骑士》、《高文爵士和绿衣骑士》、《兰斯洛特》,法国有《诺曼的王公史》,德国有《帕尔齐伐尔》等。在这些骑士传奇中虽没有大规模的战争场面,却不乏各种动人心魄、紧张刺激的战斗厮杀场面,具有战争文学的许多重要特征。与欧洲中世纪骑士文学处于同一历史时期的还有日本反映平氏和源氏两大武士家族争霸的《平家物语》。"物语"的意思是"故事",《平家物语》即是关于战争的故事,其对战斗场面的描写、对战争人物的刻画和对儒家忠孝思想的表现,与中国的《三国演义》十分相似。

中世纪之后,世界近现代战争小说迅速发展,尤其是在19世纪和20世纪的前半叶,表现的主题与形式也更为宽泛多样,其中尤为突出的是出现了大量表现农民起义和国内革命战争的小说。

俄国作家普希金创作的长篇小说《上尉的女儿》以18世纪70年代农民领袖普加乔夫率众起义为背景,描写了俄罗斯波澜壮阔的农民战争,被别林斯基称为俄国生活的百科全书。法国作家雨果的《悲惨世界》表现了从拿破仑帝国后期到七月王朝初期法国社会的生活画面,虽称不上一部战争小说,但作品中描写起义者与政府军进行激烈街战的场景却是全书中最激动人心的地方。意大利小说家乔瓦尼约利描写公元前1世纪罗马奴隶起义的战争小说《斯巴达克思》实际反映了意大利人民反对奥地利的统治、争取国家独立的思想。类似的作品还有罗马尼亚作家列勃里亚努的《起义·为土地而战》，拉美魔幻现实主义先驱、墨西哥小说家胡安·鲁尔福的《平原上的火焰》，秘鲁小说家巴尔加斯·略萨的《世界末日之战》，等等。

在表现国内革命战争题材的小说家中，最为著名的有法国作家巴尔扎克和雨果。他们二人都以法国大革命为背景，创作了描写保王党人与共和国军之间的殊死搏斗的战斗小说。巴尔扎克的战争小说《舒昂党人》是《人间喜剧》第三部分"风俗研究"中六个场景之一，即"军事生活场景"的代表作品，表现了1799年共和国军队在旺岱击败保王党人叛乱的历史事件。雨果在他的最后一部重要作品《九三年》中也生动再现了这场战役，塑造了郭文、西穆尔登等著名英雄形象。美国的"小说之父"詹姆士·库泊于1821年发表了美国最早一部表现美国独立革命的战争小说《间谍》，歌颂了爱国志士哈维·伯奇的忘我牺牲精神。克莱恩的《红色荣誉勋章》则逼真地再现了美国内战时期北方与南方、联邦与邦联军、分裂与反分裂之间的战争。以国内革命战争为题材创作的战争小说还有苏联的三部著名小说：富尔曼诺夫的《恰巴耶夫》（又译《夏伯阳》）、绥拉菲莫维奇的《铁流》和法捷耶夫的《毁灭》。它们从不同侧面表现了"十月革命"之后，新生的苏维埃政权与反革命白军之间的浴血战斗。

20世纪的两次世界大战更是催生了一大批优秀的战争小说。表现第一次世界大战的代表作品有法国巴比塞的《火线》、德国雷马克的《西线无战事》、美国海明威的《永别了，武器》、英国理查德·阿丁登的《英雄之死》等等。第二次世界大战被公认为是一场反法西斯的正义战争，因此多数小说都描写了参战国家和人民保家卫国、抗击德寇的战争历史。苏联作家创作二战小说最多，也最为中国读者所熟悉，如法捷耶夫的《青年近卫军》、肖洛霍夫的《一个人的遭遇》、瓦西里耶夫的《这里的黎明静悄悄》、恰科夫斯基的《围困》等等。美国作家梅勒的《裸者与死者》、沃克的《该隐号哗变》也是二战小说中的佼佼者。此外还有法国作家阿拉贡的《共产党人》、德国作家海因里希·伯尔的《火车正点到达》、日本作家吉川猛夫的《潜伏珍珠港》等。伯尔和吉川猛夫虽在二战时期分别加入了德军与日军，后者甚至被日军派往夏威夷做间谍，为日本偷袭珍珠港提供了重要情报，但两人却在战后深刻反省，创作出了揭露与抨击法西斯政权发动战争的作品。在小说技巧方面，一些二战小说家打破传统手法，大胆创新，推出了一批著名的先锋派战争小说，主要表现在美国后现代小说家的作品中，如约翰·霍克斯的《食人者》、约瑟夫·海勒的《第二十二条军规》、库特·冯尼格的《五号屠场》、托马斯·品钦的《万有引力之虹》等。

战争文学与战争观

战争观是关于战争问题的根本看法，是对战争根源、本质、目的的基本观点，是战争实践在人们头脑中形成的理论观点。

原始公社时期，国家尚没有形成，战争只是以部落间的暴力冲突形式出现；其目的不是为了消灭和奴役别的部落，而是为了扩大生活资料采集区，或单纯为了复仇、抢婚。逐渐地，战争成为一种掠夺财物的手段，随着人的无偿劳动价值的发现，战争又成为掳获奴隶的手段。

公元前12世纪以前，希腊还处于原始公社时期。从公元前12世纪到公元前8世纪，它过渡到奴隶制社会。荷马史诗反映的是奴隶制形成前的这一段时期，史称"英雄时代"。古希腊文学一般分为三个时期：一、荷马时期；二、古典时期；三、希腊化时期。荷马时期是希腊氏族社会开始瓦解和奴隶制开始形成的时代，是人类文明的初期，是人类社会的童年。在"英雄时代"，战争是常事，并无正义与非正义的区别。对此，恩格斯在《家庭、私有制和国家的起源》中早有定论："在荷马的史诗中，我们可以看到希腊的各部落在大多数场合已联合成为一些小民族，……各个小民族为了占有最好的土地，为了掠夺战利品，进行着不断的战争；以俘虏充作奴隶，已成为公认的制度。"战争"变为一种正常的营生……财富被当作最高福利受到赞美和崇敬"。换句话说，那时的战争既不是正义的爱国战争，也不是非正义的侵略战争，而是一种光荣的事业。

荷马史诗以那个时代的英雄业绩为中心，歌颂战争，歌颂勇敢，赞美交战双方的英雄人物，甚至对他们的掠夺行为也作了热情洋溢的描写，后人从中感受到的则是一种英雄气概，一种人类社会童年时代永不复返的艺术魅力。因此"英雄时代"产生的史诗为"英雄史诗"，其诗体则被称为"英雄诗体"。中国《山海经》中"黄帝战蚩尤"反映的是原始氏族公社时期的神话故事，虽不是史诗，却也表现了与荷马史诗相似的战争观。无论黄帝还是蚩尤，都是天神，都是英雄：黄帝足智多谋，蚩尤勇猛骠悍；从实力上讲，黄帝不及蚩尤，从智谋上讲，蚩尤不如黄帝；最后黄帝靠智谋战胜蚩尤。这场旷日持久、规模宏大的战争反映的同样是人类童年时代英雄之间的较量，至于宋人所编的《太平御览》中将蚩尤形容为"诛杀无道，不仁不慈"，则表明后人从当时封建正统的战争观出发，硬将正义与非正义的概念强加于古人的错误。

进入奴隶制与封建社会后，氏族部落之间的战争发生了质的变化，发展为国家与国家、侵略与反侵略、正义与非正义的战争。文学作品中对战争的态度也从单纯歌颂与肯定转变为既有歌颂又有谴责，既有肯定又有否定的双重或多重的复杂态度。古印度的《罗摩衍那》歌颂罗摩骁勇善战，也谴责罗波那欺压良善，表达了恶人受惩、正义伸张的主题。很多文学作品在描写战争惊心动魄场面的同时也反映了战争给人民带来的深重苦难，表达了人民希望和平，希望统一的正义战争观。中国先秦与秦汉时期的历史散文、三国时期的《三国志》、元末明初的《三国演义》等均表现了类似特征。

正义战争观更多与反侵略与爱国主义相关联。中国早在公元前就产生了反侵略的战争观。公元前278年,秦军攻破楚国郢都,屈原悲愤已极,投江自尽。此前作有《九歌》,第十篇《国殇》即为祭祀捐躯将士的祭歌,描写了楚军将士浴血沙场、壮烈牺牲的战争场面,歌颂了他们的英雄气概和勇敢精神,抒发了作者"九死不悔"的情操。全诗在"身既死兮神以灵,子魂魄兮为鬼雄"的悲壮诗句中达到高潮,成为中国文学史上的千古绝唱。中国秦汉以降的文学史中也产生了的此类题材作品:如司马迁在《史记》中对飞将军李广抗击匈奴的记述;唐代诗人杨炯、王昌龄等人在《从军行》、《出塞》中对讨伐突厥与自己渴望投笔从戎、立功报国心愿的描写;南宋岳飞、陆游、辛弃疾、文天祥等人在《满江红》、《书愤》、《破阵子》、《过零丁洋》中对抗击侵略、死而无憾等思想的表现;此外,还有明末清初的顾炎武、归庄等人在《秋山》、《悲昆山》等作品中对抗清将士英勇捐躯以及对山河破碎、壮志未酬的悲壮描写,等等。

欧洲中世纪的英雄史诗《罗兰之歌》、《熙德之歌》、《伊戈尔远征记》等也都强烈地表现了抵御外侮、抗击侵略、保家卫国等爱国主义思想。文艺复兴时期,西班牙著名作家塞万提斯以古代西班牙奴曼西亚军民反抗罗马侵略者的历史为题材创作了战争悲剧《奴曼西亚》,歌颂了西班牙人民的爱国精神和英雄气概。18世纪的德国剧作家席勒在面临拿破仑入侵德国的危机下创作了两部爱国主义战争喜剧《奥里昂姑娘》和《威廉·退尔》,表现了遭受外族侵略的人民同心协力反抗入侵的斗争。19世纪最著名的爱国主义战争文学作品是俄国列夫·托尔斯泰的《战争与和平》与波兰显克微支的《十字军骑士》。《战争与和平》被称为史诗型的战争小说,反映了俄罗斯人民抗击拿破仑入侵,保家卫国的民族精神和战争历史,强调了俄国反侵略战争的正义性。《十字军骑士》描写了波兰14世纪末到15世纪初十几年间抗击入侵,最后取得反侵略战争伟大胜利的史实。有意思的是,希特勒统治波兰时期曾把此书列为禁书。20世纪两次世界大战期间及此后也都涌现了大量表现爱国主义正义战争观的小说,如苏联阿·托尔斯泰的《保卫察里津》、美国作家沃克的《战争风云》、中国作家冯志的《敌后武工队》和刘知侠的《铁道游击队》,等等。

与反侵略、反奴役、保家卫国等正义战争相对的是侵略、奴役、征服等非正义战争。战争态度也从主战变成反战。主战文学强调的是战争的正义性、必然性和爱国性,反战文学强调的则是战争的非正义性、残酷性和毁灭性。在古希腊语中,"战争"(errhein)的定义是"外出"、"走向灭亡"、"消失"。在中国古籍中,"战争"一词始见于《史记·秦始皇本纪》:"人人自安乐,无战争之患"。无论中西,战争都与灭亡、忧患等概念相关联。

中国早在春秋战国时期已经出现了正义与非正义的战争观,战争态度也有了主战与反战之别。所谓"春秋无义战",就是后人对当时各国以"尊王攘夷"为借口,实则"挟天子以令诸侯"、为争夺霸业相互厮杀这种战争的定性。虽然从整个历史发展看，各国争战推动了各国内部的阶级关系发生变化，加速了封建制度取代奴隶制度的历史变革，但从局部看却给各国人民带来了深重苦难。孟子的"争地以战，杀人盈野；争城以战，杀人盈城"（《孟子·离娄上》）就是对当时战争的非正义性、残酷性与毁灭性的真实描写。因此他提出了"天时不如地利，地利不如人和"、"得道者多助，失道者寡助"（《孟子·公孙丑下》）等进步的战争观。中国文学自古以来就有反战传统。《诗经·何草不黄》、《乐府·战城南》、唐李颀的《古从军行》、杜甫的《兵车行》、元好问的"丧乱诗"等都描写了战争的残酷与毁灭性质。元代的萨都剌在《过居庸关》一诗中表达了"男耕女织天下平，千古万古无战争"的反战愿望。清代初年的吴嘉纪在《过史公墓》、傅宸在《郯州有感》中愤怒谴责了清征服者肆意屠杀掠夺的非正义战争。

欧洲最早的反战文学可以追溯到古希腊阿里斯托芬的反战喜剧《阿卡奈人》，作品表达了阿里斯托芬反对内战、主张和平的立场。莎士比亚的历史剧《亨利六世》描写了英法百年战争和英国国内的"玫瑰战争"，表达了作者反对封建混战的态度。在莎士比亚看来，无论哪种战争，都是反人民、反民族的："狮子们争夺窝穴，却叫无辜的驯羊在它们的爪牙下遭殃。"17世纪德国诗人格吕菲乌斯的《祖国之泪》（1636）揭露了战争的罪恶和恐怖，表达了作者对德国残酷的"三十年战争"（又称"宗教战争"，1618—1648）的否定态度。斯蒂芬·克莱恩是美国战争文学中第一位重要的战争小说家，他的《红色荣誉勋章》开创了美国反战小说的先河；他的反战诗歌《战争是仁慈的》也是美国最早的反战诗歌之一。与克莱恩同时代的战争小说家安布罗斯·比尔斯的《士兵与平民的故事》也用极其血腥恐怖的笔调和辛辣讽刺的语气表达了他的反战态度。

第一次世界大战后欧美各国涌现了大量的反战文学作品。著名反战诗人有上面提到的萨森、基尔默、乔海因斯，还有鲁波特·布鲁克、威尔弗莱德·欧文等人。著名的反战小说家和反战小说则有捷克作家哈谢克的《好兵帅克》、法国作家巴比塞的《火线》、德国作家雷马克的《西线无战事》、美国作家海明威的《永别了，武器》，等等。这些作品虽然产生于不同国家和不同作者之手，但都描写了发生在欧洲的这场人类历史上的空前浩劫，都表达了西方知识分子对西方传统战争观和价值观的巨大幻灭和对战争的彻底否定。自奴隶社会以来，正义与非正义始终是各国人民判断战争性质的最基本的战争观和价值观，主战与反战也始终是各国人民最基本的战争态度。

结　语

战争文学对后人的启示是丰富的，既有军事与政治、历史与现实、文化与道德、社会与个人等战略层面的，也有用人惜才、运筹谋略、调兵遣将、斗智斗勇等战术层面的。毛泽东在《中国革命战争的战略问题》、《论持久战》等军事著作中屡屡援引中国战争文学中记述的古代战例，并结合中国革命的现实情况总结出中国游击战争的"十六字诀"指导原则："敌进我退、敌驻我扰、敌疲我打、敌退我追。"中国的《孙子兵法》、《三国志》等作品不仅是兵家典籍、战例大全，也是政治家运筹帷幄的谋略指南，甚至成了现代商家的经营管理之道。

战争文学的美学特征是阳刚和悲壮，虽然其创作手法、表现形式与艺术特征与一般文学创作并无根本区别，但在文化和语言艺术等方面对后来的文学创作产生了重大影响。《荷马史诗》的比喻达200次之多，构成了"荷马式比喻"。古波斯的《王书》用波斯语写作，对后来波斯语的确立起到了巨大作用，也是波斯社会生活的百科全书。西班牙的《熙德之歌》用西班牙文写成，对西班牙书面语的定性、奠定西班牙语的基础起到了重要作用，同时也成为西班牙谣曲、诗歌、传说、戏剧、故事等艺术创作的主要源泉之一。日本的《平家物语》对日本文学语言的发展产生了很大影响。莎士比亚丰富生动的语言构成了现代英语的基础，他使用的比喻、隐喻、双关、戏言等手法极大丰富了英语的语言艺术。海明威、海勒等人则通过自己的战争小说创造了"单独媾和"、"第二十二条军规"等新词。同样，中国战争文学也给后人留下了大量典故和成语，构成了中国文化的重要部分，如知彼知己，百战不殆、种瓜得瓜、种豆得豆、一鼓作气、三顾茅庐、四面楚歌、纸上谈兵、破釜沉舟、老马识途、英雄所见略同、无颜见江东父老，等等。

诚如本文开头所言，战争文学是一个纵横古今、包罗万象的文学现象，是一个与其他文学作品与文学样式水乳交融、难分彼此的文学现象，是一个多文化、多民族的世界性的文学现象。谈论战争文学就势必要涉及历史、政治、经济、文化、民族、军事、外交、文学、哲学、美学、意识形态等多个领域。要在一个十分有限的篇幅内哪怕稍稍深入地探讨一下这些问题也是不现实、不可能的，即使是开列一个世界战争文学的完整书单恐怕也难以做到。因此本文只能就中国与世界战争文学的发展与基本观念作一概述，供有兴趣的读者作进一步研究时参考。

参考书目

1. David Bevan, ed., *Literature and War*, Rodopi, 1990.
2. Evelyn Cobley, *Representing War*, U of Toronto P, 1993.
3. Helen M. Cooper, et al., eds, *Arms and the Woman*, U of North Carolina P, 1989.
4. James H. Meredith, ed., *Understanding the Literature of World War II*, Greenwood Press, 1999.
5. Modris Eksteins, *Rites of Spring*, Anchor-Doubleday, 1990.
6. Paula Kepos, ed., "World War I Literature," in *Twentieth-Century Literary Criticism*, Gale Research Inc., 1990.
7. Peter G. Jones, *War and the Novelist*, U of Missouri P, 1976.

8. Stanley Cooperman, *World War I and the American Novel*, Johns Hopkins UP, 1967.
9. William E. Matsen, *The Great War and the American Novel*, Peter Lang, 1993.
10. 张廷贵等编:《军事辞海》第一卷,浙江教育出版社,2000。
11. 中国军事百科全书编审委员会:《中国军事百科全书》第一卷;第七至十卷,军事科学出版社,1997。

症状阅读 赵 文

略 说

"症状阅读"（Lecture symptomale）是法国哲学家阿尔都塞（Louis Althusser, 1918—1990）整个哲学的核心概念，他的哲学是在"阅读"的过程中并通过这一过程形成的。这是一种反经验主义的阅读方法，一种精神分析意义上的穿刺工作（Durcharbeitung），对象是现代性的知识型。症状阅读作为阿尔都塞工作的一个重要部分，无疑也改变了20世纪60年代以后的文学批评的结构。

综 述

一般人们称阿尔都塞为结构主义的马克思主义者。严格说来，阿尔都塞对待结构主义的态度并不是一味的接受，而是持一种批判的态度。从他最早发表《孟德斯鸠：政治和历史》，到《保卫马克思》和《阅读〈资本论〉》的出版这段时间，正是法国结构主义在人文科学领域如日中天的时代。在这种思想环境下，阿尔都塞不可避免地会受到一定的影响，并借用一些结构主义的术语。

但是，试图从"结构"出发来重新阐释马克思主义还有着更为深刻的理论原因。

从当时的情况来看，马克思主义在法国理论界并不是很受重视。一方面，法国布朗基的雅各宾主义和蒲鲁东的工团主义在法国工人运动中一直是处于支配地位，另一方面，法国党长期出于"理论贫困"的境况之中。马克·波斯特（Mark Poster）当时这样描述这种理论贫困：

> 革命理论公式化地区分为两个部分，即辩证唯物主义（马克思从未用过的术语）和历史唯物主义。辩证法被看成一种关于客观的外在现实的形而上学假定。唯物主义的意思是，"物质是第一性的"，精神是第二性的，因为精神是物质的反映……历史唯物主义和经济主义一样：经济基础以单方面的机械的方式决定政治和法律的上层建筑。

这些都无法从理论上揭示历史和创造历史的"主体"之间的关系，因而也无法解决"革命实践"的问题。

这个问题同样是战后困扰着法国知识分子的一般问题。萨特和梅洛-庞蒂受到马克思对历史阐释的影响，开始逐渐不满意现象学对主体意识无限性的肯定，也开始尝试用社会历史的内在法则来说明意识的现实化。但他们在理论上无法放弃现象学主体性的出发点，认为那样无异于屈从于法共的官方马克思主义。萨特在其《辩证理性批判》中所作的全部努力就是试图证明实践的、而非观念的主体个体的"自由"是如何在社会结构中转化为历史世界的。萨特要说的是，历史本身无法完全清楚地区分为主体意愿部分和客观存在部分，而是一种"主客体间性"的产物，说到底还是主体实践（praxis）的产物。

无论是法共的"经济主义"解释，还是存在主义马克思主义给出的"主体主义"（人道主义）解释，在阿尔都塞看来都不是真正科学的解释。必须回到马克思、认真对马克思进行理论总结才能科学地回答这一问题。而此时的结构主义，如结构主义人类学代表人物克劳德·列维-斯特劳斯，同样也在人文学科领域内提出了"科学"的要求。在阿尔都塞看来，结构主义起码在"主体"问题上态度是正确的。

> 因为马克思理论的反人道主义的论断一方面恰好与某些非马克思主义的重要学者（索绪尔及其学派）所表现出的某些"结构主义"（反心理主义、反历史主义）反应"殊途同归"，另一方面又与批评者的人道主义意识形态直接冲突。

因此，无论如何，弗洛伊德、索绪尔和列维-斯特劳斯都构成了阿尔都塞理论阐释的参照系。弗洛伊德通过对癔病的长期研究发现的"无意识"对"主体意识"的"绝对"统治，索绪尔通过语言学沉思发现的"语言"（langue）对"言语"（parole）的"绝对"统治，列维-斯特劳斯通过人类学研究发现的作为"语言"构成的婚姻规则和亲属系统对土著人的"绝对"统治，这些"科学"的发现都证明了个体只是"结构"的承担者，是结构维持自身的一个"元素"。在阿尔都塞看来，科学地发现社会结构的法则，要比在主体论哲学上苦心经营重要得多，关键是要重新理解什么是"现实"（real）。

理论要点

阿尔都塞运用他特殊的"阅读法"，在理解"现实"这个问题的范围内，将马克思与思想史上其他的哲学家区分了开来。在需要证词的地方，阿尔都塞让马克思本人用他理论中的"沉默"说话。这段关键的话语出现在《〈政治经济学批判〉导言》中：

> 其实，从抽象上升到具体的方法，只是思维用来掌握具体、把它当作一个精神上的具体再现出来的方式。但决不是具体本身的生产过程。……因此在意识看来（而哲学意识就是这样被规定着的：在它看来，正在理解着的思维是现实的人，而被了解了的世界本身才是现实的世界），范畴

的运动表现为现实的生产行为（只可惜它从外界取得一种推动），而世界是行为产生的结果；这——不过又是一个同义反复——只有在下面这个限度内才是正确的：具体作为思想总体、作为思想具体，事实上是思维的、理解的产物；但是决不是处于直观和表象之外或架于其上而思维着的、自我生产着的概念的产物，而是把直观和表象加工成概念这一过程的产物。整体，当它在头脑中作为思想整体而出现时，是思维着的头脑的产物，这个头脑用它所专有的方式掌握世界，而这种方式是不同于对世界的艺术精神的、宗教精神的、实践精神的掌握的。实在（real）主体仍然在头脑之外保持着它的独立性；只要这个头脑还仅仅是思辨地、理论地活动着。因此就是在理论方法上，主体，即社会，也必须始终作为前提浮现在表象面前。

阿尔都塞就此指出，"如果我们像黑格尔那样把现实和思维混为一谈，把现实归结为思维，把'现实理解为思维的结果'，那就会陷入思辨唯心主义；如果我们把思维和现实混为一谈，把对现实的思维归结为现实本身，那就会陷入经验唯心主义"。在阿尔都塞的理论建构中，对"现实"的区分意义重大，强调马克思"经验主义和对黑格尔的双重对立"。第一种"现实"即"在头脑之外保持着它的独立性"的"实在主体"，第二种"现实"是被思维着的进入头脑之中的"思想整体的现实"，后者是前者的"以概念方式的存在"。也就是说，人把握"现实"只能通过"概念方式"。因此，对"概念的形成"这个中介性问题不加仔细探讨，就会向两个方向滑向"经验主义"。在这里阿尔都塞给出了不同于理论人道主义马克思主义理论家们的答案。

一、"彻底的唯物主义"

如果不把"概念"或"知识"的形成理解为一种生产，就无法有效地理解这种非常"不同的"关于"现实'的理论。在《关于唯物主义辩证法》一文中，阿尔都塞指出，界定社会分工实践的正确方法应该立足于其具体生产，因而实践具有"多元的"结构特征。

> 阿尔都塞接受了由恩格斯引入并由毛泽东发展了的理论，这种理论认为经济实践、政治实践和意识形态实践是构成社会结构的三种实践（改造和生产过程）。经济实践是通过人类劳动将自然改造成为社会产品的过程，政治实践是通过革命对社会关系的改造，意识形态实践是通过意识形态斗争将一种于过去世界构成的关系改造成一种新关系的过程。在他对科学和意识形态间差异进行强调的时候，阿尔都塞认为理论构成了第四类实践，即理论实践，使用理论可将意识形态改造成知识。每种实践中的决定性要素是将原材料、人和生产资料聚合在一起的生产机制，而不是完成工

作的人，因而他们并不能宣称他们是历史过程的主体。

知识或理论的生产包括了三个构成要素：一般甲、一般乙和一般丙。一般甲作为科学的原材料是抽象的、半意识形态半科学的归纳，一般丙是作为成品被生产出来的具体而科学的归纳，同时一般乙是在特定阶段的科学理论，是知识的生产资料。这一理论构造恰恰是从"在理论方法上，主体，即社会，也必须始终作为前提浮现在表象面前"这个论断出发的。也就是说，像阿尔都塞在《阅读〈资本论〉》所说的"没有'清白的阅读'（innocent reading）"一样，也不存在一种"清白的"认识，因为各种实践主体总是在"既有的"认识环境和意识形态环境（知识型）中构造"现实"的。阿尔都塞从法国的科学史（加斯东·巴什拉、乔治·康吉莱姆）借用了一个概念，即"知识型"，但阿尔都塞对这个概念作了根本改造。"知识型"本身包含着两种可能性，一是科学，二是意识形态，正如一种前知识型中的意识形态是新知识型诞生的条件一样，新知识型体制化以后，它就会成为一种"误认"的"视阈"，从而将日常认识意识形态化（确切地说，日常认识永远是一种意识形态）。

二、实践的"过度决定"（overdetermination）理论

"现实"只能是经过认识"知识型"或"意识形态"中介的结果。在难题（problem）、问题性（problematic）中包含了阿尔都塞对过度决定这个从"精神分析"借来的概念的真正改造。"难题"是阿尔都塞理论体系中的关键概念，是其他概念的最终的"所指"，是"哲学家"在其"哲学"构造之前就存在于其"潜意识"之中的一个"没有答案的"问题（question）。这个没有答案的问题归根到底是由经济基础决定的特定知识型所决定的，"哲学家"在组织他的"哲学"时只是围绕这个"难题"（problem）提出许多答案先定的问题（questions），并且在回答完所有这些问题后的"沉默"中，给出对这个未被表述就预先勾销的难题的可能的解答。所以难题所表现出来的问题性就是"缺席"、"沉默"和"空白"。他对不同知识型的不同理论家的问题性进行了解读，包括阅读孟德斯鸠（《孟德斯鸠：政治与历史》）、卢梭（《卢梭：社会契约（错位种种)》）、费尔巴哈（《费尔巴哈的"哲学宣言"》）、伊壁鸠鲁，直至马基雅维利、斯宾诺莎以来的"真正唯物主义"（《马基雅维利和我们》），而最重要的是对马克思的阅读（《论青年马克思（理论问题）》、《读〈资本论〉》）和对列宁（《唯物主义和经验批判主义》）的阅读（《列宁和哲学》、《列宁在黑格尔面前》）。这个过程显示出，"难题"存在于意识形态以特定形式言说的地方。

阿尔都塞用知识生产和知识生产史这一对概念来解释"难题"形式上的来源。他在一种新知识学的基础上提出了一种"突变式的"知识发展过程，认为知识是一种特殊的生产方式。既然是生产方式，必然同"基础"有着某种结构上的联系，

"基础"的发展归根到底决定着新知识或新知识型的诞生。一个知识型诞生的标志,是有一种真正的科学首先"断裂"出来,在这种对"现实"的刹那触及之后,意识形态就获得了恰当的表达方式。借用这种新知识型,意识形态将自身塑造为"科学的科学"——哲学。"难题"因而在哲学中获得其形式——一种被否认了的形式。柏拉图的世界观念僭用了希腊的"数"的模型,霍布斯、洛克、孟德斯鸠、卢梭这些进入阿尔都塞视阈中的"政治哲学家们"则僭用了"力学"模型来使其"哲学"意识形态具有了"知识"形式。在这些"政治哲学家们"围绕他们的"难题"所组织的问题之间的关系中,表现着各自的阶级要求:崇高的形式下掩藏着现实的愿望,伟大的哲学家从来都是谈政治的。这一结论相对于经典马克思主义的论断而言仿佛并没有什么新东西,是的,这是因为马克思主义归根到底是正确的。但恰恰在引出结论的推导中存在着使阿尔都塞与经典马克思主义理论家们区别开来的东西:真正的"意识形态专家们"、"哲学家们"、专事"批判"的"批判家们",作为"知识生产过程"的"承担者",只能在他们各自既有的"知识生产方式"支配之下"生产"。也就是说,他们并不有意识地表达某种私利驱动的愿望,而是充当了被他们时代的"知识型""真理化"了的意识形态的"传声筒"。他们表达"真理",而"真理"的"真相"则以缺席的形式存在于这些作品的"空白"中,存在于他们组织问题的特殊结构所无法摆脱的、意识不到的"矛盾"中。

理论作用

阿尔都塞使他的读者能够通过"过度决定"的理论,就马克思主义传统的阐释史进行症状阅读,发现这些阐释具有共同的理论结构,即共同的"问题性"。阿尔都塞指出,那种"经验主义"的黑格尔-马克思主义者永远也走不出"正-反-合"的"历史辩证法"循环(比如萨特),而是按着这个闭合的区间将马克思主义的辩证法改造成"直觉的科学"和"科学的直觉"。这种"镜像"认识是黑格尔"辩证法"、同时也是自笛卡尔以来一般现代"哲学"认识论的基本模式。这种古典辩证法的哲学基本功能,用阿尔都塞的话来说,就是在"镜中"构造"自我"并"发现自我",从而实现"自我满足"。而黑格尔,这位给古典辩证法以充分论证的哲学家说得更直接:"真理就是所有参加者都为之酩酊大醉的一席豪饮,而因为每个参加豪饮者离开酒席就立即陷于瓦解,所以整个的这场豪饮也就同样是一种透明的和单纯的静止。"(黑格尔,下卷:30)真理和认识真理的主体构成这种"运动"的但实质上是"静止"的奇特的戏剧,而这的确已是一出戏剧,它只是对"我"的历史实践"事后"的合法化或"戏剧化"。所以黑格尔说:"密纳发的猫头鹰直到黄昏才起飞"。阿尔都塞补充说:"(这种)哲学尽可以在夜晚的睡梦中邀游,但……从本质上说不属于明天。"但众所周知,马克思主义不仅属于"明天",更重要的是创造"明天"。黑格尔"哲学"辩证法的担保存在于他的哲学的外部,存在于"市民社会"(其最高形式对黑格尔来说就是普鲁士国家),因而可以说这里的"镜中之像"也是由这一外部存在所担保的。因此在剥去覆盖着"真理"的杂质之前,古典辩证法是知道什么是杂质的,也就是说,它事先就直觉地知道什么是"本质的"、什么是"非本质的"了。如果仅仅认为这种"剔除"是真正意义上的"科学"方法,就等于是在不同于科学的人类实践领域中错误地用直觉代替了科学。黑格尔本人也只是说,他的"目的就是要促使哲学接近于科学的形式"。(黑格尔,上卷:3)"哲学"并不是科学,"哲学"的"科学化",即用概念来构造体系,则是其"戏剧化"的最"严肃的"形式。所以,在阿尔都塞看来,所谓将黑格尔辩证法结构"颠倒"过来,改造成"马克思主义唯物辩证法"的提法本身就是一个错误的理解模式,它本身包含着两个相关的命题:一,马克思主义哲学内在于德国古典哲学的理论场地(问题性),进而二,马克思主义哲学可以是"直觉的科学"或"科学的直觉"。不幸,这两种"马克思主义唯物主义辩证法"都已经存在并发挥其各自的效力了。

"马克思主义"作为"直觉的科学",将认识的整体性问题放在认识的必然性和自然的必然性两者"直觉性"的合拍(correspondence)的基础上,其根本论据就是19世纪自然科学的那些彪炳史册的伟大发现是自然界的辩证法和认识的辩证法两者"同一"的明证,也就是说,黑格尔所"抽象化"的辩证规律就是支配自然界、历史和思维的一般规律,而马克思的著作则是这些规律在历史领域里的成功应用。恩格斯的一段话为这种误读提供了足够的空间:"我们的主观的思维和客观的世界服从于同样的规律,因而两者在自己的结果中不能相互矛盾,而必须彼此一致,这个事实绝对地统治着整个的思维。它是我们的理论思维的不自觉的和无条件的前提。"误读者们往往未加深思,不自觉地接受这种认识主体和认识对象之间的"合拍",却没有从理论上真正探讨这种"合拍"是如何可能的和为什么是可能的,没有在认识论的关键问题上理解这种"合拍"的"机制"。这种"科学乐观主义"误用的结果之一就是"哲学上的实证主义"。

另一方面,"马克思主义"作为"科学的直觉",在卢卡奇、萨特等理论家那里得到了最为系统的论述。"科学的"是指它用"概念体系的"方式"实证"了认识的辩证法和历史的辩证法是一回事。在这里"实践"充当了两个角色:认识的基础和历史的"始基"。人之所以听到历史辩证法的"召唤"、领悟历史辩证法的"要求"并不"神秘",原因就是"召唤"和"要求"的发出者不是别人,正是主体本身。历史辩证法正是人的过去行为的产物,这样人有足够的理由和方法,并且是经过"证实"的因而是"科学"的理由和方法,来"直觉"历史辩证法,用黑格尔的术语表述就是:"回忆"(Erinnerung)的辩证法。

"直觉的科学"为实践提供了一种近乎天真的乐观主义,在这里马克思主义哲学变成了一般的自然哲学。结果是,那些"第二国际的领导者逐渐将马克思主义本身改造成既为合理化他们日常的改良主义实践也为保证他们的实践声称想要取得而为这个目标（无产阶级革命）（有天）的取得而服务的一种决定论形而上学"。作为这种逻辑的结果，近代知识话语所构造的经济学完全有理由成为"社会乌托邦"的"科学"担保，得出下面的结论也就是必然的："资本主义社会已经失败；它的瓦解只是时间问题；不可抗拒的经济发展以自然的必然性导致资本主义生产方式的破产。建立一种新的社会形式以替代现存的社会形式，不再只是愿望；它已经成为必然的东西。"因而这种决定论顺理成章地进入了历史观念的构造，关于社会心理的、艺术的种种历史科学者以自己不同的表面态度（顺从或拒绝）默认了这个通过"直觉"感受到的实在的、科学的"自在之物"的担保：用顺从的态度承认"自在之物"的决定，表现为"经济主义"；用拒绝的态度排拒它，则表现为"人道主义"。这是现代"历史主义"的内容。

阿尔都塞让我们看到，"马克思主义阐释学史"上的"科学的直觉"和"直觉的科学"无论在理论上还是在实践上都是互为因果的，二者都还没有走出德国古典哲学的巨大阴影，没有走出康德"必然/自由"的阴影。

这样一来，我们更清楚地看到"现实"在古典认识论基础上毋宁是一种意识形态意义上的"缝合点"，也就是说，它在哲学上作为为认识提供担保的"历史"出现，"历史"又是在这种认识前提下"事先"掌握了历史秘密的主体创造的结果，这个主体如果不是"经济的人"（homo economicus）则是不可想象的。这一切都说明，现代性症状的问题性在通过这些阐释表述自身。

从《读〈资本论〉》开始，阿尔都塞就在马克思主义地形学的范围内勾画着作为现代性症状的问题性（资产阶级意识形态）是怎样通过"科学发现"来勾销（由于有了马克思的症状阅读因而是暴露）那个更大的发现的：这个阶段的科学可以说是"关于市场的力学"，它使分析生产成为可能，因而李嘉图、亚当·斯密能看到有购买劳动的阶层，也有出卖劳动的阶层，它还使亚当·斯密能够宣布市场是"天赐的和谐"，使李嘉图不能迈过劳动和劳动力之间的鸿沟，也使黑格尔将这个"天赐的和谐"哲学地戏剧化为由人的"需要的体系"所决定的"市民社会"的"现实性"——将生产、阶级自然化之后，这出哲学戏剧的最后一幕就是"国家"：统治的自然化。

阿尔都塞指出这种镶嵌式的意识形态更多地不是体现在"国家机器"上，而是自然化地、潜在地体现在他称之为意识形态国家机器（appareils idéologiques d'état）当中的。以这种意识形态的自然化为制度的组织——政党、企业、工会、生产合作社、医院、报纸、杂志和电视，等等——以符号的物质形式在由生产关系和再生产生产关系最终决定的语境中，将主人确认为主人，将奴隶质询为奴隶，从而也将作为给定生产关系法律上（领导权意义上）的代理的国家永恒化了。

文学批评中的症状阅读

阿尔都塞用"结构的因果性"和"知识（意识形态）生产理论"，使对马克思的理论理解更换了理论场地，西方马克思主义由此获得了一次发展的契机，不再用与批判对象共享的意识形态来进行批判，而是开始了对现代性意识形态本身的外部批判工作，即症状阅读，这正是阿尔都塞为"新"西方马克思主义所开创的意识形态批评的要旨。

阿尔都塞使意识形态理论在西方马克思主义传统中获得了前所未有的复杂性：人靠意识形态生活，靠意识形态化了的知识或知识化了的意识形态认识，就像鱼生活在水中一样。意识形态为人提供了唯一的"现实"，但由于意识形态的"症状性"——它的各种形式总是"移置"着生产实践、政治实践和理论实践所构成的社会整体中的矛盾——它在"勾销"问题性的同时以其形式内部的固有"错位"（Décalages）暴露出它自己的"本性"。Décalages系阿尔都塞在其政治哲学著作《卢梭：社会契约（错位种种）》中使用的一个概念，在该文中阿尔都塞对《社会契约论》作了细致的症状阅读，并分析指出《社会契约论》中理论建构的诸多错位并不是卢梭有意识的疏漏，而是源于卢梭与启蒙思想家们共同分享的一个理论结构性"难题"。可以恰当地作这样一个比喻，这个结构性难题对启蒙思想家来说就像被压抑在无意识领域中的童年心理创伤一样，造成了他们的种种同质的理论错位。从过度决定的理论出发，无论是政治文本、哲学文本还是文学文本、艺术文本，所有物质性的表达方式都受到外部现实的限制：在"最终"意义上的经济生产，由于其"非主体的"社会凝结作用（同时也是限制作用），在政治结构和文化结构中"曲折地"再生产自身的再生产条件。在这样的理论基础上，西方马克思主义文艺批评就转向了"批判"，这是一种新批判，即对批判的批判所作的批判：为占统治地位的、作为"政治无意识"存在的意识形态确立其界限，揭示它的"问题性"。

阿尔都塞的文本阅读理论在英国的马克思主义文学批评家特里·伊格尔顿那里得到了具体的运用，他在《审美意识形态》中使用症状阅读的方法对"审美"这一现代性话语作了深入的解读，将美学研究引入了"美学意识形态批判"的新领域。尤其是其中《自由的规则》、《心灵的法则：夏夫兹博里、休谟、伯克》、《康德式的想象》、《席勒和领导权》和《人工制品的世界：费西特、谢林、黑格尔》等篇充分显示了阿尔都塞所开创的症状阅读的批判方法。在这些既独立成章又具有内在统一性的文章中，伊格尔顿揭示了"启蒙的问题性"是如何在"物质与非物质之间，即事物和思想、感觉和观念之间"进行运作并进而形成了启蒙时代的美学体系的。启蒙理性主义是处身于17至18世纪特定社会构成中特定历史阶层知识分子的"自我构拟"，是基于市民社会经济现实上的"个人主义"的一种共同体联结。只有在这一联结的基础上反对"理性秩序"的封建性，社会构成才能成为可能。因而从一开始，"知识生产"的逻辑就必然使启蒙理性主义将自身的体系建构与古典理性主义区分开来，而它所可能运用的"生产资料"，就是"激情"和"风俗"这些与"理性"异质的范畴和理性的形式——在"哲学"的内部放置一个"外部"，即将哲学批判性立法所抑制的"无意识"的（政治）"愿望"这一难题"移置"到哲学内部中的"外部"，批判为它留下了"地盘"。启蒙理性本身的最大特点就是在自身内对"物质"和"激情"进行规约，也就是说启蒙哲学的秘密不是在"哲学"中，而是在这种规约运作起作用的"审美"领域。现实主义和浪漫主义（以及形式分裂的现代主义），正是这一运作的的结果，二者有着共同功能，唯其如此二者在自身内部都向相反的方向运动："现实主义"用关于历史的"激情"否定了自己的形式；而其对立面则是用关于单子式的个体的"激情"否定了自己的内容。它们通过再生产这种"感性结构"再生产着同一的主体：（一元）历史的主体 =（单子的或作为阶级的整体而存在的）经济主体 = 非复数的主体（subject）。通过对这种将"人［复数］""召唤"为"主体［单数］"的内在功能的症状阅读，伊格尔顿"读"出了现代性"审美感性结构"中资产阶级对其意识形态领导权（hegemony）的建构。

阿尔都塞的意识形态和症状阅读理论对当代文化研究和文学理论产生了重要的影响，如果要总结的话，我们认为他的理论的影响途径有两条。

首先是阿尔都塞的意识形态理论和症状阅读理论中包含的"主体"理论使得"主体"获得了新的理论内涵。主体本身是建构的产物，而且他不是那个阶层"有意识地"建构的产物，而是历史本身各个实践层面"多元决定"的产物，因此"主体"在意识形态层面说，就是"误认"了的时代精神的承担者。这里主体既可以是单数的，又可以是复数的。所谓单数，就是作为"统治阶级意识形态"的承担者，所谓复数就是非主流意识形态的承担者。他们都是主体，只不过被时代的问题性、时代的物质实践等多元条件"质询"为不同的主体罢了。

其次，就是"话语"理论。话语是一种被多元决定了的符号实践，它将个体传唤为自我，用阿尔都塞隐喻式的话来说就是"将个体责询为主体"。"质询"（interpellate）一词的原意是内阁大臣在议会中被要求对他的行为负责。话语理论的关键之点就是要解答个体是通过自我途径被传唤成为社会性个体的问题。概括地说，这种传唤方式有以下几种情形：一、自我作为某种特定的社会性个体被谈论着，因而也就成了那种个体；二、自我想象的认同使得自我成为某种特定的社会性个体；三、经过以上两种作用方式，或者其中一种作用方式，个体作为那种对象性的社会个体而感知、思考和行动。

这两个引申理论几乎构成了今天文化研究的理论基础。文化研究，或者文化批评就是对文化现象作症状阅读，从文本结构"穿刺进"社会结构。社会各个实践层面在文学文本中的多元决定，具体地说资本主义政治、经济及资本主义化了的历史传统的多元决定，是通过文本意象要素得以凝缩和移置的。比如在詹明信的分析中，一部作品的结构元素是构成意义文本的本质要素，它们依照具体历史条件给定的特有格式排列，排列的一般方式是两两对立，一对同质排列从正反两个方向指向同一个所指。当两个方向上的意指关系都存在于文本中时，文本的意义是平衡的，是非陌生化的，也是不引人注意的。但当基本意义层面上的一对指向同一所指的对立项中的一个发生缺失时，另一个单一存在的项则在这种不平衡状态下潜在地生发出"意义"来，从而为受众提供了可作两个方向上选择的审美感受，即主体的误认过程和质询过程。这种情形为批评者提供了两种解释的可能：或者是作者和受众在当前意识形态环境下的共同愿望对该缺失项持续压抑（继续政治无意识对该缺失项的压抑），从而获得意识形态满足，"消费"美感；或者真正解释它。这一缺失项作为关键的一个能指，其所指即是作者甚至是非创造性的作者以缺席的方式交出的对社会和人的存在的乌托邦式的解决之道。詹明信在《政治无意识》中对巴尔扎克、乔治·吉辛、约瑟夫·康拉德的文本分析，或在《后现代与文化理论》中对《吉姆老爷》和中国文言小说《聊斋》的两篇分析更能说明他文本分析的这一特色。

这里说到的伊格尔顿和詹明信只是症状阅读的代表人物，而女性主义批评、亚文化批评等等批评方式今天看来要离开阿尔都塞的意识形态和症状阅读理论也是不可能的。

结　语

从症状阅读的概念剖析及其运用来看，阿尔都塞的"意识形态"和症状阅读理论构成了西方马克思主义文学批评20世纪60年代以来的转向的基础，这种理论在以下几个方面起着作用：

首先，从认识论上指出了西方马克思主义传统的批评实践的内在难题，即黑格尔化了的马克思主义"辩证法"的意识形态特征。开始从权力关系考察、反思这种"辩证法"结构，对这种"权力"关系的具体解读构成了西方马克思主义转向之后的基本任务。首先就是对传统西方马克思主义批评实践的深入反思，从"美学"反思到"对批判的批判所作的批判"的发展过程，也是西方马克思主义逐渐明确自身"意识形态"身份的过程，在这一过程中也明确了自身的"意识形态"介入的任务。

其次，用"结构的因果性"替代"表现的总体性"，使作为文学批评对象的文本不再具有"透明性"。当文本用"现实主义"或"表现主义"、高雅文化或大众文化等等不同形式展现自身的时候，恰恰是作为社会总体的症状在隐秘地再生产

"多价性"的意识形态。转向后的西方马克思主义批评以此为理论基点，展开了从文本到制度的批判。

最后，不可否认的是，"多元决定"这个症状阅读的理论前提也有这样一种危险，那就是在理论上越来越"方便"地将革命本身移置到"文化"、"意识形态"等领域，甚至成为目前欧美文学院系体系中体制化批评的一部分，这是值得深思的。

参考书目

1. Alex Callinicos, *Althusser's Marxism*, Pluto, 1976.
2. Antonio Callari, et al., ed., *Postmodern Materialism and the Future of Marxist Theory*, Wesleyan & New England UP, 1996.
3. Fredric Jameson, *The Political Unconscious*, Cornell UP, 1981.
4. Gregory Elliot, ed., *Althusser: A Critical Reader*, Blackwell, 1994.
5. —, *Althusser: The Detour of Theory*, Verso, 1987.
6. L. Althusser, *Essays on Ideology*, Verso, 1984.
7. —, *For Marx*, trans., Ben Brewster, Verso, 1979.
8. —, *The Future Lasts a Long Time and the Facts*, Chatto & Windus, 1993.
9. —, *Lenin and Philosophy and Other Essays*, Monthly Review Press, 1971.
10. —, *Lire Le Capital*, Maspero, coll. "Théorie", 2 volumes, 1965.
11. —, *Montesquieu: la politique et l'histoire*, PUF, 1959.
12. —, *Montesquieu, Rousseau, Marx: Politics and History*, Verso, 1982.
13. —, *Philosophy and the Spontaneous Philosophy of the Scientists*, Verso, 1990.
14. —, *Pour Marx*, Maspero, coll. "Théorie", 1965.
15. —, *Reading Capital*, Verso, 1979.
16. Leonard Jackson, *The Dematerialisation of Karl Marx*, Longman, 1994.
17. Robert Paul Resch, *Althusser and the Renewal of Marxist Social Theory*, P of California U, 1992.
18. 黑格尔：《精神现象学》，贺麟等译，商务印书馆，1979。

种族/族性 王晓路

略　说

"种族"（Race）是一种区分人类群体的方式。在生物学范畴，这一术语被译作"人种"，即根据基因导致的遗传标记，结合地理、生态和形态（如肤色和体质特征）等因素，对人类群体进行科学分类。然而在科学概念的掩护下，种族同时也作为一种社会文化范畴出现。这就是说，当人们借用生物学概念对人群进行分类时，他们，尤其是西方人，往往将一些假设或想象因素附加在某些弱势群体身上，并据此形成了固定观念。

综　述

人们对于种族尤其对于少数族裔的认同方式，多受西方主流社会形成的观念支配。所以，对种族的类分过程，涉及某一群体"低劣于"其他群体的根本原因。实际上，是某一种文化标准（cultural norm）界定了种族间的"差异"，于是，自然的、非文化的差异就与文化标准联系起来。既然种族间的差异是由先在的、支配性的社会文化因素所左右，那么学者对于文学文本，包括文学经典的解读和文学批评，也必然涉及社会、体制、权利、意识形态、文化等级、艺术表征（representation）等各个方面。

种族问题可以追溯到远古时期。君主制时代，欧洲各民族都以"纯血统"观念看待自身。18世纪的民族理论家开始在政体（state）与民族（nation）之间划分清晰界线，这是因为，当时在语言和政治界限之间并无直接联系。一些典型的现代欧洲民族国家，诸如德国和意大利这样的政体，就竭力将国家与民族性合二为一。在他们那里，民族性被理解为分享同一文明、语言与文学的同一性。但是，由于政治地理的发展与民族变化并不同步，18世纪的理论家倾向将民族视为自然实体（natural entity），而将政体视为一种文化产物。到了19世纪，随着自然科学影响力日益扩大，人们逐渐习惯以生物和人类科学的精细眼光来分析、测量、定义并设计人性（human nature）与族性。在此背景下，民族便被认定是一种生物群体单位，它的差异特性则由该民族后裔共同拥有的遗传性本质所决定。

西方民族性的概念形成与再认识

在欧洲许多国家，尤其是在英国，种族和民族观念自有一个缓慢的历史变迁过程,譬如盎格鲁-撒克逊族在英国史上的构成就有着复杂的历史渊源。应当指出,在英国民族文化的发展进程中,所谓英国文学的概念形成,实与赫德(Johann Gottfried Herder)的开创性研究有关。身为英国现代民族主义第一位哲学家,赫德在其 1767 年发表的《论新德语文学:片断》(On the New German Literature: Fragments)中郑重提出:语言并不只是"艺术与科学的工具",而是"其中的一部分"。

赫德关于语言精神的概念充分体现了这一思想。他强调,语言不仅仅是交流中介,而且是民族性不可分割的、神圣的本质。赫德在他自己收集的抒情歌谣中进而证实了民族语言在构成民族精神过程中所起到的特殊作用。从 18 世纪至 19 世纪早期,英国文化史上有许多想象性写作都带有民族主义成分。而以赫德为代表的这一批民族学者,竭力将这些创造性写作编排为一种"被接受的传统"。于是,文学史中对民间文化的收集整理,便成为构成英国民族性的重要部分。而英国人对于文学和文学史的族性理解,从 19 世纪中叶开始,一直持续到现代主义的开创阶段。(Appiah:282—284)

作为一个历史转折点,20 世纪中期的民权运动(Civil Rights Movement)令大批西方少数族裔获得一种族性觉醒,他们中间的精英分子开始意识到自身的种族身份在整体文化观念中严重错位。为此,他们一面在政治领域发起抗争,不断要求主流社会正视种族问题,一面又在学术领域展开持续的反思、批判与创新。应当说,他们的抗争精神和不懈努力,开创了一个围绕种族问题与民族文学的再认识阶段。

在这一延续至今的再认识进程中,后结构批评思潮与左派批判理论无疑成为两股重要的学术推动力量。它们的优势是凭借精细的语言分析、先进的意识形态与文化批评方法,对原本属于"自然"范畴的种族概念实施卓有成效的破译与解构。在这方面,德里达的解构理论与反逻各斯中心论、福柯的知识考古与话语分析方法,以及萨义德在其名著《东方主义》中所展示的范例研究,普遍受到各国新进学者的欢迎。

我们知道,西方对于"他者"种族、文化与文明的偏见由来已久。这方面,美国哥伦比亚大学比较文学教授萨义德(Edward Said)率先于 20 世纪 70 年代发表《东方主义》一书,将马克思和福柯的批判精神应用到东西方文化与种族差异问题上,并因此获得了突出的学术声誉。萨义德指出,自从欧洲人创建东方学起,它的学科体制、知识兴趣与研究方法就反映出一个强势文明的主观意志,以及它对东方民族的征服与控制欲望。这种学问貌似客观中立,其实汇集了欧洲人、美国人针对东方的各种想象臆断。历史上西方学者有关东方的一切客观描述,无不渗透资本主义的扩张逻辑与文化霸权。在西方利益及其价值观的支配下,这种东方研究的根本目的不过是要将东方民族客体化、概念化,从而有效控制其文化身份。即便在西方学者把东方当作一个贬义术语时,这个东方依然是西方恐惧的一种反映,而并非是对东方的"族性与文化"进行科学描述。(Macfie:345)

受此启迪和鼓舞，大批边缘学者，如女性、少数族裔、非主流学者们从此获得了针对种族概念的反思眼光。他们开始把种族视为一个复杂的文化思想范畴，而不仅仅从自然科学的角度来解释，并同时借助西马与后结构主义的成套分析工具，对种族问题进行深入的质疑、解析与批判。在此基础上，众多史学家、文学批评家与文化学者携起手来，尝试将社会文本和文学文本相结合，将历史文本与文学文本相结合，开展一场全方位的历史重读与再描述运动。在美国，这场运动中有几位学者比较引人注目：其一是哈佛大学非洲裔美国研究中心主任盖茨（Henry Louis Gates, Jr.），其二是杜克大学英文系教授贝克（Houston A. Baker, Jr.），另外值得一提的是沃纳·索洛斯（Werner Sollors）教授。

在盖茨看来，种族是一种隐喻，一种专横的语言范畴。而种族主义的特性，则在于运用话语权力与制度规范，强使这种专横的范畴自然化和固定化。在此前提下，盖茨认为种族完全是一种惯例（convention）。而在文学研究中，种族的因素则是一种可以细加分析和层层揭示的"隐形的量"。（Gates）

贝克进而指出，西方主流文学理论家一般只认可那些久经确认的经典文本，并反复将它们作为自己论述的例证，或从中建构自己的批评模式。与此同时，他们对于大量少数族裔文本干脆视而不见，或蓄意忽略。所以说，要展开对少数族裔文本的批评，并在此基础上建立新理论，便只能依靠那些处于边缘的非主流文学理论家。很显然，西方文学理论本身就暗含有严重而深刻的种族问题。（王晓路，2002）

索洛斯则认为，美国许多族裔群体在传统上是互相影响的，如果认为种族这一概念具有某种"纯粹"的同一性，那其实是将这种互相影响的方式掩盖了。在索洛斯看来，族性并非仅仅指示某人是何种种族的后裔，它实际上指示此人所愿意加入的群体。因此，族性并不是一个固定的概念，而是在与非族裔（non-ethnic）对比中形成的。或者说，它是一种文化互动（cultural interaction）的结果，因为社会中的同一性或身份本身，向来是以文化作为界定的标准。（Sollors）

种族问题在文学研究中的重要性

长期以来，在西方中心论支配下，欧美学界大量生成并保留下一批根深蒂固的种族观念，由此构成了人们对种族看法的固定模式。这种潜在模式所导致的后果之一，就是利用人种体质差异的客观概念，强使其他一些人为附加的差异观念合法化。

在西方优越论者看来，这些差异不仅证明弱势种族在人种或体质上的特征，而且成为一种证实其文化差异（包括伦理、智商、能力、素质、教养、趣味以及社会等级差异等）的依据。就是说，与西方白人种族相对应，它们能证明非白人种族的低劣、呆滞、孱弱及其不良习性或野蛮行为方式。在这一种族意识形态（ethnical ideology）的影响下，出现了西方国家的种族歧视、种族偏见和各种种族主义恶行，德国法西斯的种族大屠杀就是明证。

话说回来，恰恰由于西方文明已把种族问题变成一项基本的社会文化差异，我们如果脱离历史、文化和意识形态前提，便无法对种族问题加以有效的分析。在文学批评领域，这一问题的现实意义显得尤为突出。针对传统种族观念，人们往往提出质疑：为何白人就要比其他民族优越？为何在文学文本中，某些种族与文明进步相联，另外一些种族则离不开愚昧与堕落？可见历史遗留的问题成堆。在一些美国批评家看来，所有的文学文本、理论文本、文学史与批评史，乃至流行文学和大众传媒对于不同文化群体的表现模式，实际上都应受到一次清理与批判。（Edgar, et al.：326）

由于偏见积重难返，也由于传统批评理论习惯以客观中立自居，种族问题在当代文学研究中显得愈发重要和复杂。应当承认，即便是在欧美文学经典中，种族偏见也是一种常见现象。许多大作家在写作中，一旦涉及异族文化或殖民地，就会自觉或不自觉地将那里的人物、环境、风俗与西方文明世界加以对照，进而将对方纳入程式化表述：主人与仆人、文明与野蛮、高贵与卑下、法治与混乱，等等。其潜在含义无非是要表明：一些人种较之另外一些人种，自然要在血统、人性和品质上更高贵、高尚或高明一些。

这种不平等的"主奴"关系描写可以追溯到人类早期写作，它是黑格尔在《精神现象学》中阐明的哲学寓言，也是西方文学经典反复述说的精彩故事，从《鲁滨逊漂流记》到《印度之旅》都是如此。一如黑格尔所表示，主人在征服奴隶的过程中确立了自己的主体意识和精神优势。奴隶则在长期的蒙昧与苦难中逐渐觉醒，缓慢获得了被压迫者的反抗本领与自我独立精神。西方文明史、文学史毫不例外，也因此打上了主奴关系的深深烙印。

从启蒙运动起，西方人开始提倡人的自由、平等、博爱。在19世纪理性旗帜高扬、科学突飞猛进的背景下，人性、人权、人道主义和人文学术得到了迅猛发展。然而理性的巨大进步并未改变多数白人对有色人种的怀疑或藐视，许多文本中出现了对日耳曼人、盎格鲁－撒克逊人的赞美，以及对他们屠杀土著的冷漠描写。（Appiah：280）具有反讽意味的是，恰恰在19世纪出现了以科学话语编织的现代种族观念，以及与之密切相关的系统技术与操作规范。近代西方科学家一面依据科学进行种族研究，一面又相信种族主义有其正确性。当他们指认一个种族的本质（essence）时，往往将其生理特征与文化伦理特征结合起来。例如当人们谈及"黑人"或"黄种人"时，他们并不只谈生理遗传，而是自然而然地谈论与其遗传特征相关的其他问题。时至19世纪末，欧美普遍存在着这种针对种族的臆断，由此生成的观念影响着人们对于文学的理解。（Appiah：276）

在文学研究中，19世纪于是成为一个重要时期。其中的一个特征是：那时对于边缘种族最令人惊讶的攻击，是以"科学"名义进行的。另一特征是那个时期文学文本中比比皆是的种族等级制（race hierarchy），它渗透于文本结构、故事情节和道德教诲之中。不妨说,当种族偏见成为某一国家的主流意识形态时,文学文本中的种族问题也就自然成为一个文学主题。麻烦的是,许多文学名著或隐或显地存在着不同程度的种族偏见,而这些种族观念在文学中的曲折表现方式,不可加以武断或简单地否认。而在文学史上,一个欧美国家的民族文学,与这个国家的民族性(nationality)之间究竟是一种什么样的关系,这是一个更值得我们慎重思考的问题。

对于这些问题的思考,显然会增强文学批评的力度与深度。对于批评家而言,种族和族性(ethnicity)问题所特有的非主流挑战性质,无疑能拓宽他们的视野,激励他们反思,进而促使他们针对文学文本中那些习以为常的"差异"进行更深入的探究。批评家可以依据新的观点方法对以往的主流文学进行梳理,对其文本中隐含的种族歧视与偏见实行批判,或对少数边缘文本进行挖掘整理,使之成为新的研究范畴。事实上,对主流和主流之外的创作,均可以借鉴新方法进行研究。其主题、叙述策略和文化编码都可在新的层面得到考察。

种族问题在美国文学中有比较集中的反映。对于美国各少数族裔而言,他们的生活经历和政治态度,长期以来一直由其种族生存模式所决定。表面上的种族差异其实有着深层的心理、经济和其他社会原因。在美国社会结构中,非洲裔的"黑人性"(blackness)与主流的"白人性"(whiteness)相比,前者属于受支配的边缘范畴。尽管黑人文化对于美国文化发展作出了独特贡献,但种族偏见,尤其是所谓"智力差异"的偏见始终存在,而这种智力不平等的前提也一直未得到清算。

作为来自非洲的奴隶后裔,美国黑人被迫在一个白人文化占主流地位的环境中生存,这种生存方式的独特性决定了美国黑人文学的特殊性。为此,黑人作家与批评家必须面对两种传统,即自身的非洲文化传统与西方主流文化传统。与此同时,他们必须借助社会主流的语言形式,即英语,进行自己的文学创作和批评实践。就是说,他们要在西方文化背景中凸显自身,表现那些与主流社会有明显差异的文化传统与民俗风格,在"标准"英语表述中突出自己的异质特点,从而以自身对世界的领悟和体验,对其生存境况加以美学意义上的编码,并在此基础上探索和追问人类生存的意义。这种独特性于是成为美国黑人文学和文学理论最具影响力的一个方面。

从其发展线索看,美国黑人文学,尤其是小说创作及批评理论,大致经历了一个逐步成熟的过程,即从激进到内省,从对黑人民族性的倡导到对人类共同问题的关注。有许多美国黑人文学作品关注其种族道义与责任,并从不同角度将它提升到弘扬生命意义的高度。一批卓有影响的黑人作家,也从不同角度反映了黑人民族的美学价值,例如获得1993年诺贝尔文学奖的美国黑人女作家莫里森(Toni Morrison)的创作便是如此。大量丰富的文本又使这一文学类型的理论不断获得新的内涵,在这些理论的梳理与建构工作中,最出色的就是上面提到的盖茨和贝克两位黑人学者。

任何批评理论都来自与它相关的具体文学文本,并产生于特定历史文化的构成性语境之中。当它具备普适性之后,这种理论及批评模式自会与那些源自不同文化传统的文本发生矛盾,或产生张力。换言之,黑人文学文本自有它一套先在的美学系统(preexisting aesthetic system)。当这些文本遭遇主流传统时,或在它们没有得到主流传统认可之前,这些文本必然会同现行美学体系(existing aesthetic system)发生冲突。而在此冲突下的阐释行为,不仅会导致错误解码或负面误读,还会导致错误的结论。因此,对于黑人批评家来说,他们的任务是双重的:其一,必须证实那些未被"中心"认可或遭到忽略的边缘写作,同时应突出这些写作所涉及的异族文化的传统价值。其二,在此基础上建立一套针对性的批评话语和理论体系,以便对那些具有自身特点的少数族裔文学文本进行有效的阐释。用盖茨的话说,就是要依据我们的黑人文化,对"理论"本身进行重新界说。

美国黑人学者通过系统的发掘、考证、整理与阐释,已在许多文学工程中展示了黑人文学成果,并探讨了黑人文学的延续性。这些工程将黑人经典文本与西方传统经典文本成功地加以并置,并形成了事实上的共存。更重要的是,它们在很大程度上起到对中心话语或主流文学经典的修正作用,即迫使其承认并容纳非欧洲族裔的写作,并以中心边缘化、边缘中心化的互动方式,使得"非洲裔美国学"(Afro-American study)作为一门独立知识系统进一步合法化。非洲裔美国文学批评现已成为美国文学理论与批评难以忽略的范式。

结语:问题与争论

种族问题进入文学研究后,自然引发大量争论。譬如有学者担心,种族观念的迁移,会掩盖非洲裔美国人的具体情况,并对他们的政治身份带来不利影响。也有学者指出,种族问题的讨论与族性研究相对,正如女性主义与性属研究相对一样,成为一对必须加以对比研究的课题。(Childers, et al.: 251)因为族性是拥有共同文化背景的同一社会群体事实或状态,它可以指多数民族,也可以指少数民族,只有在研究中将某一种族置于某一社会中才能得到更好的透视。一些学者认为,非洲裔美国文学问题实际是一种政治问题,正是盎格鲁-撒克逊民族主义的政治,将其他少数族裔从主流文学经典中排除在外。另一些人则认为,非洲裔写作传统可以单独进行研究。(Appiah: 287)

种族差异的重要意义,在于它能启发人们思考自我,认识他人,建构自身价值,确定社会文化同一性。我们说,文学是不同民族生活的艺术性表述,而文学批评又是其民族精神的探索形式。作为文学不可或缺的要素,种族问题也就成为文学研究不可回避的课题。时至今日,种族依然是人们观念中的一部分,它不仅是上一

世纪中文学史的问题,也是今后文学生产和文学研究的关注点之一。(Appiah:287)

参考书目

1. Alexander Lyon Macfie, ed. *Orientalism: a Reader*, New York UP, 2000.
2. Andrew Edgar, et al., eds., *Key Concepts in Cultural Theory*, Routledge, 1999.
3. Henry Louis Gates, Jr., ed., "Race," in *Writing and Difference*, U of Chicago P, 1986.
4. Joseph Childers, et al., eds., *The Columbia Dictionary of Modern Literary and Cultural Criticism*, Columbia UP, 1995.
5. Jules Chametzky, "Our Decentralized Literature," in *Our Decentralized Literature*, U of Massachusetts P, 1986.
6. Kwame Anthony Appiah, "Race," in *Critical Terms for Literary Study*, eds., Frank Lentricchia, et al., U of Chicago P, 1990.
7. Werner Sollors, *Beyond Ethnicity*, Oxford UP, 1986.

主体 黄汉平

略 说

"主体"（Subject），按权威辞典的解释一般有两层意义：一是指事物的主要部分；二是指与"客体"相对的哲学范畴，主体指实践活动和认识活动的承担者，客体则是主体活动所指向的对象。人类历史是主体和客体形成以及不断相互作用、相互转化的发展历史。[①]从古希腊，尤其是近代以来，主体的语义历经演变，在现代与后现代的语境中构成了西方哲学和文论话语的一个关键性的概念。

综 述

主体这一概念最初的形成，无论在认识论还是在存在论意义上，都可以追溯到古希腊哲学。亚里士多德的《形而上学》确立了划分并界定存在的一切事物的哲学。他认为，任何存在的事物可以按十个范畴来理解，其中最基本的范畴是"实体"（substance），它代表了任何事物固有的、基本的本质。实体由形式（form）和质料（matter）组成，前者赋予不确定的质料以明确的外形。在存在论上，主体是指事物属性、状态、运动变化等的载体和承担者，它是一种独立存在的实体。万物皆在自在、自因的意义上是主体，万物皆有其主体性。人类作为万物的一种，自然也有其存在论意义上的主体性。希腊社会跨入文明的门槛之后，逐渐形成了以人为本的主体性哲学。亚里士多德说过，人是一种理性的动物；在他之前的智者派代表普罗泰戈拉也提出一个著名命题：人是万物的尺度。德尔斐的阿波罗神庙里更有一句千古箴言：认识你自己。这表明，早在古希腊就已形成对人之所以为人，即把人作为本体来看待的认识论哲学，因此人的主体性观念并非始自近现代，即并非伴随现代性而产生的一个概念。这里我们还必须区分主体性与人性这两个相关而又具有不同内涵的概念。主体性是比人性更深刻、更高级的层次，是人性的核心内容，用马克思的话说，主体性就是人的最本质属性。从社会实践的角度看，主体性是人作为活动主体所具有的根本属性，它包含的内容是主体自觉活动中不可缺少的能动性、自主性、自为性等。其中，能动性侧重于主体能力，表现为主体活动的自觉选择和创造；自主性侧重于主体权利，表现为主体对活动诸因素的占有和支配；自为性侧重于主体目的，表现为主体活动的内在尺度和根据。只有三者的结合和统一，才构成完整的主体和真正的主体性。

在欧洲长达千年的中世纪，主体性不属于人而属于神。神权代替了人权，神学一统天下，哲学不过是神学的奴婢。封建社会中的君权、王权在名义上是神授予的，君王不是代表人而是代表神行使人间的权力，绝大多数人的主体性处于被剥夺状态。从文艺复兴到启蒙运动时期，新兴的资产阶级虽然尚未完全在政治上夺取权力，但已然掌握了知识的话语权，他们以人民代言人或精神领袖自居，高举人文主义旗帜，确立现代社会中人的主体性地位，描绘出一幅幅"自由、平等、博爱"之理性王国的蓝图。一时间，主体的命运从谷底到达巅峰，俨然成了理性的代名词和现代性的载体。然而，随着资本主义制度的建立和发展，启蒙思想家所期许的理性王国并没有实现，而主体性逐渐走向它的反面，即马克思所说的"异化"。到了后现代和后工业化社会，人的主体性问题更加严重了。不管现代性到底是不是"一项未竟的工程"，"主体的退隐"却是不争的事实。主体这个历史悠久的话题绝不只是一个纯粹的哲学范畴或文论话语，它也是一个具有现实性的社会、文化乃至政治问题，可以在不同层面上进行讨论。诚如彼得·毕尔格所言，"主体的历史可以以各种不同的方式来述说：作为一部解放的或是失落的历史，但也可作为持续的灾难史。每一部这样的历史都有其历史地位。"（毕尔格：218）笔者以为，倘若从西方思想发展史的角度观照主体，虽不敢说完全切题，但至少不会离题太远。以下我们就从近现代的笛卡尔、康德和黑格尔讲起，经马克思和尼采，中途一瞥弗洛伊德、胡塞尔和海德格尔，然后直达拉康、福柯、德里达等后现代思想大师，在一个比较广阔的思想文化背景下，历览主体的变迁浮沉，最后作进一步的反思与总结。

从笛卡尔到康德、黑格尔：近现代主体哲学的建构

"我思故我在"（cogito ergo sum/I think therefore I am），笛卡尔的这个著名命题启动了近代西方哲学主体建构的宏大工程，这样说一点也不夸张。笛卡尔生活在16、17世纪罗马天主教会的权威逐渐削弱、近代科学诞生的时代。对知识的来源和标准进行有意识的反思，是近代的标志之一，这在很大程度上要归功于笛卡尔。笛卡尔的代表作有《方法论》、《沉思录》和《哲学原理》等，他认为宇宙由两种根本不同的要素，即精神和物质组成，这就是著名的笛卡尔二元论，因此也就有了主观真理和客观真理之分。在当时的笛卡尔看来，所有知识都起源于个人自身，起源于孤独自我的理性思考。笛卡尔确立了近代西方哲学的理性主义（rationalism）传统。

何谓理性主义？简言之，就是一种认为理性地应用推理是人们获得真理和知识的最佳向导的思想，它将自然和人类社会都视为理性组织的体系，其本质和运行可以为那些从事理性思维的人所认识。尽管笛卡尔基于"我思"的认识主体受到后来许多哲学家——如18世纪的经验主义者休谟、20世纪的存在主义者海德格尔等人——的质疑和批评，但他富于创造性的思维和怀疑方法却使哲学从神学的束缚下获得解放。正如黑格尔所说：

> 勒内·笛卡尔事实上是近代哲学真正的创始人，因为近代哲学是以思维为原则的。独立的思维在这里与进行哲学论证的神学分开了，把它放到另外的一边去了。思维是一个新的基础。……哲学在奔波了一千年之后，现在才回到这个基础上面。（黑格尔，1978：63）

笛卡尔的"我思故我在"强调了作为主体的人的主观能动性，直接启发了康德，成为从康德到黑格尔的德国古典哲学的主题，影响了一代又一代哲学家。此外，笛卡尔实际上还是一名技术专家政治论者，他的理性主义思想为不断对人类生活进行编码和分类的现代科层制（bureaucracy）的出现铺平了道路。

18世纪德国最重要的启蒙思想家、哲学家康德以其"三大批判"等煌煌巨著著称于世，他对以理性为核心的主体进行了全面的确证和批判。康德认为，主体是形成知识的"本原的、先验的条件"，因为倘无此种先验根据，则所有直观的任何对象，包括一般所谓对象概念，乃至一切经验概念，都是不可能的。康德哲学显然属于先验唯心论（transcendental idealism），它认为世界在现象层次上是真实的，但事实上是心灵的创造物。在康德看来，人类心灵不是自然界的一部分，而是以某种方式外在于自然界，我们认识的唯一的世界乃是外在的现象世界（phenomenal world of appearances）。我们绝不会认识事物本身，即"物自体"（things in themselves），一种存在于人们感觉和认识之外的客观实体。但他推断一定还存在一个综合的主体（synthesizing subject），这便是富于创造性的个体自我（individual self），它借助独立的理性的判断力创造了它自己的世界。因此，不论是认识还是道德的最终根据，都在于主体的理性能力之中，而不是在客体方面。康德的主体哲学继承并超越了笛卡尔的理性主义思想，用他自己的话来形容，这在认识论方面发生了一场"哥白尼式的革命"。康德在《纯粹理性批判》中提出了"人为自然立法"的著名命题，在《实践理性批判》里也得出了类似"人为道德立法"的结论，他在该书"结论"部分的第一句写道，有两样东西常常萦绕心头而令人敬畏："在我之上的星空和居我心中的道德法则"。康德将理性主义思想延伸到道德和政治哲学领域，他不仅试图证明科学乃是基于理性的原则，还试图证明，只有正确利用，这些理性原则才能成为知识的来源，而人们应用这些原则，是一种艺术，并不只是一种数学计算行为。康德和在他之前的休谟一样，认为哲学思考能把隐秘的人类心灵的活动带出水面；他重新唤起了诗人和艺术家的哲学激情。在康德哲学出现之后，谢林、席勒等一批浪漫主义者开创了德国浪漫诗性哲学，尼采则是哲学上的最后一个浪漫主义者。

19世纪初，许多哲学家试图把理性主义和浪漫主义结合起来，创建一种更具时代精神的哲学，黑格尔就是其中的佼佼者。黑格尔认为，哲学的任务就是"理解存在的东西"，哲学"是被把握在思想中的它的时代"。按照某些专家的解释，黑格尔对时代的哲学把握最终表现为一个百科全书式的体系，包括对"较高级的思维关系"（逻辑）的把握，对道德、伦理（权利哲学）的把握，对国家、宗教问题及其相互关系的把握（政治哲学与宗教哲学），等等。而"自由"则是这一体系的核心，它集中体现为"主体性"概念；正如哈贝马斯所指出的，在黑格尔那里，"现代世界的原则就是主体性的自由"。哈贝马斯还具体说明了黑格尔"主体性"概念所包含的四个要素：一是个体主义，二是批判的精神，三是行为自由，四是唯心主义哲学本身。（陈嘉明等：84—85）

其实，黑格尔的"主体性"概念首先是从他的唯心主义哲学本身派生而来的。黑格尔继承了康德的唯心主义，将实体视为理性心灵活动的产物，然而，这"理性"、这"心灵"却与康德的理性、笛卡尔的"我思"不可同日而语。在黑格尔的哲学里，理性被塑造成一种类似于造物主的"世界理性"、"绝对理念"、"绝对精神"这类东西，成为万物的实体与本原；心灵是指一种普遍精神（geist），每个个体的心灵都是其中的一部分，它贯穿于整个时间和空间中，理性则被视为统辖这一精神运动的基本原则。不难看出，在黑格尔哲学的"主体性"概念中，精神与存在是同一的，主体仿佛已成为造物主的化身，膨胀到了无法无天的地步。自由和解放也似乎成了主体性的代名词，"在主体中自由才能得到实现，因为主体是自由的实现的真实的材料"。（黑格尔，1961：111）

然而，黑格尔的"主体性"概念的精义并不仅止于此，而更在于其中所蕴涵的历史意识和辩证法——决定历史中精神运动的原则。黑格尔认为，普遍精神中的矛盾是历史变革的动力，历史反省是我们获得知识和真理的方法，对历史的认识为我们提供了认识我们自己及周围事物的最佳途径。在他看来，历史是受相互抗争的思想体系之间的矛盾推动的一个社会推移过程。这一矛盾就像奴隶主和奴隶之间的斗争，只有当奴隶主最终承认奴隶是自由人时，这斗争才算平息。因此，各种思想之间相互争斗是为了寻求承认：一旦"弱势"思想被"强势"思想承认为有效和有意义的，占主导地位的强势思想就会发生变化。这时，一套新的思想就会出现，替代前二者。这样一个"正、反、合"的历史性变化，黑格尔称之为辩证过程，犹如一次辩论中的双方（正题和反题），当双方最后重新综合起来时，就产生了新的思想和知识。那么，历史会在什么时候终结呢？显然，就是当互相敌对的思想体系之间没有了矛盾之时。在黑格尔看来，这在1806年就发生过了，当时拿破仑在耶拿一战中打败了普鲁士军队。黑格尔认为，这一战象征着引发法国大革命的启蒙思想——自由、平等和博爱的思想的最终胜利。今天看来，黑格尔的这个观点未免天真。无独有偶，180多年后，美国哲学家弗朗西斯·福山（Francis Fukuyama）曾宣称，在前苏联解体的那一刻，历史就已经终结。福山还认为，我们已然生活在一个"后历史社会"（post-historical world），在这个时代，除了厌倦（boredom），什么都不会发生。福山的观点同样显得可笑，看来他只是于冷战结束时激动得有点忘乎所以，以致在哲学上也失去了自制力。由此可见，黑格尔哲学显示出其持久的影响力。

马克思：基于社会实践活动的主体学说

众所周知，马克思是一位对现代思想有极其深远影响的哲学家、经济学家，也是一个致力于社会和政治改造的革命家。马克思年青时在柏林大学学习哲学，深受黑格尔的影响，但他并没有成为后者的信徒，而是创建了以辩证唯物史观为核心的新科学，并且提出基于社会实践活动的主体性原则，这在他早期的《关于费尔巴哈的提纲》就已体现出来。"提纲"总共11条，开篇即写道：

> 从前的一切唯物主义——包括费尔巴哈的唯物主义——的主要缺点是：对事物、现实、感性，只是从客体的或者直观的形式去理解，而不是把它们当作人的感性活动，当作实践去理解。不是从主观方面去理解。所以，结果竟是这样，和唯物主义相反，唯心主义却发展了能动的方面，但只是抽象地发展了，因为唯心主义当然是不知道真正现实的、感性的活动本身的。（马克思等：16）

而第11条断言："哲学家们只是用不同的方式去解释世界，而问题在于改变世界。"这表明，马克思哲学一开始就强调，改造客观世界的社会实践乃是主体性形成的基础和前提。

针对黑格尔把人和自我意识等同起来，把主体等同于无所不能的"绝对精神"，马克思也一针见血地指出，如此一来"主体只作为结果出现"，

> 即知道自己是绝对的自我意识的主体，就是神，绝对精神，就是知道自己并且实现自己的观念。现实的人和现实的自然界不过成为这个隐秘的、非现实的人和这个非现实的自然界的宾语、象征。因此，主词和宾语之间的关系被绝对地相互颠倒了。（马克思：132）

此外，马克思还发现了资本主义社会中存在着"劳动异化"现象，认为现实的人，尤其是工人阶级并没有实现其主体性，进而提出了共产主义学说，声称"共产主义是私有财产即人的自我异化的积极的扬弃，……它是人向自身、向社会的（即人的）人的复归，这种复归是完全的、自觉的而且保存了以往发展的全部财富的"。（马克思：77）

以马克思的社会发展观来看，主体和世界一样并非铁板一块。1848年，马克思与恩格斯联合发表《共产党宣言》，其中有这样一段话语：

> 生产的不断变革，一切社会关系不停的动荡，永远的不安定和变动，这就是资产阶级时代不同于过去一切时代的地方。一切固定的古老的关系

以及与之相适应的素被尊崇的观念和见解都被消除了，一切新形成的关系等不到固定下来就陈旧了。一切固定的东西都烟消云散了，一切神圣的东西都被亵渎了。……它使未开化和半开化的国家从属于文明的国家，使农民的民族从属于资产阶级的民族，使东方从属于西方。（马克思等：254—255）

的确，马克思以其深邃的历史目力预见了西方社会现代性的进程（甚至包括当今的"全球化"）及其后果，形而上学的主体也将面临"烟消云散"的命运。

显而易见，马克思的实践哲学观的确立使马克思主义哲学在主体性问题上，既有别于包括费尔巴哈在内的旧唯物主义哲学，又不同于笛卡尔、康德和黑格尔等人的唯心主义主体学说。在马克思看来，主体是人，但人不是抽象的，而是现实的，它是一切社会关系的总和；作为人的本质属性的主体性是在主客体的关系中形成的，并且在社会实践活动中才有实现的可能性。所以说，马克思所谓的主体既不是费尔巴哈所讲的那种单纯生物学意义上的人，也不是唯心主义者所谓的那种先验的、绝对的"自我意识"的人。马克思强调了主体作为个人的存在同时又是社会的存在物，而且"每个人的自由发展是所有人自由发展的条件"。马克思对形而上学的主体意识的拒斥，使他和后来的尼采一起成了后现代思想最主要的预言家。

从尼采到胡塞尔、海德格尔：对主体意识哲学的拆解和改造

"上帝死了！"这句惊世骇俗的名言出自尼采的《查拉图斯特拉如是说》，一部作者本人称之为"新的圣经"的格言体著作。而早在《道德谱系学》一书中，尼采便指出：真理并不是客观存在的、等待人们去寻找并发现的东西，而是人创造出来、甚至为了权力意志的需要必须创造出来的东西。尼采在打破偶像的同时大力倡导"重估一切价值"，在他看来，没有任何事物是和谐的或具有绝对价值的，因为没有任何事物可能是第一或初始原则。任何话语，包括科学的和哲学的话语，都仅仅是一种观点，一种世界观。

尼采晚年精神分裂，在其"重估一切价值"的代表作《权力意志》里却深刻预见了现代西方的一系列"危机思想"。他说："我们信仰理性，可它却是灰色的概念哲学。这一语言大厦是按照无比幼稚的偏见建造起来的。"他又指出："笛卡尔说，'人们可以准确理解一切真实'。机械论的世界假说因此成了可信之说。然而，……它难道不是因为受到理性最多的偏爱与重视，才被奉为真理的吗？"他还断言："假如人们认识到，主体是根本不是起作用的东西，而是一种虚构，那么各种问题就会接踵而来。"的确，尼采当初写下的那些符咒般的遗言，已经陆续转化成为西方文论家的日常话题。而他胡乱拟出的所谓"危机日程表"，居然相当集中地预告了20世纪西方人文学术界一系列重大的争议进程。从30年代现象学运动、

50年代"语言学转向"、60年代新左派革命、70年代解构批评,直到80年代后现代主义论战等等,似乎无一不涉及尼采提出的那些危机命题。(赵一凡:10)

值得注意的是,尼采在拆解传统主体意识哲学的同时发展出哲学史上独树一帜的"美学主义"(aetheticism),或称"哲学的美学化倾向",从而奠定了西方后现代文论中一种集哲学思辨与文学想象为一体的"新型阐释文风"的原始楷模。根据尼玛斯在《尼采的文学生涯》里的细致分析,尼采以文学批评的眼光来治理哲学,调动诸如"象征、反讽、隐喻、寓言与神秘主义"等各种文体手段,并因此获得极大的哲学影响。这一典型的成功模式,反过来又倡发了一种学术"自由精神"。如今,此种精神得以广泛地蔓延和传播,并且一再证明尼采当年所说的一个简单道理:"一切都是阐释。而认识这一点并不妨碍人们产生新的思想与价值观念,它只会刺激更多、更新的阐释。"(赵一凡:12—13)

现象学(der Phaenomenologie)是20世纪西方极具影响的哲学流派之一,其创始人系德国著名哲学家胡塞尔。胡氏现象学属于先验唯心主义的变种,它首先企图在认识主体本身中寻找构成现实的万能途径。先验论是最流行的主观唯心主义形式之一,胡塞尔的依据是从笛卡尔到康德的传统,可是他的先验现象学在许多方面不同于这些哲学家(包括费希特和新康德主义者)的学说。最大的差别在于它是关于意识的意向性的学说:把意识的本质重新解释为"本质的洞察"的意向能力和赋予能力,把意识说成是对事物的意向性、指向性这样的属性。它始终是"关于某物的意识",而不是某种闭关自守的主体性。主体与客体不可分地互相联系着,互相关联着,不是彼此独立地存在着。意识是对事物的认识和感受,而事物则是在意识的阐明和确定它的存在的行动中才显露出来的东西。一端是感受的行动(知觉、判断、回忆、评价等等),另一端是一定的"设定意义的行动"所指向的事物。这是现象的两端,如果扫除一端,则另一端也将消失。在胡塞尔看来,现象并不是康德意义中的现象(康德式的现象后面隐藏着"物自体"),现象后面什么东西也没有隐藏。现象就是对没有利害关系的直观中的意识打开的东西,这是意识的"最初的经验",那时主体看到那以本来面目显现的东西。所谓"显现即现象",此乃胡氏之现象学还原。

晚年的胡塞尔为了克服唯我论倾向而提出了"生活世界"和"交互主体性"的概念。其大意是说,主体的意识存在于生活世界中,是依存于由不同的主体所构成的共同体的。世界不是为孤立的个人而是为人类共同体而存在的,只有当我们已互相理解的时候,我们才可能知道不同的人所看到的东西之共性。胡氏交互主体性概念其实就是关于主体间联系的概念,因此,它也暗含着如下考察:我是如何经验到并联系于别的主体的?交互主体性严格说来不能从第三者的视角出发来加以审视,相反,必须通过其在个别主体的生活中的显现来分析它。交互主体性只有通过一种根本的"自我追问"才能被看作为一个先验问题。只有我对别的主体的经验和联系，以及我的那些经验预设了他者的经验，才能真正称得上交互主体性。很明显，胡氏相信先验主体之群体概念是有机统一的，这也就是说，这种概念是可能的。主体性仅存在于交互主体性之中，它是构造性的功能性的自我。在此条件下，主体性借助于与他者的关联成为充分构造性的，即成为先验的，这种提法与所有传统的康德主义者对先验主体性的理解是截然对立的。

胡塞尔对交互主体性的思考逐步把他引向了文化相对主义问题。因为他已放弃了那种独断地决定实在结构的单一先验自我概念，同时也就面对着这样一个问题，即应当如何调和交互性的和公共性的一个世界的概念，与那种植根于共同体的复数态的世界-理解之多样性。胡氏对意识主体的改造及其交互主体性探索堪称西方哲学的一次心脏搭桥手术，此举功败垂成，许多哲学家诸如哈贝马斯等人啧有烦言，然而不少学者也多有"同情之理解"。扎哈维在题为《胡塞尔先验哲学的交互主体性转折》的论文里得出结论：关于先验哲学，胡塞尔对交互主体性的关注要远远超出他的许多批评者（包括阿佩尔和哈贝马斯）的想象，不仅如此，他的现象学观点对于目前关于交互主体性的讨论所具有的意义，也要远远超出人们通常所作出的设定。赵一凡也认为，正是由于胡氏提出交互主体性问题，后人才可能围绕"我/他"关系，继续在哲学及其毗邻领域开拓出一系列相关理论，其中既有海德格尔填补空缺的共在观念，有布伯另辟蹊径的对话主义，有福柯当作批判利器的话语理论，也有哈贝马斯赖以重建一切的交往理性。时至今日，争议已使交互主体性问题冲破哲学藩篱，具有语言学、政治学、社会学与文化研究的多重意义。

胡塞尔的现象学是海德格尔的存在论的最重要的源泉。然而与他的老师胡塞尔不同的是，海德格尔所关心的问题不是意识的意义，而是存在的意义；不是关于世界的意识，而是世界中的存在；不是我们如何知道，而是我们如何存在，简言之，不是认识论而是存在论。那么，究竟什么是海氏所说的"存在"（Sein/being）呢？其含义应该是任何事物的本来状态（与胡氏的"现象"概念显然有相通之处），或者说是时间性和世界中的事物。据他的解释，在自柏拉图以来的形而上学传统中，存在已越来越被从思辨中产生的种种无时间性的、抽象的"存在者"（das Seiende）取代了，其结果是一味地执著于形而上的存在者，它反复追问"存在者是什么？"而忘记了一个更大的根本问题："存在者为何存在？"在他看来，我们只有通过对形而上学的现象学解构才有可能回到存在初始状态的问题上来，而既然人是唯一能提出这一问题的存在，那么我们对存在的研究首先应该集中在具体的人身上——"惟有向存在开放的人才使存在成为在场的"，海氏如是说。在其早期著作《存在与时间》里，海氏把人的具体存在称为"此在"（Dasein），他显然用这个概念置换了胡塞尔念念不忘的主体，并且开创了一种新的存在论。

此在是《存在与时间》里的一个核心概念，它指的是人所具有的奇特的本质，使人们能够在空间（此地）和时间（此时）中存在。在海氏看来，此在有两大特征：一是有丰富可能性，即对存在不断有所领会，并能通过行动改变或使之展开新的含义；二是此在"总是我的存在"，它一向属于自我，却又不能脱离世界，即所谓的"在-世界-中-存在"（In-der-Welt-sein），意指人的具体存在不可能从世界中走出来同世界面面相对，它总是已经处于这个世界之中的。海氏为了克服唯我论，又使用了两个存在范畴的说法："共在"（Mitsein）和"共同此在"（Mitdasein）。他着重指出，"共同此在"是始终为别人打开着的，我们出生在已经居住着别的人的世界上，此在总是已经和他人一起处于一个共同的处境中。尽管海氏对共在中的他人与此在的关系问题的解释语焉不详，但他强调了人与世界的相互关系首先是实践的、利益相关的、工具性的、感情的，而绝不是纯粹直观的、纯粹认识论的。

正是出于对人的存在或此在的关切，海德格尔注意到现代社会中"常人"（das Man）可悲的"沉沦"（Verfallen）状况：此在从它本身跌入日常生活的无根基与虚无之中。沉沦中的常人浮躁不安，贪新猎奇，不求甚解，乃至麻木不仁。他认为，现代技术文明的兴起使人们犯了一个致命的错误，将科技创造的人工世界误作真实的事物了。不仅如此，人们为了获得物质财富而对自然界施加暴虐，只把世界看作获得日新月异的消费品的源泉，并且任意地把世界改造成主体活动的场所。以现代技术武装起来的集体性的主体忽视了对世界的这种态度的危险性，没有注意到它的活动已威胁到自己的生存。他比同时代的生态学家或绿色环境保护主义者更早或更深刻地提出了人对自然界的关系问题和关于人的活动的全球性后果。为此，他呼吁人们返回本真状态（Eigentlichkeit），它源自对我们有限性（Endlichkeit/finitude）的意识，这就意味着承认我们此在——即死亡——的实体性。在海德格尔看来，死亡意识会导致人们思考关于存在的目的的大问题。正是通过死亡意识，我们渐渐意识到我们自己此在的实体性，意识到通过我们自己真正切己的行为，此在揭示了它自身。然而，对某些人来说，这种本真的存在意识只在接近生命结束时才会出现，但为时已晚。因此，他的存在论哲学再现了古希腊前苏格拉底哲学家们的某种创造精神，试图恢复人们对于存在的本质和目的的某些原初的好奇心，他本人也被公认为20世纪存在主义的一代宗师，现代到后现代转折时期最伟大的思想家。

从弗洛伊德到拉康、福柯、德里达：主体的消解和"人的终结"

当代德国哲学家曼弗雷德·弗兰克指出，尼采曾预言过的那个时代，即"后现代"，终于到来了，而海德格尔和弗洛伊德则为这个时代的到来作了理论和精神的准备。后现代主义主要代表人物之一，法国哲学家利奥塔把"后现代"理解为"形而上学死亡后的状况"，这种状况导致了欧洲现存的一切——包括理性、信仰、哲学乃至整个资产阶级社会等等——的合法化基础的动摇。在后现代主义者看来，处于后现代境况中的"主体与客体均被消解"，"所谓的主体性只是形而上学思维的一种虚构而已"，"事实上真正的主体性并不存在"。

尼采去世那年，即1900年，弗洛伊德推出一部划时代的著作《梦的解析》。作为精神分析学的创始人，他系统地阐释了以人的本能为核心的无意识（the unconscious）理论。他认为，精神分析有两个基本命题：

> 第一，人的心理过程的实质主要是无意识的，至于意识的心理过程则仅仅是整个心灵的分离的部分和动作；第二，人的性本能冲动是神经病和精神病的重要起因，更有甚者，性的冲动构成了人类文化和社会文明的基本动力。（弗洛伊德：8—9）

他的精神分析学大大改变了人类对自身的看法，对20世纪的观念、文学和艺术发挥了巨大影响。但由于其学说具有明显的"泛性化"倾向，后来不断受到广泛的质疑和批评。拉康运用结构语言学和人类学理论进一步揭示了无意识与语言的关系，改写了传统的精神分析学的基本理论，从而把弗洛伊德个体无意识理论拓展为文化无意识理论。

早在20世纪30年代，拉康就提出自己富有独创性的"镜像阶段论"，并重新解释弗洛伊德的"俄狄浦斯情结"。"镜像阶段论"是拉康结构精神分析学的出发点，它是关于主体心理发展最初的一个阶段，处于后来拉康关于"想象·象征·现实"三种秩序中的"想象界"；"俄狄浦斯情结"则是主体从"想象界"进入"象征界"的入口。拉康的三种秩序是他于1953年在"回到弗洛伊德"的口号下提出的。20世纪20年代以后，弗洛伊德对自己前期的无意识理论作了修正，提出了三重人格结构学说：本我（id）、自我（ego）和超我（superego）。有鉴于此，拉康提出了关于"主体心理结构"的三种构成：象征界（the symbolic）、想象界（the imaginary）和现实界（the real），其中象征界是占主导地位的一种。在拉康看来，"自我"既不是与生俱来的，也不是人的本原状态。"自我"是人对自身的一种想象关系，是与他者的一种混合物。所以，自我从根本上说是一个分裂的形象，西方以"我思"（想象的自我）为中心的主体哲学传统其实与人类在婴儿时期的镜像阶段之"误认"相去不远。拉康进一步指出，语言是先于主体的一种存在。语言产生了"我"，语言创造了人的主体。主体的无意识就是"他人"的语言，就是语言文化所说的话语，主体进入语言符号秩序就意味着进入"他人的话语"和"语言的结构"，就意味着进入一个超出其意识的"无意识"领域。主体在象征界中的意义，一方面是主体与他者的认识关系，构成一种语言关系中的"交互主体性"，另一方面在语言这一自主性的结构中主体会脱离能指链，而成为飘浮的能指。就这一意义而言，主体实际上已被消解或"死"去。这也正是为什么拉康的主体理论被认为具有反人道主义的倾向。尽管拉康本人有意为主体留下一个位置，但事实上他的理论已经颠覆了自笛卡尔以来西方传统的主体哲学。

拉康的理论在结构主义思潮这一文化语境中对精神分析学进行了一场"语言

革命",实现了精神分析学的后现代转型,不但推动了结构主义向后结构主义的过渡,同时也对后现代的各个领域产生了深远影响。事实上,当代西方一批有国际影响的理论家都深受拉康的影响,如阿尔都塞关于意识形态国家机器的理论、德鲁兹的后结构主义精神分析学、伊格尔顿关于审美意识形态的观念、詹明信的后现代主义文化理论等在思想渊源上都可以回溯到拉康。

阿尔都塞将拉康/弗洛伊德式的精神分析方法运用到文本的阅读当中,提出了著名的"症候式阅读"方法。他在1964年发表了《弗洛伊德与拉康》,引入拉康镜像阶段理论中关于自我"想象性误认"来阐释意识形态的"误认的结构"。在他看来,历史和主体都是没有中心的,如果说有的话,那也是一种意识形态的"误认",它好像拉康的文化无意识一样确定人的生存意义,总是把个体召唤成主体,始终支配着人的观念,控制人的欲望,人只能在它的架构中"认识"自身。正是在这个意义上,他断言:"人本质上是一种意识形态动物",并且把意识形态定义为"个人幻想同存在的实在条件之间的关系的'表象'(representation)"。对此,詹明信认为,"正是拉康给我们灵感,使我们找到了一种新的然而却尚未充分开发出来的关于意识形态本质的概念,这自马克思和尼采以来还是第一次:我指的是阿尔都塞对意识形态的富于创新的定义"。(詹明信:258)作为后现代文化理论的主要发言人,詹明信也试图把马克思主义与精神分析学结合起来,他认为,精神分析与马克思主义两者皆基于历史,皆涉及叙事。两者皆揭示了"主体的解中心化"(decentering of the subject)领域:前者从性的角度,后者从社会历史和阶级动力学的角度,表明了人的意识并不是"其房间的主人"。

在后现代思想家当中,福柯的思想与尼采最为相似。他在《词与物——人类科学考古学》中宣称:"人就像画在海滩上的一张面孔一样消失",这与尼采的"上帝死了"遥相呼应。在福柯那里,主体是一个分裂概念,它将相互排斥的因素连接到一起。主体由此而成为权力实践和自我塑造的图式。福柯后期在《我为什么研究权力:追问主体》中表明,"主体一词有两重含义:借助控制与依赖而受制于某人,以及通过意识和自我认识与它的自我同一性联系在一起"。(毕尔格:7)

在《疯癫与文明》、《规训与惩罚》等一系列著作里,福柯通过详尽的历史分析证明,现代世界尽管表面上要比中世纪文明,但却建立在一种新的、更广泛的暴行上,即压迫那些未能顺从新的理性权威性的人。福柯认为,现代世界事实上是一个巨大的限制,规训多多。在他看来,现代性就像一座没有栅栏的监狱,其间理性实际上把个人拘囿在一个新的、更加阴险的权力结构中,而不是将个人解放出来。福柯认为,现代世界排斥妇女、艺术家、"疯子"、"罪犯",事实上还排斥完全不"顺应"新的理性的现世秩序的其他人。

福柯的哲学问题主要是:"什么是权力?"、"权力在现代社会如何运作?"以及"在现代世界,个人自由如何才能成为可能?"他的许多思想提出了一些重要的政治和伦理问题。他试图证明现代形式的惩罚，譬如监狱，是如何被用作现代权力的一种补充形式的。他竭力主张人们抗拒现代形式的权力，拒绝屈从于现代制度强加给人们的诊断检测。福柯借助疯癫揭示出西方文明一个特有的理性-疯癫维度。乔治·巴塔耶说："疯癫是理性的反题……疯癫本身提出了自由'主体'的某个观点，那个观点不服从于'真实的'秩序，而只是着眼于当下。"福柯一生蔑视理性的权威，张扬疯癫的抗议激情，这使他成为一名保罗·维尼所说的今天的战士。（汪民安：1—2）的确，福柯是一名实战的哲学家。

与福柯同时代的德里达是20世纪下半期西方最重要的思想家之一，解构主义哲学的代表人物，他的思想在60年代以后掀起了巨大波澜，成为欧美知识界最有争议性的人物。德里达的理论动摇了整个传统人文科学的基础，也是整个后现代思潮最重要的理论源泉之一。

1967年，德里达一连推出《声音与现象》、《论文字学》和《书写与差异》，从而奠定了他作为解构主义一代宗师的地位。在这三大名著中，德里达从不同层面上阐发了"延异"（différance）的奇特内涵。1968年，德里达又专门作了题为《论延异》和《人的终结》的演讲，提出了他解构形而上学人道主义的策略。延异是德里达生造的词语，然而他却一再声称："延异既非一个词语也非一个概念。"作为德里达的一种解构策略和书写活动，延异首先要担当的一个重任就是颠覆西方根深蒂固的"在场的形而上学"（metaphysics of presence）或"逻各斯中心论"（logocentrism）以及传统的语义学系统。德里达认为，西方形而上学把存在看作是绝对的，认为所有的实体都有它们的起源和中心，并且存在着一种二元对立的逻辑结构和等级体系；语言符号与现实具有明确对应的关系，意义是现存"在场"的，透过语言符号即可看到真实。在德里达看来，这全是谬误。在这一点上，德里达从结构主义语言学的奠基人索绪尔那里获得了解构的灵感。结构主义语言学认为，所有的话语都是一个符号系统，其中每一个符号与它所表示的事物之间的关系都是任意的。德里达进一步追问，既然如此，这种任意性就意味着符号没有一个固定的位置，符号系统变成了没有特殊对应物的系统。符号内部既不存在统一性，也不存在中心性，符号并不存在明确的、固定的和单一的意义。那种认为能指（signifier）和所指（signified）几乎可以同时产生、而所指优于能指的观点，在德里达看来也是错误的。因此，德里达试图改变传统意义理论中隐含着的能指和所指之间的纵向关系模式，代之以把意义产生的过程看作是在一种横向关系中产生的，能指不再与它们自身外的实体或事物有关联，它涉及的只是其他能指，它不能指向自身之外。决定一个能指的意义不需要有一个所指，决定它意义的是无边无际的其他一系列能指。这一过程将永无休止地进行下去，标识"在场"之无限"延异"。没有一种自在的、对一切时代都适用的对存在和世界的阐释，阐释并不意味着在事物或文本的外壳下找出一种完整的、固定不变的意义，阐释本身不是一种"发现"——因为

"发现是以一种的确存在但尚未找到的东西为前提"——而是一种"发明"。德里达的哲学正是通过"延异"的不确定呈现,即一种不断的变动的解构来取代西方形而上学。在这种变动之中,主体和真理的幻象在书写的延异链上分崩离析。德里达强调,作为延异的文字现象学与作为一般符号的现象学是不可同日而语的,"由于文字既构造主体又干扰主体,文字自然不同于任何意义上的主体。我们决不能将文字纳入主体范畴之下……作为文字的间隔是主体退席的过程,是主体成为无意识的过程。"(德里达:97)

德里达晚年的解构哲学实现了一次弥赛亚性质的转向,他宣称我们关于公正的许多基本思想是不可以解构的。德里达生前无论说些什么,总会引起强烈反响,而他的去世似乎也预示了一个时代的终结。

弗兰克对后现代思想家宣告主体死亡的说法持保留态度,但他对后现代思想的评价基本上是肯定的,认为后现代哲学作为尼采、弗洛伊德和海德格尔的继承者,对欧洲两千五百年来的精神成就进行了无情的审判和全面的否定,从而动摇了形而上学以及整个现代知识、现代世界观念乃至资产阶级社会的合法化基础——尽管这一否定并非全部合理,在某些问题上也许完全不能令人信服。

结　语

可以肯定地说,西方现代性的主体业已"无可奈何花落去",但人类个体的存在却自有其"不可消逝性"。弗莱德·多尔迈对主体性的反思值得我们注意,他认为导致现代主体性衰落的原因大致有三方面:一是以自我为中心的占有性个体主义;二是以统治自然为目标的人类中心说;三是不包含交互主体性的单独主体性。

西方近代的主体概念在20世纪初进入中国,到80年代成为中国文论的关键词。李泽厚关于康德哲学主体性思想的诠释、刘再复《论文学的主体性》等文学主体论风行一时。到了90年代,随着后现代思潮涌入中国大陆,"文学主体性"理论因其认识论的局限,甚至被认为是"一种意识形态的幻觉"而遭到无情的解构。进入新世纪后,杨春时提出的文学主体间性理论也引起争议,朱立元为之辩护,认为主体间性文学理论作为对主体性文学理论的超越,是对主客二元对立思维模式的超越,是世纪之交在文艺理论和美学方面悄悄展开的创新。

参考书目

1. Irena R. Makaryk, ed., *Encyclopedia of Contemporary Literary Theory: Approaches, Scholars, Terms*, U of Toronto P, 1993.
2. Jonathan Culler, *Literary Theory*, Oxford UP, 1997.
3. Kaja Silverman, *The Subject of Semiotics*, Oxford UP, 1983.
4. Raman Selden, ed., *The Cambridge History of Literary Criticism*, Vol. 8, Cambridge UP,

1995.
5. Terry Eagleton, *Literary Theory*, U of Minnesota P, 1983.
6. 毕尔格：《主体的退隐》，陈良梅等译，南京大学出版社，2004。
7. 陈嘉明等：《现代性与后现代性》，人民出版社，2001。
8. 德里达：《论文字学》，汪堂家译，上海译文出版社，1999。
9. 多尔迈：《主体性的黄昏》，万俊人等译，上海人民出版社，1992。
10. 弗兰克：《个体的不可消逝性》，先刚译，华夏出版社，2001。
11. 弗洛伊德：《精神分析引论》，高觉敷译，商务印书馆，1986。
12. 黑格尔：《法哲学原理》，范扬等译，商务印书馆，1961。
13. 黑格尔：《哲学史讲演录》第四卷，贺麟等译，商务印书馆，1978。
14. 利奥塔等：《后现代主义》，赵一凡等译，社会科学文献出版社，1999。
15. 马克思：《1844年经济学哲学手稿》，人民出版社，1985。
16. 马克思等：《马克思恩格斯选集》第一卷，人民出版社，1972。
17. 腾布尔：《哲学》，戴联斌等译，三联书店，2003。
18. 汪民安：《福柯的界线》，中国社会科学出版社，2002。
19. 王宾：《后现代在当代中国的命运：主体性的困惑》，广东人民出版社，1998。
20. 扎哈维：《胡塞尔先验哲学的交互主体性转折》，臧佩洪译，http://www.cass.net.cn/chinese/s14_zxs/chuban/zxyc/ycgqml/0104/01.htm。
21. 詹明信：《晚期资本主义的文化逻辑：詹明信批评理论文选》，陈清侨等译，三联书店，1997。
22. 赵一凡：《欧美新学赏析》，中央编译出版社，1996。

① 参阅1999年版普及本《辞海》（中），上海辞书出版社，1999，第3410页；《中国大百科全书·哲学》（Ⅱ），中国大百科全书出版社，1987，第1240—1241页。需要说明的是，以上两种国内的权威辞典在有关"主体"词条的解释上，大都围绕传统哲学范畴的主体和客体的关系而展开，并且均未涉及"交互主体"（intersubject，通常也译为"主体间"、"主体际"等）、"交互主体性"（intersubjectivity，也译为"主体间性"、"主体际性"等）以及后现代语境下主体的消解等问题。

转义

许德金　朱锦平

略　说

"转义"（Trope）是修辞学的基本概念之一，意指单词或短语对其本义，或曰字面意义的偏离，以取得语言修饰的效果。继亚里士多德之后，西方发展出了一套较为完备的"转义理论"（tropology），或译"喻说理论"。随着20世纪六七十年代西方学界刮起的一股强劲的"语言学转向"的旋风，"转义"以其丰富的语言学和哲学内涵重新受到极大的关注，其适用范围不再局限于修辞学、文学等传统领域，而是扩大到了诸如史学、教育学、政治学、人类学等非文学领域。当代最有影响的转义理论家当属美国新历史主义学者海登·怀特（Hayden White），他将"转义理论"创造性和革命性地融入到他的"历史诗学"理论之中，颠覆性地重构了历史文本的书写理论，实现了转义之转义。

综　述

从词源上来看，转义派生于希腊单词 tropos、tropikos，意思是"旋转，转动"。例如，向日葵（heliotrope）一词就体现出了这一含义。在古拉丁语中，tropus 的意思是"比喻，隐喻"。另外，转义一词还有修辞之外的涵义。在音乐上，trope 指的是附加句，即某些中世纪祈祷文的歌唱部分中作为装饰的词或词组，有时以对话的形式出现，由唱诗班分为两边相互唱和。这些都在现代英语中 trope 这一词条的词义中得到了体现。

许多批评家都试图为转义这一概念划定界限并解释其内在机制，但事实上，作为术语，转义并没有一个与其他相关术语界限分明的定义。在各大字典的 trope 这一词条下，它不仅经常与 figure of speech 互为解释，而且翻译成中文经常是"修辞格或比喻"。艾布拉姆斯（M. H. Abrams）对 trope 的解释就和比喻性语言（figurative language）紧密相连。他将比喻性语言分为两大类，一类称为"思想格"（figures of thought，或 tropes），另一类称为"修辞格"（figures of speech, rhetorical figures 或 schemes）。这两类的区别就在于，前者是指单词或短语的用法使得其词义与其本义产生很大的偏离，而后者，单词或短语对标准用法的偏离不是在词义方面，而是在词序或句法模式方面。但他同时也承认，这一区别并不是严格意义上的。（Abrams：96—97）

尽管学术界对于转义的基本含义——对本义或者说字面意义的偏离——基本上

没有什么异议，但在其长期积淀下来的丰富内涵中，更深层次的理解却沿着一条"转义"的脉络发展：以亚里士多德为肇始的古典修辞学对转义的理解限于美学方面，认为转义的主要功能是对语言的修饰；另一种理解则认为，语言本身从本质上来说就是转义的，转义是语言的本质性结构，是言语的根本方式。这一点在维柯（Giambattista Vico）于18世纪发表的《新科学》中得到了最初的陈述，随后又有肯尼思·伯克、雅各布森、佩珀以及德曼等人对此作出相似的论述。而这后一种理解则在解构主义的理论中得到最彻底的体现：德里达所提出的"延异"（différance）和"散播"（dissemination）的概念，从本质上看，都是对"转义"这一概念深层含义的深入阐发和颠覆性的运用。在20世纪六七十年代人文学科盛行的"语言学转向"的大背景下，转义理论也实现了在诸多学科领域的"转义"。

修辞学之转义

就修辞概念上的转义而言，从最广泛意义上来说，它涵括的类型非常广泛。但即使在这一点上，学术界对转义所涵括的类型也没有一个定论。根据科比特（Edward P. J. Corbett）在《为现代学生编写的古典修辞》（*Classical Rhetoric for the Modern Student*）一书中的意见，最为常见的转义包括：隐喻（metaphor）、转喻（metonymy）、提喻（synecdoche）、反讽（irony）、明喻（simile）、词性转换法（anthimeria）、委婉语（euphemism）、夸张（hyperbole）、曲言法（litotes或meiosis）、拟声（onomatopoeia）、矛盾修饰法（oxymoron）、似非而是（paradox）、双关语（pun），等等。

亚里士多德已被公认为古典修辞学的鼻祖之一，但在他的著作中并未出现trope这一字眼。亚里士多德在《诗学》第XXI章中对metaphor作了较为详细的论述。他提出，隐喻是对事物名称的借用。在他看来，隐喻分为四种：从"种"（genus）到"属"（species）：如"我的船泊在那儿"，"泊"是种概念，而"泊在码头"是"泊"的属概念；从"属"到"种"：如"俄底修斯做了一万件好事"，"一万件"是作为巨大数目这一属概念的种概念；从一"种"到另一"种"：如"用铜刀吸干生命"，"吸干"这一种概念代替的实际上是"用刀割取"这一种概念；或通过类比（analogy）：如老年与生命的关系恰如黄昏与白昼的关系，因此黄昏可以被称为"白昼的晚年"，而老年可以被称为"生命的黄昏"。亚里士多德对隐喻的划分也间接成为后世对转喻和提喻进行区分的定义的来源。此外，从上述四分法可以看出，亚里士多德是从意义转换的角度对隐喻分类，而意义的转换正是转义的基本含义。亚里士多德将日常语言和诗性语言加以区分，其评判标准是对不同词语的应用：日常语言是常规的，而诗性语言用的是超越平凡话语的"非同寻常的词语"，其中就包括隐喻性词语。他又进一步提出，对隐喻的掌握是最了不起的，"它是天才的标志，因为使用好的隐喻意味着对［事物的］相似性有敏锐的观察力。"（Aristotle：

XXII）但隐喻不可以滥用，因为它只是日常语言的修辞性附加，滥用隐喻就会使话语成为难以理解的谜。由此可以看出，亚里士多德的隐喻是修辞性的，他奠定了西方修辞学对转义最初的认识基础。

亚里士多德对隐喻的阐发成为西方古典修辞学理解转义这一概念的基础，而他关于转义（主要是隐喻）的早期论述则在西塞罗那里得到了深化和发展。西塞罗强调转义所涵括的各种修辞手法的修饰作用，认为对转义的应用最初是因为没有合适的表达法，但现在则给人带来了愉悦之感。它们通过作用于感觉器官而起到强调、说明和使思想更加生动细致的作用。转义是使演说富有魅力的最有效的方法。他对修辞，尤其是对转义的论述，为古典修辞学各个方面的发展奠定了坚实的基础。而他对转义基本含义的理解——为取得修饰效果而对日常语言的偏离——其影响至今犹存。

虽然从西方古典修辞学发端至今，西方学界对转义的基本含义大体上并没有什么大的异议，但对转义所涵括的类型却众说纷纭。值得一提的是17世纪法国哲学家和逻辑学家彼得·拉米斯（Peter Ramus），他把转义严格按照其基本含义与其他对于文体也有重要作用的修辞方式加以区分。比如，拟声对于文体也很重要，但它不涉及词义的转换，因此也就不能被视为转义的一种。经他梳理净化后的转义的四种形式就是：隐喻、换喻、提喻和反讽，这一观点对后来转义的理论化产生了重要影响。

转义之"转义"

从亚里士多德到17世纪，对转义的理解和论述基本上都是将其作为语言的特殊表达形式，仍属于修辞学的范畴。但从18世纪的维柯开始，对转义的认识开始超出修辞学的范畴，向认识论的方向发展。维柯在他的《新科学》中极有可能沿袭了彼得·拉米斯对转义的最终认定，也将转义限定在隐喻、换喻、提喻和反讽上。但与以往学者不同的是，维柯把比喻性语言与科学研究的方法结合起来，对转义这一概念在20世纪的复兴起到了关键性的作用。尤为重要的是，维柯不再把转义视为对语言的附加的修饰性成分，而认为语言结构在本质上就是转义的（tropological）。这样一来，诗性语言与日常语言的区分便不再明确了，由此开始了转义从古典到现代之"转义"的第一步。

在《新科学》中，维柯把转义置于"诗性逻辑"的背景下加以考察，而他所谓的"诗性逻辑"指的是人类初始时对世间万物的认识方式：

> 诗性的智慧，这种异教世界的最初的智慧，一开始就要用的玄学就不是现在学者们所用的那种理性的抽象的玄学，而是一种感觉到的想象出的玄学……这些原始人没有推理的能力，却浑身是强旺的生命力和生动的想

象力。(维柯:119)

在这一层面上,转义转而成为原始人认知世界的方式,"来自这种诗性逻辑的系定理或必然结果"。这样,维柯考察的重点转移到了转义的出现和运作的机制上。

如上所述,西方学界最初对转义的认识是从隐喻开始的,其修辞学功能就在于以一种概念去理解另一种概念,暗示在这两个概念之间存在着某种相似性或关联性。譬如莎士比亚的名句"整个世界就是一个舞台",其中本体"世界"与喻体"舞台"显然具有某种相似性。在维柯看来,最必要、最常用,也是最早出现的转义格就是隐喻,并且是以人为喻体的一种特殊的隐喻。他把这种特殊的隐喻称为"具体而微的寓言故事"。但在维柯那里,寓言指的并非具体的故事内容,而是一种认知方式。他认为这是符合人类认识发展规律的,因为人之初在面对未知事物时,采用的是以自己作为准绳的衡量尺度,"人在无知中就把他自己当作权衡世间一切事物的标准"。人类最初是以自己已经认知的事物去理解未知的事物,强调同一性,以达到认知认同的目的。"一切语种里大部分涉及无生命的事物的表达方式都是用人体及其各部分以及用人的感觉和情欲的隐喻来完成的。……针和土豆都可以有'眼',杯或壶都可以有'嘴'。"(维柯:130)

转喻,或译"换喻",是指一个概念被另一个与之紧密相连的概念所替换,可具体分为以结果替换原因、以原因替换结果、以行动主体替换行动等类型。譬如,"笔的力量比剑的力量要强大",这里"笔"替换的是"宣传力量",而"剑"替换的是"军事力量"。而提喻在修辞学上指的是以局部代表整体、以整体代表局部、以特殊代表一般或以一般代表特殊的修辞方式。譬如,以面包来代表所有各种各样的食物。按照维柯的"诗性逻辑",转喻和提喻是由于原始人的认识水平有限,对事物的命名只能从最具体、最感性的意象开始。在以隐喻的方式对事物有了最初的认识后,有必要进一步廓清概念,对语言进行进一步提炼,提炼的方式就是提喻和转喻。"转喻用行动主体代替行动,原因在于行动主体的名称比起行动的名称较常用。还有用主体代替形状或偶然属性的转喻,原因在于还没有把抽象的形式和属性从主体上面抽出来的能力。"而提喻是在此基础上提炼出的综合能力,"把个别事例提升成共相,或把某些部分和形成整体的其他部分相结合在一起……材料可指材料所造成的整体,例如铁可以指刀,因为从前人不会从材料(铁)中抽象出形式(刀)来"。(维柯:130)

至于反讽,维柯认为它在人类发展到一定阶段才出现。"暗讽是凭反思造成真理的假道理。"只有在人能够有能力反思时,才能意识到可表达的事物和实际表达出的概念之间的巨大差异。在这一阶段,其他三种转义形式也达到了自觉的程度,虽然对于交流来说必不可少,但已经开始具有语言修饰的功能了。

维柯的最终结论是,曾被视为作家巧妙发明的转义,实际上是"一切原始的诗性的民族所必用的表现方式"。在人类抽象思维能力发展起来之后，这些表现方式才逐渐被视为比喻性的。就这样，在维柯那里，原本在人们思想中代表物体或概念之间不同关系的四种（在他看来，也只有这四种）转义格被相互联系起来，并有了先后的序列顺序，由此衍变为人类初始思维方式的运作和演化过程。维柯又进一步把他的转义理论与人类社会的发展史相比较，认为这四种转义形式和人类社会不同的发展阶段是构成类比关系的，具体对应如下：

转义格（形式）	社会发展的阶段
隐喻	神的时代
转喻	英雄的时代
提喻	人的时代
反讽	颓废与死亡的时代

维柯的区分依据就是把这四种转义格的修辞学特点与人类社会发展阶段的特点相结合，以转义作为思维发展模式来论证不同的社会发展阶段之间过渡的必然性。维柯的理论在今天看来还缺乏必要的证据，但他不拘泥于转义的修辞学范畴，把转义从语言修辞的领域生发应用到人类社会发展的认识论领域，这就为转义理论在现代特别是后现代社会的开拓性和颠覆性的发展起到了巨大的推动作用。

20世纪的语言学，包括修辞学都取得了长足的发展。在三四十年代，修辞学经历了一次复兴，出现了所谓的"新修辞"，其理论重心之一就是认为语言本质上具有转义性，初步拓展了转义修辞学向其他学科延展的维度。其中伯克继承了维柯对转义形式的限定，把隐喻、转（换）喻、提喻和反讽称为"主转义"（master tropes）。（Burke：503—517）

20世纪结构主义的重要代表人物雅各布森早在20世纪30年代就提出了不同于维柯的两重转义格理论："隐喻"与"转喻"。他首先对语言的"诗学功能"和"元语言功能"进行了区分，把最早由索绪尔提出的聚合轴（paradigmatic axis）和组合轴（syntagmatic axis）的概念运用到语义学范畴，认为语言从本质上说就是沿着聚合轴和组合轴运作的。所谓"元语言"功能指的是连续运用等同的语言单位，以X＝X这样的范式来表达相同的意义，如"白马是白色的马"；而"诗学功能"是通过从聚合轴上把类似性原则转换到组合轴上而实现的。在雅各布森看来，隐喻和转喻是语言转义性的两极，从属于语言的"诗学功能"而非"元语言功能"。他把"隐喻"和"转喻"这两重转义作为语言学的诗学理论基础，对隐喻的类似性原则和转喻的邻近性原则加以区分，认为在抒情诗里隐喻性建构占主导地位，在史诗中则主要是转喻性建构。（Jakobson：54—82）值得注意的是，在雅各布森的两重转义说中，隐喻和换喻并不是传统修辞学意义上的两种转义形式，而是两种并置的基本话语的运作方式，具有认识论的价值，而非单纯意义上的语言转义理论。

众所周知，20世纪语言学的发展对人文学科产生了巨大影响，继索绪尔于20世纪初提出了语言学的研究应强调共时性而非历时性之后，语言学研究就走上了用科学研究的方法探究语言形式、发现语言内在规律的道路。受其影响，西方人文学科的研究也出现了效仿语言学的研究方法、探究各自学科内在规律的倾向，这就是著名的"语言学转向"。在这股浪潮的推动下，不仅修辞学本身有了新的发展，人文学科的众多领域也从中受到极大的启发，开始把转义理论革命性地应用于学科自身的建设和发展中，并最终促使转义理论昂首阔步地踏入诸如历史学、人类学、心理学和哲学等众多领域，实现了其自身的进一步"转义"。譬如，海登·怀特在他的"历史诗学"的研究中运用并发展了转义理论，认为隐喻、转喻、提喻和反讽这四种转义形式是历史学家在编撰和书写历史之前已被预设了的历史意识模式。哈罗德·布鲁姆在心理防御中发现了与各种转义形式相同的运作机制。詹姆斯·弗尔南德斯（James W. Fernandez）把转义运用到了人类学研究中。迈克尔·赫茨菲尔德（Michael Herzfeld）把疾病的各种症候也当作可以解读的文本形式，扩大了传统意义上的"文本"的外延，而症候也因此被视为各种转义的形式，疾病治疗的关键就在于对这些症候的各种转义形式的解读。

把转义理论用于哲学领域的代表性人物有两位：20世纪中期的佩珀（Stephen C. Pepper）以及中后期的保罗·德曼。美国哲学家佩珀在研究哲学的起源时注意到人类的世界观总有一些相互关联的中心范畴，而且这些中心范畴之间的关联是一种逻辑上的蕴涵关系，并非偶然。人们对不同类型、形式、范畴等的注意力是根据事物的相似性/差别性来述说的，此即意味着关于"类型/形式/范畴"等概念逻辑上是出自相似性（或形式上）的隐喻，亦即他所谓的"根隐喻"（root metaphor）。（胡壮麟：109；Kilbourn：25—38）佩珀把"主转义"中的"隐喻"作为主要研究对象，并借用它来诠释人类认识世界的方法，形成了其独特的"根隐喻"学说，并在此基础上最终发展了其元哲学理论"世界假说论"。在该书中，佩珀总结了世界发展的六大"根隐喻"，即形式、机器、有机体、情景、洞察力与权威，并对其"世界假说"进行了系统的理论梳理，形成几大范式，最主要的包括形式论（formalism）、机械论（mechanism）、有机论（organicism）、情景论（contextualism），以及后来于1967年提出的选择论（selectivism）。佩珀的"根隐喻"理论影响很大，在诸如政治、科学——尤其是信息科学、社会学及教育学等领域内都得到了广泛的应用。（胡壮麟：112—115）值得注意的是，佩珀所谓的"根隐喻"其实就是一种"元隐喻"（meta-metaphor），与传统和现代语言修辞学上的隐喻还不是一回事：它是一个较为宽泛的概念，既包括"隐喻"，也可以包括"转喻"和"提喻"，甚至可以包括"反讽"。从这种意义上来说，佩珀的"根隐喻"，尤其是在其后期的理论著作（20世纪70年代）中，实际上在相当大的程度上就是本文所阐释的"转义"。此外，佩珀在哲学领域所使用的隐喻也与传统修辞学上的隐喻不同：前者主要行使阐释功能，从认识论的角度对哲学进行全新的解读；而后者则主要行使美学功能，是典型的"诗性隐喻"。简言之，佩珀对转义理论的贡献就在于他通过"根隐喻"的元哲学命题打通了隐喻通向哲学领域尤其是认识论的大门，极大地推动了隐喻及转义在20世纪中后期诸多认识论领域的创造性使用。

把隐喻作为人类认识世界的一种强大的工具应用到哲学研究上的，还有美国著名的哲学家保罗·德曼。在《隐喻认识论》一文中，德曼指出隐喻不仅具有美学功能（诗性隐喻），而且理所当然地具有认识上的功能。因此，对哲学而言，其语言既不排斥隐喻，也不会完全成为诗性隐喻的玩偶。他对词语的"名义本质"和"真正本质"进行了区分，指出在对事物命名及词语的转义过程中均存在一个所谓的"权威"，而这种"权威"就是借助"狂热的比喻"实现的，并非如洛克所认为的那样，"权威"是与强制性的伦理相关的。德曼还进一步指出，词语的"名义本质"（名）和"真正本质"（实）有时会不符，这就正好为人们在词语的名与实及其属性间进行游戏和生产复义提供了机会，隐喻由此就具有了创造新意义、提供新视角这样的认识论意义了。在德曼看来，隐喻无处不在，哲学语言也不例外，难怪他曾断言"一切哲学，以其依赖于比喻作用的程度来说，都被宣告为文学的"。同时，他也认为隐喻并非只具有美学上的修辞功能，而且更具有认识上的功能，因此"修辞学就其本身来说，并不是一门历史学科，而是一门认识论学科"。从这种意义上来说，"一切文学又都是哲学的"。（德曼：69）总之，德曼从认识论的角度提升了隐喻在哲学领域的作用与地位，并止步于此，而沿着这条道路渐行渐远的则是美国的后现代历史学家海登·怀特。

作为新历史主义的代表人物之一，怀特提出的后现代历史叙事学说在西方理论界产生了重大而深远的影响。他革命性地颠覆了以往历史书写即真实历史再现的看法，认为在历史书写中历史学家对事件的编排方式才是最重要的。在他的《元史学：19世纪欧洲的历史想象》一书中，他提出了"历史诗学"这一概念，力图建构历史编纂中的原则框架，发现其深层结构。在他的后现代历史叙事学说中，转义理论起到了核心的作用。

怀特认为，所有的历史解释在本质上都是修辞学和诗学的。他"将历史作品视为叙事性散文话语形式中的一种言辞结构"，发现历史话语和诗学的共鸣之处在于，两者在很大程度上"重叠、类似或呼应"。（White：121）基于这样的认识，怀特主张历史编撰与其他的写作方式没有本质区别。他认为，"历史领域中的要素通过按事件发生的时间顺序排列，被组织成了编年史；随后编年史被组织成了故事，其方式是把诸事件进一步编排到事情的'场景'或过程的各个组成部分中"。而所谓"编年史"和"故事"，只是"历史记述中的'原始要素'"。（怀特，2004：6）故事要转化成历史，史学家需要做三个概念化层面上的工作：在四种情节化模式、四种形式论证模式以及四种意识形态蕴涵模式中作出选择。这三种模式分属不同的叙事策略,但彼此之间也互有关联。情节化模式是以"鉴别所讲故事的类别来确定该故事的'意义'",分为浪漫剧、喜剧、悲剧和讽刺剧;在形式论证这一层面上,"史学家通过建构一种理论的推理论证,来阐述故事(或事件的形式,他在一种特殊的模式中通过对种种事件加以情节化而利用它们)中的事件",包括形式论、有机论、机械论和情境论;而怀特的意识形态指的是"一系列规定,它使我们在当前的社会实践范围内采取一种立场并遵照执行",其对应的四种基本立场分别为无政府主义、保守主义、激进主义和自由主义。(怀特,2004:9—28)

在历史编撰的过程中,史学家从上述不同的情节化模式、形式论证模式和意识形态蕴涵模式中作出选择。但这种选择并不是随意的,在上述三个概念化层面中对叙事策略的选择也不是自由组合的模式,而是由更深层次的历史意识模式"预设"了的,这就是怀特在他的历史诗学中对于转义理论的创造性运用。他延续了维柯对转义具体形式的限定:隐喻、转喻、提喻和反讽。在怀特看来,这四种转义形式"预设"了史学家编撰历史时采取的不同叙事策略,每一种转义形式都描述了事物之间的不同关系。由于对事件关系的不同理解,史学家对历史材料生发出不同的解释。

怀特的转义理论建立在对传统诗学和现代语言学的深入研究的基础上,他对隐喻、转喻、提喻和反讽的基本特点的理解仍旧采纳和延续了传统诗学的主张:转义"以不同类别的间接性或比喻性话语来表述客体的特征"。在隐喻中,"诸现象能够根据其相互间的相似性与差异,以类比或者明喻的方式进行描述";在转喻中,"事物某部分之名可能取代了整体之名";在提喻中,"人们用部分来象征假定内在于整体的某种性质,从而使某种现象得到描述";在反讽中,"各种实体能够通过比喻层面上的否定,即字面意义上的积极肯定得到描述"。但怀特对这四种转义形式的运用本身就是"转义"的,它们作为"前认知的和未经批判的……诗性的"历史意识模式,为他构建历史诗学的大厦提供了基石。"隐喻是表现式的,如同形式论所采取的方式;转喻是还原式的,有如机械论;而提喻是综合式的,一如有机论。"而反讽则是批判而辩证的:"根本上是自我批判的……本能地与形式论、机械论和有机论解释策略的'朴素'表述相对立。"(怀特,2004:43—49)为理解方便,不妨借用下表对怀特关于历史叙事的转义理论范式作结:

转义格(形式)	情节化叙事模式	论证模式	阐释范式	意识形态模式
隐喻	浪漫剧/抒情诗	形式论	表现式	无政府主义
转喻	喜剧	机械论	还原式	保守主义
提喻	悲剧	有机论	综合式	激进主义
反讽	讽刺剧	情景论	批判式	自由主义

由此可见,上述四种转义形式无疑成为理解特定历史时期历史学家对于历史想象的深层结构的钥匙。在现代语言学对转义认识的基础上,怀特进一步提出,转义

因素在人文科学的全部话语中都存在，它是"所有话语建构客体的过程"。（怀特，2003：2）话语表达离不开转义行为，通过比喻性的转义行为，陌生事物被融入已知的经验范围内。在怀特看来，这种转义行为具有一个原型结构，与维柯提出的人类初始时期思维方式的演化过程相似，即按照隐喻、转喻、提喻和反讽的顺序进行："从原本对经验领域的隐喻描写，通过对其诸因素加以换喻地建构，转向对其表面属性与其假定的本质之间的关系进行提喻的再现，最后，到对所能发现的任何对比或对立因素的再现。"（怀特，2003：8）在此处，怀特把他的转义理论作了进一步"转义"式的阐发，使文学话语、历史话语和哲学话语之间的界限变得模糊起来。从这种意义上来说，怀特的转义理论是"更深意义上的、更为哲学化、充满人类普遍精神的概括和解释"。（张首映：538）

随着解构主义的兴起，对语言的认识发生了进一步的改变，结构主义的许多概念都被消解。解构主义者否认文本实体的存在，转而关注文本之间的关系，即互文性。德曼认为，"我们无法界定和控制区分一个实体之名与另一个实体之名的界限"。（de Man：17）他还否认比喻性语言和非比喻性语言之间存在界限：一切话语，不论以何种面目出现，都没有区别，因为所有的话语都依靠转义，"概念即转义，转义即概念"。（de Man：21）解构主义者对表层意义-深层意义这种寻找确定意义的转义阐释模式并不满意，转而认为语言的这种转义本质使得这条转义的链条无限延伸，使人无法作出最终判断，也使对确定意义的追求变得毫无结果、毫无意义。德里达提出的"延异"和"散播"的概念，以及克里斯蒂娃（Julia Kristeva）提出的"互文性"概念，都可以看作是转义在解构主义语境下的"转义"性表达，或曰转义之"转义"。

结　语

纵观转义这一概念的发展历程，我们可以清晰地看出，作为修辞学的基本概念之一，转义以其丰富的内涵沿着一条"转义"的道路得到长足的发展，其发展的基本轨迹可以描述为：修辞学（美学功能）→语言哲学（认识论-阐释功能）→跨学科运用（转义之"转义"-实用/实践功能）。即使在古典修辞学中，对转义的起源和功能的认识也不是完全统一的，而是在不同的发展阶段呈现出不同的特点，得到不同的阐释。到了近代，对转义的认识开始朝着跨学科的方向发展，从18世纪的维柯到20世纪后半叶以怀特为代表的一大批当代西方学者，都在各自的领域内发展和充实了转义理论。时至今日，"转义"业已成为西方理论界批评话语中一个不可或缺的跨学科的概念。

参考书目

1. Aristotle, *The Poetics*, Heinemann Ltd., 1932.
2. B. Kilbourn, "Root Metaphors and Education," in *Problems of Meaning in Science Curriculum*, eds., D. A. Roberts, et al., Teachers College P, 1998.
3. Edward P. J. Corbett, *Classical Rhetoric for the Modern Student*, Oxford UP, 1971.
4. Hayden White, *Metahistory*, The Johns Hopkins UP, 1980.
5. Kenneth Burke, *A Grammar of Motives*, U of California P, 1969.
6. M. H. Abrams, *A Glossary of Literary Terms*, Foreign Language Teaching and Research Press and Thomson Learning, 2004.
7. Paul de Man, "The Epistemology of Metaphor," in *On Metaphor*, ed., Sheldon Sacks, The Chicago UP, 1978.
8. Roman Jakobson, "Two Aspects of Language and Two Types of Aphasic Disturbances," in *Fundamentals of Language*, eds., Roman Jakobson, et al., Mouton, 1956.
9. Stephen C. Pepper, *Concept and Quality*, Open Court, 1967.
10. ——, *World Hypothesis*, U of California P, 1948.
11. 程波:《喻说、认识与历史叙事:西方喻说理论刍议》,http://sci-cul.ihns.ac.cn/showarticle.asp?id=183,2005。
12. 德曼:《解构之图》,李自修等译,中国社会科学出版社,1998。
13. 胡壮麟:《认知隐喻学》,北京大学出版社,2004。
14. 怀特:《后现代历史叙事学》,陈永国等译,中国社会科学出版社,2003。
15. 怀特:《历史、历史主义与修辞想象》,载张京媛编《新历史主义》,北京大学出版社,1994。
16. 怀特:《元史学:十九世纪欧洲的历史想象》,陈新译,译林出版社,2004。
17. 维柯:《新科学》,朱光潜译,商务印书馆,1987。
18. 张首映:《西方二十世纪文论史》,北京大学出版社,2001。

传记   许德金　崔　莉

略　说

"传记"（Biography）或单称"传"，是记载人物生平事迹的作品，一般由别人记叙。它经历了由早期归入历史范畴到20世纪后半期成为独立文类的历史发展过程。传记既有别于自述生平的"自传"，也有别于虚构的"小说"。传记的构成一般来说应包括以下几个要素：一、传主必须是历史上的真实人物；二、叙述的主要事件必须是真实的；三、应由他人撰写；四、作为文学的一个类型，允许有一定成分的、合理的想象与虚构。一部好的传记必须处理好文学性与史实性、真实与虚构、传者与传主之间的关系。

综　述

传记的历史源远流长。在西方，最早的传记作品可以追溯到公元前5世纪古希腊诗人希俄斯的伊翁（Ion of Chios）为当时的名人所撰写的传略。而《圣经》和希腊史学家色诺芬（Xenophon）的《苏格拉底言行回忆录》（*Memorabilia*）均已具有传记和传记文学作品的雏型。而西方第一部真正的传记文学作品则是由被称为古典传记文学之父的普鲁塔克（Plutarch）所创作的《希腊罗马英雄传》（*Parallel Lives of Noble Greeks and Romans*）。普鲁塔克尽力渲染这些人物在社会集团中的重要作用，希望读者能仿效他们而成为伟人。《希腊罗马英雄传》拥有大量的读者，对后世西方传记的发展产生了极其深远的影响。约翰逊博士（Dr. Samuel Johnson）是英国传记作家的杰出典范，他不仅是18世纪英国的文坛泰斗，而且还是一位杰出的批评家和词典编纂家。他的《英国诗人传》（*The Lives of English Poets*）注重作品的真实性，并将其视为传记的第一要素，这一观点为被誉为西方第一位现代传记作家的博斯韦尔（James Boswell）所继承和发展。博氏的《约翰逊传》则充分体现了这种观点，而此书亦被奉为传记文学的经典之作。他确立了传记写作的写实风范，也就是忠于事实，通过对事实的分析与综合来表现人物。他在传记上的成就堪称世界一流，迄今尚无人能与之相比。

在古老的中国，先秦古书如《禹本纪》、《世本》中的《帝系》、《世家》、《氏姓》诸篇，均为较早出现的记述人物的著作。随后又出现了《左传》、《国语》等颇有特色的史传著作。西汉时期司马迁编写的《史记》一书为后世"正史"写作的典范，其中的本纪、世家和列传，更是成为后世撰写传记的楷模。自从东汉班固

《汉书》问世以后，纪传体的史书基本上均为断代。《二十四史》系统地记述了大量历史人物的传记材料，也由此成为我们查考古人事迹的重要资料库。此外，我国古代还留下大量的地方志（达9000多种），现已成为我国珍贵的文化宝库。我国的地方志特别注重人物事迹的搜集，可补正史之不足。西汉末年，刘向在皇室校书时选辑《列女传》、《烈士传》和《高士传》，均按专题将许多人物传记汇编成独立专书，影响深远。两汉以后，关于人物传记的著作日益增多。据《隋书·经籍志》记载，魏晋南北朝时各类传记约有200多种。

尽管东西方传记的历史源远流长，但"传"作为一个术语出现则是十分晚近的事情。英语中的"传记"（biography）一词，最早出现于1661年一部名为《托马斯·富勒的生活》（*Life of Thomas Fuller*）的匿名作品中。后来，英国诗人和剧作家德莱顿（John Dryden）于1683年也采用该词，并把它诠释为"个人生平的历史"。（Abrams：15）现在汉语中所使用的"传记"或"传"始见于司马迁的《史记》，其中的"本纪"和"列传"都属于典型的传记作品。

就东西方传记的历史渊源来看，传记直到20世纪中期还主要被归入历史学的大范畴中，并作为历史的一个分支成为史学家而非文学批评家的研究对象。传记与文学的联姻则更是十分晚近的事情，直到20世纪七八十年代，传记的文学性才被大部分的学者所认可，大致经历了美国著名的传记家艾德尔所谓的"从向传记中的艺术性表示口头的敬意，到承认传记是一种艺术这种实质性的变化"。（杨正润：4）中国的传记观也经历了类似的变化。从先秦时期的《尚书》、《春秋》，到西汉的《史记》及后来的《宋史》、《明史》，直至《四库全书》，都把传记归于历史而非文学的范畴。到了近代，梁启超还在《中国历史研究法补编》中探讨"人的专史"时把"合传"、"年谱"、"专传"以及"人表"相提并论。大力提倡把传记纳入文学范畴的首位中国大学者是胡适，他对"传记文学"是这样进行界定的：

> 传记文学是以传记为领域的一种文学，任何与传记有关的文字资料都是传记文学的作品。换句话说，任何有关人的活动记录与思想见解的材料，都属于传记文学的范畴。（杨正润：5）

胡适不但自己身体力行地进行传记文学创作，于1933年出版了《四十自述》，而且还大力鼓励其他同辈的作家进行传记文学创作，以便"给史家做材料，给文学开生路"。中国近代另一位著名的传记文学推广家、研究家和写作家朱东润先生也倾其一生致力于中国的传记文学事业，他的《中国传记文学之进展》、《传记文学与人格》、《论传记文学》等对中国现当代传记文学的研究与发展起到了巨大的推动作用。历史地看，中国传记文学创作观的改变正是发生在"五四"新文化运动之后。自那时起，以记述人物生平为主的传记创作逐渐从传统的史学著作中分离出来，后又从一般的虚构文学写作中破土而出，开始了真正的由史到文的文类转换。而朱东润先生撰写的《张居正大传》则被公认为中国近代传记文学的奠基性作品。

那么，到底什么是传记和传记文学呢？它与虚构的小说以及非虚构的"自传"又有何区别呢？本文下面拟从传记的定义、传记的属性（与文学及史学的关系）、传记的叙事原理、传记与自传的关系、传记的分类等五个方面对此展开论述，试图从内涵及外延上廓清传记的概念。

传记的定义

按照20世纪初《牛津英语词典》的定义，传记是"作为文学的一个分支、关于个人生活的历史"。20世纪初期颇有影响的英国"新传记"的标志性人物尼科尔森（Harold Nicholson）则在此定义的基础上，着重强调了"历史"、"个人"和"文学"这三个要素，认为它们是成功传记的基本条件：

> 一部传记必须是一部"历史"，在此意义上，这部"历史"的内容必须准确，而且要把传主及其所处的时代结合起来加以考察。传记必须再现具有人们所共同具有的一切个性的某个"人"，它不能只限于列举某人的美德与恶行……传记的撰写必须用标准的英语并对文采予以适当的注意。

《英国传记大词典》（Dictionary of National Biography）的主编西德尼·李（Sidney Lee）把传记看成是"人格和个性的真实写照"。我国的《中国大百科全书》、《辞海》以及《汉语大词典》等把传记指称为记载人物事迹与经历的作品。而1970年出版的《大苏维埃百科全书》第三卷则是这样解释传记的：

> 传记是在同社会现实、文化和时代的日常生活的联系中重造一个人生平历史的作品。传记可以是学术的、艺术的、通俗的，等等。（杨正润：5）

不难看出，现代传记的定义都强调其"文学性"（"文学的一个分支"）、"私人性"（"一个人"）及其"历史性"（"生活/生平的历史"）的统一。与传统的传记创作观比较便不难发现，现代传记观更加强调文学性，尤以20世纪二三十年代以来的吴尔夫（Virginia Woolf）、莫洛亚（Andre Maurois）和尼科尔森为代表的所谓"新传记"作家为甚。但是，上述的现代传记观还是存在一个重大的问题，即过分强调传记的文学性就使它无法包容或涵括诸如《项羽本纪》之类的以纪实为主的传统/古典传记作品，也就从一定意义上割裂了传统/古典与现当代传记的有机关联。更何况在解构主义盛行的今天，如此狭隘的定义更为众多的"后主义者"所诟病。

笔者以为，不妨从以下四个方面对传记进行新的、更为宽泛的界定：传记是由他人撰写的关于某个人的生平历史的作品。它一般由以下要件构成：一、传主必须是历史上的真实人物;二、传者与传主不能为同一人(否则就是"自传");三、叙事使用的是散文体;四、主要事件必须是真实的,但某些情节允许合理的虚构与想象以达到"还原"历史的最佳效果。

这一定义的优势在于:第一和第四个要件保证了传记的真实性,并使它自然有别于纯虚构性的"传记体小说";第二个要件则把它与自述生平的"自传"区分开来;而第三个要件则又使传记与诗歌或"诗体叙事"保持了一定的距离。最后一个要件则在确保传记尽量再现"历史真实"的情况下,又给传者/作家留下了合理的艺术想象空间,从而在"带着镣铐"的条件下给他们以最大的创作主动性,以换取最佳的文学性和艺术效果。

传记的属性

传记之所以成为传记是由其属性所决定的,而我们用以界定传记属性的标准就是"事实"。传记中的"事实"也正是古往今来、从东方到西方一直争论不休的焦点。事实上,传记直到20世纪中期以前之所以被归于史学而非文学的范畴就因为其"忠于事实"的事实:

> 当一位小说家转向传记写作时,他会立即发现它们的差异(随后他也会发现它们之间的相似点)。作为一个小说作家,他是一个自由的人;作为一个传记作家,不妨说他是戴着锁链写作。小说家甚至在以真人真事为依据时也可以编造内容,而且还可以随心所欲地自由处理这些内容。传记作家给定了内容,它必须与事实严丝合缝。(赵白生:6)

既是小说家也是大传记家的马克·肖乐(Mark Schorer)的这段话精辟地道出了传记与小说的不同写作属性:"传记必须与事实严丝合缝。"

"事实"虽然是传记有别于小说、戏剧等虚构文类作品的基本属性,但对传记中"事实"的理解却众说纷纭。传统的看法认为"事实"是传记的第一生命,不但传记中的人物和事件必须是历史上真实发生过的,而且传主的言行、交往也必须是真实的,有据可查的。简言之,传记中的"事实"必须是历史真实,来不得半点虚构。

与此相对立的观点则认为,传记写作允许虚构,但这种虚构必须以历史真实为基础,至少要有历史传说为依据。这种后现代传记创作观同时也认为传记的虚构有别于一般历史小说如《李自成》中的虚构。《李自成》中可以出现历史上并不存在的人物和事件,只要与李自成相关的重大历史事件和人物是真实可信的就行。

比较温和折中的观点则认为,传记中的事实一般指向传主的生平事迹和重大事件,这方面来不得半点虚假,但作为传主的言语和举止则允许一定成分的虚构,只要这些言行符合传主的品性就可以了。如《史记》中描写韩信派使见刘邦的情景:

> 汉王大怒，骂曰："吾困于此，旦暮望若来佐我，乃欲自立为王！"张良、陈平蹑汉王足，因附耳语曰："汉方不利，宁能禁信之王乎！不如因而立，善遇之，使自为守。不然，变生。"

对司马迁的上述描写后人早有质疑：既然张良与陈平是附汉王"耳语"，司马迁是如何得知的？显然，这儿的对话是虚构出来的，但其效果却是真实可信的。

新近对传记中的事实进行系统和深入理论探讨的是赵白生博士。他在2003年出版的专著《传记文学理论》中把传记中的事实分为三大类："传记事实"、"自传事实"以及"历史事实"，并把它们的对立统一称为传记中"事实的三一率"。（赵白生：5—41）总体而言，赵白生博士的三分法可谓切中肯綮，尤其是他对"传记事实"与"传记材料"的区分发人深思。不过，笔者并不赞同把"自传事实"纳入到"传记事实"的讨论之中，因为传记与"自传"以当今的眼光来看似乎并不能相提并论，对此下文还会有专论涉及。

"传记事实"与"历史事实"的有机和辩证的统一正是传记有别于小说等虚构文类以及新闻报道、历史学著作等非虚构文类的根本属性。从这种意义上来说，传记是介于以客观历史事实为主要书写对象的史学和以想象虚构为本质特征的纯文学之间的一种杂交性质的文类，文学性与史学性相互交融、有机统一才是传记属性之根本。但值得注意的是，纵观东西方传记的发展史，时代、地域的不同也直接导致了传记事实创作观的不同。传记的事实观已从古老的所谓"严丝合缝"发展到20世纪中后期"想象的真实也是真实"的论调，传记创作经历了一个从"日益屈服于（历史）事实"，（赵白生：9）到挖掘再现那些吴尔夫所谓的"创造力强的事实、丰润的事实，诱导暗示和生成酿发的事实"为根本的发展过程，传记作品由此也随着时代的发展愈发增强了文学性而削弱或淡化了其所谓的"历史性"。尤其是在解构主义和怀疑主义风行的今天，以海登·怀特（Hayden White）为代表的后现代历史学家对传统的"历史"及"历史真实"的概念提出了严重挑战，在"一切历史都是文本（书写）"的后现代理念的照耀下，传记写作的"唯事实马首是瞻"论正遭遇着前所未有的尴尬和创作危机。当代传记作品愈演愈烈的"文学化"、"虚构化"、"心理化"和"去历史化"都是这种以"反事实"、"反历史"为终极目标的所谓"后主义"的最好体现和注脚。

传记的叙事原理

既然"传记事实"和"历史事实"的有机统一是传记创作的第一生命和根本属性，那么，"再现事实"自然就成为传记叙事的第一原理。但传记对事实的再现却是说起来容易做起来难。难就难在，首先，与传主相关的"传记事实"与"历史事实"浩如烟海，而传记创作的篇幅和时间却相对有限。如何在浩瀚的"事实"

大洋中觅到自己想要的"事实"本身就是摆在传者面前的第一道难题。其次，大浪淘沙过后的"事实"如何通过文字书写"真实、有趣地"再现出来是传者所面临的又一难题。

首先，让我们审视一下第一道难题：传记中有关传主事实资料的收集与甄别，这也是所有中外传记作家必须面对的第一道坎。梁启超就曾以他所作的《孔子传》为例，说明传记写作"别择资料"的困难：

> 其实作《孔子传》的最困难处也在别择资料，至于组织成文，如何叙时代背景，如何叙孔学来源，如何叙孔门宗派，这无论叙什么大学者都是一样的。（梁启超：157）

要从大摞的历史资料中"别择"少量的事实加以再现，这确实令每个传记作家都大为头疼，因为对事实进行"别择"本身就预示和意味着写作的成败，也表明了传者对传主的承认或否定。虽然如此，"别择"资料并非就如梁任公所认为的那样最为困难，同样困难的还在于其后的组织成文。与梁任公的看法恰恰相反，"如何叙"，历史、客观地来看，无论怎么说都因大学者的不同而大为不同，因为不同的大学者肯定具有不同的传记创作观。我们可从20世纪初西方出现的所谓"新传记"（new biography）对传统传记的反动上清楚地看到"如何叙"是如何因人而异的。

"新传记"一词最早由吴尔夫提出并使用，所指涉的对象为20世纪初期以英国的斯特雷奇、尼科尔森和桂达拉（Philip Guedalla），法国的莫洛亚，德国的鲁维西（Emil Ludwig），以及美国的布莱福德（Gamaliel Bradford）等为代表的试验派传记作品。其中斯特雷奇的《维多利亚名人传》出版不到两年就再版了九次，所谓"新传记"的影响由此可见一斑。"新传记"对"老/旧传记"的最大反动就体现在"如何叙"上：艺术至上、阐释为本和心理描摹成为"新传记"对"旧传记"得心应手的杀手锏。（赵白生：200—216）正是在"如何叙"上，20世纪初的"新传记"才出奇制胜，为现当代的传记写作开辟了一块新天地。而其大力倡导的"艺术化写实"也就成为笔者所谓的"传记叙事的第二原理"。

如果把梁启超的《孔子传》看作传统传记"屈服于事实"的写作典范，那么，以斯特雷奇的《维多利亚名人传》为代表的"新传记"显然是在把所谓的传记和历史事实玩弄于股掌之上，并以此为乐。与"旧传记"那位屈从于事实的、被动而谦卑的写作者相比，"新传记"的作者显然占据了制高点。他们牢牢地把事实攥在手心，随心所欲地对事实进行追捧或挞伐，乐此不疲，颇有"新不惊人语不休"的大无畏气概，结果就把传统传记写作中高高在上的"事实"拉下了马，与此同时把传统传记写作中一直扮演马夫的"传者"或曰"传记作家"大张旗鼓、旁若无人地扶上了马，成为新传记写作的主人和领导者。"主动地叙写、阐释和描摹传主的历史经验（包括其心路历程）"由此成为所谓的现当代"传记叙事的第三原理"。

概言之，现当代传记写作一般遵循"再现事实"、"艺术写实"以及"主动书写"这三大原理。综观现当代的传记作品，事实也正是如此：其突出特点就是真实性（史料性）与文学性（艺术性）的有机结合、传者的主动叙说与对传主客观描摹的水乳交融。一方面，史料性与真实性让传记得以再现历史上或现实中实有的人物，其主要事迹和经历符合历史的真实；另一方面，传记的文学性与艺术性让传记在真实可靠的基础上具有了极强的可读性和感染力，并通过传记作家的妙笔进行必要的艺术虚构，使传主的形象更加丰富完整，性格也更加鲜明生动。值得注意的是，现当代传记作家在传记创作中的地位发生了巨大改变，其意义十分重大，影响也极为深远。从"事实的奴隶"到"驾驭事实的将军"的改变使传者/写作者真正获得了与传主的平等地位，从而使传记写作由传统的"事实和传主主宰一切"论迈向了"传者与传主的平等交流对话"论，为现当代传记作品的艺术性与科学性的高度和谐统一奠定了坚实的基础。

传记与自传："他杀"还是"自杀"

历史地看，传记与自传的关系，以20世纪中后期为分水岭，大致经历了两个不同的阶段：在20世纪中后期之前，自传一直被视为传记的子民，而生活在传记的阴影之下。20世纪中后期，随着解构主义等"后主义"的盛行，传统的逻各斯中心主义开始崩溃瓦解，传记的宏大叙事也随之被消解，于是自传趁势出击，开始作为独立的文类出现在文坛，并最终与传记并驾齐驱。时至20世纪90年代，自传因颇受作家与读者大众的青睐而大有凌驾于传记之上之趋势，难怪当今的传记学者发出了自传由此而被"矫枉过正"的惊呼声。（赵白生：230）

关于传记与自传的关系，美国大哲学家和自传家亨利·亚当斯曾作过精彩的论述。在给身为大小说家的弟弟亨利·詹姆斯的一封信中，他解释了自己创作《亨利·亚当斯的教育》一书的初衷，并把传记比喻为"他杀"，自传为"自杀"，因此他宁愿"自杀"而不愿被"他杀"："本书只不过是坟墓前的一个保护盾。我建议你也同样对待你的生命。这样，你就可以防止传记作家下手了。"（赵白生：15）姑且不论亚当斯的"自杀"之盾能否有效地阻止传记作家的"他杀"（事实证明"自杀"之盾只能起暂时的保护作用，而无法阻止后辈的"他杀"：迄今为止，关于亚当斯的"他杀"作品就有几十部之多，尤以20世纪90年代为甚），单就传记与自传的关系而言，亚当斯的"他杀"与"自杀"说就十分的形象、生动和活泼，因为他道出了传记与自传的第一个重要的区别，即从传者与传主的关系来看，传记中的传者与传主是完全不同的两个人，而自传中的传者与传主却是同一个人。

传记与自传的不同还体现在它们的叙事原理上。由于传记的传者与传主并非同一人，因此，传记的写作一般遵循唯"事实"论的原则，即传者是通过对与传主有关的"事实"材料的收集、整理、甄别与选择来"管窥"他人的。而自传的写作则不然：它虽然也强调自传的"事实"性，但由于传者是在为自己作传，是在通过对自己过去的回忆来"锥探"自己，由此传者对"事实"的认识就不仅包括那些实际发生过的"历史事实"，而且还包括那些发生和不曾发生过的"心理事实"——传者过去的某些意识活动。从这种意义上来说，自传的叙事原理不再是"唯事实"论，而是"唯心论"，以传者写作时的心态和良心作为基准点去叙述往事，而非传记的"材料"堆砌。

传记与自传的第三个区别表现在不同的叙述方式上。由于传记的写作者是在依据材料或自己的观察来叙述别人的事迹，因此，在传记叙事时，传者采用的是第三人称叙述。而用第三人称叙述"真实"的一个不利条件就是无法叙述"传主"内心世界，只能叙其事实，而无法叙其思想。即使是优秀的传记心理学家，他也只能依据现有的事实材料来揣摩传主当时的心理。而自传的作者由于是在叙述自己的往事，因此，在叙述方式上他就能得天独厚地一般采用第一人称叙事，既可以心安理得地叙述想要叙述的往事，也可以随心所欲地描写"我"的内心世界，无论这种心理描写是否真实。简言之，"他杀"是"管窥别人"，而"自杀"是"锥探自己"，其叙述方式上的差别是显而易见的。

传记与自传的另外一个区别还在于传者对"事实"材料的甄别、选择与组织上。由于传记是"管窥他人"，因此，一切材料的选择与组织都以"传主"为核心，传者既可以选择对传主不利的，或传主不想暴露的材料，也可以选择对传主有利的、歌功颂德的"传记事实"。一句话，在"传记事实"材料的别择与组织上，传者完全依据自己的判断和对传主的看法来组织行文。相比之下自传的作者对"事实"的别择与组织则完全不同于传记作家。一般而言，由于传者是在写自己的往事，他往往选择那些对自己有利的材料进行叙说，而对自己形象不利的事件则轻描淡写，一笔带过。在"自传事实"的别择和组织上，自传作者具有更大的灵活度和选择性，也因此使自传比传记作品更具有欺骗性和虚伪性。简言之，"传记事实"的组织和结构是以传者对传主的认识为核心进行的，而"自传事实"的组织和结构则是以自传作者的良心和对过去自我的认识为原则的。

总之，传记与自传无论是从传者与传主的关系上、叙事原理上，还是从叙述方式及对"事实"材料的别择与组织上都存在很大的差别，把它们作为不同的文类来加以区别讨论才能从根本上理解传记的"他杀"与自传的"自杀"这两者之间相互依存、互动发展的辩证关系。

传记的分类

由于传记作品数量众多，风格各异，再加上地域的差别，又没有统一的分类标准，这就客观上造成了传记分类之困难。就中国而言，一般把传记分成两大类，即史传和"别传"，或曰"正传"。后者也有人称为"杂体传记"，包括"碑铭"、

"传状或传略"、"自传"等。而在西方,传记的分类也很复杂,比我国的分类法可谓有过之而无不及。美国著名的传记理论家肯道尔就把传记分成三类:第一类是作者根据对传主的了解来写的;第二类是作者对传主进行研究的成果,为传记作品的主体;第三类是特殊目的的传记,如用来作宣传、广告、竞选的传记作品。(杨正润:25)我国传记理论家杨正润教授则在综合中西方传记分类法的基础上,按传记作品所包含的历史性与文学性的比例,提出了他的六分法:第一种为传记工具书;第二种为资料传记;第三种为学术传记或称评传;第四种为标准传记或称正传;第五种为解释传记;第六种为通俗传记。而上述六种传记,"按其顺序,文学性在不断增加,而历史性则不断转弱。"(杨正润:26—29)

杨正润教授的这一六分法比较简洁实用,对中外传记作品似乎都适用,尤其是对20世纪的传记作品更为适用。但杨先生的六分法还是无法涵盖所有的传记作品,尤其无法把当今时髦的所谓"明星传记"、"名人传记"、"作家传记"等简单地对号入座。

笔者以为,对传记的分类不妨设立不同的分类标准:如把传主作为分类的标准,则可以有所谓的"伟人传记"与"平民传记"、"明星传记"、"作家传记"、"商人传记"、"外交家传记",等等。如按作品的体例进行分类,则会出现所谓的"史传"、"传记词典"与"传记作品"、"传记"、"回忆录"、"书信",等等。如按"史实性"或"文学性"分类,则会有"史传"、"标准传记"、"传记小说",等等。如按篇幅的长短分类,则有"长传"、"中传"、"小/短传",等等。

概言之,不同的分类标准肯定会有不同的分类法,不能统而言之。但无论使用哪种分类法,都无法穷尽现有的传记作品。对传记作品的分类,我们应当历史地、客观地、科学地看待,既不能不顾事实一刀切,也不能人为地把它的标准复杂化和迷宫化。原因只有一个,即无论在西方还是在中国,传记都有悠久的历史。在漫长的历史发展过程中,传记无论在形式、风格、撰写方法、强调的重点等诸多方面都经历了巨大的变迁。

结　语

一位传记作家曾经说过:

> 当你写一个人的一生时,他的经历经常成为你的经历,这是多么奇妙呀。这种情况从一本书延续到另一本书:他们的生活唤醒了我的生活,否则我为什么要写作呢?我写传记的目的是想知道命运为我准备的下一站是什么。

一个读者进入一部小说,他就步入了作者想象的天地。而当他打开一本传记,他却同时闯入了两个人的生活:传者及传主就好像孪生兄弟一样结合在一起,直至这本书变成尘埃。从这种意义上来说，传记写作的过程就是传者与传主心灵契合互动的过程。一部优秀的传记作品，不仅要写人物"做什么"，还要写他"怎么做"——怎样以他/她自己的独特方式从事富有历史意义的社会活动，也要揭示人物行为背后的思想动因和历史动因，写出人物丰富的精神世界。这当然不能仅靠揣摩、虚构和想象，更不能胡编乱造，也不能凭借叙述者亲自站出来发表大段议论。传记作品只能靠"事实"说话。"事实"就像一个"紧箍咒"，永远套在传者的头上，让她/他只能带着镣铐尽跳传记之舞。既展现"生命的事实"，又富有文学性和艺术魅力，这就是一切优秀传记创作的难点和独具风采之处。

参考书目

1. Andre Maurois, *Aspects of Biography*, D. Appleton & Company, 1929.
2. Henry Adams, *The Education of Henry Adams*, Houghton Mifflin Company, 1918.
3. J. A. Cuddon, *A Dictionary of Literary Terms*, W & J. Mackay Limited, 1986.
4. James Boswell, *Life of Samuel Johnson*, J. M. Dent & Co., 1906.
5. Lytton Strachey, *Eminent Victorians*, Chatto and Windus, 1929.
6. M. H. Abrams, *A Glossary of Literary Terms*, Holt, Rinehart and Winston, Inc., 1988.
7. Paul Murray Kendall, *The Art of Biography*, Norton, 1985.
8. Plutarch, *The Lives of the Noble Grecians and Romans*, trans., John Dryden, The Modern Library, 1932.
9. Virginia Woolf, *Collected Essays*, Hogarth, 1967.
10. 梁启超：《中国历史研究法补编》，商务印书馆，1933。
11. 实用百科全书编委会编：《实用百科全书》，开明出版社，1993。
12. 杨正润：《传记文学史纲》，江苏教育出版社，1994。
13. 赵白生：《传记文学理论》，北京大学出版社，2003。
14. 中国大百科全书总编辑委员会《中国文学》编辑委员会、中国大百科全书出版社编辑部编：《中国大百科全书·中国文学》卷二，中国大百科全书出版社，1986。

自然文学 程 虹

略 说

"自然文学"（Nature writing）不同于西方文学史上的自然主义（naturalism）。它是源于17世纪、奠基于19世纪、形成于当代的一种具有美国特色的文学流派。从形式上看，它属于非小说的散文文学，主要以散文、日记等形式出现。从内容上看，它主要思索人类与自然的关系。简言之，自然文学最典型的表达方式是以第一人称为主，以写实的方式来描述作者由文明世界走进自然环境时身体和精神的体验。

综 述

自然文学作为一个概念产生于现代。美国学者唐·谢斯在其专著《自然文学》中考证了自然文学的出处。他发现首次使用这个名称是在20世纪初：美国的哈尔西（Francis H. Halsey）于1902年发表了一篇评论文章《自然文学作家的崛起》("The Rise of the Nature Writers")，在文中他评论了当时颇有影响的自然文学作家。（Scheese：138）随后，不断有人以自然文学为题发表文章，出版著作。但是直至20世纪80年代，自然文学才被作为约定俗成的名称，表示一种关于人与自然的非小说散文体的文学形式，因为直至此时，许多教授和学者们才开始以自然文学为课题进行教学和研究。以美国为例，目前以自然文学为题出版的书已有几千种，其中既有自然文学作品和文选，也有专家学者对该文学流派的评论专著。自然文学还被搬上高校的讲坛，多所大学开设了这门课程，而且多为研究生课程。许多英文系的学生以此题目来做硕士、博士论文。

自然文学主要特征有三：一、土地伦理（land ethic）的形成：放弃以人类为中心的理念，强调人与自然的平等地位，呼唤人们关爱土地并从荒野中寻求精神价值。二、强调位置感（sense of place）：如果说种族、阶层和性别（race, class and gender）曾是文学上的热门话题，那么，如今人的生存位置（place）也应当在文学中占有重要的地位。三，具有独特的文学形式和语言。

自然文学的意义在于它的创新。在西方文明的传统中，人们总是倾向于把精神与物质、自我与环境、人与自然等分隔开来，区别对待，而自然文学的发展动力则是要将这一切对立与区别融为一体。它由最初纯粹的自然史，到将文学气息融入自然史；由早期的以探索自然与个人思想行为之间关系为主的自然散记，到当代主张人类与自然共生共存的自然文学:我们不妨说,从自然文学的发展趋势中,我们看到了人类文明进化过程的脉络。

自然文学的意义还在于它的包容性和时代性。尽管自然文学兴起于美国,其影响却不仅局限于美国,因为现代社会对自然造成的人为破坏已经成为举世关注的问题。对自然的歌颂与描写,对保持我们脚下一片净土的向往与追求,已经跨越了国界,具有一种普遍意义。

自然文学的渊源

自然文学作为一个概念产生于现代,可它却是在一个相当漫长的历史过程中形成的,并有其历史渊源。

应当说,自然文学的思想渊源不难追溯到古希腊和罗马时代的亚里士多德和维吉尔。美国学者彼得·A.弗里策尔与谢斯在各自有关自然文学的评论专著中,分别提到了亚里士多德的《动物志》和维吉尔的《牧歌》对自然文学的影响。(Fritzell: 3; Scheese: 13—14) 18世纪英国的自然史作家吉尔伯特·怀特(Gilbert White)、19世纪英国浪漫主义诗人华兹华斯、博物学家达尔文及20世纪的英国作家劳伦斯等人,也对自然文学产生过影响。怀特的《塞尔伯恩博物志及古迹》(*The Natural History and Antiquities of Selborne*, 1788) 影响了诸如梭罗、约翰·巴勒斯(John Burroughs)、雷切尔·卡森(Rachel Carson) 等自然文学的代表人物,被作为自然文学的首篇范文收入《诺顿自然文学文选》。美国哈佛大学英文系教授劳伦斯·比尔在其被誉为自然文学的权威性专著《环境的想象》中,多次提到华兹华斯及达尔文对自然文学的形成所起的作用。劳伦斯的《美国经典文学研究》(*Study in Classic American Literature*, 1923) 在多部关于评论自然文学的专著中都被引用。

然而,鉴于美国作为"自然之国"和"新大陆"所具有的独特的文化背景及迅猛的现代化发展程度,自然文学必然会在这片土地上滋生并发展,或者说,它是在美国特殊的自然和人文背景下产生的一种文学。因此,自然文学在美国最富代表性。就美国而言,自然文学的渊源可追溯到17世纪第一批欧洲移民抵达美洲新大陆。当时他们面对的是一片举世无双、几乎未经人类之手触摸过的土地。美国这种特殊的自然与人文背景决定了其国民对土地那种与众不同的情感与联系。对他们而言,只有认知了脚下这片土地,才有可能认识自我。自然而然,许多早期移居新大陆的定居者通过日记、旅行笔记和书信散文等独特方式,来从事确认、描述和解释外在事物的工作,以求得对自我、对所处这片土地和未来的认识。

17世纪的约翰·史密斯(John Smith) 的《新英格兰记》(*Description of New England*, 1616) 和威廉·布雷德福(William Bradford) 的《普利茅斯开发史》(*Of Plymouth Plantation*) 以"富饶的伊甸园"和"咆哮的荒野"的鲜明对比,描

述了新大陆的"自然的影像",从而使自然成为新大陆的人们关注的一个焦点。上述著作都是以描述性的散文体写就,其语言清新简朴,充满了生机与活力,为日后自然文学的繁荣和独特的文体奠定了基础。

18 世纪的乔纳森·爱德华兹(Jonathan Edwards)在他的《自传》(*Personal Narrative*,1740)和另一部作品《圣物的影像》(*The Images and Shadows of Divine Things*)中,大胆地将内心的精神体验与外界的自然景物融为一体,以比喻的手法,表明上帝把整个物质世界造成了"精神世界的影子"。18 世纪另一位有影响的人物威廉·巴特姆(William Bartram)在其代表作《旅行笔记》(*Travels Through North and South Carolina...*,1791)①中描述了他在美国东南部荒野所进行的"孤独的朝圣",表达了一种对荒野的审美观念,从而使他本人成为第一位在欧美大陆文学界获得声誉的作家和美国自然文学名符其实的奠基人。

如果说 17、18 世纪产生了自然文学的主题、文体和风格的奠基人的话,那么 19 世纪则出现了自然文学的思想与内涵的奠基人:以托马斯·科尔的《论美国风景的散文》及爱默生的《论自然》等作品为例。科尔在作品中得出的结论是,美国的联系不是着眼于过去而是现在和未来;如果说欧洲代表着文化,那么美国则代表着自然;生长在自然之国的美国人,应当从自然中寻求文化艺术的源泉。正是基于这种思想,科尔创建了美国哈得逊河画派(The Hudson River School),并"以大自然为画布"为宗旨,使该画派的作品与美国自然文学起到了相辅相成的作用。爱默生的第一部作品便是《论自然》,他改良了爱德华兹的观点,明确指出"自然是精神之象征"。他在另一篇作品《美国学者》("The American Scholar",1837)中指出,"总之,古代那条箴言'认识你自己',与现代这条格言'研习大自然',终于合而为一了"。他的观点极大地影响了其同代、后代乃至当代的自然文学作家,成为自然文学的理论基础,同时也使"研习自然"和"认识自我"成为美国自然文学经久不衰的主题。

提到梭罗,人们自然要联想到瓦尔登湖,此书曾于 1985 年在《美国遗产》杂志上所列的"十本构成美国人格的书"中位居榜首。梭罗则被视为美国文化的偶像和美国最有影响的自然文学作家,他的精神被视为美国文化的遗产,而"瓦尔登湖"也成为众多梭罗的追随者向往的圣地和效仿的原型。人们通常把梭罗视为爱默生的"圣徒",但从现代的眼光看,梭罗在自然文学中所起的作用似乎比爱默生更胜一筹。梭罗不仅把爱默生的理论付诸实践,而且又比爱默生超前一步:他预见到工业文明与自然之间的矛盾,提出了"只有在荒野中才能保护这个世界"的观点。他在《散步》一文中对荒野价值的论证,在自然文学中产生了重大的意义。自然文学,在其发展过程中虽然或多或少受到了各种文学思潮的影响,但就其本质而言,它是源于以爱默生为代表的那个时代。后来的自然文学作家们尽管描写的是其当代状况,可他们的目光频频回顾爱默生和梭罗等具有代表性的那一代作家。爱默生和梭罗,正如美国学者谢斯在其专著《自然文学》中所述:"是现代自然文学的先驱,是把自然史转变为自然文学形式的最主要作家。"(Scheese:22)

总之,在19世纪,爱默生的《论自然》和科尔的《论美国风景的散文》,率先为美国自然文学的思想和内涵奠定了基础,梭罗和惠特曼以其充满旷野气息的文学作品,显示了美国文学评论家马西森所说的"真实的辉煌"[②]。与此同时,科尔所创办的哈德逊河画派,则以画面的形式再现了爱默生、梭罗和惠特曼等人用文字所表达的思想。"以大自然为画布"的画家和"旷野作家"携手展示出一道迷人的自然与心灵的风景,形成了一种从旷野出发创新大陆文化的独特时尚和氛围,这种时尚与氛围便是如今盛行于美国文坛的自然文学生长的土壤。

自然文学的兴起

20世纪之前的自然文学有着浓郁的理想主义色彩,其作者对自然持乐观进取的态度,希望从中寻求个性的解放、文化的根源和精神的升华,但是他们的思索与写作的着眼点仍限于自然与自我或自然与个人的思想行为范畴。只是到了20世纪,随着诸如约翰·巴勒斯、约翰·缪尔(John Muir)以及玛丽·奥斯汀(Mary Austin)等跨世纪自然文学作家的出现,自然文学才展开了一个更为广阔的前景。这时的自然文学开始展示的是自然与人类的关系、人类与生态的和谐。至20世纪中期,诸如奥斯汀的《少雨的土地》(*Land of Little Rain*, 1902)、缪尔的《约塞米提山》(*The Yosemite*, 1912)、亨利·巴斯顿(Henry Beston)的《遥远的房屋》(*The Outermost House*, 1928)及奥尔多·利奥波德(Aldo Leopold)的《沙乡年历》(*A Sand County Almanac*, 1949)等具有代表性的自然文学作品陆续问世,上述作品分别从作者在沙漠、山脉、海岸及被沙漠化的土地上的亲身体验,描述了随着现代化的进展而渐渐离我们远去的那片壮美的荒野,提醒人类关爱土地。

1962年雷切尔·卡森出版了《寂静的春天》(*The Silent Spring*),描述了滥用化学农药对生态环境和人类所造成的威胁,促成了第一个地球日的建立;艾比(Edward Abbey)的《大漠孤行》(*Desert Solitaire*, 1968)以犹他州的沙漠为背景,传达出躁动不安的现代人对宁静的追求,以及他对荒野与现代文明的思索;迪拉德(Annie Dillard)的《汀克溪的朝圣者》(*Pilgrim at Tinker Creek*, 1974)记述了作者在弗吉尼亚州蓝山的汀克溪畔对自然的朝圣和对传统的反思经验;洛佩斯(Barry Lopez)的《北极梦》(*Arctic Dreams*, 1986)描述了他在北极的探险经历,以及人类所需要的外在和内在的两种风景;威廉斯(Terry Tempest Williams)的《慰藉之物》(*Refuge*, 1991)表现因20世纪50年代美国核试验影响而身患乳腺癌的一家三代女性在盐湖边寻求精神慰藉的经历;桑德斯(Scott Russell Sanders)的《立足脚下》(*Staying Put*, 1993)则提出了自然文学的一个普遍问题:如何在动荡不安的世界上找到属于自己的一片土地。

由于20世纪自然文学作家强调人类与生态共存，他们格外重视"位置感"。对他们而言，如果没有地理上的支撑点，就无法拥有精神上的支撑点。因此，20世纪的自然文学是以在不同地理环境下、围绕一个共同的话题而写作的庞大的作家群来推动的。当然，他们各有自己的写作特色：有以西部约塞米提山脉为写作背景的缪尔，被称作"山之王国中的约翰"；有扎根于东部卡茨基尔山的巴勒斯，被称作"鸟之王国中的约翰"；奥斯汀和艾比则以写沙漠著称，他们的作品被誉为"沙漠经典"；迪拉德写溪流边的大自然的朝圣；威廉斯写从盐湖中得到的精神慰藉。他们是20世纪的自然作家，但又与其先驱者一脉相承：缪尔被称作"康科德最后的信徒"；艾比被称作"现代的梭罗"；迪拉德的代表作《汀克溪的朝圣者》则被视为"更有胆魄的《瓦尔登湖》"。当然，他们显然比其前辈在自然观念上有所突破。

从广度而言，20世纪的自然文学已经不再局限于美国。自1992年"文学与环境研究会"（Association for the Study of Literature and Environment）在美国建立之后，又分别在英国、澳大利亚和日本建立了分会，同时世界各国有关以探索自然与人类关系为主题的作家及作品也纷纷涌现。由于20世纪的自然文学作家大多掌握了自然科学和人类生态学的知识，他们无疑获得了比其前辈更深刻的洞察力：利奥波德在威斯康星州一个被人遗弃的农场里提出了"土地伦理"的概念，呼吁人们培养一种"生态良心"（the ecological conscience）；艾比在没有人烟的西部沙漠中提出了人类与自然和谐共处的新模式：对立-妥协-平衡；威廉斯则在盐湖边呼吁人们视荒野为一种情感，像热爱一个人那样去热爱荒野。在当代自然文学作家的心目中，人与自然已不再是"我和它"的关系，而是"我和你"的关系。他们认为已经没有一个单纯的自我，只有与所生存的生态环境融为一体的自我（self-in-place）。他们所信奉的已不再是"优胜劣汰"，而是"共生主义"。

自然文学领域不仅新人新作层出不穷，而且在作为一种文学流派进行教学与研究方面也日趋成熟。近十余年来，先后有多部优秀的自然文学文选问世，如《论自然：自然、风景及自然史》（1987）、《这片举世无双的土地：美国自然文学文选》（1988）及《诺顿自然文学文选》（1990），等等。同时也出现了具有权威性的有关自然文学的评论专著，如弗里策尔的《自然文学与美国文化》（1990）、谢尔曼·保罗的《为了热爱这个世界》（1992）、斯格特·斯洛维克的《从美国自然文学中寻求醒悟》（1992）、比尔的《环境的想象》（1995）、谢斯的《自然文学》（1996），等等。此外，有关自然文学代表人物的个人评论专著也纷纷问世。

目前，自然文学仍处于一种发展状况，各种新的名称也不断出现。除了自然文学之外，又出现了环境文学（environmental literature）和生态批评（ecocriticism），但它们的宗旨和主题大致相同，同属一个思想创新领域。当然，对自然文学是否已进入文学主流的问题，批评界仍有争议。但不可否认的是，这种文学已经有了它一脉相承的辉煌历史、富有活力的现在与充满希望的未来。

自然文学的理念与特点

可以说，当代自然文学既继承了浪漫主义和超验主义的传统，又具有浓郁的现代色彩。从当代美国自然文学作品中，我们很容易看到浪漫主义和超验主义的影响，如对自然的崇尚与赞美、对物欲主义的鄙视与唾弃、对精神的崇高追求与向往。然而，由于当代自然文学兴起的时代是人类社会进入高科技的时代，所以也难免附着某些现代与后现代主义的色彩，如无视偶像与蔑视权威、对自然既敬畏又怀疑的不确定性、某些作品中所显示的拼贴技法，以及分界模糊的现象等等。然而，它既不是浪漫主义的再现，也不完全等同于后现代主义流派。它具有对传统的超越性，这是时代使然，也是无需多加证明的。

首先，从理念上来说，自然文学放弃了以人类为中心的观念，提出了旨在倡导人类与自然和谐共处的"土地伦理"，此语源自利奥波德的《沙乡年历》。利奥波德以一个生态学家的学识，讲述了土地金字塔、食物链等原理，说明人类只是由土壤、河流、植物、动物所组成的整个土地社区（the land community）中的一个组成部分。在这个社区中，所有成员都有其相应的位置，都是相互依赖的。在生物进化的长途漂泊之旅中，人类只是与其他生物结伴而行的旅人。无论人类有着何种企图，自然永远会自行其道。为了跟自然同步，人类必须把自己与自然合为一体。既然人类是土地社区的组成部分，我们首先要学会在这个社区中互相尊重，互相爱护。利奥波德呼吁人们对生态进行重新认识，对我们赖以生存的自然环境要持有一种伦理上的责任感。他希望人们"像山一样思考"，即从生态的角度，从人与自然的关系和保持土地健康的角度来思考，培养一种"生态良心"。利奥波德还提出了"土地伦理"的行为标准："任何有利于保护生物社区的完整、稳定和美丽的行为都是对的，反之则是错的。"（Finch, et al.：418—421）美国文学教授及评论家谢尔曼·保罗则把旷野里纯朴的自然景色之组合视为当代人类成功的标准。（Paul：12）

其次，自然文学中渗透着强烈的"荒野意识"，对荒野的凝视和认识贯穿始终。爱默生说，"在丛林中我们重新找回了理智与信仰"；梭罗声称，"只有在荒野中才能保护这个世界"；缪尔认为，"在上帝的荒野里蕴藏着这个世界的希望"；利奥波德把从荒野中得到的精神享受视为一种比物质享受更胜一筹的高质量的生活，是一种像言论自由一样不可剥夺的人权；艾比则把荒野视为对抗当代文化的疯狂行为的缓冲地带；另一位美国自然文学作家奥尔森（Sigurd F. Olson, 1899—1982）认为，我们每个人的心底都蕴藏着一种原始的气质，涌动着一种对荒野的激情。在自然文学的"荒野意识"中，包含了理性与感性的双重成分。从理性上而言，荒野是人类的根基，是使现代人意识到他与自然界关系的提示者，只有保持土地的健康，才能保持人类文化的健康。从感性上而言，荒野寄托着一种情感，是人类的精神家园，因为心灵格外需要野生自然的滋润。"宁静无价"（tranquility is beyond price）或许是身处物欲横行、动荡不安的现代社会中的自然文学作家对"荒野意识"最精辟的诠释。正是基于上述理念，自然文学才能够在很大程度上突破文学以人类为中心的传统观念，超越传统文学中战争、爱情与死亡那些经久不衰的话题，大胆地将目光转向自然，把探索与描述人类与自然的和谐关系视为文学的使命和写作的主题。

我们通常说，文学就是人学。但是自然文学不同于其他文学形式，人作为主人公的概念被淡化，其焦点是对农村和荒野的描述，而并非一般城市和都市。这一点颇像哈德逊河画派"以大自然为画布"的宗旨及作品。哈德逊河画派的作品中常常有一根析断了的树干，这是该画派的特征之一，是被托马斯·科尔称作"提醒物"的东西。它提醒人们生命是脆弱的和短暂的，只有自然和人类心中的神灵才是永恒的。该画派的另一个特点是一反传统画派中以人为主的画面，主题是自然景色，人则被置于一个不起眼的位置。但人并不因此被淡化，反而与自然更强烈地融为一体，被壮丽的景观烘托得更突出。这一点与艾比面对孤寂的沙漠所发出的"人有生有死，文明有兴有衰，唯有大地永存"的感慨相吻合。

比尔《环境的想象》专有一章阐述人类从主人公位置上"主动放弃的美学"。他以奥斯汀的《少雨的土地》为例，说明奥斯汀在全书中始终把自然环境置于关于人的故事之上。她的主角是土地，更确切地说是它的水路地形、由于缺水而产生的生活方式，以及因缺水而把这片土地上的所有栖居者，包括动物、植物与人，联系在一起的纽带。（Buell：80）自然文学展现在人们眼前的不是单纯的自然，也不是复杂的人类，而是一个为了适应生存环境的共同需求、由动植物和人共同组成的不可分离的社区。通过这个社区，我们能够看到整个世界甚至未来世界的缩影。

自然文学的文体和风格使文学走出了"象牙塔"，因为自然文学作家访问的对象，如梭罗所说，"不是一些学者，而是某些树木"。（Scheese：10）在自然文学作品中留下的，不仅仅是作者的笔迹，而且还有他们的足迹。因此，在自然文学作品中，我们注意到几乎每一个作家都有一方自己熟悉的土地为根基，这就是他们所强调的位置感。同时，这种与土地接壤的文学在语言方面也不同凡响，它使用的是与之相应的"褐色的语言"，那种朴实如泥土、清新如露水的鲜活的语言。自然文学作家希望自己的作品也是自然而新鲜的，如艾比所说，宁肯要表面的"鲜活"，也不要深沉的"死性"。正是由于自然文学这种新颖独特的文体、风格和语言，使得它像枝繁叶茂、形态各异的自然界一样，有着别具一格的魅力。

自然文学的风格又与艺术密切相连。如前所述，哈德逊河画派实际上是用画面的形式诠释了自然文学用文字所表达的思想。科尔的《人生旅程》（The Voyage of Life，1942）以画面的形式再现了爱默生在《论自然》中的心灵旅程图像，他的另一幅画《河套》（The Oxbow，1836）则隐含着梭罗的观点：人类对环境乐观的态度是一种荒野与文明的结合。研究美国文学及文化的学者、美国布朗大学的巴圣阿蒙德教授曾把梭罗的《瓦尔登湖》和《科德角》（*Cape Cod*，1865）两部作品进行了比较，认为在这两部作品中，人们可以看到与哈德逊河画派中的"彩光画法"最相似的风景表述。在自然文学作品中，人们还会感觉到英国作家拉斯金（John Ruskin）的那种"以文释画"（word painting）的美感，难怪有人称赞奥斯汀的作品《少雨的土地》是一幅幅以土地为主的"小风景画"。在自然文学作家中，还有一些人本身就是艺术家，如《美洲鸟类学》（*American Ornithology*）的作者亚历山大·威尔逊（Alexander Wilson）、《旅行笔记》的作者巴特姆等，而当代作家安·兹威格（Ann Zwinger）和苏珊·兹威格（Susan Zwinger）母女都是自己为自己的作品画插图。这种文学与艺术密切相连的文学形式展现出一种中国唐代诗人王维所描述的那种"画中有诗，诗中有画"的意境。

　　自然文学虽然显示了它的多样化和个性化，但有时也给人以庞杂松散的感觉，甚至可以说，这是一个由自然科学和人文科学交错共生的领域。人们可以从不同的侧面来诠释它，欣赏它。对读者而言这是一种无穷的兴趣，但对于要系统梳理它的研究者而言，无疑是一种非常艰巨的任务和挑战。托马斯·J.莱昂在他编辑的美国自然文学选《这片举世无双的土地》中，煞费苦心地将自然文学归为七种散文类型，同时提醒人们注意："我所列举的类型常常是相互交叉的。这或许会使那些希望分类界限分明、喜爱整洁利索的人们感到烦恼，但事实上，自然文学不是一块整齐有序的田地。"（Lyon：3）在美国，自然文学作为一种特定的文学流派已经成形，但也有人试图对以自然为主题的文学作出更宽范的解释，认为以自然为主题的文学并不等同于自然文学；还有更多的流派，如关于自然的文学、关于环境的文学等都可以贴上"以自然为取向的文学"（*nature-oriented literature*）的标签，而自然文学只是其中的一支。这种分类方式更利于"以自然为取向的文学"的国际化。（Murphy：10）

结　语

　　综上所述，我们不难看出，自然文学是以文学的形式，唤起人们与生态环境和谐共存的意识，激励人们去寻求一种高尚壮美的精神境界，同时敦促人们采取一种既有利于身心健康、又造福于后人的新型生活方式。其次，它强调人与自然进行亲身接触与沟通的重要性，并试图从中寻求一种文化与精神的出路。英国作家佩特（Walter Pater）曾写道："文化的完美不是反抗而是宁静；只有当文化达到了某种深层次的精神之宁静时，它才真正达到了它的目的。"（St. Armand：259）我们不妨说，自然文学作家所追求的正是一种宁静的艺术。在美学上，这种文学展现了一种自然清新、别具一格的审美取向。阅读自然文学的作品，人们会感到一种流动的美感，一种精神的享受。从长远看，这一文学形式既是对以往人与自然关系的批评、补偿与反省，也为今后人类社会的健康发展指出一条路，并提供大量试验与创新的可能性。

如前所述，自然文学正处于发展阶段，各种新的名称不断出现。它们宗旨大致相同，但各有侧重：环境文学包括的文学形式更为广阔，如散文、诗歌、小说、戏剧等；生态批评则是旨在对上述文学作品进行研究与评述的一种文学批评。

无论自然文学有着怎样的矛盾和问题，不容否认的是，它已经在文学领域拥有不容忽视和日益重要的影响。实际上，自然文学本身就像是一棵常青树，它依靠自身的力量，一层层地剥落，不断地除旧布新，朝着与众不同、前所未有的方向自由发展。所以，某些美国学者情愿让自然文学永远是"广阔而松散、提示而敞开的话题"，情愿"让每一个自然文学的读本，都成为一个供各种观点进行深入讨论的对话，而没有结论"。（Glotfelty，et al.：387）正是这一点，使得美国自然文学区别于其他文学类型，显出强大的魅力和影响。

参考书目

1. Barton Levi St. Armand, *Emily Dickinson and Her Culture*, Cambridge UP, 1989.
2. Cheryll Glotfelty, et al., eds., *The Ecocriticism Reader*, U of Georgia P, 1996.
3. David Petersen, *Writing Naturally*, Johnson Books, 2001.
4. Don Scheese, *Nature Writing*, Twayne Publishers, 1996.
5. F. O. Matthiessen, *American Renaissance*, Oxford UP, 1946.
6. Hans Huth, *Nature and the American*, U of California P, 1957.
7. Henry David Thoreau, "Walking," in *Henry David Thoreau: Essays, Journals, and Poems*, ed., Dean Flower, Fawcett Publications, Inc., 1975.
8. James I. McClintock, *Nature's Kindred Spirits*, U of Wisconsin P, 1994.
9. Lawrence Buell, *The Environmental Imagination*, Harvard UP, 1996.
10. Patrick D. Murphy, *Farther Afield in the Study of Nature-Oriented Literature*, UP of Virginia, 2000.
11. Paul Brooks, *Speaking for Nature*, Houghton Mifflin Company, 1980.
12. Peter A. Fritzell, *Nature Writing and America*, Iowa State UP, 1990.
13. Ralph Waldo Emerson, *The Complete Works of R. W. Emerson*, Vol. I, Wm. H. Wise, 1929.
14. Robert Finch, et al., eds., *The Norton Book of Nature Writing*, Norton, 1990.
15. Roderick Nash, *Wilderness and the American Mind*, Yale UP, 1968.
16. Scott Slovic, *Seeking Awareness in American Nature Writing*, U of Utah P, 1992.
17. Sherman Paul, *For Love of the World*, U of Iowa P, 1992.
18. Thomas Cole, "Essay on American Scenery," in *American Art, 1700—1960: Sources and Documents*, ed., John W. McCoubrey, Prentice Hall, 1965.
19. Thomas J. Lyon, ed., *This Incomperable Land*, Houghton Mifflin Company, 1989.
20. 程虹：《寻归荒野》，三联书店，2000。

① 此书标题全称为：*Travels Through North and South Carolina, Georgia, East and West Florida, the Cherokee Country, the Extensive Territories of the Muscogulges, or Creek Confederacy, and the Country of the Chactaws; Containing an Account of the Soil and Natural Productions of Those Regions, Together with Observations on the Manners of the Indians.*

② 马西森在其著作《美国文艺复兴》中，把有关梭罗的一章命名为"真实的辉煌"，以示与"理性的爱默生"的区别。参见文末所列作者书目。

总体 郭 军

略 说

在由卢卡奇、葛兰西等所开启的西方马克思主义思想体系中,"总体"(Totality)是一个怀特海所说的"主词"(God-term);在对该词这一地位的奠定上,卢卡奇功不可没。正是他在《历史与阶级意识》这部被视为西方马克思主义"圣经"的论文集中第一次最明确、最自觉地将之作为马克思主义哲学的本质和精髓给予了阐发和捍卫,并从此开启了在马克思主义研究中与第二国际和苏联官方马克思主义均为不同的新视阈,为批判资本主义生产方式、坚定共产主义信念提供了丰厚的理论支持。在他的论述中,这个概念具有纵横两个向度的意义。从纵向来说,它是关乎人类社会历史的宏大叙事,表征的是人类社会最终走向自由与解放的总体趋势。从横向来说,它是关于人类认识社会历史的辩证法概念。在这个向度上,一方面它彰显现实与总体的联系和互动,否定孤立静止、永恒不变的社会现象,认为一切现象都是总体历史中特定阶段的产物,都将在历史的总体进程中自我扬弃,直至走向终极完善。另一方面,它强调无产阶级在这个总体进程中的历史作用,认为它的实践作为主客体辩证统一的现实领域,最终将能够克服理论与实践、意识与现实之间的割裂,摆脱资本主义物化或异化,使人类社会走向真正合乎人性的境界。这两个层面相辅相成,缺一不可。

对于一个认识主体来说,正是对总体的意识保证了他对历史的辩证认识。反过来,也正是对历史的辩证认识,又产生了他对资本主义之暂时性和过渡性的洞悉,从而看到并自觉促进历史的总体走向。而这样一个主体,在卢卡奇看来,只能是作为一个阶级而不是个体的无产阶级,因为只有无产阶级在资本主义社会中的社会地位和生存状况才能导致对历史的辩证总体认识。

综 述

作为宏大历史叙事的总体概念在人类思想史和宗教史中并不陌生,所以对于内在于马克思主义历史总体中的这一向度,但凡接触了其理论的人,都能够一目了然。但是资产阶级思想家往往把这个总体看作一个马克思主义版本的救赎观念,如意大利社会学家法莱罗(Guglielmo Ferrero 1871—1942)认为马克思具有末世想象力,只是他把基督教末日的善恶决战战场(Armageddon)搬到了资本与劳动之间,并把马克思的社会主义理论称为迄今为止犹太人所作的最狂妄的弥赛亚主义声称,比耶稣的福音书还有过之而无不及。哲学家海登·怀特则说在马克思的理论中可看到一个原始的象征层面。即便那些"转向"了马克思主义的思想家,如布洛赫、本雅明等,对这一历史总体的重新阐释也还是带有宗教乌托邦或末世学的色彩。

如果说上述诸种观点都用某种神秘主义来归类总体,理性主义则用科学来否认总体,如当时的经典经济学家以资本主义经济的"规律性"和生产方式的"纯事实"为依据而将马克思主义总体观念归类为一种宗教信仰。德国社会民主党中的机会主义者则"用科学性把总体打入冷宫",似乎马克思主义总体思想阻碍对事实进行"事实求是"、"不偏不倚"的研究。

相比之下,社会主义阵营中的一些理论家,如波恩斯坦,似乎把马克思主义奉为"圣书",但却将其看作一种抽象的经济学或社会学,而完全忽略了马克思主义与现实的关系,尤其是忽略了马克思主义总体观的革命性,因此,最终也和资产阶级思想家一样,认为资本主义的现实难以打破,社会主义只能通过没有革命的"进化"和没有斗争的"长入"来完成。但是由于他同时又从所谓的经济规律出发,认为资本主义积累具有永恒的可持续性,那么这种"进化"和"长入"观无疑不过是一种对资本主义现实的默认和无奈。

对于上述种种意识,究其原因就在于,它们对马克思主义历史总体的理解是与内在于其中的辩证法总体相割裂的,因此,必然看不到这个总体与现实或历史的联系,更无法把握在这个联系中那些至关重要的中介环节,如实践、阶级,尤其是无产阶级的主体意识的历史能动作用,因此必然把这个总体看作人类思想史上司空见惯的乌托邦理想或空洞结构,看不到历史的辩证发展趋势。在卢卡奇看来,这是由物化的意识所导致,这种意识表现为二律背反的认识模式,即认为现实是不可改变的自在之物,是宿命论意义上的存在,因此只能被认识、接受、顺从。在资本主义经典经济学的认识体系中,这个现实也就是资本主义的生产方式,以及由此而产生的一切经济规律和市场法则。在物化的意识看来,这些力量都是强制性的,是不以人的意志为转移的,而且是永恒不变的。这就意味着一切变革的努力都是徒劳的,任何对未来社会的向往最多不过是一种伦理立场而已。

这种意识本身又是资本主义现实的反映。资本主义生产方式所造就的物与物的关系往往掩盖了其背后的人与人的关系,因此也就掩盖了资本主义社会的起源,即它是资本主义生产方式的特定产物。这就使得物化结构变成了一个"第二自然",一种必然性,超越了人的把控能力,并由此而导致物化的意识,使人被锁定在这种对既定现实的认识模式中,因此也就被锁定在现实本身中,看不到超越之路。

虽然资产阶级理性曾经在蒙昧时代发挥过积极的作用,发展了科学和工业,使人类走出了第一自然的束缚,但是在资本主义社会,当它被用于社会分析时,却起着一种保守的作用,维护资本主义的现实,特别是随着学科分类的不断精密化和局部真理的不断产出,它越来越用局部的稳定否定总体的发展。它的影响已经造就了一种意识形态，到了马丁·杰这样的专门研究马克思主义历史的当代学者这里，连马克思主义总体观本身也被变成了一种整体主义或系统思维方法，即又一种科学主义的方法论。马丁·杰甚至认为在我们这个世纪，这种方法的种类很多，如结构主义、系统论、格式塔心理学等等，都可归为同类。他曰此否认卢卡奇所谓"马克思主义因其总体观念而与资产阶级思想不同"一说，（卢卡契，1996：76）认为这种说法是不真实的。

这就触及了关于总体观的原则性问题。卢卡奇之所以早在20世纪初就从总体性入手来重新阐释马克思主义，并将之实质归结为历史辩证法，其实正是通过对形形色色的资产阶级社会、经济、批判等理论的考察，揭示马克思主义总体观的根本区别。这个根本区别就在于，与以"纯事实"为出发点、把意识的功能限制在"直观"与"反映"的界限内的资产阶级认识相反，马克思主义总体观认为，没有什么"纯事实"，对任何事物的认识都是经过某种中介的。理性主义或科学主义本身就是一种中介，只是这样的中介环节已经被内化为认知主体的思维范式，因而他浑然不觉罢了。此外，"事实"并不是真正意义上的"现实性"，因为被资产阶级所对象化的事实往往是被局限在某个学科、领域或时段的，因此是孤立和抽象的。真正的现实性是历史的具体性，即事物在各种联系的总体中的定位。资产阶级之所以不能够把握或拒绝承认这种定位，是由于它的阶级地位所决定，因为它一旦承认了自己作为历史总体进程中将被扬弃的一个阶段，也就是承认了自己的终将灭亡的命运。

能够把握这个总体的只有无产阶级，因为它维护自己的权利就必须正确认识社会的总体局面，正确认识自己的社会地位和历史使命，由此它的阶级意识正对应于历史的总体结构。所以，一旦无产阶级从自在的阶级变为具有阶级意识的自为阶级，这种意识本身必然是革命和实践性质的。用卢卡奇的话来说，无产阶级的阶级意识是理论和实践的统一，"意识的产生成为历史过程为达到自己的目的（这个目的来自于人的意志，但不取决于人的任意妄为，也不是人的精神发明）所必须采取的决定性步骤"。它的历史作用"就在于使这一步骤成为实际可能"；它"充分地影响到社会的变革过程"。这便是马克思早就期盼的状态，即"世界早就在幻想一种一旦认识便能真正掌握的东西了"。（卢卡契，1996：49）也就是说，一旦无产阶级的阶级意识觉醒，它必定用行动宣告现存世界制度的解体。这在马克思看来，"只不过是揭示了无产阶级本身存在的秘密，因为它就是这个世界制度的实际解体"。由此，历史的终极走向并不是虚幻的神话，而是不可阻挡的趋势。这种理论指归决定了马克思主义总体观与任何资产阶级科学范式的根本不同。

卢卡奇能够看到总体理论与实践的这种最终统一，也不是一蹴而就，而是他在哲学探索，以及在与不同思想的交锋中所取得的精神硕果。

追溯卢卡奇的思想踪迹，可见他早年便接受了"精神科学"的研究方法，这种方法认为人类学、历史学、宗教等研究具有不同于自然科学实证主义研究方法的独特性，它以解释人类精神产品的隐蔽意义为目的，而不是如实证主义那样寻求适应自然，或适应历史的因果规律。它与实证主义的最根本区别在于，它不是如后者那样把个体现象看作某种客观规律的例证，而是认为一切个体都是一个有序总体的一部分。这就意味着，一方面它的思维范式是非同一性的，即它不被已然的现象世界所把控，而是寻找表象以下的意义；另一方面，它又是整体性思维，即它用总体来定位个体的终极意义。至于人的认识如何能够通达这个总体意义，当时的学者如狄尔泰、齐美尔、韦伯等更看重的是阐释、直觉和感悟。早期的卢卡奇也接受这种范式，尽管后来他称之为"主观唯心主义"，但是它奠定了卢卡奇在认识论问题上的一些信念，包括将马克思主义定位为一种方法，而反对将其科学化、机械化、庸俗化；强调人的意识的主观能动性，而反对机械"反映"论；以及将辩证法定位在历史过程中主体与客体的关系，而批判恩格斯的唯物辩证观。

在一战期间那信仰迷失的日子里，作为一个对总体性真理体系的苦苦追寻的知识分子，卢卡奇没有如其他人那样要么走向宗教，要么走向尼采的非理性主义。他走向了黑格尔的历史哲学和辩证法，但在如何扬弃资本主义生产方式，解决劳动分工和经济法则对人的统治、异化等问题上，他经历了一个"革命的文化主义"阶段，即认为出路在"文化"，而不在更先进的物质"文明"。在这个问题上，他追随韦伯，把"文化"界定为以人为本的有机整体，把"文明"界定为体现了西方工业民主特征的、毫无诗意的、压抑人的天性的机械技术成就。在他写于第一次世界大战的《小说理论》序言中，对这个文明的否定不亚于对奥、匈、俄几个帝国的否定。他期待这几个帝国的垮台，但是他认为接下来的问题更无望，即"谁将把我们从西方文明的奴役中拯救出来？"在早期，他拒绝承认社会经济手段能够解决资本主义文明的弊病，甚至认为有些这类手段不啻于以邪恶手段来取得正当目的。在现实中他看不到出路，只是在理想中期待用新文化来终结文明的统治，尤其是在无产阶级专政的时代。由于文化本身就是革命的过程，它将恢复那产生了"旧文化之伟大"的时代，即希腊和文艺复兴那没有异化的完整时代。

如果卢卡奇在《小说理论》以后便停止了写作，他则不过是一个"浪漫的反资本主义"理论家。所幸的是，他在俄国革命中看到了一个理论与实践相结合的典范，由此而从黑格尔的客观唯心主义走向马克思主义，开始关注无产阶级的阶级意识和物化之间的关系，把政治改革和文化革命提升到同等重要的地位。同时针对列宁主义实践过程中的问题和第二国际经济决定论所导致的宿命观，他强调总体作为辩证思维的方法论意义，从文化、政治、社会、经济相互联系的层面把握历史的终极走向。这些转变产生了他对西方马克思主义具有划时代意义的《历史与阶级意识》，从而将总体概念作为马克思主义的精髓而确立起来。

作为整体的总体

早年卢卡奇的总体观念是一种形式主义的整体观,一种规范化总体,即静态、完整、圆满的外部形态观。这个观念清楚地表达在卢氏"精神科学"时期的《灵魂与形式》和《小说理论》中。在《灵魂与形式》这部写于1907—1910年间的著作中,卢卡奇持齐美尔的"文化悲剧"观,认为资本主义文明是一个悲剧,以断裂为特征,即人与世界之间的分裂与矛盾。人看不到生活的意义之所在,

> 生活就是一种光明与黑暗的无序:生活中没有任何事情是完满的,没有任何事情有个结局,新的、混乱的声音总是与曾经听到过的过去的嘈杂之声相混合。一切都在流变,一切都在杂混,且这种混合是无法控制和混杂不纯的,一切都被毁败了,一切都被捣碎了,没有任何事物可开花结果成就新生,所谓活着,无非就是活到头;但是生命本身却不意味着真正完整地生活到底。(Jay: 86)

这种观点并不是卢卡奇所独有,而是体现了当时资产阶级知识分子对资本主义文明普遍所持的否定态度。为了对抗这种流动、破碎、无序,他们都在寻找整体、秩序、意义、完满,一些人走向宗教,另一些人走向尼采的非理性主义,卢卡奇则走向历史哲学。但他的哲学思考从文学批评入手,在这部早期著作中他用"形式"来影射总体,但是在资本主义现实社会中,他似乎看不到总体与现实之间应借助怎样的中介才能达到和谐与相融。相反他看到,一旦建立了形式、秩序、规范,那就意味着活生生的现实必将静止、枯竭、死亡。由于这种悲观的态度,早期的他拒绝承认在现实的经验背后隐藏着理性的说法,认为那是神正论的陈词滥调。而对于浪漫主义用泛诗化的方法把生活美化为一个有机、整体、统一的幻象世界他更无法认可,认为那完全消解了诗与生活之间的巨大张力,变成了对生活的虚假肯定,因此也就最终瓦解了诗的价值。

这个时期的卢卡奇实际上正如早期的本雅明,认为现实的资产阶级社会是一个历史中的反题,它的正题是遥远的过去。那时曾经有这样一个时代,

> 那个我们今天叫做形式的东西,即我们狂热地寻找的东西,我们试图借艺术创造的冷静喜悦而从流动的生活中捕捉的东西,不过就是传达着神启的自然语言——一声未受压抑的喊叫,一种未被耗损的冲动的能量。在那个时代,没人质疑形式的本质,没人将形式与生活分裂,没人知道形式与生活有何不同,形式不过是最简单的方式,是两个相同的心灵,即诗人与公众之间最短的路线。(Jay: 89)

质言之,那时是一个天人合一的时代,没有第一自然与第二自然之分,意义直接显

现在生活的时空和人们的活动中,谁都可以把握,人人都是诗人。

在卢卡奇看来,资本主义生产方式下的文明是从原初那个完整总体上的堕落,但是在他还没有掌握马克思主义的辩证总体观之前,他无法看出如何在实践中扬弃这段堕落的历史,以便走向未来新的总体。他只是凭着诗性的感悟,认为或许世界历史中隐藏着秩序和构型,它将如同"地毯上或舞蹈中的秩序"一样在历史的进程逐渐明晰起来,等待着我们为之命名,"然而这个名称还没有任何人说出"。他自己也还无法清楚地表述,只是在这里暗示了总体,且完全是在一种抽象维度上运思,想象一种永恒不变的形式。

在他的《小说理论》中,他超越了自己受康德主义影响而守持的这种形式主义总体观,而用黑格尔的美学世界观取而代之,认为艺术真理是对客观历史观念的表达。一旦进入历史中介领域,他在形式与现实的关系问题上,就超越了黑格尔,认为艺术在形式上的演变不是自足的,而是对现实的模仿。现实的问题性决定了形式的问题性,这便进一步弥合了形式与现实的断裂。以此为前提,他将西方历史分成四个时代,荷马史诗时代、从史诗向小说过渡的时代、资产阶级小说时代和后小说时代。从对总体观念的阐发来看,史诗的时代正如《灵魂与形式》中所描述的那个过去的时代,是个幸福完满的时代,同质性或一体性构成了这个时代的本质特征。这种本质性在宏观上表现为人与世界一体,以世界为家,因为"心灵深处燃烧的火焰和头上璀璨之星拥有共同的本质"。在个人与社会层面则表现为"你"与"我"、道德与愿望、义务与欲望、形式与内容、经验与超验、自然与社会均为有机整体,不曾分裂。在这样一个世界中,根本不存在主体性问题,因为在个体和世界之间不存张力,个体是世界的一部分,是神恩的领受者。这样一个完整的世界在时间上则是一个永恒的世界,时间在此被悬置,因为不会有什么现在不完满而须留待未来去实现的事情,因此没有已然和应然的区别。总之,这是一个人与自然合一的世界,与这样的"整体文明"时代相匹配的艺术形式必然是史诗这种完整宏大的叙事形式。

从史诗时代经过但丁的时代就过渡到了资产阶级小说时代,小说时代在方方面面都是史诗时代的反题。卢卡奇借用费希特在《当代特征》中的话,称这个时代为"绝对罪过的时代",在这个时代,出现了第一自然与第二自然的分裂。人类与第一自然关系的恶化使他居住在被"上帝抛弃的世界"中,而与自己制造的第二自然关系的异化又使得这个人造的环境不是家园,反成囚牢。所以卢卡奇又称这个时代为"超验的无家可归时代"。与这个时代相适应的形式是小说,它的形式特征正体现了这样一个时代的破碎与不谐。如果说史诗本身就是对生活的答案,小说则是对遗失的答案的追溯或对可能的答案的寻找。小说中的主体由于与世界分裂而不再享受神恩的关顾,他在伦理律令和内在欲望之间踯躅徘徊,寻找意义与整体,但这种寻找在这个时代注定毫无结局。正因为小说中的主体是一个寻觅历程中的主体,小说以时间性为其构造原则,产生一个为寻找完整生活而进行的各种努力聚合与碰撞的多元世界,由此小说也就不再具有史诗那完美无缺的永恒和静态。最后,如果说史诗因为其对总体意义的表征而圆美,小说则因寻找总体意义的努力永远受挫而悲戚。史诗指向意义本身,小说则自我所指,即指向主体如何寻找意义并失败。小说家以寻找意义而开始,却以自我所指而告终,这是他在小说时代无法超越的反讽境遇,反讽成了"一个没有上帝的世界所能取得的最大的自由"。

《小说理论》时代的卢卡奇在现实中仍然无法看到新的总体,但他已经从俄国作家如托尔斯泰的小说中看到眼前展现了一个不同的世界,并认为一旦这个世界被扩展为一个总体,就会产生对小说形式的突破,而再生史诗的形式。他尤其推崇的是陀思妥耶夫斯基的小说,因为他从中已可看到新世界的曙光。

与《灵魂与形式》相比,尽管《小说理论》中史诗意义上的总体仍然是一种"浪漫主义的反资本主义",但已不再是抽象的形式,而是一种历史的存在,即荷马时代的希腊。当然这个希腊仍然是德国文化所阐释出来的带有浪漫色彩的理想国,还不是建立在对荷马时代历史分析的基础之上,且忽略了当时的物质基础、阶级状况等。但无论如何,它为卢卡奇提供了一个原型和一个判断后续时代的参照原则,也显现了卢卡奇在总体问题上的一些基本思想特征,如他认为总体是个社会、历史、文化问题,而非自然问题。他在赞赏托尔斯泰小说的同时,也指责他将总体化领域定位于自然的倾向,指出人与事物的总体只有以文化为基础才能实现。与此相关联,他强调文化手段,而否认社会-经济手段。他特别鄙视当时"正统"马克思主义的经济决定论,认为那是把资本主义这一特定历史条件下的社会状况普世化了、科学化了,因而产生物化意识,无法超越现状。这可以说是他一生坚持的立场。

作为辩证法的总体

卢卡奇前期和作为辩证法的总体观的最大区别在于,前期总体观正如黑格尔的合题,是转向过去,而不是展望未来,且这样一个过去又是一个无法企及的彼岸。所以,前期他并没有能够超越康德,也没有能够超越黑格尔。而辩证总体观则完全是对马克思历史唯物主义的天才阐释,既超越了德国古典哲学的纯思辨性和批判性,更超越了理性主义的二律背反。这种阐释通过将马克思主义与各种资产阶级科学的对比,揭示了社会总体和历史总体的互动关系,从而使得历史的总体趋势显现为社会总体过程的必然结果。

所以作为辩证法的总体观主要是一个历史哲学的方法论,表现为"总体范畴,整体对各个部分的全面的、决定性的统治地位",也就是在认识事物时,以普遍联系、而不是孤立片面的方法来确定其本质。这原本是黑格尔哲学概念,但在黑格尔那里,它是唯心主义的,马克思对之进行了唯物主义的改造。在马克思的历史哲学中，辩证总体的联系跨纵横两个向度，纵向包括历史变迁的整个过程，横向则包括这个过程中的政治、经济、社会、文化等各种因素。用马克思的话来说，即"它是许多规定的综合，是多样性的统一"。卢卡奇称这种方法是具体的方法，他认为如罗莎·卢森堡对资本主义积累问题的研究便是这种方法的杰出运用，因为如果按照资产阶级经济学的抽象观点来看，积累是一个可以无限持续的过程，即使危机出现，积累被打断，那也只是一个偶然事件。但是当卢森堡将积累现象置入资本主义生产方式的种种矛盾和对立中来考察时，便清楚地揭示出，危机是资本主义积累的必然结局，并由此揭示了资本主义生产方式本身不可避免的危机性，从而揭示了这一制度终将结束的历史命运。

这种具体的总体方法，卢卡奇又称之为能够再现现实的方法。在他的总体论中，现实与事实不可混淆，所谓现实指的是历史或社会的现实性，即一个事件在各种联系中的定位；它是事件的必然倾向或趋势，因此也是事件的内在本质。只有不被表象所蒙蔽，由表及里，去伪存真，才能抵达现实本身。而事实则是直观的存在本身、既定性或直接性，是人对事物的镜像反映、感性认识，它不能说明事物的真正本质。正如卢卡奇所说："一个人完全可能描述出一个历史事件的基本情况，而不懂得该事件的真正性质以及它在历史总体中的作用。"（卢卡契，1996：61）

但是资产阶级的科学方法往往把直接截取并孤立起来进行研究的事实本身奉为现实，而斥责总体的方法是不尊重事实的空想。对此，卢卡奇认为，这是目光短浅的经验主义者的见解。一方面这些人没有认识到事件的真义来自于联系，另一方面他们也没有意识到，他们用来做证明的所谓客观数据、既定事实等，不管进行多么简单的列举，即使丝毫不加说明，本身就已经是一种"解释"。因为事实已经被从它们原来所处的生活联系中抽出来，放到了一种范式中，被一种理论、一种方法所把握。也就是说，"纯"事实实际上已经是被主体占有的、对象化的形式，它已经是某种意识形态的产物，只是因为这种意识形态就是他所生活在其中的资本主义社会的本质所造就的一种认知方式，已经成为一种下意识，使他无法超然度外来反思这种方法。

这种意识形态既来自于资本主义的物化现实，又来自于构成资产阶级理性基础的思维模式——二律背反，两者相辅相成，互为因果。首先，随着资本主义的发展，劳动产品转化为商品。在这个转变过程中，商品的本源——人与人之间的社会和阶级关系——越来越被掩盖。商品这个人造的对象表现为一种自律的东西，其规律不受人的意识所把控，使得人只有对其进行机械反映的本分，而没有驾驭的可能。它变成了一个第二自然。在资本主义社会，不仅人与自己的劳动产品之间如此异化，人本身也受到商品关系"幽灵般的对象性"的侵害，人与自己的能力也相互分离，因为劳动者必须把自己的能力在市场上出售，于是"他的特性和能力不再同他有机统一，而是表现为他所占有和出售的一些物"。（卢卡契，1996：164）

在越来越严密的劳动分工中,他的某种能力成了某一部分劳动的自动工具,原本属于他主体性的东西,如今被变成了一部大机器上的配件,与他作为"所有者"的人格相分离。

由于这种分离,对所有这些被对象化的东西,无论其存在形式是物质产品,还是人的某种技能,最合适的研究、最公正的评价就是量化计算了。当它们在这种计算中显现出各种规律和合理性并从而自成体系时,物化程度达到了极限。于是,

> 这一切改变了社会的现象,同时也改变了理解这些现象的方式。于是出现了"孤立的"事实,"孤立的"事实群,单独的专门学科(经济学、法律等),它们的出现本身看来就为这样一种科学研究大大地开辟了道路。因此发现事实本身中所包含的规律,并把这一活动提高到科学的地位,就显得特别科学。(卢卡契,1996:54)

但是这种看来非常科学的方法是不科学的,原因就在于整体景观丧失,本原丧失。它既忽略了作为其依据的事实的社会历史性质,即事物在普遍联系和历史总体发展中的地位,又忽略了事件的物质基础,结果就把现象和本质相混淆,模糊了资本主义社会历史的、暂时的性质,使其各种规定带有适合于一切社会形态的永恒范畴的假象,使资本主义成了一种无法被超越的社会状态。这种意识反过来又强化了二律背反的理性模式。这种模式自康德以来,一直以近代数学为方法论的样板,面对哲学的两大问题,即形式的内容或物质问题和整体或最终实质问题,它只以前者为自己的对象,而否认第二组问题的可回答性。由此,这种认识模式是唯意志和宿命论的奇特结合。一方面,它的基本模式是以知性来把握事实,把它们纳入一套先验的形式模式,进行合理化计算,将物化世界"科学规律化"。对于资本主义社会的矛盾,它往往以"认识还不够完全"为借口加以掩盖。另一方面,对于这些现象的总体意义、性质、趋势问题,它则看作是理性奈何不了的自在之物,属于无法企及的彼岸世界。一切试图探究这一历史维度的哲学都被看作神话。由此,人与物的对立、分裂达到了顶点,物化的资本主义的现实世界则成了无法撼动的永恒存在,没有改变的可能。

资产阶级之所以坚持这样的模式,是由它的阶级地位所决定的,因为

> 对于资产阶级来说,按永远有效的范畴来理解它自己的生产制度是生死存亡问题:它必须一方面把资产阶级看成是由自然界和理性的永恒规律注定永远存在的东西,另一方面必须把无法忽视的矛盾看作与这种生产方式的本质无关而只是纯粹表面的现象。(卢卡契,1996:59)

与资产阶级物化或二律背反的方法正相反,辩证总体的方法把资本主义社会既定事实的直接表现形式和总体性既区别又联系,既承认它直接表现形式的历史必然

性，又把它作为历史总体发展的环节、过程，同时将它与作为它本源的社会物质基础相关联，达到对其辩证、深入、具体的认识，看到其流变的历史，最终看到它在社会发展过程中的倾向性。因此这种认识不是再现各种直接的、简单的规定，而是从直接、简单的规定出发，"前进到对具体的总体的认识，也就是前进到在观念中再现现实"。马克思主义历史哲学历来认为，那种"把这些规定简单地拿来，既不把它们做进一步分析，也不溶为一个具体的总体"的做法貌似"精确"，实际上是用抽象的、与具体总体无关的规律来解释事实，事实还是抽象的、孤立的。这是一种"粗率和无知"。真正的现实是"在思维中表现为综合的过程，表现为结果，而不是表现为起点"。正如卢卡奇所说："这种辩证的总体观似乎如此远离直接的现实，它的现实似乎构造得如此'不科学'，但是实际上，它是能够在思维中再现和把握现实的唯一方法。因此，具体的总体是真正的现实范畴。"（卢卡契，1996：58）

这点可以用马克思的经典例证来说明。对于黑人成为奴、纺纱机成为资本、黄金成为货币、砂糖成为砂糖的价格这类现象，如果仅仅以"精确"再现"事实"的方法来把握，就会把这种表象看成是它们的本质、命运、第二自然。只有用总体的方法才能由表及里，去伪存真，看穿它们身上的"既定性"不过是特定生产关系的产物或特征，并且会随着历史的发展而被扬弃。所以这种揭去面纱、露出历史发展的真正趋势的方法是真正认识客体的途径：

> 客体的可知性随着我们对客体在其所属总体中的作用的掌握而逐渐增加。这就是为什么只有辩证的总体观能够使我们把现实理解为社会过程的原因。因为只有这种总体观能够揭破资本主义生产方式所必然产生的拜物教形式，使我们能看到它们不过是一些假象，这些假象虽然看来是必然的，但终究是假的。（卢卡契，1996：62）

由此可见，总体的方法通过消解二律背反而在认识上打破物化意识，看到事物变化的过程。但这远远不是总体观的最终目的或结果，它的最终目的或结果必将是革命、实践、改变现实，这就涉及到历史的主体问题。当一个历史的主体一旦能够通观总体，这必将意味着他世界观的改变并指导他的行为。那么，如前所述，这个主体不可能是资产阶级，也不是任何伦理个体，而只能是随着人类社会的发展，随着历史的总体性问题越来越清楚地自我显现，无产阶级在历史的舞台上从自在的阶级成为自为的阶级。一旦如此，它必然宣告现存世界制度的解体，因为作为自为的阶级，它此举"只不过是在解释自己本身存在的秘密，因为它就是这个世界制度的实际解体"。这是由它所生活的社会本质以及它在这个社会中的历史地位所决定的。无产阶级出现在一个"使社会社会化"的过程中，即资本主义的商品化社会中。在这个世界里，表面上人人平等，直接决定人和自然之间物质交换的封建经济关系日益消失，人成了真正意义上的社会存在物。社会对人来说成了名副其实的现实,即整个社会被生产、交换、分配、消费所连通,因而更有助于使人从宏观上把握社会生活的总体构架。此其一。其二,也是最重要的一点,即在这种社会现实中,无产阶级过着一种非人的生活,所谓的人人平等对它来说只是将劳动力作为商品出卖与交换的平等。所以他必须自己解放自己,即必须消灭它本身的生活条件。如果说对于资产阶级来说,把资本主义的片面性现实看作是永恒的本质,这是关乎其生死存亡的问题,那么对于无产阶级来说,彻底认清自己的阶级地位同样是生死攸关的问题。

这意味着它认清整个社会,并把这种意识作为它采取行动的必要前提。虽然社会的总体性一直存在,但是资本主义的现实掩盖了历史的真相,资产阶级则由于自己的历史局限性和既得利益而不能够或不愿意承认这种总体性。但是无产阶级的历史地位决定了它的自我认识和对总体的认识是一致的。由此,无产阶级正是自康德、黑格尔以来被困在二律背反中的德国古典哲学所一直追寻、却始终无法找到的主体-客体的统一体。康德设想过用这样的统一体打破二律背反的束缚,进入自由王国,但由于他的设想停留在纯粹形而上的层面,使他无法走出形式与内容的对立。黑格尔前进了一步,将视野转向历史,转向创造历史的"我们"。但在确立这样一个统一体时,他选择的是"世界精神",以及其具体体现——某个"国民精神"。但是由于"国民精神"只是符合世界精神的国民的"自然规定",只是世界精神借以完成自己行动的工具,所以它的行为已经被先验的自在之物所把控,因此不可能成为这样的统一体。

只有拥有阶级意识的无产阶级才能够成为这样的主-客统一体,不仅由于它认识自己便是认识历史,更由于总体性始终是一种贯穿在他的实践中的现实因素,一种革命斗志的根本源泉。它的实践正是马克思所说的,"光是思想竭力体现为现实是不够的,现实本身应当力求趋向思想"。对于无产阶级这一特征的发现,使马克思把辩证总体的方法变成了"革命的代数学"。卢卡奇认为,这是"马克思取自黑格尔并独创性地改造成为一门全新科学的基础方法的本质",(卢卡契:1996,76)是马克思主义与资产阶级科学的根本区别,是正统马克思主义的标志性特征。

结 语

如果说卢卡奇早期的"规范性总体"带有"浪漫的反资本主义"色彩,稍后的"辩证法总体"则带有"革命的救世主义"色彩。他首先通过对资本主义社会的本质特征——物化——的批判和对物化所导致的二律背反的认识模式的批判而彰显总体方法的科学性、客观性和辩证性;再通过阐述无产阶级阶级意识与总体方法的内在统一,揭示这一方法的革命性、实践性和现实性;最后通过对无产阶级作为历史的主-客体的同一性而揭示资本主义终将灭亡、社会主义终将胜利的历史必然性。正如他在1967年为《历史与阶级意识》所写的"新版序言"中所说,其实他关于资本主义矛盾和无产阶级革命化的论述都带有浓厚的主观主义色彩,而他关于无产阶级实践的观点"表现为一种夸张的高调,与其说它符合真正的马克思主义学说,莫若说它更接近当时流行于共产主义左派之中以救世主自居的乌托邦主义"。但是无论他怎样自我检讨,他始终坚持认为马克思主义的本质在于它的辩证的总体方法,对于这种方法的重要性,他所给予的强调几乎达到了极端的程度。他认为,即便新的研究完全驳倒了马克思的每一个个别论点,只要这种方法留存,马克思主义仍不失为正统。他认为,所谓

> 正统马克思主义并不意味着无批判地接受马克思研究的成果。它不是对这个或那个论点的"信仰",也不是对某本"圣书"的注释。恰恰相反,马克思主义问题中的正统仅仅是指方法。它是这样一种科学的信念,即辩证的马克思主义是正确的研究方法,这种方法只能按其创始人奠定的方向发展、扩大和深化。任何想要克服它或者改善它的企图已经而且必将只能导致肤浅化、平庸化和折中主义。(卢卡契,1996:21)

由此可见,总体性是卢卡奇一生所坚信的历史哲学方法论。

参考书目

1. Andrew Arato, et al., *The Young Lukacs and the Origins of Western Marxism*, New York, 1979.
2. Georg Lukacs, *A Defense of History and Class Consciousness*, trans., Esther Leslie, Verso, 2001.
3. —, *The Historical Novel*, trans., Hannah Mitchell, et al., U of Nebraska P, 1990.
4. —, *Lenin*, Verso, 1997.
5. —, *Soul and Form*, New York Review Books, 2005.
6. —, *The Theory of the Novel*, trans., Anna Bostock, MIT Press, 1990.
7. Martin Jay, *Marxism and Totality*, Polity Press, 1984.
8. 安德森:《西方马克思主义》,余文烈译,东方出版社,1989。
9. 卢卡奇:《理性的毁灭》,王玖兴等译,山东人民出版社,1997。
10. 卢卡奇:《卢卡奇早期文选》,张亮等译,南京大学出版社,2004。
11. 卢卡契:《历史与阶级意识》,杜章智等译,商务印书馆,1996。
12. 马克思:《1844年经济学—哲学手稿》,中共中央马列著作编译局译,人民出版社,2000。
13. 张伯霖编:《关于卢卡奇哲学美学思想论文选译》,中国社会科学出版社,1985。

关键词英文索引

Academic system　745
Allegory　126
Ambiguity　156
Anti-hero　103
Archetype　827
Biography　891
Canon　280
Canon transformation　294
Close reading　630
Code　35
Communicative reason/kommunikative Vernunft　238
Constellation　696
Consumer society　659
Cultural capital　568
Cultural hegemony　540
Cultural materialism　550
Cultural studies　558
Deconstruction　259
Defamiliarization　339
Desire　806
Desiring machine/Machines désirantes　817
Dialectic of enlightenment　405
Diaspora　113
Differance　755
Discourse　222
Ecocriticism　487
Ecofeminism　475
Enlightenment　385
Fashion　498
Female discourse　376

Feminism   362
Field of literary production, the   579
Focalization   511
the Frankfurt School/Frankfurter Schule   71
Gaze   349
Gender   720
Gender studies   708
Globalization   457
Identity   465
Ideological state apparatuses   767
Interpretation   269
Interpretation/Hermeneutics   1
Intertextuality   211
Irony   90
Langue   796
Lecture symptomale   849
Literariness   592
Lost generation   330
Mass culture   23
Metaphor   775
Misreading   621
Modernism   651
Modernity   641
Modernity of enlightenment   414
Narration   736
Narratology   726
Nature writing   901
New criticism   682
New historicism   670
New left, the   688
Nomadism   785
Pleasure   306
Poetics of postmodernism   188
Polyphony   145
Polysystem   53

Postcolonial/Postcolonialism   201

Postmodern feminism and Postfeminism   176

Poststructuralism   167

Power/Pouvoir   442

Race   860

Repetition   13

Russian formalism   61

Semiotics   135

Simulacrum   318

Structuralism   248

Structure of feelings   433

Subject   867

Theatre of the absurd   232

Totality   911

Trope   881

Utopia   613

War-theme-literature   837

Writing/Écriture   528